MOUSSON

MER ROUG
DAR ES SALAAM
OCÉAN
ATLANTIQUE
MONTAGNE
DE LA TABLE
ILE DE ROBBEN
BAIE DE LA TABLE
CAP DE BONNE-ESPÉRANCE
CAP DES AIGUILLES

MASCATE
OMAN
CÔTE D'OMAN
MER D'ARABIE
BOMBAY
OCÉAN
INDIEN
LAMU
ILE DE PEMBA
ZANZIBAR
UNGUJA
ILES DE GLORIETTA
CAP D'AMBRE
LES MASCAREIGNES
AL DE MOZAMBIQUE
MADAGASCAR
MOUSSO

DU MÊME AUTEUR
CHEZ POCKET

Le Dieu fleuve
Le septième papyrus
Les fils du Nil
La vengeance du Nil

Les oiseaux de proie
Mousson
À l'ouest de l'horizon
Quand le lion a faim

WILBUR SMITH

MOUSSON

Traduction de Thierry Piélat

PRES DE LA CITÉ

Titre original : Monsoon

Je dédie ce livre à Danielle Antoinette, ma femme,
dont l'amour est depuis tant d'années
mon vent de mousson régulier et fidèle,
qui a donné son sens à ma vie

ISBN : 97 16262-3

Les trois garçons remontaient le ravin derrière la chapelle, invisibles depuis la grande maison et les écuries. Tom, l'aîné, allait en tête comme à son habitude, mais son plus jeune frère marchait sur ses talons, et, lorsque Tom s'arrêta à hauteur du premier méandre de la rivière en amont du village, il réitéra ses doléances.

— Pourquoi c'est toujours moi qui fais le chat ? Pourquoi je peux jamais m'amuser moi aussi ?

— Parce que tu es le plus petit, lui dit Tom sur un ton d'autorité souveraine.

Il inspecta le minuscule hameau qui se trouvait au-dessous d'eux et que l'on voyait maintenant dans le fond du ravin. De la fumée montait de la forge, et le linge en train de sécher battait dans le vent d'est derrière le cottage de la veuve Evans, mais il n'y avait aucun signe de vie. A cette heure de la journée, la plupart des hommes devaient se trouver dans les champs de son père, car on était en pleine moisson, pendant que les femmes qui ne peinaient pas à leur côté travaillaient sans doute dans la grande maison.

Tom eut un sourire de satisfaction et d'impatience.

— Personne ne nous a repérés.

Personne pour cafarder auprès de son père.

— C'est pas juste.

Dorian ne se laissait pas facilement distraire de ses idées fixes. Ses boucles d'or cuivré dégringolaient sur son front et lui donnaient l'air d'un chérubin en colère.

— Tu ne me laisses jamais rien faire, reprit-il.

— Qui t'a permis de faire voler son faucon la semaine dernière ? rétorqua Tom. Moi. Qui t'a permis de tirer avec son mousquet hier ? Moi. Qui t'a permis de barrer le cotre ?

— Oui, mais...

— Il n'y a pas de mais. De toute façon, qui commande ici ?

— C'est toi, Tom.

Dorian baissa ses yeux verts sous la force de son regard.

— Mais quand même... insista-t-il.

— Tu peux aller avec Tom à ma place, si tu veux, proposa doucement Guy, prenant la parole pour la première fois. Je ferai le chat.

Tom se tourna vers son jumeau tandis que Dorian s'exclamait :

— Je peux, Guy ? Vraiment, tu veux bien ?

Son sourire laissa éclater toute sa beauté, comme le soleil quand s'écartent les nuages.

— Non, intervint Tom. Dorry est encore un bébé. Il ne peut pas venir. Il restera sur le toit pour faire le guet.

— Je ne suis pas un bébé, protesta Dorian, furieux. J'ai presque onze ans.

— Si tu n'es pas un bébé, montre-nous les poils de tes roubignoles, le défia Tom.

Depuis que les siens étaient apparus, ils étaient devenus son critère.

Dorian l'ignora. N'ayant pas le moindre duvet qui pût rivaliser avec l'impressionnante toison de son aîné, il changea de tactique.

— Je ferai que regarder, c'est tout.

— Oui, tu regarderas depuis le toit, confirma Tom pour clore le débat. Allons-y. On va être en retard, dit-il en commençant à gravir le ravin escarpé.

Les deux autres lui emboîtèrent le pas, plus ou moins à contrecœur.

— De toute façon, qui pourrait venir ? insista Dorian. Tout le monde est occupé. On devrait même être en train de donner un coup de main.

— Black Billy pourrait bien pointer son nez, répliqua Tom sans se retourner.

Ce nom cloua le bec à Dorian lui-même. Black Billy était l'aîné des fils Courtney. Sa mère était une princesse éthiopienne que sir Hal Courtney avait ramenée d'Afrique, au retour de son premier voyage dans ce continent mystérieux. Une jeune épouse de sang royal et une pleine cargaison de trésors ravis aux Hollandais et aux païens, une immense fortune grâce à laquelle il avait plus que doublé la superficie de la propriété ancestrale ; ce faisant, il avait élevé la famille au rang des plus riches de tout le Devon, rivalisant même avec les Grenville.

William Courtney, Black Billy pour ses demi-frères plus jeunes, allait sur ses vingt-quatre ans, sept de plus que les jumeaux. Il était intelligent, dur, d'une sombre beauté pareille à celle des loups, et ce n'était pas sans raison que ses jeunes frères le redoutaient et le haïssaient. La menace sous-entendue fit frissonner Dorian.

Ils grimpèrent en silence le dernier demi-mile, laissèrent enfin la rivière et approchèrent du bord du ravin, avant de faire halte sous le grand chêne où avait niché le busard femelle au printemps précédent.

Tom s'affala contre le tronc de l'arbre pour reprendre son souffle.

— Si le vent tient, nous pourrons aller naviguer

dans la matinée, annonça-t-il en s'épongeant le front avec la manche.

Il avait retiré sa casquette, dans laquelle il avait piqué une plume d'aile de colvert, arrachée au premier oiseau tué par son faucon.

Il jeta un coup d'œil circulaire. De là, le regard embrassait près de la moitié du domaine Courtney, quinze mille arpents de collines onduleuses et vallées profondes, de bois, de pâturages et de terre à blé qui s'étendaient jusqu'aux falaises du rivage et atteignaient presque les abords du port. Mais ce territoire était si familier à Tom qu'il ne s'attarda pas à le contempler.

— Je vais en avant pour voir si la côte est dégagée, dit-il en se relevant d'un bond.

A moitié accroupi, il se dirigea avec précaution jusqu'au mur de pierre qui entourait la chapelle. Puis il leva la tête et jeta un coup d'œil par-dessus.

La chapelle avait été construite par son arrière-grand-père, sir Charles, qui avait été fait chevalier sous le règne de la bonne reine Elisabeth. Comme capitaine de la flotte royale, il s'était distingué dans la bataille contre l'Invincible Armada de Philippe d'Espagne. Sir Charles avait élevé la chapelle à la gloire de Dieu et en commémoration de l'action de la flotte à Calais. C'est là qu'il avait gagné son titre de chevalier, et de nombreux galions de l'Armada espagnole incendiée s'étaient échoués sur la plage, pendant que les autres étaient dispersés par les tempêtes que le vice-amiral Drake avait appelées les Vents de Dieu.

La chapelle était une élégante construction octogonale en pierre grise, avec un clocher que par temps clair on pouvait apercevoir de Plymouth, à près de cinquante miles de là. Tom sauta avec aisance par-dessus le mur et se faufila par le verger jusqu'à la porte cloutée de la sacristie. Elle s'ouvrit avec un craquement ; il tendit l'oreille. Le silence était impénétrable. Il entra sur la pointe des pieds et gagna la porte qui donnait sur la nef : le soleil illuminait l'intérieur comme un arc-en-ciel à travers les vitraux. Ceux au surplomb de l'autel représentaient la flotte anglaise aux prises avec les Espagnols, Dieu le Père jetant un regard approbateur depuis les nuages sur les galions en flammes.

Les vitraux au-dessus de la porte principale avaient été ajoutés par le père de Tom. Les ennemis vaincus étaient cette fois les Hollandais et les hordes de l'Islam, tandis qu'au-dessus de la bataille se tenait sir Hal, l'épée levée héroïquement, sa princesse éthiopienne à son côté. Tous deux portaient une armure et un bouclier blasonné de la croix pattée de l'Ordre du Saint-Graal.

La nef était vide ce jour-là. Les préparatifs de la noce de Black Billy, qui devait avoir lieu le samedi suivant, n'avaient pas encore commencé. Tom se trouvait seul dans la chapelle. Il repartit en courant jusqu'à la porte de la sacristie, passa la tête dans l'entrebâillement, mit deux doigts dans sa bouche et émit un sifflement perçant. Presque immédiatement ses deux frères escaladèrent le mur d'enceinte et se précipitèrent à sa rencontre.

— Grimpe dans le clocher, Dorry ! ordonn Tom.

Comme le rouquin semblait encore encl à protester, il s'avança vers lui, menaçant. Dorian renfrogna mais disparut dans l'escalier.

— Elle est déjà là ? demanda Guy e voix légèrement nerveuse.

— Pas encore. Il est tôt.

Tom traversa la pièce et de par le sombre escalier de pierre qui conduis crypte. Arrivé en bas, il déboucla le rabat du de cuir accroché à sa ceinture, à côté de l' sa dague, en tira la lourde clef qu'il avait prise le matin dans le cabinet de travail de son père et déverrouilla la grille, qui grinça sur ses gonds. Il ne manifesta aucune hésitation en pénétrant dans le caveau où tant de ses ancêtres reposaient dans leur tombeau de pierre. Guy le suivit avec davantage de circonspection. La présence des morts le mettait toujours mal à l'aise. Il marqua un temps d'arrêt à l'entrée de la crypte.

Seul éclairage, une lumière sinistre luisait faiblement par de hauts soupiraux au ras du sol. Des tombes de pierre et de marbre étaient alignées le long de la paroi circulaire. Il y en avait seize, tous des Courtney et leurs femmes, depuis l'arrière-grand-père Charles. Guy regarda d'instinct celle de marbre, qui contenait la dépouille de sa mère, au centre de la rangée des trois défuntes épouses de son père. Son effigie était sculptée sur le couvercle. « Elle est très belle, pensa Guy, pareille à un lis. » Il ne l'avait pas connue, n'avait jamais sucé le lait de son sein : le travail de trois jours pour mettre au monde des jumeaux avait outrepassé les forces d'une créature si délicate. Elle était morte d'hémorragie et d'épuisement quelques heures après que Guy eut poussé son premier cri. Les deux frères avaient été élevés par des nourrices successives et par leur belle-mère, la mère de Dorian.

Il s'approcha du tombeau de marbre et s'agenouilla à sa tête. I[illegible]t l'inscription : « Ci-gît Margaret Courtney, seconde [illegible]use bien-aimée de sir Henry Courtney, mère de T[illegible]as et de Guy, décédée le 2 mai 1673. En paix dans l[illegible]n du Christ. » Guy ferma les yeux et se mit à prier.

— Elle n[illegible] pas t'entendre, lui dit Tom sans méchanceté.

— Si, répli[illegible]y, la tête baissée et les yeux fermés.

Tom se désintéressa de la question et parcourut nonchalamment la rangée de tombes. A la droite de sa mère reposait celle de Dorian, la dernière femme de son père. Il y avait à peine trois ans que le cotre sur lequel elle naviguait avait chaviré à l'entrée de la baie ; les flots l'avaient emportée. Malgré les efforts de son mari pour la sauver, le courant était trop fort, il avait failli entraîner Hal, puis les avait rejetés tous deux dans une crique battue par les vents à cinq miles de là ; Elizabeth était morte noyée et Hal quasiment asphyxié.

Tom sentit des sanglots monter du tréfonds de lui-même, car il l'avait aimée comme il n'avait pu aimer la mère qu'il n'avait jamais connue. Il toussa et s'essuya les yeux, ravalant ses larmes avant que Guy puisse être témoin de sa faiblesse. Bien que Hal eût épousé Elizabeth surtout pour donner une mère à ses jumeaux, ils en étaient tous très vite arrivés à l'aimer, comme ils avaient aimé Dorian dès le moment où elle lui avait donné le jour. Tous, sauf Black Billy, bien entendu. William Courtney n'aimait personne, à l'exception de son père, et il était aussi férocement jaloux de lui qu'une panthère. Elizabeth avait protégé ses cadets de ses intentions vindicatives jusqu'à ce que la mer l'emporte et les laisse sans défense.

— Vous n'auriez jamais dû nous abandonner, lui dit doucement Tom avant de lancer un coup d'œil à Guy d'un air coupable.

Mais celui-ci, absorbé dans ses prières, ne l'avait pas entendu. Tom se dirigea vers l'autre tombeau, qui flanquait celui de sa vraie mère : celui de Judith, la princesse éthiopienne, la mère de Black Billy. Le gisant de marbre représentait une belle femme aux traits farouches, évoquant ceux d'un faucon, traits dont son fils avait hérité. Elle était revêtue d'une demi-armure, comme il seyait à celle qui avait commandé des armées contre les païens. Elle portait une épée à la ceinture, un bouclier et un casque reposaient sur sa poitrine, le bouclier blasonné d'une croix copte. Elle était nu-tête et la masse de sa chevelure formait une épaisse couronne bouclée. En la regardant, Tom sentit la haine qu'il vouait à son fils monter dans sa poitrine.

— Ton cheval aurait dû te désarçonner avant que tu aies le temps de mettre bas ton rejeton.

Cette fois, il avait parlé à voix haute.

Guy se releva et vint le rejoindre.

— Ça porte la guigne de parler ainsi des morts, protesta-t-il.

Tom haussa les épaules.

— Elle ne peut plus me faire de mal.

Guy le prit par le bras et l'entraîna vers le tombeau suivant. Tous deux savaient qu'il était vide. Le couvercle n'avait pas été scellé.

« Sir Francis Courtney, né le 6 janvier 1616 dans le comté du Devon, lut Guy à haute voix. Chevalier de l'Ordre de Saint-Georges et du Saint-Graal. Navigateur et marin. Explorateur et guerrier. Père de Henry et vaillant gentilhomme. Injustement accusé de piraterie par les lâches colons hollandais du cap de Bonne-Espérance et très cruellement exécuté par eux le 15 juillet 1668. Bien que sa dépouille mortelle repose sur la lointaine et sauvage côte d'Afrique, sa mémoire vit à jamais dans le cœur de son fils, Henry Courtney, et dans le cœur de tous les courageux et fidèles marins qui ont sillonné la mer océane sous son commandement. »

— Pourquoi père a-t-il installé ici un tombeau vide ? murmura Tom.

— Je pense qu'il a peut-être l'intention de ramener un jour le corps de grand-père, répondit Guy.

Tom lui lança un regard perçant.

— Il te l'a dit ?

Il était jaloux à l'idée que son frère ait eu droit à une telle confidence. Tous adoraient leur père.

— Non, admit Guy, mais c'est ce que je ferais pour mon père.

Tom abandonna la discussion et se dirigea à grandes enjambées vers le milieu de la crypte, où était incrusté un étrange motif circulaire et multicolore, en granit et marbre. Aux quatre points cardinaux sur le cercle étaient placés des chaudrons de cuivre qui rappelaient les éléments traditionnels — feu, terre, air et eau — lorsque les membres du temple de l'Ordre du Saint-Graal étaient assemblés à la pleine lune du solstice d'été. Sir Henry Courtney était chevalier nautonier de l'Ordre, comme son père et son grand-père l'avaient été avant lui.

Au centre du dôme de la crypte, un puits d'aération ouvrait sur le ciel. La construction était si habilement conçue que, par l'ouverture, les rayons de la pleine lune tombaient sur le motif de pierre aux pieds de Tom, où la devise sibylline de l'Ordre était gravée dans le marbre : « *In Arcadia habito.* » Aucun des garçons n'avait encore eu connaissance de son sens profond.

Tom se plaça au-dessus des lettres gothiques noires, posa la main sur son cœur et commença à réciter la liturgie par laquelle lui aussi serait un jour initié aux mystères de l'Ordre.

— En ces choses je crois et je les défendrai de ma vie. Je crois qu'il n'y a qu'un seul Dieu dans la Trinité, le Père éternel, le Fils éternel et le Saint-Esprit éternel.

— Amen ! fit Guy à voix basse.

Ils avaient tous deux étudié le catéchisme de l'Ordre avec assiduité et connaissaient par cœur les centaines de répons.

— Je crois en la communion de l'Eglise d'Angleterre et au droit divin de son représentant sur terre, Guillaume III, roi d'Angleterre, d'Ecosse, de France et d'Irlande, défenseur de la foi.

— Amen, répéta Guy.

Ils allaient être appelés un jour à entrer dans cet Ordre illustre, à se tenir dans la lumière de la pleine lune et à prononcer ces vœux pour de bon.

— Je soutiendrai l'Eglise d'Angleterre. J'affronterai les ennemis de son souverain seigneur, Guillaume... poursuivit Tom d'une voix de plus en plus forte, qui avait presque perdu les derniers accents de l'enfance.

Il fut interrompu par un petit sifflement qui provenait du dôme au-dessus de sa tête.

— Dorry ! s'exclama Guy, nerveux. Quelqu'un vient !

Tous deux étaient cloués sur place, attendant le second sifflement aigu qui allait signifier l'alarme et le danger, mais il n'y en eut pas d'autre.

— C'est elle ! s'écria Tom. Je craignais qu'elle ne vienne pas.

Guy ne partageait pas son plaisir. Il se gratta le cou.

— Tom, je n'aime pas ça du tout.

— Sornettes, Guy Courtney, se moqua son frère. Tu ne sauras jamais comme c'est bon si tu n'essaies pas.

Ils entendirent un bruissement de jupes, un pas léger dans l'escalier, et une jeune fille fit irruption dans la crypte. Elle s'arrêta à l'entrée, le souffle court, les joues empourprées par sa course jusqu'en haut de la colline.

— Quelqu'un t'a vue sortir de la maison, Mary ? demanda Tom.

— Personne, Monsieur Tom. Ils étaient tous trop occupés à avaler leur bouillon comme des goinfres.

Sa voix ronronnait avec des accents du terroir mais le ton était plaisant. C'était une fille bien faite, bien pourvue en proue comme en poupe, plus âgée que les jumeaux, probablement plus près de vingt ans que de quinze. Sa peau était sans défaut et lisse comme la fameuse crème du Devon ; un écheveau d'anglaises et de boucles encadrait son joli visage joufflu. Elle avait les lèvres roses, douces et humides, et ses yeux brillants au regard malin étaient un peu bridés.

— Tu es sûre, Mary, que M. Billy ne t'a pas vue ? insista Tom.

Elle secoua la tête, agitant ses anglaises.

— Oui. J'ai regardé dans la bibliothèque avant de venir, et il était plongé dans ses livres comme toujours.

Elle posa ses deux petites mains sur ses hanches ; le travail dans l'arrière-cuisine avait rendu leur peau rugueuse et rouge. Elles enserraient presque sa taille fine. Les yeux des jumeaux suivirent son mouvement et se posèrent sur son corps. Ses jupons et sa jupe en loques descendaient à mi-hauteur de ses mollets dodus, et, si elle avait les pieds nus et sales, ses chevilles étaient fines. Elle vit leurs yeux, leur expression, et sourit avec le sentiment d'avoir barre sur eux.

Elle tripota le ruban qui fermait son corsage. Les deux paires d'yeux suivirent docilement son geste et elle fit ressortir sa poitrine.

— Vous avez dit que vous me donneriez six pence, rappela-t-elle à Tom, qui s'excitait.

— Je l'ai dit, Mary, acquiesça-t-il. Six nce pour
tous les deux, Guy et moi.
langue.
Elle rejeta la tête en arrière et lui tir Tom. C'était
— Vous êtes un fin matois, Mons ux.
six pence chacun, un shilling pour '
— Ne fais pas l'idiote, Mary. de cuir accroché
Il plongea la main dans le pe d'argent. Il la fit
à sa ceinture et en sortit une tournoyant dans la
sauter en l'air. La pièce mi me et il la lui tendit.
faible lumière, retomba da

— Une belle pièce d'argent, rien que pour toi.

Mary secoua la tête derechef et défit le nœud du ruban.

— Un shilling, répéta-t-elle, et le devant de son corsage s'ouvrit d'un pouce.

Les deux garçons avaient les yeux rivés sur le petit morceau de peau blanche, qui contrastait de manière saisissante avec les épaules hâlées et couvertes de taches de rousseur.

— Un shilling ou rien !

Elle secoua les épaules avec une indifférence feinte. Ce mouvement eut pour effet de laisser échapper à moitié un sein gonflé comme un fruit mûr, ne gardant à l'abri que la pointe dardée, mais l'aréole qui l'entourait dépassa timidement du bord effiloché de son corsage. Les deux jeunes gens restaient sans voix.

— Vous avez perdu votre langue ? demanda-t-elle avec impertinence. Ça me semble que j'ai rien à faire ici.

Elle rebroussa chemin vers l'escalier en tortillant avec humeur ses fesses rondes sous ses jupes.

— Attends ! lança Tom d'une voix étranglée. Voilà ton shilling, Mary, ma belle.

— Montrez-le-moi d'abord, Monsieur Tom ! rétorqua-t-elle en jetant un coup d'œil par-dessus son épaule, tandis qu'il fouillait dans sa sacoche.

— Voilà, Mary.

Il tendit la pièce et elle s'approcha de lui en balançant des hanches comme font les filles sur les quais de Plymouth. Elle prit la pièce :

— Vous trouvez que je suis jolie, Monsieur Tom ?

— Tu es la plus jolie fille de toute l'Angleterre, répondit-il avec ferveur et sincérité.

Il tendit la main vers le sein rond, qui s'était maintenant tout à fait [illegible] du corsage. Elle eut un petit rire et repoussa sa main

— Et Monsieur Guy ? C'est pas lui le premier ? dit-elle en regardant derrière Tom. Vous n'avez jamais fait ça encore, hein, Monsieur Guy ?

Guy avala sa salive avec peine, sans pouvoir retrouver sa voix. Il baissa les yeux, cramoisi.

— C'est la première fois, confirma Tom. Prends-le le premier. Je passerai après.

Mary alla vers Guy et lui saisit la main.

— N'ayez pas peur. Je ne vous ferai pas mal, Monsieur Guy, promit-elle en l'entraînant vers l'autre extrémité de la crypte.

Guy la sentait alors qu'elle se pressait contre lui. Elle ne s'était sans doute pas lavée depuis un mois et dégageait une forte odeur de cuisine, de gras de lard, de fumée et de transpiration, celle d'une langouste en train de cuire dans la marmite.

Il sentit sa gorge se soulever.

— Non ! bafouilla-t-il en s'écartant d'elle. J'veux pas, j'peux pas. Vas-y le premier, Tom.

— Je l'ai fait venir pour toi, lança Tom durement. Quand tu y auras tâté, ça te rendra fou. Tu verras ce que je te dis.

— Tom, ne me force pas, gémit Guy d'une voix tremblante, en regardant désespérément vers l'escalier. Je veux rentrer à la maison. Père va savoir.

— Je lui ai déjà donné son shilling, raisonna Tom. C'est du gaspillage.

Mary reprit Guy par la main.

— Allons, venez ! dit-elle en le ...t à sa suite. Vous êtes un bon garçon. Vous ...ez tapé dans l'œil, vrai de vrai. Vous êtes un ...ment beau gars, pour sûr !

...intenant affolé.

— Tom d'abord ! répéta G...onsieur Tom vous

— Bon, très bien ! Lais...ntenant être capable indiquer le chemin. Il dev...

de le retrouver les yeux fermés... Il l'a déjà suivi assez souvent.

Elle empoigna le bras de Tom et l'entraîna vers le tombeau le plus proche, qui se trouvait être celui de sir Charles, le héros de Calais, et elle se renversa contre lui.

— Et je suis pas la seule, gloussa-t-elle en le regardant en face. Il y a aussi Mabel, et Jill, à moins qu'elles aient menti toutes les deux... et la moitié des filles du village, à ce que j'ai entendu dire. Vous êtes un vrai bélier, Monsieur Tom !

Elle tira sur le lacet de sa culotte. En même temps, elle se haussa sur la pointe des pieds et colla sa bouche contre la sienne. Tom la poussa contre le tombeau de pierre. Il essaya de dire quelque chose à son jumeau, roulant les yeux dans la direction de Guy, mais il était bâillonné par les lèvres douces et humides de Mary et sa langue de chatte qu'elle enfonçait dans sa bouche.

Il libéra enfin son visage et reprit sa respiration, puis sourit à Guy, son menton brillant et humide de la salive de la fille.

— Maintenant, je vais te montrer la chose la plus mignonne sur laquelle tu poseras jamais les yeux, même si tu vis cent ans.

Mary était toujours renversée contre le tombeau. Tom s'abaissa et, d'une main experte, défit les cordons de sa jupe, qui glissa sur ses chevilles. Elle ne portait rien au-dessous, et son corps était lisse et blanc. Il semblait moulé dans la cire la plus fine. Tous trois le regardèrent, les jumeaux avec une admiration mêlée de vénération, Guy avec un sourire de satisfaction et de fierté. Après un long silence brisé seulement par la respiration saccadée de Tom, Mary passa des deux mains son corsage au-dessus de sa tête et le laissa choir derrière elle sur le socle de pierre. Elle tourna la tête et regarda Guy dans les yeux.

— Vous n'en voulez pas ? dit-elle en tenant ses seins blancs pulpeux à pleines mains. Non ? se moqua-t-elle.

Il demeurait muet et troublé. Puis elle promena lentement ses doigts le long de son corps d'albâtre, sous le creux profond du nombril. Elle se débarrassa de sa jupe d'un coup de pied, les yeux rivés au visage de Guy.

— Vous n'avez jamais vu de petite chatte comme celle-là, n'est-ce pas, Monsieur Guy ? lui demanda-t-elle en se caressant.

Il émit un gémissement étouffé et elle partit d'un rire triomphant.

— Trop tard, Monsieur Guy ! railla-t-elle. Vous avez eu votre chance. Maintenant, il faut attendre votre tour !

Pendant ce temps, Tom avait laissé tomber sa culotte sur ses chevilles. Mary plaça les mains sur ses épaules et, d'un petit saut, se redressa, s'agrippant à lui les deux bras serrés autour de son cou, les jambes enlacées autour de sa taille. Elle portait un collier de perles de verre bon marché qui resta coincé entre eux. Le fil cassa, les perles brillantes dégringolèrent le long de leurs corps et s'éparpillèrent sur les dalles. Aucun des deux ne sembla le remarquer.

Avec un étrange mélange d'horreur et de fascination, Guy regarda son jumeau, le visage rouge, clouer la fille contre le socle du tombeau de son grand-père, lui asséner en grognant des coups de boutoir auxquels elle répondait. Elle commença à émettre des petits miaulements de plus en plus aigus, qui s'enflèrent en de véritables glapissements.

Guy était incapable de détourner le regard malgré son envie. Hypnotisé, il vit son frère renverser la tête en arrière, ouvrir la bouche toute grande et laisser échapper un cri épouvantable.

« Elle l'a tué ! pensa-t-il... Qu'est-ce qu'on va dire à père ? » Tom avait le visage rouge vif et luisant de sueur.

— Tom, ça va ?

Les paroles lui avaient échappé.

Tom tourna la tête et lui lança un sourire de travers.

— Je n'ai jamais été aussi bien, dit-il.

Il lâcha Mary, qui retomba sur ses pieds, puis il recula, la laissant appuyée contre le tombeau.

— Maintenant c'est ton tour, haleta-t-il. Donne-lui-en pour tes six pence, mon gars !

Mary, elle aussi hors d'haleine, eut un rire mal assuré.

— Laissez-moi reprendre mon souffle, lâcha-t-elle, et ensuite je vous entraînerai dans un galop que vous ne serez pas près d'oublier, Monsieur Guy.

A cet instant, un double sifflement aigu se répercuta par le trou d'aération du dôme, et Guy fit un bond en arrière, alarmé et soulagé à la fois. L'urgence de l'avertissement ne faisait aucun doute.

— Bon sang ! s'exclama-t-il. C'est Dorry sur le toit. Quelqu'un vient.

Tom sautilla d'un pied sur l'autre en remontant brusquement sa culotte et en tirant sur ses lacets.

— Fiche le camp, Mary, lança-t-il avec brusquerie à la fille qui, à quatre pattes, cherchait ses perles à tâtons.

— Laisse ça ! insista Tom, mais elle l'ignora.

Ses fesses nues portaient des marques roses là où elles avaient été pressées contre le bord du tombeau — il parvenait presque à distinguer l'inscription funéraire de son grand-père imprimée sur la peau blanche, et il eut envie de rire. Il empoigna Guy par l'épaule.

— Viens ! C'est peut-être père !

A cette pensée, ils se sentirent des ailes et grimpèrent l'escalier quatre à quatre, en se bousculant.

Quand ils sortirent en trombe dc la sacristie, ils tombèrent sur Dorian qui les attendait, caché dans le lierre du mur.

— Qui est-ce, Dorry ? haleta Tom.

— Black Billy ! répondit Dorian d'une voix perçante. Il vient de quitter les écuries sur Sultan et a pris le sentier qui monte sur la colline. Il sera ici dans une minute.

Tom lâcha le pire juron que lui avait appris le Grand Daniel Fisher, le maître d'équipage de son père.

— Il ne faut pas qu'il nous attrape ici. Venez !

Tous trois se précipitèrent jusqu'au mur de pierre. Tom poussa Dorian en haut du mur, puis Guy et lui sautèrent par-dessus et aidèrent leur jeune frère à atterrir dans l'herbe, de l'autre côté.

— Silence, tous les deux !

Tom s'étranglait de rire et d'excitation.

— Qu'est-ce qui s'est passé ? demanda Dorian. J'ai vu entrer Mary. Tu l'as fait avec elle, Guy ?

— Tu ne sais même pas ce que c'est, répondit ce dernier en éludant la question.

— Si, je sais ce que c'est, s'insurgea Dorian. J'ai vu les béliers le faire, et les chiens et les coqs, et Hercule le taureau. Comme ça.

Il se mit à quatre pattes et mima l'acte de façon pittoresque en ruant, agitant les hanches d'avant en arrière, langue tirée au coin de la bouche, et roulant des yeux horriblement.

— C'est ce que tu as fait à Mary, Guy ?

Guy devint écarlate.

— Arrête immédiatement, Dorian Courtney ! Tu m'entends ?

Mais Tom partit d'un gros rire et poussa le visage de Dorian dans l'herbe.

— Vilain petit singe, je parie une guinée que tu seras meilleur que Guy, que tu aies des poils ou non.

— Tu me laisseras essayer la prochaine fois, Tom ? implora Dorian d'une voix étouffée, le visage toujours enfoui dans le gazon.

— Je te laisserai essayer quand tu seras un peu mieux pourvu, dit Tom, et à ce moment ils entendirent le martèlement des sabots montant la colline. Silence ! intima-t-il en réprimant son rire.

Ils se tapirent en rang derrière le mur, essayant de maîtriser leur respiration et leur hilarité. Le cavalier approcha au petit galop et ramena sa monture au pas en atteignant l'aire couverte de gravier devant la porte principale de la chapelle.

— Ne bougez pas ! chuchota Tom à ses frères.

Mais il ôta sa casquette emplumée et leva la tête avec précaution pour regarder par-dessus le mur.

William Courtney montait Sultan. C'était un superbe cavalier : le savoir-faire lui était venu naturellement, peut-être grâce à un instinct hérité de ses origines africaines. Il était grand et mince, et comme toujours entièrement vêtu de noir. Outre la pigmentation de sa peau et de ses cheveux, c'était pour cette raison que ses demi-frères lui avaient donné le surnom qu'il haïssait avec tant de véhémence. Bien que ce jour-là il fût tête nue, il portait habituellement un chapeau noir à large bord décoré d'une houppe de plumes d'autruche. Ses bottes hautes étaient noires, comme sa selle et sa bride. Sultan était un étalon noir, étrillé au point de luire dans le pâle soleil. Cheval et cavalier étaient magnifiques.

Il était venu s'assurer que les dispositions nécessaires avaient été prises en vue de son mariage imminent. La noce devait avoir lieu ici plutôt que dans la chapelle du domaine de la mariée, car d'autres cérémonies importantes devaient suivre. Celles-ci ne pouvaient se dérouler que dans la chapelle des chevaliers nautoniers.

Il s'arrêta devant la porte de la chapelle et se baissa sur sa selle pour jeter un coup d'œil à l'intérieur, puis il se redressa et poussa sa monture autour de l'édifice, jusqu'à la porte de la sacristie. Il regarda autour de lui avec attention puis droit dans la direction de Tom. Celui-ci se figea. Lui et les deux autres étaient censés se trouver à l'embouchure de la rivière pour aider Simon et son équipage à mettre en place les filets à saumon. Les travailleurs itinérants que William engageait pour la moisson étaient presque exclusivement nourris de saumon, poisson bon marché et abondant, mais ils se plaignaient de la monotonie de l'ordinaire.

Les branches du pommier avaient dû cacher Tom au regard aiguisé de son frère, car William mit pied à terre et attacha Sultan à l'anneau de fer près de la porte. Il était fiancé à la deuxième fille des Grenville. C'était un superbe mariage, et leur père avait marchandé pendant près d'un an avec John Grenville, comte d'Exeter, pour convenir de la dot.

« Black Billy a hâte d'être conduit à la pouliche », pensa Tom avec dérision, en regardant son frère s'arrêter sur les marches de la chapelle pour taper sur ses bottes d'un noir brillant avec la lourde cravache lestée de plomb qu'il portait toujours, afin d'en chasser la poussière. Avant d'entrer dans la chapelle, William regarda une fois encore dans la direction de Tom. Sa peau était loin d'être noire mais de la couleur de l'ambre clair. Il paraissait plus méditerranéen qu'africain, peut-être espagnol ou italien. Ses cheveux étaient cependant noirs comme jais, épais et brillants, soigneusement tirés en arrière et retenus en natte par un ruban noir tressé avec eux. Il était beau, d'une beauté redoutable, avec son nez fin et droit d'Ethiopien et ses yeux noirs étincelants de prédateur. Tom était jaloux de ce que, en sa présence, la plupart des jeunes filles manquaient de tomber en pâmoison.

William disparut dans la sacristie et Tom se releva. Il murmura à ses frères :

— Il est parti ! Venez ! Nous reviendrons...

Avant qu'il ait pu achever sa phrase, il y eut un cri dans la chapelle.

— Mary ! s'exclama Tom. Je pensais qu'elle avait décampé, mais elle est toujours là !

— Black Billy l'a attrapée, fit Guy, suffoqué.

— Ça va mal aller ! dit Dorian, jubilant, en se levant d'un bond pour mieux voir. Qu'est-ce que vous croyez qu'il va faire ?

— J'en sais rien, répondit Tom, et nous n'allons pas attendre pour le savoir.

Avant qu'il ait eu le temps de les entraîner dans une retraite précipitée le long du ravin, Mary sortit en trombe de la sacristie. Même à pareille distance, sa terreur était manifeste. Elle courait comme si elle avait été prise en chasse par une bande de loups. L'instant d'après, William apparut au pas de charge, à la poursuite de la fille.

— Reviens ici, petite salope ! cria-t-il.

Sa voix portait jusqu'à l'endroit où ils étaient accroupis derrière le mur. Mary avait remonté ses jupes et courait de plus belle. Elle se dirigeait droit vers le mur où les trois garçons se cachaient.

Derrière elle, William détacha Sultan et sauta en selle avec aisance. Il lança l'étalon après elle au grand galop. Cheval et cavalier gagnèrent la fille de vitesse.

— Arrête-toi tout de suite, petite catin. Tu as commis quelque vilenie.

Au moment où il la rattrapait, William se pencha, sa lourde cravache dans la main droite.

— Tu vas me dire ce que tu fais ici.

Il la cingla mais Mary esquiva et prit la fuite. Il fit pirouetter l'étalon pour la suivre.

— Tu ne m'échapperas pas, garce.

Il souriait, d'un sourire cruel et froid.

— Je vous en prie, Monsieur William, cria Mary d'une voix aiguë, mais il lui lança un nouveau coup de cravache.

L'objet coupa l'air en sifflant et Mary se baissa sous sa trajectoire avec l'agilité d'un animal poursuivi par un chasseur. Elle était repartie en courant vers la chapelle et se faufilait à travers les pommiers, William sur ses talons.

— Venez ! chuchota Guy. C'est le moment ou jamais.

Il se leva d'un bond et dégringola le flanc escarpé du ravin, suivi par Dorian, mais Tom resta accroupi près du mur. Il vit avec horreur son frère rattraper la fille et se dresser sur ses étriers au-dessus d'elle.

— Je vais t'apprendre à obéir quand je te dis d'arrêter, lança le cavalier.

Il la frappa de nouveau et cette fois-ci la cravache l'atteignit entre les omoplates. Mary poussa un cri plus aigu, un hurlement de douleur et de terreur, et s'effondra dans l'herbe.

Ce cri glaça Tom jusqu'à la moelle et lui agaça les dents.

— Arrête ! dit-il à haute voix, mais William n'entendit pas.

Il descendit de son cheval et se tint au-dessus de Mary.

— Quel mauvais tour étais-tu en train de jouer, souillon ?

Elle était tombée dans un fatras de jupes et de jambes nues, et il la frappa encore, visant son visage blanc de terreur, mais Mary para le coup avec son bras. La cravache laissa une marque écarlate ; elle pleura comme un veau sous la douleur.

— Je vous en prie, ne me faites pas de mal, Monsieur William.

— Je vais te battre jusqu'à ce que tu te mettes à saigner et que tu me dises ce que tu faisais dans la chapelle alors que tu devrais te trouver dans l'arrière-cuisine avec tes casseroles et tes poêlons graisseux.

William souriait d'un air tranquille et s'amusait.

— Je n'ai rien fait de mal, Monsieur.

Mary baissa les mains pour implorer sa clémence et ne put les relever assez vite pour parer le coup suivant, qui la toucha en plein visage. Elle hurla et le sang afflua dans sa joue tuméfiée, la colorant de pourpre flamboyant.

— Je vous en prie... je vous en prie, ne me faites plus de mal.

Elle enfouit son visage blessé dans ses mains et roula dans l'herbe pour tenter de lui échapper, mais sa jupe était remontée sous elle.

William sourit de nouveau en voyant qu'elle ne portait rien dessous et ce fut avec délectation qu'il assena un autre coup sur la peau blanche et délicate de ses fesses. Son cri toucha Tom aussi cruellement que la cravache avait entaillé sa chair.

— Laisse-la, espèce de salaud, lâcha-t-il, pris d'un sentiment de responsabilité et de pitié pour la fille.

Sans réfléchir, il avait franchi le mur et volait à son secours.

William ne l'entendit pas venir, tant il était à son plaisir, le plaisir vif et inattendu qu'il éprouvait à châtier cette fille. La vue des zébrures rouges sur la peau blanche, ses membres nus qui battaient l'air, ses cris sauvages, son odeur animale, tout cela l'excitait terriblement.

— Qu'est-ce que tu faisais là ? rugit-il. Vas-tu me le dire ou va-t-il falloir que je te batte ?

Il eut du mal à réprimer son rire en voyant la marbrure sanglante qu'il avait laissée entre les épaules et les muscles se contracter de douleur sous la peau douce.

Tom le percuta par-derrière. C'était un grand gaillard pour son âge, à peine plus petit et moins lourd que son frère aîné, ses forces décuplées par son indignation et sa haine, par l'injustice et la cruauté du spectacle dont il avait été témoin, et par le souvenir des centaines de maux et d'injures que lui et ses frères avaient soufferts entre les mains de Black Billy. Et, cette fois, il avait l'avantage de la surprise.

Il heurta William dans le creux des reins, alors que, en équilibre sur une jambe, il donnait un coup de pied à la fille afin de la mettre dans une position plus vulnérable à la cravache. Black Billy fut projeté en avant avec une telle force qu'il trébucha sur sa victime, s'étala de tout son long, roula sur lui-même et vint taper tête la première contre le tronc d'un pommier. Il resta étendu là, étourdi.

Tom se pencha et releva la fille tremblante et en sanglots.

— Cours ! lui dit-il. Aussi vite que tu peux !

Il la poussa. Mary n'eut pas besoin de se faire prier. Toujours pleurant et hurlant, elle s'enfuit par le sentier, et Tom se retourna pour affronter la colère de son frère.

William s'assit dans l'herbe. Il ne savait pas encore très bien par qui ou par quoi il avait été terrassé. Il se toucha le cuir chevelu, passa deux doigts dans ses cheveux sombres ondulés et les ressortit maculés de sang. Puis il secoua la tête et se releva. Il regarda Tom.

— Vous ! dit-il d'une voix douce, presque aimable. J'aurais dû me douter que vous étiez à l'origine de cette diablerie.

— Elle n'a rien fait.

Tom était encore trop emporté par la colère pour regretter son acte impulsif.

— Vous auriez pu la blesser gravement, reprit-il.

— Oui, reconnut William. C'était bien mon intention. Elle le mérite amplement, dit-il en se baissant pour ramasser sa cravache. Mais maintenant qu'elle a pris la fuite, c'est vous que je vais blesser gravement, et en prenant un grand plaisir à accomplir mon devoir.

Il fit un moulinet avec la lourde cravache, qui fendit l'air avec un vrombissement menaçant.

— Maintenant, dites-moi, petit frère, à quoi jouiez-vous, vous et cette petite traînée ? A quelque chose de sale dont notre père devrait être informé ? Dites-le-moi séance tenante avant que je sois obligé de vous fouetter.

— Nous nous reverrons d'abord en enfer.

C'était l'une des expressions favorites de leur père, mais, malgré son air de défi, Tom regrettait l'élan chevaleresque qui l'avait poussé à cet affrontement. Maintenant qu'il ne bénéficiait plus de l'effet de surprise, il savait qu'il était loin d'être de taille. Les talents de son frère ne se limitaient pas à l'étude. A Cambridge, il avait pratiqué la lutte sous la bannière de King's College, et la lutte libre était un sport sans règles, si ce n'est que l'usage d'armes meurtrières était désapprouvé. Le printemps précédent, à la foire d'Exmouth, Tom l'avait vu clouer au sol le champion local, un colosse, après l'avoir roué de coups de pied et de poing comme un forcené.

Il songea à tourner les talons et à s'enfuir. Mais il savait qu'avec ses longues jambes, même chaussées de bottes de cheval, William le rattraperait avant qu'il ait parcouru cent yards. Ne restait plus qu'à faire face. Il se mit en garde et leva les poings, comme le Grand Daniel le lui avait appris.

William lui rit au nez.

— Par tous les saints, le jeune coq veut en découdre.

Il abandonna sa cravache et laissa ses mains pendre à ses côtés en s'avançant nonchalamment. Soudain il projeta son poing droit. Rien n'avait permis de le prévoir et Tom eut juste le temps de sauter en arrière. Le poing lui érafla cependant la lèvre, qui enfla, et immédiatement le goût salé du sang se répandit dans sa bouche, les dents rouges comme s'il avait mangé des mûres.

— Et voilà ! La première goutte de bordeaux a coulé. Il y en aura d'autres, je vous assure, une pleine barrique, avant que nous en ayons fini.

William feinta de nouveau avec le droit, et quand Tom esquiva, il lui décocha un crochet avec l'autre poing. Tom le bloqua, comme le Grand Daniel le lui avait montré.

— Le singe a appris quelques tours, dit William en souriant.

Mais il plissa les yeux : il ne s'était pas attendu à cette parade.

Il frappa de nouveau ; Tom se baissa puis saisit le coude de son frère à deux mains, dans une étreinte désespérée. D'instinct, William tira en arrière pour se dégager, et Tom profita de l'élan pour bondir en avant au lieu de résister ; en même temps, il donna de grands coups de pied. L'un de ses coups atteignit son adversaire en plein dans l'entrejambe. Plié en deux, William en eut le souffle coupé. Tom pivota sur lui-même et partit en courant sur le sentier, en direction de la maison.

Bien que ses traits sombres fussent encore tordus par la souffrance, en voyant son cadet prendre la fuite William se redressa, se força à ignorer la douleur et se lança à sa poursuite. Il était gêné par sa blessure, mais gagnait du terrain inexorablement sur Tom.

Quand celui-ci perçut le bruit des pas juste derrière lui, il se retourna et perdit une longueur. Il entendait son frère aîné grogner et avait l'impression de sentir son haleine sur sa nuque. Rien à faire, il ne pouvait lui échapper. Il se laissa tomber et se mit en boule.

William était si près et arrivait si vite qu'il ne put s'arrêter. La seule façon d'éviter Tom était de sauter par-dessus lui. Il le franchit aisément, mais Tom roula sur le dos au milieu du sentier boueux et, tendant le bras, saisit la cheville de William en plein vol. Il la tint avec l'énergie du désespoir et Black Billy tomba la tête première. Pendant un instant, il fut réduit à l'impuissance. Après s'être relevé d'un bond, Tom s'apprêtait à reprendre ses jambes à son cou lorsque sa colère et sa haine eurent raison de son bon sens.

Il vit Black Billy étalé dans la boue. La tentation était trop forte : pour la première fois de sa vie, son aîné était à sa merci. Tom lui décocha un magistral coup de pied. La botte atteignit William sur le côté de la tête, juste devant l'oreille, mais l'effet produit ne fut pas celui attendu. Au lieu de s'effondrer, William poussa un rugissement de fureur et agrippa des deux mains la jambe de Tom. Avec effort, il projeta l'adolescent dans les fougères sur le bord du sentier, puis se remit sur ses pieds et se jeta sur lui avant qu'il ait eu le temps de reprendre ses esprits.

A califourchon sur la poitrine de son frère cadet, il se pencha en avant pour clouer au sol ses poignets au-dessus de sa tête. Tom était incapable de bouger et pouvait à peine respirer, William écrasant de tout son poids sa cage thoracique. Celui-ci haletait toujours, mais sa respiration se fit peu à peu plus régulière, et il se remit à sourire, d'un rictus douloureux.

— Vous allez payer votre petit jeu, morveux, vous allez le payer cher, je vous le promets, murmura-t-il.

Laissez-moi reprendre mon souffle avant qu'on en finisse.

La sueur dégoulinait de son menton sur le visage de Tom.

— Je vous hais ! lança ce dernier d'une voix sifflante. Nous vous haïssons. Mes frères, tous ceux qui travaillent ici, tous ceux qui vous connaissent... nous vous haïssons tous !

William lâcha l'un des poignets de Tom et le gifla à toute volée, d'un revers de main.

— Voilà des années que j'essaie de vous inculquer les bonnes manières, dit-il, mais vous n'apprenez rien.

Des larmes emplirent les yeux de Tom. Il parvint cependant à rassembler sa salive et à la cracher au visage de son frère. Elle éclaboussa le menton de William mais il l'ignora.

— Je vous aurai, Black Billy ! promit Tom dans un murmure. Un jour, je vous aurai.

— Non. Je ne crois pas, ajouta-t-il en souriant. Vous n'avez jamais entendu parler de la règle de primogéniture, petit singe ?

Il assena une autre claque sur le côté de la tête de Tom. Ses yeux devinrent vitreux et du sang apparut à l'une de ses narines.

— Répondez-moi, mon frère.

William frappa de nouveau Tom en pleine tête, avec l'autre main :

— Vous savez ce que cela signifie ?

Autre gifle de la main droite :

— Répondez-moi, petit Adonis.

La gifle suivante fut donnée de la main gauche, celle d'après de la main droite et les coups continuèrent de pleuvoir en cadence. Droite, gauche. Droite, gauche. La tête de Tom roulait d'un côté et de l'autre. Il perdait rapidement conscience alors que la grêle de coups continuait sans relâche.

— La primogéniture... *vlan* ! est le... *vlan* ! droit... *vlan* ! du... *vlan* ! premier-né.

Vlan !

Le coup suivant vint de derrière Black Billy. Dorian les avait suivis sur le sentier et avait vu ce qui arrivait à son frère préféré. Les coups qui pleuvaient sur Tom le blessaient. Il regarda autour de lui avec désespoir, à la recherche d'une arme. Des branches mortes s'étaient accumulées le long du sentier. Il ramassa un gros bâton sec, long comme le bras, et s'approcha à pas de loup derrière William. Il eut le bon sens de ne pas crier gare et, des deux mains, leva la branche sans bruit au-dessus de sa tête. Il marqua un temps d'arrêt pour viser, rassembla ses forces et abattit le gourdin sur le crâne de William avec une telle violence que l'arme se cassa net.

William porta ses mains à sa tête et s'écarta de Tom. Il leva les yeux vers Dorian et beugla :

— Toute la portée puante est de la partie !

Il se releva en tanguant de manière incertaine :

— Même le sale petit cabot.

— Laissez mon frère tranquille, menaça Dorian, le visage blanc de terreur.

— File, Dorry ! lança Tom, tout étourdi, d'une voix rauque, sans force, depuis les fougères. Il va te tuer. File !

Mais Dorian ne battait pas en retraite.

— Laissez-le tranquille, répéta-t-il.

William fit un pas dans sa direction.

— Vous savez, Dorry, que votre mère était une putain.

Il sourit en manière d'apaisement et avança encore d'un pas en éloignant ses mains de sa tête blessée :

— Ce qui fait de vous un enfant de putain.

Dorian ne savait pas exactement ce qu'était une putain, mais il répondit, furieux :

— Vous n'avez pas le droit de parler ainsi de maman.

Comme William s'approchait de façon menaçante, malgré lui il fit un pas en arrière.

— Le bébé à sa maman, se moqua William. Eh bien, votre putain de mère est morte, bébé.

Les yeux de Dorian s'emplirent de larmes.

— Ne dites pas ça ! Je vous déteste, William Courtney.

— Vous aussi, il vous faut apprendre les bonnes manières, bébé Dorry.

William saisit brusquement Dorian par le cou et souleva de terre sans difficulté l'enfant qui donnait des coups de pied dans le vide.

— Les manières font l'homme, poursuivit William en plaquant son petit frère contre le tronc d'un hêtre pourpre. Il est temps que vous les appreniez, Dorry.

Il appuya avec précision les deux pouces sur la trachée de l'enfant, les yeux braqués sur son visage, le regardant enfler et devenir violacé. Impuissant, Dorian tapait des talons contre le tronc de l'arbre et griffait les mains de William, y laissant des lignes rouges, mais il n'émettait aucun son.

— Un nid de vipères, dit William. Voilà ce que vous êtes, des aspics et des vipères. Il va falloir que je vous élimine.

Tom s'extirpa des fougères et rampa jusqu'à son frère aîné. Il l'agrippa par les jambes.

— Je vous en prie, Billy ! Pardonnez-moi. Battez-moi mais laissez Dorry. Je vous en prie, ne lui faites pas de mal. Il ne voulait pas vous blesser.

William le repoussa d'un coup de pied en continuant de maintenir l'enfant contre l'arbre. Les pieds de Dorian battaient toujours dans le vide.

— Le respect, Dorry, vous devez apprendre le respect.

Il relâcha la pression de ses pouces et laissa sa victime prendre une seule inspiration, puis serra de nouveau. Toujours en silence, Dorian se débattait avec frénésie.

— Prenez-moi à sa place ! supplia Tom. Laissez Dorry tranquille. Il suffit.

Tom se remit debout en s'appuyant contre le tronc de l'arbre. Il tira William par la manche.

— Vous m'avez craché au visage, dit William d'un air mécontent, et cette petite vipère a tenté de m'assommer. Maintenant, vous pouvez le regarder étouffer.

— William ! coupa tout près de lui une voix durcie par l'indignation. A quoi diable jouez-vous ?

Un coup pesant fut assené sur ses bras tendus. Black Billy laissa l'enfant tomber sur la terre boueuse et se retourna, pour faire face à son père.

Hal Courtney s'était servi du fourreau de son épée pour obliger son fils aîné à lâcher sa proie et il semblait sur le point de s'en servir pour le terrasser.

— Etes-vous fou ? Que faites-vous à Dorian ? demanda-t-il d'une voix tremblante de fureur.

— Il fallait le... ce n'était qu'un jeu, père. Nous nous amusions.

La rage de William s'était miraculeusement évaporée, et il semblait calmé. Je ne lui ai pas fait mal, tout cela était pour rire, se justifia-t-il.

— Vous l'avez à moitié tué, gronda Hal.

Il se baissa pour ramasser l'enfant étendu dans la boue et le tint tendrement contre sa poitrine. Dorian enfouit son visage dans le cou de son père et sanglota, toussa, s'étrangla en essayant de reprendre son souffle. La peau douce de son cou portait des marques d'ongles rouge vif et son visage était baigné de larmes. Hal Courtney lança un regard noir à William :

— Ce n'est pas la première fois que vous infligez de

mauvais traitements à plus jeune que vous. Par Dieu, William, nous en reparlerons ce soir après dîner dans la bibliothèque. Maintenant, disparaissez de ma vue avant que je perde mon sang-froid.

— Oui, monsieur, dit William d'un ton humble, avant de reprendre le sentier en direction de la chapelle.

En partant, il jeta cependant à Tom un regard qui montrait bien que, pour lui, l'affaire n'était pas close.

— Que vous est-il arrivé, Tom ? demanda Hal en se tournant vers lui.

— Rien, père, répondit-il loyalement. Ce n'est rien.

Il essuya son nez ensanglanté avec sa manche. C'eût été violer son code de l'honneur que de dénoncer même un adversaire aussi détesté que Black Billy.

— En ce cas, que s'est-il passé pour que vous saigniez du nez et que votre visage soit gonflé et rouge comme une pomme mûre ? demanda derechef Hal d'une voix bourrue mais douce, afin de mettre son fils à l'épreuve.

— Je suis tombé, dit Tom.

— Je sais que vous êtes parfois un grand maladroit, Tom, mais êtes-vous certain que personne ne vous a poussé ?

— Si c'est le cas, cela reste entre lui et moi, monsieur.

Tom se redressa de toute sa hauteur pour dissimuler ses blessures et sa douleur.

Hal le prit par l'épaule. Avec l'autre bras, il serra Dorian contre sa poitrine.

— Venez, les garçons, rentrons à la maison.

Il entraîna ses deux fils vers l'endroit où il avait laissé son cheval à l'orée du bois, souleva Dorian et le déposa sur l'encolure devant lui avant de monter lestement en selle. Il glissa les pieds dans les étriers puis prit Tom par le bras et le hissa en croupe.

Tom plaça ses bras autour de la taille de son père et appuya le visage contre son épaule. Il aimait la chaleur et l'odeur de son corps, la dureté et la force qu'il avait en lui. Elles lui donnaient l'impression de le protéger de tous les dangers. Il avait envie de pleurer mais ravala ses larmes. « Tu n'es pas un enfant, se dit-il. Dorian peut pleurer, mais pas toi. »

— Où est Guy ? demanda son père sans se retourner.

Tom faillit répondre : « Il s'est enfui. » Mais il retint ces paroles et dit :

— Il est rentré à la maison, monsieur.

Hal chevauchait en silence ; il sentait les corps chauds de ses fils serrés contre lui et il avait mal pour eux, sachant qu'ils souffraient. C'était loin d'être la première fois qu'il était mêlé à ce conflit profond entre frères, entre les enfants de ses trois femmes. Il n'ignorait pas que les chances étaient largement en défaveur des plus jeunes, et qu'il n'y aurait qu'un résultat possible.

Contrarié, il fronça les sourcils. Hal Courtney n'avait pas encore quarante-deux ans — William était né alors qu'il n'en avait que dix-huit — et pourtant il se sentait vieux et accablé par les soucis que lui causaient ses quatre fils. Le problème était qu'il aimait William autant, si ce n'est plus, que les autres, même le petit Dorian.

William était son premier-né, le fils de sa Judith, cette belle et farouche guerrière d'Afrique, qu'il avait aimée avec passion, avec une admiration mêlée de respect. Lorsqu'elle était morte sous les sabots ailés de son coursier sauvage, elle avait laissé un vide douloureux dans son existence. Pendant de longues années, rien n'avait pu le combler, sauf le beau petit garçon qu'elle lui avait donné.

Hal avait élevé William, lui avait appris à être dur et résistant, habile et débrouillard. Désormais, il était tout cela et plus encore. Et il y avait en lui un peu de la sauvagerie indomptable et de la cruauté de ce continent sombre et mystérieux dont il était issu. Hal redoutait cela et pourtant, à dire vrai, il n'aurait pas voulu qu'il en fût autrement. Etant lui-même un homme dur et impitoyable, comment ces traits de caractère auraient-ils pu lui déplaire chez son premier-né ?

— Père, que signifie primogénital ? demanda soudain Tom, sa voix étouffée par le manteau de Hal.

Il était à tel point en phase avec les pensées de son père que celui-ci sursauta.

— Où avez-vous appris ça ? demanda-t-il.

— Quelque part, marmonna Tom. J'ai oublié où.

Hal devina la réponse mais n'insista pas, l'adolescent ayant déjà été assez tarabusté ce jour-là.

— Vous voulez dire primogéniture, Tom. C'est le droit du premier-né.

— Billy, murmura Tom.

— Oui, Billy, admit Hal. Selon le droit anglais, il prendra directement ma suite. Il a la préséance sur tous ses frères cadets.

— Nous, dit Tom avec une pointe d'amertume.

— Oui, vous, reconnut Hal. Lorsque j'aurai disparu, tout lui reviendra.

— Vous voulez dire : quand vous serez mort, intervint Dorian avec une logique incontestable.

— C'est cela, Dorry, quand je serai mort.

— Je ne veux pas que vous mouriez, sanglota Dorian d'une voix que la lésion à sa gorge rendait encore plus rauque. Promettez-moi que vous ne mourrez jamais, père.

— J'aimerais le pouvoir, mon fils, mais je ne puis. Nous mourons tous un jour.

Dorian resta coi un instant.
— Mais pas demain.
Hal eut un petit rire.
— Pas demain. Pas avant longtemps, si Dieu me prête vie. Mais un jour, cela arrivera. Cela arrive toujours.
Il prévoyait la question suivante.
— Et, quand cela arrivera, Billy sera sir William ? reprit Tom. C'est ce que vous essayez de nous dire ?
— Oui. William aura la dignité de baronnet, mais ce n'est pas tout. Il aura aussi tout le reste.
— Tout ? Je ne comprends pas, dit Tom en écartant la tête du dos de son père. Vous voulez dire High Weald ? La maison et la terre ?
— Oui, tout appartiendra à Billy. Les biens, la terre, la maison, l'argent.
— C'est pas juste, s'insurgea Dorian. Pourquoi Tom et Guy ne peuvent-ils rien avoir ? Ils sont beaucoup plus gentils que Billy. C'est pas juste.
— Ce n'est peut-être pas juste, mais c'est la loi.
— Ce n'est pas juste, maintint Dorian. Billy est cruel et affreux.
— Si vous avancez dans la vie en attendant qu'elle soit juste, vous courez au-devant de nombreuses et amères déceptions, mon petit, dit Hal en serrant son jeune fils dans ses bras.
« J'aimerais pouvoir faire en sorte qu'il en aille autrement pour vous », pensa-t-il.
— Quand vous serez mort, Billy ne voudra pas que nous restions ici, à High Weald. Il nous chassera.
— Vous ne pouvez pas affirmer cela, protesta Hal.
— Si, insista Tom avec conviction. Il me l'a dit et il le pensait.
— Vous ferez votre chemin, Tom. Voilà pourquoi vous devez être habile et solide. C'est pour cela qu'il

m'arrive de me montrer dur avec vous, plus que je ne l'ai jamais été avec William. Vous devez apprendre à vous débrouiller tout seul quand j'aurai disparu.

Il marqua une pause. Pouvait-il leur expliquer cela alors qu'ils étaient si jeunes ? Il fallait essayer. Il le leur devait :

— La règle de primogéniture, le droit d'aînesse, a fait la grandeur de l'Angleterre. Si, chaque fois que quelqu'un meurt, sa terre était divisée entre ses enfants, le pays entier ne tarderait pas à être morcelé en de minuscules parcelles inexploitables, incapables de nourrir une seule famille, et nous deviendrions une nation de paysans et de pauvres.

— Alors, qu'est-ce que nous allons faire ? demanda Tom. Ceux qui sont évincés.

— L'armée, la marine et l'Eglise vous sont ouvertes. Vous pouvez vous aventurer à travers le monde pour commercer ou coloniser des régions reculées, au-delà des océans, et en revenir avec des trésors et une richesse plus grande encore que celle dont héritera William.

Ils pensèrent à tout cela en silence pendant un bon moment.

— Je serai marin, comme vous, père, dit finalement Tom. Je naviguerai à l'autre bout des océans, comme vous l'avez fait.

— Et j'irai avec toi, Tom, conclut Dorian.

Assis sur le banc du premier rang dans la chapelle familiale, Hal Courtney avait toutes les raisons d'être satisfait. Son fils aîné attendait devant l'autel tandis que l'orgue emplissait le petit édifice d'une joyeuse musique. William avait grande allure dans le costume qu'il avait choisi pour ses noces. Pour une fois, il s'était abstenu de s'habiller en noir. Son col était de la plus fine dentelle flamande, son gilet de velours vert brodé de cerfs d'or, le pommeau de son épée incrusté de cornalines et de lapis-lazuli. La plupart des femmes de l'assistance le dévisageaient, et les plus jeunes parlaient de lui en émettant de petits rires.

Que désirer de plus pour un fils ? songea Hal. William s'était révélé un athlète et un homme cultivé. Son directeur d'études à Cambridge avait loué son assiduité et la facilité avec laquelle il apprenait, et William était arrivé aux premières places grâce à ses qualités de lutteur, de cavalier et de fauconnier. Après ses études, lorsqu'il était retourné à High Weald, il avait de nouveau apporté la preuve de ses talents comme administrateur du domaine et témoigné d'un tempérament entreprenant. Peu à peu Hal lui avait confié la direction de la propriété et des mines d'étain, au point qu'il ne s'occupait pratiquement plus de la gestion quotidienne des biens familiaux. Si une chose contrariait Hal, c'était que William était souvent trop âpre en affaires et trop dur dans sa façon de traiter les hommes qui travaillaient pour lui. Plus d'un mineur était mort à l'ouvrage et des vies auraient pu être épargnées si l'on avait veillé davantage à la sécurité et dépensé un peu plus d'argent pour améliorer les puits et le roulage. Cependant, les profits de la mine et de la propriété avaient presque doublé ces trois dernières années, ce qui était une preuve suffisante de sa compétence.

A présent, William contractait un mariage brillant. Hal l'avait aiguillé vers lady Alice Grenville ; William l'avait courtisée et, tout de suite, s'était fait aimer d'elle si follement qu'elle avait convaincu son père du caractère propice de cette union en dépit de sa réticence initiale. Après tout, William Courtney était un roturier, à l'origine.

Hal jeta un coup d'œil au comte, au moment où il s'asseyait sur le banc de devant, de l'autre côté de l'allée centrale. Plus âgé que lui de dix ans, John Grenville était mince, vêtu avec simplicité, ce qui seyait mal à l'un des plus grands propriétaires terriens d'Angleterre. Ses yeux sombres étaient à demi cachés par ses paupières tombantes, son visage d'une pâleur maladive. Il croisa le regard de Hal et lui adressa un signe de tête, l'expression ni amicale ni hostile, bien que des paroles dures eussent été échangées à propos de la dot d'Alice. La jeune fille avait finalement apporté les droits sur les fermes de Gainesbury, soit plus de mille acres, outre les mines d'étain en exploitation d'East et South Rushwold. La demande d'étain semblait alors insatiable, et Rushwold venait s'ajouter aux mines Courtney que William administrait avec tant d'efficacité. Gérées conjointement, leur production allait augmenter et les coûts d'extraction du précieux minerai diminuer. La dot d'Alice ne se limitait pas à cela. La dernière chose que Hal avait obtenue du comte à force de cajoleries lui plaisait autant que le reste : le paquet d'actions de la Compagnie anglaise des Indes orientales, douze mille en tout, assorties d'un plein droit de vote. Hal était déjà l'un des gros actionnaires, et faisait office de gouverneur de la compagnie, mais cet afflux d'actions allait accroître sa puissance et faire de lui l'un des hommes les plus influents du conseil d'administration après le président, Nicholas Childs.

Oui, il avait toute raison de se sentir satisfait. Quel était alors cet étrange sentiment qui, comme une poussière dans l'œil, jetait une ombre sur son contentement ? Parfois, quand il chevauchait le long des falaises et contemplait la froide immensité de la mer grise, il se rappelait les eaux tièdes et bleu azur de l'océan Indien. Souvent, quand il chassait à l'épervier et regardait le rapide battement d'ailes se détacher sur le fond du ciel, il se souvenait du ciel plus haut, plus bleu, d'Afrique. Certains soirs, il prenait ses cartes sur les rayonnages de sa bibliothèque et s'y plongeait pendant des heures, lisant les annotations qu'il y avait faites deux décennies plus tôt et rêvant des collines bleues de l'Afrique, de ses plages de sable blanc et de ses fleuves majestueux.

Une nuit, récemment, il s'était réveillé en sueur et en proie à une grande confusion. Il avait fait un rêve impressionnant de réalisme et avait revécu des événements tragiques. Elle avait été de nouveau avec lui, l'adorable fille à la peau dorée, son premier amour. Une fois de plus, il l'avait tenue dans ses bras, agonisante.

— Sukeena, mon amour, je mourrai avec toi.

Il avait une nouvelle fois senti son cœur se briser en disant ces mots.

— Non.

Sa voix douce commençait à s'éteindre.

— Non, tu vivras. Je t'ai accompagné aussi loin qu'il m'est permis. Mais un destin particulier t'est réservé. Tu continueras à vivre et tu auras plusieurs fils vigoureux, dont les descendants prospéreront sur la terre d'Afrique et la feront leur.

Hal ferma les yeux et baissa la tête comme pour prier — au cas où un membre de l'assemblée aurait vu briller une larme au coin de son œil. Après un moment, il rouvrit les paupières et regarda les fils dont elle avait prédit la venue tant d'années auparavant.

Tom était le plus proche de lui par l'esprit et le physique, fortement charpenté pour son âge, l'œil et la main d'un guerrier. Remuant, facilement lassé par la routine ou toute tâche exigeant une concentration prolongée et une application méticuleuse, il n'était pas fait pour l'étude, sans être pour autant dépourvu d'intelligence et d'habileté. Il avait une allure plaisante sans être beau, la bouche et le nez trop grands, mais un visage puissant et déterminé, une lourde mâchoire. Il se montrait impulsif et parfois impétueux, presque sans peur, souvent trop téméraire. Les bleus sur son visage, à présent estompés, avaient pris une affreuse teinte jaune et violacée mais il était dans son caractère de s'en prendre à plus âgé et deux fois plus fort que lui sans songer un instant aux conséquences.

Hal avait appris la vérité sur l'affrontement dans les bois près de la chapelle : William lui avait parlé de Mary, la fille de cuisine, et elle lui avait fait une confession quasi incohérente en sanglotant du début à la fin.

— Je suis une bonne fille, monsieur, par Dieu, oui. Je n'ai rien volé comme il l'a dit. Ce n'était qu'une amusette, rien de mal. Puis Monsieur William est entré dans la chapelle et il m'a dit de vilaines choses et m'a battue.

En pleurant à chaudes larmes, elle avait remonté ses jupes pour exhiber les grandes marques flamboyantes qui zébraient ses cuisses.

— Couvre-toi, fille, avait dit Hal en hâte.

Il savait à quoi s'en tenir quant à son innocence. Bien que d'ordinaire il manifestât peu d'intérêt pour les deux douzaines de filles et femmes qui travaillaient dans la maison, il l'avait déjà remarquée car elle avait l'œil coquin et des formes voluptueuses qu'il était difficile d'ignorer.

— Monsieur Tom a essayé de l'arrêter, sans quoi il m'aurait tuée, Monsieur William. C'est un bon garçon, Monsieur Tom. Il n'a rien fait...

Tom avait donc jeté sa gourme avec ce beau brin de fille, pensa Hal. Cela ne lui faisait pas de mal. Elle lui avait probablement inculqué de solides rudiments dans le jeu le plus vieux du monde et, lorsque William les avait surpris, Tom avait volé à son secours. Le sentiment était digne d'éloges mais l'action téméraire, et l'objet de son élan chevaleresque peu digne d'une telle loyauté. Hal avait renvoyé la fille aux cuisines et en avait touché un mot à son intendant. En deux jours de temps, il lui avait trouvé un autre emploi de servante au Royal Oak, une taverne de Plymouth, et elle avait disparu discrètement de High Weald. Hal ne voulait pas qu'elle vienne frapper à sa porte neuf mois plus tard pour lui présenter le fruit de ses frasques.

Il poussa un soupir. Il n'allait pas tarder à devoir trouver un autre emploi pour Tom, qui ne pouvait rester là beaucoup plus longtemps. C'était presque un homme. Aboli avait depuis peu entrepris de lui enseigner le maniement de l'épée — Hal avait retardé ce moment jusqu'à ce que son fils ait assez de force dans les bras : il avait vu des jeunes abîmés pour avoir commencé trop tôt l'exercice. Il frissonna en pensant à ce qu'il adviendrait si, dans un autre accès de colère, Tom provoquait son frère aîné : William était une fine lame. Il avait grièvement blessé l'un de ses camarades de Cambridge d'un coup dans le bas de la poitrine. C'était une affaire d'honneur, mais il avait fallu toute l'influence de Hal et une solide quantité de guinées pour l'étouffer. Le duel était légal mais mal vu : si le jeune homme avait succombé, Hal n'aurait peut-être pas pu protéger son fils des conséquences. L'idée que deux de ses fils vident leurs querelles à coups d'épée lui était insupportable et pourtant elle risquait de n'être pas une simple éventualité s'il ne les séparait pas assez tôt. Il lui faudrait trouver à Tom un embarquement sur l'un des vaisseaux de la John Company — sobriquet affectueux donné à la Compagnie des Indes orientales. Tom sentit le regard de son père peser sur lui et se retourna pour lui adresser un sourire si franc et si candide que Hal détourna les yeux.

Guy était assis à côté de son jumeau. Guy posait lui aussi un problème, songea Hal, mais d'un autre genre. Bien que des jumeaux soient apparus fréquemment dans la lignée des Courtney et que chaque génération en ait produit au moins une paire, Tom et Guy n'étaient pas identiques. Bien au contraire. Ils étaient différents à tous égards, ou presque.

Guy était de loin le plus beau des deux, les traits délicats, presque féminins, un physique harmonieux auquel manquaient cependant la puissance et la force de Tom. Par nature, il était prudent au point d'être peureux, et par ailleurs brillant et intelligent, capable aussi de s'atteler aux tâches les plus répétitives avec la plus grande application.

Hal n'éprouvait pas le mépris habituel de la petite

noblesse pour les marchands et les banquiers, et n'avait pas de scrupules à encourager l'un de ses fils à faire carrière dans cette voie. Il se rendait compte que Guy était peut-être le mieux fait pour ce genre de vie. Il était difficile de l'imaginer soldat ou marin. Hal fronça les sourcils. La John Company offrait de nombreuses possibilités à des employés de bureau et secrétaires, des postes sûrs, sans danger, qui pouvaient conduire à un avancement rapide, surtout pour un garçon intelligent et travailleur dont le père était l'un des gouverneurs de la Compagnie. Il en parlerait à Childs, qu'il devait voir la semaine suivante.

Hal avait l'intention de partir pour Londres à la première heure le lendemain, dès qu'il aurait vu William bel et bien marié à lady Alice et la dot de celle-ci dûment transférée dans le patrimoine des Courtney. Les chevaux étaient prêts ; sur son ordre, le Grand Daniel et Aboli pouvaient les atteler à la voiture en moins d'une heure. Même à la meilleure allure, il lui faudrait cependant cinq jours au moins pour gagner la capitale, et la réunion trimestrielle du conseil des gouverneurs de la Compagnie devait avoir lieu le premier du mois.

« Je vais devoir amener les gamins avec moi », pensa-t-il soudain, et cette décision donnait la mesure de son inquiétude. William maître des lieux, lui absent alors qu'il servait toujours de médiateur et de protecteur, c'eût été tenter le diable que de les laisser à High Weald. Mieux vaut même emmener Dorian, décida-t-il.

Il jeta un regard affectueux à son plus jeune fils, assis à son côté, et eut droit en retour à un éclatant sourire d'adoration. Dorian se rapprocha un peu de lui en se tortillant sur le rude banc de chêne. Hal se sentit étrangement ému par le contact de son petit corps. Il posa une main désinvolte sur l'épaule du jeune garçon.

Il est trop tôt pour dire ce que celui-là va devenir, pensa-t-il, mais il se pourrait qu'il possède tous les points forts des autres et peu de leurs faiblesses.

A cet instant, il fut distrait de ses pensées par l'orgue qui entonnait la marche nuptiale. Il y eut ensuite un bruissement et un bourdonnement de murmures quand les membres de l'assistance se retournèrent sur leur siège pour tenter d'apercevoir la mariée.

Le soleil n'avait pas encore franchi la cime des arbres et seuls quelques rayons éclairaient les hauts pignons et les tourelles de la grande demeure, mais toute la maisonnée s'était levée afin de les voir partir pour Londres : William, sa jeune épouse à son côté, Ben Green, le régisseur de la propriété, Evan, l'intendant, et jusqu'à la plus modeste des filles de cuisine et des servantes.

Par ordre d'ancienneté, ils étaient rassemblés sur le grand escalier qui menait à la porte principale, et les serviteurs les plus humbles étaient en rangs sur la pelouse de devant. Le Grand Daniel et Aboli se trouvaient sur le siège du cocher ; quand les chevaux s'ébrouaient, de la vapeur s'échappait de leurs naseaux dans la fraîcheur du matin.

Hal étreignit rapidement William, tandis qu'Alice, rose et rayonnante de bonheur et d'amour, était accrochée, en adoration, au bras de son jeune époux. Sur instruction de leur père, les trois garçons s'alignèrent derrière lui, le visage fermé, pour serrer la main de leur frère aîné, puis, poussant des cris d'excitation, firent la course jusqu'à la voiture qui attendait.

— Est-ce que je peux monter avec Aboli et le Grand Daniel ? implora Tom.

— Moi aussi ? demanda Dorian en trépignant.

— Vous allez vous installer dans la voiture avec M. Walsh et moi, jeune homme.

M. Walsh était leur précepteur, et quatre jours de captivité avec lui et ses livres de latin, de français et d'arithmétique attendaient Dorian.

— Je vous en prie, père, pourquoi pas moi ? insista Dorian avant de donner lui-même la réponse. Je ne peux pas parce que je suis le plus jeune ?

— Allez, Dorry, intervint Guy en le prenant par la main et en le tirant dans la voiture. Je t'aiderai à étudier tes leçons.

Les rigueurs et les injustices furent oubliées quand Aboli fit claquer son fouet et que la voiture démarra en cahotant, le gravier crissant sous les roues cerclées de fer. Guy et Dorian se penchèrent par la portière pour lancer un signe de main et crier au revoir au personnel de la maison jusqu'à ce que High Weald disparaisse de leur vue.

Sur le siège, Tom, extasié, était assis entre deux de ses préférés. Le Grand Daniel était un gaillard à la masse impressionnante ; sa toison argentée dépassait de son tricorne. Il ne lui restait plus une seule dent et, lorsqu'il mâchait, son visage buriné se plissait comme un soufflet de forge. Il avait la réputation, même à son âge, d'être l'homme le plus fort du Devon. Tom l'avait vu soulever un cheval récalcitrant, le renverser sur le dos les quatre jambes en l'air et le maintenir ainsi pendant que le forgeron le ferrait. Il avait été maître d'équipage avec Francis Courtney. Quand le grand-père de Tom avait été tué par les Hollandais, le Grand Daniel avait servi le fils, parcouru les océans de l'hémisphère sud avec Hal Courtney, s'était battu avec lui contre les païens et les Hollandais, contre les pirates, les renégats et une douzaine d'autres ennemis. Il avait joué les nounous avec William et les jumeaux, les avait portés sur son dos et bercés dans ses mains énormes et douces. Il était capable de raconter les histoires les plus enchanteresses dont pouvait rêver un petit garçon, de construire des modèles réduits d'immenses navires, si merveilleusement réalistes dans le détail qu'on avait l'impression qu'ils allaient disparaître d'un instant à l'autre derrière l'horizon, voguant vers quelque aventure exaltante, emportant Tom sur leur gaillard d'arrière. Il possédait un étonnant répertoire de jurons et de dictons que Tom ne répétait qu'en compagnie de Guy et Dorian, car les réciter en présence de William, de son père ou de tout autre adulte eût entraîné un châtiment immédiat. Tom adorait le Grand Daniel.

En dehors des membres de sa famille, il n'y avait qu'un seul être au monde qu'il aimât davantage. Assis de l'autre côté de Tom, Aboli tenait les rênes dans ses énormes mains noires.

— Prenez le tromblon.

Sachant quel plaisir il lui faisait, Aboli tendit l'arme terrible à Tom. Même si le canon était plus court que son bras, il pouvait projeter deux poignées dévastatrices de plombs par la gueule évasée.

— Si un voleur de grand chemin tente de nous arrêter, vous lui en envoyez une ventrée, Klebe.

Tom était confondu par un tel honneur et, assis bien droit entre les deux hommes, il priait en silence que la chance lui soit offerte de se servir de l'arme qu'il tenait précautionneusement sur ses genoux.

Aboli avait utilisé son surnom : *Klebe* signifiait « faucon » dans le langage des forêts d'Afrique. Tom se délectait de ce surnom. Aboli lui avait appris la langue de la forêt, car, expliquait-il, « c'est là que vous emmènera votre destinée. Cela a été prophétisé il y a bien longtemps par une femme belle et sage. L'Afrique vous attend. Moi, Aboli, je dois vous préparer pour le jour où vous poserez le pied pour la première fois sur son sol ».

Aboli était un prince de sa tribu. Les dessins formés par les cicatrices rituelles qui couvraient son visage de stries et de tortillons saillants prouvaient qu'il était de sang royal. Il était expert dans la pratique de toutes les armes qui lui tombaient entre les mains, qu'il s'agisse d'une massue africaine ou de la meilleure rapière de Tolède. A présent que les jumeaux avaient atteint l'âge convenable, Hal lui avait confié la tâche de leur apprendre à manier l'épée. Aboli avait entraîné Hal au même âge, et William aussi. Il avait fait d'eux de fines lames. Tom s'était mis à ferrailler avec la même aptitude naturelle que son père et son demi-frère, mais, au grand dam d'Aboli, Guy ne montrait pas autant d'entrain et d'aptitude.

— Quel âge a Aboli, à ton avis ? avait un jour demandé Dorian.

— Il est encore plus vieux que père. Il doit au moins avoir cent ans ! avait répondu Tom avec toute la sagesse d'un aîné.

Aboli n'avait pas un cheveu sur son crâne gros comme un boulet de canon, pas un seul cheveu gris pour trahir son âge, et bien que rides et cicatrices fussent entremêlées de manière inextricable sur son visage, son corps était mince et musclé, sa peau lisse et luisante comme de l'obsidienne polie. Personne, pas même lui, ne connaissait son âge véritable. Les histoires qu'il racontait étaient encore plus fascinantes que les meilleures anecdotes du Grand Daniel. Il parlait de géants et de Pygmées, de forêts regorgeant d'animaux merveilleux, de grands singes capables de déchirer un homme en deux comme une vulgaire sauterelle, de créatures au cou si long qu'elles pouvaient manger les feuilles à la cime des arbres les plus hauts, de déserts où des diamants de la taille d'une pomme scintillaient au soleil comme de l'eau, et de montagnes d'or massif.

— Un jour j'irai là-bas ! lui avait dit Tom avec ferveur à la fin de l'une de ses histoires magiques. Est-ce que tu viendras avec moi, Aboli ?

— Oui, Klebe. Nous ferons un jour voile ensemble vers l'Afrique, promit Aboli.

La voiture avançait maintenant sur la route inégale en cahotant avec force craquements et éclaboussures dans les nids-de-poule boueux, et, perché entre les deux hommes, Tom s'efforçait de contenir son impatience. Lorsqu'ils parvinrent à la croisée des chemins avant Plymouth, un personnage squelettique était pendu au gibet, encore dans ses chaînes et vêtu de son gilet, de sa culotte et de ses bottes.

— Cela fera un mois dimanche prochain qu'il est là, commenta le Grand Daniel en levant son tricorne à l'adresse du bandit exécuté, dont les corbeaux avaient arraché les chairs. Bon vent, John Warking. Touche un mot pour moi au diable !

Au lieu d'entrer dans Plymouth, Aboli lança les chevaux sur la large route fréquentée qui menait vers l'est, en direction de Southampton et Londres.

Londres, la plus grande ville du monde. Cinq jours plus tard, alors qu'ils en étaient encore éloignés de vingt miles, ils virent ses fumées sur l'horizon. Elles flottaient dans l'air et se mêlaient aux nuages, pareilles au voile grisâtre d'un champ de bataille. La route les emmenait le long des berges de la Tamise, large et animée par une procession incessante de petits bateaux, de péniches, de chalands et de canots lourdement chargés de bois et de pierres, de sacs de blé et de bétail beuglant, de caisses, ballots et barils : tout le commerce d'une nation. Le trafic devenait plus dense à mesure qu'ils approchaient du port de Londres, où de grands navires étaient à l'ancre, et ils dépassèrent les premières maisons, entourées de champs et de jardins.

Ils pouvaient maintenant sentir la ville, et la fumée refermait son voile sur leurs têtes, cachant le soleil. Chaque cheminée vomissait ses exhalaisons sombres et ajoutait à l'obscurité. L'odeur de la ville se faisait plus forte — les relents de cuir et d'étoffes neuves, de viandes avariées et autres effluves étranges, indéfinissables, d'hommes, de chevaux, de rats et de poules, la puanteur sulfureuse du charbon en train de brûler et des eaux usées. L'eau du fleuve prenait une teinte marron sale, la route était embouteillée par des chariots et des voitures, des coches et des fardiers. Le fleuve était à présent caché par les entrepôts construits le long des rives.

Les rênes de la voiture en main, Aboli se faufilait à travers la multitude, échangeant plaisanteries et insultes avec les autres cochers. A son côté, Tom ne pouvait pas tout saisir. Il ne savait où donner du regard, tournait la tête en tous sens et jacassait comme une pie. Hal Courtney avait accédé aux prières de Dorian et lui avait permis de grimper sur le toit de la voiture, où il était assis derrière Tom, et ses cris et ses rires se mêlaient à ceux de son aîné.

Ils franchirent enfin la Tamise sur un énorme pont de pierre, si grand que les eaux du fleuve serpentaient autour des piles et tourbillonnaient comme un maelström brun entre les digues. Il y avait des éventaires sur toute la longueur, où des bonimenteurs vantaient leurs marchandises aux passants.

— Langoustes fraîches, mes amis ! Huîtres et coques vivantes !

— Bière ! Douce et forte ! Vous serez ivres pour un penny, ivres morts pour deux.

Tom vit un homme dégueuler copieusement par-dessus le garde-fou et une fille soûle s'accroupir en étalant ses jupes en loques autour d'elle pour pisser dans le caniveau. Vêtus d'uniformes splendides, des officiers de la garde royale de Guillaume III, retour de guerre, se pavanaient parmi la foule, de jolies filles coiffées de chapeaux à leur bras.

Des vaisseaux de guerre étaient à l'ancre sur le fleuve, et Tom les montra avec empressement à Daniel.

— Oui, dit celui-ci en crachant du jus de chique. Voilà le vieux *Dreadnough*, soixante-quatorze canons. Il était à Medway. Celui-là est le *Cambridge*...

Daniel débita les noms glorieux et Tom ne se sentait plus en les entendant.

— Regarde ! s'écria-t-il. Ça doit être la cathédrale Saint-Paul.

Il la reconnut pour en avoir vu des images dans ses livres de cours. Le dôme n'était pas encore achevé, ouvert sur le ciel et couvert d'une résille d'échafaudages.

Guy l'avait entendu et passa la tête par la portière.

— La nouvelle cathédrale Saint-Paul, corrigea-t-il. L'ancienne a été détruite par le Grand Incendie. L'architecte est M. Wren et le dôme aura près de trois cent soixante-cinq pieds de haut...

Mais l'attention de ses deux frères installés sur le dessus de la voiture était déjà captivée par autre chose.

— Qu'est-il arrivé à ces bâtisses ? demanda Dorian en désignant des ruines noircies par la fumée, entre lesquelles s'intercalaient de nouveaux édifices élevés le long du fleuve.

— Ils ont été détruits par l'incendie, lui répondit Tom. Regarde les maçons au travail.

Après avoir traversé le pont, ils s'engagèrent dans les rues grouillantes. La presse des véhicules et des gens y était encore plus grande.

— J'étais là avant l'incendie, leur dit Daniel, longtemps avant que vos parents aient seulement songé à vous fabriquer. Les rues étaient deux fois plus étroites que maintenant et les gens vidaient leurs pots de chambre dans le caniveau...

Pour le plus grand plaisir des gamins, il poursuivit avec un luxe de détails pittoresques sa description des conditions de vie qui régnaient dans la ville à peine vingt ans plus tôt.

Dans certaines des voitures qu'ils croisaient, ils distinguaient de nobles messieurs vêtus à la toute dernière mode, accompagnés de dames en soie et satin brillants, si belles que Tom les regardait avec une admiration mêlée de respect, persuadé que ce n'étaient pas des mortelles mais des anges du ciel.

D'autres femmes qui se penchaient aux fenêtres des maisons serrées les unes contre les autres ne semblaient pas si nobles. L'une d'elles repéra Aboli et lui lança une invite d'une voix rauque et perçante.

— Qu'est-ce qu'elle veut montrer à Aboli ? demanda Dorian, les yeux écarquillés.

Daniel ébouriffa ses cheveux roux flamboyants.

— Mieux vaudrait pour vous que vous ne le découvriez jamais, Monsieur Dorry, car une fois que vous l'aurez fait, vous ne connaîtrez plus la paix.

Ils arrivèrent enfin à La Charrue, la voiture grondant sur les pavés. L'aubergiste se précipita pour les accueillir, s'inclinant et se frottant les mains de satisfaction.

— Soyez le bienvenu, sir Hal ! Nous ne vous attendions pas avant demain.

— La route était meilleure que je ne le craignais. Nous avons bien roulé, expliqua Hal en mettant pied à terre prestement. Servez-nous une cruche de petite bière pour nous laver la gorge de toute cette poussière, ordonna-t-il.

Il entra dans l'auberge et se laissa choir dans l'un des fauteuils de l'avant-salle.

— J'ai fait préparer votre appartement habituel, sir Hal, et une chambre pour vos fils.

— Très bien. Que vos garçons d'écurie prennent soin des chevaux et trouvez une chambre pour mes serviteurs.

— J'ai pour vous un message de lord Childs, sir Hal. Il m'a chargé de lui envoyer un mot dès votre arrivée.

— L'avez-vous fait ?

Hal lui lança un regard aigu. Nicholas Childs n'était que le président du conseil des gouverneurs de la Compagnie des Indes orientales, mais il la dirigeait comme si elle avait été son fief. C'était un homme d'une immense fortune et d'une influence considérable à la ville et à la cour. La Couronne était l'un des principaux actionnaires de la compagnie, et Childs avait donc l'oreille et la faveur du souverain lui-même. Ce n'était pas un homme à traiter à la légère.

— Je viens de lui envoyer un message.

Hal but à longs traits à même la cruche et rota poliment.

— Maintenant, vous pouvez me conduire à mon appartement.

Il se leva et suivit l'aubergiste, qui monta l'escalier à reculons en s'inclinant toutes les trois marches. Hal jugea l'hébergement convenable et donna son approbation. Outre la chambre, l'appartement comprenait une salle à manger et un salon particuliers. Les garçons étaient logés dans la chambre en face et Walsh, leur précepteur, dans celle d'à côté. Elle ferait office de salle de classe, car Hal était bien décidé à ce qu'ils ne manquent pas un seul jour d'étude.

— Pouvons-nous sortir voir la ville, s'il vous plaît, père ? demanda Tom.

Hal lança un coup d'œil à Walsh.

— Ont-ils fini les leçons que vous leur aviez préparées pour le voyage ?

— Monsieur Guy a fini. Mais les autres... répondit Walsh d'un ton compassé.

— Avant que vous mettiez un pied dehors, vous allez achever la tâche dont M. Walsh vous a chargés, jusqu'à ce qu'il ait pleine satisfaction, dit Hal à ses fils en fronçant le sourcil.

Tandis qu'il tournait les talons, Tom fit une grimace dans le dos de Walsh.

Le messager de Nicholas Childs arriva avant qu'Aboli et Daniel aient fini de porter à l'étage les lourdes malles de cuir qui avaient été arrimées sur le toit de la voiture. Le valet de pied en livrée s'inclina et tendit à Hal le parchemin scellé. Hal lui donna une pièce et fendit avec l'ongle le cachet de cire de la Compagnie des Indes orientales. La lettre avait été écrite par un secrétaire : « Lord Childs a l'honneur de vous prier à dîner à huit heures ce soir à Bombay House. » Dessous, il lut une note libellée avec l'écriture ornée de Childs : « Oswald Hyde sera le seul autre invité. N. C. »

Hal émit un petit sifflement : un dîner en privé avec le président et le chancelier de Sa Majesté Guillaume III. « Il se prépare quelque chose d'intéressant. » Il sourit et sentit un frisson d'excitation lui parcourir les veines.

A eux deux, Aboli et Daniel avaient lavé la voiture de la boue dont elle était maculée et étrillé les chevaux jusqu'à ce que leur robe brille de nouveau comme du métal poli. Hal avait eu tout le temps de prendre un bain et de faire nettoyer ses vêtements par la femme de chambre avant de se mettre en route pour honorer son rendez-vous.

Bombay House se dressait derrière de hauts murs au milieu de vastes jardins, à un jet de pierre des facultés de droit et à deux pas du siège de la Compagnie des Indes orientales, dans Leadenhall Street. Des gardes étaient postés devant le haut portail de fer forgé, qu'ils ouvrirent dès qu'Aboli annonça son maître. Trois valets de pied attendaient devant la porte à double battant pour introduire Hal et le débarrasser de sa cape et de son chapeau. Puis le majordome le conduisit à travers une succession de pièces imposantes aux murs desquelles étaient accrochés des miroirs et d'immenses toiles représentant des navires, des batailles et des paysages exotiques ; le tout était éclairé par des forêts de chandelles, des lustres de cristal et par des lampes à huile dorées, tenues par des nymphes et des nègres.

A mesure qu'ils progressaient, des pièces moins imposantes succédèrent aux salles de réception, et Hal se rendit compte qu'ils étaient entrés dans les appartements privés de la grande demeure, plus près des cuisines et des logements des domestiques. Ils s'arrêtèrent enfin devant une porte si petite et si discrète qu'il eût été facile de la dépasser sans la voir. L'intendant frappa une fois avec sa canne.

— Entrez ! tonna une voix familière.

Hal baissa la tête pour franchir le seuil et se retrouva dans un cabinet de dimensions modestes mais richement décoré. Les murs lambrissés étaient tendus de tapisseries de Perse et des Indes, et il y avait tout juste assez de place pour une grande table couverte de poêlons d'argent et de soupières dorées d'où s'échappaient de succulents fumets et d'alléchantes vapeurs.

— Ponctuel comme d'ordinaire, le complimenta

lord Childs, assis au bout de la table, débordant d'un grand fauteuil rembourré. Pardonnez-moi de ne pas me lever pour vous accueillir comme il convient, Courtney. Cette satanée goutte me joue un tour à sa façon, ajouta-t-il en montrant son pied emmailloté de bandages et posé sur un tabouret. Vous connaissez Oswald, naturellement.

— J'ai cet honneur, dit Hal en s'inclinant devant le chancelier. Bonsoir, Excellence. Nous nous sommes rencontrés chez Samuel Pepys en août dernier.

— Bonsoir, sir Henry. Je m'en souviens fort bien.

Lord Hyde sourit et inclina la tête sans quitter son siège.

— Vous n'êtes pas le genre d'homme qu'on oublie aisément, ajouta-t-il.

La soirée s'amorce sous de bons auspices, se dit Hal. Sans cérémonie, Childs lui fit signe de prendre place à son côté.

— Asseyez-vous là afin que nous puissions parler. Débarrassez-vous de votre manteau et de votre perruque, mon cher. Mettez-vous à l'aise. (Il jeta un coup d'œil à l'épaisse chevelure châtain foncé de Hal, à peine argentée sur les tempes.) Suis-je distrait ! Vous ne portez pas de perruque, c'est diantrement pratique. Nous autres, infortunés citadins, nous sommes tous esclaves de la mode.

En manche de chemise, le col défait, les deux hommes avaient le cheveu coupé ras. Childs arborait une serviette autour du cou, et ils n'avaient pas attendu Hal pour commencer le repas. A en juger par la pile de coquilles vides, Childs avait déjà mis à mal plusieurs douzaines d'huîtres. Hal ôta son manteau d'un coup d'épaule, le confia à un valet et s'assit dans le fauteuil indiqué.

— Qu'est-ce qui vous ferait plaisir, Courtney : vin du Rhin ou madère ?

Childs fit signe à l'un des domestiques de remplir le verre de Hal, qui opta pour le vin du Rhin. Il savait par expérience que la soirée allait être longue et que le madère, d'une douceur trompeuse, « tapait ». Lorsque son verre fut plein et un plateau d'énormes huîtres de Colchester placé devant lui, Childs congédia les serviteurs d'un signe de main. Presque tout de suite, la conversation s'engagea sur la question douloureuse de la guerre irlandaise. Le roi Jacques, détrôné, s'était embarqué de France pour l'Irlande afin de lever une armée parmi ses partisans catholiques. Il attaquait les forces loyales au roi Guillaume. Oswald Hyde déplora le coût de la campagne, mais Childs se réjouit des succès de la défense de Londonderry et d'Enniskillen grâce aux armées de Sa Majesté.

— Vous pouvez être assurés d'une chose : dès que le roi se sera occupé des Irlandais, il tournera de nouveau son attention vers la France.

Oswald Hyde aspira une huître de sa coquille et prit l'air malheureux, expression qui semblait lui venir naturellement, avant de poursuivre :

— Il va me falloir revenir devant le Parlement pour une autre dotation.

Bien qu'il vécût à la campagne, Hal restait bien informé des événements du moment, car il avait beaucoup de bons amis à Londres et entretenait avec eux une correspondance régulière. Il était à même de suivre les principaux méandres de la conversation et même d'effectuer des remarques dignes d'intérêt.

— En l'occurrence, nous n'avons guère le choix. Lorsque Louis a envahi le Palatinat, nous avons été obligés d'agir contre lui conformément aux termes de l'alliance de Vienne.

Il avait exprimé une opinion à laquelle les autres adhéraient, et il sentait leur approbation, bien que Hyde eût continué de se lamenter sur les dépenses occasionnées par une guerre continentale.

— Je reconnais la nécessité d'une guerre contre la France, mais, seigneur Dieu, nous n'avons pas encore amorti le coût de celle contre la Hollande et de l'incendie. Black Boy et Jamie nous ont laissé des dettes auprès de toutes les banques d'Europe.

Black Boy était le surnom de Charles II, le joyeux monarque. Jamie était Jacques II, qui lui avait succédé en gouvernant pendant trois ans à peine, avant que son catholicisme déclaré ne l'oblige à s'enfuir en France. Guillaume, le stathouder des Provinces-Unies, et quatrième dans l'ordre successoral, avait été invité, avec son épouse Marie, à s'asseoir sur le trône d'Angleterre. Marie était la fille de Jacques II, ce qui rendait leur prétention au trône d'autant plus fondée ; naturellement, c'étaient de loyaux protestants.

Une fois réglé le sort des huîtres, Childs rappela les valets pour qu'ils servent les plats suivants. Il se jeta sur une sole comme sur une ennemie jurée, puis vinrent l'agneau et le bœuf, avec trois potages de saveurs différentes, dans des soupières en argent doré. Un bon bordeaux rouge remplaça le vin du Rhin assez insipide.

Hal buvait avec modération, car la conversation était fascinante et lui ouvrait des perspectives sur l'imbrication des structures du pouvoir et du monde politique. Pour rien au monde il n'aurait laissé les vins même les plus fins lui embrumer l'esprit. La discussion passait alternativement du couronnement de Pierre, tsar de Russie, aux incursions des Français au Canada, du massacre des colons à Lachine, perpétré par les Iroquois, à la rébellion des Marathes contre le gouvernement de l'empereur moghol Aurangzeb en Inde.

Cette dernière information amena la conversation à la véritable raison de leur réunion : les affaires de la

Compagnie anglaise des Indes orientales. Hal perçut le changement qui s'était produit chez ses compagnons à la façon dont ils fixaient sur lui un regard aigu.

— J'ai cru comprendre que vous étiez un important actionnaire de la Compagnie ? demanda lord Hyde d'un ton innocent.

— J'ai eu la chance d'acheter quelques actions de la Compagnie à mon retour d'Orient, dans les années soixante-dix, reconnut modestement Hal, et, depuis lors, j'ai de temps à autre ajouté à mes participations quand la fortune m'a souri.

D'un revers de main, Childs rejeta cette restriction.

— Tout le monde est au fait de vos exploits et de ceux de votre père durant les guerres hollandaises et ensuite, ainsi que de la manière très considérable dont vous avez arrondi votre pécule grâce à vos prises de guerre et aux produits de vos expéditions commerciales dans les îles aux épices et sur les côtes orientales du continent africain. Sir Henry, précisa-t-il à l'intention du chancelier, possède quatre et demi pour cent du capital de la Compagnie, sans compter la dot d'Alice Grenville, qui vient d'épouser son fils aîné, conclut-il.

Hyde eut l'air impressionné en calculant mentalement ce que cela représentait.

— Vous vous êtes révélé un capitaine intrépide et plein de ressources, murmura-t-il. Et un investisseur prudent. Vous méritez amplement ces récompenses.

Il regardait Hal avec un regard perçant, et celui-ci savait qu'ils en arrivaient enfin à ce qui les avait amenés là.

— Vos intérêts personnels sont en outre liés aux nôtres, poursuivit le chancelier à voix basse, en se frottant le crâne. Nous sommes tous actionnaires, la Couronne étant le plus gros. Les nouvelles récentes des Indes orientales nous affectent donc de la manière la plus douloureuse.

Hal sentit sa poitrine se contracter sous l'effet de l'appréhension. Il se redressa dans son fauteuil et c'est d'une voix serrée qu'il murmura :

— Pardonnez-moi, Excellence, mais je ne suis arrivé à Londres que ce matin et je n'ai pas entendu les nouvelles.

— Vous avez de la chance, car elles ne sont pas bonnes, grommela Childs en portant à sa bouche un morceau de bœuf dégoulinant de sang.

Il le mâcha et l'avala, puis but une grande rasade de bordeaux :

— Il y a deux semaines, l'un de nos navires, le *Yeoman of York*, a accosté dans les docks de la Compagnie. Il avait quitté Bombay soixante-deux jours plus tôt avec une cargaison de coton et de cochenille, ainsi que les dépêches de Gerald Aungier, le gouverneur de la colonie.

Childs fronça les sourcils et secoua la tête, répugnant à poursuivre :

— Nous avons perdu deux navires. Le *Minotaur* et l'*Albion Spring*.

Hal se renversa dans son fauteuil comme s'il avait reçu un coup sur la tête.

— Ils sont l'orgueil de notre flotte ! s'exclama-t-il.

C'était presque incroyable. Les navires imposants et magnifiques qui assuraient le service des Indes étaient les maîtres des océans, construits non seulement pour le transport de cargaisons mais aussi pour le prestige de la puissante et prospère Compagnie, qui en était propriétaire, et de la Couronne d'Angleterre qui leur avait accordé le privilège de naviguer.

— Naufrage ? hasarda Hal.

La puissance même de la Compagnie devait être ébranlée par l'importance de la perte. La disparition d'un tel navire représentait un coup terrible, la perte de deux, un véritable désastre — dont le coût pouvait s'élever à une centaine de milliers de livres, avec les cargaisons.

— Ont-ils fait naufrage ? demanda-t-il. La côte des Aiguilles ? Les récifs de coraux des Mascareignes ?

— Ils n'ont pas fait naufrage, répondit Childs d'un ton sinistre.

— Que leur est-il donc arrivé ?

— Les pirates. Les flibustiers.

— En êtes-vous sûr ? Comment peut-on le savoir ?

Les navires qui faisaient la route des Indes étaient conçus pour être rapides et puissamment armés en prévision de telles mésaventures. Un vaisseau de guerre de fort tonnage eût été nécessaire pour en capturer un. Lorsque la nouvelle se répandrait, la valeur des actions de la Compagnie allait chuter. Ses propres avoirs seraient amputés de milliers, voire de dizaines de milliers de livres.

— Les deux navires ont à présent des mois de retard. Nous sommes sans nouvelles ni de l'un ni de l'autre, dit Childs. Mais il semble qu'un homme se soit échappé du *Minotaur*. Il est resté près de quarante jours accroché à un bout d'épave, ne buvant que quelques gouttes d'eau de pluie et mangeant cru les poissons qu'il était capable d'attraper, avant d'être enfin rejeté sur la côte sauvage d'Afrique. Il a marché pendant des semaines le long du rivage, pour atteindre la colonie portugaise de Lobito. Là, il a pu s'embarquer sur un sloop à destination de Bombay. Il a raconté son histoire au gouverneur Aungier, qui nous l'a renvoyé accompagné de dépêches à bord du *Yeoman of York*.

— Où se trouve ce marin maintenant ? demanda Hal. Lui avez-vous parlé ? Peut-on se fier à lui ?

Childs leva la main pour arrêter ce flot de questions.

— Il est en lieu sûr et nous prenons soin de lui, mais

nous ne tenons pas à ce qu'il raconte son histoire dans les rues de Londres ou dans les tavernes... Oui, j'ai parlé avec lui longuement. Il semble être un garçon intelligent, solide et plein de ressources, si son récit est véridique, ce que je crois.

— Qu'est-il arrivé, selon lui ?

— En bref, le *Minotaur* est tombé sur un petit dhaw en détresse au large de l'île de Madagascar et a recueilli à son bord les douze hommes d'équipage avant qu'il ne sombre. Mais la première nuit, les survivants ont pris le contrôle du pont pendant le quart de minuit à quatre heures. Ils avaient caché des armes sur eux et ils ont égorgé les officiers de quart. Il va de soi que l'équipage du *Minotaur* aurait repris sans peine la maîtrise du bâtiment à une bande de pirates si réduite, mais presque tout de suite une flotte de petits navires est sortie de l'obscurité, manifestement en réponse à un signal, et le groupe des pirates déjà à bord a pu empêcher les hommes d'équipage de servir les canons ou de se défendre.

— Comment ce marin s'est-il échappé ?

— La plupart des hommes du *Minotaur* ont été massacrés, mais lui — il s'appelle Wilson — a convaincu le capitaine des pirates de l'enrôler dans sa bande, en promettant de le conduire vers d'autres butins. Wilson a saisi ensuite la première occasion pour s'enfuir en se glissant par un sabord avec un baril en guise de flotteur.

Childs ouvrit un petit coffret d'argent et en tira un long objet brun qui ressemblait à un morceau d'écorce.

— Des feuilles de tabac roulées, expliqua-t-il. Ça vient des colonies espagnoles d'Amérique. Ils appellent cela un cigare. J'en suis venu à les préférer à la pipe. Voulez-vous en essayer un ? Tenez, laissez-moi vous le préparer.

Il le huma et en coupa un petit bout avec cérémonie.

Hal l'accepta et le renifla avec méfiance. L'arôme en était étonnamment agréable. Suivant l'exemple de Childs, il alluma l'extrémité avec la bougie qu'il lui tendait. Il aspira une bouffée avec précaution et, bien qu'il fût affligé par ce qu'il venait d'apprendre, il trouva le parfum à son goût, meilleur que toutes les pipes qu'il avait fumées.

Les deux hommes tiraient maintenant sur leur cigare, ce qui laissa à Hal quelques minutes pour considérer le problème que Childs venait de lui soumettre.

— Vous avez dit que nous avions perdu deux navires, remarqua-t-il.

— Oui, confirma Childs. L'*Albion Spring* quelques semaines avant le *Minotaur*. Capturé par la même bande d'assassins.

— Comment pouvons-nous en être certains ?

— Le capitaine des pirates s'est vanté de ses exploits auprès de ce Wilson.

Après un long silence, Hal demanda :

— Qu'avez-vous l'intention de faire, *my lord ?*

Son pouls s'accéléra quand il vit les deux hommes échanger un regard, et il se douta pour la première fois de la raison pour laquelle il avait été invité à cette réunion en petit comité.

Childs essuya la graisse de bœuf sur ses bajoues d'un revers de main, puis lança un clin d'œil à Hal, d'un air de conspirateur.

— Nous allons envoyer quelqu'un s'occuper de ce gredin de Jangiri... c'est le nom de ce pirate.

— Qui allez-vous envoyer ? demanda Hal, tout en connaissant déjà la réponse.

— Vous, bien sûr.

— Mais, *my lord*, je suis devenu un châtelain, un homme de la campagne.

— Depuis quelques années seulement, coupa Hyde. Auparavant, vous étiez l'un des capitaines les plus prospères des mers du Sud et d'Orient.

Hal resta coi. C'était vrai. Ces deux hommes savaient tout de lui. Ils étaient sans doute capables de raconter par le menu tous les voyages qu'il avait effectués, et Hyde devait posséder dans ses archives toutes les déclarations qu'il avait remplies auprès du Trésor concernant les cargaisons précieuses et les trésors qu'il avait rapportés.

— Excellences, j'ai une famille, quatre fils à charge et pas de femme pour partager cette responsabilité. C'est la raison pour laquelle je ne navigue plus.

— Oui, je sais fort bien que vous avez renoncé à la mer, Courtney, et vous avez droit à mes plus sincères condoléances pour la perte de votre épouse. Mais, par ailleurs, même le plus jeune de vos fils doit maintenant avoir l'âge que vous aviez lorsque vous êtes parti en mer pour la première fois. Il n'y a aucune raison pour que vous ne trouviez pas de couchettes pour votre progéniture à bord d'un navire digne de ce nom.

Tout cela n'était que trop exact. Childs avait de toute évidence conçu sa stratégie en accordant la plus grande attention aux détails, mais Hal était bien décidé à ne pas lui permettre de gagner la partie si facilement.

— Je ne peux pas laisser ainsi High Weald. Si mes biens n'étaient pas gérés avec le plus grand soin, je serais mis sur la paille.

— Mon cher sir Henry, s'obstina Hyde en souriant, mon fils était avec votre William à King's College. Ils sont toujours les meilleurs amis du monde et entretiennent une correspondance régulière. Si j'ai bien compris, l'administration de vos biens est désormais à la charge du jeune William et vous passez le plus clair de votre temps à chasser, au faucon notamment, à lire et à évoquer des souvenirs avec vos vieux compagnons de bord.

Hal devint rouge de colère. Etait-ce là la façon dont William estimait sa valeur et sa contribution à l'administration de High Weald et des mines ?

— Si on ne s'occupe pas promptement de ce Jangiri, nous serons tous mis sur la paille, ajouta Childs. Vous êtes l'homme de la situation et nous le savons tous.

— La répression de la piraterie est l'affaire de la marine royale, rétorqua Hal.

— Bien sûr, reconnut Hyde. Mais à la fin de l'année nous serons en guerre contre la France et la marine royale aura à s'occuper d'affaires plus pressantes. Plusieurs années passeront peut-être avant que l'Amirauté ait le loisir de tourner son attention vers la surveillance de lointains océans et nous ne pouvons nous permettre d'attendre si longtemps. Jangiri a déjà deux puissants navires entre les mains. Qui peut dire si dans un an ou deux il ne sera pas assez fort pour attaquer Bombay ou nos comptoirs de la côte de Carnatic ? Vos actions de la Compagnie ne vaudront plus grand-chose s'il y réussit.

Hal gigotait dans son fauteuil et tripotait le pied de son verre de vin. C'était ce qu'il avait attendu secrètement au cours de ces derniers mois d'ennui et d'inactivité. Son sang ne faisait qu'un tour, son esprit fonctionnait à toute allure, passant d'une idée à l'autre comme un soui-manga sur un arbre en fleurs.

— Je n'ai pas de navire, dit-il. (Il avait vendu le *Golden Bough* lorsqu'il était revenu dans le Devon. Le bateau était fatigué, sa coque à moitié mangée par les tarets.) Il me faudrait un bâtiment de puissance égale ou supérieure à celle du *Minotaur* ou de l'*Albion Spring*.

— Je peux vous offrir une escadre de deux beaux

navires, répondit Childs, soucieux de lever l'objection. Votre vaisseau amiral sera le *Seraph*, un bâtiment tout neuf, le meilleur que la Compagnie ait jamais construit. Trente-six canons et rapide comme un goéland. Il est en cours d'armement au chantier naval de Deptford. Il peut être prêt à prendre la mer à la fin du mois.

— Et l'autre ? demanda Hal.

— Le *Yeoman of York*, celui-là même qui a ramené Wilson de Bombay. Sa remise en état sera achevée à la fin de la semaine. Trente-six canons également. Le capitaine est Edward Anderson, un excellent marin.

— Je le connais bien, commenta Hal en hochant la tête. Mais sous quelle autorité naviguerais-je ? s'enquit-il, déterminé à résister encore un peu.

— Demain à midi, promit Hyde, je peux vous remettre un mandat signé de la propre main de Sa Majesté, un mandat vous autorisant à rechercher, anéantir ou prendre les navires et biens en possession des pirates.

— Comment se répartiraient les produits des prises ? questionna Hal en tournant son attention vers le chancelier.

— Un tiers pour la Couronne, un tiers pour la Compagnie et le dernier tiers pour vous et votre équipage, proposa Hyde.

— Si je devais partir, et rien ne garantit que je le fasse, je voudrais la moitié pour mon équipage et moi.

— C'est donc vrai, soupira Hyde, l'air pitoyable. Vous êtes dur en affaires. Nous pourrons en discuter quand vous accepterez de recevoir le mandat.

— Je souhaiterais par ailleurs avoir la possibilité de commercer pour mon propre compte durant le voyage.

C'était l'un des principes de la politique de la Compagnie que ses capitaines ne puissent se livrer au commerce privé, ce qui eût risqué d'entraîner des conflits d'intérêts et de fidélité. Le visage de Childs s'assombrit et sa mâchoire trembla d'indignation.

— En aucune façon. Je ne peux souscrire à cette demande. Cela créerait un dangereux précédent.

Il se rendit compte que Courtney lui avait tendu un piège et qu'il y était tombé à pieds joints.

— Très bien, dit Hal doucement. Je renoncerai à ce droit si vous m'accordez la moitié des prises.

Childs eut un serrement de gorge et crachota, indigné par son culot, mais Hyde sourit d'un air lugubre.

— Il vous tient, Nicholas. C'est l'un ou l'autre ; lequel choisir ? Les prises ou le droit de commercer ?

Une tempête sévissait sous le crâne de Childs. Le produit des prises pouvait dépasser largement tout profit commercial que serait capable d'engranger un marin même aussi débrouillard le long des côtes asiatiques et africaines, mais le droit de commercer était sacré et réservé à la seule Compagnie.

— Très bien, convint-il. La moitié des prises mais pas de profits commerciaux.

Hal fronça les sourcils, satisfait malgré tout. Il acquiesça avec une répugnance apparente.

— J'ai besoin d'une semaine pour y réfléchir.

— Vous ne disposez pas d'une semaine, fit observer Hyde. Il nous faut votre réponse ce soir même. Sa Majesté doit savoir à quoi s'en tenir lors de la réunion de son cabinet demain matin.

— J'ai trop de choses à prendre en considération avant de pouvoir accepter le mandat, remarqua Hal en se renversant dans son fauteuil et croisant les bras en un geste définitif.

S'il faisait traîner, il avait des chances de leur arracher d'autres concessions.

— Henry Courtney, baron de Darmouth, dit Hyde à voix basse. Le titre ne sonne-t-il pas bien ?

Hal décroisa les bras et se pencha en avant, tellement pris au dépourvu qu'il ne put empêcher l'enthousiasme d'éclairer son visage. Une pairie ! Il n'avait encore jamais osé y songer. C'était pourtant l'une des rares choses qui lui manquait en ce monde.

— Vous vous moquez, monsieur ? Précisez votre pensée, je vous prie.

— Acceptez sur-le-champ le mandat que nous vous offrons et je vous donne solennellement ma parole que la baronnie vous est acquise. Qu'en dites-vous, sir Hal ?

Hal se prit à sourire. Malgré son rang élevé, il restait encore un roturier, et ce nouveau barreau gravi sur l'échelle sociale signifiait son entrée dans la noblesse et à la Chambre des lords.

— C'est vous qui êtes dur en affaires, *my lord*. Je ne peux résister plus longtemps à vos flatteries ni surseoir à l'accomplissement de mon devoir.

Il leva son verre et les deux autres l'imitèrent.

— Des vents favorables et une chasse fructueuse, proposa-t-il.

— Une montagne d'or et la gloire, renchérit Hyde, et ils vidèrent leur verre.

Quand ils le baissèrent, Hyde s'épongea les lèvres avec sa serviette et demanda :

— Vous n'avez pas encore été présenté à la Cour, n'est-ce pas, sir Henry ?

Comme Hal secouait la tête, il poursuivit :

— Si vous devez devenir pair du royaume, nous y veillerons avant que vous quittiez Londres. A deux heures de l'après-midi, vendredi prochain, au palais Saint-James, le roi donne une réception avant de s'embarquer pour l'Irlande et de prendre en main la campagne contre son beau-père. J'enverrai quelqu'un vous chercher à votre auberge pour vous conduire au palais.

Alfred Wilson avait surpris Hal. Avec un tel nom, il s'attendait à trouver un solide mathurin anglais avec un accent du Yorkshire ou du Somerset. A la demande de Hal, Childs avait libéré le marin du lieu où il était consigné et l'avait envoyé à son auberge. Debout au milieu du salon particulier, il tripotait sa casquette dans ses mains longues et fines.

— Vous êtes anglais ? demanda Hal.

Wilson toucha respectueusement l'écheveau d'épais cheveux sombres qui tombaient sur son front.

— Mon père est de Bristol, monsieur.

— Mais pas votre mère ? devina Hal.

— Elle était indienne, une moghole, une musulmane, monsieur.

Wilson avait la peau encore plus sombre que son fils William, et il était aussi beau, remarqua Hal.

— Parlez-vous sa langue, Wilson ?

— Oui, monsieur, et je l'écris. Ma mère était de haute naissance, monsieur.

— Vous écrivez donc aussi l'anglais ?

Hal aimait son allure, et, si l'histoire de sa fuite loin des grilles de Jangiri se révélait vraie, il était de surcroît intelligent et plein de ressources.

— Oui, monsieur.

Hal était étonné, car rares étaient les marins à savoir lire et écrire. Il le considéra pensivement.

— Parlez-vous d'autres langues ?

— Seulement l'arabe, répondit Wilson en haussant les épaules d'un air modeste.

— De mieux en mieux.

Hal sourit et s'exprima en arabe pour le mettre à l'épreuve. Judith, sa première femme, le lui avait appris, et il s'était perfectionné dans la connaissance de cette langue au cours de ses nombreux voyages le long des côtes d'Afrique et d'Arabie.

— Où l'avez-vous appris ? demanda-t-il, la langue un peu rouillée par manque de pratique de ces tonalités gutturales.

— J'ai servi de longues années comme simple matelot avec un équipage arabe.

Wilson maîtrisait parfaitement la langue.

— Quel était votre rang sur le *Minotaur* ?

— Officier de quart, monsieur.

Hal était enchanté. Pour obtenir un tel rang si jeune, il devait être brillant. « Il faut que je l'aie avec moi », se dit-il.

— Je veux entendre de votre bouche tout ce que vous pouvez me dire sur la prise du *Minotaur*. Et surtout, je veux que vous me parliez de Jangiri.

— Je vous demande pardon, monsieur, mais il y en a pour un moment.

— Nous avons toute la journée devant nous, Wilson. (Hal désigna la banquette installée de l'autre côté de la pièce.) Asseyez-vous là. (Comme l'autre hésitait, il reprit :) Vous avez dit que cela allait prendre du temps. Alors, asseyez-vous et allez-y.

Le récit dura près de quatre heures. Assis à la table, Walsh, le précepteur, prenait des notes comme le lui avait ordonné Hal. Wilson parla doucement et sans émotion jusqu'au moment où il lui fallut décrire le meurtre de ses compagnons par les pirates. Alors, sa voix s'étrangla et, quand Hal le regarda, il fut surpris de voir les yeux de Wilson embués de larmes. Il envoya chercher de la bière pour lui éclaircir la gorge et lui laissa le temps de se ressaisir. Wilson écarta la chope.

— Je ne bois pas d'alcool, monsieur.

Hal était de plus en plus enchanté, car la boisson se trouvait être le démon de la plupart des marins.

— Jamais ? demanda-t-il.

— Non, monsieur. A cause de ma mère, vous comprenez, monsieur ?

— Vous êtes chrétien ?

— Oui, monsieur, mais je ne puis oublier les enseignements de ma mère.

— Oui, je comprends.

« Par Dieu, songea Hal, il me le faut absolument. C'est une perle. » Puis une autre pensée lui vint : « Au cours de la traversée, je lui ferai enseigner l'arabe à mes fils. Ils en auront besoin sur la côte. »

Quand ils eurent fini, Hal avait une idée précise de ce qui s'était passé à bord du *Minotaur* et de l'homme qu'il allait affronter.

— Je veux que vous réfléchissiez encore à tout cela, Wilson. Si vous avez oublié quoi que ce soit, un détail qui puisse être utile, je veux que vous y reveniez et m'en fassiez part.

— Très bien, monsieur.

Wilson se leva pour prendre congé.

— Où vous trouverai-je, monsieur ?

Hal hésita.

— J'espère que vous êtes capable de tenir votre langue ?

Comme le marin acquiesçait, il poursuivit :

— Je sais qu'on vous a empêché de raconter l'histoire du *Minotaur*. Si vous me donnez votre parole que vous ne la débiterez pas à tous les vents, je vous enrôle dans mon équipage. Je suis à la recherche de bons officiers de quart. C'est d'accord ?

Wilson sourit presque timidement.

— J'ai déjà entendu parler de vous, capitaine, dit-il. Mon oncle a navigué avec votre père sur le *Lady Edwina* et avec vous sur le *Golden Bough*. Il m'a raconté des tas d'histoires sur vous.

— Qui était votre oncle ?

— Ned Tyler, capitaine, et il l'est toujours.

— Ned Tyler ! s'exclama Hal. (Il n'avait pas entendu prononcer ce nom depuis cinq ans.) Où est-il ?

— Dans sa ferme, près de Bristol. Il l'a achetée avec la part des prises qu'il a gagnée à bord de votre bateau, capitaine.

Ned Tyler était l'un des meilleurs hommes avec qui Hal eût jamais navigué, et il s'étonna une fois encore de constater combien la confraternité des gens de la mer était réduite et unie.

— Alors, que décidez-vous, Wilson ? Allez-vous signer le rôle du *Seraph* ?

— Je serais heureux de naviguer avec vous, capitaine.

Hal se montra enthousiaste.

— Je vais dire à mon maître d'équipage Daniel Fisher de vous trouver un logement jusqu'à ce que nous puissions nous installer à bord. Vous pouvez en outre exercer vos talents d'épistolier en rédigeant une lettre pour votre oncle Ned. Dites-lui d'arrêter de traire ses vaches et de pelleter le fumier, pour chausser ses bottes de marin. J'ai besoin de lui.

Après que Wilson eut descendu l'étroit escalier de bois menant à l'arrière-salle du rez-de-chaussée, Hal se dirigea vers la petite fenêtre qui donnait sur la cour pavée. Il resta là, les mains croisées derrière le dos, à regarder Aboli instruire les jumeaux dans le maniement du sabre. Guy était assis sur une meule de foin à côté de Dorian. Il devait avoir fini son tour, car il avait le visage rouge et la sueur avait laissé de grandes taches sombres sur sa chemise. Dorian lui tapotait le dos pour le féliciter.

Aboli initiait Tom au manuel des armes, les six parades et tout le répertoire des coups et des bottes. Tom transpirait un peu quand Aboli lui fit face et hocha la tête pour lui signifier le début de l'assaut.

— En garde, Klebe !

Il y eut une demi-douzaine d'engagements dont l'issue resta indécise. Hal voyait bien qu'Aboli modérait sa puissance pour se mettre au niveau de Tom, mais le garçon se fatiguait et ralentissait malgré tout la cadence. Aboli s'écria :

— Le dernier, Klebe. Cette fois-ci, je touche !

L'expression de Tom se durcit, et il se mit en garde en quarte, pointe haute, observant les yeux noirs d'Aboli pour anticiper son mouvement. Ils touchèrent leurs sabres et Aboli l'attaqua, de la main droite, avec l'élégance d'un danseur, feinta dans la ligne haute, puis, tandis que Tom parait avec détermination et ripostait, recula avec fluidité et lança une contre-riposte dans la ligne d'engagement, rapide comme une vipère qui frappe. Tom tenta la riposte correcte, en quarte, mais sa main manqua d'un peu de rapidité. L'acier glissa contre l'acier et la lame d'Aboli s'arrêta à un pouce de son mamelon, visible à travers sa chemise blanche.

— Plus vite, Klebe. Comme un faucon ! l'admonesta Aboli pendant que Tom se remettait doucement en garde, mais le poignet du grand Noir était en pronation et sa lame légèrement écartée.

Il semblait avoir laissé une ouverture pour permettre à Tom de l'attaquer à l'épaule droite. Furieux, le regard mauvais à cause du coup qu'il avait failli recevoir, Tom repéra la faille.

Même de là-haut, à sa fenêtre, Hal le vit commettre l'erreur d'annoncer son offensive en levant légèrement le menton.

— Non, Tom, non ! murmura-t-il.

Aboli faisait miroiter le hameçon auquel Hal lui-même avait si souvent mordu quand il avait son âge. Avec un jugement consommé des distances, Aboli s'était placé à deux pouces hors de portée du coup de Tom : il le toucherait de nouveau si Tom s'y essayait.

Hal poussa un cri de joie en voyant son fils effectuer un double pas, feindre une attaque à l'épaule, puis, avec l'agilité d'un singe et une force dans le poignet extraordinaire pour son âge, modifier son angle d'attaque et viser la hanche de son adversaire.

— Tu l'as presque eu ! murmura Hal tandis qu'Aboli était contraint à une extension extrême pour se protéger par une parade circulaire qui ramena la lame de Tom dans la ligne d'engagement.

Aboli fit un pas en arrière et rompit l'engagement. Il secoua la tête, des gouttes de sueur sur son crâne rasé, et un grand sourire découvrit ses dents blanches.

— Très bien, Klebe. N'acceptez jamais l'invitation d'un adversaire. Très bien ! Vous avez été à deux doigts de me toucher cette fois-ci, dit-il en passant le bras autour des épaules de Tom. Assez pour aujourd'hui. M. Walsh vous attend pour prendre la plume plutôt que le sabre.

— Encore une passe, Aboli ! supplia Tom. Cette fois-ci, je t'aurai, en plein cœur.

Mais Aboli poussa le jeune homme en direction de la porte de l'auberge.

« Aboli a un jugement sûr, se dit Hal avec approbation. Il ne les pousse pas au-delà des forces de leur âge. » Il toucha la cicatrice blanche sur le lobe de son oreille droite et sourit d'un air piteux. « Mais le jour n'est pas loin où il fera couler une goutte du jus de framboise de M. Thomas, comme il l'a fait jadis du mien, pour modérer la bonne opinion que le gamin a de ses talents. »

Hal ouvrit la fenêtre et se pencha.

— Aboli, où est le Grand Danny ? cria-t-il.

Aboli essuya la sueur de son front avec son avant-bras.

— Il travaillait sur la voiture. Puis il est parti avec Wilson, le nouveau.

— Trouve-le et amène-le-moi ici. J'ai quelque chose à vous dire.

Un peu plus tard, lorsque les deux colosses entrèrent en traînant des pieds, Hal leva les yeux du document posé devant lui sur le secrétaire.

— Asseyez-vous, tous les deux, ordonna-t-il en indiquant la banquette.

Ils s'installèrent côte à côte comme deux écoliers ayant grandi trop vite, sur le point d'être punis.

— J'ai parlé avec Mabel, poursuivit-il en s'en prenant d'abord à Daniel. Elle dit qu'elle ne supportera pas un hiver de plus à vous voir rôder autour de la chaumière comme un ours enchaîné. Elle me supplie de vous emmener quelque part, le plus loin possible.

Daniel eut l'air abasourdi. Mabel était son épouse, une femme enjouée et replète aux joues rouges, qui régnait sur les cuisines de High Weald.

— Elle n'a aucune raison... commença Daniel, furieux.

Il s'interrompit avec un grand sourire en voyant l'étincelle briller dans les yeux de Hal.

Celui-ci se tourna vers Aboli.

— Quant à toi, espèce de démon noir, le maire de Plymouth m'informe qu'une marée de nouveau-nés café au lait et sans un poil sur le crâne a submergé la ville et que les maris sont en train de charger leurs mousquets. Il est temps qu'on t'éloigne un peu, toi aussi.

Aboli gronda et fut secoué d'un grand rire.

— Où allons-nous, Gundwane ?

Il avait utilisé le surnom dont il avait baptisé Hal quand il était enfant et qui désignait un rongeur, l'aulacode, dans la langue des forêts. A présent, il s'en servait seulement dans des élans de grande affection.

— Droit au sud ! répondit Hal. Au-delà du cap de Bonne-Espérance. Sur cet océan que tu connais si bien.

— Et que va-t-on y faire ?

— Rechercher un certain Jangiri.

— Et quand nous l'aurons trouvé ? poursuivit Aboli.

— Nous le tuerons et ferons nôtre son trésor.

Aboli réfléchit un moment.

— Cela me paraît bien.

— Sur quel bateau ? demanda le Grand Daniel.

— Le *Seraph*, un navire destiné à assurer le service des Indes, qui vient de sortir de la cale du constructeur. Trente-six canons et rapide comme un furet.

— Que veut dire *Seraph* ?

— Les séraphins forment l'un des ordres d'anges célestes les plus élevés.

— C'est moi de A à Z, fit Daniel avec un grand sourire qui découvrit ses gencives roses.

Il ne savait évidemment pas lire et ne connaissait la lettre Z que de réputation, ce qui fit sourire Hal.

— Et quand pourra-t-on le voir, ce *Seraph* ? reprit-il.

— C'est la première chose que nous ferons demain matin. Que la voiture soit prête à l'aube. La route est longue jusqu'aux chantiers navals de la Compagnie, à Deptford. Mais, auparavant, nous avons du pain sur la planche. Pour commencer, nous n'avons pas d'équipage.

Ces paroles dégrisèrent les deux hommes. Réunir un équipage pour un nouveau bateau, même de premier rang, n'était jamais chose facile.

Il prit le document posé sur le secrétaire, une affichette qu'il avait rédigée la veille. Il avait demandé à Walsh de la porter chez l'imprimeur de Cannon Street. C'était la première épreuve.

Le titre annonçait en caractères gras :

PARTS DE PRISE !
DES CENTAINES DE LIVRES !

Le texte au-dessous était écrit plus petit mais non moins accrocheur et hyperbolique, émaillé de points d'exclamation et de mots en majuscules :

SIR HAL COURTNEY,

Héros des guerres hollandaises, Capitaine au long cours et Fameux Navigateur, qui captura les galions néerlandais *Standvastigheid* et *Heerlige Nacht*, qui sur ses Légendaires Navires *Lady Edwina* et *Golden Bough* effectua moult importants voyages vers l'Afrique et les Îles aux Épices des Indes, qui combattit et vainquit les ennemis de Sa Majesté Souveraine avec belle capture d'IMMENSES TRÉSORS et ABONDANT BUTIN, engage des hommes de Valeur et Fidèles sur le *Seraph*, son nouveau vaisseau de 36 canons, de grande puissance et rapidité, armé et ravitaillé avec attention pour le Confort des officiers et des hommes d'équipage. Les marins qui ont eu la bonne FORTUNE de naviguer sous les ordres du CAPITAINE COURTNEY lors de ses précédents voyages ont partagé des parts de prise allant jusqu'à 200 Livres par tête.

Naviguant sous LETTRES DE MARQUE émises par SA MAJESTÉ GUILLAUME III (QUE DIEU LE BÉNISSE !), LE CAPITAINE COURTNEY recherchera les ennemis de SA MAJESTÉ dans l'OCÉAN DES INDES, jusqu'à leur anéantissement et la saisie de BELLES PRISES ! Dont la moitié sera à partager entre les officiers et l'ÉQUIPAGE !

TOUS LES BONS MARINS cherchant travail et fortune seront chaleureusement accueillis et prendront une chope de bière avec le GRAND DANIEL FISHER, principal officier auxiliaire du *Seraph*, à la taverne de la CHARRUE dans TAILORS LANE.

Aboli lut la proclamation à haute voix, à l'intention du Grand Daniel, qui prétendait toujours avoir la vue trop basse pour déchiffrer les caractères mais était pourtant capable de repérer une mouette à l'horizon et de sculpter ses modèles réduits de bateaux dans le plus grand détail sans la moindre difficulté.

Quand Aboli eut fini sa récitation, Daniel sourit.

— La chance est trop belle pour qu'on la laisse passer, et ce célèbre capitaine est l'homme qu'il me faut. Bon sang, je pense que je vais faire une croix sur le rôle de quart.

Lorsque M. Walsh revint de chez l'imprimeur, titubant sous une lourde liasse d'affiches, Hal envoya Dorian et les jumeaux aider Aboli et Daniel à les clouer à chaque coin de rue et sur la porte de toutes les tavernes et maisons closes le long du fleuve et des docks.

Aboli avança la voiture sur la cale du chantier naval. Hal en descendit d'un bond et se dirigea à grandes enjambées jusqu'au bord de la jetée de Deptford, où l'attendaient le Grand Daniel et Alf Wilson. Le fleuve était couvert de bateaux de toutes sortes, depuis des canots d'approvisionnement jusqu'à des vaisseaux de guerre de gros tonnage. Certains n'étaient encore que des coques ; d'autres, prêts à prendre la mer, vergues brassées et voiles hissées, naviguaient vers l'aval en direction de Gravesend et de la Manche ou louvoyaient lentement contre le vent et le courant vers Blackwall.

Dans toute cette multitude, on ne pouvait cependant confondre le *Seraph* avec un autre. Le regard de Hal fut attiré par lui : il se trouvait à l'ancre, à l'écart du courant, entouré d'allèges, ses ponts grouillant de charpentiers et de voiliers. Hal vit une énorme barrique d'eau hissée en se balançant depuis l'une des allèges et descendue par son écoutille de poupe.

— Que tu es beau ! murmura-t-il en le parcourant des yeux avec un plaisir presque lascif, comme s'il se fût agi d'une femme nue.

Bien que ses vergues n'eussent pas encore été croisées, ses grands mâts avaient une inclinaison élégante et Hal visualisait le grand nuage de voiles qu'ils pouvaient porter.

La coque était un heureux compromis. Elle possédait la largeur et la profondeur nécessaires pour recevoir une lourde cargaison et son inventaire de canons, comme il convenait à sa fonction de navire marchand armé. Et cependant il était pourvu d'une proue fine et d'une jolie ligne de poupe qui promettaient vitesse et maniabilité par tout temps.

— Il va remonter au près autant que vous pourrez le désirez, capitaine, et filer comme un pet de fée, commenta derrière lui le Grand Daniel d'un ton bourru.

Le fait qu'il se soit exprimé sans y avoir été invité était révélateur de son propre ravissement.

Le *Seraph* était habillé avec splendeur, comme il seyait à un navire de l'orgueilleuse et prestigieuse Compagnie des Indes orientales. Malgré les allèges qui s'agglutinaient autour de lui et la cachaient en partie, on apercevait sa peinture, étincelante sous le pâle soleil printanier. Il était tout d'or et de bleu, les galeries du gaillard d'arrière sculptées d'armées de chérubins et de séraphins, et un ange ailé à visage d'enfant, en guise de figure de proue, justifiait son nom. Ses sabords étaient rehaussés d'or, en un plaisant damier qui soulignait sa force.

— Hélez un canot ! ordonna Hal, et lorsque l'un d'eux vint accoster contre les marches de pierre glissantes, il les descendit en courant d'un pas léger et grimpa à l'arrière.

— Conduisez-nous au *Seraph*, lança le Grand Daniel au vieux marin assis à la barre.

La yole sentait les eaux usées et son pont en était taché — une de ses fonctions consistait probablement à enlever les excréments dans les cabines des officiers, sur les navires ancrés — mais, le jour, elle transportait des légumes et des passagers jusqu'à la flotte.

— Vous êtes le capitaine Courtney, le nouveau commandant du *Seraph* ? demanda le passeur d'une voix chevrotante. J'ai vu votre proclamation à la taverne.

— C'est bien lui, répondit le Grand Daniel, car Hal était trop absorbé dans l'examen de son nouveau béguin pour entendre la question.

— J'ai deux beaux garçons grands et forts que je veux embarquer avec vous, poursuivit le vieux.

— Envoyez-les-moi, grogna Daniel.

Dans les trois jours qui avaient suivi la pose des affichettes, il avait recruté un équipage presque complet. Il ne serait pas nécessaire de se rendre à la geôle et d'en soudoyer le gardien pour qu'il expédie à bord du *Seraph*, chaînes aux pieds, ses prisonniers les plus prometteurs. Au contraire, Daniel avait eu le loisir de faire son choix dans la foule des marins sans emploi qui avaient assiégé l'auberge. L'embarquement sur un navire de la Compagnie était très prisé et la paye infiniment supérieure à celle de la Royal Navy. Tous les flemmards qui traînaient dans les ports et les marins débarqués d'un navire rentré au pays savaient fort bien que, si la guerre était déclarée contre la France, les racoleurs de la Navy ratisseraient tous les ports de Grande-Bretagne et embarqueraient de force sur les bâtiments de guerre. N'importe quel imbécile se doutait qu'il était plus sage de s'engager pour un boulot en or et de filer vers les océans lointains avant qu'ils ne commencent leur redoutable besogne.

Sur le gaillard d'arrière du *Seraph*, le maître constructeur avait reconnu dans la haute silhouette debout à l'arrière du canot une personne de qualité, et deviné son identité. Lorsque Hal grimpa à l'échelle, il l'attendait au bastingage pour l'accueillir.

— Ephraïm Greene à votre service, capitaine.

— Ayez la bonté de me montrer le navire, monsieur Greene.

Les yeux de Hal couraient déjà des mâts de hune à tous les coins et recoins du pont, et il se dirigea à grands pas vers la poupe, Greene à sa suite. Ils parcoururent le navire du fond de la cale au grand perroquet, et, d'un ton sec, Hal lançait des instructions laconiques au Grand Daniel lorsqu'il remarquait la plus petite anicroche. Daniel retransmettait en grommelant à Wilson, qui griffonnait une note sur le livre relié pleine peau qu'il portait sous le bras. Daniel et lui formaient déjà une bonne équipe de travail.

Quand Aboli ramena Hal à l'auberge, il laissa Daniel et Wilson au milieu du bois et de la sciure, des ballots, des sacs contenant les voiles neuves et de grands rouleaux de chanvre qui encombraient dans le plus grand désordre les ponts intermédiaires du *Seraph*, afin qu'ils trouvent un coin où dormir. Ils n'allaient guère avoir le temps de redescendre à terre avant que le navire soit prêt à appareiller.

— Je reviendrai demain à la première heure, promit Hal au Grand Daniel. Je veux une liste des provisions déjà à bord — vous pouvez vous la procurer auprès de M. Greene — et une autre de celles qui manquent encore.

— Oui, capitaine.

— Nous rédigerons ensuite un manifeste de chargement et commencerons à l'équilibrer pour lui donner sa meilleure allure.

— Oui, capitaine.

— Puis, pendant votre temps libre, vous pouvez encourager M. Greene et ses gars à déployer un peu plus de toile et à faire en sorte que nous soyons prêts à prendre la mer avant que l'hiver ne s'installe.

Durant l'après-midi, un mauvais petit vent avait

brusquement soufflé du nord-est, un vent qui sentait la glace et avait incité les hommes qui travaillaient sur le pont à s'emmitoufler dans leur manteau.

— C'est dans des soirées comme celle-là que les tièdes vents du sud semblent murmurer mon nom, reprit Hal avant de s'éloigner.

Le Grand Daniel sourit.

— Je sens presque la poussière chaude d'Afrique portée par la mousson, dit-il.

La nuit était tombée depuis longtemps lorsque la voiture regagna la cour pavée de La Charrue. Les trois fils de Hal se précipitèrent hors de l'avant-salle chaude et éclairée par des lampes pour l'accueillir avant qu'il ne mette pied à terre, et ils le suivirent à l'étage dans son salon particulier.

Hal cria à l'aubergiste de lui apporter un pot de vin chaud car il était frigorifié par le froid soudain, puis il se débarrassa de son manteau et se laissa tomber sur une chaise à haut dossier, face aux trois garçons solennellement alignés devant lui.

— Que me vaut l'honneur d'une telle délégation, messieurs ? demanda-t-il avec une mine sérieuse en harmonie avec celle des trois jeunes visages.

Deux têtes se tournèrent vers Tom, la porte-parole du trio.

— Nous avons essayé de nous enrôler pour le voyage auprès du Grand Daniel, dit Tom, mais il nous a envoyés à vous.

— Quel est votre grade et quelle expérience avez-vous ? les taquina Hal.

— Aucun grade et aucune expérience, mais nous avons le cœur vaillant et la volonté d'apprendre, admit Tom.

— Ce sera utile à Tom et à Guy. Je vous nomme serviteurs du capitaine, vous toucherez chaque mois une paye d'une guinée.

Leurs visages s'illuminèrent comme un lever de soleil.

— Mais Dorian est encore trop jeune, poursuivit Hal. Il doit rester à High Weald.

Il y eut un silence consterné, et les jumeaux se tournèrent vers Dorian avec des expressions affligées. Dorian lutta pour ravaler ses larmes.

— Qui veillera sur moi quand Tom et Guy seront partis ? implora-t-il.

— Votre frère William sera le maître de High Weald pendant mon absence, et M. Walsh restera avec vous pour vous donner vos leçons.

— William me déteste, dit Dorian tout bas, avec un tremblement dans la voix.

— Vous êtes trop dur avec lui. Il est sévère mais il vous aime.

— Il a essayé de me tuer, reprit Dorian, et si vous n'êtes pas là, il essaiera de nouveau. M. Walsh sera incapable de l'en empêcher.

Hal commença à secouer la tête mais il revit l'expression de William quand il tenait l'enfant à la gorge. Pour la première fois, il était confronté à cette réalité peu plaisante : l'affirmation extravagante de Dorian n'était peut-être pas très éloignée de la vérité.

— Il va falloir que je reste pour veiller sur Dorian.

Tom avait brisé le silence, le visage figé.

Hal comprit combien cette offre lui avait coûté : toute l'existence de Tom tournait autour de son désir de prendre la mer, et pourtant il était prêt à y renoncer. Hal fut touché par un tel dévouement.

— Si vous ne souhaitez pas rester à High Weald, Dorian, vous pouvez aller chez votre oncle John à Canterbury. C'est le frère de votre mère et il vous aime presque autant que moi.

— Si vous m'aimez vraiment, père, vous ne me laisserez pas là. Je préfère encore que Willam me tue.

Dorian s'était exprimé avec une conviction et une détermination étonnantes chez un garçon si jeune et Hal en resta interdit : il ne s'était pas attendu à un refus si ferme.

— Tom a raison, reconnut Guy loyalement. Nous ne pouvons laisser Dorian. Aucun de nous ne le peut. Tom et moi devrons rester avec lui.

Plus que toute autre, l'intervention de Guy influença Hal. Guy ne prenait presque jamais position mais, quand il le faisait, nulle menace ne pouvait l'ébranler.

Hal les regarda, sourcils froncés, pendant que son esprit fonctionnait à toute vitesse. Pouvait-il entraîner un enfant de l'âge de Dorian dans une aventure qui allait certainement comporter de terribles dangers ? Puis il regarda les jumeaux. Il se souvint qu'à la mort de sa mère son propre père l'avait emmené en mer ; il avait... quel âge avait-il ? Peut-être un an de plus que Dorian. Pour une fois, il sentit sa détermination fléchir.

Il considéra ensuite quels risques ils allaient courir. Il imagina le corps parfait de Dorian déchiré par une volée d'éclats de bois, venant d'une cloison transpercée par un boulet. Il pensa à un naufrage et vit l'enfant, à moitié noyé, rejeté par la mer sur quelque rivage africain sauvage et désert, pour être dévoré par les hyènes ou autres bêtes répugnantes. Il regarda son fils, le visage surmonté d'une toison rousse et or, aussi innocent et adorable que l'ange sculpté en proue de son nouveau navire. Il sentit les paroles de refus lui venir une fois encore aux lèvres. Mais à cet instant Tom posa une main sur l'épaule de son jeune frère. C'était un geste spontané, empreint d'amour, de dévouement et d'une calme dignité, et les mots qui venaient à Hal lui restèrent dans la gorge. Il prit une lente inspiration et dit d'une voix bourrue :

— Je vais y réfléchir. Maintenant, allez-vous-en, tous les trois. Vous m'avez donné assez de tracas pour aujourd'hui.

Ils battirent en retraite et, à la porte, lancèrent en chœur :

— Bonne nuit, père.

Quand ils arrivèrent dans leur chambre, Tom prit Dorian par les épaules.

— Ne pleure pas, Dorry. Tu sais que, lorsqu'il dit qu'il va réfléchir, cela signifie oui. Mais tu ne dois plus jamais pleurer. Si tu viens en mer avec Guy et moi, tu dois te comporter comme un homme. Tu comprends ?

Dorian avala sa salive et, incapable de répondre d'une voix assurée, hocha vigoureusement la tête.

Une longue file de voitures s'étirait sur le Mall devant l'entrée du palais Saint-James. L'édifice était un château fantaisie pour soldats de plomb, avec tours et créneaux, construit par Henri VIII et toujours utilisé par le souverain régnant. Lorsque la voiture de Hal s'arrêta enfin, deux valets de pied s'avancèrent pour ouvrir la portière et le secrétaire que lord Hyde avait envoyé pour l'aller chercher le précéda par les portes du palais et à travers la cour.

Ils croisèrent des gardes avec pique, casque et demi-armure au bas de l'escalier qui conduisait à la Grande Galerie. Quand le secrétaire montra patte blanche, ils laissèrent passer Hal, et un valet l'annonça d'une voix de stentor :

— Capitaine Sir Henry Courtney !

Les gardes saluèrent de leur pique avec un grand geste et Hal monta l'escalier à la suite de l'ambassadeur d'Espagne et de son entourage. En arrivant en haut, il vit que sur toute la longueur de la galerie une foule splendide de gentlemen était assemblée, avec une telle collection d'uniformes, médailles, étoiles, chapeaux à plumes et perruques que Hal eut l'impression d'être un rustre. Il chercha des yeux le secrétaire qui lui avait servi de guide mais l'idiot s'était évanoui dans la foule et Hal ne savait que faire.

Il n'avait cependant aucune raison de ne pas se sentir à sa place, car il portait le nouveau costume de velours bordeaux qu'il avait fait confectionner pour l'occasion, et les boucles de ses chaussures étaient en argent massif. L'insigne de chevalier nautonier de l'Ordre du Saint-Graal, qui avait appartenu avant lui à son père et à son grand-père, ornait son cou. C'était une décoration magnifique : à une chaîne en or massif était suspendu le lion doré d'Angleterre avec des yeux de rubis, qui tenait entre ses pattes le globe terrestre ; les étoiles du ciel, en diamant, scintillaient au-dessus. Elle égalait en splendeur les myriades d'autres insignes et médailles qui étincelaient le long de la galerie. A sa hanche pendait l'épée au Neptune bleu, un saphir gros comme un œuf de poulette luisant sur le pommeau, le fourreau incrusté d'or.

A cet instant, quelqu'un le prit paternellement par le coude et la voix de Hyde murmura à son oreille :

— Je suis bien aise que vous ayez pu venir. Inutile de perdre trop de temps ici. Ce n'est qu'un rassemblement de paons faisant étalage de leur plumage, mais il vaut la peine que vous en rencontriez quelques-uns. Laissez-moi vous présenter à l'amiral Shovel. Il va être nommé gouverneur des nouveaux chantiers navals que le roi construit à Devonport, et il y a lord

Ailesham, un homme à connaître — il fait avancer les choses.

Oswald Hyde conduisit adroitement Hal à travers la presse ; chaque groupe de courtisans s'ouvrait de manière encourageante à son approche. Lorsqu'il effectuait les présentations, ils examinaient Hal d'un regard pénétrant, estimant qu'il était un important personnage pour la seule raison qu'il était le protégé du chancelier. Hal se rendit compte que Hyde s'acheminait peu à peu vers des portes lambrissées, à l'extrémité de la galerie, et une fois là se plaça au plus près des battants.

Hyde se pencha vers Hal et lui chuchota :

— Sa Majesté a signé votre mandat au conseil d'hier.

Il sortit de sa manche le rouleau de parchemin, retenu par un ruban rouge et fermé par de la cire frappée du grand sceau d'Angleterre avec la devise « Honni soit qui mal y pense. »

— Conservez-le précieusement ! dit-il en le plaçant dans la main de Hal.

— N'ayez crainte, assura Hal.

Ce bout de parchemin valait peut-être une immense fortune et une pairie.

A cet instant, un murmure parcourut la galerie et les portes s'ouvrirent brusquement. Guillaume III, roi d'Angleterre et stathouder des Pays-Bas, entra, ses pieds menus chaussés de mules incrustées de très petites perles et filigranées d'or. Tout le monde dans la galerie s'inclina.

Hal était au courant de sa difformité, mais ce fut malgré tout un choc. Le roi d'Angleterre, à peine plus grand que Dorian, était bossu ; la cape bleu et écarlate de l'Ordre de la Jarretière s'élevait en un pic derrière sa petite tête d'oiseau, et la massive chaîne d'or de l'Ordre semblait presque l'écraser. A son côté, sa femme, la reine Marie II, le dominait, bien qu'en vérité ce ne fût qu'une svelte jeune fille d'une vingtaine d'années.

Le roi vit Hyde et, de la tête, lui fit signe d'approcher. Le chancelier s'inclina profondément devant lui, balayant le sol avec son chapeau. Deux pas en arrière, Hal suivit son exemple. Le roi le regarda par-dessus le dos de Hyde.

— Vous pouvez me présenter votre ami, dit-il avec un fort accent germanique.

Il avait une voix forte et grave, déplacée dans ce corps d'enfant.

— Sire, que Votre Majesté me permette de Lui présenter sir Henry Courtney.

— Ah oui, le marin, dit le roi, et il donna à Hal sa main à baiser.

Guillaume avait un long nez crochu, et des yeux largement écartés, brillants et intelligents.

Hal, stupéfait d'avoir été si rapidement reconnu, répondit dans un excellent néerlandais :

— Puis-je assurer Votre Majesté de ma loyale dévotion ?

Le roi le regarda avec un soudain intérêt et s'enquit dans la même langue :

— Où avez-vous appris à si bien parler ?

— J'ai passé plusieurs années au cap de Bonne-Espérance, Sire, répondit Hal.

Il se demanda si le roi savait qu'il y avait été emprisonné dans le château des Hollandais. Une lueur d'amusement passa dans les yeux sombres, et Hal comprit qu'il était au courant — Hyde avait dû le lui dire. Il était curieux de penser que le roi d'Angleterre avait été jadis son ennemi juré et que, en tant que soldat, il avait battu beaucoup des généraux anglais présents dans la galerie, aujourd'hui prêts à lui témoigner leur plus profond respect et leur allégeance.

— J'espère recevoir de vous de bons rapports avant longtemps, dit le petit homme, et la reine adressa un signe de tête à Hal.

Il salua derechef tandis que le roi et son entourage poursuivaient leur trajet le long de la galerie. La présentation de Hal était terminée.

— Suivez-moi, enjoignit Hyde en le conduisant subrepticement vers une porte dérobée. Tout s'est bien passé. Le roi a une excellente mémoire. Il ne vous oubliera pas quand le moment sera venu de solliciter les récompenses dont nous avons parlé... Cet escalier vous conduira dans la cour. Adieu, sir Hal. Nous ne nous reverrons pas avant que vous ne preniez la mer, mais moi aussi j'attends des nouvelles de vos exploits en Orient.

Les deux navires descendaient de conserve le cours du fleuve. Le *Seraph* voguait en tête, suivi à deux encablures par le *Yeoman of York*. Des ouvriers du chantier naval étaient encore à bord du *Seraph*. Ils n'avaient pu achever de l'armer à la date promise, mais Hal avait néanmoins appareillé.

— J'enverrai vos hommes à terre quand nous atteindrons Plymouth s'ils ont fini leur travail, avait-il dit à M. Greene, le constructeur. S'ils ne l'ont pas terminé, je les lâcherai dans le golfe de Gascogne et les laisserai rentrer à la nage.

La manœuvre s'effectuait encore avec quelque maladresse, l'équipage n'étant pas encore rodé. En jetant un coup d'œil par-dessus sa poupe, Hal vit combien, par contraste, celui du *Yeoman* manœuvrait les voiles avec célérité et compétence. Edward Anderson, le capitaine du *Yeoman*, devait regarder lui aussi. Mortifié, Hal rougit de l'incapacité de ses hommes. « Ils changeront avant d'atteindre Bonne-Espérance », se jura-t-il.

Quand ils arrivèrent au large, dans la Manche, le vent tourna et fraîchit. Le soleil se cacha derrière les nuages et la mer, soudain houleuse, prit une morne teinte verte. La nuit tomba vite et, avant de passer Douvres, les deux navires perdirent contact dans l'obscurité.

Pendant quelques jours, le *Seraph* avança péniblement par mer debout, mais du moins étaient-ils au large de l'île de Wight, et Hal trouva le *Yeoman* à quatre miles de distance seulement et courant la même bordée.

— Bon ! dit-il en refermant sa lunette.

Son jugement sur Anderson était réservé. Le capitaine du *Yeoman* était un grand gaillard du Yorkshire, le visage rouge, peu souriant et taciturne, à qui, semblait-il, il déplaisait d'être placé sous l'autorité de Hal. Mais, au cours de ces premiers jours, il avait à tout le moins prouvé qu'il était bon marin.

Hal tourna de nouveau son attention sur le *Seraph*. A pratiquer dans de telles conditions, la manœuvre s'était déjà améliorée, et les hommes paraissaient joyeux et pleins de bonne volonté comme ils devaient l'être. Hal avait offert de bons salaires pour attirer les meilleurs, complétant ce que la Compagnie payait de sa poche.

A cet instant, ses trois fils arrivèrent en galopant par l'escalier menant aux cabines, libérés de leurs études par M. Walsh. Excités et bruyants, ils ne montraient pas le moindre signe de mal de mer après ces premiers jours de navigation par vent fort. A Londres, où l'on trouvait de nombreux shipchandlers le long des docks, Aboli avait pu les équiper en vêtements de mer. Ils étaient mieux habillés que ne l'avait été Hal lorsqu'il avait navigué la première fois avec son père, qui ne voulait pas le gâter. Hal se souvenait de sa jaquette de toile écrue et de son caban enduit de goudron, raidi par le sel, qui mettait sa peau à vif sous les bras et entre les cuisses. Il sourit piteusement en se rappelant qu'il dormait à même le pont au côté d'Aboli, sur une paillasse humide avec les autres matelots, qu'il prenait ses repas accroupi à l'abri d'un canon, se servant de ses doigts et de son poignard comme d'une cuillère pour ramasser le ragoût dans son écuelle et rompre le biscuit sec, qu'il utilisait le seau en cuir des corneaux pour faire ses besoins, et ne se lavait jamais du début à la fin des voyages. « Ça ne m'a pas fait grand mal, se dit Hal, mais ça ne m'a pas fait non plus grand bien. Un gamin n'a pas à être élevé comme un cochon pour devenir un bon marin. »

Bien sûr, les circonstances de ses premiers voyages avec son père étaient différentes. Le vieux *Lady Edwina* était au moins deux fois plus petit que le *Seraph*, et même la cabine de son père était une niche à chien en comparaison de celle, spacieuse, mise à sa disposition. Il avait ordonné aux charpentiers d'en isoler par une cloison un coin à peine plus grand qu'un placard et d'y installer trois étroites couchettes pour ses fils. Il avait embauché M. Walsh comme commis du capitaine, bien que le précepteur eût protesté qu'il n'était pas marin. Le précepteur devait continuer à instruire les garçons en utilisant sa propre cabine comme salle de classe.

Hal vit avec satisfaction Daniel tomber sur les trois chahuteurs dès qu'ils apparurent sur le pont et les envoyer d'un air sévère accomplir les tâches qu'il leur avait assignées. Il avait séparé les jumeaux, plaçant Tom avec les tribordais et Guy avec les bâbordais, car ils avaient toujours une mauvaise influence l'un sur l'autre. La proximité de Guy encourageait Tom à chercher à se rendre intéressant, tandis que Tom distrayait Guy avec ses singeries. Dorian fut expédié à la coquerie pour aider le cuistot à monter le petit déjeuner.

Une bouffée d'anxiété envahit Hal à la pensée que Daniel pourrait envoyer les jumeaux dans la mâture pour orienter les voiles, mais il n'avait nul besoin de s'inquiéter : le temps viendrait pour cela lorsqu'ils se seraient davantage amarinés et qu'ils auraient appris à garder sans peine leur équilibre lorsque le navire donnerait de la bande ou piquerait du nez dans la vague. Pour l'heure, Daniel les gardait sur le pont afin qu'ils participent au maniement des écoutes.

Hal savait qu'il pouvait les laisser sous l'œil attentif du colosse et accorder toute son attention à la manœuvre. Il allait et venait sur le gaillard d'arrière, faisant corps avec la coque sous ses pieds et sentant comment le navire réagissait à toute modification de l'orientation des voiles. « Il pique un peu de l'avant », estima-t-il tandis que le *Seraph* embarquait une vague verte et que l'eau balayait le pont avant de s'écouler par les dalots. Les jours précédents, il avait vu comment répartir différemment la cargaison dans la cale, en particulier les lourdes barriques d'eau, pour obtenir l'équilibre qu'il souhaitait. « Je peux lui faire gagner deux nœuds », songea-t-il. Childs l'avait chargé d'une expédition guerrière mais la principale préoccupation de la Compagnie des Indes orientales restait le profit, et la cale du *Seraph* était bourrée des marchandises à livrer au comptoir de la Compagnie à Bombay.

Si son esprit était en partie mobilisé par la manœuvre et le chargement, il l'était aussi par l'équipage. Il lui manquait encore des officiers de quart. C'était la principale raison pour laquelle il faisait escale à Plymouth au lieu de lofer pour filer directement et doubler Ushant, sur la côte française, avant de traverser le golfe de Gascogne et de faire voile vers le continent africain, puis le cap de Bonne-Espérance. Plymouth était leur port d'attache ; Daniel et Aboli connaissaient presque chaque homme, femme et enfant de la ville et de la campagne environnante.

— Je peux remplir le rôle des quarts avec les meilleurs marins d'Angleterre en vingt-quatre heures, après avoir posé le pied sur le quai de Plymouth, s'était vanté Daniel, et Hal savait que c'était vrai.

— Mon oncle Ned a averti qu'il nous attendrait là, avait annoncé Wilson, à la grande satisfaction de Hal, qui voulait à tout prix Ned Tyler à bord.

Outre la nécessité de compléter l'équipage, il existait une autre raison à ce détour. Il était pratiquement impossible de se procurer de la poudre et des balles à Londres. La guerre d'Irlande avait entraîné une pénurie de munitions et à présent, avec la guerre contre la France en perspective, l'Amirauté gardait en réserve chaque baril de poudre et chaque cartouche. Elle avait même mis l'embargo sur toutes les fabriques pour accaparer l'ensemble de la production.

L'un des entrepôts que possédait Hal à Plymouth était plein de barils de poudre et de balles. Il les avait emmagasinés en prévision du dernier voyage du *Golden Bough*, voyage auquel il avait été contraint de renoncer lorsque la mère de Dorian était morte. Bien que datant de plusieurs années, les nouvelles poudres qu'il avait stockées ne se détérioraient pas aussi vite que les modèles plus anciens et devaient être encore en bon état.

Dernière raison de la halte à Plymouth, Childs l'avait chargé de transporter des passagers jusqu'au comptoir de la Compagnie, dans l'île de Bombay : ils devaient l'attendre au port. Childs ne lui avait pas dit combien ils étaient et Hal espérait qu'ils ne seraient pas nombreux. Sur n'importe quel bateau, même de la taille du *Seraph*, le logement rapportait une prime ; certains officiers seraient probablement obligés de leur laisser leur cabine.

Hal était si absorbé par tous ces problèmes que le temps semblait avoir passé très vite quand ils eurent l'île de Wight par le travers. Puis ils doublèrent le cap de Gara, filèrent vers le Sund après l'île de Drake, et le promontoire qui garde la baie de Plymouth apparut devant eux. A terre, quelques douzaines de badauds avaient vu les deux beaux navires remonter le Sund et s'étaient rassemblés sur le front de mer pour les regarder accoster.

Daniel s'arrêta à côté de Hal.

— Vous voyez cet homme aux cheveux argentés qui brillent comme un fanal ? murmura-t-il en pointant le menton en direction du quai. Vous ne pouvez pas le manquer. Vous le voyez maintenant ?

— Bon sang, c'est M. Ned ! fit Hal en riant.

— Et Will Carter est avec lui. Ned a dû lui mettre le grappin dessus. C'est un bon gars, notre Will. Avec lui comme officier en troisième et Ned comme second, il semble que nous ayons tous nos officiers de quart, capitaine.

Dès qu'ils eurent accosté, Ned monta le premier à bord, et Hal dut se retenir de l'embrasser.

— Ça fait plaisir de vous voir, monsieur Tyler.

— Oui, reconnut Ned. C'est un joli petit bateau que vous avez là, mais il pique du nez et ses voiles ont l'air d'un tas de chemises sales un jour de lessive.

— Vous veillerez donc à y remédier, n'est-ce pas, Ned ?

— Oui, capitaine, acquiesça Ned.

Malgré l'état des routes, Aboli avait bien roulé depuis Londres et il attendait sur le quai, assis sur le siège du cocher, les chevaux encore dans les traits. Hal donna ordre à Daniel de commencer à amener la poudre de l'entrepôt et de décharger les barriques sur le quai afin de pouvoir les rembarquer en accordant davantage d'attention à l'équilibre des masses. Il appela ses fils et tous les quatre se dirigèrent vers Aboli. Guy suivit son père avec docilité et même un certain soulagement.

En revanche, Tom et Dorian ne s'engagèrent sur la planche à débarquer qu'après avoir recouru à des manœuvres dilatoires élaborées, notamment des adieux à n'en plus finir aux membres de l'équipage avec lesquels ils s'étaient liés d'amitié. Ils avaient pris goût à la vie du bord comme s'ils étaient nés pour elle. « Ce qui, naturellement, est le cas », pensa Hal en souriant.

— Venez, vous deux. Vous pourrez revenir demain pour aider le Grand Daniel à recharger.

Dès qu'ils furent montés sur le siège à côté d'Aboli, Hal dit :

— Conduis-nous à High Weald.

Un peu plus tard, lorsque la voiture franchit la porte du mur d'enceinte marquant la limite de la propriété, Tom vit un cavalier qui traversait la lande au petit galop et se dirigeait vers le bas de la colline afin d'intercepter la voiture. Impossible de ne pas reconnaître la haute silhouette toute de noir vêtue, chevauchant un étalon noir et venant de la mine d'étain d'East Rushwold. Dorian aperçut Black Billy au même instant et se rapprocha de Tom comme pour rechercher sa protection, mais aucun des deux ne souffla mot.

William poussa l'étalon vers la haie. Cheval et cavalier franchirent aisément l'obstacle, la cape noire tourbillonnant, et atterrirent avec la même facilité, puis s'élancèrent sur la route à la rencontre de la voiture.

William ignora Aboli et ses deux jeunes frères assis

à côté de lui, mais il fit pirouetter son cheval pour galoper le long de la voiture.

— Heureuse rencontre, père ! lança-t-il à Hal par la portière en guise de salut. Bienvenue à High Weald. Vous nous avez cruellement manqué.

Hal se pencha par la portière, souriant de plaisir, et les deux hommes se lancèrent dans une conversation animée. William raconta tout ce qui s'était passé en l'absence de son père, s'attardant tout particulièrement sur la gestion des mines et la moisson.

Ils gravissaient la dernière colline avant d'arriver à la grande demeure lorsque William s'interrompit soudain et s'exclama, contrarié :

— Ah ! J'ai oublié de vous dire que vos invités sont arrivés de Brighton. Voilà deux jours qu'ils attendent votre venue.

— Mes invités ? répéta Hal, perplexe.

Avec sa cravache, William montra au loin des silhouettes sur la pelouse. Un gentleman, gros et solide, se tenait là avec une dame à chaque bras, tandis que deux filles vêtues de blouses aux couleurs vives couraient déjà dans l'herbe, à celle qui arriverait la première à la voiture, en poussant des cris d'excitation.

— Des filles ! dit Dorian avec dédain. Des petites filles !

— Une grande aussi, corrigea Tom, dont les yeux perçants avaient repéré la plus mince des deux dames aux bras du corpulent gentleman. Et sacrément jolie.

— Faites attention, Klebe. La dernière vous y a mis jusqu'au cou, murmura Aboli.

Mais Tom était comme un chien de chasse flairant une piste.

— Qui sont-ils donc ? demanda Hal à William avec irritation.

Il était absorbé par l'armement d'un navire en prévision d'un long voyage et ce n'était pas le moment d'avoir à High Weald des invités qui, de surcroît, ne l'étaient pas.

— Un certain M. Beatty et sa progéniture, répondit William. Il m'a dit que vous les attendiez, père. Est-ce exact ? Si ce n'est pas le cas, nous leur demanderons de plier bagage.

— Suis-je bête ! s'exclama Hal. J'avais presque oublié. Ce sont sûrement les passagers que je dois transporter jusqu'à Bombay. Beatty est le nouveau commissaire aux comptes du comptoir de la Compagnie. Mais Childs n'a pas précisé qu'il emmenait avec lui toute sa tribu. Quel ennui ! Quatre femmes ! Où diable vais-je trouver des couchettes à tout ce monde-là ?

Quand il descendit de voiture pour saluer la famille, Hal dissimula sa contrariété.

— Votre serviteur, monsieur Beatty. Lord Childs m'a parlé de vous en termes élogieux. J'espère que vous avez fait bon voyage ?

En vérité, il s'était attendu que la famille Beatty trouve à se loger au port au lieu de venir à High Weald, mais il fit bonne figure et se tourna pour saluer la dame. A l'instar de son époux, Mme Beatty était bien en chair, car elle avait mangé à la même table pendant vingt ans. Elle avait le visage rouge et rond comme une balle, mais des bouclettes juvéniles dépassaient de son chapeau à bride. Elle gratifia Hal d'une révérence passablement gauche.

— Mes hommages, madame, dit celui-ci galamment.

Quand il lui baisa la main, elle eut un petit rire.

— Puis-je vous présenter ma fille aînée, Caroline ?

Mme Beatty savait que, en dehors du fait qu'il était l'un des hommes les plus riches du Devon et un gros propriétaire terrien, sir Henry Courtney était veuf. Caroline avait presque seize ans et était fort jolie. « Ils n'ont pas plus de vingt-cinq ans de différence », estima-t-elle, autant qu'entre son mari et elle. Ils allaient effectuer ensemble un long voyage, ce qui laissait tout le temps à des amitiés de mûrir, et parfois les rêves deviennent réalité.

Hal s'inclina devant la jeune fille, qui lui fit une élégante révérence, mais il ne se mit pas en peine de lui baiser la main. Son regard se tourna vers les deux cadettes, qui sautillaient et pépiaient autour de leurs parents comme des moineaux.

— Et qui sont ces deux jolies jeunes demoiselles ? demanda-t-il avec un sourire paternel.

— Je suis Agnès !

— Et moi Sarah !

Quand ils eurent gravi l'escalier et franchi la porte de High Weald, il avait une fillette à chaque main. Les yeux levés vers lui, elles jacassaient en gambadant et rivalisaient pour capter son attention.

— Il a toujours désiré avoir une fille, dit Aboli à voix basse en regardant son maître avec affection, et tout ce qu'il a obtenu, c'est cette bande de garnements.

— Ce ne sont que des filles, fit remarquer Guy avec condescendance.

Tom ne dit rien. Il n'avait pas soufflé mot depuis qu'il s'était approché suffisamment de Caroline pour distinguer ses traits en détail. Depuis lors, il était comme paralysé.

Caroline et Guy montèrent côte à côte l'escalier à la suite des autres. En arrivant en haut, Caroline s'arrêta un instant et se retourna. Son regard croisa celui de Tom.

Celui-ci n'avait jamais rien imaginé de plus beau. Elle était aussi grande que Guy, mais avait les épaules étroites et la taille souple comme un sarment. Ses pieds chaussés de mules étaient menus sous les épaisseurs de ses jupons et jupes. Sous les manches bouffantes, elle avait les bras nus, la peau claire et sans défaut. Ses cheveux retenus par des rubans étaient remontés en boucles chatoyantes. Elle avait un visage ravissant, les lèvres roses et charnues, de grands yeux violets.

Sans expression ni sourire, le visage impassible, son regard traversa Tom : c'était presque comme si elle ne l'avait pas vu, comme si pour elle il n'avait pas existé. Tom avait retenu son souffle sans s'en rendre compte, et il le lâcha avec un sifflement audible.

Aboli secoua la tête. Rien ne lui avait échappé. « Le voyage promet d'être long, pensa-t-il. Et périlleux. »

Le *Seraph* resta six jours à quai. Ned Tyler et le Grand Daniel avaient aiguillonné les ouvriers impitoyablement, mais ce temps leur fut nécessaire pour finir d'armer le navire. Le dernier joint n'avait pas plus tôt été collé et chevillé, la dernière cale enfoncée que Daniel veilla à les renvoyer aux chantiers navals de Deptford par la malle-poste. La cargaison, le ravitaillement et l'armement avaient alors été sortis de la cale du *Seraph*, rembarqués et de nouveau arrimés pendant que, au milieu du port sur l'une des chaloupes, Hal s'assurait de son équilibre. Edward Anderson fit la preuve de sa bonne volonté en prêtant l'équipage du *Yeoman* pour aider à accomplir la lourde tâche.

Dans le même temps, Ned Tyler avait envoyé toutes les voiles à l'atelier. Il avait vérifié chaque couture, chaque point, et fait recoudre ceux qui ne lui convenaient pas. Il avait ensuite surveillé pendant que l'on remettait les voiles dans leur sac de toile, qu'on les marquait et qu'on les rangeait dans les casiers, prêtes à l'emploi.

Après s'être occupé de la toile, Ned sortit inspecter les espars et les vergues de rechange, puis les renvoya à bord avant le gros de la cargaison. Tom le suivait partout et lui posait des quantités de questions, cherchant avidement à apprendre tout ce qu'il pouvait sur la navigation.

Hal goûta personnellement l'eau de toutes les barriques avant de les faire rembarquer afin de s'assurer qu'elle était douce et potable. Il ouvrit un tonneau de saumure sur trois et demanda au médecin de bord, le Dr Reynolds, de vérifier que le porc et le bœuf salés, les biscuits et la farine étaient de première qualité. Tous savaient fort bien qu'avant d'atteindre Bonne-Espérance l'eau serait verte à cause du dépôt visqueux et les biscuits grouillants de charançons, mais Hal tenait à ce que tout soit impeccable au départ, et comme la conscience avec laquelle il veillait à ces préparatifs n'avait pas échappé aux hommes, des murmures d'approbation parcouraient l'équipage.

— Peu de capitaines se mettraient autant en peine. Certains achèteraient même à l'Amirauté du porc déclaré impropre à la consommation, uniquement pour économiser une guinée ou deux.

Daniel et ses artilleurs examinèrent la poudre pour vérifier que l'humidité n'avait pas pénétré dans les barils et ne l'avait pas durcie. Ils nettoyèrent les cent cinquante mousquets et s'assurèrent que les silex étaient solides et produisaient un flot d'étincelles lorsqu'on abattait le chien. On sortit les canons de pont et on graissa les affûts graissés. Les mortiers et les fauconneaux furent installés sur leur monture pivotante dans les nids-de-pie et au ravalement du gaillard d'arrière. Le forgeron et ses hommes aiguisèrent les sabres et les haches d'abordage avant de les ranger dans leurs rateliers pour qu'ils soient prêts en cas de besoin.

Hal essaya de mettre en ordre son rôle des quarts, qui assignait à chaque homme sa place dans la bataille, puis utilisa l'espace à sa disposition pour loger ses passagers imprévus. Il évinça ses trois fils de leur cabine nouvellement aménagée et la donna aux trois sœurs Beatty, tandis que Will Carter, le troisième officier, dut laisser sa petite cabine à M. Beatty et à son épouse. Ces deux personnes corpulentes allaient devoir partager une couchette large de vingt-trois pouces, et Hal sourit en les imaginant là.

Hal passait des heures dans la cabine de poupe du *Seraph* avec Edward Anderson, le capitaine du *Yeoman*, pour mettre au point un système de signaux grâce auquel ils pourraient communiquer en mer. Quarante ans plus tôt, les trois « généraux de la mer », Black, Deane et Monck, avaient conçu un système de signalisation en utilisant les pavillons et les voiles le jour, des lanternes et les canons la nuit. Hal s'était procuré des exemplaires de leur brochure, *Instructions pour un meilleur ordonnancement de la flotte au combat*, et Anderson et lui firent des cinq pavillons et des quatre lanternes la base de leur propre ensemble de signaux. La signification des pavillons dépendait de leur combinaison et de l'endroit du gréement où ils étaient hissés. La nuit, les lanternes devaient être disposées suivant des alignements verticaux et horizontaux ou encore des carrés et des triangles sur le grand mât et la grand-vergue.

Une fois qu'ils se furent accordés sur les signaux, ils convinrent d'une série de rendez-vous dans l'éventualité où les deux navires auraient perdu le contact en raison d'une mauvaise visibilité ou des caprices de la bataille. A la fin de ces longues discussions, Hal en était arrivé à bien connaître Anderson et il avait la certitude qu'il accomplirait son devoir.

Le septième jour après leur arrivée à Plymouth, ils étaient prêts à prendre la mer, et le dernier jour William leur offrit un somptueux dîner dans la salle à manger de High Weald.

Caroline était placée entre William et Guy à la grande table, avec Tom face à elle, mais la table était trop large pour converser aisément. Cela ne le dérangeait pas : pour une fois, il n'avait rien à dire. Il mangea peu, touchant à peine à la langouste et à la sole, ses mets favoris. Il n'arrivait pas à détacher ses yeux du visage calme et serein de la jeune fille.

Guy avait cependant découvert presque tout de suite qu'elle aimait la musique et un lien s'était aussitôt noué entre eux. Sous l'égide de M. Walsh, Guy avait appris à jouer du clavecin et du cistre, un instrument à cordes alors à la mode. Tom n'avait montré de disposition pour aucun instrument et, de l'avis de M. Walsh, son chant suffisait à faire s'emballer les chevaux.

Durant leur séjour à Londres, M. Walsh avait emmené Guy et Dorian à un concert. Tom souffrait de forts maux d'estomac, ce qui l'avait empêché de les accompagner — il le regrettait maintenant en voyant Caroline écouter dans une extase apparemment divine Guy lui décrire la soirée, la musique et la brillante société londonienne. Guy semblait même capable de se souvenir des robes et des bijoux que portaient les dames, et les immenses yeux violets de Caroline ne quittaient pas son visage.

Tom tenta d'attirer son attention en s'embarquant dans le récit de leur visite à l'asile de Bedlam, à Moorfields, pour voir les fous dans des cages d'acier.

— Lorsque j'ai jeté une pierre à l'un d'eux, il a ramassé ses excréments et me les a lancés, raconta-t-il avec délectation. Heureusement, il m'a manqué et, à la place, a touché Guy.

La lèvre supérieure de Caroline, pareille à un bouton de rose, se souleva légèrement, comme si elle avait senti le projectile, et son regard passa au travers de Tom, qui se mit à bégayer, avant de le tourner de nouveau vers Guy.

Dorian siégeait avec raideur entre Agnès et Sarah en bout de table, les deux fillettes cachées à la vue de leurs parents par de hauts candélabres et des bouquets de fleurs disposés dans des vases d'argent. Elles rirent sous cape et chuchotèrent durant tout le dîner ou racontèrent des plaisanteries stupides qu'elles croyaient si drôles qu'il leur fallait fourrer leur serviette dans leur bouche pour maîtriser leur hilarité.

Dorian ne savait où se mettre, tant il était gêné, dans la terreur que les valets décrivent son supplice aux autres domestiques. Même les garçons d'écurie, qui étaient d'ordinaire ses amis intimes, le prendraient pour un cornichon.

Au haut bout de la table, Hal et William, M. Beatty et Edward Anderson s'étaient lancés dans une discussion sur le roi.

— Dieu sait que je n'étais pas ravi de voir un Allemand des Pays-Bas sur le trône, mais ce petit monsieur en velours noir a prouvé qu'il était un guerrier, dit M. Beatty.

— C'est un grand adversaire de Rome, opina Hal, et il n'aime pas les Français. Cela suffirait à lui gagner ma fidélité. Mais il a aussi le regard et l'esprit aiguisés. Je crois que ce sera un bon roi.

Alice Courtney, la jeune épouse de William, était assise, pâle et silencieuse, à côté de Hal. Par contraste avec son attitude aimante et soumise des débuts, elle n'accordait aucun regard à son époux, face à elle. Elle avait un bleu à l'articulation de la mâchoire, qu'elle avait essayé de cacher avec de la poudre de riz et une mèche de ses cheveux sombres. Elle répondait par monosyllabes au bavardage de Mme Beatty.

A la fin du repas, William se leva et fit tinter une cuillère d'argent sur son verre pour réclamer le silence.

— Etant contraint par mon devoir de rester au pays tandis que les autres membres de ma famille bien-aimée s'embarquent pour des terres lointaines... commença-t-il.

Tom baissa la tête derrière les décorations florales afin de ne pas être vu de William et de son père, et fit le geste de se mettre un doigt dans la bouche pour vomir. Dorian trouva cela si hilarant qu'il se mit à tousser, s'étrangla de rire et se cacha la tête sous la table. Caroline lança à Tom un regard hautain, puis changea de position sur sa chaise pour ne plus l'avoir dans son champ de vision. Inconscient de tout cela, William poursuivait :

— Père, je suis persuadé que, comme vous l'avez fait tant de fois auparavant, vous nous reviendrez entouré d'une gloire nouvelle, les cales de votre navire pleines de grandes richesses. Je vis dans l'attente de ce jour. Mais en votre absence, je désire que vous le sachiez, les affaires de la famille, ici en Angleterre, feront l'objet de tous mes soins et de mon attention incessante.

Hal se renversa dans sa chaise, les yeux mi-clos, un sourire d'encouragement aux lèvres, pour entendre les louanges sonores et les vœux chaleureux de son fils aîné. Mais quand William mentionna les noms de ses trois demi-frères dans son allocution, Hal fut chatouillé par le doute : les sentiments qu'il exprimait étaient exagérés.

Il vit William scruter Tom à l'autre bout de la table. Ses yeux sombres contredisaient la cordialité de ses paroles. William se sentit sondé par son père et le regarda en dissimulant rapidement sa malveillance. Il reprit soudain une expression affectueuse mêlée à la tristesse provoquée par le départ imminent de ceux qu'il aimait.

Ce qu'avait perçu Hal dans les yeux de William suscita un enchaînement de pensées en lui et il eut soudain le pressentiment que c'était la dernière fois qu'il siégeait à table avec tous ses fils. « Les vents du hasard nous emportent au loin, chacun sur sa propre route. Certains d'entre nous ne reverront plus High Weald », pensa-t-il. Il se sentit envahi par une profonde mélancolie qu'il ne parvint pas à chasser et dut faire effort pour sourire quand il se leva pour répondre au toast de William :

— Bon vent !

A l'extrémité de la digue, en selle sur Sultan, son étalon noir, William leva son chapeau pour saluer les deux bâtiments qui sortaient du port. Hal se dirigea vers le bastingage du gaillard d'arrière et lui rendit son salut avant de se détourner, afin de donner ordre à l'homme de barre de virer pour descendre le Sund et gagner le large.

— Quelle route pour passer Ushant ? demanda-t-il à Ned Tyler tandis qu'ils doublaient la pointe de Penlee et que les collines verdoyantes de l'Angleterre disparaissaient peu à peu sur l'arrière.

Ned se tenait près de la roue du gouvernail dernier cri qui, sur un navire moderne comme celui-là, remplaçait l'ancienne barre. C'était une invention merveilleuse : on ne pouvait, auparavant, tourner la barre de plus de cinq degrés de chaque côté du centre, tandis qu'il était désormais possible d'orienter la nouvelle roue à soixante-dix degrés en travers et de mieux contrôler la direction du navire.

— Le vent est favorable, capitaine, sud quart sud-ouest, répondit Ned.

Il savait que la question était une pure formalité et que Hal avait examiné sa carte avant de quitter sa cabine.

— Indiquez-le sur le renard ! ordonna Hal, et Ned enfonça une cheville dans un trou sur la bordure du renard circulaire.

Une nouvelle cheville serait ajoutée chaque demi-heure et, à la fin du quart, on pourrait déterminer la route moyenne et calculer à l'estime la position du navire.

Hal se rendit à l'arrière en regardant les voiles. Le navire courait au largue par vent frais de quart bâbord. Avec l'établissement de Ned, chaque voile portait magnifiquement, le *Seraph* volait sur les flots et semblait bondir de vague en vague. Hal se sentit envahi par une ivresse sauvage, dont l'intensité le surprit. « Je me croyais trop vieux pour qu'un bateau et la promesse de l'aventure me procurent une telle joie », pensa-t-il. Il fit effort pour conserver une expression paisible et une allure digne, mais le Grand Daniel se trouvait au ravalement du gaillard d'arrière et leurs regards se croisèrent. Ils ne sourirent pas mais chacun comprit ce qu'éprouvait l'autre.

Les passagers se tenaient au milieu du navire, alignés le long du bastingage. Les jupes des femmes claquaient et flottaient dans le vent, et elles devaient tenir leur chapeau à bride. Mais, dès que le *Seraph* eut gagné la haute mer, les cris d'excitation de la gent féminine se turent peu à peu, et l'une après l'autre elles quittèrent le bastingage et se hâtèrent de regagner leur cabine ; seule Caroline resta au côté de son père.

Tout ce jour-là et pendant les jours suivants, le vent fraîchit. Il emporta les deux navires et, un soir, sous la menace de la bourrasque, Hal fut contraint de réduire la toile. La nuit venant, les deux vaisseaux hissèrent des lanternes en haut du grand mât pour garder le contact, et à l'aube Ned vint frapper à la porte de la cabine de Hal pour lui annoncer que le *Yeoman* était en vue à deux miles sur l'arrière ; on voyait les lumières d'Ushant en plein par bâbord devant.

Avant midi, ils avaient doublé Ushant et se lançaient à toute allure dans les eaux tempétueuses du golfe de Gascogne, fidèle à sa triste réputation. Pendant la semaine qui suivit, l'équipage eut l'occasion de s'exercer à balancer les voiles et à manœuvrer par mer agitée et vent fort. Parmi les dames, seule Caroline ne semblait pas affectée et elle se joignait à Tom et à Dorian pour les leçons quotidiennes dans la petite cabine de M. Walsh. Elle parlait peu — et ne s'adressait jamais à Tom, dont elle continuait d'ignorer les saillies et les bons mots, même les plus spirituels. Elle déclina son offre de l'aider à résoudre les problèmes mathématiques que leur posait M. Walsh. Les langues et les mathématiques étaient deux des domaines dans lesquels Tom excellait. Elle refusa également d'assister au cours d'arabe qu'Alf Wilson donnait aux trois garçons pendant une heure chaque après-midi.

Pendant la traversée du golfe de Gascogne, Guy fut accablé par le mal de mer. Hal était profondément déçu qu'un de ses fils puisse ainsi être terrassé par le mouvement des vagues. Il avait fait néanmoins installer pour lui une paillasse dans un coin de la cabine de poupe, et Guy y restait étendu, pâle et geignant comme s'il avait été à l'article de la mort, incapable de manger, pouvant à peine avaler l'eau du gobelet que lui tenait Aboli.

Mme Beatty et ses deux filles cadettes n'étaient pas en meilleur état. Aucune des trois ne quittait leur cabine et le Dr Reynolds, aidé de Caroline, passait le plus clair de son temps à s'occuper d'elles. Il y avait d'incessantes et mystérieuses allées et venues pour vider des pots de chambre par-dessus bord et l'odeur aigre de vomi envahissait le poste arrière.

Hal avait ordonné de suivre une route très à l'ouest afin de ne pas être drossé de nuit sur les îles de Madère ou des Canaries et dans l'espoir de trouver des vents plus favorables en entrant dans le pot au noir. Cependant, ce fut seulement à l'approche du trente-cinquième parallèle que le vent commença enfin à faiblir. Dans ces conditions plus clémentes, Hal put entreprendre la réparation des voiles et du gréement, qui avaient souffert pendant la tempête, et exercer son équipage à des manœuvres autres que hisser et réduire la toile. Les membres de l'équipage eurent le loisir de faire sécher leurs vêtements et leur couchage trempés, le coq put rallumer ses feux et servir des repas chauds. Une humeur différente régna à bord du navire.

En l'espace de quelques jours, Mme Beatty et ses filles cadettes réapparurent sur le pont, pâles et sans énergie, mais le moral leur revint bientôt. Agnès et Sarah ne tardèrent pas à devenir les fléaux du navire. Elles avaient un penchant particulier pour Tom, à qui elles vouaient un culte envahissant. Pour leur échapper, celui-ci avait convaincu Aboli de lui permettre de grimper dans la mâture sans l'autorisation de son père, que, ils le savaient, il n'obtiendrait pas de sitôt.

Hal monta sur le pont au moment du changement de quart de la matinée et trouva Tom sur une vergue à trente pieds au-dessus du pont, les pieds nus fermement campés sur la filière d'envergure, qui aidait à prendre un autre ris sur le grand hunier. Hal se figea à mi-pas, la tête renversée en arrière, cherchant quel ordre il pourrait lui donner pour le faire redescendre sans laisser transparaître son inquiétude. Il se tourna vers la barre, vit que tous les officiers présents sur le pont le regardaient et se dirigea avec désinvolture vers Aboli debout au bastingage.

— Je me rappelle la première fois que vous êtes monté en haut du grand mât de hune, Gundwane, lui dit celui-ci doucement. C'était par grosse mer au large du cap des Aiguilles. Vous l'aviez fait parce que je vous avais interdit de grimper plus haut que les grands haubans. Vous aviez deux ans de moins que Klebe, mais vous avez toujours été un casse-cou... Votre père, sir Francis, voulait vous pendre haut et court. J'aurais dû le laisser faire.

Hal se souvenait bien de l'incident. Ce qui avait commencé comme une bravade de gamin s'était terminé dans une terreur affreuse, alors que, agrippé en tête de mât, à cent pieds sous lui, le navire roulant et piquant du nez dans la lame, le pont, les vagues vertes écumantes et le sillage défilaient sous ses yeux. Tom avait-il vraiment deux ans de plus aujourd'hui que lui jadis ? Assurément la vergue à laquelle était accroché son fils ne se trouvait même pas à mi-hauteur du grand mât de hune.

— Nous avons, toi et moi, assisté à une chute depuis la grand-vergue, grommela-t-il. Elle vous rompt les os.

— Klebe ne tombera pas. Il est agile comme un singe. Ça doit être dans le sang, conclut Aboli avec un sourire.

Hal ignora la pique et retourna à sa cabine, en apparence pour tenir son journal de bord mais en vérité pour ne plus voir son fils dans les haubans. Pendant tout le reste du quart de la matinée, il s'attendit à entendre le terrible bruit sourd d'une chute sur le pont au-dessus de sa tête ou crier : « Un homme à la mer ! » Enfin, un coup fut frappé à la porte de la cabine et Tom, rayonnant de fierté, passa la tête pour lui transmettre un message de l'officier dc quart. Hal faillit se lever d'un bond, tant il était soulagé, pour le serrer contre sa poitrine.

Quand ils entrèrent dans le pot au noir, le navire resta encalminé, toutes voiles pendantes, sans le moindre remous ni la moindre ondulation sous sa voûte d'arcasse. Au milieu de la matinée, Hal était dans sa cabine avec le Grand Daniel, Ned Tyler et Wilson, reprenant la description qu'avait faite ce dernier de la capture du *Minotaur* par Jangiri. Hal voulait que tous ses officiers sachent à quoi s'attendre et émettent leur point de vue sur la meilleure manière d'amener Jangiri à combattre ou de découvrir sa position de repli.

Soudain Hal s'interrompit au milieu d'une phrase et pencha la tête. Il régnait une activité inhabituelle sur le pont au-dessus d'eux, des bruits de pas, le bruit étouffé de voix et de rires.

— Excusez-moi, messieurs.

Il grimpa l'escalier des cabines et jeta un coup d'œil circulaire. Tous les matelots qui n'étaient pas de quart se trouvaient sur le pont — en fait, tous les tire-au-flanc du bord semblaient être là. La tête renversée en arrière, ils observaient le haut du grand mât.

A l'aise, Tom, assis à califourchon sur la vergue du grand cacatois, lançait des encouragements à Dorian :

— Allez, Dorry. Ne regarde pas en bas.

Dorian était accroché au-dessous de lui, aux haubans du mât de hune. L'espace d'un instant, Hal crut qu'il était paralysé par le vertige, à quatre-vingts pieds au-dessus du pont, mais le gamin se déplaça. Il fit un pas prudent, chercha à tâtons une prise dans les cordages au-dessus de sa tête et avança d'encore un pas.

— C'est ça, Dorry ! Encore un !

La colère de Hal à l'endroit de Tom était envenimée par la peur qu'il éprouvait pour l'enfant. « J'aurais dû le rosser quand il a joué son premier tour dans le gréement », pensa-t-il en se dirigeant vers la barre et en prenant le porte-voix sur son support.

Avant qu'il ait eu le temps de héler les garçons, Aboli apparut à son côté :

— Il serait malvenu de les effrayer maintenant, Gundwane. Dorian a besoin de ses deux mains et de toute sa présence d'esprit.

Hal abaissa le porte-voix et retint son souffle tandis que Dorian progressait petit à petit, une main après l'autre, le long des haubans.

— Pourquoi ne les as-tu pas empêchés, Aboli ? demanda Hal, furieux.

— Ils ne m'ont rien demandé.

— Même s'ils l'avaient fait, tu les aurais laissés aller, rétorqua Hal.

— Je n'en sais rien, en vérité. Chaque gamin devient un homme à son heure et à sa façon. Dorian n'a pas peur, ajouta-t-il, les yeux fixés sur le jeune garçon dans les haubans.

— Comment le sais-tu ?

— Regardez comment il tient sa tête. Regardez ses mains et ses pieds quand il cherche ses prises.

Hal ne répondit pas. Il voyait qu'Aboli avait raison. Un poltron s'agrippe aux cordages et ferme les yeux, ses mains tremblent et l'odeur de la terreur flotte autour de lui. Dorian continuait d'avancer, la tête haute, les yeux fixés droit devant lui. Presque tous les hommes d'équipage, silencieux et en alerte, étaient sur le pont à le regarder. Tom tendit la main vers son frère.

— Tu y es presque, Dorry !

Mais Dorian dédaigna de saisir la main secourable et, avec un effort visible, se hissa au côté de son frère. Il s'accorda quelques instants pour reprendre sa respiration puis renversa la tête en arrière et poussa un cri de triomphe. Tom passa un bras protecteur autour de ses épaules et le serra contre lui. On voyait leurs visages rayonnants, même à pareille distance. L'équipage l'acclama spontanément ; Dorian ôta sa casquette et l'agita pour les saluer. Tom et lui étaient d'ores et déjà les favoris du navire.

— Il était prêt à le faire, commenta Aboli, et il l'a prouvé.

— Bon sang, ce n'est qu'un bébé ! Je vais lui interdire de remonter là-haut ! éclata Hal.

— Dorian n'est pas un bébé. Vous le voyez avec les yeux d'un père. Bientôt, il va y avoir de la bagarre, et vous et moi savons que dans la bataille le mât de hune est pour un enfant le lieu le plus sûr.

C'était vrai, naturellement. Quand il avait cet âge, la place de Hal dans la bataille avait toujours été dans la mâture. Il ne savait trop ce qu'il devait faire avec Guy, qui n'avait manifesté aucune intention de quitter la sécurité du pont principal. Peut-être pourrait-il jouer le rôle d'assistant du médecin de bord, au poste des blessés, pensa-t-il. Mais peut-être ne se ferait-il pas à la vue du sang.

Dans le pot au noir, le vent flirtait avec eux. Pendant des jours d'affilée, il tombait et la mer était d'huile. La chaleur s'abattait sur le navire et ils respiraient avec peine, en suant par tous les pores de leur peau. Ceux qui se trouvaient sur le pont recherchaient l'ombre des voiles pour se protéger du soleil. Puis, à l'horizon, des griffes rayaient la surface lisse de la mer et un souffle de vent gonflait soudain les voiles et les emportait au loin pendant une heure ou un jour.

Lorsque le vent, capricieux et volage, les laissait de nouveau en plan et que le navire flottait, immobilisé, Hal entraînait ses hommes à la bataille. Il les exerçait à tirer au canon, les tribordiers en compétition contre les bâbordiers, à qui seraient les plus rapides à charger, sortir les pièces, faire feu et recharger. Il leur imposait de l'exercice avec les mousquets, jetant un baril par-dessus bord en guise de cible. Puis il sortait les sabres d'abordage du magasin et demandait à Aboli et Daniel de diriger les hommes dans la pratique du manuel des armes. Tom prit sa place avec le reste de la bordée quand ils travaillèrent le sabre, et plus d'une fois le Grand Daniel le désigna pour montrer aux autres un point de style délicat.

Hal était parti avec des hommes triés sur le volet : presque tous étaient aguerris et expérimentés dans le maniement du pistolet et du sabre, de la pique et de la hache d'abordage, et dans le service du canon. Après deux ou trois semaines, il savait qu'il n'avait jamais commandé à un meilleur équipage. Ils se distinguaient par une qualité que, faute de mieux, il ne pouvait définir qu'en la qualifiant d'ardeur. Ils ressemblaient à des chiens de chasse en quête de l'odeur d'une proie.

Ils avaient laissé les îles de Madère et des Canaries au-dessous de l'horizon oriental mais leur progression ralentissait à mesure qu'ils s'enfonçaient dans la zone des calmes équatoriaux. Ils restaient encalminés des jours entiers, les voiles pendillant mollement, l'océan autour d'eux aussi lisse qu'un miroir, comme si on y avait répandu de l'huile, la surface des eaux pareille à du métal poli, à peine troublée par des touffes de sargasses et des mouchetures laissées par les poissons volants. Le soleil était impitoyable.

Hal devinait quel malaise pouvait frapper un équipage sous ces latitudes débilitantes, comment il était capable de saper leur vitalité et leur détermination. Il se donna beaucoup de mal pour empêcher ses hommes de s'enfoncer dans le bourbier de l'ennui et de l'abattement. Lorsque les exercices quotidiens étaient achevés, il organisait entre les bordées des courses-relais du pont au sommet du grand mât, aller-retour. Même Tom et Dorian y participaient, suscitant les cris de plaisir des Mômes Beatty, ainsi que Tom avait surnommé Agnès et Sarah.

Puis Hal ordonna aux charpentiers des deux navires et à leurs aides d'installer les bancs de nage dans les chaloupes. Ils les mirent à la mer et une équipe de rameurs du *Seraph* fit la course contre une équipe du *Yeoman* en effectuant deux boucles autour des deux vaisseaux à la dérive, avec, à la clef, un ruban rouge et une ration supplémentaire de rhum pour les vainqueurs en guise de récompense. Le ruban fut attaché au beaupré du *Seraph* après la première course et, changeant de main entre les deux navires, il devint un emblème honorifique.

Pour fêter l'obtention du ruban, Hal invita Edward Anderson à dîner à bord du *Seraph* avec lui et ses invités dans la cabine de poupe. Après coup, il invita aussi ses propres fils pour contribuer à distraire ses hôtes, car M. Walsh avait proposé un récital musical après le dîner. Walsh devait jouer de la flûte et Guy du cistre, tandis que Dorian, qui avait une voix extraordinaire, chanterait.

Hal fit servir son meilleur bordeaux, et le dîner fut animé et convivial. Avec un tel nombre d'invités, c'était tout juste s'il y avait assez de place pour que tous soient assis, sans parler de se déplacer. Quand Hal réclama enfin le silence et demanda à M. Walsh de jouer, Tom, qui n'était pas musicien, fut repoussé dans un coin, sur un tabouret, et caché à la vue générale par le paravent.

Walsh et Guy commencèrent par une interprétation de plusieurs vieux airs, notamment *Greensleaves* et *Spanish Ladies*, pour le plus grand plaisir de tous, à l'exception de Tom. Celui-ci s'ennuyait tant qu'avec son poignard il grava ses initiales dans le cadre du paravent.

— Et maintenant Mlle Caroline Beatty et M. Dorian Courtney vont nous chanter quelque chose, annonça Walsh.

Caroline se leva et, avec difficulté, se fraya un chemin à travers la cabine bondée jusqu'à l'endroit où se trouvait Tom. Elle lui adressa l'un de ces regards froids dont elle avait le secret, puis se détourna de lui à demi et appuya sa hanche contre le paravent pour faire face à Dorian, qui se tenait contre la cloison opposée.

Ils commencèrent par une aria de Purcell. La voix de Caroline était claire et douce mais manquait d'aisance alors que Dorian chantait avec une exubérance naturelle. En entendant les accents divins de l'angélique petit garçon, ceux qui l'écoutaient avaient les larmes aux yeux.

Pendant ce temps, Tom ne tenait plus en place, mû par le besoin d'échapper à la chaleur étouffante de la cabine confinée. Il n'avait qu'une envie : être sur le pont, sous les étoiles, caché derrière l'affût d'un des canons, en compagnie de Daniel, d'Aboli ou des deux, à écouter des histoires sur les pays sauvages et les océans mystérieux qui les attendaient.

Il remarqua alors que, lorsque Caroline montait dans les aigus, elle se dressait sur la pointe des pieds : sa jupe était assez courte pour laisser voir ses chevilles et l'arrière de ses mollets. L'ennui de Tom disparut comme par enchantement. Les pieds chaussés de mules étaient joliment dessinés. Elle portait des bas bleu foncé et la cheville se joignait par une ligne charmante au renflement des mollets. Presque de son propre gré, sa main sortit de sa poche et se tendit vers la cheville sculpturale.

« Es-tu devenu fou ? » se dit-il. Avec effort, il s'empêcha de la toucher. « Elle va faire un foin de tous les diables si je pose un doigt sur elle. » Il regarda autour de lui, l'air coupable. Caroline se tenait devant lui, si près qu'elle le dissimulait à la vue du reste de l'assemblée. Tous les regards étaient tournés vers Dorian. Cependant, Tom hésita. Il choisit de retirer sa main, de la fourrer de nouveau dans les profondeurs sûres de sa poche. Ce fut alors qu'il sentit son parfum.

Par-dessus les odeurs fortes qui flottaient dans la

cabine, celles de couenne de porc rissolée et de chou, les effluves du bordeaux et l'arôme du cigare de son père, il perçut l'odeur chaude du corps de la jeune fille. Son cœur se serra comme un poing et un désir douloureux le tenailla au creux de l'estomac. Il dut réprimer le gémissement qui montait à ses lèvres.

Il se pencha en avant sur son tabouret et toucha la cheville, effleura du bout des doigts l'étoffe fine du bas. Puis il se recula et se redressa sur son tabouret, prêt à feindre l'innocence quand elle se retournerait.

Caroline reprit le refrain sans manquer une seule mesure et l'absence de réaction de sa part laissa Tom perplexe. Il tendit de nouveau la main et cette fois posa doucement deux doigts sur la cheville. Caroline ne déplaça pas son pied et continua de chanter de sa voix claire et douce. Tom lui caressa le pied, puis entoura la cheville de sa main. Elle était si fine, si féminine qu'il sentit la pression augmenter dans sa poitrine. Le bas bleu était brillant et soyeux au toucher. Très lentement, en s'attardant, il parcourut des doigts le renflement du mollet, savourant sa courbe chaude, jusqu'à atteindre le nœud de ruban qui retenait le bas près du genou. Là, il hésita et à cet instant le chant prit fin en un chœur superbe chanté par les deux jeunes voix.

Il y eut un moment de silence, puis un déluge d'applaudissements et d'acclamations, de « Bravo ! » et « Encore une autre ! »

Puis la voix de son père :

— Nous ne devons pas abuser de la bonté de Mlle Caroline. Elle a déjà été trop aimable avec nous.

Les cheveux sombres de Caroline ondulèrent sur ses épaules.

— Vous n'abusez pas, sir Henry, je vous assure. Nous sommes trop heureux que cela vous ait été agréable. Nous allons encore chanter pour vous avec le plus grand plaisir. Que pensez-vous, Dorian, de *My Love She Lives In Durham Town* ?

— Pourquoi pas ? répondit Dorian sans grand enthousiasme.

Caroline ouvrit sa jolie bouche et recommença à chanter. Tom n'avait pas retiré sa main, et ses doigts se glissaient à présent au-dessus du bas pour caresser la peau douce à l'arrière des cuisses. Elle continuait de chanter et sa voix semblait avoir gagné en force et en expressivité. Ravi, M. Walsh hochait la tête en signe d'approbation, tout en soufflant dans sa flûte.

Tom descendit d'abord vers un genou, puis vers l'autre. Il avait soulevé l'ourlet de la jupe et contemplait la peau brillante, si douce et chaude sous le bout de ses doigts. Maintenant qu'il était évident qu'elle ne crierait pas, il devenait plus téméraire.

Il promena les doigts plus haut en remontant à l'arrière de la cuisse et il la sentit frémir, mais sa voix restait assurée et elle ne sauta pas une seule parole de la chanson. De là où il était, Tom ne pouvait voir que le pied de son père sous la table, qui marquait le rythme avec ses orteils. Le fait de savoir Hal si près, le caractère redoutable de ses réactions ajoutaient à l'excitation de Tom. Ses doigts tremblaient quand ils atteignirent le creux au-dessus duquel s'arrondissait la fesse ferme de Caroline. Elle ne portait rien sous ses jupons et il suivit la courbe de son postérieur jusqu'à la profonde fente verticale qui en séparait les deux hémisphères. Il essaya de glisser un doigt plus haut entre ses fesses mais elles étaient serrées, chaque muscle de ses jambes bandé, aussi dur que de la pierre. La faille était impénétrable et Tom renonça à sa tentative. Au lieu de cela, il referma la main sur l'une des fesses et la pressa doucement.

Caroline atteignit une note aiguë à la fin du couplet

et changea légèrement de position, écartant un peu ses pieds menus et faisant ressortir son postérieur en direction de Tom. Ses cuisses s'ouvrirent, et quand Tom effectua une nouvelle tentative, il sentit entre elles le petit nid de fourrure soyeuse. Elle fit un autre mouvement comme pour lui faciliter la tâche, puis bougea encore, dirigeant son toucher. Mary, la fille de cuisine, avait montré à Tom où trouver la petite protubérance magique de chair turgescente et il la découvrit prestement. Caroline remuait maintenant tout son corps et balançait ses hanches au rythme de la musique. Ses yeux étincelaient, la couleur affluait à son visage. Mme Beatty trouvait sa fille belle à ravir : elle jeta un coup d'œil au cercle des visages d'hommes et éprouva un sentiment de fierté en lisant l'admiration dans leurs yeux.

La chanson se termina en apothéose, et même Dorian dut donner son maximum pour égaler l'éclat de cette dernière note, haute et vibrante, qui parut emplir la cabine entière, puis y flotter, cristalline, même après que les chanteurs se furent tus. Caroline saisit ses jupes et jupons comme les pétales d'une superbe orchidée et fit une révérence si profonde que son front toucha presque le pont.

Tous les hommes se levèrent pour l'applaudir, la tête baissée sous les barrots massifs du pont supérieur. Lorsque Caroline releva la sienne, ses lèvres tremblaient et ses joues étaient humides de larmes d'émotion. Sa mère se dressa d'un bond et la saisit dans ses bras.

— Oh, ma chérie, c'était d'une beauté insurpassable. Vous chantez comme un ange. Mais vous êtes épuisée. Vous feriez bien de prendre un demi-verre de vin pour vous remettre.

Tandis que tous la félicitaient avec des exclamations

de plaisir, Caroline regagna sa chaise. Contrairement à son calme et à sa réserve habituels, la jeune fille se joignit presque gaiement à la conversation générale. Quand Mme Beatty jugea qu'il était temps de se retirer et de laisser les hommes à leur pipe, leur cigare et leur porto, Caroline la suivit sagement. Elle dit bonsoir et sortit de la cabine sans jeter un seul regard en direction de Tom.

Celui-ci se rassit sur son tabouret dans le coin, les yeux fixés sur le pont au-dessus de sa tête, en s'efforçant de paraître distant et indifférent ; il avait fourré les deux mains au fond de ses poches et il adoptait une attitude sévère afin que nul ne remarque le renflement de sa culotte.

Cette nuit-là, Tom ferma à peine l'œil. Etendu sur sa paillasse entre Dorian et Guy, il écoutait les ronflements, grognements et marmonnements de l'équipage endormi le long de la batterie. Il revécut en imagination chaque détail de l'épisode dans la cabine de poupe : chaque toucher et chaque mouvement, son odeur et le son de sa voix tandis qu'il la caressait, la douceur humide et chaude de ses parties les plus intimes. Il brûlait d'impatience en attendant le lendemain, quand il retrouverait Caroline dans la cabine de M. Walsh. Ils seraient tous penchés sur leur ardoise et écouteraient les monologues mortels du précepteur, mais Tom guetterait un regard ou un contact qui lui confirmerait l'immense signification de ce qui s'était passé entre eux.

Quand elle entra enfin dans la cabine de M. Walsh, précédée par le babillage de ses sœurs, elle ignora Tom et alla directement vers M. Walsh.

— Je manque de lumière à ma place habituelle. Cela me fatigue les yeux. Puis-je m'asseoir à côté de Guy ?

— Naturellement, jeune demoiselle, répondit aussitôt Walsh, qui n'était pas du tout insensible aux charmes de Caroline. Vous auriez dû me dire plus tôt que vous n'étiez pas bien à côté de Tom.

Guy se déplaça sur son banc avec empressement pour lui faire une place. Tom se sentit snobé et tenta d'attirer son attention en la fixant du regard. Cependant, Caroline se concentra sur son ardoise et ne leva pas les yeux.

A la fin, même M. Walsh prit conscience de l'étrange comportement de Tom.

— Vous avez le mal de mer ? demanda-t-il.

Tom fut consterné et offensé par une telle accusation.

— Je me sens tout à fait bien, monsieur, répondit-il.

— En ce cas, voulez-vous répéter ce que je disais ? suggéra Walsh.

Tom prit un air pensif et se caressa le menton. En même temps, il donna sous la table un petit coup de pied dans la cheville de Dorian.

Celui-ci vint fidèlement à la rescousse.

— Vous disiez qu'un pléonasme est...

— Merci, Dorian, l'arrêta Walsh. Je m'adressais à votre frère, pas à vous.

Il lança à Tom un regard désapprobateur. Cela le contrariait toujours lorsqu'un garçon intelligent refusait de faire usage de toutes ses capacités.

— Maintenant que vous avez obtenu un répit, Thomas, peut-être nous éclairerez-vous sur le sens de ce mot, ajouta-t-il.

— Un pléonasme est la répétition inutile d'une signification déjà exprimée, répondit Tom.

Walsh eut l'air déçu. Il avait espéré l'obliger à manifester son ignorance et l'humilier devant les autres.

— Votre érudition me stupéfie, dit-il d'un ton sec.

Seuls ! Tel était le problème auquel il se heurtait à la fin de chacun de ses rêves. Comment être seuls. Le *Seraph* pouvait voguer jusqu'au bout du monde avec Caroline à bord, ils ne seraient jamais seuls.

Il tenta de trouver un endroit à bord où ils pourraient passer ne serait-ce que quelques minutes à l'écart des regards indiscrets — dans la mesure où il serait capable de l'y attirer, ce qui, il devait l'admettre, semblait hautement improbable.

Il y avait bien la cale, mais ses panneaux étaient condamnés et son entrée interdite par le sceau de la Compagnie. Il y avait les cabines de poupe, mais même les plus spacieuses n'offraient guère d'intimité et toutes étaient pleines d'occupants à craquer. Les cloisons étaient si minces qu'à travers elles il avait entendu les trois sœurs se disputer parce qu'elles manquaient de place dans leur cabine. Deux d'entre elles devaient ramper dans leurs couchettes pendant que la troisième s'habillait ou se déshabillait. Il n'existait nul endroit où il pourrait se retrouver seul avec Caroline pour lui avouer son amour ou mieux connaître ses charmes. Il n'en restait pas moins que son imagination ne le laissait guère en paix.

Les soirs où le temps était clément, Tom et Dorian allaient chercher leur bol de nourriture dans la co…erie et l'emportaient à l'avant, où ils mangeaient, ac…upis sur le pont, en compagnie d'Aboli et parfois …Grand Daniel. Après quoi il leur arrivait de s'allo… sur le dos et de contempler la voûte céleste.

Daniel tirait sur sa pipe en terre e… montrait comment le ciel changeait chaque jou…ure qu'ils poursuivaient leur route vers le sud. …ndiquait la Croix du Sud qui montait chaque…us haut au-dessus de l'horizon méridional, …ants nuages de Magellan, suspendus comm…oles d'anges, apparaissant sous elle.

Autour de chaque constellation, Aboli tissait les légendes des étoiles de sa tribu, et le Grand Daniel riait doucement.

— Il suffit, grand païen noir. Laisse-moi leur dire la vérité des chrétiens. Voilà Orion, le grand chasseur, et non quelque Bochiman sauvage.

Aboli l'ignorait et leur raconta une nuit la légende du chasseur imprudent qui avait tiré toutes ses flèches sur un troupeau de zèbres — à ce moment, il montra l'amas d'étoiles de la ceinture d'Orion — et n'avait donc plus rien pour se défendre quand le lion de Sirius vint l'attaquer. A cause de son manque de prévoyance, le chasseur finit dans le ventre du lion.

— Ce qui est une histoire satisfaisante pour l'auditeur, conclut Aboli.

— Et pour le lion, ajouta Daniel en tapant sa pipe. J'ai du travail à faire, contrairement à d'autres, à ce qu'il paraît, dit-il en partant vers la poupe afin d'effectuer ses rondes.

Après son départ, ils restèrent silencieux pendant un moment. Dorian se coucha en boule sur le pont et s'endormit presque aussitôt. Aboli poussa un soupir de contentement puis, dans la langue des forêts, dont ils se servaient souvent quand ils étaient seuls, il murmura :

— Le chasseur imprudent aurait pu apprendre beaucoup de choses s'il avait vécu assez longtemps.

— [illegible]s-moi lesquelles, s'enquit Tom dans la même langu[illegible]

— [illegible]is, mieux vaut ne pas chasser le zèbre de loin et [illegible]ps de flèches.

— Q[illegible]x-tu dire, Aboli ? demanda Tom en s'asseyant, [illegible]ux contre sa poitrine, sentant que l'histoire ava[illegible]s caché.

— Le [illegible] imprudent manque de ruse et d'habileté. Plus [illegible]t le gibier, plus celui-ci fuit. Ceux qui l'observent s'écrient : « Regardez, quel chasseur stupide ! » et ils rient de ses vains efforts.

Tom médita ces paroles : il s'attendait à trouver des profondeurs cachées dans toutes les histoires d'Aboli. La morale de celle-ci se présenta soudain à son esprit et il s'agita.

— Tu te moques de moi, Aboli ?

— Au grand jamais, Klebe, mais ça m'exaspère de voir des hommes médiocres rire de vous.

— Quelle raison ai-je donnée pour qu'on rie de moi ?

— Vous donnez la chasse en faisant trop d'efforts. Vous laissez savoir à tous les hommes à bord après qui vous courez.

— Tu veux dire Caroline ? murmura Tom. Ça se voit donc tant ?

— Je n'ai pas besoin de répondre à cette question. Mais dites-moi plutôt ce qui vous fait soupirer après elle.

— Elle est belle... commença Tom.

— Du moins n'est-elle pas affreuse, remarqua Aboli en souriant dans l'obscurité. Mais ce qui vous rend fou, c'est qu'elle vous ignore.

— Je ne comprends pas, Aboli.

— Vous courez après elle parce qu'elle vous f…, et elle fuit parce que vous lui courez après.

— Que devrais-je faire, alors ?

— Ce que fait le chasseur avisé : attendr… nquillement près du point d'eau. Laissez la pro… à vous.

Jusque-là Tom avait trouvé … excuses possibles pour s'attarder dans la … Walsh après les leçons, espérant de Carolir… petit signe montrant qu'elle s'intéressait toujours à lui. Son père avait stipulé que les trois garçons devaient avoir trois heures d'instruction chaque jour avant de vaquer à leurs tâches sur le navire. Même Hal aurait pu croire que ces trois heures dispensées par M. Walsh suffisaient, mais jusqu'à maintenant Tom les avait supportées au-delà du temps imparti, uniquement pour passer quelques minutes de plus en présence de l'objet de sa dévotion.

Après sa conversation avec Aboli, tout cela changea. Pendant les cours, il se forçait à rester silencieux et impénétrable, limitant ses échanges avec Walsh au strict nécessaire. Dès que la cloche du navire sonnait le changement de quart, même s'il était occupé à résoudre un problème mathématique complexe, il rangeait ses livres et son ardoise et se levait : « Veuillez m'excuser, monsieur Walsh, mais je dois assumer mes fonctions », disait-il. Il sortait ensuite de la cabine à grands pas sans même adresser un regard à Caroline.

Le soir, lorsqu'elle montait sur le pont avec sa mère et ses sœurs pour effectuer une petite promenade au grand air, Tom s'assurait que ses tâches le retenaient aussi loin d'elle que le permettait le manque de place sur le navire.

Pendant plusieurs jours, elle ne laissa pas soupçonne[illegible]u'elle avait perçu son changement d'attitude à son éga[illegible] Puis un matin, alors qu'ils étaient en cours, Tom leva [illegible] yeux de son ardoise par inadvertance et la surprit e[illegible]in de le regarder du coin de l'œil. Elle baissa les ye[illegible]is ne put empêcher le rouge de lui monter aux jo[illegible]m éprouva un sentiment de satisfaction. Aboli a[illegible] juste. C'était la première fois qu'il l'avait pr[illegible]ain de l'observer. Afferm[illegible] résolution, il lui devint plus facile chaque jou[illegible]norer comme elle l'avait ignoré. Cette situat[illegible]passe persista pendant près de deux semaines, jusqu'à ce qu'il remarque un changement subtil dans son comportement. Pendant les cours du matin, elle devenait plus loquace, adressant ses remarques surtout à Walsh et à Guy, particulièrement à ce dernier. Elle échangeait des chuchotements avec lui et riait avec excès de ses remarques les plus sottes. Tom conservait son silence sinistre sans lever la tête, bien que son rire l'irritât jusqu'au tréfonds de l'âme.

Lorsqu'ils sortaient de la cabine de Walsh et se trouvaient au pied de l'escalier des cabines, Caroline lançait sur un ton théâtral irritant : « Oh ! Cet escalier est si vertical ! Puis-je prendre votre bras, Guy ? » Alors, elle s'appuyait sur lui et levait les yeux vers son visage souriant. Tom les dépassait en les frôlant sans manifester la moindre émotion.

Les tâches imparties à Guy lui laissaient du temps pour marcher sur le pont avec Mme Beatty et ses filles ou pour passer des heures à converser avec M. Beatty dans sa cabine. En fait, M. et Mme Beatty semblaient l'un et l'autre s'être pris de sympathie pour lui. Il ne tentait toujours pas de quitter le pont et de s'aventurer dans la mâture, même lorsque Tom le taquinait à ce propos en présence de Caroline. Tom s'étonnait de ne pas être contrarié par le caractère peureux de Guy. En fait, il se sentait soulagé de ne pas avoir à garder un œil sur son jumeau dans les hauteurs périlleuses de la mâture. C'était assez de devoir veiller sur Dorian, bien que le jeune garçon fût déjà si rapide et si agile dans les haubans que Tom cessa de s'inquiéter pour lui.

Si l'apparition de Caroline l'avait rendu manifeste, cela faisait cependant un certain temps que les jumeaux prenaient leurs distances. Ils ne restaient pas longtemps en compagnie l'un de l'autre et, lorsqu'ils étaient ensemble, leur conversation était laconique et réservée. On était à cent lieues des jours encore proches où ils partageaient chacune de leurs pensées, chacun de leurs rêves, et se réconfortaient mutuellement lorsqu'ils étaient confrontés aux petites injustices de la vie.

Après dîner Hal invitait souvent ses passagers à jouer au whist dans la cabine de poupe. C'était un fin joueur et il avait appris à Tom à aimer ce jeu. Grâce à ses dispositions pour les mathématiques, Tom était devenu lui aussi un excellent joueur, et était souvent le partenaire de son père contre M. Beatty et M. Walsh. Ces parties étaient prises au sérieux et faisaient l'objet d'âpres contestations. Après chaque main, ils commentaient et disséquaient leurs stratégies pendant qu'à l'autre table Guy, Mme Beatty et les filles riaient et poussaient des cris aigus en jouant à des jeux enfantins.

Au cours d'une de ces soirées, Tom se trouva placé près de son père avec un contrat précaire de cinq cœurs. Il savait depuis le départ qu'il avait le choix entre deux jeux. Il pouvait sonder M. Beatty avec la dame de cœur et risquer l'impasse, ou couper deux fois à l'atout. Il tenta de calculer les chances que les cœurs sortent ou que la reine soit un singleton, mais les cris à l'autre table le dérangeaient. Il réfléchit un moment puis fit l'impasse sur la dame. Il vit son père froncer les sourcils quand il commença à jouer, puis, à sa consternation, M. Walsh poussa un ricanement de triomphe et sortit sa reine en singleton. Troublé par son mauvais calcul, Tom joua mal les trèfles et la main fut un désastre.

Son père se montra sévère.

— Vous auriez dû savoir en fonction des enchères de M. Walsh qu'il avait sept trèfles, et le fait qu'il se soit défaussé face à votre roi confirmait la mauvaise donne.

Tom, au supplice, leva les yeux et vit que le jeu s'était interrompu à l'autre table et qu'ils écoutaient son père l'admonester. Presque tête contre tête, Caroline et Guy le regardaient. Il y avait dans l'expression de Guy une joie mauvaise que Tom n'avait encore jamais vue. Guy se réjouissait de l'humiliation de son frère.

Tom se trouva soudain plongé dans une crise de culpabilité. Pour la première fois de sa vie, il prit conscience qu'il n'aimait pas son jumeau. Guy tourna la tête et lança un clin d'œil à Caroline, qui posa une petite main blanche sur sa manche. Elle plaça l'autre devant sa bouche et lui chuchota quelque chose à l'oreille. Elle regardait Tom carrément, les yeux moqueurs. Choqué, Tom se rendit compte que non seulement il n'aimait pas Guy, mais qu'en fait il le haïssait et lui voulait du mal.

Les jours suivants, il se débattit avec sa culpabilité. Son père avait enseigné à tous ses fils que la fidélité au sein de la famille était chose sacrée — « Nous contre le reste du monde », disait-il souvent — et Tom sentait maintenant qu'une fois de plus il était loin d'avoir répondu aux espérances de son père.

Puis, de manière inattendue, tout lui sembla justifié. Au début, il n'eut qu'une vague conscience que quelque chose d'important et de mauvais présage se préparait. Il remarqua M. Beatty et son père en grande conversation sur le gaillard d'arrière, et de[illegible]na que son père était contrarié. Durant les quelques j[illegible]s qui suivirent, M. Beatty passa de longs momen[illegible]enfermé avec Hal dans la cabine de poupe. Puis H[illegible]nvoya Dorian convoquer Guy à l'une de ces réun[illegible]nda Tom à son

— Qu'est-ce qu'ils ont dit ? d[illegible]

petit frère dès qu'il fut de retour[illegible]

— Je ne sais pas.

— Tu aurais dû écouter à [illegible]e, marmonna Tom, tenaillé par la curiosité.

— J'ai pas osé, reconnut Dorian. S'il m'avait surpris, père m'aurait imposé la cale humide.

Il n'avait que depuis peu entendu parler de ce châtiment horrible, qui le fascinait.

Pendant des jours, Guy avait redouté les convocations dans la cabine de poupe. Il était occupé dans la soute aux poudres à aider Ned Tyler à ouvrir les barils et à s'assurer que la poudre noire grumeleuse n'avait pas été attaquée par l'humidité, quand Dorian vint le chercher.

— Père veut te voir immédiatement dans sa cabine, lui annonça le gamin, pénétré de son importance comme tout porteur de mauvaises nouvelles.

Guy se leva et essuya les grains de poudre sur ses mains.

— Tu ferais mieux de te dépêcher, l'avertit Dorian. Père a sa tête de pourfendeur d'infidèles.

Quand il entra dans la cabine, Guy vit tout de suite que Dorian n'avait pas exagéré à propos de l'humeur exécrable de leur père. Hal se tenait près des fenêtres arrière, les mains derrière le dos. Il pivota sur lui-même et la lourde natte qui tombait dans son dos s'agita comme la queue d'un lion furieux pendant qu'il regardait son s avec une expression qui n'indiquait pas seulement la colère. Guy vit une pointe d'inquiétude et même de nsternation.

— J'ai eu e longue conversation avec M. Beatty, commença H n montrant celui-ci de la tête.

Beatty était s à la table, le visage sévère et fermé. Il portait sa p ue, autre preuve de la gravité de cette réunion. tut quelques instants, comme si ce qu'il avait à d suite était si déplaisant qu'il eût préféré ne pas av e faire.

inspira mais il lui fallut plusieurs minutes pour reprendre son calme. Lorsqu'il se retourna, ses traits étaient apaisés.

— Très bien ! dit-il. Peut-être suis-je trop indulgent, mais je ne vous forcerai pas — bien que, Dieu sait, j'aie songé à le faire. Vous avez de la chance que M. Beatty ait de vous une bonne opinion que votre comportement égoïste m'empêche de partager.

Il s'assit lourdement sur sa chaise et poussa vers lui le document posé sur la table.

— Comme vous le savez déjà, M. Beatty vous propose un poste d'apprenti préposé aux écritures dans l'honorable Compagnie des Indes orientales. Il a été généreux quant au salaire et aux conditions d'emploi. Si vous acceptez cette offre, vous commencerez sur-le-champ à travailler pour la Compagnie. Je vous libérerai de vos fonctions en tant que membre de l'équipage de ce navire. Vous ferez vos débuts comme assistant de M. Beatty et vous l'accompagnerez jusqu'au comptoir de la Compagnie à Bombay. Vous comprenez?

— Oui, père, murmura Guy.

— Est-ce là ce que vous voulez ? deman... Hal en se penchant en avant, et il regarda son f... dans les yeux, espérant une dénégation.

— Oui, père, c'est ce que je veux

Hal soupira et sa colère s'évanou...

— Eh bien, en ce cas, je pri... être bien que vous ayez pris la bonne décisio... ais, votre destin n'est plus entre mes mai... a le parchemin du contrat d'apprentissage ... bureau.) Signez. Je serai témoin.

Après quoi Hal sé... mide avec un peu de sable, souffla l... ndit le document à M. Beatty. Il s... y.

— Je fer... cision aux officiers du

— J'ai été amené à penser que vous avez formé des projets pour votre avenir sans me consulter en tant que chef de famille.

— Pardonnez-moi, père, mais je ne veux pas devenir marin, bredouilla Guy, pitoyable.

Hal se recula malgré lui, comme si son fils avait renié sa foi en Dieu.

— Nous avons toujours été des marins. Depuis deux siècles, les Courtney prennent la mer.

— Je déteste cela, dit Guy, la voix tremblante. Je hais la puanteur qui règne sur les bateaux, je hais le manque d'espace. Je me sens mal et je suis malheureux quand je ne vois pas la terre.

Il y eut un autre long silence, puis Hal poursuivit :

— Tom et Dorian ont pris goût à leur héritage. Ils connaîtront certainement de belles aventures et en tireront de grands profits. J'avais pensé vous offrir votre propre navire. Mais je vois que je gaspille ma salive.

— Je ne serai jamais heureux si je ne vois plus la terre, répéta Guy, tête basse.

— Heureux !

Hal s'était promis de maîtriser sa colère, mais le mot, [illegible]oncé avec mépris, lui échappa :

— [illegible]est-ce que le bonheur a à voir là-dedans ? Un homme [illegible] le sentier qui lui a été tracé. Il accomplit son dev[illegible]vers Dieu et son roi. Il fait ce qu'il doit faire, no[illegible] lui plaît. En vérité, mon garçon, que serait le [illegible] chacun faisait seulement ce qui lui plaît ? Qui [illegible]it les champs et moissonnerait les blés si chac[illegible] droit de dire : « Je ne veux pas faire cela » ? [illegible]nde, il y a une place pour chacun, mais cha[illegible]voir où est sa place.

Il s'interro[illegible]t que son fils s'entêtait. Il se tourna vers [illegible]e, regarda l'océan et l'immense ciel bleu [illegible]r le soleil couchant. Il navire et à vos frères. Je ne doute point de ce qu'ils penseront de vous.

Assis à l'avant, dans l'obscurité, en compagnie d'Aboli et du Grand Daniel, les frères commentaient en détail la décision de Guy.

— Mais comment Guy peut-il nous quitter comme ça ? Nous avons juré de toujours rester ensemble, n'est-ce pas, Tom ? lança Dorian, désorienté.

Tom évita de répondre directement.

— Guy a le mal de mer. Il ne pourrait jamais devenir un vrai marin, dit-il. Et il a peur de grimper dans la mâture.

Tom n'arrivait pas à éprouver le chagrin de son jeune frère face à la tournure des événements.

Dorian parut le sentir et chercha un réconfort auprès des deux hommes.

— Il aurait dû rester avec nous, tu ne crois pas, Aboli ?

— Il existe de nombreuses pistes pour traverser la jungle, grommela celui-ci. Si nous prenions tous la même, elle serait très encombrée.

— Mais Guy ! s'exclama Dorian au bord des larmes. Il n'aurait jamais dû nous abandonner. Tu ne m'abandonneras jamais, hein, Tom ? ajouta-t-il en se tournant vers son frère.

— Bien sûr que non, répondit Tom d'un ton bourru.

— Promis ?

Une larme coula le long de la joue de Dorian, brillante dans la lumière des étoiles.

— Il ne faut pas pleurer. Edmond m'irrite les

— Je ne pleure pas. C'est le vent qui m'irrite les yeux, protesta Dorian en essuyant sa larme. Promets-le-moi, Tom.

— Je te le promets.

— Non, pas comme ça. Jure-le pour de bon, insista Dorian.

Avec un soupir, Tom tira sa dague du fourreau accroché à sa ceinture. Il leva la fine lame, qui scintilla au clair de lune.

— Dieu, Aboli et le Grand Daniel me sont témoins, dit-il.

Puis il enfonça la pointe de la dague dans la partie charnue de son pouce et tous virent le sang couler, noir comme de l'encre, dans la lumière argentée. Il rengaina sa dague et de sa main libre attira le visage de Dorian près du sien. Tout en regardant solennellement l'enfant dans les yeux, Tom traça une croix sanglante sur son front.

— Je fais le serment de ne jamais te quitter, Dorian, entonna-t-il avec gravité. Et maintenant, cesse de pleurer.

Après la défection de Guy, le rôle des quarts fut difié de telle sorte que Tom reprit les fonctions de s jumeau en s des siennes. Ned Tyler et le Grand D l dispensait maintenant leurs leçons de navigatic l'artillerie de maniement des voiles à deux élè u lieu de t is. Auparavant, l'emploi du temps éta rgé, mais intenant il semblait dépasser les limi possible.

E nche, la t e de Guy était légère et plaisante quand les leç quotidiennes de M. Walsh, dans t Dorian vaient se dépêcher de monter quelque pour ac plir leur besogne, il passait M. Bea à écrire lettres et des rapports pour diait les lications de la Compagnie, notamment les *Instructions pour le recrutement dans les services de l'Honorable Compagnie anglaise des Indes orientales*. Après quoi il avait le loisir de faire la lecture à Mme Beatty ou de jouer aux cartes avec ses filles. Rien de tout cela ne le faisait aimer de son jumeau, qui parfois, depuis les haubans, le regardait se promener et rire avec les dames sur le gaillard d'arrière, dont l'accès était interdit à tous, à l'exception des officiers du navire et des passagers.

Le *Seraph* passa l'équateur au milieu des réjouissances habituelles : tous ceux qui le franchissaient pour la première fois subissaient une initiation et prêtaient allégeance au dieu des Océans. Aboli, dans un invraisemblable costume confectionné avec des articles dépareillés qu'il avait tirés de la malle d'habillement, et avec une barbe en cordage effiloché, faisait un Neptune impressionnant.

Maintenant qu'ils avaient laissé la zone des calmes au nord de la ligne et que les deux navires se libéraient de son emprise, ils entraient dans la ceinture des alizés australs. La mer changea d'aspect : on apercevait comme une étincelle dans l'océan, qui semblait vi... après les eaux mornes et paresseuses du pot au ...oir. L'air était frais et revigorant, le ciel strié d... ...irrus étirés par le vent. En harmonie, l'humeur de l' ...page devint légère, presque gaie.

Hal infléchit leur route vers le sud-oue... ...n qu'ils puissent courir une large bordée, plus ... ...es côtes d'Amérique du Sud que du continent a..., privilégiant le long cours par rapport au ... angle du vent.

Tous les dix jours, Tom de... vérifier le contenu de la soute avec N... artilleurs. Comprendre la nature et le ca... précieux de la poudre noire faisait partie de ...ction dans l'art de l'artillerie. Il devait connaître sa composition — soufre, charbon de bois et salpêtre —, savoir comment mélanger et entreposer sans danger ces ingrédients, comment empêcher la chaleur et l'humidité de s'accumuler, ce qui risquait de durcir la poudre et de provoquer une mise à feu défectueuse ou irrégulière. A chaque visite, Ned lui faisait bien comprendre le danger que représentaient une flamme nue ou une étincelle dans la soute, qui pouvaient déclencher une explosion et anéantir le bateau.

Avant d'engager une bataille, on ouvrait les barils et, après avoir pesé la poudre avec soin, on la transvasait dans des sacs de soie qui contenaient la charge exacte d'un canon. Ceux-ci étaient enfoncés au fond de la gueule ; dessus, on plaçait un tampon d'étoupe, puis le boulet. C'étaient les gargoussiers qui montaient ces sacs jusqu'aux batteries. Même quand un affrontement n'était pas imminent, plusieurs sacs de soie étaient remplis et rangés dans les râteliers en cas d'urgence. Mais, à cause de la finesse de la soie, le contenu risquait de s'humidifier et de durcir, ce qui obligeait à vérifier les sacs et à changer la poudre régulièrement.

uand Ned et Tom travaillaient dans la soute, on ch tait peu. La lumière dispensée par l'unique lantern rillagée était faible et il régnait un silence de cath le. A mesure qu'on lui passait les sacs en soie, Tom ntassait dans les râteliers. Ils étaient fermes et dou toucher. Ça ferait une couchette confortable, pensa- eut soudain la vision de Caroline couchée sur les le soie — nue. Il poussa un petit gémissement.

— Qu

regardant l, Monsieur Tom ? demanda Ned en le

— Rier ironique.

— Laissais seulement à quelque chose.

sser votre frère, il s'y entend,

conseilla Ned, laconique. Et vous, faites votre travail. C'est à cela que vous êtes bon.

Tom continua de remplir les sacs, mais maintenant son esprit battait la campagne. La soute était la seule partie déserte dix jours d'affilée, où l'on pouvait être seul sans craindre d'être dérangé. C'était l'endroit qu'il avait recherché avec tant d'acharnement, si évident qu'il n'y avait pas pensé. Il jeta un coup d'œil aux clefs accrochées à la ceinture de Ned. Il en compta une demi-douzaine dans le trousseau : celles de la soute, des casiers contenant les armes, des réserves de la coquerie et de la malle d'habillement.

Lorsqu'ils eurent fini, Tom se trouvait à côté de Ned quand il verrouilla la lourde porte de chêne. Il nota quelle clef fermait le gros verrou : elle avait une forme très différente de celle des autres, avec un paneton à cinq dents en forme de couronne. Il essaya d'imaginer un moyen pour mettre la main sur le trousseau, ne fût-ce que pendant cinq minutes, afin de pouvoir en détacher celle qu'il voulait. Mais la tentative était vaine ; des générations de marins s'étaient penchés sur le même problème, à savoir : comment se procurer la clef du magasin où était remisé l'alcool ?

Cette nuit-là, il était étendu sur sa paillass uand une nouvelle idée lui vint, si soudainement q assit sur son séant : il ne devait pas exister qu'u trous-seau de clefs à bord. S'il y en avait tres, ils devaient se trouver dans la cabine de s « Dans le coffre de bord sous sa couchette l'un des tiroirs du bureau », pensa-t-il. Pen reste de la nuit, il ne dormit guère. Même da ition privilégiée de fils aîné du capitaine, vait se rendre librement dans la cabine de et les déplacements de Hal sur le navir mprévisibles. A aucun moment on ne pouv ain que sa cabine était déserte. En son absence, son garçon de cabine était sans doute affairé à remettre en ordre la couchette ou la garde-robe. Tom rejeta l'idée d'effectuer une tentative lorsque son père dormait. Il avait appris à ses dépens que Hal avait le sommeil léger. Pas facile d'embobiner son père.

Pendant toute la semaine suivante, Tom envisagea et écarta d'autres stratégies tout aussi inapplicables, par exemple descendre par l'extérieur de la coque et entrer dans la cabine par la galerie de poupe. Il lui faudrait prendre un risque calculé et attendre que son père ordonne un changement important de voilure. Les deux bordées seraient alors sur le pont et son père absorbé par la manœuvre. Tom aurait alors à imaginer une excuse pour quitter son poste et descendre en vitesse dans la cabine.

Les jours passaient vite, les alizés soufflaient du sud-est et le *Seraph* courait toujours bâbord amures. Aucun changement d'orientation des voiles n'était nécessaire et Tom ne voyait pas venir l'occasion de mettre son plan à exécution.

Elle lui fut donnée d'une manière si fortuite qu'il en [illegible]prouva un malaise presque superstitieux. Il était acc[illegible]pi sous le ravalement du gaillard d'avant avec les [illegible]es hommes de sa bordée, savourant quelques rares [illegible]utes de repos, quand son père leva les yeux du co[illegible] d'habitacle et lui fit signe. Tom se leva à la hâte et [illegible]t à son côté.

— S[illegible]entil, descendez dans ma cabine, lui dit-il. Rega[illegible]s le tiroir du haut de mon bureau. Vous y trouve[illegible] carnet noir. Apportez-le-moi.

— Oui[illegible]

L'espace [illegible]stant Tom se sentit pris de vertige, puis il se p[illegible]rs l'escalier des cabines.

— Atten[illegible] (La voix de son père l'arrêta

dans son élan, le cœur battant. Cela avait été trop facile.) S'il n'est pas dans le tiroir du haut, il doit être dans l'un des autres.

— Oui, père, dit Tom avant de descendre l'escalier quatre à quatre.

Le carnet noir se trouvait bien dans le tiroir du haut. Tom essaya rapidement les autres tiroirs, craignant qu'ils soient fermés à clef, mais ils glissèrent sans difficulté et il les fouilla en vitesse. Quand il ouvrit le dernier, il entendit un lourd objet métallique bouger et cliqueter. Son cœur bondit de nouveau.

Les doubles des clefs étaient fourrés sous un exemplaire de l'almanach et des tables de navigation. Il les sortit avec précaution et reconnut celle de la soute, au paneton en forme de couronne. Il jeta un coup d'œil à la porte close de la cabine et guetta un bruit de pas avant d'agir. Ensuite, il dévissa l'anneau, en tira la clef, la fourra dans sa poche, resserra le fermoir de l'anneau, remit le trousseau dans le tiroir et replaça l'almanach par-dessus.

Quand il retourna au pas de course sur le pont, la clef au fond de sa poche lui parut aussi lourde qu'un boulet rond. Il fallait qu'il lui trouve une cachette. Il n'y avait guère de chances que son père découv... le vol, à moins que l'original soit perdu ou égaré, ... était improbable, mais il n'en restait pas moins i... udent de garder son butin sur lui.

Cette nuit-là, il se réveilla comme d'h... e quand la cloche sonna le quart de minuit à ... heures. Il patienta une heure et se leva en silen... paillasse. A côté de lui, Guy se dressa sur so...

— Où vas-tu ? demanda-t-il.

Tom eut un serrement de cœ... réponse.

— Aux poulaines, chucho... Ren-dors-toi.

A l'avenir, il lui faudrait apporter quelques changements à la disposition de leur couchage. Guy se laissa retomber sur sa paillasse et Tom s'esquiva en direction de l'avant, mais une fois hors de vue, il fit demi-tour et se glissa dans l'escalier vers le pont inférieur. Par ce vent et avec cette allure, le navire n'était jamais silencieux. Ses couples craquaient et gémissaient, l'une de ses coutures produisait un claquement régulier, sonore comme un coup de pistolet, et les eaux se précipitaient le long de la coque avec des soupirs et des bruits sourds.

On ne distinguait pas de lumière dans le pont inférieur, mais Tom se déplaçait avec assurance et il ne se cogna qu'une seule fois à une cloison. Tous les bruits qu'il pouvait faire étaient couverts par ceux du navire.

Une unique lanterne pendait au pied de l'escalier de poupe et jetait une faible clarté dans la coursive centrale. Un rai de lumière filtrait sous la porte de la cabine de son père. Il la dépassa et s'arrêta un instant devant la petite cabine où dormaient les trois filles. Il n'entendit rien et continua son chemin.

La soute aux poudres se trouvait plus bas, juste à côté de la carlingue où reposait l'emplanture du grand mâ Tom descendit à pas de loup la dernière volée de mar es de bois qui menaient au pont inférieur, plongé dans obscurité la plus complète, et se dirigea avec préca n jusqu'à la porte de la soute. Il s'agenouilla à côté tâtons, introduisit la clef dans la serrure. Le mécani était grippé — il dut faire un effort considérable av 'il ne cède — et la porte s'ouvrit sous sa poussée. ût dans l'embrasure sombre, il inspira l'odeur â la poudre. Malgré son sentiment de triomphe, rait pas que de nombreux obstacles lui restaien hir. Il referma le battant et le verrouilla. Tou tons, il chercha et trouva la fente

au-dessus du linteau, où il cacha la clef et le briquet à amadou qu'il avait apporté. Puis il retraversa le navire jusqu'à sa paillasse dans la batterie et, en rampant, se recoucha. Guy s'agita près de lui. Il était encore éveillé mais aucun ne parla et ils ne tardèrent pas à sombrer dans le sommeil.

Jusque-là, tout avait marché à merveille. A tel point que le lendemain il éprouva le sentiment déplaisant que la chance devait tourner. Du côté de Caroline, rien n'indiquait que la mise à exécution de ses plans puisse aller plus loin que le point qu'il avait atteint. Le courage lui manquait. Il rumina les risques qu'il avait pris et ceux qu'il avait encore à prendre. Plus d'une fois, il résolut de rapporter la clef de la soute dans le tiroir du bureau de son père et de renoncer à son projet insensé, mais ensuite il regardait Caroline à la dérobée quand elle s'absorbait dans ses leçons : la courbe de la joue, la moue de concentration des lèvres roses et, sous la manche bouffante de sa robe, la peau douce de l'avant-bras maintenant dorée par le soleil des tropiques et ornée d'un duvet léger, soyeux comme une peau de pêche.

« Il faut que je me trouve seul avec elle, ne serait-ce qu'une minute. Cela vaut de prendre tous les risques », décida-t-il, mais il hésitait encore, incapable de passer à l'action.

A [illegible] fin des [illegible]ons du j[illegible], Caroline sortit de la cabin[illegible]vant Tom. Mais, au [illegible]oment où elle s'engageait [illegible] l'escalier, M. Wa[illegible] l'appela :

— [illegible]ademoiselle Ca[illegible]ine, serez-vous à même d'assist[illegible]a séance de mus[illegible]e ce soir ?

Pour [illegible]pondre, Carolin[illegible] retourna de manière si inatte[illegible] que Tom ne put [illegible]r de se cogner à elle. Elle faill[illegible] l'équilibre ma[illegible] rattrapa à son bras, et Tom p[illegible]tre autour de s[illegible]e. Ils étaient alors

hors de vue de Walsh et les deux frères de Tom se trouvaient encore dans la cabine.

Caroline ne fit rien pour s'écarter de lui. Au contraire, elle se balança vers lui et pressa son bassin contre le sien en le regardant avec une expression espiègle et entendue. A cet instant, le monde changea aux yeux de Tom. Le contact fut bref. Ensuite, elle le contourna et s'adressa à M. Walsh par la porte de la cabine.

— Oui, bien sûr. Il fait si beau que nous pourrions nous retrouver sur le pont, ne croyez-vous pas ?

— Excellente idée, répondit Walsh avec empressement. Disons à six heures, voulez-vous ?

Walsh utilisait toujours l'heure des marins d'eau ouce.

Ned Tyler se tenait au côté de Tom à la barre. Tom s'efforçait de maintenir le *Seraph* cap au sud quart sud-ouest, sur sa route immuable à tavers l'océan.

— Rencontrez ! grommela Ned tandis que Tom laissait le navire arriver d'un quart.

Toutes voiles dehors, cacatois compris, et gonflées par un vent de vingt-cinq nœuds, ela revent à essayer de tenir en bride un étalon emballé.

— Regardez votre sillage, lui dit sévèrement Ned.

Docile, Tom jeta un coup d'œil par-dessus poupe.

— Un vrai couple de serpents en plei une de miel, commenta Ned.

Ce que tous deux sa ent exagéré : à ncablure,
on distinguait un infléchissement à pait erceptible
du sillage écumeux is aucune dérivix permise
à Tom par ses i teurs. Penda comme minutes
suivantes, le Se taillla un sill comme un
coup de sabre ers les vagu

— Très bien, Monsieur Thomas, fit Ned en hochant la tête. Maintenant, voulez-vous m'énumérer les voiles depuis la tête du grand mât ?

— Cacatois, perroquets... récita Tom sans hésitation ni erreur et sans dévier de sa route.

C'est alors que le trio de musiciens arriva des cabines de poupe. Guy portait son cistre et le recueil de chansons de Caroline. Sa flûte dépassant de sa poche, Walsh tenait sa perruque d'une main, le tabouret de la jeune fille de l'autre. Le petit groupe s'installa à sa place habituelle, près du bastingage sous le vent.

Tom s'efforça de ne pas détourner son attention du pilotage du navire, de répondre aux questions de Ned, et surveilla Caroline pour voir si elle ouvrait son recueil et trouvait le petit mot qu'il avait glissé entre ses pages.

— Maintenant, les voiles du mât d'artimon, à partir de la tête, s'il vous plaît, interrogea Ned.

— Perroquet de fougue, répondit Tom, puis il hésita.

Caroline était prête à chanter et Walsh lui passa le recueil.

— Continuez, l'encouragea Ned.

— Diablotin, dit Tom, et il s'interromp de nouveau.

Caroline ouvrit le recueil et fronça les sourc

Elle lisait quelque chose entre les pages. ut la voir pâlir, puis elle leva les yeux malgré elle garda droit dans sa direction à travers toute la eur du pont.

— Basse voile d'artimon, reprit T et il la regarda une nouvelle fois.

Elle lui adressa encore le même raissant spiègle et énigmatique, et rejeta la tête en aiges ses boucles flotter dans le vent. D'ent de son recueil, elle prit le petit bout de papier de riz sur lequel il avait si laborieusement rédigé son message, le froissa entre ses doigts en une boulette et le jeta avec dédain par-dessus bord. Le vent l'emporta loin, avant qu'il ne tombe dans l'eau, où il disparut entre les crêtes blanches des vagues. C'était une nouvelle fin de non-recevoir si manifeste que Tom sentit son univers chanceler.

— Tenez le vent ! dit Ned, et Tom sursauta, constatant qu'il avait laissé le *Seraph* dépaler.

Bien qu'il sût désormais que c'était en vain, Tom resta étendu sur sa paillasse pendant tout le premier quart en attendant minuit et se demanda s'il avait une raison de prendre des risques pour honorer le rendez-vous qu'il avait proposé. Le rejet avait semblé catégorique, et pourtant il savait avec certitude qu'elle avait apprécié autant que lui les instants d'intimité troublants dans la cabine de son père. Et le contact fugitif après le cours de Walsh avait confirmé sans doute possible qu'elle n'était pas hostile à une autre aventure.

Elle n'est pas la grande dame qu'elle feint d'être, se Tom avec colère. Sous ses jolis jupons, elle aime ça ant que Mary et n'importe quelle autre fille du villa Je parie une guinée d'or contre une pincée de crott e cheval qu'elle sait comment jouer à tremper le ba ır, comme toutes les autres. »

Il déplacé sa paillasse sous l'un des canons, afin q Guy ni Dorian ne puissent se coucher près de lui quart lui paraissait interminable. Une ou deux f somnola, puis il se réveilla en sursaut, trembl patience ou consumé par le doute.

Quan pt coups de cloche du premier quart

sonnèrent au-dessus de lui, incapable de se retenir plus longtemps, il se glissa hors de sa couverture pour gagner l'escalier des cabines en retenant sa respiration, de crainte que l'un de ses frères ne l'accoste.

Une fois encore, il marqua une pause devant la petite cabine dans laquelle dormaient les trois filles et plaça son oreille contre la porte. Il n'entendit rien et fut tenté de frapper au panneau pour voir si Caroline était éveillée. Le bon sens prévalut cependant et il s'éloigna pour descendre à pas feutrés vers le pont inférieur.

A son grand soulagement, la clef de la soute et le briquet étaient là où il les avait laissés. Il déverrouilla la porte, se glissa à l'intérieur, monta sur le râtelier pour atteindre la lanterne, puis l'emporta dans la coursive et n'oublia pas de refermer la porte afin qu'une étincelle du briquet à amadou ne risque pas d'entrer en contact avec un grain de poudre tombé sur le plancher de la soute.

Il attrapa le briquet dans sa cachette et, assis sur les talons, considéra le risque qu'il prenait en frottant un silex dans l'obscurité du navire. Ce n'était pas tant le danger d'une explosion qui l'inquiétait mais le ait qu'une lumière puisse attirer l'attention. La cabi de son père se situait en haut de l'escalier, et à é se trouvait celle de M. Beatty et de sa femme. t-être ne dormaient-ils pas ; l'un d'eux pouvait s à tout moment pour répondre à un besoin natu officier de quart pouvait également parcourir l fondeurs de la coque au cours d'une de ses ronde. venir vérifier d'où provenait cette lumière inha

Caroline

Tom tenait cependant pour ce suffisante n'aurait ni le courage ni une co la soute dans du plan du navire pour se dirige une obscurité complète.

ur faire rempart

Il s'accroupit au-dessus du

avec son corps, et frotta d'un coup sec l'acier contre la pierre. Il y eut une éruption aveuglante d'étincelles bleues et l'amadou s'enflamma. Le cœur battant, il souleva l'écran grillagé de la lanterne, alluma la mèche et la protégea avec ses mains en coupe jusqu'à ce qu'elle brûle bien. Puis il abaissa l'écran, qui atténuait un peu la lumière mais empêchait la flamme de mettre le feu à un grain de poudre perdu. Il fourra la clef et le briquet dans leur cachette, puis rapporta la lanterne dans la soute.

Il ressortit et tira la porte derrière lui en réglant l'entrebâillement afin que seul passe un filet de lumière, pas assez pour attirer l'attention mais suffisamment pour inciter une fille craintive à s'engager dans l'escalier.

Puis il s'accroupit près de la porte, prêt à la fermer et à masquer la lumière au premier signe inquiétant. Là où il était, si près de la sentine, il ne pouvait entendre la cloche du navire, et il perdit donc la notion du temps.

« Elle ne viendra pas », se dit-il après ce qui lui avait semblé être plusieurs heures d'attente. Il se dressa à moitié mais ne put se résoudre à s'en aller déjà. « Encor quelques minutes », décida-t-il en se réinstallant con la cloison de bois. Il avait dû s'assoupir car le prem signe de l'arrivée de Caroline fut le parfum de son c , cette odeur de jeune fille, puis il entendit le glisser de ses pieds nus sur le pont, tout près.

Il se d'un bond et elle poussa un cri de terreur tandis émergeait de l'obscurité à ses pieds. Il l'empoig erdument.

— C' i ! C'est moi ! chuchota-t-il. N'ayez crainte.

Elle s'a lui avec une force surprenante.

— Vous fait peur, dit-elle.

Elle trem tout son corps, et il la tint contre

sa poitrine en lui caressant les cheveux. Elle ne les avait pas attachés. Ils étaient épais et souples sous ses doigts, et ils lui tombaient presque jusqu'à la taille.

— Tout va bien. Vous ne risquez rien. Je suis là pour veiller sur vous.

Dans la faible lumière, il vit qu'elle portait une chemise de nuit en cotonnade claire, attachée autour de son cou par un ruban et descendant jusqu'à ses chevilles.

— Je n'aurais jamais dû venir, murmura-t-elle, le visage contre sa poitrine.

— Si. Oh, si ! Je vous ai attendue si longtemps. Je désirais tant que vous veniez.

Il était stupéfait de voir combien elle était petite, combien son corps était chaud contre le sien. Il la serra plus fort.

— Tout va bien, Caroline. Vous êtes en sécurité, ici.

Il promena les mains vers le bas de son dos. Le coton était très léger et elle ne portait rien d'autre dessous. Il sentait tous les creux et toutes les rondeurs de son corps.

— Et si mon père... dit-elle d'une voix haletante et entrecoupée par la peur.

— Non, non. Venez avec moi, ordonna-t-il en l'attirant dans la soute et en refermant la porte derrière eux. Personne ne peut nous trouver ici.

Il la serra contre lui et déposa un baiser sur le dessus de sa tête. Ses cheveux dégageaient un parfum un peu aromatique. Elle tremblait moins fort. Elle leva son visage et le regarda. Ses yeux étaient immenses et lumineux dans la faible clarté de la lanterne protégée par l'écran.

— Ne soyez pas brutal avec moi, pria-t-elle. Ne me faites pas de mal.

L'idée même consterna Tom.

— Oh, ma chérie, comment pourrais-je jamais faire cela ?

Il constata que les paroles apaisantes lui venaient naturellement et de manière convaincante :

— Je vous aime... je vous ai aimée dès le moment où j'ai vu votre beau visage pour la première fois.

Il ne s'était pas encore rendu compte qu'il possédait le don d'éloquence qui distingue les grands amants, pas plus qu'il ne savait combien cela le servirait dans les années à venir.

— Je vous ai aimée même quand vous me traitiez avec tant de froideur.

Sa taille était si fine qu'il pouvait presque l'enlacer de ses mains. Il l'attira plus fort contre lui et sentit la chaleur de son ventre contre le sien.

— Je n'ai jamais voulu être méchante avec vous, dit-elle, j'avais envie d'être avec vous, mais je ne pouvais m'empêcher d'être déplaisante.

— Vous n'avez pas à me donner d'explications, répondit-il, je sais.

Il l'embrassa sur le front et sur les yeux jusqu'à trouver sa bouche. Au début, ses lèvres étaient closes, puis peu à peu elles s'ouvrirent comme les pétales d'une fleur exotique, chaudes et humides, pleines d'un nectar qui enflamma ses sens. Il avait envie d'aspirer son essence à travers sa bouche.

— Vous ne risquez rien, répéta-t-il pour la rassurer. Personne ne descend jamais ici.

Il ne cessait de lui murmurer des paroles rassurantes pour distraire son attention tandis qu'il l'attirait vers les claies où étaient rangés les sacs de soie remplis de poudre.

— Vous êtes adorable, reprit-il en l'entraînant. Je n'ai pas cessé un seul instant de penser à vous.

Elle se détendit et se laissa tomber à la renverse sur

le matelas de soie et de poudre, la tête rejetée en arrière ; il lui embrassa le cou. En même temps, il défit le ruban qui retenait le haut de la chemise de nuit. Son instinct l'avertissait de procéder assez lentement pour qu'elle puisse faire semblant de ne se rendre compte de rien.

— Vos cheveux sont comme de la soie et ils sentent la rose, murmura-t-il tandis que ses doigts s'affairaient, rapides et légers.

Le sein gauche sortit de l'échancrure de sa chemise de nuit, sur quoi tout son corps se raidit et elle dit en haletant :

— Il ne faut pas faire ça. Il faut cesser. Je vous en prie.

Son sein, très blanc et bien plus gros qu'il ne s'y attendait, se pressait doucement contre lui mais Tom ne tenta pas de le toucher. Il la serra étroitement et lui murmura des paroles flatteuses jusqu'à ce que, peu à peu, son corps se détende et qu'une de ses mains cherche la nuque de Tom à tâtons. Elle saisit sa natte et tira ; les yeux de Tom se mirent à larmoyer, mais il ne prêtait pas attention à la douleur.

Comme si elle n'avait pas conscience de ce q'elle faisait, elle se servit de ses cheveux pour le guid Son sein chaud et doux pressa contre le visage de om si bien que, pendant quelques instants, il ne pu lus respirer. Puis il ouvrit la bouche et en suça le t, caoutchouteux et ferme entre ses lèvres. Mar nait qu'il fasse ça, elle appelait cela « nourrir le b ».

Du fond de la gorge de Caroline so n fredonnement et elle commença à le bercer ment comme s'il avait été un petit enfant. Elle a s yeux clos et, tandis qu'il suçait son sein en ca n demi-sourire incurvait ses lèvres.

— Touchez-moi, murmura i faiblement qu'il

ne comprit pas ce qu'elle disait. Touchez-moi, répéta-t-elle. Touchez-moi comme vous l'avez fait.

Sa chemise de nuit était remontée presque jusqu'en haut de ses cuisses, qu'elle écartait maintenant. La main de Tom descendit et elle soupira :

— Oui, comme cela.

Elle commença à pousser violemment ses hanches en avant comme si elle trottait sur un poney. Il ne fallut pas plus de quelques minutes avant que son dos ne s'incurve et il sentit chaque muscle de son corps tendu.

« C'est comme de tirer à l'arc, pensa Tom, quand on est près de lâcher la flèche. »

Soudain, elle frissonna et laissa échapper un cri qui le fit sursauter, puis elle retomba en arrière et devint molle dans ses bras, comme si elle était morte. Alarmé, il regarda son visage et vit qu'il était rouge, les yeux fermés, et que de fines gouttelettes de sueur brillaient sur sa lèvre supérieure, comme de la rosée.

Elle rouvrit les yeux et le fixa avec un regard vide. Puis soudain, elle se recula et le gifla.

— Je vous hais ! murmura-t-elle d'un ton féroce. Vous n'auriez jamais dû me faire venir ici. Vous n'auriez jamais dû me toucher comme ça. Tout est votre faute !

Elle éclata en sanglots.

Stupéfait, il eut un mouvement de recul, et avant qu'il ait pu reprendre ses esprits, elle se releva d'un bond. Dans un bruissement de vêtements et de pieds nus sur le [illegible], elle poussa la porte de la soute et s'enfuit dans la coursive.

Il fallut [illegible]ment à Tom pour se remettre du choc. Encore déc[illegible]é, il moucha la lanterne puis referma avec précaution la porte de la soute derrière lui. Il lui faudrait trouver l'occasion de remettre la clef dans le bureau de so[illegible] mais il n'y avait pas d'urgence.

Jusque-là, rien n'indiquait que son absence du tiroir eût été découverte. Il jugea cependant trop risqué de la garder sur lui et la replaça donc dans sa cachette, au-dessus du linteau.

Quand il passa à pas de loup devant la porte de Caroline, il s'aperçut qu'il tremblait d'indignation et de colère. Il éprouvait un besoin presque irrésistible de la tirer de sa couchette, de lui dire ce qu'il avait sur le cœur. Il parvint à se maîtriser et à retourner à sa paillasse dans la batterie.

Guy l'attendait, ombre silencieuse accroupie près de l'affût du canon.

— Où étais-tu ? demanda-t-il dans un murmure.

— Nulle part. Aux poulaines.

— Tu es parti depuis les sept coups de cloche du premier quart, ça fait près de deux heures. Tu as dû remplir le seau. C'est étonnant qu'il reste encore quelque chose de toi.

— Je suis allé sur le pont, commença Tom, sur la défensive, puis il s'interrompit. De toute façon, je n'ai pas à te le dire. Tu n'es pas mon chaperon.

Il se jeta sur sa paillasse, se roula en boule et tira la couverture par-dessus sa tête.

« Stupide petite mégère, pensa-t-il amèrement. Ça ne me ferait ni chaud ni froid si elle tombait par-dessus bord et se faisait manger par les requins. »

Le *Seraph* poursuivait sa route vers le sud-ouest sans jamais réduire la toile durant les nuits étoilées. Chaque jour à midi, sur le gaillard d'arrière avec les autres officiers, Hal se servait de son propre octant, un cadeau de son père, pour observer le passage à midi et calculer la latitude du navire. Hal et Ned Tyler faisaient le point simultanément, puis comparaient leurs résultats. Un jour, qui devait rester pour lui inoubliable, Tom acheva ses calculs complexes et leva les yeux de son ardoise.

— Eh bien, monsieur ? demanda son père avec un sourire indulgent.

— Vingt-deux degrés seize minutes trente-huit secondes de latitude sud, répondit Tom en hésitant. Selon mon estimation, nous ne devrions être qu'à quelqu lieues du tropique du Capricorne.

Hal nça les sourcils, théâtral, et se tourna vers Ned.

— Y il là une grossière erreur, monsieur mon second ?

— En capitaine. Il s'est trompé d'au moins dix second

— Et m quinze, dit Hal, radouci. Faut-il lui faire tâter d à neuf queues ?

— Pas cette fois, répondit Ned avec l'un de ses rares sourires.

La différence entre les trois estimations ne se traduisait guère que par quelques miles marins sur l'immensité de l'océan. Nul n'aurait pu dire lequel des trois était tombé juste.

— Fort bien, mon fils, fit Hal en lui ébouriffant les cheveux. On pourra peut-être encore faire de vous un marin.

A ces paroles, Tom rayonna de plaisir et son ravissement dura toute la journée.

Quand ils franchirent le tropique du Capricorne, le temps changea soudain. Ils étaient entrés dans l'octant humide de l'Atlantique sud et devant eux, de l'horizon au firmament, le ciel était lourd, les gros nuages avaient la forme des enclumes de Vulcain, le forgeron des dieux. Des éclairs zébraient et illuminaient leurs ventres sombres. Les coups de tonnerre résonnaient comme ceux du marteau divin.

Hal donna l'ordre de réduire la toile et lança un signal au *Yeoman* sur leur arrière :

— Restez en position près de moi.

Le soleil descendit derrière les nuages d'orage [illegible] les teignit de son sang, puis la pluie tomba à torr[illegible]s sur les deux navires. Des nappes d'eau marte[illegible]ent les ponts de bois si fort que le vacarme couvrai[illegible] voix des hommes. Ils ne voyaient plus rien à trave[illegible]s rideaux liquides qui rugissaient d'un bastingag[illegible]autre. Les dalots ne pouvaient évacuer assez v[illegible]au du pont principal, et l'homme de barre [illegible]it jusqu'aux genoux. L'équipage s'ébattait da[illegible] univers d'eau douce ; le visage levé, la bouch[illegible]te, les hommes en buvaient jusqu'à avoir le [illegible] ballonné, ils se dépouillaient de leurs vête[illegible]avaient le sel sur leur corps en riant et en s'[illegible]nt mutuellement.

Hal ne tentait pas de les retenir. Le sel avait excorié leur peau, provoquant parfois des furoncles qui suppuraient sous les aisselles et à l'entrejambe. C'était un soulagement de se débarrasser de ces cristaux corrosifs. Les marins remplissaient des seaux entiers d'eau douce et pure, et à la nuit tombée toutes les barriques du bord débordaient.

La pluie ne diminua pas durant toute la nuit et le lendemain. Le troisième jour, quand le soleil se leva sur l'immensité aqueuse de crêtes blanches d'écume et d'imposantes chaînes nuageuses, le *Yeoman* était hors de vue. Hal donna l'ordre à Tom et à Dorian de monter en tête de mât, car ils avaient déjà prouvé que, grâce à leurs jeunes yeux, ils avaient la vue la plus perçante du navire. Bien qu'ils fussent restés la plus grande partie de la journée dans la mâture, ils ne parvinrent pas à entrevoir les voiles du *Yeoman* à l'horizon bouleversé.

— Nous ne le reverrons pas avant de jeter l'ancre à Bonne-Espérance, prédit Ned Tyler, et Hal était de son avis.

Il y avait fort peu de chances que les deux navires se retrouvent sur l'étendue sans limites de l'océan fouetté par les vents. Cela ne l'inquiétait pas outre mesure : il avait prévu cette éventualité avec Anderson. Leur rendez-vous convenu d'avance devait avoir lieu dans la baie de la Table, et dorénavant chaque navire allait devoir suivre sa route indépendamment de l'autre.

Le cinq[illegible]-deuxième jour qui suivit leur départ de Plymouth, [illegible]ordonna de virer de bord et de courir tribord amu[illegible] [illegible]elon ses calculs, ils se trouvaient à moins de m[illegible] [illegible]es de la côte sud-américaine. Au moyen de l'o[illegible] [illegible] de l'almanach, il pouvait calculer la latitude du [illegible] avec une marge d'erreur de moins de vingt milles. [illegible]vanche, plus qu'une science exacte, la détermination de la longitude était une arcane rituelle fondée sur l'examen des repères placés chaque jour sur le renard de la timonerie et sur une série d'estimations et d'extrapolations à partir de la distance parcourue par le navire.

Hal savait fort bien qu'il pouvait avoir dérivé de plusieurs centaines de miles par rapport à son estime. Pour accoster à Bonne-Espérance, il lui fallait maintenant chevaucher les alizés jusqu'au trente-deuxième degré de latitude sud, puis se maintenir plein est jusqu'à ce qu'il voie se lever la montagne en forme de table caractéristique de la pointe du continent africain. Ce serait la partie la plus éprouvante de la traversée : avec le vent presque debout, il lui faudrait virer de bord sans cesse.

Afin d'éviter de manquer le Cap par le sud et d'entrer dans l'océan Indien, il devait adopter une route menant droit sur le rivage sauvage de l'Afrique, à quelques lieues au nord de Bonne-Espérance. Il y avait toujours le danger de s'échouer de nuit ou dans l'épais brouillard si fréquent au Cap — de nombreux navires de fort tonnage avaient transformé cette côte traîtresse en cimetière marin. Conscient de cette menace, Hal serait content, le moment venu, de disposer des yeux perçants de Tom et de Dorian en tête de mât.

Quand il pensait à ses deux fils, il était satisfait de leurs progrès dans la connaissance de l'arabe. Guy avait laissé tomber ces leçons au prétexte qu'on ne parlait guère l'arabe à Bombay, mais chaque après-midi Tom et Dorian se réunissaient sur le gaillard d'avant pour leur heure de cours avec Alf Wilson, et ils jacassaient comme des pies dans la langue de Mahomet. Quand Hal les mettait à l'épreuve, il constatait qu'ils se débrouillaient très bien. Cette aisance leur serait précieuse sur la côte des Fièvres. C'était une bonne stratégie de parler la langue de son ennemi, pensait Hal.

En dehors du *Yeoman*, ils n'avaient pas vu d'autres navires depuis qu'ils avaient doublé Ushant, mais cet océan n'était pas vide : d'étranges et merveilleux spectacles intriguaient et enchantaient Tom et Dorian quand ils étaient accroupis épaule contre épaule dans le nid-de-pie, au-dessus du pont.

Un jour, un albatros apparut dans cette immensité marine. Sur ses grandes ailes, il décrivait des cercles autour du navire, descendait et montait sur les courants aériens, planait parfois si près de la crête des vagues qu'il semblait faire partie de l'écume. Il resta ainsi plusieurs jours d'affilée à proximité du bateau. Aucun des deux garçons n'avait encore vu un oiseau de cette taille. De temps en temps, il volait près de leur perchoir en forme de tonneau ; semblant utiliser le courant ascendant issu de la grand-voile du *Seraph* pour conserver sa position, il ne battait jamais des ailes et se bornait à palper l'air doucement avec les plumes noires de leurs extrémités. Dorian était enchanté par cette créature dont l'envergure était trois ou quatre fois celle de ses bras.

— Mollymawk !

Il l'appelait par le surnom que lui donnaient les marins, qui signifiait « goéland stupide » en raison de son caractère confiant quand il se posait à terre. Dorian avait demandé des restes de nourritures au coq et il les jetait au grand oiseau. L'albatros avait bien vite appris à lui faire confiance et à l'accepter, et il répondait à son sifflement et à son cri. Il volait presque assez près de lui pour qu'il puisse le toucher, suspendu quasiment sans mouvement dans l'air, et happait délicatement les bouts de nourriture qu'il lui lançait.

Le troisième jour, tandis que Tom se cramponnait à sa ceinture pour l'empêcher de tomber, Dorian avait tendu le bras aussi loin qu'il pouvait avec un morceau de porc salé bien gras dans la main. Mollymawk regarda l'enfant de son œil de vieux sage, vira sur ses ailes déployées et prit l'offrande d'un petit coup délicat de son énorme bec recourbé, avec lequel il aurait pu aisément trancher le doigt du jeune garçon.

Dorian siffla et applaudit pendant que les trois filles Beatty, qui avaient suivi du pont ses manœuvres d'approche, poussèrent des cris de joie. Lorsqu'il redescendit à la fin du quart, Caroline l'embrassa sur le front devant les officiers présents sur le pont et la bordée de quart.

Quand ils se retrouvèrent seuls dans la batterie, Dorian dit à Tom :

— Les filles sont si douces ! et il fit mine de vomir.

Au cours des jours suivants, Mollymawk s'apprivoisa davantage et se montra encore plus confiant avec Dorian.

— Tu crois qu'il m'aime, Tom ? Je voudrais qu'il reste pour toujours mon compagnon.

Mais le huitième jour, quand il grimpa en tête de mât, l'oiseau avait disparu. Bien que Dorian l'eût appelé de ses sifflements tout le jour, il ne revint pas, et au coucher du soleil l'enfant pleura.

— Tu es un vrai bébé, dit Tom, et il le serra dans ses bras jusqu'à ce qu'il cesse de renifler.

Le matin qui suivit la disparition de Mollymawk, Tom s'assit à sa place habituelle sur le banc, contre la cloison dans la cabine de M. Walsh. Lorsque les trois filles arrivèrent, en retard comme à leur habitude, pour les leçons du jour, il résista à la tentation de regarder dans la direction de Caroline. Il était encore indigné de la manière dont elle l'avait traitée. Sarah Beatty, qui continuait de lui vouer un culte et l'accablait sans cesse de petits cadeaux, lui avait confectionné ce jour-là une rose de papier en guise de marque-page, dont elle lui fit présent devant les autres. Tom rougit d'humiliation tout en grommelant des remerciements tandis que, derrière Sarah, Dorian faisait semblant de bercer un bébé dans ses bras. Tom lui décocha un coup de pied dans le tibia puis prit ses livres et son ardoise, qu'il rangeait dans le petit placard sous la couchette.

Lorsqu'il regarda l'ardoise, il vit que quelqu'un avait effacé l'équation avec laquelle il s'était escrimé la veille. Il était sur le point d'accuser Dorian du forfait quand il se rendit compte qu'à la place de son griffonnage le ou la coupable avait laissé une seule ligne, d'une écriture ornée : « Cette nuit à la même heure. »

Tom gardait les yeux fixés sur l'inscription. On ne pouvait pas ne pas reconnaître l'écriture : Dorian et les filles cadettes gribouillaient encore comme des enfants et celle de Guy était froide et sans art. Il s'aperçut soudain que Guy tendait le cou par-dessus son épaule pour essayer de lire sur l'ardoise. Tom l'inclina pour la lui cacher et étala les lettres avec le pouce jusqu'à ce qu'elles deviennent illisibles.

Il ne pouvait s'empêcher de lorgner en direction de Caroline. Absorbée dans la lecture du livre de poèmes que M. Walsh lui avait prêté, elle paraissait ignorer sa présence comme toujours, mais elle avait dû sentir son regard posé sur elle car l'oreille que Tom voyait dépasser de son chapeau à bride dans un enchevêtrement de boucles prit lentement une teinte rose plus profonde. Le phénomène était si frappant que Tom oublia qu'il la détestait.

— Thomas, avez-vous résolu le problème que je vous ai posé hier ?

La voix de Walsh le tira de sa contemplation et il sursauta d'un air coupable.

— Oui, je veux dire non... enfin, presque.

Pendant le reste de la journée, Tom fut en proie à

blancs dès l'instant où ils apparurent, hésitants. Il siffla doucement pour la rassurer.

Elle se baissa et le regarda. Puis elle descendit en toute hâte les dernières marches. Il courut à sa rencontre et elle se jeta dans ses bras, se cramponna à lui.

— Je voulais vous dire combien j'étais désolée de vous avoir frappé, murmura-t-elle. Je m'en suis voulu chaque jour depuis lors.

Il était trop ému pour parler, et comme il ne disait rien, elle leva son visage vers lui. Ce n'était qu'une pâle luminescence dans la faible clarté mais il se pencha pour l'embrasser, cherchant sa bouche. Au même instant, elle s'avança vers lui et son premier baiser se posa sur son sourcil, le suivant sur la pointe de son nez, et enfin leurs bouches se trouvèrent.

Elle fut la première à reculer.

— Pas ici, chuchota-t-elle. Quelqu'un peut venir.

Elle le suivit quand il la prit par la main et l'entraîna dans la soute. Sans hésitation, elle se dirigea vers le matelas de sacs de poudre et l'attira à son côté. Sa bouche attendait le prochain baiser et il sentit le bout de sa langue papillonner sur ses lèvres comme une phalène à la lumière d'une bougie. Il l'aspira.

Toujours bouche contre bouche, elle tira sur le col de la chemise de Tom et, quand elle l'eut défait, elle passa une petite main fraîche par l'ouverture et lui caressa la poitrine.

— Vous êtes velu, remarqua-t-elle, surprise. Je veux voir.

Elle souleva le devant de la chemise :

— On dirait de la soie. Comme c'est doux !

Elle pressa le visage contre sa poitrine. Son souffle était chaud et le chatouillait. Cela l'excita comme il ne l'avait jamais été. Un sentiment d'urgence l'envahit, comme si on avait pu la lui subtiliser à tout moment.

Il essaya de dénouer le ruban qui fermait la chemise de nuit, mais ses doigts étaient malhabiles.

— Laissez-moi faire, dit-elle en écartant ses mains.

Il avait conscience qu'elle se comportait différemment de leur dernière rencontre dans la soute : elle était sûre d'elle. Sa conduite ressemblait plus à celle de Mary ou des autres filles qu'il avait connues à High Weald. Il eut tout à coup la certitude que son intuition ne l'avait pas trompé. Elle avait déjà fait ça, elle en savait autant que lui, peut-être davantage, et cette conviction l'aiguillonna. Il n'avait plus de raisons de conserver sa retenue.

Elle s'agenouilla, tira sa chemise de nuit par-dessus sa tête d'un seul mouvement et la laissa tomber. Elle était maintenant toute nue, mais il ne voyait que ses seins, plantureux, ronds et blancs, qui semblaient luire au-dessus de lui dans la pénombre comme deux grosses perles. Il les prit dans ses mains, qu'ils remplirent de leur douce plénitude.

— Doucement. Ne soyez pas brutal, supplia-t-elle.

Pendant un moment, elle le laissa faire ce qu'il voulait, puis elle murmura :

— Touchez-moi ! Touchez-moi là, comme les autres fois.

Il obtempéra et elle ferma les yeux, silencieuse. Doucement, il se plaça sur elle, attentif à ne pas l'alarmer, puis baissa sa culotte jusqu'aux genoux.

Soudain, Caroline essaya de s'asseoir.

— Pourquoi avez-vous arrêté ? demanda-t-elle, puis baissant le regard : Qu'est-ce que vous faites ? Non, pas ça !

Elle se tortilla pour tenter de se dégager, mais il était plus lourd et plus fort qu'elle, et elle ne parvint pas à le faire basculer.

— Je ne vous ferai pas mal, promit-il.

Caroline le repoussa en vain, puis renonça peu à peu. Elle cessa de se débattre et se détendit sous son toucher insistant. Elle ferma les yeux et commença à émettre un doux gémissement à l'arrière de sa gorge.

Soudain tout son corps se contracta et elle poussa un petit cri :

— Que faites-vous ? Je vous en prie, non ! Oh, Tom, qu'est-ce que vous faites ?

Elle se débattit de nouveau, mais il la tenait fermement, et après un moment elle se calma dans ses bras. Puis tous deux commencèrent à bouger à l'unisson, dans le rythme aussi ancien que l'humanité.

Longtemps après, ils étaient étendus l'un contre l'autre, leur corps rafraîchi par la sueur, leur souffle apaisé.

— Il est tard. Agnès et Sarah ne vont pas tarder à se réveiller. Il faut que je parte, murmura Caroline en tendant le bras pour ramasser sa chemise de nuit.

— Vous reviendrez ? demanda Tom.

— Peut-être.

Elle enfila sa chemise de nuit et attacha le ruban.

— Demain soir ? insista-t-il.

— Peut-être, répéta-t-elle avant de se lever et de se diriger vers la porte de la soute.

Caroline s'arrêta pour écouter, puis jeta un coup d'œil par l'entrebâillement. Elle poussa la porte juste assez pour se glisser au-dehors et disparut.

Le *Seraph* sortit peu à peu des latitudes tropicales et poursuivit la route vers le sud. Les journées devenaient plus fraîches et, après la chaleur accablante qu'ils avaient endurée, un vent tiède et léger soufflait du sud-est. Les eaux tempérées, verdies par le krill et le plancton, grouillaient de vie. De la tête de mât, ils distinguaient des bancs sombres de thons, un défilé ininterrompu d'énormes poissons qui dépassaient le navire sans effort dans leurs mystérieuses pérégrinations à travers l'océan vert.

Le point montra enfin que le navire avait fait son chemin sud, et à trente-deux degrés de latitude sud, Hal vira le navire vent devant pour la dernière bordée vers Bonne-Espérance.

C'est avec soulagement qu'il voyait approcher la fin de cette partie du voyage. Pas plus tard que la veille, le Dr Reynolds lui avait rapporté les premiers cas de scorbut parmi l'équipage. Ce mal mystérieux était la malédiction de tous les capitaines qui entreprenaient de longues traversées. Après six semaines de mer, les miasmes fétides qui véhiculaient la maladie risquaient de surprendre l'équipage et de le terrasser sans crier gare.

Les deux malades n'étaient que les premiers d'une longue série, Hal ne l'ignorait pas. Ils avaient montré au médecin du bord leurs gencives enflées et sanguinolentes, et les premiers bleus sombres sur leur ventre, où le sang se répandait sous la peau. Personne ne pouvait expliquer la cause de cette affection ni la façon miraculeuse dont elle guérissait dès que le navire atteignait le port.

— Mon Dieu, faites que nous arrivions vite ! pria Hal en regardant l'horizon oriental encore vide.

A l'approche de la terre, de petites bandes de dauphins les escortaient : ils chevauchaient la lame d'étrave, disparaissaient sous la coque et remontaient de l'autre côté en arrondissant leur dos luisant au-dessus de la surface, sautaient hors de l'eau en battant de leur queue aplatie et lorgnaient les hommes dans les haubans de leur œil vif, le sourire immuable.

C'était l'océan des grandes baleines. Certains jours, où qu'ils regardent depuis la tête de mât, ils voyaient souffler un jet d'eau blanche dans le vent. Ces créatures gigantesques se vautraient et s'ébattaient à la surface. Certaines étaient plus longues que le *Seraph*, et elles passaient si près que les garçons apercevaient les bernaches et les excroissances de vie marine qui incrustaient leur corps, comme des récifs de coraux.

— Il y a vingt tonnes d'huile dans chacune d'elles, expliqua à Tom le Grand Daniel alors qu'ils se penchaient sur le beaupré et regardaient une énorme baleine monter des profondeurs à une encablure en avant et dresser sa grande queue à deux branches vers les cieux.

— Sa queue est aussi large que notre vergue de perruche, s'émerveilla Tom.

— On dit que ce sont les plus grands animaux de la création, acquiesça Daniel. A dix livres la tonne d'huile, on ferait peut-être mieux de faire la chasse aux baleines qu'aux pirates.

— Comment peut-on arriver à tuer une bête aussi grosse ? s'étonna Tom. C'est comme d'essayer de tuer une montagne.

— Dangereuse entreprise, en effet, mais il y en a qui le font. Les Hollandais sont d'excellents chasseurs de baleines.

— J'aimerais bien essayer, dit Tom. J'aimerais être un grand chasseur.

Daniel désigna le beaupré qui montait et descendait à travers la ligne d'horizon.

— Là où nous allons, il y a de quoi chasser. Le continent regorge de bêtes sauvages. On y rencontre des éléphants avec des défenses plus longues que vous. Vous pourrez peut-être exaucer votre vœu.

L'exaltation de Tom augmentait de jour en jour.

Après avoir fait le point, il allait dans la cabine de poupe avec son père pour le regarder noter la position du navire : la ligne sur la carte se rapprochait de plus en plus de l'énorme bloc continental en forme de tête de cheval.

Ses journées étaient si pleines d'excitation et d'activité fébrile qu'il aurait dû être épuisé le soir venu. La plupart du temps, il se ménageait quelques heures de sommeil avant minuit, mais ensuite il se levait avec ardeur à la fin du premier quart et se glissait sans bruit hors de sa paillasse.

Plus besoin de prier et de cajoler : Caroline venait à la soute chaque nuit de son propre chef. Tom constatait qu'il avait éveillé les sens d'une chatte sauvage. Désormais, elle n'était plus hésitante ni réservée et l'égalait dans le feu de sa passion, donnant libre cours à ses émotions avec une ardeur fougueuse et des paroles crues. Tom emportait souvent avec lui des témoignages de leurs ébats : son dos griffé par les ongles de Caroline, ses lèvres mordues et couvertes d'ecchymoses.

Dans sa hâte d'arriver à ses rendez-vous chaque nuit, il était cependant devenu imprudent et à plusieurs reprises il l'avait échappé belle. Une nuit, quand il passa devant la cabine des Beatty, la porte s'ouvrit soudain et Mme Beatty sortit. Tom eut tout juste le temps de ramener sa casquette sur ses yeux et, tandis qu'il poursuivait son chemin le dos voûté, il lança d'une voix rauque :

— Les sept coups du premier quart viennent de sonner, tout va bien à bord.

Il était aussi grand que tous les autres hommes d'équipage et la coursive était fort heureusement peu éclairée.

— Merci, mon bon, répondit Mme Beatty, si troublée d'avoir été surprise en chemise de nuit qu'elle battit en retraite à l'intérieur de la cabine comme si elle avait été coupable.

Plus d'une fois, quand il descendait sans bruit de la batterie, il sentit qu'il était suivi. Une autre nuit, il eut la certitude d'avoir entendu des bruits de pas qui le suivaient dans l'escalier des cabines, mais, quand il revint en arrière, il ne distingua personne. Une autre fois encore, il quittait le pont inférieur au petit matin, à la fin du quart de minuit à quatre heures, quand se rapprocha un bruit de bottes sur l'échelle du gaillard d'arrière. Il eut à peine le temps de reculer que Ned Tyler arriva dans la coursive qui menait à la cabine de son père. Caché dans l'ombre, il le regarda frapper à la porte et entendit la voix de son père à l'intérieur.

— Qui est là ?

— Ned Tyler, capitaine. Le vent fraîchit. Nous risquons de perdre un espar si nous gardons cette allure. Permission de carguer les voiles d'étai et de prendre un ris sur la basse voile du grand mât.

— J'arrive tout de suite, Ned, répondit Hal.

Une minute plus tard, il sortit en trombe de sa cabine en enfilant à la hâte son caban et, quand il grimpa quatre à quatre l'escalier vers le pont, passa à deux pas de l'endroit où se trouvait Tom.

Celui-ci regagna sa paillasse dans la batterie à l'instant où retentissait le son strident du sifflet de Daniel et où la voix du maître d'équipage tonnait dans l'obscurité : « Tout le monde sur le pont pour réduire la toile. » Tom dut faire semblant de se frotter les yeux comme s'il se réveillait et il se joignit aux autres marins qui se précipitaient en haut, dans la nuit venteuse.

Il était dans sa nature de ne pas être alarmé ni effrayé par ces alertes. Il se pavanait maintenant comme un jeune coq quand il marchait, ce qui faisait sourire Aboli, qui disait en secouant la tête :

— Voilà le fils de l'homme !

Un matin, alors que le navire avait viré de bord pour courir tribord amures et que son allure devenait plus facile à travers les lames de houle de l'Atlantique, Tom faisait partie des gabiers qui redescendaient après avoir balancé les voiles. Soudain, sans autre raison que sa vivacité et sa suffisance, il se redressa de toute sa hauteur sur la vergue et se mit à danser une matelote.

Sur le pont, tous, figés d'horreur, regardaient ses gambades suicidaires. A quarante pieds au-dessus d'eux, Tom effectua deux passages, puis un troisième pour faire bonne mesure, sur la pointe des pieds, une main sur la hanche, l'autre au-dessus de la tête, puis il sauta dans les haubans et se laissa glisser sur le pont. Il avait eu assez de bon sens pour s'assurer que son père était dans sa cabine à ce moment-là, mais avant la fin de la journée, Hal avait entendu parler de son excentricité et l'avait mandé.

— Pourquoi avez-vous fait quelque chose d'aussi stupide et irresponsable ? demanda-t-il.

— Parce que John Tudwell m'a dit que je n'oserais pas le faire, expliqua Tom comme si c'était la meilleure raison du monde.

A son grand étonnement, Hal se rendit compte qu'il avait devant lui un homme et non plus un gamin. Au cours de ces quelques mois de la traversée, Tom s'était endurci et avait mûri au point d'être méconnaissable. Son corps s'était affermi par le travail, ses épaules fortifiées par l'exercice constant — grimper dans les haubans et orienter les voiles et les écoutes par vent fort —, ses bras musclés par l'exercice quotidien au sabre avec Aboli, et il se maintenait en équilibre comme un chat quand le navire tanguait dans la houle.

Mais il y avait autre chose que Hal n'arrivait pas à définir. Il savait que Tom avait toujours été le plus précoce de ses fils, et, tout en s'efforçant de mettre un frein à ses extravagances, il n'avait jamais voulu entraver cet esprit hardi et aventureux. Hal admirait le cran et l'impétuosité de l'adolescent. Mais à présent il était conscient que quelque chose s'était produit, qui lui échappait. C'était un homme fait qui l'affrontait, le regard assuré.

— Bon ! dit enfin Hal. Vous avez montré à John Tudwell qu'il se trompait, n'est-ce pas ? Il n'est donc plus nécessaire de danser la matelote.

— Non, père, admit volontiers Tom. Enfin... jusqu'à ce qu'un autre me dise que je n'ai pas le courage de le faire.

Son sourire était si communicatif que Hal sentit les commissures de ses lèvres remonter.

— Filez ! lança-t-il en le poussant vers la porte de la cabine. Il est impossible de faire entendre raison à un barbare.

Guy était assis à sa place habituelle sur le banc, à côté de Caroline, dans la cabine de M. Walsh. Il était pâle et ne parla guère pendant le cours du matin, répondant par monosyllabes aux questions du maître. Il ne quittait pas son livre des yeux et ne regardait ni Tom ni Caroline, même quand ils récitaient un texte à la demande de Walsh.

Caroline prit soudain conscience de son étrange comportement.

— Vous n'êtes pas dans votre assiette, Guy ? Vous avez de nouveau le mal de mer ? chuchota-t-elle.

Guy ne put se résoudre à la regarder en face.

— Je vais parfaitement bien, répondit-il. Vous n'avez pas à vous inquiéter pour moi, et il ajouta pardevers lui : Plus jamais !

Ces dernières semaines, depuis qu'il avait signé son contrat d'apprentissage, Guy s'était créé un monde imaginaire. En raison des relations de sa famille et sous le patronage de M. Beatty, il entrevoyait une promotion rapide dans les services de la Compagnie. La famille Beatty serait devenue la sienne et Caroline aurait été là à son côté. Il s'imaginait partageant sa compagnie dans le paradis tropical de Bombay. Ils se seraient promenés à cheval sous les palmiers. Le soir, il y aurait eu des récitals de musique, lui jouant et Caroline chantant, et des lectures de poèmes, des pique-niques avec la famille. Ils auraient marché main dans la main sur des plages de sable blanc en échangeant de chastes baisers. Dans quelques années, il aurait vingt ans et serait monté assez haut dans la hiérarchie de la Compagnie pour se marier. Tous ces rêves étaient maintenant brisés.

Quand il tentait de penser aux choses infâmes qu'il avait découvertes, son esprit se dérobait comme un cheval ombrageux. Ses mains tremblaient et il sentait le sang bouillir dans son cerveau. Il ne pouvait supporter de rester confiné une minute de plus dans la petite cabine, en présence des deux personnes qu'il haïssait le plus au monde, plus qu'il ne s'en serait jamais cru capable. Il se leva brusquement.

— Monsieur Walsh, je vous prie de m'excuser. Je me sens mal. J'ai besoin d'aller m'aérer sur le pont...

Sans attendre la permission, il se dirigea vers la porte en titubant et s'enfuit dans l'escalier. Il se précipita à l'avant et se cramponna à une drisse, laissant le vent lui fouetter le visage. Sa détresse était sans fond, il voyait le reste de sa vie s'étendre devant lui comme un désert.

— J'ai envie de mourir ! dit-il tout haut, et il regarda par-dessus bord.

L'eau était verte et belle. Comme tout devait être paisible dans ces profondeurs marines ! Il descendit sur les chaînes et resta là en équilibre, accroché d'une main aux haubans. « C'est si facile, se dit-il. Si rapide et facile. » Il se pencha par-dessus la lame d'étrave.

Une main puissante se referma sur son poignet libre et il faillit perdre l'équilibre.

— Vous avez perdu quelque chose, Mbili ? gronda la voix d'Aboli. Vous n'avez jamais été un bon nageur.

— Laisse-moi ! dit Guy avec amertume. Pourquoi te mêles-tu toujours des affaires des autres ? Je veux mourir, laisse-moi.

— Votre vœu sera exaucé, c'est la seule chose certaine en cette vie, lui assura Aboli. Mais pas aujourd'hui, Mbili.

Le nom par lequel il avait appelé Guy dès le jour de sa naissance signifiait « numéro deux » dans la langue des forêts. Il exerça doucement une pression sur son bras.

Guy essaya en vain de résister.

— Laisse-moi, Aboli, je t'en prie.

— Les hommes vous regardent, lui dit le grand Noir à voix basse.

Guy jeta un coup d'œil circulaire et vit que quelques matelots de la bordée avaient interrompu leur conversation et regardaient avec curiosité cette petite pantomime.

— Ne faites pas honte à votre père et à moi avec ces stupidités, reprit Aboli.

Guy capitula et sauta gauchement sur le pont. Aboli lâcha son poignet.

— Parlons, suggéra-t-il.

— Je n'ai pas envie de parler, ni à toi ni à personne d'autre.

— Alors nous resterons ensemble en silence,

consentit Aboli en l'entraînant vers le bastingage sous le vent.

Ils s'assirent sur leurs talons à l'abri du vent et des regards des hommes. Aboli était calme et silencieux comme une montagne, présence rassurante. Il ne regardait pas Guy ni ne le touchait, mais il était là. De longues minutes passèrent, puis Guy lâcha :

— Je l'aime tant, Aboli. C'est comme si des crocs me tenaillaient le ventre.

Voilà ! pensa Aboli tristement. Il a découvert la vérité. Klebe n'est pas de ceux qui cachent leurs traces de pas. Il est après cette pouliche comme un jeune étalon qui a démoli la palissade. Etonnant qu'il ait fallu tant de temps à Mbili pour s'en apercevoir.

— Oui, je sais, Mbili. Moi aussi, j'ai aimé.

— Que dois-je faire ? demanda Guy.

— Aussi mal que cela puisse faire, ça ne vous tuera pas, et un jour, plus tôt que vous ne l'imaginez, vous aurez oublié la douleur.

— Je ne l'oublierai jamais, rétorqua Guy avec une conviction profonde. Et je n'oublierai jamais mon amour pour elle.

Hal Courtney entendit la cloche du navire sonner le début du quart de minuit à quatre heures.

— Minuit, murmura-t-il.

Il appuya ses deux poings dans le creux de ses reins. Il était resté assis de longues heures à son bureau et se sentait ankylosé, les yeux irrités. Il se leva, tailla la mèche de la lampe, la réglant pour qu'elle éclaire les documents posés sur son bureau, puis se rassit dans le lourd fauteuil de chêne et s'appliqua de nouveau à son travail.

Les dessins du *Seraph* laissés par le constructeur étaient étalés devant lui. Il étudia un moment le plan de la batterie puis l'écarta, tira vers lui le dessin de la coupe latérale et compara les deux. « Nous devons cacher les canons et lui donner l'allure d'un navire de commerce inoffensif, se dit-il. Il faut donc démonter le couvercle des sabords du pont inférieur... » Il s'interrompit et fronça les sourcils en entendant gratter à la porte de sa cabine.

— Qui est-ce ? demanda-t-il.

Le temps était beau, le vent léger et régulier. Il ne s'était pas attendu à être dérangé. Sa question resta sans réponse, et après un moment il poussa un petit grognement. Ce devait être un rat ou un effet de son imagination. Il tourna de nouveau son attention sur les dessins.

Il y eut un nouveau grattement à la porte. Cette fois, il repoussa son fauteuil avec irritation et se leva. Baissant la tête pour ne pas toucher les barrots, il se dirigea à grandes enjambées vers la porte et l'ouvrit. Une mince silhouette se tenait devant lui, de manière embarrassée. Il lui fallut un moment pour reconnaître son propre fils.

— Guy ! s'exclama-t-il. Qu'est-ce que vous faites là à une heure pareille ? Entrez, mon garçon.

Guy le suivit dans la cabine et tira la porte derrière lui. Il ôta sa casquette. Il était pâle et avait l'air nerveux.

— Père, je voulais vous dire... balbutia-t-il en tripotant sa casquette.

— Qu'y a-t-il, mon petit ? Parlez, l'encouragea son père.

— Il y a quelqu'un dans la soute aux poudres, lâcha Guy. La porte est ouverte et il y a de la lumière à l'intérieur.

— Quoi ? Dans la soute ? Une lumière ? s'exclama Hal d'un ton alarmé, l'esprit assailli par une vague de terrible appréhension.

— Oui, père.

Hal pivota sur lui-même et retourna à son bureau. Il ouvrit d'une secousse le tiroir du haut et en sortit le coffret aux pistolets. Il souleva le couvercle et prit l'une des armes à canon double, vérifia la pierre et l'amorce, puis le glissa dans sa ceinture. Il vérifia ensuite le deuxième pistolet et le soupesa dans sa main droite.

— Allons voir ça, marmonna-t-il en prenant sa lampe. Venez avec moi, Guy, mais ne faites pas de bruit. Qui que ce soit, nous devons surprendre ces coquins.

Il ouvrit la porte de la cabine et Guy le suivit dans la coursive.

— Pas un mot, avertit Hal avant de gagner l'escalier.

Il regarda vers le pont inférieur mais ne discerna pas la moindre lumière.

— Vous êtes sûr que vous ne vous êtes pas trompé ? demanda-t-il.

— Oui, père.

Sans bruit, Hal s'engagea dans l'escalier, s'arrêtant à chaque marche pour écouter. Il arriva en bas et marqua une nouvelle pause. Alors seulement il aperçut le faible halo de lumière autour de la porte de la soute.

— Oui ! murmura-t-il en armant les deux chiens du pistolet qu'il avait à la main. Nous allons voir ce qu'ils trafiquent.

Il se dirigea vers la soute, portant la lampe derrière son dos afin d'en cacher la flamme. Guy le suivait de près.

Hal arriva à la porte et appuya l'oreille contre le

lourd panneau de chêne. Par-dessus les autres bruits du navire, il distinguait vaguement des sons qui le laissèrent perplexe, des petits cris et des gémissements, un froissement, un bruit mat et régulier qu'il n'arrivait pas à définir.

Il essaya la serrure et la poignée tourna sans grande résistance. Il appuya l'épaule contre la porte et poussa peu à peu. Le jambage grinça doucement puis la porte s'ouvrit d'un seul coup. Debout dans l'embrasure, il leva la lanterne au-dessus de sa tête. Pendant quelques instants, il fut incapable de faire un mouvement de plus. Il avait été si loin de s'attendre à la scène qu'il avait sous les yeux qu'il n'arrivait pas à comprendre ce qu'il voyait.

Contre la cloison au-dessus des claies, la lampe occultée ajoutait sa clarté à celle de sa propre lanterne. Des vêtements étaient jetés pêle-mêle sur le pont aux pieds de Hal, qui distingua des corps humains vautrés sur les sacs de poudre devant lui. Il lui fallut un moment pour se rendre compte qu'ils étaient nus. La peau blanche luisait à la lumière de la lampe et il regardait sans y croire : les cheveux éparpillés, les membres enchevêtrés, la bouche grande ouverte, les petits pieds qui tressautaient spasmodiquement vers les barrots du pont, les mains fines agrippées à la chevelure d'un homme. La tête de celui-ci enfouie entre les cuisses de la femme, dont le dos et les fesses cognaient avec un bruit sourd contre le matelas de sacs de poudre tandis qu'elle se tortillait, transportée par la passion.

Le couple semblait inconscient de tout. Même la lanterne dirigée vers eux ne les avait pas alarmés, car les yeux de la fille étaient clos et ses traits si déformés par la jouissance que Hal ne la reconnut pas.

Il restait là, cloué sur place, et ne fut tiré de sa fascination que lorsque Guy essaya de pénétrer dans la soute. Il se déplaça pour bloquer l'entrée et lui cacher la scène.

— Sortez d'ici, Guy, ordonna-t-il, et sa voix franchit le rideau invisible dont le transport amoureux avait enveloppé le couple étendu sur la claie.

Les yeux de la femme s'ouvrirent soudain et se dilatèrent comme les pétales d'une fleur violette tandis qu'elle regardait Hal, frappée d'horreur et d'incrédulité. Sa bouche se tordit en un cri silencieux de désespoir, et elle se redressa à grand-peine sur un coude ; ses seins ronds et blancs se balançaient à la lumière de la lampe. Des deux mains, elle tira sur les cheveux bruns de la tête entre ses cuisses, mais ne put la faire bouger.

— Tom !

Hal retrouva enfin la voix. Il vit les muscles du large dos de son fils se contracter sous l'effet de la stupéfaction, comme si on y avait enfoncé une dague. Puis Tom leva la tête et dévisagea son père. Tous trois restèrent paralysés quelques instants qui parurent une éternité.

Tom avait le visage rouge comme s'il venait de participer à un dur combat. Son regard était aussi dans le vague que celui d'un pochard.

— Au nom du ciel, couvrez-vous, mademoiselle ! lâcha Hal entre ses dents.

La honte l'envahit quand il vit combien il lui en coûtait de détourner les yeux de ce corps étendu bras et jambes écartés.

En entendant ses mots, Caroline repoussa Tom des deux pieds et dégringola de la claie. Elle ramassa sa chemise de nuit et la tint devant sa poitrine pour essayer de couvrir sa nudité, recroquevillée sur les genoux comme une bête sauvage prise au piège. Hal lui tourna le dos et trouva Guy derrière lui, qui tendait le cou pour voir ce qui se passait. Hal le poussa sans ménagement dans la coursive.

— Retournez vous coucher ! gronda-t-il. Ça ne vous regarde pas. Ne parlez à personne de ce que vous avez vu ce soir, sinon je vous écorche vif.

Guy s'en alla et grimpa l'escalier, comme à regret, et Hal entra dans la soute.

Caroline avait enfilé sa chemise de nuit, qui lui couvrait maintenant les chevilles. Elle se tenait devant lui, la tête basse. Ses épaisses boucles et ses anglaises lui tombaient sur le visage. Elle avait l'air d'une petite fille innocente. « Ce qu'elle n'est pas, le diable en est témoin », pensa Hal. Il toisa son fils, qui sautait à cloche-pied, essayant de passer ses jambes dans sa culotte. Il n'y avait en lui plus trace de suffisance et de fanfaronnade. Il remonta sa culotte jusqu'à la taille et boucla sa ceinture, puis se tint piteusement près de la fille ; aucun des deux n'osait soutenir le regard sévère de Hal.

— Mademoiselle Caroline, ordonna-t-il, retournez immédiatement à votre cabine.

— Oui, capitaine, murmura-t-elle.

— Je puis dire une seule chose : votre comportement me dégoûte. Je ne me serais jamais attendu à pareille chose de la part d'une demoiselle d'aussi bonne éducation.

Il se sentit vaguement ridicule en prononçant ces mots. Comme si les classes inférieures étaient les seules à faire la bête à deux dos, pensa-t-il en se moquant de lui-même, et il chercha une déclaration moins sotte.

— Que fera votre père quand il saura ? demanda-t-il.

Elle leva les yeux vers lui, ses beaux traits déformés par la terreur.

— Vous ne le lui direz pas !

Soudain, comble de l'embarras, elle tomba à ses pieds et lui étreignit les genoux :

— Je vous en prie, capitaine, ne le lui dites pas. Je ferai tout ce que vous voudrez, mais, je vous en prie, ne le lui dites pas.

— Relevez-vous, jeune fille. Allez à votre cabine et restez-y jusqu'à ce que je vous envoie chercher.

— Vous ne le répéterez pas à mon père ? implora-t-elle, le visage couvert de larmes.

— Je ne vous promets rien. Vous méritez amplement le fouet que, j'en suis persuadé, il vous donnera.

Il la conduisit jusqu'à la coursive et la poussa en direction de sa cabine. Elle grimpa l'escalier à toute vitesse et il entendit la porte s'ouvrir et se refermer.

Hal se tourna alors vers Tom et lui lança un regard qu'il voulait furieux, mais il sentit le feu de l'indignation s'éteindre. Malgré lui, son esprit revenait vingt-cinq ans en arrière et il revoyait un autre garçon et une autre fille dans l'obscurité de la cabine d'un navire qui voguait sur ces mêmes mers du Sud. Il avait l'âge de Tom, et la Hollandaise qui l'avait déniaisé cinq ans de plus. Elle avait des cheveux d'or et un visage d'ange, mais un corps de femme légère et une nature de diablesse. Il cligna des yeux en revenant dans le présent et retrouvant Tom debout devant lui, l'air penaud.

— Mlle Beatty est une passagère de ce navire, et par conséquent sous ma responsabilité, dit-il. Vous nous avez couverts de honte, vous et moi.

— Je suis désolé, père.

— Je ne crois pas que vous le soyez, rétorqua Hal en examinant son visage.

— Je veux dire que je suis désolé de vous avoir fait honte, nuança Tom. Mais, comme personne d'autre que nous n'est au courant, votre honte ne sera jamais rendue publique, monsieur.

Hal fut d'abord suffoqué par l'effronterie de son fils, mais ensuite il suivit la logique de son esprit vif.

— Vous êtes un barbare, monsieur, dit-il gravement en pensant : « Comme j'en étais un et comme le sont tous les jeunes mâles vigoureux de votre âge. »

— J'essaierai de m'améliorer, promit Tom.

Hal lui jeta un regard furibond. Il n'aurait jamais osé s'adresser ainsi à son père. Il était terrorisé par sir Francis. Son fils n'était manifestement pas terrorisé par lui — il le respectait, l'admirait peut-être, l'aimait sans doute mais ne ressentait aucune crainte quand ils se trouvaient face à face. « Ne l'aurais-je pas élevé comme il faut ? Aurais-je dû me faire craindre de lui ? Non, je suis content comme cela. J'ai fait de lui un homme. »

— Père, j'accepterai volontiers tout châtiment que vous jugerez bon de m'infliger. Mais si vous parlez de cela aux parents de Caroline, vous attirerez sur elle la disgrâce et briserez sa vie, dit Tom avec à peine un tremblement dans la voix. Elle ne le mérite pas.

— J'en conviens, admit Hal à contrecœur. Ai-je votre promesse de ne jamais essayer d'être de nouveau seul avec elle pendant qu'elle est à bord de ce navire ?

— Je vous le promets. Je vous le jure, corrigea Tom en levant la main droite.

— En ce cas, n'en parlons plus, et je ne dirai rien à M. Beatty.

— Merci, monsieur.

Hal se sentit récompensé en voyant l'expression de gratitude dans les yeux de son fils, puis il dut toussoter pour s'éclaircir la gorge. Il chercha le moyen de changer de sujet.

— Comment êtes-vous entré dans la soute ? demanda-t-il.

— J'ai emprunté la clef dans votre bureau, répondit tout net Tom.

— Emprunté ?

— Oui, monsieur. J’avais l’intention de la rapporter après.

— Vous n’en avez plus besoin désormais, je peux vous l’assurer !

Tom alla docilement à la porte, tendit le bras et tira la clef de sa cachette.

— Fermez la porte, ordonna Hal, et quand Tom se fut exécuté : Donnez-la-moi.

Tom la déposa dans sa main.

— Je crois que cela suffit amplement pour ce soir, conclut Hal. Maintenant, retournez à votre matelas.

— Bonne nuit, père. Je suis vraiment désolé de vous avoir contrarié.

Hal le regarda disparaître dans l’escalier, puis sourit. « Peut-être aurais-je dû conduire cette escarmouche avec davantage d’aplomb, pensa-t-il, mais comment ? »

Guy attendait le tumulte que n’allait pas manquer de provoquer la découverte du couple coupable. Il s’attendait à voir Caroline châtiée par son père, peut-être battue comme une fille de cuisine surprise en train de chaparder, vilipendée par sa mère et ses sœurs, rejetée et n’ayant plus que lui vers qui se tourner pour chercher un réconfort.

Dans ses rêves, elle venait à lui et implorait son pardon pour avoir trahi l’amour pur et honnête qu’il lui vouait. Elle se mettait à sa merci, et promettait, s’il lui pardonnait, d’essayer de réparer ses torts. Cette pensée lui faisait chaud au cœur et compensait les terribles souffrances qu’il avait endurées depuis la nuit où il avait pour la première fois suivi Tom jusqu’au pont inférieur et découvert la souillure dans laquelle son frère se complaisait.

Il espérait ensuite que son père traînerait Tom devant l'équipage et les passagers, et donnerait l'ordre de le fouetter publiquement sur le triangle, tout en sachant au fond de lui que c'était trop demander. Mais au moins l'obligerait-il à présenter ses excuses à M. et Mme Beatty et lui interdirait-il à jamais d'adresser la parole à Caroline et à tout membre de sa famille. Tom deviendrait le paria du navire. Peut-être son père lui demanderait-il de quitter le *Seraph* à leur arrivée à Bonne-Espérance et le renverrait-il en Angleterre pour subir la tyrannie de Black Billy à High Weald.

Son chagrin augmentait à mesure que chaque jour passait comme si rien de fracassant ne s'était produit.

Il est vrai que pendant quelques jours Caroline demeura silencieuse et renfermée ; elle sursautait chaque fois qu'elle entendait des bruits de pas à l'extérieur de la cabine où ils peinaient sur leurs livres, paraissait terrifiée quand tonnait la voix de son père là-haut sur le pont, ne regardait jamais dans la direction de Tom et gardait les yeux rivés sur ses livres. Guy remarqua avec une certaine satisfaction que, si Tom arrivait sur le pont quand elle s'y trouvait avec sa mère et ses sœurs, elle s'excusait aussitôt, descendait dans sa petite cabine et y restait seule pendant des heures.

Cela dura moins d'une semaine, puis elle retrouva son assurance d'antan et ses manières séduisantes. Le rose fleurit de nouveau sur ses joues, elle riait et plaisantait avec M. Walsh, et chantait aussi joliment dans ses duos avec Dorian au cours des récitals de musique. Pendant un certain temps Guy refusa de participer à ces soirées, prétextant quelque indisposition, et il restait étendu sur sa paillasse à écouter la musique et les rires qui montaient du pont inférieur. Il laissa finalement M. Walsh le persuader de revenir avec son cistre, bien que son expression et sa mine pendant qu'il jouait fussent héroïquement tragiques.

Quant à Tom, il ne montrait guère de remords de sa trahison. Certes, pendant quelque temps, il ne tenta pas de parler à Caroline ni même d'attirer son attention, mais cela n'avait rien de nouveau. Ce n'était là qu'une de ses manières perfides. Puis, durant une des leçons, Guy surprit entre eux un échange.

Caroline laissa tomber sa craie sur le sol et, avant que Guy ait eu le temps de la lui ramasser, elle s'était baissée et la cherchait à tâtons sous le bureau. Le bateau roulait et la craie glissa en direction de Tom, qui la recueillit puis, avec un simulacre de révérence galante, la lui tendit, profitant de l'occasion pour lorgner son décolleté. Emoustillée, Caroline se tourna de manière que M. Walsh ne pût voir son visage et tira la langue à Tom. Ce n'était pas un geste puéril, mais suggestif et engageant, chargé de connotations sexuelles. Tom y répondit par un regard concupiscent et un clin d'œil qui firent rougir Caroline joliment et frappèrent Guy comme un coup de poing en plein visage.

Il rumina tout cela pendant le reste de la journée, mais ne put trouver le moyen de montrer à Caroline combien elle l'avait blessé, de lui signifier qu'elle avait brisé la confiance qu'il avait placée en elle. Il changea de place dans la cabine. Le lendemain, sans permission ni explication, il quitta le banc où il était assis à côté de Caroline et s'installa sur un tabouret bas et inconfortable dans le coin le plus éloigné d'elle.

Cette tactique eut des résultats imprévus et indésirables. M. Walsh nota le changement intervenu dans la classe puis se tourna vers Guy.

— Pourquoi vous êtes-vous déplacé ?

— Je suis mieux ici, répondit celui-ci d'un ton maussade sans regarder ni lui ni Caroline.

— En ce cas, fit Walsh en s'adressant à Tom, je pense qu'il serait préférable que Tom s'installe à côté de Mademoiselle Caroline. Je pourrai mieux le garder à l'œil.

Tom n'eut pas besoin de se le faire dire deux fois, et pendant le reste de la matinée Guy fut le témoin forcé de leurs petits jeux. Tout en fronçant le sourcil sur son ardoise, Tom déplaçait subrepticement l'un de ses gros godillots sous la table pour toucher l'élégante pantoufle de satin de Caroline. Celle-ci souriait comme si elle venait de lire quelque chose d'amusant et ne faisait rien pour retirer son pied.

Un peu plus tard, Tom inscrivit quelques mots sur son ardoise et, alors que Walsh était occupé à noter le devoir d'arithmétique de Dorian, il la tint de façon qu'elle puisse lire. Caroline regarda ce qu'il avait écrit, piqua un fard et rejeta ses cheveux en arrière comme si elle était contrariée, mais ses yeux riaient. Puis elle griffonna quelque chose sur son ardoise et le fit lire à Tom. « Il sourit comme le rustre qu'il est », pensa Guy.

Guy, consumé de rage et de jalousie, se sentait toutefois impuissant. Il était contraint de les voir flirter, se taquiner, et sa haine monta jusqu'au point où il ne pouvait plus la contenir, hanté par l'image de la scène répugnante dont il avait été témoin dans la soute. Son père l'avait empêché de voir toute cette horreur et la lumière était faible, mais l'éclat de la peau blanche, les rondeurs et les courbes appétissantes du corps de Caroline réapparaissaient devant ses yeux ; il en arrivait à la haïr tout en brûlant de désir pour elle. Puis il revit son frère et l'acte innommable qu'il commettait, avilissant cet être adorable et parfaitement pur. Tom se comportait comme un porc, un verrat répugnant qui grognait devant la truie. Guy essaya de trouver les mots les plus excessifs de son répertoire pour décrire la force de la répulsion que son frère lui inspirait, mais ils n'étaient pas à la mesure de ses sentiments. « Je le déteste, pensa-t-il farouchement, je le tuerai. » A cette pensée, la culpabilité l'envahit, mais s'évanouit presque tout de suite pour laisser place à une joie féroce.

« Oui, je le tuerai. » C'était la seule voie qui lui restait ouverte.

Guy attendait son heure. A midi le lendemain, il allait et venait avec M. Beatty sur le gaillard d'arrière pendant que les officiers du quart, notamment son père et Tom, faisaient le point.

M. Beatty lui expliquait en détail comment étaient administrées les affaires de la Compagnie en Orient.

— Nous avons deux comptoirs sur la côte de Carnatic. Vous savez où elle se trouve, Courtney ?

— Oui, monsieur. La Carnatic est cette région du sud-est de l'Inde, qui s'étend entre les Ghates orientales et la côte de Coromandel. Le commerce y est l'un des plus florissants d'Orient, récita-t-il consciencieusement.

— Je vois que vous prenez vos fonctions au sérieux, dit M. Beatty en hochant la tête.

Guy essaya de suivre la conversation, mais son attention ne cessait d'être attirée par le groupe sur le gaillard d'arrière. Il les vit s'entretenir au-dessus du renard de la timonerie, puis Tom griffonna quelque chose sur son ardoise et montra le résultat à son père.

— Très bien, mon fils. Je vais le noter sur la carte.

La voix de Hal portait, même contre le vent. L'éloge irrita Guy et ajouta à sa détermination.

Son père effectua un dernier tour sur le pont, vérifiant l'orientation des voiles et la route dans l'habitacle. C'était une figure impressionnante : grand et large d'épaules, les traits harmonieux et la chevelure sombre et épaisse retenue en catogan. Guy n'avait pas le courage de lui faire face. Hal passa enfin le relais à l'officier du quart et disparut dans l'escalier des cabines.

— Monsieur, dit Guy en se tournant vers M. Beatty, voulez-vous m'excuser ? Il faut que je discute de quelque chose de la plus haute importance avec mon père.

— Naturellement, répondit M. Beatty en lui donnant congé d'un geste de la main. Je serai encore ici à votre retour. Nous reprendrons notre conversation. Je la trouve fort divertissante.

Guy frappa à la porte de la cabine de poupe, et l'ouvrit quand son père lui cria d'entrer. La plume suspendue au-dessus de la page, Hal leva les yeux du journal de bord, sur lequel il notait la position du navire.

— Oui, mon garçon, qu'y a-t-il ?

Guy prit une profonde inspiration.

— Je veux provoquer Tom en duel.

Hal reposa sa plume d'oie dans l'encrier et se frotta le menton, pensif, avant de relever les yeux.

— Pour quelle raison ?

— Vous le savez, père, vous étiez là. C'est si dégoûtant que je ne peux me résoudre à en parler, mais Tom a profondément offensé Mlle Caroline.

— Ah ! soupira Hal. C'est donc ça.

Tout en étudiant le visage tendu de Guy, il pensa : « Si ce que cette petite traînée faisait couchée sur le dos dans la soute aux poudres constituait une offense, elle avait une manière tout à fait remarquable de se défendre. »

— Et qu'est-elle pour vous ? demanda-t-il finalement.

— Je l'aime, père, répondit Guy avec une dignité touchante qui prit Hal au dépourvu.

Il réprima le sourire qui lui venait déjà aux lèvres et dit :

— Cette jeune personne connaît-elle vos sentiments à son égard ?

— Je n'en sais rien.

— Vous ne vous êtes pas déclaré ? Vous n'êtes pas fiancés ? Vous n'avez pas demandé à M. Beatty la main de sa fille ?

— Non, père, pas encore, bredouilla Guy. Je n'ai que dix-sept ans et...

— Je crains alors que vous n'ayez un peu trop tardé, remarqua Hal, se souvenant fort bien des tortures des jeunes amours. Ce qui, en l'occurrence, est sans doute une chance.

— Je ne vois pas ce que vous voulez dire, monsieur, dit Guy en se redressant avec raideur.

« Il faut que je modère mes propos », pensa Hal sans laisser paraître son amusement.

— Pour dire les choses simplement, maintenant que vous êtes au fait des... prédilections, dirons-nous, de Mlle Beatty, peut-être serait-il bon que vous reconsidériez votre affection pour elle. Est-elle digne d'un amour aussi noble que celui que vous lui portez ? Votre frère ne vous a-t-il pas rendu service en attirant votre attention, si brutalement qu'il l'ait fait, sur la véritable nature de cette jeune personne ?

Il allait ajouter : « Il paraît évident que Mlle Caroline est une catin », mais il ravala ses paroles en pensant : « Je ne tiens pas à avoir un duel avec un de mes fils. »

— Tom l'y a forcée, répondit Guy avec une détermination inflexible. C'est pourquoi je dois le provoquer en duel.

— L'a-t-il entraînée dans la soute contre sa volonté ?

— Peut-être pas, mais il l'y a attirée. Il l'a séduite.

— Si vous appelez Tom sur le terrain, toutes les personnes présentes sur le navire ne vont-elles pas apprendre ce qui s'est passé entre elle et lui ? Voulez-vous que son père soit au courant de son petit écart de conduite ? Tenez-vous à ce qu'elle encoure l'opprobre de ses parents ?

Guy parut troublé et Hal profita de son avantage :

— L'unique raison pour laquelle je n'ai pas condamné plus sévèrement le rôle qu'a joué votre frère dans cette affaire était de ménager la réputation et l'avenir de cette jeune fille. Voulez-vous révéler les choses maintenant ?

— Je n'aurai pas à dire à qui que ce soit pourquoi je le fais, mais je veux me battre contre lui.

— En ce cas... Si vous êtes déterminé et qu'il n'y a rien à ajouter pour vous persuader, eh bien, battez-vous. J'arrangerai un combat de lutte...

— Non, père, coupa Guy, vous ne comprenez pas. Je veux le provoquer à un duel aux pistolets.

L'expression de Hal se durcit.

— Quelle est cette absurdité ? Tom est votre frère.

— Je le hais, dit Guy, la voix frémissante de passion.

— Avez-vous considéré que, si vous le provoquez, Tom aura le choix des armes ? Il choisira certainement le sabre. Voulez-vous vraiment affronter Tom le sabre à la main ? Je ne m'y risquerais pas. Aboli a fait de lui un sabreur capable de ne pas s'en laisser remontrer. Vous ne tiendriez pas une minute contre lui. Il vous humilierait, ou il vous tuerait, précisa Hal sans ménagement.

— Peu m'importe, je veux combattre.

Hal, furieux, frappa du plat de la main sur le secrétaire avec une telle violence que l'encre jaillit de l'encrier et éclaboussa le livre de bord.

— Il suffit ! J'ai essayé de vous raisonner. Maintenant, je vous interdis d'y songer davantage. Il n'y aura pas de duel sur ce navire, surtout entre mes fils. Un mot de plus sur ce sujet et non seulement je vous fais enchaîner à fond de cale mais je vous renvoie en Angleterre par un autre bateau dès notre arrivée à Bonne-Espérance, vous m'entendez ?

Guy recula devant la violence de son père. Il l'avait rarement vu dans une telle fureur. Il essaya pourtant de tenir ferme.

— Mais, père...

— Assez ! coupa Hal. J'ai dit mon dernier mot et l'affaire est définitivement close. Maintenant, allez remplir vos obligations auprès de M. Beatty. Je ne veux plus entendre parler de ces sornettes.

À mesure que le *Seraph* poursuivait péniblement sa route vers l'est en louvoyant, la mer changeait de couleur et d'humeur. Les vagues aux formations désordonnées et confuses se présentaient maintenant en rangs serrés, telle une armée de géants marchant en ordre de bataille en direction de la terre encore cachée.

— Les lames de houle du Cap, dit Ned Tyler à Tom et à Dorian en pointant le doigt vers l'horizon brumeux. Les eaux froides rencontrent les masses d'air chaud de l'Afrique ; certains l'appellent le cap de Bonne-Espérance, d'autres la mer des Brouillards, d'autres encore la mer des Tempêtes.

Chaque jour l'excitation montait à bord du navire, resté si longtemps hors de vue de la terre. Du lointain continent, les oiseaux venaient à leur rencontre : fous de Bassan volant en longues formations, avec de fines raies noires sur leur gorge jaune, mouettes au bec blanc et manteau noir qui suivaient le bateau avec des cris rauques et petits pétrels éclaboussant la surface de l'eau avec leurs pieds palmés.

Ils virent ensuite les premières touffes sombres de varech à la dérive, arrachées aux rochers par les tempêtes et entraînées par le courant, qui agitaient leurs longues tiges et leurs frondaisons en bouquets comme les tentacules de pieuvres difformes. D'immenses bancs de petits poissons pareils à des sardines mettaient en effervescence la surface de l'océan et des légions de phoques à la peau luisante folâtraient et se nourrissaient de cette abondance. Tandis que le navire poursuivait sa route en fendant les flots, ils levaient la tête, la moustache raide, pour regarder les hommes de leurs grands yeux humides.

Hal réduisait la toile chaque soir, de sorte que le *Seraph* arrivait à peine à se maintenir contre le courant tourbillonnant. A la première heure, il envoyait Tom et Dorian en tête de mât pour s'assurer qu'aucun récif ne risquait d'éventrer la coque. Dès qu'il était certain que la route était libre, il larguait les ris et amenait toute la toile.

En milieu de matinée, Dorian montra à son frère aîné un nuage stationnaire droit devant au-dessus de l'horizon, alors que les autres cohortes célestes fuyaient dans le vent en se bousculant. Ils l'examinèrent un moment, puis soudain il tourbillonna, s'ouvrit, et ils aperçurent une ligne bleue bien nette, droite comme un coup de sabre.

— La terre ! murmura Tom.

— Tu crois ? demanda Dorian avec étonnement.

— Oui ! Oui ! confirma Tom d'une voix aiguë. C'est la terre !

Il se leva d'un bond, dans leur perchoir oscillant, et, d'un doigt qui tremblait, montra l'horizon.

— Terre ! cria-t-il. Terre en vue !

Au-dessous d'eux, le pont s'anima rapidement, les hommes de la bordée de quart y arrivaient à flots continus et se joignaient à la ruée dans les haubans. Comme des fruits mûrs, des grappes de matelots furent bientôt accrochées à chaque hauban et à chaque vergue, criant et hurlant de joie et d'excitation.

En chemise, Hal Courtney monta avec précipitation de la cabine de poupe, sa lunette de cuivre serrée sous le bras, et il grimpa jusqu'à l'endroit où ses fils étaient juchés en tête de mât. Il s'éleva rapidement, en gestes puissants, sans marquer de pause jusqu'au nid-de-pie. Tom remarqua avec fierté qu'en dépit de la longue escalade son souffle était resté léger et régulier.

Il saisit sa longue-vue et examina la silhouette bleue, distinguant les couches sombres et les plis ombreux de la roche déchiquetée.

— Eh bien, monsieur Thomas, vous avez effectué votre première arrivée en vue de la terre, dit-il en tendant la lunette à Tom. Que voyez-vous ?

Assis sur ses talons entre ses deux fils, il plaça un bras autour de chacun d'eux.

— C'est une montagne ! s'écria Tom. Une grande montagne, avec le dessus plat.

— La montagne de la Table ! confirma Hal.

Tom ne s'était pas encore rendu compte de l'exploit qu'avait accompli son père. Après de nombreuses semaines de navigation sans voir la terre, il les avait amenés avec précision sur le trente-quatrième degré de latitude sud.

— Regardez bien cette terre devant vous, lui dit-il. (Il éprouva un étrange sentiment de prescience, comme si les voiles qui dissimulaient l'avenir s'étaient écartés à cet instant sous leurs yeux.) Car c'est là que vous appelle votre destin.

— Le mien aussi, père ? demanda Dorian de sa voix flûtée.

— Oui. C'est là que le sort vous a menés tous les deux.

Les deux garçons se turent, réduits au silence, une fois n'est pas coutume, par la véhémence de leur père.

Ils restèrent tous les trois assis en tête de mât pendant que le soleil atteignait son zénith.

— Inutile de faire le point aujourd'hui, remarqua Hal avec un petit rire. Nous pouvons laisser cela à Ned Tyler et à Alf Wilson. Nous savons où nous sommes, n'est-ce pas ?

Le soleil entama sa descente ; le *Seraph* poursuivait courageusement sa route, progressant contre le vent de sud-est ; la montagne de la Table s'élevait avec une majesté solennelle au-dessus de la mer. Ils parvenaient même à discerner les taches blanches des maisons au pied des falaises à pic.

— Nous avons aidé à construire ce fort, dit Hal en le leur montrant du doigt. Aboli, Daniel, Ned Tyler et moi.

— Racontez-nous ! supplia Dorian.

— Vous avez entendu cette histoire cent fois, protesta Hal.

— Ça ne fait rien, père, insista Tom. Nous voulons l'entendre encore.

Ainsi, alors qu'ils étaient assis tous les trois dans les haubans, Hal leur rapporta cet épisode de la guerre qui s'était déroulée vingt-cinq ans plus tôt, il raconta comment tout l'équipage du navire de leur grand-père avait été fait prisonnier par les Hollandais et amené enchaîné à Bonne-Espérance. Ils avaient torturé sir Francis Courtney pour qu'il révèle où il avait caché le trésor pris sur les galions hollandais qu'il avait capturés. Comme il résistait à ses bourreaux, endurant avec fermeté les souffrances les plus atroces qu'ils lui infligeaient, les Hollandais l'avaient conduit sur le terrain de manœuvres et exécuté en public.

Hal et les membres survivants de l'équipage avaient été condamnés aux travaux forcés, et ils avaient peiné sur les murailles du fort hollandais pendant trois longues années avant de réussir à s'évader.

— C'est donc sur cette montagne que grand-père

Francis est enterré ? demanda Tom. Savez-vous où est sa tombe, père ?

— Aboli le sait, car c'est lui qui, une nuit, a descendu son corps du gibet. Avec la lune pour seul témoin, il l'a emporté sur la montagne dans un lieu secret.

Tom resta silencieux un moment, songeant au tombeau vide dans la chapelle sur la colline derrière High Weald : le cercueil où était gravé le nom de son grand-père. Il devina ce que projetait son père, mais ce n'était pas le moment de se mettre en avant. Il attendrait son heure.

Le *Seraph* arriva à la hauteur de l'îlot rocheux qui gardait l'entrée de la baie au pied de la montagne. Alentour, des forêts de varech noir ondulaient sous la surface et obstruaient les eaux ; des phoques étaient amassés en foule sur le rivage de Robben Island, ainsi nommée parce que « phoque » se dit *robben* en néerlandais.

— Maintenant, il faut que je descende veiller à ce que le navire arrive sans encombre au mouillage, leur dit Hal.

— On fait la course jusqu'en bas ? s'écria Dorian en sautant dans les haubans.

Tom lui laissa une longueur d'avance, puis le suivit à toute allure. Leurs pieds volaient sur les enfléchures et ils descendaient si vite qu'ils donnaient l'impression de tomber en chute libre, mais Tom ne tarda pas à combler son retard. Quand il fut presque au niveau de son jeune frère, il ralentit pour le laisser toucher le pont le premier.

— J'ai gagné ! J'ai gagné ! exulta Dorian.

Tom lui ébouriffa les cheveux.

— Ne te vante pas, lui dit-il en le poussant pour qu'il s'en aille.

Puis il regarda le petit groupe rassemblé à l'avant. M. et Mme Beatty se trouvaient là avec leurs trois filles en compagnie de Guy, animés et tout excités, se montrant mutuellement les points de repère du célèbre cap, le plus au sud du bloc africain après le cap des Aiguilles.

— On appelle la « nappe » le nuage blanc posé au sommet de la montagne, déclara Guy, qui faisait un cours aux autres. Et cette petite colline, là au sud de l'agglomération, est la Tête de lion, à cause de sa forme.

Comme toujours, il avait étudié les livres de navigation et connaissait tous les détails.

— Guy, pourquoi ne grimpes-tu pas en tête de mât ? lui cria Tom sans malveillance. Tu auras une bien meilleure vue.

Guy le regarda froidement.

— Merci, mais je suis très bien là, répondit-il en se rapprochant un peu de Caroline.

— Tu n'as pas à avoir peur, lui assura Tom. C'est sans danger.

— Tu me traites de poltron ? demanda Guy, agressif, le visage empourpré, la voix vibrante d'indignation.

— Je n'ai pas dit ça, fit Tom en riant avant de tourner les talons pour se diriger vers la barre. Mais prends-le comme tu veux, lança-t-il par-dessus son épaule.

Mortifié, Guy lui décocha un regard furieux. Tom avait mis en doute son courage, puis il l'avait congédié avec désinvolture devant la famille Beatty et Caroline. Quelque chose lâcha dans son esprit, et sans se rendre compte de ce qu'il faisait, il s'élança à toute allure vers son jumeau.

— Attention, Tom ! cria Dorian, trop tard.

Tom se retourna pour se protéger, mais, alors qu'il était en équilibre sur un pied, Guy le percuta de tout son poids en plein élan. Il l'envoya valser contre le plat-bord avec une telle force que l'air s'échappa de ses poumons.

Guy lui sauta sur le dos et lui fit une clef de cou. Tous les frères avaient été instruits dans l'art de la lutte par le Grand Daniel, et bien que Guy fût lent et maladroit dans les exercices du corps, il connaissait toutes les prises et tous les coups ; maintenant qu'il le tenait à la gorge, il en profitait au maximum. Il s'arc-bouta, son genou enfoncé dans le dos de Tom, utilisa la contre-poussée d'un bras contre le pli du coude pour bloquer la trachée de Tom et presser contre sa colonne vertébrale au point qu'à tout instant les vertèbres risquaient de se briser. La bouche grande ouverte pour chercher sa respiration, Tom perdait peu à peu ses forces et chancelait en essayant désespérément d'arracher le bras de Guy.

L'équipage se précipita pour assister au spectacle ; les hommes poussaient des cris d'excitation, tapaient du pied et lançaient des encouragements à leur favori. Puis, par-dessus la clameur, une voix de stentor rugit :

— Mise à terre arrière, Klebe !

Tom réagit aussitôt. Au lieu de résister à la prise qui le tirait en arrière, il jeta tout son poids dans une sorte d'amorce de saut périlleux arrière. Guy se trouva projeté à reculons avec une telle force qu'il ne put que lâcher prise et tenter d'amortir sa chute avec les deux bras, sous peine d'avoir les côtes enfoncées.

Tom se retourna en l'air comme un chat et se retrouva au-dessus de son jumeau avant qu'il eût touché le pont. Tandis qu'ils s'écrasaient tous les deux sur les planches avec fracas, il planta ses coudes et ses genoux dans la poitrine et le ventre de son frère.

Guy cria comme une fille et tenta de se plier en avant pour se tenir l'estomac, mais Tom était à califourchon sur lui et s'apprêta à lui décocher un revers.

— Non, Tom !

C'était la voix de son père, et Tom s'immobilisa. La colère folle qui brillait dans ses yeux s'évanouit lentement. Il baissa son poing et se releva.

— La prochaine fois, tu ne t'en sortiras pas à si bon compte, dit-il à Guy, toujours étendu, en lui jetant un regard de mépris, puis il se détourna.

Derrière lui, Guy se releva à son tour en se tenant toujours le ventre et s'appuya à l'un des canons. Les spectateurs se dispersèrent, déçus que le spectacle finisse en eau de boudin.

— Tom ! appela Guy, et Tom se retourna. Je suis désolé. Serrons-nous la main. Soyons amis.

Il s'approcha de son frère en chancelant, l'air penaud et pitoyable, la main droite tendue. Immédiatement, Tom sourit, revint vers lui et saisit la main offerte.

— Je me demande bien pourquoi nous nous sommes battus, dit-il.

— Moi aussi, fit Guy, et en un instant son air pathétique se mua en une expression de haine farouche.

Rapide comme une vipère, il tira sa dague du fourreau accroché à sa ceinture. La lame d'acier, pointue comme une aiguille, mesurait six pouces de long. Il la tint à la hauteur du nombril de Tom et mit à profit sa prise sur la main droite de Tom pour le tirer vers lui de toutes ses forces en essayant de l'embrocher sur la dague.

— Je te hais ! cria-t-il à Tom en postillonnant. Je te tuerai pour ce que tu as fait.

Les yeux de Tom s'agrandirent d'effroi et il se contorsionna sur le côté pour esquiver. La pointe de la dague déchira sa chemise et lui entailla le flanc. Le sang jaillit, trempa la cotonnade de sa chemise et coula le long de sa jambe.

— Vous l'avez tué ! s'écria Caroline d'une voix

aiguë, et un rugissement s'éleva de l'équipage tandis que les hommes se précipitaient de nouveau pour voir le spectacle.

Guy savait qu'il avait raté son coup, et il frappait désespérément dans tous les sens pour atteindre Tom au visage et à la poitrine. Mais celui-ci sautillait et esquiva chaque coup jusqu'au moment où, à l'improviste, il bondit en avant et lança sa main gauche sous le menton de son frère. La tête de Guy fut brutalement projetée en arrière et il lâcha la main droite de Tom.

Guy recula en titubant contre le plat-bord, du sang ruisselant de la commissure de ses lèvres, là où il s'était mordu la langue. Il tenait toujours sa dague et il la pointa vers le visage de Tom en hurlant d'une voix hargneuse, les dents rougies par son propre sang :

— Je te tuerai ! Je vais te tuer, espèce de porc !

D'une main, Tom se massa le cou tout en tirant sa propre dague de l'autre.

— Voilà un beau discours, frérot, dit-il d'un air résolu. Voyons si tu es capable de passer à l'acte.

Il se lança sur Guy, pied droit en avant, se déplaçant sur la pointe des pieds et brandissant sa dague en un rapide mouvement horizontal comme un cobra dressé, les yeux rivés sur le visage de son frère.

Hal s'avança et ouvrit la bouche pour leur crier d'arrêter mais, avant qu'il ait pu émettre un son, Aboli était à son côté et lui agrippait le bras.

— Non, Gundwane ! dit-il à voix basse sur un ton pressant que seul Hal entendit parmi les cris des femmes et les hurlements des hommes. N'essayez jamais de séparer des chiens qui se battent. Vous ne ferez que donner l'avantage à l'un des deux.

— Aboli, ce sont mes fils !

— Ce ne sont plus des enfants, Gundwane, mais des hommes. Traitez-les comme tels.

Tom bondit en avant, la pointe de sa dague basse, et il feinta pour toucher le ventre de Guy. Celui-ci recula précipitamment, trébuchant presque. Tom le contourna par la droite, et Guy battit en retraite vers la proue. Les hommes s'écartaient pour leur laisser la place, et Hal vit ce que faisait Tom : comme un chien de berger rabat les moutons, il dirigeait Guy vers l'avant du navire.

Tom avait une expression implacable et résolue, sans le moindre signe d'émotion, mais ses yeux, fixés sur le visage de son frère, flamboyaient. Hal s'était battu avec beaucoup d'hommes, et il savait que seuls les bretteurs les plus dangereux avait cette froide menace dans le regard quand ils s'apprêtaient à porter l'estocade. Il savait que Tom ne voyait plus un frère devant lui, mais un ennemi à abattre. Il était prêt à tuer, et Hal avait peur comme il avait rarement eu peur pour lui-même. Il avait peur pour Guy, mais il savait qu'Aboli avait raison. Il ne pouvait rien faire pour les arrêter maintenant. Il ne pouvait retenir Tom — c'eût été essayer de retenir un léopard en chasse.

L'entaille que Tom avait au flanc saignait toujours. Sa chemise déchirée battait, découvrant sa peau blanche et sa plaie pareille à un rictus, d'où suintait le flot écarlate. Le sang dégoulinait sur le pont et dans ses chaussures, qui émettaient un bruit de succion à chaque pas. Mais il ne sentait pas la blessure : tout ce qu'il voyait, c'était celui qui la lui avait infligée.

Guy se retrouva acculé au bastingage. De la main gauche, il tâta le bois derrière lui et se rendit compte qu'il était pris au piège. L'étincelle de colère qui brillait dans ses yeux fit subitement place à la peur. Il jeta un rapide regard autour de lui, cherchant une issue. Ses doigts touchèrent alors la hampe d'une des piques rangées dans le râtelier sous le plat-bord, et sa peur s'évanouit comme une brume de mer au lever du soleil. Une joie féroce éclaira son visage ; il laissa tomber la dague et arracha l'arme du râtelier. Face à la lourde pique à la pointe d'acier barbelée, Tom recula d'un pas. La bouche pareille à une balafre sanglante, Guy lui adressa un large sourire.

— Maintenant, à nous deux, exulta-t-il, puis il baissa le fer de la pique et chargea.

Tom fit un bond en arrière ; Guy virevoltait après lui en frappant avec la pique, loin de la dague de Tom. Il se ramassa sur lui-même et chargea encore. Tom lâcha sa dague et se jeta de côté pour éviter la pointe d'acier étincelante, puis sauta en arrière avant que Guy ait eu le temps d'attaquer de nouveau et saisit la hampe de chêne.

La hampe de la pique entre eux, ils avançaient et reculaient dans leur lutte acharnée, tiraient et poussaient en grognant et en proférant à mi-voix des jurons et des insultes incompréhensibles. Finalement Tom poussa Guy contre le bastingage : ils se retrouvèrent face contre face, poitrine contre poitrine, unis dans une étreinte mortelle, la hampe de la pique entre eux.

De force, Tom leva lentement la hampe jusqu'à la hauteur de la gorge de son frère, puis il poussa de tout son poids. La grosse hampe sous le menton. Guy arqua le dos par-dessus le bastingage. La peur se lisait de nouveau dans ses yeux : il entendait l'eau bruisser sous lui contre le flanc du navire et ses pieds perdirent le contact avec le pont. Il était en train de basculer par-dessus bord et il ne savait pas nager — l'eau le terrifiait.

Tom se tenait bien campé sur ses jambes, mais dans une mare de son propre sang, glissante comme de l'huile. Ses pieds dérapèrent soudain et il tomba lourdement sur le pont. Guy était libre ; haletant, la chemise trempée de sueur, il se dirigea en titubant vers les haubans du mât de misaine, se retint à eux et jeta un coup d'œil par-dessus son épaule.

Tom fit un roulé-boulé, se retrouva sur ses pieds et se baissa pour ramasser sa dague, puis s'élança vers Guy comme un léopard.

— Arrêtez-le ! hurla Guy. Retenez-le !

Mais les vociférations des spectateurs devinrent encore plus assourdissantes, quand, avec une sauvage excitation, ils virent Tom se jeter en courant sur son frère la dague à la main, les yeux fous.

Guy se retourna puis, avec l'énergie du désespoir, sauta dans les haubans et commença à grimper. Sous lui, Tom s'arrêta le temps de serrer la dague entre ses dents et se lança à sa poursuite.

Sur le pont, les spectateurs suivaient la scène, la tête renversée. Aucun n'avait encore jamais vu Guy dans les haubans, et même Hal était stupéfait de la vitesse à laquelle il montait. Tom n'arrivait que peu à peu à gagner du terrain.

Guy atteignit la vergue et grimpa dessus tant bien que mal. Il regarda en bas et eut un moment de vertige. Puis il vit Tom au-dessous de lui, qui se rapprochait à toute vitesse dans les enfléchures. Il aperçut l'expression implacable de sa bouche et le sang qui avait éclaboussé son visage et sa chemise. Affolé, il regarda en l'air, mais le courage lui manqua quand il mesura la hauteur qui le séparait de la tête de mât. Il savait qu'à chaque mètre qu'il escaladait Tom prenait un peu plus l'avantage. Il ne lui restait qu'une issue, et il rampa à grand-peine vers l'extrémité de la vergue. Incapable de regarder l'eau verte qui, tout en bas, se précipitait le long de la coque, il sanglotait de terreur, mais il poursuivit néanmoins sa reptation jusqu'au bout de la vergue. Il jeta un coup d'œil par-dessus son épaule.

Tom se tenait à un pas derrière lui. Guy était pris au piège sans recours. Tom s'arrêta et s'assit à califourchon sur la vergue qui se balançait. Il prit la lame entre ses dents — il était effrayant à voir, maculé de sang, le visage blanc et figé par la rage, la dague étincelante à la main.

— Je t'en supplie, Tom, pleurnicha Guy. Je ne voulais pas te faire de mal.

Il leva les mains pour se protéger le visage et perdit l'équilibre. Il vacilla dangereusement en battant des bras, puis se pencha de plus en plus en arrière jusqu'au moment où, avec un cri terrible, il bascula dans le vide en tournoyant sur lui-même. Il toucha l'eau dans un enchevêtrement de membres et disparut sous la surface.

Tom était pétrifié et, le brouillard de folie meurtrière se dissipant dans son esprit, il regardait avec horreur ce qu'il avait provoqué. Guy avait bel et bien disparu, il restait invisible sous la surface des flots verts ; aucune tête ne remontait dans le long sillage écumant.

« Il ne sait pas nager ! » Cette terrible réalité frappa Tom si violemment qu'il chancela sur son perchoir. « J'ai fait ça. J'ai tué mon propre frère. » L'horreur de son acte l'envahit brusquement. Il se leva d'un bond, debout sur la haute vergue et scruta les flots le long du sillage. Alors il vit Guy revenir à la surface en agitant les bras, ses cris affaiblis et plaintifs comme ceux d'une mouette blessée.

En bas, sur le pont, il entendit les ordres que beuglait son père à l'homme de barre :

— Mettez en panne ! Lancez une chaloupe ! Un homme à la mer !

Avant même que le navire ait eu le temps de répondre à la barre et de lofer pour se mettre nez dans le vent, Tom prit son élan et plongea. Tête première, bras tendus au-dessus de sa tête, il décrivit un arc, les jambes bien droites derrière lui. Il entra dans l'eau presque sans éclaboussure et descendit si profond que les flots sombres se refermèrent sur lui et oppressèrent sa poitrine. Alors, il se retourna et se propulsa vers la surface. Il jaillit hors de l'eau, sa respiration sifflant dans sa gorge. Le navire l'avait dépassé et virait déjà pour se placer vent debout.

Il regarda en arrière dans l'axe du sillage et ne vit rien, mais se mit pourtant à nager de toutes ses forces, l'eau bouillonnant derrière lui, sans même sentir le sel brûler la longue entaille qu'il avait au côté. Estimant qu'il avait parcouru à peu près la distance à laquelle il avait vu pour la dernière fois la tête de Guy, il s'arrêta et, pédalant pour se maintenir à flot, haletant, il regarda autour de lui. Son frère était invisible.

« Oh, mon Dieu, s'il se noie... » Il n'alla pas jusqu'au bout de sa pensée, prit une grande inspiration et plongea sous la surface. Les yeux ouverts, il ne vit que l'eau verte striée de rayons de soleil, et il descendit jusqu'à la limite de l'asphyxie. Il fallait qu'il remonte respirer.

Alors il aperçut quelque chose sous lui, une masse confuse blanche et bleue, la chemise de Guy, qui tournait lentement sur elle-même, sans vie, comme un morceau d'épave. Ses poumons lui faisaient mal, mais Tom continua de descendre jusqu'à toucher l'épaule de son frère. Il saisit le col de sa veste et se tourna pour remonter à la surface. Bien qu'il battît puissamment des pieds, le corps inerte le gênait. Les secondes s'éternisaient douloureusement. Sa poitrine le brûlait et le manque d'air le consumait. Il avait l'impression que ses jambes devenaient sans force. Sa prise sur le col de Guy se relâchait et il le sentit lui échapper. Sa tête s'emplit de vert et sa vision se brouilla ; des étoiles brillantes explosaient en silence dans l'obscurité.

« Sois fort ! » se cria-t-il à lui-même, puis il obligea ses doigts à se refermer sur le col de la veste de Guy, et il fit un suprême effort pour maintenir ses jambes en mouvement.

La lumière augmenta, le vert s'estompa et soudain sa tête émergea à l'air et au soleil. Il prit une grande inspiration qui emplit sa poitrine au point d'éclater, puis une autre — avec une joie indescriptible, il sentit l'air pénétrer son corps et ses forces revenir. Il tendit le bras, empoigna les cheveux épais de Guy et tira sa tête hors de l'eau.

Guy s'était noyé. Il n'y avait aucune vie en lui. Ses yeux étaient ouverts, aveugles et fixes, son visage cireux, blanc et figé.

— Respire ! Pour l'amour de Dieu, respire ! lui hurla Tom en pleine face.

Il le prit dans ses bras et serra. Aboli lui avait montré comment procéder, et cela marcha. Mêlé à de l'eau de mer et à du vomi, l'air vicié jaillit de la bouche de Guy sur le visage de Tom, qui lâcha son frère. La poitrine de Guy se dilata en un mouvement réflexe, tandis qu'il aspirait l'air par sa bouche ouverte. Deux fois encore, Tom chassa l'eau des poumons de son jumeau en s'évertuant à lui tenir la tête au-dessus de la surface.

A la troisième inspiration, Guy toussa, s'étrangla et fit effort pour respirer par lui-même. Il cligna des yeux, et la vue lui revint peu à peu. Il respirait, mais à grand-peine, en proie à des quintes de toux, puis lentement ses yeux reprirent une expression.

— Je te hais, murmura-t-il. Je te hais toujours. Je te haïrai toujours.

— Mais pourquoi, Guy, pourquoi ?

— Tu aurais dû me laisser me noyer, car un jour je te tuerai.

— Pourquoi ? répéta Tom.

— Tu le sais, fit Guy d'une voix haletante, tu le sais très bien.

Aucun des deux frères n'avait entendu la chaloupe approcher, et pourtant, tout près, leur père leur criait maintenant :

— Tenez bon, les gars ! Je suis là.

L'équipage de la chaloupe souquait avec ardeur et, à la barre, Hal dirigeait l'embarcation vers ses fils. Sur son ordre, les matelots rentrèrent les avirons et des bras puissants se tendirent pour tirer les deux jeunes gens hors de l'eau.

Le Dr Reynolds attendait au bastingage quand Guy fut remonté à bord du *Seraph*. Debout près de son père, Tom, l'air étrangement abandonné, regarda les aides du médecin emporter son frère à l'intérieur du navire.

— Il me hait, père, murmura-t-il.

— Voyons cette entaille, mon garçon, dit Hal d'une voix bourrue.

Tom baissa les yeux vers sa blessure sans manifester le moindre intérêt. L'eau de mer avait réduit le saignement.

— Ce n'est rien, répondit-il. Une simple égratignure... Il me hait. C'est la première chose qu'il a dite quand je l'ai ramené à la surface. Que vais-je faire ?

— Cela aura une fin, répondit Hal en déchirant la chemise pour accéder à la blessure. Guy oubliera et pardonnera.

— Non, dit Tom en secouant la tête. Il dit qu'il me haïra toujours. C'est mon frère. Aidez-moi, père. Que puis-je faire ?

Hal ne sut que répondre. Il ne connaissait que trop bien l'obstination et la ténacité de Guy : elles étaient à la fois sa force et sa faiblesse. Il savait que Tom avait raison. Guy ne lui pardonnerait jamais.

Ce fut la plus belle arrivée que Hal eût jamais réussie dans les océans sur lesquels il avait navigué. La montagne se détachait sur le ciel comme une muraille imposante et, dans le vent qui en balayait le sommet, un nuage teinté de nuances nacrées et rose perle empruntées au soleil déclinant écumait en une lente pulsation comme du lait en ébullition. Au-dessous des remparts rocheux, la forêt recouvrait les contreforts de la montagne d'un manteau vert et les déferlantes bordaient d'un glaçage d'écume les plages de sable blanc.

Hal aurait dû se délecter d'une telle beauté ; cependant tous les souvenirs qui lui revenaient en foule étaient marqués par la souffrance et l'horreur. A cette distance, on distinguait les murailles du fort, et sur les remparts crénelés les canons pointaient vers eux leurs gueules sombres pareilles à des orbites vides. Sous ces murailles, il avait passé trois hivers cruels dans les donjons, et il frissonnait au souvenir du froid qui lui glaçait les os. C'était sur ces murailles que Hal avait peiné jusqu'à s'arracher la peau et la chair des mains et à tituber de fatigue. C'était sur les échafaudages du chantier qu'il avait vu mourir tant de ses compagnons d'infortune, et c'était là qu'il avait effectué la difficile transition de l'enfance à l'âge adulte.

Il leva sa lunette pour passer en revue les autres bâtiments à l'ancre dans la baie et s'étonna de leur nombre. Il en compta vingt-trois, tous de gros navires de commerce, hollandais pour la plupart. Il repéra un anglais parmi eux, un autre bateau qui, apparemment, assurait le service des Indes orientales, mais, à sa grande déception, il vit que ce n'était pas le *Yeoman of York*. Il n'y avait pas trace de lui au mouillage.

Sans baisser sa lunette, il balaya les eaux de la baie jusqu'au rivage. Son œil s'arrêta sur le terrain de manœuvres sous les murailles du fort, et le souvenir de l'exécution de son père lui revint, saisissant de netteté. Il dut l'écarter de son esprit pour se concentrer sur la manœuvre et amener le *Seraph* jusqu'au mouillage.

— Nous jetterons l'ancre hors de portée des canons du fort, monsieur Tyler.

Il donna l'ordre et n'eut pas à le justifier. Ned savait dans quel état d'esprit il se trouvait, et lui-même était d'humeur sombre. Peut-être lui aussi revivait-il ces jours terribles pendant qu'il mettait la barre au vent et enjoignait de carguer les voiles.

En touchant l'eau, l'ancre éclaboussa le gaillard d'avant, et le câble glissa en fumant dans l'écubier. Il brisa l'erre du *Seraph* qui fit tête gracieusement et, d'animal marin plein de vie qu'il était, se mua en une sorte de cygne paisible dérivant doucement.

Alignés sur les vergues sèches ou accrochés dans les haubans, les hommes d'équipage gardaient les yeux fixés sur le rivage et, avec force cris, échangeaient des commentaires, des conjectures et des questions en regardant les canots d'approvisionnement ramer à leur rencontre. Les marins appelaient ce promontoire la taverne des Mers. Il avait été colonisé plus d'un demi-siècle plus tôt pour servir de base de ravitaillement à la flotte de la Compagnie hollandaise des Indes orientales, et les canots étaient chargés de tout ce dont un équipage pouvait avoir besoin après trois mois de mer.

Hal réunit ses officiers auprès de lui.

— Veillez à ce qu'aucun alcool fort ne soit embarqué en douce, dit-il à Alf Wilson. Les marchands de rhum vont essayer de l'introduire par les sabords. Si vous les laissez vous avoir, la moitié des hommes seront ivres morts à la tombée de la nuit.

— Oui, capitaine, répondit le quatrième officier, qui, ne buvant pas, était bien choisi pour cette tâche.

— Aboli, poste des hommes armés de sabres et de

pistolets au bastingage. Je ne veux pas que ces coquins montent à bord dépouiller le navire ni que des putains viennent exercer leur métier sur le pont. Sinon, il faudra sortir les dagues...

Il faillit ajouter « une nouvelle fois », mais s'interrompit, ne voulant pas leur rappeler l'affrontement entre ses fils.

— Monsieur Fisher, vous vous chargerez de négocier avec les marchands, vous vous y entendez. M. Walsh vous assistera et paiera les commerçants.

Walsh ajoutait la fonction de commissaire de bord à ses nombreux autres emplois, ceux de précepteur et de secrétaire notamment.

Après que les officiers se furent dispersés pour vaquer aux tâches qu'il leur avait assignées, Hal se dirigea vers le bastingage pour regarder les canots venir à la rencontre du *Seraph*. Ils étaient chargés jusqu'au plat-bord de produits frais : pommes de terre, choux verts et pommes, figues et potirons, quartiers de mouton et poulets plumés. Ce soir, l'équipage allait se rassasier. En voyant toute cette abondance, l'eau vint à la bouche de Hal. Après une longue traversée, tous les marins étaient consumés par une fringale d'aliments frais. Certains de ses hommes étaient déjà penchés pardessus bord et négociaient des achats. Ceux qui avaient de l'argent payaient jusqu'à un demi-penny une seule pomme de terre fraîche, un prix aberrant. Ils essuyaient frénétiquement sur les pans de leur jaquette la terre encore collée à ces gros tubercules comme si c'étaient des pommes, et les engloutissaient toutes crues, croquant leur chair blanche astringente avec un plaisir évident.

Le Dr Reynolds vint au côté de Hal.

— Eh bien, capitaine, c'est un soulagement d'être de nouveau au port. Déjà vingt-deux cas de scorbut à bord, mais nous veillerons à ce qu'ils soient guéris avant que nous ne reprenions la mer. C'est un miracle et un mystère, mais l'air de la terre soigne même les cas difficiles, des hommes qui ont perdu leurs dents et sont trop faibles pour se tenir debout. (Il tendit à Hal une pomme mûre.) J'en ai chapardé deux ou trois dans le stock de M. Walsh.

Hal mordit dedans et ferma les yeux d'extase.

— La nourriture des dieux, dit-il tandis que le jus inondait sa bouche et coulait dans sa gorge, doux comme du miel. Mon père disait que c'était le manque d'aliments frais qui provoquait le scorbut.

Le Dr Reynolds eut un sourire apitoyé et mordit à belles dents dans sa pomme.

— Capitaine, sans vouloir critiquer les propos de votre vénéré père, car tout le monde sait que c'était un être d'exception, le biscuit et le bœuf salé suffisent à nourrir n'importe quel marin. Des hommes qui ne sont pas formés aux arts médicaux émettent de merveilleuses théories, mais c'est l'air marin qui est la cause du scorbut, et rien d'autre, conclut Reynolds en hochant la tête doctement.

— Comment vont mes deux fils, docteur ? demanda Hal, changeant adroitement de sujet.

— Thomas est un jeune animal plein de santé et, fort heureusement, la blessure n'était pas profonde et a fait peu de dommages. Je l'ai recousue avec du catgut, et elle sera guérie en un rien de temps... enfin, si elle ne se gangrène pas.

— Et Guy ?

— Je l'ai fait porter sur la couchette de votre cabine. Ses poumons étaient pleins d'eau salée, ce qui engendre parfois des humeurs morbides. Mais dans quelques jours également, il ne devrait pas se ressentir de la petite tasse qu'il a bue.

— Je vous suis reconnaissant, docteur.

A cet instant, il y eut de l'agitation au milieu du navire. Aboli avait repéré l'un des jeunes Hottentots qui, par l'échelle, venait de monter un cageot de fruits d'un des canots amarrés à couple, et il le saisit par l'épaule.

— Eh là, mon joli, lança-t-il. Et d'abord, es-tu un garçon ?

Sa victime avait un visage en forme de cœur, une peau sans défaut et des yeux bridés d'Asiatique. D'une voix haut perchée, il répondit à l'apostrophe d'Aboli par un flot d'injures dans une étrange langue cliquetante, et se débattit entre ses gigantesques mains. En riant, Aboli lui arracha son chapeau, et une épaisse chevelure noire dégringola sur les épaules du bonhomme. Puis, d'une main, Aboli le souleva, et, de l'autre, abaissa d'un coup sec sa culotte jusqu'aux genoux.

L'équipage laissa échapper un hurlement de joie en voyant apparaître des fesses rebondies et des cuisses bien galbées entre lesquelles était niché le signe distinctif triangulaire, sombre et velu, de la féminité. Des deux mains, la fille fit pleuvoir une grêle de coups sur le crâne rasé d'Aboli et, n'obtenant pas de résultat, visa ses yeux de ses ongles longs et effilés, et le roua coups de pied furieux.

Aboli alla au bastingage et la lança par-dessus bord sans plus d'effort que si cela avait été un petit chat. Ses compagnons la hissèrent sur le canot, ruisselante. Tout en remontant sa culotte, elle continua d'abreuver d'injures les marins qui se moquaient d'elle depuis le bastingage.

Hal se détourna pour dissimuler un sourire et se dirigea vers le pied du grand mât, où se trouvait M. Beatty, entouré de sa famille. Tous contemplaient le rivage et discutaient avec animation de ce pays nouveau pour eux. Hal salua les dames en levant son chapeau, et Mme Beatty rayonna de plaisir. En revanche, Caroline évita de croiser son regard. Depuis la nuit dans la soute, elle se sentait honteuse. Hal se retourna vers M. Beatty.

— Nous allons rester à l'ancre ici pendant plusieurs jours, voire plusieurs semaines. Je dois attendre l'arrivée du *Yeoman*, et il me faut veiller à bien d'autres choses encore. Je suis persuadé que vous serez heureux d'amener votre famille à terre afin de permettre à ces dames d'échapper au confinement de leur cabine et de se dégourdir les jambes. Je sais que l'on peut trouver à se loger confortablement en ville.

— Quelle bonne idée, capitaine ! répondit Beatty avec enthousiasme. Je suis certain que cela ne vous gêne pas, sir Hal, mais pour nous, gens de la terre, le manque d'espace à bord devient irritant.

Hal acquiesça.

— J'enverrai mon fils Guy à terre avec vous. Vous souhaiterez certainement avoir votre secrétaire sous la main.

Il était content d'avoir atteint son objectif le plus pressant : séparer Tom et Guy d'une part, Tom et Caroline de l'autre. Ces deux conjonctions engendraient des situations aussi explosives qu'un baril de poudre.

— Je vous ferai déposer à terre dès que les chaloupes seront mises à la mer, bien qu'il soit peut-être trop tard aujourd'hui, ajouta-t-il en regardant le soleil couchant. Peut-être est-il préférable que vous fassiez vos malles ce soir et attendiez demain pour débarquer.

— Vous êtes très aimable, capitaine, remercia Beatty en s'inclinant.

— Si vous en avez le loisir, peut-être aurez-vous la bonté de rendre une visite de courtoisie au gouverneur hollandais — un certain Van der Stel, Simon Van der Stel. Je vais être très occupé par les préparatifs du voyage, et vous me rendriez un fier service en vous chargeant de cette tâche pour mon compte et celui de la Compagnie.

— Avec le plus grand plaisir, sir Hal, répondit Beatty en s'inclinant derechef.

Cela faisait plus de vingt ans que Hal s'était évadé des donjons du fort avec son équipage, et il était peu probable qu'un membre de la colonie le reconnaisse, mais il avait été déclaré coupable de crime, avec une condamnation à perpétuité suspendue au-dessus de sa tête. Durant leur évasion, ils avaient été contraints, ses hommes et lui, de tuer beaucoup de leurs geôliers et poursuivants pour se défendre, mais peut-être les Hollandais voyaient-ils les choses autrement. Si on le reconnaissait, il risquait de se retrouver devant un tribunal hollandais, accusé de ces forfaits, avec la perspective de purger sa condamnation à perpétuité ou même de payer pour ses crimes sur le gibet, comme l'avait fait son père. Une visite officielle au gouverneur de la colonie eût été manquer de prudence. Mieux valait envoyer Beatty à sa place.

Il devait cependant recueillir toutes les nouvelles qui couraient dans la colonie. Tous les navires qui revenaient d'Orient, quelle que fût leur nationalité, faisaient escale au Cap. Il ne pouvait espérer meilleur service de renseignements que ceux offerts par les tavernes et les maisons closes du front de mer. Il s'excusa auprès des Beatty et appela Aboli et le Grand Daniel.

— Dès qu'il fera nuit, nous irons à terre. Faites préparer l'une des chaloupes.

On était à quatre jours de la pleine lune. Sous la monstrueuse masse sombre de la montagne qui se dressait au-dessus d'eux, ils suivaient en direction de la plage le sentier miroitant laissé sur les flots par l'astre nocturne, Hal assis à l'arrière entre Aboli et le Grand Daniel. Tous trois étaient emmitouflés dans leur cape et leur chapeau, et sous leur cape ils portaient pistolets et épées. Les rameurs étaient eux aussi armés, douze hommes triés sur le volet commandés par Alf Wilson.

Ils furent portés sur la plage par la houle de l'Atlantique, et la chaloupe glissa en chuintant sur la crête écumeuse. Dès que la vague se retira, les rameurs sautèrent à terre et tirèrent la chaloupe au sec.

— Gardez les hommes à l'œil, Alf, ordonna Hal. Ne les laissez pas vous fausser compagnie pour aller boire ou voir des femmes. Il se pourrait qu'à notre retour nous soyons pressés de repartir.

Ils avancèrent péniblement sur le sable fin de la plage et, dès qu'ils eurent trouvé le sentier, se dirigèrent vers les maisons blotties au pied du fort. Par certaines fenêtres on apercevait la lueur de lanternes et, en se rapprochant, ils entendirent de la musique, des chansons et des beuglements d'ivrognes.

— Ça n'a pas beaucoup changé depuis notre dernière visite, grommela Aboli.

— Les affaires sont toujours prospères, confirma Daniel en se baissant pour franchir la porte de la première taverne qu'ils trouvèrent en lisière de la petite agglomération.

La lumière était si faible et la fumée si dense qu'il fallut quelques secondes pour que leurs yeux s'habituent. La pièce était pleine de silhouettes sombres et sentait la sueur, la fumée de pipe et l'alcool de mauvaise qualité. Le bruit était assourdissant et, tandis qu'ils marquaient une pause à l'entrée, un marin passa près d'eux en chancelant. Il tituba jusqu'en bordure des dunes, se laissa choir sur les genoux et vomit abondamment et bruyamment. Puis il bascula en avant et tomba tête la première dans la mare de son vomi.

Les trois hommes entrèrent ensemble dans la taverne et se frayèrent un chemin à travers la cohue vers l'angle opposé, où se trouvaient une table à tréteaux et un banc sur lequel était vautré un autre poivrot dans un état comateux. Le Grand Daniel le souleva comme un enfant endormi et le déposa délicatement sur le plancher crasseux. Aboli enleva en un tournemain les chopes vides et les assiettes chargées de restes de nourriture pendant que Hal s'asseyait sur le banc, le dos au mur afin d'embrasser du regard la pièce mal éclairée.

C'étaient pour la plupart des marins, mais il y avait aussi quelques soldats de la garnison du fort, à jaquette bleue et bandoulières blanches. Hal écoutait les conversations, mais ce n'étaient que bavardages, fanfaronnades, jurons et rires stupides de soûlards.

— Des Hollandais, murmura Aboli en prenant place sur le banc à côté de Hal.

Ils écoutèrent un moment. Question de survie, tous trois avaient appris à parler le néerlandais durant leur captivité.

Un groupe de cinq marins, genre durs à cuire, s'assit à la table voisine. Ils semblaient moins ivres que les autres, mais parlaient fort pour se faire comprendre par-dessus le vacarme. Hal tendit l'oreille mais n'entendit rien d'intéressant. Une serveuse hottentote leur apporta des chopes de bière écumantes.

Daniel la goûta et fit la grimace.

— De la pisse de cochon encore chaude ! dit-il en buvant cependant une autre lampée.

Hal ne toucha pas à la sienne, car il venait d'entendre un Hollandais de la table voisine dire :

— Nous aurons de la chance si ce satané convoi quitte un jour ce port pestilentiel.

La remarque l'intrigua. Les navires de commerce naviguaient en général seuls. C'était uniquement en temps de guerre ou dans d'autres situations critiques qu'ils formaient des convois et se plaçaient sous la protection des canons de bâtiments de guerre. Il se pencha en avant pour entendre la suite.

— *Ja*. Moi, en tout cas, je ne verserai pas de larmes si on ne jette plus l'ancre dans ce nid de gotons noires et de Hottentots voleurs. J'ai dépensé mon dernier florin ou presque, et tout ce que ça m'a rapporté, c'est une gueule de bois et la chaude-pisse.

— Moi, je dis que le capitaine devrait courir le risque et prendre la mer seul. Au diable ce gredin de Jangiri et son équipage de barbares ! *Die Luipard* est de taille à se colleter avec n'importe quel fils du prophète. Nous n'avons pas à rester là à ne rien faire en attendant que Van Ruyters soit prêt à nous servir de bonne d'enfants.

A la mention du nom de Jangiri, Hal sentit son pouls s'accélérer. C'était la première fois qu'il l'entendait en dehors du cabinet de Nicholas Childs.

— Qui est Van Ruyters ? demanda le Grand Daniel à voix basse en buvant une autre gorgée de sa bière empoisonnée.

Lui aussi avait écouté la conversation des marins hollandais.

— L'amiral hollandais pour l'océan des Indes, répondit Hal. Il a pour base le comptoir hollandais de Batavia. (Il fit glisser un shilling d'argent sur le dessus sale de la table.) Offrez-leur une chope de bière, Daniel, et écoutez bien ce qu'ils ont à vous raconter, ordonna-t-il.

A l'instant où le maître d'équipage se levait, il se retrouva face à une femme. Les poings sur les hanches, elle le dévisageait avec un sourire séducteur auquel il ne manquait que quelques dents.

— Viens avec moi dans l'arrière-salle, grand taureau, lui dit-elle, et je te donnerai une chose à laquelle tu n'as encore jamais eu droit.

— Quoi donc, ma poule ? demanda Daniel avec un grand sourire édenté. La lèpre ?

Hal examina rapidement la grue et se dit qu'elle serait peut-être une meilleure source d'informations que n'importe quel marin hollandais pris de boisson.

— Honte à vous, monsieur Daniel, dit-il. Vous ne savez pas reconnaître une dame de qualité quand vous en rencontrez une.

La femme lorgna Hal, apprécia la coupe et l'étoffe de sa jaquette, et les boutons d'argent de son gilet n'échappèrent pas à son examen.

— Asseyez-vous, gente dame, invita Hal.

Elle gloussa et minauda comme une petite fille en écartant de ses doigts sales aux ongles cassés et noirs les mèches grises tombées sur son visage.

— Vous prendrez bien un petit quelque chose, poursuivit-il, c'est bon pour la gorge. Daniel, apportez un verre de gin à madame. Non, non, ne soyons pas mesquins, apportez une bouteille entière.

La femme fit bouffer des jupons pas très nets et se laissa tomber sur le banc face à Hal.

— Vous êtes un vrai prince, fit-elle en le regardant attentivement. Et avec ça, beau comme un diable.

— Comment vous appelez-vous, ma belle ? demanda-t-il.

— Mme Maakenberg, répondit-elle. Mais vous pouvez m'appeler Hannah.

Daniel revint avec une bouteille de gin et un gobelet, qu'il remplit à ras bord. Hannah le porta à ses lèvres en levant le petit doigt et but une petite gorgée comme font les dames. Elle ne broncha pas malgré la force de l'alcool.

— Ainsi, Hannah, reprit Hal en lui souriant, il ne se passe rien à Bonne-Espérance dont vous ne soyez au courant, n'est-ce pas ?

Elle se trémoussa comme un petit chien sous son regard.

— Ça, c'est la vérité vraie, je peux le dire, fit-elle en laissant voir les espaces laissés par ses dents manquantes. Tout ce que vous voulez savoir, il vous suffit de le demander à cette bonne vieille Hannah.

Elle n'exagérait pas. Pendant une heure, Hal écouta ce qu'elle avait à lui apprendre. Derrière ce visage fripé et ces yeux voilés par le gin, se cachaient les restes d'une intelligence jadis éveillée.

Elle semblait connaître les mœurs et penchants sexuels de tous les habitants, hommes ou femmes, de la colonie, depuis le gouverneur Van der Stel jusqu'aux dockers et aux conducteurs de chariots. Elle fut capable de leur donner le prix de tous les produits proposés sur le marché, des pommes de terre au *mampoer*, la redoutable eau-de-vie de pêche fabriquée par les *burghers*. Elle savait quels esclaves étaient à vendre, le prix qu'en demandaient leurs propriétaires et celui qu'il fallait payer. Elle connaissait la date de départ de tous les navires au mouillage dans la baie, le nom de leur capitaine, la nature de leur cargaison et tous les ports où ils devaient faire escale. Elle pouvait leur raconter la dernière traversée de chacun d'eux, les dangers et les épreuves qu'ils avaient rencontrés.

— Dites-moi, Hannah, pourquoi y a-t-il tant de navires de la VOC dans la baie ?

Il parlait de la Verenigde Oostindische Compagnie, la Compagnie hollandaise des Indes orientales.

— Ils sont en partance pour Batavia. Le gouverneur Van der Stel a ordonné que tous les navires qui font route pour l'Orient naviguent en convoi sous la protection de bâtiments de guerre.

— Pour quelle raison, Hannah ?

— A cause de Jangiri. Vous avez entendu parler de Jangiri, n'est-ce pas ?

— Non, mentit Hal. Qui est-ce... ou qu'est-ce que c'est ?

— Le Glaive du Prophète — c'est le nom qu'il se donne. Mais ce n'est qu'un pirate sanguinaire, pire que Francis Courtney, voilà ce qu'il est.

Hal échangea un regard avec Aboli. Ils étaient interloqués d'entendre parler en ces termes de sir Francis et de savoir que l'on se souvenait aussi bien de ses exploits dans les parages.

Hannah n'avait pas remarqué leur réaction. Elle avala une gorgée de gin et eut un rire rauque.

— Ces six derniers mois, trois navires de la VOC ont disparu dans l'océan des Indes. Tout le monde sait que c'est Jangiri qui a fait le coup. On dit qu'il a déjà coûté un million de florins à la Compagnie, précisa-t-elle, les yeux écarquillés. Un million de florins ! Je ne savais pas qu'il y avait autant d'argent au monde.

Elle se pencha par-dessus la table pour regarder Hal dans le blanc des yeux. Son haleine était nauséabonde, mais Hal ne recula pas, pour ne pas risquer de la froisser.

— Il me semble vous avoir déjà vu, dit-elle, puis, après avoir essayé de se souvenir, elle ajouta : Vous n'êtes pas déjà venu à Bonne-Espérance ? Je n'oublie jamais un visage.

Hal secoua la tête en un geste de dénégation et le Grand Daniel eut un petit rire.

— Peut-être, mademoiselle, que s'il vous montrait son saint-frusquin vous le reconnaîtriez avec certitude, je veux dire : mieux que son visage.

Hal lui fit les gros yeux, mais la bouteille de gin était à moitié vide.

— Je paierais bien un million de florins pour le voir. Vous voulez aller derrière avec Hannah ? caqueta-t-elle en lorgnant Hal. Pour vous, c'est gratuit, vous êtes si bel homme !

— La prochaine fois, promit Hal.

— Je suis sûre que je vous connais, insista-t-elle. Quand vous souriez comme ça, ça me rappelle quelque chose. Ça me reviendra. Je n'oublie jamais un visage.

— Parlez-moi encore de Jangiri, suggéra-t-il pour détourner la conversation, mais Hannah avait l'esprit embrumé.

Elle remplit son gobelet et leva la bouteille vide.

— Tous ceux que j'aime s'en vont et me quittent, pleurnicha-t-elle. Même les bouteilles ne restent pas longtemps avec moi.

— Jangiri, insista Hal. Parlez-moi de lui.

— C'est un fichu pirate de musulman. Il brûle les marins chrétiens juste pour les entendre hurler de douleur.

— D'où vient-il ? A la tête de combien de bateaux est-il ? Quelle est leur puissance ?

— Un de mes amis se trouvait sur un navire que Jangiri a pris en chasse mais n'a pas réussi à rattraper, dit-elle d'une voix indistincte. C'est un beau gars. Il veut m'épouser et me ramener à Amsterdam.

— Jangiri ? demanda le Grand Daniel.

— Mais non, âne bâté, s'irrita Hannah. Mon petit ami. J'ai oublié son nom, mais il veut m'épouser, c'est sûr. Il a vu Jangiri. Il a eu de la chance d'échapper à ce païen assoiffé de sang.

— Où cela s'est-il passé, Hannah ? Quand votre ami est-il tombé sur Jangiri ?

— Il n'y a pas deux mois... au large de la côte des Fièvres c'était, près de l'île de Madagascar.

— De quelles forces disposait Jangiri ? insista Hal.

— Il avait beaucoup de grands navires, répondit Hannah, incertaine. Une flotte de bateaux de guerre. Le bateau de mon ami s'est échappé.

Hal se rendit compte qu'elle pataugeait. Elle ne pouvait pas lui apprendre grand-chose d'autre d'important. Il posa cependant une dernière question.

— Savez-vous quelle route doit prendre le convoi de la VOC pour se rendre à Batavia ?

— Sud. On dit même très au sud. J'ai entendu dire qu'ils vont passer très au large de Madagascar et des îles, car c'est par là que rôde ce païen de Jangiri.

— Quand le convoi doit-il appareiller ? demanda encore Hal.

Mais elle avait sombré dans un brouillard éthylique.

— Jangiri est le diable, murmura-t-elle. C'est l'Antéchrist, et tous les chrétiens devraient le craindre.

Peu à peu, sa tête s'affaissa en avant, puis elle s'écroula dans le gin répandu sur la table. Daniel la tira par ses cheveux gras et lui souleva la tête pour voir ses yeux.

— La dame est partie, dit-il en la laissant retomber sur le bois avec un bruit mat.

Elle roula sur le plancher et y resta étendue, ronflant bruyamment. Hal tira une pièce de dix florins d'argent, de la bourse accrochée à son ceinturon, et la glissa dans le corsage de Hannah.

— C'est plus qu'elle ne gagne sur le dos en un mois, même si c'est tous les jours dimanche, grogna Daniel.

— Mais ça les vaut, fit Hal en se levant. Nous n'aurions pas obtenu de meilleurs renseignements de l'amiral Van Ruyters lui-même.

Sur la plage, Alf Wilson les attendait près de la chaloupe. Tandis qu'ils ramaient à travers la baie vers le *Seraph*, assis en silence, Hal digérait les informations que lui avait livrées Hannah, et les intégrait à ses projets. Quand il arriva sur le pont par l'échelle de corde, il savait ce qu'il avait à faire.

— D'après ce que nous a dit l'autre soir la petite amie de Daniel, certaines choses semblent claires, dit Hal en jetant un regard circulaire sur les visages attentifs des officiers massés dans la cabine de poupe. La première est que le repaire de Jangiri est quelque part par ici, continua-t-il en se penchant sur la carte étalée sur son bureau et en plaçant le doigt sur le contour de Madagascar. A partir de là, il peut très facilement écumer les routes commerciales en direction du sud et de l'est.

— Trouver sa tanière ne va pas être une partie de plaisir, grogna Aboli. Il n'a pas besoin d'établir sa base dans l'une des grandes îles. Il y en a des centaines de petites éparpillées sur des milliers de lieues entre la côte de la mer d'Arabie et les Mascareignes au sud.

— Tu as raison, approuva Hal. En outre, il en existe probablement des douzaines d'autres que nous ne connaissons pas, qui ne sont ni nommées ni représentées sur les cartes. Nous pourrions naviguer dans la région pendant cent ans sans les découvrir ou les explorer toutes. Si nous ne pouvons aller à lui, que devons-nous faire ?

— L'amener à nous, dit Ned Tyler.

Hal acquiesça derechef.

— Le faire sortir de sa tanière. Lui jeter un appât pour l'exciter. Et c'est sur la côte des Fièvres qu'il faut le faire. Nous devrons croiser au large des îles de Madagascar et de Zanzibar, traîner nos guêtres le long du rivage africain.

— Vous pouvez être certains qu'il a des agents dans chaque port de l'océan Indien : ils lui signalent toutes les prises éventuelles qui font escale, ajouta Daniel. C'est du moins ce que je ferais si j'étais un pirate barbaresque.

— Oui, dit Hal en se tournant vers lui. Nous nous arrêterons dans tous les ports et leur montrerons combien nous sommes riches et peu armés.

— Deux navires de combat forts de trente-six canons chacun ? s'écria Ned Tyler en riant. En voilà assez pour intimider n'importe quel pirate.

— Un navire, dit Hal, qui sourit en les voyant le regarder en coin. Je vais envoyer le *Yeoman* en solitaire à Bombay dès son arrivée. Il pourra emporter nos passagers et toute la cargaison urgente que nous pourrons entasser dans sa cale. Nous naviguerons seuls le long de la côte des Fièvres.

— Le *Seraph* n'en reste pas moins un navire puissant, fit remarquer Alf Wilson. Assez pour mettre en fuite la plupart des flibustiers.

— Ce n'est pas l'impression qu'il donnera quand nous serons prêts à appareiller. (Hal déroula les plans de la coque, sur lesquels il avait travaillé depuis qu'ils avaient franchi l'équateur.) Un véritable cheval de Troie, messieurs. Voilà ce que nous allons préparer à l'intention du sieur Jangiri.

Ils firent cercle, émettant des commentaires passionnés et des suggestions quand ils commencèrent à comprendre ce que Hal avait en tête.

— Nous allons faire du *Seraph* un gros navire de commerce, opulent et inoffensif. En premier lieu, les sabords...

Le lendemain matin, Hal se fit conduire en chaloupe autour du bateau à l'ancre, accompagné de Ned Tyler et des deux charpentiers du bord, et il leur montra les modifications qu'il voulait apporter à l'apparence du *Seraph*.

— Nous pouvons laisser telles quelles toutes les sculptures et dorures, dit-il en désignant les magnifiques décorations de la proue et de la poupe. Elles lui donnent un petit air décadent, comme la péniche du lord-maire.

— Ou plutôt un bordel français, fit le Grand Daniel avec dédain.

— Par ailleurs, lord Childs serait grandement contrarié si nous abîmions son petit chef-d'œuvre. C'est surtout des sabords que nous devons nous occuper, dit Hal en montrant les flancs du *Seraph*, dont les couvercles étaient rehaussés à la feuille d'or, ce qui produisait un dessin en damier du plus heureux effet mais mettait en valeur les capacités guerrières du navire. C'est sur eux que nous allons commencer à travailler, ajouta-t-il en s'adressant aux charpentiers. Je veux que leurs joints soient dissimulés. Calfatez-les avec du goudron et repeignez-les afin qu'ils se confondent avec le reste de la coque.

Pendant une heure encore ils étudièrent le *Seraph* depuis la chaloupe et décidèrent d'apporter d'autres retouches mineures à sa silhouette afin de lui donner une allure encore plus inoffensive.

— Outre le désir de nous mettre hors de portée des canons du fort, l'une des raisons pour lesquelles j'ai jeté l'ancre si loin du bord était de rester à l'abri des regards indiscrets, fit-il remarquer au Grand Daniel tandis qu'ils revenaient vers le navire, puis, désignant de la tête les canots d'approvisionnement et autres petites embarcations toujours agglutinés autour du

Seraph, il ajouta : Dès que les travaux commenceront, je veux que vous teniez ces bateaux à distance. Nous devons supposer que Jangiri a des agents dans la colonie et agir en conséquence. Je ne veux pas que des yeux de fouine observent ce que nous faisons et que des langues agiles transmettent la nouvelle.

De retour dans sa cabine, Hal écrivit une lettre à M. Beatty, adressée à son logement en ville, dans laquelle il lui expliquait que lui et sa famille allaient achever le voyage vers Bombay sur le *Yeoman of York*, quand il arriverait, et que Guy les accompagnerait. Hal était content d'arranger tout cela par écrit, sans avoir à convaincre de vive voix M. Beatty de changer de navire.

— Voilà ! dit-il à haute voix en séchant l'encre avec un peu de sable. Cet arrangement règle la question des penchants pugilistiques et amoureux de M. Tom.

Quand il eut apposé le cachet de cire sur la lettre, il envoya chercher le Grand Daniel pour qu'il la porte à terre.

— Toujours pas de *Yeoman* à l'horizon ? demanda-t-il dès que celui-ci eut passé la tête par la porte entrebâillée.

— Non, capitaine.

— Dites à l'officier du quart de m'appeler dès qu'il apercevra ses têtes de mât.

Il avait déjà donné plusieurs fois le même ordre, et le Grand Daniel roula des yeux et claqua de la langue pour illustrer sa patience. Hal dissimula un sourire. Le Grand Daniel pouvait se permettre une telle familiarité.

Il se tenait debout sur l'échafaud sous le soleil matinal. Ce n'était encore qu'un gamin, dix-huit ans peut-être, certainement pas davantage. Il était très beau garçon — comme Hannah Maakenberg les aimait —, grand, bien bâti, de longs cheveux ondulés noir de jais tombant sur les épaules. Il était terrifié, ce qui excitait Hannah, comme toute la foule qui l'entourait. Tous les membres, hommes, femmes ou enfants, de la colonie s'étaient déplacés : les *burghers* — les hommes libres — et les ménagères, les esclaves et les Hottentots. Ils étaient tout joyeux, bruyants et d'humeur badine. Même les très jeunes enfants étaient là : eux aussi en proie à la gaieté communicative de l'occasion, ils se poursuivaient entre les jambes des adultes en poussant des cris perçants.

Près de Hannah se trouvait l'épouse d'un des *burghers*, une femme grassouillette à l'air gentil, en tablier maculé de farine. Elle venait de toute évidence de faire du pain dans sa cuisine. Sa petite fille s'agrippait à son tablier. C'était une enfant angélique ; elle suçait son pouce, ses immenses yeux bleus solennellement braqués sur le prisonnier.

— C'est sa première exécution, expliqua sa mère à Hannah. Elle est un peu dépaysée et effrayée avec tout ce monde.

Les mains du prisonnier étaient retenues dans le dos par des menottes. Il portait une jaquette de marin en loques et était nu-pieds. Le magistrat s'avança sur le devant de l'échafaud pour lire l'accusation et la sentence ; les badauds s'agitèrent et se bousculèrent, impatients.

— Entendez maintenant le verdict du tribunal de la colonie de Bonne-Espérance, par la grâce de Dieu et en vertu du pouvoir dont je suis investi par la Charte des états généraux de la République des Provinces-Unies.

— Allez, aux actes ! brailla l'un des *burghers* à l'arrière de la foule. Qu'on le voie nous faire sa petite danse !

— Il est par la présente décrété que, ayant été déclaré coupable du crime de meurtre, Hendrick Martinus Ockers...

— J'étais là, dit fièrement Hannah à sa voisine, la ménagère. J'ai tout vu. J'ai même témoigné devant le tribunal, oui, je l'ai fait !

La femme eut l'air impressionné comme il convenait.

— Mais pourquoi a-t-il tué quelqu'un ? demanda-t-elle.

— Pourquoi le font-ils tous ? fit Hannah avec un haussement d'épaules. Ils étaient tous les deux soûls comme des bourriques.

Elle se souvenait des deux hommes qui tournaient l'un autour de l'autre, leurs longs couteaux luisants à la lumière sinistre de la lanterne qui projetait leurs ombres déformées sur les murs de la taverne, pendant que les spectateurs criaient et tapaient du pied.

— Comment a-t-il fait ?

— Un coup de couteau, ma chère. Il était rapide, malgré tout l'alcool qu'il avait dans le ventre. Comme une panthère, qu'il était. Comme ça, en plein dans le ventre, précisa-t-elle en imitant le geste. Il l'a ouvert en deux comme un poisson sur le billot. L'autre a perdu ses boyaux tout net, il s'est pris les pieds dedans et il est tombé tête la première.

— Oh ! s'exclama la ménagère en frissonnant, à la fois horrifiée et fascinée. De vraies brutes, ces marins !

— Tous autant qu'ils sont, ma chère, et pas seulement les marins, corrigea Hannah en hochant la tête d'un petit air sage. Tous les hommes sont les mêmes.

— Ça, c'est bien vrai ! opina la ménagère en prenant la fillette pour la mettre sur ses épaules. Tu y es, *lieveling*. De là-haut, tu verras mieux, lui dit-elle.

Le magistrat acheva la lecture de la sentence :

— Le susdit Hendrik Martinus Ockers est par la présente condamné à mort par pendaison. La sentence sera exécutée en public sur le terrain de manœuvres du château le matin du troisième jour de septembre à dix heures.

Il s'engagea pesamment sur l'échelle de l'échafaudage et l'un des gardes l'aida à descendre les derniers barreaux. Le bourreau, qui se tenait derrière le condamné, lui plaça une cagoule de coton noir sur la tête.

— Je déteste quand ils font ça, grommela Hannah. J'aime bien voir leur tête quand ils se balancent au bout de la corde, tout violets, le cou serré.

— Slow John ne leur couvrait jamais le visage, dit sa voisine, du même avis.

— Ah ! Vous vous rappelez Slow John ? C'était un artiste.

— Je n'oublierai jamais quand il a exécuté sir Francis, le pirate anglais. Quel spectacle !

— Je m'en souviens comme si c'était hier, confirma Hannah. Il l'a travaillé pendant près d'une demi-heure avant de lui trancher...

Elle s'interrompit comme si quelque chose lui revenait en mémoire. Quelque chose en rapport avec les pirates et le joli garçon sur l'échafaud. Elle secoua la tête avec irritation : le gin lui avait embrouillé l'esprit.

Le bourreau passa le nœud coulant autour du cou du condamné et le tira sous l'oreille gauche. Le jeune garçon était maintenant tout tremblant. Hannah regretta de nouveau de ne pas voir son visage. La scène lui rappelait quelqu'un.

Le bourreau se recula et prit son lourd maillet en bois. Il en donna un grand coup sur le coin qui retenait la porte de la trappe. Le condamné poussa un cri lamentable :

— Au nom de Dieu, ayez pitié !

Les spectateurs hurlèrent de rire. Le bourreau donna un deuxième coup de maillet et le coin fut éjecté. La trappe s'ouvrit avec fracas et l'homme tomba. Il resta suspendu au bout de la corde, le cou distendu, la tête tirée brusquement sur le côté. Hannah entendit les vertèbres se briser comme une brindille sèche, nouvelle déception. Slow John aurait mieux calculé son coup et le condamné serait resté plusieurs minutes excitantes à donner des coups de pied, agité de soubresauts au bout de la corde tandis que la vie le quittait lentement. Ce bourreau-ci était maladroit et manquait de subtilité. Pour Hannah, tout s'était terminé trop vite. Quelques tremblements parcoururent le corps du jeune homme, puis il resta pendu, immobile, tournant lentement sur lui-même, le cou tordu selon un angle impossible.

Hannah se détourna pour s'en aller, mécontente. Puis elle s'arrêta. Le souvenir qui lui avait échappé si longtemps lui revint brusquement.

— Le fils du pirate ! s'exclama-t-elle. Le fils de sir Francis. Je n'oublie jamais un visage. J'avais bien dit que je le connaissais.

— De qui parlez-vous ? demanda la femme avec la fillette sur les épaules. Le fils de sir Francis ? Qui est le fils de sir Francis ?

Hannah ne prit pas la peine de répondre et s'éloigna en hâte avec son secret, tremblante d'excitation. Les événements qui avaient eu lieu vingt ans plus tôt lui revenaient en foule. Le procès des pirates anglais — Hannah était jeune et jolie à l'époque, et elle avait accordé gratuitement une petite faveur à l'un des gardes pour qu'il la laisse entrer dans la salle d'audience. De son siège au dernier rang, elle avait suivi tout le procès. Cela avait été plus amusant que n'importe quelle pièce de théâtre.

Elle revit le jeune garçon, le fils de Francis, enchaîné à son père, debout à son côté, tandis que le gouverneur Van der Velde prononçait la peine de mort pour l'un, et la condamnation aux travaux forcés à perpétuité pour l'autre. Comment s'appelait ce garçon ? Quand elle fermait les yeux, elle revoyait son visage distinctement.

— Henry ! s'exclama-t-elle de nouveau. Henry Courtney !

Trois ans plus tard, conduits par ce même Henry Courtney, les pirates s'étaient évadés du donjon. Hannah n'oublierait jamais les cris, les bruits de lutte et les coups de mousquet, puis la terrible explosion et l'énorme nuage de fumée et de poussière qui s'était élevé haut dans le ciel lorsque ces coquins d'Anglais avaient fait sauter le magasin de poudres. De ses propres yeux, elle les avait vus franchir les portes du château dans la charrette qu'ils avait volée, tirée par les chevaux lancés au galop, puis prendre la route qui menait hors de l'agglomération. Les troupes de la garnison les avaient poursuivis jusque dans les montagnes sauvages au nord, mais ils avaient réussi à s'enfuir. Après cela, elle se souvenait des avis de recherche affichés au marché et dans toutes les tavernes du front de mer.

— Dix mille florins de récompense ! murmura-t-elle. C'était dix mille florins !

Elle essaya de s'imaginer une somme pareille. « Avec ça je pourrais retourner à Amsterdam et vivre comme une grande dame jusqu'à la fin de mes jours. » Puis son enthousiasme retomba. Verseraient-ils encore la récompense après tant d'années ? Tout son corps s'affaissa à la pensée qu'une si énorme fortune s'éloignait. « Je vais envoyer Annetjie se renseigner auprès de son copain du fort. » Annetjie était l'une des jeunes et jolies putains qui travaillaient dans les tavernes du bord de mer. Parmi ses clients réguliers, elle comptait le secrétaire du gouverneur. Hannah souleva ses jupes et partit en courant vers le front de mer. Elle savait qu'Annetjie avait une chambre au « Malmok », l'Albatros, l'une des tavernes à matelots les plus populaires.

Elle avait de la chance. Annetjie était encore couchée sur son matelas taché dans la petite pièce sous les avant-toits.

Annetjie s'assit, ses épaisses boucles noires emmêlées, les yeux encore lourds de sommeil.

— Pourquoi me réveilles-tu si tôt ? Tu es folle ? gémit-elle avec colère.

Hannah se laissa tomber à côté d'elle et lui débita son histoire.

La fille se redressa et se frotta les yeux. A mesure qu'elle écoutait, elle changeait d'expression.

— Combien ? demanda-t-elle, incrédule, puis elle rampa hors de son matelas pour rassembler ses vêtements éparpillés sur le plancher. Sur quel bateau est ce *kerel* ? demanda-t-elle en enfilant sa chemise par la tête.

Hannah hésita. Il y avait plus de vingt bateaux dans la baie et elle ignorait sur lequel se trouvait sa proie. Puis son visage s'éclaira. Henry Courtney était un pirate anglais, et il n'y avait que deux bateaux anglais dans la flottille au mouillage là-bas. Il devait se trouver sur un des deux.

— Laisse-moi m'occuper de ça, *lieveling*, dit-elle à la fille. La seule chose que tu as à faire est de te renseigner pour savoir s'il y a toujours une récompense, et comment l'obtenir.

Le *Seraph* était au mouillage depuis quinze jours quand le *Yeoman of York* effectua enfin son entrée dans la baie de la Table en louvoyant au plus près contre le vent de sud-est et jeta l'ancre à une encablure derrière lui. Edward Anderson se fit aussitôt conduire en chaloupe jusqu'au *Seraph*, et, en montant sur le pont par l'échelle, il lança à Hal :

— C'est tout juste si je vous ai reconnu, sir Henry. Le *Seraph* ressemble à un autre bateau.

— J'ai donc atteint mon but, dit Hal en le prenant par le bras pour l'entraîner vers l'escalier des cabines. Pourquoi avez-vous été si long ?

— Des vents contraires depuis que vous m'avez faussé compagnie. J'ai été emporté jusqu'en vue des côtes du Brésil, grommela Anderson. Content que nous soyons de nouveau ensemble.

— Pas pour longtemps, fit Hal en lui indiquant une chaise et en lui versant un verre de vin des Canaries. Dès que vous aurez ravitaillé et remis en ordre le *Yeoman*, je vous expédie seul à Bombay pendant que je remonte la côte à la recherche de ce vagabond de musulman.

— Ce n'est pas ce qui était prévu, bafouilla Anderson en voyant sa part de prise lui échapper. J'ai un bon navire de combat et un équipage...

— Trop bon peut-être, coupa Hal. D'après les informations que j'ai glanées depuis notre arrivée, il semble que notre meilleure chance de mettre la main sur Jangiri consiste à lui tendre un appât. Deux navires de combat risquent plus de le faire fuir que de l'attirer.

— Ah ! C'est la raison pour laquelle vous avez changé l'apparence du *Seraph* ?

Hal acquiesça et poursuivit :

— Par ailleurs, nous avons des passagers, du courrier urgent et une cargaison à acheminer à Bombay. M. Beatty loge en ville, où il attend que vous le transportiez là-bas, lui et sa famille. Les alizés ne vont pas nous rester favorables longtemps avant le changement de saison et, pour une traversée de l'océan des Indes, les vents ne vont pas tarder à être contraires.

Anderson soupira.

— Je comprends vos raisons, capitaine, bien qu'elles soient d'un maigre réconfort. Je répugne à me séparer de vous une nouvelle fois.

— Quand vous atteindrez Bombay, le vent de mousson aura tourné. Vous aurez le loisir de débarquer votre cargaison et de prendre ce vent pour hâter votre retour vers la côte des Fièvres, où je vous attendrai.

— L'aller-retour va prendre plusieurs mois, fit remarquer Anderson sombrement.

Hal était content de le voir manifester une telle ardeur. D'autres capitaines de la Compagnie auraient été enchantés d'éviter le danger et se seraient amplement contentés d'assumer leurs paisibles fonctions commerciales. Il essaya de le tranquilliser.

— Lorsque nous nous retrouverons, je serai en possession d'informations plus complètes sur Jangiri. Peut-être aurai-je déjà flairé sa tanière. Vous pouvez être certain, capitaine, que nos forces conjointes seront nécessaires pour l'en faire sortir, et que je ne me lancerai pas dans une telle entreprise sans votre aide et celle de votre équipage.

L'expression d'Anderson s'éclaira un peu.

— Je dois donc me hâter d'effectuer mes préparatifs pour la dernière partie du voyage à Bombay. Je vais à terre sur-le-champ pour demander à M. Beatty de s'apprêter, lui et sa famille, à poursuivre la traversée.

— Je vais dire à Daniel Fisher, mon maître d'équipage, de vous accompagner pour vous conduire au logement de M. Beatty. J'irais volontiers moi-même, mais, pour diverses raisons, ce serait manquer de prudence.

Il escorta Anderson jusqu'au pont et, au bastingage, lui dit :

— Je ferai embarquer demain la cargaison et le courrier destiné au gouverneur Aungier, sur mes chaloupes, pour vous les envoyer. J'ai l'intention de lever l'ancre dans trois jours pour commencer à donner la chasse à ce Jangiri.

— Mes hommes se tiendront prêts à recevoir votre cargaison. Avec la grâce de Dieu, je devrais être en mesure d'appareiller dans dix jours au plus.

— Si vous me faisiez le plaisir d'être mon hôte demain à dîner, nous pourrions en profiter pour régler les détails de nos projets.

Ils se serrèrent la main, et Anderson semblait beaucoup plus satisfait en descendant dans la chaloupe, suivi par le Grand Daniel.

Hannah était assise sur l'une des dunes qui surplombaient la plage, d'où elle pouvait voir la flottille au mouillage dans la baie. Deux personnes se trouvaient à ses côtés : Annetjie et Jan Oliphant.

Jan Oliphant, le fils bâtard de Hannah, avait pour père Xia Nka, un puissant chef hottentot. Trente ans plus tôt, à l'époque où elle était encore belle, avec ses cheveux d'or, Hannah avait reçu de lui en cadeau une magnifique *kaross*, une couverture en peau de chacal rouge, en échange d'une nuit de ses faveurs. Les liaisons entre femmes blanches et hommes de couleur étaient prohibées par la VOC, mais Hannah n'avait jamais tenu aucun compte des lois stupides édictées à Amsterdam.

Bien que Jan Oliphant ressemblât à son père par l'allure et la couleur de peau, il était fier de ses origines européennes. Il parlait couramment le néerlandais, portait un sabre et un mousquet, et s'habillait comme un *burgher*. Le nom d'Oliphant lui venait de sa vocation. C'était un fameux chasseur d'éléphant, un homme dur et dangereux. Par décret de la VOC, nul *burgher* hollandais n'était autorisé à s'aventurer au-delà des limites de la colonie. En raison de ses origines hottentotes, Jan Oliphant n'était pas soumis à cet interdit. Il pouvait aller et venir à son gré, libre de parcourir les étendues sauvages sans pistes par-delà les montagnes, et de revenir vendre les précieuses défenses d'ivoire sur les marchés de la colonie.

Son visage bistré était horriblement mutilé, son nez tordu et sa bouche fendue par les cicatrices blanches et brillantes qui, de la dense toison laineuse de ses cheveux, descendaient jusqu'à son menton. Sa mâchoire fracassée, restée de travers, le laissait la bouche ouverte dans un éternel rictus. Lors de l'une de ses premières virées à l'intérieur, alors qu'il dormait près de son feu de camp, une hyène s'était approchée sans bruit et lui avait arraché un morceau du visage dans ses puissantes mâchoires.

Seul un homme doué de la constitution et de la force exceptionnelles d'Oliphant pouvait survivre à une telle agression. La bête l'avait entraîné dans l'obscurité en le tenant entre ses dents, comme les chats font avec les souris, en ignorant les cris et les pierres que lui lançaient les compagnons de Jan. Ses longs crocs jaunes étaient enfoncés si profondément dans son visage que l'os de la mâchoire avait été fracassé. Sa bouche et son nez hermétiquement obstrués par la gueule de l'animal, il ne pouvait respirer.

Jan avait réussi à tirer le couteau accroché à son ceinturon, et de l'autre main avait palpé à tâtons le poitrail de la bête jusqu'à sentir le battement du cœur entre les côtes. Il avait placé soigneusement la pointe du couteau, puis d'une seule poussée puissante vers le haut, avait tué l'animal.

Accroupi sur la dune entre les deux femmes, c'est d'une voix déformée par la lésion de ses narines et de sa mâchoire qu'il avait demandé :

— Mère, êtes-vous certaine que c'est bien le même homme ?

— Je n'oublie jamais un visage, mon fils, répondit Hannah avec obstination.

— Dix mille florins ? grogna Jan Oliphant en riant. Aucun homme, mort ou vif, ne vaut une telle somme.

— C'est la vérité, coupa Annetjie. La récompense est toujours offerte. J'ai parlé avec mon ami du château. Il dit que la VOC paiera encore intégralement la somme. Ils paieront, qu'il soit mort ou vif, si nous pouvons prouver que c'est bien Henry Courtney.

— Pourquoi n'envoient-ils pas des soldats le capturer sur son bateau ? s'enquit Jan Oliphant.

— S'ils l'arrêtent, crois-tu qu'ils nous donneront la récompense ? demanda Annetjie avec dédain. Nous devons le coincer nous-mêmes.

— Il a peut-être déjà repris la mer, fit remarquer Jan.

— Non ! assura Hannah. Non, *lieveling*. Aucun bateau anglais n'a quitté le mouillage depuis trois jours. Il en est arrivé un nouveau, mais aucun n'a appareillé. Regarde ! dit-elle en montrant l'autre côté de la baie. Ils sont là.

La mer était mouchetée de rouleaux écumants. Les navires dansaient un gracieux menuet sur la musique du vent, ils s'inclinaient et caracolaient sur leurs amarres, leurs pavillons se déployaient et s'agitaient en un arc-en-ciel changeant. Hannah connaissait leur nom à tous. Elle les énuméra jusqu'à arriver aux deux bateaux anglais, au mouillage si loin dans la baie qu'il était impossible de distinguer leurs couleurs.

— Voilà le *Seraph*, et l'autre plus loin, vers Robben Island, c'est le *Yeoman of York*, expliqua-t-elle en écorchant les noms avec son fort accent, puis, se protégeant les yeux du soleil, elle ajouta : Une embarcation quitte le *Seraph*. Peut-être est-ce notre jour de chance et le pirate est-il à bord.

— Il va lui falloir près d'une demi-heure pour gagner le rivage, nous avons tout le temps, dit Jan Oliphant en s'étendant sur le dos au soleil.

Il caressa avec ostentation le renflement qui tendait sa culotte à l'entrejambe :

— J'ai des démangeaisons de ce côté-là. Annetjie, tu veux me gratter ?

— Tu sais que les règlements de la Compagnie nous interdisent à nous, dames à la peau blanche, de faire une gâterie à l'un de vous autres, les sales nègres, se rebiffa-t-elle avec coquetterie.

— Je ne le répéterai pas au gouverneur Van der Stel, fit en riant Jan Oliphant, et j'ai entendu dire qu'il ne rechigne pas à s'offrir une tranche de viande noire de temps à autre. (Il essuya sur son menton le filet de salive qui dégoulinait de ses lèvres tordues avant de préciser :) Ma mère montera la garde pour nous.

— Je n'ai pas confiance en toi, Jan Oliphant. La dernière fois, tu m'as filoutée. Montre-moi d'abord ta pièce.

— Je croyais qu'on s'aimait d'amour tendre, tous les deux, dit-il en se penchant pour pétrir l'un de ses seins généreux. Quand nous aurons empoché les dix mille florins de la récompense, je pourrai même t'épouser.

— M'épouser ? hurla-t-elle de rire. Je ne me promènerais même pas dans la rue avec toi, vilain macaque.

— Qui te parle de se promener dans la rue ? fit-il en souriant. (Il l'empoigna par la taille et l'embrassa sur la bouche.) Viens, mon petit cœur, nous avons tout le temps avant l'arrivée de la chaloupe.

— Deux florins, insista-t-elle. C'est mon tarif spécial pour tous mes amoureux préférés.

— Tiens, voilà un demi-florin.

Il lui glissa la pièce entre les seins.

Elle lui caressa l'entrejambe et le sentit augmenter de volume dans sa main.

— Un florin, dit-elle, et tu pourras le tremper dans l'océan pour le refroidir.

Il grogna et essuya la salive de son menton en tirant une autre pièce de son gousset. Annetjie la prit, rejeta la tête en arrière pour écarter de son visage sa chevelure emmêlée et se leva. Il la souleva dans ses bras et la porta en contrebas, dans le creux entre les dunes.

Hannah les regarda avec indifférence de là-haut. Elle était inquiète pour sa part de la récompense. Jan Oliphant était son fils, mais elle ne se faisait aucune illusion sur son compte, persuadée qu'il la roulerait à la moindre occasion. Il lui faudrait s'assurer que l'argent de la récompense serait remis dans ses propres mains, mais alors ni Annetjie ni Jan ne lui feraient confiance. Elle réfléchit au problème en regardant Jan pénétrer Annetjie avec force coups de boutoir. Il grognait et se donnait du cœur au ventre en poussant des cris :

— Yah ! Yah ! Comme un ouragan ! Comme Leviathan lançant son jet ! Comme le père de tous les éléphants arrachant les arbres de la forêt ! Yah ! Allez, Jan Oliphant !

Il émit un ultime beuglement, s'écarta d'elle et s'effondra à son côté sur le sable.

Annetjie se releva, remit de l'ordre dans ses jupes et lui jeta un regard dédaigneux. « Plutôt comme un poisson rouge qui fait des bulles que comme une baleine qui souffle », songea-t-elle, et elle remonta sur la dune pour s'asseoir près de Hannah. La chaloupe approchait maintenant de la plage, chevauchant la lame, ses avirons plongeant et émergeant.

— Tu vois les hommes à l'arrière ? demanda Hannah avec ardeur.

Annetjie se protégea les yeux d'une main.

— *Ja*, dit-elle. Ils sont deux.

— Celui-là était avec Henry Courtney l'autre nuit, dit-elle en indiquant une haute silhouette. Ils sont camarades de bord, j'en suis certaine.

Le grand gaillard se leva et lança un ordre aux rameurs. A l'unisson, ils levèrent leurs longs avirons et les tinrent à la verticale, comme les lances d'un régiment de cavalerie. La chaloupe glissa sur le sable et s'immobilisa à sec.

— Il est costaud, le salaud, remarqua Annetjie.

— C'est lui, y a pas de doute.

Elles regardèrent Daniel et le capitaine Anderson descendre du canot et longer la plage à grands pas en direction de l'agglomération.

— Je vais aller tailler une bavette avec les rameurs, proposa Annetjie. J'arriverai bien à savoir sur quel bateau est notre homme et si c'est vraiment le fils de Franky le pirate.

Hannah et Jan Oliphant la virent se diriger d'un pas nonchalant le long du rivage. L'équipage la regarda arriver ; tout excités, ils riaient et se poussaient du coude.

— Il faudra que ce soit Annetjie qui reçoive la récompense à notre place, dit Hannah à son fils.

— *Ja* ! Je pensais justement à ça. C'est son petit ami qui la versera.

Ils regardèrent la fille rire et badiner avec les marins. Puis, après avoir hoché la tête, elle conduisit l'un d'eux dans un bosquet de galactodendrons vert sombre au-dessus de la plage.

— Quelle part lui as-tu promise ? demanda Jan Oliphant.

— La moitié.

— La moitié ? répéta-t-il, stupéfait par une telle prodigalité. C'est trop.

Le premier marin sortit d'entre les arbres en renouant la cordelette qui retenait sa culotte. Ses camarades lui lancèrent un sourire ironique, et un deuxième homme sauta de la chaloupe et se hâta vers le bosquet, suivi par un chœur de sifflements et d'applaudissements.

— *Ja*, c'est trop, reconnut Hannah. Elle est cupide, cette garce. Regarde, tous ces cochons d'Anglais vont y passer, jusqu'au dernier.

— *Ja*, elle m'a soulagé de deux florins. C'est vraiment une garce. Faudra qu'on se débarrasse d'elle, conclut Jan en haussant les épaules philosophiquement.

— Tu as raison, mon fils. Elle le mérite. Mais seulement quand elle aura ramassé la récompense pour nous.

Ils attendirent sous le beau soleil en bavardant. Ils se demandaient comment ils dépenseraient l'immense fortune qui allait bientôt tomber dans leur gousset, regardaient les marins disparaître successivement au milieu des arbres à lait et revenir quelques minutes plus tard, répondant d'un air penaud aux huées et aux quolibets de leurs compagnons.

— Je t'avais bien dit qu'elle allait leur faire leur affaire jusqu'au dernier, lâcha Hannah sur un ton de désapprobation compassé tandis que le dernier marin retournait à la chaloupe.

Quelques minutes plus tard, Annetjie sortit du bosquet en époussetant le sable qu'elle avait dans les cheveux et sur ses vêtements. Elle rejoignit à grand-peine Hannah et Jan Oliphant au sommet de la dune en prenant un air avantageux et s'affala à côté de Hannah.

— Alors ? demanda celle-ci.

— Le capitaine du *Seraph*, le navire anglais en route pour les Indes, est sir Henry Courtney, annonça Annetjie solennellement.

— Et huit de ses marins en ont témoigné séparément, ajouta Hannah, sarcastique.

Sans se formaliser, Annetjie poursuivit :

— Henry Courtney est apparemment un riche milord. Il possède de vastes terres en Angleterre.

— Il vaut peut-être plus de dix mille florins comme otage, observa Jan Oliphant en souriant. Je l'attendrai avec mes copains sur la plage pour l'accueillir quand il viendra à terre.

Hannah eut l'air contrarié.

— Ne prends pas le risque d'essayer de le capturer pour en tirer une rançon. Il me semble glissant comme une anguille. Attrape-le, coupe-lui la tête et apporte-la sur un plateau à la VOC. Empoche la récompense et oublie la rançon.

— Mort ou vif ? demanda Jan Oliphant à Annetjie.

— *Ja*, je l'ai déjà dit.

— Ma mère a raison. Un poisson mort ne nous glissera pas entre les doigts. Un poisson avec la gorge tranchée, fit-il, songeur.

— J'attendrai avec toi qu'il vienne à terre. Je te le montrerai et ensuite ce sera à vous de jouer, toi et tes petites brutes, dit Hannah à son fils.

La cargaison à destination de Bombay avait été sortie des cales du *Seraph* et transportée sur le *Yeoman*. Une fois récurées, les barriques d'eau avaient été remplies à la rivière qui descendait en serpentant des flancs de la montagne de la Table. On avait refait provision d'huile à lampe, de sel, de farine, de biscuit et autres aliments secs, les réserves ayant été épuisées pendant le long voyage vers le sud. Hal avait rééquilibré le gréement pour donner au navire sa meilleure allure. L'équipage était en bonne santé et de bonne humeur, heureux de pouvoir se nourrir de fruits, légumes et viandes fraîches, et les marins atteints du scorbut étaient guéris depuis que Hal les avait envoyés loger à terre. Ils revenaient à bord, pleins d'entrain et impatients de poursuivre le voyage.

— Je lève l'ancre demain à l'aube, annonça Hal au capitaine Anderson. Faites-vous aussi diligence pour reprendre la mer ?

— N'ayez crainte, je serai à notre rendez-vous le premier jour de décembre.

— Et j'aurai alors de quoi vous occuper, promit Hal. Il est une dernière chose pour laquelle je dois solliciter votre aide.

— Il vous suffit de la demander.

— Je vais à terre ce soir pour régler une affaire qui me tient à cœur.

— Pardonnez mon impertinence, monsieur, mais est-ce bien sage ? Comme vous me l'avez confié, et ainsi que je m'en suis assuré par une enquête discrète auprès des autorités hollandaises, ils ont des affaires pendantes avec vous. Si vous tombez entre leurs mains, cela tournera certainement à votre désavantage.

— Je vous suis reconnaissant de votre sollicitude, mais l'affaire en question ne peut être négligée. Quand ce sera fait, je vous confierai un coffre à acheminer à Bombay. Je vous serai ensuite redevable si vous pouviez l'expédier à mon fils aîné dans le Devon par le premier navire en partance.

— Vous pouvez être assuré que je m'acquitterai de cette commission, sir Francis.

Tom et Dorian avaient assisté aux préparatifs de l'expédition à terre avec une fascination croissante. Ils en avaient parlé entre eux pendant plusieurs jours. Quand Hal désigna les hommes qui devaient l'accompagner et leur fournit un équipement et des armes, leur curiosité devint débordante.

Rassemblant leur courage, ils descendirent à pas de loup vers la cabine de leur père, qui s'était enfermé avec ses officiers. Pendant que Dorian montait la garde dans l'escalier, Tom s'approcha de la porte et écouta. Il entendit la voix de son père.

— Vous, monsieur Tyler, vous serez responsable du navire pendant que je suis à terre. Nous risquons d'être talonnés de près par les Hollandais à notre retour, et l'équipage de la chaloupe qui nous attendra sur la plage devra être en alerte et bien armé, prêt à nous ramener à tout moment. Vous devrez être paré à venir nous prêter assistance, monsieur Tyler, et, dès que nous serons à bord, à lever l'ancre et à hisser les voiles, même en pleine nuit.

Tom remonta sur le pont en entraînant Dorian. Ils grimpèrent dans les haubans et s'assirent côte à côte sur la grand-vergue. C'était là qu'ils allaient quand ils ne voulaient pas être entendus.

— C'est pour ce soir. J'ai entendu père donner ses ordres. Il emmène une petite troupe armée à terre, annonça Tom à son jeune frère. Nous savons donc maintenant à quoi est destiné le coffre.

— Tu crois ? demanda Dorian, sceptique.

Il avait vu une équipe commandée par le Grand Daniel sortir le mystérieux coffre de la cale. De la taille d'une malle de bord, il était en teck poli, magnifiquement assemblé à queue d'aronde, avec un couvercle vissé.

— Bien sûr que nous le savons, répondit Tom avec importance. Père va chercher le corps de grand-père là où Aboli l'a caché.

Dorian fut immédiatement intrigué :

— Il nous laissera aller avec lui ? (Tom leva sa casquette et se gratta le crâne d'un air dubitatif.) Tu n'as pas peur de lui demander, hein, Tom ? persista Dorian, sachant que le meilleur moyen de faire faire à son grand frère ce qu'il voulait était de le mettre au défi.

— Bien sûr que non, s'indigna Tom.

Il lui fallut néanmoins rassembler tout son courage avant de se résoudre à s'aventurer de nouveau à la cabine de poupe.

— Tu me laisses parler, murmura-t-il à Dorian en frappant à la porte.

— Entrez ! lança son père d'un ton brusque, puis les voyant : Ah, c'est vous ! Quelle que soit l'importance de l'affaire qui vous amène, mes fils, je n'ai pas le temps de m'en occuper maintenant. Il faudra que vous reveniez. Nous en parlerons demain.

Casquette à la main, mais l'air déterminé, les deux solliciteurs tenaient bon. Tom montra du doigt le coffre en teck, au centre de la cabine.

— Dorian et moi savons que ce soir vous allez chercher grand-père Francis. C'est le cercueil que vous avez apporté pour lui.

Avec un tire-bouchon qu'il enfonçait dans le canon, Hal était en train de vider les vieilles charges — balle, étoupe et poudre — d'une paire de pistolets posés sur le bureau pour les remplacer. Il leva les yeux et examina leurs visages sérieux.

— Vous avez trouvé, grommela-t-il.

— Nous voulons venir avec vous, dit Tom.

Hal le regarda, surpris, puis baissa les yeux vers le pistolet et reprit sa tâche. Posément, il préleva une mesure de poudre dans la poire, la versa dans la gueule et l'enfonça à fond. Puis il prit un morceau de tissu dans une boîte de cuivre et en enveloppa la balle de plomb d'une demi-once, de façon à l'adapter au canon. Le pistolet était une arme superbe, fabriquée à Londres par George Truelock. La crosse était en noyer et le grain faisait des dessins compliqués.

— Votre blessure n'est pas encore guérie, Tom, dit-il sans lever les yeux.

— Elle se referme bien, protesta Tom en se touchant le côté. Ce n'était qu'une égratignure.

Hal feignit d'admirer les chiens du pistolet à canon double. Ils étaient incrustés d'or et les canons octogonaux rayés. Cela donnait un mouvement de rotation à la balle et la stabilisait, lui conférant une précision que n'avaient pas les armes à canon lisse. Il savait qu'à chaque coup il pouvait toucher une cible de la taille de l'ongle du pouce à vingt pas. Il enfonça la balle enveloppée dans le canon avec un petit maillet en bois, puis amorça le bassinet.

— Même ainsi, je ne crois pas que votre idée soit judicieuse, dit-il.

— C'est notre grand-père, insista Tom. Il est de notre devoir d'être à vos côtés.

Il avait choisi ses mots avec soin et les avait répétés. Son père ne prenait jamais à la légère les notions de famille et de devoir. Il réagit comme l'avait espéré Tom. Il écarta le pistolet chargé, se leva et alla à la fenêtre de poupe. Il y resta un moment, les mains dans le dos, à regarder la terre.

— Peut-être avez-vous raison, Tom. Vous êtes assez grand, et vous savez vous débrouiller tout seul dans une bagarre, dit-il enfin en se retournant vers ses deux fils.

— Merci, père.

Tom exultait.

— Mais pas vous, Dorian. Vous êtes encore trop jeune. (Pour adoucir le coup, Hal ajouta avec un gentil sourire :) Nous ne tenons pas à vous perdre si vite.

Dorian parut s'affaisser sous le choc, l'air profondément blessé ; ses yeux se remplissaient de larmes. Tom lui donna un coup de coude et murmura du coin des lèvres :

— Ne pleure pas. Ne sois pas un bébé.

Dorian se ressaisit et, dans un suprême effort, ravala ses larmes.

— Je ne suis pas un bébé, dit-il, stoïque.

« C'est un beau garçon », pensa Hal en regardant le visage de son fils. La peau de Dorian était dorée par le soleil tropical et le rayon qui filtrait par la fenêtre de poupe allumait des lueurs cuivrées dans ses cheveux bouclés. Hal était une fois de plus frappé de voir combien l'enfant ressemblait à sa mère. Il sentit fléchir sa détermination.

— Je ne suis pas un bébé. Donnez-moi une chance de le prouver, je vous en prie, père.

— Très bien, dit Hal, vaincu, tout en sachant que ce n'était pas sage. Vous pouvez venir avec nous.

Le visage de Dorian était illuminé de joie, et Hal s'empressa de nuancer son accord.

— Mais seulement jusqu'à la plage. Vous nous attendrez avec Alf Wilson et l'équipage de la chaloupe. (Il leva la main pour couper court aux protestations qu'il sentait venir.) Il suffit. Pas de discussion. Tom, allez voir le Grand Daniel et demandez-lui de vous donner des pistolets et un sabre.

Ils descendirent dans la chaloupe une heure avant le coucher du soleil. Ils n'étaient que quatre à participer à l'expédition terrestre : Hal, Aboli, Daniel Fisher et Tom. Chacun portait un briquet à amadou et une lanterne sourde. Sous leurs capes sombres de marins, ils étaient armés d'un sabre d'abordage et d'une paire de pistolets. Aboli avait plié et attaché autour de sa taille un grand sac de cuir.

Dès qu'ils furent installés sur les bancs de nage, Alf Wilson donna l'ordre de larguer les amarres. L'équipage tira sur les longs avirons et ils se dirigèrent en silence vers la plage. On avait monté en proue et en poupe des fauconneaux, redoutables petites pièces d'artillerie à main, chargées de mitraille. Des piques et des sabres étaient posés à même le fond de la chaloupe, entre les pieds des rameurs, à portée de main.

Nul ne parlait, les avirons s'enfonçaient dans l'eau et en ressortaient sans un bruit, si ce n'est celui de l'eau de mer qui dégoulinait de leur palette. Alf Wilson avait enveloppé les tolets. Dans le silence, Tom et Dorian échangeaient des sourires excités ; c'était une aventure comme celles dont ils avaient rêvé et si souvent parlé avec une impatience fiévreuse au cours de leurs longues factions dans le nid-de-pie. Elle avait commencé.

Hannah Maakenberg était allongée dans le bosquet de galactodendrons au-dessus de la plage. Depuis trois jours, elle y était restée du matin au soir pour surveiller la lointaine silhouette du *Seraph* à l'ancre. A trois reprises, elle avait vu des canots venir du vaisseau anglais et les avait observés avec la longue lunette en cuivre que lui avait prêtée Jan Oliphant. Chaque fois, elle avait été déçue en constatant que Hal Courtney n'était pas à bord.

Elle commençait à se décourager. Peut-être Annetjie avait-elle raison, peut-être qu'il ne retournerait pas à terre. Son fils se désintéressait lui aussi de l'affaire. Les deux premiers jours, il était resté à son côté à monter la garde, mais il avait fini par perdre espoir et était parti rejoindre ses hommes dans les tripots du front de mer.

Et maintenant, elle regardait la forme de la chaloupe s'éloigner du *Seraph*, à peine visible sur le fond de plus en plus sombre des vagues. Elle ne pouvait contenir son excitation. Comme la première fois, il a attendu la tombée du jour pour venir à terre afin que personne ne le reconnaisse, se dit-elle. Elle maintenait la chaloupe dans le champ circulaire de la lunette. Le cœur battant, elle vit son étrave toucher la plage. Il ne restait plus que quelques lueurs au couchant quand l'homme de haute stature descendit de l'embarcation et jeta un coup d'œil circulaire vers les dunes et les buissons. L'espace d'un instant, il dirigea son regard vers l'endroit où était cachée Hannah et un rayon de lumière éclaira son visage, faisant ressortir ses traits. Puis la lumière déclina au point que, même à travers la lunette, la chaloupe et son équipage n'étaient plus qu'une tache foncée au bord de la plage de sable blanc.

— C'est lui ! murmura-t-elle. Je savais qu'il viendrait.

Elle plissa les yeux pour mieux voir tandis qu'un petit groupe d'hommes s'éloignait de la forme sombre du canot. Ils se frayèrent un chemin entre les tas blancs de bois flotté amassés le long de la ligne des hautes eaux, puis ils se hâtèrent dans sa direction. Elle replia la lunette et se tapit contre le tronc du galactodendron le plus proche.

Les hommes avançaient en silence. Ils étaient maintenant si près qu'elle pensa avoir été découverte. Mais, sans s'arrêter, leurs bottes crissant dans le sable fin, ils passèrent près d'elle ; elle aurait pu toucher leurs jambes en tendant le bras. En levant les yeux, elle distingua le visage de Hal Courtney éclairé par les dernières lueurs du jour. Puis les hommes disparurent dans les épaisses broussailles vers l'intérieur des terres.

Elle attendit quelques minutes qu'ils s'éloignent suffisamment puis se leva en titubant et suivit en courant le sentier qui menait en ville. Son cœur était en joie et elle jubila : « Je le tiens. Je vais être riche. Que d'argent ! Je suis riche ! »

En file indienne, Aboli en tête, ils passèrent au large de l'agglomération. Ils ne rencontrèrent pas âme qui vive, même quand ils traversèrent la route qui longeait le pied de la montagne en direction de la Rivière-Salée et des fermes de Constantia. A un certain moment, un chien dut les sentir et se mit à pousser des aboiements hystériques sur leur passage, mais personne ne les interpella.

La pente de la montagne augmentait sous leurs pieds et ils compensaient en se penchant en avant. Les taillis devenaient plus épais, mais Aboli semblait suivre d'instinct les pistes étroites laissées par le gibier. La forêt leur cachait les étoiles, et Hal aussi bien que le Grand Daniel trébuchaient de temps à autre. Avec ses jeunes yeux, Tom voyait bien la nuit et avançait dans l'ombre d'un pied sûr. Aboli était un homme des forêts et il cheminait sans bruit en avant des autres. Ils se retrouvèrent soudain sur un promontoire de roche nue qui dominait la ville.

— Nous allons nous reposer ici, décréta Hal.

En s'asseyant sur un rocher couvert de lichen, Tom fut stupéfait de la hauteur à laquelle ils étaient montés. Les étoiles semblaient très proches, immenses volutes de lumières argentées, dans une infinie multitude. Au-dessous d'elles, les piqûres d'épingle des chandelles jaunes aux fenêtres des maisons étaient insignifiantes en comparaison de ce splendide déploiement.

Tom but à la gourde de cuir qu'Aboli lui tendait, mais aucun ne parlait. Cependant, la nuit n'était plus silencieuse. Des petits animaux couraient à pas précipités dans la forêt alentour, les oiseaux de nuit hululaient et poussaient des cris stridents. Du bas de la pente leur parvint le chœur de ricanements d'une bande de hyènes en train de chercher leur nourriture dans les tas d'ordures et d'excréments de la colonie hollandaise. Le bruit hideux fit dresser les petits cheveux sur la nuque de Tom et il dut résister à l'envie de se rapprocher de la masse sombre et rassurante d'Aboli.

Soudain une bouffée de vent tiède le frappa en plein visage, et, en levant les yeux vers le ciel nocturne, il vit les étoiles disparaître derrière un épais banc de nuages balayé vers l'intérieur des terres.

— Il va y avoir une tempête, grommela Aboli au moment où une autre rafale soufflait sur le promontoire rocheux.

Au contraire de la première, elle était d'un froid glacial. Tom frissonna et serra sa cape autour de ses épaules.

— Nous devons nous dépêcher avant d'être pris dans la bourrasque, dit Hal.

Sans un mot de plus, ils se levèrent et poursuivirent leur progression à travers la nuit assombrie par les nuages d'orage, dans les rugissements du vent. Au-dessus de leurs têtes, les branches des arbres battaient et s'entrechoquaient avec fracas.

Tout en suivant la haute silhouette d'Aboli, trébuchant, Tom se demandait si l'on pouvait retrouver son chemin à travers cette nuit obscure, et cette forêt plus obscure encore, vers un lieu secret où l'on s'était rendu vingt ans plus tôt.

Enfin, alors qu'il semblait que la moitié de la nuit s'était déjà écoulée en vain, Aboli s'arrêta sous une falaise abrupte de roche brisée en éclats, dont le sommet se perdait dans l'obscurité du ciel. Hal et le Grand Daniel étaient manifestement essoufflés par la longue ascension. Aboli, le plus vieux de tous, et Tom étaient les seuls à respirer encore facilement.

Aboli s'agenouilla et plaça sa lanterne devant lui sur un rocher plat. Il ouvrit le volet et actionna le briquet. Une pluie d'étincelles jaillit de la pierre et de l'acier, et il rapprocha l'amadou enflammé de la mèche. La lanterne levée, il se déplaça le long du pied de la falaise, projetant le pâle rayon sur la roche couverte de lichen.

Une étroite crevasse apparut soudain dans la paroi rocheuse, et Aboli poussa un grognement de satisfaction. Il y pénétra — elle était juste assez large pour ses puissantes épaules. Non loin de l'entrée, la faille était obstruée par des lianes et des broussailles qui pendillaient des flancs. Aboli libéra le passage à coups de sabre, puis se laissa tomber sur ses genoux en atteignant l'extrémité de la crevasse.

— Tenez la lanterne, Klebe, dit-il en la tendant à Tom.

Dans le rayon de lumière, celui-ci vit que le fond de la faille était fermé par un amoncellement de grosses pierres. De ses mains nues, Aboli en dégagea une et la tendit à Daniel. Ils travaillaient en silence et finirent par déblayer l'ouverture d'un étroit tunnel naturel qui s'ouvrait dans la falaise. Cela fait, Aboli se retourna vers Hal.

— Il convient que seul vous et Klebe entriez dans le lieu de repos de votre père, dit-il à voix basse. Daniel et moi, nous vous attendrons ici.

Il déroula le sac de cuir qu'il portait autour de la taille et le tendit à Hal, puis il se baissa pour allumer les mèches des autres lanternes. Quand il eut fini, il adressa un signe de tête à Daniel, et les deux hommes s'éloignèrent au pied de la falaise pour laisser Hal et Tom accomplir leur devoir sacré. Ils restèrent silencieux un moment, secoués par le vent qui soufflait en rafales et faisait claquer leurs capes comme des ailes de vautour. La lumière de la lanterne projetait des ombres bizarres sur les parois rocheuses.

— Venez, mon fils, dit Hal en précédant Tom à l'intérieur de la crevasse.

Il se mit à quatre pattes pour entrer dans la bouche sombre du tunnel. Tom lui passa la lanterne et le suivit. Le fracas de la tempête s'estompait derrière eux, et brusquement le tunnel s'ouvrit sur une caverne. Hal se releva, le plafond rocheux à quelques centimètres au-dessus de sa tête.

Tom se remit debout derrière lui et cligna des yeux dans la lumière jaunâtre de la lanterne. Il se trouvait dans une tombe où flottait l'odeur d'antiques poussières et fut envahi par une crainte religieuse qui l'oppressait et faisait trembler ses mains.

De l'autre côté de la caverne se trouvait une plate-forme naturelle, où une forme humaine décharnée, assise sur ses talons, le fixait de ses grandes orbites vides. Tom se recula instinctivement et étouffa le sanglot qui montait dans sa gorge.

— Du calme, mon petit, dit Hal en le prenant par la main.

Il le conduisit pas à pas vers la silhouette assise. A mesure qu'ils s'approchaient, la lumière vacillante de la lanterne leur révélait les détails. La tête n'était plus qu'un crâne.

Tom savait que les Hollandais avaient décapité son grand-père, mais Aboli avait dû replacer la tête sur les épaules. Des lambeaux de peau séchée étaient encore accrochés à l'os comme l'écorce morte d'un arbre à fièvre. Les longs cheveux sombres pendaient à l'arrière du crâne, soigneusement peignés et tressés.

Le courage de Tom vacilla car les orbites vides de son grand-père semblaient regarder dans les profondeurs de son âme. Il eut un nouveau mouvement de recul, mais son père tenait sa main fermement, et il le réprimanda :

— C'était un homme bon, un homme au grand cœur. Il n'y a pas de raison que vous ayez peur de lui.

Le corps était enveloppé dans une peau de bête, une peau couverte d'un pelage noir que les mites avaient rongé par plaques, lui donnant une allure lépreuse. Hal savait que le bourreau avait écartelé le corps de son grand-père avant de le couper en morceaux. Aboli les avait tendrement rassemblés et retenus par une peau de buffle. Sur le sol, au pied de la plate-forme, on voyait encore un cercle de cendres et des bouts de charbon de bois : les restes d'un feu rituel.

— Nous allons prier ensemble, dit Hal à voix basse, attirant Tom près de lui. Notre Père qui êtes aux cieux... commença-t-il.

Tom joignit les mains devant ses yeux et récita avec lui, sa voix devenant plus assurée à mesure que les mots familiers étaient égrenés :

—... Que Votre volonté soit faite sur la terre comme au ciel.

Tout en priant, Tom scrutait entre ses doigts l'assortiment d'étranges objets disposés sur la plate-forme rocheuse, offrandes au mort qu'Aboli avait dû placer là des années plus tôt en arrangeant le corps : un crucifix de bois, orné de coquilles d'ormeaux, d'os et de galets polis qui luisaient à la lumière de la lanterne ; un modèle réduit de trois-mâts grossièrement façonné, avec le nom *Lady Edwina* gravé sur le tableau d'arrière ; un arc en bois et un couteau. Tom comprit que ces objets symbolisaient les forces qui avaient dominé la vie de son grand-père : le seul Dieu véritable, un grand navire et les armes d'un guerrier. Aboli avait choisi ces présents avec amour et perspicacité.

Quand ils eurent fini leur prière, ils restèrent silencieux un moment, puis Hal rouvrit les yeux et leva la tête. Il s'adressa à mi-voix au personnage squelettique enveloppé dans sa peau de bête, assis sur la plate-forme au-dessus d'eux :

— Père, je suis venu pour vous ramener chez nous, à High Weald.

Il étala le sac en cuir sur la plate-forme.

— Tenez-le ouvert, dit-il à Tom.

Il s'agenouilla au-dessus de son père et le souleva dans ses bras. Le corps était étonnamment léger. Il en tombait des fragments de peau et de petites touffes de cheveux ; la peau séchée émettait des craquements. Après tant de temps, les relents de putréfaction avaient disparu, il ne restait plus qu'une odeur de champignons et de poussière.

Il fit glisser le corps courbé dans le sac, les pieds en premier, jusqu'à ce que seule la tête ravagée reste visible. Il s'arrêta un instant pour caresser les longues tresses poivre et sel. En voyant ce geste, Tom fut frappé par l'amour et le respect qu'il lui témoignait.

— Vous l'aimiez, dit-il.

Hal leva les yeux vers lui.

— Si vous l'aviez connu, vous l'auriez aimé vous aussi.

— Je sais combien je vous aime, répondit Tom, alors je peux imaginer.

Hal passa un bras autour des épaules de son fils et le serra contre lui, brièvement mais fort.

— Priez Dieu de ne jamais avoir à accomplir pour moi un devoir aussi pénible, dit-il. (Il tira le sac par-dessus la tête de Francis Courtney et attacha les lacets de cuir avant de se relever.) Maintenant il faut que nous partions, Tom, avant que la tempête arrive sur ces hauteurs.

Il souleva le sac avec précaution et le balança sur son épaule, puis se baissa pour traverser le tunnel.

Aboli les attendait à l'extérieur de la caverne, et il s'apprêta à soulager Hal de son fardeau, mais celui-ci secoua la tête.

— Je vais le porter, Aboli. Conduis-nous en bas de la montagne.

La descente fut plus périlleuse que ne l'avait été la montée. Dans l'obscurité et les hurlements du vent, il eût été facile de faire un faux pas et de basculer dans le précipice ou de trébucher sur les éboulis et de se casser une jambe, mais Aboli les guida dans la nuit. Tom sentit enfin la pente s'adoucir et les pierres qui roulaient sous ses pieds firent place à un sol ferme, puis au sable de la plage.

Un éclair déchira les nuages et, l'espace d'un instant, illumina la nuit. Ils entraperçurent toute la baie, la surface de la mer battue par la tempête, bouillonnante, jaillissante, blanche d'écume. Puis l'obscurité se referma sur eux et le tonnerre éclata en une avalanche de sons qui agressèrent leurs tympans.

— La chaloupe est toujours là, cria Hal, soulagé, par-dessus le bruit de la tempête, l'image nette et fugitive du canot imprimée sur son champ de vision. Appelle-les, Aboli !

— *Seraph* ! brailla Aboli dans la nuit.

Il entendit la réponse affaiblie portée par la bourrasque.

— Ohé !

C'était la voix d'Alf Wilson, et ils commencèrent à descendre des dunes. Le fardeau de Hal, si léger au début de la randonnée, le courbait maintenant, mais il ne voulut pas renoncer. Ils arrivèrent regroupés en bas des dunes. Aboli ouvrit le volet de la lanterne et la leva au-dessus de sa tête.

— En garde ! cria-t-il dans un avertissement désespéré, en voyant qu'ils étaient entourés par les silhouettes sombres d'hommes ou de bêtes. Défendez-vous !

Ils ouvrirent leurs capes et tirèrent leurs sabres en formant instinctivement un carré, dos à dos, les pointes de leurs armes levés en un cercle d'acier.

La foudre éclata au-dessus d'eux, un éclair aveuglant qui ouvrit les nuages bas, illumina la plage et les eaux agitées par la tempête. A la lumière, ils virent une phalange de formes menaçantes qui fondaient sur eux. L'éclair fit étinceler les lames nues, permit de distinguer les massues et les lances, révéla un instant les visages. C'étaient tous des Hottentots, il n'y avait pas un seul Hollandais parmi eux.

Tom sentit une terreur superstitieuse l'envahir en voyant l'homme qui se précipitait vers lui, tellement hideux qu'il semblait sortir d'un cauchemar. Tels des serpents, de longs cheveux noirs se tordaient dans le vent autour du terrible visage, une cicatrice livide fendait le nez boursouflé et les lèvres violettes, de la salive dégoulinait de la bouche déformée et les yeux étincelaient férocement.

Puis l'obscurité se referma de nouveau sur eux, mais Tom avait entrevu le sabre de l'homme levé au-dessus de lui, et il anticipa le coup en tournant ses épaules de côté et en baissant la tête. Il entendit la lame siffler près de son oreille et le grognement rageur qu'émit son assaillant en portant son attaque.

Tout ce qu'Aboli lui avait appris lui revint. Tom riposta de manière fluide en se fendant dans la direction d'où venait la respiration de l'homme, et il sentit sa lame s'enfoncer dans la chair, sensation qu'il n'avait encore jamais connue et qui le déconcerta. Sa victime hurla de douleur, et Tom fut envahi par une joie sauvage. Il recula, changea de pied, rapide comme un chat, et se fendit encore à l'aveuglette. Une nouvelle fois, il sentit le coup porter le glissement malaisé de l'acier qui pénétrait dans la chair, puis le choc de la pointe heurtant l'os. L'homme poussa un cri perçant, et pour la première fois de sa vie Tom éprouva l'exaltation sauvage de la bataille.

L'éclair parcourut les cieux. Tom vit sa victime rouler par terre, son sabre tombé dans le sable. Il tenait son visage déformé. Sa joue était ouverte jusqu'à l'os, et son sang, noir comme du goudron dans la lumière bleutée, coulait abondamment sur son menton et éclaboussait sa poitrine.

Tom vit également à la lueur de l'éclair que son père et Aboli avait tué eux aussi : leurs victimes étaient au sol, l'une se tordait convulsivement dans le sable en donnant des coups de pied spasmodiques, l'autre, recroquevillée sur elle-même, étreignait sa blessure à deux mains, la bouche ouverte en un cri de douleur silencieux.

Le Grand Daniel était aux prises, lame contre lame, avec un grand Noir, nu jusqu'à la ceinture, le corps musclé et luisant comme une peau d'anguille. Mais les autres agresseurs battaient en retraite, découragés par l'ardeur avec laquelle se défendaient les quatre hommes.

L'obscurité retomba sur eux, et Tom sentit les doigts d'Aboli se refermer sur son bras, sa voix proche de son oreille.

— Au canot, Klebe. Restons groupés.

Ils coururent aveuglément dans le sable en se bousculant.

— Tom est avec nous ? demanda son père, la voix durcie par l'inquiétude.

— Là, père ! cria-t-il.

— Dieu merci ! Et Danny ?

— Ici !

Le Grand Daniel devait avoir occis son adversaire, car sa voix était proche et distincte.

— *Seraph* ! beugla Hal. A moi !

— *Seraph* ! cria la voix d'Alf, répondant à l'appel, et l'éclair suivant éclaira toute la scène.

Ils étaient encore à une centaine de pas de la chaloupe échouée au bord de la mer rugissante. Conduits par Alf, les huit hommes qui attendaient avec lui arrivaient au pas de course pour participer au combat en brandissant leurs piques, sabres et haches d'abordage. Mais la meute de Hottentots s'était rassemblée et, tels des chiens de chasse, ils hurlaient sur leurs talons.

Tom lança un coup d'œil par-dessus son épaule et

vit que l'homme qu'il avait blessé s'était relevé et chargeait à leur tête. Malgré son visage ensanglanté, il fendait l'air avec son sabre et poussait un cri de guerre dans une langue étrange. Il avait repéré Tom et se précipitait droit sur lui.

Tom tenta d'évaluer leur nombre. Peut-être neuf ou dix, estima-t-il, mais l'obscurité revint avant qu'il ait pu en être certain. Son père et Alf Wilson leur criaient de garder le contact entre eux, et les deux groupes se rejoignirent. Hal cria immédiatement :

— Sus ! Ligne d'escarmouche !

Même dans l'obscurité, ils exécutèrent sans difficulté la manœuvre à laquelle ils s'étaient souvent exercés sur le pont du *Seraph*. Epaule contre épaule, ils attendirent les attaquants, qui fondirent sur eux comme une vague sortie de la nuit. On entendit le fracas du métal contre le métal, les cris et les jurons des hommes qui se battaient. Puis il y eut un nouvel éclair.

Hannah avançait en chancelant vers la lisière du bosquet de galactodendrons avec une quinzaine d'hommes. La nuit avait été trop longue pour eux, la violence de la tempête débilitante, et l'ennui de l'embuscade avait eu raison de leur patience. Ils s'étaient éloignés vers le bosquet pour trouver un endroit abrité du vent où se blottir et dormir. Puis les cris et les bruits de la bataille les avaient réveillés. Ils avaient ramassé leurs armes et sortaient maintenant du couvert des arbres.

L'éclair illumina le combat, les hommes des deux camps en nombres sensiblement égaux, au bord de l'eau près de la chaloupe. Du même coup d'œil, Hannah vit nettement Henry Courtney, en première ligne, son sabre levé haut dans sa main droite s'abattant sur la tête de l'un des Hottentots.

— *Dis hom !* cria Hannah d'une voix perçante.

C'est lui ! Dix mille florins pour sa tête. *Kom kerels !* Allez, les gars !

Elle brandit la fourche dont elle était armée et s'élança vers le bas de la dune. Les hommes, qui avaient hésité à l'orée du bosquet, furent galvanisés par son exemple. Ils coururent à sa suite en une horde hurlante.

Dorian, seul sur la chaloupe, s'était endormi roulé en boule sur les vaigres quand le combat avait commencé ; à présent, il rampait vers l'avant et s'agenouilla devant le fauconneau. Il avait les yeux écarquillés de sommeil, mais dans la clarté de l'éclair il vit Tom et son père assaillis par l'ennemi.

Pendant l'exercice sur le *Seraph*, Aboli avait montré à Tom comment viser en orientant le fauconneau sur sa monture pivotante et comment tirer. Dorian avait regardé et demandé à essayer. Comme toujours, il avait reçu la même réponse horripilante :

— Vous êtes trop petit. Quand vous serez plus grand.

L'occasion qu'on lui avait refusée se présentait maintenant, et Tom et son père avaient besoin de lui. Il chercha la longueur de corde à feu dans le baquet de sable posé sous l'arme. Alf Wilson l'avait allumée et placée à portée de main en cas d'urgence. Il la prit d'une main, empoigna la longue « queue de singe » du fauconneau de l'autre, et le fit pivoter dans la direction des hurlements de la meute qui chargeait en dévalant des dunes. Il regarda par-dessus le canon mais ne put voir les mires ni apercevoir sa cible dans l'obscurité.

Puis le tonnerre éclata juste au-dessus d'eux et la plage fut éclairée comme en plein jour par la foudre. Droit devant son canon, Dorian vit arriver ces renforts conduits par une sorcière sortie tout droit de quelque mythologie, une terrible créature femelle qui agitait une fourche, ses longs cheveux gris flottant au vent comme ceux d'une Furie, ses mamelles blanches se balançant et battant hors du corsage de sa robe, son visage hurlant ravagé par l'âge et la débauche. Dorian abaissa la corde sur la lumière du fauconneau.

Une flamme de vingt pieds jaillit de sa gueule et un plein seau de mitraille, chaque plomb de la taille d'un œil humain, fut précipité sur la plage. La portée était juste suffisante pour que les projectiles atteignent leur vitesse maximum. Hannah en reçut le plus gros : une douzaine de balles lui fracassèrent la poitrine, l'une la frappa au milieu du front, emportant le sommet du crâne comme une vulgaire coquille d'œuf. Elle fut projetée en arrière sur le sable blanc avec six autres de ses acolytes. Le reste de la troupe chancela sous le choc et l'effet de l'air ébranlé autour d'eux. Trois de ceux encore debout hurlèrent de terreur et battirent en retraite vers le bosquet. Les autres étaient étourdis et tournaient en rond en trébuchant sur leurs compagnons morts, certains ensanglantés, sans trop savoir où aller.

L'étoupe enflammée du fauconneau avait été soufflée sur le long entassement de bois flotté tout sec, en haut de la plage. Le feu prit rapidement et, attisé par le vent, lança de hautes flammes en projetant une pluie d'étincelles bleues, produites par les cristaux de sel, qui éclairèrent la plage d'une lumière vacillante.

L'issue du combat restait incertaine. Bien qu'ils eussent quelque peu réduit leur désavantage à coups de pique et de sabre, les hommes du *Seraph* étaient encore surpassés en nombre. Hal se battait contre trois assaillants, qui l'encerclaient comme une meute de hyènes harcelant un lion. Il luttait pour sa vie et ne pouvait même pas jeter un coup d'œil dans la direction de son fils.

Jan Oliphant avait bien l'intention de se venger de sa plaie béante à la joue et il en avait après Tom, hurlant de fureur, usant du tranchant de son sabre pour porter de sauvages coups de taille. Plus petit, inférieur en allonge et en force au grand et solide Hottentot, Tom lâchait du terrain. Pendant quelques secondes fatales, il fut livré à lui-même : il ne pouvait compter sur l'aide ni d'Aboli ni de Daniel, ni même de son père. Cette nuit verrait la consécration de son entrée dans l'âge d'homme ou sa mort sur cette plage trempée de sang. Il avait peur, mais pas au point de perdre courage. Au contraire, la peur affermissait son poignet et son bras armé. Il trouva en lui des ressources dont il avait jusque-là ignoré l'existence.

Cette grâce rythmique dans le combat qu'Aboli lui avait instillée durant toutes ces années d'entraînement lui revint naturellement. Maintenant que les flammes lancées par le bois en feu éclairaient la plage, son assurance augmentait. Il sentait bien l'acier dans sa main et se rendit compte que son adversaire était une brute et non une fine lame, même si la puissance de ses coups était énorme, irrésistible comme un glissement de terrain. Tom ne commit pas l'erreur d'essayer de l'égaler. En revanche, il anticipait chaque coup. Il n'y avait aucune subtilité dans la manière dont Jan Oliphant signalait son intention par les expressions de son visage déformé et maculé de sang ou par sa façon de déplacer ses pieds et de se découvrir pour frapper.

Quand sa lame s'abattait en sifflant sur lui, sans jamais essayer de bloquer le coup Tom la déviait légèrement, de sorte qu'elle passait, inoffensive, à un pouce de sa tête. Chaque fois, la rage de Jan Oliphant montait, et elle finit par déborder. A deux mains, il tint son sabre au-dessus de sa tête et se rua sur Tom en rugissant comme un taureau en rut. Il n'essaya pas de se protéger d'un coup en retour et resta complètement découvert.

En ripostant, Hal toucha l'un de ses adversaires à l'épaule. L'homme poussa un cri et recula, laissant tomber son sabre et étreignant sa blessure. Les deux autres Hottentots qui l'assaillaient de part et d'autre perdirent courage et battirent en retraite. Hal eut un instant de répit pour jeter un coup d'œil circulaire à la lumière vacillante des flammes.

Son cœur faillit s'arrêter lorsqu'il aperçut le meneur des Hottentots qui fondait droit sur Tom, sabre levé. Ils étaient trop loin pour qu'il intervienne à temps. Un cri d'alarme et de désespoir monta à ses lèvres, mais il le contint. Il n'eût servi qu'à distraire l'attention de son fils.

Tom était aussi pâle que le sable sous ses pieds, mais son expression restait résolue, son regard brillant et attentif, sans trace de peur tandis qu'il visait par-dessus la pointe de son sabre. Hal s'attendait à le voir reculer devant la charge de l'énorme brute qui fonçait sur lui. La position de ses épaules et l'équilibre de son corps mince indiquaient cette intention. Mais son pied gauche se porta soudain en avant et il se lança, rapide comme une flèche, droit sur la gorge de Jan Oliphant. Le grand Hottentot n'eut pas le temps de baisser sa garde ni d'esquiver le coup. La pointe de Tom l'atteignit avec précision dans le creux à la base du cou, un pouce au-dessus de l'articulation des clavicules. Elle s'enfonça d'une largeur de main dans sa gorge, atteignit la jonction de deux vertèbres et la sectionna net.

La lame poursuivit son chemin et, rouge de sang à la lumière du feu, ressortit par la nuque.

Le sabre levé échappa des mains inertes du Hottentot, et il resta l'espace d'un instant les membres en croix, sombre crucifix qui se détachait sur les flammes. Puis il tomba en arrière, heurtant le sable de tout le poids de son corps sans vie. La lame de Tom fut brusquement libérée, arrachée à la gorge de l'homme mort par son propre poids, et la violence de la chute chassa l'air de ses poumons, par sa trachée transpercée, en un soupir explosif. Il s'échappa de la blessure en un grand jet d'écume rose.

Pendant un long moment, chacun s'immobilisa et regarda le monstrueux cadavre. Puis l'un des Hottentots qui faisaient face à Hal gémit de désespoir, tourna les talons et s'enfuit dans les dunes. Un instant plus tard, les autres, pris de panique, coururent à sa suite, laissant leurs morts et leurs blessés.

Tom gardait les yeux fixés sur l'homme qu'il avait tué. Son visage se décomposa et, sous le choc, sa peur et sa rage libérées, il se mit à trembler. Hal vint à lui aussitôt et plaça un bras autour de ses épaules.

— Vous vous êtes bien battu, mon fils, dit-il en le serrant contre lui.

— Je l'ai tué ! murmura Tom, incrédule.

— Avant qu'il ne vous tue.

Hal regarda autour de lui ses hommes dispersés le long de la plage.

— Lequel de vous a tiré le coup de fauconneau ? cria-t-il contre le vent. Il nous a sauvés.

— C'est pas moi.

— Moi non plus.

Toutes les têtes se tournèrent vers la chaloupe et la petite silhouette à l'avant.

— Ce n'est pas vous, Dorian ? demanda Hal d'une voix remplie d'étonnement.

— Si, père, répondit Dorian en levant la mèche allumée qu'il tenait à la main.

— Les deux petits du vieux lion ! dit Aboli à voix basse. Mais maintenant, nous ferions mieux d'y aller avant que la garnison du fort vienne ici, attirée par le coup de canon et le feu, ajouta-t-il en montrant les tas de bois en flammes.

— Nous avons perdu quelqu'un ? cria Hal.

— Dick Foster est tombé, lança Alf Wilson.

Il s'agenouilla près du corps, qui portait une terrible blessure à la poitrine. Alf palpa la carotide.

— Il est mort, dit-il.

— Il y en a d'autres ?

— Non, lui seulement, répondit Alf.

Hal fut soulagé. Cela aurait pu être bien pire — il aurait pu perdre un fils ou un ami cher.

— Bon, portez Dick dans la chaloupe. Nous lui ferons des funérailles chrétiennes quand nous serons en mer, dit Hal en prenant le sac en cuir qui contenait les restes de son père.

— Qu'allons-nous faire de ces ordures ? demanda Aboli en décochant un coup de pied à l'un des Hottentots blessés, qui poussa un grognement. Nous ferions mieux de leur trancher la gorge.

— Laissez-les. Ne perdons pas de temps.

Hal jeta un regard circulaire et vit que la moitié de ses hommes avaient des coupures superficielles, mais aucun n'avait pris la peine de le signaler. C'était la première fois qu'il les voyait se battre. « C'est en effet un bon équipage, des durs à cuire, pensa-t-il avec satisfaction. Ils s'en tireront bien contre Jangiri ou tout autre ennemi. »

— Retournons à bord ! ordonna-t-il.

Quatre hommes emportèrent avec respect le corps de Dick Foster et le déposèrent sur les vaigres de la chaloupe. Hal plaça le sac de cuir près de lui, puis sauta à l'arrière pour prendre sa place à la barre. Les hommes poussèrent l'embarcation sur le sable avec autant de facilité qu'un coracle. La première vague souleva la proue, ils grimpèrent à bord et empoignèrent les avirons.

— Déhalez-nous ! cria Hal.

La vague suivante, poussée par la tempête, s'abattit sur la proue et dégringola à l'intérieur, de sorte qu'ils eurent de l'eau jusqu'aux genoux.

— Souquez ! exhorta Hal.

La chaloupe bondit, s'élevant à un angle impossible sur la lame.

Elle atteignit la crête et hésita un instant, sur le point de chavirer, puis bascula en avant et frappa le creux de la vague avec fracas.

— Souquez ! rugit Hal.

Ils se retrouvèrent subitement hors de danger, là où les vagues étaient hautes mais pas assez pour les faire chavirer. La moitié des hommes déposèrent les avirons et commencèrent à écoper pendant que les autres continuaient de souquer ferme en direction du *Seraph*.

— Dorian ! appela Hal. Venez vous asseoir près de moi. (Il étala sa cape sur les épaules de son fils et le serra contre lui.) Comment avez-vous appris à tirer avec le fauconneau ?

— Tom m'a montré, répondit Dorian en hésitant. J'ai mal fait ?

— Bien au contraire. (Son père le serra plus fort.) Dieu est témoin que vous n'auriez pu mieux faire.

Hal porta le sac de cuir dans la cabine de poupe, suivi par ses deux fils, tous ruisselants d'eau de mer.

Battu sans merci par la tempête, le *Seraph* piquait du nez et roulait sur ses câbles d'ancre.

Hal déposa le sac et son précieux contenu sur le pont près du cercueil de buis. Les vis qui en fermaient le couvercle avaient déjà été à moitié dévissées et quelques tours suffirent pour les ôter. Hal souleva le couvercle et plaça le sac à l'intérieur. Il lui fallut le tourner et l'incliner pour le faire entrer, puis il bourra d'étoupe l'espace restant autour de la dépouille de son père afin d'empêcher que les os fragiles ne soient ballottés et ne se cassent durant le long voyage qui les attendait. Tom l'aida à remettre en place le couvercle. Il prit le tournevis des mains de son père.

— Accordez-moi cet honneur, père.

— Vous l'avez bien gagné. Tous les deux. Laissez Dorian vous aider.

Il tira un autre tournevis de la caisse à outils et le tendit à son plus jeune fils.

— Nous donnerons un service chrétien à votre grand-père quand nous le déposerons dans le tombeau que j'ai préparé pour lui il y a vingt ans, leur dit-il en se demandant si tous ses fils seraient réunis ce jour-là. Merci, dit-il simplement quand ils eurent fini. Allez vous changer et mettre des vêtements secs. Voyez ensuite si, avec ce temps de chien, le coq a gardé un feu allumé et s'il a quelque chose de chaud à vous donner à manger et boire.

A la porte, il arrêta Dorian.

— Nous ne pourrons plus jamais vous traiter de bébé, dit-il. Vous avez prouvé ce soir que vous êtes un homme en tout, hormis la taille. Vous nous avez sauvé la vie à tous.

Le sourire de Dorian était radieux, et même avec ses mèches trempées d'eau de mer qui lui tombaient sur le visage, il était si beau que Hal en eut le cœur serré.

Il entendit bientôt les deux frères bavarder dans la petite cabine voisine de la sienne, qui avait été libérée par les filles Beatty, puis courir dans la coursive pour aller importuner le cuisinier du bord.

Hal alluma deux cierges et les déposa sur le cercueil de son père. Puis il s'agenouilla et commença la longue veillée. Parfois il priait à haute voix pour la paix de l'âme de son père et la rémission de ses péchés. Une ou deux fois, il lui parla à voix basse, lui rappelant des incidents de leur vie commune, revivant l'effroyable souffrance de sa mort. Bien que la nuit fût longue, et lui épuisé et frigorifié, sa veillée ne s'acheva que lorsque la lumière de l'aube, grise en cette nouvelle journée de tempête, commença à s'infiltrer par les fenêtres arrière. Alors il sortit de sa torpeur et monta sur le pont.

— Bonjour, monsieur Tyler. Appelez les deux bordées, nous allons appareiller, beugla-t-il pour se faire entendre par-dessus le vent.

Les matelots arrivèrent en titubant sur le pont qui se balançait au rythme des lames. Les hommes du gaillard d'avant manœuvrèrent le cabestan et les linguets cliquetèrent tandis qu'ils remontaient l'ancre. Pendant ce temps, les gabiers se précipitaient dans les haubans et s'alignaient sur les vergues.

Hal ordonna de hisser la misaine pendant un moment pour donner au navire l'élan nécessaire à libérer les pattes de l'ancre du fond sableux, puis de la ferler quand le *Seraph* s'effaça dans le lit du vent. Il écouta les linguets du cabestan cliqueter, cliqueter encore, s'arrêter un long moment, puis se remettre à cliqueter de plus en plus vite jusqu'à devenir un fracas de ferraille lorsque l'ancre dérapa et que le câble glissa rapidement dans l'écubier.

— Voiles de l'avant ! rugit Hal, et quand elles se déployèrent, la tempête les gonfla d'un seul coup.

Le *Seraph* frémit avec ardeur, et, lorsque Hal donna l'ordre de mettre la barre en grand, il pivota sur sa quille et s'éloigna gaillardement. Dans les haubans, les hommes lancèrent des acclamations. Quelques instants plus tard, on entendit Tom crier en tête de mât :

— Ohé ! Un bateau !

— Où ? lança Hal.

— Il quitte la plage. Maintenant, il y en a deux... non, trois !

Hal se dirigea vers le bastingage sous le vent et leva sa lunette. La mer était d'un gris lugubre, semée de moutons. Des nuages bas couraient à toute allure dans le ciel et cachaient le sommet de la montagne. Il saisit dans le champ les trois chaloupes qui se dirigeaient vers le *Seraph* en luttant contre le vent et la marée, des gerbes d'écume projetées par-dessus leur proue.

— De la visite, capitaine, observa Ned Tyler à son côté.

Hal grogna et mit au point sa lunette. Il parvint à distinguer les uniformes hollandais et le reflet des baïonnettes.

— Apparemment, ils ne sont pas là pour nous faire des amabilités, monsieur Tyler.

Il referma sa lunette d'un coup sec. C'étaient de toute évidence des soldats du fort. Le fracas de la nuit précédente sur la plage les avait ameutés. Il se tourna et, en souriant, donna son ordre suivant :

— Mettez le cap sur le *Yeoman of York* pour l'élonger sous le vent, je vous prie, monsieur Tyler.

A une demi-encablure du *Yeoman*, le *Seraph* mit en panne et lança une chaloupe. On y descendit le cercueil tandis qu'elle dansait sur les flots bord contre bord, puis Hal largua l'échelle. Anderson était au bastingage. Hal se dressa et lui cria :

— J'ai le coffre dont je vous ai parlé.

— Je suis prêt à le recevoir, répondit Anderson.

Son équipage fit descendre un palan de la grand-vergue, la chaloupe vint se mettre dessous et ils y arrimèrent prestement le coffre de teck.

— Hissez ! cria Hal, et le cercueil de son père fut levé et déposé sur le pont du *Yeoman*. Je vous suis grandement obligé, capitaine, lança-t-il vers le pont au-dessus de lui.

— Je vous en prie, mon commandant, répondit Anderson. Je vous souhaite bon vent.

Il salua en touchant le bord de son chapeau à cornes.

— Au revoir ! dit Hal.

La tête de Guy apparut alors au bastingage, l'air pâle, comme s'il était déjà en proie au mal de mer. Il sourit néanmoins et agita sa casquette au-dessus de sa tête.

— Adieu, père, rendez-vous à Bombay.

— Adieu, répondit Hal.

Cette séparation lui causa une vive douleur. « Si seulement nos destinées avaient été plus clémentes ! » pensa-t-il, mais il adressa un sourire d'encouragement à Guy en s'efforçant de lui communiquer un message d'amour et d'espoir, puis il fut contraint d'accorder toute son attention à la manœuvre de retour vers le *Seraph*.

Bien que, par un tel vent et une mer si démontée, le mouvement de pendule du mât de misaine du *Seraph* eût rendu l'ascension à la fois périlleuse et effrayante, Tom et Dorian se retrouvèrent enfin en sûreté dans le nid-de-pie. De là-haut, ils eurent une vue plongeante sur le pont du *Yeoman* quand ils l'élongèrent, de si près qu'ils distinguaient nettement les expressions des passagers et des hommes d'équipage, le nez levé pour les regarder.

— Voilà Guy ! s'exclama Dorian en arrachant sa casquette pour lui faire signe. Guy ! Ohé, Guy !

Guy leva la tête, mais il garda les mains derrière le dos, et aucun sourire n'adoucit la sévérité de son expression.

— Pourquoi ne me répond-il pas ? demanda Dorian. Je ne l'ai pas offensé.

— Ne te fais pas de souci, Dorry. Ce n'est pas à toi qu'il en veut, c'est à moi, dit Tom en rendant à son jumeau son regard froid.

Derrière Guy, la famille Beatty formait un petit groupe. Ils avaient quitté leur logement en ville plusieurs jours plus tôt pour embarquer sur le *Yeoman*, prêts à partir pour Bombay. Caroline se tenait de quelques pas à l'écart du reste de sa famille, et Tom la repéra. Elle formait un joli tableau : ses jupes et ses jupons ondulaient dans la bourrasque, ses cheveux flottaient sur ses joues rosies par le vent, elle tenait son chapeau d'une main et regardait l'autre navire, les yeux pétillants.

— Caroline ! cria Tom. Ohé !

Poussé par un démon, il l'appelait plus pour mettre son jumeau en fureur que pour toute autre raison. Caroline leva les yeux et le vit tout là-haut dans le nid-de-pie. Tout excitée, elle effectua une petite danse impromptue et lui fit signe de sa main libre.

— Tom !

Sa voix fut emportée par le vent mais, grâce à son regard aiguisé, Tom put lire sur ses lèvres.

— Bon vent !

Guy se retourna en l'entendant, traversa le pont et vint se placer à son côté. Il ne la toucha pas, mais prit une attitude possessive et agressive quand il regarda son frère.

Le *Seraph* amena d'autres voiles, prit une forte gîte et s'envola dans le vent. Les silhouettes sur le pont du *Yeoman* rapetissèrent et furent bientôt hors de vue. Du nid-de-pie, ils regardèrent l'autre vaisseau jusqu'à ce qu'il ne fût plus qu'une forme lointaine à l'horizon, presque invisible sous la montagne sombre et les énormes bancs de nuages menaçants et comme couverts d'ecchymoses.

— Maintenant, nous ne sommes plus que tous les deux, dit Dorian tristement.

Tom ne répondit pas. Il ne trouvait rien à dire.

— Tu n'oublieras pas le serment que tu m'as fait ? insista Dorian. Tu ne me laisseras jamais ?

— Je ne l'oublierai pas, dit Tom.

— C'était un vrai serment, lui rappela Dorian. On ne peut pas le rompre.

— Je sais. Je ne l'oublierai pas, répéta Tom en frottant la petite cicatrice blanche à l'extrémité de son pouce.

Après avoir quitté la baie de la Table, le *Seraph* resta vingt-trois jours sans apercevoir ni la terre ni le soleil. Ils traversaient des averses torrentielles, si violentes que l'océan semblait se déverser sur le pont. La pluie tombait sans interruption pendant des jours et des nuits d'affilée. Dans de telles conditions, même la navigation de Hal était sommaire et sans bases solides, reposant entièrement sur le renard de timonerie et sur la distance estimée parcourue chaque jour.

— C'est en général un océan paisible et ensoleillé, fit remarquer Aboli en levant les yeux vers les nuages bas qui roulaient au-dessus d'eux. Les démons de la mer l'ont mis la tête en bas.

— Il y a d'importantes perturbations à l'est, confirma Ned Tyler. Le vent tourne sans cesse et ne souffle jamais dans la même direction.

— Nous les avons déjà rencontrés, ces vents, leur rappela le Grand Daniel. Ils tournent comme des toupies. J'ai entendu dire qu'ils n'étaient pas rares sous ces latitudes en cette saison. Mais nous ne sommes pas au centre...

Il s'interrompit : une énorme vague, encore plus haute que les autres, marchait sur le navire avec une solennelle dignité, si haute qu'elle écrasait le *Seraph* par sa taille et que sa crête atteignait la vergue de hune de misaine. Le creux qui la séparait de celle qui l'avait précédée dépassait une lieue de large.

Hal s'éloigna du bastingage et alla à la barre.

— Lofez de deux quarts, ordonna-t-il. Rencontrez !

Tandis que la vague déferlait avec fracas, ils furent ballottés dans le creux pendant quelques instants. Les hommes qui entouraient la barre retinrent leur souffle, puis se détendirent en voyant le *Seraph* lever le nez.

— M. Fisher a raison, approuva Hal en le désignant de la tête. Ces tempêtes se déploient depuis leur centre sur des centaines de milles marins. Elles balaient l'océan d'un bout à l'autre. Mais remercions Dieu de ne pas être au centre de celle-ci. La force du vent pourrait probablement emporter le grand mât, même si nous serrions jusqu'au dernier bout de toile.

— Dans les îles Mascareignes, reprit le Grand Daniel, j'ai vu un de ces vents du diable déraciner les plus gros palmiers et les transporter jusqu'à un mille en mer, comme des cerfs-volants.

— Prions pour que le soleil se montre, dit Ned Tyler en regardant le ciel couvert et menaçant, que nous puissions enfin déterminer notre latitude.

— Nous avons couru très au large de la terre, observa Hal en jetant un coup d'œil à l'habitacle, puis un regard vers l'ouest. Nous devrions nous trouver à deux cents milles au moins du continent africain.

— Mais Madagascar est l'une des plus grandes îles du monde, presque dix fois plus étendue que l'Irlande, et elle se trouve sur notre route, fit remarquer Ned à voix basse afin que l'homme de barre ne puisse entendre.

Il était inutile d'alarmer l'équipage en parlant des dangers de la navigation en sa présence.

A cet instant, la vigie les héla :

— Ohé ! Epave en vue ! Par le bossoir bâbord !

Hal cria dans le porte-voix :

— Vigie ! Que voyez-vous ?

— On dirait un espar ou le... (La vigie s'interrompit, puis, tout excitée, reprit :) Non ! C'est un canot, mais très endommagé. Il y a des hommes à bord.

Hal se précipita vers l'avant et sauta sur le beaupré.

— Oui, par Dieu, dit-il. Des naufragés, apparemment. Et ils sont en vie... je vois l'un d'eux bouger. Paré à mettre une chaloupe à la mer pour les recueillir.

Amener le *Seraph* sur la petite embarcation fut une entreprise difficile et dangereuse avec une telle mer et un tel vent, mais Hal put enfin descendre une chaloupe et envoyer le Grand Daniel et un équipage à la rescousse. Ils ne trouvèrent que deux hommes dans le canot, que Daniel abandonna, car il ne valait pas la peine d'être récupéré. On les hissa sur une chaise de bosco car ils étaient bien trop faibles pour grimper à l'échelle.

Le Dr Reynolds les attendait, et il les examina après qu'on les eut étendus sur le pont, tous deux à demi conscients. La peau de leur visage avait été écorchée par le sel. Leurs yeux étaient presque fermés tant ils étaient gonflés, et leur langue bleuie et boursouflée par la soif emplissait leur bouche et dépassait entre les lèvres.

— C'est d'eau qu'ils ont besoin, grommela le médecin. Ensuite je leur ferai une saignée.

Leur langue était tellement gonflée qu'ils étaient incapables de boire, et le Dr Reynolds dut introduire une seringue de cuivre dans le fond de leur gorge pour y injecter de l'eau douce. Il étala ensuite une couche épaisse de graisse de mouton sur leurs lèvres, leur visage et leurs bras brûlés par le sel. L'effet sur le plus jeune fut miraculeux : en moins de deux heures, il avait suffisamment récupéré pour être à même de s'exprimer avec lucidité. En revanche, le plus âgé était toujours inconscient et semblait décliner rapidement. A la demande du Dr Reynolds, Hal arriva dans le coin du pont où on les avait étendus sur des paillasses. Il s'assit sur ses talons à côté d'eux et regarda le chirurgien saigner le plus jeune.

— Je devrais lui en retirer une autre pinte, dit-il à Hal quand il eut fini, mais il reprend rapidement des forces et j'ai toujours été un médecin prudent. Une seule pinte fera l'affaire pour l'instant.

Il referma l'incision avec un peu de goudron et la pansa avec un linge propre.

— Le plus vieux n'est pas aussi brillant. Je vais lui prélever deux pintes.

Il entreprit de saigner l'homme immobile, sur l'autre paillasse.

Hal constata que le plus jeune paraissait en effet aller mieux après ce traitement, et il se pencha pour lui demander :

— Vous parlez anglais ?

— Oui, capitaine, murmura le marin avec une intonation galloise qu'on ne pouvait pas ne pas reconnaître.

— Comment vous appelez-vous, mon garçon, et de quel navire êtes-vous ?

— Taffy Evans, capitaine, du bâtiment de la Compagnie le *Nil*. Que Dieu le garde.

Avec ménagement, lentement, Hal lui fit raconter son histoire. Par mesure de précaution contre la piraterie, le *Nil* effectuait le voyage de retour de Bombay vers l'Angleterre en convoi avec deux autres bâtiments, une cargaison d'étoffes et d'épices dans la cale, quand ils étaient tombés sur un terrible cyclone à une centaine de lieues au nord des îles Mascareignes. Battu par des vents furieux et des vagues gigantesques, le *Nil* avait perdu de vue les deux autres navires et embarqué de l'eau. Le cinquième jour, pendant le quart de deux heures, il avait été frappé par une lame monstrueuse. Alourdi par l'eau qui avait envahi ses sentines, il avait chaviré et sombré. Tout s'était passé si vite que seule une poignée de marins avait réussi à échapper au naufrage, sur un canot, mais ils n'avaient ni eau ni nourriture, et la plupart n'avaient pas tardé à périr. Après douze jours, il n'en restait plus que deux en vie.

Pendant qu'il parlait, le Dr Reynolds avait saigné son compagnon de deux pintes. Il venait d'envoyer son aide vider la bassine pleine de sang par-dessus bord quand il s'exclama avec dépit :

— Bon Dieu, le pauvre diable est mort. J'avais espéré le sauver. (Il accorda de nouveau toute son attention à Taffy Evans.) Je crois que nous allons tirer celui-là d'affaire.

— Quand vous serez pleinement rétabli, il y aura une couchette pour vous, avec une paye entière et une part des prises, dit Hal. Vous signerez le rôle des quarts ?

Taffy porta la main à son front en guise de salut et répondit avec un faible sourire :

— Avec joie, capitaine. Je vous dois la vie.

— Bienvenue à bord, matelot.

Hal grimpa l'échelle et arpenta le pont avec aisance malgré le fort tangage et le roulis. Tomber sur ces naufragés, comme sur la tempête qui faiblissait maintenant petit à petit, avait été imprévu. Ce double hasard lui offrait le prétexte qu'il cherchait. Lorsque les détails de son plan furent clairs dans son esprit, il convoqua ses officiers dans sa cabine. Ils se rassemblèrent autour de la carte étalée sur son bureau.

— Vous savez tous que depuis deux cents ans le

centre du négoce et du trafic sur la côte des Fièvres se trouve ici, dit-il en posant le doigt sur le petit groupe d'îles indiqué sur la carte. Zanzibar. Logiquement, c'est là que nous devons commencer à chercher Jangiri.

Ils acquiescèrent. Tous avaient déjà navigué sur cet océan et ils n'ignoraient pas que les trois petites îles de l'archipel de Zanzibar étaient idéalement situées pour commercer avec l'Inde, la mer Rouge et le golfe Persique, et à quelques lieues seulement du continent africain. Les îles se trouvaient en plein sur la trajectoire des vents de mousson, qui s'inversaient aux changements de saison. La mousson du sud-est emportait les navires de l'Inde vers l'Afrique, et, quand la saison changeait, la mousson du nord-ouest facilitait le voyage de retour. En outre, Zanzibar possédait un port sûr dans l'île principale d'Unguja, et même au plus fort de la saison des pluies elle était relativement protégée des redoutables fièvres malariales qui faisaient de l'Afrique un piège mortel. Depuis les débuts de l'Islam, elle avait toujours été l'entrepôt de l'Afrique et de l'océan des Indes, le marché où étaient négociés les produits de l'Afrique — esclaves, or, ivoire, gomme arabique et le précieux encens.

Alf Wilson prit la parole avec une certaine timidité.

— Quand j'étais leur prisonnier, j'ai souvent entendu les pirates parler de Zanzibar. J'ai eu l'impression qu'ils y faisaient souvent escale pour échanger une partie de leur butin, vendre leurs captifs sur le marché aux esclaves, remettre en état et ravitailler leur flotte.

— Vous a-t-il semblé que Jangiri utilisait Zanzibar comme base principale ? lui demanda Hal.

— Non, capitaine. Je ne crois pas qu'il viendrait ainsi se placer sous le pouvoir du sultan omanais. Je pense qu'il a un autre repaire secret et que Zanzibar est son port de commerce.

— Il est dans mon intention depuis le début de notre voyage de faire escale à Zanzibar. Cependant, ce qui me tracassait, c'était d'expliquer quelles affaires pouvaient amener un puissant bâtiment anglais dans ces eaux, si loin de la route commerciale habituelle entre l'Inde et Bonne-Espérance.

Hal jeta un coup d'œil circulaire sur les visages attentifs et vit le Grand Daniel et Ned Tyler hocher la tête.

— En fait, si nous entrons dans le port de Zanzibar, remarqua ce dernier, en moins d'une semaine la nouvelle se répandra tout le long de la côte qu'une escadre de chasseurs de pirates est arrivée, et Jangiri prendra peur. Nous ne l'amènerons jamais à se battre, sauf si nous donnons une bonne et innocente raison de notre présence dans la région.

— La tempête nous a fourni cette raison, dit Hal, et les naufragés que nous avons trouvés, le prétexte qui nous manquait.

— Quelle histoire allez-vous raconter au consul de Zanzibar ? demanda Ned Tyler.

— Je lui dirai que nous faisions partie du même convoi en provenance de Bombay que l'infortuné *Nil*. Je lui expliquerai que nous transportons une cargaison de grande valeur. Je vais imaginer les détails d'un trésor si fabuleux que Jangiri en bavera dans sa barbe quand il en entendra parler. Nous sommes entrés au cœur de la terrible tempête et nous avons été battus par elle comme l'a été le *Nil*. Nous avons déjà dissimulé la plus grande partie de notre armement. Je veux maintenant que vous enleviez quelques-uns de nos espars et de nos vergues pour donner au gréement et à la coque l'apparence de dommages provoqués par la tempête aux yeux de toute personne qui observerait le navire depuis le rivage. Pouvez-vous faire cela, monsieur Tyler ?

— Bien sûr, capitaine, répondit Ned avec délectation.

— Ces avaries nous donneront l'excuse de nous attarder à Zanzibar pendant que la nouvelle de notre situation critique sera transmise le long de la côte par tous les espions et les dhaws de commerce. Quand nous reprendrons la mer, tous les pirates et vagabonds de la côte jusqu'à Jeddah seront attirés par nous comme les guêpes par un pot de miel.

Malgré la grosse mer, les travaux de transformation du *Seraph* furent entrepris sur-le-champ. Ned semblait inspiré par la tâche dont l'avait chargé Hal, et ses charpentiers utilisèrent un mélange de couleurs pour donner l'impression que la coque était abîmée par plaques. Il fit remonter de la cale le vieux jeu de voiles avec lequel ils avaient traversé l'Atlantique, il le souilla et le réduisit en lambeaux. Il choisit les parties du gréement qui devaient être enlevées, notamment certains espars et vergues supérieurs, afin que les qualités nautiques du navire ne soient pas trop affectées. Ils seraient dégréés dès que la terre serait en vue. Le *Seraph* aurait vraiment triste allure quand il entrerait tant bien que mal dans le port de Zanzibar.

Trois jours plus tard, le ciel commença à se dégager et, bien que la mer fût encore forte et agitée, le soleil des tropiques recommença à darder ses rayons brûlants. L'effet sur le moral de l'équipage faisait plaisir à voir et Hal le regarda reprendre ses fonctions ordinaires avec une ardeur et une vigueur renouvelées. A midi, il put faire le point pour la première fois depuis trois semaines. Il constata que le navire se trouvait par vingt degrés de latitude sud, deux cent cinquante miles plus au nord qu'il ne l'avait calculé à l'estime.

— Selon notre longitude est, nous devrions voir se lever l'île de Madagascar dans moins d'une semaine, commenta-t-il en inscrivant leur nouvelle position sur le livre de bord, avant de donner l'ordre de mettre le cap plus à l'ouest, vers l'île et le continent africain.

Comme toujours, les oiseaux avertirent de la proximité de la terre. Ils appartenaient à des espèces que ni Tom ni Dorian n'avaient jamais vues. Ils virent des sternes au plumage blanc comme le givre un matin de décembre à High Weald, et des oiseaux tropicaux à longue queue planer au-dessus de bancs de petits poissons qui assombrissaient la surface par leurs multitudes. Plus près de l'île, ils rencontrèrent des frégates noires comme l'enfer, la gorge écarlate, qui se laissaient porter par les hauts courants du vent de mousson. Elles se tenaient en embuscade pour surprendre les vols de sternes au retour de leurs pêches. Tom et Dorian les regardaient descendre en piqué sur leurs proies, les ailes pareilles aux lames d'un couteau à cran d'arrêt, forçant leurs victimes à dégorger les fruits de leur labeur, puis plonger pour engloutir les poissons à moitié digérés.

La mer changea de couleur et prit une nuance jaunâtre. Lorsqu'ils demandèrent pourquoi, Aboli expliqua :

— Les pluies de la grosse tempête ont engorgé les fleuves du continent et ils déversent leurs eaux boueuses dans la mer. Nous sommes tout près de la terre maintenant.

Le lendemain matin, alors que derrière eux l'aube éclatait en silence dans le ciel d'orient et peignait l'horizon de teintes d'opales flamboyantes et de pétales de rose, depuis le nid-de-pie ils virent une ligne bleu marine ondulée barrer l'horizon devant la proue.

— Terre !

Les cris joyeux résonnèrent dans tout le navire.

Hal connaissait bien ces îles, et, quand le soleil fut levé, il grimpa dans le gréement et reconnut les montagnes bleues à la pointe nord de Madagascar à mesure qu'elles s'élevaient sur la mer.

Toute la journée, les deux bordées accomplirent le dur travail qui consistait à dégréer les épars en tête des mâts pour donner l'impression que le navire avait subi des avaries. Sans ses voiles de hune, le *Seraph* devint poussif et récalcitrant ; quand on l'amenait au plus près, il refusait de serrer le vent à moins de huit quarts. Cependant, les vents de mousson soufflaient par l'arrière, et Hal put augmenter la toile et mettre le cap droit sur la terre. Il était bon qu'ils aient effectué ce travail avant d'approcher de la côte et de rencontrer des petits dhaws de pêcheurs qui n'auraient pas manqué de signaler leur arrivée dans ces eaux et de décrire le *Seraph*.

Le lendemain à midi, le cap d'Ambre, à l'extrémité septentrionale de Magascar, se dressait à dix lieues par bâbord devant. Grâce à ce relèvement de leur position, Hal fut en mesure d'établir une route directe vers Zanzibar à travers le canal du Mozambique. La mer y était émaillée de ravissantes petites îles. Le *Seraph* zigzagua entre elles, si près parfois qu'ils apercevaient les insulaires à la peau sombre, à demi nus, leur adressant des signes depuis les plages de sable blanc. Les marins grimpèrent dans les haubans et leur répondirent vigoureusement, spéculant sur le sexe des minuscules silhouettes.

La mer était semée de voiles de petits navires de commerce et de dhaws de pêche. Sur le passage du *Seraph*, leur équipage lançait des questions en arabe ou d'autres langues inintelligibles. A la joie des hommes du *Seraph*, il y avait des femmes à bord de certains des dhaws.

— Par Dieu, j'arrive à voir d'ici les gaillards de celle-là. Dorés comme des petits pains sortis du four !

— J'en sucerais volontiers la couche de sucre !

— Promets-moi que tu vas m'épouser, petite beauté païenne, et je saute par-dessus bord à l'instant même, cria l'un des gabiers.

— Elles ne comprennent pas le mot « épouser ». Dis-leur seulement « jig-jig ». Elles comprendront très bien, suggéra son compagnon.

Le rire de femme qui leur parvint du dhaw malgré la distance confirma la sagesse du conseil.

Avec sa lunette, Hal distinguait les dégâts subis par les palmiers et le reste de la végétation sur les îles qu'ils dépassaient. Les débris qui flottaient à la surface de l'océan attestaient du passage de la tempête. L'explication de leur présence dans les parages semblerait d'autant plus justifiée à leur débarquement à Zanzibar.

— Si nous ne tombons pas sur Jangiri d'ici là, fit remarquer Ned Tyler, ironique. Nous avons déjà fait assez de vagues dans ces eaux pour que la nouvelle de notre arrivée nous précède.

Hal était conscient du risque de voir Jangiri refermer le piège prématurément, car ils se trouvaient à présent dans son fief. Il redoubla de vigilance. Les vigies furent averties du danger et l'équipage maintenu en état d'alerte. Du fait que les sabords avaient été cachés, Hal ne pouvait faire pratiquer les exercices aux servants de pièces, mais il les gardait en activité en les entraînant à manier le sabre et à tirer au mousquet. Ces précautions se révélèrent cependant superflues, car ils ne rencontrèrent aucun navire important, et en moins de dix jours ils virent se lever le continent africain.

Depuis leur départ de Bonne-Espérance, c'était la

première fois que Tom et Dorian voyaient l'Afrique, et dès qu'ils pouvaient échapper à leur travail dans la salle de classe de M. Walsh, aux leçons d'arabe d'Alf Wilson ou à leurs autres tâches, ils grimpaient en tête de mât et restaient assis pendant des heures à discuter du pays mystérieux qu'ils apercevaient au loin, des merveilles et des aventures qu'il leur promettait. Le *Seraph* longeait la côte vers le nord, parfois près des récifs de coraux et des caps, et ils espéraient entrevoir des bêtes étranges ou des tribus de sauvages, mais l'Afrique semblait vaste, énigmatique et déserte.

Unguja apparut enfin devant eux. L'archipel comprenait deux autres îles, Pemba et Latham. Toutefois, quand les marins évoquaient Zanzibar, c'est en général d'Unguja qu'ils parlaient. Elle était couronnée par la forteresse massive, construite en blocs de corail d'un blanc étincelant, qui miroitait au soleil comme un iceberg. De lourds canons hérissaient ses remparts. Hal vira de bord pour entrer dans l'antique port.

Une foule de bateaux à voiles auriques l'encombrait. Certains dhaws de haute mer semblaient presque aussi grands que le *Seraph*. C'étaient des navires marchands en provenance de l'Inde, de Mascate et de la mer Rouge. Il était cependant impossible de dire si certains étaient des flibustiers. Ils l'étaient probablement tous à l'occasion. Hal sourit puis accorda son attention à la manœuvre pour amener le *Seraph* sans encombre au mouillage. Il salua le fort avec ses couleurs par courtoisie pour le représentant du sultan, et jeta l'ancre à la limite de portée des batteries. Il avait appris depuis longtemps à ne pas se fier à l'accueil, même le plus chaleureux, des potentats africains.

Dès qu'ils furent à l'ancre, un essaim de petits bateaux s'approcha pour leur souhaiter la bienvenue et leur proposer de quoi satisfaire n'importe quel besoin ou vice — des noix de coco vertes aux bouquets de feuilles et de fleurs du *bhang* narcotique, des services charnels de jeunes esclaves, filles ou garçons à la peau brune, aux piquants de porcs-épics remplis de poussière d'or.

— Assurez-vous qu'aucun ne monte à bord, ordonna Hal au Grand Daniel. Et gardez vos hommes à l'œil, qu'ils n'essaient pas de se faufiler à terre pour aller boire ou se payer du bon temps. Je vais aller rendre visite au consul britannique, bien que je ne pense pas que ce soit le même qu'il y a vingt ans. Comment s'appelait-il, déjà ?

— Grey, si j'ai bonne mémoire, capitaine.

— C'est bien ça, Daniel, William Grey, un gredin qui avait échappé à la pendaison.

Hal emmena à terre une petite troupe qui comprenait Aboli et cinq hommes armés. La chaloupe les déposa à quai, sous les épaisses murailles blanches du fort. Aboli ouvrit la route à travers la foule de marchands et de badauds, et ils entrèrent dans le labyrinthe de petites rues tout juste assez larges pour que trois hommes y marchent de front.

La puanteur des égouts à ciel ouvert qui couraient jusqu'au port était assez forte pour les prendre à la gorge, et Hal en eut le cœur soulevé. La chaleur que ne dissipait pas la moindre brise était étouffante et la sueur avait trempé le dos de leur chemise avant qu'ils aient fait cent pas. Certaines maisons comportaient trois étages et aucune façade n'était droite — elles penchaient et se renflaient au point de se rejoindre au-dessus de leur tête. Des treillis compliqués cachaient les balcons et des femmes sans visage, voilées de noir, les observaient par les fenêtres grillagées des harems.

C'était la saison de la mousson qui amenait les marchands d'esclaves depuis les coins les plus reculés des côtés orientales de l'Afrique. Aboli précéda ses compagnons à travers le principal marché aux esclaves, un grand souk à ciel ouvert, ombragé par un bosquet de banians au tronc étrangement serpentin et à l'épais feuillage vert sombre.

Les esclaves à vendre étaient assis sur leurs talons en rangées à l'ombre des branches. Hal savait qu'ils portaient leurs chaînes depuis le jour de leur capture dans les profondeurs de l'Afrique, durant la déchirante marche jusqu'à la côte et sur les ponts à esclaves des dhaws qui les avaient transportés de l'autre côté du détroit. Certains hommes étaient marqués au fer rouge sur le front, les cicatrices encore roses, refermées depuis peu. Ces marques indiquaient qu'ils avaient été castrés dans les négreries sur les plages du continent. Ils étaient destinés au commerce avec la Chine : l'empereur avait décrété qu'aucun esclave noir susceptible d'abâtardir la race pure de son peuple ne pouvait être importé. On doublait presque le prix de ces eunuques, car les pertes provoquées par l'opération chirurgicale et la cautérisation sommaire étaient très élevées.

Les acheteurs arrivés sur les bateaux au mouillage dans le port inspectaient les offres et discutaient le prix avec les marchands en longue djellaba et turban. Hal se fraya un chemin à coups d'épaule et entra dans le dédale de ruelles, de l'autre côté du souk.

Bien que deux décennies se fussent écoulées depuis sa dernière visite, Aboli les conduisit sans hésitation jusqu'à la lourde porte d'acajou qui ouvrait sur la rue bruyante, cloutée et sculptée de textes coraniques, sans la moindre représentation humaine ou animale, qui aurait pu être interprétée comme de l'idolâtrie. Ils sonnèrent et un esclave en turban et long caftan noir vint leur ouvrir.

— *Salam aleikum*, dit-il en se touchant la poitrine

et les lèvres, en s'inclinant en signe de bienvenue. Mon maître est au courant de votre venue et attend impatiemment de vous accueillir. Des rafraîchissements seront servis à vos hommes.

Il frappa dans ses mains pour qu'un autre esclave les emmène, et Hal le suivit dans le patio où murmurait une fontaine ; des parterres d'hibiscus purifiaient l'air de la puanteur de la rue.

L'espace d'un instant, il ne reconnut pas le monstrueux personnage étendu sur une pile de coussins, à l'ombre derrière la fontaine. Il le dévisagea jusqu'à ce que, par-delà les traits bouffis, il parvînt à distinguer les vestiges de l'homme qu'il avait connu jadis.

— *Salam aleikum*, lança William Grey, consul de Sa Majesté au sultanat de Zanzibar.

Hal faillit répondre dans la même langue, puis se ravisa. Il ne voulait pas laisser savoir à Grey qu'il parlait l'arabe.

— Je crains de ne pas saisir un mot de cette langue de païen, monsieur, dit-il. J'avais cru comprendre que vous étiez anglais. Parlez-vous une langue chrétienne ?

— Veuillez m'excuser, monsieur. C'est un effet de l'habitude. Je suis William Grey, représentant consulaire de Sa Majesté auprès du sultanat d'Oman. Pardonnez-moi de ne pas me lever pour vous accueillir.

Il eut un geste qui embrassait son corps délabré et ses jambes monstrueusement enflées et couvertes d'ulcères suppurants. Hal reconnut les ravages de l'hydropisie.

— Je vous en prie, poursuivit-il, asseyez-vous, monsieur. J'attendais votre visite depuis que votre arrivée au port m'a été signalée.

— Je vous souhaite le bonjour, monsieur. Capitaine Jack Black, à votre service.

Hal se souvenait que Grey était un apostat et avait

embrassé l'islam. Il soupçonnait que ce changement de foi était davantage lié à des considérations financières qu'à une conviction religieuse.

De toute évidence, comme l'avait parié Hal sans grand risque, Grey ne se souvenait pas de lui et ne le reconnaissait pas. Il avait tablé là-dessus en se présentant sous un faux nom : il était essentiel que les pirates ne soient pas informés de sa véritable identité. Vingt ans plus tôt, Hal avait été surnommé El Tazar, le barracuda, en raison de ses exploits, quand il avait répandu la terreur sur les flottes islamiques pendant la guerre d'Ethiopie, dans la Corne de l'Afrique. S'il voulait amener Jangiri à l'attaquer, ses ennemis ne devaient pas avoir la moindre idée de l'identité réelle de l'homme contre lequel ils se mesureraient.

Hal s'assit sur les coussins que l'on avait disposés à son intention. Une esclave apporta un plateau avec deux petites tasses à café en argent, et une deuxième une grande cafetière en argent sur un brasero. Les deux filles étaient jeunes, minces, la taille souple. Grey avait dû payer au moins deux cents roupies pour chacune d'elles. Hal se rappela que Grey avait accumulé une grande fortune dans le commerce des esclaves et la vente de mandats délivrés par le sultan. Il supputait que ces viles activités ne se limitaient pas à cela, et ne se faisait aucune illusion quant à l'intégrité de l'individu. Peut-être le consul était-il en cheville avec Jangiri et ses pareils.

L'une des filles s'agenouilla devant Grey et remplit les tasses de l'amer liquide noir, aussi épais que du miel. Comme si elle avait été un petit chat, il lui caressa le bras négligemment. Ses bagues en or et ses pierres précieuses disparaissaient dans la chair molle de ses doigts blancs et gonflés.

— Vous avez fait bon voyage, capitaine ?

— Une traversée non exempte d'incidents, monsieur, répondit Hal. Grey devait déjà être au courant dans le moindre détail de l'état du *Seraph* et cherchait seulement à en recevoir confirmation.

— Après avoir quitté Bombay, en convoi avec deux autres navires de l'honorable Compagnie des Indes orientales, reprit-il, nous avons été assaillis par une terrible tempête au large des côtes de Madagascar. L'un des autres bâtiments a sombré avec tout l'équipage, et nous en avons réchappé de justesse, mais la coque et le gréement du navire ont subi de graves avaries. C'est la raison pour laquelle j'ai fait escale dans ce port, ce qui n'était pas dans mes intentions au départ.

— Vous me voyez navré d'apprendre votre infortune, monsieur, dit Grey, mais ravi que vous nous fassiez l'honneur de votre présence, sur votre beau navire. J'espère seulement pouvoir vous être utile et vous fournir tout ce dont vous aurez besoin.

Hal s'inclina et pensa : « Sans nul doute à des prix majorés et pour une jolie commission. » Il s'étonna des changements que l'âge et la maladie avait opérés chez Grey, jeune et vigoureux lors de leur première rencontre, alors qu'aujourd'hui il avait en face de lui un homme chauve à barbe blanche. Ses yeux étaient affaiblis et chassieux, l'odeur de la mort flottait autour de lui.

— Merci, monsieur. Je vous suis reconnaissant de vos bons offices, d'autant plus que je transporte une cargaison d'une valeur et d'une importance politique particulières pour Sa Majesté le roi Guillaume.

Le corps éléphantesque de Grey s'agita et une étincelle d'intérêt s'alluma dans ses yeux larmoyants.

— A titre de représentant direct de Sa Majesté dans cette région, murmura-t-il, m'accorderez-vous la permission de connaître la nature de cette cargaison ?

A cette suggestion, Hal prit une profonde inspiration, puis baissa le regard pour examiner le poisson rouge qui se laissait aller à la dérive dans l'eau de la fontaine. Il se frotta les tempes pensivement et fit semblant de se demander s'il était sage d'accéder à sa requête. Il soupira enfin :

— En tant que représentant de Sa Majesté, plus que tout autre vous devriez en être informé... (Il hésita encore, puis sembla se décider.) Je suis chargé de convoyer le présent qu'Aurangzeb, l'empereur moghol des Indes, envoie à Sa Majesté pour célébrer son couronnement, dit-il sur un ton de conspirateur.

Grey souleva sur un coude son énorme masse et regarda Hal bouche bée. Puis une lueur de cupidité apparut peu à peu dans ses yeux. Il s'efforça de la dissimuler, mais l'idée même d'un tribut royal, d'un cadeau envoyé par un souverain à un autre souverain l'emplissait d'un respect presque religieux.

La dynastie moghole avait été fondée par Babour, lui-même descendant direct de Tamerlan et de Genghis Khan. Son père, Shah Jahan, avait édifié le fabuleux Taj Mahal comme mausolée pour son épouse. L'empire moghol était le plus puissant et le plus riche qu'eût jamais vu fleurir l'Orient. Quelle pouvait être la valeur du présent d'un empereur aussi puissant ?

La voix de Hal devint un murmure.

— J'ai été informé par le gouverneur de Bombay, à qui le cadeau a été remis, qu'il comporte une collection d'émeraudes, vingt pierres d'une pureté sans pareille, chacune de la taille d'une grenade.

Grey poussa un petit cri étouffé, puis chercha sa respiration. Hal poursuivit :

— Le gouverneur Aungier m'a confié que la valeur de ces pierres est de cinq lakhs de roupies.

Grey tenta de se redresser, mais l'effort était au-dessus de ses forces. Il retomba sur les coussins et, interdit, regarda Hal fixement. Un lakh valait cent mille roupies. Un demi-million de roupies équivalait presque à cent mille livres, somme que l'esprit avait peine à concevoir.

— Une cargaison aussi précieuse doit en effet faire l'objet de toutes les priorités, capitaine Black, réussit à dire Grey. Vous pouvez être assuré que je ferai tout ce qui est en mon pouvoir pour vous apporter assistance lors des travaux de réparation de votre navire et diligenter votre départ.

— Merci, monsieur.

— Combien de temps estimez-vous que vont durer ces réparations ? demanda Grey, anxieux. Quand espérez-vous être en mesure de reprendre votre voyage, capitaine ?

— Avec votre aide, je devrais pouvoir reprendre la mer avant un mois.

Grey resta silencieux un moment, effectuant de rapides calculs. Puis il parut soulagé. Toutes ces petites indications ancraient Hal dans sa conviction que Grey avait partie liée avec les pirates.

Celui-ci le gratifia d'un sourire mielleux.

— Les avaries doivent être plus importantes qu'il n'y paraît, dit-il, ce qui confirma ce que soupçonnait Hal : il était allé sur le toit en terrasse qui surplombait le port, pour examiner le *Seraph* avec sa lunette.

— Je vais évidemment essayer de partir plus tôt, mais nous embarquons beaucoup d'eau et je pense que la coque doit être endommagée sous la ligne de flottaison. Nous sommes là au moins pour deux ou trois semaines.

— Parfait ! s'exclama Grey. Je veux dire : je suis certain que votre navire sera prêt à reprendre la mer à ce moment-là.

Hal sourit en songeant : « Et, à moins que je ne me trompe lourdement, votre associé Jangiri sera alors prêt à nous accueillir par une petite réception de bienvenue tout à fait excitante dès que nous rentrerons dans le canal du Mozambique. »

Grey fit signe aux deux esclaves de resservir du café.

— Outre le ravitaillement de votre navire, je suis à même de mettre à votre disposition d'autres articles pour votre profit personnel — des marchandises qui vaudront trois ou quatre fois leur prix d'achat à votre arrivée en Angleterre. Cela vous intéresse-t-il, capitaine ?

— En dépit des décrets de la Compagnie interdisant de commercer à son profit, je pense que chacun est fondé à récolter les fruits de son travail, répondit Hal.

— C'est exactement mon point de vue, acquiesça Grey avec enthousiasme. J'ai dans mes baraquements une douzaine d'esclaves comme on en voit rarement dans le souk. (Il se pencha en avant et fit un clin d'œil à Hal de manière si suggestive que celui-ci dut faire effort pour ne pas montrer son dégoût.) En fait, peut-être me résoudrai-je à me séparer d'un de mes petits trésors, voire de deux. (Il caressa la tête de la fille agenouillée devant lui, lui sourit d'un air aimant et dit en arabe :) Souris à ce cochon d'infidèle !

Elle leva les yeux, regarda Hal de côté et lui adressa un sourire timide qui découvrit ses dents blanches.

— N'est-elle pas belle ? demanda Grey. Et elle vaut bien cent cinquante livres à Bonne-Espérance. Je peux vous la laisser, et c'est une faveur, comprenez-le, à soixante-dix. Montre tes tétons à l'infidèle, ordonna-t-il en arabe. (Elle hésita.) Montre-les ou je te fais fouetter jusqu'au sang.

C'était encore presque une enfant, pas plus de seize ans, mais elle souleva le bas de sa chemise et dévoila un sein brun à peine mûr, la pointe pareille à une perle noire, tout en baissant timidement la tête.

— Ses parties les plus intimes sont d'une égale perfection : voulez-vous les examiner ?

— Elle est superbe, mais, hélas, je n'ai pas de place pour elle à bord, répondit Hal avec fermeté, et la fille couvrit son sein.

Grey ne se montra pas découragé par cette fin de non-recevoir.

— J'ai une provision importante d'encens de la meilleure qualité, dit-il. Je vous assure que c'est très demandé. Vous ne pouvez manquer d'en tirer un joli bénéfice.

Hal n'ignorait pas que, s'il voulait rester en termes civils avec Grey, il était de bonne politique d'accepter au moins l'une de ses offres. Il discuta le prix de dix paniers d'encens, pour un poids total de cent cinquante livres.

Les esclaves de Grey apportèrent les paniers et les alignèrent au milieu du patio tandis que Hal en examinait le contenu. Il savait que cette gomme aromatique provenait des arbres des montagnes africaines. Les troncs étaient profondément incisés, et la sève qui suintait des blessures durcissait au contact de l'air. Après quatre mois, la gomme formait de grosses gouttes pareilles à des gemmes, et l'on pouvait alors la gratter. La première extraction de la sève produisait une gomme à demi opaque, de teinte verdâtre, qui témoignait de sa qualité supérieure. Hal s'assura que la marchandise proposée présentait cette caractéristique et l'accepta.

Grey parut impressionné par ses connaissances.

— Je vois que vous êtes un homme de goût, monsieur. Une paire de défenses d'éléphant est arrivée sur le marché de Zanzibar, comme je n'en ai jamais vu depuis que je suis sur l'île. J'hésiterais à les proposer à tout autre qu'à un gentilhomme de votre qualité.

Il frappa dans ses mains, et cinq solides esclaves, qui devaient être là à en attendre l'ordre, arrivèrent en chancelant sous le poids de l'une des énormes défenses.

— Dix pieds de long ! annonça Grey fièrement. Elle pèse deux cent cinq livres !

Ses dimensions étaient incroyables. L'ivoire du gros bout, enfoui dans le crâne de l'animal, était d'un blanc crémeux, le reste teinté en brun jaunâtre par la sève des grands arbres qu'il avait arrachés et dépouillés de leur écorce. Lorsque les esclaves déposèrent l'autre défense à côté de la première, elles étaient si parfaitement identiques qu'il semblait impossible de les distinguer l'une de l'autre.

Hal était fasciné par les monstrueux pachydermes depuis que, encore adolescent, il les avait aperçus pour la première fois sur les rivages d'Afrique. Il caressa l'une des défenses, avec l'impression de toucher l'âme même de cet immense continent sauvage. Il les lui fallait à tout prix. Ses yeux trahissaient son désir ; Grey en profita. Hal les paya plus cher qu'une douzaine de jeunes et jolies esclaves.

Plus tard, lorsque les défenses furent embarquées sur le *Seraph*, luisant au soleil sur le pont comme de l'ambre, Hal savait qu'il avait fait une bonne affaire. Au soir de sa vie, dans les profondeurs de l'hiver anglais, quand le froid ultime envahirait ses os, il lui suffirait de tendre la main pour toucher son Afrique et être ramené en un temps et lieu où il serait de nouveau jeune, avec tout le prodige de cette terre encore dans son cœur.

Il regarda, presque avec vénération, la paire magnifique. Ses fils vinrent se placer à ses côtés. Même

Dorian, intimidé, restait silencieux. Tous trois restaient sous l'emprise du même charme. Quand Tom parla enfin, ce fut d'une voix presque inaudible.

— Comme elles sont grosses ! murmura-t-il. J'aimerais un jour chasser un animal comme celui-là.

Hal fit traîner en longueur le simulacre de réparations du *Seraph*. Il voulait que la nouvelle de sa présence à Zanzibar puisse se répandre à travers les îles et le long de la côte des Fièvres, jusqu'à ce qu'elle parvienne aux oreilles de Jangiri, où qu'il fût. Il faudrait ensuite un certain temps pour que le pirate rallie ses forces et les déploie en embuscade dans le détroit. Hal avait la certitude que Jangiri ne tenterait jamais d'attaquer le *Seraph* tant qu'il serait au mouillage dans le port. Il était, après tout, l'hôte du sultan, sous sa protection.

Hal comprenait bien les enseignements du Prophète et n'ignorait pas que, dans le monde islamique, on avait des obligations envers ses invités, un devoir d'honneur que le sultan ne laisserait mépriser par aucun de ses sujets. En revanche, une fois que le *Seraph* serait en pleine mer, il redeviendrait un gibier à la merci de tous, et le sultan accepterait sans doute sa part du butin sans le moindre scrupule.

La vitesse à laquelle progressait le *Yeoman of York* sous le commandement du capitaine Edward Anderson et le moment auquel il pouvait espérer le voir arriver au rendez-vous était un autre élément dont Hal devait tenir compte. Il était plus que disposé à affronter Jangiri face à face en haute mer mais certain que, s'il découvrait le repaire du pirate, il le trouverait puissamment fortifié et pourvu en hommes : il aurait alors besoin de toutes ses forces pour le prendre d'assaut.

Si Edward Anderson avait quitté Bonne-Espérance une semaine après le *Seraph*, il avait dû échapper au gros de la tempête ; les grands vents qui en étaient les séquelles avaient dû hâter sa traversée jusqu'à Bombay. Le changement de saison s'annonçait. La mousson n'allait pas tarder à devenir favorable à Anderson dans sa traversée de retour vers les côtes africaines. Hal ne pouvait cependant espérer le voir arriver avant plusieurs semaines. Non, de toute évidence, il n'y avait pas de hâte.

Sans se presser, l'équipage du *Seraph* entreprit le long travail qui consistait à remonter les vergues et les espars de hune dans la mâture et à les gréer de nouveau pendant que les charpentiers réparaient et repeignaient la coque.

Une semaine après sa visite au consul britannique, Hal envoya Aboli effectuer des achats dans le souk. Le même soir, il appela Tom et Dorian dans sa cabine. Tous deux l'avaient harcelé pour qu'il leur permette d'aller à terre chaque fois qu'une chaloupe effectuait le trajet. Leur fougue, trop longtemps contenue, les avait amenés ces derniers temps à faire quelques tours dangereux et autant valait les laisser quitter le navire pour les libérer de leur trop-plein d'énergie.

— Aboli et moi allons à terre ce soir pour écouter les commérages dans les rues et les marchés de la ville, leur dit-il en arabe. J'ai besoin de deux jeunes esclaves pour me servir.

Il sourit en voyant Tom entrer dans le jeu et lui répondre dans la même langue :

— Vénéré père, vous me feriez un grand honneur si vous nous laissiez vous accompagner.

Hal corrigea les fautes mais fut satisfait des progrès qu'il avait accomplis. Bien sûr, Tom ne passerait pas pour un natif d'Arabie mais il serait capable de se faire comprendre à peu près partout. Il regarda Dorian.

— Qu'est-ce que mon plus jeune fils a à dire sur ce sujet ?

Dorian le salua cérémonieusement.

— Père bien-aimé, dit-il, pour une telle bonté, ma gratitude jaillira comme l'eau douce d'une source dans le désert.

— J'ai engendré un authentique poète ! s'exclama Hal en riant.

Dorian maîtrisait la langue arabe bien mieux que son frère aîné. Il possédait un vocabulaire impressionnant et employait les mots qu'un vrai Arabe aurait utilisés dans des circonstances semblables.

— Aboli vous a acheté des vêtements. Apprêtez-vous à m'accompagner dès que vous aurez dîné.

Hal portait la longue djellaba et les sandales qu'Aboli lui avait rapportées. Sa large ceinture était en filigrane d'or, avec une dague recourbée dans le fourreau accroché sur le devant, le manche de l'arme en corne de rhinocéros, poli comme une agate jaune opaque. Son gilet était brodé de fils d'or et d'argent, son turban noir. Avec son épaisse moustache noire, son nez busqué et sa peau bronzée, il ressemblait à un capitaine de dhaw prospère, peut-être à un marchand d'esclaves ou à un pirate de la mer Rouge. Il prit la précaution de glisser sa paire de pistolets à canon double dans sa ceinture, sous son gilet.

La peau de ses deux fils était assez halée pour qu'il ne fût pas nécessaire de la teindre, et leur turban cachait leurs cheveux. Les yeux de Dorian était d'un vert si étonnant qu'ils ressortaient sur sa peau cuivrée, mais beaucoup de tribus de Pathans au nord de l'Inde avaient la peau et les yeux clairs.

La nuit venue, ils descendirent dans la chaloupe, et, au lieu de débarquer sur le quai de pierre, Hal contourna la digue pour accoster sur une plage tranquille, à un mile de l'agglomération. Il laissa l'embarcation à la charge du Grand Daniel et ils suivirent le sentier qui menait en ville.

Celle-ci n'était pas défendue par des murailles et les ruelles étroites ne comportaient pas d'éclairage, à l'exception parfois du faisceau d'une lanterne qui tombait d'une fenêtre haute ; ils n'eurent pas de difficulté à entrer dans la cité sans se faire remarquer. En arrivant dans le souk principal, ils trouvèrent tous les éventaires et toutes les boutiques encore ouverts. Hal choisit l'échoppe d'un marchand de tapis qu'il avait remarquée lors de sa visite au consul. Certains des tapis exposés étaient à motifs élégants et de belle texture. Le propriétaire, un certain Salim Bin-Talf, l'accueillit avec effusion, le fit asseoir sur un magnifique tapis de soie et lui offrit un épais café sucré parfumé à la cardamome. Aboli et ses deux jeunes « esclaves » s'assirent bien en retrait dans l'ombre et, suivant ses instructions, conservèrent un silence respectueux pendant toute la soirée. Bin-Talf lui posa la question rituelle :

— Alors, quelles sont les nouvelles, *effendi* ?

— Elles sont bonnes, répondit Hal.

Il aurait donné la réponse coutumière même s'il avait été dévalisé, si toutes ses épouses avaient été violées et si son fils aîné avait succombé à une morsure de serpent.

— Et de votre côté ? reprit-il.

— Tout va pour le mieux.

Ils burent leur café à petites gorgées et, tandis qu'ils bavardaient, trois ou quatre amis ou membres de la famille de Bin-Talf, attirés par la présence d'un étranger, firent cercle. Peu à peu, avec le respect dû aux bonnes manières, on posa des questions et on en vint à discuter de la situation présente.

— A en juger par ta façon de parler, ne serais-tu

pas du Nord, *effendi* ? demanda l'un d'eux, l'accent de Hal ne leur ayant pas échappé.

— Je suis de Morbi, dans le Gujarat, dans l'empire du Grand Moghol. Mon navire est au mouillage dans le port.

Hal avait examiné quelques dhaws longs-courriers à l'ancre près du *Seraph* afin de pouvoir donner une description qui satisfît ses interlocuteurs.

— Je suis venu acheter des esclaves et des marchandises dans les souks de Zanzibar et de Lamu.

— Comment vont les choses dans ton pays ?

— Les tribus de Marathes et de Sikhs se révoltent contre l'empereur, mais, avec l'aide de Dieu, il les vaincra.

— Par la grâce de Dieu !

— Quand les vents seront favorables, mon fils aîné, Asaf Khan, fera le pèlerinage à La Mecque, avec une flotte de cent bateaux.

— Dieu en soit loué !

— Il n'y a qu'un seul Dieu.

Tout cela était inspiré par les propos que Hal avait recueillis à Bonne-Espérance et l'authenticité de son discours confirmait son identité. Ses hôtes se firent plus amicaux et se détendirent ; la conversation se poursuivit librement. Hal marchanda de façon très convenable un superbe tapis persan en soie, et quand il paya avec des mohurs d'or, des pièces d'une valeur de quinze roupies, la cordialité des vendeurs ne connut plus de bornes.

— As-tu vu le navire anglais dans le port ? demanda un cousin de Bin-Talf. Celui à la coque noire, au bout de la digue ?

— Mon bateau est à l'ancre tout à côté. Il semble avoir subi des avaries car l'équipage travaille dans la mâture.

— On dit que cela est arrivé pendant la forte tempête du mois dernier.

— J'ai aussi traversé la tempête, mais, par la grâce de Dieu, nous en sommes sortis indemnes.

— Que Dieu en soit remercié !

— On raconte que l'Anglais vient de ton pays, de Bombay, dans le royaume du Grand Moghol. (Bin-Talf jeta un regard circulaire pour s'assurer qu'aucune oreille indiscrète ne pouvait surprendre ses propos.) Il transporte un immense trésor, envoyé au roi des Francs par le Moghol.

— J'ai moi aussi entendu parler de ce trésor. Quand j'ai quitté Allahabad, tout le monde jasait. (Il baissa la voix à son tour.) On dit qu'il s'agit de diamants, pour une valeur de vingt lakhs.

— Non ! chuchota le cousin, tout excité. D'après ce que j'ai entendu, ce sont des émeraudes, et il y en a pour cinquante lakhs. Le Grand Moghol aurait vidé ses coffres.

— Ce doit être l'un des plus grands trésors que le monde ait jamais vus, dit Hal dans un souffle, comme s'il était vivement impressionné. Et dire qu'il est là, parmi nous ! J'aimerais bien le voir de mes propres yeux.

Ils se turent, une lueur cupide dans les yeux, envisageant la possibilité évoquée par ces paroles.

— Et moi, j'aimerais le tenir dans ma main, dit enfin Bin-Talf. Juste pour pouvoir m'en glorifier auprès de mes petits-enfants.

— Al-Auf te l'arracherait des mains, dit son cousin avec un rire de dépit.

Tous s'esclaffèrent et un autre fit remarquer :

— Al-Auf emporterait aussi ta main.

— Par Dieu, c'est la vérité.

— La vérité vraie !

Tous rirent sans retenue.

— Qui donc est ce Terrible ? demanda innocemment Hal, car telle était la signification de al-Auf.

— Tu es marin et tu n'as pas entendu parler de lui ? s'étonna Bin-Talf. Je croyais que son nom faisait trembler tous les navigateurs.

— Je suis un ignorant venu d'un pays lointain, admit Hal.

— Musallim bin-Jangiri, le fléau des infidèles et le Glaive de l'Islam, voilà qui est al-Auf, le Terrible.

Hal sentit son cœur battre en entendant ce nom, mais il resta impassible et se frotta le menton pensivement.

— Al-Auf est donc un pirate ?

— Il est le père et la mère de tous les pirates, répondit Bin-Talf en souriant.

— Mieux vaut ne pas se frotter à lui, semble-t-il. Mais celui qui serait assez stupide pour se mettre à sa recherche, où pourrait-il le trouver ?

Bin-Talf émit un gloussement et tira une longue bouffée de son narguilé. L'eau bouillonna dans le récipent et la fumée musquée du *bhang* s'échappa de ses lèvres.

— Tu as raison, *effendi*, il faudrait être fou pour aller voir al-Auf. Mais, si tu es capable de suivre à la trace le requin-tigre à travers l'océan, tu sauras où trouver son navire. Si tu sais où se lève la brume de mer, tu seras à même d'apercevoir l'ombre de ses voiles noires.

— A t'entendre, il semble que ce soit un djinn, un esprit de la mer, et non un homme de chair et de sang, dit Hal.

— C'est pourtant un homme. Je l'ai vu de mes propres yeux, se vanta le cousin.

— Où cela ? Comment est-il ?

— C'était à Lamu. Il se trouvait dans le port, sur le

pont de son bateau. Il a la mine fière et le regard intrépide des héros d'antan, un homme puissant et effrayant à voir.

— Quelle allure avait son bateau ?

Hal n'ignorait pas que tous les portraits de Jangiri seraient faussés par une terreur aveugle et ne correspondraient guère à la réalité. Il avait davantage de chances d'obtenir une description exacte de son navire.

— C'est curieux à dire : ce n'est pas un dhaw comme on pourrait s'y attendre, mais un bateau franc, avec beaucoup de voiles, répondit le cousin. Sauf qu'elles sont noires.

— Un navire qui ressemble au bâtiment anglais à l'ancre dans le port ?

— Oui ! Oui ! Comme celui-là, mais bien plus grand et avec beaucoup plus de canons.

« Il a dû voir le *Minotaur*, capturé par le pirate », pensa Hal.

— Combien de canons a-t-il ? s'enquit-il.

— Beaucoup ! Peut-être cent, hasarda le cousin. (De toute évidence, ce n'était pas un marin, et la question n'avait pas de sens pour lui.) Si le bateau anglais tombe un jour sur al-Auf, son équipage d'infidèles devra implorer la merci d'Allah, car il n'en a aucune à espérer d'al-Auf.

Peu après, Hal prit congé et s'en alla avec Aboli et ses deux fils.

Assis seul à l'arrière de la chaloupe qui les ramenait au *Seraph*, il écouta d'une oreille distraite Tom et Dorian, tout excités, raconter au Grand Daniel et à Alf les détails, tout ce qu'ils avaient vu et entendu en ville. Il était satisfait des résultats de sa virée à terre. Il n'avait évoqué avec personne d'autre que le consul Grey le prétendu trésor moghol, et pourtant tout le monde en parlait dans le souk. La nouvelle devait maintenant être arrivée aux oreilles du pirate.

Le *Seraph* s'attarda encore trois semaines au mouillage dans le port, puis Hal rendit une dernière visite au consul. Après avoir fait assaut de compliments et de vœux, il lui dit :

— J'ai achevé les réparations de mon bateau et me voilà prêt à reprendre la mer.

— Quand projetez-vous d'appareiller ? demanda Grey en s'asseyant avec difficulté, le regard fixé sur Hal.

— Dans trois jours, avec le jusant du matin.

— Bien que vous ayez honoré ma maison de votre présence, je comprends votre impatience de reprendre votre voyage. Surtout en considération du fait que vous transportez une cargaison si précieuse. Je ne peux que vous souhaiter bon vent.

Il ne cherchait nullement à retarder le départ de Hal. Bien au contraire, il semblait même pressé de le voir partir. Pour Hal, cela ne pouvait signifier qu'une chose : Jangiri — al-Auf — avait été prévenu et devait maintenant se trouver en embuscade dans le canal du Mozambique.

Les trois derniers jours dans le port de Zanzibar furent occupés par les préparatifs en vue de l'affrontement. Le Grand Daniel supervisa le remplacement des charges anciennes des canons par de nouvelles, et les sacs en soie de la soute furent remplis et placés aux postes d'artillerie. Aboli veilla à ce que les mousquets et les pistolets soient équipés de pierres à feu neuves et dûment chargés. Les pierres à aiguiser vrombirent et lancèrent des étincelles tandis qu'on affûtait les lames des sabres d'abordage comme des rasoirs ; les pointes des piques étaient aiguisées à la main.

Hal guettait tout mouvement inhabituel sur les autres bateaux à l'ancre. Depuis sa dernière entrevue avec Grey, il semblait que les petits dhaws entraient et sortaient en plus grand nombre. Beaucoup élongeaient le *Seraph* et leur équipage se penchait par-dessus le plat-bord pour observer le navire. C'était peut-être par simple curiosité, mais Hal était certain que la nouvelle de leur départ imminent avait été transmise à des oreilles intéressées là-bas, sur la mer.

Pendant leur dernière nuit dans le port de Zanzibar, il y eut un gros orage, et tandis que le tonnerre grondait dans les cieux et que les éclairs illuminaient la nuit, la pluie tomba à flots sur les ponts du *Seraph*. Sur la batterie, les hommes devaient crier pour se faire entendre.

Après minuit, les nuages s'éclaircirent et des myriades d'étoiles se mirent à scintiller au firmament, reflétées par les eaux noires. Le silence était tel que Hal, étendu sur sa couchette, entendit l'homme de quart de l'un des dhaws au mouillage à proximité chanter doucement en arabe :

Allah est grand.
L'homme est une écume emportée par la mousson.
Ne quitte pas des yeux les Pléiades
Et l'étoile du matin au-dessus de ta tête.
Dieu seul connaît toutes les routes de l'océan,
Seul Dieu perdure à jamais.

Quand la première promesse de l'aube éclaira le ciel à l'orient et moucha les étoiles, Hal s'éveilla et monta sur le pont. Une brise de terre tiède venait de l'île et le *Seraph* tirait sur ses amarres, impatient de reprendre la mer. Hal adressa un signe de tête à Ned Tyler, qui appela les deux bordées pour appareiller.

Les hommes s'égaillèrent dans le gréement, les voiles claquèrent et faseyèrent puis la brise les gonfla, le *Seraph* donna de la bande et tourna sa proue vers l'entrée du port. Hal se dirigea vers le bastingage de poupe et vit que quatre dhaws avaient levé l'ancre, hissé leur unique voile latine et les suivaient.

— Il se peut qu'ils aient choisi de partir avec le jusant, murmura Ned à son côté tandis que tous deux regardaient vers l'arrière.

— Tout est possible, monsieur Tyler... Il se peut même que le consul Grey soit un homme honnête, admit Hal.

— Je crois que c'est demander la lune, capitaine, répondit Ned avec sérieux.

Hal leva les yeux vers les hautes murailles du fort, embrasées d'une lumière nacrée par les premières lueurs du jour, et, soudain intéressé, poussa un grognement. Un petit feu avait été allumé sur le toit de la tour orientale et une fine colonne de fumée blanche s'éleva dans les airs avant d'être emportée par le vent de mousson.

— Vous pensez qu'ils sont en train de se réchauffer ? demanda Hal.

— Cette fumée va être aperçue depuis le continent, estima Ned.

— Et à vingt lieues en mer.

Le détroit était si peu large que, à mesure que le soleil montait sur l'horizon, ils virent le continent africain se découper avec netteté devant eux, ses lointaines montagnes illuminées par l'astre du jour.

Hal tourna de nouveau son regard vers la flottille de dhaws toujours dans leur sillage. Il n'avait pas encore hissé toute la toile, et il restait trois ris dans la grand-voile ; le *Seraph* poursuivait sa route paresseusement. Deux des navires qui les suivaient étaient plus gros et rapides que les autres. Ils allaient à la même allure que le *Seraph* tandis que les autres se laissaient peu à peu distancer.

— Ohé ! Autre fumée sur le continent.

La voix de Tom leur parvint depuis le nid-de-pie et Hal se dirigea vers le bastingage sous le vent. Une mince colonne s'élevait du sommet verdoyant d'un des caps qui flanquaient une plage de sable coralien. La fumée, d'un blanc argenté inhabituel, monta droit dans le ciel jusqu'au moment où, brusquement, le vent la happa et la dispersa en une longue traîne sur les collines vertes.

Ils firent route vers le sud tout le jour. Au rythme de leur progression le long de la côte, de nouveaux feux s'allumaient sur le rivage lorsque le *Seraph* doublait un cap ou un promontoire, et tous laissaient échapper la même fumée argentée, qui devait être visible à plusieurs miles à la ronde.

La flotte de petits dhaws éparpillée le long du détroit ne les lâchait pas, les deux plus gros restant en position à deux ou trois miles dans leur sillage. Mais, quand le soleil baissa sur l'horizon en teintant de rouge et d'or les cumulus amoncelés, les deux dhaws larguèrent les ris et se rapprochèrent imperceptiblement, au point que, même dans la lumière déclinante, on les voyait du pont principal du *Seraph*. Avec sa lunette, Hal distingua les hommes entassés à bord.

— Nous devons estimer qu'il se passera quelque chose très bientôt, dit-il à Ned Tyler. Je veux que le dîner de l'équipage soit servi pendant qu'il fait encore jour. Il se peut qu'ils aient à soutenir une action nocturne.

Ned avait l'air grave : même un navire puissamment armé était désavantagé dans un combat de nuit contre un ennemi inférieur mais nombreux. Dans l'obscurité, une flotte de petits dhaws pouvait fort bien surprendre un bateau plus grand et envoyer une masse d'hommes armés à l'abordage avant que les canonniers aient eu le temps de les repousser.

Au même moment, la vigie les héla :

— Ohé ! Un petit bateau droit devant ! Il paraît en difficulté !

Hal se dirigea vers le bastingage et leva sa lunette. Par-dessus la proue, il parvint à apercevoir la coque d'un dhaw de pêche ; seule la partie supérieure du vaigrage était encore hors de l'eau, entourée d'une grappe de têtes. Comme le *Seraph* approchait, les hommes leur firent signe et leurs cris, portés par le vent, leur parvinrent affaiblis.

— Pour l'amour de Dieu !

— Miséricorde ! Dieu vous envoie nous sauver.

Quand ils furent assez près pour distinguer les visages des naufragés qui se débattaient autour de l'épave, Hal donna l'ordre de mettre en panne. Le *Seraph* vira nez au vent et se rapprocha en dérivant du dhaw submergé.

— Envoyez-leur une chaloupe ! enjoignit Hal, et tandis que la chaloupe était mise à la mer et se dirigeait vers eux, il compta les têtes. Vingt-deux. Un bel équipage pour un si petit bateau, monsieur Tyler.

— En effet, capitaine, ce n'est pas ordinaire.

Hal s'éloigna vers le bastingage, où le Grand Daniel et Alf Wilson attendaient avec un groupe d'hommes en armes.

— Sommes-nous prêts à les accueillir de manière énergique, monsieur Fisher ?

— L'accueil le plus charmant qui leur sera jamais réservé de ce côté-ci du paradis, répondit Daniel d'un air sinistre.

La chaloupe était maintenant pleine à craquer, avec les rescapés trempés du dhaw. Très basse sur l'eau, elle commença à revenir vers le *Seraph*.

Soudain, Alf Wilson poussa un sifflement et une lueur diabolique éclaira ses beaux traits sombres.

— Ce grand gaillard à l'avant, avec une barbe, dit-il en désignant l'un des naufragés, je le connais. Par Dieu, je vais me faire un plaisir de l'accueillir une nouvelle fois. Il était le chef de la bande de malandrins qui a pris le *Minotaur* à l'abordage, en recourant exactement à la même ruse.

— Restez en arrière, je vous prie, monsieur Wilson, de crainte qu'il ne vous reconnaisse lui aussi, lui dit Hal à voix basse. Laissez-le monter à bord avant de vous montrer.

La chaloupe fut amarrée à la chaîne du *Seraph*, le premier rescapé grimpa à l'échelle et se laissa tomber à genoux en baissant le front jusqu'au pont. L'eau de mer dégoulinait de sa djellaba et formait une mare autour de lui.

— Qu'Allah et tous les saints bénissent ce bateau. Votre bonté et votre miséricorde seront rapportées dans le livre d'or...

— Il suffit, mon beau.

Daniel releva l'homme d'une main légère, et ses hommes poussèrent rudement l'Arabe éberlué jusqu'au bastingage et l'entourèrent de près. Le suivant à monter à l'échelle et à enjamber le bastingage fut le grand barbu. Il écarta les bras, sa longue robe plaquée sur son long corps maigre.

— Jamais jour n'a été aussi propice. Mes enfants et mes petits-enfants... commença-t-il d'une voix sonore.

— *Salam aleikum*, Rachid, le salua Alf Wilson. Voilà de longs jours que mes yeux languissaient de revoir ta bonne mine.

Rachid le regarda, alarmé. Alf s'approcha alors de lui en souriant. L'Arabe le reconnut et, consterné, jeta un coup d'œil circulaire pour chercher par où s'échapper, puis bondit par-dessus le bastingage. Alf Wilson le saisit en plein vol et le plaqua sur le pont. Il lui enfonça son genou dans le creux des reins, la pointe de sa dague contre l'oreille.

— Je t'en conjure, Bien-Aimé du Prophète, donne-moi une raison de te trancher la gorge.

Avec la pointe de la dague, il piqua l'homme, qui poussa un cri perçant et se tortilla sur le pont. De sa main libre, Alf le fouilla et tira de dessous sa djellaba une redoutable dague incurvée. Il en éprouva le tranchant sur l'oreille de Rachid et sectionna proprement le lobe. Un filet de sang coula dans sa barbe.

— Ah ! Assez bien aiguisé, commenta Alf, joyeux. C'est sûrement la lame avec laquelle tu as coupé le nez de mon vieux camarade Ben Brown et assassiné Johnny Waite.

Rachid sanglota, brailla et demanda grâce.

— Dieu m'est témoin, je suis innocent. Tu me prends pour un autre. Je suis un pauvre et honnête pêcheur.

Ses compagnons stupéfaits étaient rassemblés sans ménagement en un petit groupe entouré d'un cercle de sabres tirés. Alf releva d'une secousse Rachid, servile et toujours pleurnichant, et le poussa vers ses comparses.

— Si l'un de vous tente de s'échapper ou de tirer l'arme qu'il cache sur lui, mes hommes ont reçu l'ordre de lui trancher la tête, avertit Hal avant de se tourner vers Ned Tyler. Veuillez reprendre votre route, je vous prie.

Lorsque le *Seraph* tint de nouveau le vent et poursuivit son chemin le long du détroit, Hal déclara sèchement aux prisonniers :

— Déshabillez-vous tous, bande de mal lavés !

Il y eut un concert de protestations.

— *Effendi*, ce n'est pas convenable ! Notre nudité nous ferait honte à la vue de Dieu !

Hal tira l'un de ses pistolets de sa ceinture et en arma les chiens. Il en appuya la gueule contre la tête de Rachid.

— Enlevez tout ce que vous avez sur vous, qu'on

s'ébaudisse de la taille de vos braquemarts circoncis comme s'en délecteront les houris dans les jardins du Paradis quand je vous enverrai à elles !

A contrecœur, Rachid retira sa djellaba mouillée et se retrouva en pagne.

— Le reste aussi ! insista Hal, et l'un après l'autre les Arabes se dépouillèrent de leurs vêtements.

Ils les posèrent avec un soin exagéré afin que tout objet caché dans leurs replis ne fasse pas de bruit ou ne cogne pas contre le pont. Blottis les uns contre les autres, près de leurs hardes entassées, ils s'efforçaient de cacher de leurs mains leurs parties intimes, tout en protestant de leur innocence.

— Fouillez-moi ça ! ordonna Hal.

Aboli et le Grand Daniel palpèrent tous les vêtements et en tirèrent l'assortiment de dagues dissimulées dans leurs plis. Quand ils eurent fini, il y avait un tas d'armes sur le pont.

— Rachid !

Hal interpella le chef, qui tomba à genoux, ses larmes mêlées au sang qui coulait de son oreille.

— Qu'est-ce que al-Auf a manigancé ? Quel signal devais-tu lui donner pour lui montrer que tu t'étais emparé de mon bateau ?

— Je ne comprends pas, *effendi*. Je ne connais personne du nom d'al-Auf. Aie pitié d'un pauvre pêcheur ! Si je ne suis pas là pour les nourrir, mes enfants vont mourir de faim.

— Allah le Miséricordieux pourvoira aux besoins de tes malheureux orphelins, assura Hal avant de parcourir des yeux les prisonniers terrifiés. Celui-là !

Il désigna un balafré à la mine patibulaire, auquel il manquait un œil. Aboli le tira hors du groupe, lui passa une lourde chaîne autour du cou et l'attacha avec une manille.

— Je te le demande une dernière fois, dit Hal en souriant à Rachid. Quel est le signal ?

— Par Allah, *effendi*, je ne connais pas cet al-Auf. Je ne sais pas ce que c'est que ce signal.

Il lança un signe de tête à Aboli, qui souleva l'Arabe enchaîné aussi aisément qu'un enfant et le porta jusqu'au bastingage. Il le prit à bout de bras et le jeta par-dessus bord. L'homme toucha l'eau et disparut instantanément, emporté sous la surface par le poids de la chaîne. Un silence horrifié tomba sur tous les hommes présents, y compris les marins anglais. Ils n'avaient jamais imaginé que leur capitaine pût être aussi impitoyable. Puis les prisonniers poussèrent un gémissement et, comme un seul homme, tombèrent à genoux, les mains jointes devant les yeux pour implorer grâce.

— Le signal ? répéta tranquillement Hal en regardant Rachid droit dans les yeux.

— Dieu m'est témoin que je ne connais pas de signal.

— Emmène-le, dit Hal à Aboli.

Le colosse noir saisit Rachid par son oreille blessée et le tira, piaillant et saignant, jusqu'au bastingage. Il le projeta à plat ventre sur le pont, posa son énorme pied entre ses omoplates pour le clouer au sol et enroula une autre chaîne autour de son cou. Puis il le leva au-dessus de sa tête.

— Jette-le aux requins, ordonna Hal, bien qu'une ordure pareille risque de les dégoûter.

— Je vais parler, beugla Rachid en battant l'air de ses pieds. Dis seulement à ce *shaitan* noir de me lâcher et je parlerai.

— Tiens-le au-dessus de l'eau, ordonna Hal.

Aboli changea sa prise et tint Rachid par les chevilles au-dessus de la lame d'étrave du *Seraph*.

— Parle, gronda-t-il à voix basse, car mes bras se

fatiguent. Ils ne supporteront plus ton poids bien longtemps.

— Deux lumières, lança Rachid d'une voix aiguë. Deux lanternes rouges en tête de mât. C'était le signal pour annoncer à al-Auf que nous avions pris le navire.

Aboli le tira à bord et le laissa s'aplatir sur le pont.

— Quelle route t'avait-il demandé de prendre ? Où devais-tu le retrouver ?

— Il m'a dit de naviguer au sud vers Ras Ibn-Khum en restant près de la côte.

Hal savait qu'il s'agissait d'un promontoire qui s'avançait dans le détroit.

— Enchaînez-les et enfermez-les dans le gaillard d'avant avec un garde pour les surveiller en permanence. Abattez le premier qui tente de s'échapper, ordonna-t-il à Aboli en arabe, pour que les prisonniers comprennent.

Tandis que le soleil incandescent s'enfonçait dans la mer, Hal réduisit la toile et s'écarta du rivage comme tout capitaine prudent lorsqu'une côte sous le vent se dresse si près. Ils poursuivirent lentement leur route vers le sud, et, une ou deux fois pendant la première partie de la nuit, les vigies distinguèrent la lumière affaiblie d'une lanterne sur l'un ou l'autre des dhaws qui les suivaient comme leur ombre.

A bord du *Minotaur* embusqué, al-Auf devait attendre que ses hommes s'emparent du *Seraph* après que la majeure partie de son équipage se fut endormie. Hal patienta donc jusqu'à la quatrième cloche du quart de minuit à quatre heures — deux heures du matin — pour donner l'ordre d'allumer deux lanternes rouges et de les placer à la proue et en tête de mât. Elles flamboyèrent dans la nuit comme des yeux de dragon.

Puis il ordonna à Aboli et à vingt autres hommes triés sur le volet d'endosser les djellabas encore humides des Arabes captifs. Pendant qu'ils enroulaient leur turban, Hal descendit dans sa cabine et remit les vêtements qu'il avait portés dans le souk de Zanzibar. Quand il remonta sur le pont, le *Seraph* voguait paisiblement sur les eaux noires. Lorsque la lune se coucha, la forme sombre de la terre et son collier perlé d'écume phosphorescente se perdit dans l'obscurité.

Hal parcourut le pont et parla à tous les groupes d'hommes accroupis sous le plat-bord.

— C'est un moment périlleux, leur dit-il à voix basse. Restez en alerte. Ils peuvent nous surprendre avant que nous ayons eu le temps de les voir.

Deux heures avant l'aube, dans la période la plus obscure de la nuit, Hal fit mander ses deux fils. Quand ils arrivèrent, Tom était déjà bien réveillé et trépignant d'excitation, alors que Dorian, encore à moitié endormi, bâillait et se frottait les yeux.

— Je veux que vous preniez tout de suite votre poste de combat en tête de mât, leur dit-il d'un ton grave. En cas d'affrontement, vous devez y rester quoi qu'il arrive sur le pont. Compris ?

— Oui, père.

La faible lumière de l'habitacle éclairait le visage attentif de Tom.

— Je place votre frère sous votre responsabilité, Tom, ajouta Hal. Dorian, vous devez obéir à Tom, quoi qu'il vous dise de faire.

— Oui, père.

— Je vais être très occupé et ne pourrai pas garder un œil sur vous. Sachez que vous êtes en sécurité au-dessus de la bataille.

Il alla avec eux jusqu'aux haubans du mât de misaine, posa une main sur leurs épaules et les serra.

— Comme moi, Dieu vous aime, mes fils. N'essayez pas d'être des héros. Restez bien à l'écart du danger.

Il les regarda grimper dans les haubans et disparaître dans l'obscurité, puis retourna prendre sa place sur le gaillard d'arrière.

L'aube ramena la pluie, si bien que la nuit se prolongea. Puis, au moment même où le soleil se levait, les nuages s'écartèrent et le jour jaillit avec une soudaineté spectaculaire. Durant la nuit, les caprices du courant dans le détroit avaient rapproché le *Seraph* de la côte.

A deux miles à tribord, le continent africain était ourlé de plages blanches et les récifs de coraux montraient les crocs dans les eaux vertes et peu profondes des lagons. Le dos arrondi du cap Ras Ibn-Khum s'avançait dans le détroit droit devant. Hal ordonna de virer pour le doubler.

Pendant la nuit, la flottille de dhaws, guidée par les lanternes en tête de mât du *Seraph*, avait gagné sur lui. Le navire de tête, un bateau d'une centaine de tonneaux grouillant d'hommes, se trouvait à moins d'une encablure sur l'arrière. Dès qu'ils virent le *Seraph* émerger comme par magie devant eux de l'obscurité, ils poussèrent des acclamations et tirèrent en l'air des coups de leurs mousquets à long canon. Les lanternes les avaient manifestement persuadés que le navire était déjà aux mains des hommes d'al-Auf. La fumée de la poudre s'échappait dans l'air, leurs voix et le bruit des coups de feu portaient affaiblis sur les flots sombres et légèrement agités tandis qu'ils sautaient de joie et leur faisaient signe.

— Répondez-leur, les gars, dit Hal à ses hommes vêtus à la mode arabe.

Ils firent des cabrioles et agitèrent la main en direction du dhaw ; leurs djellabas battaient et tourbillonnaient dans la brise de terre matinale. Hal n'essaya pas de ralentir le navire, et l'écart entre eux ne diminuait pas.

Il regarda devant pour juger de la distance à laquelle il devait se tenir de la côte afin de doubler le cap en toute sécurité ; il sentit sa poitrine se serrer lorsqu'il vit, à deux miles devant eux, un autre navire gréé en carré, à voiles noires, contourner rapidement la pointe.

Hal comprit tout de suite qu'il avait été au mouillage dans la baie de l'autre côté, attendant en embuscade tandis que les feux allumés le long de la côte le tenaient informé de l'approche du *Seraph*. Il se précipitait maintenant à leur rencontre, la lame d'étrave blanche d'écume sous le brion. Il était suivi par une horde de petits bateaux, au moins une douzaine de dhaws.

Alf Wilson se précipita vers Hal, ses yeux sombres pétillant d'excitation.

— C'est le vieux *Minotaur*, capitaine, cria-t-il. Je le reconnaîtrais entre mille.

— Merci, monsieur Wilson, je m'en doutais, répondit Hal, impassible, avant de se tourner vers Ned Tyler. Gardez le cap.

Tandis que les deux grands navires se rapprochaient l'un de l'autre, Hal examinait le *Minotaur* avec sa lunette. Cela faisait moins de deux ans qu'al-Auf l'avait capturé, mais il vit tout de suite qu'il avait laissé les voiles et le gréement se détériorer. Aucun capitaine anglais n'aurait négligé ainsi son bateau. De surcroît, il était manœuvré sans soin. Peut-être le capitaine était-il habitué aux voiles latines et ne maîtrisait-il pas bien l'arrangement compliqué des gréements carrés. Les voiles de hune lofaient et les grands-voiles, mal bordées, déventaient et battaient comme les ailes d'un oiseau paralysé. A en juger par la dérive du navire, Hal était certain que la coque était couverte d'algues.

Agglutinés en désordre au bastingage et grimpés nombreux dans le gréement, les hommes se pavanaient et brandissaient leurs armes avec une joie sauvage. Hal estima leur nombre à sept cents, et un frisson d'appréhension le parcourut à la pensée de cette horde déferlant à bord du *Seraph*. Mais il n'effectua aucune manœuvre d'évitement qui pût alerter les pirates. Pendant ce temps-là, ses marins déguisés effectuaient une pantomime délirante de bienvenue à leur intention.

Le *Minotaur* était armé de vingt-cinq canons de chaque côté et le poids de ses bordées valait presque le double de celles du *Seraph*. Si son adversaire était habilement manœuvré, le *Seraph* n'était pas de taille. « Espérons que les talents de combattant du pirate soient à l'avenant de ses qualités de marin », pensa Hal tandis que les deux bâtiments fonçaient l'un vers l'autre. Derrière le *Minotaur*, les dhaws suivaient comme des canetons en rang dispersé.

Il était si près maintenant que Hal pouvait distinguer la figure de proue, l'animal à cornes de la mythologie, mi-homme, mi-taureau. Puis il lut le nom du bateau, le *Minotaur*, bien que les lettres dorées à la feuille d'or fussent écaillées et couvertes de cristaux de sel.

Hal leva sa lunette et balaya le pont. Presque tout de suite, il repéra un homme en djellaba noire qui se détachait dans la cohue des marins arabes. Il ne faisait aucun doute dans son esprit qu'il s'agissait d'al-Auf, le Terrible. Comment le cousin de Bin-Talf l'avait-il décrit ? « Il a la mine fière et le regard intrépide des héros d'antan, un homme puissant et effrayant à voir. »

« Il n'a pas beaucoup exagéré », pensa Hal sombrement.

Il avait la tête ceinte d'un haut turban vert et la gemme qui le retenait miroitait au-dessus de son front dans les rayons obliques du soleil matinal. Ses larges épaules laissaient deviner une forte musculature, et, sous le drapé de sa djellaba, il avait le maintien gracieux d'un grand félin. Le vent ramenait sur ses épaules les deux fourches taillées de sa barbe huilée. Les deux navires se rapprochèrent encore, et Hal discerna enfin les traits d'al-Auf : des yeux sombres encadrés par des sourcils noirs en bataille, un nez en bec d'aigle au-dessus d'une bouche fine comme un coup de sabre. Un visage aussi cruel que l'impitoyable désert d'Arabie qui l'avait façonné.

Les sabords du *Minotaur* étaient ouverts et tous ses lourds canons sortis. Une fine brume de fumée bleue, qui, de ses ponts, tourbillonnait dans le vent, signalait que toutes les cordes à feu étaient allumées et que ses canonniers attendaient derrière leur pièce. Al-Auf était assez malin pour ne pas prendre pour argent comptant le fait que les lanternes rouges aient été hissées en tête de mât du *Seraph*.

Hal plissa les yeux : l'espace entre les deux navires n'était plus que d'une encablure et al-Auf ne semblait toujours pas disposé à céder le passage. Certains des hommes d'équipage du *Minotaur* dans le gréement cessèrent leurs cabrioles et regardèrent autour d'eux avec inquiétude.

— Sortez les canons !

Hal avait attendu le dernier moment pour donner l'ordre et le cri fut répété dans l'escalier des cabines jusqu'aux ponts inférieurs. Immédiatement, de grands coups de maillet résonnèrent à travers le navire. On enlevait les cales. Puis suivit une série de bruits secs et de grondements : les couvercles des sabords qu'on ouvrait à toute volée et les affûts que l'on poussait. Par les ouvertures béantes, émergèrent les gueules noires des canons. Hal imagina la consternation des hommes à bord du *Minotaur* en voyant ce qu'ils croyaient être une proie facile, impuissante et désarmée, se transformer sous leurs yeux en un redoutable bâtiment de guerre.

Al-Auf réagit sur-le-champ. Il se tourna vers son homme de barre mais l'ordre qu'il lui cria fut couvert par le vent et les acclamations de son équipage. Le *Minotaur* mit la barre au vent et lofa. La manœuvre, destinée à éviter la collision et la menace soudaine présentée par la bordée béante des canons du *Seraph*, était peu judicieuse.

— Décision malheureuse. Tu aurais mieux fait de répondre coup pour coup, murmura Hal avec satisfaction, sans changer de cap. Monsieur Fisher ! lança-t-il. Je vais couper sa route. Feu quand vous l'aurez en ligne de mire !

Le Grand Daniel se dirigea à grandes enjambées vers la première équipe de pièce tribord. Il vérifia rapidement la position du lourd canon et ôta la cale pour abaisser la mire. On allait tirer à bout portant. En visant bas, le boulet pénétrerait dans les œuvres vives du *Minotaur*. En venant inconsidérément au lof, al-Auf avait mis le *Minotaur* vent dessus. Il faisait chapelle, le vent poussant les voiles à contre, de sorte qu'il ne pouvait abattre ni d'un bord ni de l'autre.

— Gagnez dans le vent d'un quart, ordonna Hal à l'homme de barre.

Le *Seraph* vira légèrement vers le *Minotaur* et commença à lui couper la route de si près qu'il faillit heurter son beaupré. Aucun des canons de l'autre navire ne pouvait porter alors que ceux du *Seraph* allaient successivement être pointés vers sa proue dorée. Le Grand Daniel enfonça la corde à feu allumée dans la lumière du premier canon, qui fit feu avec un rugissement épouvantable et bondit en arrière sur son palan de recul. Suivi par une longue traînée de fumée, le boulet toucha la proue du *Minotaur* et son vaigrage éventré par le choc explosa en un nuage vrombissant d'éclats de bois.

A bord du *Seraph*, ils entendirent les hurlements et les imprécations des canonniers fauchés près de leurs pièces par le boulet qui traversait la batterie. Daniel se dirigea vers le deuxième canon et vérifia la mire. Le *Seraph* glissa tranquillement devant le *Minotaur* immobilisé jusqu'au moment où le canon fut pointé droit sur lui. Daniel le toucha de nouveau, en une autre explosion de feu et de fumée. Le lourd boulet de fer passa à travers la proue et on entendit les cris des blessés et des mourants portés par le vent.

L'un après l'autre, les canons du *Seraph* vomirent leur charge mortelle ; incapable de riposter, le *Minotaur* tremblait, ébranlé par la violence des coups. Hal voyait dépasser, dans la foule de ses marins pris de panique, le turban vert d'al-Auf ; il essayait de les rallier pour changer l'orientation des voiles afin que le navire puisse venir dans le vent et échapper aux terribles coups qui le prenaient en enfilade de la proue à la poupe.

Dans le gréement du *Seraph*, les hommes tiraient au mousquet sur le pont du *Minotaur*. En dépit du manque de précision de ces armes à canon lisse, chaque coup ou presque portait dans la foule des hommes en djellaba qui tournaient en rond parmi la plus grande confusion. Les grondements assourdissants des canons étaient ponctués par les claquements secs des fauconneaux qui balayaient le pont du *Minotaur* d'une grêle de mitraille. Hal jeta un coup d'œil en tête de mât pour s'assurer que ses deux fils n'étaient pas en danger et il vit Tom affairé à recharger le fauconneau. Près de celle de son frère, la tête de Dorian dansait d'excitation, et Hal crut entendre sa voix haut perchée par-dessus le vacarme de la bataille.

Toutes les pièces de tribord du *Seraph* avaient lâché leur charge sur le *Minotaur* impuissant, et le carnage était affreux. Du sang coulait par les sabords et les dalots en petits torrents rouges qui ruisselaient sur ses flancs.

— Nous allons l'accoster, dit Hal à Ted.

Il attendit que le dernier canon ait tiré et que le *Seraph* ait dépassé sa victime, puis il cria son ordre pendant l'accalmie :

— Tirez une bordée quand nous serons à contre et nous profiterons de la fumée pour le prendre à l'abordage.

L'équipage poussa des vivats et brandit ses armes d'abordage : piques, sabres et haches. Une fois sur le pont du *Minotaur*, ils seraient toujours en infériorité numérique, mais Hal comptait sur leur entraînement, leur ardeur combative et le désordre qui régnait chez les Arabes pour emporter le navire à la première offensive.

Il donna l'ordre et le *Seraph* vira proprement et vint dans le vent, de sorte que les bordées des deux navires se faisaient face. Mais la route du *Seraph* l'avait écarté et ils étaient encore à une portée de mousquet l'un de l'autre. Hal ordonna de carguer les grands-voiles, et il ne resta plus que les voiles de combat. Puis il coiffa le petit hunier pour que le *Seraph* perde un peu de son erre et vienne plus vite sur le *Minotaur*. L'un des petits dhaws qui suivaient le navire ennemi se retrouva sous l'étrave du *Seraph*, incapable d'éviter la collision. Terrorisé, l'équipage leva les yeux vers le grand navire qui se dressait au-dessus d'eux. Certains se jetèrent par-dessus bord, les autres restèrent paralysés d'effroi tandis que le *Seraph* écrasait le dhaw. Son bordage fracassé, il sombra d'un seul coup et les cris des hommes furent aussitôt noyés.

En empannant, le *Seraph* prit de la vitesse et fonça sur le *Minotaur*, mais le bâtiment ennemi abattait enfin et virait à contre-bord.

Ils étaient à une demi-portée de mousquet, à cent yards l'un de l'autre, et Hal voyait al-Auf renvoyer ses hommes à leurs postes de combat avec force cris et coups. Un ou deux des lourds canons du *Minotaur* rugirent. Certains boulets manquèrent le *Seraph* d'une cinquantaine de yards et ricochèrent à la surface de l'eau. Quelques-uns passèrent en mugissant à travers le gréement bien au-dessus du pont, et l'une des drisses se cassa net avec un claquement pareil à un coup de pistolet. Le *Seraph* n'en continuait pas moins à venir implacablement sur l'autre navire. Le *Minotaur* ne prenait de la vitesse que peu à peu et la plupart de ses voiles continuaient de battre et de faseyer. Les vergues étaient maintenant si proches qu'elles se touchaient presque.

— Parez à envoyer les grappins ! cria Hal, et il observa les hommes chargés de la manœuvre.

Ils étaient déjà en train de faire tournoyer de plus en plus vite au-dessus de leur tête les lourds crocs de fer au bout de leur chaîne pour les lancer à travers l'étroit espace entre les deux navires.

Hal vit al-Auf renoncer à ses vaines tentatives pour amener son équipage à affronter le *Seraph* et courir vers l'un des canons désertés par ses servants. Aucun signe de peur n'apparaissait sur son visage quand il saisit une corde à feu allumée dans le baquet à côté de l'affût et lança un coup d'œil furieux en direction du *Seraph*. Puis son regard se dirigea droit sur Hal et ses lèvres fines se retroussèrent en un rictus de colère. Puis il porta la corde crépitante dans la lumière du canon. Il n'avait pas le temps de viser. C'était un geste de défi désespéré, un jet de dés dans les hasards de la bataille.

Dans un long souffle de flammes et de fumée, le lourd boulet traversa le plat-bord du *Seraph*, réduisit en charpie deux marins anglais et heurta de plein fouet le pied du mât de misaine. Il trembla, oscilla et, lentement d'abord puis de plus en plus vite, commença à tomber vers l'extérieur, tandis que ses drisses et ses espars cassaient avec un bruit sec et fouettaient l'air, et que le bois se déchirait dans un craquement épouvantable.

Sous les yeux de Hal, son navire, l'instant d'avant redoutable machine de guerre, se transforma en un rafiot avarié. Puis, du nid-de-pie en tête de mât, il vit deux formes humaines projetées en l'air comme des cailloux. L'espace d'un instant, elles se détachèrent sur les nuages gris avant de tomber vers la surface de l'océan.

— Tom ! cria-t-il au désespoir. Oh, mon Dieu, Dorian !

Depuis le nid-de-pie, Tom regarda le pont du *Minotaur* tout en bas, la horde d'Arabes enturbannés dans leurs djellabas multicolores. Il fit pivoter le fauconneau sur sa monture et l'amena presque à la verticale, et dut se pencher par-dessus le bord du nid-de-pie pour viser.

— Tire ! cria Dorian à son côté. Tire, Tom !

Celui-ci voyait nettement les terribles dommages que les canons du *Seraph* avaient infligés au navire ennemi. Ses plats-bords étaient fracassés, le bois de ses couples mis à nu, son beaupré arraché dans un enchevêtrement de misaines et de cordages qui pendillaient dans l'eau. L'un des canons du pont avait été touché et projeté hors de son affût. Les corps de deux servants étaient coincés sous l'énorme tube noir.

Morts et blessés jonchaient le pont, les hommes d'équipage terrifiés glissaient et tombaient sur le bois rougi par le sang, trébuchaient sur les cadavres de leurs compagnons en se précipitant en masse vers le bastingage le plus éloigné de la rangée menaçante de canons du *Seraph*.

— Tire ! répéta Dorian en martelant du poing l'épaule de son frère. Pourquoi ne tires-tu pas ?

Tom attendait le moment opportun. Il savait que, sur

cet inconfortable perchoir qu'était le nid-de-pie, il lui fallait cinq bonnes minutes pour recharger le long fauconneau et que pendant ce temps il risquait de laisser passer la chance de faire mouche.

— Attendez toujours le bon moment, lui avait mille fois conseillé le Grand Daniel. Ne gaspillez pas vos munitions en tirant de trop loin. Attendez d'être assez près pour que chaque coup porte.

Les ennemis s'agglutinaient contre le bastingage opposé du *Minotaur*. Certains avaient grimpé dessus, prêts à se jeter à l'eau pour nager jusqu'à l'un des petits dhaws plutôt que d'affronter la bordée du *Seraph* et l'assaut des infidèles qui allaient se précipiter à bord. Sur six ou sept rangs, ils se bousculaient, se battaient pour s'échapper. Tom distinguait leurs visages mats frappés par la terreur quand, par-dessus leur épaule, ils jetaient un coup d'œil au *Seraph* qui se dressait au-dessus d'eux.

Il visa dans le tas et fit feu. De la fumée et des fragments d'étoupe enflammée jaillirent en un épais nuage et furent rabattus par le vent sur son visage ; pendant quelques instants il fut aveuglé. Puis le vent balaya la fumée et Tom vit la coupe claire que la mitraille avait pratiquée dans les rangs ennemis pris de frénésie. Une douzaine au moins d'hommes en djellaba se débattaient convulsivement sur le pont dans leur propre sang.

— Joli coup ! Oh, quel joli coup ! s'écria Dorian.

— Aide-moi à recharger, dit-il en redressant le canon du fauconneau pour l'amener à la verticale.

Dorian écouvillonna le canon, versa avec le seau de cuir une charge de poudre noire dans la gueule, et Tom enfonça le tampon d'étoupe pour le refouler à poste.

A ce moment, le mât vacilla et trembla sous eux ; le bois transmit la violente secousse donnée par le boulet d'al-Auf. Tom lâcha le refouloir et se cramponna au côté du nid-de-pie. Il mit un bras autour de la taille de Dorian et le serra contre lui.

— Tom, que se passe-t-il ? s'écria Dorian, affolé, en s'agrippant à son frère.

— Tiens-toi bien !

Tom essaya de maîtriser sa terreur tandis que le mât oscillait puis penchait au-dessus des vagues.

— Nous tombons par-dessus bord, Dorry. Accroche-toi à moi.

Lentement le mât s'inclina vers l'extérieur dans le craquement du bois brisé, les claquements et les coups de fouet des cordages et des apparaux rompus. Il les entraînait dans sa chute de plus en plus vite, et ils en avaient le souffle coupé.

— Je ne peux plus tenir... cria Tom, désespéré.

Toujours agrippés l'un à l'autre, ils furent projetés hors de la nacelle de toile et tombèrent en une chute interminable au milieu d'un écheveau de cordages et d'espars, puis ils touchèrent l'eau et disparurent.

Dorian avait été arraché aux bras de son frère par la violence du choc. Alors même qu'il était loin sous la surface, Tom ouvrit les yeux pour essayer de le repérer tout en s'efforçant de remonter. Quand il émergea, hors d'haleine, sa première pensée fut pour son jeune frère. Il regarda autour de lui et, encore à moitié suffoqué, cria :

— Dorian, où es-tu ?

Ses voiles emmêlées, le mât brisé du *Seraph* était couché sur le côté et traînait dans l'eau comme une énorme ancre flottante qui tirait sur la proue ; le *Minotaur* s'éloignait rapidement. Tom, prisonnier d'un enchevêtrement de cordages et de toile, essaya de se libérer. Il se débarrassa à coups de pied d'un cordage enroulé autour de ses jambes et se cramponna à un espar brisé pour se soulever et regarder alentour.

— Dorry ! cria-t-il encore.

A cet instant, la tête de Dorian apparut à la surface à une trentaine de pieds de lui, à moitié noyé, suffoquant, toussant. En chassant sur son ancre improvisée, le *Seraph* les éloignait l'un de l'autre.

— Tiens bon, Dorry ! hurla Tom. J'arrive !

Il lâcha l'espar et nagea vers son frère. Immédiatement, la corde s'enroula de nouveau autour de sa jambe.

— Tom !

Dorian l'avait vu et tendait la main vers lui.

— Sauve-moi, Tom !

Il était déjà loin et dérivait.

— J'arrive, Dorry !

Tom se débattait avec la corde qui l'entravait, mais autant essayer de se délivrer de l'emprise d'une pieuvre. Une vague se brisa sur la tête de Dorian, qui disparut de nouveau. Quand il refit surface, il s'était éloigné encore d'une vingtaine de pieds et battait des bras inutilement pour garder la tête hors de l'eau.

— Nage, Dorry ! lui cria Tom. Comme je t'ai appris.

Dorian l'entendit et contrôla un peu ses mouvements.

— Avec les pieds, Dorry ! Utilise tes mains.

Dorian pédalait et nageait avec plus de détermination, mais le courant l'emportait et Tom était écarté de lui par le cordage qui le liait à l'espar brisé. Il mit la tête sous l'eau, chercha à tâtons l'extrémité des cordages et tenta de dégager ses jambes. Mais le courant resserrait les boucles et il avait beau tirer sur le chanvre rugueux qui lui écorchait les doigts, il ne cédait pas. Tom, à bout de souffle, devait remonter à la surface.

Il aspira l'air et chercha Dorian des yeux. Il l'aperçut à une centaine de yards, trop loin pour voir son expression, mais sa voix était un gémissement désespéré :

— Au secours, Tom !

A cet instant, l'espar tourna sur lui-même et Tom fut de nouveau tiré sous l'eau, si profondément cette fois que ses tympans craquèrent et que la douleur lui vrilla la tête. Il tira de toutes ses forces sur la corde qui le retenait ; la peau de ses doigts et ses ongles s'arrachait. La douleur dans sa poitrine, le besoin d'air étaient insupportables, mais il continua de lutter alors même que ses forces lui échappaient. Sa vision s'obscurcit et il ne lui resta plus que la volonté de vivre. « Je n'abandonnerai pas. Dorry a besoin de moi. Je ne peux pas le laisser mourir. » C'était la seule pensée qui lui restait.

Il sentit alors des mains puissantes le saisir. Quand il rouvrit les yeux, il vit le visage d'Aboli à quelques pouces du sien : ses yeux grands ouverts et les étranges dessins de ses tatouages lui donnaient l'apparence d'un terrible monstre des profondeurs. Il avait un couteau entre les dents et des bulles argentées s'échappaient de la commissure de ses lèvres.

Aboli avait vu les deux garçons tomber du mât arraché et, sans la moindre hésitation, il avait quitté son poste de combat. Pendant le temps nécessaire pour traverser le pont et atteindre le bastingage du côté du vent, Dorian avait dérivé de cinquante yards par rapport au *Seraph*. Dans une hâte désespérée, Aboli s'était débarrassé de sa djellaba et de son turban, et, vêtu de sa seule culotte, il avait sauté sur le bastingage et était resté là un instant, afin de juger lequel des deux garçons était le plus en danger.

Dorian semblait se maintenir à flot, mais il dérivait en direction de la flottille de dhaws. Tom, en revanche, se trouvait pris au piège dans l'enchevêtrement de toile et de cordages. Aboli hésita, partagé entre son devoir et son amour pour les deux fils de Hal. Il n'arrivait pas à se décider.

Alors, avec un violent craquement, un espar du mât de misaine se brisa et chavira dans l'eau. Empêtré dans les cordages, Tom avait été entraîné sous la surface. Aboli jeta un regard désespéré dans la direction de Dorian, minuscule dans le lointain, tira son couteau de son étui, serra la lame entre ses dents et plongea. Il remonta à la surface presque au-dessus de l'endroit où Tom avait disparu, prit une brève inspiration et plongea de nouveau. Il se servait des cordages pour se propulser vers le bas et regardait à travers l'eau que troublaient des turbulences et des nuages de bulles brillantes.

Il vit enfin la silhouette de Tom émerger du brouillard vert au-dessous de lui. Il bougeait à peine, sur le point de se noyer, et le cordage était enroulé autour de ses jambes comme un python. Aboli tendit les mains et le saisit par les épaules puis regarda son visage. Tom avait les yeux ouverts ; il le secoua vigoureusement pour le tonifier et lui rendre espoir. Puis il arracha le couteau d'entre ses dents et s'attaqua à la corde qui entravait les jambes de Tom. Il procéda avec précaution car la lame coupait comme un rasoir et risquait de le blesser. Il démêlait l'écheveau avec méthode, sciant une boucle à la fois jusqu'au moment où le dernier brin lâcha et libéra Tom. Aboli le prit sous les aisselles et remonta le plus vite possible. Ils émergèrent ensemble, et, tout en reprenant son souffle, sa large poitrine se soulevant comme un soufflet de forge, il tenait le visage de Tom hors de l'eau et guettait un signe de vie dans ses yeux. Soudain, Tom toussa violemment, cracha et chercha sa respiration. Aboli le tira jusqu'au mât abattu et lui tapa dans le dos pour expulser l'eau qu'il avait avalée.

En même temps, il cherchait Dorian des yeux. Une nappe de fumée recouvrait la surface de l'océan et dérivait vers la terre. Le chœur discordant des coups de canon n'avait pas encore cessé mais diminuait à mesure que les deux navires s'éloignaient l'un de l'autre.

D'un coup d'œil, Aboli vit que le *Minotaur* se trouvait déjà à un demi-mile au moins et, toutes voiles dehors, laissait porter vers le nord. Il ne cherchait pas à tirer parti de l'incapacité de manœuvrer dans laquelle était le *Seraph* pour l'attaquer, mais tentait au contraire de s'enfuir. Aboli ne s'attarda pas et se remit à chercher Dorian.

Trois petits dhaws encerclaient le *Seraph* à une distance respectable, comme des chacals autour d'un lion blessé. Si le *Seraph* avait fait mine de les prendre en chasse, Aboli savait qu'ils auraient immédiatement mis le cap sur les hauts-fonds du lagon et vers l'abri des récifs de coraux, où un grand navire ne pouvait les suivre. Entravé par l'enchevêtrement de débris à son côté, le *Seraph* était incapable de venir dans le vent. Il dérivait vers les redoutables récifs.

Aboli vit que, sur l'ordre du Grand Daniel, une équipe était déjà en train de dégager les débris du mât et de son gréement à la hache. Il cria pour réclamer de l'aide, mais les hommes sur le pont étaient trop absorbés par leur tâche pour lui prêter attention et le bruit sourd des coups de hache, les ordres couvraient sa voix. Puis, soudain, un canot fut descendu le long du flanc du *Seraph* et toucha l'eau. Les hommes souquèrent dans leur direction. Avec stupéfaction, Aboli vit Hal à la barre. Il avait dû laisser le bateau à la charge de Ned Tyler pour voler au secours de ses fils. Debout, il cria à Aboli :

— Où est Dorian ? Au nom du ciel, est-ce que tu l'as vu ?

Encore hors d'haleine, Aboli ne put répondre, mais le canot les rejoignit en moins d'une minute et trois hommes se penchèrent pour les hisser à bord. Ils déposèrent Tom entre les bancs de nage avant de reprendre leur place aux avirons. Aboli constata avec soulagement que Tom s'efforçait de s'asseoir, et il lui tendit la main pour l'aider tandis que Hal répétait sa question :

— Pour l'amour de Dieu, Aboli, où est Dorian ?

Encore incapable de parler, Aboli montra du doigt les nappes de fumée qui dérivaient. Hal sauta sur un banc de nage et, en équilibre instable, scruta la mer en se protégeant les yeux contre le reflet aveuglant du soleil matinal.

— Il est là ! cria-t-il avec soulagement, puis aux rameurs : Hardi, les gars !

Sous la poussée des longs avirons, le canot prit de la vitesse et se dirigea vers Dorian, dont la tête minuscule dansait sur l'eau à un quart de mile d'eux.

Cette incursion précipitée du canot en pleine mer, loin de la sécurité du *Seraph*, avait dû attirer l'attention de l'équipage de l'un des dhaws qui traquaient le navire. Les hommes montraient du doigt la tête de Dorian et leurs cris d'excitation parvenaient jusqu'au canot malgré la distance. L'homme de barre infléchit brusquement leur route, l'équipage se précipita pour balancer l'unique voile latine, et le dhaw se rapprocha de l'enfant pour gagner le canot de vitesse.

— Souquez ! rugit Hal, comprenant le danger.

Aboli laissa Tom et se précipita pour prendre place sur un banc de nage. Il écarta l'homme qui s'y trouvait et pesa de tout son poids sur l'aviron. Ses muscles saillaient sous l'effort.

— Tous ensemble ! hurla-t-il.

Le canot bondit en avant ; les vagues jaillissaient par-dessus la proue et aspergeaient le dos des rameurs.

A ce moment, une vague plus haute souleva Dorian et il aperçut le canot qui se dirigeait vers lui. Il agita la main. Ils n'étaient pas encore assez près pour distinguer l'expression de son visage mais il n'avait pas vu le dhaw qui s'approchait de l'autre côté.

— Nage, mon petit ! Nage vers nous ! cria Hal, mais Dorian ne pouvait l'entendre.

Il agita encore la main, faiblement ; de toute évidence, il était à bout de forces. La brise matinale était légère et irrégulière, et le canot plus rapide que le dhaw, mais la distance qui le séparait de Dorian, plus grande.

— Nous gagnons du terrain, les gars ! lança Hal. Nous allons l'atteindre avant eux.

Il sentit le vent souffler sur sa joue, tomber quelques instants puis reprendre plus fort, avec plus de détermination. Il le vit assombrir la surface de l'eau, passer sur Dorian puis gonfler la voile du dhaw comme une outre. Le petit navire gîta puis augmenta l'allure, sa lame d'étrave blanche d'écume dans le soleil du matin.

Dorian avait dû entendre les cris des Arabes qui approchaient car il tourna la tête et commença à nager, ses bras frappant l'eau avec force éclaboussures tant il était épuisé, pour tenter de s'éloigner du dhaw, en direction du canot. Mais il n'avançait guère sur la mer clapoteuse.

Consterné, Hal tenta d'estimer la distance et la vitesse relatives des deux bateaux, et il se rendit compte qu'ils ne pouvaient battre le dhaw de vitesse.

— Souquez ! cria-t-il, au désespoir. Cent guinées d'or si vous l'atteignez les premiers ! Souquez ! Pour l'amour du ciel, souquez !

Il y avait au moins vingt hommes à bord du dhaw. C'était un méchant petit navire, les voiles en lambeaux, rapiécées et tachées de crasse, la peinture de la coque écaillée, le vaigrage zébré par les déjections de l'équipage. L'un des hommes brandit un long mousquet et visa le canot. Une fumée blanche jaillit de l'arme ancienne et Hal entendit la balle siffler près de son oreille, mais il ne broncha pas.

Aboli poussa sur son aviron avec une telle force qu'il en avait les yeux exorbités et injectés de sang, son visage tatoué figé en un horrible rictus. L'aviron se courbait comme une branche verte, l'eau sifflait sous l'étrave et laissait un sillage droit comme une flèche.

Cependant, le dhaw gagnait encore de la vitesse et il lui restait moins de chemin à parcourir. Hal sentit l'épouvante glacer sa poitrine quand il comprit enfin qu'il ne pouvait l'emporter : ils se trouvaient encore à une centaine de yards de Dorian quand, arrivant à sa hauteur, le capitaine du dhaw vint au lof et mit en panne juste le temps que cinq de ses hommes se penchent par-dessus bord pour empoigner l'enfant.

Quand ils le tirèrent ruisselant hors de l'eau, Dorian se débattit, donna des coups de pied, et ses cris terrifiés résonnèrent aux oreilles de Hal. Il tira son pistolet de sous son gilet et, désespéré, visa, mais il savait que c'était inutile avant même qu'Aboli ait rugi :

— Non, Gundwane ! Vous pourriez le toucher.

Hal baissa son arme et vit Dorian hissé sur le pont crasseux, le capitaine du dhaw mettre la barre en grand et s'écarter du lit du vent. La voile se gonfla avec un claquement sec, le dhaw laissa arriver et vira avec une rapidité et une aisance surprenantes, jusqu'à atteindre sa meilleure allure, puis fendit les flots vers la terre. L'équipage arabe leur lançait des injures et des moqueries. Quelques-uns firent feu avec leurs mousquets et les balles soulevèrent des jets d'écume autour du canot.

Ruisselants de sueur, hors d'haleine, les rameurs s'effondrèrent sur leurs avirons et les regardèrent s'éloigner. Atterrés et silencieux, ils gardaient les yeux fixés sur le dhaw qui emportaient leur favori.

Puis deux Arabes soulevèrent Dorian au-dessus de leur tête. L'un saisit sa dague recourbée et la dressa, la lame d'argent étincelant au soleil. Puis il souleva le menton de Dorian et lui tira la tête en arrière comme pour saigner un porc. Il plaça délibérément la lame contre sa gorge et lança un sourire aux autres.

Hal sentit une partie de son être se recroqueviller et mourir au tréfonds de lui-même. Un murmure lui vint aux lèvres :

— Seigneur, je vous en supplie, épargnez mon enfant. Tout ce que vous exigerez de moi, je le ferai, mais épargnez mon enfant.

Dorian se débattait toujours entre les mains de l'Arabe et sa casquette tomba soudain. Ses cheveux d'or cuivré dégringolèrent sur ses épaules, brillant de mille feux dans le soleil. Manifestement consterné, l'homme écarta la lame. Il y eut une agitation soudaine à bord du dhaw, l'équipage s'attroupa autour de Dorian en gesticulant. Ensuite, le dhaw s'éloigna sous sa grande voile triangulaire.

L'embarcation avait parcouru deux bons milles quand Hal se résolut à donner l'ordre de retourner au *Seraph*, mais pendant tout le trajet il regarda par-dessus son épaule. Il vit le dhaw suivre la silhouette du *Minotaur* le long du détroit, en direction du nord.

— C'est par là que je les chercherai, murmura-t-il. Et je n'aurai de cesse tant que je ne les aurai pas retrouvés.

A bord du *Seraph*, on s'employait avec acharnement à sauver le navire. Cette activité aida Hal à survivre aux premières heures redoutables qui suivirent la capture de Dorian. Le bateau ne pouvait venir au lof avec son mât, ses voiles et son gréement de misaine qui traînaient dans l'eau comme une énorme ancre flottante. Hal hissa toute la toile sur les mâts restants pour tenter de le tenir au large de la côte sous le vent, mais cela ne faisait que retarder le moment où il allait être drossé.

Conduits par Aboli et le Grand Daniel, dix hommes armés de haches rampèrent sur le mât de misaine pour couper les voiles et les cordages enchevêtrés. C'était un travail périlleux : chaque fois que la hache sectionnait un cordage, il y avait un transfert de tension, le mât roulait et donnait des secousses, menaçant de projeter les hommes dans l'eau.

Tandis que le *Seraph* résistait à l'immense drague, ils continuaient de dériver vers les récifs de coraux, et Hal se précipitait d'un bord à l'autre pour surveiller la terre et diriger les efforts de ses hommes en leur désignant les bouts de cordage qui retenaient encore le mât abattu.

Le sommet arrondi et verdoyant du Ras Ibn-Khum ne cessait de se rapprocher et se dressait toujours plus menaçant au-dessus du bateau qui luttait pour sa vie. Les vagues se cabraient de plus en plus violemment sous la coque à mesure que le fond de l'océan remontait en pente douce vers le récif, et le corail noir montrait ses crocs, prêt à déchirer les entrailles du *Seraph*.

Le mât de misaine n'était plus retenu que par son étai, un cordage en chanvre de Manille de dix pouces de section. Sa tension le rendait aussi dur qu'une barre de fer et l'eau de mer giclait de ses torons tordus. En équilibre sur l'énorme mât, le Grand Daniel renvoya les autres hommes sur le pont. Il rassembla ses forces et ajusta son coup, puis leva la hache au-dessus de sa tête et l'abattit sur le câble tendu à se rompre. Il avait si bien dosé son effort que le gros cordage ne fut pas tranché d'un seul coup, seuls cinq torons lâchèrent.

Tandis que, sous la tension, les derniers brins se défaisaient en une série de claquements secs et que le mât roulait lourdement sous ses pieds, le Grand Daniel eut juste le temps de sauter sur le pont. Puis le pied du mât racla en grinçant sur le plat-bord, glissa enfin dans l'eau et se mit à flotter à l'écart de la coque.

Libéré de ses liens, le *Seraph* réagit sans tarder. Le pont fortement incliné se stabilisa et le navire répondit presque joyeusement aux sollicitations de la barre. Sa proue vint dans le vent pour doubler le cap Ras Ibn-Khum, qui avait menacé de le prendre au piège.

Hal alla au bastingage sous le vent et regarda le mât de misaine abandonné à lui-même qui dérivait vers le récif en repérant l'endroit où il allait être jeté à la côte. Puis il accorda toute son attention à la manœuvre pour amener son bateau vers un mouillage sûr.

En modifiant l'orientation des voiles sur les deux mâts encore debout et en changeant légèrement de cap, il parvint à conduire le *Seraph* blessé dans la baie au-delà de la pointe. Il vit tout de suite pourquoi al-Auf l'avait choisie pour se mettre en embuscade.

C'était une baie fermée, si profonde que l'eau bleue luisait au soleil comme un lapis-lazuli. Le haut promontoire la protégeait du vent de mousson. On distinguait le fond sablonneux à dix brasses de profondeur.

— Paré à jeter l'ancre, monsieur Tyler, dit-il.

Lorsqu'elle heurta l'eau en éclaboussant la proue et que le câble défila en grondant dans l'écubier, le chagrin qui avait menacé de le submerger l'envahit et l'écrasa. L'image de son fils entre les mains des pirates arabes, le couteau contre sa gorge, restait gravée dans son esprit et il savait qu'il ne l'en chasserait jamais. La douleur lui enlevait tout courage. Il semblait avoir vidé ses membres de leur force, ses poumons de leur souffle même. Il eut envie d'aller dans sa cabine pour se jeter sur sa couchette et s'abandonner à sa souffrance.

Il demeurait seul sur le gaillard d'arrière car tous ses officiers et l'équipage se tenaient à l'écart et aucun ne tournait jamais son regard dans sa direction. Avec le tact inné d'hommes durs et mal dégrossis, ils le laissaient à sa peine. Hal contemplait l'horizon septentrional vide. Les eaux bleues du détroit miroitaient au soleil, mais elles ne portaient aucune voile, aucune promesse de secours. Dorian avait disparu. Il n'arrivait même pas à se secouer pour envisager l'action à entreprendre, l'ordre à donner aux hommes qui attendaient sans le regarder.

Aboli s'approcha alors et lui toucha le bras.

— Gundwane, vous aurez le temps pour cela ensuite. Si vous voulez sauver votre fils, faites en sorte que votre navire soit prêt à le suivre. (Il tourna les yeux vers le moignon du mât de misaine, le bois à vif fracassé par le lourd boulet.) Pendant que vous gémissez, le jour s'enfuit. Donnez vos ordres.

Hal le regarda avec les yeux vides d'un fumeur de *bhang*.

— Il est si jeune, Aboli, si petit !

— Donnez vos ordres, Gundwane.

— Je suis las, très las.

— Si grande que soit votre affliction, vous ne pouvez vous reposer, dit Aboli doucement. Allez, donnez vos ordres.

Hal frissonna sous l'effort pour rassembler son courage, puis leva le menton.

— Monsieur Tyler ! Je veux qu'on mette à la mer les deux chaloupes et les canots.

Les mots lui venaient aux lèvres en hésitant, comme s'il avait employé une langue étrangère.

— Oui, capitaine.

Ned Tyler se précipita pour exécuter les ordres, soulagé.

Hal sentit les forces lui revenir et sa détermination se renforcer. Sa voix s'affermit à mesure qu'il parlait :

— Les équipages des embarcations iront récupérer le mât jeté à la mer. Pendant ce temps, les charpentiers devront tailler le bout restant pour pouvoir le reclamper. Que les voiliers sortent les voiles, les cordages et les câbles de rechange pour le regréer. (Tout en égrenant ses ordres, il regarda le soleil, qui avait déjà franchi le zénith.) Que l'équipage prenne son repas par bordée. Nous n'aurons guère le temps de nous reposer tant que le bateau ne sera pas reparti.

A la barre de la chaloupe de tête, Hal menait la flottille de petites embarcations autour de la pointe de Ras Ibn-Khum. Les deux chaloupes avaient été remontées : c'étaient deux bateaux non pontés de trente-cinq pieds, mais qui tenaient bien la mer, capables d'effectuer de longs trajets au large et convenant pour le genre de missions difficiles que projetait Hal.

Ils n'avaient pas plus tôt doublé la pointe du cap qu'il repéra le mât de misaine. Même à deux miles de distance, il était facile à voir, emberlificoté dans la toile blanche étincelante qui se détachait sur le récif de corail noir. A mesure qu'ils approchaient, Hal se rendit compte qu'il n'allait pas être aisé de le dégager, car la toile et les cordages étaient empêtrés dans les aspérités du corail, et la grosse houle qui venait du détroit se brisait en vagues écumantes sur le récif.

Alf Wilson amena l'autre chaloupe dans les eaux plus calmes du lagon par une passe : de là, il fut moins périlleux de débarquer des hommes armés de couteaux et de haches sur le récif. Ils se cramponnèrent au mât, au milieu des eaux bouillonnantes.

Pendant ce temps, conduits par Aboli et le Grand Daniel, cinq parmi les meilleurs nageurs gagnaient le récif en traînant des lignes légères nouées autour de leur taille. Ils tendirent le bout aux hommes déjà sur le récif et repartirent vers les chaloupes et les canots.

Les lignes légères permirent de passer des cordes plus lourdes et plus solides aux hommes accrochés au mât. Quand ils les eurent attachées à son extrémité, les petites embarcations se déployèrent en éventail et entreprirent de dégager les soixante pieds de lourd bois de pin.

Tous les canots avaient un double effectif, de façon que, lorsqu'une équipe était fatiguée, l'autre puisse la relayer. Elles tendaient les lignes et tiraient à l'unisson. Les hommes près du mât sectionnaient à coups de hache les cordages et la toile emmêlés dans les aiguilles et les arêtes déchiquetées pour tenter de libérer le mât de cette étreinte tenace. L'eau, battue violemment par les plats des avirons, était blanche d'écume tandis que les équipages tiraient sur le mât récalcitrant. Il bougea, glissa de quelques yards et les hommes poussèrent un cri de triomphe, mais il s'immobilisa tout de suite et se coinça. Peu à peu, à contrecœur, le corail relâcha son emprise, mais Hal dut changer par trois fois les équipes des bancs de nage avant que le mât s'écarte du récif et puisse être tiré en eau plus profonde.

Alf Wilson récupéra ses hommes agrippés au mât. On les hissa hors de l'eau, leurs bras et leurs jambes lacérés et déchirés par le contact avec le corail. Hal savait que beaucoup de ces blessures allaient s'infecter, le corail étant aussi toxique que le venin d'un serpent.

Le soleil descendait déjà sur l'horizon. Hal changea de nouveau les équipes, et les embarcations entreprirent le long trajet de retour vers la baie. Avec la lourde charge qu'elles tiraient, elles semblaient faire du surplace, et les hommes s'acharnaient en vain sur les longs avirons, les bras et le dos brûlés par le soleil des tropiques, la sueur ruisselant sous les bancs de nage. Retenus par leur drague, les canots avançaient péniblement à l'extérieur du récif corallien, mais, quand ils essayèrent de franchir la pointe de Ras Ibn-Khum, le courant qui tourbillonnait autour du cap les tint en bride et ne les lâcha pas.

Tandis qu'ils luttaient, le soleil sombra dans la mer. Ils étaient au bord de l'épuisement, les muscles endoloris, les yeux vitreux, mais ils ne pouvaient diminuer leur effort, sans quoi le courant les aurait aussitôt drossés sur le récif. Pour donner l'exemple, Hal se débarrassa de sa veste et de sa chemise, et prit son tour aux avirons. Ni les muscles de son dos ni ses mains n'étaient habitués à ce dur travail comme ses hommes, et après une heure, il souffrit le martyre, ses paumes à vif collées au manche de l'aviron par le sang. Mais cette torture physique et le mouvement de balancement hypnotique de la nage le distrayaient de sa douleur.

Un peu avant minuit, la marée commença à monter et le jusant autour de la pointe travailla en leur faveur. Ils la doublèrent lentement et entrèrent dans la baie abritée. Enfin, au clair de lune, ils virent le *Seraph* sur son ancre dans les eaux paisibles où se reflétaient les étoiles. Quand ils amarrèrent le mât le long du navire, seuls quelques-uns eurent la force de grimper à l'échelle pour remonter à bord ; la plupart s'effondrèrent au fond des chaloupes et s'endormirent d'un sommeil de plomb.

Hal gravit l'échelle avec précaution. Ned Tyler l'attendait en haut avec une lanterne. Il y eut du respect dans ses yeux quand il mesura son degré d'épuisement et vit ses mains ensanglantées.

— Je vais faire appeler immédiatement le médecin, dit-il.

Il s'avança pour aider Hal mais celui-ci se dégagea d'un mouvement d'épaule.

— Où est Tom ? demanda-t-il d'une voix rauque. Où est mon fils ?

Ned leva les yeux, Hal suivit son regard et aperçut une silhouette solitaire dans le gréement du grand mât.

— Il est là-haut depuis que nous avons jeté l'ancre, expliqua Ned.

— Donnez aux hommes une goutte de rhum avec leur petit déjeuner, monsieur Tyler, ordonna Hal, mais réveillez-les à la première heure. Dieu sait qu'ils ont besoin d'un repos bien mérité, mais je ne peux le leur accorder tant que le *Seraph* n'est pas prêt à reprendre la mer.

Chaque muscle de son corps exigeait du répit et il titubait de fatigue, mais il traversa le pont jusqu'aux haubans du grand mât et entreprit la longue escalade jusqu'à la vergue.

Quand il atteignit la grand-vergue, Tom lui fit de la place et ils restèrent assis côte à côte sans mot dire. Le chagrin de Hal, qu'il avait tenu en échec tout le jour et toute la nuit, revint en force et masqua son épuisement. Il passa le bras autour des épaules de Tom pour le consoler mais aussi chercher un réconfort.

Tom s'appuya contre lui et tous deux demeurèrent silencieux. Les étoiles accomplissaient leur course majestueuse et les Pléiades disparurent derrière le cap avant que Tom commence à sangloter sans bruit, en proie à une douleur insupportable. Hal le serra davantage, mais c'est d'une voix brisée que son fils murmura :

— C'est ma faute, père.

— Ce n'est la faute de personne, Tom.

— J'aurais dû le sauver. Je le lui avais promis. Je lui avais fait le serment de ne jamais l'abandonner.

— Non, Tom, ce n'est pas votre faute. Aucun de nous n'y pouvait quoi que ce soit, insista Hal.

Il pensa : « Si quelqu'un est fautif, c'est moi. J'aurais dû laisser Dorian en sécurité à High Weald. Il était trop jeune pour nous accompagner. Je regretterai jusqu'à la fin de mes jours de ne pas l'avoir fait. »

— Il faut que nous le retrouvions, père. Il faut que nous sauvions Dorian, reprit Tom d'une voix plus ferme. Il est là-bas quelque part. Aboli dit qu'ils ne le tueront pas. Ils le vendront comme esclave. Il faut absolument le retrouver.

— Nous le retrouverons.

— Nous devons en faire le serment, dit Tom en levant les yeux vers le visage de son père.

Il distingua ses yeux entourés de cernes sombres et sa bouche dure, comme sculptée dans le marbre. Tom chercha sa main à tâtons : elle était collante de sang à moitié séché.

— Prononcez le serment pour nous deux, demanda Hal, et Tom leva leurs mains entrelacées vers le ciel étoilé.

— Entendez notre serment, ô Dieu, dit-il. Nous jurons que nous n'aurons de cesse et de repos tant que nous n'aurons pas retrouvé Dorian, où qu'il soit sur terre.

— Amen ! murmura Hal.

Les étoiles étaient noyées par les larmes qui coulaient de ses yeux.

Les charpentiers chanfreinèrent le moignon du mât de misaine brisé, sciant et ciselant le bout fendu en éclats afin de former une feuillure sur laquelle on pouvait assembler le pied du mât. Pendant ce temps, le mât lui-même était tiré jusqu'au rivage, où une autre équipe façonna l'extrémité pour former le joint. Le travail se poursuivit tout le jour et continua après la tombée de la nuit, à la lumière des lanternes. Hal était poussé par un démon et n'épargnait personne, à commencer par lui-même.

Hal et Tyler observaient le mouvement de la marée dans la baie et examinaient la plage. Le fond sableux était idéal pour la besogne, et l'amplitude de la marée supérieure à deux brasses et demie. Lorsque le mât fut prêt, ils halèrent le *Seraph* sur la plage à marée haute et l'amarrèrent avec de lourds câbles attachés aux palmiers au bord de l'eau.

Quand la marée se retira, le navire se retrouva à sec sur le sable blanc. A l'aide des câbles, ils le levèrent à un angle de trente degrés. Il fallait ensuite qu'ils fassent vite, car six heures plus tard la marée allait le remettre à flot. Avec un système de poulies et de palans, le vieux mât fut guindé sur son bout feuillé et chevillé avec de longues pointes de fer trempées dans du goudron en fusion.

Hal en profita pour inspecter le fond du bateau afin de s'assurer qu'il n'était pas attaqué par les tarets, qui dans ces eaux chaudes pouvaient ronger les couples d'un navire. Il arrivait que ces vers soient longs comme le bras et gros comme le pouce. Quand la coque était très infestée, ils perçaient des trous si rapprochés que seule une mince épaisseur de bois les séparait. Le navire risquait alors de perdre sa carène par grosse mer. Hal fut soulagé de constater que la couche de goudron et de toile qui recouvrait la coque en avait détourné non seulement les tarets mais aussi les algues, qui ralentissaient l'allure du bateau. Elle était aussi propre que possible, mais il n'avait pas le temps de gratter les quelques algues et bernacles qui s'y étaient accrochées.

Dès que la marée souleva le *Seraph*, ils le remorquèrent jusqu'à son mouillage dans les eaux profondes de la baie. Le joint du mât de misaine n'étant pas assez solide pour supporter la pression des voiles par vent fort, les charpentiers le renforcèrent. Ils façonnèrent d'abord des clamps de bois dur en guise d'attelles pardessus le joint. Une fois ceux-ci en place, ils mirent en place des liures en corde de chanvre trempée et les serrèrent avec le cabestan. Quand la corde sécha, elle était dure comme fer.

Hal inspecta le travail fini.

— Le joint est plus solide que le mât lui-même, se glorifia le maître charpentier. Quand les étais et les haubans seront gréés, vous pourrez envoyer autant de toile que vous voudrez par n'importe quel vent : s'il casse, ce ne sera pas au même endroit.

— Excellent ! le félicita Hal. Maintenant, veillez à gréer les vergues et espars neufs.

Lorsque le travail fut achevé et que le *Seraph* se balança sur son ancre sous son mât remis à neuf, ses voiles ferlées sous les garcettes, prêtes à être envoyées, Ned Tyler, suivi par les autres officiers, vint au rapport sur le gaillard d'arrière.

— Tout est en ordre, capitaine. Fin prêt à reprendre la mer.

— Très bien, monsieur Tyler.

Ned hésita puis prit son courage à deux mains :

— Si vous permettez, capitaine, où allons-nous ? Avez-vous un cap à me donner ?

— J'espère pouvoir vous en donner un très rapidement, promit Hal sombrement. Faites défiler les prisonniers sur le pont.

On alla chercher les captifs arabes dans le gaillard d'avant ; ils arrivèrent vêtus de leur seul pagne, chaînes aux pieds. Dans un cliquetis de maillons, ils avancèrent à la queue-leu-leu en clopinant et restèrent sur la plage avant, débraillés, clignant des yeux dans la forte lumière.

Hal les ignora et se dirigea vers le bastingage. Il regarda l'eau, si claire qu'il voyait les holoturies ramper sur le fond sableux et des bancs de petits poissons voltiger autour de la coque. Puis, brusquement, une forme sombre apparut en glissant de dessous le navire, aussi longue et large qu'une chaloupe. Son dos était strié de lignes sombres ondulées et l'énorme queue battait à un rythme paresseux.

Le *Seraph* était resté assez longtemps au mouillage pour que les détritus de cuisine et les eaux usées déversés dans la baie attirent les requins-tigres depuis les eaux profondes au-delà des récifs. Hal eut un léger frisson en voyant le monstre virer d'un petit mouvement et disparaître sous la coque. Le requin hantait les cauchemars de tous les marins sous les tropiques.

Hal s'éloigna du bastingage et se dirigea vers la file des prisonniers. Son chagrin avait enfin une cible sur laquelle se concentrer. Il lui fallut un suprême effort de volonté pour maîtriser sa colère et rester impassible en dévisageant les pirates. Rachid se trouvait au bout de la rangée. Un chiffon sale maculé de sang couvrait son oreille blessée. Hal s'arrêta devant lui.

— De quelle peine punit-on la piraterie ? lui demanda-t-il d'un ton calme. Que prévoit le Coran pour les meurtriers et les violeurs ? Parle-moi de la loi de la Shari'ah. Expose-moi la loi de l'islam.

Rachid, incapable de le regarder en face, tremblait comme un homme pris par la fièvre et la sueur ruisselait de ses joues sur son menton. Il avait vu combien ce démon des mers était impitoyable.

— Le Prophète ne nous dit-il pas quel est le sort réservé au meurtrier ? Ne le remet-il pas entre les mains du père de la victime ? demanda Hal. Ne nous exhorte-t-il pas à ne pas avoir pitié de celui qui a le sang de victimes innocentes sur les mains ?

Rachid tomba à genoux et essaya d'embrasser les pieds de Hal.

— Pitié, noble seigneur ! Je place mon âme méprisable entre tes mains.

Hal le repoussa d'un coup de pied comme un sale cabot et parcourut la rangée.

— Le Prophète nous dit que la peine qui punit le meurtre est la mort. Vous êtes tous des assassins pris en flagrant délit de piraterie, avec du sang sur les mains. Je suis au service du roi anglais, habilité et chargé par Sa Majesté de débarrasser les mers d'ordures dans votre genre.

Hal se tourna vers Ned :

— Monsieur Tyler, faites passer une corde autour de la fusée de vergue pour chacun des prisonniers.

Les mains derrière le dos, la tête rejetée en arrière, il regarda pendant que l'on montait les cordes dans la mâture et les filait à travers les chaumards.

— Paré à procéder au châtiment, annonça enfin Ned lorsque les nœuds coulants furent faits et qu'une petite équipe de marins se tint prête à l'extrémité de chaque corde.

— Laissez ce vaurien pour la fin, ordonna Hal en montrant Rachid, qui rampait toujours à genoux. Pendez les autres.

Tandis que, dans leurs chaînes, ils poussaient des cris perçants, se débattaient et imploraient la miséricorde d'Allah, on leur passa la corde au cou. Alors les marins s'éloignèrent avec l'extrémité de la corde, martelant le pont à l'unisson de leurs pieds nus et chantant comme s'ils hissaient la grand-voile. Trois ou quatre à la fois, les prisonniers furent hissés jusqu'à la haute vergue. Ils cessèrent petit à petit de se débattre et restèrent pendus comme des grappes de fruits grotesques, leur cou bizarrement tordu, la langue sortie, violette et gonflée, de leur bouche béante.

Il ne restait plus que Rachid. Hal s'approcha de lui.

— Je leur ai donné une mort rapide, dit-il. Mais toi, tu m'as enlevé mon plus jeune fils. Tu n'auras pas cette chance, à moins que tu me dises ce que j'ai besoin de savoir.

— Tout ce qui est en mon pouvoir, *effendi*, bredouilla Rachid. Il te suffit de demander.

— Je veux savoir où je peux trouver al-Auf et mon fils.

— Je n'en sais rien, *effendi*, répondit Rachid en secouant la tête si violemment que ses larmes jaillirent de ses yeux.

Hal le remit debout, lui tordit le bras entre les omoplates et le fit avancer jusqu'au bastingage.

— Regarde ! murmura-t-il à son oreille blessée. Vois ce qui t'attend.

Rachid poussa un gémissement : le requin-tigre glissait sans bruit dans l'eau claire en roulant légèrement, de sorte qu'on voyait tous les détails de sa tête monstrueuse. Il leva vers eux un petit œil porcin.

— Où puis-je trouver al-Auf ? Où est son repaire ? Dis-le-moi et tu mourras rapidement ; tu te présenteras entier devant ton Dieu et non après être passé à travers les mâchoires de cette créature impure.

— Je ne sais pas, sanglota Rachid. Rares sont ceux à savoir où se trouve la citadelle d'al-Auf. Je ne suis qu'un pauvre pêcheur.

— Aboli ! lança Hal, et le géant noir s'approcha à grandes enjambées, l'extrémité de la dernière corde à la main. Tête la première !

Aboli s'agenouilla et passa la corde autour des chaînes qui entravaient les chevilles de l'Arabe.

— Hissez ! ordonna-t-il aux marins qui tenaient l'autre bout de la corde, et Rachid fut soulevé en l'air, la tête en bas, et se balança comme un pendule sur le côté du bateau.

— Où est al-Auf ? répéta Hal à voix haute. Où puis-je trouver mon fils ?

— Je ne sais pas, Dieu m'en est témoin, s'écria Rachid.

— Laissez aller ! ordonna Hal aux marins, et Rachid descendit par à-coups vers la surface. Baste !

Il les arrêta quand le visage de Rachid ne fut plus qu'à un pied au-dessus de l'eau. L'homme essaya de tourner la tête pour regarder Hal penché au bastingage.

— Je ne sais pas. Je le jure sur toutes les choses saintes, cria-t-il. Je ne sais où al-Auf cache ton fils.

Hal adressa un signe de tête à Aboli :

— Nourris la bête !

Aboli souleva l'un des seaux remplis de restes de cuisine qu'il avait alignés le long du bastingage. Il en versa le contenu par dessus bord et des têtes de poisson, des boyaux et des épluchures tombèrent dans la mer avec force éclaboussures. Les bancs de petits poissons remontèrent à toute vitesse pour profiter du festin et battirent la surface de l'eau dans leur frénésie. Aboli jeta un autre seau par-dessus bord.

Moins d'une minute après, il y eut un mouvement sombre et menaçant sous le tourbillon des bancs. Puis un large dos rayé remonta des profondeurs avec une terrible majesté. Les bancs de petits poissons s'égaillèrent, le monstre s'éleva vers la surface et ouvrit ses mâchoires, assez larges pour engloutir un homme. Ses multiples rangées de dents dressées, il happait les détritus et agitait la surface de l'eau alors même qu'il se trouvait encore bien en dessous de l'endroit où Rachid était suspendu.

— Tu ne franchiras jamais les portes du Paradis si ton corps a été dévoré par un animal aussi impur, lui cria Hal.

Son prisonnier se tortillait en vain au bout de la corde.

— Non ! Je ne sais pas. Pitié, noble seigneur ! Pitié ! lança-t-il d'une voix aiguë.

— Plus bas ! ordonna Hal aux marins, qui laissèrent descendre Rachid jusqu'à ce qu'il eût la tête et les épaules sous l'eau. Laissez-le là.

Il le regarda se débattre. Percevant cette agitation, l'énorme requin décrivait des cercles sous lui et montait des profondeurs. Les mouvements de Rachid à moitié noyé faiblissaient et devenaient spasmodiques.

— Hissez-le ! commanda Hal, et ils sortirent Rachid de l'eau.

Son pansement ensanglanté était parti et ses longs cheveux trempés pendillaient à la surface. La tête en bas, il chercha à reprendre sa respiration.

— Parle ! brailla Hal. Parle-moi de mon jeune fils.

Il n'éprouvait nulle compassion. Le requin sentit le sang du pansement qui flottait entre deux eaux et se dirigea vers lui. Les énormes mâchoires s'ouvrirent encore et il engouffra le chiffon. Il plongea en arquant le dos, sa queue émergea et frappa violemment l'homme suspendu. Rachid poussa un cri de terreur et se balança au bout de la corde.

— Parle ! hurla Hal. Dis-moi où est mon fils.

— Je ne peux pas dire ce que j'ignore, hoqueta Rachid en réponse, et Hal fit signe à ses hommes.

Ils le redescendirent dans l'eau jusqu'à la taille. Tout au fond, le requin tournoya avec une agilité et une rapidité stupéfiantes pour un animal de cette taille et se précipita vers la surface.

— Hissez ! lança Hal vivement.

Ils tirèrent Rachid hors de l'eau à l'instant où les énormes mâchoires se refermaient avec un claquement sec.

— Il n'est pas trop tard, dit Hal, juste assez fort pour se faire entendre de Rachid épouvanté et affaibli. Parle et finis-en rapidement.

— J'ignore où tu peux trouver al-Auf, mais je connais un homme qui sait, répondit Rachid d'une voix brisée par la terreur.

— Donne-moi son nom.

— C'est *effendi* Grey, à Zanzibar. C'est lui qui nous a parlé du trésor que tu transportes sur ton bateau.

— Laissez aller !

Tandis qu'ils descendaient Rachid, le requin-tigre montait à sa rencontre. Cette fois, Hal ne tenta pas de l'épargner — l'homme ne lui était plus d'aucune utilité. Il envoya Rachid à son châtiment sans le moindre remords et regarda impassiblement les mâchoires du squale se refermer sur sa tête et l'engloutir jusqu'aux épaules.

Le requin accroché à la corde donnait des coups de queue et effectuait des sauts de carpe, ses dents tranchaient et déchiraient la chair et les os. Son poids et la violence de ses mouvements firent perdre l'équilibre aux marins qui tenaient l'extrémité de la corde et les envoyèrent valser à travers le pont.

Puis les rangées de dents se rejoignirent et coupèrent net la tête de Rachid. Le requin plongea de nouveau et laissa le cadavre agité de mouvements convulsifs au-dessus de la surface, tandis que le sang giclait du cou tranché et se répandait dans l'eau en un nuage rouge.

Hal tira son sabre du fourreau accroché à sa ceinture et coupa la corde d'un revers. Le corps décapité tomba dans la mer et coula en tournant sur lui-même dans les voiles sombres de son propre sang. Le requin revint à la charge et, tel un chien acceptant un bon morceau, saisit le cadavre presque délicatement dans sa gueule en demi-lune et disparut avec lui dans les profondeurs. Hal s'écarta du bastingage.

— La marée va descendre dans une heure, monsieur Tyler, dit-il, puis levant les yeux vers les pendus : Débarrassez-en le navire, jetez-les par-dessus bord. Nous ferons route pour Zanzibar avec le jusant.

Ils doublèrent la pointe de Ras Ibn-Khum toutes voiles dehors jusqu'aux cacatois et coururent une longue bordée avec le vent par le travers.

— Notre nouveau cap est nord-est quart nord, monsieur Tyler, annonça Hal. Avec ce vent, nous devrions être de nouveau dans les eaux de Zanzibar demain soir avant le coucher du soleil.

Hal ne voulait pas avertir de son arrivée ; ils passèrent donc la nuit à la cape dans le détroit et n'entrèrent dans le port de Zanzibar qu'à l'aube. Il hissa ses couleurs pour saluer la forteresse, et dès que l'ancre eut croché, il donna l'ordre de mettre la chaloupe à la mer. Puis il descendit à la hâte dans sa cabine, prit sa paire de pistolets à canon double et les fourra dans son ceinturon.

Lorsqu'il sortit de la cabine, Tom l'attendait. Il avait sa casquette, un sabre au côté et des bottes à ses pieds, nus d'ordinaire.

— Je souhaite venir avec vous, père, dit-il. J'ai prêté le serment avec vous.

— Alors, venez.

Hal courut sur le pont.

— Tenez-vous prêt à appareiller dans l'instant, dit-il à Ned Tyler avant de descendre dans la chaloupe avec Tom et une douzaine d'hommes.

En accostant, il laissa l'embarcation à la garde d'Alf Wilson et de quatre marins.

— Ne restez pas à quai, mais soyez prêt à revenir nous chercher en vitesse, dit-il à Alf, puis, s'adressant à Aboli : Conduis-nous chez le consul. Ne traînons pas et restons groupés.

Ils parcoururent les ruelles étroites au trot, en deux files, épaule contre épaule, leurs armes parées à faire feu. Quand ils arrivèrent devant la maison de Grey, Hal adressa un signe de tête à Aboli, qui cogna à la porte sculptée avec la hampe de sa pique. Les coups résonnèrent à travers la maison silencieuse. Après un moment, ils entendirent des pas traînants approcher de l'autre côté de la porte, et le loquet fut levé. Une vieille esclave passa la tête. Ses traits ridés se décomposèrent quand elle vit le petit groupe d'hommes armés. Elle voulut claquer la porte mais Aboli bloqua le battant avec son épaule.

— Tu n'as rien à craindre, vieille mère, lui dit-il. Où est ton maître ?

— Je n'ose le dire, chuchota la vieille, mais ses yeux se tournèrent un bref instant vers le large escalier de pierre qui menait du patio aux étages supérieurs.

— Referme le verrou, ordonna Hal, et laisse deux hommes monter la garde.

Il grimpa l'escalier quatre à quatre jusqu'au premier, puis s'arrêta un moment et jeta un coup d'œil circulaire dans le salon où il se trouvait. L'endroit était luxueux : tapis ornementaux et lourds meubles de bois sombre incrustés d'ivoire et de nacre. Hal connaissait le plan traditionnel de ce genre de demeure : le logement des femmes devait se trouver au-dessus, les principales pièces de séjour et l'appartement du maître à l'étage où il était, au-delà des paravents d'ébène et d'ivoire à l'autre extrémité de la pièce. Hal se glissa sans bruit et déboucha dans un salon plus petit. Des coussins de soie étaient éparpillés sur le plancher et, au milieu, un narguilé trônait sur une table basse encombrée de bols à moitié pleins de nourriture. Des relents de *bhang* refroidi, le lourd arôme des épices et l'odeur musquée de la maladie de Grey flottaient dans la pièce.

Hal franchit un autre ensemble de paravents et entra dans la pièce suivante. Un lit bas occupait la moitié du plancher. Il s'arrêta sur le pas de la porte, surpris. Il y avait sur le lit un enchevêtrement de corps, bras et jambes bruns et blancs emmêlés. Il lui fallut un moment pour comprendre ce qu'il voyait. Le consul Grey était couché sur le dos, ses membres enflés étalés, son énorme ventre distendu comme s'il avait été au dernier stade de la grossesse, sa poitrine couverte d'une épaisse toison noire, presque animale. Ses jambes déformées étaient couvertes d'ulcères rouges suppurés, les stigmates de sa maladie. La puanteur était telle que Hal sentit sa gorge se soulever.

Deux jeunes esclaves étaient agenouillées au-dessus de lui, l'une à hauteur de son visage, l'autre à califourchon sur son bas-ventre. L'une dressa la tête. Hal et elle se regardèrent, puis elle poussa un cri. Toutes deux se levèrent d'un bond et s'enfuirent de la pièce, disparaissant derrière les paravents comme des gazelles effarouchées et laissant Grey vautré sur son lit.

Il se tourna péniblement sur le côté et se souleva sur un coude, bouche bée.

— Vous ! s'exclama-t-il. Je ne m'attendais pas...

Il s'interrompit.

— Je sais fort bien ce que vous attendiez, monsieur, dit Hal. Et je suis navré de vous décevoir.

— Vous n'avez pas le droit de pénétrer ainsi chez moi, fit Grey tout en essuyant avec le dos de sa main les sécrétions de la fille sur son visage. (La surprise cédant la place à la colère, il lança d'une voix rageuse :) J'ai des gardes armés. Je vais les appeler sur-le-champ.

Il ouvrit la bouche pour crier, mais Hal plaça la

pointe de son épée contre sa gorge. Grey s'affaissa comme une vessie crevée et gigota pour tenter de se dégager.

— Couvrez-vous, ordonna Hal en ramassant par terre un peignoir de soie qu'il lui jeta. La vue de votre carcasse me donne la nausée.

Grey passa maladroitement le peignoir et parut retrouver un peu de son aplomb.

— Je ne voulais pas vous menacer, dit-il en souriant pour s'insinuer dans ses bonnes grâces, mais vous m'avez fait peur. Vous êtes arrivé à un moment embarrassant, ajouta-t-il avec un clin d'œil obscène. Et je pensais que vous étiez déjà à mi-chemin de Bonne-Espérance.

— Vous m'en voyez encore navré. Je n'ai pas été très honnête avec vous. Je ne suis ni un marchand ni un navigateur au service de la Compagnie des Indes orientales. Je m'appelle Henry Courtney et je suis au service de Sa Majesté le roi Guillaume.

— Nous sommes tous au service du roi, corrigea Grey sur un ton respectueux et moralisateur.

Il se tortilla jusqu'au bord du lit et se leva avec effort. Hal appuya la pointe de son épée sur son ventre distendu et le poussa doucement pour le faire rasseoir.

— Je vous en prie, ne vous dérangez pas, dit-il poliment. Quand je dis que je suis au service du roi, j'entends par là que je suis mandaté par lui. Parmi les pouvoirs qui m'ont été conférés par ce mandat, se trouve celui de juger et exécuter toute personne prise en flagrant délit de piraterie ou aidant et soutenant toute personne accomplissant des actes de piraterie en mer. (Hal tira le parchemin roulé de sous sa cape.) Souhaitez-vous le lire ?

— Je suis persuadé qu'il contient ce que vous dites, répondit Grey sur un ton léger et faussement assuré, mais son visage avait pris une couleur grise. Cependant, je ne vois pas en quoi cela me concerne.

— Permettez-moi de vous l'expliquer, reprit Hal en replaçant le parchemin dans la doublure de sa cape. Il n'existe aucun trésor à bord de mon navire. Vous étiez la seule personne à le penser. Je vous l'avais fait accroire pour mettre à l'épreuve votre honnêteté. Je voulais appâter le pirate al-Auf.

Grey le regardait fixement et la sueur perlait sur son menton et son front.

— Je vous ai annoncé également à quelle date je quitterais le port de Zanzibar et quelle route je prendrais. Sans cette information, al-Auf n'aurait pu me tendre une embuscade. Il avait reçu des renseignements précis qui ne pouvaient venir que d'une seule personne. (Hal lui toucha légèrement la poitrine avec la pointe de son épée.) Vous, monsieur.

— Ce n'est pas vrai ! piailla Grey. Je suis un loyal serviteur du roi, un homme d'honneur.

— Si tant est qu'il m'ait fallu une preuve supplémentaire, l'un des hommes d'al-Auf a cité votre nom. Vous êtes de mèche avec ce pirate. Vous êtes coupable d'avoir aidé et soutenu les ennemis du roi. Inutile d'en débattre plus longtemps. Je vous condamne à mort par pendaison. Aboli ! cria-t-il.

Le grand Noir apparut à son côté, son visage tatoué si menaçant que Grey roula à l'autre bout du lit et se mit à trembler comme une méduse échouée sur une plage.

— Installe la corde, dit Hal.

Aboli portait la corde enroulée autour de l'épaule. Il se dirigea vers la porte-fenêtre et ouvrit d'un coup de pied les volets de bois sculpté. Il jeta un coup d'œil dans le patio où la fontaine gargouillait, dégagea le nœud de son épaule puis le laissa tomber et pendre à mi-hauteur. Il attacha l'extrémité au montant de la porte-fenêtre avec un nœud de chaise.

— La hauteur est trop grande pour cette barrique de graisse, la chute lui arracherait la tête comme à un poulet, grommela Aboli. Ça ferait désordre.

— On ne peut pas être toujours impeccable dans ce genre de besogne, objecta Hal. Passe-lui la corde.

Grey criait et bafouillait sur son lit.

— Pour l'amour du ciel, Courtney, vous ne pouvez pas me faire ça !

— Je crois bien que si. Voyons si je me trompe.

— Je suis anglais ! J'exige d'être jugé équitablement par un juge anglais !

— Vous venez de l'être, remarqua Hal. Monsieur Fisher, aidez, je vous prie, à préparer le prisonnier pour le châtiment !

— Oui, capitaine.

Le Grand Daniel entra dans la pièce, suivi par ses hommes, et ils entourèrent le consul.

— Je suis un homme malade, bredouilla Grey.

— Nous avons le remède idéal à tous vos maux, rétorqua Daniel.

Il fit rouler Grey sur le ventre et, avec une corde légère, lui lia les mains derrière le dos. Ses hommes soulevèrent du lit le corps massif et le tirèrent jusqu'à la fenêtre. Aboli tenait le nœud prêt et le lui passa autour de la tête. Ils firent pivoter Grey face à Hal. Ils devaient le soutenir car ses jambes enflées ne pouvaient supporter son poids.

— Vous serez content d'apprendre que votre allié, Musallim bin-Jangiri, alias al-Auf, a réussi à s'échapper du piège que je lui avais tendu, expliqua Hal en s'asseyant au bord du lit. Il a disparu sur l'océan. Nous devons supposer qu'il est reparti se cacher dans son repaire pour lécher les blessures que je lui ai infligées.

— J'ignore tout cela, fit Grey, tremblant de terreur, suspendu aux bras de ses justiciers. Vous devez me croire, sir Henry.

Hal poursuivit comme si de rien n'était :

— Le problème est rendu encore plus épineux par le fait qu'al-Auf a capturé mon plus jeune fils. Vous approuverez, j'en suis persuadé, que je fasse tout pour sauver mon enfant et je pense que vous devez savoir où je puis le trouver, dit-il en plaçant la pointe de son épée sur la gorge de Grey. Lâchez-le, qu'il se tienne debout tout seul.

Les hommes qui tenaient le consul s'écartèrent.

— Je vous en prie, sir Henry ! marmonna Grey en oscillant dans l'embrasure de la fenêtre. Je suis vieux.

— Et malfaisant, admit Hal en pressant son épée un peu plus fort contre la gorge.

Une goutte de sang brillante apparut et teinta la pointe de la lame en acier de Tolède.

— Où puis-je trouver al-Auf ? Et mon fils ?

On entendit un borborygme sous le peignoir de Grey et ses selles liquides dégoulinèrent le long de ses jambes gonflées, pour former une flaque entre ses pieds. La puanteur était écœurante dans la petite pièce confinée mais Hal resta impassible.

— Où puis-je trouver mon fils ? répéta-t-il.

— A la Fleur de la Mer ! cria Grey. La Flor de la Mar, le vieux fort portugais de l'île. C'est le camp retranché d'al-Auf.

— Je dois vous faire remarquer, monsieur, qu'en étant capable de fournir cette information, vous confirmez votre culpabilité sans l'ombre d'un doute.

Il augmenta lentement la pression de l'épée sur la gorge de Grey. Celui-ci tenta de résister en arquant le dos. Ses pieds glissèrent sur ses déjections, puis ses talons se retrouvèrent dans le vide. Il vacilla un moment et, avec un gémissement de désespoir, tomba en arrière. La corde fila en sifflant puis se tendit soudain avec un bruit sourd.

Hal précéda ses hommes dans l'escalier et ensuite dans le patio. Il s'arrêta un instant pour regarder le corps boursouflé, suspendu à l'extrémité de la corde. Grey était au-dessus de la mare au poisson rouge. De la doublure de sa cape, Hal tira le parchemin qu'il avait préparé la nuit précédente et le tendit à Aboli.

— Suspends ça autour de son cou, dit-il.

Aboli sauta sur le parapet de la fontaine et tendit le bras pour glisser la boucle de ficelle par-dessus la tête de Grey. Le parchemin pendait sur sa poitrine. La proclamation était rédigée en anglais et en arabe.

> Ayant été jugé coupable de complicité d'actes de piraterie en haute mer, avec le corsaire connu sous le nom d'al-Auf, le prévenu, William Grey, a été condamné à mort par pendaison. La sentence a été dûment exécutée par moi, Henry Courtney, en vertu des pouvoirs qui m'ont été conférés par mandat de Sa Majesté le Roi Guillaume le Troisième.

Au côté de son père, Tom lut le texte en arabe. Quand il eut fini, il remarqua :

— C'est signé « El Tazar », le Barracuda. Pourquoi ?

— C'est le nom que m'ont donné les musulmans quand je suis venu la première fois dans ces eaux.

Hal baissa les yeux vers son fils. Une fois de plus, il s'inquiéta à l'idée qu'un garçon aussi jeune que Tom ait assisté à une scène aussi macabre. Puis il se rappela que Tom avait dix-sept ans, et qu'à coups de sabre et de canon il avait déjà tué lui-même plus d'un homme. Ce n'était plus un enfant, sa vocation et sa formation le préparaient à ce genre d'épreuve.

— Notre tâche est accomplie, dit-il doucement. Rentrons au bateau.

Il se tourna vers la porte d'entrée et le Grand Daniel donna l'ordre à ses hommes de l'ouvrir.

La vieille qui les avait accueillis à leur arrivée se trouvait sur le seuil. Derrière elle, la ruelle était pleine de gardes. Ils étaient au moins une douzaine, armés de mousquets et de cimeterres à lame recourbée : une redoutable bande de brutes qui se ruèrent vers la porte.

— Voyez ce que les infidèles ont fait à notre maître, piailla la vieille en voyant le pendu. Au meurtre !

Elle ouvrit sa bouche édentée et poussa le cri aigu avec lequel les femmes arabes excitent la fureur sanguinaire de leurs hommes.

— *Allah akbar !* s'écria le chef de la bande. Dieu est grand !

Il prit brusquement le mousquet à son épaule et tira dans le groupe des marins anglais. La balle toucha l'un d'eux en plein visage, lui fit sauter les dents, fracassa la mâchoire et s'enfonça dans le crâne. Il s'écroula sans un cri. Hal s'avança, un pistolet levé à la main.

Il abattit d'abord le chef d'une balle dans l'œil droit. Le globe oculaire éclata et laissa un trou béant dans l'orbite tandis que la gelée dégoulinait sur la joue. Comme il s'affaissait, Hal tira le deuxième coup sur l'homme qui apparut derrière lui et l'atteignit au milieu du front. L'homme foudroyé tomba en arrière sur ses compagnons et en projeta un par terre.

— Hardi, les gars ! cria Hal, et ses hommes chargèrent par la porte ouverte, en une phalange unie.

— *Seraph !*

Ils lançaient leur cri de guerre en refoulant la meute en djellaba. Aucun de leurs ennemis ne put lever son long mousquet dans la mêlée et tous étaient repoussés par la lame brillante des sabres. Trois autres tombèrent, puis la rue s'élargit et les Anglais eurent davantage de place pour ferrailler.

Hal n'avait pas encore tiré avec le pistolet qu'il tenait dans sa main gauche, mais il réservait ses coups et utilisa son épée pour abattre un autre Arabe qui lui bloquait le passage. Il jeta un coup d'œil par-dessus son épaule et vit Tom à un pas derrière lui, sabre au clair, la pointe déjà rouge de sang.

— Bien, mon fils, grogna-t-il. Ne vous écartez pas.

Il s'élança vers les ennemis restants. Ils avaient vu quel sort avait été réservé à leurs camarades en première ligne et affrontaient maintenant des Francs au visage féroce qui fondaient sur eux comme un seul homme. Ils battirent en retraite et s'enfuirent dans la ruelle.

— Laissez-les courir ! Au bateau ! cria Hal.

— Qu'est-ce qu'on fait de ce bon vieux Bobby ? demanda le Grand Daniel en montrant derrière eux leur compagnon mort entouré par les cadavres des Arabes qu'ils avaient abattus.

— Emportez-le, ordonna Hal.

Il n'était pas bon que ses hommes voient l'un des leurs laissé là sur le champ de bataille. Ils devaient savoir que, morts ou blessés, il ne les abandonnerait jamais.

— Dès que nous aurons repris la mer, nous lui donnerons des funérailles décentes.

Daniel se baissa et Aboli l'aida à lever le corps sur son épaule. Puis, sabre en main, les deux colosses emmenèrent le reste de la troupe au pas de course jusqu'au quai, à travers les rues étroites.

A une heure si matinale, il n'y avait pas grand monde dehors, et ceux qui les voyaient arriver disparaissaient dans les ruelles adjacentes et les maisons. Ils arrivèrent au port sans avoir été inquiétés et Alf Wilson vint les chercher avec la chaloupe.

Tandis qu'ils ramaient vers le *Seraph*, quelques âmes plus téméraires sortirent de leur cachette, tirèrent quelques coups de mousquet assortis d'insultes et de cris de défi dans leur direction, mais la distance était déjà trop grande. Ned Tyler avait placé une douzaine d'hommes au cabestan et le câble d'ancre était déjà tendu. Dès qu'ils eurent grimpé l'échelle et rentré la chaloupe, il donna l'ordre de lever l'ancre et d'appareiller.

Tandis que le *Seraph* venait dans le vent et tournait sa proue vers l'entrée du port, la longue bannière verte du sultan fut hissée en haut du mât sur la tour ouest du fort, et sur les remparts la batterie de gros canons ouvrit le feu.

Même à cette distance, ils distinguaient les artilleurs en djellaba qui servaient leurs pièces en toute hâte. Avec sa lunette, Hal vit la panique et la confusion qui régnaient parmi eux. Ils tiraient et rechargeaient, mais aucun n'essayait de régler la mire. Animé d'une ardeur excessive, l'un des artilleurs fit partir le coup alors que son peloton se trouvait encore derrière la gigantesque pièce, tirant sur les palans pour avancer l'affût. Le recul projeta le canon sur eux, écrasant des os, amputant des membres. On entendait les cris de douleur des servants mutilés, même à une distance de deux encablures.

Hal vit voler l'énorme boulet : il jaillit en surplomb des remparts et, minuscule point noir au loin, parut s'arrêter au zénith de sa trajectoire, puis infléchit sa courbe dans leur direction. Hal crut un instant qu'il allait toucher le bateau, mais le boulet plongea dans la mer et projeta une haute gerbe d'eau et d'écume qui retomba sur le gaillard d'arrière et aspergea ses bottes jusqu'aux genoux.

— Nous devons répondre à des adieux aussi chaleureux, observa Hal sans sourire. Hissez aimablement nos couleurs pour saluer le sultan, monsieur Tyler. Puis mettez cap au sud.

— Il n'est pas indiqué, marmonna Hal, plongé dans l'étude de la carte étalée sur son bureau, et pourtant je jurerais avoir déjà entendu ce nom-là. Flor de la Mar, la Fleur de la Mer. Avec un tel nom, et comme l'a dit Grey, ce ne peut être qu'une des anciennes possessions portugaises.

Il avait déjà interrogé ses officiers et les avait envoyés poser la question aux hommes d'équipage, mais aucun ne savait.

Huit gros livres reliés en veau noir étaient empilés à côté de la carte. Ils comptaient parmi les objets auxquels Hal tenaient le plus. Il en choisit un, ouvrit les pages de parchemin raide et craquant, et regarda la belle écriture serrée et les dessins à l'encre qui les couvraient au recto et au verso. Cette écriture lui était si familière qu'elle faisait partie de son existence. C'était celle de son père, sir Francis Courtney. Ces journaux de bord appartenaient à l'héritage qu'il avait reçu de lui. Les huit volumes représentaient trente années de voyages et d'errances sur les océans du globe, l'accumulation de connaissances et d'expériences d'une vie entière, d'une immense valeur scientifique et sentimentale.

Presque avec vénération, il feuilleta les pages, à la recherche du nom que, tant d'années plus tôt, il y avait vu inscrit. Il s'interrompait souvent, distrait par quelque merveille d'observation ou captivé par le dessin d'un port étranger, d'un rivage exotique, d'un oiseau ou d'un poisson, le portrait d'un homme qui avait attiré le regard aiguisé de son père, fidèlement reproduit par sa plume habile.

Après un début de recherche infructueux, il reposa le premier volume et en prit un autre, dont la couverture portait la mention *Océan des Indes, Anni Domini 1632-1641*. Ses recherches se prolongèrent si tard qu'il dut remplir sa lampe à huile. Puis, brusquement, le nom lui sauta aux yeux. Il poussa un soupir de soulagement. « *Isla Flor de la Mar* » : la notation figurait sous le dessin à l'encre d'une terre vue de l'océan. Une rose des vents et l'échelle étaient portées dessous. D'après cette dernière, l'île mesurait cinq miles nautiques du nord au sud. Sous le nom, était indiquée la position : « 11 degrés 25 minutes lat. sud, 47 degrés 32 minutes long. est » et, en lettres plus petites : « Appelée Daar Al Shaitan, le Port du Diable, par les Arabes. »

Hal se reporta à la carte. A l'aide de la règle et du compas, il repéra les coordonnées fournies par son père, tout en acceptant avec prudence l'estimation de la longitude. Ces mesures lui donnaient une position à environ cent cinquante miles au nord des îles Glorietta. Cependant, sur sa carte, aucune terre n'était mentionnée à cet endroit. Il consulta de nouveau le journal de bord de son père. Sir Francis avait écrit une pleine page de descriptions. Hal commença à lire et fut captivé.

> « Cette île est la première qu'Alfonse d'Albuquerque ait signalée en 1508 lorsqu'il se préparait à prendre les villes arabes le long de la côte des Fièvres, à l'est du continent africain. Depuis cette position de repli, il lança ses attaques contre Zanzibar et Dar Es Salaam. »

Hal hocha la tête. Il savait qu'Albuquerque avait été surnommé le Grand par ses pairs, et al-Shaitan, le Diable, par les Arabes, en raison de ses incursions victorieuses dans l'océan des Indes. Plus encore que Tristão da Cunha, il avait assuré la prééminence portugaise sur la côte des Fièvres et dans le golfe Persique. Ses navires avaient été premiers de tous ceux des puissances européennes à pénétrer dans la mer Rouge. Hal reprit sa lecture.

> « Sur la pointe nord de l'île, Albuquerque édifia un fort important avec des blocs de corail taillés, recourant à des prisonniers arabes pour effectuer ce dur travail. Il arma le fort de canons pris à l'ennemi durant sa conquête d'Ormuz et d'Aden. Il donna à l'île le nom de son navire amiral, *Flor de la Mar*. Quelques années plus tard, en 1508, ce même bateau fit naufrage sur les récifs de corail au large de la côte de Goa, et Albuquerque perdit l'immense trésor personnel qu'il avait accumulé au cours de ses campagnes sur ces océans. Après ses offensives réussies sur le continent africain, Albuquerque abandonna sa base sur l'île, transféra son pavillon à Zanzibar et laissa le fort de Flor de la Mar se délabrer.
>
> « J'y ai fait escale le 2 novembre 1637. L'île mesure cinq miles un quart de long et, au plus, un demi-mile nautique de large. La côte orientale est exposée aux agressions de l'océan et n'offre aucun mouillage sûr. La baie à l'extrémité nord-ouest est bien protégée et gardée par un récif de corail. Le fond de sable et de coquillages permet à l'ancre de bien crocher. Une passe dans le récif mène droit sous les murailles du fort. Ainsi, lorsque les Portugais défendaient les remparts, les batteries pouvaient tirer à feu nourri sur tout navire qui entrait dans la baie. »

Au milieu de la page, le père de Hal avait dressé une carte détaillée de la baie et du fort en indiquant le passage à travers le récif ainsi que les divers relèvements et fonds.

— Merci, père ! murmura Hal avant de continuer à étudier le texte.

> « Je suis allé à terre et ai constaté que les murailles avaient bien supporté le passage de près d'un siècle et demi. Elles sont solidement bâties et doivent être capables de résister à tous les engins de siège, à l'exception des plus modernes. Les canons de cuivre sont toujours installés dans leurs embrasures mais le métal des tubes est fortement corrodé par l'air marin. Les aires de captage des eaux de pluie et les citernes sont restées en bon état et nous avons pu y remplir nos barriques. Une grande colonie d'oiseaux de mer niche à la pointe sud de l'île. Dans la journée, ces multitudes forment sur l'île une vaste couverture sombre que l'on aperçoit à des miles en mer. Le chœur de leurs cris atteint un tel volume sonore qu'il offense l'oreille. La chair de ces oiseaux est grasse et a un fort goût de poisson, mais, salée et fumée, elle se laisse manger. J'ai envoyé à terre une petite équipe ramasser leurs œufs. Ils sont revenus avec dix grands paniers pleins, et tout l'équipage s'en est délecté. Il y a par ailleurs beaucoup de poissons et d'huîtres dans la baie, et nous sommes restés dix jours à réapprovisionner les magasins du navire, en employant tous les hommes à attraper et fumer ces dons de la nature. Nous avons appareillé le 12 novembre en direction de Bab al Mandeb, à l'entrée de la mer Rouge. »

Hal referma le journal de bord avec autant de vénération que s'il s'était agi de la bible familiale — ce qu'il était en un certain sens — et tourna son attention vers la carte. Il y marqua la position donnée par son père, puis traça à la règle la route depuis leur position actuelle à l'extrémité sud du détroit de Zanzibar.

Quand il monta sur le pont, le soleil n'était plus qu'à un doigt au-dessus de l'horizon, nimbé par une brume de mer violette, et il put regarder son orbe rouge à l'œil nu. Avec la tombée du jour, le vent de mousson s'était calmé mais avait conservé une force suffisante pour gonfler les voiles, pleines et nacrées comme les seins d'une nourrice.

— Monsieur Tyler, courez aussi près du vent que possible sur ce bord, ordonna-t-il avec détermination. Près et plein.

— Près et plein, voilà, capitaine, dit Ned en modifiant légèrement le cap.

Hal le laissa et se dirigea vers l'avant à grandes enjambées, en jetant un coup d'œil aux vergues du mât de misaine quand il passa à côté. Tom était toujours là-haut, comme depuis leur sortie du port de Zanzibar. Hal ne monta pas dans le gréement pour le rejoindre. Lui aussi désirait être seul.

Quand il arriva à l'étrave, il grimpa sur la base du beaupré, se cramponna à l'étai de misaine et regarda la mer de plus en plus sombre qui prenait la couleur de prunes trop mûres. De temps à autre, le *Seraph* fendait la crête d'une grosse vague qui passait par-dessus l'étrave et lui aspergeait le visage. Il ne s'essuyait pas et laissait l'eau dégouliner de son menton sur sa poitrine.

Derrière eux, l'Afrique avait disparu dans le lointain, sous le crépuscule brumeux. Aucune terre en vue. L'océan obscur était vide et sans limite. Quel espoir y avait-il de retrouver un petit garçon dans cette immensité ?

— Et pourtant j'y arriverai, quand bien même il me

faudrait y passer le reste de ma vie, murmura-t-il. Aucune pitié envers quiconque se mettra en travers de mon chemin.

Le dhaw était un négrier qui traversait le détroit pour transporter sa cargaison de misère humaine du continent aux marchés de Zanzibar. Il sentait les déjections et la souffrance, un miasme fétide qui flottait sur l'ensemble du petit navire et pénétrait les cheveux et les vêtements de tous ceux qui se trouvaient à bord, entrait dans les poumons de Dorian à chacune de ses inspirations et semblait corroder jusqu'à son âme.

L'enfant était enchaîné sur le pont inférieur. Les crampons traversaient la lourde allonge et les têtes étaient rivetées. La chaîne passait à travers l'anneau de ses fers, forgés à la main. Il y avait assez de place pour une centaine de captifs dans la longue et étroite cale basse, mais Dorian y restait seul, accroupi sur l'une des membrures principales pour essayer de garder ses pieds au sec, hors de la sentine répugnante, qui penchait d'un côté et de l'autre au gré du roulis et du tangage, pleine d'écailles de poisson et de morceaux de copra trempé — les diverses cargaisons du dhaw.

Toutes les heures à peu près, l'écoutille au-dessus de lui s'ouvrait brusquement et l'un des hommes d'équipage lui lançait un regard anxieux. Son geôlier lui tendait un bol de riz et de ragoût de poisson ou une noix de coco verte. Dorian en buvait avidement le jus doux et légèrement pétillant alors qu'il repoussait le ragoût à base de poisson séché au soleil et à moitié pourri.

En dehors du fait qu'ils l'avaient enfermé fers aux pieds dans la cale nauséabonde, ses ravisseurs arabes l'avaient traité avec la plus grande considération. Ils se montraient même soucieux de son bien-être et s'assuraient qu'il n'avait ni faim ni soif.

A quatre reprises au cours des deux derniers jours, le capitaine du dhaw était descendu sur le pont aux esclaves et l'avait dévisagé avec une expression difficile à sonder : un homme de haute taille à la peau très sombre et grêlée, et au nez crochu. C'était lui qui l'avait tiré hors de l'eau et avait tenu sa dague sous sa gorge. Lors de sa première visite, il avait tenté de l'interroger.

— Qui es-tu ? D'où viens-tu ? Es-tu un vrai croyant ? Que faisais-tu sur le bateau d'un infidèle ?

Son accent était curieux et sa prononciation de certains mots très différente de celle que lui avait apprise Alf Wilson, mais Dorian le comprenait cependant sans difficulté et aurait pu lui répondre aisément. Mais il avait baissé la tête et refusé de le regarder. Il avait une terrible envie de passer sa peur et sa colère sur l'Arabe, de l'avertir qu'il était le fils d'un homme riche et puissant, mais il sentait que c'eût été de la folie. Il aurait voulu lui crier : « Mon père va bientôt venir me chercher, et il n'aura aucune pitié pour vous ni aucun de vos hommes. » Au lieu de cela, il s'était mordu la langue afin de s'empêcher de répondre à ses questions.

Le capitaine avait finalement renoncé à le faire parler, s'était assis sur les talons à côté de lui et avait saisi une poignée de ses cheveux épais. Puis il les avait caressés presque amoureusement. Au grand étonnement de Dorian, il avait murmuré une prière :

— Dieu est grand. Il n'y a qu'un seul Dieu et Mahomet est son prophète.

Lors de ses visites ultérieures dans la cale aux esclaves, il n'avait même pas essayé de questionner Dorian. A chaque fois, cependant, il avait accompli le même petit rituel, caressé la tête de Dorian et marmotté sa prière.

La dernière fois, il avait soudain tiré sa dague du fourreau. Dorian, rassuré par son comportement habituel, eut un choc en voyant la lame étincelante aiguisée comme un rasoir brandie devant son visage. Il ravala un cri mais, de peur, se recroquevilla sur lui-même.

L'Arabe avait découvert ses dents jaunes déchaussées en un horrible sourire qui se voulait apaisant, et au lieu de lui faire du mal, il avait simplement coupé une longue mèche de ses cheveux d'or rouge avant de rengainer sa dague.

Son comportement rendait Dorian perplexe, et il avait tout le temps d'y réfléchir dans la cale sombre et puante. Il comprit que c'étaient la couleur et la texture de ses cheveux qui fascinaient ses ravisseurs et qu'ils leur attribuaient une signification particulière. Lorsqu'ils l'avaient tiré de l'eau, il semblait évident que les Arabes allaient se venger sur lui de leur colère et de leur dépit. Il se rappelait encore la morsure de la dague contre sa gorge, et même maintenant, quand il y passait les doigts, il sentait les croûtes de l'éraflure que la lame avait laissée sur la peau.

C'est seulement lorsque le capitaine avait ôté la casquette de Dorian et que ses longs cheveux avaient flotté dans le vent qu'il avait retiré sa dague. Dans la terreur du moment, Dorian n'avait pas prêté attention à ce que braillaient ses ravisseurs quand ils s'étaient querellés tout en le poussant dans la cale, mais il se souvenait que chacun avait essayé de lui toucher la tête et de la caresser. Il se rappelait des bribes de leur discussion.

Beaucoup avaient parlé d'une « prophétie », certains avaient prononcé un nom, de toute évidence vénéré par tous car, après que l'un d'eux l'eut mentionné, les autres avaient entonné en chœur :

— Puisse Allah avoir pitié de lui.

Pour Dorian, le nom en question était quelque chose

comme « Taïmtaïm ». Terrorisé, accroupi sur le rebord rugueux dans la cale obscure, il pensait à Tom et à son père, et son désir de les retrouver était si grand qu'il menaçait de broyer son cœur dans sa poitrine. Il lui arrivait de somnoler pendant cinq minutes, mais chaque fois il était réveillé en sursaut par le violent mouvement de la coque frappée par une vague plus grosse que les autres et il glissait. Il parvenait à suivre l'enchaînement des jours et des nuits lorsqu'on ouvrait la trappe pour lui remettre sa nourriture et sa boisson ou lorsque le capitaine descendait pour se réjouir de la vue des cheveux ; ce fut le douzième jour après sa capture qu'on lui enleva ses fers. On le tira sur le pont où le soleil était si aveuglant après l'obscurité de la cale qu'il dut se protéger les yeux. Il lui fallut plusieurs minutes pour s'adapter à la lumière, puis, cillant douloureusement, il regarda autour de lui. La moitié de l'équipage faisait cercle autour de lui, fasciné. Cette fois-ci, il prêta attention à ce qu'ils disaient.

— En vérité, ça fait partie de la prophétie, Dieu en soit loué.

— Il ne peut en être ainsi, car al-Amhara ne parle pas la langue du Prophète.

Dorian comprit que al-Amhara, qui veut dire « le Rouge », était le nom par lequel ils le désignaient.

— Prends garde à ne pas blasphémer, ô Ismaël. Il ne t'appartient pas de juger s'il est ou non l'enfant de la prophétie.

— Les voies de Dieu sont merveilleuses et ne peuvent être sondées, dit un autre.

Et tous reprirent en chœur :

— Dieu soit loué !

Dorian regarda au-delà du cercle de visages sombres et barbus, en direction de l'avant. Le vent soulevait des vagues couronnées d'écume argentée, tandis qu'à l'horizon on apercevait un nuage sombre qui ne paraissait pas naturel. Il regarda si fixement que le vent fit larmoyer ses yeux. Cela ressemblait à de la fumée qui tourbillonnait, puis, grâce à sa vue perçante, il distingua en dessous les silhouettes minuscules de palmiers et se rendit compte que c'était un immense vol d'oiseaux.

Des vols plus petits d'une dizaine d'oiseaux de mer dépassaient le dhaw et se hâtaient de rejoindre le grand rassemblement. Dorian voulut en découvrir davantage et en même temps juger du comportement de ses ravisseurs à son égard, voir quelle latitude ils lui laisseraient. Il s'avança et le cercle des Arabes s'ouvrit devant lui : ils s'écartèrent avec respect pour lui laisser le passage, comme s'ils craignaient ou répugnaient à le gêner. L'un d'eux lui toucha la tête mais Dorian l'ignora.

— Surveillez-le bien, cria le capitaine depuis la barre. Il ne faut surtout pas qu'il s'échappe.

— Ah ! Yousouf, rétorqua l'un, al-Amhara est donc si saint qu'il peut voler comme l'ange Gibraël ?

Tous éclatèrent de rire, mais aucun ne tenta de retenir Dorian.

Le dessin de la frange de palmiers sous la nuée d'oiseaux se précisa peu à peu, puis l'enfant parvint à distinguer la forme d'un promontoire à l'extrémité nord de ce qui était manifestement une petite île. Plus près encore, apparurent les murs d'un édifice carré, en pierre blanche, luisant au soleil. Il discerna ensuite des canons sur les murailles et une flottille de bateaux à l'ancre, dans la baie au pied du fort.

— Le *Minotaur* ! s'exclama-t-il soudain en reconnaissant les grands mâts et la silhouette du navire contre lequel le *Seraph* s'était battu quelques jours plus tôt.

Sa vitesse supérieure lui avait probablement permis d'arriver bien avant le petit dhaw. Il était au mouillage sous ses vergues sèches au milieu de la baie, et, à mesure qu'ils approchaient, Dorian distingua avec précision les dommages que les canons du *Seraph* lui avaient infligés. Plus près encore, il parvint à lire le nouveau nom qui avait été peint en lettres arabes à la place du nom anglais sur le tableau d'arrière : *Souffle d'Allah*.

Ce n'était pas le seul bateau gréé en carré dans la baie : il en aperçut quatre autres, un plus gros et trois plus petits que le *Minotaur*, et supposa que ce devaient être des navires européens qui commerçaient avec l'Orient, capturés par les pirates. Cinq grands bateaux avec une précieuse cargaison à leur bord représentaient un énorme butin. Pas étonnant que le nom d'al-Auf fût si redouté d'un bout à l'autre de cet océan.

Le cours de ses pensées fut interrompu par le cri de « Pare à virer ! » lancé de la barre par Yousouf, le capitaine, et le martèlement précipité des pieds nus de l'équipage qui se dépêchait pour virer de bord. La longue bôme fut tirée en arrière puis de l'autre côté du mât. L'unique voile porta sur tribord amures et le capitaine dirigea le bateau dans l'étroite passe, à travers les récifs qui gardaient l'entrée de la baie.

— Emmenez al-Amhara dans la cabine avant. Cachez-le pour qu'on ne le voie pas depuis les murailles du fort, cria Yousouf.

Deux de ses hommes prirent Dorian par les bras et le conduisirent avec égard jusqu'à la petite cabine sur le pont avant et le poussèrent à l'intérieur. La porte était fermée par une barre mais il y avait des sabords de chaque côté et Dorian regarda au-dehors.

Le chenal décrivait un coude puis passait près du bord sous les murailles du fort. Dorian leva les yeux vers les canons qui pointaient par les embrasures et, derrière eux, il aperçut les visages basanés de leurs servants. La légère fumée bleue de leurs cordes à feu flottait au-dessus de la muraille de pierre. L'équipage du dhaw répondait avec ardeur aux cris de bienvenue de la garnison, affaiblis par la distance. Le capitaine jeta l'ancre près de la poupe du *Souffle d'Allah* et appela sur les eaux calmes et claires l'une des embarcations tirées à sec sur la plage. Trois hommes pagayèrent jusqu'au dhaw et s'amarrèrent à couple. Eclata alors une longue et violente dispute parmi l'équipage, que Dorian parvint à suivre à travers la fine cloison de la cabine, pour savoir qui accompagnerait le capitaine et al-Amhara à terre. Yousouf y mit un terme en choisissant trois hommes auxquels il donna l'ordre de descendre avec lui dans la yole pour lui servir d'escorte. Puis il entra dans la cabine et arbora cet affreux sourire forcé qui découvrait ses dents jaunes.

— Nous allons à terre rencontrer al-Auf, annonça-t-il.

Dorian le regardait stupidement, continuant à feindre de ne pas avoir compris, et Yousouf lui expliqua donc par gestes.

— Nous devons couvrir tes beaux cheveux. Je veux qu'ils étonnent al-Auf.

Il prit un burnous gris sale accroché à la patère derrière la porte et lui fit signe de le passer. Dorian s'exécuta, bien que le vêtement sentît la sueur et le poisson pourri. Yousouf arrangea le capuchon de façon qu'il couvre bien sa tête et cache son visage, puis il prit Dorian par le bras et l'entraîna vers la yole.

Ils débarquèrent sur la plage de sable corallien, tout blanc, qui crissait sous les pas. Les trois Arabes formèrent une escorte autour de Dorian, et Yousouf ouvrit la marche vers le fort, le long du sentier qui traversait d'abord une palmeraie. Ils franchirent un petit cimetière au milieu du bosquet. Certaines des tombes étaient anciennes ; l'enduit à base de corail qui les recouvrait s'écaillait et s'en allait en grosses plaques, les croix chrétiennes étaient brisées et tombées. A l'autre extrémité, Dorian en remarqua de plus récentes, sans pierres tombales ; les monticules de terre fraîchement retournée étaient surmontés d'un fanion blanc, accroché à un court piquet, qui flottait dans le vent de mousson.

Ils sortirent du cimetière et le sentier serpenta vers le fort à travers la palmeraie jusqu'au moment où ils débouchèrent dans une autre clairière. Sous le choc, Dorian resta en arrêt : de chaque côté du sentier, des corps étaient suspendus à des trépieds de bois mal équarri. C'était là que, de toute évidence, avaient lieu les exécutions.

Certains des condamnés étaient encore en vie. Ils respiraient et ébauchaient des mouvements douloureux. Le corps de l'un se raidit et il poussa un gémissement avant de s'affaisser sur ses liens. Beaucoup d'autres étaient morts, et certains devaient se trouver là depuis plusieurs jours, les traits figés dans le dernier rictus de l'agonie, le ventre gonflé, la peau brûlée par le soleil. Tous, les vivants comme les morts, avaient été cruellement torturés. Horrifié, Dorian n'arrivait pas à détacher son regard de l'un d'eux, dont les pieds et les mains n'étaient plus que des moignons calcinés et noircis. D'autres avaient les orbites vides, les yeux arrachés avec des fers rouges. On avait coupé des langues, et des essaims de mouches bleues tournoyaient autour des bouches béantes. Certains parmi les vivants réclamaient à boire d'une voix rauque et d'autres encore imploraient Dieu. L'un regarda Dorian de ses grands yeux sombres en répétant dans un murmure monotone :

— Allah est grand, Allah est grand.

Sa langue noircie était si gonflée par la soif que les mots étaient à peine audibles.

L'un des gardes de Dorian se mit à rire et s'écarta du sentier pour s'approcher de l'agonisant.

— Dans ta bouche, le nom d'Allah est un blasphème ! lui dit-il, les yeux levés vers lui.

Il tira sa dague et saisit de l'autre main les parties génitales de l'homme. Il les coupa d'un seul coup et les jeta dans sa bouche ouverte.

— Voilà qui te fera taire ! lança-t-il en ricanant.

Sa victime ne montra aucun signe de souffrance, son supplice ayant déjà franchi les limites du supportable.

— Tu fais toujours le bouffon, Ismaël, le réprimanda Yousouf. Allez, viens, tu nous fais perdre du temps avec tes pitreries.

Les gardes de Dorian le poussèrent jusqu'à une porte, sur l'arrière du fort. Elle était grande ouverte et quelques sentinelles en djellaba se tenaient accroupies à l'ombre de l'arche, leurs mousquets en faisceau contre le mur.

Tom avait toujours insisté sur la nécessité de prêter attention à ce que l'on voit lorsqu'on arrive quelque part. Le capuchon cachait le visage de Dorian mais ne lui couvrait pas les yeux, et il nota que les portes principales du fort étaient vieilles et pourries, les charnières presque entièrement mangées par la rouille, mais que les murailles épaisses devaient être capables de résister au bombardement le plus massif.

Les gardes connaissaient bien le capitaine du dhaw : ils ne se mirent pas en peine de se lever mais échangèrent avec lui les sempiternelles salutations fleuries, puis firent signe à la petite troupe de passer. Ils entrèrent dans la cour du fort. Dorian regarda de nouveau attentivement et constata que les bâtiments d'origine devaient être très anciens. Les blocs de corail étaient usés et s'écroulaient par endroits. Des réparations avaient cependant été effectuées récemment et une équipe de maçons travaillait en ce moment même sur l'escalier qui menait aux créneaux. Les vieux toits avaient été remplacés par une couverture en feuilles de palmiers qui n'étaient encore qu'à moitié sèches. A première vue, près de deux cents hommes traînaient à l'ombre des murailles. Certains avaient étalé leur tapis de prière pour s'y étendre, d'autres étaient rassemblés en petits groupes autour de grands narguilés, jouaient aux dés ou bavardaient en nettoyant leurs mousquets ou en affûtant la lame de leurs cimeterres. Certains lançaient le traditionnel *« Salam aleikum ! »* auxquels les ravisseurs de Dorian répondaient par un *« Aleikum ya salam »*.

Des feux de cuisine s'alignaient au milieu de la vaste cour sous un appentis couvert de chaume. Des femmes voilées y cuisaient du pain sur des grilles de fer ou remuaient le contenu de marmites noires tenues par un trépied au-dessus des braises. Au passage de Dorian et de son escorte, elles levèrent un regard insondable derrière leur voile et ne les saluèrent pas.

Des pièces aménagées dans les murailles donnaient sur la cour intérieure. Certaines devaient faire office de réserve ou de poudrière car leur porte était gardée.

— Attendez-moi ici, ordonna Yousouf à ses hommes. Voyez si les femmes peuvent vous donner de quoi vous remplir l'estomac.

Il prit Dorian par le bras et l'entraîna vers la porte au milieu des fortifications.

Deux gardes leur barrèrent le passage.

— Qu'est-ce que tu veux, Yousouf ? demanda l'un. Qu'est-ce qui t'amène jusqu'à la porte de Musallim bin-Jangiri sans y avoir été invité ?

Ils discutèrent un moment, Yousouf protestant de

son droit d'accès, le garde usant de son pouvoir pour le lui contester.

— Tu as mal choisi ton heure, dit enfin ce dernier avec un haussement d'épaules. Le maître a déjà donné l'ordre d'exécuter deux hommes aujourd'hui, et il est en ce moment même avec deux marchands du continent. Mais tu as toujours été un téméraire, Yousouf, de ceux qui aiment nager avec le requin-tigre. Entre à tes risques et périls.

Il abaissa son cimeterre et s'écarta avec un sourire narquois.

Yousouf serra plus fort le bras de Dorian, mais ses doigts tremblaient. Il franchit la porte en le tirant à son côté et lui murmura à l'oreille d'une voix sifflante :

— A plat ventre ! Mets-toi à plat ventre !

Dorian feignit de ne pas comprendre et résista à sa tentative pour le faire obéir. Ils luttèrent quelques instants sur le seuil, puis Yousouf le lâcha et le laissa debout tandis qu'il traversait la pièce en rampant vers les quatre hommes assis à l'autre bout.

Dorian s'évertua à réprimer son inquiétude et regarda alentour. D'un coup d'œil il vit que les murs de la pièce, en blocs de corail apparents, avaient été tendus de tapis de couleurs vives et ornés de plaisants motifs. Le mobilier était par ailleurs succinct : le sol avait été balayé mais il était nu, à l'exception d'une table basse et des coussins sur lesquels les hommes se trouvaient assis. Ils regardaient avec un dédain manifeste Yousouf ramper vers eux en psalmodiant une litanie de louanges :

— O noble seigneur ! Bien-aimé d'Allah ! Glaive de l'islam ! Pourfendeur des infidèles ! Que la paix soit avec toi !

Dorian reconnaissait l'homme qui lui faisait face. Il l'avait vu sur le gaillard d'arrière du *Minotaur* et savait qu'il n'oublierait jamais son visage.

Sous son grand turban vert, il semblait sculpté dans du teck ou quelque autre matériau dur et inflexible. Ses sourcils étaient hauts et lisses, son nez étroit et anguleux, sa peau tendue au point que ses pommettes saillaient de manière inhabituelle. La barbe qui pendait jusqu'à sa taille avait été taillée en forme de fourche et teinte au henné en une nuance rousse mais elle laissait apparaître des mèches blanches. Sous la moustache tombante, la bouche était mince et pincée, presque sans lèvres.

— Tu dois avoir de bonnes raisons de déranger nos délibérations, dit-il d'une voix douce et mélodieuse que démentait le regard de ses cruels yeux de jais.

— Puissant seigneur, je ne suis que crottin de chameau séché au soleil de ta magnificence, fit Yousouf en se prosternant trois fois.

— Voilà au moins une vérité, admit al-Auf.

— Je t'ai amené un trésor, Bien-Aimé du Prophète, dit Yousouf en levant juste assez la tête pour indiquer Dorian.

— Un esclave ? s'étonna al-Auf. J'ai inondé d'esclaves les marchés du monde entier. Et tu m'en amènes un de plus ?

— Un jeune garçon, confirma Yousouf.

— Je ne suis pas pédéraste et je préfère le pot de miel à l'œil de Gabès, rétorqua al-Auf.

— Un jeune garçon, mais pas un garçon ordinaire, bafouilla Yousouf en pressant de nouveau son front contre le sol. Un garçon comme l'or mais plus précieux que l'or.

— Tu parles par énigmes et tu tournes autour du pot, fils de truie malade.

— Puis-je avoir la permission d'exposer mon trésor à ton regard bienveillant, ô puissant entre tous ? Tu verras ainsi que je dis la vérité.

Al-Auf hocha la tête et se caressa la barbe avant de répondre :

— Fais vite, alors. Je me lasse déjà de tes inepties.

Yousouf se releva, restant presque courbé en deux, en signe de profond respect. Suant de terreur, il prit Dorian par la main et l'obligea à le suivre.

— Obéis, chuchota-t-il en essayant de cacher sa peur, ou je te fais châtrer et fais de toi la putain de l'équipage.

Il entraîna Dorian jusqu'au milieu de la pièce et se plaça derrière lui.

— Noble seigneur, Musallim bin-Jangiri, je vais te montrer quelque chose que tu n'as encore jamais vu !

Il marqua une pause pour ménager son effet, puis, avec un geste théâtral, tira en arrière le capuchon qui couvrait la tête de Dorian.

— Voici ! La couronne du Prophète annoncée par la prophétie !

Les quatre hommes assis regardèrent Dorian en silence. Il commençait à être habitué à cette réaction des Arabes lorsqu'ils le voyaient pour la première fois.

— Tu as teint ses cheveux au henné comme j'ai teint ma barbe, dit enfin al-Auf, mais sa voix était hésitante et il semblait fortement impressionné.

— Non, seigneur, protesta Yousouf, plus assuré, contredisant al-Auf sans vergogne, offense que beaucoup avaient payée de leur vie. Dieu seul a teint ses cheveux comme Il a teint ceux de Mahomet, son seul véritable prophète.

— Dieu soit loué, murmurèrent les autres machinalement.

— Amène-le ici ! ordonna al-Auf.

Yousouf saisit Dorian par l'épaule et, dans son empressement à obéir, le tira si violemment qu'il faillit le faire tomber.

— Doucement ! lança al-Auf. Traite-le avec ménagement !

Yousouf se réjouit de cette réprimande, car elle montrait qu'al-Auf n'avait pas rejeté purement et simplement la possibilité que ses affirmations soient vraies. Il tira Dorian avec davantage de précautions et l'obligea à s'agenouiller.

— Je suis anglais. Ote tes pattes sales de moi, dit celui-ci d'une voix qui, malheureusement, tremblait.

— Un cœur de lion chez un bébé non sevré, commenta al-Auf avec un hochement de tête approbateur. Mais qu'a-t-il dit ? (Et comme personne n'était en mesure de lui répondre, il s'adressa à Dorian :) Tu parles l'arabe, petit ?

Une réplique furieuse dans cette langue monta aux lèvres de celui-ci, mais il la retint et répondit en anglais :

— Va au diable et présente-lui mes compliments.

C'était l'une des expressions favorites de son père et, sentant le courage lui revenir, il tenta de se relever, mais Yousouf l'en empêcha.

— Il ne parle pas l'arabe, conclut al-Auf avec une pointe de déception dans la voix. C'est contraire à la prophétie du saint Taïmtaïm — que son nom soit à jamais béni.

— Il peut l'apprendre, suggéra Yousouf, qui désespérait. Si tu me le laisses, il sera capable de réciter le Coran tout entier avant un mois.

— Ce ne peut être lui, objecta al-Auf en secouant la tête. La prophétie dit que l'enfant viendra de la mer, la cape rouge du Prophète sur la tête, et qu'il parlera Sa langue.

Il observa Dorian en silence. Il vint peu à peu à l'esprit de Dorian que, aussi improbable qu'il y parût, aucun de ces Arabes n'avait jamais vu de cheveux roux, qu'ils considéraient la couleur de sa chevelure comme une sorte de signe religieux : ils disaient que le Prophète avait la même. Il se souvenait vaguement qu'Alf Wilson avait mentionné ce point au cours de ses longues leçons sur les croyances des musulmans. Al-Auf s'était manifestement teint la barbe pour imiter le Prophète.

— Peut-être ses cheveux sont-ils habilement teints, marmonna le pirate d'un air sombre. S'il en est ainsi, lança-t-il à Yousouf, l'œil mauvais, je vous fais exécuter, toi et l'enfant.

A cette pensée, le souffle manqua à Dorian. Le souvenir horrible des pauvres diables suppliciés sur les trépieds était encore frais dans sa mémoire.

De nouveau à genoux, Yousouf clama son innocence en bredouillant et essayant de baiser les pieds d'al-Auf. Le corsaire le repoussa d'un coup de pied et ordonna d'une voix forte :

— Faites venir Ben Abram, le médecin.

Quelques minutes plus tard, un vénérable Arabe entra précipitamment et s'inclina devant al-Auf. Il avait la barbe et les sourcils blancs comme neige. Sa peau était claire, ses yeux brillants d'intelligence.

— Examine ce jeune Franc, vieil oncle, lui demanda al-Auf sur un ton aimable. La couleur de ses cheveux est-elle naturelle ou sont-ils teints ? Dis-moi s'il est sain et bien formé.

Le médecin posa sur Dorian des mains douces mais fermes, et celui-ci se soumit de mauvaise grâce à l'épreuve en restant sur son quant-à-soi. Ben Abram frotta ses mèches soyeuses entre ses doigts en émettant des petits bruits de succion entre ses dents. Puis il écarta ses cheveux et examina attentivement son cuir chevelu en lui tournant la tête vers la lumière qui filtrait par les hautes fenêtres équipées de barreaux. Il la renifla pour y détecter l'odeur de quelque substance chimique ou végétale.

— Je n'ai jamais rien vu de pareil en cinquante ans de médecine, ni chez un homme ni chez une femme, bien que j'aie entendu parler de gens au nord de la Parthie qui possèdent de tels cheveux, conclut Ben Abram.

— Ils ne sont donc pas teints, remarqua al-Auf en se penchant en avant sur ses coussins, son intérêt de nouveau éveillé.

— C'est bien sa couleur naturelle, confirma Ben Abram.

— Et qu'en est-il de son corps ?

— Je vais voir. Dis-lui de se déshabiller.

— Il ne parle pas la langue du Prophète. Tu dois le déshabiller toi-même.

Ils n'y arrivèrent pas, bien que Yousouf maintînt Dorian fermement. Il se débattait comme un chat qu'on veut plonger dans un seau d'eau froide, griffait, mordait, donnait des coups de pied, et on dut finalement appeler deux gardes pour le maîtriser. Dorian se retrouva enfin nu devant eux, un garde tenant chacun de ses poignets pour l'empêcher de se couvrir avec les mains.

— Vois la couleur et le grain de sa peau, s'émerveilla Ben Abram. Elle est aussi belle que la soie la plus fine, pareille à celle de l'étalon du sultan. Pas la moindre imperfection. Elle est parfaitement en harmonie avec le roux de ses cheveux et prouve irréfutablement que ce que je dis est exact : sa couleur est naturelle.

Al-Auf hocha la tête.

— Et le reste de son corps ?

— Tenez-le ! ordonna aux gardes Ben Abram, dont le poignet saignait encore.

Il se pencha prudemment et commença à palper les parties génitales de Dorian.

— Les œufs ne sont pas encore descendus dans les bourses, mais elles sont en parfait état. (Il tenait le pénis d'enfant entre ses doigts.) Comme tu le vois, il n'est pas encore circoncis, mais...

Il tira le prépuce en arrière et le petit gland rose apparut.

Dorian se tortillait entre les mains des gardes et ses bonnes résolutions furent emportées par la honte et l'humiliation.

— Cochon de païen ! s'écria-t-il en arabe. Retire tes mains crasseuses de mon zizi ou je jure devant Dieu que je te tuerai.

Al-Auf eut un mouvement de recul, se mit à trembler et une expression de vénération religieuse mêlée de crainte envahit son visage émacié.

— Il parle la langue du Prophète ! La prophétie est accomplie !

— Allah est miséricordieux ! Loué soit Son nom glorieux ! s'exclamèrent en chœur ses voisins. C'est la prophétie de saint Taïmtaïm.

— Ohé ! cria Tom depuis son perchoir, en tête du mât de misaine, mettant ses mains en coupe pour se faire entendre malgré le vent. Voilier en vue !

— Où ça ? lança Ned Tyler en réponse.

— A deux lieues par bâbord devant.

Hal entendit les cris dans sa cabine et se leva d'un bond avec une telle vigueur que des gouttes jaillirent de l'encrier sur la carte. Il les essuya, se précipita vers la porte et monta sur le pont.

— Vigie ! Comment est-il ? cria-t-il à son tour.

— Un petit bateau à voile latine, répondit la voix de Tom. Ah ! Il nous a vus. Il vire de bord.

— Seuls les coupables s'enfuient, commenta le Grand Daniel, qui venait d'arriver sur le pont et se tenait près de la barre.

— Ou les prudents, fit remarquer Ned Tyler.

— Je parie une guinée contre une pincée de crottin qu'il vient de l'île de Jangiri, dit Daniel.

Hal les regarda.

— Nous allons bientôt le savoir, monsieur Tyler. Donnez toute la toile et coupez-lui la route.

En tentant de gagner dans le vent à travers une mer capricieuse, le petit dhaw n'était pas de taille avec le *Seraph*. En l'espace d'une demi-heure, sa coque était visible et le grand navire gréé en carré fonçait sur lui, implacable.

— Lancez-lui un coup de semonce, monsieur Fisher, cria Hal, et le Grand Daniel se hâta vers les pièces de chasse.

Quelques minutes après, il y eut un unique coup de canon. Hal regarda dans sa lunette et vit une gerbe d'eau blanche jaillir à une demi-encablure du dhaw fugitif.

— Je pense que même un infidèle comprendra ce langage, marmonna Hal.

Sa supposition fut immédiatement confirmée : le dhaw renonça face à l'inévitable.

Il rentra son unique voile et mit en panne.

— Parez à lui envoyer un détachement d'abordage, ordonna Hal au Grand Daniel tandis qu'ils fonçaient vers le petit bateau.

Daniel emmena sa troupe sur la chaloupe. Il sauta à bord et disparut dans la cale. Dans le même temps, ses hommes s'assuraient la maîtrise du navire et rassemblaient l'équipage à l'avant, sous la menace de leurs sabres. Dix minutes après, le Grand Daniel remonta sur le pont et héla le *Seraph* :

— Capitaine, il a une pleine cargaison de soie, tous les ballots estampillés du sceau de la Compagnie.

— Par Dieu, butin de pirate, se réjouit Hal. Laissez à bord M. Wilson et cinq hommes pour le manœuvrer, et ramenez le capitaine et tout l'équipage sous bonne garde.

Daniel conduisit les Arabes à bord tandis qu'Alf Wilson mettait le dhaw à la voile et suivait dans le sillage du *Seraph*, qui reprenait sa route au près.

Le capitaine n'eut pas besoin d'être forcé pour parler.

— Je m'appelle Abdulla Wazari, de Lamu, et je suis un honnête commerçant, protesta-t-il avec un mélange de défi et de servilité.

— D'où tiens-tu ta cargaison, Wazari ? demanda Hal.

— Je l'ai payée en bon argent et de bonne foi, Allah m'en est témoin, répondit l'homme, évasif.

— Il t'a sans doute échappé que les ballots que tu as dans ta cale portent la marque de la Compagnie anglaise des Indes orientales.

— Je ne suis pas un voleur. Je ne les ai pas volés, je les ai honnêtement achetés.

— Qui te les a vendus, ô Wazari le Parangon d'Honnêteté ? Et où ?

— Un certain Musallim bin-Jangiri. Je ne pouvais pas savoir qu'ils étaient la propriété de la compagnie anglaise.

— Si ce n'est en jetant un coup d'œil dessus, dit Hal en anglais. (Il poursuivit en arabe :) Et où as-tu rencontré Jangiri ?

— Sur l'île de Daar Al Shaitan.

— Où se trouve cette île ? Quand en es-tu parti ?

— Elle est à une cinquantaine de lieues, répondit Wazari avec un haussement d'épaules. Nous l'avons quittée hier avec le vent du soir.

Cette estimation de la position de l'île concordait avec les coordonnées indiquées dans le journal de son père. Hal se détourna et fit les cent pas en réfléchissant à cette nouvelle information. Il semblait évident qu'al-Auf pratiquait ouvertement le commerce à partir de l'île de Flor de la Mar pour écouler son butin. Les commerçants arabes de toutes les mers occidentales convergeaient sans doute vers lui pour remplir leur cale de marchandise volée, achetée à des prix intéressants. Il revint vers Wazari.

— Tu as eu affaire à Jangiri lui-même ou à l'un de ses lieutenants ?

— J'ai traité avec lui. Il revenait d'une terrible bataille contre un navire infidèle. Son bateau était dans la baie, en piteux état...

Wazari s'interrompit quand l'idée lui traversa l'esprit qu'il se trouvait peut-être sur le pont du bateau en question. Il prit un air fuyant.

— Jangiri t'a-t-il dit s'il avait capturé des infidèles au cours de cette bataille ? demanda Hal. (Wazari secoua la tête.) Il ne s'est pas vanté d'avoir ramené un jeune esclave franc ? Tu n'en as pas entendu parler ?

Il avait posé la question comme en passant, mais il vit une lueur d'intérêt s'allumer soudain dans l'œil de Wazari, que celui-ci masqua vite, comme doit le faire tout bon commerçant.

— Je suis vieux et ma mémoire me trahit. Un témoignage d'hospitalité ou de bonté la rafraîchirait peut-être.

— Quel genre de témoignage ? demanda Hal.

— Me laisser, moi et mon bateau, reprendre ma route sans m'inquiéter davantage, honorable seigneur.

Cette bonté serait inscrite sous ton nom dans le grand livre d'or.

— Une bonté en vaut une autre. Montre-toi obligeant avec moi et peut-être le serai-je avec toi. As-tu entendu parler d'un jeune Franc lorsque tu étais avec Jangiri, avec al-Auf ?

L'Arabe tira sur sa barbe, indécis, puis soupira.

— Ah, maintenant je me souviens de quelque chose de ce genre.

— De quoi te souviens-tu ? insista Hal en touchant d'instinct le manche de sa dague, geste que remarqua son interlocuteur.

— Il y a deux jours, Jangiri m'a proposé de me vendre un esclave, un enfant franc, mais qui parle la langue du Prophète.

— Pourquoi ne l'as-tu pas acheté ?

Hal se pencha si près que l'haleine de Wazari, qui fleurait le poisson séché, lui vint aux narines.

Wazari se mit à rire.

— Il en demandait un lakh de roupies. Un lakh de roupies pour un jeune esclave ! répéta-t-il d'une voix pleine d'étonnement.

— C'est effectivement une rançon de prince et non le prix d'un esclave, admit Hal. As-tu vu cet enfant ?

— Jangiri a dit que, si je voulais le voir, je devais d'abord lui montrer l'or. Je lui ai fait valoir que j'étais pauvre. Où aurais-je pu trouver un lakh ?

— Comment pouvait-il en demander un prix pareil ? insista Hal.

— Il affirme que c'est l'enfant de la prophétie de Taïmtaïm.

— Je n'ai jamais entendu parler de cette prophétie.

— Le saint a prophétisé qu'un enfant aux cheveux d'une étrange couleur viendrait de la mer.

— De quelle couleur ?

— Rousse. La couronne rouge du Prophète. Jangiri dit que les cheveux de l'enfant ont la couleur du soleil couchant.

Hal crut que son cœur allait s'échapper de sa poitrine. Il se détourna afin que Wazari ne puisse lire la joie sur son visage et alla au bastingage au vent. Il y resta un long moment en laissant le vent emmêler ses cheveux. Puis il les rejeta en arrière et retourna face à Wazari.

— Tu as en effet été obligeant avec moi, dit-il, et quand il se tourna vers Ned Tyler, il souriait : Ramenez cet homme et son équipage sur le dhaw et laissez-les reprendre leur route.

Ned sursauta.

— Les laisser aller ? Je vous demande pardon, capitaine, et la soie volée ?

— Qu'il la garde !

Hal éclata de rire et tous ceux qui se trouvaient à portée de voix le regardèrent bouche bée. Ils ne l'avaient pas entendu rire depuis longtemps.

— Ce n'est pas cher payer ce qu'il m'a donné en échange,reprit-il.

— Que vous a-t-il donné, capitaine ? demanda Ned. Bien que cela ne me regarde pas...

— L'espoir ! Il m'a donné l'espoir !

La chaloupe contourna sans bruit la pointe sud de la Flor de la Mar pendant la nuit. La lune ne serait pas levée avant une heure. Hal jugea son approche en se fiant uniquement à la phosphorescence du ressac sur la plage. Bien qu'elle fût teinte en noir, il avait rentré la voile, afin de minimiser les risques d'être repéré depuis le rivage.

Le *Seraph* était resté sous l'horizon durant le jour afin de ne pas alerter al-Auf. Il ne s'était approché pour mettre à la mer la chaloupe qu'après le coucher du soleil et il attendait maintenant à deux miles au large. Hal avait convenu d'un système de signaux par fusées avec Ned Tyler, prêt à venir les chercher en cas d'ennuis. Jusque-là, ils n'avaient rencontré aucune difficulté, et l'extrémité sud de l'île semblait déserte, alors qu'en passant ils avaient aperçu les lumières vacillantes de lanternes et de feux de cuisson à l'autre bout.

Si les croquis de son père étaient exacts, Hal devait trouver une crique abritée derrière la pointe sud, et il barrait à présent dans sa direction. Vingt hommes se trouvaient à bord de la chaloupe, mais il avait l'intention de n'emmener à terre qu'une troupe très réduite. Il ne projetait pas d'attaquer le fort ni les navires à l'ancre dans la baie : il venait seulement en reconnaissance pour évaluer la force des pirates musulmans et essayer de découvrir où ils détenaient Dorian. Il espérait se glisser à terre et en partir sans alarmer la garnison ni même laisser soupçonner sa présence.

Il entendit le plouf du plomb, puis quelques instants après le murmure venu de l'avant :

— Quatre brasses.

Daniel lançait la sonde, répugnant à confier cette tâche essentielle à un autre. Le fond remontait rapidement. Une grosse lame passa sous la chaloupe et les souleva. Hal aurait souhaité y voir mieux pour les guider jusqu'au bord. Les déferlantes étaient maintenant toutes proches.

— Paré, les gars, dit-il à voix basse aux rameurs, puis, quand il sentit l'arrière soulevé par la lame suivante : Souquez ferme !

La chaloupe prit la vague et se précipita. Avec de petits ajustements de la barre, Hal réussit à la maintenir sur la lame. La vague se brisa autour d'elle, mais elle poursuivit sa course sur les eaux écumantes et toucha finalement le sable.

Hal, Tom et Aboli sautèrent dans l'eau et, leurs pistolets à la main, pataugèrent jusqu'à la plage. Derrière eux, le Grand Daniel ramena la chaloupe dans les eaux plus profondes, au-delà du ressac, pour attendre leur retour.

Ils s'arrêtèrent au-dessus de la ligne des hautes eaux.

— Aboli, laisse les fusées ici, dit Hal, et Aboli déposa le lourd paquet enveloppé de toile. Espérons que nous n'en aurons pas besoin, grogna-t-il. Vérifiez vos amorces.

On entendit des cliquetis et des claquements métalliques pendant que Tom et Aboli changeaient les amorces de leurs pistolets, l'eau ayant vraisemblablement mouillé les anciennes pendant que la chaloupe surfait vers la plage.

Ils ne s'étaient pas armés de leurs mousquets à long canon, qui étaient lourds, encombrants et ne présentaient guère d'avantages la nuit.

— Ça va, Tom ? demanda Hal en baissant encore la voix.

Il s'était rongé les sangs avant de prendre la décision de l'emmener à terre avec lui.

— Tout à fait bien, répondit Tom sur le même ton.

Il regrettait d'avoir prêté ce serment commun avec son fils, qui le faisait valoir chaque fois qu'il essayait de le tenir à l'écart d'un danger. Il n'avait pu lui refuser une place dans son petit détachement et se consolait maintenant en songeant que la vision nocturne de Tom était bien supérieure à la sienne et même à celle d'Aboli. Ils se féliciteraient peut-être avant la fin de la nuit d'avoir à leur disposition ses jeunes yeux.

— Prenez la tête, lui ordonna-t-il, et ils se mirent en route en file indienne, Aboli fermant la marche.

Le terrain était dégagé, sans buisson ou herbe marine, mais ils devaient veiller à marcher dans les traces de Tom. Les nids des oiseaux de mer étaient si rapprochés sur le sable corallien qu'il y avait tout juste assez d'espace pour qu'ils puissent poser le pied entre eux ; le dos noir des oiseaux les rendait presque invisibles. Ils caquetaient et criaillaient avec irritation lorsque les hommes les enjambaient mais ces cris se perdaient dans le bruit de l'immense colonie. De temps en temps, l'un d'eux donnait un coup de bec douloureux à une cheville nue, mais il n'y eut pas de tollé général et ils parvinrent enfin au bosquet de palmiers, de l'autre côté.

Tom les conduisait maintenant d'un pas plus rapide sous le couvert des arbres, juste au-dessus de la plage de sable blanc. Une demi-heure après, il les arrêta de nouveau et, quand son père arriva à son côté, il tendit le doigt devant lui.

— La baie est là, chuchota-t-il. J'arrive à distinguer les bateaux à l'ancre, mais je ne sais trop lequel est le *Minotaur*.

Pour Hal, l'obscurité était toujours aussi impénétrable. Wazari lui avait cependant affirmé que le *Minotaur* se trouvait dans la baie quatre jours plus tôt et, compte tenu des dommages que le *Seraph* lui avait infligés, il semblait improbable qu'il ait prit la mer entre-temps.

— La lune ne va pas tarder à apparaître, murmura-t-il. Nous pourrons alors le repérer avec exactitude. Dans l'intervalle, rapprochez-nous encore.

Ils avancèrent sans bruit dans l'épais sous-bois. Le sol était jonché de feuilles de palmier tombées, sèches et craquantes sous le pied. Ils devaient s'en remettre à Tom, qui les guidait à travers ces périls. Hal plissa le nez en sentant la fumée des feux de cuisine et les autres odeurs moins plaisantes du campement des pirates, têtes de poisson pourrissantes et autres détritus, déchets et excréments. Puis il s'arrêta encore, l'odorat agressé par la puanteur caractéristique de cadavres en décomposition. Il avait participé à de trop nombreuses batailles pour ne pas la reconnaître. Il pensa immédiatement à Dorian mais s'efforça de chasser cette idée de son esprit et de concentrer son attention sur sa tâche. Ils poursuivirent lentement leur chemin.

Des lumières brillaient à travers les arbres et, quand ils s'arrêtèrent, ils entendirent des voix au loin. Quelqu'un commença à psalmodier une prière islamique, un autre coupait du bois. A ces bruits se mêlaient le doux cliquetis des haubans et des espars, le son métallique d'une chaîne d'ancre. Ils arrivèrent en lisière du bosquet et distinguèrent la courbe sombre de la baie devant eux.

— Voilà le *Minotaur*, indiqua Tom à voix basse. Il n'y a pas d'erreur.

Pour Hal, ce n'était qu'une tache plus sombre dans l'obscurité.

— La lune ne va pas tarder à se lever, dit-il, et ils s'assirent pour attendre.

Elle apparut bientôt dans sa radiance argentée, et les formes du navire se matérialisèrent devant eux. Les vergues sèches du *Minotaur* finirent par se détacher sur le ciel étoilé. Comme l'avait signalé Wazari, il y avait trois autres navires gréés en carré au mouillage, capturés par al-Auf.

— Tom, vous allez rester là, chuchota Hal.

— Père... protesta-t-il.

— Pas de discussion ! rétorqua Hal d'un ton ferme. Vous avez bien fait votre travail, mais maintenant vous allez rester hors de danger jusqu'à notre retour.

— Mais, père...

Tom était outragé.

Hal ignora ses récriminations.

— S'il arrive quelque chose, si nous sommes séparés, retournez à la plage où nous avons débarqué et appelez la chaloupe.

— Qu'allez-vous faire ?

— Aboli et moi allons voir de plus près les navires à l'ancre dans la baie. Vous ne pouvez nous aider davantage.

— Je veux...

— Assez ! coupa Hal. Nous vous retrouvons ici tout à l'heure ! Viens, Aboli.

Tous deux se levèrent sans bruit et, quelques secondes après, ils avaient disparu, laissant Tom seul à l'orée de la forêt. Il était trop en colère pour avoir peur.

On l'avait trompé, traité comme un enfant alors qu'il avait prouvé à plusieurs reprises qu'il n'en était plus un.

« Je suis tenu par mon serment, fulmina-t-il. Je ne peux pas rester là alors que j'ai une chance d'aider Dorian. » Il lui fallait cependant tout son courage pour braver son père et enfreindre ses ordres. Il se leva en hésitant. « C'est mon devoir », se dit-il, et il se décida. Il ne suivit pas la direction prise par Hal et contourna la baie en retrait de la plage. Son père lui ayant montré la carte et les plans du vieux fort que son grand-père avait dessinés cinquante ans plus tôt, il avait une assez bonne idée de la topographie des lieux et du chemin à emprunter.

La lune était maintenant au-dessus des arbres et Tom progressait vite. Il voyait devant lui sa clarté reflétée par les remparts du fort et rencontra bientôt un sentier qui conduisait dans la même direction. A mesure qu'il avançait, l'odeur de chair humaine en décomposition devenait plus forte ; il déboucha dans une clairière et s'arrêta net.

Un champ de cadavres s'étendait sous ses yeux. Etranges et effrayants au clair de lune, ils étaient accrochés à une rangée de gibets rudimentaires. Un frisson de crainte superstitieuse le parcourut et il ne put se résoudre à passer au milieu de ces morts. Il longea la clairière. Bien lui en prit, car il n'avait pas parcouru le quart du périmètre qu'une file de silhouettes en djellaba apparut sur le sentier venant du fort. S'il s'était trouvé là, il serait tombé en plein sur eux.

Après qu'ils furent passés, il resta sous le couvert des palmiers et, quelques minutes plus tard, il était accroupi sous les épaisses murailles du fort, éclairées par la lune. Sa colère était maintenant retombée, et il se sentait seul et vulnérable. Il aurait dû, il le savait, reconnaître la sottise de son initiative et retourner à leur lieu de rendez-vous avant que son père ne s'aperçoive de son absence. « Je n'en ai pas pour longtemps », se dit-il pour justifier sa désobéissance. Il entreprit avec précaution de contourner le fort, jusqu'à se trouver presque en face des portes principales. Elles étaient ouvertes et des gardes formaient un petit groupe blotti sous l'arche. Ils semblaient endormis, mais il ne pouvait prendre le risque de s'approcher davantage. Il resta accroupi dans l'ombre encore un moment. Une torche brûlait sur son support, d'un côté de l'arche, et éclairait le bois massif de la porte.

Tom fit demi-tour et revint sur ses pas, autour des murailles. Sur la façade à l'orient, le clair de lune tombait droit sur les blocs de corail pâles ; par endroits, les remparts étaient en ruine : une partie de leur revêtement extérieur était tombée et la végétation tropicale prenait le dessus. Les ficus avaient plongé leurs racines entre les blocs, et des lianes grimpaient le long des murs comme de monstrueux pythons noirs.

Une idée absurde lui vint : grimper le long de la muraille, à l'aide d'une liane, pour aller à la recherche de Dorry. Il envisageait cette possibilité quand il entendit tousser doucement. Il se tapit entre les arbres tout en cherchant d'où venait le bruit. Il discerna une tête enturbannée parmi les créneaux et se rendit compte que des sentinelles étaient postées à intervalles en haut des murailles. Il sentit son cœur battre plus vite en comprenant qu'il avait frôlé le désastre. Il reprit son mouvement furtif autour du fort et tourna le coin nord-ouest.

Il remarqua des meurtrières percées en haut de la muraille, trop étroites cependant pour permettre le passage de quiconque à l'exception d'un enfant. La plupart étaient sombres, mais la douce lumière jaune d'une lampe à huile filtrait par une ou deux d'entre elles. Il y avait des cellules ou des pièces derrière ces ouvertures.

Accroupi sous la muraille, il les regardait mélancoliquement. Dorian se trouvait peut-être derrière l'une de ces meurtrières, enchaîné comme un esclave. Il imaginait la terreur et la solitude de son jeune frère et partageait ses sentiments avec toute la force de son amour fraternel.

Soudain, presque malgré lui, Tom sifflota les premières mesures de *Spanish Ladies* :

Adieu à vous, belles dames d'Espagne,
Adieu à vous, dames d'Espagne.
Car nous avons reçu l'ordre de voguer vers la vieille Angleterre...

Puis il se tut et attendit une improbable réponse. Elle ne vint pas. Après un moment, il se leva et avança en silence un peu plus loin le long du mur. De nouveau, il siffla l'air et attendit.

Un mouvement attira son œil. Derrière l'une des hautes et étroites fenêtres, quelqu'un avait déplacé la lampe ; l'angle que marquaient les ombres avait changé. Son cœur bondit dans sa poitrine et il se rapprocha à pas de loup. Il était sur le point de siffler de nouveau quand la forme sombre d'une tête apparut entre la lampe et la meurtrière. Puis une voix douce murmura dans la nuit :

Nous tempêterons sur l'océan furieux
Nous tempêterons sur les mers furieuses...

— Dorry ! voulut crier Tom, mais il se retint.

Il quitta le couvert de la forêt et se rapprocha encore du pied de la muraille. Il vit qu'une liane montait en torsade le long de la paroi et passait à une longueur de bras de la meurtrière éclairée où se découpait la tête de Dorian. Il s'y suspendit pour mettre à l'épreuve sa résistance. Ses mains tremblaient tant il était excité, mais la liane tenait bon. Il retira le ceinturon de son sabre et le déposa au pied de la plante grimpante, avec son pistolet.

Puis il commença à monter. Il s'était forgé une solide musculature dans le gréement du navire et grimpait avec l'agilité d'un singe. Il arriva à la hauteur de la meurtrière et se pencha en direction de l'ouverture en chuchotant :

— Dorry !

La réponse vint instantanément :

— Tom ! Oh, je savais que tu viendrais ! Je savais que tu tiendrais ta promesse.

— Chut ! Pas si fort ! Tu peux passer par la fenêtre ?

— Non, je suis enchaîné au mur.

— Ne pleure pas, Dorry. Ils vont t'entendre.

— Je ne pleure pas.

Ses sanglots étaient pitoyables, bien qu'il eût couvert sa bouche à deux mains pour les étouffer.

— Tu crois que je peux arriver à me glisser à l'intérieur pour te délivrer ?

— Je ne sais pas. C'est si étroit et tu es si grand et si fort !

— Je ne vois pas d'autre moyen. Je vais essayer.

Une main après l'autre, Tom se cramponna à la branche de la liane qui passait le plus près de la meurtrière. Il la sentit fléchir sous son poids mais continua à avancer avec précaution jusqu'au bout. Il se trouvait encore à trois pieds au moins du rebord de la fenêtre, et à vingt au-dessus du sol. Il lâcha la liane d'une main et tendit le bras.

— Tom, fais attention !

Tom trouva une fissure entre deux pierres, qui lui assura une bonne prise, et lâcha la liane. Accroché par la main droite, il se balança dans le vide et chercha une autre prise avec la gauche. Ses orteils raclaient le corail lisse sous le rebord mais ne trouvaient rien sur quoi s'appuyer.

— Donne-moi la main ! suggéra Dorian en tendant les doigts par la meurtrière.

Tom les étreignit à la manière des marins. Son poids tira brutalement l'enfant en avant et lui coinça l'épaule dans l'ouverture. Tom vit tout de suite que la meurtrière était trop étroite pour laisser passer le corps menu de son frère et a fortiori le sien. Il était hors de question qu'il entre dans la cellule et la liane se trouvait à trois pieds de lui, hors de portée de sa main gauche.

— C'est impossible, Dorry.

Une trentaine de centimètres seulement séparaient leurs visages.

— Il va falloir qu'on revienne te chercher, reprit-il.

— Je t'en prie, Tom, ne me laisse pas ici ! supplia Dorian.

— Le *Seraph* attend au large. Père, le Grand Daniel, Aboli et moi, nous sommes tous là. Nous allons bientôt revenir.

— Tom !

— Dorry, ne fais pas tant de bruit. Je te jure que nous reviendrons te chercher.

Tom tendait le bras pour tenter d'attraper la liane mais Dorian s'agrippait à son autre poignet comme un homme qui se noie.

Il y eut un cri sur les remparts.

— Qu'est-ce que c'est ? Qui est-là ? lança quelqu'un en arabe.

— Les sentinelles, Dorry ! Laisse-moi partir !

Tom leva les yeux et vit deux têtes se découper sur la voûte étoilée, deux hommes qui lançaient un regard interrogateur dans sa direction. Il était écartelé contre le mur, une main accrochée précairement à la liane, son frère cramponné à l'autre. Il aperçut l'une des deux sentinelles qui passait un long mousquet par-dessus le créneau et visait dans la direction de son visage.

— Lâche-moi, Dorry !

Tom s'arc-bouta des deux pieds contre le mur et se projeta en arrière à l'instant où, dans un bruit de tonnerre, une longue langue de flamme et d'étincelles jaillissait de la gueule du mousquet.

Il entendit la balle siffler près de sa tête mais il tomba en chute libre et toucha le sol vingt pieds plus bas. La force du choc chassa l'air de ses poumons et il resta étendu un moment, en essayant de reprendre sa respiration.

Un autre coup de feu tiré du haut des remparts le galvanisa. Cette fois, il n'entendit pas la balle et se releva tant bien que mal, la respiration toujours sifflante. Il tenta de repartir en courant vers le bosquet, mais, quand il posa son pied gauche par terre, une violente douleur lui parcourut la jambe depuis la cheville, comme s'il avait été piqué par un frelon géant.

Il s'obligea à continuer malgré la douleur, ramassa au passage son sabre et son pistolet, et, sautant et glissant pour soulager sa cheville blessée, il courut jusqu'à la lisière de la forêt. Derrière lui, il entendait les appels déchirants de Dorian, des cris incohérents de désespoir qui lui faisaient plus de mal que sa blessure. Avant qu'il eût parcouru cent yards, les coups de feu et les cris avaient réveillé toute la garnison.

Il marqua une pause et s'appuya contre le tronc d'un arbre. Tout en bouclant son ceinturon, il essaya de se repérer et de décider de ce qu'il devait faire. Il savait qu'il n'arriverait pas à regagner seul la pointe sud où attendait la chaloupe et espérait que son père et Aboli seraient alertés par le tumulte et reviendraient en arrière pour le chercher. Dans l'obscurité, cela semblait peu probable.

Il n'eut guère le temps d'hésiter car le bosquet parut soudain grouiller d'hommes qui criaient ; par intervalles, il entendait des rafales de coups de feu lorsqu'ils tiraient sur des ombres.

— Qui est-ce ? Qu'est-ce qui se passe ?

D'autres arrivaient de la plage et coupaient Tom du lieu de rendez-vous.

— C'est un Franc, un infidèle. J'ai vu son visage.

— Où est-il passé ?

— Il est parti vers la baie.

— D'où sort-il ? Il n'y a pas de navire d'infidèles dans les parages.

Les voix se rapprochaient, Tom entendait les hommes courir et se cogner dans le sous-bois. Il s'écarta du tronc, pesa de nouveau sur sa cheville et repartit en clopinant. Il n'avait pas fait cinquante yards qu'une exclamation retentit tout près derrière lui :

— Il est là ! Ne le laissez pas s'échapper !

Un autre coup de feu éclata et Tom entendit la balle percuter le tronc d'un palmier tout proche. Il se força une nouvelle fois à courir.

La sueur l'inondait tant il souffrait. Elle dégoulinait sur son visage et l'aveuglait à moitié. Chaque pas était une torture mais il continuait à courir. Ses poursuivants gagnaient du terrain — il jeta un coup d'œil par-dessus son épaule et vit leurs djellabas blanches voltiger derrière lui, entre les arbres.

Il longea un buisson épais et, tandis qu'il le contournait, il fut soudain saisi par-derrière et projeté au sol. Il tenta de frapper son agresseur mais l'homme lui tenait le poignet dans un étau. Le poids sur son dos le plaquait contre le sable.

— Tom ! Restez tranquille. Ne faites pas de bruit, lui chuchota son père à l'oreille. Vous êtes blessé ? Pourquoi boitez-vous ?

— Ma cheville, lâcha Tom. Je suis tombé. Je crois qu'elle est cassée.

Les poursuivants étaient maintenant tout près.

— Vous l'avez vu ? lança un Arabe. Par où est-il parti ?

— Il se dirigeait par là, répondit un autre.

Les voix se rapprochaient. Alors celle d'Aboli gronda à côté d'eux :

— Tom ne pourra pas les distancer. Je vais les éloigner pour vous donner une chance de retourner au bateau.

Il se releva et partit comme une flèche dans la nuit. Quand il fut à une vingtaine de yards d'eux, il beugla en arabe :

— Il est là ! Il a fait un crochet vers l'autre côté de l'île. Coupez-lui la route !

Il tira un coup de pistolet et disparut en bondissant à travers les arbres.

Il y eut immédiatement un concert de cris et de coups de feu.

— Il part par là !

— Par ici ! Coupez-lui le chemin !

Hal maintenait le visage de son fils contre les feuilles séchées :

— Ne bougez pas !

Des bruits de pas martelèrent le sol près de la tête de Tom, mais il ne tenta pas de lever les yeux. Il entendit ses poursuivants changer de direction et traverser les broussailles avec fracas vers l'est de l'île. Les cris d'Aboli se perdaient dans le lointain.

Le silence revint peu à peu et Hal lâcha la nuque de Tom.

— Quelle jambe est-ce ? demanda-t-il sèchement.

— Celle-là, répondit Tom en se redressant, encore haletant.

Hal lui palpa la cheville.

— Vous avez quitté votre poste, dit-il d'un ton accusateur tout en poursuivant son examen. Vous auriez pu nous faire tuer tous. Votre sottise met Aboli en grand danger.

— Excusez-moi, mais il fallait que je le fasse, répondit Tom de sa voix haletante, puis : J'ai trouvé Dorian.

Les mains de Hal s'immobilisèrent et il leva les yeux vers son fils, le visage blême dans le clair de lune qui filtrait à travers les arbres.

— Vous l'avez trouvé ? Où est-il ?

— Dans le fort. J'ai parlé avec lui par la fenêtre.

— Mon Dieu ! murmura Hal, sa colère presque évanouie. Comment est-il ?

— Il est terrorisé, mais on ne lui a pas fait de mal. Ils l'ont enchaîné dans une cellule de l'aile nord-ouest.

Hal réfléchit à ces paroles.

— Nous ne pouvons rien pour lui maintenant. Il faut regagner le bateau. Vous vous êtes bien débrouillé, Tom, mais ne me désobéissez plus jamais. Votre cheville enfle très vite et nous devons retourner à la plage.

Il se remit debout et releva Tom.

— Appuyez-vous sur moi. Venez.

Il fallut presque le reste de la nuit pour traverser le bois tant bien que mal vers la pointe sud de l'île. Malgré sa douleur, Tom se tourmentait à propos d'Aboli. Ils s'arrêtaient toutes les demi-heures pour écouter s'il n'arrivait pas ou si des bruits de la poursuite ne leur parvenaient pas, mais ils n'entendaient rien.

La lune amorçait sa descente vers le continent quand ils débouchèrent enfin en titubant sur le terrain découvert où nichait la colonie d'oiseaux. La cheville de Tom était maintenant enflée comme une vessie de cochon et Hal, moitié portant, moitié tirant, l'aidait à avancer.

Ils écrasaient des œufs sous leurs pieds et les oiseaux s'élevaient en un nuage noir, piaillant et tournoyant autour de leurs têtes au clair de lune. Ils descendaient en piqué pour leur donner des coups de bec mais Hal et Tom portaient une casquette.

— Protégez-vous les yeux, marmonna Hal. Leurs becs sont aiguisés comme des épées.

— Les hommes d'al-Auf vont entendre ce tapage à des miles d'ici.

Par-dessus la cacophonie, leur parvint enfin le bruit du ressac sur la plage de la crique et ils parcoururent les derniers yards en chancelant. Hal vit sur le sable la tache sombre formée par le paquet de fusées.

— Dieu merci ! dit-il, haletant, car ils étaient à bout de forces. Puis il s'écria : Attention ! C'est une embuscade !

Une énorme silhouette noire jaillit de l'obscurité devant eux.

Hal laissa tomber Tom dans le sable et tira son épée.

— Pourquoi avez-vous été si long, Gundwane ? Le jour va se lever dans une heure.

— Aboli, Dieu soit loué !

— La chaloupe attend derrière la ligne des déferlantes, dit le géant en soulevant Tom dans ses bras comme s'il eût été un bébé. N'envoyez pas de fusée, elle alerterait l'ennemi. Venez, il est temps de s'en aller.

Il poussa un sifflement aigu et la réponse arriva de la mer noire. Tom entendit les avirons grincer sur les tolets tandis que le Grand Daniel amenait la chaloupe.

Le *Seraph* courait vers la terre par la nuit sans lune. C'était le surlendemain de leur périlleuse virée.

En silence, le navire glissa sur l'eau pendant le dernier mille, puis, sur l'ordre de Hal à l'homme de barre, vira dans la brise et mit en panne. Hal se dirigea vers le bastingage au vent et écouta attentivement. Le bruit sourd du ressac sur les plages de Flor de la Mar était amorti par la distance, mais distinct.

— Nous sommes à un demi-mille de la terre, observa Ned Tyler, confirmant l'estimation de Hal.

— Mettez les chaloupes et les canots à la mer, ordonna Hal. Je vous laisse le navire, monsieur Tyler. Restez ici en position et attendez notre signal.

— Oui, capitaine. Bonne chance.

Les bateaux étaient alignés sur le pont. Ils furent descendus l'un après l'autre, et les hommes en armes embarquèrent rapidement et en silence, puis prirent leur place sur les bancs de nage.

Hal s'approcha de l'échelle où l'attendait Tom, appuyé sur la béquille qu'un des charpentiers lui avait fabriquée.

— Plût à Dieu que je puisse venir avec vous, père, s'exclama-t-il. Je me couperais volontiers cette fichue jambe pour pouvoir le faire.

De dépit, il martela le pont avec sa béquille. Bien que l'os n'eût pas été fracturé, le Dr Reynolds avait estimé que Tom ne serait pas capable de marcher avant plusieurs semaines.

— Votre aide nous aurait été utile, lui dit son père, qui avait pardonné sa désobéissance.

— Allez-vous tenter de trouver Dorry ?

— Vous savez bien que nous attaquons seulement les navires au mouillage dans la baie. Après l'autre nuit, al-Auf doit savoir que nous sommes dans les parages et ses hommes seront sur leurs gardes. Sans l'avantage de la surprise, nous ne pouvons espérer emporter le fort avec des forces si réduites.

— Je suis malade d'inquiétude à l'idée de ce que ces porcs sont peut-être en train de faire à ce pauvre Dorry.

— Nous le sommes tous, mais, une fois que nous aurons capturé ou brûlé les bateaux d'al-Auf, il sera pris au piège sur l'île et ne pourra s'échapper avec Dorian. Lorsque le capitaine Anderson sera de retour avec le *Yeoman*, nous serons assez nombreux pour prendre le fort d'assaut. Il faudra patienter jusque-là.

— Je prie Dieu que le *Yeoman* revienne vite.

— Oui, mon fils, priez ! Ça n'a jamais fait de mal à personne. Mais, en attendant, nous allons donner plus de force à vos prières avec un peu de poudre et d'acier, dit Hal avec détermination, en descendant dans la chaloupe.

Ils s'écartèrent du flanc du *Seraph* et Hal prit la tête de la flottille. Le Grand Daniel commandait la deuxième chaloupe, et Alf Wilson les deux canots. Derrière eux, le *Seraph* vint au lof avec une toile réduite, prêt à attendre de longues heures le retour des hommes.

Les avirons des petites embarcations étaient assourdis et leurs équipages avaient l'ordre de conserver un silence absolu. Hal naviguait au compas et s'arrêtait de temps en temps pour écouter le ressac. A chaque fois, le bruit était plus fort, puis les matelots en proue montrèrent le rivage. Hal se leva en hâte et aperçut au loin les feux qui signalaient le campement sous les murailles du fort. Il se rendit compte soudain que le courant les avait entraînés vers le sud et détournés de leur route, vers la passe qui conduisait à travers les récifs de corail.

Hal sentait presque la tension nerveuse qui régnait

parmi l'équipage de la chaloupe. S'emparer d'un navire ennemi au mouillage excitait particulièrement les marins. Cette façon d'aller braver le lion dans sa tanière était une spécialité anglaise, une innovation d'hommes comme Drake, Frobisher et Hawkins.

Les forces de Hal ne lui permettaient de capturer que deux des bateaux qu'il avait vus dans la baie. Aboli et lui les avaient examinés attentivement depuis la plage, et, malgré la pénombre, la lune éclairait assez pour autoriser un choix. Le premier était évidemment le *Minotaur*. Quoiqu'il fût très mal entretenu par les pirates et qu'il eût subi de graves dommages au cours de son bref affrontement avec le *Seraph*, il n'en restait pas moins un navire de grande valeur. Hal l'estimait à dix mille livres quand il l'amarrerait au port de Londres. Il n'avait aucun moyen de savoir quelle partie de sa cargaison restait à bord, mais elle pouvait être considérable.

L'autre navire sur lequel il avait jeté son dévolu était un bâtiment hollandais qui, de toute évidence, avait été pris à la VOC : un bateau ventru construit à la manière de Rotterdam, dont la prime irait chercher aussi dans les dix mille livres. S'il réussissait à s'emparer des deux navires, leur nuit de travail serait grassement payée.

Assis à la barre, il se pencha en avant et dit à voix basse aux hommes les plus proches de lui :

— Vingt livres attendent chacun de vous dans la baie. Faites passer.

Avec un petit rire, ils se tournèrent pour transmettre le message aux autres.

« Rien ne vaut l'odeur de l'or pour exciter la soif de sang chez un marin anglais », pensa Hal, et il se sourit à lui-même dans l'obscurité. Dommage qu'il ne puisse prendre les autres navires. Deux autres grands vaisseaux et une douzaine de dhaws de toutes tailles auraient joliment arrondi leur besace, mais il lui faudrait se contenter de sentir la fumée de leur bûchers funéraires.

A l'approche de la baie, les canots se rangèrent en file derrière lui. Leur expédition risquait de se terminer par un désastre avant même d'avoir commencé : il ne disposait que de la carte de son père et de son instinct de marin pour les conduire à travers la passe dangereuse.

Hal se dressa aussi haut qu'il le pouvait sur le banc de nage et garda les yeux fixés droit devant. Il voyait les déferlantes écumer sur les pointes déchiquetées du récif meurtrier ; il repéra enfin la zone sombre vers l'extrémité nord, où l'eau plus profonde restait étale.

— Commencez à sonder, murmura-t-il, et il entendit le bruit du plomb jeté en avant de l'étrave.

— Pas de fond avec cette ligne, lança à voix basse le sondeur quelques secondes plus tard.

Ils n'avaient pas encore atteint l'acclivité. Soudain il y eut un cri de surprise en proue et Hal regarda. Un grand dhaw remontait le chenal droit sur eux, sa voile triangulaire éclairée par la lune, laissant dans son sillage une longue nappe brillante.

Hal eut un moment d'hésitation. C'était un bateau de gros tonnage, presque certainement bourré de marchandises précieuses achetées à al-Auf. En quelques minutes, ils pouvaient le prendre à l'abordage et soumettre l'équipage sans méfiance. Cinq de ses hommes le manœuvreraient jusqu'au *Seraph*.

S'ils le capturaient sans coup férir, c'était de l'or dans le gousset de chacun des hommes du *Seraph*, mais s'il opposait une résistance et qu'il y ait de la bagarre sur le pont, le bruit de la lutte porterait jusqu'aux pirates sur la plage.

Le capturer ou le laisser aller. Hal n'avait que quelques secondes pour se décider. Il regarda au-delà du dhaw vers le milieu de la baie et aperçut les mâts nus du *Minotaur* se découpant avec fierté sur le ciel étoilé. Puis il tourna les yeux vers le dhaw. Le laisser aller. Il prit sa résolution et chuchota à ses hommes :

— Tiens bon virer !

Les rameurs interrompirent la nage et firent traîner les pelles des avirons à la surface pour briser l'erre de la chaloupe, jusqu'à ce qu'elle s'immobilise sur l'eau noire. Derrière, les autres canots suivirent leur exemple.

Le grand dhaw vira une dernière fois, sortit du chenal et passa sans s'arrêter près de la chaloupe. Un homme de quart sur le pont les repéra et les héla en arabe.

— Qui êtes-vous ?

— Des pêcheurs qui reviennent avec leurs prises de la nuit, répondit Hal d'une voix haut perchée, pour qu'elle ne porte pas jusqu'au rivage. Et vous, qui êtes-vous ?

— Le bateau du prince Abd Mohammed al-Malik.

— Qu'Allah soit avec vous ! lança Hal tandis que le dhaw laissait porter vers l'est et disparaissait sur les plaines obscures de l'océan... Souquez ! ordonna-t-il.

Les longs avirons plongèrent et sortirent de l'eau à l'unisson, des gouttes de feu liquide dégoulinant de leurs pelles. Il pointa la proue vers l'endroit exact où le grand dhaw était sorti de la passe.

— Dix brasses.

La sonde avait touché le fond. La carte de sir Francis se révélait exacte une fois de plus, exactitude confirmée par le passage du dhaw. Ils entrèrent dans le chenal. La houle se brisait maintenant de chaque côté de la chaloupe.

— Cinq brasses !

Ils arrivaient dans la zone la plus resserrée.

— Lâchez la première bouée ! ordonna Hal.

Le sondeur la laissa tomber par-dessus bord, et la ligne attachée au petit tonneau peint en blanc se dévida. Hal se retourna et vit le tonnelet danser dans leur sillage. Il lui servirait de point de repère quand il ramènerait le *Minotaur*. Il plissa ensuite les yeux en direction des murailles du fort, d'une clarté blafarde au clair de lune, alignées devant eux avec la pointe du récif de corail.

— Maintenant ! murmura-t-il, et il négocia la première courbe du coude, suivi par les autres canots.

— Quatre brasses, quatre brasses et demie !

— Trop près du récif.

Hal infléchit sa route pour rester au milieu du chenal.

— Deux brasses ! lança le sondeur sur un ton d'alarme contenu.

Au même moment, Hal distingua droit devant la forme du récif, sombre et menaçante comme un monstre marin. Il tira de toutes ses forces sur la barre et réussit à virer juste à temps pour ne pas drosser la chaloupe.

— Sept brasses ! annonça le sondeur, soulagé.

Ils avaient échappé aux griffes du corail et se trouvaient dans les eaux profondes de la baie, où les navires ennemis étaient à l'ancre.

— Lâchez la deuxième bouée ! chuchota Hal, et ils la laissèrent à l'entrée de la passe pour se repérer au retour.

Il jeta un coup d'œil par-dessus son épaule. Les autres canots se déployaient en éventail.

Il avait assigné une cible à chacun. Hal prendrait le *Minotaur*, Daniel et l'équipage de la deuxième chaloupe s'occuperaient du navire hollandais, les canots attaqueraient et brûleraient tous les autres bateaux au mouillage. Hal barra en direction du gros courrier des Indes, silhouette haute et sombre dans les eaux les plus profondes, en face du fort. « Voyons si l'homme de quart a le regard aiguisé », pensa Hal, en s'attendant que l'alarme soit donnée. Mais le *Minotaur* restait silencieux tandis qu'ils se glissaient sous sa hanche et s'accrochaient à ses chaînes.

Aboli grimpa le premier le long du flanc. Sa hache à double lame d'une main, il atterrit sur le pont presque sans bruit, sur ses pieds nus, et se précipita en avant avec légèreté, suivi par la ruée des marins de la chaloupe. Au milieu du pont, un homme de quart qui dormait étendu sous le plat-bord se leva péniblement, mal assuré sur ses jambes, de toute évidence mal réveillé.

— Qui êtes-vous ? demanda-t-il d'un ton alarmé. Je ne vous connais pas !

Il se saisit du mousquet appuyé près de lui contre le plat-bord.

— Va rejoindre Dieu ! lança Aboli pour toute réponse.

Il effectua un large moulinet avec sa hache, qui toucha l'homme en plein sur le côté du cou et le trancha proprement. Sa tête bascula en avant et roula contre sa poitrine tandis que le tronc restait droit quelques instants avant de s'écrouler sur le pont. Dans un jaillissement de sang écumant, l'air s'échappa de ses poumons par la trachée sectionnée.

Aboli sauta par-dessus le cadavre et, en une douzaine de longues enjambées, atteignit le câble d'ancre tendu à fond dans l'écubier. Il jeta un coup d'œil par-dessus son épaule et vit que Hal se tenait déjà à la barre. Le reste de l'équipage du *Minotaur* avait été terrassé sans tapage, et les corps étaient maintenant éparpillés sur le pont. Les hommes du *Seraph* se précipitaient en haut des haubans et se répartissaient le long des vergues. Le *Minotaur* avait été construit par le même chantier que le *Seraph*, et leurs gréements étaient presque identiques. Les gabiers effectuaient donc la manœuvre sans la moindre hésitation. Tandis que la basse voile du grand mât se déployait comme les ailes d'un papillon émergeant de sa chrysalide, Aboli leva sa hache et frappa des deux mains. Avec un bruit mat, la hache s'enfonça dans le pont et le câble d'ancre se rompit en vibrant.

Le *Minotaur* abattit sous la brise nocturne jusqu'au moment où le gouvernail et la poussée des voiles l'arrêtèrent. Hal tourna la barre à fond sur tribord et, doucement, comme un amant, le navire prit le vent.

Alors seulement, Hal put jeter un coup d'œil aux autres bateaux de la flottille. On se battait sur le pont du hollandais, et il discerna le cliquetis d'un sabre contre un cimeterre, puis le cri d'agonie d'un homme touché au cœur. Les voiles se déployèrent sur les vergues et le grand bateau se tourna vers l'entrée de la baie.

A cet instant apparut une petite lumière vacillante, qui gagna rapidement en intensité et finit par éclairer le pont du *Minotaur*. Hal distinguait les traits d'Aboli qui se dirigeait vers lui à grands pas. Il se retourna et vit que le navire gréé en carré le plus proche d'eux était en flammes. Les hommes de la chaloupe commandée par Alf Wilson étaient montés à bord, avaient tué l'équipage et lancé des torches goudronnées dans ses cales et son gréement.

Les flammes avaient pris à l'intérieur et sauté dans les haubans. Le feu se propageait aussi vite que le long d'une mèche, zébrant le ciel nocturne de lignes ardentes. Il atteignit la toile ferlée sur les vergues et explosa en une colonne frémissante de lumière, plus haute que les palmiers de la plage.

Les hommes d'Alf dégringolèrent dans la chaloupe et ramèrent vigoureusement vers le bateau suivant, dont l'équipage ne s'attarda pas pour les accueillir : ils tirèrent quelques coups de feu à la va-vite, puis jetèrent leurs armes, sautèrent par-dessus bord et, après avoir touché l'eau en une série de gerbes blanches, nagèrent en toute hâte vers la plage.

Les navires à l'ancre s'embrasèrent les uns après les autres, illuminant le mouillage comme en plein jour. Les ombres et la lumière dansaient sur les murailles du fort, et un premier coup de canon partit des créneaux. Hal ne vit pas où tombait le boulet car il retournait le *Minotaur* pour l'amener dans l'axe de la passe. Le tonneau qu'il avait laissé pour marquer l'entrée était bien visible dans la clarté des incendies, et les flammes si brillantes qu'il distinguait même la masse menaçante du corail sous la surface. Il beugla :

— Pare à virer !

Ensuite, il se lança dans la difficile manœuvre qui consistait à virer de bord avec peu d'hommes dans l'espace réduit de la baie. Aucune marge d'erreur n'était permise. Une fausse manœuvre, et ils échouaient le *Minotaur* sur la plage ou le drossaient sur le récif. Il remorquait la chaloupe, dont le poids affectait le maniement du navire : il lui faudrait en tenir compte.

Le *Minotaur* se dirigeait droit sur le fort et, dans la lumière dansante des flammes, Hal aperçut les artilleurs se précipitant vers leurs pièces. Avant qu'il ait atteint le tonnelet qui marquait l'entrée de la passe, un canon tira, puis un autre. Il vit un trou rond bien net apparaître comme par miracle dans la grand-voile et se rendit compte que les artilleurs n'avaient même pas cherché à abaisser leur mire : tous les coups passaient trop haut. Il lança un coup d'œil par-dessus la poupe et constata que, sur le hollandais, le Grand Daniel suivait à une encablure. Lui aussi remorquait sa chaloupe : ils ne laissaient aucun lot de consolation à l'ennemi.

Plus loin dans la baie, les autres canots avaient accompli leur œuvre de destruction et tous les navires ennemis étaient en flammes. Le câble d'ancre de l'un des bateaux à gréement carré avait brûlé et le navire commençait à dériver vers la plage comme un brûlot. Le feu gagna soudain sa soute aux poudres et il explosa dans un grondement de tonnerre. Son grand mât fut projeté en l'air comme un javelot et, en retombant, embrocha l'un des dhaws, transperçant les ponts de part en part. La carène arrachée, il sombra par la poupe. L'onde de choc fit chavirer deux des dhaws les plus proches et souleva un raz-de-marée qui balaya le mouillage.

Hal chercha des yeux les chaloupes, craignant qu'elles n'eussent été emportées par la force de l'explosion ; il les aperçut qui dansaient et roulaient sur les eaux agitées mais se dirigeaient à bonne allure vers le *Minotaur*, enlevées par leurs équipages qui tiraient frénétiquement sur les avirons. Hal accorda alors toute son attention au pilotage du navire à travers le chenal.

Il laissa le tonnelet à une longueur d'aviron sur bâbord et ils entrèrent à grande vitesse dans la passe, sous les canons du fort. Hal disposait de quelques secondes avant le prochain coude et il jeta un coup d'œil aux batteries au-dessus d'eux.

Certains artilleurs semblaient s'être rendu compte de leur erreur et abaissaient leur mire. Hal vit l'angle des tubes proéminents diminuer à mesurer qu'ils forçaient sur les palans.

— Paré à amener la basse voile de grand mât, dit Hal à son petit équipage.

Chaque homme était contraint d'accomplir le travail de trois, mais, quand il mit la barre au vent et lança « Envoyez ! », ils se jetèrent avec ardeur sur les écoutes. Le *Minotaur* vira avec aisance et glissa le long de la passe, entre les bras menaçants du corail ; le désastre rôdait tout près. Hal regarda en arrière et vit le Grand Daniel virer dans le sillage lisse du *Minotaur*.

— Rude gaillard ! observa-t-il à voix basse.

Derrière lui, la batterie du fort tirait furieusement : la fumée formait une nappe épaisse que le bombardement transperçait de longs éclairs brillants. Les artilleurs avaient réussi à abaisser leur tir, et un boulet souleva une gerbe d'écume étincelante sous la voûte d'arcasse du *Minotaur*.

Hal sourit en découvrant ses dents de loup. La courbe écartait le navire du fort et les canons tiraient maintenant trop bas. Les artilleurs allaient mettre un certain temps avant de s'en rendre compte, et Hal espérait être alors sorti de la passe et faire voile vers la haute mer.

— Pare à virer ! cria-t-il encore, pendant que la deuxième bouée dansait droit devant dans la lueur de l'incendie.

L'un de ses hommes courut prendre sa place à l'écoute de grand-voile. Quand il passa à côté de lui, un boulet perdu les toucha. Le souffle d'air fut tel qu'il faillit projeter Hal sur le pont. Il dut se cramponner des deux mains aux manettes de son gouvernail pour ne pas tomber. Le boulet de pierre percuta le marin dans le haut du dos. Il lui arracha le crâne et Hal reçut en plein visage une giclée de cervelle. Il eut un haut-le-cœur, recula d'horreur et il s'en fallut de peu qu'il n'apprécie mal le dernier virage. Il se ressaisit au dernier moment, s'essuya le visage et, avec le goût écœurant sur les lèvres, ordonna : « Envoyez toute la toile ! » tout en mettant la barre en grand.

Le *Minotaur* vira en frôlant la masse corallienne et la première lame souleva sa proue. Tandis que le récif disparaissait derrière eux, Hal se retourna, anxieux, pour regarder le Grand Daniel négocier le dernier coude, ce qu'il fit mieux que lui. Le hollandais vira sur sa coque ventrue, gîta légèrement quand l'angle du vent changea, puis, avec l'aplomb et la dignité d'une douairière emboîtant le pas de sa fille agile et frivole, suivit lourdement le *Minotaur* vers les eaux profondes.

— On s'en est sortis ! dit-il par-devers lui, puis d'une voix forte : On a réussi, les gars ! Vous pouvez vous féliciter !

Comme des chiens fous, ils poussèrent des hurlements auxquels firent écho ceux des hommes du Grand Daniel. Dans les chaloupes, les marins sautèrent sur les bancs de nage et entamèrent une gigue qui faillit les faire chavirer. En guise d'accompagnement, les artilleurs du fort tirèrent encore quelques coups sans conviction et les lueurs de la flotte en flammes commencèrent à s'évanouir au loin.

Lorsque l'aube arriva, l'escadre de Hal était à la cape à une dizaine de milles au sud-ouest de Flor de la Mar. Après avoir changé de chemise et avalé un petit déjeuner, Hal monta sur le pont du *Seraph* au moment où le soleil pointait au-dessus de l'horizon.

Quand il regarda le *Minotaur*, son piteux état lui sauta aux yeux dans la lumière crue du petit matin. Il était délabré, criblé de coups, ses voiles en lambeaux et passées au soleil, sa coque tachée et abîmée. Il se balançait haut et léger sur l'eau. La nuit précédente, un rapide examen avait montré que la cale était vide. Cependant, la soute était pleine de munitions et les barils de poudre semblaient bien conservés. Ces réserves seraient les bienvenues quand viendrait l'heure de l'assaut final contre la place forte d'al-Auf.

Pourtant, en dépit des apparences, le *Minotaur* n'avait besoin que de réparations mineures pour redevenir le magnifique navire qu'il avait été. Hal n'avait aucune raison de revenir sur l'estimation qu'il avait faite de sa valeur. Le bâtiment représentait une prime d'au moins dix mille livres, sur laquelle sa part se montait à près de trois mille. Il eut un sourire satisfait et tourna sa lunette vers l'autre bateau capturé durant la nuit.

Il ne faisait aucun doute que c'était un navire de la VOC, comme il l'avait supposé. Il lut son nom en lettres d'or sur le tableau arrière : *Die Lam*, l'agneau. L'appellation paraissait bien choisie : le bateau était rebondi, docile et à la fois solide et bien construit. Il était récent et n'était pas resté assez longtemps aux mains des pirates pour se dégrader. Sa cale était fermée par les écoutilles mais, à en juger par sa hauteur sur l'eau, il était encore chargé à plein : al-Auf n'avait pas encore débarqué sa cargaison.

— Préparez la chaloupe, monsieur Tyler, ordonna Hal en refermant sa lunette d'un coup sec. Je vais rendre une petite visite de bon voisinage à M. Fisher pour voir ce qu'il a capturé.

Le Grand Daniel l'accueillit en haut de l'échelle du navire hollandais avec un grand sourire édenté.

— Félicitations, capitaine, c'est une merveille.

— Tout le mérite vous en revient, monsieur Fisher. Je ne pouvais en attendre davantage de vous et de votre équipe de chenapans, dit Hal en lançant un regard jovial aux marins, béats, qui se pressaient derrière Daniel. Vous aurez tous la bourse bien garnie quand vous mettrez pied à terre à Plymouth.

Il y eut un concert d'acclamations rauques.

— Combien de vos gars ont été tués ? demanda Hal en baissant le ton pour aborder ce sujet morbide.

— Pas un seul, grâce à Dieu, répondit Daniel d'une voix forte. Bien que le jeune Peter ait perdu un doigt, arraché par un coup de feu. Montre au capitaine, petit.

Le jeune marin tendit un moignon de doigt, emmailloté dans un vieux chiffon.

— J'ajouterai une guinée d'or à ta part de prise pour aider à calmer la douleur, lui promit Hal.

— Pour ce prix-là, vous pouvez avoir les quatre autres doigts, mon capitaine, répondit Peter en souriant jusqu'aux oreilles, tandis que ses compagnons regagnaient leur poste en riant aux éclats.

Le Grand Daniel entraîna Hal vers la proue.

— Nous les avons trouvés enchaînés dans le gaillard d'avant, dit-il en indiquant un groupe de marins en haillons rassemblés près du mât de misaine. Vingt-trois charmants petits Hollandais qu'al-Auf destinait au marché aux esclaves.

Hal les examina rapidement. Ils étaient amaigris mais non pas squelettiques, et malgré les écorchures que leur avaient faites les fers aux chevilles et aux poignets, et les zébrures laissées sur leur corps par le *kiboko* arabe, ils ne semblaient pas en trop mauvaise santé. Comme le *Lam*, il n'étaient pas restés assez longtemps en captivité pour en pâtir gravement.

— C'est votre jour de chance, *Jongens*, leur dit-il en néerlandais. Vous voilà de nouveau libres.

Leurs visages s'illuminèrent. Hal était ravi de les avoir avec lui. Avec ces navires capturés à manœuvrer, il avait besoin de tous les hommes qu'il pouvait trouver.

— Voulez-vous signer avec moi pour le reste du voyage — une guinée par mois et une part des primes ? demanda-t-il.

Leurs sourires s'élargirent et ils acceptèrent sans réserve.

— Certains d'entre vous sont-ils officiers ? reprit-il.

— Non, *mijn heer*, répondit leur porte-parole. Le capitaine van Orde et tous ses officiers ont été assassinés par ces mécréants. J'étais quartier-maître.

— Vous garderez votre rang, lui dit Hal. Tous ces hommes sont sous vos ordres.

En laissant les Hollandais entre eux, il résolvait le problème de langue. Et puis le Grand Daniel avait appris à parler le néerlandais pendant leur captivité à Bonne-Espérance...

— Ce sont vos petits agneaux, monsieur Fisher. Faites-les signer le rôle des quarts et donnez-leur des vêtements décents. Et maintenant, voyons ce qui est tombé dans notre gousset.

Suivi de Daniel, il se dirigea vers le logement du capitaine, à l'arrière. La cabine principale avait été pillée par les pirates, le bureau et les armoires fracturés et saccagés. Les livres de bord et les papiers du bateau jonchaient le pont, piétinés et déchirés, encore lisibles malgré tout. Hal récupéra le journal de navigation et le manifeste dans cette pagaille. Il jeta un coup d'œil à ce dernier et poussa un petit sifflement de surprise et de satisfaction.

— Par Dieu, si tout cela est encore dans sa cale, le *Lam* est bel et bien un trésor.

Il faillit montrer le parchemin à Daniel, mais il se rappela que celui-ci ne savait pas lire et était chatouilleux sur ce chapitre.

— Du thé de Chine, monsieur Fisher, lui dit-il. Il en est bourré. Assez pour inonder tous les cafés de Londres.

Il rit et cita le slogan qu'il avait lu sur la porte du café Garway, dans Fleet Street :

— « Cet excellent Breuvage chinois agréé par tous les Médecins, le thé. »

— Ça a de la valeur, capitaine ? demanda le Grand Daniel d'un air lugubre.

— Si ça a de la valeur ? se moqua Hal. Probablement plus que son poids en or, Danny. (Il feuilleta le livre jusqu'au dernier compte du manifeste.) Pour être précis, ça vaut cent vingt-trois mille six cent quatre-vingt-douze florins sur le quai de Djakarta, et deux fois plus à Londres. Disons à la louche trente mille guinées. Plus que le *Lam* lui-même.

A midi, Hal convoqua tous ses officiers à bord du *Seraph* pour leur transmettre ses ordres.

— Nous allons être mis à rude épreuve pour manœuvrer les trois navires avec si peu d'hommes, leur annonça-t-il quand ils furent assemblés dans la petite cabine. J'envoie le *Minotaur* et le *Lam* avec des équipages réduits vers les îles Glorietta pour assurer le rendez-vous avec le capitaine Anderson et le *Yeoman*. M. Fisher commandera les deux navires depuis le *Lam*. (Il regarda le Grand Daniel et pensa : « Par Dieu, il va me manquer, le gaillard. ») M. Wilson commandera le *Minotaur*.

Alf Wilson inclina la tête.

— La Grande Glorietta est a deux cent trente milles nautiques au sud, poursuivit Hal. Ce n'est pas très loin. Il y a un mouillage sûr à l'extrémité méridionale de l'île, et on trouve de l'eau douce dans la crique voisine. Je vais vous donner quatre charpentiers pour effectuer les réparations nécessaires sur le *Minotaur* et le remettre en ordre de combat. Ce sera votre première tâche.

— Oui, capitaine, acquiesça Daniel.

— Selon mes calculs, le *Yeoman* devrait être au rendez-vous d'ici trois semaines. Dès son arrivée, vous laisserez le *Lam* à l'ancre à la Grande Glorietta avec un équipage minimum à bord, et, si le *Minotaur* est réparé à ce moment-là, vous le ramènerez ici avec le *Yeoman* pour prendre part à l'assaut de Flor de la Mar.

— Compris, capitaine, répondit le Grand Daniel. Quand voulez-vous que je parte ?

— Dès que possible, monsieur Fisher. Le capitaine Anderson vous attend peut-être déjà. Dorian prisonnier du pirate, chaque jour est précieux. Je resterai ici pour bloquer al-Auf.

Seul sur le gaillard d'arrière du *Seraph*, tandis que le crépuscule embrasait le ciel à l'occident, Hal regarda le *Minotaur* et le *Lam* s'éloigner vers le sud. Alors que leurs silhouettes s'amenuisaient vers l'horizon, bientôt enveloppées par la nuit tombante, il donna l'ordre de ramener le *Seraph* jusqu'à sa position au large de Flor de la Mar.

Aux premières lueurs de l'aube, le lendemain matin, Hal jeta l'ancre en travers de l'entrée de la baie, juste hors de portée des canons du fort. Il voulait avertir al-Auf qu'il se trouvait en état de blocus et en même temps pouvoir surveiller l'ensemble de l'île. De toute évidence, la consternation régnait dans le camp arabe, il le constata avec sa lunette. Une multitude de pirates abandonnaient les huttes et les appentis au milieu des palmiers pour courir se réfugier dans le fort. Les grosses portes de teck se refermèrent avant que tous soient entrés, et ceux qui restaient dehors poussaient des clameurs et tapaient contre la porte avec leurs poings et leur mousquet. Hal fut ravi de noter à quel point ils étaient indisciplinés ; la façon dont ils avaient tiré à tort et à travers attestait leur manque de formation et de maîtrise.

Hal distingua en haut des murailles les têtes enturbannées des artilleurs qui se précipitaient vers leurs pièces. Le premier coup partit et le boulet tomba à mi-chemin entre le rivage et le *Seraph*. Il ricocha à la surface, ralentissant à chaque rebond jusqu'à permettre de discerner nettement sa forme. Il plongea sous la surface à une demi-encablure du *Seraph* et disparut.

Puis le reste de la batterie ouvrit le feu. Les murailles du fort ne tardèrent pas à se nimber de fumée, et une forêt de gerbes d'eau jaillirent entre la terre et le navire. Le *Seraph* demeurait hors d'atteinte.

Il tourna son attention vers le mouillage, où l'on n'apercevait plus aucun bateau, pas même un petit dhaw de pêche. Leur raid avait proprement balayé la baie. Des débris calcinés jonchaient la surface et s'étaient amoncelés sur la plage le long de la ligne des hautes eaux. La coque brûlée du trois-mâts flottait couchée sur le côté, ses mâts entièrement détruits par le feu.

— Il n'est pas près de reprendre la mer, fit remarquer Ned Tyler, ironique. Le renard est coincé dans son terrier, capitaine.

— Le tout est maintenant de l'en faire sortir, répondit Hal. Envoyez-moi M. Tom.

Tom se laissa glisser le long du galhauban de misaine et traversa le pont en boitillant sur son pied blessé. Il semblait guérir plus vite que ne l'avait prédit le Dr Reynolds. Hal l'examina d'un œil critique. Tom était plus grand que la plupart des hommes à bord, les épaules larges et les bras musclés comme ceux d'un sabreur. Il ne s'était pas fait couper les cheveux depuis leur départ d'Angleterre et ils lui tombaient dans le dos, sombres, ondulés et épais comme du crin de cheval. Hal lui avait récemment donné un coupe-chou, si bien que ses joues étaient rasées de près et tannées par le soleil. Il avait le nez busqué et les yeux verts perçants des Courtney. « Un garçon qui promet », pensa

Hal. Depuis l'enlèvement de Dorian, son instinct paternel semblait plus aiguisé, plus fort, et il lui fallait endiguer le flot de sentiments qui menaçaient de le submerger. Il tendit sa lunette à Tom et dit d'un ton bourru :

— Montrez-moi exactement à quel endroit vous avez escaladé les murailles et où se trouve la cellule de Dorian.

Ils dirigèrent leur regard vers l'île. Le tonnerre de coups de canon faisait toujours rage et l'épaisse nappe de fumée résistait toujours aux efforts du vent de mousson pour la balayer.

— A l'angle nord-ouest, répondit Tom en pointant le doigt. Vous voyez ces trois palmiers ? Juste au-dessus, des broussailles poussent dans une anfractuosité du mur. C'est la première meurtrière sur la gauche. Je crois bien que c'est celle-là, mais je ne peux pas en être certain.

Hal reprit la lunette et observa les fortifications. Sous les rayons obliques du soleil matinal, les meurtrières obscures contrastaient avec les blocs de corail blanc de la muraille. Il scruta celle qu'avait indiquée Tom. La douleur qu'il éprouvait était à la limite du supportable.

— Si vous me renvoyez sur l'île avec Aboli et une petite troupe d'hommes capables... commença Tom avec ardeur.

— Non, Tom, coupa son père.

Il avait perdu un fils et ne voulait pas risquer d'en perdre un autre.

— Je sais exactement où trouver Dorry, argua Tom. Les endroits ne manquent pas où nous pourrions grimper à la muraille.

— Ils vous attendraient.

— Nous ne pouvons pas rester à ne rien faire,

insista Tom. Dieu seul sait ce que va devenir Dorry si nous ne le tirons pas de leurs griffes.

— Nous agirons dès que nous serons certains de réussir. En attendant, al-Auf ne fera pas de mal à Dorian. Il semble que quelque légende, la prophétie d'un saint de l'islam, le protège.

— Je ne comprends pas. Une prophétie, Dorry ? Comment savez-vous cela, père ?

— Wazari, le capitaine du dhaw que nous avons intercepté, me l'a appris. C'est à cause des cheveux roux de Dorian. Selon la légende, le prophète Mahomet avait les cheveux roux, chose rare chez les peuples de l'Orient, et ils tiennent cela en estime par superstition.

— Nous ne pouvons tout fonder sur la couleur de cheveux de Dorry !

— Il suffit, Tom. Retournez à votre poste, lui dit Hal sans méchanceté.

Le *Seraph* s'éloigna du fort et les canons se turent peu à peu tandis que la fumée dérivait dans le vent. Hal vira de bord et ils doublèrent la pointe nord pour faire lentement le tour de l'île. Il inspectait tous les aspects du rivage et longeait le récif de corail aussi près que le permettait la prudence.

Hal avait dessiné une bonne copie de la vieille carte de sir Francis et elle était maintenant étalée à côté de l'habitacle. Il y notait ses propres observations à côté de celles qu'avait effectuées son père cinquante ans plus tôt. Il chargea un sondeur de prendre le fond et envoya même Aboli à terre avec une chaloupe pour examiner une passe à travers le récif. Aboli avait presque atteint la plage de l'autre côté du lagon quand une troupe d'une centaine d'Arabes surgit de la palmeraie et ouvrit le feu sur la chaloupe. L'un des rameurs fut blessé à l'épaule avant qu'Aboli puisse repartir hors du lagon.

Quand ils eurent achevé le tour de l'île, Hal avait repéré une douzaine d'endroits où il pouvait débarquer un détachement et il les marqua sur la carte. Quand ils arrivèrent de nouveau en face de la baie, il mit en panne, puis examina les fortifications et les ouvrages avancés que les pirates avaient élevés au pied des murailles.

Il tenta d'évaluer le nombre d'hommes qu'al-Auf avait sous ses ordres. Il l'estima à un millier au moins, tout en sachant que ce pouvait être le double.

A intervalles réguliers, il braquait malgré lui la lunette vers la meurtrière. « L'attente va être longue jusqu'à l'arrivée d'Edward Anderson », se dit-il sombrement, et tout l'équipage du *Seraph* s'installa dans la routine du blocus.

Pour garder ses hommes en éveil, Hal les exerça constamment au mousquet, au sabre et au canon, mais les jours n'en traînaient pas moins en longueur. A quatre reprises, pendant les semaines qui suivirent, la monotonie de l'attente fut brisée par l'approche de navires qui cinglaient de l'ouest vers Flor de la Mar. A chaque fois, il envoya la toile et, poussé par la mousson, le *Seraph* fondit sur eux pour les intercepter.

Trois des bateaux se révélèrent des proies faciles, et furent gagnés de vitesse et pris à l'abordage sans aucune perte. Le quatrième, en revanche, était un superbe dhaw de cent trente pieds, à peine plus petit que le *Seraph*. Il entraîna Hal dans une magnifique course-poursuite en faisant preuve d'une vitesse remarquable, manœuvré avec adresse par son équipage terrifié. Il faillit lui échapper à la tombée de la nuit, mais Hal devina les intentions du capitaine et, dans l'obscurité, rebroussa chemin en direction de l'île. Au point du jour, il découvrit le dhaw alors qu'il essayait d'entrer furtivement dans la baie de Flor de la Mar. Le *Seraph* fonça sur sa proie et lui coupa la route à un demi-mile du but. Son équipage opposa une résistance farouche, l'un des hommes de Hal fut abattu et trois autres blessés avant qu'il n'emporte le bateau d'assaut. Il s'avéra que c'était le navire du prince Abd Mohammed al-Malik.

Le prince n'était pas à bord mais sa cabine était meublée comme la salle du trône d'un potentat oriental. Hal fit décrocher des cloisons et emporter dans sa cabine du *Seraph* les tapis et les bibelots précieux.

Le nom du prince était familier à Hal, qui se rappelait le dhaw qu'ils avaient hélé et laissé partir la nuit de la capture du *Minotaur* et du *Lam* : ce navire lui appartenait. A la vue de toutes ces richesses, Hal doutait maintenant de la sagesse de cette décision. Il donna l'ordre de passer une corde en tête de mât, le nœud coulant autour du cou du capitaine, et l'interrogea longuement. Craignant pour sa vie, l'homme répondit à toutes ses questions.

— Oui, *effendi*, al-Malik est un homme riche et puissant. C'est le frère cadet du calife de Mascate. Il possède plus de cent navires de commerce. Ils voguent vers tous les ports d'Afrique, de l'Inde et des pays du Prophète. Nous faisons régulièrement escale à Daar Al Shaitan pour négocier avec Jangiri.

— Tu sais fort bien qu'al-Auf est un pirate, que toutes les marchandises que vous lui achetez ont été volées sur des navires chrétiens, que de nombreux marins innocents ont été tués pour s'emparer d'eux et que les survivants sont vendus comme esclaves, n'est-ce pas ?

— Je sais seulement que mon maître m'envoie commercer avec Jangiri parce que le prix des marchandises est intéressant. Quant à savoir comment il se les procure, cela ne concerne ni mon maître ni moi.

— Je vais faire en sorte que cela te concerne, rétorqua Hal d'une voix dure. En achetant au pirate des marchandises volées, tu te rends aussi coupable que lui. (Puis, se tournant vers Aboli, il lança :) Fouillez le navire à fond. Voyons si ce chenapan peut lui aussi apporter sa contribution aux frais du blocus.

Les trois premiers dhaws qu'ils avaient capturés venaient également commercer avec al-Auf. Du golfe Persique à la côte de Coromandel, on savait apparemment que d'excellentes affaires pouvaient se conclure à Daar Al Shaitan. Les trois autres dhaws transportaient des épices et des espèces sonnantes et trébuchantes pour payer les marchandises qu'ils comptaient se procurer.

Hal fit les cent pas sur le dhaw pendant que ses hommes fouillaient le navire. En une demi-heure, ils avaient découvert l'endroit où le capitaine cachait ses coffres. En voyant les quatre malles, trop lourdes pour être portées, tirées sur le pont, le capitaine angoissé s'arracha la barbe et déchira sa djellaba.

— Aie pitié, *effendi*. Cela ne m'appartient pas. C'est la propriété de mon maître, gémit-il en tombant à genoux. Si tu me l'enlèves, il me condamnera à mort.

— Ce que tu mérites amplement, lui dit Hal d'un ton sec, puis à Aboli : Y a-t-il des objets de valeur dans sa cale ?

— Elle est vide, Gundwane.

— Très bien, emportez le butin sur le *Seraph*. (Hal fit face au capitaine du dhaw.) Ces coffres sont le prix de ta liberté et celle de ton bateau. Avertis ton maître qu'il lui en coûtera beaucoup plus s'il est assez insensé pour recommencer à trafiquer avec les pirates. Maintenant, que Dieu soit avec toi et remercie-le de t'avoir délivré.

Depuis le pont du *Seraph*, il regarda le dhaw s'éloigner à toute allure vers le continent africain. Puis il descendit dans sa cabine, où Aboli avait fait ranger les coffres contre la cloison.

— Ouvre-les, dit-il.

Aboli fit sauter les serrures avec un levier et ouvrit les couvercles. La cueillette avait été bonne sur les trois premiers navires capturés, mais elle était insignifiante en comparaison de ce qu'ils avaient sous les yeux.

Les pièces avaient été rangées dans des petits sacs de toile. Hal en déchira un avec sa dague et un flot d'or se répandit sur le bureau. Il nota tout de suite que la plupart des pièces étaient des mohurs, frappés du sceau de l'empire moghol : trois montagnes et un éléphant. Mais elles étaient mélangées à d'autres : des dinars d'or des sultanats, couverts d'inscriptions religieuses, quelques antiques tétradrachmes des satrapies perses, auxquels leur rareté donnait une valeur bien supérieure à celle du poids du métal.

— Il faudrait une semaine et dix hommes pour compter ce trésor, se réjouit Hal. Nous allons plutôt le peser. Demande à M. Walsh de descendre la balance et donne-lui deux hommes pour l'aider.

Walsh œuvra tout le reste de la journée et la moitié de la nuit avant de rendre le compte final à Hal.

— Il est difficile d'obtenir une mesure exacte sur un navire en mouvement, dit-il d'un air compassé. Le fléau ne reste jamais immobile.

— Je ne vous tiendrai pas rigueur s'il y a une once ou deux en plus ou en moins, lui assura Hal. Indiquez-moi votre résultat et je m'en contenterai jusqu'à ce que nous établissions le poids exact à la cour de Londres.

— Il y a six cent cinq livres pour être précis, ou plutôt pour être imprécis, répondit Walsh en riant de son bon mot tandis que Hal le regardait avec stupéfaction.

Il ne s'était pas attendu à tant. Par Dieu, cela faisait presque un lakh. Une immense fortune dans n'importe quelle monnaie. A cela, il fallait ajouter les pièces d'or et d'argent trouvées sur les trois dhaws capturés. La valeur de l'ensemble dépassait largement celle des deux navires pris aux pirates.

— Un lakh de roupies ! s'écria-t-il d'un air songeur, et ses yeux se tournèrent vers les coffres fracturés, car cette somme lui rappelait quelque chose. Un lakh de roupies ! C'est le prix qu'al-Auf demande pour les cheveux roux de l'enfant de la prophétie, le prix auquel il veut vendre Dorian.

Plus il y réfléchissait, plus cela lui semblait probable. L'or était destiné à acheter Dorian. Le plaisir que lui procura cette pensée pesait bien plus que l'or lui-même. Si al-Malik envoyait de l'or à al-Auf, cela prouvait que son fils se trouvait toujours sur l'île.

— Merci, monsieur Walsh. Vous avez fait du bon travail.

— Je n'ai jamais trouvé la vue de l'or si déplaisante ! répliqua le précepteur.

Hal retourna sur le pont pour reprendre son interminable faction.

— Plaise à Dieu qu'Anderson revienne vite, murmura-t-il en regardant par-dessus l'île vert émeraude, bordée de plages blanches. Ou du moins que j'aie la force de me contenir.

Une autre semaine traîna en longueur. Puis, un matin où, dans l'air immobile, la mer d'huile se soulevait à un rythme lent sous le soleil éblouissant, Tom poussa un cri joyeux en tête de mât.

— Voilier en vue !

Trop impatient pour attendre le rapport de la vigie, Hal grimpa à toute allure dans le gréement et se glissa dans le nid-de-pie à côté de Tom.

— Là ! dit celui-ci en pointant le doigt vers le sud.

Pendant quelques minutes, Hal crut qu'il s'était trompé car l'horizon était désert, puis il distingua une petite tache fugitive qui disparut presque tout de suite. Il braqua sa lunette et la tache réapparut, minuscule et blanche comme neige.

— Vous avez raison, admit-il d'un ton réjoui. Un bateau gréé en carré.

— Deux ! corrigea Tom. Ce ne peut être que le *Yeoman* et le *Minotaur*.

— Nous allons nous porter à leur rencontre pour leur souhaiter la bienvenue.

Les formes du *Yeoman* et du *Minotaur* ne tardèrent pas à se préciser. Hal les regarda avidement dans sa lunette. Le *Minotaur* était à peine reconnaissable. Le Grand Daniel avait fait des merveilles pendant le court laps de temps dont il avait disposé pour le réparer. Le navire resplendissait sous sa peinture neuve et l'on ne voyait plus trace des dommages subis par sa coque et son gréement. En revanche, le vieux *Yeoman* avait été éprouvé par sa longue traversée et en exhibait les stigmates.

Hal hissa le pavillon de bienvenue et le *Yeoman* lui répondit. Quand ils furent côte à côte, les deux navires mirent en panne et le *Yeoman* lança une chaloupe. Le visage rubicond d'Edward Anderson rutilait à l'arrière, comme une lanterne, et il grimpa à l'échelle avec une agilité surprenante pour un homme aussi grand et fort. Il serra la main de Hal.

— J'ai appris par M. Fisher que vous n'aviez pas chômé en mon absence, sir Henry, et que vous aviez fait d'excellentes prises, dit-il avec une pointe de dépit dans la voix.

Seuls les capitaines qui se trouvaient en vue des navires lorsqu'ils étaient capturés avaient droit à une part de la prime.

— J'ai besoin de mettre votre bateau à contribution, capitaine, avec la promesse de trésors encore plus grands en perspective, assura Hal. Venez dans ma cabine.

Dès qu'ils furent assis, le serviteur de Hal leur versa un verre de madère puis les laissa seuls.

— Je vous apporte des lettres de M. Beatty et de votre fils Guy, déclara Anderson en tirant des plis de sa cape un paquet enveloppé dans de la toile.

Hal les mit de côté pour les lire plus tard.

— Comment va Guy ? demanda-t-il sans attacher beaucoup d'importance à la question, impatient d'en venir à des sujets plus brûlants, mais la réponse d'Anderson ne l'en déconcerta pas moins.

— Il était en bonne santé la dernière fois que je l'ai vu et j'ai cru comprendre qu'il n'allait pas tarder à se marier.

— Juste ciel ! Mais il n'a que dix-sept ans ! s'exclama Hal en fronçant les sourcils. Et en l'occurrence, je n'ai pas été consulté. Vous devez faire erreur, monsieur.

— Je vous assure que non, sir Henry.

Le visage d'Anderson était encore plus rouge que d'ordinaire et, mal à l'aise, il changea de position sur sa chaise.

— Qui veut-il épouser ? Les jeunes filles à marier ne doivent pas courir les rues à Bombay.

Dans son agitation, Hal se leva d'un bond et commença à faire des allées et venues dans la cabine, que les luxueux objets dérobés sur le dhaw d'al-Malik rendaient encore plus exiguë.

— On m'a dit que c'était Mlle Caroline Beatty. (Embarrassé, Anderson s'empara d'un mouchoir de couleur vive et s'épongea le visage avant de pouvoir continuer.) J'ai été amené à penser que ce mariage présentait un certain caractère d'urgence. En fait, il devait avoir lieu le lendemain ou le surlendemain de mon départ de Bombay. Votre fils est donc presque certainement marié à l'heure qu'il est.

Hal s'arrêta net en commençant à entrevoir la triste vérité.

— Tom ! s'exclama-t-il.

— Non, sir Henry, vous m'avez mal compris. Il s'agit de Guy et non de Tom.

— Pardonnez-moi, je pensais tout haut, s'excusa Hal.

Le choc l'avait distrait des affaires qui l'occupaient mais Anderson l'y ramena par sa remarque suivante.

— M. Fisher m'a appris la terrible nouvelle de la capture de votre plus jeune fils par l'ennemi. Vous avez ma plus profonde sympathie, monsieur.

— Merci, capitaine Anderson. Je vais avoir besoin de toute votre aide pour le secourir.

— Mon navire et mon équipage sont à votre entière disposition, cela va sans dire.

— Convenons donc des décisions à prendre.

Hal avait eu des semaines pour planifier l'assaut de Flor de la Mar et il exposa ses projets à Anderson. Ils passèrent le reste de la journée enfermés dans la cabine de poupe du *Seraph*, à étudier tous les détails de l'opération, depuis le système de signaux qu'ils utiliseraient jusqu'à l'ordre de bataille et à la délégation des divers commandements secondaires aux officiers. Puis ils s'absorbèrent pendant une heure encore dans l'examen des cartes dressées par Hal. Le soleil s'était couché quand Anderson repartit sur le *Yeoman*.

— Gardez à l'esprit, capitaine Anderson, ce que je vous ai dit. Voilà plusieurs années qu'al-Auf est installé dans le fort. Pendant tout ce temps-là, attirés comme des mouches, les marchands arabes ont convergé vers l'île de tous les coins de l'océan. Ils ont apporté d'énormes quantités d'or pour acheter des esclaves et des marchandises volées. En comparaison, les prises que nous avons faites avant votre arrivée paraîtront insignifiantes. Je pense que nous allons trouver sur Flor de la Mar un trésor qui dépasse tout ce que Drake et Hawkins ont trouvé dans leurs équipées.

Les yeux d'Edward Anderson brillèrent à cette pensée, et Hal poursuivit :

— Vous mériterez de recevoir le titre de chevalier pour avoir participé à l'aventure, et j'userai de toute mon influence auprès de l'honorable Compagnie pour faire en sorte que vous l'obteniez. Avec votre part des primes, vous serez en mesure d'acheter une terre et vous n'aurez plus besoin de reprendre la mer.

Le visage coloré d'Anderson s'épanouit en un large sourire et il serra chaleureusement la main de Hal.

— A demain ! Avertissez vos hommes que mon fils se trouve dans la forteresse, afin qu'il n'y ait pas de bévues dans le feu de la bataille, ajouta Hal.

Hal donna l'ordre de mettre le cap sur l'île pour reprendre le blocus et rentra dans sa cabine afin de s'intéresser aux lettres rapportées de Bombay par Anderson. Sur l'une des feuilles, il reconnut l'écriture en pattes de mouche de Guy. Il déplia celle de Beatty et fronça les sourcils en la lisant.

La Résidence, Bombay, le 6e jour de novembre

Sir Henry,

Le plaisir que j'éprouve à vous écrire est quelque peu tempéré par les circonstances qui m'obligent à le faire. Pour en venir tout de suite au vif du sujet, il s'est avéré que ma fille Caroline porte un enfant. Le Dr Goodwin, le médecin du comptoir de Bombay, estime qu'elle est enceinte de trois mois, ce qui situe la date de la conception au moment de notre séjour à Bonne-Espérance. Vous vous rappelez que votre fils Guy était alors notre invité.

J'ai le plaisir de vous apprendre que votre fils Guy Courtney s'est en l'occurrence comporté en gentleman. Il a reconnu la paternité de l'enfant et demandé la main de ma fille. Ayant maintenant dix-sept ans, il est en droit de contracter un mariage. Quant à ma fille

Caroline, elle aura dix-huit ans vendredi prochain. L'âge des deux jeunes gens ne pose donc aucun problème.

Mon épouse et moi-même avons jugé bon de donner notre accord à ce mariage et la date en a été fixée à vendredi prochain, le jour de l'anniversaire de ma fille. Il est donc probable que la cérémonie sera achevée quand vous aurez cette épître entre les mains.

J'ai été en mesure d'accorder à ma fille une dot de 200 livres. La Compagnie va mettre à la disposition des jeunes mariés une maison dans l'enceinte du comptoir. Leurs besoins immédiats seront donc satisfaits. Nul doute que vous jugerez opportun d'accorder à votre fils une pension convenable afin de compléter son salaire et userez de votre considérable influence auprès du conseil des gouverneurs de l'honorable Compagnie pour lui donner de l'avancement.

A cet égard, je puis vous informer que Guy se trouve fort bien de son nouvel emploi et a reçu du gouverneur Aungier des appréciations favorables sur son travail.

Mon épouse se joint à moi pour vous assurer, monsieur, de notre haute estime.

Votre serviteur,

Thurston Beatty.

Hal chiffonna la lettre et jeta un regard noir à celle de Guy. « Quel imbécile ! Il a revendiqué l'oiseau touché par la flèche de Tom. Qu'est-ce qui a bien pu lui prendre ! »

Il déchira la lettre de Beatty en petits morceaux, les lança par la fenêtre de la cabine et les regarda flotter et disparaître dans le sillage du navire. Puis, avec un soupir, il ouvrit la lettre de Guy.

Elle n'ajoutait rien à ce que Beatty avait écrit, si ce n'est que Guy exprimait sa joie extatique d'avoir obtenu la main de l'adorable Caroline. « Frère Tom a fait tout le travail à ta place pour extraire ce diamant », marmonna-t-il avec dégoût, et il songea à faire appeler Tom pour l'informer de la venue prochaine du fruit de ses œuvres et manifester son déplaisir. Il soupira derechef. « A quoi bon ? songea-t-il. L'acte est consommé et toutes les parties paraissent assez satisfaites de son résultat, bien que personne ne semble avoir demandé son avis à la mariée sur la question. » Il roula en boule la lettre de Guy, lui fit subir le même sort qu'à celle de Beatty et la regarda danser sur l'eau.

A cet instant, un coup discret fut frappé à la porte et un marin lança à travers le panneau :

— Je vous demande pardon, capitaine, mais M. Tyler vous envoie ses compliments et vous fait savoir que Flor de la Mar est en vue droit devant.

Ses soucis familiaux passèrent au second plan. Il boucla son ceinturon et se hâta vers le pont.

Suivi par le *Minotaur*, le *Seraph* entra dans la baie. Ned Tyler commandait ce dernier car Hal ne se trouvait pas à bord. Quand les deux navires arrivèrent à bonne distance, ils ouvrirent un feu nourri sur les murailles du fort et les positions arabes au milieu de la palmeraie. Les mois de pratiques des pelotons d'artilleurs portaient maintenant leurs fruits, et, bien que leurs effectifs fussent réduits, le tir était rapide et précis. Tablant sur l'inefficacité des canonniers arabes, Ned Tyler s'approcha suffisamment pour longer la bordure extérieure du récif. Il était à portée des lourds canons de la forteresse, mais les boulets du *Seraph* faisaient sauter des morceaux de corail dans les murailles et semaient le désordre chez les défenseurs, dont la riposte restait spasmodique. Les vaisseaux attaquants étaient juste sous leurs canons, mais si quelques-uns de leurs énormes boulets de pierre tombaient assez près pour éclabousser les ponts du *Seraph*, la plupart passaient bien au-dessus.

Le campement arabe au milieu des arbres se trouvait à portée de mousquet des deux bateaux, et la moitié de leurs coups visaient les huttes en feuilles de palmier et les appentis. Les canons étaient chargés à mitraille et les balles de plomb balayaient la cohue d'hommes et de femmes qui se précipitaient vers le fort pour se mettre à l'abri. Le sentier était jonché de corps tel un champ couvert d'épis de blé après le passage des moissonneurs.

Après leur première attaque, les navires virèrent de bord l'un à la suite de l'autre puis revinrent aussi près que le permettait le récif, en faisant feu implacablement. Les artilleurs arabes s'étaient maintenant repris. Leurs boulets tombaient près du *Seraph* et l'un d'eux traversa le bastingage, arrachant les jambes d'un gargoussier qui remontait de la soute chargé de sacs de poudre.

Ned Tyler regarda le torse du malheureux se tortiller dans une mare de sang tout près de lui. Le pauvre gamin agonisait en appelant pitoyablement sa mère. Le sang jaillissait de ses artères fémorales comme des robinets ouverts mais aucun homme ne pouvait quitter son poste de combat pour lui prêter assistance. L'idée de se retirer hors de portée des canons pour empêcher d'autres pertes n'effleura pas l'esprit de Ned : Hal lui avait demandé de rester aussi près que possible du rivage pour occuper les batteries ennemies et contenir les Arabes le plus longtemps possible. Ned ne manquait pas à son devoir tout en se lamentant sur la perte d'un seul de ses hommes.

De l'autre côté de l'île, Hal entendait tirer les deux navires. Il essuya la sueur sur son visage.

— Sacré gaillard ! dit-il, se félicitant de la détermination de Ned, puis il accorda toute son attention au débarquement des ferniers du *Yeoman of York*.

Les chaloupes franchissaient la passe dans le récif de corail qu'il avait repérée quelques semaines plus tôt. Elles étaient pleines d'hommes, si basses sur l'eau qu'il leur restait à peine une largeur de main de franc-bord.

Quand leur quille toucha le sable, les marins sautèrent dans l'eau claire du lagon et pataugèrent jusqu'au bord. Le Grand Daniel et Alf Wilson les rassemblèrent en colonnes et les conduisirent sous le couvert des palmiers.

Même avec ceux qu'il avait fait venir du *Yeoman*, Hal ne disposait à terre que de quatre cents hommes pour affronter la horde d'al-Auf. Les ennemis étaient au moins mille, peut-être deux mille, avait-il estimé, mais jusque-là ils ne s'étaient pas opposés au débarquement. Le bombardement du *Seraph* et du *Minotaur* avaient produit l'effet désiré : tous les défenseurs s'étaient retranchés dans le fort.

La dernière fournée d'hommes arriva de la plage, armés jusqu'aux dents et chargés de poires à poudre et de gourdes, car l'eau était indispensable pour se battre par cette chaleur. Hal regarda les canots vides repartir vers le *Yeoman*, en position à moins d'un demi-mile au-delà du récif, puis il suivit la colonne dans la forêt.

L'ordre de marche avait été établi avec soin. Le Grand Daniel commandait l'avant-garde avec des éclaireurs déployés en avant pour éviter de tomber dans une embuscade. Des hommes armés de mousquets flanquaient la colonne. Hal avait conservé le commandement du gros du détachement.

Moins de trois miles séparaient le fort de la crique

où ils avaient débarqué, et Hal les menait au trot dans le sable meuble. Ils n'avaient pas couvert un demi-mile qu'ils entendirent une volée de mousquet et des hurlements dans les bois devant eux. Hal se précipita, craignant que Daniel ne soit tombé dans une embuscade. Neuf Arabes morts étaient éparpillés de chaque côté de la piste laissée par les marins, et le bruit de la fusillade diminuait entre les arbres : les Arabes survivants s'enfuyaient vers le fort, poursuivis par les hommes de Daniel. Un marin adossé contre un arbre pansait avec un bout de tissu sa cuisse blessée par une balle. Hal détacha un homme pour l'aider à retourner à la plage et être ramené à bord, puis il se hâta à la suite du Grand Daniel. Les canons tonnaient toujours de l'autre côté de l'île. Ils se trouvaient maintenant assez près du fort pour voir les nuages de fumée tourbillonner au-dessus de la cime des palmiers, devant eux.

— Ned Tyler empêche les fils du Prophète d'aller faire leur prière, marmonna Hal.

La sueur coulait dans sa barbe et inondait sa chemise.

Depuis un bon moment, il sentait une odeur nauséabonde, qui devenait insupportable dans la chaleur humide de la forêt. Ils débouchèrent dans une clairière et Hal s'arrêta si brusquement que les hommes qui le suivaient se cognèrent contre lui. Même dans sa hâte, il resta interdit par l'horreur. Les cadavres noircis par le soleil, suspendus aux gibets, étaient monstrueusement gonflés par leurs gaz et certains s'étaient ouverts comme des fruits trop mûrs. Ils étaient recouverts par une nappe mouvante et iridescente de mouches bleues.

Hal ne put s'empêcher de chercher du regard parmi les morts un plus petit avec des cheveux roux, et une bouffée de soulagement l'envahit quand il ne le trouva pas. Il s'obligea à avancer entre les suppliciés et à ignorer les épais nuages d'insectes qui s'envolaient autour de lui et frôlaient son visage.

Aboli et Tom l'attendaient au milieu des arbres, à l'autre bout de la clairière.

— Nous pouvons y aller ? lança Tom, à une trentaine de pas.

Lui, Aboli et les trois hommes qui les accompagnaient étaient vêtus de djellabas et de turbans. Hal lut la détermination et l'impatience sur le visage de son fils et constata qu'il avait tiré son sabre. Il regretta une fois de plus d'avoir cédé à ses instances et de l'avoir autorisé à venir. Le fait que Tom fût le seul à être allé sur les murailles et à savoir où l'on pouvait les escalader avait fortement pesé sur sa décision. Tom savait également dans quelle cellule on détenait Dorian. Habillés en pirates, ils allaient tenter de rejoindre l'enfant pour le protéger de la bataille qu'allait provoquer l'assaut du fort.

Hal empoigna le bras d'Aboli et lui chuchota à l'oreille :

— Garde Tom à l'œil. Ne le laisse pas faire de bêtise et couvre ses arrières à tout moment.

Aboli le regarda de ses yeux sombres et ne daigna pas répondre. Hal poursuivit :

— Ne lui permets pas de grimper avant que nous ayons éloigné tous les hommes postés sur les remparts vers le côté est.

— Faites votre travail, Gundwane, je ferai le mien, murmura Aboli d'un ton farouche.

— Alors, allez-y.

Hal le poussa doucement et regarda la troupe emmenée par Tom et Aboli, épaule contre épaule, s'éloigner au petit trot pour contourner le fort par la forêt.

Tandis qu'ils disparaissaient, Hal leva les yeux vers le haut des murailles et pencha la tête pour écouter les bruits du bombardement. Ce côté de l'île était enveloppé par d'épais tourbillons de fumée et Hal avait un fort goût de poudre au fond de la gorge, mais le tonnerre des coups de canons s'éloignait. Ned conduisait le *Seraph* et le *Minotaur* dans des eaux plus sûres.

Hal regarda par-dessus son épaule : après la longue course à travers la forêt, la colonne de marins se resserrait derrière lui, malgré quelques traînards. Ils poursuivirent leur chemin et trouvèrent le Grand Daniel qui les attendait à la lisière de la forêt.

Au-delà d'un terrain découvert, large de cent cinquante pas, les murailles blanches du fort se dressaient à cinquante pieds de haut. Les lourdes portes d'acajou cloutées demeuraient closes et aucun défenseur n'était en vue aux créneaux. Ils devaient tous se trouver sur le mur est, face à la baie. Alors que les derniers coups de canon s'évanouissaient au loin, on entendit, affaiblis par la distance, leurs cris de joie à la vue des navires ennemis qui s'éloignaient.

— Nous avons l'avantage de la surprise, dit Hal à Daniel, mais il faut faire vite pour le conserver.

Derrière eux, les hommes de la colonne continuaient d'arriver, courbés sous leur charge. En nage, haletants, ils s'affalèrent par terre et, levant leur gourde, burent à longs traits. Hal passa parmi eux à grandes enjambées pour les envoyer à leur poste, à l'orée de la forêt.

— Baissez la tête pour qu'on ne vous voie pas. Veillez à vos amorces, mais ne tirez pas avant que je vous en donne l'ordre !

Les équipes qui portaient les cinq lourds barils de poudre, à l'arrière de la colonne, arrivaient enfin en titubant, chaque baril de cinquante livres attaché à un bâton porté par deux hommes. Quand ils les eurent empilés sous les palmiers, Hal et Daniel entreprirent de préparer les amorces.

Hal les avait coupées à feu aussi courtes que possible, et c'était toujours un travail délicat, car il n'y avait pas deux morceaux qui brûlaient à la même vitesse. Ils tapèrent dessus avec le manche d'un couteau pour tenter de répartir également le fulminate, puis en enfilèrent une dans la bonde de chaque baril. Chaque seconde comptait, à présent, et ils ne pouvaient perdre du temps à s'assurer que chaque amorce était parfaite. Si l'une faisait long feu, il en restait quatre autres pour faire partir les explosifs.

— Prêt ? demanda Hal en levant la tête.

— Fin prêt, répondit Daniel en mettant en place la dernière amorce avec une poignée de poix.

— Allumez la corde à feu ! enjoignit Hal.

Daniel frappa la pierre avec l'acier, l'amadou prit et, l'un après l'autre, ils portèrent une longueur de corde sur la flamme et la regardèrent brûler.

— Portez les barils ! lança Hal.

Cinq hommes reposés, choisis pour leur force, s'avancèrent. Sur un autre rang, d'autres attendaient, prêts à se précipiter pour porter le baril si l'un d'eux était abattu par un coup de mousquet tiré depuis le haut des murailles.

Hal tira son épée et se dirigea jusqu'à la limite de la forêt. Encore à couvert, il observa le fort. Toujours pas de défenseurs sur les murailles. Il prit une profonde inspiration et s'arma de courage.

— Doucement, les gars ! Suivez-moi !

Sans un cri, ils se ruèrent en avant. Lourdement chargés, les marins s'enfonçaient dans le sable à chaque pas, mais ils parcoururent vite la distance et ils arrivaient presque aux portes quand ils entendirent un cri et un coup de feu tiré depuis les créneaux. Hal aperçut une tête enturbannée et la gueule fumante d'un mousquet braqué vers eux. La portée était courte et la balle toucha l'un des marins en pleine poitrine. L'homme tomba de tout son long et le baril roula de son épaule.

Daniel, à un pas derrière lui, ramassa le baril avec autant de facilité qu'une quille. Le tonnelet sous le bras, il sauta par-dessus le marin agonisant et fut le premier à atteindre les portes. Il déposa le baril contre les charnières et fit signe à ceux qui le suivaient.

— Ici ! Apportez-les ici !

Quand le premier arriva, haletant, Daniel lui arracha son chargement et le posa à côté de l'autre en beuglant :

— Bien joué, petit ! Retourne dans la forêt !

Il empoigna le baril suivant et l'installa en pyramide sur les deux autres.

Une meute d'Arabes hurlaient au-dessus d'eux sur la muraille et tiraient des coups de feu intermittents sur les hommes de Daniel qui tentaient de retourner à couvert. Un autre fut abattu et resta étendu, gémissant au milieu du glacis et des petits jets de sable soulevés par les balles des défenseurs, qui tentaient de l'achever. Depuis la forêt, les marins ripostèrent. Leurs balles claquaient contre le mur et une pluie d'éclats de corail tombait sur leurs compagnons tapis au pied des portes.

Hal s'agenouilla à côté de Daniel, qui déposait le cinquième baril sur la pile. Il souffla sur l'extrémité fumante de sa corde à feu.

— Allez-vous-en, Danny, dit-il au colosse. Je m'occupe du reste.

Mais Daniel avait lui aussi une corde fumante à la main.

— Je vous demande pardon, capitaine, mais je vais vous donner un coup de main et embrasser avec vous la fille du diable.

Il s'agenouilla à côté de Hal et porta la corde sur

l'amorce de l'un des barils. Hal ne perdit pas de temps à discuter et se pencha pour faire la même chose. Sans hâte, ils allumèrent les cinq amorces et attendirent pour s'assurer qu'elles brûlaient régulièrement.

Mais, à présent, la moitié de la garnison se bousculait le long des créneaux et tirait aussi vite que possible vers l'orée de la forêt. Les quatre cents marins anglais poussaient des cris et des vivats, et tiraient sur les murailles à feu nourri.

Hal et Daniel étaient protégés des balles ennemies par la légère avancée des créneaux, mais, dès qu'ils quitteraient cet abri pour traverser le terrain découvert, ils seraient exposés. Hal jeta un dernier coup d'œil aux amorces qui crépitaient furieusement — il ne restait plus qu'un pouce jusqu'aux bondes — et se releva.

— Je crois qu'il est temps d'y aller, dit-il.

— Je ne vois aucune raison de s'attarder, capitaine, répondit le Grand Daniel, un large sourire découvrant ses gencives édentées.

Côte à côte, tous deux s'élancèrent.

Aussitôt, les cris sur les murailles redoublèrent et tous les Arabes aux créneaux tournèrent leurs armes vers eux. Les lourdes balles de plomb sifflaient à leurs oreilles et labouraient le sable à leurs pieds. Depuis les arbres, les marins les encourageaient par leurs cris et tiraient fiévreusement sur l'ennemi.

— *Seraph* ! Allez, Danny ! Vite, capitaine !

Hal avait l'impression de se déplacer sous l'eau : le temps ralentissait, chaque enjambée s'éternisait. La ligne des arbres semblait ne pas se rapprocher et les balles volaient autour d'eux comme de la grêle.

C'est alors que Daniel fut touché par deux balles presque simultanément. L'une l'atteignit à l'arrière du genou, brisa l'os et sa jambe se plia sous lui comme une règle de charpentier. La seconde le frappa à la hanche et fracassa le col du fémur. Il tomba dans le sable, les deux jambes tordues.

Hal courut encore quatre pas avant de se rendre compte qu'il restait seul. Il s'arrêta et regarda en arrière.

— Continuez ! lui cria Daniel. Vous ne pouvez rien pour moi, mes deux jambes sont fichues.

Son visage s'était enfoncé dans le sable, sa bouche et ses yeux en étaient pleins. Hal fit demi-tour et se précipita vers lui à travers la pluie de balles.

— Non ! beugla le Grand Daniel dans un jet de sable et de salive. Repartez, vous êtes fou. Filez !

Hal l'atteignit et se baissa pour le prendre par les épaules. Il tenta de le soulever et fut atterré par son poids. Ses deux jambes inutiles, Daniel ne pouvait lui alléger la tâche. Hal respira un bon coup, ajusta sa prise et essaya encore. Cette fois, il souleva du sol le haut de son torse et tenta de passer l'épaule sous son aisselle.

— C'est inutile, haleta Daniel, terrassé par la douleur. Continuez, sauvez-vous !

Le souffle manqua à Hal pour lui répondre tandis qu'il rassemblait ses dernières forces, tous ses muscles, les fibres de son corps tendus. Sous l'effort, sa vision s'assombrit, ponctuée de tourbillons lumineux, mais il réussit à soulever l'énorme carcasse de Daniel, qui jeta son bras droit autour de ses épaules. Ils restèrent ainsi un long moment, serrés l'un contre l'autre, incapables de faire un pas.

— Vous êtes fou, murmura encore Daniel, ses lèvres contre l'oreille de Hal. Ça va exploser...

Sur les créneaux, un Arabe versa une poignée de poudre noire dans la gueule de son mousquet et enfonça un bout d'étoupe par-dessus. Il tenait la balle entre ses dents, un morceau irrégulier de saumon de fonte forgé grossièrement à la main. Il la cracha dans la gueule de l'arme et la poussa au fond avec sa baguette. Puis il posa le fût et la crosse sur le rebord du créneau. D'une main tremblante, il fourra une bonne dose de poudre sur le bassinet, referma d'un coup sec et arma le chien. Puis il porta la crosse à son épaule et pointa son long canon cerclé de cuivre. Il vit que les deux infidèles continuaient de lutter en vain, enlacés comme des amants.

Il visa avec soin leurs têtes toutes proches et pressa fort sur la détente récalcitrante. Le chien retomba et la pierre fit jaillir une gerbe d'étincelle de l'acier. La poudre du bassinet s'enflamma avec une bouffée de fumée noire, et il sembla un instant que le mousquet allait faire long feu, mais, avec un grondement assourdissant, il lui sauta dans les mains et le canon fut projeté à la verticale.

La balle rudimentaire s'échappa en tournoyant et fendit l'air en vrombissant vers Daniel et Hal. Elle avait été dirigée vers la tête de ce dernier, mais sa trajectoire retomba et elle faillit le manquer. Avec un bruit mat, elle le toucha finalement sur le côté de la cheville gauche, arracha le talon et fracassa les os fragiles du pied.

Son pied se dérobant, Hal s'affaissa sous le poids de Daniel et les deux se retrouvèrent étendus par terre.

— Fuyez, au nom du ciel ! cria ce dernier. Les barils vont sauter d'une seconde à l'autre !

— Je ne peux pas, hoqueta Hal. Je suis touché ! Je ne peux pas tenir debout !

Daniel se souleva sur un coude et regarda le pied de Hal. Il vit tout de suite que la blessure le handicapait puis jeta un coup d'œil vers la pyramide de barils, sous l'arche de la porte, à trente yards de l'endroit où ils se trouvaient. L'une des mèches atteignit la bonde et s'enflamma dans le bouchon d'amadou. La poudre était sur le point d'exploser.

Daniel étreignit Hal et, tout en lui enfonçant le visage dans le sable, roula sur lui pour le couvrir de son grand corps.

— Lâchez-moi, sacré bon sang ! cria Hal en se débattant, mais à cet instant, le baril du dessous explosa et fit partir les quatre autres.

Deux cent cinquante livres de poudre se consumèrent en un unique éclair et l'explosion fut cataclysmique. Elle arracha les lourdes portes de leurs gonds, les planches volèrent en éclats à travers la cour du fort. La voûte de pierre s'écroula et les remparts au-dessus dégringolèrent en une avalanche de blocs de corail, de mortier et de poussière. Une vingtaine d'Arabes furent emportés dans sa chute, ensevelis sous les décombres.

La fumée et la poussière jaillirent à deux cents pieds de hauteur puis bouillonnèrent en un nuage noir, en forme de champignon. L'onde de choc balaya le terrain découvert devant les murailles et, en frappant la lisière de la forêt, arracha de grosses branches, courba les palmiers et fouetta leurs frondaisons comme un ouragan. Daniel et Hal se trouvaient en plein sur son passage. Elle passa sur eux en une vague de poussière et de débris. L'air aspiré de leurs poumons, ils étaient aplatis dans le sable comme par les sabots d'un troupeau de buffles. Hal sentit ses tympans se distendre et le choc ébranla son cerveau. Il perdit à moitié connaissance et eut l'impression d'être projeté dans un espace noir tandis que des étoiles éclataient dans sa tête.

Il revint lentement à lui, ses tympans lésés par le terrible souffle grondant et tintant encore, mais les acclamations de ses hommes qui chargeaient vers le fort lui parvinrent malgré tout, lointaines et désincarnées. En rangs serrés, ils passèrent près de lui et atteignirent l'entrée. Ils escaladèrent au coude à coude le tas de décombres qui la bloquait, se frayèrent un chemin à travers la poussière et la fumée, et entrèrent en masse dans la cour de la forteresse. Sabre au clair, emportés par une folie sanguinaire, ils se ruèrent comme une meute de chiens de chasse sur les défenseurs hébétés.

Aveuglé par la poussière, Hal tenta de s'asseoir mais un énorme poids sur sa poitrine le suffoquait et le clouait au sol. Il toussa, s'étrangla et cligna des yeux pour en chasser le sable. Il agrippait le gigantesque corps flasque qui l'écrasait mais n'avait pas la force de se dégager.

Sa vision s'éclaircit peu à peu et le grondement dans ses oreilles s'atténua jusqu'à n'être plus qu'un bourdonnement d'abeilles à l'intérieur de son crâne. Il vit le visage de Daniel au-dessus du sien : ses yeux fixes restaient grands ouverts et sa tête roulait d'un côté et de l'autre tandis que Hal s'efforçait de le pousser de côté. Sa bouche édentée s'ouvrit, la langue pendante. Un mélange de sang et de salive dégoulina sur la joue de Hal.

L'horreur de la situation l'aiguillonna et, dans un suprême effort, il se libéra en se tortillant. Il se dressa sur son séant en vacillant et regarda son compagnon. En le protégeant, Daniel avait été frappé de plein fouet par l'explosion. Elle l'avait dépouillé de ses vêtements et il ne lui restait plus que ses bottes et son ceinturon. Le sable emporté par le souffle lui avait arraché la peau du dos et des fesses ; il évoquait un animal qu'on vient d'écorcher. Des bouts de côtes et de vertèbres brisées pointaient hors de son dos et de ses flancs labourés par des pierres et des débris.

— Danny ! cria-t-il. Danny ? Vous m'entendez ?

La question, sortie de son cerveau hébété, n'avait aucun sens. Hal essaya de se rapprocher et constata que ses jambes refusaient de lui obéir. C'était la seule partie de son corps qui n'avait pas été protégée par Daniel. Le souffle avait arraché le bas de sa culotte et il vit que la chair avait été déchirée comme par les dents d'un cabestan. Des esquilles d'os dépassaient de cette bouillie sanglante. Il n'avait pas mal et son esprit refusa donc l'évidence. Il n'arrivait pas à croire qu'il avait perdu ses deux jambes et détourna les yeux.

Il se traîna sur les coudes jusqu'à son ami. Il s'étendit le long du corps, le prit dans ses bras et le berça doucement comme un enfant.

— Ça va aller, Daniel. On s'en sortira tous les deux, comme toujours, murmura-t-il. Ça va aller, Daniel.

Il ne se rendit compte qu'il pleurait qu'en voyant ses larmes tomber sur le visage de Daniel. Comme les gouttes tièdes d'une pluie tropicale, elles emportaient les grains de sable qui couvraient ses yeux aveugles.

En débouchant de la forêt avec ses deux aides, le Dr Reynolds les trouva là.

— Occupez-vous d'abord de Danny, supplia Hal.

— Dieu le fait déjà à ma place, répondit doucement le médecin, et ils déposèrent Hal sur la civière.

Tom se retourna pour regarder vers la baie. Du haut de la petite dune, il vit les deux navires à un mile au-delà du récif, le gracieux *Seraph* suivi par le *Minotaur*, qui, avec ses voiles noires, avait l'air menaçant et dégageait une impression de puissance. Ils virèrent de bord l'un après l'autre et revinrent vers le sud pour reprendre le blocus à l'entrée de la baie.

Tom se souleva sur un coude pour observer les murailles du fort, deux cents pas plus loin. L'épaisse nappe de fumée se dissipait, emportée vers la mer par le vent de mousson. Des centaines de têtes dépassaient des créneaux, visages sombres et barbus sous les turbans et les keffiehs. Les défenseurs triomphants brandissaient leurs mousquets et dansaient sur les remparts. Hal entendait leurs voix excitées et comprenait même certaines des insultes qu'ils criaient à l'intention des deux vaisseaux anglais :

— Puisse Dieu noircir la face de l'infidèle !

— Allah est grand ! Il nous a accordé la victoire !

Tom se releva.

— Ça ne se passe pas comme prévu, remarqua-t-il. Ils auraient déjà dû faire sauter les portes.

Aboli le prit par le poignet et le tira à son côté.

— Du calme, Klebe ! L'attente est parfois le moment le plus dur de la bataille.

Ils entendirent des tirs de mousquet de l'autre côté de la forteresse, et sur le parapet toutes les têtes enturbannées se tournèrent dans cette direction. Leurs cris et leurs sarcasmes se turent.

— Les infidèles attaquent les portes ! hurla une voix en arabe.

Ce fut immédiatement la débandade. Même les artilleurs désertèrent leur poste. Tom se releva.

— C'est le moment ou jamais ! Suis-moi !

Aboli le fit rasseoir.

— Patience, Klebe !

— Nous ne pouvons attendre plus longtemps. Il faut rejoindre Dorry ! protesta Tom en se débattant.

— Même vous, vous ne pouvez lutter contre mille hommes !

Tom regarda en haut de la muraille la meurtrière de la cellule dans laquelle Dorian était enfermé.

— Il devrait avoir l'idée de faire un signe, de nous montrer qu'il est là. Il devrait agiter sa chemise ou n'importe quoi, dit-il. Mais ce n'est qu'un enfant et il ne sait pas toujours ce qu'il faut faire.

Du côté opposé du fort, les coups de feu intermittents se transformèrent en une fusillade furieuse.

— Ecoutez, Klebe, dit Aboli en le retenant. Danny et votre père sont en train de poser les charges sous les portes. Ça ne va plus être long maintenant.

Puis le souffle leur cingla les oreilles et le tonnerre de l'explosion les étourdit. Une colonne de fumée et de poussière s'éleva dans le ciel et s'épanouit en un cumulus bourgeonnant dans lequel fusaient des débris, des blocs de pierre et des morceaux de bois enflammés accompagnés par une queue de fumée noire. Un canon de cuivre fut projeté à cent pieds de haut, des corps humains et des membres arrachés, plus haut encore, en même temps que des poutres.

Avant que Tom ait eu le temps de recouvrer ses esprits, Aboli était déjà debout et s'éloignait en terrain découvert. Tom se précipita dans son sillage mais sa djellaba le gênait et il ne réussit pas à rattraper Aboli avant qu'il n'atteigne le pied de la muraille.

Aboli s'agenouilla et lui fit la courte échelle. Sans marquer de temps d'arrêt, Tom posa son pied botté dans les mains du géant, qui le propulsa dans les branches d'un figuier dont les racines s'enfonçaient dans les joints entre les pierres. Tom grimpa comme un singe : ni le fourreau de son sabre, qui tapait contre ses jambes, ni la paire de pistolets fourrés dans sa ceinture ne parvenaient à le ralentir. Aboli et les trois autres escaladèrent le mur à sa suite, mais Tom gagna le premier le haut du parapet. Il s'aida des pieds et des mains à l'endroit où la muraille avait commencé à s'écrouler et lança ses jambes par-dessus le sommet.

Il se retrouva face à un Arabe stupéfait, qui n'avait pas abandonné son poste comme les autres, attirés par le tumulte de l'assaut contre les portes de la forteresse. Avec une exclamation d'étonnement, l'homme eut un mouvement de recul puis essaya de lever son mousquet, mais les chiens incurvés se prirent dans un pli de sa djellaba et, tandis qu'il s'escrimait pour les dégager, Tom tira son sabre avec la rapidité de l'éclair. Le coup toucha son adversaire à la gorge et sectionna les cordes vocales, l'empêchant de crier. Il chancela en arrière et, battant l'air de ses bras, tomba de cinquante pieds dans la cour en contrebas.

Pendant qu'Aboli et les trois autres se précipitaient par-dessus les créneaux, Tom jeta un coup d'œil circulaire sur les murailles et dans la cour. A travers les épais tourbillons de poussière et de fumée, il distingua les silhouettes des Arabes dégringolant des ruines de l'entrée. Le long du chemin de ronde, d'autres s'évertuaient à s'échapper des décombres fumants.

Puis les marins anglais se ruèrent par-dessus les ruines de l'entrée, gravirent les rampes quatre à quatre pour se précipiter sur les fuyards. Il y eut quelques coups de mousquet et Tom vit un Anglais tomber en arrière le long d'une rampe. Les deux partis se rencontrèrent en une masse hurlante, indescriptible.

Tom chercha son père des yeux. En général, la haute taille et la barbe noire de Hal permettaient de le repérer dans la pire des mêlées, mais il ne le trouva pas. Il ne pouvait perdre davantage de temps et cria : « Par ici ! » en emmenant la petite troupe le long du chemin de ronde vers la rampe opposée à l'entrée. Ils passaient inaperçus avec leurs djellabas et les Arabes les laissaient aller sans leur prêter attention. Tom descendit l'escalier en courant et atteignit le palier intermédiaire sans être inquiété. De là, une porte en plein cintre ouvrait vers l'intérieur.

Deux hommes en gardaient l'entrée. L'un resta bouche bée devant les yeux clairs et les traits européens de Tom, puis brandit son cimeterre. Il cria : « *Ferenghi !* » et, visant la tête, porta un coup vigoureux.

Tom se baissa et riposta par un coup d'estoc. Sa lame pénétra dans la poitrine de l'Arabe. Quand il la retira, l'air s'échappa en sifflant de la blessure et l'homme tomba à genoux. Aboli ayant occis prestement l'autre garde, ils sautèrent par-dessus les cadavres et déboulèrent au pas de charge dans le passage obscur.

— Dorry ! cria Tom. Où es-tu ?

Il écarta la djellaba de son visage et arracha son turban. Il n'avait plus besoin de ce déguisement et voulait que Dorian le reconnaisse.

— Dorian ! appela-t-il encore.

Sa voix résonnait étrangement dans l'étroit couloir et des cris furieux lui répondaient dans des langues différentes.

De chaque côté, une douzaine de cellules donnaient sur le passage. Les portes d'origine devaient être pourries car elles avaient été remplacées par d'autres en bois brut, sommairement façonnées. Des visages barbus, pâles et émaciés, regardaient à travers les judas et des mains crochues se tendaient vers Tom en un geste de supplication. Il comprit tout de suite que ce devaient être les marins des navires capturés par al-Auf. Dorian était sans doute parmi eux et le moral de Tom remonta en flèche.

— Dorian !

Une voix répondit en anglais :

— Dieu soit loué ! Nous avons prié pour votre venue, monsieur !

Aboli leva la lourde barre qui fermait la porte ; elle s'ouvrit d'un seul coup et les prisonniers se ruèrent hors de la petite cellule. Tom faillit être emporté par la marée humaine puante et en haillons ; il joua des coudes pour se dégager et se précipita vers les autres cellules.

— Dorian ! cria-t-il pour se faire entendre par-dessus le tumulte.

Il essayait de découvrir dans quelle cellule il avait vu son frère, mais n'était pas sûr de ses repères.

Il empoigna l'un des captifs libérés par les épaules et hurla en le secouant :

— Y a-t-il ici un jeune Blanc à cheveux roux ?

L'homme le regarda comme s'il était fou, puis se dégagea afin de rejoindre le flot d'anciens prisonniers qui s'écoulait vers la cour. Tom arriva au bout du couloir et à la dernière cellule. La porte étant entrebâillée, il bondit dans la petite pièce. Elle était vide. Il y avait une paillasse en feuilles de palmier séchées contre le mur ; rien d'autre. Le soleil tombait par la meurtrière et Tom courut vers elle. Il aperçut la baie et les deux navires au large.

— C'est bien celle-là, marmonna-t-il.

Il sauta sur le rebord de la meurtrière et passa la tête par l'ouverture. La liane accrochée à la muraille était presque à portée de main. « C'est là qu'était Dorry. Mais où est-il maintenant ? » se demanda-t-il.

Il sauta de la marche et regarda autour de lui. Les anneaux de fer auxquels des hommes avaient été enchaînés étaient cimentés dans les pierres. Des inscriptions couvraient les murs, gravées dans le corail tendre. Il lut des noms portugais et des dates vieilles d'un siècle, usées et recouvertes de mousse et de lichen. D'autres inscriptions en arabe étaient plus récentes et il reconnut une phrase extraite d'une sourate du Coran, la dix-septième, car Alf Wilson le leur avait fait apprendre par cœur : « Les sept cieux, la terre et tout ce qui s'y trouve célèbrent ses louanges. » Dessous, d'autres mots gravés avec une boucle de ceinture ou un autre objet métallique. L'inscription était récente, une écriture d'enfant tout de travers : « Dorian Courtney — 3 février. »

— Il était là ! s'écria Tom. Aboli, Dorry était là !

Aboli apparut dans l'embrasure de la porte, qu'il bloquait de sa masse imposante.

— Et où est-il maintenant, Klebe ?

— Nous le trouverons.

Tom prit tout juste le temps de se débarrasser de la djellaba qui entravait ses mouvements, puis ils retraversèrent le couloir et ressortirent. La bataille se poursuivait dans la cour et sur les remparts, mais de toute évidence les pirates étaient en déroute. Des centaines d'entre eux avaient fui par la porte écroulée. Ils avaient jeté leurs armes et s'enfonçaient dans la forêt. D'autres se trouvaient pris au piège à l'intérieur des murs. Beaucoup, à genoux, imploraient qu'on leur fasse grâce. Certains se jetaient des remparts, préférant ne pas affronter les sabres anglais. Ils sautaient dans le vide en criant, leurs djellabas blanches gonflées comme des voiles.

Cependant, d'autres se battaient toujours. Un groupe d'une douzaine d'hommes tenaient le bastion est et lançaient des cris de défi — *Allah akbar !* Dieu est grand ! — mais les Anglais fondirent sur eux en masse, les taillèrent en pièces et jetèrent leurs corps par-dessus les créneaux.

Tom cherchait une petite silhouette et une chevelure rousse flamboyante dans cette confusion mais il ne discernait pas la moindre trace de son frère. Une femme grimpa la rampe à toute vitesse en direction de Tom. Elle avait perdu son voile noir et ses longs cheveux noirs flottaient dans son dos. C'était encore presque une enfant, elle avait l'air terrifié et ses yeux étaient ceux d'un faon poursuivi par des chiens. Quatre marins surexcités la suivaient en riant, leurs chemises trempées du sang des hommes qu'ils avaient tués, leurs visages mouchetés de gouttelettes sanglantes, enflammés par la luxure.

Ils rattrapèrent la fille en haut de la rampe et la jetèrent au sol. Ils la plaquèrent sur les dalles de pierre et, bien qu'elle se débattît, ils remontèrent sa robe, découvrant son corps mince et son ventre glabre. Le quatrième marin ouvrit sa culotte et se jeta sur elle.

— Graisse la charnière pour nous ! l'encourageaient ses compagnons.

Tom n'avait jamais imaginé chose aussi horrible. En tant que novice de l'Ordre du Saint-Graal, on lui avait appris que la guerre était noble et les vrais guerriers de galants hommes. Il se précipita pour intervenir, mais Aboli le saisit par le bras et le retint dans sa poigne de fer.

— Laissez-les, Klebe. C'est le droit des vainqueurs. Notre devoir est de nous occuper de Bomvu.

Il avait utilisé le surnom qu'il donnait à Dorian, qui signifiait « Rouge » dans la langue de la forêt.

— Nous ne pouvons les laisser faire ! répliqua Tom.

— Nous ne pouvons les arrêter, coupa Aboli. Ils vont vous tuer si vous essayez. Partons plutôt à la recherche de Bomvu.

La fille sanglotait pitoyablement mais Aboli entraîna Tom dans l'escalier pour redescendre. A cette extrémité de la cour, ils trouvèrent un dédale de vieux murs et de passages. Certaines des portes étaient ouvertes mais la plupart demeuraient fermées par de lourdes barres. Dorian pouvait être derrière l'une d'elles. Tom savait qu'il devait trembler de peur et se sentir perdu. Il fallait qu'ils le retrouvent avant qu'il ne soit blessé au cours de la bataille et du pillage.

— Prends par l'autre côté, cria-t-il à Aboli, en désignant la terrasse couverte. Je commence par là.

Il ne se retourna pas pour voir si Aboli s'exécutait et bondit vers la porte la plus proche. Elle était close. Il tenta de l'enfoncer d'un coup d'épaule puis recula et donna un coup de pied à la grosse serrure de fer. Elle résistait. Tom regarda alentour et reconnut l'un des gabiers du *Seraph*, qui arrivait sur la terrasse, une hache dans une main, un pistolet dans l'autre, les bras couverts de sang jusqu'aux coudes, emporté par l'ivresse de la bataille.

— Charley ! cria Tom, et malgré sa folie extatique le marin l'entendit. Cassez la porte, lui ordonna-t-il.

Charley eut un large sourire, heureux d'être invité à poursuivre son œuvre de destruction.

— Reculez-vous, Tommy, cria-t-il en se ruant sur la porte.

En deux coups de hache, il avait fracassé les panneaux et enfoncé le battant, qui pendait sur ses gonds. Tom l'ouvrit complètement d'un coup de pied et sauta à l'intérieur. Il se retrouva dans un labyrinthe de petites pièces et de couloirs. Tout en courant, il jetait au passage un coup d'œil dans chaque pièce. Elles avaient été abandonnées à la hâte : de la literie et des vêtements traînaient partout, dans le plus grand désordre.

Il entendit soudain des bruits sourds au-dessus de sa tête, et regarda l'escalier qui se trouvait au bout du couloir. Il avait l'impression que quelqu'un cherchait à s'échapper d'une pièce fermée. Peut-être Dorry ! Son cœur se mit à battre la chamade. Sans réfléchir une seconde de plus, Tom grimpa les marches à toute allure. Parvenu en haut, il rencontra une lourde porte ouverte, l'énorme clef encore dans la serrure, et entra dans une pièce longue et étroite, plongée dans la pénombre par des volets clos.

Il appela son frère tout en jetant un coup d'œil autour de lui. Il vit tout de suite que ce n'était pas une cellule. Le long du mur opposé aux fenêtres étaient alignées un assortiment de petites malles en bois, très semblables aux coffres qu'ils avaient pris sur le dhaw d'al-Malik, ceux qui contenaient l'argent destiné à acheter Dorian.

Quatre coffres étaient ouverts, leur couvercle rejeté en arrière. En dépit de son inquiétude, Tom était fasciné par ce qu'ils contenaient. Il reconnut les sacs dans lesquels les Arabes rangeaient leurs pièces. Il en soupesa un. Le poids et la forme des pièces sous l'étoffe dissipèrent ses derniers doutes.

— De l'or ! murmura-t-il.

Il remarqua alors qu'on avait laissé une sacoche de selle par terre près du coffre. Elle était pleine de sacs. Tom avait dû interrompre quelqu'un occupé à la remplir avant de s'enfuir du fort assiégé. Les bruits qu'il avait entendus étaient ceux des couvercles soulevés à toute volée.

Qui que ce fût, il ou elle devait encore se trouver là. A l'instant où il se faisait cette réflexion, il entendit le glissement d'un pas furtif derrière lui. Galvanisé, il se retourna.

Al-Auf s'était caché derrière la porte quand il avait entendu monter l'escalier quatre à quatre, et Tom le reconnut sur-le-champ. Il l'avait vu sur le pont du *Minotaur* quand le *Seraph* avait attaqué le pirate. L'homme était plus grand qu'il ne l'avait cru, et ses yeux de prédateur s'enfonçaient dans leurs orbites, sombres et cruels comme ceux d'un vautour. Il était nu-tête. Sa longue chevelure poivre et sel tombait sur ses épaules et se mêlait aux boucles de sa barbe. Les lèvres remontées en un affreux rictus, il leva le pistolet qu'il tenait dans sa main gauche et le braqua vers la tête de Tom.

Pendant un bref instant, celui-ci fixa la gueule béante du pistolet puis l'œil brillant d'al-Auf, qui le tenait dans sa ligne de mire. Avec un déclic métallique qui parut assourdissant dans l'espace confiné de la pièce, le chien tomba et le bassinet émit un éclair avec une bouffée de fumée blanche. Tom grimaça en attendant que la balle frappe son visage, mais elle ne vint pas. Le pistolet avait fait long feu.

L'espace de quelques secondes, al-Auf fut aveuglé par la fumée et l'éclair, et, pendant ce bref laps de temps, Tom parcourut la distance qui les séparait. Il avait vu que le pistolet était à canon double ; le doigt d'al-Auf se refermait autour de la deuxième détente. La chance ne sourirait pas deux fois à Tom et la seconde balle le tuerait.

Il donna un coup de sabre à la main armée et la lame toucha le dessous du poignet. Tel un rasoir, elle sectionna les veines et les artères sous la peau brune, et le pistolet tomba de la main inerte. La crosse heurta le sol de pierre et, dans un grondement, la seconde balle partit. Elle déchira le bois de l'un des coffres et al-Auf recula en cherchant à tâtons le cimeterre suspendu à son ceinturon incrusté de pierreries. Il tira le fer juste à temps pour parer le coup que Tom lui portait au cœur.

Ce dernier ne s'attendait pas à une telle vitesse. Les mèches blanches d'al-Auf l'avaient trompé. Le pirate était aussi rapide qu'un léopard, et la force de son poignet, celle d'un homme deux fois plus jeune. Tandis que Tom se reprenait, al-Auf laissa tomber un genou à terre et porta un revers en direction de ses chevilles. Tom n'eut pas le temps de reculer. Il bondit en l'air et la lame incurvée rasa les semelles de ses bottes. Avant même de toucher terre, il visa la tête de son adversaire mais al-Auf s'esquiva tel un serpent. Le sang jaillissait toujours de son poignet et formait une mare sur les dalles. Tom bloqua la riposte et feinta en tierce, mais al-Auf contra et se fendit sous sa lame, visant l'estomac. Tom sauta en arrière et le coup ne porta pas. Ils tournaient l'un autour de l'autre, leurs regards rivés l'un à l'autre pour tenter de deviner ses pensées. Leurs lames grinçaient et raclaient l'une contre l'autre, chacun cherchant un point faible.

Le pied de Tom glissa dans la mare de sang et, profitant de son déséquilibre, al-Auf se détendit comme le carreau d'une arbalète pour porter de nouveau un coup bas vers la hanche. Tom détourna la lame et le força à battre en retraite. Il lisait maintenant à livre ouvert les intentions de son ennemi. Le pirate était rapide et fuyant, et l'âge n'avait pas entamé la force de son bras. S'ils continuaient de ferrailler ainsi, l'expérience d'al-Auf finirait par parler. Tom savait qu'il devait transformer l'affrontement en une épreuve de force.

Il se portait sur le flanc le plus solide de l'Arabe, lui faisait des avances, lui offrait une ouverture fugitive, mais quand al-Auf l'acceptait et frappait d'estoc de nouveau, Tom bloquait sa lame d'un coup sec et la piégeait avec la sienne. Ils étaient presque poitrine contre poitrine, leurs fers croisés à hauteur des yeux. Tom y mit tout le poids de ses jeunes épaules et al-Auf recula d'un pas. Tom sentait les forces de son adversaire lui échapper par les veines ouvertes de son poignet gauche. Il poussa de nouveau mais al-Auf n'était pas aussi faible qu'il voulait bien le montrer. Il se déroba si vite que Tom trébucha en avant, et le pirate porta encore une attaque basse. Tom aurait dû le prévoir, car il connaissait maintenant assez son homme pour se garder de ce genre de coup. C'est seulement par un miracle d'équilibre et de vivacité qu'il esquiva, et la lame frôla sa cuisse. Elle déchira l'étoffe de sa culotte et entailla le muscle de la jambe.

La blessure était légère, et, à la fin de son coup, al-Auf était en pleine extension. Tandis qu'il essayait désespérément de se ressaisir, Tom remonta sa lame et le contraignit à un engagement circulaire. Les deux armes blanches tournoyaient ensemble, le grincement aigu de l'acier contre l'acier leur agaçant les nerfs, la garde vibrant dans leur main.

Tom avait enfin réussi à faire de l'échange une épreuve de force, car al-Auf n'osait rompre l'engagement. Pour ce faire, il lui fallait ouvrir sa garde et il savait que la riposte viendrait, rapide comme l'éclair. C'était l'engagement prolongé classique, auquel Aboli avait initié Tom.

— C'est avec ce coup que votre père a tué Schreuder, lui avait appris Aboli, et le Hollandais était la plus fine lame que j'aie jamais vue... enfin, après votre père, évidemment.

Tom mit tout son poids dans son poignet et al-Auf recula d'un pas. Les lames tournaient encore et encore ; la sueur perlait sur le front basané, froncé par l'effort, et coulait dans les yeux et la barbe. Avec un sentiment de triomphe, Tom le sentait faiblir. Le sang tombait toujours à grosses gouttes de sa blessure, les lèvres d'al-Auf se tordaient en un horrible rictus de désespoir. La consternation et la mort se lisaient dans ses yeux.

Soudain, Tom changea l'inclinaison de son poignet, la pointe de son sabre étincela à un pouce des yeux de son adversaire, et il rompit. Contre la volonté de l'Arabe, ses longs doigts s'ouvrirent et laissèrent échapper la garde du cimeterre. Avec son sabre, Tom l'écarta et, d'un revers du poignet, le projeta contre le mur opposé, d'où il tomba sur les dalles avec fracas.

Al-Auf tenta de s'esquiver vers la porte mais Tom avait placé la pointe de son sabre dans sa barbe et, piquant doucement sous le menton, le força à reculer contre le mur. Tom haletait et il lui fallut un moment pour reprendre son souffle.

— Il ne te reste qu'une chose à faire pour sauver ta vie, dit-il entre deux inspirations.

Les yeux d'al-Auf se plissèrent en l'entendant parler l'arabe couramment.

— Rends-moi le jeune Franc que tu retiens prisonnier.

Al-Auf le regardait fixement, tenant son poignet blessé contre sa poitrine et essayant d'arrêter le saignement en le serrant avec l'autre main.

— Réponds-moi, dit Tom en appuyant plus fort sur la gorge. Parle, enfant de truie malade. Donne-moi l'enfant et je te laisse la vie.

L'Arabe grimaça sous la piqûre de l'acier.

— Je ne vois pas de quel enfant tu parles.

— Tu le connais bien. Celui aux cheveux roux, coupa Tom.

— Pourquoi veux-tu al-Amhara ? demanda-t-il avec un sourire moqueur, une haine terrible dans les yeux. C'est ton mignon ?

La main armée de Tom trembla de colère à cette insulte.

— Al-Amhara est mon frère.

— Tu arrives trop tard, se réjouit al-Auf. Il est parti là où tu ne le retrouveras jamais.

Tom eut l'impression qu'un étau serrait sa poitrine.

— Tu mens, dit-il, le souffle court, en trébuchant sur les mots. Je sais qu'il est là. Je l'ai vu de mes propres yeux. Je le retrouverai.

— Il n'est plus sur l'île. Tu peux fouiller partout, si tu veux.

Al-Auf riait maintenant, un son pénible et faux. Tom y coupa court en pressant davantage la pointe de son sabre. Il regarda l'Arabe dans les yeux et un enchevêtrement de pensées lui traversèrent l'esprit.

— Non ! Tu mens, tu caches mon frère ici.

Il ne voulait pas le croire, mais quelque chose dans la manière d'al-Auf l'avertissait qu'il disait la vérité. Ils avaient perdu Dorry et un noir désespoir l'envahit.

Il abaissa son sabre et se détourna. Il se dirigea vers

la porte dans l'idée de fouiller l'île dans les moindres recoins, au moins pour apaiser son âme.

Al-Auf était si surpris que pendant un moment il resta immobile. Puis il baissa sa main valide vers le manche de la dague recourbée qu'il portait à la ceinture. La lame d'acier poli fit un petit bruit de succion en sortant de son fourreau en filigrane d'or.

Tom ne s'était pas abandonné à la souffrance au point de ne pas percevoir ce chuintement fatal et, au moment où il pivotait sur lui-même pour lui faire face, al-Auf se jeta sur lui, la dague levée au-dessus de sa tête, pour la lui plonger dans le dos.

Cette traîtrise transforma son désespoir en une rage folle. Il bondit au-devant de son assaillant, le sabre pointé vers le milieu de la poitrine. Il sentit le fer glisser sur une côte, traverser le cœur et le poumon, et la garde vibra dans sa main quand la lame heurta la colonne vertébrale.

Al-Auf se figea, la dague tomba sur les dalles avec un bruit métallique et la haine s'estompa dans ses yeux noirs. Tom appuya son pied botté sur la poitrine et poussa pour dégager sa lame sanglante.

Al-Auf s'écroula sur les genoux et sa tête s'affaissa en avant, mais Tom n'avait pas encore apaisé sa fureur. Il leva son sabre et l'abattit avec une telle force sur la nuque que la lame siffla dans l'air. La tête heurta le sol avec un bruit mat et roula aux pieds de Tom.

Il regarda le visage de son ennemi, ses yeux sombres grands ouverts et flamboyants ; sa bouche béante semblait vouloir parler, puis les paupières battirent, la lumière quitta les yeux, subitement ternes et vitreux, et la mâchoire se relâcha.

— Voilà qui est fait et bien fait ! lança Aboli depuis la porte.

Il entra dans la pièce et se débarrassa de sa djellaba.

Il s'agenouilla, l'étala sur les dalles et souleva la tête coupée par les cheveux.

Tom le regarda envelopper la tête dans le vêtement. Il ne ressentit guère d'émotion et aucun remords en voyant le sang imbiber le tissu. Aboli jeta le macabre fardeau sur son épaule.

— Nous allons l'apporter à votre père. La tête d'al-Auf lui vaudra une baronnie quand il la présentera à Londres aux gouverneurs de l'honorable Compagnie.

Le sabre à la main, Tom le suivit comme un somnambule le long du couloir obscur. Il n'éprouvait aucun sentiment d'exultation, écrasé par le poids de cette conviction : il avait perdu Dorian à jamais.

Tom se fraya un chemin parmi les marins surexcités qui allaient et venaient à travers le fort. Ils riaient aux éclats et échangeaient des plaisanteries en se livrant au saccage. De temps à autre, on entendait crier : ils avaient trouvé un Arabe caché dans une cellule et le tiraient dans la cour.

Les prisonniers étaient dépouillés de leurs vêtements car les marins avaient compris combien il leur était facile de dissimuler une dague dans les larges replis de leur djellaba. Les femmes n'échappaient pas à ce traitement. Les armes saisies étaient entassées au milieu de la cour ; les objets de valeur, les bourses des hommes et les bijoux des femmes, jetés sur une voile étalée par terre.

Puis on emmenait les captifs grossir les rangs de ceux qui étaient déjà accroupis le long de la muraille nord, sous la garde de marins armés de pistolets et de sabres.

Tom parcourut les rangs arabes et en choisit un. En

dépit de sa nudité, l'homme avait un maintien digne, des traits nobles et un regard intelligent.

— Comment t'appelles-tu, vieux père ? lui demanda-t-il en veillant à conserver un ton respectueux.

L'homme parut décontenancé d'être interpellé en arabe, mais fut sensible au ton aimable de son interlocuteur.

— Mon nom est Ben Abram.

— Tu as l'allure d'un érudit ou d'un saint homme, le flatta Tom.

— Je suis médecin, répondit le vieux.

— Il y avait sur l'île un garçon aux cheveux roux d'une douzaine d'années. Il a été capturé par al-Auf. Le connais-tu ?

— Je le connais, fit Ben Abram en hochant la tête.

Le moral de Tom remonta en flèche.

— C'est mon frère. Où se trouve-t-il maintenant ? Est-il encore sur l'île ? demanda-t-il d'un ton ardent.

Mais Ben Abram secoua la tête.

— Il n'est plus là. Al-Auf l'a vendu comme esclave.

Tom devait maintenant accepter l'évidence. Pendant un moment, il crut qu'il ne supporterait pas la douleur.

— Où l'a-t-il envoyé ? Qui a acheté mon frère ?

Ben Abram secoua la tête derechef mais il évita le regard de Tom, il était visiblement sur la réserve.

— Je l'ignore, murmura-t-il.

Tom savait qu'il mentait et sa main se porta vers la garde de son sabre. Il était bien décidé à le contraindre à parler, mais l'air déterminé du vieil homme l'en dissuada : son intuition l'avertit qu'il n'arriverait à rien par la force.

Pour se donner le temps de réfléchir, il parcourut du regard les murs du fort. Des Arabes morts étaient éparpillés le long des remparts ; parmi eux, de nombreux blessés gémissaient et se tordaient dans la poussière. Il appela le marin qui commandait les gardes.

— Cet homme est médecin. Rendez-lui ses vêtements et laissez-le s'occuper des blessés.

— A vos ordres, monsieur Courtney, répondit le marin en saluant.

— Beaucoup de tes hommes ont besoin de soins. Tu peux aller auprès d'eux, dit Tom en se tournant vers Ben Abram.

— Puisse Allah récompenser ta compassion, dit celui-ci en se levant pour enfiler la djellaba qu'on lui jeta.

Tom le regarda s'éloigner à la hâte et s'agenouiller près d'un de ses compatriotes gravement blessés au pied de la rampe.

Il lui fallait maintenant retrouver son père et lui rapporter les terribles nouvelles qu'il avait apprises concernant Dorian. Tom jeta de nouveau un regard circulaire puis se dirigea vers la porte. Il arrêtait au passage tous les hommes du *Seraph* qu'il reconnaissait pour leur demander s'ils avaient vu leur capitaine.

Aucun ne put lui répondre. L'inquiétude de Tom grandissait. Puis il aperçut le visage rubicond du capitaine Anderson près de la porte dévastée. Il beuglait comme un taureau blessé pour tenter d'organiser ses troupes en équipes afin de commencer à récupérer le contenu des magasins. Des marins sortaient déjà du fort en chancelant sous le poids de ballots et de barriques et les empilaient près de l'entrée, prêts à être transportés sur la plage.

Tom se fraya un chemin jusqu'à Anderson, qui pivota sur lui-même pour lui faire face, et son expression s'adoucit d'une manière qui intrigua Tom.

— J'ai tué al-Auf. Aboli a pris sa tête, dit-il en haussant le ton pour se faire entendre malgré le vacarme.

Il désigna le grand Noir et le linge taché de sang qu'il portait sur l'épaule.

— Sainte Mère ! s'exclama Anderson, impressionné. C'est du bon travail. Je me demandais où avait disparu ce chenapan. Sa tête vaudra un lakh à Londres.

— Il y a des coffres remplis de pièces en haut de l'escalier derrière cette porte, au bout des remparts. Dieu seul sait quelle quantité d'or al-Auf a amassée là. Capitaine, il serait bon, je crois, que vous dépêchiez un officier digne de confiance pour monter la garde avant que nos gars commencent à se servir.

Anderson appela son quartier-maître et lui donna ses ordres. Avec cinq hommes choisis à la hâte, l'officier s'éloigna rapidement et Tom put poser la question qui lui brûlait les lèvres.

— Avez-vous croisé mon père, capitaine ? Voilà un moment que je le cherche. Il devrait être là pour vous aider à commander les opérations.

Anderson le dévisagea et son expression ardente se teinta de pitié.

— Il est tombé, mon garçon. Je l'ai vu touché par l'explosion des barils de poudre.

Sa triste prémonition confirmée, Tom sentit son cœur se glacer.

— Où est-il, capitaine ?

— La dernière fois que je l'ai aperçu, il était devant la porte du fort, répondit Anderson d'un ton volontairement bourru. Je suis désolé, mon garçon, mais, à ce que j'ai pu en juger, il a certainement été tué.

Tom partit en courant, Dorian presque oublié en cet instant. Il escalada à toute allure le tas de décombres qui bloquait l'entrée de la forteresse et vit un corps mutilé, étendu sur le terrain découvert. Il se précipita, tomba à genoux à côté. Le malheureux était si vilainement déchiré, la peau arrachée, que Tom n'était pas sûr de son identité. Il tourna doucement la tête fracassée.

— Danny ! dit-il à voix basse, les larmes aux yeux.

Il ne s'était pas rendu compte avant cet instant combien il aimait le colosse. Il refoula ses sanglots. De près, la mort était plus affreuse que dans ses pires cauchemars. Les yeux du Grand Daniel étaient ouverts et fixes, couverts de mouches bleues. Tom les chassa et referma les paupières avec la paume de sa main. Il se releva, mal assuré sur ses jambes, et découvrit Aboli à son côté.

— Où est mon père ? Le capitaine Anderson dit qu'il était là.

Tom ne voyait aucun autre corps qui aurait pu être le sien. Trente ou quarante Arabes gisaient en lisière de la palmeraie, abattus alors qu'ils tentaient de s'échapper. Quelques marins s'assuraient qu'ils ne simulaient pas, un tour favori des Arabes, et les fouillaient en quête de quelque objet de valeur.

— Votre père n'est pas là, répondit Aboli. On a dû l'emmener.

Tom courut jusqu'au marin le plus proche, accroupi près d'un cadavre. Il ne le reconnut pas — il devait appartenir à l'équipage du *Yeoman of York*.

— Vous avez vu sir Henry, le capitaine du *Seraph* ? demanda-t-il.

— Oui, mon garçon, répondit le matelot en levant les yeux vers lui. Le vieux a été gravement blessé. J'ai vu qu'on l'emmenait vers la baie.

On apercevait les mâts de l'escadre par-dessus la cime des arbres. Dès que les pavillons avaient été hissés sur les remparts pour annoncer la prise du fort, les trois navires étaient entrés dans la baie. Tom s'élança dans le sentier à travers les arbres et courut dans le sable blanc. Il arriva sur la plage, Aboli sur ses talons. Les bateaux avaient mouillé dans les eaux claires et calmes du lagon.

Les canots effectuaient déjà des allers-retours pour amener à terre les hommes qui avaient été libérés de leurs tâches à bord. Tom vit une chaloupe qui venait du *Seraph* et la héla dès qu'elle eut touché le sable.

— Où est le capitaine ?

— Il est déjà à bord, Monsieur Tom, cria le quartier-maître en réponse.

— Je dois aller à lui. Emmenez-moi au bateau.

— Tout de suite, Monsieur Tom. Sautez à bord.

Quand la chaloupe cogna contre la coque du *Seraph*, Tom fut le premier à grimper à l'échelle, escorté par Aboli. Il ne restait que quelques hommes à bord ; alignés au bastingage, ils regardaient d'un air rêveur l'agitation qui régnait à terre, impatients de se joindre au pillage.

— Où est le capitaine ? questionna de nouveau Tom.

— On l'a emmené dans sa cabine.

Tom traversa le pont comme une flèche et, en arrivant à la porte de la cabine, il s'arrêta net en entendant un terrible gémissement. Il resta la main tendue, incapable de trouver le courage d'ouvrir la porte pour découvrir quelles horreurs le guettaient de l'autre côté. Aboli le dépassa et poussa doucement le battant.

On avait installé un caillebotis de bois sous les fenêtres de poupe où la lumière était la plus forte. Son père reposait sur le dos, le Dr Reynolds à son côté. Celui-ci portait une redingote noire, sa tenue de chirurgien. Avec le temps, la grosse serge noire empesée par de vieilles taches de sang séché avait pris une teinte verdâtre. Le médecin suait à grosses gouttes dans la chaleur étouffante de la petite cabine. Il leva les yeux vers Tom et hocha la tête.

— Très bien ! Entrez, mon garçon. Ne restez pas là à bayer aux corneilles ! J'ai besoin de deux mains solides, dit-il avec détermination en retroussant ses manches.

Les jambes lourdes comme du plomb, Tom s'avança jusqu'au caillebotis et regarda le corps mutilé de son père. Une violente odeur d'esprit brut emplissait la cabine surchauffée. L'un des deux assistants du chirurgien enfonçait le goulot d'une bouteille de rhum aux trois quarts vide dans la bouche de Hal Courtney. L'alcool coulait sur ses joues et dans ses cheveux. Hal avait des haut-le-cœur et essayait de détourner la tête malgré son état semi-inconscient.

Tom arracha la bouteille des mains de l'homme.

— Doucement, espèce de balourd ! Vous allez l'étouffer.

— Il a besoin de cet alcool pour supporter la douleur, protesta l'assistant.

Tom l'ignora et souleva la tête de son père aussi délicatement que s'il avait été un bébé. Il lui donna la bouteille avec précaution en ne laissant que quelques gouttes s'échapper et en attendant qu'il ait avalé.

Il regarda ses jambes blessées. Reynolds avait attaché des sangles de cuir à mi-cuisse autour de chacune d'elles et serré ces garrots pour empêcher l'hémorragie, mais les blessures saignaient toujours. Ils avaient placé un seau sous le caillebotis pour recueillir le sang, et le goutte-à-goutte régulier résonnait aux oreilles de Tom comme une horloge à eau qui comptait les secondes de la vie de son père.

Reynolds acheva ses préparatifs et choisit un scalpel à manche d'ivoire dans sa trousse déroulée sur le caillebotis près des jambes mutilées. Il commença par couper le bas de la culotte déchirée et imbibée de sang. Tom blêmit et se sentit défaillir en voyant le carnage.

L'explosion avait réduit la chair en bouillie, meurtrie jusqu'à prendre la couleur du foie haché. Du sable et des éclats de corail l'avaient pénétrée, et des esquilles d'os dépassaient de la chair sanglante comme des pointes de flèche.

Reynolds palpa les jambes. Elles étaient molles comme des chiffons.

— Il faut amputer, dit-il. Toutes les deux. Je ne peux pas les sauver.

— Non ! lâcha Tom d'une voix haletante. Vous ne pouvez lui enlever ses jambes ! Il ne pourra plus jamais monter à cheval ni commander un navire. Il ne faut pas !

— Alors, il ne survivra pas. Ses jambes vont se putréfier et il mourra de la gangrène en une semaine, ou moins s'il a de la chance. (Il adressa un signe de tête à ses deux aides.) Tenez-le !

Aboli s'avança et Reynolds ordonna :

— Oui, vous aussi. Nous avons besoin de bras robustes.

Il choisit un scalpel, qui, aux yeux de Tom, ressemblait plutôt à un couperet de boucher qu'à un instrument de chirurgie, et en éprouva le tranchant sur son pouce. Tom vit aussi des taches de rouille sur la lame, là où le sang n'avait pas été convenablement nettoyé.

— Monsieur Tom, vous lui tiendrez la tête, reprit Reynolds en lui tendant un morceau de bois. Maintenez ça entre ses dents. Il faut qu'il ait quelque chose à mordre quand la douleur deviendra trop forte, sinon ses dents vont casser.

Il trempa une éponge dans l'écuelle d'eau chaude que lui tendait son aide, et essuya le sang et la poussière de la jambe gauche de Hal afin d'y voir plus clair. Puis il fit un autre tour de garrot et passa le tranchant de la lame sur la peau tendue. La chair s'ouvrit et Tom, qui tenait le coin de bois entre les mâchoires de son père, sentit le corps se convulser et le dos s'arquer, les muscles et les ligaments tendus comme par un cabestan.

Un terrible cri sortit de la gorge de Hal et il serra les mâchoires, au point d'écraser le bois entre ses dents. Tom s'évertuait à lui tenir la tête, mais il l'agitait d'un côté et de l'autre avec la force d'un dément.

— Tenez-le bien ! grommela Reynolds tout en tranchant la chair tandis qu'Aboli et les autres étaient secoués par la violence de ses mouvements convulsifs.

Tom entendit l'acier de la lame attaquer le fémur. Reynolds posa rapidement le scalpel et prit la poignée de catgut noir. Il ligatura les vaisseaux, qui saignaient abondamment malgré le garrot. Le sang tombait en cascade dans le seau. Tom n'arrivait pas à croire qu'il y en avait tant.

Reynolds choisit une scie dans sa trousse et inspecta les fines dents. Puis il empoigna la jambe avec la main gauche et, tel un charpentier coupant une planche en deux, il plaça la lame dans la profonde plaie laissée par le scalpel et donna le premier coup.

Les dents d'acier grinçaient contre l'os, et, en dépit du poids des quatre hommes qui le gardaient allongé, Hal se dressa sur son séant. Sa tête rejetée en arrière, les muscles ressortaient sur son cou et ses épaules. Un cri de souffrance s'échappa de sa bouche béante et résonna à travers le navire. Puis son corps se détendit et il retomba sur le caillebotis.

— Grâce au ciel, murmura Reynolds. Nous devons faire vite, avant qu'il ne revienne à lui.

Trois autres coups de scie et l'os se séparait en deux. La jambe s'affaissa, le chirurgien posa la scie et reprit le scalpel.

— Je vais lui laisser un bon morceau sur le moignon pour que l'os soit bien recouvert.

Il modela la chair en quelques coups et Tom eut un

haut-le-cœur en voyant la jambe coupée sur la grille de bois. L'un des aides la prit et la laissa tomber sur le pont. Elle était posée là comme une morue que l'on vient de sortir de l'eau, tressautant doucement tandis que mouraient les extrémités nerveuses.

Reynolds enfila une longueur de fil dans le chas d'une aiguille de voilier, puis replia le lambeau de chair sur l'os qui dépassait du moignon. Avec des petits bruits de gorge, il essaya d'enfoncer la pointe de l'aiguille à travers la peau épaisse et commença à coudre des points de suture rapprochés et bien nets. Les extrémités du fil avec lequel il avait ligaturé les vaisseaux sanguins pendaient à l'extérieur de la plaie refermée.

Quelques minutes après, Reynolds se reculait et penchait la tête sur le côté pour contempler son ouvrage comme une couturière sa pièce de broderie.

— Joli. Très joli, je peux le dire, fit-il avec un petit rire d'autosatisfaction.

Tom trouva que le moignon ressemblait à la tête d'un nouveau-né, ronde, chauve et ensanglantée.

— Bon, maintenant, voyons l'autre quille, dit le chirurgien avec un signe de tête à son aide.

L'homme prit ce qui restait de la cheville de Hal dans ses mains velues et tira sur la jambe broyée pour la redresser. La douleur sortit Hal des ténèbres de l'inconscience. Il poussa une autre plainte à faire frémir et se débattit faiblement, mais ils le maintinrent allongé.

Reynolds examina la jambe en commençant par la cuisse, juste sous le garrot, puis passa sous le genou, sondant la chair en profondeur de ses doigts boudinés et puissants pour tâter l'os brisé.

— Bon ! dit-il pour s'encourager. Excellent ! Je crois que je peux prendre le risque de couper celle-ci beaucoup plus bas. C'est important. Ça permettra d'articuler une jambe de bois. Il pourra peut-être même réapprendre à marcher.

L'idée que son père — qui, aussi loin que remontait sa mémoire, avait été un modèle de vigueur — pourrait ne jamais remarcher vint soudain à l'esprit de Tom, presque aussi insupportable que l'horrible opération à laquelle il était forcé d'assister. Quand Reynolds reprit son scalpel et pratiqua la première incision sur la jambe restante, Hal hurla, se cabra sous ses mains en sueur et mâcha le morceau de bois comme un vulgaire bâton de réglisse.

Tom grognait et haletait tant il devait faire effort pour tenir le corps de son père, et lorsque la deuxième jambe coupée tomba sur le sol couvert de sang, il lui fallut lutter contre les vagues de nausée qui menaçaient de le submerger. Cette fois, le soulagement du coma n'avait pas été accordé à Hal. Il avait souffert du début à la fin le supplice du scalpel et de la scie. Tom était empli d'une admiration mêlée de respect, et d'un étrange sentiment de fierté en remarquant comment son père luttait contre la douleur et n'y succombait que lorsqu'elle atteignait un nouveau paroxysme. Et même alors, il essayait de contenir ses cris.

Tom put enfin se pencher sur lui et lui murmurer à l'oreille :

— C'est fini, père. C'est fini.

Aussi incroyable qu'il pût paraître, Hal l'entendit et comprit. Il essaya de sourire, et ce sourire était poignant.

— Merci.

Ses lèvres articulèrent le mot, mais aucun son ne sortit de sa gorge torturée. Les yeux de Tom s'embuèrent. Il ravala ses larmes et embrassa son père sur les lèvres, ce qu'il ne se rappelait pas avoir jamais fait. Hal ne tenta pas de détourner la tête.

Ned Tyler se précipita à la rencontre de Tom quand il arriva sur le pont.

— Comment est-il ?

— Vivant, répondit laconiquement Tom, puis, voyant combien Ned semblait inquiet, il eut pitié et ajouta : Aussi bien que nous pouvions l'espérer. On ne sera cependant pas fixés avant quelques jours. Le Dr Reynolds dit qu'il doit se reposer.

— Dieu merci, dit Ned, puis il regarda Tom, dans l'expectative.

Pendant un moment Tom se demanda ce qu'il attendait et soudain il comprit : Ned attendait les ordres. Il se sentait trop fatigué et trop peu sûr de lui pour assumer cette responsabilité. Puis, péniblement, il rassembla son courage.

— Notre premier souci doit être de ramener tous les blessés à bord, où le Dr Reynolds pourra les soigner convenablement.

— Bien, monsieur Courtney.

Ned parut soulagé et s'éloigna pour transmettre les ordres. Tom était étonné de la facilité avec laquelle cela s'était passé. Il n'était plus « Monsieur Tom », mais « monsieur Courtney ». En tant que fils de Hal, le commandement lui avait été transmis naturellement. Agé de dix-sept ans, il n'avait aucun grade officiel, mais ce n'était pas un navire de la marine royale, et Tom avait prouvé à plusieurs reprises qu'il avait la tête sur les épaules et pouvait tenir son rang dans n'importe quelle bataille. Les officiers et les hommes l'aimaient. L'affaire était entendue. Si Ned Tyler lui reconnaissait le droit de commander, tout l'équipage du *Seraph* lui emboîterait le pas.

Il essaya d'imaginer ce que son père aurait voulu qu'il fasse, alors qu'il n'avait qu'une envie : retourner à son chevet et rester près de lui jusqu'à ce qu'il redevienne assez vigoureux pour n'avoir besoin de personne. Mais il savait que le Dr Reynolds et ses aides étaient mieux à même de l'aider à se rétablir.

Il réfléchit vite, demanda à Ned de veiller à la sécurité du navire, aux détails de routine, et poursuivit :

— Je laisse le bateau entre vos mains, monsieur Tyler.

Les paroles qu'il avait entendu son père prononcer si souvent lui venaient aisément.

— Je vais à terre diriger les opérations, conclut-il.

— Oui, mon commandant, répondit Ned.

Tom se hâta vers le fort, suivi d'Aboli. L'ordre était en partie rétabli, mais il trouva Anderson et tous les hommes encore occupés à piller les magasins de la forteresse. Le butin s'entassait au milieu de la cour et, dans la plus grande confusion, les marins allaient et venaient pour empiler d'autres ballots et d'autres caisses sur cette montagne.

— Capitaine Anderson, lança Tom, trois ou quatre cents forbans se sont échappés dans la forêt. Beaucoup d'entre eux sont toujours armés. Je veux que les remparts soient gardés en cas de contre-offensive.

Anderson le regarda avec incrédulité, mais Tom poursuivit d'un ton résolu :

— Veuillez, je vous prie, placer vos meilleurs officiers au commandement, faire recharger les canons ennemis à mitraille et les pointer de façon à couvrir la lisière de la forêt.

Le visage d'Anderson avait commencé à gonfler et prenait une teinte cramoisie. Tous les marins qui se trouvaient à portée de voix s'étaient arrêtés et restaient là, bouche bée, pour suivre l'échange.

— Veuillez ensuite faire barricader l'entrée afin de prévenir toute attaque, continua Tom.

Aussi grand qu'Anderson, il soutenait son regard sans ciller.

Pendant une longue minute, le commandant du *Yeoman* le regarda et sembla sur le point de contester l'ordre, puis il hésita et tourna les yeux vers l'entrée du fort, ouverte aux quatre vents, vers la foule de ses hommes nullement préparés à soutenir une éventuelle attaque. Le bien-fondé de ces instructions était incontestable.

— Monsieur McNaughton, rugit-il d'une voix inutilement forte, car son second n'était qu'à cinq pas, cinquante hommes pour barricader l'entrée et cent pour servir les pièces prises à l'ennemi. Chargez à mitraille et couvrez les abords du fort.

Il se retourna ensuite vers Tom.

— Il ne nous reste qu'une heure ou deux avant la tombée de la nuit, reprit celui-ci. Nous ferons sortir les fugitifs de la forêt demain à la première heure. (Il regarda les rangs des prisonniers nus, toujours agenouillés dans la poussière.) Par humanité, je veux qu'on donne des vêtements et de l'eau à ces hommes ;

on pourra ensuite les enfermer dans les cellules du fort. Combien de blessés avez-vous parmi les vôtres ?

— Je ne sais trop, répondit Anderson, l'air coupable, tandis que son teint rouge perdait peu à peu de son éclat.

— Ecrivez votre « note du boucher », enjoignit Tom. Les blessés doivent être envoyés à bord pour être soignés par les chirurgiens.

Tom jeta un coup d'œil autour de lui et vit que Ben Abram, le médecin arabe, s'occupait toujours de ses compatriotes. Quelqu'un avait eu la bonne idée de mettre à sa disposition quatre prisonniers pour l'assister.

— Nous enterrerons les morts demain, avant qu'ils ne commencent à empester. Les musulmans ont des rites funéraires stricts. Ils ont beau être des forbans, nous devons respecter leurs traditions.

Tom travailla avec Anderson bien après le coucher du soleil. A la lumière des torches, ils ramenèrent l'ordre, assurèrent la sécurité du fort et placèrent le butin sous bonne garde. Tom titubait de fatigue. La blessure légère à la cuisse que lui avait infligée al-Auf le taraudait et tous ses muscles lui faisaient mal.

— La sécurité est assurée maintenant, Klebe. Tout est en ordre jusqu'à demain. Il faut vous reposer, lui dit Aboli, apparu soudain à son côté.

— Il est encore une chose qui ne peut attendre demain.

Tom le conduisit hors du fort jusqu'au Grand Daniel. Ils enveloppèrent l'immense corps dans un morceau de toile et une équipe de brancardiers l'emmena à la plage.

Il était minuit passé quand Tom longea d'un pas chancelant la coursive qui menait à la cabine de poupe. Un aide du chirurgien était assis au chevet de Hal.

— Je prends le relais, lui annonça Tom.

Il le renvoya et s'endormit à même le sol. A deux reprises au cours de la nuit, les gémissements de son père le réveillèrent. La première fois, il lui donna l'eau qu'il réclamait, la seconde, il lui tint la bassine pour lui permettre d'uriner. Il était troublé de le voir si affaibli, dépendant comme un petit enfant, mais le bonheur de le servir l'emportait sur son épuisement et son sentiment de pitié.

Tom se réveilla de nouveau avant l'aube et crut pendant quelques terribles instants que son père était mort durant la nuit, mais, quand il lui toucha la joue, elle était chaude. Il tint le miroir à raser devant sa bouche et vit avec soulagement le métal brillant s'embuer. L'haleine de Hal empestait toujours le rhum, mais il était vivant.

Tom avait envie de rester auprès de lui, mais il se doutait que ce n'était pas ce que son père attendait. Il le laissa aux soins de l'assistant du chirurgien et se rendit à terre avec Aboli avant le lever du soleil.

Il y avait encore beaucoup à faire. Il chargea M. Walsh et le secrétaire du *Yeoman* de dresser l'inventaire de leur butin. Anderson dirigea les opérations d'empaquetage du trésor et de pose des scellés sur les coffres, qui furent transportés ensuite jusqu'à la plage et placés sous la garde d'un officier de confiance et d'hommes en armes.

Puis Tom envoya quérir Ben Abram. Le vieil homme semblait épuisé et Tom se demanda s'il avait dormi.

— Je sais qu'il est chez vous de tradition d'ensevelir les morts avant le coucher du soleil du lendemain.

— Tu connais nos coutumes aussi bien que notre langue, acquiesça Ben Abram.

— Combien y en a-t-il ?

— J'ai pu en compter trois cent quarante-trois, répondit le médecin d'un ton grave.

— Si tu me donnes ta parole qu'ils se comporteront bien, je vais faire sortir cinquante prisonniers pour creuser les tombes.

Ben Abram choisit un site au bout du vieux cimetière islamique et mit ses hommes au travail. Ils creusèrent rapidement le sol sablonneux. Avant midi, ils avaient porté les corps enveloppés dans un linceul de coton blanc. Celui, décapité, d'al-Auf reposait au milieu de la longue rangée au fond de la tranchée recouverte de terre. Ben Abram récita les prières pour les morts, puis vint trouver Tom sur la plage.

— J'ai appelé les bénédictions d'Allah sur ta tête pour ta compassion, lui dit-il. Sans ton indulgence, aucun de ces morts n'aurait pu entrer dans les jardins du Paradis. Puisse l'homme qui te tuera te témoigner la même considération.

— Merci, vieux père. Mais ma miséricorde ne s'adresse qu'aux morts, répondit Tom d'un air inflexible. Les vivants doivent supporter les conséquences de leurs crimes.

Il laissa Ben Abram, et rejoignit Alf Wilson et Aboli, qui l'attendaient à la tête de trois cents hommes en armes, parmi lesquels se trouvaient les prisonniers d'al-Auf qu'il avait libérés.

— Très bien, dit-il. Le moment est venu d'encercler ceux qui se sont échappés du fort.

Tom tira parti de la régularité du vent de mousson et envoya des petites équipes mettre le feu à la lisière orientale de la forêt. Les flammes rugirent bientôt à travers le sous-bois dans de grands nuages de fumée noire, chassant les Arabes encore cachés dans la forêt.

Quand ils sortaient en courant de la palmeraie, rares étaient ceux qui avaient conservé leur ardeur combative. Ils jetaient leurs armes, imploraient pitié, et on les emmenait tambour battant grossir les rangs des prisonniers. A la tombée de la nuit du deuxième jour, presque tous les fugitifs avaient été capturés et parqués dans les enclos du fort.

— La seule eau douce de l'île est l'eau de pluie des citernes du fort, dit Tom à Anderson quand ils se retrouvèrent sur la plage au coucher du soleil. Si quelques-uns nous ont échappé, ils devront se rendre avant demain midi sous peine de mourir de soif.

Anderson dévisagea avec curiosité cet adolescent qui était devenu si vite un homme. Son visage était noirci par la suie des flammes, et sa chemise tachée de sang, car certains Arabes avaient choisi de se battre plutôt que d'accepter la clémence douteuse du *ferenghi*. Cependant, en dépit de la fatigue, son maintien en imposait et une autorité nouvelle s'exprimait dans sa voix. Anderson remarqua que les hommes exécutaient ses instructions sans hésiter. « Par Dieu, pensa-t-il, le chiot est devenu un chien de combat du jour au lendemain. Il a l'allure et la manière de son père. Je n'aimerais pas me les mettre à dos ni l'un ni l'autre. » Sans remettre en question son rang subalterne, il fit son rapport :

— Les secrétaires ont achevé le compte. Je suis certain qu'il va vous surprendre comme il m'a surpris. Le poids de l'or seul atteint au bas mot trois lakhs.

— Veillez, je vous prie, à ce qu'il soit divisé en quatre parts égales, dit Tom, chacune embarquée sur l'un des quatre navires de l'escadre, y compris le *Lam*.

Anderson parut perplexe.

— Sir Henry va certainement désirer avoir le tout sous sa garde, objecta-t-il.

— Capitaine Anderson, le long voyage de retour vers l'Angleterre nous attend, avec les hasards de la mer et du temps. Si nous avons le malheur de perdre le navire chargé de l'ensemble du butin, c'est tout l'or que nous perdrons. En répartissant les risques, nous n'en perdrons que le quart.

« Comment n'y avais-je pas songé ? » pensa Anderson, et il céda à contrecœur :

— Vous avez la tête bien faite.

Il avait failli l'appeler « mon garçon », mais ce n'était plus de mise, et il ajouta :

— Je vais donner les ordres, monsieur Courtney.

— Vingt-six de nos hommes sont blessés, dont cinq gravement. Je veux qu'une équipe construise des abris confortables et aérés au-dessus de la plage pour les recevoir, et que les charpentiers leur fabriquent des lits. Quant à nos morts, ajouta Tom en regardant les huit corps enveloppés dans la toile et étendus à l'ombre de la palmeraie, je veux qu'on les amène à bord du *Minotaur*. Nous leur ferons les funérailles qu'il convient en mer. Le *Minotaur* ira au large demain matin à la première heure. Aurez-vous la bonté de vous charger du service funèbre, capitaine Anderson ?

— J'en serai honoré.

— Je vais maintenant demander à M. Walsh de sortir un tonnelet de cognac des magasins du *Seraph* pour qu'Aboli mette la tête d'al-Auf en conserve.

Quand Tom entra dans la cabine de poupe, Hal s'agita sur sa couchette et murmura :

— C'est vous, Tom ?

Tom se hâta d'aller s'agenouiller à son chevet.

— Quel bonheur de vous voir revenir à vous, père ! Vous êtes resté inconscient pendant trois jours.

— Trois jours ? Tant que ça ? Dites-moi ce qui s'est passé depuis.

— Nous avons vaincu, père. Grâce à votre sacrifice, nous avons emporté le fort. Al-Auf est mort. Aboli a conservé sa tête dans un baril de cognac et nous avons pris un immense trésor dans le fort.

— Et Dorian ?

La joie de Tom retomba. Il se pencha vers le visage de son père, si pâle qu'il semblait avoir été saupoudré de farine blanche ; de profonds cernes violets s'étaient creusés sous ses yeux.

— Dorian n'est plus là, chuchota-t-il doucement.

Hal ferma les yeux et Tom crut qu'il s'était évanoui. Ils restèrent silencieux un bon moment. Quand Tom se releva, Hal rouvrit les yeux et tourna la tête.

— Où est-il ? demanda-t-il.

— Al-Auf l'a vendu comme esclave, mais je ne sais pas où on l'a emmené. Ce doit être quelque part sur le continent.

Hal fit effort pour s'asseoir, mais il n'eut pas la force de soulever ses épaules.

— Aidez-moi, Tom. Aidez-moi à me lever, je dois aller sur le pont. Je dois préparer le navire pour partir à sa recherche. Nous devons le retrouver.

Tom tendit le bras pour l'empêcher de bouger, pensant : « Il ne sait pas. Comment le lui dire ? »

— Venez, mon fils. Aidez-moi à me lever. Je suis aussi faible qu'un faon nouveau-né.

— Père, vous ne pouvez vous lever. On vous a enlevé vos jambes.

— Ne dites pas de bêtises, Tom. Vous abusez de ma patience.

Son père devenait si agité que Tom craignit qu'il ne se fît mal. Le Dr Reynolds avait averti que tout mouvement violent risquait de rompre les ligatures et de déclencher une nouvelle hémorragie. « Il faut que je le convainque, pour son bien. »

Tom se pencha sur son père et tira la couverture de coton.

— Pardonnez-moi, père. Il faut que je vous montre.

Il plaça un bras sous les épaules de Hal et le souleva pour qu'il puisse voir son corps. Posées sur le matelas, les jambes amputées étaient emmaillotées de pansements sur lesquels le sang séché avait laissé des taches brunes. Hal les regarda fixement pendant un long moment, puis retomba sur ses oreillers. Tom crut qu'il s'était encore évanoui. Puis il vit des larmes s'échapper entre ses paupières closes. Il ne pouvait supporter de voir son père pleurer. Il fallait le laisser accepter sa destinée. Il rabattit le drap pour cacher ses jambes, sortit de la cabine sur la pointe des pieds et referma la porte sans bruit derrière lui.

Quand il arriva sur le pont, la chaloupe l'attendait pour le conduire au *Minotaur*. Le capitaine Anderson parlait à voix basse à Alf Wilson sur le château arrière.

Tom regarda les huit cadavres enveloppés dans leur linceul. Chacun reposait sur une grille et un gros boulet était cousu à l'intérieur de la toile. Daniel Fisher était reconnaissable à sa masse imposante : à côté du sien, les autres corps semblaient tout petits.

— Monsieur Wilson, veuillez appareiller et engager la manœuvre pour franchir la passe.

Les voiles noires du *Minotaur* convenaient à ce voyage funèbre. Il s'éloigna de l'île et s'éleva au vent vers l'est. Sous la quille, la couleur de l'eau passa peu à peu du turquoise des hauts-fonds au violet des grandes profondeurs.

— Mettez en panne, je vous prie, monsieur Wilson.

Le navire vira nez dans le vent, et Anderson entonna d'une voix sonore le service funèbre :

— Des profondeurs, j'en appelle à toi...

Tandis que le vent gémissait dans le gréement, tête

nue près du grand mât, Tom pensa à ceux qu'il avait perdus ces derniers jours : un père, un frère et un ami cher.

— Nous confions donc leurs corps à la mer...

Un marin se tenait devant chaque grille et à ces mots ils les levèrent à l'unisson afin que les corps glissent par-dessus bord. Ils plongèrent tête la première dans la mer et disparurent rapidement, emportés par le boulet.

Alf Wilson lança un signe aux artilleurs debout près de leur canon et le premier coup partit dans un long jaillissement de fumée argentée.

— Adieu, Grand Daniel. Adieu, vieil ami, murmura Tom.

Plus tard dans la soirée, assis au chevet de son père, Tom lui rapporta à voix basse les événements de la journée, sans être certain que Hal était déjà capable de comprendre tout ce qu'il lui disait, car il ne faisait aucun commentaire et semblait sombrer par moments dans l'inconscience. Cependant, en lui parlant il se sentait plus proche de lui et cela lui permettait de supporter la solitude du commandement, lourd fardeau dont il était pour la première fois chargé.

Quand Tom se tut et fut sur le point de regagner sa paillasse sur le pont, Hal chercha sa main à tâtons et la serra faiblement.

— Vous êtes un bon garçon, Tom, murmura-t-il, probablement le meilleur de tous. Je souhaite seulement...

Il s'interrompit et lâcha la main de Tom. Sa tête roula sur le côté et il se mit à ronfler doucement. Tom ne sut jamais ce qu'il avait souhaité.

Les jours suivants, Hal reprit un peu ses forces. Il était capable de se concentrer un peu plus longtemps sur ce que Tom avait à lui rapporter, avant de glisser dans l'inconscience.

En l'espace d'une semaine, Tom put solliciter son avis et recevoir une réponse raisonnée. Cependant, quand il demanda au Dr Reynolds quand Hal serait en mesure de supporter le voyage de retour vers l'Angleterre, le médecin secoua la tête.

— Je vais pouvoir lui retirer ses points de suture dans trois jours, soit quinze après l'amputation. Si nous prenons la mer dans un mois, nous lui ferons encore courir de grands risques, surtout si nous avons une forte mer. Pour n'en prendre aucun il nous faudrait encore attendre au moins deux mois. Il a besoin de temps pour retrouver sa vigueur.

Tom se mit à la recherche d'Anderson et le trouva occupé à superviser les derniers chargements de la lourde cargaison qu'ils avaient saisie. Il s'agissait pour l'essentiel d'épices et d'étoffes, notamment de magnifiques soies de Chine.

— Capitaine Anderson, j'ai évoqué avec mon père la question des prisonniers arabes.

— J'espère qu'il n'envisage pas de les libérer. Ce sont des pirates de la pire espèce. Ils ont assassiné des centaines d'honnêtes marins.

— Nous ne pouvons envisager de leur rendre la liberté, admit Tom. En dehors de toute autre considération, cela créerait un dangereux précédent. Nous ne pouvons relâcher cette bande de requins pour qu'ils se remettent à chasser sur toutes les routes maritimes de la région.

— Je suis bien aise de l'entendre, grommela Anderson. C'est la corde qu'il leur faut.

— Au dernier recensement, nous en avons compté cinq cent trente-cinq. Cela fait beaucoup de cordes, capitaine Anderson, et je doute que nous ayons assez de bras de fusée de vergue pour les mettre tous à sécher.

Anderson tira sur sa pipe en méditant sur les problèmes logistiques que posait l'exécution de tant d'hommes.

— En revanche, ils valent au moins trente livres par tête sur le marché aux esclaves, peut-être davantage, fit remarquer Tom.

Anderson le regarda en ouvrant des yeux ronds. Il n'avait pas pensé à ça.

— Par le sang du Christ, ils le méritent bien. Mais vous ne pouvez les vendre à Zanzibar, dit-il enfin. Le sultan ne vous laissera jamais mettre des musulmans en vente sur ses marchés. Nous aurions une autre guerre sur les bras.

— Les Hollandais n'ont pas de tels scrupules, objecta Tom. Ils sont toujours à la recherche d'esclaves pour leurs plantations de cannelle de Ceylan.

— Vous avez raison, acquiesça Anderson avec un petit rire. Il y a cinq mille miles pour faire la traversée jusqu'à Ceylan et en revenir, mais les vents sont favorables et, à trente livres par tête, ça vaut bien le détour. (Il effectua un rapide calcul mental.) Juste ciel, on n'est pas loin de seize mille livres. (Il se tut de nouveau pour calculer sa propre part et sourit.) Al-Auf avait assez de chaînes dans sa forteresse pour en équiper généreusement ses propres hommes. Il y a là-dedans une certaine justice.

— D'après le Dr Reynolds, mon père ne sera pas à même de prendre la mer avant au moins deux mois. Je propose que vous embarquiez les captifs à bord du *Yeoman* et les transportiez à Colombo. Quand vous les aurez vendus au gouverneur de la VOC, vous nous rejoindrez ici. Entre-temps, j'enverrai le dhaw que nous avons capturé aux Glorietta pour rappeler le *Lam*. Nous effectuerons en convoi le voyage de retour vers l'Angleterre. Avec des vents favorables et la grâce de Dieu, nous pourrons jeter l'ancre à Plymouth avant Noël.

Le lendemain, ils embarquèrent les Arabes sur le *Yeoman*. On eut besoin de tous les forgerons de tous les navires pour riveter les fers à leurs chevilles. Ils étaient enchaînés par groupes de dix puis conduits jusqu'à la plage. Tom se trouvait avec Reynolds dans l'hôpital de fortune qu'ils avaient installé sous les palmiers. Ils rendaient visite aux marins qui y étaient soignés, espérant leur apporter un peu de réconfort. Deux étaient déjà morts de la gangrène, mais quatre s'étaient suffisamment rétablis pour reprendre leurs fonctions à bord, et Reynolds avait bon espoir que d'autres suivent bientôt leur exemple.

Tom sortit de l'infirmerie et s'arrêta pour regarder passer les longues files de prisonniers qui se dirigeaient vers les chaloupes en traînant les pieds. Il se sentit un peu écœuré à l'idée qu'il condamnait ces hommes à une vie de captivité. Les geôliers hollandais n'étaient pas réputés pour être les plus tendres ; Tom se souvenait des récits que son père, le Grand Daniel et Aboli lui avaient faits de leur séjour au fort de Bonne-Espérance. Il se consola ensuite en se disant qu'il n'avait pas pris seul la décision : son père était d'accord et avait signé l'ordre de transport en vertu des pouvoirs qui lui avaient été accordés par le mandat royal, pendant que le capitaine Anderson s'était montré enchanté à la perspective de tirer un joli profit de leur vente. C'étaient après tout des pirates de l'espèce la plus infâme, des écumeurs des mers qui avaient du sang sur les mains. Quand il songea au petit Dorian, condamné au même sort, toute pitié s'évanouit.

Il avait discuté avec ses aînés et persuadé à la fois son père et Anderson d'exempter les femmes et les enfants de cette condamnation à l'esclavage. Ces infortunés étaient au nombre de cinquante-sept, parmi lesquels des enfants de quelques mois. Beaucoup de femmes étaient enceintes. De manière touchante, cinq d'entre elles avaient choisi de suivre leur mari en captivité plutôt que de souffrir une séparation. Les autres resteraient sur Flor de la Mar jusqu'à ce que l'on puisse organiser leur transport à Zanzibar.

Il était sur le point de se détourner quand le visage familier et la barbe blanche de Ben Abram attirèrent son regard parmi la foule des prisonniers.

— Amenez-moi cet homme ! cria-t-il aux gardes, qui le sortirent des rangs et le poussèrent sans ménagement jusqu'à lui. Soyez maudits, c'est un vieil homme, traitez-le avec égards, les réprimanda Tom, puis, s'adressant à Ben Abram : Comment se fait-il que quelqu'un comme toi se soit lié avec al-Auf ?

— Il y a partout des malades à soigner, même parmi les forbans, répondit le médecin avec un haussement d'épaules. Je ne demande jamais à un malade de faire état de ses bonnes actions ou de ses crimes quand il vient me consulter.

— Tu as donc soigné les prisonniers *ferenghi* d'al-Auf aussi bien que les vrais croyants ? demanda Tom.

— Bien sûr. Telle est la volonté d'Allah, le Compatissant.

— Tu as pris soin de mon frère ? Tu lui as apporté un réconfort ?

— C'est un garçon attachant, ton frère. J'ai fait ce que j'ai pu pour lui, dit Ben Abram. Mais Allah sait que j'aurais aimé en faire davantage.

Tom hésita un peu à contrevenir aux ordres de son père, mais il prit finalement sa décision.

— Cela te vaut la liberté. Tu seras conduit à Zanzibar avec les femmes et les enfants. (Il se tourna vers les gardes.) Faites briser les chaînes de cet homme, puis ramenez-le-moi. Il ne doit pas être transporté à Ceylan avec toute cette canaille.

Lorsque Ben Abram revint, libéré de ses chaînes, Tom l'envoya à l'infirmerie aider le chirurgien.

Chargé de sa cargaison humaine, le *Yeoman* appareilla le lendemain à l'aube et Tom l'observa depuis la plage, jusqu'à ce qu'il disparaisse sous l'horizon oriental. Il savait qu'Anderson était optimiste quand il pensait pouvoir effectuer la longue traversée de l'océan Indien jusqu'à Ceylan et revenir à Flor de la Mar en deux mois.

— Plus long ce sera et plus mon père aura de temps pour reprendre ses forces, murmura Tom en refermant sa lunette.

Dès qu'il entra dans la cabine de poupe, Tom se rendit compte que l'état de son père avait empiré depuis qu'il l'avait quitté quelques heures plus tôt.

L'odeur aigre de la maladie flottait dans la cabine, Hal était rouge et agité. Il était saisi par le délire.

— Des rats grimpent sur mon corps. Des rats noirs, poilus...

Il s'interrompit, poussa un cri et donna des coups à des choses invisibles. Pris de panique, Tom envoya la chaloupe quérir le Dr Reynolds.

Il se pencha sur Hal et lui toucha le visage. La peau était si brûlante que, surpris, il retira brusquement la main. Aboli apporta une cuvette d'eau fraîche et ils retirèrent le drap pour découvrir le corps émacié, consumé par la fièvre. Les moignons de jambe dégagèrent une odeur de corruption si forte que Tom eut un haut-le-cœur.

— Dis au médecin de se hâter ! hurla-t-il, et il entendit son ordre transmis à la chaloupe qui approchait.

Aboli et lui lavèrent le corps fiévreux et posèrent des linges humides sur le buste de Hal pour tenter de faire tomber la fièvre. Tom fut soulagé quand le Dr Reynolds arriva dans la coursive et se précipita au chevet de son père. Il défit les pansements et aussitôt la puanteur dans la petite cabine devint encore plus terrible.

Derrière lui, Tom regarda avec horreur les moignons, rouge violacé et tellement enflés que les points de suture au catgut noir disparaissaient presque dans la chair.

— Ah ! murmura Reynolds, et il se pencha en avant pour renifler les blessures comme un connaisseur humant le fumet d'un bon bordeaux. Elles se sont bien refermées, dit-il. Je peux enfin retirer les points. (Il remonta ses manches et demanda qu'on lui apporte la cuvette d'étain.) Tenez-la comme ça sous le moignon, dit-il à Tom, et à Aboli : Empêchez-le de bouger.

Aboli se pencha sur Hal et le prit doucement par les épaules avec ses énormes mains.

Reynolds saisit d'une main ferme l'extrémité d'un des fils de catgut qui dépassaient des lèvres gonflées de la plaie et tira. Hal se raidit et cria, la sueur perla sur son front. Le fil glissa hors de la plaie, suivi par un flot de pus jaune verdâtre, qui dégoulina, épais comme de la crème, dans la cuvette. Hal s'évanouit et s'affaissa sur ses oreillers.

Reynolds prit la cuvette des mains de Tom et renifla derechef.

— Superbe ! C'est bénin, pas la moindre trace de gangrène gazeuse.

Il retira les autres points les uns après les autres de la chair enflammée, Tom agenouillé à son côté. Un petit détritus jaune, les restes pourris d'un vaisseau sanguin, était pris dans le nœud à l'extrémité de chacun. Quand il eut fini, il refit le pansement avec des bandelettes de coton propres.

— Ne devrions-nous pas lui laver d'abord les jambes ? demanda Tom, un peu embarrassé.

Reynolds secoua la tête avec énergie.

— Nous allons les laisser guérir dans leur pus. Il est plus sage de laisser la nature suivre son cours sans intervenir, dit-il d'un ton sévère. Les chances de guérison de votre père ont grandement augmenté, et dans quelques jours nous pourrons retirer les points principaux qui retiennent les lambeaux du moignon.

Cette nuit-là, son père se reposa beaucoup mieux et, le lendemain matin, la fièvre et l'inflammation de ses blessures avaient considérablement régressé.

Trois jours plus tard, Reynolds retira les points de suture restants. Il coupa les fils noirs avec une paire de ciseaux et se servit de pinces en ivoire pour extraire les derniers fragments de catgut.

Après quelques jours, Hal fut à même de s'asseoir, le dos calé contre des oreillers, et d'accorder un vif intérêt aux rapports que Tom lui faisait des événements.

— J'ai envoyé le dhaw capturé aux Glorietta pour ramener le *Lam*. Il devrait rejoindre l'escadre dans deux semaines au plus tard.

— Je serai soulagé quand nous l'aurons de nouveau, lui et sa cargaison de thé, sous la protection de nos canons, remarqua Hal. Sans la moindre protection, il est très vulnérable dans ces eaux.

L'estimation de Tom était juste et, quatorze jours plus tard exactement, les deux navires, le petit dhaw et le très digne *Lam*, franchirent la passe et jetèrent l'ancre dans le lagon de Flor de la Mar.

Tom fit sortir Mustapha, le capitaine du dhaw, et son équipage terrifié des cellules du fort où ils étaient retenus prisonniers depuis leur capture par le *Minotaur*.

Quand on les fit défiler devant lui, ils se jetèrent à genoux dans le sable, persuadés que l'heure de leur exécution avait sonné.

— Je ne vous crois pas coupables de piraterie, déclara Tom pour apaiser leurs craintes.

— Allah m'en est témoin, ce que tu dis est la vérité, noble seigneur, acquiesça Mustapha avec ferveur en se prosternant jusqu'au sol.

Quand il se releva, son front était saupoudré de grains de sable blancs.

— Je te rends la liberté, assura Tom, mais à une condition. Tu dois embarquer certains passagers avec toi jusqu'au port de Zanzibar. Le plus important est comme toi un honnête homme et un fils du Prophète. Il y a aussi les femmes et les enfants qui se trouvaient au côté d'al-Auf quand nous avons pris l'île.

— Qu'Allah te bénisse, ô sage et compatissant !

Mustapha se prosterna derechef et des larmes de joie coulèrent dans sa barbe.

— Cependant, dit Tom pour couper court à cette démonstration de gratitude, il ne fait aucun doute dans mon esprit que tu es venu ici pour commercer avec al-Auf et que tu savais fort bien que les marchandises qu'il proposait étaient le butin d'un pirate, taché par le sang d'hommes innocents.

— Dieu m'est témoin que je l'ignorais ! s'écria Mustapha avec passion.

Tom pencha la tête et regarda le ciel pendant une minute.

— Dieu ne semble pas confirmer ton assertion, dit-il enfin. Par conséquent, je te condamne à une amende de soixante-cinq mille dinars d'or, ce qui, par une coïncidence remarquable, est exactement la somme que nous avons trouvée dans ton coffre lorsque nous avons fouillé ton bateau.

Mustapha poussa des gémissements à fendre l'âme, horrifié par une telle injustice, mais Tom se tourna vers les gardes et leur dit :

— Libérez-les, rendez-leur le dhaw et laissez-les partir. Ils emmèneront les femmes et les enfants. Ben Abram, le médecin arabe, s'en ira aussi avec eux, mais envoyez-le-moi avant qu'il embarque.

Quand il arriva, Tom l'entraîna jusqu'au bout de la plage afin qu'ils puissent se dire adieu tranquillement.

— Mustapha, le patron du dhaw, est d'accord pour t'emmener à Zanzibar, expliqua Tom en indiquant d'un geste le petit bateau à l'ancre dans le lagon. Il est train d'embarquer les femmes et les enfants de la garnison.

Ils regardèrent les réfugiées transportées à bord, serrant contre elles leurs petits enfants et leurs maigres possessions. Ben Abram hocha la tête.

— Je t'offre mes remerciements, mais Allah se chargera d'inscrire ta véritable récompense en face de ton nom. Tu es jeune, mais tu deviendras puissant. Je t'ai vu te battre. Un homme capable de vaincre al-Auf en combat singulier est un guerrier digne de ce nom. La manière dont tu as traité plus faible que toi, les veuves et les orphelins, montre que tu tempères ta force par de la compassion, et cela fera ta grandeur.

— Tu es aussi un homme de cœur, lui répondit Tom. Je t'ai regardé soigner les malades et les blessés, y compris ceux qui ne suivent pas les enseignements du Prophète.

— Dieu est grand, déclara Ben Abram. A ses yeux, nous sommes tous dignes de miséricorde.

— Même les jeunes enfants.

— Surtout les jeunes enfants.

— C'est pourquoi, vieux père, tu vas me dire les choses concernant mon frère que tu m'as cachées jusqu'ici.

Ben Abram, pris de court, dévisagea Tom, mais celui-ci lui rendit son regard sans broncher et le médecin baissa les yeux.

— Tu connais le nom de celui qui acheté mon frère à al-Auf, insista Tom. Tu le connais.

Ben Abram se caressa la barbe et contempla la mer. En fin de compte, il soupira :

— Oui, je connais son nom, mais c'est un homme puissant, de sang royal. Je ne peux le trahir. C'est la raison pour laquelle je t'ai dissimulé son nom, bien que je compatisse à ta douleur.

Tom ne dit mot, laissant le vieil homme se débattre avec sa conscience et son sens du devoir. Puis :

— Tu connais déjà son nom... Tu as capturé l'un de ses dhaws, lui souffla Ben Abram.

Le visage de Tom s'éclaira et il s'exclama :

— Al-Malik ! Le prince Abd Mohammed al-Malik ?

— Je n'ai pas prononcé son nom. Je n'ai pas trahi mon prince.

— Ainsi le lakh de roupies qui se trouvait à bord de son dhaw était bel et bien destiné à acheter mon frère, comme nous l'avions soupçonné ?

— Je ne saurais dire si cela est exact, rétorqua Ben Abram en ébouriffant sa barbe. Mais je ne peux pas dire non plus que cela soit faux.

— Mon père et moi pensons que telle était la destination de cet argent, mais je ne parviens pas à comprendre comment il est possible que Dorian ait pu quitter Flor de la Mar avant que le paiement soit arrivé sur l'île. Je ne puis croire qu'al-Auf ait confié un esclave aussi précieux à qui que ce fût sans en avoir au préalable reçu l'intégralité du prix.

— Le prince est l'homme le plus puissant d'Arabie, à l'exception de son frère aîné, le calife lui-même. Al-

Malik ne peut compter ses vaisseaux et son or, ses guerriers et ses chameaux, ses esclaves et ses épouses. Sa réputation s'étend du puissant fleuve Nil et des déserts du nord au royaume du Grand Moghol à l'est, aux forêts interdites d'Afrique à l'ouest et au pays du Monomatapa au sud.

— Tu veux dire qu'al-Auf lui a fait crédit d'un lakh de roupies en toute confiance ?

— Je dis qu'al-Auf ne faisait confiance à nul autre qu'au prince Abd Mohammed al-Malik.

— Quand tu partiras d'ici, Ben Abram, retourneras-tu à Lamu, dont al-Malik est le gouverneur ?

— Je retournerai à Lamu.

— Peut-être reverras-tu mon frère ?

— Dieu en décidera.

— Si Dieu t'en donne l'occasion, transmettras-tu un message à mon frère ?

— Ton frère est un garçon d'une grande beauté et d'un grand courage. Je l'appelais mon Petit Lion roux. Eu égard à la bonté que tu m'as témoignée et à l'affection que j'ai pour l'enfant, je lui porterai ton message.

— Dis-lui que je ne manquerai pas au serment que je lui ai fait et n'oublierai jamais ce serment, même au jour de ma mort.

Dorian était assis sur un matelas posé à même les dalles de pierre. Seule l'étroite meurtrière en face de lui permettait à l'air d'entrer dans sa cellule. Un léger souffle de mousson arrivait jusqu'à lui et rendait la chaleur supportable. Quand il tendait l'oreille, il entendait les bruits des autres captifs dans les cellules voisines, leurs grommellements brisés de temps à autre par les insultes qu'ils lançaient à leurs geôliers arabes ou les âpres querelles qui éclataient entre eux. Ils étaient pareils à des chiens enfermés dans des cages trop exiguës, et, dans la chaleur oppressante, ces marins naturellement agressifs et violents devenaient féroces. Pas plus tard que la veille, il avait entendu les échos d'une terrible bagarre dans la cellule contiguë : un homme avait étranglé l'un de ses compagnons d'infortune sous les acclamations des autres. Dorian frissonna à ce souvenir et s'appliqua à la tâche qu'il avait choisie pour rompre la monotonie de sa captivité : il se servait d'un maillon de sa chaîne pour graver son nom sur le mur. Beaucoup d'autres prisonniers enfermés ici avant lui avaient laissé leur marque dans les blocs de corail tendre. « Peut-être qu'un jour Tom trouvera mon nom et saura ce qui m'est arrivé », se dit-il en grattant la pierre.

Ses ravisseurs ne l'avaient enchaîné que la veille au matin. Ils l'avaient d'abord laissé sans entraves, puis l'avaient surpris le jour précédent à tenter de se faufiler par l'étroite meurtrière. Les trente pieds qui séparaient l'ouverture du sol ne l'avaient pas effrayé et il avait réussi à passer la partie supérieure de son torse avant d'entendre des cris d'alarme derrière lui. Ses geôliers l'avaient saisi par les chevilles et tiré en arrière.

Ils le tenaient tandis qu'il se débattait comme un poisson pris à l'hameçon.

— Al-Auf sera impitoyable si le petit infidèle se blesse. Apporte les chaînes.

Un forgeron avait réduit le diamètre des fers aux dimensions de sa cheville.

— Assure-toi que le métal ne l'écorche pas. Al-Auf tuera celui qui laissera des marques sur sa peau blanche ou abîmera l'un de ses cheveux.

En dehors des fers, on le traitait avec respect. Chaque matin, il avait beau se débattre, deux femmes voilées l'emmenaient dans la cour, le déshabillaient, lui passaient de l'huile sur le corps puis le lavaient à la citerne d'eau de pluie. A bord, Dorian était resté des mois sans se laver — on ne possédait pas assez d'eau douce pour s'offrir un tel luxe et, de plus, tous les marins savaient que des lavages trop fréquents éliminaient en partie les graisses naturelles de la peau et nuisaient à la santé. Les musulmans étaient curieusement fanatiques de ces excès de propreté corporelle — Dorian les avait vus se récurer jusqu'à cinq fois avant d'accomplir le rituel de leurs prières — et, bien que cela fût néfaste à sa santé, il lui fallait se résigner à subir cette épreuve quotidienne de l'eau. Il en était même arrivé à accueillir avec plaisir cet intermède dans la monotonie de sa captivité et avait de plus en plus de mal à se mettre en colère pour exprimer son désaccord.

De temps à autre, il tentait sans grande conviction de mordre l'une des femmes, surtout quand elles en arrivaient aux parties les plus intimes de son anatomie. Elles ne tardèrent cependant pas à se tenir sur leurs gardes et évitaient ses attaques en éclatant de rire. Elles ne cessaient de s'extasier sur ses cheveux quand elles les peignaient, les brossaient, les caressaient et les tressaient en grosses nattes brillantes. Elles avaient remplacé ses vêtements tachés et puants par une djellaba blanche toute propre.

A tous autres égards, également, elles prenaient bien soin de lui. Elles avaient placé une belle peau de mouton sur son matelas de feuilles de palmier, lui avaient donné un oreiller de soie et une lampe à huile. Il avait toujours une cruche d'eau à portée de la main et l'évaporation à travers l'argile poreuse lui conservait sa fraîcheur. Les femmes lui apportaient à manger trois fois par jour, et si, au début, il s'était juré de se laisser mourir de faim dans le seul but de les contrarier, le fumet de la nourriture était trop tentant pour que son jeune appétit y pût résister.

Bien que la solitude fût difficile à supporter, il se félicitait de ne pas avoir été placé dans une des autres cellules, pleines à craquer. Son père et son frère lui avaient expliqué ce qui risquait d'arriver à un joli petit garçon s'il était à la merci d'hommes vils et dépravés.

Sa chaîne était juste assez longue pour lui permettre d'atteindre la marche sous la meurtrière et, s'il pouvait grimper dessus et regarder au-dehors par la petite fenêtre, il lui était interdit de répéter sa tentative d'évasion. Quand il n'était pas occupé à graver son nom dans le mur, il passait des heures à contempler le lagon où mouillait la flotte d'al-Auf. Il lui tardait d'entrevoir les huniers blancs du *Seraph*. « Tom viendra », se promettait-il à lui-même chaque matin, en fouillant des yeux l'océan éclairé par le soleil levant.

Chaque soir, il guettait jusqu'à ce que l'horizon s'estompe dans les ombres violettes de la nuit, et se donnait du courage avec les mêmes paroles : « Tom a promis et il tient toujours ses promesses. Il viendra demain. Je sais qu'il le fera. »

Une fois par semaine à peu près, ses geôliers venaient le chercher pour le conduire à Ben Abram. Le médecin musulman l'avait surnommé le Petit Lion et le sobriquet lui était resté. Il l'examinait de la tête aux pieds pour s'assurer qu'on ne l'avait pas négligé ou violenté. Il s'inquiétait surtout des marques qu'auraient pu laisser les fers et voulait savoir si on le servait et le nourrissait convenablement.

— Te traitent-ils bien, Petit Lion roux ?

— Non, ils me battent tous les jours, répondait Dorian d'un air provocant. Et ils me brûlent avec des fers rouges.

— Ils te nourrissent comme il faut ? demandait Ben Abram en souriant de ce mensonge patent.

— Ils me donnent à manger des vers, et à boire de la pisse de rat.

— Ça te réussit fort bien, remarquait Ben Abram. Il va falloir que j'essaie.

— Je perds mes cheveux, insistait l'enfant. Je ne vais pas tarder à être chauve et al-Auf te fera exécuter.

Dorian était conscient de la valeur particulière que les musulmans attribuaient à ses cheveux.

Un jour, le vieux médecin sourit et ébouriffa ses cheveux abondants.

— Viens avec moi, Petit Lion chauve.

Il prit Dorian par la main, et pour une fois le jeune garçon n'essaya pas de la retirer. Dans sa solitude douloureuse, qu'il tentait de cacher de son mieux, Dorian se sentait attiré par l'aimable vieux monsieur. Il alla avec lui dans la salle d'audience où al-Auf attendait.

Ces réunions où l'on montrait l'enfant à l'acheteur potentiel se déroulaient toujours de la même manière. Pendant qu'ils discutaient, marchandaient, examinaient ses cheveux et son corps, Dorian se tenait avec raideur et les fixait d'un regard théâtral, haineux et furibond, préparant les insultes les plus terribles que sa connaissance grandissante de l'arabe lui permettait d'imaginer.

Puis, au cours des négociations, arrivait toujours le moment où l'acheteur demandait :

— Mais parle-t-il la langue du Prophète ?

Al-Auf se tournait alors vers Dorian et ordonnait :

— Dis quelque chose, enfant.

Dorian se redressait de toute sa hauteur et se lançait dans la dernière tirade de sa composition : « Puisse Allah te noircir la face et faire que tes dents pourrissent dans tes mâchoires maudites ! » ou : « Puisse-t-il remplir tes entrailles de vers et assécher les mamelles de toutes les chèvres que tu as jamais prises pour épouses ! » Ces saillies semaient invariablement la consternation chez l'éventuel acheteur.

— Où un bel enfant comme toi a-t-il appris des mots aussi laids ? protestait ensuite Ben Abram quand il le reconduisait à sa cellule, ses yeux entourés de rides pétillant gaiement.

Cependant, la dernière fois qu'ils entrèrent dans la salle d'audience, Dorian perçut une atmosphère différente. L'homme auquel on le montrait n'était ni un capitaine de dhaw mal dégrossi ni un gros marchand adipeux, mais un prince.

Il siégeait au milieu de la pièce sur une pile de coussins et de tapis en soie, et pourtant son dos était droit et son maintien royal. Une douzaine de ses gens étaient assis derrière lui dans des attitudes serviles, mais il n'y avait chez lui aucune arrogance. Il en imposait par sa dignité et par sa seule présence. Dans la bible familiale, à High Weald, se trouvait une représentation de saint Pierre. La ressemblance était si frappante que Dorian pensa que ce devait être la même personne. Une crainte religieuse mêlée de respect l'envahissait.

— Salue le puissant prince al-Malik, enjoignit al-Auf à Dorian, resté sans voix devant cette réincarnation de l'apôtre du Christ.

Al-Auf appréhendait manifestement sa réaction devant cet ordre car il tirait sur sa barbe.

— Témoigne du respect au prince ou je te fais donner une correction, le pressa-t-il.

Dorian savait que la menace était de pure forme : al-Auf ne le ferait jamais battre, au risque de lui laisser des marques et de diminuer sa valeur. Impressionné, il contemplait en silence l'homme assis devant lui.

— Fais tes *salam* au prince ! l'exorta al-Auf.

Dorian sentit qu'il perdait ses instincts rebelles en la présence de cet homme. Inconsciemment, il s'inclina devant lui avec un profond respect.

Très surpris, al-Auf décida de profiter de cet avantage inattendu.

— Parle au puissant prince ! Dis-lui quelque chose dans la langue du Prophète ! cria-t-il tout en redoutant quelque référence à des chèvres et à des dents pourries.

Sans même y penser, Dorian se souvint d'une leçon d'Alf Wilson, par un long après-midi où le *Seraph* était encalminé dans le pot au noir. Il avait tenté d'expliquer les similitudes entre les croyances islamiques et chrétiennes. De sa voix d'enfant, Dorian récita le Coran :

— Je ne suis qu'un mortel semblable à vous. Il m'est révélé que votre Dieu est un Dieu unique et que celui qui espère rencontrer son Seigneur doit accomplir de bonnes actions.

Tous les hommes présents prirent une profonde inspiration. Même le prince se pencha en avant et regarda avec ravissement dans les yeux vert clair de Dorian.

Celui-ci était enchanté de son petit effet. Il avait toujours aimé les représentations théâtrales organisées par M. Walsh à High Weald et à bord, dans lesquelles on lui attribuait en général un rôle féminin. Cependant c'était sans doute là son plus grand succès.

Au cours du long silence qui suivit, le prince se redressa lentement et se tourna vers l'homme qui se tenait juste derrière lui. Dorian vit à sa mise que c'était un mollah, un chef religieux, l'équivalent islamique d'un prêtre.

— Interprète-moi les paroles de l'enfant, ordonna le prince.

— C'est le verset 110 de la XVIIIe sourate, admit à contrecœur le mollah.

Il avait un visage rond et brillant de bon vivant, et un gros ventre qui saillait sur son giron. Sa longue barbiche teinte au henné avait pris une couleur orange passée.

— L'enfant l'a cité correctement, reprit-il, mais on peut apprendre à un perroquet à prononcer des mots qu'il ne comprend pas.

— Qu'entends-tu par « bonnes actions », enfant ? demanda le prince en s'adressant à Dorian.

Alf Wilson l'avait préparé à répondre à cette question et Dorian n'hésita pas :

— C'est le vrai respect de Dieu, qui rejette le culte des idoles, des hommes ou des forces de la nature, en particulier de sa propre personne.

— Entends-tu là des paroles de perroquet ? demanda le prince au mollah.

Le saint homme parut déconfit.

— Non, seigneur. Ce sont en effet de sages paroles.

— Quel âge as-tu ? s'enquit al-Malik en fixant Dorian de ses yeux sombres au regard perçant.

— Onze ans, presque douze, répondit Dorian fièrement.

— Appartiens-tu à l'islam ?

— Plutôt voir mon nez rongé par la lèpre. Je suis chrétien.

Cette dénégation véhémente n'offusqua ou ne mit en colère ni le prince ni le mollah. Eux aussi eussent rejeté vigoureusement toute suggestion d'apostasie.

— Viens ici, mon garçon, ordonna gentiment le prince, et Dorian s'approcha de lui.

Il prit dans sa main une poignée de ses cheveux luisants de propreté et passa les doigts à travers. Dorian se soumit patiemment à l'examen.

— Ce sont les cheveux mêmes du Prophète, dit-il d'une voix douce.

— Dieu soit loué ! répondirent les autres en écho.

— Tu peux le renvoyer maintenant, déclara al-Malik à al-Auf. J'en ai assez vu et nous devons parler.

Ben Abram prit Dorian par la main et ils se dirigèrent vers la porte.

— Garde-le bien, lança al-Malik après eux, mais traite-le avec gentillesse.

Ben Abram toucha ses lèvres et son cœur en signe de respect et d'obéissance, puis il raccompagna Dorian à sa cellule.

Les serviteurs d'al-Auf apportèrent d'autres cafetières. Pendant que l'un remplissait la petite tasse d'or du prince avec le noir et épais breuvage, un autre rallumait son narguilé.

Les négociations pour un achat de cette importance ne pouvaient être menées à la hâte. Avec de longues pauses lourdes de sens et des échanges compliqués de phrases poétiques et fleuries, les deux hommes se rapprochèrent peu à peu d'un accord. Al-Auf avait doublé son prix de départ — fixé à un lakh — pour se donner une marge de manœuvre et avait progressivement rabattu sur ses prétentions.

Il faisait nuit depuis longtemps quand, à la lumière des lampes à huile et dans la fumée odoriférante du narguilé, ils s'entendirent enfin sur le prix de l'enfant.

— Je ne me déplace pas avec une telle somme, annonça al-Malik. Je vais emmener l'enfant avec moi lorsque j'appareillerai demain, et je renverrai un dhaw rapide dès que j'arriverai à Lamu. Tu auras ton lakh avant la nouvelle lune, je t'en fais le serment.

— Il en sera ainsi que tu en décides, noble prince, répondit al-Auf après un temps d'hésitation.

— Laisse-moi, maintenant, car il se fait tard et je souhaite prier.

Al-Auf se leva aussitôt. Il avait prêté ses appartements à al-Malik car il était honoré de jouer les hôtes envers un invité de si haut rang, et en reculant vers la porte il effectua une série de profondes génuflexions, ponctuées de souhaits ornés.

— Puissent les houris du Paradis veiller sur ton sommeil, noble prince, dit-il. Puisse ton réveil être parfumé avec la fragrance des violettes, ô puissant seigneur. Puissent tes prières voler comme des flèches à pointe d'or vers les oreilles d'Allah, ô Bien-Aimé du Prophète.

Dorian ne parvenait pas à dormir. Le sentiment d'allégresse qu'il avait éprouvé à la suite de sa rencontre avec le prince s'était évanoui depuis longtemps et l'avait laissé de nouveau désemparé et seul. Il savait qu'une fois encore sa situation allait changer et qu'il était sur le point d'être jeté sur des eaux sombres et incertaines. Sa captivité actuelle lui réservait de petites consolations : il en était venu à aimer le vieux médecin arabe et à compter sur lui. Ben Abram était un visage ami et Dorian sentait qu'il se souciait de lui. Par ailleurs, tant qu'il demeurait sur cette île, il y avait toujours la possibilité que son père et Tom remontent la piste jusqu'à lui. Si on l'emmenait vers un autre endroit, quelle chance auraient-ils de le retrouver ?

Il avait trop peur pour souffler la flamme de sa lampe à huile, bien qu'elle attirât les moustiques dans sa petite cellule ; il préférait se gratter plutôt que de rester éveillé dans le noir. Sous les murailles du fort, les frondaisons des palmiers s'entrechoquaient dans le vent de mousson incessant. Il serra les poings et écouta les gémissements lugubres du vent en luttant contre la tentation de céder aux larmes.

Puis, à travers les rafales, il perçut un son différent, si faible d'abord qu'il ne pénétra pas les brumes de son chagrin. Le bruit s'éteignit puis se fit entendre, plus fort et plus net. Dorian s'assit et prit la lampe. Ses doigts tremblaient et il faillit la laisser tomber.

Il se dirigea d'un pas mal assuré jusqu'à la marche sous la meurtrière et monta, sa chaîne au maximum de sa longueur. Pas d'erreur possible : quelqu'un sifflait discrètement à la lisière de la forêt et, quand il reconnut l'air, son cœur bondit dans sa poitrine.

« C'est Tom. » Il eut envie de crier et il tira sur sa chaîne pour atteindre l'ouverture. Il tenta de chanter le vers suivant de la chanson, mais sa voix se brisa et ses lèvres étaient engourdies par l'excitation. Il se reprit et essaya encore, montant d'un cran mais si doucement que sa voix ne pouvait porter jusqu'aux geôliers à l'autre bout du couloir ou aux sentinelles sur les remparts au-dessus de lui :

Nous tempêterons sur l'océan furieux
Nous tempêterons sur les mers furieuses...

Le sifflement s'interrompit soudain. L'enfant tendit l'oreille mais n'entendit plus rien. Il mourait d'envie d'appeler mais il savait qu'il risquait d'alerter quelqu'un.

Ensuite un bruit résonna tout près de la meurtrière, accompagné par la voix de Tom :

— Dorry !

— Tom ! Oh, je savais que tu viendrais ! Je savais que tu tiendrais ta promesse.

— Chut ! Pas si fort ! Tu peux passer par la fenêtre ?

— Non, je suis enchaîné au mur.

— Ne pleure pas, Dorry. Ils vont t'entendre.

— Je ne pleure pas.

Dorian fourra ses doigts dans sa bouche pour étouffer ses sanglots.

La tête de Tom apparut dans l'embrasure de la meurtrière.

— Tiens ! dit Dorian en ravalant ses dernières

larmes et en tendant les bras à travers la petite fenêtre. Donne-moi ta main.

Tom tenta de s'introduire par l'étroite ouverture mais dut renoncer.

— C'est impossible, Dorry. Il va falloir qu'on revienne te chercher.

— Je t'en prie, Tom, ne me laisse pas ici.

— Le *Seraph* attend au large. Père, le Grand Daniel, Aboli et moi, nous sommes tous là. Nous allons bientôt revenir.

— Tom !

— Dorry, ne fais pas tant de bruit. Je te jure que nous reviendrons te chercher.

— Tom ! Ne me laisse pas seul !

Son frère s'en allait et cela lui était insupportable. Dorian s'agrippa désespérément à son bras pour essayer de le retenir.

— Lâche-moi, Dorry ! Tu vas me faire tomber !

Il y eut un cri sur les remparts au-dessus d'eux.

— Qui va là ? lança une voix en arabe.

— Les sentinelles, Dorry ! Lâche-moi !

Dorian sentit soudain le bras de son frère arraché à ses mains et, au même moment, un coup de mousquet gronda juste au-dessus de leurs têtes. Son frère avait été touché, il l'entendit dégringoler le long du mur, puis, avec un terrible bruit sourd, heurter le sol tout en bas.

— Oh, non ! Je vous en prie, mon Dieu, non ! s'écria-t-il.

Il tenta de passer la tête par l'ouverture assez loin pour voir si Tom avait été tué, mais la chaîne l'en empêcha.

Un concert de cris et une violente fusillade retentirent. L'agitation se répandit aussitôt dans toute la garnison. Quelques minutes après, des voix s'élevèrent au pied de la muraille.

— Il n'y a personne ! cria quelqu'un aux sentinelles sur les remparts.

— Je sais que je l'ai touché ! Il est forcément là.

— Non, il n'y est pas... mais je vois les traces de sa chute.

— Il a dû s'enfuir dans la forêt.

— Qui c'était ?

— Un Franc. Son visage était très pâle au clair de lune.

Les voix s'éloignèrent ensuite dans la forêt. Dorian entendit d'autres cris et d'autres coups de feu, et le bruit que faisaient des hommes en trébuchant parmi les arbres. Peu à peu les sons se perdirent au loin.

Dorian resta toute la nuit à la meurtrière pour écouter. Mais lentement les dernières lueurs d'espoir s'éteignirent et, quand l'aube grise éclaira enfin la baie et l'océan, il n'aperçut pas le *Seraph*. Alors il s'étendit sur sa peau de mouton et enfouit le visage dans l'épais oreiller pour étouffer ses sanglots.

Ils vinrent le chercher à midi. Les deux femmes qui s'étaient occupées de lui pleuraient à la perspective de perdre le jeune garçon confié à leur charge et, lorsque le geôlier ouvrit ses fers, il lui dit d'un ton bourru :

— Que Dieu te garde, petit singe. Quand tu seras parti, il n'y aura plus personne pour nous faire rire.

Ben Abram le conduisit à l'endroit où attendait al-Auf, les mains sur les hanches, la barbe hérissée de fureur.

— Quels étaient ces chiens de Francs qui sont venus rôder autour de ta niche la nuit dernière ? demanda-t-il.

— Je n'en sais rien. (Bien qu'il se sentît encore perdu et triste, Dorian prit un air de défi.) Je dormais et je n'ai rien entendu de toute la nuit. Peut-être le diable t'a-t-il envoyé de mauvais rêves.

— Je n'accepterai pas ton impudence plus longtemps, rugit al-Auf en s'avançant d'un pas. Réponds-moi, graine de Satan ! Qui était à la fenêtre de ta cellule ? Les gardes t'ont entendu parler à quelqu'un.

Dorian leva les yeux vers lui tout en rassemblant sa salive.

— J'attends ! insista al-Auf.

— Inutile d'attendre plus longtemps, rétorqua Dorian en lui crachant en pleine face.

Le pirate recula de stupéfaction, puis une rage terrible déforma ses traits et il tira brusquement de sa ceinture sa dague recourbée.

— Tu ne feras plus jamais ça, je vais arracher ton cœur d'infidèle ! jura-t-il.

Comme il abaissait son bras, Ben Abram bondit en avant avec une rapidité et une agilité surprenantes pour son âge, et referma ses deux mains sur le poignet d'al-Auf. S'il n'eut pas la force d'arrêter le coup, il le détourna de la poitrine de Dorian. La pointe scintillante de la dague s'accrocha dans la manche de sa djellaba et laissa une déchirure nette dans le tissu.

Al-Auf recula en chancelant, déséquilibré par l'intervention inattendue. Puis, presque avec mépris, il projeta Ben Abram au sol.

— Tu vas le payer cher, vieux fou, lança-t-il en se plaçant au-dessus de lui.

— Seigneur, ne fais pas de mal à l'enfant. Pense à la prophétie et à l'or, plaida le médecin en saisissant le bas de la djellaba d'al-Auf.

Le pirate hésita. L'avertissement avait porté.

— Un lakh de roupies, insista Ben Abram. Et la malédiction de saint Taïmtaïm sur ta tête si tu le tues.

Les lèvres du pirate frémissaient et sa main armée tremblait. Il lança à Dorian un regard haineux.

— La salive d'un infidèle ! C'est pire que le sang d'un porc ! Il m'a souillé !

Al-Auf tentait de ranimer sa colère défaillante. Il s'avançait de nouveau quand une voix péremptoire tonna à travers la pièce.

— Assez ! Pose ce couteau ! Quelle est cette folie ?

Le prince al-Malik se dressait à l'entrée de la salle. Attiré par le vacarme, il était sorti de sa chambre. Al-Auf laissa tomber sa dague et se prosterna sur les dalles de pierre.

— Pardonne-moi, noble prince, bredouilla-t-il. Shaitan s'est emparé de mon esprit un instant.

— Je devrais t'envoyer visiter tes gibets, dit froidement al-Malik.

— Je ne suis que poussière à ta vue, gémit al-Auf.

— L'enfant ne t'appartient plus. Il est ma propriété.

— Je rachèterai ma stupidité de la manière qui te plaira, mais ne tourne pas ta colère contre moi, noble prince.

Al-Malik ne daigna pas répondre et s'adressa à Ben Abram :

— Conduis immédiatement l'enfant au lagon et fais-le amener sur mon dhaw. Le capitaine attend son arrivée. Je vous suis. Nous appareillerons à marée haute ce soir même.

Deux hommes du prince escortèrent Dorian jusqu'au lagon. Ben Abram le tenait par la main. Dorian, livide, serrait les dents pour tenter de faire bonne contenance. Ils ne parlèrent pas avant d'arriver à la plage, où la chaloupe du dhaw princier devait le conduire à bord.

— Viens avec moi, supplia alors Dorian.

— Je ne puis, répondit le vieil homme en secouant la tête.

— Au moins jusqu'au dhaw, alors. Je t'en prie. Tu es le seul ami qui me reste.

— Très bien, mais seulement jusqu'au bateau.

Ben Abram grimpa dans la chaloupe et Dorian se rapprocha de lui.

— Que va-t-il m'arriver maintenant ? murmura-t-il.

— Dieu en décidera, mon Petit Lion, répondit Ben Abram.

— Est-ce qu'ils vont me faire du mal ? Vont-ils me vendre à quelqu'un d'autre ?

— Le prince te gardera toujours à son côté, assura le médecin.

— Comment peux-tu en être certain ? demanda Dorian en posant la tête sur son bras.

— A cause de la prophétie de saint Taïmtaïm. Il ne te laissera jamais partir. Tu as pour lui une trop grande valeur.

— Quelle est cette prophétie ? Tout le monde parle de la prophétie, mais personne ne m'explique ce qu'elle dit.

— Le temps n'est pas encore venu que tu l'apprennes, rétorqua Ben Abram. Un jour, tout t'apparaîtra clairement.

— Tu peux me le dire maintenant ?

— Il pourrait être dangereux pour toi de savoir. Tu dois être patient, petit.

La chaloupe cogna contre le flanc du dhaw. Des hommes attendaient pour accueillir Dorian.

— Je ne veux pas y aller, dit-il en s'accrochant à Ben Abram.

— C'est la volonté de Dieu.

Le vieil homme desserra doucement les doigts de Dorian. Des marins se penchèrent et le hissèrent sur le pont.

— Reste encore un peu avec moi, je t'en prie, implora Dorian en regardant vers la petite embarcation.

Ben Abram ne pouvait refuser.

— Je resterai jusqu'à ce que tu partes, acquiesça-t-il, et il suivit Dorian jusqu'à la petite cabine qui lui avait été réservée.

Il s'assit à côté de lui sur le matelas et fouilla dans la sacoche accrochée à sa ceinture.

— Bois ça, dit-il en sortant une petite fiole qu'il lui tendit.

— Qu'est-ce que c'est ?

— C'est pour adoucir la douleur de notre séparation et te faire dormir.

Dorian but le contenu de la fiole et fit la grimace.

— Ça a mauvais goût.

— Comme la pisse de rat ?

Ben Abram sourit. Dorian éclata d'un rire qui ressemblait à un sanglot et le serra dans ses bras.

— Maintenant, couche-toi.

Le vieil homme poussa Dorian sur le matelas et ils parlèrent tranquillement pendant un moment. Les paupières de Dorian commencèrent à se fermer. Il n'avait pas dormi la nuit précédente et l'effet conjugué de la fatigue et de la drogue ne tarda pas à avoir raison de lui.

Ben Abram lui caressa la tête une dernière fois.

— Que Dieu soit avec toi, mon enfant, dit-il à voix basse.

Il se leva et remonta sur le pont.

De pesants bruits de pas au-dessus de sa tête et le mouvement de la coque du dhaw en train d'appareiller réveillèrent Dorian. Il chercha Ben Abram du regard mais le vieil homme était parti. A sa place, une femme étrange était accroupie à côté de son matelas. Avec sa djellaba et son voile noirs, elle ressemblait à un corbeau.

Dorian se dirigea en vacillant jusqu'au petit hublot. Il faisait nuit et les étoiles dansaient sur les flots du lagon. L'air frais le revigora et lui éclaircit un peu les idées. Il voulut monter sur le pont mais, quand il se tourna vers la porte, la femme lui barra le passage.

— Tu ne dois pas sortir tant que le prince ne t'a pas fait appeler, dit-elle.

Dorian se querella un moment avec elle puis renonça et retourna au hublot. Il regarda les murailles du fort, blanches au clair de lune, passer en glissant tandis que le dhaw sortait du lagon et se frayait un chemin à travers la passe. Puis il sentit le pont se soulever sous ses pieds quand le dhaw plongea dans la première grosse lame de l'océan. Lorsque le bateau vira vers l'ouest, l'île éclairée par la lune disparut de sa vue. Il s'écarta du hublot et se jeta sur le matelas.

La femme voilée alla au hublot et en ferma le lourd volet de bois. A cet instant, l'homme de vigie sur le pont juste au-dessus de lui cria, si soudainement que Dorian sursauta :

— Qui êtes-vous ?

— Des pêcheurs qui reviennent avec leurs prises de la nuit, lui fut-il répondu.

La voix était affaiblie par la distance et le volet du hublot, mais le cœur de Dorian se mit à battre contre sa poitrine.

— Père ! murmura-t-il.

Bien qu'il se fût exprimé en arabe, l'enfant avait reconnu sa voix. Il se précipita vers le hublot mais la femme le saisit.

— Père ! cria-t-il en se débattant, mais elle était solidement charpentée, avec une poitrine abondante et un ventre rond, et, malgré son embonpoint, elle était forte.

Elle le prit à bras-le-corps et le rejeta sur le matelas.

— Laissez-moi m'en aller ! cria-t-il en anglais. C'est mon père. Laissez-moi le rejoindre.

La femme l'écrasait de tout son poids.

— Tu ne peux pas quitter la cabine. C'est l'ordre du prince.

Dorian lutta avec elle, puis s'immobilisa : son père hélait de nouveau le dhaw.

— Et vous, qui êtes-vous ?

Sa voix était plus faible. Le dhaw devait s'éloigner rapidement.

— Le bateau du prince Abd Mohammed al-Malik, répondit la vigie, d'une voix haute et distincte.

— Qu'Allah soit avec vous !

Celle de Hal n'était plus qu'un murmure distant.

— Père ! hurla-t-il de toutes ses forces, mais le poids de la femme l'étouffait. Ne partez pas ! C'est moi, Dorian !

C'était un cri de désespoir car il savait que sa voix ne porterait pas jusqu'à son père.

En se tortillant, d'une poussée soudaine il désarçonna la grosse femme et se dégagea. Avant qu'elle ait eu le temps de se relever, il s'était rué à la porte de la cabine et s'escrimait sur la serrure. Il avait réussi à l'ouvrir quand les doigts de la femme se refermèrent sur l'encolure de sa djellaba. Il se jeta en avant avec une telle force que la cotonnade se déchira et qu'il parvint à se libérer.

Dorian monta l'escalier des cabines à toute allure, la femme sur ses talons, qui hurlait d'une voix perçante :

— Arrêtez-le ! Attrapez l'infidèle !

Un marin arabe l'attendait en haut de l'escalier et lui bloquait le passage, les bras écartés, mais, tel un furet, Dorian se faufila entre ses jambes. Il traversa le pont en courant vers la poupe.

Il vit la forme sombre de la chaloupe du *Seraph* qui s'éloignait vers l'île sur les eaux étales, dans le sillage du dhaw ; des gouttes phosphorescentes dégoulinaient des avirons soulevés en cadence. Une haute silhouette se tenait debout à l'arrière. Dorian savait que c'était son père.

— Ne m'abandonnez pas ! cria-t-il, de sa voix inaudible dans la nuit.

Il sauta sur le bastingage et prit son élan pour plonger dans l'eau noire, mais une main puissante se referma sur sa cheville et le tira sur le pont. Quelques secondes plus tard, une demi-douzaine de marins arabes étaient sur lui. Ils le portèrent en bas de l'escalier, donnant des coups de pieds, mordant et griffant, et le poussèrent dans sa cabine.

— Si tu avais sauté dans la mer, ils m'auraient jetée à ta suite pour être mangée par les poissons, se plaignit la grosse femme. Comment peux-tu être si cruel avec moi ?

Offusquée, elle fit demander au capitaine de poster deux hommes à la porte de la cabine, puis elle s'assura que le volet du hublot et la porte étaient bien fermés pour prévenir toute autre tentative d'évasion. Dorian était si épuisé que, lorsqu'il s'endormit enfin, ce fut comme si on l'avait encore drogué.

Quand elle le réveilla, il était presque midi.

— Le prince t'envoie chercher, lui annonça-t-elle, et il sera fâché contre la vieille Tahi si tu es sale et sens mauvais comme un jeune bouc.

Une fois de plus, il dut subir l'épreuve : elle le lava, lui brossa les cheveux et les coiffa avec de l'huile parfumée. Il fut ensuite conduit au pavillon dressé sur le gaillard d'avant.

Un dais de toile abritait l'endroit du soleil tropical, presque à la verticale, mais les côtés de la tente étaient relevés de façon à laisser passer le vent frais de mousson. On avait couvert le pont de tapis de soie et le prince était allongé sur une estrade basse garnie d'un lit de coussins ; le mollah et quatre autres membres de sa suite étaient assis en tailleur en contrebas de l'estrade. Quand Tahi amena l'enfant devant eux, ils étaient en grande discussion mais al-Malik les fit taire d'un geste.

Elle se prosterna sur le pont et, comme Dorian refusait de suivre son exemple, elle le tira par la cheville.

— Montre du respect au prince ! murmura-t-elle d'une voix sifflante, sinon il va te faire battre.

Dorian, bien décidé à ne pas obtempérer, serra les dents et regarda le prince en face. Après quelques secondes seulement, il sentit sa détermination fléchir et baissa les yeux. Il lui était impossible de braver ce majestueux personnage. Il fit un geste de respect, murmura : « *Salam aleikum*, seigneur ! » et se prosterna.

Al-Malik resta impassible mais de petites rides d'amusement se creusèrent autour de ses yeux.

— Que la paix soit avec toi, al-Amhara.

Il le convia à s'approcher et lui indiqua un coussin au pied de son estrade, tout près de sa main droite.

— Assieds-toi là, que je puisse t'empêcher de sauter par-dessus bord la prochaine fois que tu te sentiras triste.

Dorian obéit sans protester, sur quoi les hommes l'ignorèrent et reprirent leur discussion. Il essaya un moment de suivre leur conversation mais ils parlaient vite, dans une langue soignée qu'il avait du mal à comprendre. Ils évoquaient quantité de noms de personnes et de lieux qu'il ne connaissait pas. Il nota cependant le nom de Lamu. Il tenta de s'orienter et se représenta mentalement la carte de la côte des Fièvres que Ned Tyler lui avait fait étudier durant ses leçons de navigation.

Lamu se situait à plusieurs centaines de lieues au nord de Zanzibar. C'était une île plus petite et, d'après le souvenir qu'il gardait du journal de bord de son père, un autre port de commerce important et un centre de gouvernement de l'empire omanais.

Il pouvait dire en fonction de la direction du vent et de l'angle du soleil que le dhaw faisait route vers le nord-ouest, et donc probablement vers Lamu. Il se demanda quel sort l'y attendait, puis tendit le cou pour regarder par-dessus la poupe.

Il n'y avait plus aucune trace de Flor de la Mar derrière eux. L'île avait dû passer sous l'horizon au cours de la nuit et tout contact était désormais coupé avec le *Seraph*, son père et Tom. A cette pensée, il sentit venir le désespoir mais résolut de ne pas y succomber. Il s'efforça encore de suivre la conversation. « Père attendra de moi que je me souvienne de tout ce qu'ils ont dit. Cela pourra lui servir pour échafauder ses plans », songea-t-il, mais à ce moment précis le mollah se leva et se dirigea vers l'avant. Il commença à appeler à la prière d'une voix haute et chevrotante. Le prince et ses hommes interrompirent leurs discussions et se préparèrent pour les dévotions du milieu de la journée. Des esclaves apportèrent des aiguières d'eau douce pour que le prince et sa suite puissent effectuer leurs ablutions.

L'homme de barre mit le cap au nord vers La Mecque, la ville sainte, et tous les hommes à bord qui pouvaient le faire sans nuire à la bonne marche du dhaw se tournèrent dans cette direction.

Suivant les psalmodies plaintives du saint homme, ils accomplirent à l'unisson leurs génuflexions et prosternations rituelles pour se soumettre à la volonté d'Allah et lui offrir leur dévotion.

C'était la première fois que Dorian assistait à une telle manifestation de piété. Bien qu'il restât assis à l'écart, il se sentit étrangement ému par sa force. Il n'avait jamais éprouvé une telle émotion durant les offices hebdomadaires de la chapelle de High Weald, et il suivit les psalmodies et les glorifications avec un intérêt que n'avait jamais pu éveiller en lui le pasteur local.

Il leva les yeux vers les cieux, l'immense voûte bleue du ciel africain où les vents de mousson poussaient à vive allure des bancs de nuages. Envahi par un sentiment religieux, il s'imagina qu'il voyait la barbe de Dieu et ses traits terribles ébauchés dans les formes et les contours des nuages orageux.

Le prince Abd Mohammed al-Malik se releva et, debout sur la petite estrade, se tint la face tournée vers la ville sainte, les mains croisées sur la poitrine en expression de sa dévotion. Dorian regarda son visage barbu et pensa que Dieu ressemblait peut-être à ce personnage, si noble, si terrifiant et en même temps si bienveillant.

Le dhaw courait par vent arrière, son énorme voile latine gonflée et tendue comme une outre. Son unique bôme, plus longue que le bateau lui-même, était formée de plusieurs pièces aboutées d'un bois tropical lourd et sombre, presque aussi grosses qu'une taille d'homme. Tout son poids était supporté par la drisse du mât trapu. A mesure que le dhaw roulait sur la houle, l'ombre de la bôme, qui balayait le pont dans un sens puis dans l'autre, passait sur le prince dressé de toute sa hauteur puis laissait le soleil darder ses rayons sur lui. L'homme de barre distrait laissa la proue s'effacer trop loin dans le lit du vent. La voile fasseya et claqua de façon inquiétante.

Ned Tyler avait appris à Dorian que les voiles latines étaient connues pour leur instabilité par vent fort, et Dorian sentit le péril dû à ce relâchement dans la manœuvre.

A la limite de son champ de vision, il remarqua un changement soudain dans l'ombre projetée par la voile sur le pont. Il jeta un coup d'œil dans le gréement : la drisse commençait à s'effilocher juste au-dessous de la lourde poulie de bois. A mesure que les brins lâchaient, Dorian vit avec horreur le cordage se détortiller comme un nid de serpents en train de s'accoupler. Pendant quelques précieuses secondes, il fut trop épouvanté pour bouger ou crier. Il avait vu abaisser et empanner la bôme quand le dhaw virait de bord, et savait donc le rôle vital que jouait la drisse principale dans le gréement latin.

Il se leva tout en gardant les yeux fixés sur le mât et, à ce moment-là, le dernier brin de la drisse lâcha avec un claquement pareil à un coup de pistolet. Dans un grondement de toile, la demi-tonne de bois de la bôme dégringola à toute vitesse vers le pont, telle une hache de bourreau. Absorbé dans ses dévotions, le prince se tenait juste en dessous.

L'épaule la première, Dorian se jeta à l'arrière des genoux d'al-Malik. Le prince, qui se balançait dans la direction opposée pour compenser le mouvement du navire, fut pris au dépourvu et projeté en avant sur le pont, en contrebas de l'estrade. La pile de tapis et de coussins amortit sa chute, et Dorian atterrit sur lui.

Derrière eux, la bôme fracassa le toit du pavillon, réduit à un tas de planches et de piquets brisés. Le gros épar cassa net à l'enture et l'extrémité tomba en fouettant l'air. Il écrasa l'estrade de bois sur laquelle se trouvait le prince quelques secondes plus tôt, brisa le bastingage avant et défonça le pont.

La voile suivit la bôme en ballonnant et recouvrit le pont, étouffant les hommes qui se trouvaient en dessous. Soulagée de la pression de son unique voile, l'allure du dhaw se modifia brusquement. Il fit une abattée et se mit à rouler violemment dans la houle de mousson.

Pendant de longues secondes, le silence régna à bord, brisé uniquement par le fracas des apparaux et des cordages sectionnés qui battaient. Puis s'éleva un concert de cris de surprise et de hurlements de douleur. Deux marins avaient été tués sur le coup et trois autres affreusement mutilés, membres et os pulvérisés. Leurs cris étaient pitoyablement affaiblis par le vent.

Le capitaine cria des ordres et les marins indemnes se précipitèrent pour dégager les hommes pris sous l'enchevêtrement de cordages et de toile.

— Cherchez le prince ! hurla le capitaine, craignant pour sa vie si son maître avait été blessé ou, à Dieu ne plaise, tué sous la lourde bôme.

En quelques minutes, ils écartèrent la voile et, avec force exclamations de soulagement et remerciements à Allah, sortirent le prince de dessous les débris.

Distant dans ce tohu-bohu et ignorant ces cris de

ravissement, le prince regarda les restes de son estrade. La bôme était même passée à travers l'épaisse soie de son tapis de prière. Le mollah se précipita à son côté.

— Tu es indemne, que grâce en soit rendue à Allah. Il étend sur toi ses ailes protectrices, car tu es le Bien-Aimé du Prophète.

Al-Malik repoussa ses mains et demanda :

— Où est l'enfant ?

Cette question déclencha une autre recherche frénétique sous les montagnes de toile. Ils en tirèrent enfin Dorian et le mirent debout devant le prince.

— Es-tu blessé, petit ?

Dorian souriait de plaisir en voyant dans quel état de dévastation se trouvait le navire. Il ne s'était pas autant amusé depuis qu'il avait été séparé de Tom.

— Je n'ai rien, monsieur. (Dans l'excitation du moment, il avait répondu en anglais.) Mais votre bateau est sacrément fichu.

Tom savait qu'il fallait occuper les hommes pendant les jours et les semaines durant lesquels ils allaient devoir attendre le retour de Ceylan d'Anderson. Dans l'oisiveté, les marins ne tardent pas à faire des sottises pour passer le temps et deviennent un danger pour eux-mêmes et pour les autres.

Il se rendait compte également que, pour la paix de son esprit, il devait chercher un soulagement dans le travail, sans quoi il risquait de passer ces longues journées à broyer du noir en pensant au sort de Dorian, aux terribles blessures et à la lente détérioration de la santé de son père. Il était déchiré entre ses deux devoirs. Dès que son père serait en état de voyager, il devrait le ramener dans la sécurité de High Weald, où des médecins pourraient l'aider à recouvrer la santé et le personnel de la maison s'occuper de lui.

Mais cela revenait à abandonner Dorian à son sort d'esclave dans un monde étranger. Il sentait que le serment qu'il lui avait fait l'appelait avec une force irrésistible vers cette côte d'Afrique infestée par les fièvres.

Il demanda à Aboli de l'aider à résoudre ce dilemme.

— Si mon père me laissait le commandement du *Minotaur* et me donnait un petit équipage d'hommes triés sur le volet, nous pourrions partir, toi et moi, à la recherche de Dorian. Je sais où commencer à chercher : à Lamu !

— Et votre père, Klebe ? Etes-vous prêt à l'abandonner maintenant qu'il a le plus besoin de vous ? Qu'éprouveriez-vous, lorsque vous serez là-bas, dit Aboli en désignant l'ouest où le mystérieux continent se cachait sous l'horizon, si vous appreniez que votre père est mort alors que vous auriez pu le sauver en restant à son côté ?

— Tais-toi, Aboli, intima Tom avant de pousser un soupir d'incertitude. Lorsque le capitaine Anderson et le *Yeoman* seront de retour, peut-être mon père sera-t-il assez bien rétabli pour effectuer sans nous le voyage de retour. J'attendrai jusque-là avant de prendre une décision, mais dans l'intervalle nous devons préparer le *Minotaur* à toutes fins utiles.

Malgré tout le travail, le navire portait encore les stigmates de son séjour aux mains d'al-Auf et tous deux savaient que sa coque était probablement infestée de tarets, la malédiction des mers tropicales. Le jour même, Tom ordonna de le mettre en carène. Il n'avait encore jamais eu à se livrer à cette opération et devait se reposer sur l'expérience de Ned Tyler et d'Alf Wilson. On débarqua la cargaison et l'équipement lourd, notamment les canons et les barriques d'eau. Tout fut transporté sur la plage et entreposé sous des abris en feuilles de palmier dans le bosquet, les canons pointés de façon à protéger le camp. A marée haute, on hala ensuite le bâtiment allégé parallèlement à la plage.

Des lignes furent passées par de lourdes poulies en tête des trois mâts et attachées aux plus gros palmiers de la plage. Puis, avec trois brasses d'eau sous sa coque, le *Minotaur* fut abattu en carène. Vingt hommes sur chaque cabestan et les autres à terre sur les lignes tirèrent en chantant. Peu à peu le navire donna de la bande sur tribord, et les bordages de son autre flanc sortirent de l'eau au point que le bateau fut en danger de se retourner. Mais on était alors à marée basse et le *Minotaur* se stabilisa sur le fond sablonneux, son flanc bâbord entièrement exposé. Avant que la mer se soit totalement retirée, Tom et Ned Tyler allèrent en pataugeant inspecter le revêtement.

Le bateau naviguait depuis près de quatre ans dans ces mers et sa carène était couverte d'algues et de bernacles. Cela ralentissait le navire et affectait ses qualités nautiques mais ne mettait pas son existence en péril. Pourtant, quand ils grattèrent la coque, ils trouvèrent ce qu'ils redoutaient : les tarets avaient foré partout les couples de la coque sous la ligne de flottaison. Tom put enfoncer son index entièrement dans l'un de ses trous et sentir le ver se tortiller. A certains endroits, ils étaient si rapprochés que le bois ressemblait à du gruyère.

Les charpentiers allumèrent des feux sur la plage et firent bouillir de la poix dans des cuves de fer. Ned en versa une pleine louche dans l'un des trous de ver et la répugnante créature apparut en se débattant dans les affres de la mort. Elle était épaisse comme le doigt et, quand Tom la leva en tendant le bras, le corps serpentin et rouge descendait jusqu'à ses genoux.

— Le bateau n'aurait jamais pu faire le voyage de retour avec un tel équipage à son bord, lui dit Ned. Sa coque se serait brisée au premier gros coup de vent.

L'air dégoûté, Tom lança le ver à demi cuit aussi loin que possible dans le lagon, où un banc de petits poissons argentés le dévora dans un bouillonnement.

Les charpentiers et leurs aides vinrent se joindre à eux pour débarrasser la coque de ces vermines et le travail dura jusqu'à ce que la marée remonte et les oblige à retourner sur la plage. Ils recommencèrent à gratter la coque au cours de cinq marées basses successives puis ébouillantèrent les vers pour les faire sortir et colmatèrent les trous avec de la poix et de l'étoupe. Les planches trop infestées et trop pourries pour être conservées furent coupées et remplacées. On passa alors une épaisse couche de poix sur la carène, qu'il fallut encore recouvrir d'un mélange de poix et de suif, puis de deux nouvelles couches de poix avant que Ned et Tom soient satisfaits.

A la marée haute suivante, le navire fut remis à flot et retourné en eau profonde. On le tira ensuite au même endroit et l'on répéta le processus côté tribord.

Quand il fut finalement ramené au milieu du lagon, les gabiers grimpèrent dans la mâture et dégréèrent les vergues. On les examina avec soin et l'on répara tous les points faibles avant de les regréer. Tous les cordages et toutes les écoutes furent ensuite inspectés et la plupart remplacés par de la manille de la meilleure qualité, prélevée sur les magasins du *Seraph*. Les vieilles voiles noires étaient en lambeaux, la plupart rapiécées grossièrement et rapetassées par les hommes d'al-Auf. Tom décida de les remplacer toutes et envoya Ned vider les magasins du *Seraph*. Assis en rangs sur leurs talons, les voiliers en confectionnèrent de nouvelles et modifièrent celles tirées des soutes du *Seraph* pour les adapter aux mâts et aux vergues du *Minotaur*.

Les ponts inférieurs étaient dans le même état de dégradation que le gréement. Le navire grouillait de vermine et de rats, et puait effroyablement. Ned concocta une redoutable mixture à base de poudre à canon, de soufre et de vitriol. On en plaça des pots entiers à l'intérieur du navire et l'on y mit le feu. Alors que les fumées toxiques s'échappaient des pots, ils remontèrent précipitamment sur le pont, condamnèrent écoutilles et sabords, et laissèrent les émanations s'insinuer dans les recoins et fissures de la coque.

Quelques minutes après, les rats commencèrent à abandonner le navire en se tortillant à travers l'écubier et les fentes des embrasures, certains gros comme des lapins. Tandis qu'ils nageaient frénétiquement vers la plage, l'équipage se divertit en tirant dessus à coups de pistolets et de mousquets, et en pariant sur le tableau de chasse.

Après s'être occupé de la coque et du gréement, Tom tourna son attention vers la peinture. Elle était passée et s'écaillait. On gréa des sellettes le long des flancs, puis des équipes sablèrent la coque et lui donnèrent trois couches de peinture d'un blanc immaculé jusqu'à la ligne de flottaison. Dans un excès de zèle artistique, Tom fit ressortir les sabords en bleu ciel et redorer la figure de proue ainsi que les sculptures de la galerie arrière. Après six semaines de travail acharné, le *Minotaur* semblait sortir du chantier naval, ses lignes superbes et sa douce tonture merveilleusement mises en valeur.

En le voyant par la fenêtre de poupe depuis sa couchette de convalescent, Hal eut un pâle sourire d'approbation.

— Par Dieu, il est aussi pimpant qu'une jeune mariée le jour de ses noces. Bien travaillé, mon fils. Vous avez augmenté sa valeur de cinq mille livres.

Les paroles de son père donnèrent à Tom le courage de formuler une requête. Hal l'écouta en silence solliciter le commandement indépendant du *Minotaur* puis secoua la tête.

— J'ai déjà perdu un fils, dit-il doucement. Je ne tiens pas à en perdre un autre.

— Mais, père, j'ai fait à Dorian le serment de ne jamais l'abandonner.

Une souffrance atroce, pire que celle qu'il avait endurée quand on l'avait amputé, passa dans les yeux de Hal.

— Je sais. Tom, je sais. Mais il ne m'appartient pas de vous donner le *Minotaur* : il est la propriété de la Compagnie. Cela ne m'arrêterait pourtant pas si je pensais que vous puissiez venir en aide à votre frère. Mais je ne peux vous confier le bateau et un équipage entier pour courir au-devant d'un terrible danger.

Tom ouvrit la bouche mais Hal posa la main sur son bras.

— Ecoutez-moi, mon garçon, dit-il d'une voix rauque, sa main pâle et osseuse, légère comme une aile d'oiseau, sur le bras de Tom. Je ne puis vous permettre de partir seul. Cet al-Malik est un homme très puissant. Il commande des armées et des centaines de navires. Seul, vous ne pouvez l'emporter contre lui.

— Père... reprit Tom.

— Ecoutez-moi jusqu'au bout. Nous devons mener à bien ce projet ensemble. J'ai un devoir envers mon roi et ceux qui m'ont accordé leur confiance. Quand nous nous serons libérés de ce devoir, je vous ferai entrer dans l'Ordre. Vous serez chevalier templier de l'Ordre de Saint-Georges et du Saint-Graal, investi de tous les pouvoirs que cela vous conférera. Vous serez à même de solliciter l'aide de vos frères templiers, des hommes comme lord Childs et lord Hyde.

— Cela va prendre un an ! s'écria Tom, accablé par cette perspective. Non, pas un an, mais deux ou trois.

— Nous n'aboutirons à rien en affrontant avec précipitation et sans préparation le puissant seigneur d'un pays lointain, d'un pays étranger où nous n'avons ni alliés ni influence.

— Des années ! répéta Tom. Que va-t-il arriver à Dorry pendant ce temps-là ?

— Je me serai alors remis de mes blessures, dit Hal en regardant ses pitoyables jambes. Nous partirons ensemble chercher Dorian avec une flotte de navires et des équipages entraînés au combat. Croyez-moi, Tom, c'est notre seule chance de retrouver Dorian... et de nous en sortir.

Atterré, Tom scruta son père. Depuis sa blessure, Hal Courtney était devenu un vieil homme frêle, à la barbe grisonnante, au corps d'infirme. Croyait-il vraiment qu'un jour il commanderait de nouveau une escadre ou mènerait une autre bataille ? Tom sentit des larmes lui monter aux yeux mais il les refoula.

— Croyez-moi, Tom, murmura encore Hal. Je vous donne ma parole. Voulez-vous me donner la vôtre ?

— Très bien, père.

Tom dut rassembler tout son courage pour prêter serment, ne pouvant le refuser à son propre père.

— Je vous donne ma parole.

— Merci, Tom.

Il laissa retomber sa main et son menton s'affaissa sur sa poitrine. Ses yeux se fermèrent et sa respiration devint presque inaudible. Consterné, Tom crut l'avoir perdu. Puis il vit sa poitrine se soulever et s'abaisser doucement.

Il se dirigea à pas feutrés vers la porte afin de ne pas troubler son sommeil.

La mousson faiblit, et ils restèrent pendant des mois sous l'emprise des grands calmes de l'intersaison. Puis les palmiers agitèrent leurs frondaisons, et les nuages rebroussèrent chemin et chargèrent dans la direction opposée.

— Ces deux vents puissants sont la grande merveille de tous les océans des Indes, dit Alf Wilson à Tom, sur le gaillard d'arrière.

Il s'exprimait en arabe car Hal avait insisté pour que son fils pratique cette langue quotidiennement. Tom savait qu'elle lui serait utile lorsqu'il se mettrait en quête de son frère.

— De novembre à avril, reprit Alf, ils soufflent du nord-est ; les Arabes les appellent le *kaskazi*. D'avril à novembre, ils s'inversent et soufflent du sud-est. Les Arabes les nomment alors le *kusi*.

C'était le *kusi* qui avait ramené le capitaine Anderson à Flor de la Mar dans l'aube radieuse d'un nouveau jour venteux. Tandis que les équipages des autres navires de l'escadre s'alignaient au bastingage et sur les vergues pour acclamer le *Yeoman*, le capitaine Anderson manœuvrait à travers la passe et jetait l'ancre, à contre avec le *Seraph*. Le bateau n'avait pas plus tôt brisé son erre sur son câble que Tom envoya une chaloupe pour aller chercher Anderson afin qu'il voie son père.

Edward Anderson grimpa à l'échelle, très satisfait de lui-même et de ce qu'il avait accompli, mais ses premières paroles furent pour s'enquérir de la santé de Hal Courtney.

— Mon père se remet rapidement de ses blessures, mentit Tom, et je vous suis reconnaissant, capitaine, de vous en inquiéter.

Il le conduisit à la cabine de poupe. Tom avait veillé à ce que les draps de la couchette soient lavés et repassés de frais, les cheveux de son père rafraîchis et peignés par l'aide du médecin du bord. Il était calé sur des traversins et paraissait en meilleure santé qu'il ne l'était.

— Je remercie Dieu de vous voir en si bonne condition, sir Henry, dit Anderson en prenant la chaise que lui indiqua Tom avant de leur servir un verre de madère.

— Voulez-vous que je vous laisse seul avec le capitaine Anderson, père ? demanda Tom en lui tendant un verre à pied tourné.

— Bien sûr que non, répondit immédiatement Hal, puis, s'adressant à Anderson : Mon fils a pris le commandement pendant que je suis indisposé.

Tom le regarda. C'était la première fois qu'il faisait état de sa promotion.

— Il vous fait honneur, sir Henry, dit Anderson sans manifester aucune surprise.

— En voilà assez en ce qui nous concerne, reprit Hal en essayant de se redresser. (La douleur l'en empêcha. Il grimaça et retomba sur ses oreillers.) Je suis impatient d'entendre le récit de vos exploits.

— Tout s'est fort bien passé, répondit Anderson. La traversée jusqu'à Ceylan s'est faite sans encombre et nous n'avons perdu qu'une douzaine de captifs. Van Groote, le gouverneur hollandais à Colombo, m'a réservé un accueil courtois et, dans son désir de négocier, il a montré une grande souplesse. Il semble que nous soyons arrivés au moment opportun, une épidémie de variole ayant récemment fait des coupes claires dans sa population d'esclaves. Il en avait fort heureusement été informé avant l'ouverture de nos négociations et j'ai donc pu convenir avec lui d'un prix très satisfaisant.

— Combien ?

— Trente-sept livres par tête, répondit Anderson d'un air suffisant.

— Mes félicitations, capitaine Anderson, fit Hal en lui serrant la main. C'est bien plus que nous n'espérions.

— Ce ne sont pas les seules bonnes nouvelles, reprit Anderson avec un petit rire. L'épidémie de petite vérole et les déprédations d'al-Auf sur ces océans ont empêché van Groote d'expédier la plus grande partie de sa récolte de cannelle depuis deux ans. Ses entrepôts sont pleins à craquer. Au lieu de me remettre un effet à payer par les banquiers de la VOC à Amsterdam, pour acquitter le prix des esclaves, il a chargé mon bateau de balles de cannelle à un prix très avantageux. Il ne fait aucun doute que nous doublerons notre investissement en arrivant au port de Londres.

— Je dois une fois de plus louer votre bon sens et votre perspicacité, dit Hal, réjoui par ces bonnes nouvelles. Les vents sont favorables pour Bonne-Espérance. Nous devrions appareiller dès que le *Yeoman* sera prêt à reprendre la mer, capitaine Anderson. Combien de temps vous faut-il ?

— J'ai quelques cas de scorbut à bord, mais j'espère voir les hommes vite rétablis maintenant que nous sommes au port. J'ai seulement besoin de remplir les barriques d'eau et d'embarquer un chargement de noix de coco. Je serai prêt à appareiller dans moins d'une semaine.

Quatre jours plus tard, les navires de la petite escadre levaient l'ancre et louvoyaient en file indienne à travers la passe. Dès qu'ils arrivèrent en pleine mer, ils envoyèrent toute la toile et mirent cap au sud pour longer le canal du Mozambique et filer vers la pointe méridionale du continent africain.

Durant les premières semaines, le temps resta au

beau et les vents demeurèrent favorables. L'air frais du large et le bercement du *Seraph* exerçaient un effet bienfaisant sur la santé de Hal. Chaque jour, il faisait répéter à Tom les rites de l'Ordre du Saint-Graal afin de le préparer à son entrée dans la chevalerie et exprimait son plaisir de voir son fils progresser.

Après la première semaine, Tom ordonna qu'on installe une banquette-lit sur le gaillard d'arrière, côté au vent. Il y faisait porter son père, qui pouvait de nouveau sentir la brise et le soleil sur son visage. Bien que Tom eût assumé l'entière responsabilité de la marche du navire, il prenait le temps chaque jour de rester avec lui. Tom sentit alors qu'il devenait plus proche de son père qu'il ne l'avait jamais été. Leur conversation tournait souvent autour de Dorian et de leurs plans pour se mettre à sa recherche. Ils parlèrent une fois de Guy et de son mariage avec Caroline Beatty. Au grand étonnement de Tom, Hal lui en parla comme à un adulte.

— Vous rendez-vous compte que l'enfant pourrait bien être de vous et non de Guy ?

— J'y ai pensé, répondit Tom aussi franchement que son père avait abordé le sujet.

— Je crains que vous ne vous soyez fait un ennemi de votre frère jumeau. Méfiez-vous de lui. Il ne pardonne pas les injures et sa capacité de haïr est sans bornes.

— Je doute que nous nous revoyions jamais. Il est en Inde et je... je serai à l'autre bout des océans.

— Le destin nous joue parfois des tours pendables, Tom, et les océans ne sont peut-être pas aussi vastes que vous le pensez.

L'escadre fit route vers le sud et au quarante-troisième degré mit le cap à l'ouest pour arriver en vue de Bonne-Espérance. Ils ne tardèrent pas à voir les déferlantes battre en une ligne blanche les falaises méridionales de l'Afrique. Le même jour, Hal fit venir Tom dans sa cabine pour lui montrer la notification de sa promotion, consignée dans le journal de bord.

— Outre qu'elle atteste la confiance que j'ai en vous, elle signifie aussi que vous avez droit en tant qu'officier à une meilleure part des prises, lui annonça Hal. Elle pourrait bien se monter à mille livres.

— Merci, père.

— J'aimerais en faire bien davantage pour vous mais cela m'est impossible. William est mon premier-né et vous n'êtes pas sans savoir ce que cela signifie. Tous mes biens lui reviendront.

— Vous n'avez pas à vous inquiéter pour moi. Je suis capable de faire mon chemin.

— J'en suis persuadé, dit Hal en souriant.

Il était beaucoup plus vigoureux qu'au départ de Flor de la Mar, et le soleil avait donné à ses joues de nouvelles couleurs.

— Peut-être est-ce parce que nous avons doublé le cap et faisons route vers le nord, reprit Hal, mais mes pensées se tournent de nouveau vers High Weald. Il ne faut pas haïr votre frère aîné, Tom.

— Je ne le hais pas, père. C'est Black Billy qui me hait.

— Ce surnom méprisant trahit vos véritables sentiments à son égard, mais, quand j'aurai disparu, il sera le chef de notre famille, et il a droit à votre respect et à votre fidélité.

— Vous m'avez appris, père, que le respect et la fidélité doivent se gagner et non être exigés.

Ils jetèrent l'ancre bien au large de la plage de la petite colonie hollandaise du cap de Bonne-Espérance. Ils firent provision d'eau et se ravitaillèrent en viandes et en légumes frais, et n'eurent pas affaire à l'administration hollandaise. Moins d'une semaine plus tard, ils faisaient de nouveau route vers le nord. Dès que l'escadre entra dans l'océan Atlantique, la mer changea et la santé de Hal avec elle.

Jour et nuit, les lames de houle du cap marchaient sur eux tambour battant, montagnes d'eau grises séparées par de profondes vallées. La mer passait par-dessus la proue en écumant et arrachait du pont toute planche ou pièce d'armement un peu faible. Le mugissement du vent était la voix de cette meute, et l'assaut, implacable et incessant. Chaque jour voyait Hal s'affaiblir de nouveau ; en entrant un matin dans sa cabine, Tom le trouva congestionné et en sueur. L'odeur familière de la corruption flottait de nouveau dans l'air et, quand il tira la couverture, il trouva des taches de pus jaune sur le drap.

Il cria à l'officier de quart d'appeler le Dr Reynolds, qui arriva immédiatement. Il défit les pansements de la jambe gauche de Hal et son visage se décomposa. Le moignon était affreusement enflé, et les lèvres de la plaie refermée depuis peu, pourpres et rouvertes par la suppuration.

— Je crains qu'il n'y ait une profonde infection, sir Henry. Je n'aime pas ces humeurs. Elles me paraissent gangréneuses. Je dois ouvrir la plaie sur-le-champ.

Pendant que Tom tenait son père par les épaules, le chirurgien enfonça un long scalpel dans la plaie ; Hal se tordit et gémit de douleur. Lorsque Reynolds retira la lame, elle fut suivie par un abondant flot de pus jaune et violacé, teinté de sang, qui remplit le fond de la cuvette que l'aide tenait sous le moignon.

— Je pense que nous avons drainé la source du mal, dit Reynolds, satisfait par la quantité et la couleur de l'écoulement. Je vais maintenant vous saigner pour réduire la fièvre.

Il fit un signe de tête à son assistant. Ils remontèrent

la manche de la chemise de nuit de Hal et enroulèrent une lanière de cuir autour de son bras. Quand ils la serrèrent, les veines saillirent dans le pli du coude comme des cordelettes bleues sous la peau pâle. Reynolds essuya avec sa manche le pus et le sang sur la lame du scalpel, puis en essaya la pointe sur le bout de son pouce avant de piquer dans la veine. Il regarda le sang rouge sombre dégouliner dans la cuvette d'étain et se mélanger avec le pus.

— Une seule pinte devrait suffire, marmonna-t-il. Je crois que nous avons maintenant retiré les humeurs morbides. J'ose le dire, c'est le meilleur travail que vous pourrez voir ici.

Au cours des semaines suivantes, l'état de Hal demeura très fluctuant. Pendant des jours, il resta étendu pâle et inerte sur sa couchette, comme à l'article de la mort. Puis il reprit des forces. Quand ils franchirent l'équateur, Tom put de nouveau le faire porter sur le pont afin qu'il profite du soleil. Hal parlait avec ardeur du pays, en se languissant des champs verdoyants et des landes sauvages de High Weald. Il évoquait les livres et les papiers de sa bibliothèque.

— Tous les journaux de bord des premiers voyages de votre grand-père sont là. Ça, je pourrai vous le laisser, Tom, car vous êtes le marin de la famille et ils ne présentent guère d'intérêt pour William. (Penser à sir Francis affecta de nouveau son humeur.) Le corps de votre grand-père nous attend à High Weald, car Anderson l'a fait rapatrier de Bombay. Nous le déposerons dans son tombeau, dans la crypte de la chapelle. Il sera content de se retrouver à la maison, comme je le serai. (En songeant à cela, il prit une expression tragique.) Tom, vous veillerez à ce que j'aie une place dans la crypte ? Je voudrais reposer au côté de mon père et des trois femmes que j'ai aimées. Votre mère...

Il s'interrompit, incapable de continuer.

— Ce jour est encore lointain, père, lui assura Tom, une pointe de désespoir perçant malgré lui dans sa voix. Nous devons partir à la recherche de Dorian, nous en avons fait le serment. Vous devez vite vous rétablir et reprendre vos forces.

— Naturellement, vous avez raison, dit Hal en s'efforçant de chasser ses idées noires d'un haussement d'épaules. Se morfondre et se plaindre ne sert à rien.

— J'ai demandé aux charpentiers de vous fabriquer de nouvelles jambes en bon chêne d'Angleterre, annonça gaiement Tom. Vous serez sur pied avant d'avoir revu High Weald.

Il envoya chercher le maître charpentier. Le petit Gallois apporta les deux jambes de bois, encore à peine ébauchées, pour les montrer à Hal. Puis Tom et lui affectèrent de les mesurer et de les adapter aux moignons de Hal.

Celui-ci parut prendre un grand intérêt à l'opération, rit avec eux et fit des suggestions farfelues :

— Ne pourrait-on pas leur adapter un compas et une girouette pour m'aider à naviguer ?

Mais, une fois le charpentier parti, il recommença à broyer du noir :

— Je ne saurai jamais me débrouiller avec ces bouts de bois. Je crains que vous n'ayez à partir seul à la recherche de Dorian, Tom... Mais je tiendrai parole. Je vous aiderai autant que je pourrai.

Deux semaines plus tard, alors que le navire était encalminé en bordure des eaux paresseuses de la mer des Sargasses, par trente degrés de latitude nord et soixante de longitude ouest, Tom descendit dans la cabine calme et humide de son père et le trouva ratatiné sur sa couchette. La peau de son visage, tendue sur les os et jaune comme du parchemin, évoquait celle de la momie rapportée d'Alexandrie par un de leurs ancêtres et exposée dans son sarcophage ouvert, dressé contre un mur de la bibliothèque de High Weald. Tom appela le Dr Reynolds et laissa son père entre ses mains. Puis, incapable de supporter davantage l'atmosphère confinée de la cabine, il se hâta de remonter sur le pont et aspira de grandes bouffées d'air tiède. « Cette traversée finira-t-elle jamais ? se lamenta-t-il. Si nous n'arrivons pas bientôt, il ne reverra jamais High Weald. Pourvu que le vent revienne ! »

Il courut jusqu'aux haubans du grand mât et grimpa sans s'arrêter jusqu'à la pomme. Il resta là, à scruter l'horizon estompé par une brume légère, puis il tira sa dague de son fourreau, la planta dans le mât et l'y laissa. Aboli lui avait dit que c'était le moyen de faire venir le vent. Il commença à siffler *Spanish Ladies*, mais cela le fit penser à Dorian et il entonna *Greensleeves*.

Toute la matinée, il siffla pour appeler le vent et, avant que le soleil soit arrivé au zénith, il regarda pardessus la poupe. La surface de la mer était pareille à un miroir que seules ternissaient des touffes flottantes de sargasses jaunes. Il aperçut alors la ligne bleu sombre du vent qui gagnait rapidement sur l'eau étale dans leur direction.

— Ohé ! cria-t-il. Rafales droit devant !

Il vit les petites silhouettes des hommes de la bordée se précipiter sur les écoutes pour orienter les voiles vers le vent. Le *Seraph* était toujours à l'avant-garde, le *Yeoman*, le *Minotaur* et le *Lam* à la traîne derrière lui. A partir de ce moment, le vent souffla régulièrement de l'ouest sans jamais mollir, même la nuit. Tom laissa sa dague fichée en tête du grand mât.

Ils arrivèrent en vue des îles Scilly et hélèrent le premier voilier qu'ils voyaient depuis deux mois.

C'était un petit bateau de pêche non ponté avec trois hommes à bord.

— Quelles sont les nouvelles ? cria Tom. Nous n'en avons aucune depuis dix-huit mois.

— La guerre ! La guerre contre les Français !

Tom appela à bord Edward Anderson et les autres capitaines pour tenir un rapide conseil. Il eût été un peu fort d'arriver au terme d'un voyage aussi périlleux et de succomber à une attaque de corsaires français. Hal était dans l'un de ses meilleurs moments et assez lucide pour prendre part à la discussion, si bien que Tom les réunit dans sa cabine.

— Nous avons le choix, leur dit-il. Entrer aux docks de Plymouth ou remonter la Manche jusqu'à l'embouchure de la Tamise.

Anderson était partisan de s'arrêter à Plymouth alors que Ned Tyler et Alf Wilson voulaient continuer jusqu'à Londres. Quand tous eurent donné leur opinion, Tom prit la parole :

— Une fois que nous serons à Blackwall, nous pourrons débarquer nos cargaisons directement dans les entrepôts de la Compagnie et notre prise pourra être mise aux enchères en l'espace de quelques jours.

Il regarda son père, en quête d'encouragements. Hal hocha la tête et Tom poursuivit :

— Si nous entrons à Plymouth, nous risquons de rester coincés là Dieu sait combien de temps. Je suis partisan de courir la bouline des corsaires français et de faire route pour doubler North Foreland.

— Tom a raison. Plus vite nous pourrons décharger, mieux cela vaudra, dit Hal.

Ils mirent les équipages en état d'alerte et, avec leurs canons chargés et deux vigies en tête de mât, ils remontèrent la Manche à toute allure. A deux reprises, les jours suivants, ils virent d'étranges bateaux qui ne montraient aucun pavillon mais avaient une allure française. Tom donna le signal de resserrer la formation, les navires étrangers virèrent et s'éloignèrent vers l'est, direction dans laquelle se trouvait la côte de France juste sous l'horizon.

Ils aperçurent le phare de North Foreland juste avant l'aube et avaient dépassé Sheerness à midi. Au crépuscule de ce jour d'hiver, les quatre bâtiments s'amarrèrent sur le fleuve dans les docks de la Compagnie.

— Envoyez un message à lord Childs pour l'avertir que nous avons fait une belle prise. Il doit venir tout de suite, cria Tom à l'agent de la Compagnie qui attendait sur le quai pour les accueillir.

Deux heures avant minuit, la voiture de Childs, lanternes allumées et accompagnée de deux cavaliers qui ouvraient la route, franchit bruyamment les portes du chantier naval. Au bord du quai, le cocher serra la bride à l'attelage et Childs se précipita hors de la voiture avant même que les roues se soient arrêtées complètement. Le visage rouge, la perruque de travers et la bouche se crispant d'excitation, il monta d'un pas lourd la passerelle du *Seraph*.

— Qui êtes-vous ? claironna-t-il à Tom. Où est sir Henry ?

— Je suis Thomas Courtney, le fils de sir Henry, *my lord*.

— Où est votre père, mon garçon ?

— Il vous attend dans sa cabine, *my lord*.

Childs pivota sur lui-même et indiqua le *Minotaur*.

— Quel est ce bâtiment ? Il a l'allure d'un navire qui fait le service des Indes, mais je ne le connais pas.

— C'est le vieux *Minotaur* repeint de frais, *my lord*.

— Le *Minotaur* ! Vous l'avez repris aux pirates ? Et quel est cet autre bâtiment ? demanda-t-il en montrant le *Lam*.

— Une autre prise, *my lord*. Un hollandais avec une pleine cargaison de thé.

— Que le ciel vous bénisse, mon garçon ! Vous êtes le héraut de merveilleuses nouvelles. Conduisez-moi à votre père.

Hal se tenait assis sur le fauteuil du capitaine, un plaid violet drapé sur les genoux pour dissimuler ses blessures. Il portait une cape de velours bleu nuit. Sur sa poitrine luisait le médaillon d'or orné de pierreries de l'Ordre du Saint-Graal. Il était pâle, les yeux enfoncés dans de profonds cernes sombres, mais droit et fier.

— Bienvenue à bord, *my lord*, dit-il à Childs. Veuillez m'excuser de ne pas me lever mais je suis légèrement indisposé.

— Soyez aussi le bienvenu, sir Henry, répondit Childs en lui serrant la main. Je suis impatient de connaître l'étendue de vos succès. J'ai vu les deux prises amarrées à quai et votre fils m'a donné une idée de la cargaison que vous portez.

— Asseyez-vous, je vous prie, dit Hal en lui indiquant le fauteuil à son côté. Mon rapport exige un peu de temps. Je l'ai rédigé de manière exhaustive mais j'aimerais vous raconter notre expédition de vive voix. Mais, d'abord, un verre de vin.

Il fit signe à Tom de remplir les verres préparés sur un plateau d'argent.

Quand Hal commença son récit, Childs se pencha en avant dans son fauteuil et écouta attentivement. De temps à autre, il posait une question, mais la plupart du temps il écoutait dans un silence ravi Hal lire les manifestes des quatre bâtiments de l'escadre. Quand il se tut enfin, épuisé par l'effort que lui avait demandé ce long récit, Childs se pencha et prit les parchemins. Il les examina avec soin, les yeux brillants de convoitise.

— Depuis le début de la guerre contre la France, le prix des marchandises a presque doublé, dit-il enfin en levant les yeux. Avec les deux navires capturés, la valeur des prises que vous avez effectuées pour nous pourrait atteindre cinq cent mille livres. Les directeurs de la Compagnie vous en seront plus que reconnaissants et je crois pouvoir parler au nom de Sa Majesté quand j'affirme que la Couronne honorera la promesse solennelle qu'elle vous a faite. Vous serez Henry Courtney, baron de Dartmouth avant la fin de la semaine. Je savais que j'avais choisi l'homme qu'il fallait en vous envoyant là-bas. Puis-je boire à votre santé et à votre fortune, sir Henry ?

— Merci, *my lord*. Je suis heureux que vous soyez satisfait.

— Satisfait ! s'écria Childs en riant. Il n'y a pas de mots pour exprimer l'étendue de mon plaisir, de mon admiration, de mon étonnement face à votre courage.

Il se pencha pour poser la main sur le genou de Hal. Son visage prit une expression de stupéfaction. Il baissa les yeux et chercha à tâtons la jambe de Hal.

— Sir Henry, je suis effaré...

Il regarda le bas du corps de Hal.

— Mon Dieu, mon ami ! Vos jambes ! Vous avez perdu vos jambes !

Hal eut un pâle sourire.

— Oui, *my lord*, il y a toujours un prix à payer. Nous autres marins appelons ça la note du boucher.

— Vous devez sortir de ce navire. Vous serez mon hôte à Bombay House pendant votre rétablissement. Ma voiture est sur le quai. J'appellerai mes médecins, les meilleurs de Londres. Vous ne manquerez de rien, je vous le promets.

L'une des premières choses que fit Hal après son arrivée à Bombay House fut d'écrire à William pour l'informer des énormes prises qu'il avait faites et de son élévation imminente à la pairie. La lettre mit plus d'une semaine pour parvenir à son fils dans le Devon.

La lettre encore en main, William cria pour qu'on lui amène son cheval et, dans l'heure suivante, il franchissait à toute allure les portes de High Weald et galopait sur la grand-route de Londres aussi vite que pouvaient le porter les chevaux frais des relais de poste.

Cinq jours après avoir quitté High Weald, il entrait dans le parc de Bombay House au milieu de l'après-midi sous une pluie battante. Il laissa son cheval à l'écurie, puis, trempé et couvert de boue jusqu'à la taille, franchit la porte principale en écartant d'un geste l'intendant et les valets de pied qui tentaient de lui barrer le passage.

— Je suis le fils aîné de sir Henry Courtney. Je souhaite être conduit auprès de mon père immédiatement.

Dès qu'il sut qui il était, l'un des secrétaires se précipita pour l'introduire. En quelques jours, le nom de Courtney avait fait le tour de Londres. Toutes les gazettes consacraient plusieurs pages aux exploits de sir Henry Courtney dans l'océan des Indes. Certains articles étaient hautement fantaisistes, mais ses exploits n'en avaient pas moins pris le pas sur les nouvelles de la dernière victoire anglaise en France, et son nom était sur toutes les lèvres dans les tavernes aussi bien que dans les salons. Pour ajouter à cette excitation, des placards affichés dans la rue annonçaient la vente aux enchères de la cargaison et des prises dans les locaux de la Compagnie sur Leadenhall Street, et les décrivaient comme « Les Plus Grands Trésors jamais pris à un Ennemi en Haute Mer ».

Pendant les quelques jours qui suivirent l'arrivée de l'escadre, la valeur des actions de la « Compagnie unie des marchands d'Angleterre commerçant avec les Indes orientales », qui était le nom exact et ronflant de la John Company, augmenta de plus de quinze pour cent. Au cours des cinq années précédentes, la Compagnie avait versé un dividende annuel de vingt-cinq pour cent, mais la distribution prévue de cet immense trésor fit monter le prix des actions jusqu'à des sommets sans précédent.

— Dieu merci, vous voilà, monsieur, dit le secrétaire en guise d'accueil. Votre père vous réclame chaque jour. Permettez-moi de vous conduire à lui.

Il précéda William dans le large escalier de marbre. Quand ils arrivèrent au premier étage, William s'arrêta sous le portrait du trisaïeul de lord Childs peint par Holbein et leva les yeux vers les deux hommes qui descendaient les marches vers lui. Son visage sévère se contracta et ses yeux sombres jetèrent des éclairs quand il reconnut le plus jeune.

— Tiens donc, mon cher frère. Il semble que mes prières n'aient pas été exaucées et que vous soyez revenu me rendre la vie impossible, vous et ce grand sauvage, dit-il en jetant un coup d'œil à Aboli.

Tom s'arrêta sur le palier face à lui. Il dépassait maintenant d'un pouce son frère aîné. Il le toisa des pieds à la tête, remontant de ses bottes maculées de boue jusqu'à son visage arrogant, et sourit froidement.

— Je suis profondément touché par ce témoignage d'affection. Soyez assuré que je vous le rends pleinement.

Bien qu'il ne le montrât pas, William était interloqué par la transformation que le temps avait opérée chez Tom, devenu grand et robuste, sûr de lui. Un homme avec lequel il fallait compter.

— Il ne fait aucun doute que nous aurons l'occasion de poursuivre cette plaisante conversation un jour prochain, répliqua William en inclinant la tête. Mais je dois maintenant rendre mes devoirs de premier-né à notre père.

Tom fit mine d'ignorer la pique acérée qui faisait référence au droit d'aînesse de William.

— Votre serviteur, mon frère, dit-il en s'écartant et en s'inclinant légèrement.

William passa devant lui et, sans se retourner, s'engagea dans la longue galerie de portraits. Le secrétaire le conduisit à l'autre bout et frappa avec sa canne à la porte à double battant. Elle fut ouverte aussitôt et William entra dans la vaste chambre meublée avec recherche. Quatre chirurgiens vêtus de noir entouraient l'immense lit à baldaquin placé sur une estrade. Les taches de sang séché sur leurs habits annonçaient leur profession. Ils ouvrirent leur rang à son approche.

Quand il vit le personnage appuyé contre les oreillers, William s'arrêta. Il se souvenait de l'homme robuste qui avait pris la mer à Plymouth. Ce vieux bonhomme frêle à la barbe grisonnante, au crâne rasé et au visage rongé par la souffrance ne pouvait être son père.

— J'ai prié Dieu pour que vous arriviez vite, murmura Hal. Venez m'embrasser, William.

William se précipita à son chevet, s'agenouilla et posa ses lèvres sur la joue pâle de son père.

— Je Le remercie de vous avoir épargné, en vous permettant de vous remettre si vite de vos blessures, répondit-il avec une mine sincère et joyeuse qui dissimulait ses véritables sentiments.

« Il est mourant, se dit-il avec un mélange d'exaltation et d'inquiétude. La propriété est presque à moi, ainsi que ce fameux trésor qu'il a rapporté de ses maraudes. »

— J'espère que vous êtes aussi bien que vous semblez l'être ? ajouta-t-il en prenant la main maigre et froide posée sur la couverture de brocart.

« Par Jésus, pensa-t-il, si le vieux pirate meurt avant l'investiture, adieu la baronnie. Sans la ceinture nobiliaire, le goût de l'immense fortune qu'il a raflée aux païens sera gâté. »

— Vous êtes un fils bon et aimant, William, mais ne me pleurez pas si tôt. Même ces croque-morts, dit Hal en désignant les quatre chirurgiens, même eux vont avoir du mal à m'enterrer.

Il hasarda un petit rire qui sonna creux dans la grande pièce. Aucun des médecins ne se dérida.

— L'amour que j'ai pour vous est rehaussé par la fierté que m'inspire la gloire à laquelle vous avez atteint. Quand prendrez-vous votre siège parmi les lords, père ?

— Dans les jours qui viennent. Et, en tant que mon fils aîné, vous serez avec moi pour me voir honoré.

— Sir Henry, intervint l'un des médecins, nous n'estimons pas qu'il soit sage que vous entriez à la Chambre des lords dans l'état actuel de votre santé. Nous sommes très préoccupés...

William se leva d'un bond et s'en prit à lui avant qu'il ait fini d'exprimer ses craintes :

— Absurde, monsieur ! N'importe quel imbécile verrait que mon père est assez vigoureux pour répondre à l'appel de son seigneur souverain. Je serai à son côté à chaque instant et veillerai au moindre de ses besoins.

Cinq jours plus tard, les serviteurs transportèrent Hal en bas de l'escalier sur une litière, William tournant autour de lui anxieusement. La voiture de lord Childs attendait devant la porte. Tom et Aboli se tenaient à l'écart de la petite troupe de cavaliers qui escortait l'équipage.

Les valets de pied posèrent la litière près de la voiture et il y eut un moment de flottement, personne ne semblant savoir qu'en faire ensuite. Tom se précipita, écartant son frère aîné du coude, et, avant que les médecins aient eu le temps d'intervenir, il prit Hal dans ses bras sans difficulté et grimpa dans la voiture.

— Père, ce n'est pas raisonnable. Ce trajet va mettre vos forces à rude épreuve, murmura-t-il en l'installant sur le siège et en étalant le plaid de fourrure sur lui.

— Le roi ne va peut-être pas tarder à repartir sur le continent pour poursuivre la guerre, et Dieu sait quand il reviendra en Angleterre.

— En ce cas, Aboli et moi devrions vous accompagner, insista Tom, mais William nous l'a interdit.

— William va prendre bien soin de moi, dit Hal en tirant le plaid autour de ses épaules. Vous devez rester ici avec Walsh pour veiller sur nos intérêts pendant la vente aux enchères. J'ai grande confiance en vous, Tom.

— Comme vous voudrez, père, répondit Tom, tout en sachant que la vraie raison de son refus était que son père ne voulait pas les voir ensemble, William et lui.

— Dès que cette affaire à la Chambre des lords sera terminée et la vente achevée, nous pourrons rentrer à High Weald et organiser le sauvetage de Dorian.

— J'attendrai là-bas votre retour, promit Tom.

Il descendit de voiture et resta près de la roue arrière. William monta à son tour, s'assit à côté de leur père, le cocher fouetta les chevaux et la voiture franchit les portes du parc.

Tom se tourna vers Aboli.

— Il n'est pas bon que Black Billy le traîne dans cette guimbarde. Je ne le laisserai pas recommencer quand nous partirons pour High Weald. Le long voyage jusqu'au Devon sur ces mauvaises routes le tuerait.

Nous devons l'emmener à Plymouth par bateau. La mer lui fera moins de mal et nous pourrons mieux nous occuper de lui.

— Vous n'avez pas de bateau, Klebe, lui rappela Aboli. Le *Seraph* et le *Minotaur* appartiennent à la Compagnie.

— Nous en trouverons un autre.

— Les corsaires français sillonnent la Manche.

— Il nous faut un navire de petite dimension et maniable... assez petit pour ne pas éveiller leur intérêt et assez rapide pour les semer s'ils décident de nous prendre en chasse.

— Je crois connaître le patron d'un tel bateau, dit Aboli, pensif. Si les choses n'ont pas changé en notre absence.

La vente aux enchères dans les magnifiques locaux de la Compagnie sur Leadenhall Street dura quatre jours. Du début à la fin, Tom resta à côté de M. Walsh pour noter les prix obtenus par le butin.

La principale salle des ventes était en amphithéâtre, avec des bancs disposés en demi-cercle sur des gradins autour de l'estrade du commissaire-priseur. La foule de marchands, escortés de leurs secrétaires et comptables, était si nombreuse qu'il n'y avait pas assez de places assises pour tout le monde. Certains restaient debout contre le mur du fond, mais tous participaient au tumulte général, criant leurs enchères et agitant leur catalogue pour attirer l'attention du commissaire-priseur.

Tout en écoutant avec attention les prix grimper follement, Tom songeait aux coffres remplis de pièces, dans les chambres fortes sous les salles des ventes. Ils les y avaient transportés par les rues obscures, la nuit même de leur arrivée, dans des voitures protégées par cinquante hommes en armes.

Il ne faisait aucun doute que les prix prédits par lord Childs allaient être largement dépassés dans l'hystérie qui entourait la vente. A chaque heure, Tom voyait la valeur de sa part augmenter.

« Doux Jésus ! s'étonna-t-il le dernier jour en griffonnant ses calculs sur son ardoise. Avec un peu de chance, je vais me retrouver avec plus de mille livres. » C'était ce qu'un des mineurs ou des ouvriers agricoles de High Weald gagnait en une vie entière de labeur. Déconcerté par une telle richesse, il pensa alors à ce qu'allait représenter la part de son père. « Presque cent mille livres ! s'exclama-t-il. Et en plus, le manteau d'hermine et le ceinturon incrusté de baron. » Sa bouche se durcit alors de colère. « Et tout cela va tomber tout rôti entre les doigts crochus de Black Billy. Lui qui crache ses boyaux chaque fois qu'il met les pieds sur un bateau ! »

Tandis qu'il ruminait cette injustice, le commissaire-priseur annonça d'une voix claironnante l'objet suivant :

— Mesdames et messieurs, nous avons l'honneur et le privilège de vous proposer un rare et merveilleux trophée qui réjouira et étonnera même les plus blasés d'entre vous.

Avec un grand geste, il souleva le morceau d'étoffe qui cachait un gros bocal de verre posé devant lui sur la table.

— Rien de moins que la tête conservée dans l'alcool du tristement célèbre brigand et pirate Jangiri, dit al-Auf le Terrible.

Un murmure et une vague d'agitation parcoururent les rangs des marchands, qui tendirent le cou pour lorgner avec une curiosité morbide la tête coupée qui nageait dans son bain d'alcool. Tom éprouva un choc physique en revoyant le visage d'al-Auf. Ses cheveux noirs flottaient comme des algues autour de sa tête, pareille à celle de Méduse. Il gardait un œil ouvert : il parut repérer Tom et le fixer avec étonnement. Son expression était douloureuse comme s'il sentait encore la morsure de la lame qui lui avait tranché la tête.

— Allez, messieurs ! s'écria le commissaire-priseur. C'est un objet de valeur. Les gens afflueront de partout et seront contents de payer six pence pour y jeter un coup d'œil. J'ai entendu cinq livres, là ?

Tom fut peu à peu envahi par un sentiment d'indignation. Il avait rapporté la tête aux directeurs de la Compagnie comme preuve de la réussite de leur expédition et non pour qu'elle devienne une sorte d'attraction de foire. D'instinct et de par son éducation, il éprouvait un sentiment de compassion et de respect pour un ennemi vaincu. Le fait qu'al-Auf ait capturé et vendu Dorian n'entrait pas en ligne de compte.

Sans réfléchir, il lança avec colère :

— Dix livres !

Il ne disposait pas de la somme mais sa part de prise lui permettait de monter l'enchère. Tous les visages se tournèrent vers lui et cent paires d'yeux le regardèrent avec curiosité. Il entendait les murmures.

— C'est le fils de Hal Courtney, celui qui a coupé la tête du forban.

— C'est lui qui a décapité al-Auf.

— Comment s'appelle-t-il ?

— Tom Courtney. C'est le fils de sir Hal.

Le commissaire-priseur s'inclina vers lui de manière théâtrale.

— Le courageux bretteur et bourreau du flibustier en personne offre dix livres. Qui dit mieux ?

Au premier rang, quelqu'un se mit à applaudir et fut imité par ses voisins. La salle fut bientôt submergée par un tonnerre d'applaudissements et de trépignements.

Tom avait envie de leur crier d'arrêter, de leur dire qu'il n'avait pas tué al-Auf pour recueillir leur approbation. Mais aucun mot ne pouvait décrire ce qu'il avait ressenti en tranchant la tête du pirate et ce qu'il éprouvait maintenant en la voyant flotter dans un bocal, exposée pour le plus grand divertissement de rustres béats.

— Dix livres une fois ! Dix livres deux fois ! Adjugé à M. Tom Courtney pour la somme de dix livres !

— Payez-les sur ma part ! dit-il sèchement à Walsh en se levant d'un bond.

Il avait envie de retourner à l'air libre, loin des regards et des sourires de cette foule d'inconnus. Il se fraya un chemin dans la cohue à coups d'épaule et descendit en courant le grand escalier.

Quand Tom sortit dans Leadenhall Street, il pleuvait. Il jeta sa cape sur ses épaules, enfonça son chapeau à plume sur sa tête et ajusta son ceinturon avant de quitter le porche. Quelqu'un lui toucha l'épaule et il se retourna brusquement. Absorbé dans ses pensées, il n'avait pas vu Aboli dans la foule des badauds, à l'entrée des salles des ventes.

— J'ai trouvé notre homme, Klebe, annonça Aboli en faisant avancer un gaillard grand et mince, emmitouflé dans un caban, les traits à demi cachés par une casquette baissée sur les yeux.

Pendant quelques instants, Tom ne comprit pas ce que voulait dire son compagnon.

— Celui qui pourra ramener votre père à Plymouth par mer, lui rappela Aboli.

— Ah ! Eh bien, allons tous boire une blonde pour en discuter, suggéra Tom.

Ils coururent jusqu'à la taverne au coin de Cornhill. Dans la salle mal aérée, pleine d'avocats et de clercs, où flottaient la fumée des pipes et l'odeur de levure des tonneaux de bière, ils se débarrassèrent de leurs capes et de leurs chapeaux. Tom se tourna pour examiner l'homme que lui présentait Aboli.

— Voici le capitaine Luke Jervis. Il a navigué avec votre père et moi à bord du vieux *Pegasus*.

Il plut à Tom tout de suite. Il avait l'œil vif et intelligent, et l'allure d'un rude marin, la peau tannée par le soleil et le sel.

— Luke possède un cotre rapide et il connaît la Manche comme sa poche, en particulier les ports français. Il est capable de fausser compagnie à n'importe quel douanier ou à n'importe quel Franchouillard, précisa Aboli en souriant d'un air entendu. (Tom ne saisit pas tout de suite le sens de ces paroles, mais Aboli poursuivit :) Si vous voulez transporter du bon cognac, Luke est votre homme.

Tom sourit en comprenant que Luke était contrebandier. C'était exactement ce qu'il leur fallait pour effectuer une traversée rapide sur la Manche. Son bateau devait être vif comme une anguille et capable de naviguer de nuit par grand vent sur cette mer dangereuse. Tom eut un hochement de tête approbateur.

— Aboli vous a expliqué ce que nous voulions. Quel serait votre prix, capitaine ?

— Je dois la vie à sir Henry et bien davantage, répondit Luke Jervis en touchant la longue cicatrice blanche qui barrait sa joue gauche. Je ne vous réclamerai pas un sou et me ferai un honneur de lui rendre ce service.

Tom ne lui demanda pas d'où venait sa cicatrice et le remercia.

— Aboli vous fera savoir quand mon père sera prêt à quitter Londres.

Quand lord Courtney revint de la Chambre, Tom vit au premier coup d'œil que le trajet et la cérémonie l'avaient éprouvé. Il le porta avec tendresse jusqu'à sa chambre, au premier étage de Bombay House, et Hal s'endormit presque aussitôt. Tom resta à son chevet jusqu'au soir, quand un valet de pied apporta un dîner sur un plateau d'argent.

— Où est William ? demanda Hal d'une voix faible tandis que Tom lui donnait des cuillerées de potage.

— A la banque avec M. Samuels. Lord Childs lui a remis l'effet de la Compagnie en règlement de la part de prise et il est allé le déposer, répondit Tom.

Il ne lui fit pas remarquer avec quelle soudaineté son inquiétude pour la santé de son père s'était calmée une fois la baronnie obtenue et sa transmission assurée. Le principal souci de William était maintenant de voir l'or en sûreté chez les banquiers du Strand, où il pourrait garder l'œil sur lui.

— Il faut vous reposer, père, afin de retrouver vos forces en prévision de notre retour à la maison. Nos affaires à Londres sont presque réglées. Plus vite nous rentrerons à High Weald, plus vite vous recouvrerez pleinement la santé.

— Oui, Tom. Je veux rentrer à la maison maintenant. Savez-vous que William et Alice m'ont donné un petit-fils ? Ils l'ont appelé Francis, en mémoire de votre grand-père.

— Oui, père. William me l'a dit.

Celui-ci avait fait valoir que, maintenant qu'il avait donné le jour à un héritier, le titre nobiliaire et les biens familiaux échappaient définitivement à Tom.

— J'ai affrété un bâtiment pour nous ramener à Plymouth. Le capitaine se nomme Luke Jervis. Vous vous souvenez de lui ? Il affirme que vous lui avez sauvé la vie.

— Luke ? C'était un bon gars. Je suis content d'apprendre qu'il est maintenant patron de son propre bateau.

— Ce n'est qu'un petit cotre, mais il est rapide.

— J'aimerais que nous prenions la mer tout de suite, Tom, fit Hal en lui agrippant le bras avec ardeur.

Une semaine passa avant que les médecins lui permettent, à contrecœur, de s'embarquer à bord du *Raven* — le Corbeau —, le navire de Luke Jervis. Ils quittèrent les docks de la Compagnie en fin d'après-midi afin d'effectuer de nuit la partie la plus dangereuse de la traversée.

William ne les avait pas accompagnés. Maintenant que la part de la prise était en sûreté à la banque Samuels, sur le Strand, il se montrait impatient de rentrer pour s'occuper de la propriété.

— Chaque heure que je passe ici nous coûte de l'argent, avait-il déclaré à Hal. Je n'ai aucune confiance dans les gredins et les imbéciles à qui j'ai laissé la responsabilité du domaine en mon absence. Je vais courir la poste jusqu'à Plymouth immédiatement. Je viendrai vous accueillir à votre arrivée, père.

La rapidité du *Raven* se révéla à la hauteur de sa réputation. Tandis qu'il faisait route vers le sud à travers la nuit, Tom se tenait au côté de Luke Jervis à la barre. Luke voulait connaître tous les détails de leur voyage dans l'océan des Indes et questionnait Tom avidement.

— Doux Jésus ! Si seulement j'avais su, j'aurais signé sur-le-champ avec le capitaine Hal.

— Et votre femme et vos enfants ? demanda Aboli avec un large sourire qui découvrit ses dents blanches dans l'obscurité.

— Ce ne sont pas des piaillements de mômes ni des rouspétances de bonne femme qui m'empêcheront de prendre la mer, répondit Luke. (Il tira sur sa pipe, dont la lueur éclairait son visage buriné ; puis il ôta le tuyau de sa bouche et le pointa vers l'est.) Vous voyez ces lumières, là-bas ? C'est Calais. J'y étais voilà trois nuits pour embarquer une cargaison de cognac et de tabac. Il y a autant de bateaux dans les parages que de puces sur le dos d'un chien galeux. Si quelqu'un a une lettre de marque, il fera mieux d'aller chercher ses proies en Orient.

— Vous n'avez pas de scrupule à commercer avec

les Français alors que nous sommes en guerre contre eux ? s'enquit Tom, perplexe.

— Il faut bien que quelqu'un le fasse. Sinon, nous n'aurions pas de cognac ni de tabac pour apporter un peu de réconfort à nos soldats. Je suis un vrai patriote, conclut Luke, très sérieux.

Tom ne releva pas mais songea à ce qu'il avait dit à propos des ports de la Manche regorgeant de bateaux français.

Quand le *Raven* arriva au quai de Plymouth, William avait tenu parole. Il était là avec une grosse voiture bien suspendue et des serviteurs prêts à porter Hal à bord du carrosse. Ils se mirent en route à petite allure vers High Weald, et tout le long du chemin ils dépassèrent des groupes d'hommes et de femmes, des ouvriers agricoles, des métayers et des mineurs du domaine, rassemblés pour acclamer le retour du maître des lieux. Hal insista pour s'asseoir bien droit afin qu'ils puissent le voir, et, quand il reconnaissait quelqu'un, il faisait arrêter la voiture et serrait une main par la portière de la voiture.

Lorsqu'ils franchirent les portes du parc et remontèrent l'allée en faisant craquer le gravier sous les roues jusqu'à la grande demeure, tous les domestiques se pressaient sur les marches du perron. Des servantes pleuraient en voyant l'état de Hal, porté par les valets de pied, et les hommes marmonnaient des saluts d'une voix bourrue.

— Grâce soit rendue à Dieu, monsieur le baron. Cela nous fait chaud au cœur de vous voir de retour.

Alice Courtney, la femme de William, attendait en haut des marches. Elle portait dans ses bras un bébé au visage rouge et fripé. Il se mit à brailler avec entrain quand elle le plaça un moment dans les bras de Hal, mais celui-ci sourit avec fierté et l'embrassa sur le sommet du crâne, couvert de cheveux noirs.

« Il ressemble à un singe », pensa Tom. Il regarda ensuite Alice. Bien qu'ils n'aient pas eu la possibilité de faire connaissance quand elle avait épousé William, elle lui avait plu tout de suite. Elle était jolie et gaie, et c'était tout juste s'il la reconnaissait, maintenant. Elle avait un air mélancolique. Ses yeux étaient tristes et, si elle avait toujours une peau de pêche sans défaut, elle semblait rongée par les soucis. Quand on eut emmené Hal à l'intérieur, elle s'attarda sur le perron pour accueillir Tom.

— Bienvenue à la maison, mon frère, dit-elle en l'embrassant sur la joue avant de lui faire une charmante révérence.

— Vous avez un bien beau bébé, déclara Tom. (Il toucha gauchement le petit visage et retira vite la main quand l'enfant se remit à piailler.) Aussi beau que sa mère, acheva-t-il sans conviction.

— Merci, Tom, dit-elle, puis baissant le ton pour que les domestiques n'entendent pas : Il faut que je vous parle... pas ici, mais à la première occasion.

Elle se détourna rapidement et confia le bébé à une nurse tandis que Tom suivait son père à l'intérieur.

Dès qu'il en eut la liberté, Tom prit le couloir qui menait à l'arrière de la maison, mais il dut passer devant la chambre de Dorian. Il ouvrit la porte, regarda à l'intérieur de la petite pièce, envahi par la nostalgie. Elle était comme son petit frère l'avait laissée : les compagnies de soldats de plomb aux uniformes joliment peints alignés sur le rebord de la fenêtre, le cerf-volant qu'il lui avait fabriqué accroché au-dessus du lit. Ces souvenirs étaient trop douloureux. Il referma la porte sans bruit et descendit.

Il traversa la cuisine et l'écurie sans se faire remarquer et courut jusqu'à la chapelle en haut de la colline. Dans la crypte sombre et fraîche, un mince rayon de soleil tombait du trou d'aération au centre du dôme. Il vit avec soulagement que le coffre contenant les restes de son grand-père était posé contre le mur du fond, près du tombeau de pierre préparé depuis si longtemps à son intention. Il avait fait sans encombre le long voyage de Bombay par le cap de Bonne-Espérance. Tom alla jusqu'au cercueil, posa la main dessus et murmura :

— Bienvenue à la maison, grand-père. Vous serez mieux ici que dans cette caverne au fin fond de ce pays sauvage.

Il parcourut ensuite la rangée de tombes de pierre jusqu'à celle du milieu. Il s'arrêta et lut l'inscription à haute voix :

— « Elizabeth Courtney, épouse de Henry et mère de Dorian. Emportée par la mer dans la fleur de l'âge. Repose en paix. » Dorian n'est pas ici aujourd'hui, ajouta-t-il, mais il sera bientôt là, j'en fais le serment.

Il s'approcha de la tombe de sa propre mère, se pencha pour embrasser les lèvres de marbre de son effigie, puis s'agenouilla devant elle.

— Je suis revenu sain et sauf à la maison, mère, et Guy va bien. Il habite en Inde à présent, où il travaille pour la John Company. Il est marié. Vous aimeriez Caroline, sa femme. Elle est jolie et a une voix superbe.

Il lui parla comme si elle était vivante et resta près du tombeau jusqu'à ce que le rayon de soleil, après avoir accompli tout son parcours, disparaisse d'un seul coup, plongeant la crypte dans la pénombre. Alors il retourna à tâtons vers l'escalier et sortit dans le crépuscule.

Dans le demi-jour, il regarda le paysage qu'il connaissait si bien mais qui lui paraissait maintenant étranger. Au loin, par-delà le moutonnement des collines, il distinguait la mer. Derrière le scintillement des lumières du port, elle semblait lui faire signe. Il avait l'impression d'être parti pendant une éternité, mais, loin d'être content, il se sentait agité, consumé par le besoin de repartir. L'Afrique se trouvait là-bas, là où son cœur aspirait à être.

— Je me demande, soupira-t-il en commençant à redescendre la colline, si je serai jamais heureux quelque part.

Quand il arriva en bas, la maison n'était plus qu'une forme sombre dressée dans les brumes du soir qui dérivaient sur les pelouses. Il s'arrêta brusquement sous la clôture en contrebas, en apercevant une silhouette fantomatique sous les branches d'un grand chêne au milieu des pelouses : une silhouette féminine, vêtue de blanc, et Tom fut pris d'une crainte superstitieuse car elle semblait éthérée, pareille à un spectre. On racontait de nombreuses histoires de fantômes à High Weald. Quand Guy et lui étaient petits, leur bonne les effrayait avec ces légendes. « Ce n'est pas un fantôme qui va me faire peur », se dit-il en rassemblant son courage. La silhouette blanche parut ne pas remarquer son approche avant qu'il soit près d'elle. Alors, elle leva les yeux, l'air effrayée, et Tom reconnut sa belle-sœur. A cet instant, elle remonta ses jupes et s'enfuit vers la maison.

Il l'appela en courant derrière elle. Elle ne regarda pas en arrière et accéléra le pas. Il la rattrapa su l'allée de gravier, sous la façade de la maison, et la saisit par le poignet.

— Alice, c'est moi, Tom. N'ayez pas peur.

— Laissez-moi, dit-elle d'une voix terrifiée en levant les yeux vers les fenêtres déjà éclairées par la lumière des chandelles.

— Vous vouliez me parler, lui rappela-t-il. Que vouliez-vous me dire ?

— Pas ici, Tom. Il va nous voir ensemble.

— Billy ? fit Tom, perplexe. Que peut-il faire ?

— Vous ne comprenez pas. Laissez-moi m'en aller.

— Je n'ai pas peur de Black Billy, rétorqua-t-il avec l'arrogance de la jeunesse.

— Vous devriez.

Elle dégagea sa main et grimpa avec légèreté les marches du perron. Debout au milieu de l'allée, les mains sur les hanches, Tom la regarda disparaître dans la maison. Il était sur le point de se détourner quand quelque chose lui fit lever les yeux.

Son frère aîné se tenait près d'une des hautes fenêtres des chambres du deuxième étage, mince silhouette élégante éclairée par-derrière. Aucun des deux ne bougea pendant un moment, puis Tom eut un geste d'impatience et entra à son tour dans la maison.

Tom était dans sa chambre quand il entendit un faible bruit, déplacé même dans cette vieille maison aux boiseries qui craquaient et au toit battu par les vents. Il se figea, sa cravate à demi nouée, et pencha la tête pour écouter. Après quelques secondes, le bruit recommença, un gémissement de détresse, comme celui d'un lapin pris au piège. Il alla à la fenêtre et ouvrit le loquet. Quand il poussa les volets, la brise de mer s'engouffra dans la chambre ; les cris devenaient plus distincts : des gémissements de femme, ponctués par des vociférations masculines.

Tom se pencha par la croisée. Les bruits provenaient de l'étage inférieur, où étaient situées les chambres principales. Les voix se turent brusquement, et il s'apprêtait à fermer la fenêtre quand il entendit un coup. Le choc avait dû être violent pour venir ainsi jusqu'à ses oreilles. Le cœur lui manqua lorsqu'il entendit la femme crier de nouveau : un hurlement de douleur si haut et clair qu'il ne pouvait se méprendre sur l'identité de celle qui l'avait émis.

— Le porc ! lâcha-t-il.

En manches de chemise, la cravate à moitié défaite, il se précipita dans le couloir et descendit l'escalier quatre à quatre.

Arrivé devant la porte de l'appartement de son père, il hésita. Elle était grande ouverte et les rideaux du lit à baldaquin complètement tirés ; il voyait la silhouette de Hal étendue sous la courtepointe brodée, appuyée contre les oreillers. Quand Tom passa devant sa porte, son père lança :

— Non, Tom. Venez ici !

Tom ignora son injonction et reprit sa course jusqu'à l'appartement de William. Il tourna la poignée mais la porte était fermée à clef et il tapa dessus avec ses deux poings.

— Ouvrez, Billy ! cria-t-il.

Il y eut un long silence et Tom s'apprêtait à crier encore quand la porte s'ouvrit. William se tenait dans l'entrebâillement, l'empêchant de voir à l'intérieur.

— Qu'est-ce que vous voulez ? demanda-t-il. Comment osez-vous venir hurler à ma porte ?

Il était lui aussi en manches de chemise, le visage rouge de colère, les yeux lançant des éclairs.

— Fichez-moi le camp, petit impertinent.

— Je veux voir Alice, rétorqua Tom sans lâcher pied.

— Vous lui avez déjà parlé une fois ce soir. Alice est occupée. Vous ne pouvez la voir maintenant.

— J'ai entendu crier.

— Ce n'était pas ici. Vous avez peut-être entendu une mouette ou le vent dans les avant-toits.

— Vous avez du sang sur votre chemise, dit Tom en montrant les petites taches rouges sur la manche blanche de son frère.

William regarda sa manche et sourit. Puis il ramena

sa main de derrière son dos et suça la coupure qu'il s'était faite à l'articulation du doigt.

— Je me suis coincé la main dans la porte de l'armoire, expliqua-t-il.

— Il faut que je voie Alice.

Tom voulut se frayer un passage, mais Alice, toujours invisible, lança d'une voix pressante, déformée par les larmes et la douleur :

— Tom, je vous en prie, allez-vous-en. Je ne peux pas vous voir maintenant. Je vous en prie, écoutez mon mari. Vous ne pouvez entrer ici.

— Vous me croyez maintenant ? dit William avec mépris. Alice ne veut pas vous parler.

Il recula et ferma la porte.

Tom resta là, indécis. Il leva la main pour frapper de nouveau, mais la voix de son père l'arrêta dans son mouvement.

— Tom, venez ici.

Tom se détourna de la porte et vint dans sa chambre, devant le lit à baldaquin.

— Père, j'ai entendu...

— Vous n'avez rien entendu, Tom. Rien.

— Mais si, répondit Tom, indigné.

— Fermez la porte. J'ai quelque chose à vous dire. (Tom obtempéra et vint près du lit.) Rappelez-vous bien ceci : ne vous mêlez jamais des affaires d'un couple. Alice appartient à William, il peut faire ce qu'il veut avec elle, et, si vous essayez de vous immiscer entre eux, il est en droit de vous tuer. Vous n'avez rien entendu, Tom.

Quand il descendit pour le dîner, Tom bouillait toujours de rage. Trois couverts étaient préparés sur la grande table cirée, et William siégeait déjà au haut bout.

— Vous êtes en retard, Thomas, dit-il, souriant,

détendu et superbe, une lourde chaîne d'or autour du cou, une broche de rubis sur la poitrine. Nous dînons à huit heures, à High Weald. Je vous prie de vous conformer à l'usage de la maison pendant que vous en êtes l'invité.

— Je suis chez moi à High Weald, fit Tom froidement. Je ne suis pas un invité.

— Il y a là matière à discussion, mais je suis de l'avis contraire.

— Où est Alice ? demanda Tom en regardant de manière significative le siège vide à gauche de William.

— Ma femme est indisposée, répondit celui-ci sans sourciller. Elle ne sera pas des nôtres ce soir. Asseyez-vous, je vous prie.

— C'est curieux, mais je suis moi-même sans appétit. Il y a quelque chose ici qui me dégoûte. Je ne dînerai pas avec vous ce soir, William.

— Comme vous voudrez, dit William avec un haussement d'épaule, avant de tourner son attention vers son verre à pied que le maître d'hôtel remplissait de vin rouge.

Dans son humeur présente, Tom ne se voyait pas passer la nuit sous le même toit que son frère. Il jeta une cape sur ses épaules et descendit en trombe à l'écurie. Il appela les palefreniers, qui dégringolèrent par l'échelle du grenier, où ils logeaient, et sellèrent son cheval. Debout sur les étriers, Tom poussa sa monture au galop dans la nuit, sur un mile. La fraîcheur du soir apaisa un peu sa colère. Il eut pitié de son cheval, le ramena au trot et garda cette allure jusqu'à Plymouth.

Il trouva Aboli et Luke Jervis au Royal Oak, près du port. Ils l'accueillirent avec un plaisir évident et Tom avala son premier pichet d'une seule traite.

Plus tard, il emmena en titubant une jolie blonde

rieuse dans une petite chambre qui donnait sur le port, au premier étage.

Son corps était blanc à la lumière de la lanterne, son étreinte ardente. Elle riait dans son oreille en serrant les bras autour de son cou, et sa colère s'évanouit. Après, elle eut un dernier petit rire et repoussa la pièce qu'il lui tendait.

— C'est moi qui devrais vous la donner, Monsieur Tom.

Presque tout le monde en ville le connaissait depuis qu'il était petit.

— Quel bon amant vous êtes devenu ! Ça faisait des mois que mon pot au lait n'avait pas été aussi bien baratté.

Beaucoup plus tard, Aboli l'empêcha de relever le défi que lui lançait un autre marin éméché. Il l'entraîna hors de la taverne, l'aida à monter sur son cheval et l'escorta jusqu'à High Weald, oscillant sur sa selle et chantant à tue-tête.

Le lendemain matin à la première heure, Tom chevauchait sur la lande, l'une de ses sacoches de selle gonflée. Aboli le guettait à la croisée des chemins, étrange silhouette noire dans l'épaisse brume. Il fit pirouetter son cheval pour se placer à côté de Tom.

— Je crois que les bons bourgeois de Plymouth auraient préféré une attaque des Français à votre dernière visite de la ville, dit-il en le regardant de côté. Souffrez-vous encore des séquelles de vos frasques de la nuit dernière, Klebe ?

— J'ai dormi comme l'enfant innocent que je suis, Aboli. De quoi devrais-je souffrir ? répondit Tom en essayant de sourire, mais ses yeux étaient injectés de sang.

— Les joies et les folies de la jeunesse.

Aboli secoua la tête en un geste d'incompréhension feinte. Tom sourit derechef, éperonna sa monture et l'enleva par-dessus la haie. Aboli le suivit et ils galopèrent sur le sommet de la colline jusqu'à un bouquet d'arbres obscurs, niché dans un repli de terrain. Tom s'arrêta, sauta à terre, attacha son cheval à une branche puis pénétra au milieu du bosquet dans le champ de vieilles pierres moussues, selon la légende : des tombes datant de l'enfance de l'humanité.

Il choisit un endroit propice en se laissant guider par ses pas, planta son talon dans la tourbe humide et dit : « Là ! » Aboli s'avança, une pelle à la main, et commença à creuser. Quand il s'arrêta pour souffler, Tom prit le relais et creusa jusqu'à ce que le trou soit profond de trois ou quatre pieds. Il retourna à sa monture, défit la boucle de la sacoche et en tira avec précaution son fardeau enveloppé d'un morceau d'étoffe. Il l'emporta, le posa au bord du trou et dénoua le tissu. Dans son bocal de verre, al-Auf le regardait d'un œil sardonique.

— Veux-tu dire les prières pour les morts, Aboli ? Tu parles mieux l'arabe que moi.

Aboli récita de sa voix grave et forte qui résonnait curieusement dans le bosquet sombre. Quand il se tut, Tom enveloppa de nouveau le bocal et son macabre contenu, puis le déposa au fond de la tombe.

— Tu étais un homme courageux, al-Auf. Puisse Allah pardonner tes péchés, qui furent nombreux et grands.

Il referma la tombe et tassa la terre meuble. Puis il ramena les mottes d'herbe pour cacher le tout.

Ils remontèrent en selle. Aboli se retourna une dernière fois.

— Vous avez tué votre homme en combat singulier

et traité son cadavre avec respect, dit-il doucement. Vous voilà devenu un guerrier digne de ce nom, Klebe.

Ils chevauchèrent tous les deux vers la mer.

Hal Courtney semblait s'être rendu compte que le sablier de sa vie laissait tomber ses derniers grains. Ses pensées tournaient autour de la mort et de son cérémonial. Il envoya chercher en ville le maître maçon, un homme grisonnant auquel la poussière de pierre incrustée dans ses pores donnait une apparence grise, et il lui montra le dessin qu'il avait fait de sa tombe.

— Je vois très bien ce que vous voulez, monsieur le baron.

— Je sais, John, dit Hal.

L'homme était expert dans l'art de manier le ciseau et le maillet. C'était lui qui avait sculpté le tombeau du père de Hal et de ses trois épouses. Il était normal qu'il fasse de même pour le seigneur de High Weald.

Hal ordonna ensuite que les funérailles de son père soient conduites par l'évêque. La dépouille allait enfin reposer dans le caveau que John avait préparé pour lui près de deux décennies plus tôt.

Les membres de la famille et tous ceux qui avaient connu sir Francis Courtney emplissaient la chapelle. Les serviteurs et les ouvriers du domaine, vêtus de leurs plus beaux atours, occupaient les bancs de derrière et beaucoup avaient dû rester dans la cour de la petite église.

Hal siégeait au milieu de la nef latérale sur un fauteuil adapté à ses besoins par les charpentiers de la propriété, avec des hauts côtés pour l'empêcher de basculer et des poignées à chaque coin pour que quatre hommes puissent le porter.

Le reste de la famille était assis sur le banc de devant : une douzaine de cousins, oncles et tantes, ainsi que des parents plus proches. William occupait le siège voisin de son père, Alice à son côté. C'était la première fois qu'elle apparaissait en public depuis le soir où Tom avait tenté de pénétrer dans leurs appartements. Elle était vêtue de noir et un voile couvrait son visage. Quand elle en souleva le coin pour se tamponner les yeux, Tom se pencha et vit que le côté de son visage était enflé ; une croûte noire couvrait une profonde entaille dans sa lèvre et une grosse ecchymose sur sa joue avait pris des nuances violettes et vertes. Elle sentit le regard de Tom fixé sur elle et se hâta de laisser retomber son voile.

Les invités d'honneur, quatre chevaliers de l'Ordre du Saint-Graal, occupaient le banc de l'autre côté de l'allée centrale. Nicholas Childs et Oswald Hyde étaient arrivés ensemble de Londres. Le père d'Alice, John Grenville, comte d'Exeter, avait traversé à cheval ses vastes terres, qui jouxtaient High Weald, en compagnie de son frère cadet Arthur.

Après la cérémonie, tout le monde se rendit dans la grande demeure pour le banquet funèbre. La famille et les invités de marque déjeunèrent dans la vaste salle à manger. Des tables à tréteaux croulantes de victuailles et de boissons avaient été dressées dans la cour de l'écurie pour les gens.

L'hospitalité de Hal était si généreuse, les vins des caves de High Weald si abondants qu'avant la fin de l'après-midi deux pairs du royaume furent contraints de se retirer dans leurs chambres pour se reposer. Les exigences de son office et les grands crus de bordeaux avaient à ce point éprouvé l'évêque que deux valets de pied durent l'aider à monter l'escalier. Arrivé sur le palier, il marqua une pause pour répandre ses bénédictions sur l'assistance.

Dans la cour de l'écurie, après avoir abusé du cidre mousseux, les joyeux convives utilisèrent les meules de foin et les haies à des fins similaires et à d'autres moins paisibles. Aux ronflements de ceux qui étaient pris de boisson se mêlaient le bruissement de la paille, les rires et les cris de jeunes couples occupés à différents plaisirs.

Au crépuscule, les chevaliers de l'Ordre redescendirent de leurs chambres plus ou moins remis des excès du banquet funèbre et grimpèrent dans leurs voitures. Le petit convoi s'éloigna de la maison et suivit Hal et Tom dans l'équipage de tête jusqu'à la chapelle.

La cérémonie de l'Ordre avait été préparée dans la crypte. On avait disposé trois chaudrons de bronze contenant les éléments traditionnels — le feu, la terre et l'eau — au centre de la mosaïque du sol, en forme d'étoile à cinq branches. Les flammes du brasero dansaient sur les parois de pierre et projetaient d'étranges ombres dans les coins, au-delà de l'alignement des tombeaux.

La chaise de Hal se trouvait à la porte de la chapelle, prête à le recevoir. Quand il fut assis, ses frères chevaliers le portèrent dans l'escalier qui menait à la crypte et le déposèrent au milieu du pentacle, entouré par les trois chaudrons.

Vêtu de la simple robe blanche de néophyte, Tom attendait seul dans la nef de la chapelle et priait devant l'autel, à la lumière des torches plantées haut dans les murs. Dans la crypte au-dessous, la voûte renvoyait l'écho des murmures des chevaliers occupés à ouvrir la loge du premier degré. Tom entendit ensuite dans l'escalier le pas lourd du comte d'Exeter, son parrain, qui montait le chercher.

Tom le suivit et ils rejoignirent les autres au centre du cercle sacré. Ils avaient tiré leur épée et portaient les anneaux et les chaînes d'or de leurs offices de chevaliers nautoniers, les navigateurs du premier degré de l'Ordre. Tom s'agenouilla au bord du pentacle et demanda à entrer :

— Au nom du Père, du Fils et du Saint-Esprit.

— Qui souhaite pénétrer dans la Loge du Temple de l'Ordre de Saint-Georges et du Saint-Graal ? interrogea son père avec la voix caverneuse d'un homme qui vient d'échapper à la noyade.

— Un novice qui se présente pour être initié aux mystères du Temple.

— Entre au péril de ta vie éternelle, répondit Hal, dont le ton neutre rendait l'avertissement plus percutant.

Tom se releva et s'avança sur la mosaïque qui représentait les limites du cercle mystique. Il ne s'était pas attendu à éprouver quoi que ce fût, mais il frissonna soudain comme si un ennemi avait marqué l'emplacement de sa tombe en donnant un coup d'épée dans la terre.

— Qui parraine le novice ? demanda Hal de la même voix ténue.

— Moi, répondit le comte avec vigueur.

Hal leva les yeux vers son fils et son esprit erra au loin, sur une colline dans une contrée sauvage, bien en dessous de l'équateur, où il avait prononcé ses vœux tant d'années auparavant. Il regarda le tombeau de pierre qui contenait enfin la dépouille de son père. Il sourit d'un air rêveur en songeant à la continuité, à cette chaîne magique de la chevalerie qui reliait une génération à la suivante. Il sentit la mort ramper vers lui comme une bête mangeuse d'hommes qui l'aurait traqué dans l'obscurité. « Il sera plus facile d'affronter la faucheuse quand j'aurai passé le relais à mes fils », pensa-t-il, et il lui semblait voir l'avenir se confondre avec le passé et se dérouler sous ses yeux. Il vit de vagues silhouettes qu'il reconnaissait : les ennemis qu'il avait combattus, les hommes et les femmes qu'il avait aimés, morts depuis longtemps, se mêler à d'autres qui, il le savait, n'étaient pas encore entrés dans la brume des jours à venir.

Le comte posa la main sur l'épaule voûtée de Hal pour le ramener dans le présent. Hal sortit de sa rêverie et regarda de nouveau Tom.

— Qui es-tu ? demanda-t-il, entonnant le long catéchisme.

— Thomas Courtney, fils de Henry et de Margaret.

Les yeux de Hal s'embuèrent de larmes à la mention du nom de celle qu'il avait tant aimée. Une profonde mélancolie s'était emparée de son âme. Il éprouvait un épuisement de l'esprit et aspirait au repos mais savait qu'il ne pouvait se l'accorder avant d'avoir mené ses tâches à bien. Il secoua une nouvelle fois sa torpeur et offrit à Tom l'épée de Neptune qu'il avait héritée de son père. La lumière des torches dansait sur les incrustations de la lame et se reflétait dans les eaux profondes des saphirs du pommeau.

— Je t'invite à confirmer les principes de ta foi sur cette épée.

Tom toucha la lame et récita :

— En ces choses je crois : il n'y a qu'un seul Dieu dans la Trinité, le Père éternel, le Fils éternel et le Saint-Esprit éternel.

— Amen ! répondirent en chœur les chevaliers nautoniers.

Questions et répons se succédaient pendant que les torches vacillaient. Chaque question renvoyait au code de l'Ordre, emprunté presque intégralement à celui des chevaliers du Temple.

Le catéchisme esquissait l'histoire des Templiers. Il

rappelait qu'en l'an 1312 le roi de France Philippe le Bel, de connivence avec le pape fantoche Clément V de Bordeaux, avait attaqué les Pauvres Chevaliers du Christ ou du Temple de Salomon pour s'emparer de leur trésor. Leur immense fortune en terres et en or fut confisquée par la Couronne et le maître de l'Ordre torturé et brûlé sur le bûcher. Cependant, avertis par leurs alliés, les marins templiers larguèrent les amarres dans les ports français de la Manche et prirent la mer. Ils mirent le cap sur l'Angleterre et sollicitèrent la protection du roi Edouard. Depuis lors, ils avaient ouvert leurs loges en Ecosse et en Angleterre sous de nouveaux noms mais en conservant intacts les principes de l'Ordre.

Quand enfin toutes les questions furent posées et eurent reçu leurs répons, Tom s'agenouilla et les chevaliers formèrent un cercle autour de lui. Ils posèrent une main sur sa tête inclinée, l'autre sur le pommeau de l'épée de Neptune.

— Thomas Courtney, nous t'accueillons dans la Compagnie du Graal et t'acceptons comme frère chevalier du Temple de l'Ordre de Saint-Georges et du Saint-Graal.

Ils le relevèrent et l'embrassèrent l'un après l'autre. Cela faisait partie de l'antique rituel, mais, quand Tom se baissa pour donner le baiser à son père, Hal s'écarta du rituel en honneur depuis des siècles. Il plaça la garde de l'épée dans la main de Tom et referma ses doigts.

— Elle t'appartient désormais, mon fils. Manie-la avec courage et honneur.

Tom savait que la magnifique épée était l'un des biens les plus précieux de son père et ne trouva aucun mot pour exprimer sa gratitude ; il regarda Hal au fond des yeux. Il sentit que son père comprenait le silencieux message d'amour et de respect filial qu'il lui adressait.

Après le départ des chevaliers de l'Ordre et des invités, High Weald parut désert. Alice restait la plupart du temps dans son appartement. Tom la vit un jour chevaucher seule sur la lande et, se souvenant des conséquences de leur dernière rencontre, ne s'approcha pas.

William, absorbé dans la gestion du domaine, passait ses journées dans les bureaux de la mine d'étain à s'entretenir avec son intendant ou à chevaucher à travers la propriété pour faire des apparitions inopinées dans le but de prendre sur le fait les tire-au-flanc et les mauvais serviteurs. Les écarts de conduite étaient punis par le fouet et l'expulsion immédiate. Il revenait le soir pour s'entretenir un moment avec son père avant le dîner, à huit heures précises. Il prenait ses repas seul, Alice ne se joignant pas à lui. Tom trouvait toujours une excuse pour dîner dans sa chambre ou dans l'une des tavernes locales où, avec Aboli, Luke, Jervis, Ned Tyler et Alf Wilson, il trouvait une compagnie plus conviviale.

A mesure que les mois s'écoulaient, l'agitation et l'impatience de Tom ne faisaient que croître. Quand William était au-dehors, il restait le plus clair de son temps auprès de son père. Il le portait dans la bibliothèque au rez-de-chaussée et l'installait sur sa chaise au bout de la longue table en chêne, puis prenait sur les rayonnages les livres et les cartes qu'il lui demandait. Ils les étalaient sur la table et s'absorbaient avec passion dans leur étude, discutant des détails du voyage que, Tom le savait, son père n'effectuerait jamais.

Assis à l'autre bout de la table, M. Walsh, un lorgnon d'acquisition récente sur le nez, notait ce que lui dictait Hal. Ils dressaient des inventaires précis des provisions et des équipements nécessaires et des rôles pour les équipages des navires de la nouvelle expédition vers l'océan Indien.

— Deux bâtiments, décida Hal. Pas aussi grands que le *Seraph* et le *Minotaur*. Des bateaux rapides, maniables et bien armés, car nous aurons certainement à combattre les païens. Un tirant d'eau pas trop important, car nous devrons remonter les estuaires et les fleuves de la côte des Fièvres.

— J'enverrai Ned Tyler et Alf Wilson se mettre en quête de bateaux qui nous conviennent, intervint Tom avec ardeur. Ils peuvent parcourir la côte et s'arrêter dans tous les ports entre Plymouth et Margate. Mais, avec la guerre qui fait rage sur le continent, il ne sera pas aisé de trouver les bons navires.

— Si vous avez de l'or pour les payer, vous serez stupéfait de constater combien, au contraire, c'est facile, remarqua Hal. Même si, pour récupérer Dorian, je dois dépenser jusqu'au dernier penny ce que nous avons pris à al-Auf, ce sera de l'argent bien employé.

— Nous pourrions afficher des placards, suggéra M. Walsh.

— Excellente idée ! dit Hal.

— Nous pourrions aussi demander à lords Childs un bâtiment de la Compagnie, ajouta Tom en levant les yeux de la carte.

— Non ! protesta Hal. S'il sait que nous repartons avec une escadre sur le domaine de la Compagnie, il fera son possible pour nous en empêcher. La Compagnie s'oppose à ce qu'elle appelle le commerce ou même la navigation d'intrus sur son territoire.

Jour après jour, ils poursuivaient l'élaboration de leur projet. Puis, quinze jours après qu'on les eut envoyés le long de la côte, Ned Tyler et Alf Wilson revinrent annoncer qu'ils avaient trouvé un bateau idéal pour cette mission, mais dont les propriétaires exigeaient la somme exorbitante de sept mille livres. Ned et Alf apportaient une lettre d'accord à faire signer par Hal et une requête des propriétaires réclamant paiement par effet bancaire.

Hal les interrogea longuement sur l'état et la qualité du navire, puis ferma les yeux et resta silencieux si longtemps que Tom commença à s'inquiéter.

— Père ! s'exclama-t-il en se levant d'un bond et en se précipitant au côté de Hal.

Il lui toucha la joue : elle était brûlante de fièvre.

— Monsieur le baron n'est pas bien. Aidez-moi, les gars. Nous devons le ramener dans sa chambre.

Même M. Walsh saisit une poignée de la chaise et ils remontèrent précipitamment le malade à l'étage.

Quand Hal fut installé dans son lit, Tom envoya Aboli à Plymouth pour quérir le Dr Reynolds. Puis il ordonna à Ned Tyler et aux autres d'attendre en bas. Après quoi il ferma la porte à clef pour demeurer seul avec son père. Il tira la couverture et, avec une vive inquiétude, défit les pansements des moignons.

Hal, congestionné par ce soudain accès de fièvre, délirait. La plaie s'était rouverte et du pus s'en écoulait. L'habituelle odeur écœurante emplit la chambre ; Tom savait que l'infection s'était une nouvelle fois déclarée, et avec plus de virulence que jamais. Le moignon était parcouru de lignes écarlates profondes, comme si on l'avait fouetté. Le Dr Reynolds l'avait averti de la gravité de ce symptôme et, avec des doigts tremblants, Tom chercha à tâtons l'aine de son père, redoutant ce qu'il allait trouver. Les ganglions étaient gonflés et durs, gros comme des noix, et Hal poussa un gémissement de douleur quand Tom les toucha.

— C'est la gangrène gazeuse, confirma le Dr Reynolds à son arrivée. Cette fois, nous ne pouvons le sauver.

— Vous ne pouvez pas enrayer la maladie ? cria Tom. Vous ne pouvez pas drainer la plaie comme vous l'avez déjà fait ?

— La corruption est montée trop haut, annonça Reynolds en suivant du doigt les lignes rouge vif qui apparaissaient sur le bas-ventre au moment même où ils regardaient.

— Il doit bien y avoir quelque chose à faire !

— Elle se répand à travers son corps comme le feu dans l'herbe sèche. Votre père sera mort avant le matin. Vous devriez faire appeler votre frère aîné pour qu'il vienne lui rendre un dernier hommage.

Tom envoya Aboli chercher William, mais il était au fond de la mine d'étain d'East Rushwold. Aboli attendit jusqu'au soir qu'il remonte à la surface. Quand il apprit que l'état de son père avait empiré, William rentra au galop à la maison. Il entra en trombe dans la chambre avec une telle inquiétude que, aux yeux de Tom, on pouvait aisément la prendre pour de l'impatience.

— Comment est-il ? demanda William au Dr Reynolds.

— Je suis désolé de vous le dire, mais Monsieur le baron baisse rapidement.

William ignora Tom et alla s'agenouiller de l'autre côté du lit.

— Père, c'est William. Vous m'entendez ? (Hal s'agita au son de la voix mais n'ouvrit pas les yeux.) Parlez-moi, insista William, mais Hal respirait à peine. Il s'en va.

Tom leva les yeux vers lui. Il lui avait semblé percevoir une note de satisfaction dans sa voix.

— Il n'y en a en effet plus pour longtemps, Billy, confirma-t-il d'un ton neutre. Demain matin, vous serez lord Courtney.

— Vous êtes un ignoble petit crapaud, gronda William. Je vous le ferai payer cher.

Aucun des deux ne souffla mot pendant une heure, puis William se releva soudain et dit :

— Il est huit heures et je suis affamé. Je n'ai pas mangé de la journée. Descendrez-vous dîner ?

— Je reste ici, répondit Tom sans lever les yeux. Il peut se réveiller et avoir besoin de nous.

— Reynolds nous appellera. Il ne faut qu'une minute pour remonter de la salle à manger.

— Allez, Billy. Je vous appellerai, promit Tom, et William se hâta vers la porte.

Il revint moins d'une demi-heure après en s'essuyant les lèvres avec une serviette.

— Comment est-il maintenant ? s'enquit-il, l'air un peu coupable.

— Vous ne lui avez pas manqué, répondit Tom. Ne vous inquiétez pas. Il ne peut vous déshériter pour un bon dîner.

Ils s'installèrent de chaque côté du lit pour la longue veillée. Reynolds s'étendit tout habillé sur le divan dans le cabinet de toilette et ne tarda pas à ronfler doucement.

La grande maison semblait retenir son souffle, et dehors la nuit était si immobile que Tom entendait le carillon de la chapelle de la colline égrener les heures. Quand sonna une heure du matin, il regarda Hal. Sa tête s'était affaissée sur la couverture et il respirait calmement.

Tom posa la main sur le front de son père. « Il est un peu moins chaud, pensa-t-il. Peut-être la fièvre baisse-t-elle comme elle l'a fait si souvent. » Pour la première fois de la nuit, il entrevit une lueur d'espoir.

Son père remua au contact de ses doigts et ouvrit les yeux.

— Vous êtes là, Tom ?

— Oui, père, répondit Tom en s'efforçant de prendre un ton enjoué. Ça va aller mieux. Nous reprendrons bientôt la mer comme nous l'avons projeté.

— Je ne viendrai pas avec vous, mon fils. Vous devrez faire seul ce voyage.

— Je suis persuadé... commença Tom mais son père chercha sa main à tâtons.

— Ne gaspillez pas votre salive à me convaincre du contraire, murmura-t-il. Il ne nous reste pas beaucoup de temps. Promettez-moi que vous retrouverez Dorian à ma place.

— Je vous le promets, comme j'en ai fait le serment à Dorry.

Hal soupira et referma les yeux. Alarmé, Tom pensa au pire, mais son père rouvrit les paupières.

— William ? Où est William ?

En entendant son nom, William se réveilla et leva la tête :

— Je suis là, père.

— Donnez-moi votre main droite, William, demanda Hal. Et vous, Tom, donnez-moi la vôtre... William, vous savez quel terrible sort a été réservé à votre jeune frère ?

— Oui, père.

— J'ai chargé Tom de le retrouver et de le sauver. Tom a accepté cette responsabilité. Je vous en confie une également. Vous m'écoutez, William ?

— Oui, père.

— Je vous demande solennellement de faire tout ce qui est en votre pouvoir pour aider Tom à retrouver Dorian. Vous lui fournirez les navires dont il a besoin. Vous paierez les équipages, les provisions et tout le reste. Vous ne lésinerez pas et pourvoirez au manifeste que Tom et moi avons établi.

William hocha la tête.

— Je comprends ce que vous désirez, père.

— Alors, jurez que vous le ferez, insista Hal d'une voix plus forte. Le temps nous est compté.

— Je le jure, dit William avec douceur et sincérité.

— Que Dieu en soit remercié, murmura Hal.

Il ne dit mot pendant un moment, comme s'il rassemblait son énergie pour un ultime effort, mais il gardait leurs mains serrées avec une force surprenante.

— Vous êtes frères et ne devez jamais devenir des ennemis. Je veux que vous oubliiez vos vieilles querelles et que, pour la paix de mon âme, vous deveniez frères au plein sens du terme.

Tom et William restèrent silencieux, sans tourner les yeux ni vers leur père ni l'un vers l'autre.

— C'est ma dernière volonté. Je vous en prie, exaucez-la.

Tom parla le premier :

— Je suis prêt à oublier le passé. Dans l'avenir, je témoignerai à William le respect et l'affection qu'il mérite.

— Je ne peux demander davantage, dit Hal dans un souffle. A votre tour, William, jurez-le-moi.

— Si Tom tient sa promesse, je lui rendrai son respect et son affection, dit William sans regarder son frère.

— Merci. Merci à tous les deux, murmura Hal. Maintenant, demeurez à mes côtés le peu de temps qu'il nous reste.

La nuit fut longue. Plus d'une fois, Tom crut qu'il était mort, mais en se rapprochant il l'entendait respirer faiblement. Il dut ensuite s'assoupir car ce fut le chant des coqs dans la cour qu'il entendit ensuite. Il sursauta et, en proie à un sentiment de culpabilité, regarda William, à moitié affaissé sur le bord du lit, qui ronflait doucement. La lampe s'était éteinte mais les premières lueurs de l'aube filtraient à travers les rideaux.

Tom toucha le visage de son père et, avec un chagrin terrible, sentit que la peau était froide. Il déplaça ses doigts pour tâter le pouls sur la carotide. Il n'y avait rien, pas la moindre palpitation de vie.

« J'aurais dû rester éveillé. Je l'ai laissé tomber à la fin. » Tom se pencha et baisa les lèvres de son père. Des larmes coulaient sur ses joues et tombaient sur le visage de Hal. Il les essuya avec un coin du drap et l'embrassa de nouveau.

Il attendit près d'une demi-heure, jusqu'à ce que la lumière devienne plus forte. Puis il examina son visage dans le miroir du mur pour s'assurer qu'il maîtrisait son chagrin, afin que Black Billy ne voie pas sa faiblesse. Il tendit la main et secoua son frère aîné.

— Réveillez-vous, Billy. Père est mort.

William leva la tête et le regarda, hébété, les yeux troubles. Puis il se tourna vers le visage livide de Hal.

— C'est donc enfin fini, dit-il. Doux Jésus, le vieux gredin y a mis le temps. Je croyais qu'il ne me laisserait jamais la place.

— Père est mort ! s'écria Tom, pensant qu'il n'avait pas compris, que même Black Billy ne pouvait être aussi insensible.

— Nous ferions mieux de convoquer Reynolds pour nous en assurer et de le boucler dans sa superbe tombe flambant neuve avant qu'il ne change d'avis.

William sourit de son humour noir et appela le médecin, qui sortit du cabinet de toilette d'un pas mal assuré, encore à moitié endormi. Il examina Hal, plaça l'oreille près de sa bouche pour entendre s'il respirait encore puis passa sa main sur la chemise de nuit pour sentir le cœur. Enfin, il secoua la tête et leva les yeux vers William.

— Votre père nous a en effet quittés, monsieur le baron.

Tom était stupéfait de la rapidité et de la simplicité avec lesquelles cela s'était passé. Billy était maintenant baron de Dartmouth.

— Voulez-vous que j'ordonne la toilette du mort et les autres préparatifs en vue de l'inhumation, monsieur le baron ? demanda le médecin.

— Naturellement, répondit William. Je vais être très occupé. Il me faut veiller à beaucoup de choses. Il va falloir que je me rende à Londres dès que possible, précisa-t-il, s'adressant maintenant plus à lui-même qu'aux autres. Je dois prendre possession de mon siège à la Chambre des lords et rencontrer M. Samuels à la banque... Je vous charge de prendre les dispositions nécessaires pour les funérailles, dit-il à Tom. Il est temps que vous justifiez les dépenses que l'on fait pour votre entretien.

— J'en serai honoré, dit Tom en essayant de lui faire honte.

William poursuivit comme si de rien n'était :

— Des funérailles discrètes, uniquement les proches, qu'on en finisse le plus tôt possible. L'évêque pourra officier, si nous réussissons à le garder à jeun assez longtemps. Fixons la date à une semaine d'ici, décida-t-il. Par Dieu, j'ai faim. Je vais prendre mon petit déjeuner. Si vous avez besoin de moi...

Tous les frères chevaliers n'eurent pas assez de temps pour se rendre aux funérailles. Le comte d'Exeter et son frère étaient les seuls à habiter assez près pour effectuer le déplacement. En revanche, les officiers et les matelots qui avaient navigué avec Hal convergèrent des quatre coins du pays et de tous les ports de la côte. Certains marchèrent cinquante miles pour être présents. Ned Tyler, Alf Wilson et Luke Jervis trouvèrent des bancs parmi les premiers rangs tandis que les marins ordinaires et les gens du domaine s'entassaient dans la nef et se pressaient à l'extérieur de la chapelle.

— Je ne vais pas dépenser mes guinées durement gagnées à nourrir et à abreuver tous les flemmards et les coupe-jarrets du pays, décréta William, qui n'offrit son hospitalité qu'aux personnes dûment invitées.

Sur sa part de prise, Tom acheta nourriture et boisson pour les hommes venus honorer son père.

Deux jours après que le corps de Hal eut été enfermé dans son cercueil à l'intérieur de la crypte familiale, William prit la voiture pour aller à Londres et resta absent près de trois semaines. Avant de partir, il envoya Alice et le bébé chez son beau-père. Tom avait la certitude que son intention était de l'empêcher de lui parler. Il trouva l'atmosphère de la maison vide si oppressante qu'il prit une chambre au Royal Oak et passa ses journées en compagnie de Ned Tyler et de M. Walsh à régler les détails de l'expédition.

A partir des rôles de quarts et des manifestes dressés par son père et lui, il prépara un budget à présenter à William à son retour à High Weald. Le temps jouait contre Tom car l'automne arrivait vite. Il ne lui restait guère plus de trois semaines pour réunir l'équipage des navires, traverser le golfe de Gascogne et atteindre les eaux méridionales plus clémentes avant que les vents d'hiver n'interdisent le passage. « Cela va nous coûter un an d'attente supplémentaire si nous sommes pris par l'hiver », se tracassait-il. Il réservait chez les chandlers les fournitures dont ils avaient besoin et engageait sa parole en attendant le retour de William. Le nouveau lord Courtney avait un bon crédit chez n'importe quel banquier. Il loua un vaste entrepôt dans les docks pour remiser le matériel et les provisions, et envoya Ned Tyler et Aboli recruter les hommes nécessaires. Après le triomphe de leur dernière expédition, il n'était pas difficile de réunir le meilleur équipage possible, dont tous les membres avaient navigué sur le *Seraph*. La plupart avaient déjà dépensé leur part de prise et étaient impatients de s'embarquer avec Tom.

Ned Tyler et Alf trouvèrent le deuxième bateau dont ils avaient besoin et marchandèrent le prix. Les propriétaires refusèrent cependant de mettre les navires à disposition avant que la somme soit intégralement payée. Tom dut maîtriser son impatience.

Fin septembre, William revint de Londres. Il triomphait : il avait pris possession de son siège à la Chambre des lords et on l'avait présenté au roi. Il avait été l'hôte de lord Childs à Bombay House pendant son séjour à Londres. Childs avait parrainé son entrée dans la bonne société londonienne, l'avait introduit dans les coulisses du pouvoir et l'avait persuadé de prendre un fauteuil au conseil des gouverneurs de la Compagnie. En utilisant la part de prise dont il avait hérité, William avait augmenté son investissement dans la Compagnie jusqu'à atteindre sept pour cent du capital émis, ce qui faisait de lui l'un des cinq plus gros porteurs d'actions après la Couronne.

Le bruit circulait en ville qu'Alice était revenue de chez son père et attendait un autre enfant.

Dès qu'il apprit le retour de William, Tom sauta en selle et quitta Plymouth pour High Weald, impatient de discuter avec lui de ses projets pour l'expédition. Il gardait dans ses sacoches de selle deux porte-documents contenant tous les papiers qu'il avait rassemblés au cours de ces semaines d'attente : les actes d'achat des deux navires, les factures des chandlers et des divers fournisseurs.

Il arriva au milieu de la matinée : William était déjà enfermé dans la bibliothèque, en grande conversation avec son intendant. Tom eut la surprise de croiser dans l'entrée une foule de gens qui attendaient leur tour pour voir lord Courtney. Il en compta seize, qu'il connaissait pour la plupart : l'avocat de la famille, John Anstey, le représentant de la Couronne dans le comté, des contremaîtres et ingénieurs de la mine, le maire et les principaux échevins de la ville. Il ne reconnut pas les autres mais les salua et bavarda avec Anstey en attendant de voir son frère.

Quand midi sonna, il supposa que William ignorait sa venue et lui fit porter un billet par Evan, le régisseur, qui revint presque tout de suite, mal à l'aise.

— Monsieur le baron vous fait dire qu'il vous appellera quand il sera prêt à vous recevoir. Il vous faut attendre, annonça-t-il.

L'après-midi passa lentement. Evan vint successivement appeler les autres pour les conduire à la bibliothèque. Dans la soirée, il ne restait plus que Tom.

— Monsieur le baron va vous recevoir, Monsieur Thomas, vint lui dire Evan, l'air de s'excuser.

Un porte-documents sous chaque bras et s'efforçant de cacher son irritation, Tom entra dans la bibliothèque. Le dos à la cheminée, William relevait les pans de sa redingote pour se réchauffer.

— Bonsoir, William. J'espère que votre séjour à Londres s'est bien passé. J'ai appris que vous aviez été présenté à la cour. Je vous en félicite, dit Tom en posant ses porte-documents sur la table.

— C'est aimable à vous, mon frère, répondit William sur un ton distant.

A cet instant, Evan revint avec deux coupes sur un plateau d'argent. Il offrit la première à William puis, quand il vint présenter la seconde à Tom, il lui demanda :

— Resterez-vous à dîner ce soir, monsieur ?

Avant qu'il ait eu le temps de répondre, William intervint :

— Je ne crois pas, Evan. Monsieur Thomas ne va pas rester longtemps. Je suis persuadé qu'il a projeté de dîner en ville avec ses amis les malandrins.

Tom et Evan se dévisagèrent, stupéfaits, mais William poursuivit sans ciller :

— Ce sera tout, Evan. Dîner à huit heures comme d'habitude. Entre-temps, qu'on ne me dérange pas.

Il but son cognac à petites gorgées et dressa le sourcil en regardant les mallettes d'étain peint en noir.

— Je suis persuadé que vous n'êtes pas seulement venu me féliciter, dit-il.

— J'ai apporté le manifeste de l'expédition pour que vous l'approuviez, ainsi que les factures des dépenses que j'ai déjà encourues.

— Quelle expédition ? fit William, feignant l'étonnement. Je ne me souviens pas de vous avoir demandé de contracter des dettes en mon nom. Peut-être vous ai-je mal entendu.

— La promesse que vous avez faite à notre père, lui rappela Tom en s'efforçant de ne pas montrer qu'il était interloqué par ce reniement. J'ai presque achevé les préparatifs, dit-il en posant les documents sur la table. Voici les rôles de quarts. J'ai trouvé cent cinquante bons marins. Je n'ai pas besoin de plus. Tous ont navigué avec notre père et je les connais bien. Je réponds d'eux.

William restait près de la cheminée, un petit sourire énigmatique aux lèvres mais le regard froid.

— Voilà les actes de vente des navires. Je les ai inspectés tous les deux. Ils conviennent parfaitement à notre entreprise et j'ai réussi à faire baisser de près de quatre mille livres le prix qu'en demandaient les propriétaires.

Tom leva les yeux vers son frère mais celui-ci conservait le silence. Tom attendit un moment qu'il parle, mais, comme il ne disait rien, il continua obstinément :

— Voici le manifeste complet des équipements et provisions dont nous aurons besoin. J'ai déjà acquis la plus grande partie et l'ai déposée dans l'entrepôt de Patchley aux docks. Je crains d'avoir dû payer le prix fort. L'Amirauté achète tous les stocks disponibles pour équiper la marine. Il y a une grave pénurie de poudre et de balles, de cordages et de voiles. Les prix ont plus que doublé depuis le début de la guerre.

Il attendit la réponse de William et dit sans conviction :

— Je me suis engagé personnellement au paiement. J'ai besoin immédiatement de l'argent nécessaire pour payer ces factures et le prix des bateaux. Le reste peut attendre un peu.

William soupira, se dirigea vers une chaise de cuir et s'y laissa tomber. Tom recommença à parler mais son frère le coupa en appelant l'une des servantes affectées au service de la table :

— Susan !

Elle devait attendre à la porte car elle apparut tout de suite. Tom la connaissait. C'était encore une enfant quand il avait pris la mer avec son père, mais en son absence elle était devenue une jolie fille aux frisettes brunes qui dépassaient de son bonnet, aux yeux bleus pétillants et coquins. Elle adressa une petite révérence à Tom et courut répondre à l'appel de William.

Il leva une jambe. Elle la serra entre les siennes, les fesses tournées vers lui, et lui retira sa botte. William agita les orteils et lui donna l'autre pied. Une fois l'autre botte enlevée, il remonta le pied sous ses jupons. Elle poussa un petit cri espiègle et piqua un fard.

— Monsieur le baron ! s'exclama-t-elle, mais, au lieu de s'écarter, elle se pencha un peu plus en avant pour le laisser poursuivre son exploration à sa guise.

Après une minute, William éclata de rire et dit :

— Allez, petite coquine !

Il retira le pied, l'appuya contre son postérieur et, taquin, la poussa vers la porte. Elle détala et lança un regard malicieux par-dessus son épaule en refermant derrière elle.

— Quand vous aurez fini d'exercer votre droit de cuissage, nous pourrons peut-être en revenir à notre affaire ? fit Tom.

— Je vous en prie, Thomas, poursuivez, suggéra William avec un geste désinvolte de la main.

— Voulez-vous examiner la liste des dépenses ?

— Sacré nom, Thomas, ne me fatiguez pas avec vos listes. Venez-en au fait et dites-moi combien vous sollicitez.

— Je ne sollicite que ce que mon père m'a promis. Les deux navires représentent le plus gros de la dépense...

— Parlez sans détour ! fit William d'un ton sec. Combien ?

— En tout, cela dépasse un peu dix-neuf mille livres, répondit Tom, mais cela inclut des marchandises. Je les troquerai le long de la côte contre de l'ivoire, de l'or, du cuivre et de la gomme arabique. J'espère en tirer un joli profit...

Il s'interrompit en voyant William se mettre à rire,

doucement d'abord puis à gorge déployée. Tom le regardait, luttant pour maîtriser sa colère. William s'étranglait de rire et il dut reprendre sa respiration avant de poursuivre.

A la fin, Tom fut incapable de cacher son irritation plus longtemps.

— Peut-être suis-je un peu lent, mais je ne suis pas certain de comprendre ce qui vous amuse tant, mon frère.

— Oui, Thomas, vous êtes lent en effet. Le fait que je sois désormais le maître de High Weald et que vous me soyez redevable de chaque penny, à moi, et non à l'ombre de notre père, semble ne pas avoir encore pénétré les profondeurs de votre cerveau épais.

— Cette somme ne m'est pas destinée, elle servira à retrouver Dorian. Vous avez juré à notre père de m'aider à le faire, rétorqua Tom avec détermination. Vous lui avez donné votre parole, vous êtes tenu par ce serment.

— Je ne crois pas, Thomas. A la fin, père délirait. Il avait perdu l'esprit. Si j'ai dit quelque chose, c'est uniquement pour l'apaiser. Je ne parlais pas sérieusement. Ce serait folie que de dilapider mon héritage pour satisfaire le caprice d'un mourant. Dix-neuf mille livres ! Si vous avez pensé un seul instant que je vous donnerais cette somme pour que vous puissiez partir en chasse à l'autre bout du monde, c'est que vous avez vous aussi perdu l'esprit. Non, mon cher frère, sortez-vous cela de la tête.

Tom le considérait, sans voix. Puis :

— Vous revenez sur votre serment ? Billy, je ne pars pas en chasse, comme vous dites, pour mon plaisir. Il s'agit de tirer votre propre frère des griffes de l'infidèle.

— Vous êtes prié de ne plus m'appeler Billy, jamais plus.

Il leva sa coupe et lampa ses dernières gouttes de cognac.

— J'admets que d'autres noms vous siéraient mieux. Traître ou escroc, par exemple. Comment appeler autrement un homme qui refuse de secourir son jeune frère et renie le serment qu'il a prêté à son père ?

— Ne me manquez pas de respect ! s'écria William en jetant avec violence sa coupe dans la cheminée.

Elle vola en mille morceaux. Il s'avança vers Tom d'un air menaçant, rouge de fureur.

— Veillez à rester à votre place, sinon je vous apprendrai à le faire avec mes poings.

— Comme vous l'avez fait avec Alice ? demanda Tom sans se démonter. Vous vous y entendez à rudoyer les servantes et les femmes, mon frère. Vous êtes aussi le prince des menteurs quand il s'agit de ne pas tenir parole et de rompre ses serments.

— Espèce de petit gringuenaud ! Ne parlez pas ainsi de ma femme !

Tom avait trouvé le point faible, le défaut de la cuirasse.

— Faites attention, Billy. Alice pourrait riposter. Vous ne seriez pas de taille dans un combat loyal. Vous en seriez réduit à taper sur votre bébé. Cela vous donnerait un réel plaisir. Lacérer le visage du petit Francis.

Il observait son homme, en position sur la pointe des pieds, les poings serrés à ses côtés, les yeux rivés sur ceux de William pour lire ses intentions, prêt à parer une attaque.

— Tom, je vous en prie, Tom. (Au grand étonnement de celui-ci, le visage de William se décomposa.) Ne dites pas des choses pareilles, je vous en prie ! (Les épaules affaissées, il tendait les mains vers son frère, en un geste de prière.) Vous avez raison, j'ai des devoirs envers la mémoire de notre père. Nous lui avons promis d'oublier nos différends.

Il vint vers Tom, la main droite tendue.

— Allez, serrons-nous la main.

Tom fut pris au dépourvu par ce revirement. Il hésita, mais sa colère et son indignation se calmaient. William lui souriait chaleureusement. Et ce qu'il avait dit était vrai : ils avaient fait une promesse à leur père. Il s'efforça de se détendre et, maladroitement, tendit la main. Son frère la serra fermement et sourit en le regardant dans les yeux. Au même instant, il baissa le menton et lui donna un coup de tête en plein sur l'arête du nez.

Tom vit trente-six chandelles et sentit craquer le cartilage de son nez. Le sang jaillit de ses narines et il recula. Mais William tenait toujours sa main et le tira vers lui. Il était gaucher et c'était sa force. La vision brouillée, étourdi, Tom ne vit pas le poing venir. William le frappa sur le côté de la tête et l'envoya valser sur la table. Les documents qui s'y trouvaient s'éparpillèrent comme feuilles au vent et Tom tomba par terre sur le dos. Bien que le coup l'eût à moitié assommé, il essayait déjà de se relever pour riposter.

Mais William tira sa dague et sauta par-dessus la table alors qu'il était encore à genoux. Dans son étourdissement, Tom vit luire la lame en direction de sa poitrine et la dévia avec l'avant-bras. L'arme effleura son épaule et déchira son gilet. Tom eut à peine le temps de sentir la morsure de l'acier que William le heurtait de plein fouet. Ils basculèrent tous deux poitrine contre poitrine, Tom chercha son poignet à tâtons tandis que William essayait de le frapper aux yeux avec sa dague, et ils roulèrent sur le parquet.

— Je vais vous arracher le foie, grogna William en changeant l'angle de son coup.

Tom dut rassembler ses esprits et ses forces pour retenir son bras. La pointe de la dague était maintenant à quelques pouces de son visage. Bien que William eût mené depuis trois ans une vie calme de gentilhomme, ses talents de lutteur et la force de ses muscles ne semblaient pas en avoir pâti.

Ils heurtèrent violemment la bibliothèque au fond de la pièce. A cet instant, Tom avait le dessus et il mit à profit ce bref moment de répit pour cogner brutalement la main de son frère contre le bord de l'un des rayonnages. William laissa échapper un glapissement et sa main se desserra un peu sur la dague. Tom fit appel à toutes ses forces pour répéter le coup. Du sang jaillit des articulations de William, mais il ne lâcha pas. Tom abattit encore le poing de son frère contre l'arête aiguë et cette fois William poussa un cri de douleur, ses doigts s'ouvrirent et l'arme glissa de sa main.

Aucun des deux ne pouvait l'atteindre sans lâcher l'autre. Pendant un moment, le combat fut égal, puis Tom replia ses jambes sous lui et se releva, imité par son frère. Ils étaient maintenant debout torse contre torse, cramponnés au poignet l'un de l'autre. William tenta en vain de faire tomber Tom. Il essaya encore et Tom, accompagnant son mouvement, utilisa l'élan pour le projeter contre la bibliothèque, chargée de lourds volumes jusqu'au plafond. William la heurta avec une telle violence qu'une partie du meuble bascula vers eux. Une avalanche de grimoires leur dégringola dessus tandis que la bibliothèque tombait de plus en plus vite, menaçant de les écraser. Ils s'en aperçurent en même temps et s'écartèrent d'un bond. Le meuble s'écrasa dans un fracas de verre et de bois brisé.

Haletants, ils se faisaient face par-dessus les débris. Le sang coulait du nez cassé de Tom et dégoulinait sur le devant de sa chemise, mais les forces lui revenaient et, avec elles, sa fureur.

— Vous avez toujours été un tricheur, Billy.

Il s'avança, mais William se précipita vers les armes exposées sur le mur derrière lui — des dizaines d'armes blanches ramassées par leurs ancêtres sur les champs de bataille, disposées en motifs autour de boucliers d'acier. Il saisit une lourde épée qui avait été celle d'un officier du roi Charles.

— Nous allons en finir une bonne fois pour toutes, dit-il d'un air résolu en se tournant vers Tom.

Il donnait des coups d'estoc et de taille dans le vide pour mieux sentir l'arme.

Tom battit lentement en retraite. Il ne pouvait ni atteindre le mur pour y prendre une autre arme ni s'échapper par la porte sans donner sa chance à William. Il pensa récupérer la dague de son frère mais elle était enfouie sous les livres. Il essuya le sang sur son visage avec sa manche et recula.

— Ha ! Ha ! fit William en attaquant avec une série de bottes.

Tom était contraint de sauter en arrière et d'esquiver. Son frère tentait de l'acculer dans l'angle le plus éloigné de la porte.

Tom vit le piège mais, quand il essaya de se dégager, William lui bloqua le passage et le força à reculer encore en lui décochant des coups qui visaient la tête. William avait toujours été meilleur à la lutte qu'à l'épée. Ses yeux trahissaient ses intentions et, s'il était rapide comme une vipère sur les coups d'estoc de la main gauche, il manquait de vigueur dans ses revers et tardait à se remettre en garde.

William chargea soudain, sous-estimant son adversaire désarmé. Tom lâcha du terrain en une série de pas rapides sans cesser d'observer ses yeux. Son dos heurta un élément de la bibliothèque encore debout et une lueur de triomphe brilla dans les yeux de William.

— Maintenant, monsieur !

Il porta un coup haut dans la ligne naturelle d'attaque et Tom le laissa se fendre, esquivant au dernier moment. La lame passa sous son aisselle et vint se ficher dans la tranche d'un livre derrière lui. Elle était momentanément coincée mais Tom ne commit pas l'erreur d'essayer de la lui arracher et de se lacérer les mains sur le tranchant effilé. Tandis que William s'évertuait à la retirer, Tom se baissa, ramassa l'un des lourds volumes tombés au sol et le lui lança au visage. Il le frappa au front, mais, comme William reculait en chancelant, la lame se libéra.

D'un bond, Tom s'échappa et William lui décocha un coup au passage, mais il était lent de ce côté et toujours en déséquilibre. La pointe toucha le flanc et fit couler encore le sang ; la blessure était cependant superficielle. Tom se rua vers les armes accrochées au mur, mais entendit les pieds de William derrière lui. D'instinct, il sut que William le rattraperait avant qu'il ait le temps de décrocher une épée du mur et lui porterait un coup mortel dans le dos. Il changea de direction et entendit son frère jurer en glissant sur le parquet ciré.

Tom atteignit la table et s'empara du gros chandelier d'argent qui trônait au milieu. En le tenant devant lui comme un bouclier, il pivota pour affronter l'attaque de William. Son frère leva son épée et l'abattit vers sa tête. C'était un piètre coup, qui eût été une erreur fatale si Tom avait eu une épée dans les mains. Tom leva le chandelier et la lame le heurta avec fracas. Il savait que le choc avait ébranlé la main de son frère. William poussa un cri étouffé et grimaça mais s'apprêta à répéter le coup.

Plus rapide à se remettre en garde, Tom fit un moulinet avec le chandelier comme avec une hache et toucha William dans les côtes sous l'épée levée. Il entendit une côte casser et William pousser un cri de douleur, mais, bien que Tom fût entraîné de côté par son élan, son frère ne put arrêter son coup. L'épée siffla près des oreilles de Tom et le tranchant entailla la table de chêne.

Tom frappa de nouveau avec le chandelier, William se baissa et évita le choc de plein fouet. Il le fit pourtant chanceler en arrière et trébucher sur le tas de livres. Il se rattrapa de justesse en battant l'air du bras droit. Tom s'était précipité vers la porte et William s'élança sur ses pas, taillant de droite et de gauche, les coups à deux doigts de le toucher.

Arrivé sur le seuil, Tom vit de l'autre côté du couloir son ceinturon suspendu dans la niche, là où Matthew l'avait rangé à son arrivée. Le gros saphir du pommeau brillait comme le fanal d'un port accueillant un navire battu par la tempête.

Tom claqua l'un des battants de la porte sur William, qui le bloqua avec l'épaule et le rouvrit, mais le temps d'arrêt avait donné à Tom assez d'avance pour qu'il puisse traverser le couloir et décrocher son ceinturon du râtelier. Il fit volte-face et se servit du fourreau laqué pour parer le coup que lui portait son frère. Il sauta en arrière et, avant que William puisse l'en empêcher, tira du fourreau l'épée de Neptune.

La lame se dégagea avec un petit chuintement et vibra dans sa main droite comme un rayon de soleil solidifié, dont les reflets dansaient sur les murs et le plafond. Bien campé sur ses deux jambes, Tom faisait enfin face à William sur un pied d'égalité. Celui-ci s'arrêta net devant la lame dressée comme un cobra.

— Oui, mon frère, nous allons en finir une bonne fois pour toutes, dit Tom, lui renvoyant sa menace dans les dents.

Le regard rivé sur les yeux sombres de Black Billy,

il s'avança à pas rapides et légers. William lâchait du terrain et Tom lut la peur dans ses yeux. Il eut confirmation de ce qu'il avait toujours pensé : William était un pleutre.

« Pourquoi s'en étonner ? pensa-t-il. Les brutes sont en général des poltrons. » Pour le mettre à l'épreuve, il attaqua en flèche, portant une série de coups foudroyants. Dans sa hâte d'esquiver, William faillit tomber en arrière.

— Vous êtes rapide comme un lapin effrayé, mon frère.

Tom lui rit au visage sans le quitter des yeux, sans jamais relâcher sa vigilance. C'est quand il a peur que le léopard est le plus dangereux. Il était également périlleux de se battre contre un gaucher. Tous les coups étaient inversés et Tom risquait d'offrir une ouverture aux coups portés par le bras gauche de William, son point fort. Aboli avait attiré son attention sur ce danger durant leurs innombrables séances d'entraînement. Aboli était ambidextre et changeait souvent de main en cours d'assaut, modifiant ainsi la symétrie de l'engagement pour tenter de prendre Tom à contre-pied. Au début, la tactique portait ses fruits, mais Tom avait vite appris.

William glissa et s'affaissa sur un genou. Le mouvement semblait naturel mais Tom avait vu son bras gauche se mettre en position pour décocher un coup bas, un coup qui eût risqué de sectionner son tendon d'Achille et de l'immobiliser. Au lieu de tomber dans le piège, il bondit en arrière et effectua un mouvement tournant rapide pour attaquer le côté faible.

— Vous gaspillez votre talent, mon frère, lança Tom en souriant à travers le sang qui coulait de son nez. Vous auriez pu faire une belle carrière au théâtre du Globe.

William dut se relever rapidement tandis que Tom chargeait de nouveau par la droite et l'obligeait à reculer jusqu'au pied du grand escalier, par une série furieuse de coups de taille et d'estoc, changeant chaque fois l'angle et la ligne d'attaque. William avait beaucoup de mal à les parer : sa respiration devenait saccadée, ses yeux s'emplissaient lentement de terreur et la sueur perlait sur son front.

— N'ayez pas peur, Billy, dit Tom par-dessus la lame. Elle coupe comme un rasoir. Vous la sentirez à peine. (Sa botte suivante lacéra le devant de la chemise de William sans entailler la peau.) Exactement comme cela. Pas la moindre douleur.

William atteignit l'escalier et, pivotant sur lui-même, grimpa quatre à quatre, mais Tom, sur ses talons, gagnait sur lui à chaque pas. William l'entendit et, arrivé au premier palier, dut se retourner pour se défendre. Il chercha d'instinct sa dague à sa ceinture, mais la gaine était vide.

— Elle n'est plus là, lui rappela Tom. Finis les vilains petits tours. Vous devez vous battre avec les moyens du bord.

Au début, William avait l'avantage d'être placé au-dessus de son frère, encore sur les marches. Il leva son épée au-dessus de sa tête et l'abattit de toutes ses forces, mais ce n'était pas un coup à tenter avec une fine lame de la trempe de Tom. Celui-ci la bloqua net et piégea la lame avec la sienne en prenant pied sur le palier. Ils luttaient, leurs armes immobilisées devant leurs yeux.

— Quand vous serez mort, Billy, le petit Francis héritera du titre, dit Tom en essayant de ne pas laisser son effort transparaître dans sa voix, mais William avait des épaules puissantes et leurs lames vibraient sous la pression. Alice sera sa tutrice. Elle ne laissera jamais tomber Dorian, poursuivit-il en projetant William en arrière, d'une poussée des épaules, tout en reculant d'un pas pour abaisser la pointe de son épée à hauteur de sa gorge. Vous voyez, je suis contraint de vous tuer, Billy, ne serait-ce que pour le salut de Dorian.

Il se fendit. Le coup était mortel mais William l'évita en se jetant en arrière. Il percuta la rampe, qui se brisa.

William dégringola dans le hall dix pieds plus bas. Il heurta le plancher avec un bruit épouvantable et son épée lui échappa des mains. Il resta un moment sur le dos, étourdi, le souffle coupé.

Tom sauta par-dessus la rampe brisée et se reçut avec la souplesse d'un chat. D'un coup de pied, il envoya l'épée de William à l'autre bout de l'entrée et se plaça au-dessus de lui.

Il appuya la pointe de sa lame sous la gorge de son frère, dans l'encolure de sa chemise d'où dépassait la toison noire de la poitrine.

— Ainsi que vous l'avez dit, Billy, une fois pour toutes. C'est fini entre nous, dit Tom en commençant à porter le coup mortel.

Mais c'était comme si une menotte d'acier retenait son poignet. Il piquait la peau de la gorge de son frère mais ne pouvait aller plus profond. Il essaya encore, mais une force indépendante de sa volonté retenait la lame.

Le visage maculé de sang, déformé par la fureur et la frustration, il dominait William de toute sa hauteur, l'épée tremblant dans ses mains. « Fais-le ! » Une voix intérieure résonnait à ses oreilles, et il tenta encore d'enfoncer sa lame mais son bras droit n'obéissait pas.

« Fais-le ! Tue-le sur-le-champ. Pour le bien de Dorian, si ce n'est pour le tien. »

L'écho de la voix de son père l'emporta sur l'ordre meurtrier. « Vous êtes frères et ne devez jamais être ennemis. Je veux que vous oubliiez vos vieilles querelles et, pour la paix de mon âme, que vous deveniez frères au plein sens du terme. » Il avait envie de crier en réponse : « Il faut que je le fasse ! »

William demeurait cloué au sol par la pointe acérée, et des larmes de terreur emplissaient ses yeux. Il ouvrit la bouche pour implorer pitié mais il n'en sortit qu'un affreux croassement.

Les muscles et les tendons de la main droite de Tom se tendirent dans son effort pour les contraindre à obéir à sa volonté, la pointe s'enfonça d'un pouce et perça la peau. Le sang coula et William se tortilla.

— Je vous en prie, Tom, je vous donnerai l'argent, murmura-t-il. Je le jure. Cette fois, je vous donnerai l'argent.

— Je n'aurai jamais plus confiance en vous. Vous avez rompu votre serment. Vous ignorez ce qu'est l'honneur, rétorqua Tom.

La répugnance que lui inspiraient la lâcheté et la perfidie de son frère lui donna la force nécessaire pour accomplir l'acte redoutable. Cette fois, son bras allait obéir.

— Tom !

Le cri d'épouvante résonna dans la maison silencieuse. L'espace d'un instant, Tom crut que c'était la voix de sa mère venue de l'au-delà. Il leva les yeux. Une silhouette spectrale se dressait en haut de l'escalier et Tom fut envahi par une crainte superstitieuse. Puis il reconnut Alice avec son bébé dans ses bras. Il hésita.

— Vous ne comprenez pas. Il est le mal incarné. Vous-même savez qu'il est le diable en personne.

— Il est mon mari et le père de Francis. Ne faites pas cela, Tom. Par égard pour moi.

— Mieux vaut qu'il meure, pour vous et pour le bébé, dit Tom en se tournant vers le lâche qui gémissait à ses pieds.

— C'est un meurtre, Tom. On vous poursuivra, où que vous soyez. Ils vous retrouveront et vous mèneront à l'échafaud.

— Peu m'importe, répondit Tom.

— Sans vous, il n'y aura plus personne pour partir à la recherche de Dorian. Pour son bien, si ce n'est pour le mien, vous ne devez pas faire une chose pareille.

La vérité de ces paroles frappa Tom comme un soufflet et entama sa détermination. Il fit un pas en arrière.

— Allez ! ordonna-t-il d'une voix emplie de dégoût.

William se releva en hâte. Tom vit que toute ardeur combative s'était évanouie en lui.

— Disparaissez de ma vue, ordonna Tom. Et la prochaine fois que vous lèverez la main sur votre femme, rappelez-vous qu'elle vous a sauvé la vie.

William recula jusqu'à l'escalier, puis, voyant qu'il était à bonne distance, il tourna les talons, monta au premier et fila par la longue galerie.

— Merci, Tom, dit Alice en lui adressant un regard tragique.

— Nous le regretterons toute notre vie.

— C'est entre les mains de Dieu.

— Je dois m'en aller. Je ne peux rester là pour vous protéger.

— Je le sais, soupira Alice.

— Je ne reviendrai jamais à High Weald.

— Je le sais aussi. Que Dieu soit avec vous, Tom. Vous êtes un homme bon, comme l'était votre père.

Elle se retourna et disparut au coin de la galerie.

Tom resta là un moment, songeant à l'énormité de ce qu'il venait de dire. Il ne retournerait jamais à High Weald. Quand il mourrait, il ne reposerait pas dans la crypte aux côtés de ses ancêtres et sa tombe serait creusée dans un pays lointain et sauvage. Il frissonna à cette pensée, puis se baissa pour ramasser le fourreau de l'épée de Neptune et boucla le ceinturon.

Il jeta un coup d'œil par la porte de la bibliothèque. Ses papiers étaient éparpillés sur le plancher. Il entra dans la pièce et s'apprêta à les rassembler mais s'arrêta. « Je n'en ai plus besoin », pensa-t-il sombrement. Il regarda lentement autour de lui. La pièce était pleine des merveilleux souvenirs de voyage de son père. Un autre lien avec son enfance allait être coupé. Puis son œil s'arrêta sur ses journaux de bord qui couvraient un rayonnage près de la porte. Chaque page, écrite de sa main, contenait des instructions de navigation et des informations plus précieuses pour lui que tout autre objet de la maison. « Je vais emporter au moins ça », se dit-il. Il s'en empara et retourna dans le hall.

Evan, le régisseur de la maison, et deux valets de pied l'y attendaient. Evan avait un pistolet armé dans chaque main.

— Monsieur le baron a envoyé chercher le représentant du roi. Il m'a donné l'ordre de vous retenir jusqu'à son arrivée, Monsieur Tom.

— Qu'allez-vous donc faire, Evan ? demanda Tom en posant la main sur la garde de son épée.

— Votre cheval vous attend dehors, Monsieur Tom, répondit Evan en baissant ses pistolets. J'espère que vous retrouverez Monsieur Dorian. Tout le monde à High Weald vous regrettera. Revenez nous voir un jour.

— Adieu, Evan, fit Tom d'une voix bourrue. Merci.

Il descendit les marches du perron, rangea les journaux de bord dans ses sacoches et monta en selle. Il orienta son cheval vers la mer et descendit l'allée de gravier. A la porte du parc, il résista au désir de regarder en arrière. « C'est fini », se dit-il, et il éperonna sa monture sur la route.

Tom décida de ne pas attendre que le représentant du roi vienne l'inculper de charges que William n'avait sans doute pas manqué d'inventer. Il retrouva ses hommes au Royal Oak. Ils examinèrent, étonnés, ses vêtements tachés de sang et son nez cassé.

— Nous allons appareiller immédiatement, annonça-t-il à Aboli, Ned Tyler et Alf Wilson.

Puis il regarda Luke Jervis, de l'autre côté de la cheminée. Luke, propriétaire du petit *Raven*, accepta l'ordre sans hésiter.

Alors qu'ils étaient sur le point de larguer les amarres, un cavalier arriva au galop. Il tomba presque sur l'encolure du cheval en serrant les rênes.

— Attendez-moi, monsieur ! Vous ne pouvez pas me laisser !

Tom sourit en reconnaissant la voix de M. Walsh.

Un petit groupe de vieux fidèles était rassemblé sur le pont du *Raven*, tandis que le petit navire s'éclipsait sur la mer nocturne.

— Quel cap, monsieur ? demanda Luke alors qu'ils doublaient la pointe.

Tom regarda avec regret vers le sud. Là-bas se trouvait Bonne-Espérance, la porte de l'Orient. « Ah, si seulement j'avais un bateau, un vrai bateau, pas cette coque de noix », pensa-t-il en se détournant.

— Londres, dit-il d'une voix brouillée à cause de son nez enflé. Je paierai le voyage.

La plus grande partie de sa part de prise se trouvait encore à la banque Samuels.

— Nous verrons cela plus tard, grommela Luke avant de crier ses ordres aux trois hommes d'équipage, et le cotre mit cap à l'est.

Le *Raven* remonta la Tamise et entra dans le port de Londres sans attirer l'attention au milieu de la multitude de petits bateaux. Luke les déposa à quai au pied de la Tour de Londres, avec leur maigre bagage, et Aboli découvrit un logement bon marché dans les ruelles proches du fleuve.

— Si la chance nous sourit, nous n'aurons besoin de ces chambres que pour quelques jours, remarqua Tom en jetant un regard circulaire dans la minable maisonnette en bois.

— Nous allons en avoir besoin pour échapper aux rats et aux cafards, remarqua Alf Wilson tandis que Tom endossait les meilleurs vêtements qu'il avait emportés.

Son caban et sa culotte bleu foncé lui donnaient une allure d'homme sérieux.

— Je vous accompagne, Klebe, proposa Aboli. Sans moi, vous risquez de vous perdre.

La journée froide et pluvieuse annonçait l'automne. Ils marchèrent longtemps à travers le dédale de rues étroites, mais Aboli se repérait aussi sûrement qu'au milieu de ses forêts natales. Ils débouchèrent dans Leadenhall Street, côté Cornhill, et traversèrent la chaussée vers l'imposante façade du siège de la Compagnie.

— Je vous attends à la taverne au coin de la rue, dit Aboli.

Quand il entra dans le hall de l'immeuble, l'un des secrétaires reconnut Tom et le salua avec respect.

— Je vais voir si monsieur le président peut vous recevoir, dit-il. Veuillez vous installer dans le salon en attendant, monsieur Courtney.

Un valet en livrée prit son caban et lui apporta un verre de madère. Assis dans un confortable fauteuil devant la cheminée, Tom répéta la supplique qu'il allait prononcer devant Nicholas Childs. Il était presque certain que Childs n'avait pas encore eu de nouvelles de William. Sauf à être devenu voyant, celui-ci ne s'attendait certainement pas qu'il vienne ici ; il semblait peu probable qu'il ait envoyé un message urgent à Childs pour lui enjoindre de ne lui accorder aucune aide.

Par ailleurs, Tom avait compris qu'il était vain de solliciter le commandement d'un navire de la Compagnie. Les capitaines expérimentés et depuis longtemps au service de la société ne manquaient pas et avaient préséance sur lui. Tom n'avait jamais été investi d'un commandement indépendant et Childs ne lui confierait jamais l'un des magnifiques bâtiments affectés au service des Indes orientales. Il ne pouvait aspirer au mieux qu'à un poste d'officier subalterne sur un navire en partance pour les Indes, mais Dorian se trouvait en Afrique.

Les sourcils froncés, Tom regardait le feu et buvait son madère à petites gorgées en retournant le problème dans sa tête. Lord Childs connaissait tous les détails de la capture de Dorian ; il l'avait entendu en parler avec son père quand ils étaient les hôtes de Bombay House. S'il lui demandait un bateau, son intention de partir à la recherche de son frère au lieu de commercer ne lui échapperait pas. Qui plus est, s'il se procurait un navire de son côté, Childs ferait tout son possible pour l'empêcher de doubler Bonne-Espérance. Son père avait affirmé que la Compagnie s'opposerait à ce que des intrus pénètrent sur le domaine qui lui avait été donné par charte. Non, mieux valait feindre de ne pas être intéressé par cette partie du monde. « Je vais le caresser dans le sens du poil », décida-t-il.

Lord Childs le fit attendre moins d'une heure, ce en quoi Tom vit une marque de faveur. Le président du conseil des gouverneurs de la Compagnie des Indes orientales était sans aucun doute l'un des hommes les plus occupés de Londres, et Tom arrivait au débotté.

« Il est vrai, par ailleurs, que je suis un chevalier de l'Ordre et que ma famille détient sept pour cent des actions de la Compagnie, se dit-il. Il ne peut pas deviner que, quelques jours plus tôt, j'étais à deux doigts de trancher la gorge de William. »

Le secrétaire le précéda dans l'immense escalier puis dans l'antichambre du bureau de Childs. Le mobilier témoignait de l'immense richesse de la Compagnie et de sa vocation : épais tapis de soie et, accrochées aux murs lambrissés, imposantes marines représentant ses navires toutes voiles dehors, au large des côtes exotiques de la Carnatic et de Coromandel. Après être passé sous un lustre qui ressemblait à une montagne de glace, Tom franchit les portes en bois doré du bureau, et Lord Childs vint à sa rencontre. Cela suffit à dissiper toutes les craintes que Tom pouvait encore avoir quant à l'accueil qu'il lui réserverait.

— Mon cher Thomas, quelle agréable surprise !

Childs lui serra la main avec la pression du pouce et de l'index qui était le signe de reconnaissance des frères chevaliers de l'Ordre. Tom y répondit.

— *My lord*, vous m'obligez en me recevant ainsi à l'improviste.

— Du tout, fit Childs avec un geste d'excuse. Je suis seulement désolé de vous avoir fait attendre.

L'ambassadeur de Hollande... Je suis certain que vous comprenez. (Childs portait perruque et l'étoile de la Jarretière sur son revers brodé d'or.) Comment va votre cher frère William ?

— En pleine santé, *my lord*. Il m'a chargé de vous transmettre ses plus profonds respects.

— J'ai été très attristé de n'avoir pu assister aux obsèques de votre père, mais Plymouth est si loin de Londres !

Childs conduisit Tom à un fauteuil sous les hautes fenêtres d'où, par-dessus les toits, on voyait la Tamise et les bateaux.

— Un homme remarquable, votre père. Tous ceux d'entre nous qui le connaissaient bien le regretteront beaucoup.

Ils échangèrent des civilités pendant quelques minutes, puis Childs se renversa dans son fauteuil et tendit la main par-dessus son ventre généreux pour tirer sa montre en or de son gousset.

— Grand Dieu ! il est dix heures passées et je suis attendu à Saint-James, dit-il en remettant sa montre à sa place. Je suis certain que vous n'êtes pas venu ici uniquement pour passer le temps.

— *My lord*, si vous me permettez d'en venir au fait, je suis à la recherche d'un emploi.

— Vous avez sonné à la bonne porte, acquiesça Childs en hochant la tête avec une telle véhémence que ses bajoues tremblèrent comme une crête de coq. Le *Seraph* appareille dans dix jours pour la Carnatic sous le commandement d'Edward Anderson. Vous le connaissez bien, ainsi que le navire. Il a un poste disponible pour un officier, il est à vous quand vous voulez.

— J'avais en tête quelque chose de plus... plus belliqueux.

— Ah, M. Peppys est un ami, et il connaissait votre

père. Je suis persuadé qu'il vous trouvera un embarquement sur l'un de ses bâtiments de guerre. Je pense qu'une frégate conviendrait bien à un jeune homme de votre trempe...

— Puis-je être franc, monsieur ? l'interrompit Tom avec l'air de s'excuser. Je dispose d'un petit cotre. Il est très rapide et maniable, un navire idéal pour effectuer des raids contre les navires de commerce français dans la Manche. J'ai également un équipage d'hommes rompus au combat, dont certains ont servi sur le *Seraph* sous les ordres de mon père. Il ne me manque qu'une lettre de marque pour attaquer les Français.

Childs rit de si bon cœur que son ventre tressauta comme un ballon de caoutchouc.

— La pomme ne tombe pas loin de l'arbre, n'est-ce pas ? Comme votre père, vous voulez commander plutôt que d'être commandé. Vos exploits guerriers sont connus de tous. Vous devriez représenter la tête d'al-Auf sur vos armoiries le jour où vous serez fait chevalier.

Il cessa brusquement de rire et Tom entrevit l'esprit calculateur et habile derrière le regard affable de ses yeux bleus. Childs se leva et s'approcha de la fenêtre. Il resta là à regarder le fleuve. Tom commença à s'agiter dans son fauteuil et il lui apparut soudain que cette pause était intentionnelle.

— *My lord*, dit-il, je souhaiterais que vous ayez une part des prises que je pourrais faire en vertu de ce mandat. Je pensais que cinq pour cent serait une expression appropriée de ma gratitude.

— Dix le seraient encore plus, fit observer Childs.

— Dix pour cent, bien sûr, convint Tom. Et, naturellement, plus tôt je serai en mesure de prendre la mer, plus tôt je serai à même de remplir cette obligation envers vous.

Childs se tourna vers lui en se frottant les mains avec entrain, l'air affable.

— Je vais parler à certaines personnes à Saint-James ce matin même, des messieurs qui ont le pouvoir de faire obtenir ces mandats. Revenez me voir dans trois jours, c'est-à-dire jeudi, à dix heures. Il se pourrait que j'aie de bonnes nouvelles pour vous.

Ces trois jours d'attente passèrent aussi lentement que la procession d'un enterrement. Si William avait pris la précaution d'entrer en contact avec tous les hommes puissants qu'il connaissait à Londres, toutes les portes seraient fermées à Tom. Assez de temps s'était écoulé depuis son départ de High Weald pour qu'un messager vienne ruiner tous ses projets.

Même si Childs lui obtenait un mandat, Tom n'avait ni bateau ni équipage, car il ne pouvait aborder le sujet avec aucun de ses hommes avant d'avoir la lettre du roi en poche. Luke Jervis s'était déjà lancé dans une de ses entreprises scélérates habituelles et avait repris la mer pour rencontrer l'un de ses homologues français quelque part au milieu de la Manche. Il risquait d'avoir des démêlés avec les agents des douanes et de ne jamais revenir. Ces doutes assaillaient Tom comme des vautours et empoisonnaient non seulement ses journées mais aussi ses rêves nocturnes. Et puis, s'il revenait, serait-il disposé à risquer son petit *Raven* dans une entreprise aussi hasardeuse ? Il devait déjà être riche, et Aboli avait dit qu'il avait une femme et une kyrielle d'enfants.

Pendant ces trois jours, ses hommes l'observèrent, dans l'expectative, mais Tom n'avait rien de tangible à leur annoncer. Il n'osait même pas leur dire ce que Childs lui avait promis, de crainte de leur donner de faux espoirs. Le jeudi matin, il se glissa comme un voleur hors de leur logement sans même préciser à Aboli où il allait.

L'horloge du clocher de la petite église de Leadenhall Street avait à peine fini de sonner dix heures que le secrétaire de lord Childs vint le chercher dans le salon d'attente.

Un seul coup d'œil à l'expression cordiale de Childs suffit à chasser tous ses cauchemars. Dès qu'ils eurent échangé leurs salutations et pris place dans leurs fauteuils, Childs prit le lourd parchemin posé sur son bureau devant lui. Tom reconnut le sceau du chancelier d'Angleterre au pied de la page. Le mandat était identique à celui que détenait son père quand ils avaient pris la mer à bord du *Seraph*. Childs lut la première ligne :

— Qu'il soit reconnu par les présentes que notre fidèle et bien-aimé sujet Thomas Courtney...

Il n'en dit pas davantage, leva les yeux et sourit à Tom.

— Grâce au ciel, vous l'avez ! s'exclama celui-ci avec enthousiasme.

— Je doute qu'un autre capitaine ait obtenu un mandat avec une telle diligence, remarqua Childs. Cela laisse bien augurer de notre entreprise, ajouta-t-il en insistant sur le « notre ». (Il écarta le document et en prit un autre.) Ceci est un contrat séparé qui concrétise notre accord. J'ai laissé un blanc pour le nom du navire, mais nous allons le remplir maintenant.

Il choisit une plume et la tailla avant de la tremper dans l'encrier. Tom prit une profonde inspiration et répondit :

— Le *Raven*.

— Le *Raven !*

Childs nota le nom d'une écriture élégante.

— Il me faut votre signature.

Tom jeta à peine un coup d'œil à l'acte et griffonna son acceptation. Childs contresigna puis sécha l'encre avec un peu de sable. Toujours souriant avec affabilité, il se dirigea vers une table où trônaient des carafes de cristal et remplit deux verres à ras bord. Il en tendit un à Tom et leva l'autre.

— Malheur à Louis le Quatorzième et peste noire aux Français !

Aboli marchanda avec un passeur pour qu'il les conduise en amont jusqu'à une petite île au nom improbable, Eel Pie, la Tourte à l'Anguille, où Luke Jervis venait mouiller. A une encablure, ils virent que le *Raven* était rentré de sa dernière balade et amarré à la jetée de bois. A leur approche, Luke sortit de la maison nichée au milieu d'un bouquet de saules et avança sur la jetée d'un pas nonchalant pour les accueillir, suivi par le filet de fumée bleue de sa pipe. Pendant qu'Aboli donnait ses six pence au passeur, Tom sauta du bateau.

— Une virée fructueuse, monsieur Luke ? s'enquit-il.

— Les gars des contributions nous ont donné la chasse au large de Sheerness. J'ai largué trois tonneaux de cognac avant de réussir à les semer. Tous mes bénéfices des six derniers mois ont bu la grande tasse. Je crois que je me fais trop vieux pour ce jeu-là, monsieur Courtney.

— Peut-être puis-je vous en proposer un autre, moins éprouvant pour vos nerfs, suggéra Tom.

Luke parut ragaillardi.

— Je savais que vous aviez quelque chose en tête. Vous me rappelez votre père. Il était toujours dans les bons coups.

A cet instant, une femme apparut sur le pas de la porte. Son tablier était noirci par le feu de la cuisinière et elle portait un enfant nu, aux fesses sales, sur la hanche. Le petit se cramponnait des deux mains au sein blanc qui pendait de son corsage ouvert aussi mollement qu'une oreille d'épagneul.

— Luke Jervis, ne t'avise pas d'aller faire ribote avec tes canailles d'amis en me laissant ici sans un quignon de pain et avec cinq marmots affamés à nourrir ! hurla-t-elle, ses cheveux raides pendillant sur son visage.

— Mon petit ange, répliqua Luke avec un clin d'œil, le mariage est un noble et bel état. Trop beau pour des hommes comme moi, je me dis souvent.

La femme cria :

— Il est temps que tu cherches un travail honnête au lieu de t'éclipser en douce la nuit pour me servir ensuite des histoires à dormir debout sur les pièces que t'as perdues, alors que je sais très bien que t'es resté à l'ancre avec une traînée dans la baie du Divertissoir.

— Avez-vous un travail honnête pour moi, monsieur Courtney ? N'importe quel travail qui m'amène hors de portée de voix de ma bonne épouse ?

— C'est précisément de cela que j'étais venu vous entretenir, répondit Tom en souriant avec soulagement.

Trois nuits plus tard, le *Raven* longeait furtivement la côte française avec un sondeur en proue.

— Cinq brasses !

L'homme annonça la profondeur à voix basse puis entrebâilla le volet de la lanterne pour examiner le suif sur le plomb de la sonde, afin de voir ce qu'elle avait remonté du fond.

— Du sable et des coquillages ! reprit le sondeur.

— Voilà Calais, là-bas à tribord, et Honfleur, derrière le cap.

Luke prononçait impeccablement ces noms difficiles et Tom savait par Aboli qu'il parlait le français comme les gens du pays.

— Le fond remonte doucement jusqu'à la plage et, avec ce souffle de vent d'est, nous pourrons nous approcher du rivage sans difficulté, dit-il à Tom. Tenez-vous prêt à sauter quand je le dirai.

Tom avait décidé que seuls Jervis et lui iraient à terre pour repérer le mouillage de Calais. Luke connaissait la région et serait en mesure de prendre la parole pour les tirer d'embarras en cas de mauvaise rencontre. Tom avait été tenté d'emmener Aboli mais il était plus prudent d'y aller à deux ; la peau noire d'Aboli serait difficile à faire passer s'ils étaient arrêtés par une patrouille.

— Deux brasses ! lança doucement le sondeur.

— Prêt ? murmura Luke en confiant la barre à son second.

Tom et lui ramassèrent leurs sacs de cuir et allèrent en proue. Tous deux avaient endossé de rudes vêtements de pêcheur avec des galoches aux pieds, un justaucorps de cuir sur leur jaquette de laine et une casquette également en laine. Ils sentirent le *Raven* toucher le fond sablonneux avec un petit choc.

— Tiens bon à virer ! ordonna Luke aux hommes qui étaient aux avirons.

Il descendit le premier, de l'eau jusqu'aux aisselles. Tom lui tendit les deux sacs et le suivit. L'eau froide lui coupa le souffle.

— Souquez ! dit à voix basse le second aux rameurs, le *Raven* se dégageant et reculant lentement.

Luke avait choisi d'accoster à marée montante pour s'assurer qu'ils ne s'échoueraient pas. En une douzaine de coups de rames, le petit navire avait disparu dans la nuit. Tom frémit : se retrouver seuls sur un rivage ennemi sans savoir ce qui les attendait sur la plage était extrêmement angoissant.

Le fond remonta vite ; ils arrivèrent sur le sable sec et s'accroupirent, sur le qui-vive. Il n'y avait que le bruissement doux du ressac ; ils se relevèrent donc et se hâtèrent vers les dunes. Ils s'y reposèrent quelques minutes pour écouter de nouveau et reprendre leur souffle, puis se dirigèrent vers le promontoire à travers les dunes et les broussailles. Un demi-mile plus loin, ils faillirent percuter une vieille épave échouée au-dessus de la ligne des hautes eaux.

— C'est le vieux *Bonheur*, un caboteur breton, expliqua Luke. Un bon point de repère quand nous reviendrons.

Il s'agenouilla et creusa un trou dans le sable sous les membrures blanchies de la coque. Il y déposa l'un des sacs de cuir et le recouvrit de sable.

— Nous le retrouverons là quand nous en aurons besoin.

Ils poursuivirent leur chemin à plus vive allure et gravirent le promontoire. Ils ralentirent sur la crête et guettèrent un endroit à couvert où se poster tout en se dissimulant derrière les buissons bas et en s'efforçant de ne pas se faire voir. Ils trouvèrent ce qu'ils cherchaient : les ruines de ce qui, selon Luke, avait été une casemate construite par les Français pendant les guerres hollandaises. Elle était située de façon à offrir une vue dégagée sur le mouillage principal et ses parages. Avant de s'installer, ils reconnurent le terrain alentour pour s'assurer qu'il était désert et qu'il ne comportait pas de traces d'occupation récente. Luke tira de son sac une paire de pistolets pour chacun d'eux. Ils les chargèrent avec de la poudre fraîche, en vérifièrent l'amorce et les posèrent à portée de main. Puis ils attendirent l'aube. Plus tard, l'horizon oriental devint rose et jaune citron et le paysage en contrebas se mit à rougeoyer.

Même à cette heure matinale, une intense activité régnait autour de la flotte de guerre, à l'ancre dans le port. Avec sa lunette, Tom compta quinze trois-ponts de huit canons chacun et une multitude de bateaux de moindre importance. Beaucoup n'avaient pas croisé leurs vergues, et leurs ponts grouillaient d'ouvriers.

A terre, l'activité était tout aussi fébrile, et, dès que le soleil sortit de la brume matinale, des compagnies de soldats arrivèrent en ville sur la route de Paris. Le soleil scintillait sur les baïonnettes de leurs mousquets, les plumes et les rubans de leurs tricornes s'agitaient à chaque pas. Un train de chariots suivait en grondant sur la route défoncée.

Un peu plus tard, un escadron de cavaliers portant vestes à soutaches dorées, casquettes bleues et grandes bottes noires vernies sortit au trot de l'agglomération. Tom crut un instant qu'ils se dirigeaient vers la montée conduisant à leur cachette. Il laissa échapper un soupir de soulagement en les voyant tourner au croisement et s'éloigner sur la route du sud, bordée de peupliers. Le nuage de poussière soulevé par les chevaux disparut dans la direction de Honfleur.

A mesure que le soleil s'élevait en dissipant les nuages bas et que la lumière devenait plus forte, Tom put fouiller du regard le port avec sa lunette. Il distingua des dizaines de bateaux plus petits au milieu des bâtiments de guerre. Certains étaient des gabares et des barges qui acheminaient hommes et marchandises vers les gros navires. Une barge battant pavillon d'alarme, chargée de barils de poudre noire, se dirigeait vers l'un des trois-ponts, emmenée par les rameurs.

D'autres navires étaient amarrés à quai ou au mouillage pêle-mêle dans la baie, beaucoup à voiles auriques, avec mât unique et beaupré. Sur les petits bâtiments, ce nouveau gréement présentait des avantages par rapport au gréement carré traditionnel et devenait de plus en plus répandu dans les marines de guerre. Ils pouvaient être manœuvrés par un équipage moins important et étaient plus rapides. On les employait souvent comme éclaireurs ou auxiliaires de la flotte. Des vaisseaux de ce type et d'autres petits navires entraient et sortaient en un flux intermittent, tout en restant près de la côte pour ne pas s'attirer les foudres de la Royal Navy. La flotte anglaise faisait le blocus des principaux ports de la Manche, à l'affût des bâtiments français. Au milieu de la Manche, Tom avait entrevu au loin les voiliers anglais. Le *Raven* se trouvait lui aussi quelque part au large, attendant la tombée de la nuit pour revenir les chercher.

Tom reprit son examen des petits navires français au mouillage dans la baie. La plupart étaient bien plus importants que le modeste *Raven* et beaucoup armés de canons. Il en repéra une douzaine susceptibles de lui convenir mais il lui fallut les éliminer les uns après les autres en découvrant leurs défauts. Certains étaient en mauvais état ou trop légèrement armés, d'autres, des caboteurs, étaient incapables d'effectuer de longues traversées et de naviguer par grosse mer, d'autres encore n'avaient pas une charge suffisante pour transporter la cargaison et l'équipage requis.

Au milieu de la journée, étendus sur le ventre dans le sable chaud, Tom et Luke mangèrent le pain, le jambon et les œufs durs que Luke avait sortis de sa besace et se passèrent la flasque de bière. Tom essayait de ne pas se décourager mais il ne semblait pas y avoir là grand-chose à glaner.

Quand le soleil commença à descendre sur l'horizon, il ne restait plus en lice que deux navires sur les dizaines qu'il avait examinées. Puis l'un des deux hissa sa grand-voile et prit la mer, ne lui laissant d'autre choix qu'un vieux cotre tout à fait quelconque, qui avait certainement connu des jours meilleurs.

« Il faudra bien qu'il fasse l'affaire », décida-t-il sans enthousiasme. Ils rassemblèrent leurs affaires pour être prêts à retourner vers la plage à la nuit tombée. Soudain Tom prit le bras de Luke et montra le nord.

— Le voilà ! dit-il, exultant. C'est lui qu'il nous faut !

Fin et rapide comme un lévrier, un sloop doublait le cap à toute allure avant de virer proprement dans le vent portant et d'entrer dans la baie à pleines voiles.

— Regardez-le ! Il est lourdement chargé, ça se voit à sa ligne de flottaison, et pourtant il vous file quinze nœuds comme un pet de vierge, murmura Luke, subjugué par la beauté du bateau.

Il était à pont entier, sans dunette ni gaillard d'avant, son mât unique élégamment incliné et proportionné à la longueur de la coque. Tom estima sa longueur hors tout à cinquante pieds.

— Dix canons ! compta Tom avec sa lunette. Assez pour mettre en fuite n'importe quel dhaw.

Le navire arborait une grand-voile à corne avec bout-dehors, un grand hunier sur sa vergue brassée carrée et deux focs sur son beaupré. Dans le jour déclinant, il avait une apparence éthérée, fantomatique, une chose faite de vent, d'écume et de brume.

— Je l'aime déjà et je ne connais même pas son nom.

— Nous le rebaptiserons, promit Tom.

Le sloop vira vers la cale de débarquement. Sa toile fut affalée et disparut comme par enchantement. Ils plissèrent les yeux pour le regarder s'amarrer. Tom compta neuf hommes d'équipage, mais estima que le bâtiment pouvait embarquer une trentaine de marins combattants pour un long voyage, même s'il était alors nécessaire de modifier son pont inférieur.

— Repérez-le bien, Luke, dit Tom sans abaisser sa lunette. Nous devons pouvoir le retrouver dans l'obscurité.

— Il est gravé sur ma rétine, lui assura Luke.

Dans les dernières lueurs du jour, ils virent six hommes quitter le navire et se diriger vers les tavernes dont les lumières s'allumaient aux fenêtres.

— On sent d'ici qu'ils ont soif. Ils ne seront pas de retour avant l'aube, murmura Tom. Ça n'en fait plus que trois à bord.

A la nuit tombée, ils retournèrent à la plage par les dunes. Luke récupéra l'autre sac caché sous l'épave et alluma la lanterne qu'il contenait avec le briquet. Il la pointa vers la mer et souleva le volet à trois reprises. Il attendit un moment et répéta le triple signal. La réponse vint à la quatrième tentative : trois brefs éclairs sur la mer obscure.

Ils entrèrent dans l'eau et pataugèrent jusqu'à ce que les petites vagues viennent se briser sur leur visage ; quand ils entendirent le grincement des avirons dans la nuit, Luke siffla un bon coup. Quelques minutes plus tard, le *Raven* se dressa au-dessus d'eux et ils se hissèrent à bord.

Encore ruisselant, Luke prit la barre et ils s'écartèrent à reculons de la plage. Dès qu'il y eut assez d'eau, il hissa la grand-voile et le foc. Tom se déshabilla et se sécha avec le bout d'étoffe grossière que lui tendait Aboli, puis il enfila des vêtements secs. A une lieue de la côte, Luke mit en panne et ils s'accroupirent sur le pont autour d'une lanterne voilée.

— Nous avons déniché un bateau, annonça Tom à ses hommes, auxquels la lumière de la lanterne donnait un air rapace. Mais ça ne va pas être une partie de plaisir de l'enlever au nez et à la barbe des Français. Nous attendrons minuit qu'ils soient dans leurs hamacs. M. Luke va nous conduire dans le port et viendra à contre du sloop. Si on nous interpelle, Luke répondra. Les autres, pas un mot, ajouta-t-il avec un froncement de sourcils pour insister.

« Quand nous serons à contre, je donnerai le signal de l'abordage. Aboli et Alf Wilson m'aideront à dégager le pont. La plupart des hommes sont à terre, apparemment pour toute la nuit. Nous ne devrions pas avoir affaire à plus de trois. Pas de pistolets, seulement un gourdin et nos poings. N'utilisez vos sabres qu'en dernier ressort. Le silence est notre premier impératif. En cas d'attaque, ils risqueraient de crier. Fred coupera les amarres à l'avant, Reggie, à l'arrière. Il faudra faire vite, alors tenez vos couteaux prêts, les gars.

Tom s'adressa ensuite à chacun et lui fit répéter ses ordres pour éviter tout malentendu. Avec Luke et ses trois marins, ils étaient quinze en tout ; les autres étaient de vieux loups de mer du *Seraph* qu'Alf et Aboli avaient réussi à rassembler en peu de temps. Plus qu'il n'en fallait pour effectuer le travail.

— Le vent vient de l'est, et Luke pense qu'il va fraîchir avant minuit. Je ne les ai pas vus ferler la grand-voile, on devrait donc pouvoir la dégager en tirant sur la drisse.

Tom regarda Ned Tyler, ses traits soulignés par la lueur jaunâtre de la lanterne.

— Monsieur Tyler, vous irez directement à la barre sans participer à la bagarre. Luke nous guidera hors du port sur le *Raven*, avec une lanterne voilée à l'arrière.

Quand tous surent ce que Tom attendait d'eux, il vérifia leurs armes et s'assura que chacun possédait un gourdin et un couteau. Lui seul aurait une longue lame. Il accrocha l'épée de Neptune à sa taille.

Avant de remettre à la voile, il s'était également assuré que tous portaient des vêtements de couleurs sombres. Il fit passer la lanterne autour du cercle pour qu'ils se barbouillent le visage de suie. Il y eut les habituelles plaisanteries à propos d'Aboli qui n'avait pas besoin de recourir à ce camouflage, puis ils s'installèrent sous le plat-bord emmitouflés dans leurs cabans pour manger un peu de pain et de viande froide avant d'essayer de prendre quelques heures de sommeil.

A la fin du quart de huit heures à minuit, Luke commença à mollir la barre pour amener le *Raven* plus près du rivage. Grâce à la brise de terre, ils entendaient très distinctement les bruits qui venaient de la côte et la cloche d'une église de la ville sonna minuit si nettement qu'ils purent compter les douze coups. Tom fit passer le mot et ils réveillèrent les quelques dormeurs, mais la plupart avaient déjà été tirés de leur sommeil par la tension nerveuse.

Ils durent entrer dans le port en remontant dans le vent, mais c'était un prix que Tom voulait bien payer en échange d'une sortie directe. Ils furent bientôt au milieu de la flotte française et passèrent si près d'un des grands trois-ponts qu'ils entendirent le garde de l'ancre bavarder d'un ton somnolent sur le pont principal. Personne ne les interpella et Luke emmena sans bruit le *Raven* vers le quai où ils avaient vu s'amarrer le sloop. Accroupi à la proue, Tom scrutait l'obscurité devant lui, à l'affût du navire français. Il était toujours possible qu'il ait appareillé ou changé de place, mais Tom espérait que la majeure partie de son équipage serait toujours occupée à boire dans les tavernes et que le capitaine attendait le matin pour débarquer sa cargaison.

Le *Raven* se rapprocha lentement du quai sombre en

se frayant un chemin entre deux vaisseaux à l'ancre. Tom plissa les yeux et les protégea de ses mains contre le reflet des lumières des maisons le long du front de mer. Il entendait maintenant rire et chanter dans les estaminets, mais la flotte restait silencieuse, arborant seulement des feux de mouillage en tête de mât.

— Il est parti !

Tom perdit espoir : ils étaient à moins d'une demi-portée de pistolet de l'endroit où ils avaient vu le sloop la dernière fois et il n'apparaissait toujours pas. Il se maudit de ne pas avoir pris la précaution de choisir un bateau de remplacement dans cette éventualité. Il était sur le point de demander à Luke d'alarguer quand son cœur se mit à battre plus fort. Il avait vu son mât à sec de toile se découper en ombre chinoise sur la lueur terne des lumières de la ville, et il comprit qu'avec la marée basse la coque du sloop était descendue sous le haut du quai et se confondait avec lui.

— Il est encore là ! Il nous attend !

Il jeta un coup d'œil en arrière pour s'assurer que ses hommes étaient prêts. Comme lui, ils se tenaient accroupis sous le plat-bord et, avec leurs visages noircis, ils avaient l'apparence de ballots alignés en désordre sur le pont. Seul Luke se tenait debout à la barre. Il vira au maximum et, sans attendre son ordre, l'homme chargé de la drisse affala la grand-voile avec un bruissement doux. Le *Raven* ralentit et fila sur son erre jusqu'à toucher le flanc du bateau français. Le pont du sloop se trouvait à six pieds au-dessus de celui du *Raven* et Tom s'apprêta à sauter dessus.

— Nom de Dieu ! s'exclama en français une voix ensommeillée, à la suite du choc des deux coques.

— J'ai un message pour Marcel, répondit Luke dans la même langue.

— Il n'y a pas de Marcel ici, protesta le Français

avec irritation. Vous êtes en train d'abîmer ma peinture avec votre cochonnerie de bateau.

— Je suis chargé par Jacques de lui remettre cinquante sequins qu'il lui doit, insista Luke. Je vais envoyer l'un de mes hommes vous les apporter.

La mention d'une somme pareille coupa court à d'autres protestations et le ton du Français se fit doucereux et rusé.

— Très bien. Donnez-les-moi. Je ferai le nécessaire pour les restituer à Marcel.

Tom sauta du *Raven* et se hissa avec légèreté sur le pont du sloop. Le Français était appuyé au bastingage, une casquette de laine sur la tête, une pipe en terre serrée entre les dents. Il se redressa, ôta la pipe de sa bouche et répéta :

— Donnez-les-moi.

Tandis qu'il s'approchait la main tendue, Tom vit qu'il avait une magnifique moustache.

— Certainement, dit-il en lui assenant un coup de gourdin bien senti au-dessus de l'oreille gauche.

Le Français tomba sur le pont sans un bruit. La seconde d'après, Aboli sautait par-dessus le bastingage et se recevait comme une panthère sur ses pieds nus. Tom vit que la lumière d'une lanterne filtrait par une écoutille ouverte. Il se laissa glisser le long de l'échelle, Aboli sur ses talons. A la lumière de la lanterne qui se balançait sur son cardan, il nota trois hamacs accrochés au fond de la cabine. Il se rendit compte qu'il s'était trompé sur le nombre d'hommes présents à bord. Alors qu'il traversait la cabine, un marin s'assit sur son séant dans le hamac le plus proche.

— Qui est là ? demanda-t-il.

En guise de réponse, Tom lui donna un bon coup de gourdin. L'homme bascula en arrière, mais un autre poussa un cri d'alarme dans le hamac suivant. Avant qu'il ait eu le temps de recommencer, Tom joua une nouvelle fois du gourdin et le Français se ratatina. Un troisième marin sauta du dernier hamac et essaya de s'enfuir par l'échelle, mais Tom le saisit par la cheville et le tira en arrière. Aboli ferma son énorme poing, lui en donna un coup sur le côté de la tête et l'homme s'écroula.

— Il y en a d'autres ? questionna Tom en lançant un regard circulaire.

— C'est le dernier, dit Aboli en remontant à toute vitesse sur le pont, escorté par Tom.

Fred et Reggie avaient coupé les amarres, et le sloop s'éloignait déjà en dérivant du quai. Le cri du marin dans la cabine avait dû être amorti et n'avait pas donné l'alarme. Le port semblait aussi tranquille et somnolent qu'auparavant.

— Ned ! chuchota Tom, et la réponse vint instantanément de l'arrière.

— Oui, capitaine.

Même dans l'agitation du moment, s'entendre appeler ainsi électrisa Tom. Il avait un bateau et était de nouveau capitaine.

— Bien joué. Où est le *Raven* ?

— Droit devant. Il est déjà sous voiles.

Aux drisses du grand mât, les hommes tardaient un peu à effectuer la manœuvre. Dans l'obscurité et sur un navire inconnu, ils avaient du mal à repérer les cordages car les Français utilisaient un système de gréement différent. Tom se précipita à leur aide et ils entreprirent de démêler l'écheveau.

Mais le sloop commençait à culer et dérivait rapidement vers l'un des navires à l'ancre. Tom vit qu'ils allaient le heurter avec une force suffisante pour causer des dégâts.

— Faites attention, bande de balourds ! Vous allez nous éperonner ! lança un marin sur l'autre bateau.

— Parez à l'abordage ! cria en anglais l'un des hommes de Tom.

— Merde ! Ils sont anglais ! s'exclama l'autre.

Tom tira la drisse de l'enchevêtrement de lignes.

— En vitesse, maintenant ! Hissez !

La grand-voile se déploya, enrayant la dérive latérale, et le sloop prit le vent. Il commença à filer, mais il était encore lourd et cogna légèrement contre le navire à l'ancre avant de poursuivre sa route contre son flanc. D'autres voix criaient :

— Les Anglais ! Les Anglais attaquent !

Une sentinelle sur le quai, tirée de son sommeil, fit feu avec son mousquet et il y eut immédiatement un tumulte épouvantable dans tout le mouillage. Mais le sloop prenait de la vitesse et, quand Tom regarda devant, il vit le *Raven*, sa lanterne arrière allumée, qui remontait la passe vers la haute mer.

— Ecoutes de foc ! lança Tom et, pieds nus, des hommes se précipitèrent à sa suite vers la proue.

Ils avaient compris comment étaient gréées les voiles, et les focs furent hissés presque tout de suite. Le sloop donna alors de la bande et bondit en avant ; l'eau bruissait sous son brion et ils commençaient à gagner sur le *Raven*. Mais la flotte française se réveillait, on criait d'un bateau à l'autre, sur certains on allumait des lanternes de bataille et l'on grimpait dans la mâture.

Inspiré par l'agitation grandissante, Tom courut à l'un des canons du sloop. C'était un jouet en comparaison des énormes armements des vaisseaux de ligne ancrés autour d'eux. Il espérait seulement qu'il était chargé.

— Aide-moi ! cria-t-il à Aboli, et à eux deux, ils ouvrirent le volet du sabord et sortirent le canon.

Tom leva les yeux et vit qu'ils passaient à une demi-portée de pistolet d'un énorme bâtiment, un soixante-quatorze, qui cachait la moitié du ciel au-dessus d'eux. Il n'avait même pas à viser. Il y eut un grésillement et le canon parut faire long feu. Puis, brusquement, il tonna et sauta en arrière sur son palan.

Tom entendit le boulet fracasser les lourds bordages du bâtiment de guerre. Ils furent poursuivis par des cris de colère, mais le sloop s'éloignait à vive allure. Il était si bas sur l'eau qu'il se perdit très vite dans la nuit.

Là-bas, un autre canon fit feu et Tom vit la longue flamme dirigée au hasard. Il ne sut jamais où était tombé le boulet. Il y eut de nouveaux cris, puis des coups de canon intermittents s'amplifièrent en une canonnade assourdissante tandis que les gros bâtiments tiraient sur une flotte anglaise imaginaire. La fumée de la poudre dériva en une nappe épaisse sur les deux petits navires. Ils étaient presque cachés l'un à l'autre, et Tom dut faire effort pour retrouver la faible lueur de la lanterne du *Raven*.

Les cris et les coups de canon s'évanouirent derrière eux et ils sortirent de la nappe de fumée dans la nuit claire. Tom entendit des voix affaiblies par la distance, des voix anglaises, et comprit que le petit équipage du *Raven* les acclamait. Ses hommes interrompirent la manœuvre pour leur répondre. Il était mal venu de donner une piste à d'éventuels poursuivants, mais Tom n'essaya pas de les faire taire. Il vit les dents blanches d'Aboli dans l'obscurité et il lui rendit son sourire.

— Où sont les Français ? demanda-t-il.

On tira alors les trois marins débraillés de la cabine, avec leur capitaine.

— Il y a un canot à l'avant, dit Tom. Nous allons mettre en panne, les fourrer dedans et les renvoyer chez eux avec nos compliments, dit Tom.

Ils entassèrent les quatre hommes dans le petit bateau et repoussèrent l'embarcation. Lorsqu'il comprit ce qui se passait, le capitaine se dressa à l'avant du frêle esquif, ses moustaches hérissées de fureur et, montrant les poings, les abreuva d'injures.

— Ta mère était une vache et elle t'a enfanté du mauvais côté, tas de merde ! Je pisse dans le lait de ta mère et piétine les testicules de ton père.

— Parle anglais ! lui cria Luke. La beauté de ta poésie se perd dans l'air de la nuit.

Les insultes du capitaine français se turent bientôt dans l'obscurité derrière eux.

Aboli aida Tom à balancer la grand-voile et, quand elle porta bien, il dit :

— Il est à vous maintenant, Klebe. Comment allez-vous l'appeler ?

— Comment les Français l'ont-ils baptisé ?

Alf Wilson se pencha par-dessus l'arrière et tendit le cou pour lire le nom sur l'arcasse, à la lumière de la lanterne de poupe.

— L'*Hirondelle*. Qu'est-ce que ça veut dire ?

— Le *Swallow*, traduisit Luke.

— C'est un beau nom, admirent-ils tous. Dieu sait qu'il vole comme un oiseau.

— Mais pas dans cette langue imprononçable, objecta Tom. En bon anglais. Le *Swallow*. Nous boirons à sa santé quand nous nous amarrerons sur le fleuve.

Tous l'acclamèrent.

Lorsque le soleil se leva, ils se trouvaient au large de Sheerness, et bien qu'il fît toutes voiles dehors, le *Raven* restait loin derrière. Le sloop demeurait au largue et son étrave soulevait des gerbes d'écume en fendant les lames grises comme de l'étain.

— Il aime courir librement, se réjouit Ned, son

visage plissé par des rides de plaisir. Il va falloir une ancre de cape pour le tenir en bride.

Dans la lumière étincelante du matin, il était joli comme une jeune fille dans sa robe de mariée, ses voiles si neuves qu'elles luisaient comme de la nacre, sa peinture si récente que Tom sentait encore l'odeur de térébenthine, et le pont briqué jusqu'à être blanc comme neige.

Tom songea à la cargaison et fit signe à Aboli d'aller l'examiner. Aboli et Alf Wilson levèrent les panneaux et descendirent dans la cale avec des lanternes. Quand ils remontèrent, une demi-heure plus tard, ils avaient l'air enchantés de leur découverte.

— Il est bourré de toile à voile jusqu'aux ouïes. De la meilleure qualité. Assez pour habiller une escadre de bâtiments de ligne.

Le visage de Tom s'éclaira. Il savait quel prix atteindrait cette marchandise dans les salles des ventes de la Compagnie.

— Le nerf de la guerre, déclara-t-il. Aussi bon que de l'or.

Ils débarquèrent la cargaison de toile sur le quai de la Compagnie, puis Tom envoya un mot à lords Childs et emmena le *Swallow* en amont jusqu'au mouillage de Luke Jervis à Eel Pie Island. Il resta avec ses hommes le temps nécessaire pour lancer les travaux de modification du pont intermédiaire, indispensables pour permettre l'embarquement d'un équipage plus important, et d'aménagement de petites cabines pour le capitaine et les trois officiers. Elles ne seraient guère plus grandes que des cagibis, avec une couchette, un coffre de bord, dont le couvercle pouvait faire office de bureau ou de table de jeu, et pas grand-chose d'autre. La hauteur sous les barrots obligerait son occupant à se courber presque en deux pour entrer et sortir.

Tom fit des plans d'aménagement du gaillard d'avant afin qu'il puisse recevoir une vingtaine d'hommes. Il révisa à la baisse l'effectif de l'équipage qui lui serait nécessaire pour manœuvrer le bateau et le mettre en état de combattre si besoin était, tout en transportant suffisamment de provisions pour un voyage de trois ans ainsi que des marchandises à troquer pour assurer un profit final.

Dans son état actuel, les hommes auraient manqué de place dans le poste d'équipage, même par beau temps quand la plupart dormaient sur le pont, et par mauvais temps, quand tous étaient contraints de descendre, même les vieux loups de mer recrutés par Alf Wilson et Aboli auraient été trop à l'étroit.

Une fois les nouveaux aménagements décidés et les charpentiers mis au travail, Tom et Aboli louèrent les services d'un passeur pour les déposer en ville. Quand ils arrivèrent à Leadenhall Street, le secrétaire leur dit que lord Childs se trouvait à la Chambre des lords et y passerait la journée. Il tendit à Tom le billet qu'il lui avait laissé.

Mon cher Thomas,

Je ne m'attendais pas à apprendre le succès de vos entreprises si promptement. La cargaison que vous avez prise a déjà été vendue à l'Amirauté, et nous avons reçu un joli prix de l'ensemble. Il faut que j'en discute avec vous. Soyez aimable de me rejoindre à la Chambre, où un huissier me fera tenir un message dès votre arrivée.

Votre serviteur.

N.C.

Tom et Aboli longèrent les berges jusqu'à l'énorme édifice du gouvernement, le palais de Westminster, au bord de la Tamise. L'huissier prit la lettre que Tom lui tendait par la porte des visiteurs de la Chambre des lords, et il attendit un temps remarquablement court avant que lord Childs, l'air troublé et affolé, ne descende l'escalier en soufflant et ne vienne le prendre par le bras.

— Votre frère William est à la Chambre. Je l'ai laissé il n'y a pas dix minutes. Vous auriez dû m'avertir de la situation entre vous, lâcha-t-il sans aucun préambule. (Il appela sa voiture.) Je crois que vous devez être prévenu qu'il entend vous poursuivre pour les torts que vous lui avez causés.

— C'est Billy qui est à blâmer... commença Tom avec colère.

Childs le fit entrer à la hâte dans la voiture qui arrivait devant l'entrée.

— Bombay House ! Aussi vite que possible, ordonna-t-il au cocher avant de se laisser choir sur la banquette à côté de Tom. Votre maître d'équipage peut monter avec le valet de pied, ajouta-t-il.

Tom cria à Aboli de grimper sur le marchepied.

L'équipage démarra brusquement et Childs leva sa perruque pour s'éponger le crâne.

— Votre frère est l'un des plus gros actionnaires de la Compagnie, un homme à ne pas traiter à la légère. Il ne doit pas nous voir ensemble. Pour ne pas faire de vagues, j'ai dû lui cacher que j'étais en affaires avec vous.

— Il ne peut rien contre moi, rétorqua Tom.

Il en était moins certain qu'il n'en avait l'air et dut hausser le ton pour se faire entendre par-dessus le vacarme des sabots et des roues cerclées de fer sur les pavés.

— Je crois que vous sous-évaluez l'animosité de votre frère envers vous, Courtney, dit Childs en renfonçant sa perruque. Peu importe à qui reviennent les torts, si une personne dans ma position — oserais-je dire un homme jouissant d'une certaine influence ? — ne souhaite pas s'attirer son mécontentement. Vous, un cadet sans héritage, devriez, ô combien, veiller à ne pas encourir sa vengeance. J'ai rarement vu une telle malveillance, un esprit aussi venimeux chez un être humain.

Ils restèrent silencieux le reste du trajet. Quand ils franchirent les portes du parc de Bombay House, Childs se pencha à la portière et lança au cocher :

— Conduisez-nous aux écuries, pas à l'entrée principale.

Dans la cour de l'écurie, il fit entrer Tom par une porte dérobée.

— Je sais que des espions de votre frère vous surveillent. Mieux vaut qu'il ne soit pas informé de notre rencontre.

Tom se hâta à la suite de Childs à travers des couloirs et des escaliers apparemment sans fin, jusqu'à un petit cabinet aux murs tendus de tapisseries, au milieu duquel trônait un grand bureau en chrysocale avec des dorures. Childs lui désigna un fauteuil à côté du sien, puis farfouilla parmi les documents qui encombraient le bureau, en prit un et le tendit à Tom.

— Voici la facture de la vente à l'Amirauté de la cargaison de toile prise au navire français l'*Hirondelle*. Vous verrez que j'ai déduit du total les honoraires habituels.

— Vingt pour cent ! s'exclama Tom, stupéfait.

— C'est la coutume, dit Childs avec brusquerie. Si vous prenez la peine de relire notre accord, vous constaterez qu'ils sont prévus par la quinzième clause.

Tom eut un geste de résignation.

— Et qu'en est-il de l'*Hirondelle* elle-même ? Prélèverez-vous aussi vos vingt pour cent sur sa valeur ?

Ils commencèrent à marchander et Tom ne tarda pas à découvrir pourquoi Childs s'était élevé si haut dans le monde du commerce et des affaires. Il avait le sentiment pénible d'affronter un adversaire bien supérieur. A un certain moment, Childs s'excusa et laissa Tom seul si longtemps qu'il commença à s'agiter dans son fauteuil puis, à bout de patience, se leva pour faire des allées et venues dans le petit cabinet.

Pendant ce temps, dans la pièce voisine, Childs rédigeait à la hâte un long message sur une feuille de parchemin.

— Envoyez-moi Barnes, ordonna-t-il ensuite à son secrétaire tout en séchant l'encre.

Quand le cocher se présenta devant lui, Childs dit :

— Ce message est destiné à lord Courtney, à la Chambre des lords. Vous le lui remettrez en main propre. C'est une question de vie ou de mort.

— Très bien, *my lord*.

— A votre retour, je veux que vous conduisiez mon invité et son serviteur à l'embarquement de la Tour de Londres. Vous ne devez cependant pas vous y rendre immédiatement. Voici ce que vous allez faire...

Il lui donna des instructions détaillées et, quand il eut fini, lui demanda s'il avait compris.

— Parfaitement, *my lord*.

Childs rentra d'un air affairé dans le cabinet où attendait Tom et lui présenta ses excuses.

— Pardonnez-moi, mais il m'a fallu régler avec diligence des affaires pressantes. Bon, revenons-en à ce qui nous occupe.

Au milieu de l'après-midi, Tom avait en main le titre de propriété de l'*Hirondelle*, mais il ne devait rien retirer de la vente de la cargaison. Nicholas Childs avait en outre voulu retenir un intérêt de vingt-cinq pour cent sur tout futur profit qu'il dégagerait grâce à la lettre de marque qu'il lui avait obtenue. Tom savait qu'il ne faisait pas le poids mais refusa avec obstination.

Seule chose qui jouait en sa faveur, Childs n'avait pas vu l'*Hirondelle*. La description qu'on lui en avait faite ne rendait pas justice au sloop et n'excitait donc pas sa convoitise. Childs n'avait aucun emploi pour un navire si modeste et Tom sentait qu'il était disposé à l'abandonner. Il tint bon et, à la fin, Childs renonça à ses prétentions exorbitantes et accepta de lui remettre les documents du sloop sans restriction au droit de propriété. En échange, Childs conserva le montant de la vente de la cargaison.

Childs avait l'air fort satisfait du marché ainsi conclu — on l'aurait été à moins, pensa Tom, mécontent. Il se demandait comment il allait expliquer aux hommes qui s'étaient battus pour prendre l'*Hirondelle* dans la rade de Calais qu'ils ne recevraient aucune récompense pour leurs efforts.

— Vous seriez bien avisé, Courtney, de quitter l'Angleterre dès que vous pourrez hisser une voile et de rester à l'autre bout de l'océan aussi longtemps que durera la mémoire de votre frère. Je vous ai offert le moyen d'échapper à une situation périlleuse.

Sur ces entrefaites, on frappa un petit coup à la porte du cabinet et Childs fit entrer le secrétaire.

— La question a été réglée, *my lord*. Barnes est de retour et attend pour conduire vos invités.

— Très bien. Excellent. (Il se leva immédiatement et sourit à Tom.) Il me semble que cela conclut notre affaire, Courtney. J'ai cru comprendre que vous souhaitiez prendre le bac à la Tour ?

Il reconduisit amicalement Tom jusqu'à la porte de

l'hôtel particulier, où Barnes attendait avec la voiture. Comme ils se serraient la main, Childs demanda innocemment :

— Où allez-vous emmener votre nouveau navire ? Et quand comptez-vous appareiller ?

Tom savait que la question était piégée et il évita la chausse-trape.

— Je viens d'en être le propriétaire, répondit-il en riant. Je n'ai pas encore eu le temps d'y réfléchir.

Childs le fixait droit dans les yeux, attentif à toute manigance, et Tom se vit contraint de poursuivre :

— Je pense que les ports français de la Méditerranée conviendraient. Ou peut-être le territoire français de la Louisiane, dans le golfe du Mexique. Il se pourrait que je traverse l'Atlantique avec le *Swallow*, car tel est son nouveau nom.

Childs grogna, pas entièrement convaincu.

— J'espère, Courtney, que vous n'avez pas dans l'idée de doubler le cap de Bonne-Espérance pour partir à la recherche de votre frère dans l'océan des Indes ?

— Doux Jésus, non, monsieur ! fit Tom en riant. Je ne suis pas assez fou pour affronter le cap des Tempêtes sur un rafiot comme le *Swallow*.

— Tous les territoires au-delà du Cap ont été concédés par charte royale à l'honorable Compagnie. Tout intrus y est traité de la manière la plus sévère qu'autorise la loi.

Son regard d'acier montrait cependant qu'il ne se sentirait pas lié par le droit dans l'exercice du châtiment. Un vieux diction de marin disait : « Il n'y a pas de loi au-delà de la ligne », ce qui signifiait que le droit des pays civilisés ne s'appliquait pas toujours à l'autre bout de l'océan.

Childs lui serra le bras pour appuyer ses paroles.

— Je crois que vous devriez me craindre davantage

que votre frère si vous étiez assez imprudent pour marcher sur mes plates-bandes.

— Je vous assure, *my lord*, que je vous considère comme un ami et ne ferai rien pour y changer, dit Tom avec ardeur.

— Alors nous nous comprenons.

Childs masqua la dureté de son expression par un sourire aussi chaleureux que celui de Tom et ils se serrèrent de nouveau la main. « Tout cela n'a aucune importance, se dit Childs. Le sort de ce garçon est entre les mains de son frère. »

— Que Dieu vous accompagne ! lança-t-il en ajoutant par-devers lui « Ou le diable ! » et en agitant sa main potelée.

Tom sauta dans la voiture et invita Aboli à s'asseoir à côté de lui. Childs recula et fit signe au cocher, qui lui renvoya un regard significatif et toucha le bord de son chapeau avec son fouet. Il secoua les rênes et l'équipage s'ébranla.

Tom et Aboli étaient si absorbés par leur conversation que ni l'un ni l'autre ne prit garde à la route que suivait le cocher. Les rues étroites se ressemblaient tant qu'ils n'avaient aucun point de repère pour s'orienter. Tandis que la voiture poursuivait son chemin en faisant des embardées, Tom racontait par le menu à Aboli son entrevue avec Childs.

— Ce n'est pas un aussi mauvais marché que vous le pensez, Klebe, dit finalement Aboli. Vous avez le *Swallow* et un équipage.

— Il faut que je paie sur mes propres deniers Luke Jervis et les hommes qui sont venus avec nous à Calais, objecta Tom. Ils attendent leur part du prix de la cargaison.

— Offrez-leur une part des prises et un embarquement pour le prochain voyage, ils n'en seront que plus ardents à vous servir.

— Il ne me reste plus que six cents livres pour armer et avitailler le *Swallow*.

— Non, dit Aboli, vous en avez douze cents.

— Comment cela ?

— J'ai conservé ma part des prises que nous avons faites avec votre père pendant toutes les années où nous avons navigué ensemble. Je l'ajouterai à la vôtre. Je n'en ai pas d'autre emploi.

— Tu seras mon associé à part égale. Nous signerons un acte, dit Tom en s'efforçant de cacher son plaisir.

— Si je ne peux pas avoir confiance en vous maintenant, dit Aboli avec un petit sourire, je ne vois pas à quoi me servirait un bout de papier. Ce n'est que de l'argent, Klebe.

— Avec mille deux cents livres, nous pouvons réaménager et avitailler le *Swallow*, et aussi remplir sa cale de marchandises. Tu ne le regretteras pas, mon vieil ami, je te le promets.

— Rares sont les choses que je regrette. Et si nous retrouvons Dorian, je n'aurai aucun regret. Bon, si vous avez fini votre bavardage, je vais dormir un peu.

Il se renversa sur la banquette et ferma les yeux. Tom examina subrepticement son visage en songeant à la philosophie simple et à la force intérieure qui faisaient d'Aboli un homme content et se suffisant à lui-même. « Il est sans vice, pensa Tom, il n'éprouve pas le besoin de commander ni d'amasser des richesses, et il possède un sens aigu de la fidélité et de l'honneur, une profonde sagesse naturelle. C'est un homme stoïque, en paix avec lui-même, capable de jouir de tous les dons que lui ont accordés ses étranges dieux de la forêt, et de supporter sans se plaindre tous les maux et toutes les épreuves dont le monde peut l'accabler. »

Il examina le crâne noir brillant sur lequel aucun cheveu, ni noir ni gris, ne trahissait son âge. Puis il observa plus attentivement son visage. Les motifs complexes du tatouage qui le recouvrait dissimulaient les ravages que les années avaient pu y faire. Quel âge avait-il vraiment ? Il semblait à l'épreuve du temps comme une falaise d'obsidienne noire et, bien qu'il fût sans doute beaucoup plus vieux que son père, les années n'avaient en rien amoindri ses facultés. « Il ne me reste plus que lui, pensa Tom, stupéfait par la force du respect et de l'affection qu'il éprouvait pour le géant. Il est mon père et mon conseiller. Plus encore, il est mon ami. »

— Ce n'est pas le chemin du fleuve, dit soudain Aboli sans ouvrir les yeux, tirant Tom de sa rêverie.

— Comment le sais-tu ?

Tom jeta un coup d'œil par la portière et ne vit que des édifices sombres qui semblaient tomber en ruine dans la lugubre lumière déclinante. Les ruelles étaient désertes, à l'exception de quelques individus isolés emmitouflés dans leur cape qui se hâtaient vers Dieu sait où. D'autres se tenaient, sinistres et immobiles dans les embrasures sombres des portes, le visage caché, de telle sorte qu'on ne pouvait dire si c'étaient des hommes ou des femmes.

— Comment le sais-tu ? répéta-t-il.

— Nous nous sommes éloignés de la Tamise, répondit Aboli. On aurait dû arriver depuis longtemps à l'embarcadère de la Tour, si c'est bien là qu'il nous emmène.

Tom ne mettait nullement en doute son sens de l'orientation et du temps : il était infaillible.

— Où nous conduisez-vous, cocher ? cria-t-il en se penchant par la portière.

— Là où le président l'a ordonné. A Spitalfields Market.

— Non, espèce d'âne bâté, c'est à la Tour de Londres que nous voulons aller.

— J'ai dû mal entendre. Je suis sûr que le président a ordonné...

— Au diable ce qu'a ordonné le président ! Conduisez-nous où je vous dis. Nous devons prendre un bac pour remonter le fleuve.

Le cocher fit demi-tour en grommelant et recula en bloquant la rue étroite tandis que le valet de pied tirait sur la bride du cheval de tête pour le contraindre à obéir.

— Nous n'arriverons là-bas qu'à six heures passées, avertit l'homme. Vous ne trouverez plus de bac à une heure pareille.

— Nous prenons le risque, rétorqua Tom d'un ton hargneux. Faites ce qu'on vous dit.

De mauvaise grâce, le cocher fouetta les chevaux pour les amener au trot, et la voiture rebroussa chemin en se balançant au milieu des ornières et des flaques. Une brume basse qui annonçait l'approche du soir les enveloppait peu à peu. Des volutes de fumée grise nimbaient à présent les bâtisses qu'ils dépassaient, et même le bruit des roues et des sabots était assourdi par l'épaisse ouate blanche. Soudain, il fit plus froid. Tom frissonna et serra sa cape autour de ses épaules.

— Votre épée glisse-t-elle bien dans son fourreau, Klebe ? questionna Aboli.

— Pourquoi cette question ? dit Tom, alarmé, mais il posa la main sur le saphir bleu de la garde et tint le fourreau serré entre ses genoux.

— Vous pourriez en avoir besoin, grommela Aboli.

Je flaire la trahison. Le gros à perruque ne nous a pas envoyés ici sans raison.

— C'était une erreur du cocher, dit Tom, mais Aboli rit doucement.

— Ce n'était pas une erreur, Klebe. (Il avait rouvert les yeux et tira son épée d'un pouce hors de son fourreau avant de la remettre à sa place.) Nous sommes près du fleuve, maintenant.

Tom ouvrit la bouche pour lui demander comment il le savait mais Aboli devança la question :

— Je sens l'humidité et l'odeur de l'eau.

Il n'avait pas plus tôt fini sa phrase qu'ils sortirent de la ruelle. Le cocher serra la bride à l'attelage au bord du quai de pierre. Tom jeta un coup d'œil à l'extérieur. La nuit tombait vite et l'obscurité donnait naissance à de sombres pressentiments.

— Ce n'est pas l'embarcadère, lança Tom au cocher.

— Suivez le chemin dans cette direction, répondit celui-ci en pointant son fouet. Il est à deux cents pas d'ici.

— Conduisez-nous jusque-là puisque c'est si près, ordonna Tom, maintenant soupçonneux.

— Le chemin est trop étroit pour la voiture, et, par la route, c'est un long détour. A pied, vous n'en avez que pour une minute.

Aboli toucha le bras de Tom et murmura :

— Faisons ce qu'il dit. Si c'est un piège, nous pourrons mieux nous défendre en terrain découvert.

Ils descendirent de voiture sur le bas-côté boueux et le cocher lança avec un petit sourire narquois :

— Un vrai gentilhomme me donnerait six pence pour ma peine.

— Je ne suis pas un gentilhomme et vous n'avez pris aucune peine, répondit Tom. La prochaine fois, écoutez les ordres qu'on vous donne et conduisez-nous où il faut.

Le cocher fit claquer son fouet avec colère et la voiture s'éloigna dans un grondement. Ils regardèrent ses lanternes disparaître dans la ruelle et Tom prit une profonde inspiration. Le fleuve dégageait une froide humidité et une forte odeur d'égouts. Le rideau de brume s'ouvrait et se fermait, créant des illusions d'optique. Mais le chemin de halage se trouvait bien là devant eux. Sur la gauche, il surplombait l'eau de deux bonnes brasses et un mur de brique aveugle le bordait sur la droite.

— Marchez à droite et restez au milieu du chemin, chuchota Aboli.

Tom vit qu'il avait fait glisser son fourreau sur sa hanche droite pour pouvoir se battre de la main gauche afin qu'ils ne se gênent pas mutuellement.

Ils s'avancèrent sur le chemin épaule contre épaule, leur cape remontée jusqu'au menton, prêts à l'ouvrir en un instant pour dégager leur bras armé. Le silence et l'obscurité croissante étaient oppressants. Une faible lueur scintillait à travers la brume devant eux, juste suffisante pour éclairer le bord du quai. En approchant, Tom vit que c'était une lanterne.

Plus près encore, il distingua les marches qui descendaient vers l'embarcadère.

— C'est bien ici, dit-il à voix basse. Regarde, il y a un bac qui attend et le passeur.

La haute silhouette sombre du passeur se détachait en haut de l'escalier. Un chapeau à large bord cachait ses yeux et le col de son manteau couvrait le bas de son visage. Son bateau était amarré à l'un des anneaux de fer scellés dans le quai. Il avait posé sa lanterne sur la dernière marche et elle projetait son ombre démesurément allongée sur les pierres du pont derrière lui. Tom hésita.

— Je n'aime pas ça. On dirait une scène de théâtre, avec l'acteur qui attend pour donner sa réplique, dit-il en arabe afin de ne pas être compris d'éventuels guetteurs. Pourquoi le passeur nous attendrait-il s'il n'avait pas été prévenu de notre arrivée ?

— Attention, Klebe, l'avertit Aboli. Ne le laissez pas accaparer votre attention. Le danger ne viendra pas de lui. Il y en a d'autres.

Ils continuèrent d'avancer d'un pas régulier vers le personnage solitaire, mais ils dardaient des regards à travers les ténèbres de plus en plus denses autour d'eux. Une autre silhouette émergea soudain de l'obscurité et se plaça sur leur chemin juste hors de portée d'épée. Le personnage releva son capuchon et le laissa retomber sur ses épaules, découvrant une épaisse chevelure dorée, étincelante dans la faible lumière.

— Bonsoir, beaux messieurs.

La voix de la femme était rauque et séductrice, mais Tom vit les repoussants plâtrages rouges sur les joues et l'épais maquillage sur ses grosses lèvres, bleues comme celles d'un cadavre dans la pénombre.

— Pour un shilling, je vous emmène au paradis, proposa-t-elle.

Elle les avait obligés à s'arrêter dans un passage resserré où ils se trouvaient maintenant coincés, et elle tortillait des hanches en lançant des œillades assassines à Tom, dans une répugnante parodie de séduction.

— Derrière ! murmura Aboli en arabe, et Tom entendit un bruissement de pas sur les pavés. Je m'en charge, mais tenez à l'œil la catin, car au son de sa voix je suis sûr qu'elle a une jolie paire de précieuses sous sa jupe, ajouta-t-il avant que Tom ait eu le temps de se retourner.

— Six pence pour tous les deux, ma belle, proposa Tom en s'avançant vers elle pour la mettre à portée de son épée.

A cet instant, il entendit Aboli pivoter sur lui-même mais ne quitta pas des yeux la prostituée. Aboli se fendit souplement pour porter une botte au premier des deux individus sortis de l'obscurité qui s'approchaient d'eux. Il fut si rapide que l'homme n'eut même pas le temps de lever sa lame. La pointe pénétra sous les côtes et ressortit à hauteur des reins. Il poussa un hurlement.

Aboli se servit de sa lame embrochée dans la chair et de la force de son bras gauche pour le projeter comme un poisson pris au harpon sur son acolyte qui arrivait derrière.

Touché en pleine bouche, le malandrin laissa échapper son arme et se couvrit le visage des deux mains. Le sang, sombre et épais, jaillit entre ses doigts. Il chancela et bascula en arrière par-dessus le bord du quai. On entendit un grand plouf et il coula aussitôt.

L'autre s'affaissa sur les genoux en étreignant son estomac et tomba sur le visage. Aboli se retourna rapidement pour venir en aide à Tom, mais trop tard.

La catin avait tiré une épée de dessous sa cape et, quand elle bondit sur Tom, sa perruque glissa, découvrant ses cheveux courts et un visage masculin aux traits grossiers. Tom s'y attendait et sauta en avant pour répondre à l'assaut. Pris au dépourvu par la rapidité de la contre-offensive, l'assassin n'avait pas eu le temps de lever sa lame.

Tom frappa haut, dans la ligne naturelle d'attaque, un coup mortel sous la gorge, là où aucun os ne dévie la lame. L'arme traversa la trachée et les artères du cou avant de crisser contre la colonne vertébrale. Il recula et porta un autre coup, un pouce plus bas. Cette fois-ci, l'acier trouva l'articulation des vertèbres et passa au travers.

— Vous faites des progrès, Klebe, lança Aboli d'une voix sifflante tandis que la fausse catin s'écroulait et restait au sol sans un mouvement, ses jupes remontées sur des jambes maigres et velues. Mais nous n'en avons pas encore fini. D'autres vont arriver.

Ils sortaient des embrasures des portes et des ombres comme des chiens errants flairant des détritus. Tom ne prit pas la peine de les compter mais ils étaient nombreux.

— Dos à dos, ordonna Aboli en changeant son épée de main.

Le goulot d'étranglement, qui avait semblé les piéger, était maintenant leur bastion. Le fleuve gardait un de leurs flancs, le mur aveugle haut de trois étages, l'autre.

Tom devinait que les assaillants s'approchaient en masse des deux côtés du chemin, mais un seul pouvait attaquer à la fois. Le suivant à venir sur Tom était armé d'un bâton à pointe de fer et le premier coup qu'il tenta de lui porter à la tête montrait de toute évidence qu'il était expert dans le maniement de cette arme redoutable. Tom était reconnaissant à Aboli de l'avoir obligé à s'exercer pendant des heures au bâton à High Weald. Il se baissa pour esquiver le long épieu, ne voulant pas risquer de briser la lame délicate de l'épée de Neptune, mais il était prêt pour le revers, qui, il le savait, viserait aussi la tête. Il ne pouvait lâcher du terrain car le large dos d'Aboli était contre le sien. Les six pieds de long du bâton avaient permis à l'attaquant de rester hors de portée de la lame bleue, mais il tenta un coup avec la pointe de fer, projetée à la vitesse d'une flèche vers la tête de Tom. Celui-ci esquiva au dernier moment et la laissa effleurer sa joue. De la main droite, il agrippa la hampe de chêne, tira l'homme vers lui et tendit le bras : la lame fendit l'air dans un chuintement et vibra comme un éclair estival.

Avec la netteté d'un rasoir, elle trancha la gorge sous

la ligne de la mâchoire et l'air s'échappa de la trachée avec un couinement de porcelet auquel la truie refuse la mamelle.

Hypnotisé par l'affreux spectacle de l'agonisant qui tournait en rond en chancelant, le truand qui venait derrière fut lent à parer le coup d'estoc de Tom. De nouveau, il frappa haut, à la base de la gorge, mais au dernier moment sa victime fit un brusque mouvement de côté et la pointe traversa l'épaule. L'arme qu'il tenait tomba en cliquetant sur les pavés. Il étreignit sa blessure, cria : « Par Dieu, je suis mort ! » puis se retourna et buta dans ceux qui arrivaient derrière lui. Ils formaient une masse humaine sombre et confuse, si serrée que Tom avait du mal à repérer une cible. De toutes ses forces, il donna dans le tas trois coups rapides, chacun déclenchant un hurlement de douleur. L'un tituba en arrière, bascula au bord du chemin en battant des bras comme un forcené et toucha l'eau dans un jaillissement d'écume. Les autres battirent en retraite à toute allure en tenant leurs blessures, leurs visages gris sale dans la lumière lugubre.

Tom entendit des bruits derrière lui ; quelqu'un poussait des gémissements caverneux, un autre sanglotait de douleur. Un troisième, affalé par terre, donnait des coups de pied dans le vide comme un cheval à la jambe brisée. Tom n'osait quitter des yeux ceux qui lui faisaient encore face, mais il fallait qu'il sache si Aboli couvrait toujours ses arrières.

— Aboli, tu es touché ?

— Ce sont des singes, pas des guerriers, répondit immédiatement sa voix profonde, pleine de mépris, juste derrière lui. Ils souillent ma lame avec leur sang.

— Ne fais pas le délicat, je te prie. Combien en reste-t-il ?

— Beaucoup, mais il me semble que la nourriture que nous leur servons leur a coupé l'appétit.

Un petit groupe d'assaillants hésitait devant Aboli, juste hors de portée d'épée. Il les vit commencer à reculer et, rejetant soudain la tête en arrière, il poussa un tel hurlement que Tom sursauta. Il se tourna malgré lui pour regarder.

La bouche d'Aboli était une caverne rouge et les tatouages de son visage, déformés en une grimace d'une férocité bestiale. C'était un cri de grand primate, un son qui traumatisait les tympans et ébranlait les sens. Les hommes devant lui déguerpirent, poursuivis par les échos renvoyés sur les flots sombres. La même panique s'empara de ceux qu'affrontait Tom : ils tournèrent les talons et détalèrent. Deux boitaient et chancelaient, mais ils s'enfuirent à la débandade par les ruelles adjacentes et le bruit de leur course s'évanouit bientôt dans la brume de plus en plus épaisse.

— Je crois que tu as alerté la garde, dit Tom en se baissant pour essuyer sa lame sur les jupes de la défunte prostituée. Ils vont nous tomber dessus dans une minute.

— Alors, allons-y, convint Aboli d'une voix qui paraissait douce et apaisante après son terrible cri.

Ils enjambèrent les corps mutilés et coururent vers le haut des marches. Aboli se précipita vers le bac tandis que Tom allait vers le passeur.

— Une guinée d'or pour un passage ! lança-t-il en approchant.

Il arrivait à moins de dix pas de lui quand l'homme écarta brusquement les replis de son manteau et leva le pistolet qu'il cachait en dessous. Tom vit qu'il était à canon double, les gueules noires pareilles à des orbites vides.

Tandis qu'il avait le regard fixé sur les yeux de la mort, le temps sembla se figer. Tout lui donnait l'impression d'être irréel, comme dans un rêve. Sa vue et tous ses sens paraissaient aiguisés, mais ses mouvements étaient ralentis comme s'il avait pataugé dans la boue.

Les deux chiens étaient armés à fond. Sous le large bord du chapeau, un œil sombre flambant de haine fixait Tom par-dessus les canons et un index pâle se refermait inexorablement sur la détente.

Tom regarda tomber le chien du canon gauche, la bouffée de fumée et l'éclair de l'amorce. Il tenta de se jeter de côté mais ses membres n'obéissaient que paresseusement. Sous l'effet du recul, la main armée se releva soudain et le coup partit dans un fracas épouvantable. Un nuage de fumée bleue remplit l'espace entre eux. Au même instant, Tom reçut un coup violent qui le projeta en arrière. Il tomba lourdement sur le dos. « Je suis touché », pensa-t-il avec surprise, étalé sur la plus haute marche. Un engourdissement alourdissait sa poitrine. Il savait ce que cela présageait. « Je suis peut-être mort », se dit-il, et cette pensée le mit en colère. Il lança un regard furieux à l'homme qui avait tiré sur lui.

Il tenait toujours l'épée de Neptune dans la main droite. Il vit le pistolet s'abaisser et braquer sur lui son terrible regard vide. « Si j'étais mort, je ne pourrais plus manier mon épée. » La pensée se fit jour dans son esprit, le forçant à canaliser son énergie et sa détermination dans son bras droit.

A son grand étonnement, il n'avait nullement perdu sa force. Le bras fouetta l'air et ses doigts lâchèrent l'épée, lancée comme un javelot. Elle fendit l'air droit au but, la pointe en avant, parfaitement stable, les incrustations d'or étincelant à la lueur de la lanterne.

Au-dessus de lui, le manteau ouvert du passeur découvrait sa poitrine. Il ne portait dessous qu'une chemise de soie noire, fermée au cou par un cordon. Avant que parte le deuxième coup, la lame traversa la fine étoffe sous le bras levé et disparut comme par magie dans le torse.

Le passeur resta debout quelques instants, figé dans un spasme mortel, le cœur transpercé par l'acier, puis il chancela en arrière et ses longues jambes bottées de cuir verni noir se dérobèrent sous lui. Il tomba sur le dos et se tordit de douleur, puis s'immobilisa.

Tom se redressa sur un coude et vit Aboli monter les marches d'un bond.

— Klebe ! Où avez-vous été touché ?

— Je ne sais pas, je ne sens rien.

Aboli écarta les plis de la cape, déchira la chemise puis palpa énergiquement la chair ferme.

— Doucement, par Dieu ! Si je ne suis pas déjà mort, tu vas faire en sorte que je le sois.

Aboli saisit la lanterne, qui brûlait toujours en haut des marches, ouvrit à fond le volet et dirigea le faisceau vers la poitrine de Tom. Il y avait du sang, beaucoup de sang.

— Bas sur le côté droit, murmura-t-il, pas le cœur mais peut-être les poumons.

Il rapprocha la lanterne des yeux de Tom et vit les pupilles se contracter.

— Bon ! Toussez maintenant.

Tom obtempéra et s'essuya la bouche avec le dos de la main.

— Pas de sang ! dit-il en examinant ses mains.

— Remerciez-en vos dieux et les miens, Klebe, grommela Aboli en poussant Tom sur le dos. Ça va faire mal. Criez si vous voulez, mais il faut que je sonde la trajectoire de la balle.

Il trouva l'ouverture de la plaie et, avant que Tom ait eu le temps de rassembler son courage, il glissa un doigt à l'intérieur. Tom arqua le dos et cria comme une vierge déflorée avec rudesse.

— Elle a heurté une côte et dévié, mais elle n'est pas entrée dans la cavité des poumons.

Aboli ressortit son doigt ensanglanté, passa la main autour de la poitrine de Tom et sentit la bosse que formait la balle près de l'omoplate.

— Elle a poursuivi son chemin entre l'os et la peau. Nous l'extrairons plus tard.

Il dressa la tête en entendant un cri résonner à l'entrée de la ruelle qui conduisait à l'embarcadère :

— Halte, rendez-vous, vauriens, au nom du roi !

— La garde ! s'exclama Aboli. Il ne faut pas qu'ils nous attrapent ici, au milieu de tous ces cadavres. (Il releva Tom.) Venez, je vais vous aider à aller au bateau.

— Lâche-moi ! lança Tom en se dégageant. J'ai perdu mon épée.

Plié en deux pour ménager son flanc blessé, Tom clopina jusqu'au passeur, appuya sa botte sur la poitrine du mort et tira son épée. Il était sur le point de descendre les marches quand, sur une impulsion, il fit sauter le chapeau avec la pointe de sa lame.

Il regarda le beau visage sombre entouré par une couronne de cheveux noirs qui brillaient dans la clarté de la lanterne. La bouche affaissée avait perdu sa cruauté et les yeux vides fixaient le ciel nocturne sans le voir.

— Billy ! murmura Tom en regardant avec horreur le visage de son frère mort, et pour la première fois ses jambes le trahirent. Billy ! Je l'ai tué.

— Il n'y a pas eu meurtre, dit Aboli en passant le bras autour de ses épaules. Mais si la garde nous prend ici, il pourrait bien y en avoir un.

Portant Tom à moitié, il l'amena en bas des marches puis le poussa dans le bac et sauta à bord. D'un coup d'épée, il coupa l'amarre, puis saisit les avirons. La force de son coup de rame fit bondir le bateau en avant.

— Halte ! Rendez-vous ! cria une voix rauque sur la berge.

On entendait des bruits de course et les voix d'autres hommes dans la brume.

— Arrêtez ou je tire ! C'est la garde du roi !

Aboli tira sur les avirons en grognant sous l'effort et la nappe de brume se referma sur eux. Les pierres sombres du quai disparurent dans des volutes argentées. Puis on entendit la forte détonation d'un tromblon, et le vrombissement d'un essaim de plombs fendit le brouillard. Les balles tombèrent autour d'eux comme de la grêle à la surface du fleuve et quelques-unes touchèrent les planches du bateau. Tom s'accroupit sur les vaigres du fond en serrant son flanc blessé. Aboli souquait ferme et les emmena plus loin vers le milieu du fleuve. Enfin, les cris de la garde s'estompèrent derrière eux et Aboli cessa de ramer.

— Je t'en prie, ne pisse pas sur moi. Garde ton grand python noir dans ta culotte, implora Tom, feignant d'être terrorisé par le traitement infâme qu'Aboli réservait à toutes les blessures.

Aboli sourit en déchirant un morceau de son gilet.

— Vous ne méritez pas de tels plaisirs. Quelle stupidité de marcher sus à l'ennemi en lui proposant de l'argent ! « Une guinée d'or pour un passage ! » Sûr qu'il vous en a donné pour votre guinée.

Aboli plia le bout d'étoffe pour en faire un tampon et le plaça sur la plaie.

— Tenez ça là. Pressez fort pour enrayer le saignement, conseilla-t-il à Tom avant de reprendre les avirons. La marée est avec nous. Nous serons à Eel Pie avant minuit.

Ils restèrent silencieux pendant une heure, progressant sans bruit dans les nappes de brume. Aboli s'orientait comme en plein jour sur le fleuve sombre.

— C'était mon frère, Aboli, finit par dire Tom.

— Et aussi votre ennemi mortel.

— J'ai juré à mon père sur son lit de mort que nous oublierions nos querelles.

— Vous l'avez épargné une fois. Vous êtes délié de votre serment.

— J'aurai à répondre de sa mort au jour du Jugement.

— Ce n'est pas pour demain. Laissons ça jusque-là, et je témoignerai en votre faveur, si votre Dieu veut bien écouter un païen. Comment va votre blessure ?

— Elle ne saigne plus, mais elle me fait mal.

— Bon signe. Quand une blessure ne fait pas mal, c'est qu'on est mort.

Ils retombèrent dans le silence, puis Tom entendit le carillon d'une église sonner huit heures. Il sortit de sa torpeur et grimaça de douleur.

— Nicholas Childs a dû faire savoir à Billy où nous trouver, dit-il à voix basse. Au milieu de notre discussion, il a brusquement quitté la pièce. Il est resté absent longtemps, assez pour lui envoyer un message.

— Bien entendu. Il nous a écartés de notre chemin pour laisser le temps à votre frère et à ses amis de préparer leur accueil à l'embarcadère.

— Childs va nous désigner comme étant les meurtriers. Les magistrats vont envoyer leurs agents à nos trousses. Childs ne manquera pas de témoins à charge. Les gardes ont probablement vu nos visages. S'ils mettent la main sur nous, nous finirons sur le gibet.

C'était tellement évident qu'Aboli ne fit aucun commentaire.

— Childs voulait le *Swallow*. C'est pourquoi il a indiqué à Billy où nous trouver. Je croyais que ce porc était satisfait du marché que nous avions conclu, mais il voulait tout : la cargaison et le bateau.

— C'est un gros porc avide, confirma Aboli.

— Childs sait où les envoyer. Je lui ai dit que le *Swallow* est au mouillage à Eel Pie.

— Vous n'êtes pas à blâmer. Vous ne pouviez pas prévoir.

Tom changeait sans cesse de position pour essayer de calmer la douleur.

— Billy était un pair du royaume, un homme important, avec des amis puissants. Ils ne vont pas nous lâcher.

Aboli grommela mais ne ralentit pas l'allure.

— Nous devons appareiller cette nuit même. Nous ne pouvons courir le risque d'attendre le matin.

— Vous voyez enfin ce qui est évident depuis le début, approuva Aboli avec une ironie désabusée.

Tom s'adossa au banc de nage. Maintenant que la décision était prise, il pouvait mieux se reposer. Il somnolait par intermittence mais la douleur le réveillait à chaque fois.

Une heure avant minuit, il fut tiré de son sommeil par un changement dans la poussée des avirons et, quand il leva les yeux, il vit la silhouette fine et élégante du *Swallow* surgir de la brume droit devant. Un feu de mouillage brillait en tête de mât, et la forme sombre du garde d'ancre se dressa derrière le plat-bord et les interpella d'un ton sec :

— Qui va là ?

— *Swallow* ! répondit Tom comme il était de tradition lorsque le capitaine rentrait au navire.

Il régna aussitôt une grande agitation à bord. Dès qu'ils arrivèrent à contre, des mains se tendirent, prêtes à hisser Tom.

— Il faut appeler un chirurgien, dit Ned Tyler quand il vit le sang et fut informé de la cause et de la gravité de la blessure.

— Non ! La garde est à nos trousses, objecta Tom. Nous devons appareiller dans l'heure. La marée a déjà commencé à descendre. Il faut partir avec le jusant.

— Les travaux d'aménagement ne sont pas terminés, avertit Ned.

— Je le sais. Nous nous arrêterons sur la côte sud dans un port tranquille pour les achever. Pas à Plymouth, c'est trop près de la maison. C'est là qu'ils vont commencer à nous chercher. Le Dr Reynolds habite à Cowes, sur l'île de Wight. Les agents du roi n'iront pas là-bas tout de suite. Nous pouvons envoyer des messages aux hommes dont nous avons besoin pour qu'ils nous rejoignent, et finir les travaux avant de prendre la mer pour Bonne-Espérance. (Il se releva à grand peine.) Où est Luke Jervis ?

— A terre avec sa femme et sa marmaille, répondit Ned.

— Envoyez-le chercher.

Luke arriva, encore à moitié endormi. Tom lui expliqua ce qui s'était passé, comment il avait perdu la cargaison et l'obligation où ils étaient de partir sur-le-champ.

— Je sais que je vous dois votre part du *Swallow* et de la cargaison comme je l'ai promis, mais je ne peux vous payer maintenant. Je vous signerai une reconnaissance de dette. Il se peut que je ne revienne jamais en Angleterre, mais je vous enverrai la somme dès que je l'aurai.

— Non ! répondit Luke, à présent réveillé. Je ne vous fais pas confiance pour une somme pareille.

Tom le dévisagea, à court de mots, mais un grand sourire éclaira le visage de Luke :

— Je dois venir avec vous pour surveiller mon débiteur.

— Vous ne comprenez pas, dit Tom avec brusquerie. Je vais en Afrique.

— Voilà longtemps que j'ai envie de goûter aux noix de coco, dit Luke. Je vais chercher mon sac, je n'en ai que pour une minute, capitaine. Ne larguez pas les amarres avant mon retour.

Tom refusa de descendre dans sa cabine à moitié terminée, et Aboli lui installa donc un matelas sur le pont, avec une bâche pour le protéger de la brume.

— Tout est fin prêt, nous pouvons prendre la mer, capitaine, vint lui annoncer Ned moins de dix minutes plus tard.

— Où est Luke ? demanda Tom.

— Il devrait être là d'une minute à l'autre... commença Ned, soudain interrompu par un hurlement qui déchira la nuit, un cri de femme en proie à une terrible détresse.

Ils sursautèrent, alarmés, et tendirent leurs bras pour prendre leurs armes au moment où deux silhouettes sombres arrivaient en courant le long de la jetée de bois.

— Ce n'est que Luke poursuivi par son épouse, dit Alf Wilson avec soulagement. Nous ferions mieux d'appareiller tout de suite. Elle pourrait nous en faire voir à tous.

— Démarrez ! cria Luke quand il fut à la moitié de la jetée. La diablesse est après moi !

Ils larguèrent les amarres et se précipitèrent vers les drisses. Le *Swallow* s'écarta de la jetée. Luke parcourut au pas de course les derniers yards ; sa femme sur ses talons poussait des hurlements de rage en brandissant un long bâton. Luke sauta à bord in extremis.

— Luke Jervis, reviens ! Tu ne vas pas me laisser en plan sans un shilling avec ta portée de bâtards ! Tu n'iras pas en Afrique courir après ces Noires sauvages...

— Adieu, ma jolie colombe, répondit Jervis,

enhardi maintenant que le fleuve les séparait de vingt pieds. Nous nous reverrons dans trois ou quatre ans, peut-être un peu plus.

— Qu'est-ce qu'on va devenir, moi et mes innocents petits ? gémit-elle d'un ton radouci. Tu n'as donc pas une once de pitié ? fit-elle en éclatant en sanglots.

— Vends le *Raven* ! cria Luke en réponse. Tu en tireras assez pour vivre pendant vingt ans avec ta nichée.

— Je n'attendrai pas ton retour, Luke Jervis, menaça-t-elle en changeant encore de ton. Les bonshommes ne manquent pas, qui seront contents de prendre ta place dans mon lit.

— Ce sont tous des braves ! s'égosilla Luke en agitant sa casquette. Ils te méritent plus que moi, mon petit géranium.

Ils avaient jeté l'ancre sur la rivière Medina, à un demi-mile en amont de Cowes. Tom avait donné l'ordre à Ned de peindre par-dessus le nom français du sloop mais on n'avait pas inscrit le nouveau nom. On ne le remarquait pas au milieu des autres petits navires au mouillage. Les hommes avaient pour instructions de garder le silence et de ne parler à personne de leur origine, de leurs affaires ni de leur destination.

Le Dr Reynolds arriva à bord dès réception du message de Tom. Il incisa pour extraire la balle. Tom était installé sur un caillebotis dans sa nouvelle petite cabine. Aboli lui tenait les bras, et Alf Wilson les jambes. Le médecin découvrit la balle dès la première tentative et la sortit de la chair enflammée. Il y avait une marque brillante sur le plomb à l'endroit où la balle avait heurté la côte.

Alors que Tom se tordait et suait, Reynolds sonda le canal que la balle avait ouvert le long de la cage thoracique.

— Les voilà ! s'exclama-t-il. L'étoupe et le morceau de chemise qu'elle a emportés avec elle.

Le médecin arbora fièrement ces trophées puants en les tenant au bout de son forceps pour les montrer à

Tom, en nage, les dents toujours serrées sur un bout de bois.

— Je crois que ça va guérir rapidement maintenant, conclut-il en reniflant le pus et les détritus extraits de la plaie. Doux comme du bon cidre du Devon. La corruption ne s'est pas encore établie dans votre sang. Je vais malgré tout laisser un tuyau de plume dans la plaie pour aider à la drainer complètement. Je reviendrai l'enlever dans trois jours.

Quand Reynolds retira la plume, il proclama que l'opération avait été un chef-d'œuvre d'art chirurgical, puis but le quart de cidre que lui offrait Tom. Sous la subtile influence du breuvage, il accepta sans objection le poste de médecin du bord que Tom lui proposait avec insistance.

— J'ai failli mourir d'ennui cette année. Pas la moindre blessure par balle ni aucun honnête coup d'épée pour égayer mes journées. Rien que des nez qui coulent et des courantes, confia-t-il à la deuxième cruche de cidre, qu'ils buvaient assis sur le pont au pied du grand mât. J'ai repensé souvent à ces jours bénis sur la côte des Fièvres.

On entendit une volée de grands coups de marteau dans les entrailles du navire et, quelques minutes plus tard, le maître charpentier passa la tête par l'écoutille.

— Le boulot est fini, capitaine. Nous sommes prêts à prendre la mer quand vous voulez.

Tom avait loué les services de trois charpentiers locaux pour aider à achever le réaménagement du *Swallow*. Ils avaient travaillé par roulement toute la journée et tard dans la nuit, à la lumière des lanternes, pour répondre aux exigences de Tom. Il leur paya leur excellent ouvrage et les salua.

En même temps, il avait envoyé Alf Wilson et Ned Tyler par le bac sur la Solent pour aller chercher les hommes qu'ils avaient déjà engagés pour le voyage. Eparpillés le long de la côte entre Plymouth et Portsmouth, ils attendaient que Tom les appelle.

Tom et M. Walsh les accompagnèrent jusqu'à Southampton. Ils coururent les chandlers et les commerçants pour acheter l'équipement, les provisions et les marchandises dont ils avaient besoin pour achever d'armer le *Swallow* et l'avitailler en prévision d'un voyage prolongé. A la suite de l'expédition avec son père, Tom savait quelles étaient les marchandises les plus demandées par les tribus africaines.

Il commanda et paya près de deux tonnes de cotonnade *merkani*, deux mille fers de hache, cinq tonnes de fil de cuivre, cinq cents miroirs à main, une tonne de perles en verre de Murano, vingt livres d'aiguilles, une centaine de mousquets bon marché avec poires à poudre et sacs de balles, et une tonne de diverses babioles.

Tom laissa M. Walsh à Southampton pour s'occuper des derniers achats et retourna au bateau. Il était agité pendant les derniers jours, tandis que les hommes d'équipage commençaient à arriver, seuls ou par petits groupes, en traversant la Solent, leur sac en bandoulière. Il les accueillait en les appelant par leur nom et leur faisait signer d'une croix sur le rôle de quarts. C'étaient les meilleurs de ceux qui avaient navigué sur le *Seraph* et les autres navires de l'escadre. Tom se sentait soulagé de les avoir à bord. Il leur versait à chacun leur acompte d'un shilling d'argent et les envoyait prendre possession des crochets où suspendre leur hamac.

M. Walsh revint avec la péniche qu'il avait louée pour rapporter de Southampton le dernier arrivage de provisions et marchandises. Quand tout fut embarqué, les cales du *Swallow* étaient pleines et le sloop bas sur l'eau. Ned Tyler et Alf Wilson n'étaient cependant pas encore de retour et on dut les attendre. Il ne se passait pas une heure sans que Tom scrute la berge, redoutant de voir arriver les agents du roi.

Il était certain qu'ils parcouraient déjà tous les ports de la côte sud. Il supposa qu'ils avaient commencé par Plymouth et se déployaient à partir de là, à la recherche du sloop. Ce n'était qu'une question de temps avant qu'ils arrivent à l'île de Wight et mènent l'enquête qui les conduirait jusqu'au *Swallow*.

Il avait un autre sujet d'inquiétude. L'automne était bien avancé et l'hiver n'allait pas tarder à souffler ses tempêtes sur les routes du sud, en les bloquant. Ces jours de répit laissaient cependant à sa blessure le temps de guérir. Tom avait retrouvé ses forces et était impatient de prendre la mer.

La nuit dans sa petite cabine, le meurtre de son frère le hantait et il remâchait sa culpabilité. Dans sa bible à la reliure de cuir usée, il lisait et relisait l'histoire de Caïn et Abel et n'y trouvait guère d'apaisement. Après deux semaines, Alf Wilson et Ned Tyler arrivèrent enfin. Tous deux furent surpris par la chaleur et l'enthousiasme de son accueil.

— Jeremy Compton a changé d'avis et nous n'arrivions pas à trouver Will Barnes et John Birdham, expliqua Ned en matière d'excuse.

— Ce n'est pas grave, Ned, lui assura Tom, et ils revirent ensemble le rôle de quarts pour assigner son poste à chacun.

Ned était le second, Alf, Luke et Aboli les autres officiers, avec un équipage de vingt-sept vieux loups de mer qui avaient fait leurs preuves.

— Nous n'attendons plus que le dernier chargement de marchandises, des perles de verre vénitien rouge et vert, dit Tom à ses officiers. Avec un peu de chance, elles arriveront demain. Aussitôt, nous partirons avec la marée.

Ils s'installèrent pour ce qui devait être leur dernière nuit avant de prendre la mer. Tandis que le soleil se couchait derrière un épais matelas de nuages gris, une délégation conduite par Luke Jervis se présenta devant Tom, assis mélancoliquement à l'avant. Il faisait ses adieux à l'Angleterre, à la fois attristé par l'exil imminent auquel il était condamné jusqu'à la fin de ses jours et transporté à la perspective de se mettre enfin à la recherche de Dorian et de retourner sur ce pays mystérieux qui l'appelait, tout là-bas au sud.

— Quelques gars aimeraient bien aller boire une dernière blonde à la taverne et embrasser encore une fois une jolie chrétienne avant qu'on appareille demain. Voulez-vous leur donner la permission d'aller à terre pour une heure, capitaine ? demanda Luke d'un ton respectueux.

Tom réfléchit une minute. Il n'était pas prudent de les laisser partir, car l'alcool rendait les meilleurs marins violents et indignes de confiance.

— Ils n'auront plus l'occasion de goûter à une bonne bière anglaise avant trois ans, insista Luke avec délicatesse.

« Il a raison », pensa Tom. Difficile de refuser. On voyait les lumières de la taverne sur la berge. Ils seraient presque à portée de voix et il n'y avait pas grand danger.

— Voulez-vous les accompagner, monsieur Jervis, et veiller à ce que la virée dure bien une heure, et pas davantage ? demanda Tom.

— Pourquoi ne venez-vous pas avec nous, capitaine ? Ils se tiendront bien et reviendront vite et à jeun si vous les avez à l'œil.

— Mieux vaut ça que de rester là à s'inquiéter de

choses qui n'arriveront peut-être jamais, Klebe, commenta Aboli, assis derrière le mât. Les gars seront contents que vous offriez une tournée et buviez avec eux à la réussite du voyage.

Tom laissa le sloop aux soins de Ned et de quelques hommes qui préféraient se reposer dans leur hamac plutôt que dans les vignes du Seigneur. Les autres s'en allèrent à terre dans la chaloupe.

La taverne bruyante et enfumée était pleine de pêcheurs, de langoustiers et de matelots de la Royal Navy. Tom commanda des chopes de bière pour ses hommes puis Aboli et lui s'installèrent dans un coin d'où ils pouvaient surveiller la salle et la porte. Jim Smiley et un ou deux autres entrèrent en joyeuse conversation avec un trio de femmes à l'autre bout de la pièce et, quelques minutes après, s'éclipsèrent en couples. Bien qu'il eût commencé à pleuvoir un peu, ils disparurent dans la nuit.

— Ils ne vont pas aller loin, remarqua Aboli pour apaiser les craintes de Tom. Je leur ai dit de rester à portée de voix.

Tom avait à peine entamé sa chope que deux hommes bizarres entrèrent et restèrent sur le seuil pour secouer les gouttes de pluie de leur chapeau et de leur cape.

— Je n'aime pas l'allure de ces deux-là, dit Tom, mal à l'aise, en écartant son pichet. Ils ne sont pas venus là pour s'amuser et faire ribote.

— Ne bougez pas, répondit Aboli en se levant. Je vais essayer d'en savoir davantage sur leurs intentions.

L'air de rien, il se fraya un chemin à travers la foule des buveurs et suivit les deux individus jusqu'à l'endroit où la maîtresse des lieux et deux serveuses remplissaient les chopes au fausset d'un tonneau de vingt gallons.

— Bonjour, patronne, salua le plus âgé des deux. J'aimerais vous dire un mot.

— Les mots ne rapportent pas grand-chose, répliqua la femme en écartant les cheveux de son visage. Voyons d'abord votre demi-penny pour une chope et nous parlerons autant que vous voudrez.

L'homme plaqua une pièce sur la table et Aboli se rapprocha discrètement pour ne rien manquer de la conversation.

— Je suis à la recherche d'un bateau, dit le grand costaud.

— Alors, vous êtes venu au bon endroit. Des bateaux, c'est pas ce qui manque dans le coin. Vous avez là-bas Spithead et toute la marine. Vous avez l'embarras du choix.

— Le bateau que je cherche est un petit sloop, précisa l'homme avec un sourire patelin mais son regard restait dur et froid. Un joli petit navire baptisé l'*Hirondelle*, ou peut-être le *Swallow*, ajouta-t-il en prononçant le nom français avec un accent épouvantable.

Aboli n'attendit pas la réponse de la patronne et se dirigea vers l'endroit où le gros de l'équipage, déjà un peu éméché, buvait et riait en groupe.

A travers la salle enfumée, Tom vit Aboli lui adresser un signe de tête éloquent. Il parcourut la cohue en s'efforçant de ne pas attirer l'attention. Il tapait sur l'épaule de ses hommes et leur disait un mot à voix basse. Après avoir fait de même, Aboli escorta les hommes dehors.

— Qu'est-ce qu'il y a ? demanda Luke.

— Les agents du roi sont en train de flairer notre repaire, répondit Aboli. Où sont John Smiley et les autres ?

— Ils déchargent probablement leur marchandise dans quelque joli petit port tout rose, dit Luke.

— Sifflez-les, ordonna Tom. Nous n'attendrons pas la marée.

Luke saisit le sifflet en os de baleine accroché à son cou par un cordon et en donna deux petits coups rapides. Presque tout de suite John Smiley émergea au pas de course de l'ombre derrière la taverne. Ses compagnons arrivèrent à sa suite, remontant leur culotte et défroissant leur jaquette.

— Rentrez au bateau, les gars, enjoignit Tom, sinon on vous laisse là.

Il y avait moins de cent pas jusqu'à la jetée où était amarrée la chaloupe, mais ils n'avaient pas accompli la moitié de la distance qu'une voix de stentor beugla derrière eux :

— Thomas Courtney ! Halte, au nom de la loi !

Tom jeta un coup d'œil par-dessus son épaule et vit les deux représentants de l'ordre sortir en trombe de la taverne et galoper après eux.

— J'ai un mandat d'arrêt signé du président du tribunal du Roi ! Vous êtes accusé du meurtre de lord Courtney.

La sommation aiguillonna Tom.

— Allez, les gars, à toutes jambes !

Ils atteignirent le haut des marches avec une bonne avance sur les sbires mais le goulot d'étranglement de l'escalier les ralentit ; les deux gaillards se rapprochaient à toute allure. Ils avaient tiré une épée de dessous leur cape et leurs lourdes bottes martelaient le pavé.

— Arrêtez ! Au nom de la loi !

— Je vais les retenir ! Montez dans le bateau ! gronda Aboli en se retournant pour leur faire face.

Tom l'imita et ils attendirent en haut des marches, épaule contre épaule.

— Votre blessure... Vous ne pouvez encore manier l'épée. M'écouterez-vous jamais ? demanda Aboli.

— Seulement quand tu diras des choses sensées ! répondit Tom, qu'un élancement de douleur contraignit à changer son épée de main. Je vous tuerai si vous m'y obligez ! cria-t-il aux deux hommes sur un tel ton qu'il les arrêta net.

Ils hésitèrent à distance respectueuse.

— Nous sommes des représentants de la loi. Si vous touchez à l'un de nous, c'est à vos risques et périls.

Ils étaient déconcertés par l'étrange paire qui les défiait, le jeune homme au visage lisse et au nez busqué et le géant noir au visage scarifié.

— Et moi, je suis un assassin aux mains sanglantes. Un meurtre de plus ne compte pas pour moi, répliqua Tom avec un rire sinistre. Et ce sauvage mange la chair humaine. Il aime beaucoup la tête et suce la moelle des os.

Aboli ôta le chapeau de son gros crâne rasé et fronça les sourcils en tordant son visage tatoué en une grimace épouvantable. Les grippe-coquins reculèrent malgré eux. Derrière lui, Tom entendit ses derniers hommes se jeter dans la chaloupe et les avirons grincer sur les tolets.

— Venez à bord, capitaine ! cria Luke Jervis.

— Poussez au large ! répondit Tom, sautant en avant à la rencontre des deux représentants de l'ordre. En garde ! Défendez-vous !

Il porta à son vis-à-vis une botte qui le fit reculer, la lame à quelques pouces de ses yeux, avant de déchirer l'étoffe de sa cape mais toujours attentif à ne pas le blesser.

Les agents n'avaient plus tôt croisé le fer qu'ils comprirent qu'ils n'étaient pas de taille et battirent en retraite devant l'attaque conjointe. Luke Jervis appela de nouveau.

Tom lança un coup d'œil par-dessus son épaule :

la chaloupe attendait à quelques brasses du quai, les avirons levés.

— Il est temps d'y aller, dit-il en arabe à Aboli avant de porter vers le visage des agents du roi deux coups d'estoc qui les envoyèrent trébucher en arrière.

Aboli et lui tournèrent les talons et coururent jusqu'au bord du quai. Ils sautèrent ensemble, leurs capes voltigeant derrière eux.

Dès qu'ils remontèrent à la surface, la chaloupe se précipita pour les recueillir. Tom tenait l'épée de Neptune dans la main droite et nageait avec l'autre bras à la rencontre du canot. L'équipage les hissa hors de l'eau et fit immédiatement force rames vers le *Swallow*. Quand ils se regroupèrent tous à bord, il ne fallut que quelques minutes pour remonter la chaloupe et l'arrimer sur le pont avant pendant que l'autre bordée, au guindeau, levait l'ancre crochée dans le fond boueux.

Les agents du roi avaient dû réquisitionner un canot. Ils étaient à mi-chemin du quai quand le *Swallow* hissa sa grand-voile et donna de la bande sous le vent nocturne. Tandis qu'ils laissaient arriver le long de l'étroit chenal qui menait au Solent, ils passèrent tout près de la petite embarcation. Debout à l'arrière, l'un des agents du roi pointait son épée vers Tom, à la barre du sloop.

— Vous n'arriverez jamais à vous échapper ! cria-t-il. Vous avez du sang sur les mains et nous vous retrouverons même si vous allez à l'autre bout du monde.

Tom ne répondit pas et regarda droit devant lui, laissant le canot danser dans leur sillage.

Le vent les traita avec les égards d'un amant. Il venait du nord, présage de l'hiver, froid et vif, mais pas suffisamment pour les obliger à prendre un ris sur la grand-voile. En moins d'une semaine, ils avaient doublé Ushant, puis le vent du nord les emmena à toute allure à travers le golfe de Gascogne, ce père notoire de toutes les tempêtes, puis vers le sud au-delà des Canaries jusqu'au pot au noir.

Ils s'attendaient à le voir mollir et devenir capricieux, mais il continua à souffler avec régularité et douceur. Un jour, après le point de midi, Tom nota leur position sur la ligne de l'équateur, à mille miles nautiques à l'ouest du gros renflement du continent africain.

— Cap sud quart sud-est, monsieur Tyler. Près et plein, annonça Tom en le marquant sur le renard de la timonerie.

— Près et plein, voilà, capitaine, dit Ned en touchant son front.

Tom leva les yeux vers la grand-voile : gonflée, pleine et blanche comme un ventre de femme enceinte. Puis il regarda par-dessus la poupe : le navire laissait un sillage lisse et droit à travers la houle de l'Atlantique ébouriffée par le vent.

— Avec un tel zéphir, nous allons atteindre le cap dans moins de soixante jours, et trente jours plus tard nous jetterons l'ancre dans la rade de Zanzibar.

Il avait laissé tous ses doutes, toutes ses appréhensions très loin, sous l'horizon septentrional, et maintenant il se sentait invulnérable.

La plus grande confusion régnait à bord du dhaw de Mohammed al-Malik. Depuis la chute de la bôme qui avait failli tuer le prince, sans qu'on pût rien y faire le bateau dérivait vent debout, le pont recouvert de la lourde voile en sparterie, son gréement en pagaille. Des poulies se balançaient dans les fortes rafales de la mousson et cognaient contre le mât et la coque, les agrès fouettaient l'air et claquaient, menaçant d'abîmer encore davantage le navire.

La première chose à faire pour ramener un peu d'ordre dans ce chaos était de rattraper la drisse. Le lourd cordage pendait à l'abandon en tête de mât. Son extrémité coincée dans l'œil de la poulie, il était impossible de le tirer depuis le pont. On ne pouvait donc hisser la grande voile latine et faire de nouveau naviguer le navire. Il fallait que quelqu'un grimpe au mât.

Contrairement aux bateaux gréés en carré, aucun hauban ne le soutenait et il n'y avait pas d'autre moyen d'accéder en tête de mât. Sa grand-voile tombée, le dhaw roulait dans la houle. Avec la barre, le capitaine s'efforçait de le garder debout à la mer tandis que le navire culait, mais de temps à autre une lame plus lourde le prenait par le travers et manquait de le faire chavirer. Le mât était comme un gigantesque pendule, qui, en se balançant d'un côté et de l'autre, accentuait ces mouvements violents. Le navire se trouvait en grand danger.

Le capitaine ne pouvait quitter la barre, mais il criait d'une voix aiguë des ordres à ses hommes qui se blottissaient aussi loin de lui que la longueur du pont le permettait, en essayant d'échapper à son regard. Ils savaient fort bien ce qu'il convenait de faire mais aucun n'était disposé à tenter l'ascension du mât.

Au comble de l'excitation, Dorian observait fasciné ce tohu-bohu. Il n'avait jamais rien vu d'aussi amusant sur le *Seraph*, autant de gesticulation et de cris.

— Ahmed, fils de la grande truie ! lança le capitaine

Fouad, un doigt tremblant pointé vers la tête de mât, en repérant une autre victime. Si tu ne m'obéis pas, j'envelopperai ton cadavre dans une peau de porc avant de te jeter par-dessus bord !

Le marin détourna la tête et contempla la mer comme s'il avait été soudain frappé de surdité.

Dorian évalua d'un œil expert la difficulté de l'ascension et se demanda pourquoi elle les effrayait tant. Une main sur la hanche, l'autre touchant le sommet du crâne, il avait dansé la matelote avec Tom sur la grand-vergue du *Seraph* quand le navire courait sur les lames de houle au large du Cap par vent fort du sud-est. Et le mât du *Seraph* était trois fois plus haut que celui-ci.

Il entendait presque la voix moqueuse de Tom :

« Allez, Dorry. Montre-leur de quoi tu es capable. Ça te donnera du cœur au ventre ! »

Personne ne le regardait — on l'avait oublié dans l'urgence désespérée du moment. Même le prince avait perdu son aplomb habituel et se cramponnait à un étai sur le gaillard d'avant, les yeux fixés sur la tête oscillante du mât.

Dorian se débarrassa de sa djellaba pour ne pas être gêné et la jeta sur le pont. Nu comme au premier jour, il courut jusqu'au pied du mât et grimpa aussi vite qu'un singe poursuivi par un léopard. Le prince retrouva son sang-froid et cria :

— Arrêtez l'enfant ! Il va se tuer.

Dorian était déjà largement hors de portée des mains qui s'évertuaient à exécuter l'ordre princier. Son agilité et son mépris du vertige s'étaient développés dans le gréement du *Seraph* et, pour lui, c'était une ascension aisée. Il tirait parti du roulement de la coque et du balancement du mât pour se propulser vers le haut en s'agrippant alternativement avec les genoux et les mains. Il atteignit la tête du mât et jeta un coup d'œil en bas. Il vit leurs visages terrifiés tournés vers lui et ne put résister à la tentation d'en rajouter un peu. Il enlaça l'étai avec ses jambes et, se lâchant d'une main, leur fit un pied de nez. Bien que l'équipage n'eût jamais vu ce geste, il n'y avait pas à se méprendre sur sa signification. Le corps nu de Dorian luisait au soleil comme de la nacre, et, pour ajouter à l'insulte, il agita ses fesses rondes et roses dans leur direction.

Quand il continua à grimper, un gémissement d'horreur mêlée de terreur s'éleva du pont. Les marins savaient que la colère du prince serait terrible s'il arrivait quelque chose au jeune garçon. Ils gémirent encore lorsque Dorian tendit le bras et saisit la drisse ballante.

— Tournez le bout ! cria-t-il en jargon anglais de marine, mais l'ordre était clair pour le capitaine, qui, en devinant le sens, le traduisit en arabe.

Trois hommes empoignèrent le dormant de la lourde manœuvre.

Dès qu'ils se tinrent prêts à amortir sa chute, Dorian enroula deux fois l'extrémité effilochée autour de sa taille et passa le cordage entre ses jambes.

— Assurez ! cria-t-il encore.

Il attendit le bon moment dans l'oscillation du mât, puis lâcha sa prise, se repoussa avec les pieds et se laissa aller dans le vide. La drisse fila en sifflant à travers la poulie.

Les hommes cramponnés au dormant laissaient courir la ligne entre leurs paumes tannées et ralentissaient sa chute. A chaque roulis du dhaw, la drisse se balançait au-dessus de l'eau et Dorian poussait des cris euphoriques.

A l'autre extrémité de la drisse, les trois hommes jaugeaient sa descente avec un coup d'œil de marin et il atterrit si légèrement que ses pieds nus ne firent aucun bruit en touchant le pont. On se précipita pour s'assurer qu'il était indemne et tourner l'extrémité libre du cordage qu'il avait enroulée autour de sa taille.

Dès qu'une drisse neuve fut filée par la poulie en tête de mât et la bôme de nouveau soutenue, le dhaw reprit le vent, transformé par la pression de la voile latine, de ponton inerte qu'il était, en un animal marin agile et rapide.

Le prince plaça une main sur l'épaule de Dorian et jeta un coup d'œil circulaire sur les visages de ses gens.

— Grâce à sa vivacité d'esprit et sa promptitude à agir, cet enfant m'a sauvé la vie et a sauvé mon bateau, déclara-t-il. Y en a-t-il encore un parmi vous pour douter qu'il soit bien l'orphelin à la Couronne rouge de la prophétie ?

Il posa la main sur les boucles brillantes de Dorian et regarda chacun de ses courtisans dans les yeux. Aucun ne put soutenir son regard.

Le mollah parla le premier :

— C'est le miracle de saint Taïmtaïm, s'écria-t-il. Je déclare le Verbe Saint. Voici l'enfant de la prophétie !

— La prophétie est accomplie ! s'exclamèrent-ils en chœur. Loué soit le nom d'Allah !

La main toujours sur la tête de Dorian, le prince annonça d'une voix claire :

— Qu'on sache que j'adopte cet enfant. Il s'appellera désormais al-Amhara ibn al-Malik, le Rouge, fils d'al-Malik.

Le mollah sourit en douce de l'adresse de son maître. En adoptant l'enfant, il validait sans ambiguïté la prophétie du saint. Mais d'autres conditions devraient cependant être remplies avant que le prince puisse recevoir les récompenses qu'avait promises le saint. Nul doute qu'elles seraient satisfaites en temps et en heure.

— C'est la volonté d'Allah ! cria le mollah.
— Allah est grand ! entonnèrent les autres.

Même sans la recommandation du prince, au fil des semaines passées en mer Dorian s'était gagné l'affection de tous les membres de l'équipage. Le jeune garçon leur apparaissait comme un oiseau de bon augure et chacun espérait secrètement qu'un peu des bienfaits annoncés par la prophétie leur serait dispensé. Quand Dorian se déplaçait sur le pont, même les plus endurcis lui souriaient, plaisantaient avec lui ou touchaient ses cheveux roux comme s'il s'agissait d'un porte-bonheur.

Le coq lui préparait spécialement des friandises et les autres hommes d'équipage rivalisaient pour attirer son attention et lui faisaient des petits cadeaux. L'un prit même l'amulette qu'il portait autour du cou et la plaça sur sa tête.

— Puisse-t-elle te protéger, dit-il en faisant le signe contre le mauvais œil.

Fouad, le capitaine, l'appelait avec affection le « petit singe au cœur de lion » et, après les prières, le faisait asseoir à côté de lui à la barre. Il lui indiquait les astres qui aidaient à la navigation à mesure qu'ils se levaient au-dessus de la mer, lui énumérait le nom des constellations et racontait leur légende.

Ces Arabes étaient des hommes du désert et de l'océan. Ils passaient leur vie entière sous le ciel et les étoiles. Ils les étudiaient depuis des siècles et le capitaine faisait partager ce savoir à Dorian. C'était un cadeau précieux.

Dorian écoutait, fasciné, son visage éclairé par la lumière des cieux. A son tour, il donnait au capitaine le nom anglais des corps célestes, qu'il avait appris d'Aboli et du Grand Daniel.

Les hommes d'équipage se rassemblaient autour d'eux et écoutaient les fables des Pléiades, d'Orion le chasseur et du Scorpion que Dorian racontait de sa voix haute et mélodieuse. Ils aimaient les étoiles et les belles histoires.

Maintenant qu'il était libre d'aller et venir sur le pont, Dorian avait tant à faire qu'il n'avait guère le temps de se sentir seul ou triste. Il lui arrivait de passer la moitié de la matinée penché au bastingage pour regarder une petite bande de dauphins folâtrer dans la lame d'étrave : ils levaient et abaissaient leur grande queue et le regardaient de leur œil malin avant de s'esquiver pour remonter plus loin. Soudain, l'un d'eux bondissait hors de l'eau jusqu'à la hauteur de Dorian et lui souriait de sa large bouche. Dorian lui faisait signe de la main et riait aux éclats. Les marins les plus proches interrompaient leur tâche et souriaient par amitié.

Chaque fois qu'il s'attardait à bavarder avec eux, Fouad l'appelait de façon possessive.

— Viens là, petit singe au cœur de lion. Tiens la barre à ma place.

Dorian prenait la barre et ses yeux rayonnaient en sentant le dhaw vibrer dans ses mains comme un pur-sang prêt à sauter.

Assis en tailleur sur le tapis de soie, le prince suspendait parfois une discussion avec ses courtisans pour le regarder, un petit sourire aux lèvres.

Comme Dorian était encore un enfant et n'avait pas été circoncis, Tahi pouvait rester dévoilée en sa présence. Elle était divorcée, autrement dit du rang le plus humble. Elle avait été mariée à l'un des chambellans du prince. Comme elle n'avait pu lui donner un fils, il l'avait répudiée. Seules la bienfaisance et la compassion d'al-Malik lui avaient épargné de mendier dans les rues et les souks de Lamu.

Tahi était forte, grassouillette et ronde de partout, sa peau brune dûment huilée. Elle adorait manger, avait un rire enjoué et une nature accommodante. Sa fidélité et sa dévotion au prince étaient le centre de son existence. Et voilà que Dorian était soudain devenu le fils de son maître.

Comme tous les autres à bord, Tahi était envoûtée par ses beaux cheveux roux, ses étranges yeux vert clair et sa peau blanche comme le lait. Quand il usait de son sourire rayonnant et de tout son charme, elle ne pouvait lui résister. Comme elle n'avait pas d'enfant, il lui permettait d'assouvir son instinct maternel et elle ne tarda pas à l'aimer de tout son cœur.

Lorsque le prince la nomma officiellement gouvernante de Dorian, elle en pleura de gratitude. L'enfant ne fut pas long à découvrir que derrière ses traits falots, presque bovins, se cachaient une grande perspicacité et un sens politique aigu. Elle sentait tous les courants de pouvoir et d'influence au sein de la cour princière et naviguait au milieu avec une rare habileté. Elle expliquait à Dorian quels étaient les hommes importants dans la suite du prince, leurs forces et leurs faiblesses, et comment se conduire avec chacun d'eux. Elle l'initiait à l'étiquette de la cour, lui apprenait comment se comporter en présence du prince et de sa suite.

Pour Dorian, la nuit était le seul moment difficile. Dans l'obscurité, le souvenir de Tom et de son père l'assaillait. Une nuit, en s'éveillant, Tahi entendit des sanglots étouffés venir de la couche de Dorian, de l'autre côté de la petite cabine qu'ils partageaient. Elle-même exilée, elle comprenait d'instinct le mal du pays et la solitude que pouvait éprouver un jeune garçon arraché à sa famille et à tout ce qui lui était cher, jeté brusquement parmi des étrangers dont la race, la religion et le mode de vie étaient différents.

Elle se leva sans bruit et alla vers lui, puis s'étendit à son côté et le prit maternellement dans ses bras chauds et doux. Dorian commença par résister et la repousser, mais ensuite il se détendit et ne bougea plus. Elle murmurait des paroles affectueuses dans ses cheveux bouclés, toutes les paroles d'amour refoulées en elle, destinées à ce fils que ses entrailles stériles lui avaient refusé. Au bout d'un moment, toute rigidité disparut du corps de Dorian et il se rapprocha d'elle, enfouit sa tête entre ses seins généreux et s'endormit finalement. Le lendemain soir, il s'étendit tout naturellement sur le matelas de Tahi, qui ouvrit ses bras dodus et l'attira contre elle.

— Mon bébé, mon beau bébé, murmura-t-elle, étonnée par la profondeur de son émotion.

Dorian ne pouvait se souvenir du réconfort qu'il avait connu dans les bras de sa mère, mais il y avait en lui un grand vide que Tahi ne tarda pas à combler en partie.

Tandis que le dhaw approchait de son port d'attache, les affaires d'Etat et autres laissaient au prince Abd Mohammed al-Malik, assis sous son dais, le temps de méditer sur la prophétie du saint et de regarder Dorian avec une admiration dissimulée mais vive.

— Al-Allama, dit-il au mollah en l'appelant par son nom de famille, quelles révélations as-tu reçues concernant l'enfant ?

Le mollah laissa tomber ses paupières pour soustraire ses pensées à la perception pénétrante de son maître.

— Il est séduisant et attire les gens à lui comme le miel attire les mouches.

— C'est évident, rétorqua le prince d'une voix sèche. Ce n'est pas ce que je te demande.

— Il semble qu'il possède les attributs décrits par saint Taïmtaïm, poursuivit prudemment al-Allama, mais nous ne pourrons en être certains avant de longues années.

— En attendant, nous devons bien le surveiller et nourrir ces traits de caractère qui sont nécessaires pour que la prophétie s'accomplisse.

— Nous ferons tout ce qui est en notre pouvoir, grand prince.

— Il t'incombera de le conduire sur le chemin de la vertu et de lui révéler la sagesse du Prophète afin qu'avec le temps il acquière la foi et embrasse l'islam.

— C'est encore un enfant. Nous ne pouvons espérer placer une tête d'homme sur de si jeunes épaules.

— Tout voyage commence par un premier pas, objecta le prince. Il parle déjà la langue sacrée de la Foi mieux que certains de mes autres enfants et il a témoigné d'une certaine connaissance des questions religieuses. Il a été éduqué. Ce sera ton devoir sacré de nourrir et de développer cette connaissance jusqu'à ce qu'il se soumette à l'islam. C'est seulement ainsi que la prophétie sera pleinement accomplie.

— Il en sera fait comme l'ordonne mon seigneur. (Al-Allama toucha ses lèvres et son cœur en signe d'assentiment.) Le premier pas du long voyage sera effectué ce jour même, promit-il au prince, qui, d'un signe de tête, montra qu'il appréciait.

— S'il plaît à Allah !

Après la prière du milieu de la journée, lorsque le prince se retira dans sa cabine à l'arrière pour rejoindre ses concubines, al-Allama se rendit auprès de Dorian, qui était absorbé dans une discussion avec Fouad. Le capitaine l'instruisait dans l'art de naviguer entre les îles, lui montrait les oiseaux de mer et les touffes d'algues à la dérive qui indiquaient la direction et la force des courants, qu'il appelait les rivières de la mer. Il lui expliquait comment les îles et le dessin de la côte influaient sur ces puissantes rivières, les contraignaient à décrire des méandres et modifiaient de manière subtile leurs nuances bleues et vertes.

Instruit par Ned Tyler, Dorian en était arrivé à aimer tous les aspects de la navigation. Les fois où il avait fait le point avec Tom ou effectué un relèvement sur la côte avant de porter la position sur la carte comptaient parmi ses meilleurs souvenirs.

Fouad partageait avec lui sa connaissance de la flore et de la faune de ces régions de l'océan, des noms et des mœurs des oiseaux de mer et des poissons, des algues flottantes. Il y avait des petits oiseaux au plumage de neige qui voltigeaient et plongeaient dans le sillage du navire.

« Tu ne les verras jamais à plus de dix lieues de la terre. Observe la direction de leur vol et ils te conduiront à elle », lui avait dit Fouad.

Cette fois-ci, il l'appela au bastingage et lui montra quelque chose :

— Regarde, petit singe ! Un des monstres de la mer, mais doux comme un agneau.

Ils passaient si près de l'animal que Dorian sauta sur le plat-bord et regarda sous son dos tacheté. C'était une baleine pareille à celles qu'ils avaient vues par centaines dans l'Atlantique sud. Elle ressemblait à une sorte de requin mais était presque aussi longue que le dhaw. Contrairement aux requins qu'il connaissait, ce poisson se déplaçait paresseusement à travers l'eau claire sans paraître du tout effrayé. Dorian apercevait le banc de petits poissons pilotes qui nageaient juste devant sa gueule gigantesque.

— Ils n'ont pas peur de se faire manger ? s'écria-t-il.

— Le monstre ne mange que des animaux minuscules, des choses plus petites que des grains de riz qui flottent dans la mer, répondit Fouad, qui se délectait de l'enthousiasme de son élève. Quand tu vois l'un de ces géants, ça veut dire que la mousson est sur le point de passer du *kaskazi* au *kusi*, du nord-ouest au sud-est.

Al-Allama interrompit la conversation et entraîna Dorian à l'écart, dans un endroit où ils pouvaient parler sans être dérangés. Dorian eut l'air déçu et ne le suivit qu'à contrecœur.

— Un jour, lui rappela al-Allama, en réponse à ma question, tu m'as dit : « Je ne suis qu'un mortel comme vous. Il m'a été révélé que votre Dieu est un Dieu unique et que celui qui aspire à la rencontre de son Seigneur doit accomplir de bonnes actions. »

— Oui, saint homme.

Dorian ne semblait pas captivé par le sujet ; il aurait préféré continuer sa conversation avec Fouad.

Tahi l'avait cependant averti de l'influence dont jouissait le mollah et de la façon dont il pouvait protéger ou punir un petit garçon sous son pouvoir : « Il est le serviteur de Dieu et une voix du Prophète. Traite-le avec le plus grand respect. Pour ton bien », avait ajouté Tahi, et Dorian se montrait donc attentif.

— Qui t'a enseigné ces choses ? demanda al-Allama.

— J'avais un précepteur quand j'étais avec mon père, répondit Dorian, soudain au bord des larmes. Il s'appelait Alf et m'apprenait l'arabe.

— C'est donc lui qui t'a fait étudier le Coran, le livre sacré du Prophète ?

— Seulement quelques versets à écrire et à commenter. Ce verset de la XVIIIe sourate était l'un d'eux.

— Crois-tu en Dieu, al-Amhara ? insista le mollah.

— Bien sûr, se hâta de répondre Dorian. Je crois dans le Dieu éternel, le Fils éternel et le Saint-Esprit éternel.

Il répétait machinalement la litanie de l'Ordre qu'il avait entendu Tom réciter par cœur.

Al-Allama s'efforça de ne pas laisser transparaître l'effroi et la répugnance que lui inspirait un tel blasphème.

— Il n'y a qu'un seul Dieu, dit-il solennellement, et Mahomet est son dernier véritable prophète.

Peu importait cette assertion à Dorian, mais il aimait discuter, surtout avec un homme investi d'une autorité.

— Comment le sais-tu ? Comment sais-tu que j'ai tort et que tu as raison ? demanda-t-il.

Al-Allama releva le défi et Dorian se renversa en arrière, laissant le flot de rhétorique religieuse se déverser sur lui en rêvant à autre chose.

Dorian aurait aimé pouvoir grimper en tête de mât et y rester, comme il le faisait sur le *Seraph*, seul là-haut, au-dessus de la mer, mais le gréement latin du dhaw ne le permettait pas. Ce fut donc depuis le pont, avec l'équipage, qu'il dut regarder la masse sombre et mystérieuse du continent africain s'élever au-dessus de l'horizon. Il plissa le nez en sentant son odeur animale flotter dans l'air, une odeur de terre, d'épices et de mangroves. Cette fragrance exotique représentait un léger choc pour les sens mais elle était aussi séduisante quand on avait respiré pendant des semaines l'air chargé de sel de l'océan, qui, d'ailleurs, dégageait le nez et aiguisait l'odorat.

Debout près de la barre avec Fouad tandis qu'ils se

rapprochaient de la terre, Dorian vit Lamu pour la première fois. Fouad lui indiqua ses principaux traits et raconta brièvement l'histoire de l'île, joyau parmi tous les territoires du calife d'Oman.

— Mon peuple commerce ici depuis l'époque du Prophète, et même avant, quand nous étions nous aussi des mécréants ignorant la Grande Vérité, expliqua-t-il avec fierté. C'était déjà un port important quand Zanzibar n'était encore qu'un marais infesté de crocodiles.

Le dhaw remonta en louvoyant le bras de mer entre l'île et le continent, et Fouad désigna des collines vert sombre au-dessus des plages blanches.

— Le prince habite dans son palais du continent pendant la saison sèche et passe la saison humide sur l'île, expliqua-t-il en pointant le doigt sur les édifices blancs, qu'on aurait pu confondre, à cette distance, avec le ressac sur un récif de corail. Lamu est plus riche que Zanzibar, la splendeur de ses bâtiments plus grande. Le sultan de Zanzibar est un vassal de notre prince et lui verse un tribut.

On apercevait un grand nombre de bateaux dans le mouillage et des douzaines d'autres qui entraient ou sortaient. Certains étaient des barques de pêcheurs, d'autres de gros navires de commerce lourdement chargés ou des négriers plus légers, preuve de la prospérité et de l'importance du port.

Les navires qu'ils croisaient reconnaissaient le dhaw du prince à ses flammes vertes en tête de mât et à l'impressionnante silhouette d'Abd Mohammed al-Malik, assis sous son dais à l'avant, entouré de sa cour. Ils le saluaient avec leur pavillon et l'équipage lançait ses bénédictions et ses déclarations de fidélité : « Puissent l'amour d'Allah et le sourire de son Prophète t'accompagner jusqu'à la fin de tes jours. »

Sur les dhaws à l'ancre dans la baie, on fit partir les

canons et l'on battit les tambours de guerre. Le tonnerre des coups de canon porta jusqu'au rivage et, lorsque le dhaw princier pénétra dans le port, une grande foule s'était rassemblée sur la plage et le quai pour l'accueillir.

Dans leur petite cabine, Tahi habilla Dorian avec une djellaba blanche toute propre et couvrit sa chevelure d'un turban. Elle le chaussa de sandales de cuir, puis le prit par la main et le conduisit sur le pont.

Fouad emmena le dhaw jusqu'à la plage et toucha le fond. Le navire donna de la bande tandis que la marée, dont l'amplitude atteignait vingt pieds pendant les vives eaux dans ces régions, se retirait rapidement sous sa coque. Une équipe d'esclaves vint en pataugeant jusqu'au dhaw échoué pour porter le prince et les autres notables à sec. Un énorme Noir vêtu d'un simple pagne prit le prince sur son dos, et la foule tomba à genoux en poussant des cris de bienvenue. Un groupe de musiciens joua un air plaintif dans les aigus qui écorcha les oreilles de Dorian. Les flûtes et les fifres gémissaient et les percussions battaient sans rythme.

Tahi voulut porter Dorian jusqu'à la plage mais il s'échappa et franchit joyeusement le ressac avec force éclaboussures en se trempant jusqu'aux aisselles. Une brève cérémonie de bienvenue se déroula sur la plage en l'honneur du prince, puis al-Malik monta sur un étalon noir. Une fois en selle, il jeta un regard circulaire et croisa l'œil de Tahi, qui, dans la foule, tenait la main de Dorian. Elle se précipita en avant et le prince s'adressa à elle sur un ton impérieux :

— Emmène al-Amhara au harem. Kouch veillera à vous loger tous les deux.

Dorian était trop intéressé par le pur-sang du prince pour prêter attention aux paroles qui décidaient de son sort. Il aimait les chevaux autant que les bateaux et la mer. Tom lui avait appris à monter dès qu'il avait su marcher. La monture d'al-Malik était magnifique, très différente de celles qu'il connaissait à High Weald : plus petite et plus gracieuse, de grands yeux limpides et les narines dilatées, le dos long et des jambes puissantes mais délicates. Il lui caressa le chanfrein. L'étalon lui renifla les doigts et rejeta sa tête en arrière.

— Il est beau, dit Dorian en riant de plaisir.

Le prince le regarda en esquissant un sourire qui adoucit les traits farouches de son visage d'aigle. Un garçon qui était un marin-né et aimait aussi les chevaux ne pouvait que recueillir son suffrage.

— Prenez bien soin de lui et veillez à ce qu'il n'essaie pas de s'enfuir, ordonna-t-il à Tahi et à l'eunuque Kouch, qui s'était approché pour assumer la responsabilité que lui confiait le prince.

Al-Malik s'éloigna dans la rue du port, recouverte de palmes en son honneur. Les musiciens et la foule lui emboîtèrent le pas et, chantant et frappant dans les mains, suivirent la procession en direction des hautes murailles du fort.

Kouch rassembla les femmes de la maison du prince à mesure qu'elles débarquaient. Il y avait parmi elles deux de ses plus jeunes concubines, abondamment voilées, mais minces et gracieuses sous leurs robes noires superposées. Elles portaient des anneaux ornés de saphir et d'émeraudes aux doigts et aux orteils, leurs mains et leurs pieds joliment formés teints au henné. Elles riaient beaucoup, ce qui agaça Dorian, et leurs servantes étaient pires encore, bruyantes comme un vol d'étourneaux. Il fut content quand Kouch les fit monter dans le premier char à bœufs.

Tahi conduisit Dorian dans le deuxième. Les bœufs étaient tout blancs, avec d'immenses cornes et une grosse bosse sur les épaules, pareille à celle des chameaux représentés sur les dessins que Dorian avait vus dans les récits de voyage de la bibliothèque de High Weald. Il avait envie de courir derrière le char, mais Kouch le retint en posant une main rondelette sur son épaule. L'eunuque arborait des bagues en or à chaque doigt et le soleil des tropiques faisait étinceler les pierreries qui y étaient serties.

— Monte près de moi, petit, dit-il d'une voix haut perchée.

Comme Dorian s'apprêtait à protester, Tahi lui pinça fortement le bras. L'enfant l'interpréta comme un avertissement : Tahi voulait sans doute lui signifier que Kouch était un individu puissant qu'il ne fallait pas contrarier.

La procession de chars s'éloigna du bord de mer, passa par les faubourgs du port et arriva dans la campagne. Ils roulaient lourdement sur l'étroit chemin de terre vers l'intérieur de l'île verdoyante, traversant des bosquets de cocotiers et des forêts de caprifiguiers : leurs branches étaient couvertes de vols de perroquets de couleurs vives et de pigeons verts qui en dévoraient les fruits. Dorian n'avait encore jamais vu d'oiseaux pareils. Il suivait le vol de ces joyaux ailés en poussant des exclamations d'étonnement.

Kouch l'observait de ses yeux noirs brillants, presque enfouis dans les replis de sa chair grasse.

— Est-ce un Franc qui t'a appris la langue du Prophète ? demanda-t-il soudain.

Dorian lui donna en soupirant la réponse qu'il était las de répéter.

— Appartiens-tu à l'islam ou est-il vrai que tu es un infidèle ?

— Je suis chrétien, corrigea fièrement Dorian.

Kouch fit la grimace comme s'il avait croqué un kaki vert.

— Alors comment se fait-il que tes cheveux soient de la couleur de ceux du Prophète ? Ou bien est-ce un mensonge ? De quelle couleur sont tes cheveux ? Pourquoi les caches-tu ?

Dorian rajusta son turban, irrité qu'on lui rebatte les oreilles avec cette histoire. Il y avait tant de choses intéressantes à voir autour de lui ! Il aurait bien aimé que le gros lui fiche la paix pour en jouir pleinement.

— Montre-moi tes cheveux, insista Kouch en tendant la main vers le turban.

Dorian recula, mais Tahi le réprimanda et il laissa l'eunuque soulever le turban. Stupéfait, Kouch vit les boucles épaisses de Dorian dégringoler sur ses épaules et flamboyer au soleil comme un feu de broussaille. Les autres passagers du char poussèrent des exclamations et prirent Allah à témoin d'une telle merveille. Même les conducteurs de bœufs se retournèrent, les yeux braqués sur lui. Dorian se hâta de couvrir sa tête.

Après un mile, la piste sortit peu à peu de la forêt : devant eux se dressait le haut mur aveugle du harem, construit en blocs de corail blanchis à la chaux. On ne distinguait pas la moindre fenêtre, la seule ouverture étant la porte de teck à double battant, sculptée de motifs complexes en forme de sarments et de feuilles, en accord avec le précepte islamique interdisant de représenter l'être humain et les autres créatures vivantes.

A l'approche de la petite caravane, la porte s'ouvrit et ils entrèrent dans l'univers clos et interdit du *zenana*. C'était là qu'habitaient les femmes, leurs enfants et les eunuques qui les surveillaient. En dehors du prince, tout homme qui serait entré l'aurait fait au péril de sa vie.

Les femmes et les enfants étaient rassemblés derrière l'entrée pour accueillir la cohorte de chars à bœufs. Beaucoup de ces femmes n'avaient pas quitté ce lieu cloîtré depuis leur enfance. Toute distraction les enchantait. Elles jacassaient, poussaient des cris d'excitation, s'approchaient des chars pour inspecter leurs occupants et y trouver un visage étranger parmi eux.

— Le voilà !

— C'est vrai, c'est un Franc !

— Il a vraiment les cheveux roux ? Ce n'est pas possible !

Ici, dans le monde retiré du harem, le port du voile n'était pas obligatoire. Le prince pouvait choisir parmi toutes les filles du royaume et la plupart étaient jeunes et belles. La couleur de leur peau allait du noir ébène au jaune beurre frais en passant par toutes les nuances de brun, doré et ambré. Leurs enfants sautillaient autour d'elles, pris par l'excitation générale. Dans les bras des nourrices, les bébés pleuraient au milieu du tohu-bohu.

Les femmes s'approchèrent pour voir Dorian de plus près, tandis qu'il sautait du char et suivait Kouch ; celui-ci les guida à travers un dédale de jardins intérieurs et de patios au sol couvert de mosaïque, parcourus d'arcades compliquées. Des roseaux et des lotus ornaient des bassins dans l'eau desquels glissaient des poissons pareils à des pierres précieuses pendant qu'à la surface planaient des libellules et des martins-pêcheurs.

Certains enfants gambadaient autour de Dorian en le taquinant.

— Petit infidèle !

— Comme il est blanc !

— Yeux verts du diable !

Kouch faisait mine de les frapper avec son long

bâton mais il souriait et n'essayait pas de les éloigner. Ils quittèrent ensuite la partie la plus belle du harem et pénétrèrent dans la zone arrière du complexe d'édifices, plus délabrée, manifestement moins agréable. Les jardins étaient mal entretenus, les murs tachés s'écaillaient. Ils dépassèrent plusieurs ruines abandonnées, envahies par la végétation tropicale, et arrivèrent à un bâtiment passablement détérioré. Kouch les conduisit jusqu'à une petite porte massive et leur ordonna d'entrer. Ils se retrouvèrent dans une grande pièce de séjour, sombre et d'une propreté douteuse. Les murs étaient noirs de suie, le sol poussiéreux et couvert de crottes de rats et de geckos.

Kouch referma la porte sur eux et tourna la grosse clef.

— Pourquoi nous enfermes-tu ? cria Tahi par la petite grille de la porte. Nous ne sommes ni des prisonniers ni des criminels.

— Le prince Abd Mohammed al-Malik a ordonné d'empêcher l'enfant de s'enfuir.

— Il ne peut s'échapper. Où irait-il ?

Kouch ignora ses protestations et s'éloigna à grands pas, emmenant avec lui la plupart des autres. Pendant un moment, quel-ques-uns des enfants princiers se moquèrent d'eux à travers la grille mais ils ne tardèrent pas à se lasser et à s'en aller.

Le calme revenu, Dorian et Tahi entreprirent d'explorer leur logement. Outre le séjour, l'endroit comprenait des chambres à coucher et une petite cuisine équipée d'un foyer. A côté, le cabinet de toilette au sol carrelé, incliné vers un canal d'évacuation. Derrière, les latrines, avec une cuvette couverte.

Le mobilier était rudimentaire : des nattes de roseaux tressées pour dormir et des petits tapis de laine pour s'asseoir. Dans la cuisine, ils découvrirent des marmites et des cruches à eau, et, naturellement, ils devaient manger avec les doigts, à la manière arabe. Une grande citerne d'eau de pluie en céramique fournissait l'eau potable.

Dorian jeta un coup d'œil par l'ouverture dans le plafond de la cuisine qui permettait l'évacuation de la fumée.

— Je pourrais facilement sortir par là, se vanta-t-il.

— Si tu le faisais, Kouch te battrait avec son bâton, alors n'y songe pas, lui dit Tahi. Viens m'aider à nettoyer cette porcherie.

Pendant qu'ils balayaient les pièces vides avec des balais en roseau et astiquaient le sol d'argile avec des demi-noix de coco, Tahi lui expliqua les règles du harem.

Devenue bonne des enfants princiers après avoir été répudiée par son mari, Tahi avait vécu là, et elle connaissait parfaitement les us et coutumes de cette société restreinte. Au cours des jours suivants, elle continua à enseigner cette science à Dorian.

Le prince Abd Mohammed al-Malik entrait dans la trentaine. Pour préserver sa propre succession, son frère, le calife, l'avait empêché de se marier jusqu'à près de vingt ans, raison pour laquelle son fils aîné était à peine plus âgé que Dorian. Il s'appelait Zayn al-Din et, comme Dorian, n'avait pas encore atteint la puberté. Il vivait toujours avec sa mère dans le harem.

— Souviens-toi de son nom, l'avertit Tahi. En tant que fils aîné, il est très important.

Elle poursuivit en égrenant les noms des autres enfants mâles des diverses épouses et concubines, mais il y en avait tant que Dorian ne chercha même pas à les retenir. Tahi ne prit pas la peine de parler des filles, car elles ne comptaient pas.

Dans les semaines qui suivirent, il sembla que le

prince avait oublié l'existence de son jeune esclave roux. Ils n'avaient aucune nouvelle de l'extérieur du *zenana*. Chaque jour, sous l'œil de fouine de Kouch, des femmes esclaves venaient leur apporter leurs rations de riz, de viande et de poisson frais, et emporter les déchets de cuisine et les seaux des latrines. En dehors de cela, Dorian et Tahi étaient laissés à eux-mêmes.

Dans la pièce principale, des fenêtres fermées par des grilles donnaient sur une partie des jardins. Pour briser l'ennui de leur réclusion, ils passaient là le plus clair de leur temps à regarder les allées et venues des autres habitants du harem.

Tahi put ainsi montrer Zayn al-Din à Dorian. C'était un gros garçon, plus grand que tous ses demi-frères. Il avait un teint cireux tirant sur le caramel, une perpétuelle moue irritée. La peau autour de ses yeux était bleuâtre, comme une ecchymose.

— Zayn aime les sucreries, expliqua Tahi.

Il avait des plaques de fièvre à l'intérieur des coudes et des genoux. Il marchait les jambes tournées en dehors pour empêcher ses cuisses de frotter l'une contre l'autre et la peau entre elles était irritée.

Chaque fois que Dorian le voyait, il était entouré par une douzaine de ses demi-frères. Un matin, cette équipe prit en chasse un garçon plus petit à travers les pelouses et le coinça contre le mur d'enceinte du harem. Ils le ramenèrent à Zayn, qui n'avait pas participé lui-même à la poursuite et arriva en se dandinant. Tahi, qui regardait aussi, expliqua à Dorian que la victime était le fils d'une concubine d'un rang inférieur et, par conséquent, une proie idéale pour le fils aîné de la première épouse.

La sympathie de Dorian, qui savait tout des droits du premier-né à la suite de ses démêlés avec William, alla au petit garçon quand il vit Zayn lui tordre les oreilles jusqu'à ce qu'il tombe à genoux en sanglotant de peur.

— Pour te punir de ce que tu as fait, tu seras mon cheval, lança Zayn en le forçant à se mettre à quatre pattes.

Il s'assit ensuite de tout son poids à califourchon sur le dos de l'enfant. Il avait à la main une canne confectionnée avec une branche de palmier dépouillée de ses feuilles.

— Galope, cheval ! ordonna-t-il en le fouettant sur le derrière.

La cravache était souple et élastique. Elle claquait fort et le gamin gémissait de douleur à chaque coup. Il commença à avancer, Zayn rebondissant sur son dos.

Les autres garçons suivaient allègrement en se moquant du petit et en l'aiguillonnant de la voix. Quand il flanchait, ils se mettaient aussi à le battre ; certains se précipitaient pour aller casser des branchettes aux arbustes les plus proches. L'un d'eux lui releva sa djellaba, découvrant ses fesses brunes lacérées de marques rouges. Ils lui firent faire deux fois le tour des pelouses.

L'enfant avait le visage inondé de larmes quand il s'effondra finalement sous le poids de Zayn et resta étendu, sanglotant dans l'herbe rude. Ses genoux à vif saignaient. Zayn lui donna un coup de pied désinvolte et s'éloigna en entraînant les autres, le laissant se relever tout seul et partir en boitillant.

— C'est une brute ! lança Dorian, furieux, en anglais.

Le mot arabe lui échappait. Tahi haussa les épaules.

— Le Coran dit que le fort doit protéger le faible, insista Dorian en revenant à l'arabe.

— Ne le dis pas à Zayn al-Din, lui conseilla Tahi. Ça ne lui plairait pas.

— J'aimerais bien le faire marcher à quatre pattes et me promener à cheval sur son dos et voir si ça lui plaît.

Tahi fit le signe pour écarter la malchance.

— Ne songe pas à une chose pareille. Tiens-toi à l'écart de Zayn al-Din. C'est un garçon vindicatif. Il va certainement te haïr parce que tu as la faveur du prince. Il peut nous faire beaucoup de mal. Même Kouch le craint, car un jour il sera prince.

Les jours suivants, elle continua d'expliquer à Dorian comment s'organisait la hiérarchie du harem. En vertu de ce qu'avait décrété le Prophète, le prince avait droit à quatre épouses. Il avait cependant le loisir de les répudier et d'en épouser d'autres à sa guise, et le nombre des concubines qu'il pouvait s'offrir était illimité. Celles qu'il avait répudiées et qui lui avaient donné des enfants continuaient de vivre dans le harem.

Près de cinquante femmes se trouvaient donc confinées entre ces murs — cinquante belles femmes en proie à l'ennui et à la frustration, qui n'avaient rien d'autre à faire pour meubler leurs longues journées que d'intriguer, se disputer et se jalouser. C'était une société complexe, parcourue par d'innombrables courants d'influence aux nuances subtiles.

Kouch régnait sur ce petit monde ; sa faveur ou sa défaveur influait considérablement sur le bien-être et le bonheur des pensionnaires. Venaient ensuite les quatre épouses actuelles, par ordre d'ancienneté, puis la favorite du moment, en général une jolie enfant à peine nubile dont l'étoile ne tarderait pas à pâlir. A un rang encore inférieur, les anciennes épouses et les concubines se chamaillaient, luttaient et manœuvraient pour acquérir une position ou l'assurer.

— Il est important que tu comprennes ces choses, al-Amhara. Important pour nous deux. Je ne compte pas, je ne suis qu'une vieille bonne d'enfants. Je ne peux pas faire grand-chose pour te protéger et personne ne me regrettera.

— Tu t'en vas ? demanda Dorian, inquiet.

Il s'était pris d'affection pour elle durant la courte période qu'ils avaient passée ensemble et la perspective d'être abandonné encore une fois l'effrayait.

— Je ne vais nulle part, mon petit, assura-t-elle tout de suite, mais les gens meurent dans le harem, surtout les petites gens qui froissent ceux qui les dominent.

— Ne t'inquiète pas, je te protégerai, affirma Dorian en la serrant dans ses bras.

— Je me sens plus en sécurité avec toi, dit-elle sans lui laisser voir son sourire, mais nous ne savons pas encore quelle sera ta position. Il semble que le prince te considère avec une certaine faveur ; nous ne pouvons cependant en être sûrs. Pourquoi laisse-t-il Kouch nous emprisonner ici et nous traiter comme des animaux en cage ? Pourquoi ne te fait-il pas appeler ? T'aurait-il oublié ?

Elle soupira et l'étreignit à son tour.

— Peut-être ne sait-il pas comment Kouch nous traite ?

— Peut-être. Il nous faut donc attendre. Dans l'intervalle, nous devons rester prudents, al-Amhara, très prudents.

Le temps passait et l'excitation provoquée par leur arrivée retomba. Plus personne ne venait les lorgner par la grille ; les enfants conduits par Zayn al-Din se lassèrent de venir scander des insultes sous les fenêtres et trouvèrent des occupations plus amusantes. Chaque jour, Dorian s'irritait davantage de cette réclusion.

Quand il entendait les cris et les rires des autres enfants qui jouaient dans les jardins, quand il les entendait courir sous les arcades et à travers les patios, il se précipitait à la fenêtre pour les regarder. Cela ne faisait qu'exacerber sa solitude et son isolement. Il se sentait aussi prisonnier que dans la cellule où al-Auf l'avait fait enchaîner.

Un matin, tandis que la lumière nacrée du jour nouveau filtrait à travers la haute fenêtre de sa chambre, il était étendu nu sur sa natte et arrachait avec ses dents l'écorce dure d'un bâton de canne à sucre. Il s'interrompit en entendant chanter dans le jardin. C'était une voix douce de petite fille, alors que les paroles étaient répétitives et idiotes : une comptine qui parlait de dattes et d'un singe furieux. Il écoutait d'une oreille distraite en mâchonnant la canne pour extraire le jus avant de recracher les fibres.

Puis soudain il y eut le jacassement aigu et reconnaissable d'un singe. La chanteuse s'interrompit et éclata de rire. Les deux sons intriguèrent Dorian, qui se leva d'un bond et alla à la fenêtre. Il regarda dans le jardin et vit une fillette assise au-dessous de lui, au bord du bassin couvert de lotus. Elle lui tournait le dos, ses longs cheveux d'un noir iridescent aux reflets argentés tombant sur ses reins en grosses tresses. Dorian n'en avait jamais vu de pareils et il était fasciné.

Elle portait une tunique verte brodée qui laissait nus ses bras dorés et un pantalon bouffant en coton blanc. Ses jambes repliées sous elle laissaient voir la plante de ses petits pieds teints au henné. Elle tendait une datte à un vervet dressé sur ses pattes de derrière qui sautillait dans l'herbe devant elle. Chaque fois qu'elle faisait un signe de la main, le singe jacassait plus fort et tournait en cercle. La fillette riait de plaisir. Elle lui offrit finalement la friandise et lança :

— Viens chercher, Jinni !

L'animal bondit sur son épaule et lui prit la datte des doigts. Il la fourra dans sa joue et commença à fouiller dans les cheveux de l'enfant comme pour l'épouiller.

Elle caressa le pelage blanc de son ventre et recommença à chanter.

Soudain, le singe regarda en l'air et vit la tête de Dorian à la fenêtre. Il poussa un cri, sauta des épaules de la fillette et grimpa au mur comme une flèche. Accroché au rebord de la fenêtre, il passa la main à travers la grille, la paume tendue comme un mendiant, et essaya d'obtenir le morceau de canne à sucre par des cajoleries.

Dorian se moqua de l'animal, qui montra les dents, agita la tête et tenta de lui arracher la canne à sucre tout en baragouinant et en faisant des grimaces.

La fillette se retourna brusquement et leva les yeux.

— Fais-lui faire un tour avant de lui donner à manger ! cria-t-elle.

Elle avait un drôle de petit visage de ouistiti et des yeux de la couleur du miel du Devon quand les bruyères sont en fleur sur la lande.

— Fais ça avec ta main, dit-elle en joignant le geste à la parole.

Au signal, le singe effectua avec agilité un saut périlleux arrière.

— Fais-le recommencer trois fois, précisa-t-elle en applaudissant. Jinni doit sauter trois fois.

Au troisième saut périlleux, Dorian lui tendit la récompense. Le singe saisit vivement la canne à sucre, galopa sur la pelouse à quatre pattes et grimpa à toute vitesse jusqu'aux hautes branches d'un tamarinier. Il s'assit et la mâchouilla, le jus sucré dégoulinant de sa bouche.

— Je sais qui tu es, annonça la fillette solennellement en levant ses yeux immenses vers Dorian.

— Qui suis-je ?

— Al-Amhara, l'infidèle.

Jusque-là, la façon dont on l'appelait l'avait laissé indifférent, mais elle lui déplut soudain.

— Mon vrai nom est Dorian, mais tu peux dire Dorry. C'est comme ça que m'appelle mon frère.

— Dohie, essaya-t-elle. C'est un nom bizarre, mais je t'appellerai Dohie.

— Et toi, comment t'appelles-tu ?

— Yasmini, ce qui veut dire « fleur de jasmin ». (Elle se leva et s'approcha en le fixant des yeux, l'air très impressionnée et sérieuse.) Tu as vraiment les cheveux roux. Je croyais qu'ils racontaient des histoires. Ils sont très beaux. J'aimerais bien les toucher.

— Tu ne peux pas, répondit-il, un peu agacé mais sans paraître offensé.

— Je suis désolée pour toi.

— Pourquoi ? demanda-t-il, surpris.

— Parce que Zayn dit que tu es un infidèle, que tu ne seras pas circoncis et n'entreras jamais dans les jardins du Paradis.

— Nous aussi, nous avons un paradis, rétorqua Dorian avec condescendance, tout en trouvant déconcertante cette conversation sur les régions de l'au-delà.

— Où est-il ? questionna Yasmini, et ils s'engagèrent dans une longue discussion sur les mérites respectifs des deux paradis.

— Le nôtre s'appelle le Jannat, expliqua-t-elle. Allah dit : « J'ai préparé à l'intention de mes serviteurs vertueux ce qu'aucun œil n'a jamais vu, aucune oreille jamais entendu et ce que l'esprit de l'homme ne peut concevoir. »

Dorian réfléchit en silence à ces paroles et ne put trouver aucune réplique appropriée — le Jannat semblait défier toute concurrence. Il changea donc de sujet pour se lancer sur un terrain plus sûr :

— En Angleterre, mon père a cinquante chevaux. Combien en a le tien ?

Yasmini revint chaque matin en compagnie de Jinni.

Elle s'asseyait sous la fenêtre de Dorian, le singe sur son épaule, et, les yeux brillants, l'écoutait tenter de lui expliquer ce qu'est la glace et comment la neige tombe du ciel, pourquoi les Anglais n'ont qu'une épouse, que certains ont les cheveux de la couleur des bracelets d'or qu'elle portait aux chevilles ou d'un roux flamboyant comme les siens. Il lui expliquait que les filles faisaient onduler leurs cheveux blonds avec un fer chaud, que les hommes rasaient les leurs et portaient perruque ; il lui décrivait les robes des femmes, leurs couleurs, le fait qu'elles ne portaient pas de pantalon comme le sien mais avaient les jambes nues sous leurs jupes.

— C'est très grossier, fit-elle d'un petit air sage. Et est-ce vrai, comme dit Zayn, que vous mangez même la chair des cochons ?

— La peau devient toute croustillante quand elle est grillée, répondit-il pour la choquer. Elle craque sous la dent.

Elle écarquilla les yeux et fit semblant de vomir.

— C'est vraiment dégoûtant. Pas étonnant que vous ne puissiez pas aller au Paradis avec nous.

— Nous ne nous lavons pas cinq fois par jour comme vous autres. Il nous arrive de ne pas nous laver de tout l'hiver. Il fait bien trop froid, lui dit-il avec délectation.

— Alors, vous devez sentir aussi mauvais que les cochons que vous mangez.

Yasmini ne connaissait rien du monde extérieur mais était experte dans les affaires du harem. Elle lui apprit que sa mère était l'une des femmes répudiées par le prince, mais qu'elle avait deux frères et qu'ils jouissaient encore de sa faveur.

— S'il n'y avait que moi, ce serait différent, car je ne suis qu'une fille et mon père n'aime pas les filles, précisa-t-elle d'un ton neutre, dénué de toute indignation. Mais ma mère est de sang royal. Elle est la nièce du Grand Moghol. L'empereur est mon grand-oncle, ajouta-t-elle avec fierté.

— Tu es donc une princesse ?

— Oui, mais seulement une petite princesse. Tu vois les mèches argentées dans mes cheveux ? Ma mère a les mêmes et mon grand-père aussi. C'est un signe de royauté.

Quand elle parlait de ses liens familiaux avec les autres enfants, Dorian l'écoutait plus attentivement que Tahi.

— Zayn al-Din est mon demi-frère, mais je ne l'aime pas. Il est gros et cruel. (Elle regarda Dorian pensivement.) Est-il vrai que mon père t'a adopté ?

— Oui, c'est vrai.

— Tu es donc aussi mon frère. Je crois que je t'aime mieux que Zayn, même si tu manges du cochon. Est-ce que tu m'aimes bien, al-Amhara ? Zayn dit que je ressemble à Jinni. (Elle caressa l'animal perché sur son épaule.) Tu trouves que je ressemble à un singe ?

— Je te trouve très jolie, répondit galamment Dorian.

Quand elle souriait, c'était vrai.

— Ma mère dit que mon père est parti voir mon oncle, le calife de Mascate, reprit-elle.

— Quand va-t-il revenir ? s'empressa de demander Dorian.

Ce devait être la raison pour laquelle Tahi et lui étaient négligés : le prince n'était pas là pour les protéger.

— Ma mère dit qu'il est peut-être parti pour longtemps, un an ou plus.

Yasmini pencha la tête pour étudier son visage.

— Si tu es vraiment mon frère, il se peut que mon

père t'emmène avec lui monter à cheval et chasser le faucon à son retour. J'aimerais bien être un garçon pour aller avec vous, dit-elle en se levant d'un bond. Il faut que je m'en aille. Kouch ne doit pas me surprendre ici. Il nous a interdit de te parler. S'il me trouve là, il me battra.

— Reviens demain, dit-il en essayant de ne pas avoir l'air de la prier.

— Peut-être ! lança-t-elle par-dessus son épaule, en s'éloignant à toute vitesse par la pelouse, Jinni caracolant autour de ses pieds nus.

Quand elle fut partie, Dorian leva les yeux vers le ciel et regarda les mouettes qui décrivaient des cercles. Il écouta le bruit lointain des vagues qui se brisaient sur la côte et tenta désespérément d'imaginer le moyen de s'échapper. Il envisagea de se faufiler par l'ouverture dans le toit de la cuisine, d'escalader le mur d'enceinte du harem et de chercher un petit bateau sur la plage. « Mais où aller ? » se demanda-t-il, et le fantasme s'étiola de lui-même. « Je suis forcé d'attendre la venue de Tom. » Il se résigna une fois de plus à l'inévitable.

Un matin, Kouch arriva en faisant cliqueter ses clefs et cria de sa voix aiguë :

— Tahi, prépare le jeune garçon ! Il doit aller voir le saint mollah.

Il laissa tomber une brassée de vêtements propres.

— Je reviendrai le chercher après les prières de la mi-journée. Fais en sorte qu'il soit fin prêt, sinon tu tâteras de mon bâton.

Le char à bœufs attendait à la porte du harem et Dorian grimpa dessus, tout excité à la perspective de sortir de sa prison. Tahi ne venait pas avec lui mais elle avait reçu la permission de prendre le soleil dans les jardins en son absence.

Kouch était assis, souriant, à côté de lui sur le siège avant et lui faisait mille caresses.

— Cette djellaba te va bien. Elle est de la meilleure qualité. Regarde la broderie du col. C'est de la soie ! Le prince Abd Mohammed al-Malik possède la même. Je l'ai choisie exprès pour toi. Tu vois comme je te gâte.

Plus ils approchaient du palais, plus Kouch s'agitait et se faisait aimable.

— Prends donc de ces petits gâteaux à la cannelle.

C'est eux que je préfère. Tu les aimeras. Je veux que tu sois heureux, al-Amhara.

Lorsqu'ils arrivèrent en vue des murs blancs de la forteresse, Kouch devint plus direct.

— Si al-Allama — béni soit son nom ! —, si al-Allama te demandait comment je te traite, tu dois lui dire que je suis comme un père pour toi. Qu'on vous donne les nourritures les plus fines, le poisson le plus frais et les plus beaux fruits.

— Et que tu m'as enfermé comme un criminel dans des pièces puantes et étouffantes ? demanda innocemment Dorian.

— Ce n'est pas vrai. Peut-être ai-je été un peu trop soucieux de ta sécurité, voilà tout, dit-il en souriant, mais le regard aussi froid que celui d'un cobra. N'essaie pas de me faire des ennuis, petit infidèle. Mieux vaut m'avoir comme ami que comme ennemi. Demande ce qu'elle en pense à cette vieille truie de Tahi, elle te le dira.

Ils descendirent du char dans la cour extérieure du fort. Kouch le prit par la main et le conduisit à travers un labyrinthe d'édifices. Ils montèrent plusieurs escaliers et arrivèrent enfin sur une terrasse qui dominait le port, d'où l'on apercevait le continent africain au-delà des eaux du bras de mer.

Dorian observait autour de lui, content de revoir la mer, de sentir la brise chargée de sel lui caresser le visage et chasser de ses cheveux l'odeur de renfermé du harem. Il vit tout de suite le mollah et le salua avec respect en touchant son cœur et ses lèvres. Al-Allama lui souhaita la bienvenue et dit :

— Puisse Allah conserver ton sourire, petit.

Un autre homme était assis en tailleur à côté de lui sous l'auvent de bambou. Il buvait à petites gorgées une tasse d'épais café noir, un grand narguilé en verre à portée de la main.

— *Salam aleikum*, vieux père, dit Dorian avec déférence.

L'homme se tourna vers lui. Le cœur de Dorian bondit de joie dans sa poitrine et son visage s'illumina. Il se précipita vers lui.

— Ben Abram ! s'exclama-t-il en embrassant le médecin. Je pensais que je ne te reverrais jamais. Je croyais que tu étais toujours sur l'île avec al-Auf.

Le vieil homme repoussa doucement son étreinte et remit de l'ordre dans sa barbe ébouriffée. Il n'était pas convenable de montrer devant d'autres la force du lien qui les unissait.

— Laisse-moi te regarder, dit-il en tenant Dorian à bout de bras.

Il examina son visage et changea d'expression.

— Tu es tout pâle. Que t'est-il arrivé, mon enfant ?

Il leva les yeux vers Kouch, qui restait en retrait.

— Tu as la responsabilité de ce garçon. Que lui as-tu fait, eunuque ?

Hors du harem, Kouch n'était plus qu'un esclave de la maison, et, en outre, un esclave châtré. Ben Abram ne cherchait nullement à dissimuler son mépris.

— Allah et ses saints m'en sont témoins, je l'ai chéri, répondit Kouch, les bajoues tremblotantes, de la sueur perlant sur le menton. Il a été bien nourri et choyé comme un vrai fils de mon maître.

Ben Abram regarda Dorian pour en avoir confirmation, sachant qu'il dirait la vérité.

— Il m'a enfermé dans une petite pièce miteuse depuis le jour de mon arrivée. Il nous a donné à manger de la pâtée pour les cochons et m'a interdit de parler à qui que ce soit en dehors de ma bonne.

Ben Abram regarda Kouch froidement, et l'eunuque tomba à genoux.

— C'était sur l'ordre du prince, noble seigneur. Il m'a demandé d'empêcher l'enfant de s'enfuir.

— Le prince a acheté cet enfant un lakh de roupies. Il l'a adopté officiellement, répliqua Ben Abram d'une voix douce, lourde de menaces. Lorsque Son Altesse royale reviendra de Mascate, je l'informerai personnellement de la façon dont tu as traité son fils.

— Je n'ai fait que mon devoir, miséricordieux seigneur, bredouilla Kouch.

— Je sais fort bien comment tu t'acquittes de ton devoir avec certains enfants et certaines femmes dont tu as la charge, eunuque.

Ben Abram marqua une pause significative.

— Il m'incombe parfois de punir ceux qui désobéissent aux ordres du prince, se justifia Kouch.

— Je me souviens notamment de Fatima, dit Ben Abram d'un ton songeur.

— C'était une catin.

— Elle avait seize ans et elle était amoureuse.

— Elle a laissé cet animal luxurieux sauter le mur du harem pour venir la rejoindre.

— Un jeune guerrier, un officier de la garde royale, corrigea Ben Abram.

— Il était de mon devoir de la punir. Je n'avais pas l'intention de la tuer. Je voulais seulement qu'elle serve d'exemple aux autres.

Ben Abram leva la main pour couper court à ses protestations d'innocence.

— Ecoute-moi bien, eunuque, et crois à ce que je te dis. S'il survient encore quoi que ce soit de néfaste à ce garçon... que dis-je, s'il n'est pas traité à l'avenir avec la plus grande considération, je veillerai à ce que tu cries encore plus fort que la petite Fatima.

Al-Allama avait écouté avec attention.

— Je souscris à tout ce qu'a décrété Ben Abram, dit-il. L'enfant et sa bonne doivent être décemment logés et bien nourris. Tu ne dois pas l'enfermer ni lui imposer des contraintes inutiles. Il doit pouvoir aller et venir comme n'importe quel autre fils du prince. Il viendra auprès de moi recevoir son instruction religieuse un jour sur deux et je l'interrogerai sur la façon dont il a été traité. Maintenant, disparais de ma vue, fit-il avec un geste. Attends en bas que l'enfant soit prêt à repartir.

En s'éloignant d'un air cauteleux, Kouch lança un regard venimeux à Dorian. Ben Abram se retourna vers celui-ci.

— J'ai beaucoup de choses à te raconter. As-tu entendu parler de la bataille qui a eu lieu sur l'île après ton départ ?

— Non, non ! Je ne suis pas au courant. Raconte-moi, vieux père. Dis-moi tout.

— Il n'y a pas que des bonnes nouvelles, avertit le médecin, qui commença son récit.

Dorian écoutait avec une intense attention. En entendant comment la forteresse de Flor de la Mar avait été attaquée et comment Tom avait tué al-Auf de ses propres mains, il s'exclama, tout excité :

— Al-Auf était une bête sauvage. Je suis si fier de Tom ! J'aurais aimé être là pour voir ça !

Puis il se mit à pleurer quand Ben Abram lui apprit que son père avait perdu ses deux jambes.

— Est-ce qu'il est mort, vieux père ? Je t'en prie, dis-moi s'il est encore en vie.

— En vérité, je n'en sais rien, mon petit. Il était vivant quand ton frère m'a permis de quitter l'île. Je crois qu'il avait l'intention de le ramener en Angleterre.

— En Angleterre ? s'exclama Dorian, affolé. C'est si loin ! Il ne reviendra peut-être jamais. Tom m'aurait abandonné ?

Ses yeux s'emplirent de larmes qu'il laissa couler sur ses joues.

Ben Abram lui prit les mains. Dorian tremblait, comme en proie à une forte fièvre.

— Ton frère est un homme bon, un homme d'honneur. Il m'a témoigné beaucoup de gentillesse.

— Mais il est reparti en Angleterre... Il m'oubliera. Je ne le reverrai plus jamais.

— Ce sera alors la volonté de Dieu. En attendant, tu es le fils du prince, et tu dois être attentif à ses désirs, dit Ben Abram en se levant. Il faut maintenant que tu obéisses au saint al-Allama, car il est revenu exprès de Mascate avant le prince et Son Altesse royale a ordonné que tu te soumettes à son enseignement.

Tout en buvant force cafés et en tirant sur son narguilé, Ben Abram attendit pendant que se déroulait l'instruction religieuse durant les heures les plus chaudes de la journée. Une ou deux fois, il fit un commentaire et posa une question, mais la plupart du temps il écouta en silence. Dorian était réconforté par sa présence tranquille.

Le soleil allongeait démesurément les ombres des palmiers sur la plage en contrebas quand Ben Abram demanda au mollah sa bénédiction et conduisit Dorian jusqu'à l'endroit où Kouch attendait sur le char à bœufs pour le ramener au harem.

Il s'arrêta à bonne distance de l'eunuque.

— Je te verrai aussi souvent que possible chaque fois que tu viendras prendre tes leçons avec le mollah, assura-t-il, puis, baissant encore le ton : Ton frère a fait preuve d'une grande bonté à mon égard. Sans lui, j'aurais été moi aussi réduit en esclavage. Pour cette raison, je lui ai promis de te transmettre un message. Je ne pouvais le faire devant le mollah. Toi seul dois l'entendre.

— Quel est ce message ? Parle, je t'en prie, vieux père.

— Ton frère m'a demandé de te dire qu'il resterait toujours fidèle au serment qu'il t'a fait. T'en souviens-tu ?

— Il a dit qu'il reviendrait me chercher, murmura Dorian. Il me l'a juré.

— Oui, mon petit. Il m'a réaffirmé sa promesse. Il reviendra. Je ne devrais pas te le dire. C'est contre l'intérêt de mon maître, mais je ne pouvais te priver du réconfort des paroles de ton frère.

— Je savais qu'il n'oublierait jamais son serment. Merci de me l'avoir dit, ajouta Dorian en posant la main sur le bras du vieux médecin.

Les menaces de Ben Abram et d'al-Allama avaient produit leur effet. Dès le lendemain, Dorian et Tahi reçurent un logement plus spacieux dans une partie plus agréable du harem. Ils disposaient maintenant d'un petit patio à eux avec une fontaine. Kouch envoya une esclave aider Tahi à faire la cuisine et la décharger d'une partie des grosses tâches ménagères, comme changer les seaux des latrines. Il fit également porter à Dorian une garde-robe neuve, et Tahi fut autorisée à attendre les chars quand ils revenaient chaque jour de la ville, chargés de provisions. Elle pouvait ainsi faire son choix de viandes et poissons frais. Plus important encore, Dorian avait dorénavant la permission d'évoluer librement dans le harem. Cependant, quoiqu'il s'en fût plaint amèrement, Kouch se refusait à le laisser sortir de l'enceinte, sauf pour se rendre au fort auprès du mollah.

Même cela changea quand Dorian s'en ouvrit à Ben Abram. Le droit lui fut ensuite accordé de parcourir le port et l'île entière, bien que l'un des gardes de Kouch le suivît de près sans jamais le perdre de vue. Sa liberté nouvelle était si grande qu'il recommença à songer à s'échapper de l'île.

C'était plus pour faire semblant qu'une intention sérieuse. Quand il commença à fréquenter la plage où les bateaux de pêche venaient décharger leurs prises en essayant de se lier d'amitié avec les pêcheurs, il constata que Kouch avait pris les devants. L'eunuque avait dû avertir les insulaires de ne pas parler au jeune infidèle. Son gardien sans cesse à proximité, Dorian n'avait pas la moindre chance de dérober un bateau ou de recevoir une aide quelconque des pêcheurs et des marins locaux. Dorian reconnut finalement l'inutilité de ses plans d'évasion. Il entreprit alors de consacrer davantage de temps à se faire des amis parmi les soldats du fort, les valets des écuries royales et les fauconniers du prince.

Yasmini fut de toute évidence enchantée d'apprendre qu'on avait mis fin à sa réclusion et, dès qu'elle devina que Kouch ne s'y opposerait pas ouvertement, elle devint l'ombre de Dorian. Elle n'était bien sûr pas autorisée à mettre un pied hors du harem, mais elle le suivait dans les jardins et venait sans cesse lui rendre visite dans le logement qu'il partageait avec Tahi.

Sa voix et son rire mêlés au bavardage de Jinni apportaient un peu de lumière dans ces pièces sombres. Tahi commença à lui apprendre à faire la cuisine sur le foyer fumant. Yasmini n'avait encore jamais essayé et elle prenait un immense plaisir à se livrer à cette distraction nouvelle. Elle insistait pour faire goûter à Dorian ses créations culinaires.

— Je l'ai fait spécialement pour toi, Dohie, annonçait-elle de sa voix flûtée. Tu aimes ça, n'est-ce pas ? (Elle regardait anxieusement chaque bouchée disparaître.) C'est bon ? Ça te plaît ?

Quand Dorian quittait le harem pour ses virées sur la plage, au port ou au fort, elle languissait. Elle traînait dans les jupes de Tahi en attendant son retour et, quand il franchissait la porte, son petit visage de ouistiti s'éclairait et elle courait à lui.

Sa dévotion devenait parfois si excessive que Dorian trouvait une excuse pour sortir du harem à seule fin de s'éloigner d'elle. Il allait aux écuries royales et passait des heures à nourrir, abreuver et étriller les magnifiques chevaux du prince pour avoir le privilège d'en monter un. Les leçons que lui avaient données son père et ses frères à High Weald lui revenaient. Dans la fraîcheur du soir, les valets jouaient au *poulou*, mot persan pour désigner une balle, jeu qui passionnait les Moghols et avait été adopté par les Omanais. La balle était sculptée dans une racine de bambou et on la frappait avec un maillet également en bambou. Quand le chef palefrenier en vint à mieux connaître Dorian, il l'autorisa à s'entraîner avec les plus jeunes. Dorian aimait sentir le dos en sueur du cheval entre ses jambes et les charges foudroyantes à travers le terrain quand on jouait des coudes et qu'on se bousculait dans la mêlée autour de la balle. Son agressivité et son habileté ne tardèrent pas à provoquer des hochements de tête approbateurs parmi les vieux palefreniers.

— Si Allah le permet, il deviendra bon cavalier.

La volière qui abritait les faucons du prince était l'une de ses autres retraites favorites. Il contemplait en silence les rapaces féroces et cependant attachants ; les fauconniers ne tardèrent pas à accepter sa présence et à lui communiquer leur connaissance et leur savoir-faire. Il apprenait leur jargon coloré et parfois, sur leur invitation, partait à cheval avec eux lorsqu'ils allaient faire voler les oiseaux au bord des mangroves au nord de l'île.

Il lui arrivait aussi de fausser compagnie à son gardien et de s'éclipser pour aller explorer seul les rivages de Lamu. Il découvrait des criques et des plages désertes où il pouvait se débarrasser de ses vêtements, plonger dans l'océan et nager jusqu'à épuisement le long du récif corallien. Il revenait ensuite s'allonger dans le sable blanc et fixait le sud en imaginant les huniers du navire de Tom apparaissant à l'horizon.

Quand il rentrait au harem, où l'attendait Yasmini, il lui rapportait toujours un petit cadeau pour apaiser son sentiment de culpabilité. C'était parfois une plume perdue par un faucon ou un bracelet qu'il avait tressé avec un crin de cheval ou encore des coquillages ramassés sur le récif, avec lesquels il faisait un collier.

— J'aimerais pouvoir t'accompagner, lui dit-elle un jour, mélancolique. Ça me plairait tant de nager avec toi ou de te regarder monter à cheval !

— Tu sais bien que tu ne peux pas, répondit Dorian d'un ton bourru.

Il avait compris ce que serait la vie de Yasmini dans les années à venir. Elle ne pourrait jamais sortir du harem, si ce n'est voilée et chaperonnée. Il était sans doute le seul ami du sexe opposé qu'elle aurait jamais. Et même cela n'allait pas tarder à prendre fin, car ils arrivaient tous deux au seuil de la puberté. Dès qu'elle deviendrait une femme, elle serait mariée. Tahi lui avait dit que son mariage avait été arrangé quand elle avait quatre ans.

— On doit la donner à l'un de ses cousins dans le pays du Grand Moghol, de l'autre côté de l'océan, afin de cimenter les liens entre les deux maisons royales.

La gouvernante perçut les émotions qui parcouraient son visage à la pensée que sa petite compagne allait être envoyée à un homme qu'elle n'avait jamais vu, dans un pays qu'elle ne connaissait pas.

— Elle est ma sœur. Je ne veux pas qu'elle parte, lâcha Dorian, surpris par la force du sentiment de responsabilité qu'il éprouvait envers Yasmini.

— Ça ne changera rien pour toi, lui dit Tahi avec brusquerie pour cacher sa compassion. Dans moins d'un an, tu seras pubère. Cette transformation n'échappe jamais à Kouch. Au premier signe, tu seras banni à jamais du harem. Même si elle restait là, tu ne reverrais plus le visage de Yasmini. Peut-être vaut-il mieux que votre amitié se termine aussi nettement que le coup de couteau qui célébrera ton entrée dans l'âge d'homme.

L'évocation du couteau le perturba. Il avait entendu les autres adolescents parler du rite de la circoncision et en plaisanter crûment, mais il n'avait jamais pensé qu'il lui faudrait en passer par là.

— Je ne suis pas musulman, protesta-t-il. On ne peut pas me faire ça.

— Tu ne trouveras jamais de femme si tu gardes ce bout de peau.

— Je ne veux pas de femme et je refuse qu'on me coupe en morceaux.

Sa crainte de la lame était exacerbée par le sentiment de culpabilité naissant qu'il éprouvait envers Yasmini à l'annonce de leur séparation.

— Que va-t-elle faire si je ne suis plus là pour veiller sur elle ? s'inquiétait-il. C'est encore une petite fille.

Un après-midi, il revint de ses vagabondages à travers l'île juste avant la prière. Il avait encore les cheveux trempés et raidis par le sel. Accroupie devant le foyer, Tahi leva les yeux quand il apparut à la porte. Avec patience, il répondit à ses questions — où était-il allé ? qu'avait-il fait ? — en ne lui donnant que les détails qu'il jugeait nécessaires. Puis il jeta un coup d'œil circulaire.

— Où est Yasmini ? demanda-t-il sans paraître s'en soucier.

— Elle était ici jusqu'à la prière, puis elle est allée voir Battuta, qui vient d'avoir un perroquet gris.

Dorian se pencha par-dessus son épaule et chipa un petit pain azyme rond qui cuisait devant elle sur les braises. Elle lui donna une tape sur la main.

— C'est pour le dîner. Repose ça immédiatement.

— Puisse le Prophète t'ouvrir les portes de la miséricorde, Tahi.

Il sortit dans le jardin en riant et cassa des petits bouts de pain, qu'il fourra dans sa bouche. Il avait un cadeau pour Yasmini, un gros coquillage en spirale à l'intérieur rose opalescent. Il savait où la trouver. Il y avait à l'est des jardins une tombe en ruine qui avait été construite plusieurs siècles plus tôt en l'honneur d'un saint islamique. Une tablette de pierre fixée au mur de la tombe, laborieusement déchiffrée par Dorian, disait : « Abd Allah Mohammed Ali, mort en l'an 120 du Prophète. »

Un bronze en forme de croissant de lune, couvert de vert-de-gris, surmontait un dôme de pierre. Dessous, une terrasse, destinée à la prière, faisait face à la Kaaba de La Mecque. A l'une de ses extrémités, on apercevait une grande citerne d'eau de pluie où les fidèles accomplissaient jadis le *wudu*, les ablutions rituelles, avant la prière. Elle n'était plus utilisée et, l'après-midi, attirait des vols d'oiseaux.

Yasmini et ses demi-sœurs préférées aimaient venir jouer sur la terrasse. Elles papotaient, se chamaillaient et jouaient à des jeux fantaisistes : elles habillaient leurs animaux de compagnie avec des vêtements d'enfant et les soignaient en faisant mine de s'occuper du ménage et de faire la cuisine pour leurs familles imaginaires.

Dorian était arrivé en bas de l'escalier qui menait à la terrasse quand il resta figé, le pied sur la première marche, par un cri qui venait de là-haut, un cri de douleur qui lui serra le cœur. Il avait reconnu la voix de Yasmini. Il se précipita dans l'escalier, guidé par une série de hurlements, chacun plus aigu que le précédent.

Jinni, le vervet, se tenait assis au sommet du dôme de l'antique tombe. Quand il se lassait d'être dorloté et habillé en bébé, il s'échappait sur son perchoir favori, où Yasmini ne pouvait l'atteindre. Il se grattait sous l'aisselle d'un air endormi, ses paupières bleues tombant sur ses yeux marron. De temps à autre, il oscillait et manquait tomber, puis sortait de sa torpeur et jetait un coup d'œil dans les jardins en contrebas.

Il sentit soudain une odeur alléchante qui le réveilla : celle de gâteaux à la cannelle. Jinni n'aimait rien de plus au monde. Il se redressa de toute sa hauteur, en se servant de sa longue queue pour se maintenir en équilibre sur le dôme et regarda avidement alentour.

Deux garçons remontaient une allée entre les massifs d'arbustes. Même à cette distance, il voyait qu'ils actionnaient leurs mâchoires et que le plus gros des deux portait un plat d'argent couvert. Jinni n'avait pas besoin de voir pour savoir ce qu'il y avait sous le couvercle. Il émit un pépiement vorace, descendit en sautillant de son perchoir et se précipita en haut d'un arbre dont les branches hautes surplombaient la terrasse.

Caché par l'épais feuillage, il regarda les deux garçons s'installer dans un coin retiré et poser le plateau d'argent devant eux. Zayn al-Din souleva le couvercle ; Jinni raidit sa queue et roula des yeux en voyant la pile de gâteaux dorés, tiraillé entre la gourmandise et la peur. Il ne connaissait Zayn al-Din que trop bien. Une cicatrice au-dessus d'un œil lui rappelait qu'il était expert en tir à la fronde. Pourtant, les gâteaux à peine sortis du four étaient encore chauds et leur odeur tentante, irrésistible.

Jinni dégringola le long du tronc de l'arbre en restant caché, puis, arrivé au sol, il jeta un coup d'œil furtif. Quand il eut la certitude de ne pas être observé, il quitta sa cachette et traversa la pelouse comme une flèche. Des profondeurs du feuillage d'un arbrisseau, il lança un autre coup d'œil. Il gonfla ses joues et remua le nez. L'arôme de la cannelle était bien plus fort maintenant. Il vit Zayn porter un gâteau à sa bouche et mordre dedans.

Son compagnon, Ibn al-Malik Abubaker, l'un de ses nombreux demi-frères, se leva, se dirigea vers l'un des casuarinas plantés le long du mur d'enceinte et indiqua quelque chose dans les branches.

— Un faucon a fait son nid là ! cria-t-il à Zayn, qui se leva à son tour et le rejoignit en se dandinant.

Ils tournaient le dos au plat d'argent et discutaient, la tête levée, à propos du nid broussailleux au-dessus d'eux.

— C'est peut-être un pèlerin, dit Zayn d'un ton plein d'espoir. Nous pourrons venir prendre les petits quand ils auront leurs plumes.

Jinni rassembla son courage. Il sortit en trombe de l'arbrisseau et franchit le terrain découvert en un éclair. Il atteignit le plat, prit des gâteaux à pleines mains et s'en fourra dans la bouche à s'en faire éclater les joues. Il restait la moitié des gâteaux dans le plat ; il tenta de les prendre tous mais, n'y réussissant pas, il les reposa et effectua une deuxième tentative.

— Le singe !

La voix redoutée de Zayn s'éleva, stridente, derrière

lui. Dans sa hâte, Jinni renversa le plat et repartit à toute allure vers son refuge dans l'arbre des conseils, laissant un chapelet de gâteaux cassés sur la pelouse.

Après avoir escaladé d'une traite le tronc et atteint les premières branches hautes, il baissa la tête et regarda en arrière. Les deux garçons étaient à ses trousses et poussaient des cris d'indignation.

— *Shaitan* ! Singe du diable ! Cochon !

Jinni grimpa dans les branches supérieures et s'accroupit sur une fourche. Il s'y sentait en sécurité et entreprit de mastiquer bruyamment les restes des gâteaux qu'il avait emportés dans sa fuite.

Sous lui, Zayn ouvrit un petit sac accroché à sa ceinture et en sortit sa fronde. Il démêla les lanières de cuir et les tendit entre ses bras écartés, puis choisit un caillou bien rond et le plaça dans la poche à l'extrémité des deux lanières. Il fit le tour de l'arbre pour trouver le bon angle de tir. Le singe agita la tête en écarquillant les yeux pour l'effrayer par une grimace.

— Je vais te donner une telle leçon que tu ne me voleras plus jamais mes gâteaux, lança Zayn en commençant à faire tourner la fronde.

Elle gagna de la vitesse jusqu'à émettre un vrombissement, puis, au moment voulu, il la lâcha. Tache blanche qui fendit l'air en sifflant, le caillou arriva si vite que Jinni n'eut pas le temps d'esquiver. Le caillou le toucha sous le coude gauche et brisa l'os avec un bruit sec.

Jinni poussa un cri aigu et fit un grand bond en l'air, son bras cassé battant contre ses jambes. En tombant, il essaya d'agripper une branche mais son bras ne répondit pas et il dégringola à mi-hauteur avant de se rattraper avec le bras droit.

Les deux compères poussaient des cris et sautillaient d'excitation.

— Tu l'as touché, Zayn ! exulta Abubaker.

— Je vais te tuer, espèce de *shaitan* voleur ! dit Zayn en ajustant un autre caillou dans la poche de la fronde.

Jinni remonta vers le haut de l'arbre en se hissant avec un seul bras. Quand il arriva à la longue branche qui dominait la terrasse, il gémissait et bégayait de douleur.

La deuxième pierre vrombit dans l'air et frappa la branche juste sous la poitrine de Jinni. Il fit un bond et se précipita vers l'extrémité de la branche, son bras cassé pendillant à son côté. Il savait où il pouvait trouver une protection. Yasmini avait entendu ses cris et, bien qu'elle n'en connût pas la cause, elle l'appelait d'un ton pressant :

— Jinni ! Qu'est-ce qu'il y a, mon bébé ? Viens voir ta maman !

Jinni se lança du bout de la branche et atterrit dans les bras de Yasmini, sanglotant et babillant de douleur et de terreur.

— Viens ! cria Zayn à Abubaker. Trouve un bâton ! On va l'achever !

Les jardiniers avaient laissé un tas de bambous au pied de l'escalier. Les deux garnements en prirent un chacun et montèrent l'escalier à toute vitesse. Soufflant et riant, Zayn atteignit la terrasse le premier. Il s'arrêta quand Yasmini lui fit face avec Jinni dans les bras.

— Ne t'approche pas ! cria-t-elle. Laisse-nous tranquilles !

L'espace d'un instant, Zayn fut déconcerté par la fureur de la fillette, mais Abubaker arriva derrière lui et le poussa.

— Ce n'est que Yasmini. C'est une fille. Je vais la tenir. Toi, attrape le singe.

— Tiens-la pendant que je tue cette cochonnerie ! lança Zayn en attrapant Jinni par la peau du cou.

Jinni se tortilla soudain et lui planta ses dents dans le poignet. Zayn poussa un cri de douleur et de surprise, leva le singe au-dessus de sa tête et le jeta dans la citerne. Jinni disparut sous la surface, puis remonta avec force éclaboussures et nagea vers le bord. Zayn regarda son poignet et son visage jaunâtre s'assombrit de fureur.

— Il m'a mordu. Regarde le sang !

Il se précipita au bord de la citerne et, le bras tendu, enfonça la tête de Jinni sous l'eau avec son bambou. Dès qu'elle jaillit hors de l'eau, il la renfonça.

— Voyons comment il nage ! s'écria-t-il avec une joie sadique.

Yasmini réussit à s'arracher des mains d'Abubaker et bondit sur le dos de Zayn. Elle le roua de coups sur la tête et les épaules. Sans y prendre garde, Zayn s'esclaffait et continuait de noyer Jinni en le repoussant sous l'eau chaque fois qu'il réapparaissait.

Le singe s'affaiblissait rapidement et s'étouffait ; son pelage trempé était plaqué sur son crâne. Il n'avait plus assez d'air dans les poumons pour crier, alors que Yasmini poussait des hurlements de plus en plus aigus.

— Laisse-le ! Laisse mon bébé !

Dorian grimpa quatre à quatre les dernières marches et s'arrêta en haut de l'escalier. Il lui fallut quelques instants pour comprendre ce qui se passait. Il avait été saisi de panique à l'idée de trouver Yasmini blessée, et ses craintes laissèrent place à une rage froide lorsqu'il vit ce que les deux gros garçons lui faisaient, à elle et à son singe. Il s'élança vers eux.

Abubaker pivota sur lui-même pour lui faire face. Il leva son bambou pour le frapper à la tête mais Dorian se baissa et le percuta de l'épaule en pleine poitrine, le projetant contre le mur latéral de la terrasse. Abubaker lâcha son bambou, détala et disparut dans l'escalier.

Une seule chose comptait maintenant pour Dorian : tomber sur Zayn et secourir Yasmini. Il se jeta sur lui, Zayn se retourna pour l'affronter, mais il était gêné par la petite fille à califourchon sur son dos et le coup qu'il assena était maladroit. Dorian le bloqua et saisit le bambou à deux mains. Ils titubèrent l'un autour de l'autre en tirant tous les deux sur la canne.

— Attrape Jinni ! lança Dorian d'une voix haletante à Yasmini.

Docilement, elle se laissa tomber du dos de Zayn et courut à la citerne. Elle tendit le bras et agrippa Jinni, qui se débattait faiblement. Elle le tira de l'eau, trempé jusqu'aux os, toussant et crachant par la bouche et le nez. Elle le serra contre sa poitrine et s'accroupit sous le parapet pour tenter d'éviter les deux garçons qui se poussaient autour de la terrasse.

Zayn était plus lourd que Dorian et le dépassait de deux pouces. Il commençait à avoir le dessus dans cette épreuve de force.

— Je vais te noyer comme ce singe, espèce d'infidèle aux yeux de démon, menaça-t-il en tirant de tout son poids sur le bambou.

Dans sa fureur, Dorian avait oublié ce que lui avait appris Tom, mais l'insulte le calma et il laissa Zayn l'attirer vers lui. Puis il lâcha le bâton et ferma le poing. Il se campa sur ses pieds. « Sers-toi du mouvement de rotation du corps et des épaules, lui répétait Tom. Vise le nez. »

Il lança son poing, ses mains affermies par l'équitation, ses épaules mises en condition par la natation. Il toucha Zayn en plein sur le nez, qui s'écrasa comme une prune trop mûre en un flot écarlate. Zayn abandonna le bambou et porta les mains à son visage. Ses yeux s'emplirent de larmes, le sang coulait entre ses doigts et dégoulinait sur son *kanzu* blanc.

Dorian se redressa pour porter le deuxième coup. Tom lui avait montré comment trouver l'articulation de la mâchoire en lui faisant serrer les dents et sentir le point sous l'oreille. Il frappa de toutes ses forces.

Zayn, lui, ne connaissait pas cette façon de se battre. Fermer le poing et s'en servir comme d'un marteau pour taper sur le visage de son adversaire était étranger à l'idée qu'il se faisait du combat. On lui avait appris à lutter, mais il n'aimait cela que lorsqu'il avait affaire à plus faible que lui.

Le coup sur le nez l'avait sidéré, plus paralysé par la surprise que par la douleur. Il n'était pas prêt à parer le deuxième. Ce fut comme un boulet de canon sur le côté de son visage, qui ébranla ses sens. Dorian n'avait pas encore assez de puissance et de poids pour l'assommer. Mais le coup l'atteignit exactement à l'endroit voulu, avec assez de force pour l'envoyer chanceler en arrière, les jambes flasques, aveuglé par ses larmes, incapable de se défendre.

Puis, complètement ahuri, Zayn reçut un autre coup sur la bouche. Il sentit l'une de ses incisives casser net et le goût métallique du sang envahir sa bouche. Titubant, il se dirigea à l'aveuglette vers l'escalier, se couvrant le visage à deux mains.

Derrière lui, Dorian ramassa le bambou et lui laboura le dos et les épaules. Malgré la douleur de sa bouche et de son nez, sous la morsure du bambou Zayn se précipita dans l'escalier.

Dorian frappa encore ; Zayn hurla comme s'il avait été piqué par un scorpion et perdit l'équilibre. Il dégringola jusqu'en bas dans un enchevêtrement de bras et de jambes, et s'éloigna en rampant avec des sanglots frénétiques. Il entendit Dorian descendre l'escalier quatre à quatre à sa poursuite et jeta un regard par-dessus son épaule.

L'infidèle tenait à deux mains le bambou, le visage déformé par la fureur, ses yeux verts flamboyants de colère. Zayn se releva et cracha sa dent cassée. Il essaya de courir mais quelque chose s'était brisé dans sa cheville droite, et il s'enfuit en clopinant, sautant sur un pied, se traînant sur la pelouse à la suite d'Abubaker.

Dorian lâcha le bambou et le laissa filer. Il prit quelques profondes inspirations pour apaiser sa rage puis, pensant à la fillette, repartit vers elle en courant.

Yasmini, toujours accroupie sous le parapet, tremblait et sanglotait, le corps trempé du singe serré contre sa poitrine.

— Tu es blessée, Yasmini ? Il t'a fait mal ?

Elle secoua la tête et lui tendit Jinni sans un mot. Le pelage plaqué sur sa peau, l'animal semblait deux fois plus petit.

— Son bras ! murmura Yasmini. Il a le bras cassé.

Dorian saisit doucement le membre flasque entre ses doigts. Jinni gémit mais ne résista pas. Il le fixait de ses immenses yeux confiants. Dorian essaya de se souvenir de ce qu'il avait appris en regardant le Dr Reynolds soigner les blessures d'un marin du *Seraph* tombé du gréement et d'un autre qui s'était pris le bras dans la roue du cabestan. Il redressa le bras de Jinni et le maintint dans cette position avec un morceau de bambou qu'il attacha avec une bande de coton arrachée à son *keffieh*.

— Il faut que je l'emmène à Ben Abram, dit-il à Yasmini en prenant le petit singe.

— J'aimerais bien aller avec toi, murmura-t-elle.

Mais elle savait que c'était impossible et Dorian ne prit pas la peine de répondre.

Il plaça Jinni dans un repli de sa djellaba, comme dans un berceau. Yasmini l'accompagna jusqu'aux portes du harem et le regarda s'éloigner vers la ville en trottant sur le chemin qui traversait les palmeraies.

Un demi-mile plus loin, il rattrapa un valet de l'écurie royale qui conduisait des chevaux du prince.

— Mustapha ! cria-t-il. Emmène-moi jusqu'au port.

Mustapha le fit monter derrière lui et ils galopèrent par les rues étroites de la ville jusqu'au front de mer.

Ben Abram opérait dans son dispensaire près du port. Il sortit de la petite pièce de derrière en essuyant ses mains couvertes de sang, et accueillit Dorian et Jinni avec étonnement.

— Je t'ai amené un patient, vieux père, un patient qui a le plus grand besoin de tes talents, dit Dorian.

— Ne va-t-il pas me mordre ? s'enquit Ben Abram en jetant un regard soupçonneux sur Jinni.

— N'aie crainte. Jinni sait qu'il peut avoir confiance en toi.

— La réduction des fractures est un art qui remonte à l'Antiquité, fit remarquer le médecin en examinant le membre brisé, mais je doute qu'aucun de mes prédécesseurs ait eu un tel patient.

Quand il eut fini et que le bras fut éclissé et bandé, Ben Abram donna à Jinni une dose de laudanum et le singe dormit dans les bras de Dorian pendant tout le trajet de retour au harem.

Yasmini l'attendait derrière les portes. Elle lui prit le singe anesthésié et le porta tendrement jusqu'au logement, où ils trouvèrent Tahi en émoi.

— Qu'as-tu fait, stupide enfant ? lança-t-elle, agressant Dorian dès qu'il passa la tête par la porte. Tout le harem est sens dessus dessous. Kouch est venu ici. Il était dans une telle rage qu'il arrivait à peine à parler. Est-il vrai que Jinni a mordu Zayn al-Din, que tu lui as cassé une dent et écrasé le nez, et qu'il s'est fracturé le pied ? Kouch dit qu'il ne pourra peut-être plus jamais marcher et qu'il sera de toute façon estropié à vie.

— Il s'est cassé le pied à cause de sa maladresse, répondit Dorian sur un ton de défi, sans le moindre remords.

Tahi l'étreignit sur son sein généreux et fondit en larmes.

— Tu ne sais pas quels dangers tu as attirés sur ta propre tête ! dit-elle en sanglotant. Nous devrons désormais être sans cesse sur nos gardes. Tu ne dois plus jamais manger ou boire quelque chose avant que je ne l'aie goûté. Tu dois garder fermée la barre de la porte de ta chambre.

Elle énuméra les précautions qu'il leur fallait prendre pour échapper à la vengeance de Kouch et de Zayn al-Din.

— Seul Allah sait ce qu'en pensera le prince à son retour de Mascate, conclut-elle avec une délectation morose.

Yasmini et Dorian la laissèrent imaginer des horreurs au-dessus de ses marmites et portèrent Jinni dans la chambre de Dorian. Il le posèrent sur la natte et s'assirent côte à côte à son chevet.

Ils restèrent là en silence, mais après un moment Yasmini piqua du nez comme une fleur fanée et s'endormit contre l'épaule de Dorian. Il passa le bras autour d'elle, et beaucoup plus tard Tahi les trouva endormis dans les bras l'un de l'autre. Elle s'agenouilla près d'eux pour les contempler.

— Comme ils sont beaux, tous les deux, si jeunes et innocents ! Quel dommage que cela ne puisse être ! Ils auraient peut-être eu des petits enfants roux, murmura-t-elle.

Elle prit Yasmini dans ses bras et la porta jusqu'au splendide logement de sa mère, près de l'entrée du harem, où elle la remit à l'une des servantes.

Kouch revint, tôt le lendemain matin, plein de rage et de menaces. De toute évidence, il n'était pas prêt à enfreindre les ordres de Ben Abram et d'al-Allama, mais sa malveillance irradiait autour de lui comme une mauvaise aura. A la porte, il se retourna pour lancer un regard haineux à Dorian.

— Le jour va bientôt venir, si Allah est bon, où tu ne seras plus au harem pour me déranger.

L'atmosphère était aussi chargée d'hostilité à l'égard de Dorian qu'un ciel d'orage. A l'exception de Yasmini, les autres enfants l'évitaient. Dès qu'ils le voyaient, ils interrompaient leurs jeux ou leurs bagarres et déguerpissaient en riant sottement. Les femmes se couvraient le visage et ramenaient leurs robes comme pour ne pas être contaminées par son contact.

Trois jours après, il tomba sur Zayn à son retour de ses leçons avec al-Allama. Zayn se gavait de sucreries en compagnie d'Abubaker et de trois autres lèche-bottes. Ils se turent quand Dorian remonta les arcades du patio et le dévisagèrent, mal à l'aise.

Le nez de Zayn était encore enflé et il avait une croûte sur la lèvre supérieure. Ses cernes étaient encore plus sombres que d'habitude. Il avait le pied droit bandé. « Peut-être est-il vrai qu'il va rester handicapé toute sa vie », pensa Dorian, mais il ne faiblit pas et le fixa droit dans les yeux. Le gros garçon ne put soutenir son regard froid et se détourna. Il dit quelque chose à Abubaker et tous deux eurent un petit rire nerveux. Dorian passa devant eux à grandes enjambées et, comme il s'éloignait, Zayn s'enhardit.

— La peau blanche comme du pus, dit-il, l'air sifflant par sa dent manquante.

— Les yeux verts comme de la pisse de cochon, renchérit Abubaker.

— Seuls ceux qui la boivent en connaissent si bien

la couleur, répliqua Dorian à haute voix, poursuivant son chemin sans se retourner.

Au cours des semaines suivantes, cette atmosphère de lourde hostilité se dissipa. Bien que Dorian fût devenu le paria du harem, les autres se contentaient maintenant de l'ignorer. Même Zayn et Abubaker ne réagissaient plus en sa présence, mais ils se comportaient avec une nonchalance exagérée chaque fois qu'ils le croisaient. Zayn boitait toujours et il devenait de plus en plus évident que cette claudication allait lui rester.

Cette trêve entre les deux ennemis ne suffisait cependant pas à apaiser Tahi, et elle ne manquait jamais une occasion de faire la leçon à Dorian sur le danger qu'il courait d'être empoisonné ou tué à distance par quelque autre moyen aussi horrible.

— Secoue toujours ton *kanzu* et retourne tes sandales avant de les mettre. Il existe un petit scorpion qui tue si vite que la victime n'a même pas le temps de crier après avoir été piquée. Kouch connaît bien la méthode, et beaucoup d'autres mauvaises choses encore.

Mais rien de tout cela ne pouvait refroidir bien longtemps l'exubérance naturelle de Dorian. Il passait de moins en moins de temps à l'intérieur du harem. Quand il y était, Yasmini était sa compagne.

Grâce aux talents de Ben Abram, Jinny se rétablit rapidement, et bien qu'il ménageât son bras ressoudé, il ne tarda pas à galoper sur le mur d'enceinte ou à escalader les plus hautes branches des arbres.

Le long mois du ramadan arriva, puis la nouvelle lune mit fin au jeûne. Quelques jours après, Zayn al-Din quitta le harem. Il avait atteint la puberté et, toujours clopinant, fit son entrée dans le monde extérieur. Dorian et Yasmini se réjouirent de son départ. Ils apprirent qu'il avait été envoyé à Mascate pour rejoindre la cour de son oncle, le calife.

Tahi fit la grimace quand on lui précisa qu'il avait été expédié comme otage du calife pour garantir l'obéissance du prince.

Ce n'était pas la première fois que Dorian entendait parler d'intrigues au sein de la famille royale omanaise. Tahi lui répéta cependant ce qu'il savait déjà.

— Le calife a fait exécuter six de ses frères pour trahison et il n'a pas confiance en ceux qu'il a épargnés jusqu'ici.

Elle baissa le ton :

— Le calife est un homme cruel et mauvais. Qu'à Allah ne plaise qu'il apprenne jamais que tu es l'enfant de la prophétie.

Elle frissonna à cette pensée.

Quelques semaines après le brusque départ de Zayn al-Din, Yasmini vint chez Dorian un matin avant son réveil et lui secoua le bras avec insistance.

— Jinni n'est pas venu chercher sa nourriture hier soir et il n'était pas dans mon lit ce matin.

Elle avait les traits tirés et tremblait d'inquiétude.

Dorian enfila son *kanzu* à la va-vite pendant que Yasmini se lamentait :

— Je sens qu'il est arrivé quelque chose de terrible à Jinni.

— Nous allons le retrouver, promit Dorian. Viens.

Ils commencèrent par les repaires favoris de Jinni. Le principal était la tombe du saint Abd Allah Mohammed Ali. Ils fouillèrent chaque pouce du vieil édifice en appelant Jinni et en lui offrant des gâteaux à la cannelle. Si quelque chose était susceptible de le tirer de sa cachette, c'était bien leur arôme. Comme ils n'obtenaient aucun résultat, ils parcoururent les jardins, en vain. Yasmini était folle de chagrin.

— Tu l'as sauvé une fois, Dohie, mais Shaitan est revenu le chercher. Il l'a sûrement emmené pour nous punir.

— Ne fais pas le bébé, Yassie, rétorqua Dorian, utilisant inconsciemment les termes avec lesquels Tom le réprimandait. Shaitan ne s'intéresse ni aux singes ni aux petites filles.

— Qu'est-ce qu'on va faire ? demanda Yasmini en tournant vers lui ses yeux hagards avec une confiance absolue.

— Nous allons chercher encore du côté de la tombe. Jinni doit bien être quelque part.

L'entrée de la tombe avait été murée plusieurs siècles plus tôt avec des briques et du plâtre. Dorian l'examina attentivement mais ne trouva aucun trou par lequel un singe aurait pu se faufiler. Ils retournèrent sur la terrasse et fouillèrent encore. Bien qu'ils se fussent égosillés à appeler Jinni, l'animal ne donnait toujours aucun signe de vie.

En désespoir de cause, ils s'assirent finalement au bord de la citerne en évitant de se regarder, fatigués et découragés. S'ils n'avaient pas été aussi silencieux, ils n'auraient pas distingué le faible piaulement. Ils l'entendirent en même temps et Yasmini enfonça ses petits ongles dans le bras de Dorian.

— Jinni ! murmura-t-elle.

Ils sautèrent au pied de la citerne et regardèrent autour d'eux avec ardeur, leur fatigue oubliée. Le son semblait provenir de l'air alentour et non d'un point précis.

— D'où ça vient, Dohie ? questionna-t-elle.

D'un geste de la main, il la fit taire et tenta de repérer l'origine du bruit. Quand celui-ci cessa, Dorian siffla, et immédiatement Jinni appela de nouveau, le conduisant à l'autre bout de la terrasse.

Là, ils se retrouvèrent dans une sorte d'impasse jusqu'au moment où Dorian se mit à genoux et rampa le long de la jonction entre le dôme et la terrasse, où les cris de Jinni étaient plus forts. Des herbes folles et des plantes rampantes recouvraient cette zone, mais il repéra une vague piste à travers elles, comme si on était passé par là récemment. Il la suivit en écartant les herbes pour inspecter la base du dôme.

Il vit tout de suite que les briques de calcaire s'étaient désagrégées à un endroit et que l'ouverture était assez large pour permettre à Jinni de s'y glisser. Quand il approcha son oreille du trou, ses derniers doutes se dissipèrent. Les cris de Jinni étaient amplifiés comme à travers un porte-voix.

— Il est là-dedans ! dit-il à Yasmini.

Elle applaudit de joie.

— Tu peux le sortir de là, Dohie ?

Puis elle plaça sa bouche près de l'ouverture et cria :

— Jinni, mon bébé ! Tu m'entends ?

Des cris étouffés lui répondirent des profondeurs de la cavité.

— Enlève-toi du milieu, dit Dorian.

Il commença à élargir le trou à mains nues. Les briques n'étaient pas maçonnées et il réussit à en enlever de gros morceaux. Il envoya Yasmini chercher un bambou en bas de l'escalier et l'utilisa pour dégager le passage.

En une demi-heure, le trou était devenu assez grand pour qu'il se faufile à l'intérieur. Quand il jeta un coup d'œil au-dedans, il ne vit cependant que l'obscurité et la poussière qu'il avait soulevée en travaillant.

— Attends-moi là, Yasmini, ordonna-t-il en descendant ses jambes par l'ouverture.

Mais il avait beau essayer, il n'arrivait ni à toucher le fond ni à trouver un point d'appui. Il se cramponna au bord du trou et se laissa aller tout doucement. Le bout de mur auquel il se tenait lâcha brusquement et il dégringola dans le noir en poussant un cri. Il s'attendait à faire une chute fatale de plusieurs centaines de pieds mais il ne tomba que de quelques pouces avant de toucher le sol. La rapidité de l'atterrissage fut telle qu'il se reçut mal et perdit l'équilibre.

— Ça va, Dohie ? cria Yasmini.

— Oui, répondit Dorian en se relevant.

— Je peux descendre ?

— Non ! Reste là-haut. Ecarte-toi, tu empêches la lumière de passer.

Une fois la poussière retombée et ses yeux habitués à l'obscurité, il inspecta les lieux. Un faible rayon de soleil tombait par l'ouverture et il constata qu'il se trouvait dans un étroit passage aménagé au milieu de l'épais mur de la tombe, à peine plus large que ses épaules et tout juste assez haut pour qu'il puisse se tenir debout.

Les cris de Jinni venaient de tout près et Dorian se hâta dans leur direction. Une porte de bois bloquait le passage. Elle était vermoulue, et ses charnières en cuir pourri arrachées. Jinni avait dû s'y balancer et son faible poids avait suffi à la faire tomber. Et il s'était retrouvé coincé en dessous.

Le singe s'était à moitié arraché les griffes sur le bois en essayant de se dégager, et sa fourrure était pleine de poussière et d'éclats de bois. Dorian souleva la lourde porte, juste assez pour que l'animal puisse sortir. Il n'était pas blessé et grimpa comme une flèche sur son épaule, où il s'accrocha à son cou en jacassant avec soulagement.

— Stupide animal, le réprimanda Dorian en anglais

tout en le caressant pour l'apaiser. Ça t'apprendra à aller te promener là où il ne faut pas.

Il revint sur ses pas et le tendit à Yasmini, qui avait passé la tête et les épaules par le trou. Puis il repartit chercher la porte, la souleva par un bout et la tira en arrière. Il la mit debout contre le mur du passage et s'en servit comme d'une échelle pour remonter à l'air libre.

Dorian était couvert de poussière et de terre. Il nettoya le plus gros dans l'eau de la citerne pendant que Yasmini étreignait Jinni au point de l'étouffer.

Elle le porta en bas de l'escalier, mais, avant de la suivre, Dorian eut l'idée de revenir sur ses pas pour remettre en place les mauvaises herbes.

Quelques jours après, Dorian revint explorer plus avant le passage secret. Il n'aurait jamais dû parler de son projet à Yasmini car elle insista pour l'accompagner et emmener Jinni. Sans le dire à Tahi, Dorian emporta une lampe et un briquet pour l'allumer.

Ils prirent un luxe de précautions afin de s'assurer qu'ils n'étaient pas suivis par l'un des espions de Kouch, et empruntèrent des chemins séparés pour se retrouver près de la citerne.

— Personne ne t'a suivie ? demanda Dorian tandis que Yasmini montait l'escalier, Jinni sur son épaule.

— Personne, confirma-t-elle en trépignant d'excitation. Que crois-tu que nous allons trouver, Dohie ? Un grand trésor avec de l'or et des pierres précieuses ?

— Une chambre secrète avec des crânes et des vieux ossements, répondit-il pour la taquiner.

Elle eut l'air soudain inquiète.

— Tu passeras le premier ? demanda-t-elle en le prenant par la main.

Ils se faufilèrent à travers les herbes folles en effaçant les traces de leur passage, puis Dorian souleva les plantes grimpantes qui cachaient l'entrée et lança un coup d'œil dans l'obscurité.

— On peut y aller. Personne ne l'a trouvée.

Il s'accroupit et actionna le briquet. Quand la flamme de la lampe brûla régulièrement, il dit :

— Passe-la-moi quand je te le dirai.

Il descendit dans l'ouverture et leva la tête. Il demanda à Yasmini de lui donner la lampe et la posa à l'écart.

— Descends maintenant.

Il guida son pied et le posa sur la vieille porte.

— Tu y es presque. Saute !

Yasmini sauta et regarda autour d'elle. Jinni se précipita à sa suite et grimpa le long de sa jambe. Il n'y avait pas assez de hauteur pour qu'il monte sur son épaule et elle le prit sur sa hanche.

— C'est passionnant, dit-elle. Je n'ai encore jamais rien fait de pareil.

— Ne fais pas tant de bruit, dit Dorian en ramassant la lampe. Suis-moi de près mais ne te mets pas dans mes jambes.

Il se dirigea prudemment jusqu'à l'endroit où se trouvait la porte et vit avec déception que le passage avait été muré quelques pas plus loin. C'était un cul-de-sac.

— Qu'est-ce qu'il y a derrière ? murmura Yasmini.

— Ça devait mener à la tombe elle-même, mais on l'a condamnée. Je ne sais pas pourquoi.

— Pour empêcher l'ange Gibraël d'entrer dans la tombe et d'emporter l'âme du saint au Paradis, dit Yasmini. Gibraël vient toujours chercher les âmes des hommes vertueux.

Dorian s'apprêtait à tourner ses paroles en dérision mais il vit ses grands yeux limpides et s'abstint.

— Peut-être as-tu raison. Mais je me demande où conduit le passage de l'autre côté.

Ils firent demi-tour, passèrent sous l'ouverture par laquelle ils étaient entrés et poursuivirent leur chemin lentement dans l'obscurité, où flottait une odeur de moisi. Dans la faible lumière jaune de la lampe, ils constatèrent que le sol commençait à s'incliner vers le bas et, quelques pas plus loin, ils découvrirent un escalier de pierre qui s'enfonçait dans la terre.

— J'ai peur. Peut-être l'ange sera-t-il fâché qu'on emprunte son chemin, chuchota Yasmini en serrant Jinni contre sa poitrine.

De l'autre main, elle s'agrippa au *kanzu* de Dorian.

Ils poursuivirent leur progression en silence. Le passage descendait toujours et Dorian pensa qu'ils étaient bien en dessous du niveau du sol. Il compta ses pas.

— Et si ça s'écroulait ? s'inquiéta Yasmini.

— Le tunnel existe depuis des centaines d'années. Pourquoi s'écroulerait-il d'un seul coup maintenant ?

Il avança encore en comptant les pas à haute voix.

— Trois cent vingt-deux, annonça-t-il au bout d'un moment, puis, presque tout de suite : Regarde, il y a un escalier qui remonte.

Ils le gravirent lentement. Dorian s'arrêtait à chaque marche et levait la lampe pour examiner ce qu'il y avait devant. Soudain, il s'arrêta de nouveau.

— C'est bloqué, dit-il, déçu.

Grâce à la lampe, ils virent que le plafond et l'une des parois latérales s'étaient effondrés. Ils regardèrent, indécis, l'éboulis.

Brusquement, Jinni sauta de la hanche de Yasmini et fila comme une flèche. Avant que Dorian ait eu le temps de le retenir par la queue, il disparut par une petite ouverture entre la partie intacte du plafond et le tas de décombres.

— Jinni ! appela Yasmini en passant devant Dorian et en enfonçant son bras dans le trou. Il va encore rester coincé ! Rattrape-le, Dohie.

— Stupide animal !

Dorian commença à dégager le haut de l'éboulis pour essayer d'accéder à l'intérieur. De temps à autre, ils entendait les cris de Jinni mais le singe ne revenait pas, malgré les prières de Yasmini. Dorian continuait de déblayer l'ouverture avec obstination. Puis il s'arrêta et grimpa sur le tas.

— Je vois de la lumière devant, dit-il en jubilant.

Il redoubla ses efforts.

Quelques minutes plus tard, il s'essuya le visage avec le bas de son *kanzu*. Sa sueur mêlée de poussière formait une pâte boueuse.

— Je crois que je vais pouvoir me glisser à travers, fit-il.

Il se fraya un chemin sur le ventre par l'ouverture qu'il avait dégagée, et Yasmini regarda disparaître avec appréhension son buste, ses jambes puis ses pieds.

— Yasmini ! cria-t-il quelques instants plus tard. Il n'y a pas de danger. Viens !

Elle était tellement plus menue que lui qu'elle put passer à quatre pattes et retrouver Jinni aussitôt. Un peu plus loin, la lumière augmentait et la fillette aperçut Dorian accroupi à la sortie du tunnel. Un rideau de végétation pendait devant eux, mais, au-delà, ils voyaient la lumière éclatante du soleil.

— Où sommes-nous ? demanda-t-elle en arrivant près de lui.

— Je ne sais pas.

Il écarta le feuillage avec précaution. Ils se trouvaient dans une excavation entourée de parois en briques de corail désagrégées par le temps. Tout l'endroit était envahi par la végétation.

— Reste là, ordonna-t-il en se glissant au-dehors.

Dorian grimpa jusqu'en haut et regarda alentour. Il vit des palmiers et la forêt verdoyante de la mangrove, et au-delà la plage blanche et le bleu vif de l'océan. Il était déjà venu là au cours de ses explorations.

— Nous sommes à l'extérieur du harem, dit-il, étonné. Le tunnel passe sous le mur.

— Je ne suis jamais allée dehors, dit Yasmini en le rejoignant. C'est ça, la mer ? On peut y aller, Dohie ?

Ils entendirent des voix et se baissèrent. Un groupe de femmes passa sous leur cachette sans lever la tête : des esclaves swahilis, noires de peau et sans voile, qui portaient d'énormes fagots en équilibre sur le crâne. Elles poursuivirent leur chemin et leurs voix s'évanouirent au loin.

— On peut descendre jusqu'à la plage, Dohie ? supplia Yasmini. Seulement un petit moment ? Juste une fois.

— Non ! Que tu es bête ! Les marins nous verraient et le diraient à Kouch. Ça ferait une tombe de plus au cimetière. Tu sais ce qui arrive aux petites filles qui défient ses ordres. Viens, dit-il en redescendant vers l'ouverture du tunnel.

— La volonté de Dieu est peut-être que je ne puisse jamais nager dans l'océan avec toi, remarqua-t-elle, mélancolique, en continuant de regarder à travers les arbres.

— Viens, Yasmini. Il faut rentrer.

Les paroles de Yasmini l'avaient troublé. Chaque fois qu'il allait seul à la plage et nageait jusqu'au récif, il se sentait coupable et, bien qu'elle n'en ait plus reparlé, sa supplique le travaillait.

Pendant les semaines qui suivirent, il effectua des reconnaissances à l'est du harem et constata qu'il y avait beaucoup de ruines au milieu des arbres. La plupart étaient recouvertes de végétation ou de dunes de sable apporté de la plage par la mousson. Il lui fallut plusieurs jours pour retrouver l'excavation où débouchait le tunnel. Après s'être assuré que personne ne le voyait, il descendit au fond du trou.

Il passa plusieurs heures à dégager l'entrée afin d'en faciliter l'accès, puis la recouvrit de feuilles de palmier tombées et de branches sèches pour éviter qu'elle ne soit découverte par hasard par les ramasseuses de bois.

Il se fit donner par son ami Mustapha un *kanzu* sale et rapiécé et un *keffieh* en piteux état, que même le valet d'écurie ne voulait plus porter. Il en fit un paquet et les cacha à la sortie du tunnel. Il attendit la pleine lune, puis demanda à Yasmini si cela lui ferait vraiment plaisir d'aller nager dans l'océan.

Elle le regarda avec étonnement, puis répondit tristement :

— Ne me taquine pas, Dohie.

— Ce soir, tu dîneras avec Tahi et moi. Après les prières du maghrib, tu remercieras Tahi et tu lui diras que tu rentres chez toi. Tu viendras ici et tu te cacheras derrière la citerne. Ta mère pensera que tu es avec Tahi, et Tahi que tu es avec ta mère. Je te rejoindrai ici peu après.

— Oui, Dohie.

— Tu n'auras pas peur de venir ici toute seule dans le noir ?

— Non, Dohie.

Elle secoua la tête avec véhémence.

— Tu ne peux pas emmener Jinni. Tu dois le laisser dans sa cage. Tu me le promets ?

— De tout mon cœur, Dohie.

Au dîner, Yasmini était si agitée et volubile que Tahi la regarda attentivement.

— Qu'est-ce que tu as, mon petit ? Tu jacasses autant qu'un vol de perruches et tu gigotes comme si tu avais une braise dans ton pantalon. Tu es restée encore au soleil sans te couvrir la tête ?

Yasmini engloutit le reste de son repas en ramassant les aliments dans son écuelle avec les doigts de la main droite. Puis elle se leva à la hâte.

— Il faut que je m'en aille, Tahi. Ma mère m'a demandé de rentrer tôt.

— Tu n'as pas fini de manger. J'ai préparé tes gâteaux préférés, à la noix de coco et au safran.

— Je n'ai pas grand-faim ce soir. Il faut que j'y aille. Je reviendrai demain.

— Tu as oublié de faire ta prière.

— Loué et remercié soit le Tout-Puissant Allah pour nous avoir donné nourriture et boisson et nous avoir faits musulmans, bredouilla Yasmini avant de se relever d'un bond.

Elle était sortie avant que Tahi puisse la retenir.

Dorian attendit un moment, puis se leva et s'étira avec nonchalance.

— Je vais faire un petit tour dans le jardin, dit-il.

— Sois très prudent, al-Amhara, lui rappela Tahi. Ne crois pas que Kouch t'ait oublié.

Dorian s'éclipsa promptement pour échapper à d'autres mises en garde.

Il grimpa sans bruit l'escalier de la terrasse et appela Yasmini. Sa voix passait des aigus aux graves sans crier gare : cela faisait quelque temps qu'elle lui jouait des tours quand il se sentait nerveux.

— Yasmini ! lança-t-il de nouveau, et cette fois sa voix se fit rauque.

— Dohie ! Je suis là.

Elle surgit hors de sa cachette derrière la citerne et courut à sa rencontre. A la clarté de la lune qui venait de franchir le mur d'enceinte du harem, Dorian la conduisit à l'ouverture de leur passage secret, qu'ils avaient baptisé la Route des Anges. Il se laissa descendre à l'intérieur et retrouva la lampe et le briquet qu'il y avait laissés. Quand la mèche brûla régulièrement, il appela Yasmini et la prit dans ses bras quand elle se laissa glisser le long de la vieille porte. Elle ne le quittait pas d'une semelle et s'accrochait à l'arrière de son *kanzu* tandis qu'il ouvrait la voie.

Quand ils arrivèrent à l'éboulis qu'il avait dégagé, Dorian moucha la lanterne. Ils parcoururent les derniers yards en longeant à tâtons la paroi et aperçurent enfin la luminescence de la lune à travers les branchages qui cachaient la sortie du tunnel. Dorian chercha le paquet de vieux vêtements qu'il avait dissimulé dans un creux du mur.

— Voilà ! Mets ça, dit-il.

— Ça ne sent pas bon ! protesta-t-elle.

— Tu veux venir avec moi, oui ou non ?

Elle ne discuta pas davantage, et il y eut un bruissement d'étoffe quand elle se déshabilla et enfila le *kanzu*.

— Je suis prête, dit-elle, impatiente.

La robe était trop grande pour Yasmini, qui trébucha en marchant sur l'ourlet. Il s'agenouilla devant elle et déchira le bas jusqu'aux chevilles, puis l'aida à arranger le *keffieh* sur sa tête pour cacher ses longs cheveux.

— Ça ira, estima-t-il en l'examinant des pieds à la tête.

Elle ressemblait à l'un des gamins en haillons qui

erraient dans les rues de la ville, un fils de pêcheur peut-être ou un ramasseur d'écorce de bois.

— Allons-y !

Ils sortirent des ruines en s'aidant des pieds et des mains puis, avec des précautions excessives, traversèrent en silence les palmeraies en direction de la plage. Dorian connaissait à fond cette partie de la côte. Il avait choisi un endroit où des falaises de grès entouraient une piscine naturelle que venait remplir la marée.

Ils s'assirent sur le sable humide, à l'ombre d'une grotte peu profonde qui s'ouvrait dans le bas de la falaise, et contemplèrent la crique baignée par la lumière argentée de la lune. La mer s'était retirée, découvrant le sable corallien d'un blanc immaculé où se reflétaient des ombres violettes. La clarté phosphorescente des petites vagues qui se brisaient sur le récif éclairait leur visage par intermittence.

— Comme c'est beau ! murmura Yasmini. Je n'aurais jamais cru que c'était aussi beau.

— Je vais me baigner, dit Dorian en retirant son *kanzu* et ses sandales. Tu viens ?

Sans attendre la réponse, il se dirigea vers la plage puis se retourna en arrivant au bord de l'eau.

Yasmini sortait de la grotte comme un faon émergeant du couvert des bois et ses jambes semblaient trop longues pour son corps d'enfant. Elle avait enlevé la robe tachée et était nue elle aussi. Dorian avait vu de jeunes esclaves en vente sur le marché mais aucune ne possédait cette grâce féerique. Ses cheveux tombaient jusque sur ses petites fesses rondes et les mèches parmi ses cheveux de jais étaient argentées au clair de lune.

En le rejoignant, elle le prit par la main. Ses jeunes seins dorés délicatement bombés étaient à peine naissants mais les bouts pointaient, durcis par l'air frais de la mousson. Il les regarda et cela éveilla une sensation étrange et inhabituelle au creux de son estomac.

Main dans la main, ils entrèrent dans l'eau, plus chaude que l'air, à la même température que leur corps. Yasmini s'y jeta, ses longs cheveux flottant autour d'elle comme des feuilles de lotus, et elle riait de joie.

La lune avait accompli la moitié de son ascension quand il lui dit :

— Nous ne devons pas rester là plus longtemps. Il se fait tard, rentrons.

— Je n'ai jamais été si heureuse. De toute ma vie. J'aimerais qu'on puisse rester là toujours, murmura-t-elle.

Mais elle se leva docilement et l'eau ruissela, dorée, sur ses membres longs et fins. Ils regagnèrent la plage en laissant sur le sable clair leurs traces de pas pareilles à deux rangs de perles.

— Merci, Dohie, dit-elle en se retournant à l'entrée de la grotte avant de l'enlacer soudain et de se serrer contre lui. Je t'aime tant, mon frère !

Dorian se tenait debout gauchement. Le contact de ce corps menu contre le sien, la chaleur de cette peau à travers les gouttes d'eau fraîche, tout cela fit renaître l'étrange sensation au creux de son estomac.

Elle s'écarta.

— Je suis toute mouillée, dit-elle avec un petit rire, en essorant une poignée de ses épais cheveux noirs.

— Tourne-toi ! lança Dorian en ramassant son *kanzu*.

Elle obéit et lui présenta la courbe de son dos mince.

Il la sécha rapidement et la frictionna avec les plis de sa robe.

— L'autre côté maintenant.

Elle lui fit face et il essuya les petits renflements de ses seins puis le ventre.

— Ça chatouille !

Son ventre était concave et lisse, à l'exception du

creux formé par le nombril et, à la base, par la petite fente glabre entre ses cuisses.

— Remets ton *kanzu* maintenant, ordonna-t-il.

Elle se baissa pour ramasser le vêtement sur le sable. Dorian vit que ses fesses étaient parfaitement rondes. Il sentit sa poitrine se contracter et eut du mal à prendre son inspiration.

Elle se redressa et enfila le *kanzu* sale. Quand sa tête réapparut par l'ouverture, Dorian la regardait toujours. Elle lui adressa un sourire mutin. Tout en entortillant ses cheveux en une grosse tresse pour la passer sous son *kanzu*, elle examinait le corps de Dorian ouvertement, sans aucun sentiment de culpabilité ou de péché.

— Tu es si blanc là où tu n'as pas pris le soleil... et regarde ! Là aussi tu as des poils de la même couleur que tes cheveux. On dirait de la soie au clair de lune. C'est très joli, s'émerveilla-t-elle.

Il avait oublié le duvet qui était apparu ces derniers mois. Pour la première fois, il éprouva de la timidité, de la honte presque, et se hâta de se couvrir avec son vêtement.

— Il faut qu'on y aille ! dit-il.

Yasmini dut galoper derrière lui pour le suivre tant il marcha vite sur le chemin du retour. En arrivant au tunnel, elle se débarrassa du vieux *kanzu* et remit ses vêtements.

— Tu es prête ?

— Oui, Dohie. (Mais avant qu'il ait eu le temps de repartir, elle lui prit la main.) Merci, mon frère, murmura-t-elle. Je n'oublierai jamais ce que nous avons fait ce soir, jamais !

Il essaya de dégager sa main. Ses propres émotions le troublaient, et il était presque en colère à cause des sentiments qu'elle éveillait en lui.

— On pourra revenir, Dohie ? supplia-t-elle.

— Je ne sais pas. (Il libéra sa main.) Peut-être.

— Je t'en prie, Dohie. C'était si amusant !

— Bon, on verra.

— Je serai très gentille avec toi. Je ferai tout ce que tu diras. Je ne te taquinerai plus et je ne serai plus insolente. Dis oui, Dohie.

— D'accord, Yasmini. On reviendra.

Quelques jours après leur escapade sur la Route des Anges, et avant que Dorian ait eu le temps de tenir sa promesse, Kouch vint à son logement. Il arriva à la première heure, escorté par deux de ses eunuques. Tahi les reçut à la porte et tenta de les empêcher d'entrer.

— Qu'est-ce que tu veux à al-Amhara ? demanda-t-elle.

— Ecarte-toi, vieille vache, ordonna-t-il. Ce garçon n'est plus sous ta responsabilité.

— Tu es venu le chercher... dit-elle d'une voix tremblante en s'accrochant à son gilet brodé pour l'empêcher de forcer le passage.

— Recule-toi, je t'avertis ! (Il lui enfonça son bâton dans le ventre et elle se plia en deux de douleur.) Allez chercher l'infidèle, enjoignit-il aux deux esclaves, qui se précipitèrent dans la petite chambre de Dorian.

L'enfant était assis sur sa natte, réveillé par la voix perçante de Kouch, et se frottait les yeux. Les eunuques l'empoignèrent par les bras et le traînèrent dans l'autre pièce.

— Enlevez ça, dit Kouch en désignant avec son bâton le *kikoï* noué autour des hanches de Dorian.

Ils s'exécutèrent et Kouch eut un sourire lascif.

— Je le savais bien ! Un joli jardinet que tu fais pousser là.

Il poussa le bout de son bâton dans la petite toison cuivrée qui cachait maintenant le pubis de Dorian. Celui-ci essaya de couvrir sa nudité mais ils l'obligèrent à rester droit.

— Il est temps de retirer ça. Nous allons te débarrasser de ce petit bout de peau malodorant, dit Kouch en aiguillonnant Dorian avec un doigt couvert de bagues.

— Ne me touche pas ! s'écria Dorian d'une voix éraillée, rouge de colère et d'humiliation. Ote tes mains de moi, espèce de gros bœuf châtré !

Le sourire narquois s'évanouit sur les lèvres de Kouch.

— Présente tes *salam* à cette vieille vache, dit-il avant de lancer un regard noir à Tahi. Tu ne la reverras plus jamais. Mes gens vont attendre que tu aies empaqueté tes affaires. Tu quittes le harem. Le couteau t'attend, et ensuite une autre vie.

A la porte, Tahi étreignit Dorian.

— Tu es l'enfant que je n'ai jamais pu avoir, murmura-t-elle. Je t'aimerai toute ma vie.

— Moi aussi, Tahi. Je ne me souviens pas de ma mère, mais elle devait être comme toi.

— Sois un homme et un guerrier, al-Amhara. Fais ma fierté.

— Dis à Yasmini...

Il s'interrompit. Quel message lui laisser ? Tandis qu'il réfléchissait, les esclaves l'entraînèrent au-dehors. Désespéré, il lança à Tahi :

— Dis à Yasmini que je ne l'oublierai jamais. Dis-lui qu'elle sera toujours ma petite sœur.

Les esclaves l'emmenèrent jusqu'au char à bœufs qui attendait dans la cour du harem. Une petite foule d'enfants et de servantes s'était rassemblée pour le regarder partir, mais il ne vit pas Yasmini parmi eux, bien qu'il l'eût cherchée du regard pendant qu'ils franchissaient les portes du harem.

— C'est toujours plus délicat et plus dangereux quand le garçon est plus âgé, observa Ben Abram. Cela aurait dû être fait beaucoup plus tôt, et pas à treize ans, alors qu'il est au seuil de la puberté.

— Il vient du monde des infidèles et se trouve dans un état d'abomination tant que le rituel n'a pas été accompli. Cela doit être accompli avant le retour du prince, répondit al-Allama. S'il est vraiment l'enfant de la prophétie, Allah le protégera.

Dorian se tenait nu devant eux. Ils se trouvaient sur la terrasse du palais qui dominait le port. En dehors du médecin et du saint homme, il y avait avec eux une jeune esclave noire, une païenne, qui ne pouvait être souillée en assistant Ben Abram.

Celui-ci disposa ses instruments sur la table basse, puis regarda Dorian droit dans les yeux.

— La douleur n'est rien pour un homme, l'honneur est tout. Souviens-t'en toute ta vie, mon fils.

— Je ne faillirai pas, vieux père, répondit Dorian.

Ils en avaient discuté maintes fois.

— *Bismilla-hi Allahu akbar !* dit Ben Abram à voix basse. Je commence au nom de Dieu Tout-Puissant. Allah est grand !

En même temps, le mollah récitait une sourate du Coran, d'une voix sonore.

— Nous commençons au nom d'Allah, qui est très bon et miséricordieux. O Allah, accorde-lui la foi, la sécurité, l'abondance, la maturité d'esprit, la connaissance bénéfique, ta gouverne dans l'accomplissement des actions vertueuses, la noblesse de caractère, l'honneur et la santé.

Ben Abram fit un signe de tête à la jeune esclave, qui s'agenouilla devant Dorian et prit son pénis. Elle commença à le masturber. Il ne tarda pas à durcir et à augmenter de volume. La fille détourna timidement les yeux mais continua à le caresser jusqu'à érection complète. Ben Abram choisit alors un petit couteau aiguisé comme un rasoir sur le plateau et s'approcha.

— Assez ! dit-il doucement à la jeune Noire, qui s'éloigna. Au nom d'Allah, reprit le médecin, et il donna le premier coup de couteau d'une main experte.

Dorian se raidit sous la morsure de l'acier, mais il se mordit les lèvres et ravala son cri de douleur. Vint alors le deuxième coup, puis le troisième. Dorian se retenait toujours de crier et sentait le sang couler le long de ses cuisses.

— Au nom de Dieu, c'est fait ! dit enfin Ben Abram en posant le couteau, avant de panser la plaie.

Dorian, les jambes flageolantes, resta néanmoins impassible et garda les yeux ouverts. Al-Allama lui-même exprima son approbation :

— Te voilà un homme maintenant. (Il toucha le front de Dorian pour le bénir.) Et tu t'es vraiment conduit comme tel.

Ben Abram le prit par le bras et le conduisit dans une chambre du palais où un matelas avait été installé pour lui.

— Je reviendrai demain matin pour changer le pansement, promit-il.

Le lendemain, Dorian était congestionné et fiévreux, la plaie très laide et enflammée. Ben Abram refit le pansement et passa dessus un onguent calmant. Puis il lui administra une potion amère. Quelques jours après, la fièvre était tombée et la guérison avait commencé. Les croûtes ne tardèrent pas à tomber et Ben Abram permit à Dorian d'aller nager seul dans l'océan ou d'aider les palefreniers à exercer les chevaux du prince, galoper sur les plages et participer aux rudes parties de *poulou*.

Peu après, un voilier apparut dans le chenal et les sentinelles du palais reconnurent la flamme royale en tête de mât. Toute la population de l'île afflua vers les plages pour accueillir le prince Abd Mohammed al-Malik, de retour de la capitale omanaise de Mascate.

Le prince descendit à terre au son du canon, sous les hululements des femmes et les cris d'adoration des hommes. Ils tirèrent des coups de feu en l'air avec leurs mousquets à canon long tandis que battaient les tambours et gémissaient les fifres.

Dorian se trouvait avec les palefreniers, qui gardaient les chevaux en surplomb de la plage. Il avait aidé à astiquer la sellerie et à faire briller les turquoises qui ornaient le mors et la selle du cheval du prince. En tant que fils royal, le chef des palefreniers lui avait accordé l'honneur de conduire l'étalon d'al-Malik et de lui tenir la bride pendant qu'il montait en selle.

Dorian regarda le prince remonter la plage. La foule s'ouvrait devant lui et ses sujets se prosternaient sur son passage en essayant de baiser le bas de sa djellaba. Cela faisait plus d'un an que Dorian ne l'avait pas vu et il avait oublié à quel point le prince était grand et majestueux dans ses robes blanches, sa longue dague ornée de pierreries à la ceinture, le manche en corne de rhinocéros luisant d'un éclat doux. Le bandeau qui retenait son *keffieh* était en fils d'or torsadés. Se dirigeant à grands pas vers l'endroit où attendait Dorian, il souriait à ses sujets et leur rendait leurs saluts en touchant son cœur et ses lèvres, dans le geste élégant de la bénédiction.

— *Salam aleikum*, grand prince ! dit Dorian en s'inclinant.

Sa voix se perdit dans le tumulte général, mais le prince le regarda et Dorian vit à son expression de plaisir qu'il le reconnaissait. Le prince inclina légèrement la tête, puis monta en selle avec la grâce d'un cavalier d'exception et s'éloigna vers le fort.

Assis sur la terrasse du palais en compagnie de ses plus fidèles courtisans, le prince buvait le café à petites gorgées et écoutait les rapports des hommes qui avaient administré les îles et les colonies en son absence.

— De nombreux navires francs ont fait escale à Zanzibar, lui apprit son vizir. Et il y en a de plus en plus chaque mois maintenant que le *kusi* les emmène depuis le sud. Tous cherchent à acheter de l'ivoire et des esclaves.

Le sultanat de Zanzibar faisait partie des domaines du prince, et une partie des profits dégagés sur les marchés locaux revenait à son trésor. Il pouvait être certain que le sultan, son vassal, tirerait de l'infidèle toutes les roupies que permettrait le commerce.

— Ali Mohammed doit avertir les capitaines infidèles que je ne tolérerai pas leur présence au nord de Zanzibar. Je l'interdis formellement.

L'or et les marchandises qu'apportaient les infidèles étaient les bienvenus mais al-Malik connaissait fort bien le caractère cupide et impitoyable des Francs. Ils avaient déjà établi des comptoirs et des bases dans l'empire du Grand Moghol. Une fois qu'ils avaient pris pied, il était impossible de les déloger. On ne devait pas les laisser remonter vers le nord jusqu'à Lamu.

— Ali Mohammed est parfaitement conscient de

vos désirs. Si le navire d'un infidèle s'aventurait sur ces eaux, il enverrait un rapport à Votre Excellence par un dhaw rapide.

Le prince hocha la tête.

— L'ivoire est donc si recherché ! De quelles réserves disposons-nous sur le continent ?

— D'année en année, il est de plus en plus rare et la demande des infidèles toujours plus importante.

Les marchés de Zanzibar et de Lamu dépendaient en grande partie des tribus indigènes de l'intérieur pour satisfaire leurs besoins. Les autochtones ne disposaient pas de mousquets pour chasser les pachydermes géants. Leur méthode consistait à creuser des trappes rudimentaires, tapissées de pieux pointus, sur lesquelles ils essayaient d'attirer les troupeaux. Parmi eux, quelques chasseurs intrépides étaient capables d'abattre un éléphant à coups de flèches, mais leur moisson était maigre.

— Peut-être devrions-nous vendre des mousquets aux chefs de tribu pour leur permettre d'en recueillir de plus grandes quantités, suggéra un courtisan.

Mais le prince secoua la tête avec véhémence.

— Trop dangereux, dit-il. Cela risquerait de les inciter à se révolter contre notre autorité, et reviendrait à ouvrir la cage au lion.

Ils discutèrent longuement de la question, puis le prince tourna son attention vers le commerce des esclaves.

— En faisant notre moisson d'esclaves dans les régions côtières, nous les poussons vers l'intérieur. A l'instar des éléphants, ils deviennent plus farouches et sont de plus en plus sur leurs gardes. Le nombre que nous réussissons à obtenir diminue chaque saison.

Comme pour l'ivoire, les Arabes s'en remettaient aux chefs de l'intérieur les plus belliqueux pour attaquer leurs ennemis tribaux et prendre des esclaves qu'ils emmenaient ensuite jusqu'aux lieux de rassemblement sur les rives des grands lacs.

— Nous pourrions envisager d'envoyer nos propres guerriers dans les forêts pour capturer des esclaves, proposa quelqu'un.

Le prince caressa pensivement sa barbe.

— Il nous faudrait choisir des hommes courageux et triés sur le volet. Nous ignorons ce qui les attend dans ces contrées sauvages. La seule chose que nous savons, c'est que l'entreprise est périlleuse et difficile. Je vous ferai connaître ma décision sur ce chapitre plus tard, mais, en attendant, dressons une liste de cinquante hommes sur lesquels nous pourrions compter pour conduire une telle expédition.

Il traita des différents problèmes liés au commerce, mais, avant d'en venir à des questions plus graves, il donna congé aux membres les moins importants de ce conseil et ne garda auprès de lui que les cinq plus anciens pour entendre le résultat de son voyage à Mascate. C'était un terrain qui sentait la conspiration et la trahison. Le calife al-Uzar ibn Yaqub était de quarante ans son aîné, né d'une des premières épouses de leur père. Celui-ci avait eu al-Malik à un âge avancé avec sa dernière favorite, mais comme le savent les cavaliers, « les vieux étalons et les jeunes juments donnent naissance aux meilleurs poulains ».

Le petit royaume omanais se trouvait grandement menacé par les conquérants ottomans, dont le puissant empire avait pour capitales Constantinople et Bagdad, et couvrait la majeure partie du monde arabe. Les seuls Etats qui leur avaient résisté jusque-là étaient quelques principautés trop petites pour intéresser les califes turcs du Nord.

Oman était protégé par sa puissante flotte contre les

attaques par mer. Tout agresseur qui tentait de lancer une offensive terrestre par le nord devait affronter les terribles sables de Rub Al Khali, la « région vide », et les guerriers qui constituaient la petite armée omanaise, chez eux dans le désert.

Oman défiait les conquérants ottomans depuis des siècles et pourrait continuer à le faire pendant encore cent ans pour peu qu'il soit gouverné par un homme capable. Ibn Yaqub n'en était pas un. Il avait plus de soixante-dix ans et se consacrait plus volontiers à des intrigues de palais et à des conspirations politiques compliquées qu'à la guerre, à ses rigueurs et à ses épreuves. Son principal souci était de conserver le pouvoir et non de maintenir l'unité de sa petite nation. Ce faisant, il avait perdu le respect de ses sujets, car le califat omanais était composé d'un grand nombre de tribus, chacune dirigée par son propre cheik. En l'absence d'un gouvernement ferme, ces rudes hommes du désert perdaient leur résolution, commençaient à se quereller, ressuscitaient les anciennes luttes tribales, et ils rejetaient maintenant l'autorité du vieillard cruel, irrésolu et intrigant.

Cette autorité, ibn Yaqub en jouissait toujours à proximité de son bastion, mais, à mesure que l'on s'éloignait dans les déserts brûlants et sur l'immense océan des Indes, elle se diluait et s'affaiblissait. Pour que les cheiks du désert et les capitaines de dhaws suivent un homme, il fallait qu'ils le respectent.

Certains avaient déjà envoyé des émissaires secrets à al-Malik, car il s'était révélé un homme puissant et un guerrier hors pair. Tous savaient que le calife l'avait exilé à Lamu, l'avant-poste de l'empire, car il redoutait l'influence et la popularité de son demi-frère. Les messagers avaient affirmé que s'il retournait en Arabie, à Oman, et organisait une révolte contre son frère, ils se soulèveraient avec lui. S'il tenait les rênes de l'Etat, ils s'uniraient de nouveau contre les Ottomans.

— C'est ton devoir et ton droit divin. Si tu viens à nous, les mollahs déclareront la *jihad*, la guerre sainte, et nous chevaucherons derrière toi pour renverser le tyran, promettaient-ils.

C'étaient des questions épineuses qui recouvraient de terribles périls. S'ils échouaient, aucun des six hommes présents sur la terrasse ne doutait des conséquences. Ils débattirent longtemps des chances de succès et de la justice de leur cause.

Lorsque le conseil avait commencé, les dhaws avaient été échoués sur la plage par le jusant. De longues files d'esclaves avaient débarqué. Pendant le conseil, la mer était remontée et peu à peu les bateaux avaient été remis à flot et s'étaient redressés. Ils avaient hissé leurs voiles nattées et louvoyaient pour sortir dans le chenal. D'autres arrivaient du continent, lourdement chargés, et venaient s'amarrer au-dessus de la plage. Les six hommes discutaient encore sur la terrasse à l'étale de la marée et quand la mer commença à se retirer de nouveau.

Al-Malik écoutait et parlait peu, laissant aux autres dire ce qu'ils avaient sur le cœur, sans retenue ni contrainte. Il séparait les gemmes de sagesse des scories.

Ils reconsidérèrent l'ordre de bataille des forces sur lesquelles ils pouvaient compter et dressèrent la liste des cheiks non engagés ou dont l'engagement était précaire. Ils comparèrent leurs effectifs à ceux d'ibn Yaqub. Ce fut seulement après les avoir entendus qu'al-Malik prit sa décision.

— Tout dépendra des tribus du désert profond, les Saar, les Dahm et les Karab. Ce sont les meilleurs guerriers de tous les Omanais. Sans eux, notre cause ne peut être défendue. Or nous ne savons pas encore quelle est leur attitude. Nous ignorons dans quelle direction ils pointeront leurs lances.

Ses conseillers murmurèrent leur approbation, et al-Malik ajouta à voix basse :

— Je dois aller les voir.

Ils se turent un moment, réfléchissant à cette décision hardie, puis al-Allama dit :

— Ton frère le calife ne le permettra pas. Si tu insistes, il flairera le danger.

— Je vais faire le *haj*, le pèlerinage de La Mecque, en empruntant l'ancienne route du désert qui traverse le territoire des tribus. Le calife ne peut interdire le passage d'un pèlerin, sous peine d'encourir la damnation éternelle.

— Le risque est grand, insista al-Allama.

— Il n'y a jamais de grand gain sans grand risque, remarqua al-Malik, et Dieu est grand.

— *Allah akbar !* répondirent les autres. Certes, Dieu est grand.

Al-Malik les congédia d'un geste gracieux, et, l'un après l'autre, ils vinrent lui donner l'accolade et lui baiser la main avant de se retirer. Al-Allama était le dernier et al-Malik dit :

— Reste avec moi, le soleil se couche, c'est l'heure du maghrib. Nous prierons ensemble.

Deux esclaves apportèrent des cruches d'eau et les deux hommes accomplirent le rituel de purification : ils se lavèrent les mains dans l'eau pure que versaient les jeunes filles avec les cruches d'argent, se rincèrent la bouche trois fois, aspirèrent de l'eau par le nez en la recueillant avec leurs mains à trois reprises, et la soufflèrent en se bouchant les narines alternativement, de la main gauche, puis se lavèrent le visage, les bras et les pieds.

Les deux esclaves s'en allèrent ; al-Allama se leva et fit face à la Kaaba, à des milliers de miles au nord. Les mains en coupe, il commença à appeler à la prière d'une voix forte.

— Dieu est grand. Je témoigne que Mahomet est Son messager. Venez à la prière. Venez pour votre bien !

Dans la cour en contrebas et sous les palmiers le long de la plage, des centaines d'hommes en djellaba s'assemblaient en silence et prenaient la posture de la vénération, tous tournés dans la même direction.

— La prière a commencé ! psalmodia al-Allama.

Quand elle fut achevée, al-Malik fit signe au mollah de s'asseoir sur un coussin près de lui à main droite.

— J'ai vu al-Amhara sur la plage à mon arrivée. Dis-moi comment il s'est porté en mon absence.

— Il est devenu grand et fort comme un tamarin. Il est déjà excellent cavalier. Il a l'esprit vif et la langue déliée, parfois trop. Il est souvent enclin à manquer de respect à ses aînés et à ceux qui lui sont supérieurs. Il accepte mal les critiques et les contraintes. Et, quand il est en colère ou contrarié, le choix de ses invectives ferait pâlir un capitaine de dhaw, répondit al-Allama d'un air compassé.

Al-Malik dissimula un sourire derrière sa tasse à café. Ces paroles ne lui faisaient que davantage apprécier son fils infidèle. Celui-ci deviendrait un bon chef.

— Il est entré dans l'âge adulte, poursuivit al-Allama, et a été dûment circoncis par Ben Abram. Quand viendra pour lui le moment d'accepter l'islam, il sera prêt.

— C'est bien. Et dis-moi, saint père, tes enseignements ont-ils porté des fruits en ce sens ?

— Il parle maintenant la langue du Prophète comme sa langue natale et il est capable de citer de mémoire de longs passages du saint Coran, répondit évasivement le mollah, mal à l'aise.

— Le moment où il sera prêt à embrasser l'islam approche-t-il ? insista al-Malik. Sans cela, la prophétie ne peut avoir d'effet.

— Le Prophète lui-même a dit que nul ne peut être contraint à se convertir à l'islam. Il doit y venir à sa manière et à son heure.

— Ta réponse est donc non ?

— Il adore argumenter. Il m'arrive de penser qu'il apprend le Coran uniquement pour mieux débattre avec moi. Il est très fier de la religion de son peuple et se glorifie d'entrer un jour, comme son père et son grand-père avant lui, dans un ordre religieux chrétien qu'il appelle les chevaliers du Saint-Graal.

— Il ne nous appartient pas de mettre en question les voies d'Allah.

— Dieu est grand ! confirma al-Allama. Mais nous avons d'autres sujets d'inquiétude à son propos. Le consul anglais à Zanzibar nous a envoyé un avis de recherche le concernant.

Al-Malik se pencha en avant, vivement intéressé.

— Je croyais que le consul avait été assassiné il y a plus d'un an ?

— Oui, le dénommé Grey. Depuis, les Anglais l'ont remplacé.

— Je vois. Et quelle forme a prise cet avis de recherche ?

— Il décrit al-Amhara avec précision, son âge, sa couleur de cheveux. Le consul sait qu'il a été capturé par al-Auf et vendu comme esclave. Il sait qu'il a été acheté par Votre Excellence. Il connaît même le nom que vous lui avez donné.

— Comment a-t-il appris tout cela ? s'inquiéta al-Malik, le sourcil froncé.

— Je l'ignore. Je sais seulement ce que m'a dit Ben Abram concernant le lignage d'al-Amhara. Il a rencontré son frère aîné et parlé avec lui lorsque les Francs l'ont capturé sur l'île d'al-Auf.

— Que sait le médecin ?

— Al-Amhara est d'une famille noble, proche du roi des Anglais. En dépit de sa jeunesse, son frère est un redoutable guerrier et un marin accompli, et il a juré de retrouver son cadet et de le sauver. Peut-être est-ce sa famille qui est derrière cette enquête émanant de Zanzibar. Nous n'en sommes pas certains, mais il serait sage de ne pas ignorer ces questions.

Al-Malik réfléchit, puis :

— Les Anglais sont acheteurs et propriétaires d'esclaves. Comment peuvent-ils s'opposer à cette pratique chez d'autres ? Que peuvent-ils faire pour nous imposer leur volonté ? Leur pays se situe à l'autre bout du monde. Ils ne peuvent envoyer une armée contre nous.

— Ben Abram affirme que les Francs ont des manières perfides de faire la guerre. Ils autorisent les capitaines de leurs navires de commerce à combattre leurs ennemis. Ces hommes sont des barracudas. Ils viennent pour piller.

— Le roi des Anglais serait-il prêt à nous déclarer la guerre à cause d'un enfant ?

— Ben Abram le craint. Non seulement pour récupérer l'enfant mais aussi comme excuse pour envoyer leurs navires dans nos eaux afin de s'emparer du territoire et des richesses des Omanais.

— Je vais réfléchir à tout ce que tu m'as dit. Amène-moi ici Ben Abram et al-Amhara après la prière du zouhr.

Dorian vint à l'audience, en proie à une grande agitation. Lorsqu'il avait rencontré le prince pour la première fois, il ne connaissait pas de telles appréhensions : al-Malik n'était pour lui qu'un musulman comme les autres, un ennemi et un chef païen. Il avait cependant beaucoup appris sous la houlette de Ben Abram et d'al-Allama. Il savait maintenant que la prétention à la royauté du prince était aussi ancienne que celle du roi d'Angleterre, il connaissait ses exploits de marin et de guerrier, le respect que ses sujets lui témoignaient. Par ailleurs, les liens spirituels de Dorian avec l'Angleterre et le christianisme se défaisaient peu à peu avec le temps et la distance.

Il n'avait plus l'occasion de parler sa langue, il pensait en arabe et avait des difficultés à se rappeler les mots anglais pour exprimer les idées même les plus simples. Jusqu'au souvenir de sa famille qui s'estompait. Il ne pensait à Tom que de temps à autre et avait renoncé à s'enfuir de Lamu. Il ne se considérait plus comme un captif. Il avait lentement adopté le monde arabe et la manière de penser des Arabes. Et c'est plein de respect et d'appréhension qu'il allait maintenant se trouver face au prince.

Quand il s'agenouilla devant al-Malik sur les dalles de corail de la terrasse et lui demanda sa bénédiction, son cœur se mit à battre plus vite tant il fut surpris et charmé par la façon dont le prince lui rendit son salut.

— Viens t'asseoir près de moi, mon fils. Nous avons beaucoup de choses à nous dire.

Ce personnage majestueux avait réaffirmé sa filiation adoptive devant témoins. Dorian éprouva de la fierté, puis un sentiment aigu de culpabilité. Il eut la vision fugitive de son vrai père mais elle resta floue.

« Je serai toujours fidèle à mon véritable père », se promit-il loyalement, mais il répondit promptement et gaiement à l'invitation du prince.

— En mon absence, tu es devenu un homme, dit al-Malik en l'étudiant de son regard pénétrant.

— Oui, mon seigneur, répondit Dorian, qui faillit ajouter automatiquement : « Par la grâce d'Allah. »

— Je vois qu'il en est ainsi, reprit al-Malik, qui distinguait les jeunes muscles et les larges épaules sous le *kanzu* que Dorian portait avec naturel. Et il convient donc que tu abandonnes ton nom d'enfant et prennes un nom d'homme. Tu t'appelleras dorénavant al-Salil.

— Telle est la volonté d'Allah, lancèrent à l'unisson Ben Abram et al-Allama.

Tous deux avaient l'air fiers et contents de la faveur que le prince accordait à leur protégé. Elle était tout à leur honneur, car le nom qu'il avait choisi était propice : il signifiait le « Glaive tiré ».

— Ta bienveillance est comme le soleil levant après les ténèbres de la nuit, répondit Dorian, al-Allama approuvant d'un hochement de tête le choix des mots et le ton.

— Il convient également que tu aies un porteur de lance.

Al-Malik frappa dans ses mains et un jeune homme s'avança sur la terrasse, d'un long pas semblable à celui d'un chameau en pleine course. Il avait environ quinze ans de plus que Dorian, la vêture et le maintien d'un guerrier. Il portait un cimeterre à la taille et un bouclier rond en bronze sur l'épaule.

— Voici Batula, lui dit le prince. Il va te prêter serment de fidélité.

Batula vint à Dorian et s'agenouilla devant lui.

— A partir de ce jour tu seras mon suzerain, dit-il d'une voix haute et claire. Tes ennemis seront mes ennemis. Où que tu ailles, je tiendrai prêts ta lance et ton bouclier.

Dorian posa la main sur son épaule pour montrer

qu'il acceptait l'engagement et Batula se leva. Les deux jeunes gens se regardèrent en face, et Batula plut tout de suite à Dorian. Il n'avait pas de beaux traits mais un visage large qui respirait l'honnêteté, et un grand nez busqué. Son sourire découvrait des dents blanches et régulières. Ses cheveux noirs et épais étaient huilés avec du beurre clarifié et noués en une tresse qui tombait sur ses larges épaules.

— Batula est expert dans le maniement de la lance, dit al-Malik. C'est un guerrier éprouvé et il a beaucoup à t'apprendre, al-Salil.

La lance était l'arme du véritable cavalier arabe. Dorian avait vu les novices s'y exercer et il avait vibré en voyant leur charge dans le martèlement des sabots, l'éclair métallique de leurs pointes quand ils cueillaient au grand galop un anneau de cuivre suspendu en l'air.

— Je serai un élève de bonne volonté, promit Dorian.

Al-Malik donna congé à Batula. Quand il eut quitté la terrasse, le prince reprit :

— Je vais bientôt entreprendre un autre long voyage vers le nord, le pèlerinage de La Mecque à travers les sables du désert. Tu m'accompagneras, mon fils.

— Mon cœur se réjouit que tu m'aies choisi, noble seigneur.

Al-Malik le congédia d'un geste et, lorsque Dorian fut parti, il se tourna vers al-Allama et Ben Abram.

— Vous enverrez un message au sultan de Zanzibar pour qu'il le transmette au consul anglais, déclara-t-il avant de marquer une pause pour chercher ses mots. Dites-lui que j'ai en effet acheté al-Amhara à al-Auf, que je l'ai fait pour le prendre sous ma protection et l'écarter du danger. Dites-lui que, en dépit de mes efforts en ce sens, al-Amhara est tombé malade et est mort il y a un an, qu'il est enterré ici, dans l'île de Lamu. Dites-lui qu'ainsi a parlé al-Malik.

— J'exécuterai ton ordre, seigneur, fit al-Allama en s'inclinant, impressionné par l'ingénieuse solution.

— Al-Amhara est mort, poursuivit le prince. Vous ferez ériger au cimetière une stèle portant son nom. Al-Amhara est mort. Al-Salil vit toujours.

— A la grâce de Dieu.

— Je l'emmènerai avec moi au désert et le laisserai aux Saar pour qu'ils le cachent. Il apprendra auprès d'eux l'art de la guerre. Les Francs finiront par l'oublier.

— Sage décision.

— Al-Salil est pour moi plus qu'un fils, il est mon talisman vivant. Je ne céderai pas à la demande des Francs et ne le leur rendrai jamais, dit-il d'une voix basse mais ferme.

Le *Swallow* remonta le détroit, puis entra en louvoyant dans la rade de Zanzibar. Devant, au milieu d'une multitude de dhaws, une dizaine de navires gréés en carré étaient au mouillage. Tom Courtney les examina avec attention. Ils étaient sous les pavillons des grandes nations marchandes de l'hémisphère nord, surtout portugais et espagnols.

— Pas un seul Français en vue, monsieur Tyler, annonça Tom avec soulagement.

Les complications qu'aurait entraînées le fait de côtoyer des bâtiments ennemis dans un port neutre ne l'enchantaient guère.

— Non, confirma Ned. Mais il y a au moins un navire de la Compagnie, dit-il en montrant un grand bateau, un prince des océans. Leur accueil risque d'être encore moins chaleureux que celui des Français.

Tom eut un sourire insouciant.

— Je m'en moque comme de ma première chemise. Ils ne peuvent rien contre nous hors des tribunaux d'Angleterre, et nous ne serons pas de retour avant un bon moment... tant qu'ils ne m'y auront pas ramené les chaînes aux pieds, ajouta-t-il par-devers lui.

Il jeta un coup d'œil en tête de mât du *Swallow*, dépourvu de tout pavillon. Tom n'avait pas voulu claironner sa nationalité.

— Dès que nous aurons jeté l'ancre, j'irai à terre rendre visite au consul.

Il avait parlé au capitaine d'un autre navire anglais dans la baie de la Table, où ils avaient fait escale après la longue traversée jusqu'à Bonne-Espérance. Celui-ci lui avait appris qu'un nouveau consul à Zanzibar avait succédé à Grey.

— C'est un jeune gars qui a été envoyé de Bombay après le meurtre de Grey pour assumer la charge consulaire le long de la côte des Fièvres et, bien sûr et surtout, veiller aux intérêts de la Compagnie dans la région.

— Comment s'appelle-t-il ?

— Je ne m'en souviens pas. Je ne l'ai jamais rencontré, mais j'ai entendu dire qu'il est revêche, pas commode et imbu de son importance.

Tom regarda Ned manœuvrer pour entrer dans la baie et jeter l'ancre dans une eau si claire qu'on voyait les bancs de poissons multicolores nager au-dessus des amas coralliens à quatre brasses sous la quille.

— Aboli va m'accompagner à terre, dit Tom dès que la chaloupe fut mise à la mer.

Tous deux débarquèrent sur le quai, sous les murailles de la vieille forteresse portugaise, et s'engagèrent dans les rues étroites.

La chaleur, la puanteur et le grouillement semblaient si familiers à Tom qu'il avait peine à croire que près de deux ans s'étaient écoulés depuis la dernière fois qu'il était venu là. Ils se renseignèrent auprès du capitaine arabe du port.

— Non, leur répondit-il. Le consulat n'est plus dans la vieille maison d'*effendi* Grey. Je vais demander à un garçon de vous montrer le chemin.

Il choisit un des gamins dépenaillés qui harcelaient les *ferenghi* pour demander l'aumône.

— Ce fils de Shaitan va vous guider. Ne lui donnez pas plus d'un *anna* en bakchich.

Le jeune garçon les précéda en gambadant hors du dédale de ruelles et de bâtisses délabrées, le long d'un chemin sablonneux qui traversait les palmeraies. Un mile au moins après la dernière masure, ils arrivèrent à une grande villa protégée par de hauts murs. La maison semblait ancienne, mais le mur d'enceinte avait été récemment réparé et repeint à la chaux. Le toit en feuilles de palmier de la maison principale, que l'on apercevait par-dessus le mur, avait été refait depuis peu. On voyait deux plaques de cuivre gravées sur la porte. La première était celle du consulat de Sa Majesté. Sous les lions rampants, emblème de la Compagnie, la légende de la seconde annonçait : « Bureau de la Compagnie unie des marchands d'Angleterre commerçant avec les Indes orientales ».

Un serviteur répondit au coup de cloche de Tom, qui lui remit un mot pour son maître. Le domestique revint quelques minutes plus tard. Tom demanda à Aboli de l'attendre dans la cour et le suivit.

La demeure, d'architecture orientale, s'élevait au milieu de jardins et de fontaines. Elle était haute de plafond mais peu meublée. On trouvait cependant des vases de fleurs tropicales dans les pièces où le conduisait le serviteur, et ces décorations florales ainsi que l'arrangement des coussins sur le mobilier austère laissaient deviner une main féminine. Le domestique fit enfin entrer Tom dans une grande pièce dallée de pierres, aux murs tapissés de bibliothèques.

— Veuillez attendre ici, *effendi*. Monsieur ne va pas tarder à venir.

Une fois seul, Tom leva les yeux vers le ventilateur qui tournait au plafond et le système de poulies menant à un trou dans le mur, derrière lequel un esclave tirait en cadence sur une corde pour actionner l'engin.

Tom s'approcha du bureau au milieu de la pièce et jeta un coup d'œil à la plume fichée dans l'encrier et à la pile de documents attachés avec un ruban rouge et rangés avec un soin méticuleux. Il parcourut ensuite les bibliothèques pour tenter à partir de leur contenu de deviner quel pouvait être le caractère de l'homme qu'il allait rencontrer. Les rayonnages étaient couverts de gros livres comptables et de rapports reliés, frappés au dos de l'emblème de la Compagnie. Rien de tout cela n'avait un caractère personnel et la pièce paraissait sans âme.

Il entendit un bruit de pas sur les dalles de la terrasse, du côté du patio, et se retourna juste à temps pour voir apparaître un personnage grand et mince dans l'embrasure de la porte. Il arrivait à contre-jour, si bien que Tom ne le reconnut pas tout de suite. Le consul marqua un temps d'arrêt pour laisser ses yeux s'habituer à la pénombre. Il était vêtu d'un sobre habit de serge noire à col blanc en dentelle.

Il entra ensuite et ôta son chapeau noir à large bord. Tom vit son visage distinctement pour la première fois. Pendant un long moment son étonnement fut si grand qu'il ne put ni parler ni faire un geste. Puis il éclata de rire et s'avança vers lui.

— Guy ! Ce n'est pas possible ! s'exclama-t-il en ouvrant les bras pour embrasser son frère jumeau.

De toute évidence, Guy était aussi surpris que lui. Son visage trahit un instant une série d'émotions variées, puis ses traits reprirent leur froideur et leur rigidité, et il recula d'un pas pour échapper à l'étreinte de Tom.

— Thomas... J'étais à cent lieues de penser que c'était toi. Tu as signé ton mot avec un faux nom.

— Je n'avais pas non plus idée que c'était toi, dit Tom en laissant retomber ses bras et en éludant l'accusation.

Il avait jugé prudent de ne pas signer de son nom au cas improbable où un mandat d'arrêt pour le meurtre de William l'aurait devancé à Zanzibar. Il observa Guy pour tenter de deviner si tel était le cas et jugea qu'il ne pouvait s'en remettre à son jumeau pour le protéger des foudres de la justice.

Ils se dévisagèrent en silence pendant une minute, qui parut une éternité à Tom. Puis Guy lui tendit la main et Tom la serra avec soulagement.

La poigne de Guy était molle et sa peau aussi froide que son expression. Il lâcha rapidement la main de Tom puis se détourna pour aller à son bureau.

— Assieds-toi, je t'en prie, dit-il en lui indiquant une chaise à haut dossier. J'ose espérer que tu n'es pas revenu dans la région pour te livrer au commerce, quel qu'il soit. Le fait que tu aies jugé bon de donner un nom d'emprunt me laisse à penser qu'il en est peut-être ainsi. Je dois t'avertir que je suis avant tout aux ordres de la Compagnie, dit-il comme s'il prononçait le nom de Dieu, et que, si tel est le cas, j'enverrai immédiatement un rapport à Londres.

Tom le regarda, sentant la moutarde lui monter au nez.

— Grands dieux, Guy, c'est là ton premier souci ? Ne sommes-nous pas frères ? Tu ne me demandes pas des nouvelles de père et de Dorian ?

— Je suis déjà au courant de la mort de notre père. Le bâtiment de la Compagnie qui est dans le port en ce moment m'a apporté une lettre de lord Childs et de notre frère William, répondit Guy.

Tom se sentit soulagé en s'entendant confirmer qu'il n'avait pas encore appris la mort de William. Guy remit en place la plume d'oie.

— J'ai porté le deuil de père à ma manière, poursuivit-il, et il n'y a donc rien à ajouter sur ce chapitre. De plus, tu as toujours été son préféré. Je ne représentais pas grand-chose pour lui.

— Ce n'est pas vrai, Guy ! s'exclama Tom. Père nous aimait autant l'un que l'autre.

— C'est toi qui le dis, rétorqua Guy avant de hausser les épaules. Quant à Dorian, j'ai entendu dire qu'il est mort noyé.

— Pas du tout. Il a été capturé par les musulmans et vendu comme esclave.

Guy rit sans joie.

— Les histoires à dormir debout, ça a toujours été ton fort. Je puis t'assurer qu'en tant que consul de Sa Majesté dans ces territoires j'ai accès aux sources d'information les plus sûres.

En dépit de son démenti, Tom eut l'impression qu'il ne disait pas la vérité.

— J'étais là, bon sang ! Je l'ai vu de mes propres yeux, s'insurgea Tom.

Guy s'assit derrière le bureau et se caressa la joue avec la plume d'oie.

— Ah, tu l'as vraiment vu vendre comme esclave ? C'est étonnant que tu n'aies rien fait pour l'empêcher.

— Non, espèce d'âne bâté ! Je sais qu'il était entre les mains de pirates musulmans, qu'il a été capturé par eux, qu'il n'est pas mort. Je sais également avec certitude qu'il a été réduit en esclavage.

— Quelle preuve as-tu... commença Guy.

Mais Tom se leva et tapa sur le bureau si fort que l'encre jaillit de l'encrier et éclaboussa la pile de documents.

— Le témoignage des Arabes que nous avons faits prisonniers à Flor de la Mar et la preuve que m'apportent mes propres yeux et mes oreilles. Dorian est vivant, je te le dis, et il est de ton devoir de frère et d'Anglais de m'aider à le retrouver.

Guy se leva d'un bond, pâle, le regard furieux.

— Comment oses-tu venir chez moi, sur mon territoire, faire l'outrecuidant et me dicter ma conduite ? cria-t-il à Tom en postillonnant.

— Ne me tente pas davantage ! Si tu ne remplis pas ton devoir envers ton jeune frère, j'arrache la peau de ton dos à coups de fouet !

— Ces jours sont depuis longtemps révolus, Thomas Courtney. Je suis le maître ici, le représentant de Sa Majesté et de la Compagnie. Si tu lèves la main sur moi, tu seras jeté en prison et ton joli bateau saisi et confisqué, lança-t-il, tremblant de rage. Comment oses-tu me sermonner après ce que tu as fait à Caroline !

Sa voix monta en un cri perçant et Tom eut un mouvement de recul, comme s'il avait reçu une balle de mousquet.

Guy fit un pas en arrière, épouvanté par ce qu'il s'était laissé aller à dire sous l'emprise de la colère. L'accusation avait porté et Tom était en proie à la plus grande confusion. Ils se regardèrent, sans voix, et dans ce silence un petit bruit les fit se retourner vers la porte qui donnait sur le jardin.

Une femme se tenait là. Elle portait une robe en soie de Chine vert pâle, avec des manches à crevés et un col montant. Les jupes amples couvraient les chevilles et ne laissaient voir que les bouts de ses mules. Elle regardait Tom comme s'il avait été un fantôme. Elle avait porté une main à sa gorge et, de l'autre, tenait par la main un enfant qui, visiblement, commençait tout juste à marcher.

— Que faites-vous là, Caroline ? rugit Guy. Vous savez fort bien que vous ne devez pas venir ici quand j'ai des visiteurs !

— J'ai entendu des voix, bredouilla-t-elle.

Ses cheveux bouclés étaient remontés haut sur la tête et des anglaises tombaient sur ses joues, mais Tom vit qu'elle avait le teint cireux comme si elle se relevait d'une maladie.

— J'ai entendu prononcer mon nom, précisa-t-elle sans cesser de regarder Tom.

L'enfant avait des boucles blondes, un visage angélique et des lèvres roses parfaites.

— Qui est le monsieur ? demanda-t-il en pointant son doigt vers Tom avec un petit rire cristallin.

— Faites sortir Christopher d'ici ! cria Guy. Immédiatement !

Caroline ne semblait pas l'avoir entendu.

— Tom ? dit-elle sur un ton de stupéfaction. Je pensais ne jamais vous revoir.

Suspendu à sa main, Christopher essaya de faire un pas chancelant vers lui, mais elle le tira doucement en arrière.

— Comment allez-vous ? reprit-elle.

— La santé est bonne, répondit Tom d'un ton embarrassé. Comme la vôtre, j'espère.

— J'ai été malade, murmura Caroline sans le quitter des yeux. Depuis la naissance de notre... Depuis la naissance de Christopher.

— J'en suis désolé. Et votre famille ? Comment vont vos parents et vos sœurs ? Agnès et Sarah ?

— Mon père a été nommé gouverneur de Bombay.

Il a réussi à faire obtenir le consulat à Guy. (Elle jeta un coup d'œil vers son mari, qui fixait toujours sur elle un regard furieux.) Ma mère est morte du choléra voilà un an.

— Toutes mes condoléances, réussit à dire Tom. C'était une femme délicieuse.

— Merci, fit Caroline en inclinant tristement la tête. Ma sœur Agnès s'est mariée à Bombay.

— Mais elle est si jeune ! s'exclama Tom, qui avait en mémoire les deux fillettes du *Seraph*.

— Ce n'est plus une enfant. Elle a dix-sept ans, corrigea Caroline.

Ils retombèrent dans le silence et Guy s'enfonça dans son fauteuil sans plus essayer d'affirmer son autorité auprès de sa femme.

Malgré lui, Tom regarda l'enfant accroché aux jupes de sa mère.

— Il est beau, remarqua-t-il, levant les yeux vers elle.

Elle hocha la tête, comme pour répondre à une question qui n'avait pas été posée.

— Oui, dit-elle. Comme son père.

Tom éprouvait un désir presque irrésistible d'aller vers l'enfant rieur et de le prendre dans ses bras. Il recula d'un pas pour s'empêcher de le faire.

— Caroline ! intervint Guy avec véhémence. J'ai des affaires à traiter. Veuillez emmener Christopher.

Caroline parut s'affaisser et une expression désespérée apparut dans ses yeux tandis qu'elle regardait Tom.

— C'était bon de vous revoir, Tom. Peut-être aurez-vous le temps de nous rendre visite pendant votre séjour à Zanzibar. Vous pourriez venir dîner un soir au consulat, dit-elle d'un ton mélancolique.

— Je ne crois pas que Tom soit ici assez longtemps pour sacrifier aux mondanités, lança Guy en fronçant les sourcils.

— C'est bien dommage. Alors, je vous dis adieu maintenant, dit Caroline en prenant l'enfant dans ses bras. Au revoir, Tom.

— Au revoir, Caroline.

Elle sortit dans un bruissement de soie. L'enfant lança un regard solennel à Tom par-dessus l'épaule de sa mère.

Après son départ, les deux frères restèrent longtemps silencieux. Puis, en se dominant, Guy dit d'un ton froid :

— Tiens-toi à l'écart de ma famille. Je ne tolérerai pas que tu t'adresses de nouveau à ma femme. Je t'ai déjà provoqué en duel. Je recommencerai si tu m'y obliges.

— Je n'aurais guère de plaisir à te tuer. Tu n'as jamais été une fine lame, Guy, répliqua Tom, qui pensa à William, l'estomac noué par son sentiment de culpabilité. Je n'ai nullement le désir de m'immiscer dans ta vie privée. A partir de maintenant, nous ne parlerons que de nos affaires, si tu en es d'accord.

— Aussi déplaisant que je trouve tout contact avec toi, je suis d'accord. Et je commence par répéter ma question : as-tu l'intention de te livrer au commerce dans ces eaux ? On m'a rapporté que ton bateau est lourdement chargé. As-tu reçu de la Compagnie l'autorisation de commercer ? Transportes-tu des marchandises ?

— A huit mille miles de Londres, ici, nous sommes au-delà de la ligne, et je ne reconnais pas l'autorité que te confère la loi anglaise pour te mêler de mes affaires ou me questionner sur mes intentions, rétorqua Tom en maîtrisant avec peine sa colère. Seul Dorian m'importe. As-tu interrogé le sultan de Zanzibar à son propos ?

— Je n'ai eu aucune raison de le consulter sur ce sujet, répondit Guy, et je t'interdis de le faire. J'ai réussi à nouer avec le sultan des relations cordiales. Il est maintenant dans des dispositions favorables à l'égard de l'Angleterre et de la Compagnie. Je ne veux pas que cet état de choses soit perturbé par quelqu'un venant porter des accusations contre son seigneur souverain, le prince al-Malik.

Tom changea brusquement d'expression.

— Comment sais-tu que c'est al-Malik qui a acheté Dorian ? Je n'ai pas prononcé son nom.

Guy parut déconcerté et resta plusieurs secondes à chercher une réponse.

— Al-Malik est le suzerain de la région. Il était tout naturel que je suppose...

— Par Dieu, Guy ! Il n'était pas naturel que tu supposes quoi que ce soit ! Si tu ne me dis pas ce que tu sais, j'irai voir le sultan moi-même.

— Non ! (Guy se leva brusquement.) Je ne te laisserai pas détruire l'œuvre que j'ai accomplie ici.

— Tu ne peux m'empêcher d'y aller.

— Ecoute-moi, dit Guy en changeant de ton. Très bien, je vais te dire la vérité. J'ai moi aussi entendu des rumeurs concernant un jeune Blanc à cheveux roux qui serait aux mains des Arabes. Bien entendu, j'ai pensé à Dorian, et j'ai donc interrogé le sultan. Il m'a promis d'envoyer un messager au prince al-Malik pour connaître le fin mot de l'histoire. J'attends des nouvelles du prince.

— Pourquoi m'as-tu menti ? Pourquoi ne me l'as-tu pas dit tout de suite ? Pourquoi m'avoir obligé à te tirer les vers du nez ?

— Parce que je te connais bien. Je ne voulais pas que tu te précipites pour attaquer le sultan. Mes relations avec lui sont très délicates.

— Quand as-tu fait cette demande de renseignement ?

— Ne te mêle pas de cela. J'ai l'affaire bien en main, répondit Guy.

— Quand ?

— Il y a quelque temps. Les négociations avec les Arabes sont longues.

— Quand ? répéta Tom en approchant son visage du sien.

— Quand je suis arrivé sur l'île, admit Guy. Il y a un an.

— Il y a un an ? s'écria Tom. Il y a un an ! Eh bien, crois-moi, je ne vais pas attendre si longtemps. Je vais aller voir le sultan aujourd'hui même et exiger une réponse.

— Je te l'interdis ! Je suis le consul !

— Interdis tout ce que tu veux, Guy, dit Tom avec détermination. Je me rends au fort séance tenante.

— Je vais envoyer un rapport complet sur ton comportement à lord Childs, prévint Guy en désespoir de cause. Le navire de la Compagnie qui est dans la baie part pour l'Angleterre dans quelques jours. Lord Childs va diriger sur toi toute la colère de la Compagnie.

— Aucune de tes menaces ne m'empêchera de partir à la recherche de Dorian. Envoie tous les rapports qu'il te plaira, Guy, mais tu ne recevras pas de réponse avant au moins un an. Je serai alors à mille lieues d'ici, avec Dorian.

— Sortez d'ici immédiatement, monsieur ! Et ne vous avisez pas de franchir encore le seuil de ma maison.

— Voilà qui est tout à fait à mon goût. Je vous souhaite le bonjour.

Il sortit à grands pas sans se retourner et sourit en entendant Guy crier :

— Je vous défends de vous approcher du palais du

sultan ! Je vais lui faire savoir sur-le-champ que vous êtes un commerçant malhonnête et que vous n'avez la protection ni de Sa Majesté, ni de la Compagnie, ni de mon bureau.

Tom repartit à grandes enjambées sur le chemin qui menait au port et Aboli devait allonger le pas pour se maintenir à sa hauteur. N'ayant pas reçu de réponse aux questions qu'il avait posées, Aboli le suivait en silence.

Tom, fou de rage, avait envie de prendre d'assaut le fort du sultan, de saisir à la gorge ce cochon de païen et de l'étrangler jusqu'à ce qu'il parle. Du moins se rendait-il compte qu'il ne se maîtrisait plus, qu'une fois encore il était sur le point de commettre un acte de violence qui risquait de gâcher toute son entreprise. « Il faut que je retourne à bord, où je serai dans l'incapacité de me nuire, et que je discute avec Aboli et Ned Tyler avant d'agir », se dit-il, mais sa main s'égarait sur la garde de l'épée de Neptune et il se remettait à bouillir de colère. « Par Dieu ! Si, pour sauver Dorian, il faut que j'emmène le petit *Swallow* contre la flotte arabe tout entière, je le ferai. »

Il entendit un cri derrière eux, si lointain qu'au début le bruit ne réussit pas à atteindre sa conscience à travers sa fureur. Puis il y eut un écho de galop et de nouveau le cri :

— Tom ! Attendez ! Attendez-moi ! Il faut que je vous parle !

Tom se retourna brusquement et jeta un regard furibond sur le chemin qu'ils venaient de parcourir. Le cheval se dirigeait vers eux à bride abattue en soulevant des gerbes de sable, son cavalier couché sur l'encolure.

— Tom !

Une voix de femme. A l'approche du cheval, Tom vit des jupes tourbillonner et de longs cheveux au vent. Il la regarda, stupéfait.

Elle chevauchait à cru, et il entr'aperçut ses jambes qui serraient les flancs du cheval, les jupes remontées à mi-cuisse. Elle leva un bras mince et lui fit signe.

— Tom !

Elle l'appelait par son prénom mais il ne la reconnaissait pas. Elle s'arrêta à côté de lui, puis, dans un bruissement de jupes, sauta à terre.

— Aboli, tenez-la, s'il vous plaît, dit-elle en lui lançant les rênes.

L'inconnue se précipita vers Tom et jeta les bras autour de son cou.

— Je croyais ne jamais vous revoir !

Elle l'étreignit avec fougue puis recula et lui prit les deux mains.

— Laissez-moi vous regarder.

Ils se contemplèrent mutuellement.

Elle avait de longs cheveux châtain clair mais son visage n'était pas beau — la mâchoire trop forte, la bouche trop grande, surtout quand elle souriait comme maintenant ; des yeux bleu vif étincelants et de longs cils. Il vit tout de suite que sa peau était sa plus belle parure, sans le moindre défaut, et le soleil tropical lui avait donné un léger hâle doré qu'auraient méprisé les élégantes Londoniennes. Elle était presque aussi grande que lui et le regardait droit dans les yeux dans une attitude décontractée et assurée, un peu garçonne dans sa façon de tenir ses hanches et ses épaules.

— Vous ne me reconnaissez pas, n'est-ce pas ? reprit-elle en riant.

Il secoua la tête, abasourdi. Il trouvait son visage fascinant, ses yeux pleins de gaieté et pétillants d'intelligence.

— Pardonnez-moi, madame, bredouilla-t-il. Vous avez l'avantage sur moi.

— Madame ! lança-t-elle sur un ton de réprimande. Je suis Sarah, Sarah Beatty, la sœur de Caroline. Vous m'appeliez la mouche du coche. « Pourquoi bourdonnez-vous sans cesse autour de ma tête comme une mouche de coche, Sarah ? » fit-elle en l'imitant. Vous vous souvenez maintenant ?

— Juste ciel, comme vous avez changé ! s'exclama-t-il en baissant malgré lui le regard sur le galbe de sa poitrine.

— Vous aussi, Tom. Qu'est-il arrivé à votre nez ?

Il en toucha le bout, un peu gêné.

— Il a été cassé.

— Pauvre Tom ! Mais ça vous va assez bien. Oh, Tom, quel plaisir de vous revoir !

Elle passa le bras sous le sien et l'entraîna sur le chemin en direction de la ville, Aboli se laissant distancer par discrétion.

— J'ai entendu votre voix quand vous étiez en train de crier contre Guy. Je n'arrivais pas à en croire mes oreilles, bien que je l'aie reconnue immédiatement. (Elle lui lança un regard en coin.) Alors j'ai écouté à la porte. Guy m'aurait battue s'il m'avait surprise.

— Il vous bat ? s'insurgea Tom. Nous verrons ça.

— Ne faites pas le nigaud. Je suis assez grande pour veiller sur moi. Mais ne perdons pas notre temps à parler de Guy. Je ne peux pas rester longtemps. Ils vont remarquer mon absence et envoyer les serviteurs à ma recherche.

— Nous avons tant de choses à nous dire, Sarah !

Tom ressentait une étrange impression de manque à l'idée de se séparer d'elle si vite. Il émanait d'elle un léger parfum qui le remuait au tréfonds de lui-même.

— Je sais. Je vous ai entendu parler à Guy du petit

Dorian. Nous l'aimions tous beaucoup. Je voudrais vous aider. Il y a un vieux monastère jésuite en ruine, près de la pointe sud de l'île. Je vous y retrouverai demain, à la deuxième cloche du quart de l'après-midi. Vous voyez ? Je me souviens des termes de marin que vous m'avez appris. Vous viendrez ?

— Bien sûr. (Elle dégagea son bras, se retourna vers Aboli et l'embrassa.) Vous vous souvenez quand nous jouions à dada, Aboli ? Vous me portiez sur votre dos.

Un sourire éclaira le visage d'Aboli.

— Vous êtes devenue bien belle, Mademoiselle Sarah !

— Aidez-moi ! dit-elle en prenant les rênes.

Il tendit son énorme patte et, quand elle y eut posé le pied, il la souleva comme une plume. Elle lança un sourire à Tom.

— N'oubliez pas !

Elle fit pirouetter sa monture et lui talonna les flancs.

Tom la regarder s'éloigner au galop.

— Non, dit-il à voix basse. Je n'oublierai pas.

— *Effendi*, mon maître le sultan est indisposé. Il ne peut recevoir aucun visiteur, même de l'importance de Votre Seigneurie, annonça le vizir avec un sourire narquois.

Le port était plein de navires des Francs, dont les capitaines réclamaient une audience à cor et à cri pour solliciter des faveurs, des autorisations de commercer, la permission de se rendre dans les territoires interdits, plus au nord.

— Quand le verrai-je ? demanda Tom.

Le vizir fit une moue désapprobatrice face à la grossièreté et au manque de subtilité d'une telle question. Il savait que ce jeune infidèle commandait un petit navire incapable de transporter beaucoup de marchandises et qui ne respirait pas la richesse. Cet infidèle ne méritait guère qu'on s'intéressât vraiment à lui. Et pourtant, il n'était pas comme les autres : il parlait bien l'arabe et connaissait l'étiquette des affaires ; il lui avait offert des cadeaux convenables pour s'ouvrir un chemin jusqu'au sultan.

— C'est entre les mains d'Allah, répondit le vizir avec un haussement d'épaules. Peut-être dans une semaine, peut-être dans un mois, je l'ignore.

— Je reviendrai demain matin et chaque jour, jusqu'à ce que le sultan accepte de me recevoir.

— Et j'attendrai votre retour chaque jour comme la terre frappée de sécheresse attend la pluie, dit le vizir d'un ton légèrement moqueur.

Aboli patientait aux portes de la forteresse, et Tom leva le sourcil en réponse à sa question silencieuse, trop furieux pour dire quoi que ce soit. Ils revinrent sur leurs pas à travers le marché aux épices, où l'air embaumait le clou de girofle et le poivre, dépassèrent le billot du marché aux esclaves sur lequel on avait fouetté jusqu'au sang une femme incorrigible, descendirent les rues des marchands d'or et arrivèrent au quai où ils trouvèrent la chaloupe.

En s'asseyant à l'arrière, Tom leva les yeux vers le ciel pour juger de l'angle du soleil puis sortit de sa poche sa montre Tompion et en ouvrit le couvercle, d'une chiquenaude.

— Conduisez-moi à la pointe sud de l'île, ordonna-t-il.

Il avait consulté sa carte la veille au soir et constaté que les ruines de l'ancien monastère jésuite y étaient indiquées. Une petite crique à proximité permettait de débarquer.

Tandis que la chaloupe remontait le détroit en longeant le récif de corail qui montrait ses crocs dans le ronflement du ressac, la mauvaise humeur de Tom s'évaporait sous le soleil à la perspective de son rendez-vous avec Sarah.

Il apercevait les lames de houle qui se brisaient avec plus de force sur la pointe sud de l'île, moins protégée. Il se leva pour examiner le rivage et repéra la végétation luxuriante signalant la présence d'un ruisseau qui se jetait dans le lagon. Il y avait toujours un passage dans les récifs, là où l'eau douce inhibait la croissance du corail. La plage était déserte et ne portait aucune empreinte de bateau tiré à sec. Tom sauta de l'avant sur le sable blanc sans mouiller ses bottes.

— Je serai là dans une heure à peu près, dit-il à Aboli. Attends-moi.

Il trouva un sentier envahi par la végétation qui longeait le ruisseau et s'y fraya un chemin vers l'intérieur des terres, puis déboucha dans le sous-bois des palmeraies. Il aperçut les ruines du monastère devant lui. Il allongea le pas et, en arrivant sous les murs effondrés, appela d'une voix forte :

— Sarah ? Etes-vous là ?

Dans un fracas de piaillements aigus, un vol de perruches jaillit des branches hautes d'un arbre dont les racines s'enfonçaient entre les pierres éboulées, mais il n'y eut pas d'autre réponse.

Il continua d'avancer le long des murs, puis entendit un cheval hennir juste devant lui. Il se précipita sans pouvoir cacher son impatience et trouva la jument attachée près de l'entrée. La selle était appuyée au pied du mur, mais il n'y avait aucune trace de la cavalière.

Il s'apprêtait à appeler de nouveau, mais eut une meilleure idée et entra avec précaution. La bâtisse, envahie par des herbes folles et des jeunes pousses de palmier, sorties des noix de coco tombées, n'avait plus de toit. Des lézards à tête bleue détalaient parmi les pierres et des papillons chamarrés voletaient au-dessus des fleurs. Debout au milieu de l'ancien cloître, il posa ses mains sur ses hanches. Il se souvenait des espiègleries de Sarah. De toute évidence, elle ne s'était pas améliorée et se cachait quelque part.

— Je vais compter jusqu'à dix et ensuite je viendrai vous attraper, lança-t-il comme lorsqu'elle n'était encore qu'une fillette et que la menace suffisait à les envoyer courir, elle et sa sœur, vers une autre cachette en poussant des cris perçants. Un... commença-t-il.

La voix de Sarah se fit entendre au-dessus de lui :

— Guy dit que vous violez les jeunes vierges.

Il pivota sur lui-même et la vit perchée sur l'arche de l'entrée, ses longues jambes pendant dans le vide, les pieds nus et les mollets découverts sous l'ourlet de ses jupes.

— Il affirme qu'aucune jeune chrétienne convenable n'est en sécurité quand vous rôdez dans les parages. Est-ce vrai ?

— Guy est un sot, répondit-il avec un sourire.

— Il ne vous aime guère. Pas beaucoup de sentiments fraternels en lui. (Sarah se mit à balancer ses jambes, lisses et bien faites.) Christopher est-il vraiment de vous ?

Cette question directe faillit faire tomber Tom à la renverse.

— Qui vous a raconté ça ?

— Caroline. Elle ne cesse de pleurer depuis qu'elle vous a vu hier.

Tom avait les yeux levés vers elle. Tout ce qu'elle lui avait dit dans ces quelques phrases l'avait troublé et il ne trouvait rien à répondre.

— Si je descends, vous promettez de ne pas me sauter dessus pour me faire un bébé ? demanda-t-elle en se levant.

Il frissonna en la voyant en équilibre sur le faîte du mur branlant.

— Faites attention. Vous allez tomber, lança-t-il, retrouvant sa voix.

Comme si elle n'avait pas entendu, elle courut le long du mur puis descendit en sautant de pierre en pierre jusqu'en bas, avec une agilité d'acrobate.

— J'ai apporté un pique-nique, dit-elle en le dépassant pour s'enfoncer plus loin dans les ruines.

Il la suivit jusqu'à une ancienne cellule de moine, qui, bien que sans toit, était à l'ombre. Elle sortit le panier de l'endroit où elle l'avait caché sous un tas de feuilles de palmier et s'assit en repliant ses jambes sous elle dans une attitude féminine un peu désarticulée qu'il trouva très séduisante. Elle arrangea ses jupes avec naturel, laissant entrevoir une nouvelle fois ses jolis mollets.

Elle ouvrit le panier et, tout en examinant le contenu, elle demanda :

— Etes-vous allé voir le sultan ?

— Il a refusé de me recevoir.

Tom s'assit face à elle et s'adossa contre un des blocs de pierre, les jambes croisées.

— Evidemment. Guy l'a averti de votre venue... J'ai piqué cette bouteille de vin à la cave, dit-elle en brandissant son trophée. C'est un cru français, arrivé avec le dernier bateau. Corton Charlemagne. C'est bon ?

— Je n'en sais rien, reconnut Tom, mais le nom sonne bien.

— Guy dit que c'est une merveille. Mon beau-frère se prend pour un grand connaisseur. Il en est terriblement fier. Il serait furieux s'il savait que nous buvons ses réserves. Je n'ai droit qu'à un demi-verre au dîner.

Voulez-vous l'ouvrir ? (Elle lui tendit la bouteille et disposa des plats de tourtes et de viandes froides.) J'ai été navrée d'apprendre la mort de votre père, dit-elle, soudain triste. Il a été bon pour ma famille et moi au cours de cette traversée jusqu'à Bonne-Espérance.

— Merci, répondit Tom en faisant sauter le bouchon de la bouteille et en se tournant pour cacher l'ombre qui passait sur son visage.

Elle sentit son chagrin et sourit pour l'égayer.

— Si mon père n'avait fait le nécessaire pour que Guy obtienne le poste de consul, il serait toujours un petit employé à Bombay. Il se donne vraiment de grands airs. « Je suis le plus jeune consul au service de Sa Majesté. Je serai chevalier avant trente ans », dit-elle avec une expression solennelle, en imitant si bien le ton pompeux de Guy que Tom éclata de rire, enchanté par sa présence.

Sarah redevint sérieuse.

— Oh, Tom, qu'allons-nous faire pour le pauvre petit Dorian ? Guy ne s'en soucie guère. La seule chose qui lui importe, c'est le commerce de la Compagnie avec les Arabes et lord Childs à Londres. Il ne fera rien qui puisse offenser le sultan et le prince.

— Je ne laisserai ni Guy ni les Omanais me détourner de mon but, dit Tom avec détermination. J'ai un bon bateau rapide et, s'ils m'y obligent, je l'utiliserai.

— Je sais combien vous souffrez, Tom. J'ai le sentiment que Dorian est mon propre frère. Je ferai tout ce que je peux pour vous aider. Mais vous devez être prudent. D'après Guy, le prince a interdit à tout navire chrétien de remonter au nord de Zanzibar sous peine de saisie. Il dit que les Arabes vendront les équipages comme esclaves s'ils transgressent son décret. (Elle se pencha et posa sa main fraîche sur son bras.) Ce sera très dangereux. Je ne supporterais pas qu'il vous arrive quelque chose.

— Je suis capable de veiller sur mon bateau et mon équipage, lui assura Tom, que son contact troublait.

— Je sais que vous l'êtes. (Elle retira sa main et le regarda de ses yeux pétillants.) Versez-nous le vin de Guy, fit-elle en tendant deux timbales d'étain. Voyons s'il est aussi bon qu'il veut bien le dire.

Elle but une gorgée.

— Mmm ! Mieux vaut que vous gardiez la bouteille près de vous. Caroline affirme que les violeurs font boire leurs victimes avant d'abuser d'elles. Et je ne veux *pas* me retrouver enceinte comme Caroline. Du moins, pas aujourd'hui.

Elle avait l'art de lui couper le souffle. Son corsage avait glissé et dévoilé son épaule, mais elle ne semblait pas l'avoir remarqué.

— Agnès aussi a un bébé. Elle a épousé un certain Hicks, un capitaine de l'armée de la Compagnie à Bombay. Mes deux sœurs sont apparemment de bonnes poulinières. C'est peut-être de famille, il faut que je fasse attention. Vous n'êtes pas marié, Tom ?

— Non, dit-il d'une voix rauque.

La peau de l'épaule et du bras de Sarah était lisse et légèrement dorée, couverte d'un duvet incolore, fin comme de la soie, qui accrochait le soleil.

— C'est bien. Alors qu'allons-nous faire avec Dorian ? Voulez-vous que j'espionne Guy pour tenter d'en savoir davantage ? Je ne crois pas qu'il vous apprenne beaucoup de choses de lui-même.

— Je vous serais très reconnaissant de votre aide.

— Je peux lire toute sa correspondance et écouter quand il a des visiteurs. Il y a un trou dans le mur par où passent les cordes du ventilateur. Ça fait un bon confessionnal. Mais il faudra, bien sûr, qu'on se rencontre ici régulièrement.

Tom trouva cette perspective loin d'être déplaisante.

— Vous vous souvenez des concerts que nous donnions le soir à bord du *Seraph* ? demanda-t-elle avant d'entonner spontanément *Spanish Ladies*.

Elle chantait juste et avec simplicité, et Tom, malgré son manque d'oreille, était ému. Il regretta que la chanson finisse si vite.

— Qu'est-il advenu de M. Walsh, notre précepteur ? C'était un drôle de petit bonhomme.

— Il est avec moi sur le *Swallow*, répondit Tom.

Et il continua à lui donner des nouvelles de tous les membres de l'équipage du *Seraph* dont elle se souvenait.

Elle pleura en apprenant comment était mort le Grand Daniel, et il eut envie de la prendre dans ses bras pour la consoler. Aussitôt, il changea de sujet et lui raconta la capture du *Swallow* et la longue traversée jusqu'à Zanzibar via Bonne-Espérance.

Elle écouta, subjuguée, essuya ses larmes et applaudit son courage et son habileté. Plus il étudiait son visage, plus il trouvait que sa première appréciation était erronée. Ses traits n'étaient peut-être pas jolis, son nez et sa bouche trop grands, sa mâchoire trop carrée, mais l'animation et l'esprit qui éclairaient son visage la faisaient paraître presque belle. Elle plissait les yeux lorsqu'elle riait et il aimait beaucoup sa façon de lever le menton quand elle posait une question.

A mesure qu'ils parlaient, les ombres se déplaçaient dans le cloître. Elle s'arrêta soudain au milieu de la description hilarante qu'elle faisait de l'arrivée de sa famille à Bombay et de leur réaction face à ce monde inhabituel.

— Oh, Tom, il est tard. Le temps a filé si vite ! Je suis restée trop longtemps.

Elle rangea à la hâte les plats et les timbales vides.

— Il faut que je m'en aille. Guy sera furieux s'il soupçonne où je suis allée.

— Guy n'est pas votre maître, remarqua Tom avec un froncement de sourcils.

— Il est le maître de maison. Mon père m'a confiée à lui quand ma mère est morte. Par égard pour Caroline, je dois le ménager. Il passe sa mauvaise humeur sur elle.

— Etes-vous heureuse de vivre avec Guy et Caroline, Sarah ?

Malgré le peu de temps qu'ils avaient passé ensemble, Tom avait le sentiment de la connaître assez pour lui poser une question aussi délicate.

— Il y a des situations qui me plairaient davantage, dit-elle d'une voix à peine audible, sans lever les yeux du panier de pique-nique.

Puis elle remit ses chaussures et se leva d'un bond. Tom prit le panier et elle posa une main fine sur son bras, comme si elle craignait de trébucher sur le sol inégal, alors que deux heures plus tôt il l'avait vue gambader en haut du mur.

— Quand reviendrez-vous me rapporter ce que fait Guy ? demanda-t-il en installant le panier sur le dos de la jument.

— Pas demain, j'ai promis à Caroline de garder Christopher, mais après-demain, à la même heure.

Il posa les mains sur les hanches de Sarah et la leva en selle. Il espérait qu'elle s'était rendu compte de la force qu'il avait dû déployer, car ce n'était pas un petit brin de fille. Ce jour-là, elle montait en amazone.

Elle accrocha une jambe autour du pommeau et il l'aida à arranger ses longues jupes. Puis, le pied dans l'étrier, elle le regarda.

— Oh, Tom, dit-elle sur une impulsion, la vie sur l'île est si limitée et ennuyeuse. Guy ne me laisse même pas aller seule en ville. Je ne me rappelle pas avoir ri autant depuis une éternité.

Elle parut gênée de son manque de retenue. Sans attendre de réponse, elle lança sa jument et partit au galop sur le sentier sablonneux au milieu des palmiers, droite et majestueuse sur sa selle.

Alors qu'il remontait la chaussée qui partait du port et passait sous les herses du fort, Tom vit arriver dans sa direction deux hommes en grande conversation. Il entendit des bribes de mots en les croisant, assez pour être certain qu'ils parlaient anglais, et il les rattrapa.

— Dieu vous bénisse, messieurs, lança-t-il, il est doux d'entendre parler une langue chrétienne dans ce pays de païens. Permettez-moi de me présenter. Robert Davenport.

Il utilisait le pseudonyme qu'il avait choisi pour se protéger contre le mandat d'arrêt qui devait le suivre. Les deux Anglais se tournèrent pour lui faire face, l'air réservés. Alors seulement Tom reconnut le capitaine et l'un des officiers du navire de la Compagnie au mouillage dans le port. Il les avait vus partir du bateau en chaloupe pour aller à terre un peu plus tôt dans la journée.

— J'espère que vous avez fait bon voyage jusqu'ici ? s'enquit-il.

Après qu'ils se furent présentés et lui eurent serré la main à contrecœur, toujours sur leurs gardes, il ajouta :

— Je suppose que vous sortez d'une audience avec le sultan.

— Oui, acquiesça sèchement le capitaine, sans fournir d'autre information.

Tom dut essayer de lui tirer les vers du nez.

— Quel genre de gaillard est-il ? C'est la première fois que je le rencontre. Est-ce qu'il parle anglais ?

— Il ne parle que sa langue de barbaresque, répondit son interlocuteur. Je vous souhaite bien du plaisir. Il est malin comme un singe. Et maintenant, si vous permettez, monsieur... fit-il en s'inclinant.

Tom entra dans le fort d'un pas décidé, bouillant de colère. Il venait d'avoir confirmation de ce que lui avait dit Sarah. Le vizir l'éconduisait à l'instigation de Guy, de son propre frère.

Un serviteur essaya de le retenir dans l'antichambre, mais Tom se faufila : il connaissait le chemin du cabinet du vizir. Il écarta les lourdes tentures en soie qui en fermaient l'entrée et les franchit comme un ouragan.

Le vizir était assis sur une estrade basse à l'autre bout de la pièce, où flottait une odeur d'encens et de haschisch. Il avait une écritoire devant lui et un secrétaire à son côté, qui lui tendait un à un des documents à signer. L'arrivée précipitée de Tom le fit sursauter.

— Je viens de m'entretenir avec le capitaine anglais qui revenait d'une audience avec son Excellence, déclara Tom. J'ai été heureux d'apprendre que le sultan s'est remis rapidement de son indisposition, poursuivit-il en arabe, car cela signifie qu'il est maintenant en mesure de me recevoir et d'entendre ma requête.

Le vizir se leva avec difficulté mais Tom passa à côté de lui et se dirigea vers la porte du fond.

— Vous ne pouvez entrer ! s'écria-t-il, affolé.

Tom l'ignora.

— Garde ! appela le vizir. Arrête cet homme.

Un colosse en djellaba apparut dans l'embrasure de la porte et lui bloqua le passage, la main sur le pommeau de son cimeterre. Tom s'avança et lui saisit le poignet. Le garde essaya de tirer son arme mais Tom retenait son bras et, tout en regardant dans la pièce par-dessus son épaule, lui serra le poignet avec une telle force que le garde grimaça de douleur.

— Salut, puissant seigneur ! lança-t-il à l'homme étendu sur une pile de coussins. J'appelle sur toi les bénédictions d'Allah et te présente mes humbles respects. Je te prie de m'entendre sur une affaire qui éveille la pitié. Comme l'a dit le Prophète lui-même, l'enfant et la veuve méritent notre compassion.

Le sultan le regarda en clignant des yeux et se redressa. Il portait une veste rigide en lourd brocart de soie sur un pantalon écarlate serré à la taille par une ceinture en filigrane d'or. Son turban était écarlate comme le pantalon, sa barbe broussailleuse et épaisse. Il ne s'était pas attendu à être confronté à ce barbare de Franc qui venait lui citer les paroles sacrées du Coran.

Le vizir avait couru derrière Tom et s'interposait entre eux.

— Pardonne-moi, seigneur, dit-il, j'ai tenté de l'empêcher d'entrer. C'est le mécréant impécunieux dont je t'ai parlé. Je vais le faire expulser par le garde.

— Laisse-le, dit le sultan. Je vais entendre ce qu'il a à dire.

Tom lâcha le poignet du garde et l'écarta.

— Le mécréant impécunieux remercie le puissant sultan Ali Mohammed et lui présente de nouveau ses humbles respects, dit-il.

Ses paroles contrastaient tant avec son comportement que le sultan sourit.

— Parle-moi donc de cette affaire digne de compassion.

— Je suis à la recherche d'un enfant, mon propre frère. Il a disparu voilà deux ans. J'ai de bonnes raisons de penser qu'il est retenu en captivité sur le territoire des Omanais. Mon frère est sujet de Sa Majesté le roi Guillaume le Troisième. Un traité entre votre calife et notre souverain interdit l'asservissement de leurs sujets.

— Je sais qui tu es. Le consul anglais m'a parlé de toi. J'ai également reçu de sa part un avis de recherche concernant cet enfant. L'enquête est en cours. Je ne peux t'en dire davantage avant d'avoir reçu une réponse de la cour du calife de Mascate.

— Il y a au moins un an que... commença Tom, furieux, avant que le sultan l'arrête.

— Tu comprends, j'en suis persuadé, que ce serait folie de susciter le déplaisir du calife en l'importunant avec une affaire aussi insignifiante que celle-ci.

— Ce n'est pas une affaire insignifiante, protesta Tom. Ma famille est noble et jouit d'une grande influence.

— Aux yeux du calife, c'est une affaire insignifiante. Sa Majesté est cependant un homme très compatissant. Nous pouvons être assurés que nous aurons de ses nouvelles s'il est en mesure de nous dire quelque chose à propos de cet enfant. Il répondra à ces questions quand il l'estimera opportun. Dans l'intervalle, nous devons attendre sa grâce.

— Comment de temps ? Combien de temps devrons-nous attendre ?

— Autant qu'il sera nécessaire. La prochaine fois que tu feras irruption ici comme un ennemi, je te traiterai comme tel, l'Anglais, ajouta-t-il froidement.

Quand Tom fut reconduit, le sultan appela son vizir, qui se prosterna devant lui.

— Pardonne-moi, puissant seigneur. Je ne suis que poussière devant toi. J'ai essayé d'empêcher ce Franc insensé...

Le sultan le fit taire d'un geste de la main.

— Fais savoir au consul anglais que je souhaite lui parler sur-le-champ.

— Guy est allé au fort hier. Le sultan l'avait mandé, annonça Sarah à Tom. Quand il est revenu, il était d'une humeur de chien. Il a assommé l'un des garçons d'écurie et s'est emporté contre Caroline et moi.

— Il ne vous a pas battue ? demanda Tom. Je le réduis en chair à pâtée s'il lève la main sur vous.

— Il n'a essayé qu'une fois, dit Sarah, secouant ses cheveux qui flottèrent dans le vent de mousson. Je doute qu'il recommence. Je lui ai cassé l'un de ses chers vases de Chine sur la tête. Ça ne saignait pas beaucoup, mais il se comportait comme s'il était agonisant. Mais assez sur ce sujet. J'étais en train de vous présenter mon rapport.

— Pare à virer ! interrompit Tom.

Elle bondit sur la drisse de misaine de la petite felouque. Elle apprenait vite à reconnaître les filins et devenait une équipière adroite. Tom avait loué le bateau au port de Zanzibar pour quelques roupies par jour, et ils couraient un bord qui devait leur permettre de doubler la pointe sud de l'île. Sarah revint ensuite s'asseoir à côté de lui.

— Donc, après avoir fait ce chahut dans toute la maison, Guy a passé le reste de l'après-midi dans sa chambre. Au dîner, c'est à peine s'il a dit un mot, mais il a bu deux bouteilles de porto et une de madère. Il a fallu deux serviteurs pour nous aider, Caroline et moi, à le porter sur son lit.

— Mon jumeau est donc devenu un ivrogne ?

— Non, c'était tout à fait inhabituel — la première

fois que je le vois se soûler. Vous semblez exercer un effet curieux sur les gens.

Elle avait fait cette remarque à double sens avec une telle insouciance que Tom ne sut comment l'interpréter. Elle poursuivit d'un ton dégagé :

— Une fois que nous l'avons fourré dans son lit, je suis descendue dans son bureau et j'ai constaté qu'il avait écrit une liasse de lettres. J'ai recopié celles nous concernant.

Elle tira les pages de la poche de sa jupe.

— Celle-ci est adressée à lord Childs, celle-là à votre frère William.

Elle les lui tendit et le vent agita les feuilles dans sa main.

— Prenez la barre, lui dit-il.

Sarah se percha sur l'arcasse, ses jupes remontées au-dessus des cuisses pour laisser le soleil et le vent jouer sur sa peau. Tom dut faire effort pour détourner les yeux de ses longues jambes galbées et concentrer son attention sur les papiers. Il fronça les sourcils en commençant à lire la première lettre, l'œil de plus en plus mauvais à mesure qu'il poursuivait sa lecture.

— Le bâtard ! s'exclama-t-il, puis, l'air penaud : Excusez-moi. Ça m'a échappé.

Elle rit en plissant les yeux.

— Si Guy est un bâtard, vous en êtes un autre. Vous auriez mieux fait de choisir une épithète différente. Lèche-bottes ou trou du cul, par exemple.

Tom se sentit rougir. Il ne s'était pas attendu à être dépassé sur ce chapitre. Il se hâta de revenir à la lecture des lettres de Guy. Cela faisait un drôle d'effet de lire des mots adressés à l'homme qu'il avait tué.

Quand il eut fini, il déchira les deux copies en mille morceaux et les jeta en l'air. Ils les regardèrent voler au loin comme des mouettes dans le vent.

— Maintenant, racontez-moi votre audience avec le sultan. Dans les moindres détails, demanda Sarah.

Avant de répondre, Tom alla au pied du mât. Il rentra la voile latine et aussitôt le mouvement de la felouque changea : elle avait cessé de fendre les flots et de lutter contre le vent, mais se donnait à lui comme une amoureuse en s'abaissant et se relevant doucement. Il retourna à l'arrière et s'assit à côté de Sarah mais sans la frôler.

— J'ai dû forcer le passage pour entrer dans le cabinet du sultan, mais je m'étais armé d'une citation du Coran.

Il lui décrivit l'entrevue, lui répéta le dialogue mot pour mot. Elle écoutait, l'air grave, et ne l'interrompit pas une seule fois, ce qui, il s'en rendit compte, était inhabituel.

A une ou deux reprises pendant son récit, Tom perdit le fil et se répéta. Elle avait approché le visage pour mieux écouter et Tom sentit que son parfum insaisissable était celui de son haleine. Quand il eut fini, ils restèrent silencieux, mais aucun des deux ne fit un mouvement pour s'écarter.

Sarah brisa le silence :

— Avez-vous l'intention de m'embrasser, Tom ?

Elle chassa les longues mèches de cheveux de son visage.

— Parce que, si vous en avez l'intention, c'est le bon moment. Il n'y a personne pour nous épier.

Il s'arrêta à deux doigts de ses lèvres, envahi par un sentiment presque religieux de respect et de sacrilège.

— Je ne veux rien faire qui puisse vous offenser, murmura-t-il d'une voix rauque.

— Ne soyez pas benêt, Tom Courtney.

Elle ferma les yeux, passa sa langue sur ses lèvres et les tendit, dans l'expectative.

Tom éprouvait le désir presque irrésistible de la serrer contre lui, mais il posa les lèvres sur les siennes avec la légèreté d'un papillon sur un pétale. Elles étaient humides et un peu sucrées, et il eut l'impression de suffoquer. Après un moment, elle recula.

Elle rouvrit ses yeux d'un vert saisissant.

— Que le diable vous emporte, Tom Courtney ! J'ai attendu si longtemps !

— Vous êtes si douce et si belle, bredouilla-t-il. Je ne veux ni vous blesser ni que vous me méprisiez.

— Si vous ne voulez pas que je vous méprise, vous devez faire mieux encore.

Elle ferma de nouveau les yeux et se pencha vers lui. Il hésita un instant puis la prit dans ses bras et écrasa sa bouche contre la sienne.

Elle émit un petit miaulement de surprise et se raidit sous la violence de son étreinte, puis s'abandonna à son baiser ; ses lèvres s'ouvrirent et leurs bouches se mêlèrent.

Une grosse vague frappa le flanc de la felouque et ils dégringolèrent de leur perchoir, en haut de l'arcasse. Ils tombèrent sur le pont toujours enlacés, oublieux de l'odeur de sentine et d'écailles de poisson qui couvrait les planches.

— Tom ! Tom ! dit-elle, haletante, sans écarter sa bouche de la sienne. Oui ! Cela faisait si longtemps ! Je n'avais jamais pensé... Oh, oui, vous êtes si fort ! Ne vous arrêtez pas.

Il avait envie de la dévorer de baisers. L'aiguillon de sa langue le rendait fou. Dans un délire des sens, l'univers se referma sur lui et il n'exista plus que ce corps chaud et parfumé entre ses bras.

Ils durent enfin interrompre un instant leur baiser pour reprendre leur respiration.

— Tom, oh, Tom ! Je vous ai aimé dès la première

fois où je vous ai vu. Pendant toutes ces années, je croyais vous avoir perdu, eut-elle le temps de murmurer dans un souffle.

Puis ils joignirent de nouveau leurs bouches en gémissant, agrippés l'un à l'autre, les bras de Sarah noués autour du cou de Tom, chacun meurtrissant ses lèvres contre les dents et les lèvres de l'autre. Il chercha à tâtons les seins et, quand sa main les trouva, il poussa un petit cri comme s'il avait mal. Il tenta maladroitement de défaire la fermeture du corsage. Elle repoussa ses mains avec impatience et dénoua elle-même le ruban, puis dégagea l'un de ses seins, plein et ferme, et referma la main de Tom dessus.

— Il est à vous, dit-elle sans décoller ses lèvres. Tout est à vous.

Il pétrit sa chair si fort qu'elle émit un geignement de douleur mêlée de plaisir.

— Oh, je vous ai fait mal, lâcha-t-il en s'écartant. Je suis désolé.

— Non, non ! (Elle lui prit les mains et les replaça sur sa poitrine.) Continuez. Faites ce que vous voulez.

Il regarda ses seins, si blancs qu'ils semblaient sculptés dans l'ivoire, mais qui portaient les marques roses laissées par ses doigts, le bout dur et gorgé de sang.

— Quelle beauté ! Je n'ai jamais rien vu d'aussi beau.

Il baissa la tête et posa les lèvres sur le mamelon. Elle cambra le dos en levant sa poitrine vers lui et entortilla les doigts de ses deux mains dans les épaisses boucles de sa nuque pour guider sa bouche. Quand il releva la tête pour la regarder, elle le bâillonna de nouveau avec ses lèvres.

Il était maintenant couché sur elle et elle se rendit compte soudain de ce qu'était cette chose dure pressée contre ses cuisses et son ventre. Elle ne l'avait encore jamais sentie mais en avait parlé avec Caroline et avait réussi à obtenir d'elle mille détails. Elle retint sa respiration et se contracta sous l'effet de l'émotion. Immédiatement, Tom essaya de s'écarter encore.

— Je ne voulais pas vous effrayer, dit-il. Nous devrions nous arrêter.

Cette menace la terrifia. Elle était affolée à la pensée d'être privée de son contact, de la dureté de son corps. Elle l'attira à elle.

— Je vous en prie, Tom, restez là !

Presque timidement, il l'embrassa à nouveau en se soulevant pour ne pas la toucher. Elle avait envie de le sentir contre elle, de sentir cette merveilleuse virilité. Elle referma les mains sur ses fesses et l'attira contre elle en poussant ses hanches vers lui.

— Oui ! Oh oui !

Elle était transportée de plaisir, assaillie par une tempête d'émotions. Il tirait sur ses vêtements et comprit ce qu'elle cherchait à faire.

Elle se souleva sur les épaules et les talons, et l'aida à remonter ses jupes jusqu'à la taille. Le vent de mousson était frais sur son ventre nu. Agenouillé au-dessus d'elle, Tom détacha la fermeture de sa culotte. Elle se dressa sur les coudes pour le regarder. La description de Caroline était évocatrice, mais elle voulait voir par elle-même. Elle ne pouvait plus attendre. Elle voulut l'aider et tendit le bras.

Alors, d'un seul mouvement, il baissa brusquement sa culotte jusqu'à ses genoux. Elle poussa un petit cri. Rien de ce que lui avait dit sa sœur ne l'avait préparée à cela. Les yeux fixés sur lui, elle se renversa sur le pont et ses jambes s'écartèrent, sans force, comme si elle ne les maîtrisait plus.

Bien plus tard, il était étendu sur elle, inerte. Il haletait comme un homme sauvé de la noyade. Sa sueur avait dégouliné sur elle et mouillé le devant de son corsage, son visage et sa poitrine nue. Elle l'avait entouré de ses jambes et le tenait immobile. La felouque les berçait comme des bébés dans un berceau.

Tom bougea et essaya de se soulever mais elle resserra l'étreinte de ses bras et de ses jambes pour l'en empêcher. Il poussa un soupir chaotique et se laissa de nouveau peser sur elle. Elle éprouvait un étrange sentiment de victoire et de possession, comme si elle avait accompli un acte presque mystique, quelque chose au-delà de la chair. Elle ne trouvait pas les mots pour se le décrire à elle-même, mais lui caressait la tête en lui murmurant des paroles tendres et incohérentes.

Avec un regret infini et une impression de tristesse douloureuse, elle le sentit rapetisser en elle et, bien qu'elle eût mal, elle banda ses muscles pour tenter de le retenir, mais il glissa hors d'elle et elle dut le laisser s'asseoir. Il regarda autour de lui, stupéfait.

— Nous avons dérivé vers le large d'au moins une lieue, dit-il.

Elle s'assit à côté de lui et rabattit ses jupes. L'île n'était plus qu'une ligne bleutée à l'horizon. Elle le regarda se mettre à genoux et remonter sa culotte. Elle se sentait maternelle et protectrice, comme si, par miracle, elle était devenue pleinement femme, comme si elle avait laissé son enfance derrière elle, comme si c'était lui qu'il fallait entourer d'attentions et chérir.

Tom se dirigea jusqu'à la drisse, mal assuré sur ses jambes, hissa la voile et vira pour prendre le vent. Sarah mit de l'ordre dans ses vêtements et renoua le ruban de son corsage, puis vint s'asseoir à côté de lui à la barre. Il plaça un bras sur ses épaules et elle se blottit contre lui. Il parcoururent la moitié de la distance jusqu'à l'île sans parler.

— Je vous aime, Sarah Beatty, avoua-t-il enfin.

Elle se serra davantage.

— Et moi, comme je vous l'ai déjà dit, je vous ai aimé dès le premier jour, Tom Courtney. Je n'étais qu'une enfant, mais je priais pour devenir un jour votre femme.

— Ce jour est venu.

Il l'embrassa encore.

Ils se retrouvaient aussi souvent que Sarah pouvait échapper à la vigilance de Caroline et de Guy. Parfois, deux ou trois jours passaient entre leurs rencontres, et cette attente enflammait leur passion.

Leurs rendez-vous amoureux avaient toujours lieu l'après-midi, car le matin Sarah aidait sa sœur à tenir la maison et s'occupait du petit Christopher. De son côté, Tom ne pouvait quitter le *Swallow* et son équipage : la coque et le gréement ayant beaucoup souffert de la tempête au cours de la traversée depuis Bonne-Espérance, il fallait effectuer des réparations et remettre le navire en état de naviguer.

Presque tous les matins, Tom montait au fort, désespéré de ne recevoir aucune nouvelle de Dorian en provenance de Mascate et attendant l'autorisation de commercer. Bien qu'il eût prodigué flatteries et bakchichs au vizir, il n'était toujours pas en odeur de sainteté et le vizir le punissait avec des excuses fleuries pour le retard. Sans le *firman* du sultan entre les mains, Tom ne pouvait négocier sur les marchés de l'île.

Les heures précieuses que Sarah et Tom pouvaient passer ensemble s'enfuyaient trop vite. Certains après-midi, ils restaient dans les bras l'un de l'autre sans même toucher aux mets délicats qu'elle avait apportés et faisaient l'amour comme si c'était la dernière fois. Entre deux étreintes, ils parlaient sans reprendre haleine dans leur besoin de se dire tout ce qu'ils ressentaient et échafaudaient des projets d'avenir pour le temps où ils pourraient s'échapper ensemble de l'île et, avec Dorian, mettre les voiles sur le *Swallow*.

D'autres jours, ils prenaient la felouque et voguaient jusqu'aux récifs, jetaient l'ancre au-dessus du corail et pêchaient à la palangrotte. Avec des rires et des cris d'excitation, ils remontaient de magnifiques poissons qui étincelaient au soleil comme de gros joyaux en se débattant au bout de leurs lignes.

Un après-midi, Sarah apporta le coffret contenant les deux pistolets de duel que son père lui avait donnés à son départ de Bombay pour se protéger dans ce pays peuplé de bêtes sauvages et d'hommes plus sauvages encore.

— Papa m'avait promis de m'apprendre à tirer, mais il n'en a jamais trouvé le temps, lui dit-elle. Voulez-vous le faire, Tom ?

C'étaient des armes magnifiques. La crosse était en noyer sculpté, le percuteur et le long canon enchâssé d'or et d'argent, la baguette en corne et les poires à poudre en argent. Une boîte à couvercle vissé, adaptée au coffret, contenait cinquante balles de plomb parfaitement rondes. Des morceaux de cuir huilé faisaient office d'étoupe.

Tom les chargea avec une demi-mesure de poudre pour réduire le recul. Il lui montra ensuite comment placer les pieds et se présenter par rapport à la cible, à moitié tourné, l'épaule droite en avant, puis comment, à partir de la hanche, lever le pistolet le bras droit tendu et tirer lorsque le bouton de mire et la hausse viennent dans l'alignement de la cible, plutôt que d'essayer de viser jusqu'à ce que le bras tremble.

Il posa une noix de coco sur l'un des murs bas du monastère à une quinzaine de pas.

— Essayez de l'attraper ! lança-t-il avant de corriger ses fautes. Trop bas ! Encore trop bas ! Parfait !

Il rechargea rapidement et elle changea de pistolet. Au quatrième coup, elle envoya la noix de coco valser dans un jaillissement de lait et poussa un cri de joie. Elle ne tarda pas à toucher la cible plus souvent qu'elle ne la manquait.

— Je mérite une récompense chaque fois que je fais mouche, dit-elle.

— A quelle sorte de récompense songez-vous ?

— Un baiser me paraît faire l'affaire.

Grâce à cette incitation, elle toucha cinq noix d'affilée.

— Bravo, vous avez gagné le gros lot.

Il la prit dans ses bras et la porta, protestant faiblement, jusqu'à leur endroit secret au milieu des ruines.

Quelques jours plus tard, ce fut lui qui apporta dans la felouque l'un des meilleurs mousquets qu'il avait achetés à Londres avant de quitter l'Angleterre, et il lui montra comment le charger et tirer. Il n'avait pu en acquérir que quelques-uns car ils étaient horriblement chers.

Les mousquets de l'armée, bon marché, étaient à canon lisse. La balle ne s'adaptait pas bien au canon et il ne lui était pas imprimé un mouvement de rotation comme avec les canons rayés. En raison du défaut de stabilité des balles, le tir manquait de précision.

En revanche, avec cette arme, Sarah était stupéfiante. Tom avait la certitude de toucher à tout coup une noix de coco à cent cinquante pas. Sarah était assez grande et forte pour pouvoir épauler le lourd mousquet sans difficulté et là encore elle prouva qu'elle avait la rapidité et le coup d'œil d'un tireur-né. Après une heure de pratique, elle pouvait lui réclamer sa récompense presque à chaque coup.

— Je vais maintenant devoir vous apprendre à manier l'épée, dit Tom, tandis qu'ils étaient étendus sur la natte avec laquelle ils avaient meublé leur cellule du monastère, à ciel ouvert.

— Vous avez fort bien commencé, répondit-elle avec un sourire malicieux, en promenant la main vers le bas-ventre de Tom. Voici ma fidèle épée, monsieur, et je sais très convenablement m'en servir.

Ils évoquèrent ensuite avec sérieux leurs projets quand Tom aurait réussi à retrouver Dorian.

— Je reviendrai vous chercher, dit-il, et je vous emmènerai loin de Zanzibar et de Guy.

— Oui, acquiesça-t-elle comme si elle n'en avait jamais douté. Et nous retournerons en Angleterre ensemble... Qu'y a-t-il, mon chéri ? s'inquiéta-t-elle en le voyant changer d'expression.

— Je ne pourrai jamais retourner en Angleterre.

Elle le regarda avec consternation.

— Que voulez-vous dire ?

— Ecoutez, Sarah, il est arrivé quelque chose de terrible avant que je quitte l'Angleterre.

— Racontez-moi, supplia-t-elle. Tout ce qui vous concerne me concerne aussi.

Et il lui expliqua tout. Il commença depuis le début, lui décrivit leur enfance et la tyrannie croissante que William exerçait sur les trois plus jeunes. Il lui raconta les innombrables petits incidents au cours desquels William s'était montré cruel envers eux.

— Je crois que la seule fois où Dorian, Guy et moi avons été heureux, c'est quand nous avons été débarrassés de lui, quand il est parti à l'université, dit-il.

— Il ne m'a pas plu quand je l'ai rencontré à High Weald. Il me faisait penser à un serpent, froid et venimeux.

Tom hocha la tête.

— J'avais presque oublié combien il était vindicatif lorsque j'étais loin du pays, pendant le voyage sur le *Seraph*, reprit-il. Mais, quand nous avons ramené père à la maison après Flor de la Mar, tout est revenu en force.

Il lui raconta comment William avait traité leur père mourant et manqué à son serment d'aider à retrouver Dorian.

— Nous nous sommes battus. Nous nous étions déjà battus mais jamais comme cela.

Il s'interrompit. Ce souvenir était pour lui si douloureux qu'elle essaya de l'empêcher de poursuivre son récit.

— Non, Sarah, il faut que je vous dise tout. Vous devez écouter afin de comprendre ce qui s'est passé.

Parfois en marquant des pauses, parfois dans un torrent de paroles, il lui narra cette bagarre du dernier soir où il avait été à High Weald.

— Vous m'avez demandé comment je m'étais cassé le nez, et je ne pouvais vous répondre. C'est l'œuvre de William, dit-il en touchant sa bosse.

Il lui décrivit leur lutte en termes simples, si vivants que Sarah pâlit et lui enfonça ses ongles dans le bras.

— Finalement, j'ai été incapable de le tuer, bien qu'il l'ait mérité cent fois. Alice, qui est apparue avec le bébé dans les bras, m'a ému et je n'ai pas pu. J'ai remis mon épée au fourreau, sauté en selle et je suis parti en pensant que tout était dit. Mais c'était mal connaître mon frère.

— Ce n'est pas tout ? demanda-t-elle d'une voix inquiète.

— Je dois tout vous raconter...

Il en arriva enfin à leur fatale rencontre à l'embarcadère, au pied de la Tour de Londres. Il lui décrivit la bataille contre la bande de tueurs à gages. Il baissait de plus en plus la voix et interrompait souvent son discours un long moment afin de chercher les mots pour décrire le terrible dénouement.

— Je ne savais toujours pas que c'était Billy. Il faisait nuit. Il portait un grand chapeau et son visage était à moitié caché. Je croyais que c'était le passeur et j'ai couru vers lui pour lui demander de nous emmener. J'ai été abasourdi quand il a tiré son pistolet. Il a tiré et la balle m'a touché là.

Il souleva sa chemise et montra la longue cicatrice en travers de ses côtes, sous le bras.

Sarah regarda fixement la cicatrice puis en suivit le trajet avec la pointe de ses doigts. Elle l'avait déjà remarquée, mais, quand elle l'avait interrogé, il s'était montré évasif. Elle comprenait maintenant pourquoi.

— Il aurait pu vous tuer, dit-elle, bouleversée.

— Oui. Je croyais qu'il l'avait fait. Heureusement, la balle a été déviée par les côtes. Elle m'a projeté à terre. Billy était au-dessus de moi et me visait pour tirer le deuxième coup. Celui-là m'aurait achevé. J'avais encore mon épée à la main et j'étais terrifié. Je l'ai lancée de toutes mes forces, elle l'a frappé en pleine poitrine et a transpercé le cœur.

— Oh, miséricorde ! Vous avez tué votre propre frère !

— Je ne savais pas que c'était Billy, même à ce moment-là. Jusqu'au moment où j'ai soulevé son chapeau et vu son visage.

Ils restèrent silencieux un moment.

Sarah paraissait horrifiée, puis elle le défendit.

— Il essayait de vous tuer, dit-elle avec fermeté. Vous ne pouviez faire autrement, Tom, c'était lui ou vous.

Elle lut l'affliction dans ses yeux, lui attira la tête contre son sein et la tint là en lui caressant les cheveux.

— Vous n'êtes pas à blâmer. Vous ne pouviez faire autrement, poursuivit-elle.

— Je me le suis dit mille fois. Mais c'était mon frère.

— Dieu est juste. Je sais qu'il vous a pardonné, mon chéri. Vous ne devez plus y penser.

Il leva la tête et elle sut qu'aucune parole n'apaiserait sa souffrance. Il serait hanté par ce souvenir même s'il vivait cent ans. Elle l'embrassa.

— Cela ne change rien pour nous, Tom. Je suis votre femme pour toujours. Si nous ne retournons jamais en Angleterre, qu'il en soit ainsi. Je vous suivrai à l'autre bout du monde. Rien n'est important en dehors de vous et moi, et de notre amour.

Elle l'attira sur la natte et lui offrit le réconfort de son corps.

Le *Swallow* attendait toujours dans le port. Les réparations étaient depuis longtemps terminées, et le bateau de nouveau impeccable et superbe. La peinture neuve de la coque étincelait mais les voiles restaient ferlées et il tirait inlassablement sur son ancre.

Les nerfs à fleur de peau, l'équipage commençait à s'agiter et il y avait eu quelques mauvaises bagarres. Tom savait qu'il ne pourrait les maintenir beaucoup plus longtemps dans l'oisiveté, comme des prisonniers sur leur propre bateau. Il était de plus en plus tenté d'enfreindre le décret du sultan et de mettre le cap au nord, vers ces mers interdites où Dorian était retenu captif, ou d'emmener le *Swallow* vers le continent pour rechercher ces régions mystérieuses de l'intérieur où l'on trouvait de l'ivoire, de l'or et de la gomme arabique.

Aboli et Ned Tyler conseillèrent la patience, mais Tom leur rétorqua qu'elle était bonne pour les vieillards et que la fortune ne souriait jamais aux gens patients.

La mousson faiblit pour laisser place à la période étouffante des grands calmes, puis elle tourna de cent quatre-vingts degrés et souffla de manière presque inaudible du nord-est, en une petite brise qui annonçait le changement de saison et les grosses pluies du *kaskazi*.

Le *kaskazi* fraîchit et, dans le port, les navires de commerce lourdement chargés levèrent l'ancre, hissèrent les voiles dans le vent nouveau et laissèrent porter vers le sud et Bonne-Espérance.

Le *Swallow* attendait dans le port presque vide. Puis, lors de l'une de ses sempiternelles visites au fort, le vizir l'accueillit comme s'il venait d'arriver dans la rade et lui offrit un siège sur un coussin de brocart, avec une minuscule tasse de café noir, épais et sucré.

— Les efforts que j'ai faits pour vous ont porté leurs fruits. Son Excellence, le sultan, a considéré favorablement votre requête et vous a accordé l'autorisation de commercer. (Avec un sourire désarmant, il tira le document de sa manche.) Voici son *firman*.

Tom s'efforça de cacher son irritation.

— Je comprends et je suis reconnaissant au sultan de sa générosité.

— Une taxe sera levée sur toutes les marchandises que vous acquerrez sur les marchés et elle devra être payée en or avant qu'elles soient embarquées sur votre bateau. Cette taxe est d'un cinquième de la valeur des marchandises.

Tom déglutit avec peine mais continua de sourire poliment.

— Son Excellence est généreuse.

Le vizir lui tendit le document, mais, comme Tom s'apprêtait à le prendre, il s'exclama :

— Ah, suis-je donc distrait ! Pardonnez-moi, *effendi*, j'ai oublié la question secondaire des droits. Mille roupies en or et, naturellement, cinq cents roupies pour mon intercession auprès de Son Excellence.

Le *firman* royal enfin en main, Tom put se rendre dans les marchés. Chaque jour, il venait à terre, à l'aube, en compagnie de M. Walsh et d'Aboli et ne rentrait au bateau qu'à l'heure du zouhr, la prière du début de l'après-midi, lorsque les marchands fermaient leurs éventaires pour répondre à l'appel du muezzin.

Pendant les premières semaines, il n'effectua aucun achat. Il restait assis pendant de longues heures avec l'un ou l'autre des marchands à boire du café, échanger des propos aimables, examiner les marchandises sans montrer aucun enthousiasme ni conclure aucune affaire, pour comparer prix et qualités. Il avait cru d'abord qu'en raison du départ de la plupart des commerçants européens avec le *kaskazi* il n'y aurait guère de concurrence pour acheter les marchandises proposées et que les négociations en seraient facilitées. Cependant, il ne tarda pas à constater que c'était loin d'être le cas. Les autres commerçants avaient raflé la meilleure marchandise. La plupart des défenses d'éléphant qui restaient sur le marché n'étaient pas parvenues à maturité ; elles étaient rarement plus longues que le bras, souvent déformées et décolorées. Aucune n'approchait, même de loin, celles que son père avait achetées au consul Grey lors de leur première escale. Les marchands avaient déjà accumulé de gros bénéfices et, en dépit de cette qualité médiocre, ils maintenaient des prix élevés et haussaient les épaules quand il protestait.

— *Effendi*, il y a peu d'hommes qui chassent les

bêtes. C'est un travail dangereux et, chaque saison, il leur faut s'enfoncer plus loin à l'intérieur des terres pour trouver les troupeaux d'éléphants. La saison est maintenant très avancée. Les réserves d'ivoire ont été achetées par les autres commerçants francs, lui avait expliqué l'un des marchands. J'ai par ailleurs quelques esclaves à te proposer.

Avec toute l'amabilité dont il avait été capable, Tom avait refusé d'examiner ces marchandises humaines. Aboli avait été réduit en esclavage quand il était encore enfant, et les horribles traitements qu'il avait subis restaient gravés dans sa mémoire. Tom avait grandi en entendant des descriptions de ce commerce abominable. Au cours de ses nombreux voyages, son père en avait acquis une connaissance de première main et il avait instillé au jeune Tom une aversion pour ces pratiques inhumaines.

Depuis la première fois qu'il avait doublé Bonne-Espérance, Tom avait été en contact régulier avec les marchands d'esclaves et leurs victimes. Durant leur longue attente dans la rade de Zanzibar, il y avait toujours eu des négriers ancrés à proximité, assez près pour que la puanteur et les plaintes déchirantes parviennent jusqu'au *Swallow*.

Il traversait quotidiennement en compagnie d'Aboli les enceintes où étaient retenus les esclaves et il devenait plus difficile d'ignorer la détresse qui les entourait : les pleurs des enfants arrachés aux bras de leurs parents, les sanglots des mères et la souffrance muette dans les yeux sombres des hommes et des femmes jeunes privés de leur liberté, enchaînés comme des bêtes, insultés dans une langue qu'ils ne comprenaient pas, fouettés avec le terrible *kiboko* en peau d'hippopotame jusqu'à ce que leurs côtes soient mises à nu. La seule pensée de retirer un profit du tourment de ces âmes perdues écœurait Tom.

De retour sur le *Swallow*, il discuta de leur fâcheuse situation avec ses officiers. Bien que le but premier de leur voyage fût de retrouver Dorian, il avait un devoir envers ses hommes, auxquels il avait fait miroiter des gains. Jusque-là, ils n'en avaient obtenu aucun et la perspective d'en partager avec eux était mince.

— Il n'y a guère de bonnes affaires à espérer dans le coin, confirma M. Walsh.

Il ouvrit son carnet de notes, ajusta son lorgnon à monture en or et énuméra la liste des tarifs de l'ivoire et de la gomme arabique qu'il avait dressée avant de quitter l'Angleterre.

— Le prix des épices est plus élevé mais laisse néanmoins un maigre profit si l'on prend en compte les difficultés et les frais du voyage. Il n'en reste pas moins qu'il existe toujours un marché pour le clou de girofle et le poivre, et dans une moindre mesure pour la cannelle. Il est vrai aussi que l'écorce de quinquina est très demandée en Amérique et dans les pays méditerranéens, où sévit la malaria.

— Il nous faut quelques centaines de livres de quinquina pour notre propre usage, intervint Tom. Maintenant que commencent les grosses pluies, il va y avoir des épidémies de fièvre.

La décoction de l'écorce de quinquina était amère comme du chicotin, mais, un siècle plus tôt, les Jésuites avaient découvert qu'elle constituait un remède souverain contre la fièvre paludéenne. C'étaient eux qui, les premiers, avaient acclimaté les arbres dans l'île. Ils y poussaient maintenant à profusion.

— Oui, attesta Aboli à voix basse. Nous allons avoir besoin de quinquina. Surtout si nous allons à l'intérieur des terres pour chercher de l'ivoire.

Tom le regarda vivement.

— Qu'est-ce qui te fait croire que je serai assez

téméraire pour faire fi des décrets du sultan et de la Compagnie, Aboli ? Toi-même, tu me l'as déconseillé.

— Je vous ai vu chaque soir à l'avant, les yeux braqués sur le continent. Il n'était pas difficile de lire dans vos pensées.

— Ce serait périlleux.

Tom ne rejeta pas l'accusation. Il tourna la tête vers l'ouest et regarda d'un air rêveur la vague silhouette de la terre qui s'estompait dans le crépuscule.

— Ça ne vous a encore jamais arrêté, fit remarquer Aboli.

— Je ne saurais par où commencer. C'est un pays inconnu, une *terra incognita*, dit-il en citant la légende des cartes qu'il avait si souvent étudiées. Même toi, tu n'y es jamais allé, Aboli. Ce serait folie que de s'y aventurer sans un guide.

— C'est vrai, je ne connais pas les pays du nord, admit Aboli. Je suis né plus au sud, près du grand fleuve Zambèze, et voilà bien longtemps que je n'y suis pas retourné. Mais je peux trouver quelqu'un qui nous conduira à l'intérieur.

— Qui ? demanda Tom, incapable de cacher son excitation. Où allons-nous trouver cet homme ? Comment s'appelle-t-il ?

— J'ignore encore son nom et son visage, mais je le reconnaîtrai quand je le verrai.

Lorsqu'ils allèrent à terre le lendemain matin, la première file d'esclaves enchaînés sortit des négreries où on les enfermait pendant la nuit, pour se rendre au marché.

Comme toutes les autres marchandises en cette fin de saison, leurs rangs étaient réduits. Moins de deux cents étaient proposés à la vente, alors qu'il y en avait des milliers à l'arrivée du *Swallow*. La plupart de ceux qui restaient étaient vieux ou frêles, amaigris par la maladie ou couverts de cicatrices laissées par le *kiboko*. Les acheteurs se montraient toujours circonspects face à un esclave marqué par le fouet, car cela signifiait en général qu'il était incorrigible.

Jusque-là, quand il traversait le marché, Tom avait détourné le regard et évité de les examiner par répugnance et pitié. Aujourd'hui cependant, Aboli et lui avaient pris position à l'entrée principale du marché aux esclaves, d'où ils pouvaient observer les lamentables colonnes d'êtres humains qui passaient devant eux. Ils les étudiaient attentivement quand ils arrivaient à leur hauteur.

Deux ou trois Noirs avaient semblé à Tom correspondre à ce qu'ils cherchaient, grands, forts, l'air héroïque malgré leurs chaînes. Quand il touchait le bras d'Aboli et lui lançait un regard interrogateur, il secouait la tête avec impatience.

— Rien ? demanda Tom, découragé.

Les derniers esclaves défilaient devant eux, et son compagnon n'avait manifesté d'intérêt pour aucun.

— Notre homme est là, dit Aboli, à sa grande surprise, mais les marchands nous regardent et je ne pouvais pas vous le montrer.

Les esclaves étaient conduits à leurs éventaires et enchaînés à un poteau. Les marchands s'asseyaient à l'ombre, des hommes riches, suffisants, luxueusement vêtus, servis par leurs esclaves personnels qui leur préparaient le café et allumaient leur narguilé. Les paupières tombantes, l'air rusé, ils regardaient Tom et Aboli arpenter lentement le marché.

Aboli s'arrêta au premier éventaire et examina l'un des esclaves, un homme grand et fort aux allures de guerrier. Comme un maquignon, le marchand lui ouvrit la bouche pour montrer ses dents et palpa ses muscles.

— Pas plus de vingt ans, *effendi*, dit l'Arabe. Regardez ses bras, il est fort comme un bœuf et peut travailler encore trente ans.

Aboli s'adressa à l'esclave dans l'un des dialectes des forêts mais l'homme lui retourna un regard hébété. Aboli secoua la tête et ils passèrent à l'éventaire suivant.

Tom se rendit compte qu'il se dirigeait peu à peu vers l'homme qu'il avait déjà choisi. Il tenta de deviner lequel, puis le repéra avec une certitude soudaine.

Il était nu à l'exception d'un court pagne, un petit homme au corps noueux et nerveux, sans un pouce de graisse. Il avait des cheveux épais en broussaille, comme le poil d'un animal sauvage, et un regard vif et perçant.

Ils s'approchèrent peu à peu du groupe au milieu duquel il était attaché, et Tom veilla à ne pas paraître intéressé par lui. Ils examinèrent un autre homme et une jeune fille, puis, au grand dam du marchand, firent mine de passer leur chemin. Ensuite, comme si l'idée lui était venue après coup, Aboli se retourna vers le petit indigène.

— Montre-moi ses mains, demanda-t-il au marchand, qui fit un signe à son aide.

Ils saisirent les poignets de l'esclave et, dans un cliquetis de chaînes, le forcèrent à les tendre.

— Tournez-les, ordonna Aboli, qui dissimula sa satisfaction en voyant les paumes.

L'index et le majeur de ses deux mains étaient calleux au point d'en être presque déformés.

— C'est notre homme, dit-il à Tom en anglais mais sur le ton d'une fin de non-recevoir.

Tom secoua la tête comme pour confirmer le refus.

Ils tournèrent les talons et le marchand déçu les regarda s'éloigner.

— Qu'est-ce qu'elles ont, ses mains ? questionna Tom sans se retourner. Pourquoi sont-elles marquées comme cela ?

— La corde de l'arc, répondit laconiquement Aboli.

— Les deux mains ? s'étonna Tom en s'arrêtant.

— C'est un chasseur d'éléphants, dit Aboli, mais continuons de marcher et je vais vous expliquer. L'arc à éléphants est si rigide que personne ne peut le tendre à hauteur de l'épaule. Le chasseur s'approche de l'animal à cette distance, précisa-t-il en montrant un mur à une dizaine de pas. Puis il s'étend sur le dos, les deux pieds sur le bois de l'arc. Il maintient la flèche entre ses gros orteils et, avec les deux mains, tend la corde qui, au fil des années, y laisse des marques.

— Ce doit être une arme redoutable, remarqua Tom, incapable d'imaginer un arc d'une telle puissance.

— Ses flèches peuvent transpercer un bœuf d'une épaule à l'autre. Cet homme fait partie de la petite élite d'intrépides qui vivent de la chasse à l'éléphant.

Ils achevèrent sans se presser leur tour du marché puis retournèrent nonchalamment vers le petit homme.

— Il a des chaînes aux chevilles et aux poignets, fit remarquer Aboli en anglais. Et regardez son dos.

Tom vit les cicatrices à moitié guéries qui s'entrecroisaient sur la peau noire.

— Ils l'ont battu sauvagement pour essayer de briser sa volonté, mais on voit à ses yeux qu'ils n'y ont pas réussi.

Aboli fit lentement le tour du petit homme en regardant sa musculature d'un air dubitatif et il lui dit quelque chose dans une langue inconnue de Tom. L'esclave n'eut aucune réaction. Il avait le regard morne et ne comprenait pas. Aboli lui dit deux mots dans une autre langue, sans plus de succès.

Outre sa langue maternelle, celle qu'il avait enseignée à Tom quand il était petit, Aboli parlait au moins une douzaine de dialectes de l'intérieur. Il changea encore de langue. Cette fois-ci, le petit homme sursauta et regarda Aboli avec stupéfaction. Il répondit par un seul mot :

— Fundi !

— C'est son nom, expliqua Aboli, toujours en anglais. Il appartient à la tribu des Lozi, une farouche tribu de guerriers. Son nom signifie « Expert ». Il le mérite probablement, ajouta-t-il en souriant.

Le marchand invita Tom à boire une tasse de café, accompagnement obligé de toute négociation civilisée, et Tom accepta. Il comprit rapidement que le négrier était impatient de se débarrasser de ce petit personnage agressif, et il en profita. Après une heure de marchandages, le marchand leva les mains dans un geste de désespoir.

— Mes enfants vont mourir de faim. Tu me ruines, mais emmène-le, même si tu me retires le pain de la bouche !

Quand ils arrivèrent à bord du *Swallow* avec Fundi, l'Expert, Tom appela le forgeron et lui fit ôter ses chaînes. Le petit homme massa ses poignets irrités et les regarda avec étonnement. Puis ses yeux se tournèrent vers l'ouest et vers la silhouette indistincte de la terre à laquelle il avait été si cruellement arraché.

— Oui, dit Aboli, lisant dans ses pensées. Tu peux tenter de t'enfuir pour rentrer chez toi. Mais es-tu capable de nager aussi loin ? demanda-t-il en montrant l'impressionnante étendue d'eau bleue. Tu seras accueilli par des requins, plus gros que les plus gros crocodiles que tu as jamais vus, aux dents plus longues et plus aiguisées que les pointes de tes flèches. S'ils ne te mangent pas, je te rattraperai et je te battrai si bien que les coups des Arabes te feront l'effet de caresses d'une jeune vierge. Et je t'enchaînerai encore comme une bête.

Fundi le regardait, plein de défi, mais il poursuivit :

— Ou alors, si tu es sage, tu nous parleras du pays d'où tu viens, puis tu nous y conduiras sans chaînes, en marchant à notre tête, de nouveau libre et fier comme le guerrier, le tueur d'éléphants que tu es.

Fundi le regardait toujours fixement ; malgré lui son expression changea et ses yeux sombres s'agrandirent.

— Comment sais-tu que je suis un tueur d'éléphants ? Comment connais-tu la langue des Lozi ? Pourquoi me rends-tu la liberté ? Pourquoi souhaites-tu te rendre au pays de mes pères ?

— Je t'expliquerai tout cela, promit Aboli. Mais pour l'instant, sache seulement que nous ne sommes pas tes ennemis. Tiens, mange.

Fundi était affamé, et il engloutit le contenu de l'écuelle de riz et de ragoût de chèvre qu'Aboli avait placée devant lui. Peu à peu apaisé par la nourriture qui lui emplissait l'estomac, et par le ton aimable d'Aboli, il répondit à ses questions la bouche pleine.

Aboli traduisait pour Tom.

— Il ne sait pas à quelle distance se trouve son pays car il ne la mesure pas comme nous. Mais c'est loin, à plusieurs mois de marche. Il dit qu'il habite près d'un grand fleuve.

Il fallut du temps à Fundi pour raconter toute son histoire, mais au fil des jours suivants il rajouta des détails et les intrigua avec sa description de lacs et de grandes plaines, de montagnes couronnées de blanc éclatant comme la tête des vieillards.

— Des montagnes couvertes de neige ? s'interrogea Tom, perplexe. Ça ne me paraît pas possible sous ces climats tropicaux.

Fundi parla d'immenses troupeaux d'animaux étranges, certains plus gros que les zébus bossus des Arabes, noirs et monstrueux avec leurs cornes en forme de faux, capables d'éventrer un lion d'un seul coup.

— Et les éléphants ? demanda Tom. Et l'ivoire ?

Les yeux de Fundi brillèrent quand il parla des grands pachydermes.

— Ce sont mes chèvres à moi, s'enorgueillit-il en montrant les callosités de ses doigts. Je m'appelle Fundi, le grand chasseur d'éléphants. (Il ouvrit ses mains, les doigts tendus, et les referma dix fois de suite.) C'est le nombre d'éléphants que j'ai tués avec mon arc, le cœur transpercé par mes flèches, tous de grands mâles aux dents plus longues que ça, précisa-t-il en tendant le bras aussi haut qu'il put.

— Y a-t-il encore beaucoup d'éléphants dans ton pays ? Ou est-ce que le grand chasseur Fundi les a tous tués ? demanda Tom.

Quand Aboli traduisit la question, Fundi se mit à rire malicieusement.

— Peux-tu compter les brins d'herbe dans les grandes plaines ? les poissons dans les lacs ? le nombre de canards des grands vols qui obscurcissent le ciel à la saison des grandes pluies ? Voilà combien il y a d'éléphants au pays des Lozi.

Ces histoires fascinantes plongèrent Tom dans un tel état d'excitation que, le soir, il resta longtemps éveillé sur son étroite et dure couchette à rêver de la contrée sauvage décrite par le petit homme. Ce n'était pas uniquement la promesse de profits et de richesses qui comptait ; il voulait voir ces merveilles de ses propres yeux et chasser ces gigantesques animaux, contempler les montagnes couronnées de neige, parcourir les grands lacs d'eau douce.

Puis la pensée de Dorian, de Sarah et de ses engagements à leur égard vint interrompre les envolées de son imagination. « Sarah m'a promis qu'elle me suivrait où que j'aille, se dit-il. Elle n'est pas comme les autres filles. Elle est comme moi. Elle a l'aventure dans le sang. Mais Dorian ? »

Il songea à son jeune frère comme il ne l'avait pas fait depuis leur séparation. Il le revit en pensée tel qu'il était cette nuit fatale où il avait grimpé jusqu'à la fenêtre de sa cellule à Flor de la Mar : un enfant sans défense.

Il dut faire effort pour tirer son esprit de l'ornière dans laquelle il était si longtemps resté. « Comment est-il, à présent ? Les épreuves qu'il a subies l'ont-elles transformé ? Est-il toujours mon petit frère ou un homme différent du gamin que j'ai connu ? se demanda-t-il, alarmé à l'idée de retrouver un étranger. Une chose est sûre, c'est qu'il ne changera jamais comme l'a fait Guy. Le même feu brûlera toujours en lui. Il voudra sûrement m'accompagner dans cette nouvelle aventure. Nos liens n'ont pas perdu de leur force, j'en suis certain. »

Il avait jeté le gant au pied des dieux du hasard, car la réponse qu'il cherchait vint plus vite qu'il ne s'y attendait. Dans la lumière de l'aube, le lendemain, un petit canot crasseux quitta le quai et se dirigea vers eux. Quand le passeur arriva à une demi-encablure du *Swallow*, il monta sur le banc de nage et les héla.

— *Effendi*, j'ai pour toi un message du consul anglais ! cria-t-il en brandissant le document.

— Viens à contre ! lança Ned Tyler.

Dans sa cabine, Tom entendit les cris et eut l'étrange prémonition que quelque chose de néfaste allait lui arriver. Il se précipita sur le pont, en manches de chemise, juste à temps pour arracher la lettre des mains du passeur.

Il reconnut l'écriture de Guy sur la feuille pliée. Elle avait peu changé depuis les leçons de M. Walsh. La missive était adressée au capitaine Thomas Courtney, à bord du *Swallow*, dans la rade de Zanzibar.

Tom l'ouvrit à la hâte. Le message était laconique :

Le sultan nous mande tous deux à une audience à midi ce jour. Je vous retrouverai à la porte du fort dix minutes avant l'heure.

G. C.

Comme il fallait s'y attendre, Guy fut ponctuel. En arrivant avec son palefrenier, il salua Tom d'un signe de tête, mit pied à terre et lança les rênes à son serviteur.

— Je ne vous aurais pas dérangé, monsieur, dit-il, distant, sans regarder Tom en face, mais Son Excellence a insisté pour que vous soyez présent à l'audience.

Il tira sa montre de son gilet, y jeta un coup d'œil, puis entra dans le fort à grandes enjambées, sans se retourner.

Le vizir les accueillit avec le plus grand respect, s'inclinant et souriant d'un air patelin, et les introduisit à reculons dans le cabinet du sultan, où il se prosterna devant lui.

Guy s'inclina, mais non pas trop bas, conscient de sa dignité de représentant de Sa Majesté, et présenta des compliments polis. Tom suivit son exemple, puis son regard se porta sur l'homme assis à la droite du sultan : il avait l'air bien nourri et son caftan était de la plus belle qualité, le manche de sa dague en or et en corne de rhinocéros. C'était un personnage plein de dignité, manifestement de haut rang, car même le sultan se montrait déférent à son égard. Il étudiait Tom avec une attention toute particulière, comme s'il savait qui il était.

— J'appelle sur vous les bénédictions d'Allah, dit le sultan en leur indiquant les coussins placés à leur intention.

Guy s'assit gauchement, gêné par son épée. Tom avait passé de longues heures en compagnie des marchands et était habitué à cette posture. Il plaça le fourreau de son épée sur ses genoux.

— J'ai l'honneur d'accueillir le saint mollah de la mosquée du prince Abd Mohammed al-Malik, le frère du calife d'Oman.

Le sultan inclina la tête vers le personnage assis à son côté. Tom se raidit et sentit sa respiration s'accélérer en entendant le nom du prince, l'homme qui avait acheté Dorian au pirate.

— Voici le saint al-Allama. Il vient de la part du prince, poursuivit le sultan.

Tom et Guy avaient les yeux braqués sur lui. Al-Allama fit un geste gracieux. Il avait des mains petites et lisses de jeune fille.

— Puissiez-vous trouver faveur au regard de Dieu et de Son Prophète, dit-il, et ils inclinèrent la tête.

— J'espère que tu as fait un agréable voyage et qu'à ton départ tout était pour le mieux dans ta maison, déclara à son tour Tom.

— Je te remercie de ta sollicitude. Le *kaskazi* a bien voulu nous porter jusqu'ici et Allah a souri à notre entreprise. Je dois te féliciter pour ton excellente connaissance de l'arabe. Tu le parles comme s'il était ta langue maternelle.

Les compliments et les vœux s'échangeaient et Tom avait du mal à supporter ce rituel long et compliqué. Cet homme était porteur de nouvelles de Dorian : l'audience ne pouvait avoir d'autres raisons. Il étudia le visage d'al-Allama, essayant de deviner la nature de ces nouvelles à des petits signes, le mouvement des lèvres, l'inflexion de la voix et le regard, mais le visage du mollah était inexpressif et ses manières très urbaines.

— Tes affaires sur les marchés de Zanzibar ont-elles été profitables ? demanda-t-il. Le Prophète avait bonne opinion des marchands honnêtes.

— La principale raison de ma venue sur le territoire du calife n'était pas de me livrer au commerce, répondit Tom, sautant sur l'occasion pour en venir à ce qui lui tenait à cœur. Je viens accomplir une œuvre de compassion. Je suis à la recherche d'un être cher que ma famille et moi avons perdu.

— Mon seigneur, le prince al-Malik, a entendu parler de votre quête et a reçu la supplique que vous lui avez adressée, répondit al-Allama, impassible, sur un ton toujours aussi neutre.

— J'ai entendu dire que ton seigneur est un homme puissant mais plein de commisération pour les faibles, qui défend ardemment la justice et le droit.

— Le prince al-Malik est en effet tout cela. C'est la raison pour laquelle il m'a envoyé en personne afin de répondre à votre souci au lieu de vous faire tenir un message exprimant la profondeur des sentiments que lui inspire votre perte.

Malgré la chaleur qui régnait dans la pièce où flottait une odeur d'encens, Tom frissonna. Les mots choisis par le mollah étaient de mauvais augure. Il sentit que Guy s'impatientait mais il ne le regarda pas. Il attendit que le mollah poursuive, redoutant ce qu'il allait dire. Mais al-Allama buvait son café à petites gorgées, les yeux fixés sur son giron.

Tom fut finalement obligé de le presser de parler :

— J'ai attendu trois ans pour entendre des nouvelles

de mon frère. Je te prie, saint homme, de ne pas prolonger ma souffrance.

Le mollah posa sa tasse et s'essuya les lèvres avec le linge plié que lui tendait un esclave.

— Mon prince m'a enjoint de vous dire ceci. (Il marqua une pause comme pour rassembler ses pensées.) Il est exact qu'il a acheté, il y a quelques années, un jeune Franc. Il avait été appelé al-Amhara à cause de ses cheveux, qui étaient d'un roux magnifique.

Tom poussa un long soupir de soulagement. Ils l'avaient admis. Il ne s'était heurté ni à un démenti ni à un subterfuge. Dorian était bien aux mains du prince musulman.

— Tes paroles ont ôté un grand poids de ma poitrine, un poids qui m'écrasait, dit-il d'une voix étranglée.

Il crut qu'il allait perdre la maîtrise de lui-même et fondre en larmes. Une telle faiblesse lui aurait fait perdre beaucoup de son prestige et attiré le mépris des hommes présents. Il prit une profonde inspiration et leva le menton pour affronter le regard du mollah.

— Quels termes le prince impose-t-il à la restitution de mon frère dans le sein de sa famille ?

Le mollah ne répondit pas tout de suite, mais caressa et lissa sa longue barbe.

— Mon prince m'a ordonné de parler ainsi : « Moi, Abd Mohammed al-Malik, j'ai pris le jeune al-Amhara sous ma protection en payant une rançon princière pour le préserver des hommes qui l'avaient capturé et m'assurer qu'il ne subirait plus d'autres épreuves. »

— Ton prince est un homme puissant et miséricordieux, dit Tom, qui avait envie de crier : « Où est-il ? Où est mon frère ? Quel prix demandez-vous pour me le rendre ? »

— Mon seigneur le prince a trouvé ce jeune garçon

charmant et bien doué. Il lui a ouvert son cœur et, pour lui donner un témoignage de sa faveur et le protéger de tout mal, il a déclaré al-Amhara son fils adoptif.

Tom commença à se lever de son coussin, alarmé.

— Son fils ? répéta-t-il, entrevoyant le terrible obstacle.

— Oui, son fils. Il l'a traité comme un prince. J'avais reçu pour tâche de l'éduquer, et je l'ai moi aussi jugé digne d'être aimé.

Al-Allama baissa les yeux et, pour la première fois, montra une émotion.

— Je me réjouis que mon frère ait trouvé une telle faveur en si haut lieu, déclara Tom. Mais il est mon frère. Le droit du sang est pour moi. Le Prophète de Dieu a dit que le lien du sang est comme l'acier et ne peut être brisé.

— Ta connaissance des saintes paroles de l'islam te fait honneur. Mon seigneur le prince reconnaît votre droit du sang et vous offre une compensation pour votre perte.

Al-Allama appela un serviteur, qui apporta un petit coffret d'ébène incrusté d'ivoire et de nacre. Il s'agenouilla devant les deux Francs, posa le coffret sur les dalles et en ouvrit le couvercle.

Tom n'avait pas bougé et il ne regarda même pas ce que contenait le coffret. En revanche, Guy se pencha et resta les yeux braqués sur les pièces d'or qui le remplissaient à ras bord.

— Cinquante mille roupies, annonça Al-Allama. Un millier de vos livres anglaises. Une somme qui tient compte du fait qu'al-Amhara était un prince de la maison royale d'Oman.

Tom retrouva sa capacité de parole et de mouvement. Il se leva brusquement, la main sur la garde de l'épée de Neptune.

— Il n'y a pas assez d'or dans toute l'Arabie pour m'acheter, rugit-il. Je suis venu ici chercher mon frère et je ne repartirai pas sans lui.

— C'est impossible, dit al-Allama d'une voix basse, chargée de regret. Votre frère est mort. Il a succombé il y a bientôt deux ans de la fièvre paludéenne. Aucun homme ne pouvait le sauver, bien que, Allah en est témoin, nous tous qui l'aimions ayons tenté de le faire. Al-Amhara est mort.

Tom retomba sur son coussin, le visage décomposé. Il regarda al-Allama et resta longtemps silencieux. Le seul bruit était le bourdonnement d'une grosse mouche bleue qui se cognait au plafond.

— Je ne le crois pas, murmura-t-il finalement, au désespoir.

— Je te jure, comme j'aime Allah et prie pour son salut, que j'ai vu le nom d'al-Amhara sur sa tombe dans le cimetière royal de Lamu, dit al-Allama avec un chagrin infini dans la voix, de sorte que Tom ne put douter plus longtemps de sa parole.

— Dorian, fit-il à voix basse. Il était si jeune et si plein de vie !

— Allah est bon. Nous pouvons être assurés qu'il y a une place pour lui dans l'autre monde. Mon seigneur le prince vous offre cette consolation. Il partage profondément votre douleur.

Tom se leva. Il dut faire un grand effort pour accomplir ce simple mouvement.

— Je remercie ton maître. Je vous prie de m'accorder votre indulgence mais je dois me retirer pour être seul et pleurer mon frère, répondit-il avant de se diriger vers la porte.

Guy se leva à son tour et s'inclina devant les deux Arabes.

— Nous remercions votre seigneur le prince pour sa

compassion et acceptons de recevoir de lui le prix du sang. (Il se baissa, referma le couvercle du coffret et le prit.) Toutes les dettes entre le prince Abd Mohammed al-Malik et notre famille sont désormais pleinement éteintes.

Il suivit Tom, gêné par le poids de l'or.

Sarah était perchée comme à son habitude sur les murs du vieux monastère, d'où elle pouvait apercevoir Tom dès qu'il s'engageait dans le sentier qui arrivait de la plage.

— Tom ! cria-t-elle en agitant gaiement la main.

Elle se leva et descendit à toute allure les murs écroulés, les bras écartés pour ne pas perdre l'équilibre.

— Vous êtes en retard ! Voilà des heures que je vous attends. J'allais m'en aller.

Elle sauta de la dernière pierre et courut à sa rencontre, pieds nus sur le sentier sablonneux. A dix pas de lui, elle s'arrêta et regarda son visage.

— Qu'y a-t-il, Tom ? murmura-t-elle.

Elle ne l'avait jamais vu ainsi. Il avait les traits défaits, les yeux remplis d'un terrible chagrin.

— Tom, que vous est-il arrivé ?

Il fit un pas mal assuré dans sa direction et tendit les bras comme un homme qui se noie. Elle se précipita vers lui.

— Oh, Tom ! Que se passe-t-il ? demanda-t-elle en le serrant de toutes ses forces. Dites-le-moi, mon chéri. Je veux vous aider.

Il se mit à trembler, et elle crut qu'il était malade, en proie à quelque fièvre redoutable. Il émit un son étranglé et des larmes coulèrent sur son visage. Elle n'avait jamais imaginé qu'il pût flancher de cette façon. Elle l'avait toujours cru fort et indomptable, et il était là dans ses bras, brisé, anéanti.

— Tom, je vous en prie, dites-moi quelque chose.

— Dorian est mort.

Elle sentit son sang se glacer et resta pétrifiée.

— C'est impossible, dit-elle dans un souffle, cela ne se peut pas. En êtes-vous sûr ? Il n'y a aucun doute ?

— L'homme qui a apporté la nouvelle est un mollah, un saint homme. Il l'a juré sur sa foi. Il ne peut y avoir de doute.

Toujours enlacés, ils tombèrent à genoux, en sanglots tous les deux.

— Il était comme mon propre frère, dit-elle, la joue pressée contre le visage de Tom, leurs larmes mêlées.

Après un moment, elle s'essuya les yeux avec la manche de son corsage.

— Comment est-ce arrivé ?

Elle savait d'instinct qu'elle devait le faire parler, percer l'abcès, faire sortir le poison. Il raconta enfin l'histoire, les mots venant avec peine. Il lui fallut longtemps, mais il finit par tout lui dire et elle sut que cela devait être vrai.

— Qu'allons-nous faire maintenant ? demanda-t-elle en se relevant.

Elle avait gardé ses mains serrées dans les siennes et le força à se mettre debout. Il ne fallait pas qu'il se laisse emporter par les flots sombres du chagrin.

— Je n'en sais rien. Je sais seulement que Dorian est mort et que j'aurais pu le sauver. C'est ma faute. Si seulement je m'étais mis plus tôt à sa recherche !

— Ce n'est pas votre faute, rétorqua-t-elle avec vivacité. Vous avez fait tout ce que vous avez pu. Personne n'aurait été capable d'en faire davantage.

— Plus rien ne m'importe.

— Vous vous devez de réagir, pour vous-même,

pour la mémoire de Dorian. Vous étiez son modèle. Il savait à quel point vous étiez fort. Il n'aimerait pas vous voir ainsi.

— Je vous en prie, Sarah, ne m'admonestez pas. Je suis consumé de chagrin.

— Je ne vous laisserai pas renoncer. Nous devons former des projets. Qu'allons-nous faire maintenant ? insista-t-elle d'un ton pressant.

— Je l'ignore, dit-il, redressant les épaules et chassant ses larmes.

— Où allons-nous ? Nous ne pouvons ni rester là ni retourner en Angleterre. Où, Tom ?

— En Afrique. Aboli a trouvé quelqu'un pour nous guider vers l'intérieur.

— Quand partons-nous ? s'enquit-elle, sans mettre en question sa décision.

— Bientôt. Dans quelques jours. C'est le temps qu'il me faut pour remplir les barriques d'eau, acheter des provisions fraîches et prendre les dernières dispositions.

— Je serai prête.

— Ce ne sera pas facile. Un voyage dangereux et sans fin. Etes-vous certaine que c'est bien ce que vous voulez ? Si vous avez des doutes, il faut me le dire maintenant.

— Ne faites pas le nigaud, Tom Courtney. Bien sûr que je vais avec vous.

Quand elle quitta le monastère, Sarah prit un chemin détourné pour rentrer au consulat en suivant la piste qu'elle avait découverte et qui menait à un petit village sur la côte de l'île tournée vers le large. Elle n'avait parcouru un demi-mille lorsqu'elle eut la certitude d'être suivie. Elle crut entendre des bruits de sabots derrière elle, serra la bride de sa jument et se retourna sur sa selle pour regarder en arrière.

La piste était bordée de chaque côté par une épaisse végétation aux tiges tordues et aux feuilles luisantes. Elle ne pouvait voir plus loin que la dernière courbe de la piste, à quelques pas derrière elle.

— Tom ? appela-t-elle. C'est vous ?

Il n'y eut pas de réponse, et elle crut avoir eu une hallucination. Elle continua donc son chemin.

En arrivant au village, elle acheta un panier de légumes à une vieille femme, afin d'avoir une excuse pour sa longue absence, puis chevaucha vers le port pour regagner le consulat par la route principale.

Sarah avait de quoi occuper ses pensées. Elle passait de l'exaltation la plus grande à une profonde tristesse face à la nécessité de quitter Caroline et le petit Christopher. Elle les aimait beaucoup tous les deux. Caroline en était arrivée à compter sur sa force et sa fermeté d'âme dans les ténèbres de son mariage malheureux avec Guy, et Sarah s'occupait de Christopher comme s'il avait été son propre enfant. Elle s'inquiéta de ce qu'ils deviendraient sans elle. « Ne pourraient-ils venir avec nous ? » se demanda-t-elle, et presque tout de suite elle se rendit compte que l'idée était stupide.

« Je ne peux faire autrement que de les quitter, se dit-elle en s'armant de courage. Je les aime tous les deux, mais Tom est mon amant et je l'aime plus que moi-même. Je dois partir avec lui. »

Elle était si préoccupée par ces pensées qu'elle entra dans l'écurie sans remarquer Guy avant qu'il ne l'appelle sèchement depuis l'ombre de la véranda :

— Où étiez-vous, Sarah ?

Elle leva les yeux, prise de confusion.

— Vous m'avez fait peur, Guy.

— Vous vous sentez coupable ?

— J'étais allée acheter des légumes, répondit-elle en montrant le panier attaché au troussequin de sa selle. Je suis sur le point de m'enfuir avec un chou !

Elle eut un rire joyeux mais Guy ne daigna pas se dérider.

— Venez dans mon bureau ! ordonna-t-il.

Elle remarqua alors son palefrenier qui rôdait à l'entrée de l'écurie. C'était la créature de Guy, un petit gars sournois au visage grêlé, du nom d'Assam. Il ne lui avait jamais inspiré confiance, moins encore maintenant qu'elle voyait son sourire entendu et malveillant. Avec le sentiment d'un désastre imminent, elle regretta de ne pas avoir pris davantage de précautions quand elle allait à ses rendez-vous avec Tom et de ne pas avoir ajouté plus de foi à son impression d'être suivie.

— Je souhaite me laver et me changer pour le dîner, dit-elle à Guy pour le payer d'effronterie.

Celui-ci fronça les sourcils et tapa sur sa botte avec sa cravache.

— Il n'y en a pas pour longtemps. Je suis votre tuteur et j'insiste pour que vous m'obéissiez. Assam va se charger de votre jument.

Elle le suivit avec résignation le long de la véranda, dans la pénombre fraîche de son bureau. Il referma la porte derrière eux et s'installa derrière son bureau sans l'inviter à s'asseoir.

— Vous l'avez rencontré au vieux monastère, dit-il tout net.

— Qui ? De quoi parlez-vous ?

— Inutile de nier. J'ai demandé à Assam de vous suivre.

— Vous m'espionnez ! Comment osez-vous ?

— Je suis heureux que vous n'insultiez pas mon intelligence en niant.

— Pourquoi renierais-je l'homme que j'aime ? lança-t-elle en se redressant de toute sa hauteur.

— Vous êtes devenue une fille à matelots. Quand il sera lassé de vos faveurs, il rira et mettra les voiles, comme il l'a fait avec votre sœur.

— Quand il mettra les voiles, je partirai avec lui.

— Je suis votre tuteur, je le répète, et vous n'avez que dix-huit ans. Vous n'irez nulle part sans mon consentement.

— Je pars avec Tom, et rien de ce que vous pourrez dire ou faire ne m'en empêchera.

— C'est ce que nous verrons, rétorqua-t-il en se levant. Vous resterez dans vos appartements tant que le *Swallow* n'aura pas quitté Zanzibar.

— Vous ne pouvez me traiter en prisonnière.

— Si, je le peux. Il y aura un garde à la porte de votre chambre, et un autre à celle du parc. J'ai déjà donné les ordres. Maintenant, allez à vos appartements. Je vous ferai porter votre dîner.

Tom était si absorbé par les préparatifs de départ qu'il ne prêta guère attention au navire gréé en carré qui entra péniblement dans le port après le coucher du soleil. Il vit néanmoins que le bateau avait subi des avaries. En cette saison, les cyclones balayaient l'océan Indien, et le bâtiment avait dû en rencontrer un. Il lut le nom sur le tableau d'arrière : l'*Apostle*, l'« Apôtre », sous le pavillon en lambeaux de la Compagnie des Indes orientales. Quand il eut jeté l'ancre, Tom envoya Luke Jervis dans la chaloupe pour demander des nouvelles.

Luke revint une heure après et alla trouver Tom dans sa cabine, où il écrivait dans le journal de bord.

— Il arrive de Bombay avec une cargaison d'étoffes et de thé. Il a essuyé une tempête au nord des Mascareignes. Ils ont l'intention de réparer ici avant de poursuivre leur voyage.

— Quelles sont les nouvelles ?

— La plupart ne sont pas fraîches, car l'*Apostle* a quitté le quai de la Compagnie il y a plusieurs mois, mais la guerre contre les Français prend bonne tournure. Guillaume leur flanque une raclée. Il sait se battre, notre petit roi.

— Excellent ! dit Tom en se levant avec empressement. Dites-le à l'équipage et faites servir un bon verre à chacun pour boire à la santé du roi Guillaume.

Tom ne pouvait savoir qu'outre les nouvelles de la guerre l'*Apostle* apportait un paquet de lettres et de documents enfermé dans un sac de toile goudronnée, provenant du gouverneur de Bombay et adressé au consul de Sa Majesté à Zanzibar. Le capitaine envoya le paquet à terre le lendemain matin et Guy Courtney l'ouvrit au déjeuner sur la table de la véranda. Caroline était assise en face de lui, mais Sarah restait toujours consignée dans ses appartements.

— Il y a une lettre personnelle de votre père, annonça Guy en la prenant dans l'assortiment de gazettes et de documents scellés.

— Elle m'est adressée, protesta Caroline en le voyant briser le cachet de cire pour commencer à la lire.

— Je suis votre mari, rétorqua-t-il avec suffisance.

Son expression changea brusquement et la feuille se mit à trembler entre ses mains.

— Par Dieu ! Cela dépasse l'entendement !

— Qu'y a-t-il ?

Caroline posa sa cuillère d'argent. La nouvelle devait être de taille pour exercer un tel effet sur son époux, qui se flattait de garder son sang-froid dans les situations les plus difficiles.

Il regardait la lettre fixement et son expression passa peu à peu de la consternation à la jubilation.

— Je le tiens maintenant !

— Qui ? Que s'est-il passé ?

— Tom ! C'est un meurtrier. Par Dieu ! Il va en payer le prix sur la potence. Il a assassiné William, notre frère bien-aimé, et un mandat d'arrêt a été lancé contre lui. J'ai bien l'intention d'accomplir mon devoir et j'aurai le plus grand plaisir à le faire raccourcir.

Guy se leva brusquement, faisant tomber la théière, qui se brisa sur les dalles, mais il la regarda à peine.

— Où allez-vous, Guy ?

Caroline, toute pâle, chancelait.

— Chez le sultan, répondit-il avant de crier aux serviteurs : Dites à Assam de seller le gris et de se dépêcher ! (Puis il se retourna vers Caroline et frappa du poing dans sa main.) Enfin ! Voilà si longtemps que j'attends ! Je vais demander au sultan des hommes de sa garde. Après le dérangement que Tom lui a causé, il ne rechignera pas. Nous allons arrêter Thomas et saisir le *Swallow*. On en tirera au moins deux mille livres. Je mériterai bien une récompense pour avoir livré un dangereux criminel à la justice. Monsieur Tom va avoir droit à un embarquement gratuit pour Londres sur l'*Apostle*... enchaîné.

— Guy, c'est votre frère ! Vous ne pouvez lui faire ça ! s'exclama Caroline, affolée.

— Billy était lui aussi le frère de Tom, et pourtant ce porc lui a planté son épée dans le cœur, de sang-froid. Il va maintenant payer le prix fort pour son arrogance.

Elle se précipita vers lui et s'agrippa à sa manche.

— Non, Guy, vous ne pouvez faire une chose pareille !

— Ah bon ! lança-t-il le visage rouge de fureur. Vous prenez sa défense. Vous l'aimez toujours, n'est-ce pas ? Dans la seconde vous n'hésiteriez pas à remonter vos jupes et à lui ouvrir vos cuisses comme la traînée que vous êtes !

— C'est faux.

— Vous aimeriez bien qu'il vous boute un autre bâtard dans le ventre ! (Il la frappa au visage, l'envoyant s'effondrer contre le muret de la véranda.) Eh bien, votre amant ne fera plus jamais de bâtards.

Il descendit de la terrasse à grands pas en beuglant pour qu'on lui amène son cheval.

Caroline resta appuyée contre le muret en tenant sa joue zébrée de rouge jusqu'à ce qu'elle entendît le cheval sortir au galop et s'éloigner sur la piste en direction du port et du fort. Elle se releva péniblement.

Lorsque Guy lui avait appris que Tom et sa jeune sœur avaient une liaison, elle avait été horrifiée et folle de jalousie. La veille au soir, elle était allée dans la chambre de Sarah et avait passé près de deux heures avec elle. Elle avait peu à peu pris conscience de la profondeur de l'amour que sa sœur vouait à Tom. Elle savait depuis longtemps que ses propres sentiments pour lui étaient sans espoir. Il lui fallait donc en faire abstraction et, bien que le sacrifice fût douloureux, elle avait embrassé Sarah et promis de les aider, Tom et elle, à s'enfuir.

— Je dois les avertir, murmura-t-elle, mais il reste si peu de temps !

Elle prit un plateau sur la desserte, y plaça une assiette de nourriture pour Sarah et le porta de l'autre côté de la véranda, après la chambre d'enfant où dormait Christopher, jusqu'à la dernière porte. L'un des gardiens de Guy était accroupi, à moitié assoupi dans la chaleur soporifique de l'après-midi. Il se réveilla en sursaut en l'entendant arriver.

— *Salam aleikum*, Donna, dit-il en s'inclinant. Monsieur m'a ordonné de ne laisser entrer ni sortir personne.

— J'apporte à manger à madame ma sœur, rétorqua-t-elle d'un ton impérieux. Ecarte-toi.

Il hésita ; les ordres qu'il avait reçus ne prévoyaient pas cette éventualité.

— Je ne suis que poussière sous tes pieds, fit-il en tirant la grosse clef des plis de sa djellaba.

Caroline entra rapidement et, quand la porte fut refermée, elle posa le plateau sur la première table qu'elle trouva et courut vers la chambre de sa sœur.

— Sarah, où es-tu ?

Couverte d'un drap léger sous la moustiquaire, la jeune femme semblait dormir, mais, à la voix de Caroline, elle rejeta le drap et bondit hors du lit, tout habillée et chaussée de ses bottes de cheval sous ses jupes longues.

— Caroline, je suis si contente que tu sois venue ! Je ne voulais pas m'en aller sans te dire au revoir.

Caroline la regardait fixement et Sarah se précipita vers elle pour l'embrasser.

— Je pars avec Tom. Il m'attend sur la plage, sous le vieux monastère, et je suis déjà en retard.

— Comment vas-tu faire pour t'échapper avec les gardes ?

Sarah prit les deux pistolets de duel sous ses jupes.

— Je tirerai sur tous ceux qui essaieront de m'empêcher de passer.

— Ecoute-moi. Il est arrivé une lettre de père. Tom est accusé du meurtre de son frère aîné et un mandat d'arrêt a été lancé contre lui.

— Je suis au courant. Tom me l'a dit. Cela ne change rien, je sais qu'il est innocent et je pars avec lui.

— Tu ne comprends pas. Je vous ai promis de vous aider, Tom et toi. Je ne reviens pas sur ma parole. Je suis venue te dire que Guy est parti au fort pour informer le sultan. Ils vont arrêter Tom et le renvoyer en Angleterre enchaîné pour y être jugé et exécuté.

— Non !

— Tu dois l'avertir, mais tu ne réussiras pas à t'échapper d'ici si je ne t'aide pas. Voici ce que nous allons faire.

Elle lui expliqua brièvement son plan.

Sarah acquiesça.

— Je suis parée. J'ai fait tous mes préparatifs, mais, je t'en prie, dépêche-toi, Caroline. Tom va croire que je ne viens pas, il va se lasser d'attendre et partir sans moi.

Caroline alla à la porte et appela le garde pour qu'il lui ouvre. Quand elle fut sortie, il referma derrière elle. Caroline alla directement à l'écurie et cria à Assam de seller sa jument.

Comme le palefrenier hésitait, elle tapa du pied.

— Tout de suite ! Ou je te fais fouetter, fit-elle sèchement. Je suis pressée. J'ai promis à Monsieur de le retrouver au fort.

Quelques minutes après, Assam amena la jument et Caroline prit les rênes.

— Va aux portes et dis aux gardes de les ouvrir. Je sors.

Intimidé, Assam se hâta d'obéir.

En s'efforçant de ne pas presser le pas ni de laisser voir son agitation, Caroline conduisit la jument par la bride jusqu'à la véranda, de l'autre côté de la pelouse. Le garde à la porte de Sarah se leva à son approche et elle lui tendit la lettre de son père.

— Donne ça immédiatement à ma sœur, ordonna-t-elle.

Il mit son mousquet en bandoulière et prit la lettre. Puis il retourna à la porte et frappa.

— Qu'est-ce que c'est ? lança Sarah après un moment.

— Une lettre, Donna.

— Donne-la-moi.

Il déverrouilla la porte et l'ouvrit. Sarah sortit et lui mit les deux pistolets sous le nez. Les chiens étaient tirés et elle avait le doigt sur la détente.

— Couche-toi à plat ventre, enjoignit-elle.

Au lieu d'obéir, le garde saisit brusquement son mousquet et tenta de bloquer le chien. Sarah baissa le canon du pistolet qu'elle avait à la main droite et lui tira une balle dans le genou à bout portant. L'homme poussa un hurlement et s'effondra sur les dalles de la véranda, sa jambe fracassée sous lui. Sarah écarta le mousquet d'un coup de pied.

— Imbécile, tu aurais dû faire ce que j'ordonnais. La prochaine balle sera pour ta tête, dit-elle en appuyant la gueule de l'autre pistolet sur son front.

Il se couvrit le visage et s'aplatit à ses pieds. Sarah passa le pistolet vide dans sa ceinture et rentra dans la pièce. Elle prit le sac de cuir dans lequel elle avait rangé les choses auxquelles elle tenait le plus et le tira sur la véranda.

Caroline se précipita pour l'aider à soulever le sac jusqu'à la selle. Les deux sœurs s'embrassèrent avec affection.

— Que Dieu soit avec toi, ma Sarah chérie. Je vous souhaite d'être heureux tous les deux.

— Je sais que tu l'aimes aussi.

— Oui, mais maintenant il t'appartient. Sois gentille avec lui.

— Embrasse Christopher pour moi.

— Tu vas nous manquer à tous les deux, mais va-t'en maintenant ! Dépêche-toi ! (Caroline lui fit la courte échelle et l'aida à monter en selle.) Adieu, ma sœur, cria-t-elle tandis que Sarah poussait la jument au galop à travers les pelouses.

Assam la vit arriver et cria aux autres gardes de fermer les portes, mais Sarah fonça sur lui et il dut se jeter de côté pour ne pas être renversé. La jument franchit les portes à bride abattue et disparut dans la forêt. Sarah la dirigea sur la piste sud qui menait en direction du monastère à travers les palmeraies.

— Je t'en prie, Tom, attends-moi, murmura-t-elle entre ses dents.

Le vent emportait ses paroles et ses longs cheveux flottaient derrière elle comme une bannière. Elle poussa la jument au maximum de sa vitesse, les troncs des palmiers qu'elle dépassait n'étaient plus que des taches floues.

Aux portes du monastère, elle arrêta la jument brutalement. L'animal en sueur, qui n'avait pas l'habitude d'un tel traitement, donnait des signes d'agitation et secouait la tête nerveusement.

— Tom ! cria Sarah.

Les murs effondrés la narguèrent en renvoyant son cri en écho.

« Il est parti », pensa-t-elle. Tandis que la jument reculait en rond sous elle, elle fouilla les environs du regard. Elle repéra les empreintes de pas laissées par Tom en venant de la plage et l'endroit devant la porte où il avait fait des allées et venues en l'attendant. Puis, à bout de patience, il avait dirigé ses pas vers le bord de mer.

— Tom ! hurla-t-elle, au désespoir, lançant la jument sur l'étroit sentier dans le sous-bois.

Sa monture fonçait le long du ruisseau, les branches lui fouettaient les jambes, puis elle déboucha en trombe sur la plage face au lagon.

Elle vit la marque que la quille de la felouque avait laissée au bord de l'eau limpide, puis elle aperçut le petit bateau qui se dirigeait lentement vers la passe, déjà à un demi-mille de la plage. Debout à l'arrière, Tom le faisait avancer sur les hauts-fonds en poussant sur sa longue perche en bambou.

Elle l'appela en lui faisant signe.

Mais les palmiers bruissaient dans le vent et le ressac grondait sur le récif, couvrant ses cris. La felouque s'éloignait inexorablement et Tom ne regardait pas en arrière.

Elle poussa la jument dans le lagon. L'animal commença par se dérober puis, en courageux petit cheval, s'élança dans l'eau de plus en plus profonde, jusqu'aux épaules, trempant les bottes et les jupes de Sarah. Mais la felouque s'éloignait en gagnant de la vitesse.

— Tom ! cria encore Sarah, au comble de l'angoisse.

Puis elle sortit le second pistolet de sa ceinture et

tira en l'air. La détonation se perdit dans le vent et l'immensité de la mer. « Il n'a pas entendu ! » se dit-elle.

Il fallut une longue seconde avant que le son porte jusqu'à la lointaine silhouette de Tom, puis elle le vit sursauter et se retourner.

« Oh, Dieu soit loué ! » Elle faillit pleurer de soulagement.

D'un coup de perche expert, Tom fit virer la felouque et revint dans sa direction.

— Où étiez-vous ? Que s'est-il passé ? hurla-t-il quand il fut à portée de voix.

— Guy a appris à propos de William ! Il est allé au fort pour mobiliser la garde. Ils vont vous arrêter et saisir le bateau.

Elle vit son expression se durcir, mais il ne dit rien quand la felouque arriva près de la jument. Il jeta sa perche, tendit les bras pour prendre Sarah par la taille, la souleva de selle, puis la déposa sur le pont.

— Mon sac ! fit-elle, haletante.

Il sortit sa dague et coupa la cordelette par laquelle il était attaché au pommeau. Il le tira à bord, donna une tape à la jument, qui retourna vers la plage en pataugeant. Tom empoigna la perche en bambou et dirigea l'avant de la felouque vers la passe.

— Depuis combien de temps Guy est-il parti pour le fort ? demanda-t-il. Combien de temps avons-nous ?

— Pas beaucoup. Il a quitté le consulat il y a plus de deux heures.

— Paré à la drisse, ordonna-t-il avec détermination. Nous allons devoir envoyer la toile et prendre le risque de franchir le récif à la voile.

La voile latine claqua dans le vent de mousson puis se gonfla. La felouque donna fortement de la bande et fila vers la passe. Elle se glissa au travers et, dès que l'eau devint bleue sous la quille, Tom mit le cap sur le port.

— Dites-moi tout. Comment Guy l'a-t-il découvert ?

Elle lui enlaça la taille.

— Un navire est arrivé hier soir.

— L'*Apostle !* J'aurais dû m'en douter.

Il l'écouta attentivement lui rapporter tous les détails. Quand elle eut fini, il murmura :

— Dieu fasse qu'il soit encore temps !

Il regarda le port de Zanzibar qui s'ouvrait devant eux et vit le *Swallow* tranquillement à l'ancre.

— Dieu merci ! Ils ne l'ont pas encore saisi, dit-il.

Mais, au même moment, ils aperçurent tous deux une flottille d'une douzaine de petites embarcations qui s'écartaient du quai et se dirigeaient vers le bateau.

Tom se protégea les yeux de la reverbération et regarda le bateau de tête qu'un mile séparait d'eux.

— Guy est ardent comme un chien de chasse qui a l'odeur du renard dans les narines.

Sous le poids des hommes en armes entassés sur elle, la barge était basse sur l'eau et les autres bateaux semblaient lourdement chargés.

— Il a avec lui au moins une centaine de pendards du sultan, calcula Tom. Il ne prend pas de risques.

Il évalua la force et la direction du vent sur sa joue. Il avait déjà assez navigué avec la felouque pour en connaître tous les points faibles et il en tirait toute la vitesse possible.

— Bordez un peu ! cria-t-il à Sarah, qui se précipita sur l'écoute de la bôme.

Le bateau réagit à sa sollicitation et bondit en avant.

— La course va être serrée.

Tom observa la barge de tête et estima la différence de vitesse et de cap. Ils avaient l'avantage du vent et couraient au largue tandis que Guy était au plus près serré et remontait contre le vent avec difficulté, à cause de sa coque surchargée. Tom doutait que l'autre bateau puisse arriver au *Swallow* en une seule bordée. En revanche, la felouque devait couper la route du dhaw de Guy. Tom plissa les yeux en imaginant la convergence de leurs routes.

— Nous allons passer à portée de mousquet du premier bateau et même bien en deçà, dit-il à Sarah. Entassez ces filets de pêche et ses caisses le long du bastingage tribord et couchez-vous derrière eux.

— Et vous ? demanda-t-elle anxieusement.

— Je ne vous l'avais pas dit ? Je suis immunisé contre les balles de mousquet, répondit-il en souriant. De plus, les Arabes sont de piètres tireurs.

Si elle ne l'avait pas tant aimé, elle aurait peut-être été plus impressionnée par son mépris du danger.

— Ma place est à votre côté, insista-t-elle.

— Votre place est celle que je vous désigne, rétorqua-t-il sèchement. Couchez-vous, femme.

Elle ne lui avait encore jamais vu une telle expression. Déconcertée, elle se prit à obéir, et ce fut seulement quand elle fut allongée sur le pont malodorant, protégée par les filets et les lourdes caisses de bois, qu'elle commença à retrouver son sens de l'indépendance.

« Je ne dois pas le laisser prendre si vite la haute main sur moi », se dit-elle, mais le cours de ses pensées fut interrompu par un cri au loin. Les Arabes à bord du dhaw de tête avaient repéré la petite felouque qui filait en travers de leur erre. Ils se précipitèrent au bastingage pour regarder dans sa direction en gesticulant, armant et brandissant leurs mousquets, et le navire donna dangereusement de la bande.

— Arrêtez !

La voix de Guy était affaiblie par la distance, mais ils se trouvaient maintenant assez près pour que Tom distingue son air furieux.

— Mettez immédiatement en panne, Tom Courtney, ou je donne à mes hommes l'ordre d'ouvrir le feu sur vous.

Tom rit et lui adressa des signes joyeux.

— Pissez dans le vent, mon cher frère, ça vous rafraîchira le visage.

Moins de cent yards, une portée de mousquet, les séparaient. Guy lança un ordre aux Arabes entassés sur le pont du dhaw et pointa son épée en direction de la felouque. Ils levèrent leurs mousquets et, en dépit de ses fanfaronnades, Tom sentit la peur l'envahir comme une nausée en voyant la rangée d'armes pointées vers lui.

— Feu ! cria Guy avec un moulinet de son épée.

Il y eut un terrible grondement, puis une nappe de fumée blanche enveloppa le dhaw pendant quelques secondes.

Les lourdes balles de plomb passèrent en vrombissant près de la tête de Tom, soulevèrent des gerbes d'eau autour de la felouque et percutèrent sa coque avec des bruits mats en arrachant des éclats de bois blanc.

Tom sentit quelque chose tirer sur la manche de sa chemise et baissa les yeux : elle était déchirée et le sang coulait doucement d'une entaille à son biceps.

— Vous n'avez rien ? demanda Sarah, toujours étendue à ses pieds.

Il rit de nouveau et se tourna un peu pour qu'elle ne voie pas le sang sur sa manche.

— Je vous avais dit que c'étaient de piètres tireurs, répliqua-t-il en levant son chapeau pour gratifier Guy d'un salut moqueur.

Mais, dans ce mouvement, quelques gouttes de sang éclaboussèrent le pont à ses pieds. Sarah pâlit, puis, sans hésitation, se leva d'un bond et se précipita vers l'arrière.

— Ne restez pas là ! fit Tom. Ce sont de vraies balles de mousquet. Vous risquez de vous faire tuer.

Sarah l'ignora et se campa devant lui, faisant un bouclier de son corps. Elle rejeta son châle de ses épaules et secoua ses cheveux, qui flottèrent dans le vent comme une oriflamme.

— Tirez ! cria-t-elle vers la barge. Tirez sur moi si vous l'osez, Guy Courtney !

Ils étaient assez près pour lire la colère sur le visage de Guy.

— Couchez-vous, Sarah ! cria-t-il à son tour. Si vous êtes touchée, ce sera votre faute.

Tom essaya de la repousser sur le pont mais elle enlaça son cou et s'agrippa à lui.

— Si vous voulez votre frère, vous devrez d'abord me tuer, hurla-t-elle à Guy.

Guy hésita. Il se retourna vers ses hommes qui rechargeaient frénétiquement. Tom les vit enfoncer de nouvelles balles dans les longs canons en actionnant leur baguette. Il fallait deux bonnes minutes pour recharger, même à un homme entraîné, et, quand tous seraient prêts à tirer, la felouque couperait la route de l'autre bateau au plus près.

Les plus rapides finissaient de recharger et tiraient déjà le chien. Quatre d'entre eux levaient leurs mousquets à l'unisson en visant le couple à l'arrière de la felouque. Guy hésitait encore, puis son visage se décomposa et, d'un coup d'épée, il releva l'arme de l'homme le plus proche de lui et cria en arabe :

— Arrêtez ! Ne tirez pas ! Vous allez toucher la femme !

L'un des Arabes ignora l'ordre et tira. Un jet de fumée bleue s'échappa du canon de son mousquet et la balle heurta la barre dans les mains de Tom.

— Arrête ! cria Guy, furieux, en abattant son épée sur le poignet de l'homme.

Le sang jaillit, l'homme étreignit son bras blessé et chancela à travers le pont.

— Arrêtez ! lança Guy aux autres, qui, à contrecœur, abaissèrent leurs mousquets l'un après l'autre.

La felouque passa devant la barge puis s'éloigna.

— Vous n'avez pas encore gagné, Tom Courtney ! cria Guy derrière eux. Désormais, tout le monde sera contre vous. Un des ces jours, vous paierez votre dette, et j'y veillerai. Je le jure !

Tom ignora les cris de colère de son frère et regarda devant. Le *Swallow* n'était plus qu'à une encablure. La fusillade avait alerté l'équipage, les hommes se précipitaient sur le pont et grimpaient dans le gréement. Ned Tyler n'avait pas attendu les ordres pour lancer la manœuvre de départ.

Sarah tenait Tom par la taille. Elle regarda la flottille de petits bateaux qui, derrière eux, remontaient laborieusement contre le vent.

— C'était excitant, dit-elle, les yeux étincelants.

— Comment osez-vous être aussi satisfaite de vous-même, petite coquine ? rétorqua Tom en la serrant contre lui. Vous m'avez désobéi.

— Vous feriez bien de vous y habituer. Car cela risque fort de se reproduire un jour.

Puis elle reprit son sérieux et, avec la dague de Tom, coupa sa manche déchirée. Elle se servit du bout de tissu pour panser la blessure et l'empêcher de saigner.

— Vous vous occuperez de ça plus tard, préparez-vous à sauter en vitesse, lui dit Tom pendant qu'ils se rapprochaient rapidement du *Swallow*.

Ned Tyler remontait l'ancre : le cabestan cliquetait à l'avant du sloop et, quand les ailes s'arrachèrent du fond, le bateau commença à abattre et à culer. Sarah remonta ses jupes, les fourra dans sa ceinture pour avoir les jambes libres et s'accroupit contre le bastingage.

Tom vit dépasser la tête d'Aboli au-dessus de lui. Lorsque les coques se touchèrent et que Tom affala la voile, Aboli sauta sur la felouque comme une grande panthère noire. Avec un bruit sourd, il atterrit sur ses pieds nus à côté de Sarah. Il la prit dans ses bras et, malgré ses protestations, bondit sur l'échelle qui pendait contre le flanc du sloop et la porta sur le pont.

Tom ramassa en hâte le sac de Sarah, s'élança à travers l'étroit espace entre les deux coques, laissant la felouque dériver, et suivit Aboli.

— Bienvenue à bord, capitaine ! lança Ned Tyler depuis la barre, tandis qu'il passait une jambe par-dessus le bastingage.

— Merci, monsieur Tyler. Je crois que nous n'avons aucune raison de nous attarder plus longtemps dans les parages. Mettez le navire au plus près, je vous prie.

Il laissa tomber le sac sur le pont et alla à l'arrière. Le *Swallow* prenait le vent et le dhaw de Guy était à deux cents yards en arrière, mais le sloop s'éloignait si vite que l'autre bateau semblait à l'ancre.

Les épaules voûtées, Guy, découragé, le visage déformé par la haine, laissait pendre son épée à son côté. Quand ils virent Tom, les hommes autour de lui ne purent se maîtriser plus longtemps et se mirent à tirer furieusement, mais Guy sembla ne pas s'en rendre compte, toute son attention tournée vers son frère jumeau.

Ils ne se quittaient pas des yeux tandis que la distance entre les deux navires augmentait. Sarah vint se placer à côté de Tom. Main dans la main, ils regardèrent la barge rapetisser au loin, jusqu'au moment où ils ne distinguèrent plus la haute silhouette de Guy à la proue. Puis le *Swallow* doubla la pointe, le port de Zanzibar se referma derrière eux et ils perdirent de vue le dhaw.

Dorian Courtney se leva. Il s'était agenouillé pour prier le Dieu de ses pères. Il longea nonchalamment le bord de la falaise, puis se baissa pour ramasser un caillou qui lui avait attiré l'œil. Il le mouilla avec sa langue et le tint au soleil. C'était de l'agate rose veinée de bleu clair et couronnée de cristaux limpides comme des diamants. Il était magnifique.

Il se pencha pour le laisser tomber puis le regarda chuter de cinq cents pieds le long de l'à-pic. Sa taille diminua rapidement et il disparut avant de toucher la mer en contrebas. Il n'y eut pas la moindre éclaboussure ou vaguelette, comme s'il n'avait jamais existé. Soudain, pour la première fois depuis près de sept ans, il pensa à la petite Yasmini, qui avait disparu de sa vie de la même manière.

Le vent tirait sur sa djellaba qui flottait derrière lui, mais il restait campé sur ses pieds, et le vide qui s'ouvrait sous lui ne lui inspirait aucune crainte. A sa droite, l'impressionnante falaise de roche rouge était creusée par une étroite vallée. Au fond, accrochés au rivage, on apercevait les palmeraies, les toits et les dômes blancs du village de Shihr. Les hommes de Dorian campaient un peu plus haut dans la vallée au milieu d'acacias rabougris et de palmiers. La fumée bleutée de leurs feux de camp s'élevait tout droit en fins panaches jusqu'au moment où le vent qui tourbillonnait au sommet des falaises la chassait vers les redoutables dunes du désert.

Dorian se protégea les yeux de la main et regarda la mer. Les navires étaient maintenant plus près — quatre dhaws imposants à haute poupe et voiles en sparterie, la flottille du prince al-Malik. Ils étaient en vue depuis l'aube, mais naviguaient contre le vent et devaient sans cesse tirer des bords. Dorian plissa les yeux pour évaluer leur progression et en conclut qu'ils n'entreraient pas dans la baie avant plusieurs heures.

Il ne tenait pas en place. Cela faisait si longtemps qu'il n'avait pas vu le prince, son père adoptif ! Il s'écarta du bord de la falaise et repartit sur le sentier qui menait à l'antique tombe, sur la crête d'un promontoire rocheux, son dôme blanchi par le soleil du désert depuis des siècles.

Al-Allama et les cheiks des Saar étaient toujours en prière, leurs tapis étalés à l'ombre de la tombe, tournés vers la ville sainte, à des centaines de miles au nord, au-delà des terres brûlantes. Dorian ralentit le pas, ne voulant pas arriver avant qu'ils aient fini leurs dévotions.

Les Saar ignoraient qu'il n'appartenait pas à l'islam. Sur les instructions du prince, il le leur avait caché pendant tout le temps où il avait vécu parmi eux. Ils ne l'auraient jamais accepté aussi facilement dans leur tribu s'ils avaient entrevu la vérité, s'ils avaient appris qu'il était un infidèle. Ils croyaient qu'il était en pénitence et avait fait le vœu de ne pas prier au sein de la communauté des croyants, de faire ses dévotions à Allah dans la solitude. A l'heure de la prière, il les laissait toujours et s'éloignait dans le désert.

A genoux au milieu de ces étendues sauvages, il priait seul le Dieu de ses ancêtres, mais les mots lui venaient de plus en plus difficilement à mesure que le temps passait et ses dévotions étaient sommaires. Il était peu à peu envahi par l'étrange sentiment d'avoir été abandonné par son propre Dieu. Il perdait la foi de son enfance et se sentait déconcerté.

Il s'arrêta sur la crête de la colline et regarda les hommes agenouillés se prosterner à l'ombre de la mosquée. Ce n'était pas la première fois qu'il leur enviait leur foi inébranlable. Il attendit à distance respectueuse qu'ils commencent à se disperser. La plupart remontaient en selle et descendaient au petit trot le sentier escarpé vers le village. Bientôt il ne resta plus que deux hommes près de la tombe.

Avec une patience infinie, Batula, son porteur de lance, attendait assis sur ses talons à l'ombre des deux chameaux. Le bouclier de bronze était accroché à la selle de celui de Dorian, son mousquet enfoncé dans la sacoche de cuir avec la longue lance dont la pointe étincelait au soleil, la flamme verte voltigeant au vent. C'était là tout le fourniment d'un guerrier du désert.

Al-Allama l'attendait lui aussi, assis à l'abri du vent sur un affleurement de roche rouge. Dorian remonta le sentier dans sa direction. Des mèches grises étaient apparues dans la barbe du mollah mais sa peau restait sans rides, et malgré les mois de dure chevauchée et de maigres rations, il n'avait pas perdu sa corpulence. La tête penchée sur le côté, il regardait al-Salil, le Glaive tiré, se diriger vers lui.

Al-Salil était grand maintenant, et sous ses longues robes qui tourbillonnaient dans le vent on voyait qu'il était mince et ferme, sans un pouce de graisse, trempé par le désert. Il s'approchait d'une démarche balancée évoquant le pas du chameau courant dans le désert, et sa façon de tenir ses épaules, son port de tête dégageaient une impression d'autorité.

« Son nom a été bien choisi », se murmura à lui-même al-Allama. Quand Dorian arriva à lui, il l'invita à s'asseoir d'un geste et le jeune homme se laissa tomber sur le rocher à son côté. Les jambes repliées sous lui, il s'assit avec l'aisance d'un véritable Saar, le fourreau de cuir et d'argent de son cimeterre recourbé sur les genoux. Seuls les yeux de Dorian étaient visibles : le pan de son *keffieh*, passé autour de son nez, de sa bouche et de son menton, cachait le reste de son visage. Le regard de ses yeux verts et brillants était perçant et, malgré la réverbération et le sable du désert, ils n'étaient pas injectés de sang. Dorian déroula lentement l'étoffe qui lui couvrait le visage et sourit au mollah.

— Quel plaisir de te voir de retour ! Tu m'as manqué, saint père, dit-il. Sans personne avec qui disputer, la vie m'a semblé bien morne.

— Morne ! fit al-Allama en dissimulant un sourire. Ce n'est pas ce que m'ont dit les cheiks à propos de ton séjour parmi eux. Seize ennemis abattus par ta lance !

Dorian caressa sa barbe, dont les boucles crépitaient dans l'air sec du désert, chatoyantes comme du cuivre que l'on vient de forger.

— Les Ottomans sont faciles à tuer, dit-il humblement, mais son sourire resta sur ses lèvres.

« Il est toujours aussi séduisant que l'enfant que j'ai connu sur l'île de Daar Al-Shaitan. » Al-Allama étudia son visage : la ligne dure de la bouche et de la mâchoire, qui annonçait le guerrier et le chef, équilibrait le front haut et intelligent.

— Pourquoi m'as-tu emmené ici, vieux père ? demanda Dorian en se penchant pour le regarder en face. Tu ne fais jamais rien sans raison.

Al-Allama sourit et, en réponse, posa une question :

— Sais-tu quelle est cette tombe ?

— C'est celle d'un saint homme, répondit Dorian en levant les yeux vers les murs effrités et le dôme usé par les intempéries.

Il y avait beaucoup de vieilles tombes comme celle-là, certaines montant la garde dans les oasis éparpillées à l'intérieur, d'autres sur les falaises et les collines déchiquetées le long de la côte omanaise d'Arabie méridionale.

— Oui, confirma al-Allama. Un saint homme.

— Je n'arrive pas à lire son nom, avoua Dorian.

La plupart des inscriptions gravées sur le mur avaient été érodées par les vents de sable. Certaines étaient des citations du Coran alors que d'autres lui étaient inconnues. Peut-être étaient-ce les paroles mêmes du mort.

Al-Allama se leva et fit le tour de la tombe en s'arrêtant pour lire les mots encore lisibles. Après un moment, Dorian se leva à son tour et le suivit.

— Voici une citation du saint qui repose à l'intérieur. Peut-être t'intéressera-t-elle, dit al-Allama en levant le doigt vers le haut du mur.

Dorian en déchiffra une partie avec difficulté :

— « L'orphelin qui vient de la mer »... lut-il à haute voix, al-Allama hochant la tête pour l'encourager à poursuivre : « ... possède la langue et la couronne du Prophète... » Je n'arrive pas à lire la ligne suivante. Elle est trop effacée, conclut Dorian en s'interrompant.

— « ... possède la langue et la couronne du Prophète, mais un cœur de païen envahi par les ténèbres », ajouta le mollah.

Dorian s'approcha du mur et, la tête levée, s'efforça de lire la suite.

— « Quand la lumière emplira son cœur de païen,

il rassemblera les sables divisés du désert, et son père juste et pieux montera sur le dos de l'éléphant. »

Dorian revint au côté d'al-Allama.

— Je n'ai pas souvenir d'avoir lu cela dans le Coran. Le rythme est plaisant mais ces mots n'ont aucun sens. Qu'est-ce que la langue et la couronne du prophète ? Comment un orphelin peut-il avoir un père ? Pourquoi le dos d'un éléphant ?

— Le Prophète avait les cheveux roux et, bien sûr, parlait l'arabe, la langue sacrée, répondit al-Allama en se levant. Dans le palais de Mascate se trouve le trône d'ivoire d'Oman, sculpté dans d'énormes défenses d'éléphant. Je te laisse réfléchir au reste de la prophétie. S'il s'y applique, même un élève aussi peu doué qu'al-Salil devrait pouvoir trouver la solution de l'énigme de saint Taïmtaïm.

— Taïmtaïm ! s'exclama Dorian. C'est sa tombe ?

Il regarda l'inscription érodée et le nom du saint lui apparut d'un coup, comme une silhouette à travers la brume.

— C'est la prophétie ! Les mots qui ont façonné ma vie...

Il éprouva un sentiment de crainte mêlée de respect, mais aussi de colère et d'amertume : il avait été privé de tant de choses, il avait tellement souffert à cause de ces quelques paroles mystiques, écrites depuis si longtemps et à peine lisibles maintenant ! Il avait envie de les contredire, de s'élever contre elles, mais al-Allama avait déjà parcouru la moitié du chemin vers le fond de la vallée, le laissant en ce lieu désolé, face à sa destinée.

Dorian resta là plusieurs heures. Parfois, il allait et venait le long des murs de la tombe, en quête d'autres inscriptions susceptibles de l'éclairer davantage. Il les lisait à haute voix, cherchant à faire résonner les paroles plutôt qu'à percer leur signification, puis s'efforçait de deviner leur sens caché. A d'autres moments, il s'asseyait sur ses talons et méditait un mot ou une expression, puis il se relevait brusquement et retournait à l'inscription désignée par al-Allama. « Si je suis vraiment l'orphelin dont tu parles, tu te trompes, vieux père. Cela n'adviendra jamais. Je suis chrétien et n'embrasserai jamais l'islam. Je ne rassemblerai jamais les sables du désert, quoi que tu veuilles dire par là. »

— Seigneur !

La voix de Batula interrompit ses réflexions et Dorian se leva.

— Les bateaux, dit Batula en montrant le bas des falaises. Ils entrent dans la baie.

Il avait fait lever les chameaux et les avait conduits jusqu'au départ du sentier. Dorian se mit à courir et les rattrapa sans difficulté avant qu'ils commencent à descendre.

— Ibrisam ! Tourbillon de Soie ! appela-t-il en arrivant à la hauteur de sa monture.

Au son de sa voix, le chameau tourna la tête et le regarda de ses grands yeux sombres, frangés par une double rangée de cils épais, en grondant affectueusement pour l'accueillir. C'est un sherari de noble race. D'un seul mouvement fluide, Dorian sauta en selle, à sept pieds au-dessus du sol. Il toucha l'encolure avec la pointe de sa longue badine et déplaça son poids vers l'avant de la selle, rembourrée avec les cuirs du Nedj les plus fins et ornée de lanières et de pompons luxueux teints en diverses nuances de bleu, jaune et rouge, de sacs en filet brodé avec des étoiles et autres décorations en argent repoussé.

Ibrisam réagit à sa sollicitation en allongeant le pas, cette allure élégante et confortable qui avait emporté son maître à dix miles à l'heure pendant dix-huit heures d'affilée, depuis l'oued Taub, par la sinistre plaine du Mudhail semée d'ossements blanchis laissés par les caravanes égarées, jusqu'aux eaux saumâtres de l'oasis de Ma Shadid.

Il aimait Dorian comme un chien fidèle. Après une journée entière de course à travers les sables, il ne s'endormait pas avant qu'il ne se soit couché près de lui dans la nuit du désert. Malgré sa soif ou sa faim terrible, il cessait de boire ou de paître pour venir fourrer son museau contre lui, mendiant ses caresses et le réconfort de sa voix.

Ils descendirent le sentier comme le vent et dépassèrent Batula avant qu'il atteigne le fond de la vallée. Le camp était en émoi, les chameaux grondaient, les hommes affluaient vers la plage avec force cris et hululements en tirant joyeusement des coups de feu en l'air. Ibrisam porta Dorian à la tête de la folle ruée et à travers les sables dorés du front de mer.

Lorsque le prince al-Malik débarqua, Dorian fut le premier à se précipiter pour l'accueillir. Le visage dévoilé, il tomba à genoux et baisa le bas de sa robe.

— Puissent tous vos jours être auréolés de gloire, seigneur, dit-il. Voilà trop longtemps que mes yeux désirent voir votre visage.

Le prince le releva et le regarda.

— Al-Salil ! Je ne t'aurais pas reconnu sans la couleur de tes cheveux, mon fils. (Il embrassa Dorian et le serra contre sa poitrine.) Je vois que tous les rapports que l'on m'a faits sur toi sont exacts. Tu es bel et bien devenu un homme.

Le prince se tourna pour saluer les cheiks des Saar qui arrivaient à leur tour et se pressaient autour d'eux. Après les avoir étreints, le prince remonta lentement la vallée en une procession triomphale. Les guerriers du désert semaient des feuilles de palmier sous ses pieds, appelaient sur lui les bénédictions d'Allah, baisaient l'ourlet de sa robe et tiraient des coups de mousquet en l'air.

Une tente de cuir, assez grande pour abriter une centaine d'hommes, avait été dressée près du puits à l'ombre des palmiers. On avait ouvert les côtés pour laisser passer la brise de mer, et couvert le sol sablonneux de tapis et de coussins. Le prince s'assit au milieu et les cheiks s'assemblèrent autour de lui. Des esclaves leur apportèrent des cruches d'eau fraîche pour qu'ils se lavent les mains. Puis ils leur présentèrent d'énormes plateaux de bronze pleins de riz au safran nageant dans du beurre fondu de lait de chamelle, et de ragoûts de mouton parfumés aux épices.

Al-Malik prenait délicatement un bon morceau dans chaque plat avec sa main droite. Il en goûtait certains et offrait les autres aux hommes qui l'entouraient. C'était un honneur, une marque de faveur qu'il leur accordait, et ces guerriers endurcis et belliqueux, qui auraient été incapables de compter les cicatrices de leur visage et de leur corps, lui témoignaient le respect et l'affection de fils aimants.

Quand ils eurent mangé, le prince fit signe que l'on apporte les plateaux encore croulants de victuailles aux autres guerriers accroupis au-dehors afin qu'ils participent au banquet.

Le soleil rouge roula sous les collines et les étoiles piquèrent le ciel de plus en plus sombre. Ils se lavèrent de nouveau les mains et les esclaves allumèrent les narguilés. On abaissa les côtés de la tente, les cheiks se rapprochèrent du prince et les embouts en ivoire passèrent de main en main. Les épais nuages de fumée de tabac turc tourbillonnèrent autour de leurs têtes. Dans la lumière jaune des lampes, ils commencèrent à parler.

Le premier à prendre la parole dit :

— La Porte a envoyé une armée de cinquante mille hommes pour prendre Mascate. Yaqub leur a ouvert la ville.

La Sublime Porte était le gouvernement de l'empire ottoman, dont le siège se trouvait dans la lointaine Constantinople. Le frère aîné d'al-Malik, al-Uzar Ibn Yaqub, le calife faible et débauché d'Oman, à Mascate, avait fini par capituler sans livrer bataille. Allah seul savait quels pots-de-vin et garanties il avait acceptés, mais toujours est-il qu'il avait accueilli l'armée d'occupation ottomane dans la ville et que la liberté et l'indépendance de toutes les tribus du désert se trouvaient maintenant compromises.

— C'est un traître, Allah m'en est témoin ! Il nous a réduits en esclavage, dit un autre cheik.

Ils grondèrent comme une troupe de lions et regardèrent al-Malik.

— Il est mon frère et mon calife, déclara le prince. Je suis lié à lui par serment.

— Par Dieu, il n'est plus souverain d'Oman, protesta un autre. Il est devenu le jouet de la Porte.

— Lui qui a sodomisé mille petits garçons, il est maintenant le mignon des Turcs, confirma encore un autre. Du fait de sa traîtrise, toi et nous tous sommes déliés de nos vœux de vassaux.

— Conduis-nous, puissant seigneur. Nous sommes tes hommes. Conduis-nous aux portes de Mascate, nous t'aiderons à bouter l'Ottoman hors les murs et nous te placerons sur le trône d'ivoire d'Oman.

L'un après l'autre, ils parlèrent, et tous dirent la même chose.

— Nous t'avons supplié de venir à nous et maintenant nous te supplions de nous conduire.

— Nous, les Saar, sommes tes hommes liges. Nous pouvons lever trois mille lances pour chevaucher derrière toi.

— Qu'en est-il des autres tribus ? demanda le prince, ne voulant prendre une telle décision hâtivement. Qu'en est-il des Awamir et des Baït Imani, des Baït Kathir et des Harasis ?

— Nous, les Saar, ne pouvons parler à leur place, répondirent-ils, car il existe des querelles de sang entre eux et nous, et aussi entre eux. Mais leurs cheiks t'attendent dans les sables. Va auprès d'eux et, si Dieu le veut, ils lèveront leurs lances de guerre et chevaucheront avec nous jusqu'à Mascate.

— Rends-nous ta décision, implorèrent-ils. Rends-nous ta décision et nous te prêterons serment.

— Je vous conduirai, répondit simplement le prince sans élever la voix.

Leurs visages burinés s'illuminèrent de joie. L'un après l'autre, ils s'agenouillèrent devant lui et lui baisèrent les pieds. Lorsqu'il tendit sa dague recourbée, ils en touchèrent la lame de leurs lèvres. Puis ils prirent le prince par les mains pour le relever et le conduisirent hors de la tente, où les guerriers attendaient au clair de lune.

— Voici le nouveau calife d'Oman, annoncèrent-ils à leurs hommes, qui clamèrent leur allégeance et tirèrent en l'air.

Les tambours de guerre commencèrent à battre et les falaises sombres au-dessus de la palmeraie renvoyèrent l'écho sinistre des cornes de bélier.

Au milieu de ce joyeux tapage, Dorian alla vers son père et l'embrassa.

— Mes hommes et moi sommes prêts à vous emmener auprès des cheiks des Awamir, aux puits de Muhaïd.

— Partons immédiatement, mon fils, répondit le prince.

Dorian s'éloigna sur sa monture à travers la palmeraie en criant à ses hommes :

— En selle ! Nous partons sur-le-champ !

Ils coururent à leurs chameaux en les appelant par leur nom et un grand tumulte retentit bientôt dans toute la vallée tandis qu'on levait le camp. Les chameaux grondaient tandis qu'on chargeait les outres ; les tentes étaient affalées et pliées.

Avant le lever de la nouvelle lune, ils furent prêts à partir dans la fraîcheur de la nuit, longue colonne d'hommes voilés sur leurs hautes montures. Celle du prince était une chamelle à la robe crème. Quand il fut en selle, Dorian ordonna à l'animal de se lever. Avec un grognement, elle se dressa en titubant. Al-Malik montait avec aisance : né dans le désert, guerrier depuis son enfance, il avait noble allure dans les premiers rayons de la lune montante.

Dorian envoya une vingtaine d'hommes en avant-garde et désigna une arrière-garde. Il chevaucha près du prince quand la colonne commença à gravir la vallée et à s'engager dans le désert.

Tous les chameaux légèrement chargés, en dehors des outres, gardaient le trot, et ils avançaient vite. Ils sortirent de la vallée et le désert se déploya devant eux, infini et immobile, collines pourpres et sombres, dunes de sable argenté qui s'étendaient vers le nord. Au-dessus de la colonne d'hommes et de bêtes qui serpentait dans cette immensité, les étoiles formaient un champ éblouissant, pareilles à des pâquerettes blanches après la pluie. Le sable étouffait le pas des chameaux et les seuls bruits étaient le craquement du cuir, et, de temps à autre, une mise en garde murmurée :

— Attention ! Un trou !

Dorian chevauchait avec facilité, bercé par l'allure rythmée d'Ibrisam, et les durs miles du désert se déroulaient sous lui. Les formes étranges des collines obscures, pleines d'ombres et de mystère, se dressaient autour d'eux tandis que les étoiles et le croissant de lune de l'islam éclairaient leur chemin à travers la nuit. Il levait les yeux vers le ciel, pour se repérer au milieu des ténèbres et de cette étendue sauvage, mais aussi hypnotisé par les antiques constellations et leur marche inexorable à travers les cieux.

Curieusement, c'était dans ces moments qu'il avait l'impression d'être le plus proche de son passé, qu'il lui semblait sentir la présence de Tom à son côté. Ils avaient rêvé ensemble tant de nuits sous le firmament étoilé, perchés dans le gréement du vieux *Seraph* ! C'étaient Aboli, le Grand Daniel et Ned Tyler qui lui avaient appris le nom de toutes les étoiles aidant à la navigation, et il les murmurait maintenant. Beaucoup avaient des noms arabes : Al Nilam, Al Nitak, Mintaka, Saïf...

Tandis qu'il chevauchait de conserve avec l'homme qui était devenu son père et les farouches guerriers qu'il commandait, Dorian méditait sur l'ancienne prophétie de saint Taïmtaïm, telle qu'il l'avait vue gravée sur les parois effritées de la tombe. Peu à peu, il fut pénétré du sentiment presque religieux qu'une destinée immuable l'attendait là, sous le ciel du désert.

Ils s'arrêtèrent après minuit, quand le grand Scorpion se trouva juste au-dessus des collines rocheuses. Un cheik des Saar vint saluer le prince et lui réitérer son serment.

— Je vais lever mon armée. Avant que cette lune soit pleine, je te retrouverai aux puits de Ma Shadid avec cinq cents lances derrière moi, promit-il à al-Malik.

Ils regardèrent son chameau s'éloigner en direction de l'est, jusqu'à ce qu'il disparaisse dans les ombres violettes, puis ils poursuivirent leur chemin. Deux fois encore au cours de la nuit, un cheik se détacha de la colonne principale et, après avoir sollicité la bénédiction du prince et promis de le retrouver à Ma Shadid à la pleine lune, s'évanouit à son tour dans le désert.

Ils continuèrent leur méharée, puis tombèrent sur un champ de *zahra* pleines de sève, qui avaient poussé là où, quelques mois plus tôt, un orage avait trempé une petite parcelle du désert. Ils mirent pied à terre et laissèrent paître les chameaux pendant qu'ils coupaient des bouquets de la « fleur », car c'était la nourriture la meilleure et la plus appréciée des chameaux. Quand ils en eurent chargé leurs montures, ils repartirent jusqu'au moment où l'aube illumina d'orange et de rose l'horizon oriental.

Ils s'arrêtèrent de nouveau, cette fois pour camper, reposer les chameaux et les nourrir avec la *zahra* qu'ils avaient recueillie. Puis ils préparèrent du café et des galettes de farine sur des feux fumants de crottin de chameau séché. Après manger, ils s'étendirent, enveloppés dans leurs burnous, et dormirent durant les heures de grosse chaleur, lorsque les roches tremblotaient dans les mirages. Couché dans l'ombre d'Ibrisam, Dorian était bercé par le bruit familier de ses mâchoires quand il ruminait. Il dormit bien et se réveilla à la fraîche.

Pendant que les hommes se préparaient à la longue nuit de marche, Dorian envoya Batula en éclaireur, à la tête d'une petite patrouille, le long de la route prévue. Puis il monta en selle et repartit vers l'arrière pour effacer leurs traces et s'assurer qu'ils n'étaient pas suivis.

C'était la règle dans ce pays âpre et hostile, où les tribus vivaient en un perpétuel état de guerre et de querelles de sang, où les razzias de chameaux et de femmes faisaient partie de la vie et où la vigilance était au centre de l'existence de chacun.

Dorian constata que la piste était libre sur leurs arrières. Il fit demi-tour, poussa Ibrisam au trot et ne tarda pas à rattraper la colonne principale. Après minuit, ils arrivèrent aux puits de Ghail ya Yamin. Un petit camp de Saar était déjà dressé là. Ils sortirent de leurs tentes et entourèrent la chamelle du prince en hululant et en tirant joyeusement des coups de feu en l'air.

Ils campèrent pendant deux jours sous les palmiers disséminés de Ghail ya Yamin, où l'eau des puits était si saumâtre qu'on ne pouvait la boire qu'en la mélangeant à du lait de chamelle. Il fallait descendre profond dans la terre pour l'atteindre, et on la remontait dans des sacs de cuir pour abreuver les chameaux, qui, après le long trajet sans eau, buvaient avec délectation. Ibrisam en absorba vingt-cinq gallons au cours des heures qui suivirent leur arrivée.

Le dernier des cheiks saar quitta la colonne ; ses hommes et lui se dispersèrent dans le désert à la recherche des leurs. Il ne restait plus que Dorian et sa petite troupe pour protéger le prince et le guider dans la dernière partie de leur marche, vers les puits de Muhaïd, où attendaient les Awamir.

Il leur fallut trois nuits de méharée pour traverser les plaines salées avant les collines de Shiya. Même au clair de lune, elles étaient blanches comme un champ de neige, et les chameaux laissaient une piste sombre sur la surface brillante. Le troisième matin, ils virent les collines apparaître loin devant eux, pâle ligne bleue en dents de scie qui se découpait sur le ciel de l'aube. Ils campèrent pour la journée dans un oued peu profond où quelques *ghafs* épineux les abritèrent un peu du soleil. Avant de se coucher pour dormir, Dorian grimpa au bord de l'oued afin d'examiner la ligne des collines de roche rouge déchiquetée dont les contours étaient soulignés par le soleil levant.

Les collines de Shiya marquaient la limite entre les territoires des Saar et des Awamir. Dorian repéra un pic en forme de tourelle de château. Les Saar l'appelaient la Tour de la Sorcière. Il gardait le défilé qui allait les mener dans le domaine des Awamir. Dorian sourit, satisfait d'avoir conduit la colonne jusqu'au col, à travers ces plaines sans aucune piste, puis il redescendit dans l'oued pour trouver de l'ombre et se reposer pour la journée.

Le soir, quand la colonne fut prête à reprendre la marche, Dorian repartit en arrière comme d'habitude pour effacer leurs traces. A un demi-mile du camp, il coupa celles d'un chameau étranger. Il était maintenant si expert dans les choses du désert qu'il pouvait reconnaître les empreintes laissées par chaque bête de leur colonne. Les traces montraient que l'inconnu était arrivé de l'ouest et avait coupé leur piste. Il avait mis pied à terre pour l'examiner, puis était remonté en selle pour la suivre sur près de deux miles avant de s'en écarter et de se diriger vers un talus bas, de schiste argileux, qui dépassait de la plaine blanche de sel comme une épine dorsale d'éléphant. Il avait laissé son chameau à couvert derrière et rampé sur la surélévation. Dorian n'avait aucune peine à distinguer les marques laissées par sa reptation.

En les suivant, il vit que la crête du talus dominait le camp qu'ils avaient dressé dans l'oued pour la journée. L'étranger était resté couché sur la crête pendant un moment, puis il avait reculé et était retourné en courant jusqu'à l'endroit où il avait attaché son chameau. Il était reparti en décrivant un large cercle autour du camp et s'était ensuite dirigé vers les collines de Shiya et vers la Tour de la Sorcière au-dessus du défilé. L'espion avait à présent au moins huit heures d'avance sur la colonne et devait déjà avoir atteint le col.

Ces constatations avaient des implications sinistres. La nouvelle de l'arrivée d'al-Malik et de son voyage dans le désert pour rencontrer les chefs de tribu était presque certainement parvenue au calife à Mascate et à ses alliés ottomans. Peut-être avaient-ils envoyé une force armée pour les intercepter ; le défilé de la Tour de la Sorcière était l'endroit logique où dresser une embuscade.

Il ne fallut que quelques minutes à Dorian pour prendre une décision. Il sauta en selle et poussa Ibrisam au galop. Ils filèrent à travers la plaine blanche et il ne tarda pas à voir la colonne devant lui, silhouettes sombres sur la terre éblouissante. A son approche, l'arrière-garde l'interpella, puis ils reconnurent Ibrisam.

— Par Dieu, c'est al-Salil !

— Où est Batula ? cria-t-il en arrivant à portée de voix.

Son porteur de lance revint vers lui au galop. En arrivant à côté de Dorian, il rejeta son voile pour découvrir son visage.

— Tu es en grande hâte, maître. Y a-t-il un danger ?

— Un étranger chevauche dans notre ombre, lui apprit Dorian. Il nous a observés de loin pendant que nous campions, puis il s'est dirigé vers le défilé, peut-être pour avertir des hommes qui attendent là.

Il expliqua à Batula ce qu'il avait découvert, puis l'envoya avec deux compagnons suivre la piste de l'étranger. Il les regarda s'éloigner et lança Ibrisam pour rattraper le prince.

Après avoir écouté attentivement le rapport de Dorian, Al-Malik dit :

— Nous avons beaucoup d'ennemis. Ceux-là sont probablement au service de l'Ottoman ou de mon frère le calife. Allah sait que beaucoup aimeraient m'empêcher d'atteindre les tribus de l'intérieur. Qu'envisages-tu, mon fils ?

Dorian pointa le doigt devant eux. Les collines sombres de Shiya formaient une barrière continue qui s'élevait à cinq cents pieds au-dessus des plaines salées.

— Nous ignorons, seigneur, combien d'ennemis il y a là. Je dispose de trente hommes et me ris d'un adversaire deux ou trois fois supérieur en nombre. Cependant, si les Ottomans ont eu vent de votre venue, il se peut qu'ils aient envoyé une armée à votre rencontre.

— C'est vraisemblable.

— Le défilé de la Tour de la Sorcière est le passage principal et le plus rapide à travers les collines pour atteindre les Awamir, mais il en existe un de moindre importance plus à l'ouest, expliqua Dorian en montrant la direction. C'est le défilé de la Gazelle, et pour y arriver nous devons nous détourner de notre chemin de nombreuses lieues, mais nous ne pouvons courir le risque de franchir le défilé de la Tour de la Sorcière et d'y être pris au piège par une armée d'Ottomans.

Al-Malik hocha la tête.

— A quelle distance se trouve l'autre défilé ? Pouvons-nous l'atteindre avant le lever du jour ?

— Non, répondit Dorian. Même si nous poussons les chameaux, nous n'y serons pas avant le milieu de la matinée.

— Alors, partons tout de suite.

Dorian appela les hommes de son avant-garde et leur donna l'ordre d'obliquer vers l'ouest. Ils resserrèrent les rangs et, le prince au milieu de la colonne, tous les hommes en alerte, ils poussèrent leurs montures plus durement. Les bêtes étaient encore reposées et fortes, et les cristaux de sel craquaient sous leurs sabots. Un nuage de poussière blanche chatoyante s'élevait derrière eux dans l'air immobile de la nuit tandis qu'ils filaient à travers la plaine.

Ils firent une courte halte après minuit pour laisser les chameaux souffler et pour boire une tasse d'eau mélangée à du lait, puis ils repartirent.

Au cœur de la nuit, quatre heures avant l'aube, un cri d'alarme leur parvint de l'arrière-garde. Dorian fit tourner sa monture et revint en arrière.

— Qu'y a-t-il ? commença-t-il.

Il s'interrompit en repérant la masse sombre des chameaux qui émergeaient de l'obscurité, dans leur direction. Ils n'étaient pas nombreux mais pouvaient constituer l'avant-garde d'une armée.

— Serrez les rangs ! ordonna-t-il en donnant du jeu au pied de sa lance dans la sacoche.

La colonne se mit rapidement en formation défensive, le prince toujours au centre, où ils pouvaient mieux le protéger. Puis Dorian poussa Ibrisam en avant et lança une sommation aux hommes qui approchaient.

— Al-Salil !

La réponse fut immédiate et il reconnut la voix de Batula.

Il partit au galop à la rencontre de son porte-lance, puis fit faire demi-tour à Ibrisam pour chevaucher à côté de la monture de Batula afin qu'ils puissent parler.

— Quelles sont les nouvelles ?

— Une troupe importante, répondit Batula. Ils attendent à la Tour de la Sorcière.

— Combien sont-ils ?

— Cinq cents, peut-être plus.

— Qui sont-ils ?

— Des Turcs et des Masakara.

La tribu des Masakara occupait la région côtière autour de Mascate et de Sur. Pour Dorian, il ne faisait aucun doute qu'ils étaient les hommes du calife, du fait surtout que les Turcs se trouvaient avec eux.

— Ils campent ?

— Non, ils sont à notre poursuite.

— Comment savent-ils que nous avons changé de direction ?

— Je suppose qu'ils ont envoyé de nombreux éclaireurs pour nous observer. Nous avons vu votre nuage de poussière de très loin. Il brille comme un fanal au clair de lune.

Dorian leva les yeux et vit que le nuage cachait la moitié du ciel.

— A quelle distance sont-ils derrière nous ?

Batula dévoila son visage et sourit dans la clarté des étoiles.

— S'il faisait jour, tu pourrais voir distinctement la poussière qu'ils soulèvent. Prépare ta lance, al-Salil. Il faudra combattre avant que le soleil se soit couché demain.

Ils poursuivirent leur course toute la nuit, jusqu'à ce que l'aube empourpre le ciel à l'orient.

— Continuez ! lança Dorian au prince.

Il infléchit la course d'Ibrisam et se dirigea vers une petite éminence de lave sombre qui, à main gauche, se dressait à cinquante pieds au-dessus de la plaine blanche. En y arrivant, il sauta à terre et l'escalada.

L'aube s'embrasa sous ses yeux et la lumière augmenta vite, naissance miraculeuse du jour dans le désert. Les collines sauvages de Shiya s'élevaient devant lui, menaçantes et déchiquetées, aussi brillamment colorées que des oiseaux des tropiques : or et rouge avec des bandes violettes et des contreforts cramoisis. Il distinguait le défilé de la Gazelle, crevasse obscure qui fendait de haut en bas les falaises verticales et irrégulières. Les sables blancs entassés au pied des collines formaient une rampe et, sous la paroi rocheuse, le vent avait donné aux dunes des silhouettes étranges et fantasmagoriques.

Dorian se retourna vers le chemin qu'ils avaient parcouru et vit le nuage de poussière soulevé par les Turcs monter au-dessus de la plaine en tourbillons tout proches. A cet instant, le soleil darda ses premiers rayons à travers une brèche dans la crête des collines. Dorian se tenait toujours dans l'ombre, mais la lumière tombait maintenant sur la plaine derrière lui et il vit miroiter les pointes des lances.

— Batula s'est trompé, murmura-t-il en voyant leur multitude. Ils sont beaucoup plus nombreux. Peut-être mille.

Ils étaient déployés sur un large front en plusieurs escadrons, certains cachés par la poussière de ceux qui les précédaient.

— Il doit y avoir eu un traître, dit-il d'un ton songeur. Ils n'auraient pas envoyé une telle armée s'ils n'avaient eu la certitude que le prince prendrait cette route.

L'escadron ennemi le plus proche se trouvait au milieu de la ligne : un petit groupe qui avait pris de l'avance sur le gros de la troupe. Ils étaient si près que Dorian distinguait les silhouettes des chameaux et de leurs cavaliers à travers les nappes légères de poussière. Il ne pouvait les compter mais évaluait leur nombre à une centaine et, à en juger par la façon dont ils montaient, c'étaient des guerriers endurcis.

Il plissa les yeux pour tenter de comparer leur vitesse à celle de ses hommes. Ces chameaux étaient reposés et rapides alors que les leurs avaient couru toute la nuit. L'ennemi gagnait du terrain ; la course jusqu'au défilé de la Gazelle allait être serrée.

Il redescendit à toute allure jusqu'à Ibrisam et sauta en selle. Le chameau s'élança au contact de sa badine et partit comme une flèche pour rattraper la colonne. Quand il sortit du couvert des rochers, les poursuivants le repérèrent, et il entendit au loin leurs cris de guerre porter dans l'air frais du matin. Il se retourna sur sa selle juste à temps pour voir la fumée des coups de feu que les méharistes des premiers rangs tiraient sur lui.

La portée était trop grande et il n'entendit même pas les balles siffler. Ibrisam, le Tourbillon de Soie, poursuivit sa course et rejoignit leur petite troupe au moment où elle commençait à gravir la rampe qui menait au pied des falaises. Le sable se dérobait sous le poids des chameaux et coulait derrière eux comme de l'eau.

La colonne montait avec difficulté, les bêtes glissaient en arrière d'un demi-pas à chaque yard et elles gémissaient de peur sur ce sol traître. L'un des chameaux de tête bascula sur son arrière-train avec des mouvements brusques pour reprendre son équilibre puis roula en arrière en écrasant son cavalier sous la selle. Dorian était assez près pour entendre ses cris et les os de ses jambes se briser. Puis la lourde bête glissa jusqu'au bas de la rampe dans un enchevêtrement de membres, en laissant derrière elle le sable jonché d'outres et de matériel brisé et en entraînant son cavalier avec elle.

Dorian sauta à terre et, avec son épée, dégagea le blessé. Batula fit demi-tour pour venir l'aider. Sa monture glissa le long de la pente en déclenchant une petite avalanche de sable et, quand il arriva à son niveau, il sauta à côté de Dorian. A eux deux, ils soulevèrent le blessé et le déposèrent sur le dos d'Ibrisam.

La queue de la colonne était déjà à mi-hauteur de la pente. Le prince et l'avant-garde avaient atteint le pied de la falaise et disparaissaient dans l'obscurité du défilé.

Dorian tira Ibrisam par le licou et l'entraîna dans l'ascension de la dune. Il jeta un coup d'œil dans la plaine : leurs poursuivants fonçaient sur eux. Leurs montures lancées à plein galop, la poussière tournoyant derrière eux, ils brandissaient leurs armes, lançaient leurs cris de guerre dans le vent, leurs robes flottant dans leur dos, et ils se précipitaient à l'attaque pendant que Dorian et Batula s'évertuaient à gravir la pente.

Brusquement, un tir de mousquets éclata au-dessus d'eux. Le prince avait rassemblé les hommes à l'entrée du défilé et le fracas de la salve tonna au pied de la falaise. Trois cavaliers au moins furent arrachés à leur selle par les lourdes balles de plomb et l'un des chameaux dut être touché en pleine cervelle car il roula au sol, cul par-dessus tête, et son cavalier, projeté en l'air, s'écrasa sur la terre durcie par le soleil. La charge avait perdu de sa vitesse et de son élan et, tandis que Dorian et Batula peinaient toujours dans la pente, une autre salve balaya l'air au-dessus de leurs têtes.

Un feu roulant lui répondit en bas de la dune, où les ennemis mettaient pied à terre et tournaient leurs mousquets vers les deux hommes à découvert sur le plan incliné. Les balles soulevaient des petites gerbes de sable autour des pieds de Dorian, mais un charme semblait les protéger, car Batula et lui poursuivaient leur ascension sous la grêle de plomb.

Ruisselants de sueur, haletants, ils tirèrent les chameaux sur la corniche rocheuse à l'entrée du défilé. Hors d'haleine, Dorian jeta un coup d'œil circulaire.

Ses hommes avaient fait se coucher les autres chameaux à l'abri derrière la première courbe des hautes parois de pierre, puis étaient revenus prendre position parmi les rochers, d'où ils pouvaient tirer sur l'ennemi en contrebas.

Dorian tourna son regard vers la plaine : les escadrons ottomans étaient déployés sur des miles, mais tous se dirigeaient vers eux. Il estima leurs effectifs.

— Près de mille ! conclut-il en essuyant la sueur de ses yeux avec son *keffieh*.

Puis il examina Ibrisam en passant les mains sur ses flancs et son arrière-train, redoutant de trouver une blessure, mais l'animal était indemne.

— Amène les chameaux à couvert et fais soigner le blessé, ordonna-t-il à Batula en lui lançant le licou.

Pendant que son porte-lance conduisait les bêtes à l'intérieur du défilé, Dorian rejoignit le prince. Accroupi, son mousquet à la main, al-Malik commandait calmement les hommes répartis entre les rochers.

— Seigneur, dit-il, ce n'est pas votre tâche, mais la mienne.

— Tu en as fait beaucoup jusqu'ici, répondit le prince en souriant. Tu aurais dû laisser ce maladroit se débrouiller. Ta vie vaut cent fois la sienne.

— Avec la moitié des hommes, je peux tenir ici plusieurs jours, jusqu'à ce que nous n'ayons plus d'eau, reprit Dorian, ignorant à la fois le compliment et la réprimande. J'enverrai Batula et les autres vous escorter à travers le défilé jusqu'à l'oasis de Muhaïd.

L'air grave, le prince leva les yeux vers son visage. Ils étaient à vingt contre mille et, bien que la position fût forte, ils devaient s'attendre à affronter un ennemi déterminé et plein de ressources. Il savait ce que représentait le sacrifice de Dorian.

— Laisse Batula ici et viens avec moi à Muhaïd, dit-il sur le ton d'une question plus que d'un ordre.

— Non, mon seigneur. Je ne peux. Ma place est ici avec mes hommes.

— Tu as raison. Je ne peux te contraindre à négliger ton devoir, mais je t'ordonne de ne pas te battre jusqu'à la mort.

— C'est la mort qui fait son choix, répondit Dorian en haussant les épaules. Elle ne souffre pas que nous le discutions.

— Retiens-les ici jusqu'à demain matin. Cela me donnera le temps d'atteindre Muhaïd et de rallier les Awamir. Je reviendrai avec une armée.

— Il en sera fait comme l'ordonne mon seigneur, répondit Dorian.

Le prince vit toutefois l'ivresse de la bataille dans ses yeux verts et en éprouva un sentiment de malaise.

— Al-Salil, dit-il avec fermeté en lui empoignant l'épaule pour appuyer ses paroles, je ne peux te dire combien de temps il me faudra pour revenir avec les Awamir. Retiens-les ici jusqu'à demain à l'aube, et pas plus. Puis rejoins-moi aussi vite qu'Ibrisam pourra te porter. Tu es mon talisman, je ne peux me permettre de te perdre.

— Seigneur, vous devez partir sur-le-champ. Chaque instant est précieux.

Ils retournèrent ensemble jusqu'aux chameaux et Dorian donna des ordres brefs, divisant ses hommes en deux groupes : ceux qui allaient rester pour tenir le défilé et ceux qui partaient avec le prince. Ils partagèrent l'eau et la nourriture qui restaient, un quart pour le prince, le reste pour la petite troupe de Dorian.

— Nous vous laissons tous nos mousquets, les cinq barils de poudre noire et les sacs de balles, dit le prince.

— Nous en ferons bon usage, répondit Dorian.

En cinq minutes tout était réglé ; le prince et Batula montèrent en selle à la tête de la petite colonne. Le prince regarda Dorian.

— Qu'Allah soit ton bouclier, mon fils.

— Que Dieu soit avec vous, mon père.

— C'est la première fois que tu m'appelles ainsi.

— C'est la première fois que j'ai le sentiment que c'est vrai.

— Tu me fais honneur, dit al-Malik gravement avant de toucher l'encolure de sa chamelle avec sa badine.

Dorian regarda la colonne s'éloigner dans l'étroit passage entre les parois rocheuses et disparaître après le premier coude. Puis il chassa de son esprit toute pensée étrangère à la bataille imminente. Il revint à l'entrée du défilé pour inspecter la plaine et les falaises d'un œil de guerrier, en considérant la hauteur du soleil. Il était à peine plus de midi. La journée allait être longue et la nuit plus longue encore.

Il repéra les points faibles de sa défense, que les ennemis ne manqueraient pas d'exploiter, et échafauda des plans pour contrer leurs mouvements. « Ils vont d'abord tenter l'assaut direct le long de la pente », se dit-il en les voyant se masser en contrebas au bord de la plaine. Passant parmi ses hommes, il rit et plaisanta avec eux, les plaça dans les meilleures positions défensives au milieu des rochers, s'assurant que chacun avait des poires à poudre et des sacs de balles pleins.

Il n'avait pas fini de mettre en place les derniers qu'un coup de trompe éclata en bas de la dune, suivi par le battement des tambours de guerre. Un cri immense s'éleva de la première vague d'attaquants qui se précipitaient à l'assaut de la pente.

— Du calme ! cria-t-il à ses hommes. Ne tirez pas !

Il donna une tape sur l'épaule d'un homme dont les longues mèches noires et emmêlées tombaient sur les épaules, et ils se sourirent.

— Le premier coup est le meilleur, Ahmed. Ne le manque pas.

Il poursuivit le long de la rangée.

— Attends qu'ils soient au bout de ton canon, Hassan... Je veux que tu fasses mouche au premier coup, Mustapha... Laisse-les venir si près que même toi tu ne puisses les manquer, Salim.

Il plaisantait mais sans quitter des yeux les assaillants qui gravissaient la pente. C'étaient des Turcs, plus massifs que les fins hommes du désert, avec de longues moustaches, des casques ronds en bronze pourvus d'un nasal, et des cottes de mailles courtes par-dessus leurs robes en laine rayée. « Lourd équipement pour le désert », pensa Dorian en les voyant peiner, leur ruée initiale transformée en une laborieuse ascension. Il s'avança au bord de la plate-forme rocheuse comme pour les accueillir et, les mains sur les hanches, les regarda monter en souriant. Non seulement il voulait stimuler ses hommes par son exemple, mais aussi il souhaitait qu'aucun ne puisse enfreindre son ordre et ouvrir le feu alors qu'il se tenait debout devant eux.

Un Turc s'arrêta et leva brusquement son mousquet. Son visage était luisant de sueur et ses mains tremblaient après l'effort de l'ascension. S'armant de courage, Dorian ne bougea pas et le Turc tira. La balle siffla près de sa tête et le souffle chassa une mèche rousse sur sa joue et ses lèvres.

— C'est le mieux que vous puissiez faire, baiseurs de chèvres ? lança-t-il en riant. Venez donc. Venez goûter à l'hospitalité des Saar.

Ses sarcasmes donnèrent un second souffle aux premiers assaillants et ils se lancèrent en glissant dans l'ascension des derniers yards. Dorian recula pour revenir dans les rangs de ses hommes.

— Prêts maintenant, mes frères, dit-il en armant son mousquet.

Une ligne de Turcs arriva épaule contre épaule au bord de la plate-forme. Rouges, en sueur, ils s'avancèrent en titubant vers les mousquets levés des Saar. La plupart s'étaient débarrassés du leur au cours de l'ascension et, brandissant leur cimeterre, ils se précipitèrent sur les défenseurs avec un hurlement rauque.

— Maintenant ! cria Dorian.

Les Saar firent feu en même temps dans un long

jaillissement de fumée et de balles tirées par vingt mousquets, qui balaya la ligne des Turcs. Le coup de Dorian fracassa les dents jaunes du solide moustachu qui se trouvait devant lui. Le sang et la cervelle giclèrent par l'arrière de son crâne et son cimeterre lui échappa de la main. Il tomba sur un homme en équilibre instable au bord de la plate-forme et tous deux dégringolèrent ensemble le long de la rampe, en percutant trois autres, qui dévissèrent jusqu'en bas.

— A l'arme blanche, maintenant ! hurla Dorian.

Ils bondirent de derrière les rochers et chargèrent dans le tas. Cette ruée meurtrière fit reculer les Turcs, qui trébuchèrent sur leurs morts et basculèrent par-dessus le bord de la corniche. La plate-forme était dégagée et les Saar affrontèrent les assaillants qui continuaient péniblement leur ascension vers eux. Ils avaient l'avantage de la hauteur et les Turcs étaient au bord de l'épuisement quand ils arrivaient à portée de cimeterre.

La lutte cessa bientôt, les assaillants terrassés, morts ou blessés. Ceux qui n'avaient pas été touchés se laissaient glisser dans la pente et battaient en retraite, ignorant les cris furieux de leurs capitaines, les bousculant et les entraînant dans leur déroute.

Les Saar dansaient sur la corniche, barbes et djellabas tourbillonnantes, accablant l'ennemi de sarcasmes et d'injures obscènes. Dorian vit d'un seul coup d'œil qu'il n'avait pas perdu un seul homme, tué ou blessé, alors qu'une douzaine de cadavres de Turcs étaient à moitié ensevelis dans le sable fin de la dune. Guère plus d'une centaine d'entre eux avaient participé à cette charge téméraire.

— Ils ne recommenceront pas.

Il parcourut les rangs de ses hommes en leur criant de recharger mais il lui fallut un certain temps pour les reprendre en main.

— Je veux que dix d'entre vous grimpent sur la falaise, ordonna-t-il.

Il les désigna et les lança à l'assaut des parois afin qu'ils puissent surveiller le front des collines et les mouvements de l'ennemi. Il devina que les Turcs allaient envoyer des hommes escalader les dunes de chaque côté de l'entrée du défilé, hors de portée de mousquet, pour qu'ils se regroupent sur la corniche et les prennent en tenaille. Associée à une attaque frontale, cette offensive serait plus difficile à repousser.

Dorian savait qu'il lui faudrait à un moment ou à un autre conduire ses hommes dans le défilé et que là serait leur dernier bastion. Comptant sur ceux qu'il avait postés sur les falaises pour donner l'alerte à la prochaine offensive, il emmena six hommes avec lui pour choisir la meilleure position.

Il se souvenait d'un endroit où le défilé se resserrait et le retrouva : le goulot d'étranglement était tout juste assez large pour laisser passer un chameau chargé. Au-delà, il y avait eu un éboulement ; sur son ordre, les six Saar posèrent leurs armes et fortifièrent le passage avec les pierres de l'éboulis, élevant un *sangar* derrière lequel ils pourraient s'abriter.

Les chameaux étaient couchés plus loin dans le défilé, après le coude suivant, et Dorian alla s'assurer qu'ils étaient sellés et prêts à partir dès que l'ennemi enfoncerait le *sangar*. Ibrisam poussa un grognement affectueux en le voyant. Dorian lui caressa la tête avant de retourner à l'entrée du défilé.

Les hommes qu'il avait envoyés à l'assaut des parois rocheuses étaient en position au-dessus de lui et les autres s'étaient répartis le long de la corniche. Ils chargeaient les mousquets supplémentaires laissés par le prince et les gardaient à portée de la main. Ils auraient ainsi une balle de plus à tirer au plus fort de la bataille.

Dorian s'accroupit sur la plate-forme et observa l'ennemi en contrebas. Malgré le soleil, haut maintenant, et la chaleur torride, les plaines blanches de sel étaient grouillantes d'activité. Des troupes d'hommes montés ne cessaient d'arriver et de grossir les rangs ennemis, et les officiers turcs chevauchaient en tout sens au pied de la dune pour étudier le terrain. Leurs casques et leurs armes étincelaient au soleil et des nappes scintillantes de poussière blanche flottaient au-dessus d'eux.

L'agitation redoubla soudain parmi les troupes au pied du plan incliné et un clairon sonna une fanfare. Une petite troupe approchait, l'escorte portant les bannières vert et écarlate de la Sublime Porte. Il ne faisait guère de doute que c'était là le commandement de l'armée ennemie. Dorian les étudia avec intérêt à mesure qu'ils approchaient. Il repéra deux personnages au milieu du groupe, qui, à en juger par la splendeur de leur vêture et le somptueux caparaçon de leurs chameaux, devaient être des officiers supérieurs. L'un était turc, car il portait le bouclier de bronze rond et le casque à nasal d'acier. Le général ottoman, estima Dorian avant de tourner son attention vers l'autre : un Arabe, celui-là. Même à cette distance, il lui semblait distinguer en lui quelque chose de vaguement familier, et Dorian éprouva un sentiment de malaise. Il était emmitouflé dans des robes de laine fine, mais Dorian voyait qu'il était grand et fort. Son *keffieh* était en filigrane d'or et le fourreau de sa dague recourbée à sa taille avait le lustre du même métal. Il avait même des sandales d'or. L'homme était élégant. « Bon sang, je suis sûr que je le connais », se dit Dorian. Cette certitude ne faisait que croître et il fouilla dans sa mémoire pour essayer de mettre un nom sur cette silhouette.

L'état-major s'approcha du pied de la dune, largement hors de portée des mousquets des hommes de

Dorian, et le général turc leva sa lunette pour observer l'entrée du défilé. Il examina sans se presser le flanc de la falaise, puis baissa la lunette et s'adressa à ses officiers, attroupés derrière lui. Ils s'égaillèrent aussitôt et distribuèrent les ordres aux escadrons.

Il y eut un autre déploiement d'activité. Les Turcs faisaient exactement ce que Dorian avait prévu : quelques minutes après, des centaines d'hommes lourdement armés gravissaient la pente de chaque côté du défilé. Ils restaient prudemment hors de portée des mousquets du petit groupe de défenseurs, mais Dorian savait qu'une fois parvenus sur la corniche ils lanceraient une double offensive et tenteraient de prendre d'assaut l'entrée du défilé.

— Al-Salil ! Les Turcs remontent à l'attaque, lança de la falaise l'une de ses sentinelles.

De là-haut, ils voyaient mieux ce qui se passait, et ils le prévinrent que le premier assaillant avait atteint la corniche et commençait à progresser vers eux.

— Tirez sur tous ceux qui viennent à portée ! cria-t-il en réponse.

Aussitôt, la falaise renvoya l'écho d'une fusillade.

Les Saar tiraient sur la corniche et les Turcs ripostaient. De temps à autre, on entendait le hurlement d'un homme touché, mais les cris des sentinelles avertissaient Dorian que les ennemis s'installaient peu à peu pour lancer leur premier assaut contre l'entrée du défilé.

Dorian était absorbé par l'action qui se déroulait autour de lui, mais il n'en continuait pas moins d'observer l'Arabe cousu d'or qui chevauchait au côté du général turc. Une caravane de chameaux de bât arriva enfin de l'arrière et on déchargea une tente en cuir peint. Une vingtaine d'hommes la déroulèrent, la dressèrent et étalèrent des tapis et des coussins sous son ombre. Le général turc mit pied à terre et vint prendre place sur les coussins. L'élégant Arabe fit également agenouiller son chameau, mit péniblement pied à terre et se dirigea vers la tente. On voyait maintenant qu'il était large d'épaules et bedonnant. Il n'avait pas fait dix pas que Dorian remarqua sa claudication : l'homme ménageait son pied droit. La mémoire lui revint soudain. Il se rappela leur bagarre sur les marches conduisant à la vieille tombe, dans les jardins du harem de Lamu, et la chute qui lui avait brisé le pied.

— Zayn ! murmura-t-il. Zayn al-Din !

C'était son ennemi d'enfance, maintenant vêtu comme un prince d'Oman et à la tête d'une armée.

Sa vieille haine et sa répulsion revinrent en force. Zayn était de nouveau son ennemi. « Mais que fait-il ici à donner la chasse à son père ? se demanda-t-il. Sait-il que je suis là aussi ? »

Il essaya de comprendre le pourquoi de cette situation imprévue. Zayn résidait à la cour de Mascate depuis si longtemps qu'il avait sans doute était emporté par le tourbillon des intrigues de palais, entraîné et encouragé par son oncle le calife. A moins qu'il n'ait beaucoup changé, Zayn avait dû facilement prendre goût aux conspirations. Il était manifestement devenu un pion de plus sur l'échiquier de la Sublime Porte. Peut-être même était-il la cheville ouvrière de la capitulation d'Oman face aux Ottomans.

— Espèce de porc et de traître, grommela Dorian en le regardant avec mépris. Tu as vendu ton pays, ton peuple et même ton père. A quel prix ? Quelle récompense t'a offerte la Porte, Zayn ? Le trône lui-même, comme souverain fantoche de Mascate ?

Zayn al-Din prit place à côté du général turc, à l'ombre de l'auvent de la tente, et un esclave lui tendit une tasse. Il but à petites gorgées et Dorian vit qu'il avait laissé pousser sa barbe, fine et clairsemée, mais que ses joues étaient glabres et rebondies. Il leva les yeux dans sa direction. Dorian enleva son *keffieh* et laissa retomber ses boucles rousses. Zayn le reconnut et la tasse lui échappa des mains.

Dorian lui fit signe gaiement. Zayn ne répondit pas et, tel un crapaud, parut se recroqueviller sur son coussin. Au même moment, une soudaine fusillade retentit le long de la falaise, à main droite, et Dorian se détourna pour soutenir la défense de ce côté du défilé.

— Attention, al-Salil ! Ils arrivent ! lança une sentinelle.

— Combien sont-ils ? cria Dorian en se baissant derrière un rocher avec Ahmed.

— Beaucoup ! Trop !

De ce côté, la falaise formait un éperon qui les empêchait de voir à plus de vingt pas le long de la corniche, mais ils entendaient les voix des hommes qui se pressaient, le cliquetis de leurs boucliers de bronze contre la roche, le craquement des sangles de cuir de leurs plastrons et de leurs ceinturons.

— Du calme ! intima Dorian à voix basse. Attendez-les. Laissez-les approcher.

Soudain, les Turcs débouchèrent de derrière l'éperon et chargèrent droit sur eux au cri d'*Allah akbar*... Ils ne pouvaient tenir de front qu'à trois sur l'étroite corniche, mais d'autres suivaient sur leurs talons.

Un homme de haute taille, au visage grêlé, coiffé d'un casque de Sarrasin en acier, le torse couvert d'une cotte de mailles, une hache à double lame entre les mains, se détacha du premier rang et repéra Dorian. Les yeux braqués sur lui, il chargea, levant sa hache des deux mains au-dessus de sa tête.

Dorian attendit que la gueule de son mousquet touche presque son visage et fit feu. La balle atteignit le Turc à la gorge et l'homme tomba à genoux en étreignant sa blessure. Le sang de son artère sectionnée jaillissait entre ses doigts et il s'écroula sur la face.

Dorian laissa tomber le mousquet vide, saisit et arma celui qu'il avait à portée de la main et tira dans la poitrine d'un autre assaillant qui sautait par-dessus l'agonisant. L'homme s'effondra et resta au sol, agité de mouvements convulsifs.

Dorian lâcha le second mousquet, tira son cimeterre et se précipita en avant pour bloquer la corniche, Ahmed à sa droite, Salim à sa gauche, épaule contre épaule. Les ennemis attaquaient en masse, trois de front, mais suivis d'autres, prêts à combler les vides laissés par ceux qui tombaient. Dorian aimait sentir une bonne lame dans sa main. Le cimeterre lui avait été offert par le prince à son départ de Lamu. Il était en acier de Damas, aussi souple qu'une baguette de saule et aiguisé comme une dent de serpent.

Il tua le premier homme qui venait sur lui d'un coup net sous le bord du casque : la lame transperça son œil noir comme un rognon de mouton et traversa le cerveau. Se reprenant prestement, il dégagea la lame et laissa choir sa victime. Les autres se ruaient derrière leurs boucliers de bronze et il n'y avait plus la place ni le temps pour un beau jeu d'épée. Epaule contre épaule dans la mêlée, ils taillaient et frappaient et criaient, oscillant d'avant en arrière, de droite et de gauche sur l'étroite corniche.

Le cri d'alarme d'une sentinelle saar se perdit presque dans les hurlements, le cliquetis de l'acier contre l'acier, le martèlement des pieds et le tumulte de la bousculade :

— A gauche et devant !

Dorian l'entendit et abattit un autre adversaire avant de rompre, laissant Mustapha, qui était derrière lui, prendre sa place sur la ligne de front.

Pendant qu'il ferraillait sur le côté droit, les Turcs avaient lancé l'offensive dans les autres directions. Cinq de ses hommes tentaient désespérément de tenir l'autre côté de l'entrée, où les ennemis se pressaient le long de la corniche. Simultanément, deux cents Turcs montaient à l'assaut par la dune sur le devant. Pendant les quelques secondes qu'il lui fallut pour apprécier la situation, deux de ses hommes furent tués. Salim avait eu la moitié de la tête arrachée par un coup de hache et Mustapha, qui avait reçu un coup d'épée à travers les poumons, était tombé à genoux et crachait le sang.

Dorian savait qu'il ne pouvait se permettre de telles pertes, et les Turcs qui gravissaient la pente avaient presque atteint la corniche. Les hommes qu'il avait placés sur les falaises n'avaient pas attendu ses ordres et redescendaient en hâte pour entrer dans la mêlée. Ce fut avec soulagement qu'il les vit sauter sur la plate-forme à ses côtés. Ses deux flancs fléchissaient maintenant sous la pression et, d'un instant à l'autre, une vague d'ennemis allait déferler par-dessus le bord de la corniche.

— Dos à dos ! Couvrez-vous mutuellement ! Reculez dans le défilé ! cria Dorian.

Ils formèrent un cercle défensif serré et, au milieu des hurlements des Turcs, se replièrent rapidement dans l'entrée du défilé, mais ils tombaient plus nombreux sous les coups de cimeterre et de mousquet tirés à bout portant.

— Maintenant ! Allons-y ! ordonna Dorian.

Ils pivotèrent sur eux-mêmes et s'enfoncèrent au pas de course dans le défilé en traînant leurs blessés, tandis que les ennemis s'écrasaient à l'entrée, gênés dans leur poursuite par leur nombre.

Dorian était à leur tête quand ils franchirent en courant le premier coude et il cria aux six hommes postés derrière le *sangar* :

— Ne tirez pas ! C'est nous !

Le mur défensif arrivait à hauteur de la poitrine et ils durent l'escalader. Les hommes qui attendaient de l'autre côté les aidèrent à hisser les blessés par-dessus.

Le dernier Saar n'était pas plus tôt à couvert que la meute rugissante des Turcs arriva derrière eux. Les six hommes qui ne s'étaient pas encore battus avaient hâte d'être de la partie : ils avaient chargé tous les mousquets restants avant de les aligner le long de la paroi et planté leurs longues lances dans la terre à portée de main.

La première salve tirée sur le premier rang des Turcs les arrêta net et, dans la confusion et le désarroi, ils tentèrent de reculer, repoussés par ceux qui arrivaient derrière. Une autre salve à courte distance tirée avec la deuxième batterie de mousquets fit pencher la balance, et les Turcs encore debout battirent en retraite et disparurent derrière le coude. Ils étaient cachés par la roche incurvée mais les parois amplifiaient leurs voix, et Dorian les entendait injurier les Saar et s'exciter mutuellement à lancer une autre attaque. Il savait que le répit serait bref avant le prochain assaut.

— De l'eau ! ordonna-t-il. Apportez une outre.

Il faisait chaud comme dans un four au fond du défilé, et la lutte avait été âpre. Ils engloutirent tel un divin nectar le liquide saumâtre et nauséabond tiré aux puits de Ghail ya Yamin.

— Où est Hassan ? demanda Dorian en comptant ses hommes.

— Je l'ai vu tomber, répondit l'un, mais je portais Zayid et je n'ai pu retourner en arrière pour le chercher.

Dorian ressentit profondément cette perte car Hassan était l'un de ses préférés. Il ne lui restait plus que douze hommes encore en état de combattre. Ils avaient tiré avec eux cinq de leurs blessés mais en laissant les autres à la merci des Turcs. Ils portèrent les cinq blessés à l'endroit où les chameaux étaient couchés, puis Dorian répartit ceux qui restaient en quatre groupes égaux.

La barricade du *sangar* était juste assez large pour permettre à trois d'entre eux de la défendre. Dorian mit en position les trois autres groupes derrière le premier rang. Après chaque salve, celui-ci devait se replier pour recharger pendant que les autres rangs avançaient pour prendre leur tour. Il espérait ainsi maintenir un feu nourri lorsque les Turcs attaqueraient de nouveau. Peut-être seraient-ils capables de les repousser jusqu'au crépuscule, mais il doutait de pouvoir passer la nuit.

Les Saar encore debout étaient trop peu nombreux et les Turcs avaient la réputation d'être des guerriers redoutables et vaillants. Ils allaient imaginer une stratégie pour emporter la position. Dorian pouvait seulement espérer gagner du temps afin de permettre à al-Malik de rejoindre les Awamir et, à la fin, il leur faudrait tenter de protéger leur retraite à l'épée et à la lance.

Ils s'installèrent derrière le *sangar* dans l'air surchauffé et étouffant du défilé, en ménageant leurs forces.

— J'échangerais volontiers ma place au Paradis contre une bonne pipe de kif, avoua Misqha avec un sourire, en pansant la blessure de son bras avec une bande de tissu sale et trempé de sueur.

La fumée grisante de l'herbe chassait la peur et la douleur.

— Je t'en allumerai une moi-même quand nous serons dans le palais de Mascate, commença Dorian, qui s'interrompit en s'entendant appeler par son nom.

— Al-Salil, mon frère ! Mon cœur se réjouit de te revoir.

Les parois faisaient résonner la voix et en renvoyaient l'écho. Elle était haut perchée, presque une voix de fille. Bien que le timbre eût changé, Dorian la reconnut.

— Comment va ton pied, Zayn al-Din ? Viens donc que je puisse te casser l'autre pour équilibrer ta démarche de canard.

Derrière le coude rocheux, Zayn eut un petit rire.

— Nous allons venir, mon frère, crois-moi, nous allons venir. Je rirai quand mes alliés turcs te coucheront à plat ventre sur la selle de ton chameau en relevant ta robe.

— Je suis sûr que tu aimerais cela plus que moi, Zayn, rétorqua Dorian en employant la forme féminine pour s'adresser à lui.

Zayn resta silencieux un moment.

— Ecoute, al-Salil, cria-t-il de nouveau. J'ai là Hassan, ton frère de sang. Tu l'as abandonné en t'enfuyant comme un chacal peureux. Il est encore en vie.

Un frisson parcourut Dorian.

— C'est un brave, Zayn al-Din. Laisse-le mourir dignement, supplia-t-il.

Hassan avait été son ami dès le jour où il était venu vivre parmi les Saar. Il avait deux jeunes épouses et quatre fils, dont l'aîné n'avait que cinq ans.

Un terrible hurlement se répercuta dans le défilé, un cri de souffrance abominable mêlé d'indignation qui se mua en gémissement.

— Voici un cadeau pour toi de la part de ton ami.

Une petite chose molle et sanglante fut lancée de derrière l'avancée rocheuse. Elle roula sur le sol sablonneux et vint s'arrêter au pied du *sangar*.

— Tu as besoin d'une autre paire de précieuses, al-Salil. Les voilà. Là où il va, Hassan n'en aura plus besoin.

Les Saar rugirent et jurèrent, et Dorian sentit les larmes lui piquer les yeux.

— Je jure, au nom de Dieu, que je te ferai un jour la même chose, cria-t-il d'une voix étranglée.

— Oh, mon frère, si ce chien de Saar t'est si cher, je vais te le rendre. Mais auparavant, j'aimerais voir s'il a le foie en bon état.

Il y eut un autre cri terrible, et Hassan fut poussé, titubant, dans la partie à découvert du défilé vers le *sangar*. Il était nu et, entre ses jambes, il y avait un trou sombre dégoulinant de sang. Ils lui avaient ouvert le ventre et ses entrailles pendaient autour de ses genoux, violettes et luisantes. La bouche ouverte comme une caverne rouge, il avança en chancelant vers Dorian et émit un croassement, la langue coupée par Zayn al-Din.

Il s'effondra avant d'atteindre le *sangar* et se tordit faiblement dans la poussière. Dorian sauta par-dessus la barricade, le mousquet à la main. Il en plaça la gueule contre la nuque de Hassan et tira. Le crâne éclata comme un melon trop mûr. En entendant le coup de feu, les Turcs déferlèrent dans le défilé. Dorian sauta à couvert.

— Feu ! cria-t-il, la première salve frappant le premier rang d'assaillants comme une grêle de graviers.

La bataille fit rage pendant les quelques heures de jour qui restaient. Les Turcs attaquaient et se repliaient. Leur morts engorgeaient peu à peu le défilé, entassés presque jusqu'en haut de la barricade, et un épais brouillard de fumée emplissait le fond de la gorge. L'air était devenu irrespirable et ils suffoquaient tout en faisant feu et en rechargeant. La fumée se mêlait à l'odeur métallique du sang et aux gaz libérés par les intestins déchirés. Une sueur salée les inondait et leur brûlait les yeux.

Les Turcs se servaient de leurs morts comme d'une échelle d'assaut. Trois fois ils réussirent à grimper sur le muret, trois fois Dorian et ses Saar les repoussèrent. A la tombée de la nuit, il n'avait plus à ses côtés que sept hommes encore capables de se tenir debout, et tous étaient blessés. Dans l'accalmie entre deux attaques, ils tiraient leurs morts et leurs blessés jusqu'aux chameaux. Il n'y avait personne pour s'occuper des blessés, et Dorian plaça une outre près de ceux qui avaient encore la force de boire.

Jaub, surnommé le Chat, avait eu l'épaule droite arrachée par un coup de hache, et Dorian ne pouvait stopper l'hémorragie.

— Il est temps que je te quitte, al-Salil, murmura Jaub en se redressant péniblement sur ses genoux. Tiens mon épée pour moi.

Dorian ne pouvait lui refuser cette ultime requête : il ne pouvait laisser aux Turcs ce compagnon d'une douzaine de batailles. Le cœur serré, il planta fermement la garde de l'épée dans le sable et plaça la pointe de la lame incurvée contre le creux sous le sternum, dirigée vers le cœur.

— Qu'Allah et son Prophète te bénissent, mon ami, murmura Jaub avant de se laisser tomber en avant.

La lame glissa sur toute sa longueur et la pointe réapparut entre les omoplates. Dorian se releva et retourna en courant vers le *sangar* au moment où une nouvelle vague de Turcs se précipitaient à l'assaut en hurlant. Ils finirent par les repousser, mais deux autres Saar étaient tombés. « J'avais espéré les retenir plus longtemps, pensa Dorian en s'appuyant lourdement contre la barricade trempée de sang. J'avais espéré laisser davantage de temps à mon père pour lever l'armée des Awamir, mais nous ne sommes plus assez nombreux et la fin approche. »

Le défilé devenait très sombre. Bientôt, les Turcs pourraient s'avancer sans bruit jusqu'au pied du muret sans être vus.

— Bin-Shibam, dit-il à son voisin, d'une voix enrouée par la soif et les cris, va chercher aux chameaux la dernière outre et les fagots de bois. Nous allons boire et éclairer la nuit avec notre dernier feu.

Les flammes projetèrent sur les parois rocheuses une lumière vacillante et rougeoyante. De temps à autre, un Saar lançait une braise incandescente par-dessus le *sangar* pour dissiper les ténèbres à travers lesquelles les Ottomans auraient pu avancer.

Il y avait un répit. Ils entendaient les Turcs parler derrière le coude, et les mourants pousser des gémissements atroces, mais l'attaque suivante ne venait toujours pas. Ils s'assirent contre le mur, petit groupe dérisoire et isolé, pour boire et s'aider mutuellement à panser leurs blessures. Tous étaient blessés, mais, bien que Dorian fût resté tout le jour au cœur de la mêlée, il l'était le moins gravement. Il avait une profonde coupure à l'arrière du bras gauche et l'épaule du même bras transpercée par un coup d'estoc.

— J'ai toujours mon bras droit pour manier le cimeterre, dit-il à celui qui lui confectionnait une écharpe avec une longueur de corde provenant du harnachement d'un chameau. Nous avons fait ce que nous avons pu. Si l'un de vous souhaite s'en aller, qu'il prenne un chameau et parte avec mes remerciements et mes bénédictions.

— C'est un bon endroit pour mourir, dit son voisin.

— Les houris du Paradis seront tristes si nous dédaignons leur appel, fit un autre.

Ils levèrent les yeux, alarmés par la chute d'une pierre qui rebondit d'une paroi sur l'autre en lâchant des étincelles.

— Ils ont escaladé les falaises, observa Dorian en se levant d'un bond. Eteignez le feu, les flammes vont signaler notre présence.

L'avertissement vint trop tard.

Un grondement de tonnerre fit soudain vibrer l'air autour d'eux et des rochers dégringolèrent sur eux, certains gros comme des barils de poudre, d'autres seulement comme une tête d'homme, mais il n'y avait nul endroit au fond du défilé pour se protéger de ce déluge mortel.

Dès les premiers instants, trois hommes furent écrasés et les autres projetés par terre pendant qu'ils se précipitaient vers les chameaux. Dorian fut le seul à en réchapper. Il arriva au côté d'Ibrisam et se jeta en selle.

— *Hout ! Hout !* hurla-t-il.

Au moment où le chameau se mettait debout, le bombardement cessa brusquement et, derrière lui, les Turcs se ruèrent en masse par-dessus le *sangar*. Ils achevèrent les Saar blessés, puis presque immédiatement entourèrent Ibrisam.

Dorian planta sa lance dans la poitrine de l'un d'eux et l'enfonça profondément malgré la résistance de la chair, mais la hampe se brisa dans sa main. Il lança le bout cassé au visage d'un autre Turc et tira son épée. Il frappa à la tête les assaillants qui tentaient de le tirer à bas de sa selle et poussa Ibrisam dans le défilé. L'animal bouscula ceux qui se trouvaient sur son chemin, les mordit avec ses grandes dents jaunes, sectionnant tous les doigts de la main de l'un et enfonçant les côtes d'un autre d'un coup de sabot. Puis il s'élança à travers les rangs.

Dorian se cramponna au pommeau de sa selle avec sa main valide tandis qu'Ibrisam l'emportait vers le salut en suivant les méandres du défilé. Les cris des Turcs assoiffés de sang s'évanouirent derrière lui.

Le lit creusé au fil des millénaires dans la roche tendre par les torrents d'eau de pluie serpentait sur plus d'un mile. Quand ils eurent laissé leurs poursuivants loin en arrière, Ibrisam reprit le trot balancé et rapide qui lui avait valu d'être appelé Tourbillon de Soie.

Sous l'effet de la soif, de l'épuisement et de la douleur de ses blessures, Dorian était entré dans une sorte de transe. Les parois de la gorge défilaient à toute vitesse et l'hypnotisaient encore davantage. A un certain moment, il faillit tomber mais Ibrisam le sentit basculer et s'arrêta brusquement. Cela le tira de sa torpeur et il affermit son assise quand le chameau reprit sa course.

Seulement alors il s'aperçut que l'animal était gêné dans son allure, mais il était à peine capable de se tenir en selle et trop hébété pour faire l'effort de mettre pied à terre et l'examiner.

Il somnola à nouveau et, quand il se réveilla en sursaut, ils étaient sortis du défilé et se trouvaient dans le pays des Awamir. D'après la hauteur de la lune et la position des étoiles, il vit qu'il était minuit passé.

Il faisait un froid glacial, cruel contraste après la chaleur étouffante de la journée. Le sang et la sueur qui imbibaient sa djellaba le frigorifiaient davantage et il frissonnait, pris de vertige. L'allure d'Ibrisam était de plus en bizarre, le pas court, le dos voûté. Rassemblant finalement ses forces et son courage, Dorian le fit arrêter et agenouiller.

Il vérifia le contenu de l'outre suspendue à son garrot : il restait moins d'un gallon d'eau croupie. Il prit dans le filet son épais châle de laine et s'en couvrit les épaules. Toujours frissonnant, il examina Ibrisam pour chercher où il avait mal.

Il vit tout de suite que sa croupe était brillante d'humidité. Le crottin liquide qu'il répandait était noir de sang. Consterné, ses propres blessures oubliées, Dorian palpa les flancs lisses de l'animal et quand il toucha le ventre, juste en avant de l'arrière-train, Ibrisam gémit et Dorian retira sa main couverte de sang.

Un coup de lance avait pénétré en profondeur et rompu l'intestin. L'animal était mortellement blessé, et c'était un miracle d'amour et de détermination qu'il ait réussi à le porter aussi loin. Dorian était si faible et si triste que ses yeux s'emplirent de larmes. Il détacha le seau de cuir et y versa ce qui restait d'eau dans l'outre. Il en but une demi-pinte et s'agenouilla près de la tête d'Ibrisam.

— Mon courageux ami, murmura-t-il en lui donnant à boire le reste.

Ibrisam aspira l'eau avec avidité puis, quand il eut fini, renifla le fond.

— Je ne peux rien faire de plus pour toi, dit Dorian en lui caressant les oreilles comme l'aimait Ibrisam. Tu seras mort demain matin, et moi aussi si tu ne m'emmènes pas encore un peu plus loin, car les Turcs vont nous suivre de près. Veux-tu me porter une dernière fois ?

Il se releva et l'excita doucement de la voix :

— *Hout ! Hout !*

Ibrisam tourna la tête et le regarda avec ses grands yeux sombres emplis de souffrance.

— *Hout ! Hout !* répéta Dorian.

Le chameau gronda et se mit debout. Dorian se hissa sur la selle.

Il reprit son allure étriquée en suivant les traces que le prince et Batula avaient laissées à travers les collines accidentées et les oueds profonds. Dorian faillit encore tomber, mais il se ressaisit et s'attacha à la selle avec le filet à provisions vide. Il somnolait, se réveillait en sursaut, s'assoupissait encore et sombrait lentement dans le coma. Il perdit toute notion de temps, de vitesse, de direction, et ils poursuivirent leur errance, l'animal mourant et l'homme.

Une heure après l'aube, quand le fléau cruel du soleil les châtia de nouveau, Ibrisam mourut debout en s'évertuant à aller de l'avant. Avec un dernier soupir, il s'effondra lourdement pour ne plus se relever. Ejecté de sa selle, Dorian tomba de tout son long sur la terre caillouteuse.

Il se redressa sur ses genoux et se traîna à l'ombre de la carcasse d'Ibrisam. Il s'obligea à ne pas penser à la mort de son fidèle compagnon et à la perte de tant de ses hommes. Il lui fallait concentrer ses forces et son esprit pour rester en vie jusqu'à ce que Batula revienne le secourir avec les Awamir.

Il vit devant lui les traces laissées par de nombreux chameaux dans le sol meuble et se rendit compte que, même dans les affres de la mort, Ibrisam avait fidèlement suivi la route empruntée par le prince et Batula vers l'oasis de Muhaïd. Cela pouvait encore lui sauver la vie, car, lorsqu'ils reviendraient, ils suivraient leurs propres traces.

C'était une règle de survie dans le désert que de ne jamais abandonner un endroit sûr pour partir à l'aventure, mais Dorian savait que les Turcs le suivaient. Zayn al-Din ne le laisserait pas partir si facilement. L'ennemi ne devait pas être loin et, s'ils le trouvaient avant le retour de Batula, il lui fallait s'attendre à subir le même sort que les blessés capturés par Zayn dans le défilé de la Gazelle.

Il devait continuer à marcher à la rencontre de Batula et essayer de conserver de l'avance sur les Turcs aussi longtemps que ses forces lui permettraient de rester sur ses pieds. Il se leva en chancelant et regarda le chargement porté par Ibrisam. Y avait-il quelque chose qui puisse lui être utile ? Il détacha l'outre, la secoua et la leva des deux mains. Quelques gouttes glissèrent à contrecœur dans sa bouche, il avala péniblement, la gorge déjà gonflée, puis laissa tomber l'outre.

Les armes. Que lui restait-il ? Il avait son mousquet à long canon dans son fourreau de cuir, la poire à poudre et le sac de balles. La crosse du mousquet était incrustée d'ivoire et de nacre, la platine en argent ciselé. Il pesait au moins sept livres. Trop lourd. Il l'abandonna.

Sa lance brisée était restée dans le défilé. Son cimeterre l'alourdirait trop et semblerait doubler de poids à chaque mile parcouru. Il déboucla tristement son ceinturon et le lâcha. Il conserva sa dague. Il risquait d'en avoir besoin. Le tranchant était aiguisé. Il l'avait affûté jusqu'à pouvoir raser les poils de son avant-bras. Quand les Turcs arriveraient, il préférerait une mort propre à l'émasculation et à l'éventration, et se laisserait tomber sur la pointe.

— Je te demande encore une chose, mon vieil ami, dit-il en regardant Ibrisam.

Il s'agenouilla à côté de lui et lui ouvrit le ventre avec sa dague. Il prit à pleines mains le contenu de son estomac, en exprima le liquide entre ses doigts et le but. Cela avait un goût de bile et Dorian dut faire effort pour ne pas vomir, mais il savait que ce peu de liquide lui donnerait la force de survivre quelques heures de plus sous le soleil de plomb.

Il refit le pansement de ses plaies, constata qu'elles ne saignaient plus et que des croûtes s'étaient formées.

Puis il resserra les lanières de ses sandales et se couvrit la tête de son châle pour se protéger du soleil aveuglant. Sans se retourner vers Ibrisam, il se mit en route le long de la piste laissée par la petite troupe du prince, vers un horizon qui commençait à trembloter dans l'air surchauffé.

Une heure plus tard, il s'écroula pour la première fois. Ses jambes semblèrent se liquéfier sous lui et il tomba sur le visage. Sa bouche était pleine de terre crayeuse et il s'étrangla à moitié en essayant de la recracher. Il ne lui restait plus de salive et, quand il chercha à reprendre son souffle, il aspira de la poussière dans ses poumons. Il s'assit péniblement en haletant. L'effort lui évita de sombrer dans le coma. Il s'essuya le visage avec l'extrémité de son *keffieh* : il n'y avait pas une goutte de salive sur ses lèvres ni de sueur sur son visage. Il se força à se relever. Il titubait et manqua retomber, mais réussit malgré tout à se tenir debout et un peu de force revint dans ses jambes.

Il continua de marcher. Le soleil lui brûlait les yeux et semblait mettre son cerveau en ébullition. Quand il essayait de déglutir, ses lèvres se déchiraient comme du parchemin et il sentait le goût métallique du sang dans sa bouche.

La douleur et la soif diminuèrent peu à peu, et il entra dans cet état de rêve où toute sensation a disparu. Il entendit une musique, douce et mélodieuse. Il s'arrêta et jeta autour de lui un regard trouble, vit Tom et Yasmini debout l'un à côté de l'autre sur la crête de l'éminence qu'il gravissait. Tous deux riaient et lui faisaient signe.

— Ne fais pas le bébé, Dorry ! criait Tom.

— Viens, Dohie.

Yasmini dansait comme un elfe près de lui en faisant tournoyer ses jupes. Il avait oublié combien elle était jolie.

— Viens avec moi, Dohie, retournons sur la Route des Anges.

Dorian se mit à courir d'un pas mal assuré en traînant les pieds. Le couple se détourna ; ils lui firent au revoir de la main avant de disparaître derrière la crête. Il trébucha sur une pierre et battit des bras pour se rattraper mais finit par atteindre la crête et regarda de l'autre côté.

Il était médusé : des arbres verdoyants chargés de fruits rouges mûrs couvraient la vallée. Des pâturages d'herbe grasse descendaient jusqu'à un lac miroitant. Tom n'était plus là mais Yasmini se tenait au bord de l'eau, toute nue. Elle était fine, la peau dorée, et sa chevelure à l'éclat argenté ondulait jusqu'à sa taille. Ses seins gros comme des pommes pointaient timidement à travers le voile chatoyant de ses cheveux.

— Dohie ! appela-t-elle encore, sa voix aussi douce que le roucoulement d'une grive du désert à l'aube.

Il tenta de courir vers elle, mais ses jambes le trahirent de nouveau et il tomba. Il était trop las pour lever la tête.

— Laisse-moi dormir seulement un peu, Yasmini, supplia-t-il.

Mais aucun son ne sortit de sa gorge enflée ; sa langue semblait emplir toute sa bouche et adhérer au palais.

Dans un effort surhumain, il ouvrit les yeux et, avec un terrible sentiment de douleur, il se rendit compte que Yasmini et le lac avaient disparu. Il n'y avait au-dessous de lui que le désert brûlant et âpre, de la roche, des épineux et du sable. Il roula sur le côté, regarda en arrière et vit la patrouille de cavalerie ottomane. Ils suivaient ses traces, cinquante hommes montés sur des chameaux lancés à pleine vitesse, encore à deux miles derrière lui mais qui se rapprochaient rapidement. Eux au moins n'étaient pas des fantômes, il le savait.

Il rampa sur une courte distance puis se releva. Ses genoux fléchissaient mais il chassa la faiblesse et tituba par-dessus la crête de l'éminence. La pente l'aida à continuer à courir.

Il entendit de nouveau la musique, mais maintenant elle emplissait les cieux et des centaines de voix chantaient. Il leva les yeux et vit le chœur céleste, une multitude d'anges du Paradis rassemblés autour du soleil, si glorieux que sa vision était étoilée comme par les reflets d'un gigantesque diamant.

Ils chantaient :

— Viens ! Abandonne-toi à la volonté de Dieu !

— Oui ! murmura-t-il. (Le son de sa propre voix parut étrange à ses oreilles, comme si elle venait de très loin.) Oui, je suis prêt.

Un miracle se produisit alors. Dieu lui apparut. Il était grand, il portait une robe d'un blanc éclatant et les rayons du soleil derrière lui formaient une auréole dorée. Il avait un visage beau, noble et plein d'une grande compassion. Dieu leva la main droite en un geste de bénédiction et ce fut, avec des yeux pleins d'amour qu'Il le regarda. Dorian eut l'impression que la puissance divine s'épanchait dans son corps, répandait dans son âme un sentiment infini de sainteté et de respect.

— Je porte témoignage qu'il n'y a d'autre dieu que Dieu et que Mahomet est son Prophète !

Le beau visage de Dieu rayonna de bienveillance. Il s'avança jusqu'à lui, le releva, l'étreignit, embrassa ses lèvres noircies et sanglantes.

— Mon fils ! dit Dieu avec la voix du prince Abd Mohammed al-Malik. Ton consentement à la vraie foi m'emplit le cœur d'allégresse. La prophétie s'accomplit maintenant, et je remercie Dieu de t'avoir retrouvé à temps.

Dorian s'affaissa dans les bras du prince.

— De l'eau ! Batula, apporte de l'eau ! cria al-Malik aux hommes qui le suivaient de près.

Batula pressa de l'eau fraîche entre ses lèvres avec une éponge et le porta sur la litière qu'ils avaient préparée. Une douzaine d'Awamir le soulevèrent sur le dos d'un chameau de bât.

Perché sur la litière qui se balançait, Dorian tourna la tête et, les yeux injectés de sang, entre ses paupières gonflées, il vit les hordes des Awamir arriver à travers la plaine.

Puis les Turcs apparurent sur la crête au-dessus de lui et serrèrent la bride de leurs chameaux dans leur propre nuage de poussière. Avec une inquiétude soudaine, ils discernèrent en contrebas l'armée awamir.

— *Allah akbar !*

Le cri immense s'éleva des rangs des Awamir. Ils baissèrent leurs longues lances et s'avancèrent en ordre de bataille. Les Turcs tournèrent bride et s'enfuirent sans demander leur reste.

Dorian retomba sur la litière, ferma les yeux et laissa l'obscurité l'envahir.

La colonne des Awamir qui franchit le défilé de la Gazelle dans l'autre sens comptait près de cinq mille hommes. Les ennemis avaient déserté les plaines salées en contrebas et battu en retraite vers le nord et Mascate.

Al-Malik marqua une pause pour donner une sépulture décente aux corps mutilés des Saar qui étaient morts sur place. Dorian était encore trop faible pour quitter sa litière, mais il se fit porter par Batula et quatre autres près des tombes. Pour la première fois, il pria en musulman au sein de la communauté des croyants qui récitaient la prière des morts.

Puis l'armée traversa les plaines salinisées jusqu'aux puits saumâtres de Ghail ya Yamin, où les guerriers saar étaient déjà rassemblés, ajoutant ainsi trois mille lances aux forces du prince.

Les cheiks des Saar vinrent à la tente sous laquelle Dorian était étendu ce soir-là, s'amassèrent autour de sa litière et lui demandèrent de leur raconter par le menu la bataille du défilé de la Gazelle. Ils interrompaient son récit par des exclamations d'étonnement quand il expliquait comment avait péri chacun des leurs, et les pères et les frères des morts en pleuraient de fierté.

— Par Allah, un combat dans lequel Hassan a dû être heureux de mourir !

— Au nom de Dieu, Salim était un homme.

— Allah va ménager une place au Paradis pour mon fils Mustapha.

Ils avaient soif de guerre et de vengeance, car le sang ne pouvait être vengé que par le sang. Ils crachaient dans le sable et juraient de châtier Zayn al-Din et les Turcs. Dans son cœur, Dorian le jurait aussi.

Puis, pendant le temps où l'armée campa à Ghail ya Yamin, tous les jours à midi et le soir, ils revenaient à la tente écouter de nouveau le récit, et ils corrigeaient Dorian s'il omettait un détail et le priaient de ne pas oublier un seul coup de cimeterre ou de feu, afin de réentendre tout ce qu'avaient fait et dit les Saar avant de mourir.

De Ghail ya Yamin, l'armée se mit en marche pour l'étape suivante de sa longue route jusqu'à Mascate. A chaque défilé entre les montagnes, d'autres tribus se joignaient à elle, les Balhaf et les Afar, les Baït Kathir et les Harasis, si bien qu'à son arrivée à Muqaibara ils étaient en tout quinze mille lances, une puissante armée qui s'étendait sur dix miles dans le désert.

Batula raconta à voix basse l'histoire de la conversion de Dorian à l'islam. Aucun Arabe ne peut garder un secret, surtout aussi poignant que celui-là ; l'histoire était narrée autour des feux de camp, et les guerriers répétaient la vieille prophétie de saint Taïmtaïm, car beaucoup en avaient lu les paroles sur les parois de sa tombe. Ils en discutaient sans fin, juraient sur le nom de Dieu qu'al-Salil était vraiment l'orphelin dont elle parlait et qu'avec lui la victoire était assurée. Avant le prochain ramadan, ils auraient installé le prince Abd Mohammed al-Malik sur le trône d'ivoire de Mascate.

Au cours des semaines que dura le voyage de Ghail ya Yamin à Muqaibara, les blessures de Dorian avaient guéri proprement, car, dans le désert, il n'y avait pas d'humeurs malignes pour corrompre les plaies. Quand il fut prêt à reprendre sa place dans les rangs, le prince le manda. Lorsqu'il traversa le camp à grands pas, chaque tribu l'acclama et le suivit jusqu'à la tente d'al-Malik. Elles étaient massées à l'entrée quand Dorian s'agenouilla devant le prince et lui demanda sa bénédiction.

— Tu as ma gratitude et ma bénédiction, mon fils, et bien plus encore.

Al-Malik frappa dans ses mains et Batula s'avança en tirant quatre magnifiques chameaux pur-sang. Chacun était richement caparaçonné et portait lance, cimeterre et mousquet dans le fourreau attaché sur son dos.

— Voilà mon présent, maigre compensation des pertes que tu as subies au défilé de la Gazelle.

— Je vous remercie pour votre générosité, père, bien que je n'attende aucune récompense de ce qui n'a été que mon devoir.

Al-Malik frappa encore dans ses mains, et deux vieilles Saar abondamment voilées vinrent à Dorian et déposèrent à ses pieds un morceau de soie plié.

— Ce sont les mères de Hassan et de Salim, qui sont morts dans le défilé, expliqua le prince. Elles ont sollicité l'honneur de coudre et de broder ta flamme de bataille.

Les deux femmes déplièrent la bannière sur le sol de la tente. En soie bleu azur, elle était longue de six pieds et la prophétie de Taïmtaïm y était brodée en fil d'argent. L'élégante écriture coulait et virevoltait sur le fond bleu comme les courants et les tourbillons à la surface d'une rivière.

— Père, c'est la flamme d'un cheik, protesta Dorian.

— C'est en effet ce que tu es maintenant, répondit al-Malik en lui souriant affectueusement. Je t'ai élevé à ce rang. Je sais que tu le tiendras avec honneur.

Dorian se leva et brandit la flamme au-dessus de sa tête puis courut ainsi à l'extérieur. La foule s'ouvrit devant lui et l'acclama tandis qu'on tirait des coups de feu en l'air. La bannière flottait dans le vent derrière Dorian comme un serpent bleu. Il revint à la tente du prince et se prosterna devant lui.

— Vous me faites un grand honneur, seigneur, dit-il.

— Dans la bataille qui s'annonce, tu commanderas le flanc gauche, cheik al-Salil, déclara le prince. Je placerai quatre mille lances sous ta bannière.

Dorian se redressa et regarda d'un air grave le prince dans les yeux.

— Père, puis-je vous parler en secret ?

D'un geste, Al-Malik fit baisser les côtés de la tente et ordonna à al-Allama et aux autres membres de sa suite de se retirer.

— Qu'as-tu d'autre à me demander, mon fils ? Parle et tu l'obtiendras.

En réponse, Dorian déploya la flamme et suivit avec son doigt les mots de la prophétie.

— « Il rassemblera les sables divisés du désert », lut-il à haute voix.

— Continue, ordonna le prince en fronçant les sourcils. Je ne vois pas où tu veux en venir.

— Il semble que le saint m'ait imposé un autre devoir. Il m'est venu à l'esprit que, lorsqu'il parle des sables du désert, il entend par là les tribus divisées et en guerre.

Le prince hocha la tête.

— C'est peut-être vrai, admit-il. Bien que la plupart des tribus se soient jointes à nous, les Masakara, les Harth et les Bani Bu Hasan continuent de battre le tambour de guerre pour Yaqub et la Sublime Porte.

— Laissez-moi aller à eux sous cette flamme, supplia Dorian. Qu'ils voient la couleur de mes cheveux et je débattrai avec eux de la prophétie. Alors, si Allah est bon, j'amènerai dix mille lances supplémentaires de votre côté.

— Non ! s'exclama al-Malik, alarmé. Les Masakara sont perfides. Ils t'éventreront et t'attacheront à des pieux au soleil. Je ne peux te permettre de courir un tel risque.

— Je les ai combattus, dit Dorian doucement. Ils doivent m'accorder le respect dû à un ennemi honorable. Si je vais à eux en solitaire et me place en leur pouvoir comme un simple voyageur, ils n'oseront enfreindre les enseignements du Prophète. Ils devront entendre ce que j'ai à leur dire.

Le prince semblait malheureux et, agité, caressa sa barbe, mais ce que disait Dorian était vrai. Le Prophète avait imposé un devoir d'hospitalité aux croyants. Ils étaient obligés de protéger le voyageur.

— Il n'en reste pas moins que je ne peux t'autoriser à courir un tel danger, dit-il enfin.

— Le risque porte sur une vie, mais dix mille lances

sont en jeu, plaida Dorian. Père, vous ne pouvez me refuser la chance d'accomplir ma destinée telle qu'elle est écrite.

Le prince soupira finalement.

— Comment les Masakara pourraient-ils résister à ton éloquence ? J'en suis incapable. Je t'autorise à aller auprès d'eux, al-Salil, comme mon émissaire. Mais je jure sur la barbe rousse du Prophète que, s'ils touchent à un de tes cheveux, il tombera assez de têtes pour que tous les vautours du royaume se gavent au point de ne plus pouvoir voler.

Le lendemain au crépuscule, le prince demeurait assis seul sur un rocher, à la crête d'une colline basse au-delà de l'oasis. Dans la pénombre violette, quatre chameaux sortirent discrètement du camp et passèrent sous la colline en direction du nord. Dorian chevauchait le premier et tenait le deuxième par une longe, Batula suivait, conduisant aussi un chameau. Les deux hommes étaient voilés. Quand il regarda vers le prince, Dorian le salua avec sa lance et le prince leva la main droite pour le bénir.

Puis Abd Mohammed al-Malik, l'air triste et perdu, les suivit des yeux tandis qu'ils s'éloignaient dans le désert. Il faisait nuit et les étoiles formaient un dais glorieux quand il se leva enfin et redescendit dans l'obscurité vers la lueur des feux de camp qui emplissaient la large vallée de Muqaibara.

A la saison fraîche, quand les vents vinrent de la mer, dans le mois qui précédait le ramadan, l'armée d'al-Malik se trouvait devant Mascate et regardait celle des Ottomans et des tribus fidèles au calife venir à sa rencontre en ordre de bataille.

Al-Malik était assis avec son état-major sous un vélum de cuir, sur un promontoire qui s'avançait dans la plaine, son armée déployée en contrebas. Il leva sa longue lunette et observa les formations ennemies qui évoluaient devant eux. Les Turcs étaient au centre, leurs escadrons de cavalerie à l'avant-garde, les méharistes derrière.

— Combien sont-ils ? demanda-t-il aux hommes qui l'entouraient.

— Douze mille Turcs, répondirent-ils.

Le centre était rutilant de bronze et d'acier, les bannières vertes de la Sublime Porte ondulaient et claquaient dans la brise de mer, les escadrons de cavalerie s'avançaient au petit galop puis formaient une phalange compacte, prête à se lancer à l'attaque.

— Et les Masakara ? demanda le prince.

Ils étaient sur le flanc droit, une foule grouillante de guerriers montés sur des chameaux, remuante comme un vol d'étourneaux.

— Six, sept mille, dit un cheik des Harasi.

— Au moins, confirma un autre. Peut-être plus.

Al-Malik se tourna vers l'autre flanc de l'ennemi, où les voiles et les *keffiehs* noirs signalaient les Bani Bu Hasan et les Harth. C'étaient les loups du désert et ils égalaient en nombre les Masakara.

Al-Malik sentit de nouveau l'amertume de la déception au fond de sa gorge. Ils étaient presque deux fois moins nombreux que l'adversaire. Al-Salil avait échoué dans sa tentative de rallier les tribus du nord : le prince était sans nouvelles de lui depuis qu'il avait disparu dans le désert près de deux mois plus tôt. Ils savait dans son cœur qu'ils s'étaient trompés, qu'il n'aurait jamais dû envoyer al-Salil auprès d'eux. Chaque jour il avait redouté de recevoir en cadeau des Masakara la tête coupée de son fils roux dans un sac en cuir. Le macabre trophée n'était jamais arrivé, mais il avait sous les yeux la preuve de son échec : près de quinze mille lances rebelles levées contre lui.

Il y eut une agitation soudaine dans les rangs ottomans. Des estafettes galopaient vers la première ligne pour transmettre les ordres de l'état-major et les cornes sonnaient l'avance. La cavalerie turque s'ébranla, rang après rang, son attirail réfléchissant le soleil en ondes lumineuses, mais les formations arabes sur ses flancs restaient en position et laissaient des brèches se creuser dans le front. C'était inhabituel, et le prince regarda avec sa lunette, son intérêt soudain éveillé.

Il perçut une nouvelle perturbation dans les rangs ennemis ; cette fois, les estafettes partirent au galop de l'état-major turc vers les ailes en agitant les bras, pressant les alliés arabes de participer à l'avance générale et de combler les dangereuses brèches de la ligne de front.

Puis les formations arabes se mirent enfin en marche, mais elles se tournèrent, l'une vers la droite, l'autre vers la gauche, et se dirigèrent vers le centre, où les Turcs hésitaient, déroutés par ce mouvement inattendu.

— Par le nom de Dieu ! murmura al-Malik, le souffle coupé.

Au milieu de la première ligne des Masakara, une curieuse flamme se déploya, portée par un guerrier de haute taille monté sur un chameau pur-sang, couleur miel. Le prince tourna sa lunette vers lui : la flamme était bleu azur, parcourue par une inscription argent étincelante. Tandis qu'il regardait, stupéfait, le guerrier se débarrassa de son *keffieh* et baissa sa lance. Ses cheveux étaient d'or roux et sa lance pointée vers les Turcs.

— Allah ! Loué soit Allah ! Al-Salil a réussi. Il a rallié les tribus rebelles à notre cause.

Les formations arabes sur les flancs prenaient les Ottomans en enfilade et se refermaient sur eux comme des tenailles.

Le prince se ressaisit et donna l'ordre de charger. Les tambours de guerre tonnèrent et les trompes lancèrent une note stridente.

Les Saar et les Awamir au centre, l'armée du sud déferla comme un flot immense, soulevant un gigantesque nuage de poussière qui voila le ciel bleu.

Dorian chevauchait au milieu de la ligne, le cœur en fête. Jusqu'au dernier moment, il n'avait pas été certain que les cheiks des Masakara tiendraient leur promesse de se tourner contre les Ottomans. Sa monture rapide le portait en tête des guerriers qui galopaient à ses côtés, et seul Batula l'égalait en vitesse, à une longueur de lance derrière lui.

Devant, la confusion régnait dans l'armée de Turcs ; la plupart faisaient encore face à la vallée où celle du prince al-Malik avançait comme une lame de fond. Seuls ceux qui étaient proches du flanc droit avaient vu le danger et se tournaient pour soutenir la charge.

Dans le fracas et le choc terribles des corps et des boucliers, ils percutèrent le flanc ottoman et le pénétrèrent. Dorian choisit un adversaire, impressionnant dans sa cotte de mailles et sous le casque de bronze, visage sombre, déformé par la fureur et la consternation, qui tentait de maîtriser son coursier. Il baissa la pointe de sa lance et se pencha sur sa selle. Sous la houlette de Batula, il avait appris à embrocher au grand galop un melon du désert lancé en l'air. Il visa l'aisselle gauche du Turc, au défaut de la cotte de mailles.

La lance vibra dans sa main en trouvant l'ouverture.

Elle traversa la poitrine de l'homme et heurta la cotte de l'autre côté. Le choc désarçonna le Turc, qui resta suspendu à la lance en donnant des coups de pied.

Dorian baissa la pointe et le laissa rouler dans la poussière, puis il releva son arme et choisit une autre victime. Cette fois, la lance cassa sous la force du coup, mais la pointe d'acier était fermement logée dans la gorge du guerrier qu'il avait frappé. Le Turc empoigna le bout de hampe des deux mains et essaya de l'arracher, mais il mourut avant d'y réussir, puis glissa de sa selle, traîné au loin par le cheval affolé.

Batula jeta la lance de rechange à Dorian, qui la rattrapa au vol et du même mouvement coucha la longue hampe en la pointant vers le ventre d'un autre Turc.

Dans les minutes qui suivirent la charge, les rangs des Ottomans, attaqués sur les deux flancs, furent ouverts tandis que le gros de l'armée enfonçait leur ligne de front plongée dans le désordre.

Les armées aux prises tournaient comme une masse de débris emportée par un tourbillon, les hommes ferraillaient, criaient et mouraient dans un vacarme assourdissant. La bataille ne pouvait durer bien longtemps car elle était inégale, et la furie des assaillants trop grande. Attaquée de flanc et de front, la ligne des Ottomans, surpassés en nombre partout, commençait à céder. Les Arabes sentaient la victoire et pressaient l'ennemi tels des loups autour d'un chameau aux abois, taillant, frappant, hurlant, jusqu'au moment où les Ottomans rompirent les rangs. Alors la bataille se transforma en une pagaille sanglante.

La première charge de Dorian l'avait emporté profondément à l'intérieur de la masse des ennemis et, pendant un moment, Batula et lui se retrouvèrent isolés et cernés. La seconde lance se brisa dans ses mains ; il tira son cimeterre et se battit jusqu'à ce que son bras droit fût barbouillé de sang turc jusqu'à l'épaule.

Puis, brusquement, l'acharnement des ennemis autour de lui faiblit et, les uns après les autres, ils rompirent l'engagement et tournèrent leur monture vers l'arrière. Voyant les Arabes se précipiter à travers les brèches dans leurs rangs, certains jetaient leurs armes. Les Turcs fouettaient leurs montures au galop et battaient en retraite.

— En chasse ! hurla Dorian. Poursuivez-les ! Taillez-les en pièces !

Mêlées comme l'huile et l'eau, les deux armées refluèrent ensemble dans la plaine ; les Arabes hululaient, brandissaient leurs cimeterres sanglants et poussaient leurs cris de guerre tandis que la bataille se muait en déroute pour les Turcs, qui fuyaient sans guère chercher à se défendre. Certains se jetaient à bas de leur cheval et s'agenouillaient devant les assaillants pour demander grâce, mais les Arabes les transperçaient de leur lance en passant, puis revenaient sur leurs pas pour dépouiller les cadavres.

Dorian se fraya un chemin vers l'arrière. Il vit que l'état-major ottoman avait depuis longtemps abandonné la bataille et s'éloignait à travers la plaine dans une fuite éperdue. Le général et chacun de ses officiers avaient pris un cheval ou un chameau et décampaient vers la ville. Dans toute cette multitude, un seul homme intéressait Dorian.

— Où est Zayn al-Din ? cria-t-il à Batula.

Il l'avait vu le matin, lorsque l'armée franchissait les portes de Mascate. Zayn al-Din se trouvait avec l'état-major turc. Il chevauchait derrière le général ottoman et portait une demi-armure et une lance, comme s'il était impatient de combattre. Abubaker, son vieux camarade et acolyte du harem de Lamu, l'accompagnait. Maintenant grand et mince, Abubaker arborait une longue moustache et portait lui aussi l'attirail d'un guerrier. Ses deux vieux ennemis chevauchaient à deux longueurs de lance de lui, mais aucun des deux ne l'avait reconnu dans les rangs des Masakara, car Dorian était monté sur l'un de leurs chameaux, les cheveux et le visage enveloppés dans les plis d'un turban noir.

— Où est-il ? hurla-t-il encore à Batula. Est-ce que tu le vois ?

D'un bond, il se mit debout sur la selle de son chameau en pleine course, acrobatie téméraire, et scruta la plaine devant lui, couverte maintenant non seulement d'ennemis en fuite mais aussi de chevaux emballés et de chameaux dont les cavaliers avaient été abattus.

— Le voilà ! s'écria Dorian.

Il se laissa retomber sur sa selle et aiguillonna sa monture. Zayn al-Din se trouvait à un demi-mile devant lui, monté sur le même étalon bai que le matin. On ne pouvait pas ne pas reconnaître sa silhouette empâtée et la cordelette dorée autour de son *keffieh*. Dorian poussa son chameau au maximum de sa vitesse. Il rattrapait et dépassait une multitude de Turcs, certains des officiers supérieurs, mais il les ignorait et, tel un léopard à la poursuite de la gazelle de son choix, fonçait sur Zayn al-Din.

— Frère ! cria-t-il en approchant de l'étalon bai. Reste donc encore un peu ! J'ai quelque chose pour toi.

Zayn regarda par-dessus son épaule. Le vent arracha son *keffieh*, laissant voltiger ses longs cheveux noirs et sa barbe. En voyant Dorian sur ses talons, son long cimeterre recourbé à la main, le visage éclaboussé par le sang de ses victimes, son sourire féroce et impitoyable, de terreur sa peau prit la couleur du beurre rance de chameau.

Paralysé par la peur, Zayn al-Din se cramponnait au pommeau de sa selle, les yeux fixés sur Dorian, qui, parvenu à son côté, levait son cimeterre. Puis, en poussant un cri perçant, Zayn lâcha prise et tomba de sa selle. Il heurta durement le sol et roula comme une pierre en bas d'une pente escarpée. Puis, telle une pile de vieux vêtements poussiéreux, il resta étendu, immobile.

Dorian tourna bride et vint au-dessus de Zayn, qui rampait à présent sur ses genoux. Il avait le visage blanc de poussière et une écorchure sur la joue.

— Epargne-moi, al-Salil. Je te donnerai tout.

— Envoie-moi ta lance ! cria Dorian à Batula sans quitter des yeux le visage abject de Zayn.

Batula la lui jeta. Dorian en baissa la pointe et la plaça contre la poitrine de Zayn. Le couard ferma les yeux et des larmes creusèrent des rigoles à travers la poussière qui poudrait sa face.

— Je possède un lakh de roupies, mon frère. Il est à toi si tu me laisses la vie, je le jure, fit-il en bavant, la bouche molle, les lèvres tremblantes.

— Tu te souviens de Hassan, au défilé de la Gazelle ? demanda Dorian, inflexible, en se penchant de sa selle pour le regarder en face.

— Dieu me pardonne ! s'écria Zayn. C'était dans le feu de la bataille. Je n'étais pas moi-même. Pardonne-moi, mon frère.

— J'aimerais seulement pouvoir me résoudre à poser la main sur toi, alors je ne manquerais pas de te couper les testicules comme tu l'as fait à mon ami, mais plutôt toucher un serpent venimeux. (Dorian cracha de dégoût.) Tu ne mérites pas la mort du guerrier par le fer de la lance, mais, comme je suis compatissant, je vais néanmoins te la donner.

Il poussa la longue hampe et la pointe luisante piqua la poitrine adipeuse de Zayn al-Din.

Celui-ci trouva alors les seuls mots qui pouvaient lui sauver la vie et détourner la colère implacable de Dorian.

— Au nom de l'homme qui est notre père, pour l'amour d'al-Malik, fais-moi grâce.

Dorian changea d'expression, son regard perdit de sa détermination et il recula d'un pouce la pointe de sa lance.

— Tu demandes à être jugé par le père que tu as trahi ? Nous savons tous deux qu'il te condamnera à être garrotté par le bourreau. Si tu préfères cette mort à celle, propre et rapide, que je te propose, eh bien, soit. Je te l'accorde.

Dorian leva sa lance et l'enfonça dans la sacoche de cuir accrochée à l'arrière de son talon. Il appela Batula :

— Passe une corde au cou de ce mangeur de porc et lie-lui les bras dans le dos.

Batula mit pied à terre, ligota rapidement Zayn puis laissa glisser un nœud coulant autour de sa tête. Il tendit le bout de la corde à Dorian, qui l'attacha à l'une des boucles de sa selle.

— Debout ! aboya celui-ci en tirant d'un coup sec sur la corde. Je te conduis au prince.

Zayn se leva, mal assuré sur ses jambes, et suivit le chameau de Dorian en titubant. A un moment donné, il perdit l'équilibre et roula au sol, mais Dorian ne ralentit pas l'allure et ne se retourna même pas. Zayn se releva en hâte, la robe déchirée, les genoux écorchés. Avant qu'ils aient parcouru un mile dans la plaine jonchée de cadavres de Turcs comme des algues sur une plage après la tempête, Zayn avait perdu ses sandales dorées et la plante de ses pieds était à vif. A moitié étranglé par la corde, le visage gonflé et noir, il était si faible qu'il ne pouvait même plus demander grâce.

Quand, monté sur son étalon, le prince Abd Mohammed al-Malik approcha de l'entrée de Mascate à la tête de son escorte, les citoyens de la ville et la cour du calife al-Uzar ibn Yaqub ouvrirent les portes et sortirent l'accueillir. Ils avaient déchiré leurs vêtements et s'étaient couvert la tête de cendre et de terre en signe de repentir. Ils s'agenouillèrent devant son cheval, implorèrent le prince de leur laisser la vie sauve, lui prêtèrent serment d'allégeance et saluèrent en lui le nouveau calife d'Oman.

Le prince se tenait impassible sur sa selle, noble et magistrale figure, mais lorsque le vizir de son frère Yaqub s'avança en portant un sac taché sur son épaule, une expression de chagrin apparut sur son visage, car il savait ce qu'il contenait.

Le vizir vida le sac dans la poussière de la route : la tête coupée de Yaqub roula aux pieds de la monture d'al-Malik, ses yeux vitreux levés vers lui. Sa barbe grise était emmêlée et sale, comme celle d'un mendiant, et un nuage bourdonnant de mouches se posa sur ses yeux ouverts et ses lèvres ensanglantées.

Al-Malik le regarda tristement puis leva les yeux vers le vizir.

— Tu cherches à gagner mon approbation en assassinant mon frère et en m'apportant cette pauvre chose ? demanda-t-il doucement.

— Noble seigneur, ma seule intention était de te faire plaisir, répondit le vizir en pâlissant.

Le prince fit signe au cheik des Awamir à son côté.

— Tue-le !

Le cheik se pencha sur sa selle et, d'un coup de cimeterre, fendit le crâne du vizir jusqu'au menton.

— Traitez les restes de mon frère avec respect et préparez-les pour l'enterrement avant le coucher du soleil. Je dirigeai les prières pour le salut de son âme, dit al-Malik.

Puis il regarda les citoyens de Mascate.

— Votre ville est maintenant ma ville. Son peuple est maintenant le mien. En vertu de mon décret royal, Mascate sera exempte de saccage. Ses femmes seront protégées contre le viol et ses trésors contre le pillage par ma parole d'honneur.

Il leva la main droite en signe de bénédiction et dit :

— Quand vous aurez prêté serment de fidélité, toutes vos offenses et tous vos forfaits seront pardonnés et oubliés.

Il entra ensuite dans la ville, puis dans le palais de Mascate, et prit place sur le trône d'ivoire d'Oman, sculpté dans d'immenses défenses d'éléphant.

Une centaine de nobles réclamaient à cor et à cri l'oreille du nouveau calife et autant d'affaires d'Etat pressantes attendaient son attention, mais l'un des premiers hommes qu'il fit mander fut le cheik al-Salil. Lorsque Dorian se prosterna devant son trône, al-Malik en descendit, le releva et l'étreignit.

— Je te croyais mort, mon fils. Puis, quand j'ai vu ta flamme flotter dans les rangs des Masakara, mon cœur a crié de joie. Je ne saurai jamais tout ce que je te dois, car, si tu n'avais pas rallié les tribus du nord sous mon étendard, la bataille aurait sans doute été très dure pour nous et peut-être ne serais-je pas assis aujourd'hui sur le trône d'ivoire.

— Père, durant la bataille j'ai fait un prisonnier dans l'armée ottomane, lui répondit Dorian.

Il fit signe à Batula, qui attendait parmi les nobles au fond de la salle du trône et s'avança en conduisant Zayn al-Din par la corde.

Ses vêtements étaient en loques, tachés de terre et de sang séché, ses cheveux et sa barbe blancs de poussière, ses pieds écorchés et ensanglantés comme ceux d'un pèlerin. Au début, al-Malik ne le reconnut pas.

Puis Zayn s'avança en trébuchant, se jeta aux pieds de son père, pleura et se tortilla comme un chien battu.

— Père, pardonnez-moi. Pardonnez ma stupidité. Je suis coupable de trahison et d'irrespect. Je suis coupable de cupidité. J'ai été écarté du droit chemin par des fourbes.

— Comment cela ?

— La Sublime Porte m'offrait le trône d'ivoire si je me retournais contre vous, et j'ai été assez faible et sot pour accepter. Je le regrette de tout mon cœur et, si vous ordonnez mon exécution, je crierai mon amour pour vous vers les cieux dans le moment même où la vie quittera mon corps.

— Tu mérites amplement une telle mort, répliqua le calife. Tu n'as jamais reçu de moi qu'amour et bonté, et en retour tu m'as payé de trahison et de déshonneur.

— Accordez-moi encore une chance de vous prouver mon amour, supplia Zayn, pleurnichant, reniflant et bavant sur les sandales de son père.

— Ce jour heureux a déjà été gâté par la mort de mon frère Yaqub. Il y a eu assez de sang versé, dit al-Malik, songeur. Lève-toi, Zayn al-Din. Je t'accorde le pardon, mais en pénitence tu devras faire le pèlerinage à La Mecque et y demander ton pardon. Que je ne revoie plus ton visage avant que tu reviennes l'âme lavée.

Zayn se releva péniblement.

— Que votre bienveillance et votre compassion vous attirent toutes les bénédictions d'Allah, Majesté. Vous verrez que le fleuve puissant de mon amour coulera éternellement.

Sans cesser de s'incliner, de s'aplatir et de protester de sa fidélité et de son devoir, Zayn recula jusqu'au fond de la salle du trône et se fraya un chemin à travers la foule, par les hautes portes d'ivoire sculpté.

Dix jours après l'entrée triomphale dans Mascate et une semaine avant le début du ramadan, le couronnement du nouveau calife fut célébré dans le palais de Mascate et les rues de la ville. La plupart des chefs de tribu s'étaient égaillés vers leur village autour des petites oasis éparpillées sur toute la longueur du territoire d'Oman. C'étaient des hommes du désert, malheureux derrière les murs d'une ville. Ils avaient prêté serment de fidélité à al-Malik, puis étaient repartis sur leurs chameaux chargés du butin pris à l'armée ottomane anéantie.

Ceux qui restaient se joignirent aux festivités dans les rues de la ville où des chameaux et des moutons entiers rôtissaient sur des feux de joie dans tous les souks et sur toutes les places. Les cornes de bélier sonnaient, les tambours battaient et les hommes dansaient dans les rues tandis que les femmes voilées regardaient depuis les étages des bâtisses serrées les unes contre les autres.

Le nouveau calife parcourut en procession les rues bondées, s'arrêtant cent fois pour embrasser un guerrier qui avait combattu dans son armée. Les foules hululaient, tiraient des coups de feu en l'air et tombaient à ses pieds.

Ce fut bien après minuit que le calife rentra au palais, le cheik al-Salil toujours à son côté, comme il l'avait été tout le jour.

— Reste encore un peu avec moi, ordonna al-Malik quand ils arrivèrent à la porte de sa chambre.

Il prit Dorian par le bras et le conduisit sur le balcon qui dominait la mer et les rues de la cité. La musique et les cris de la fête leur parvenaient affaiblis, les flammes des feux de joie se reflétaient sur les murs et éclairaient les danseurs.

— Je te dois une explication pour avoir pardonné à Zayn al-Din, dit enfin le calife.

— Vous ne me devez rien, Majesté, protesta Dorian. C'est moi qui vous dois tout.

— Zayn méritait un châtiment sévère. C'est un traître et je sais comment il a traité tes compagnons au défilé de la Gazelle.

— Ce qui me concerne ne compte pas. C'est ce qu'il vous a fait et vous fera encore un jour ou l'autre qui me met en fureur.

— Tu crois que son repentir était de la comédie ?

— Il convoite le trône d'ivoire, dit Dorian. J'aurais préféré que vous mettiez un scorpion dans votre caftan et un cobra dans votre lit.

Le calife soupira tristement.

— C'est mon fils aîné. Je ne pouvais inaugurer mon règne en le tuant. Mais je t'ai placé en grand danger, car la haine qu'il te voue est implacable.

— Je suis capable de me défendre, père.

— Tu l'as en effet prouvé, dit le calife en riant doucement. Mais maintenant, venons-en à d'autres affaires. Une nouvelle tâche t'attend, une tâche périlleuse et difficile.

— Il vous suffit de commander, Majesté.

— Notre commerce avec l'intérieur de l'Afrique est d'une importance capitale pour la prospérité de notre peuple. Nous, qui étions jadis de pauvres nomades du désert, sommes devenus une nation de navigateurs et de commerçants.

— Je sais cela, père.

— J'ai reçu aujourd'hui un message du sultan de Zanzibar. Une menace grave plane sur notre commerce africain ; l'existence même de nos têtes de pont de Zanzibar et de Lamu est en jeu.

— Comment est-ce possible ?

— Une bande de maraudeurs attaque férocement nos routes caravanières entre la côte des Fièvres et les

Grands Lacs. Notre commerce africain est en grand péril.

— Les tribus noires se soulèvent ?

— Cela se peut. Nous savons qu'il y a des Africains parmi eux, mais on dit aussi que des Francs sont à leur tête.

— De quel pays ?

— Nous l'ignorons, répondit le calife avec un haussement d'épaules. Ce qui est sûr, c'est qu'ils se montrent impitoyables dans leurs attaques de nos caravanes d'esclaves. Nous avons perdu la quasi-totalité du revenu retiré cette année de la vente des esclaves ainsi que d'énormes quantités d'ivoire et d'or en provenance de l'intérieur.

— Que voulez-vous que je fasse ?

— Je vais te donner un *firman* d'autorité, une commission de général de mes armées et autant d'hommes qu'il te sera nécessaire — mille, deux mille ? Je veux que tu t'embarques pour Lamu, puis que tu traverses le bras de mer et marches à l'intérieur des terres pour mettre un terme à ces déprédations.

— Quand voulez-vous que je parte ?

— Tu devras partir avec la nouvelle lune qui met fin au jeûne du ramadan.

La flottille du cheik al-Salil, le Glaive tiré, jeta l'ancre au large de la plage de l'île de Lamu à la pleine lune. Elle comprenait sept grands dhaws long-courrier qui portaient douze cents hommes de troupe du califat.

Dès l'aube, Dorian se fit conduire à terre pour rendre visite au gouverneur, lui présenter son *firman* et prendre des dispositions pour la réception et le ravitaillement de son armée. Il avait besoin d'un cantonnement à terre pour que ses hommes puissent récupérer après la longue traversée le long de la côte, de provisions de bouche, de chevaux et d'animaux de bât.

Les chameaux du désert, pas plus que les chevaux arabes du nord, ne pouvaient survivre longtemps sur la côte humide et pestilentielle. Il lui fallait des bêtes élevées sur place, immunisées contre les maladies africaines.

Trois jours furent nécessaires pour débarquer tous les hommes et le train de bagages, et Dorian resta la plupart du temps au débarcadère ou dans le camp que l'on venait de dresser en surplomb de la plage. Le soir du troisième jour, il revenait par les rues de la ville en compagnie de Batula et de trois de ses capitaines. Ils arrivaient presque aux portes du fort quand on l'appela par son nom d'enfant :

— Al-Amhara !

Il se retourna, car il avait reconnu la voix, bien qu'il ne l'eût pas entendue depuis de longues années, et regarda la femme voilée accroupie à l'entrée de la vieille mosquée, de l'autre côté de la ruelle.

— Tahi ? C'est toi, vieille mère ?

— Loué soit Dieu, mon enfant, je craignais que tu ne me reconnaisses pas.

Dorian avait envie de courir à elle et de l'embrasser, mais c'eût été un grave manquement à l'étiquette dans un lieu public.

— Reste ici, je vais envoyer quelqu'un pour te conduire à mes quartiers, lui dit-il avant de poursuivre son chemin.

Il chargea Batula de l'amener au fort, dans l'aile que le gouverneur avait mise à sa disposition.

Dès que Tahi entra, elle rejeta son voile et se précipita vers lui. Elle sanglotait.

— Mon petit garçon, mon bébé, comme tu as grandi ! La barbe et des yeux de faucon — mais je t'aurais reconnu entre mille. Quel grand homme tu es devenu, et un cheik !

Dorian rit, la tint dans ses bras et lui caressa les cheveux.

— Quelles sont ces mèches grises que je vois là, vieille mère ? Mais tu es toujours aussi belle !

— Je suis une vieille femme, mais ton étreinte me rajeunit.

— Assieds-toi.

Il la conduisit vers une pile de coussins sur la terrasse, puis envoya une esclave chercher des jus de fruit et un plat de dattes sucrées au miel.

— Je veux que tu me racontes tout, dit-elle en lui caressant la barbe et la joue. Mon beau bébé, qui est devenu un bel homme ! Dis-moi tout ce que tu as fait depuis ton départ de Lamu.

— Il me faudrait un jour et une nuit entière, protesta-t-il en lui souriant affectueusement.

— J'ai le reste de ma vie pour écouter.

Il répondit donc à toutes ses questions en se retenant avec peine de lui poser celle qui lui brûlait les lèvres. Il acheva enfin son récit :

— Ainsi, le calife m'a renvoyé à Lamu et sur la côte des Fièvres, et je remercie Dieu qu'il l'ait fait, car cela me permet de revoir ton visage bien-aimé. Dis-moi comment tu as vécu depuis que j'ai quitté Lamu.

Elle était restée au harem où Kouch, le chef des eunuques, lui avait confié des tâches domestiques.

— Du moins ai-je eu le gîte et le couvert, et j'en remercie Dieu.

— Tu vas venir vivre avec moi désormais, dit-il, et je pourrai ainsi te rendre tout l'amour et la gentillesse que tu m'as témoignés. (Puis, l'air de rien, il posa la question qui lui tenait à cœur :) Quelles nouvelles as-tu de la petite Yasmini ? C'est sûrement une femme maintenant, et voilà longtemps qu'elle doit être en Inde, mariée à son prince moghol.

— Il est mort du choléra avant qu'on ait pu l'envoyer à lui, répondit Tahi en posant sur lui un regard perspicace.

Il essaya de lui cacher ses sentiments et but son jus de fruit à petites gorgées.

— Lui a-t-on donné pour mari quelque autre noble ? demanda-t-il d'un ton neutre.

— Oui. L'émir des al-Bil Khail à Abu Dhabi, un vieil homme riche, qui a cinquante concubines, mais seulement trois épouses, dont la plus âgée est morte il y a deux ans.

Elle lut la peine et la résignation dans ses yeux.

— Depuis quand est-elle mariée ?

— Elle est seulement fiancée, précisa Tahi, ayant pitié de lui. Lorsque les vents changeront et que le *kusi* soufflera de nouveau, elle embarquera pour rencontrer son mari. D'ici là, elle attend toute triste au harem, ici, à Lamu.

— Yasmini est encore à Lamu ? répéta-t-il, ébahi. Je ne savais pas.

— J'étais avec elle à la fontaine dans le jardin ce matin encore. Elle sait que tu es là. Tout le monde le sait au harem. Tu devrais voir Yasmini quand elle parle de toi. Ses yeux brillent comme les étoiles de la Croix du Sud. Elle dit : « J'aime al-Amhara comme un frère et même plus. Il faut que je le voie encore une fois avant de devenir l'épouse d'un vieillard et de disparaître du monde à jamais. »

Dorian se leva brusquement et alla à l'autre bout de la terrasse. Il resta là à contempler la baie où ses dhaws étaient au mouillage, avec un étrange sentiment d'exaltation, comme si la roue de sa destinée avait de nouveau tourné. Durant ces dures années dans le désert, le souvenir de Yasmini s'était estompé, mais il avait refusé les offres des cheiks saar qui se proposaient de lui trouver une épouse parmi leurs filles. Il ne s'était pas rendu compte jusqu'à ce moment qu'il avait attendu quelque chose ou quelqu'un, qu'il n'avait pas oublié la fillette au sourire espiègle.

Puis il se sentit désorienté. Tant de choses se trouvaient en travers de son chemin ! Yasmini était prisonnière du harem et promise à un autre. Aux yeux d'Allah, elle était sa sœur, et il savait qu'une mort atroce punissait l'inceste. S'il déflorait une vierge royale et profanait le caractère sacré du harem, même le calife ne pourrait le sauver de la lapidation ou de la décapitation. Et que feraient-ils à Yasmini ? Il frissonna en se remémorant les histoires que l'on répétait à voix basse sur le traitement que Kouch réservait aux filles qui s'écartaient du droit chemin. On disait que l'une d'elles avait mis quatre jours à mourir et que ses cris avaient empêché tout le harem de dormir pendant tout ce temps.

— Je ne peux la laisser prendre le risque, dit-il à haute voix, déchiré par ses sentiments. Et pourtant, je ne peux résister aux injonctions de mon cœur.

Il tapa du poing sur le mur de corail rugueux.

Il retourna à grandes enjambées vers Tahi, qui attendait patiemment.

— Veux-tu lui porter un message ? demanda-t-il.

— Tu sais bien que oui. Que devrai-je lui dire, mon fils ?

— Dis-lui que je l'attendrai ce soir au lever de la lune, au bout de la Route des Anges.

A la nuit tombée, il prit un cheval puis, vêtu d'une ample djellaba et le visage voilé, sortit de la ville en direction du nord. Il se souvenait de chaque piste, ruisseau, bosquet et mangrove.

Il contourna le harem par les palmeraies et distingua devant lui les hauts murs, massifs et sombres. Il retrouva la vieille ruine et attacha sa jument dans des broussailles proches, où elle serait cachée au regard de quiconque emprunterait le sentier de bûcherons. Normalement, aucun des habitants de l'île ne devait se trouver dehors à une heure pareille, car ils étaient terrifiés par les djinns de la forêt.

Il grimpa sur le tas de ruines, se fraya un chemin à travers les taillis et les broussailles, descendit dans l'excavation circulaire. L'entrée du tunnel était envahie par la végétation et, visiblement, personne ne l'avait franchie durant toutes ces années.

Il s'assit sur un bloc de corail d'où il pouvait surveiller à la fois la sortie du tunnel et les abords au cas où arriverait un intrus. Il n'eut pas longtemps à attendre car la lune monta bientôt à l'orient, puis, s'élevant au-dessus des cimes des palmiers, éclaira le fond du trou, de sa lueur argentée.

Il entendit un bruissement, des pas légers et un murmure à l'entrée du tunnel :

— Dohie ? Tu es là ?

La voix était plus rauque que dans son souvenir, et il eut la chair de poule sur les avant-bras.

— Je suis là, Yasmini.

Les branches qui cachaient l'entrée s'écartèrent et elle sortit au clair de lune. Elle portait une robe blanche toute simple et un *keffieh* sur la tête. Il vit au premier coup d'œil qu'elle avait beaucoup grandi mais elle restait mince et souple comme un sarment de vigne, son pas rapide et alerte comme celui d'une gazelle effarouchée. Elle le vit et s'arrêta net, puis leva lentement les mains et écarta le voile qui lui couvrait le visage.

Dorian resta bouche bée. Yasmini était belle. Elle n'était plus une enfant, mais son visage de lutin avait conservé sa délicatesse, avec les pommettes hautes et d'immenses yeux sombres. Elle avait les lèvres charnues et, quand elle souriait, elle découvrait ses dents blanches et régulières.

Il se leva et découvrit à son tour son visage. Yasmini sursauta.

— Tu es devenu si grand, et cette barbe...

Elle s'interrompit et resta là, hésitante.

— Et toi, tu es devenue une femme adorable.

— Oh, tu m'as tant manqué, murmura-t-elle. Chaque jour...

Soudain, elle courut vers lui et il lui ouvrit ses bras. Elle tremblait et sanglotait contre sa poitrine.

— Ne pleure pas, Yasmini... Je t'en prie, ne pleure pas.

— Je suis si heureuse ! Je n'ai jamais été aussi heureuse.

Il la fit asseoir sur un bloc de corail. Elle cessa de pleurer et se recula pour voir son visage.

— J'ai entendu parler de toi même au harem. On dit que tu es devenu un grand guerrier, que tu as gagné une importante bataille dans le désert, que tu as chevauché avec ton père jusqu'à Mascate et remporté là une autre terrible bataille.

— Je n'étais pas tout seul.

Il sourit et suivit le contour de ses lèvres avec la pointe de son doigt. Ils parlaient vite, avec ardeur, s'interrompaient mutuellement et disaient la moitié de ce qu'ils voulaient dire avant de passer du coq à l'âne.

— Qu'est devenu ton petit singe, Jinni ?

Des larmes coulèrent sur les joues de Yasmini, scintillantes au clair de lune.

— Kouch l'a surpris dans son jardin et l'a battu à mort avec sa pelle. Il m'a envoyé son corps en cadeau.

Dorian changea de sujet en évoquant des souvenirs d'enfance plus plaisants et elle ne tarda pas à rire de nouveau. Puis tous deux se turent et elle baissa les yeux timidement.

— Tu te souviens quand tu m'avais emmenée nager dans la mer ? C'était la première fois que je sortais du harem.

— Je me souviens, dit-il d'une voix bourrue.

— Tu veux m'emmener encore ce soir ? demanda-t-elle en levant les yeux vers lui. S'il te plaît, Dohie...

Ils descendirent main dans la main à travers les arbres. La plage déserte était illuminée par la lune. Les palmiers jetaient des ombres d'un noir violet sur le sable et l'eau miroitait avec la luminescence huileuse d'une perle noire.

Depuis la dernière fois qu'ils étaient venus là, les vagues à marée haute avaient creusé la grotte dans la paroi de grès. Ils s'arrêtèrent à l'entrée et se tournèrent l'un vers l'autre.

— Tu crois que ce que nous faisons est un péché ? interrogea-t-elle.

— Si c'en est un, peu m'importe. La seule chose que je sais, c'est que je t'aime et qu'être avec toi ne me fait pas l'effet d'être un péché.

— Moi aussi, je t'aime. Je ne pourrais aimer quelqu'un ou quelque chose davantage, même si je vivais cent ans.

Elle défit le ruban qui fermait sa robe et la laissa tomber sur le sable. Elle ne portait qu'une culotte de soie.

Dorian la regardait, le souffle coupé. Ses seins s'étaient arrondis et leurs mamelons sombres pointaient. Sa peau lisse luisait comme de la nacre.

— Tu me taquinais en disant que je ressemblais à un ouistiti, fit-elle, à la fois provocante et timide, redoutant un rejet.

— Plus maintenant, réussit-il à dire. Je n'ai jamais rien vu d'aussi beau.

— Je voulais tellement te plaire, Dohie ! Dis-moi que je te plais, je t'en prie !

— Je t'aime. Je veux que tu sois ma femme.

Elle rit de joie, lui prit les mains et les posa sur ses seins. Ils étaient chauds et fermes, et les pointes durcirent quand il les caressa doucement.

— Je suis ta femme. Je crois que je l'ai toujours été. Je ne sais pas comment on fait, mais je veux être ta femme ce soir même.

— Tu es sûre, ma chérie ? Si d'autres l'apprennent, cela peut signifier la disgrâce et une mort affreuse.

— Etre loin de toi serait une mort bien pire que tout ce que Kouch peut inventer. Je sais que ça ne peut pas durer, mais laisse-moi être ta femme une nuit. Montre-moi comment, Dohie, montre-moi comment.

Il étala ses robes sur le sable, la coucha dessus et lentement, avec une douceur infinie, des murmures d'amour et des petits cris d'émerveillement, puis, à la fin, un long spasme de douleur qui se perdit bientôt dans un transport de joie, ils devinrent amants.

Les jours suivants, Dorian fut absorbé par la préparation de sa campagne sur le continent. Il acheta la plupart des bêtes de bât et des chevaux disponibles à Lamu et envoya l'un de ses capitaines à Zanzibar avec trois dhaws pour faire de même là-bas. Il acheta aussi beaucoup de stocks de grains et de marchandises pour le troc.

Il passait aussi des heures à discuter avec les caravaniers et les marchands arabes qui avaient suivi les caravanes attaquées et pillées par les maraudeurs. Il tenta de découvrir l'identité des brigands, leur nombre, les armes et les méthodes qu'ils utilisaient pour effectuer leurs coups de main. Il fit le compte des pertes et le total le stupéfia. Plus de trois lakhs de poudre d'or et vingt-sept tonnes d'ivoire avaient été volés, et près de quinze mille esclaves capturés. Le calife avait de bonnes raisons de s'inquiéter.

Quant aux maraudeurs eux-mêmes, les témoignages étaient vagues et contradictoires. Selon certains, c'étaient des Blancs, des Francs, escortés de Noirs qui maniaient l'arc et la lance. D'après l'un, ce n'étaient que des sauvages. Un autre disait qu'ils n'accomplissaient leurs raids que de nuit, lorsque les caravanes campaient. Un troisième affirmait qu'ils avaient tendu une embuscade pendant la journée à ses longues files d'esclaves et de porteurs, et tué tous les Arabes de l'escorte, lui seul ayant réussi à s'échapper. Un autre marchand raconta qu'ils les avaient épargnés, lui et tous ses hommes, et leur avaient rendu la liberté après les avoir dépouillés de tous leurs biens. Dorian se rendit compte que les témoignages ne concordaient ni sur l'identité ni sur la méthode. Une seule chose était claire : les maraudeurs apparaissaient comme des djinns de la forêt et disparaissaient de la même façon.

— Que font-ils des esclaves qu'ils capturent ? demandait Dorian.

Les Arabes haussaient les épaules.

— Ils doivent bien les vendre quelque part ? insistait-il. Il leur faut une flotte de gros bateaux pour transporter une telle multitude.

— Aucune flotte de ce genre n'a été vue le long de la côte des Fièvres, répondaient-ils.

Dorian se sentait de plus en plus perplexe. Il avait très peu d'informations sûres à partir desquelles échafauder des plans. La seule chose qu'il pouvait faire était de protéger les caravanes et de leur permettre de recommencer à circuler, car le commerce s'était presque tari. A la perspective de pertes si lourdes, rares étaient les marchands de Lamu et de Zanzibar à prendre le risque de financer de nouvelles expéditions.

Son autre objectif était de faire la guerre aux bandits, de les suivre jusqu'à leurs repaires, de les traquer comme les bêtes sauvages qu'ils étaient et de les anéantir. A cette fin, il recruta tous les éclaireurs et les guides de caravane que l'interruption des échanges avaient plongés dans l'oisiveté.

Il ne pouvait commencer la campagne avant que le temps n'ait changé sur le continent, car on était en pleine saison des pluies : les plaines côtières étaient inondées, et la côte des Fièvres à la hauteur de sa terrible réputation. Il devait néanmoins se tenir prêt à appareiller dès que les pluies auraient cessé et que le *kusi* se remettrait à souffler.

A la pensée du retour du *kusi*, Yasmini lui revenait à l'esprit. C'était ce même vent qui allait emporter son bateau au nord, vers le golfe et son futur époux. Cette idée le faisait bouillir de colère. Il envisagea d'écrire au calife de Mascate pour lui demander de faire annuler les fiançailles. Il songea même à avouer son amour pour Yasmini à son père adoptif, et à solliciter une dispense pour l'épouser.

Ils se retrouvaient chaque soir à la nuit tombée, mais, quand il en parla à Yasmini, elle se mit à trembler.

— Je ne pense pas à moi, Dohie, mais si ton père soupçonne qu'il y a entre nous l'amour d'un homme et d'une femme, il a beau t'aimer beaucoup, il sera tenu par l'honneur de soumettre ton cas aux mollahs pour qu'il soit jugé selon les lois de la shari'ah. Il ne peut y avoir qu'un seul verdict pour nous deux. Non, Dohie, il n'existe pas de solution de ce côté-là. Notre destin est entre les mains de Dieu, et Il n'est pas toujours miséricordieux.

— Je vais t'emmener au loin, déclara Dorian. Nous prendrons l'un des dhaws et quelques-uns de mes meilleurs hommes, nous partirons et nous trouverons un endroit où vivre notre amour.

— Un tel endroit n'existe pas, dit Yasmini tristement. Nous appartenons tous deux à l'islam et il n'y a pour nous nulle place en terre d'islam. Nous serons des exilés, condamnés à errer pour toujours. Ici, tu es un grand homme, appelé à devenir encore plus grand. Tu as l'amour et le respect de ton père et de tous les hommes. Je ne te laisserai pas renoncer à tout cela pour moi.

Ils passaient une grande partie de leur temps précieux à discuter de leur situation, couchés au clair de lune dans les bras l'un de l'autre, en murmurant sans fin. Quand ils voyaient l'impossibilité d'une issue, ils faisaient l'amour avec une passion presque sauvage, comme pour détourner le destin.

Avant l'aube, Dorian la raccompagnait à l'entrée du tunnel, où elle l'embrassait comme si c'était la dernière fois, avant de reprendre la Route des Anges pour rentrer au harem. Dans la journée, la jeune fille qui avait été naguère joyeuse et heureuse, aimée de tout le harem, était devenue pâle, silencieuse et léthargique. Ses amis et les servantes s'en alarmèrent peu à peu. Et il ne se passait rien dans ce petit univers clos qui ne vienne finalement aux oreilles de Kouch.

Leur idylle teintée de désespoir dura pendant les mois qui précédaient le changement des vents de mousson. La force expéditionnaire était presque prête à embarquer et les derniers préparatifs pour le mariage de Yasmini achevés. Sa dot avait été envoyée à Mascate pour être transmise à son futur époux, à Abu Dhabi, son trousseau était empaqueté, prêt à être transbordé sur le dhaw qui devait l'emporter à des milliers de miles au nord, entre les murs d'un autre harem royal où elle allait passer le reste de sa vie.

— Je ne peux accepter cela, dit Dorian. Je t'épargnerai ce sort, dussé-je renoncer à tout en cette vie.

— Non, Dohie, je ne te le permettrai pas. Tu auras de nombreuses autres épouses dans les années qui viennent, et tu atteindras la gloire et le bonheur sans moi.

— Non. Peu m'importe le reste. Il n'y a que toi qui comptes.

— Alors, je ne pourrai plus jamais reprendre la Route des Anges pour venir te voir. Sauf si tu me promets de chasser ces folies de ton esprit, c'est la dernière fois que nous nous rencontrons, Dohie. Tu dois me le jurer.

— Je ne puis.

— Alors je ne te reverrai plus.

Il vit qu'elle était déterminée.

— Je t'en prie, Yasmini, tu ne peux être aussi cruelle avec nous deux.

— Alors fais-moi l'amour une dernière fois.

— Yasmini, je ne peux continuer à vivre sans toi.

— Tu es fort. Tu y arriveras. Fais-moi l'amour. Donne-moi quelque chose à quoi me raccrocher, que je puisse me rappeler dans les années à venir.

Ils se séparèrent donc à l'entrée du tunnel et Yasmini partit en courant à travers l'étroit passage, aveuglée par les larmes. Tandis qu'elle sortait par l'ouverture, au-dessus de la tombe du saint, une grosse main se referma sur son bras et la souleva du sol.

Elle se débattait et donnait des coups de pied, mais Kouch la tenait sans difficulté et lui riait au nez.

— Voilà des années que j'attendais ça, ma petite courtisane. Je savais que tu te placerais un jour en mon pouvoir. Tu as toujours été trop téméraire et trop impétueuse.

— Lâche-moi ! cria-t-elle. Pose-moi par terre.

— Non. Maintenant, tu m'appartiens. Tu n'enfreindras plus jamais mes règles. Les autres femmes écouteront tes hurlements et elles trembleront dans leur lit en pensant au prix du péché.

— Mon père ! cria-t-elle. Mon futur époux. Ils te le feront payer cher si tu me fais du mal.

— C'est tout juste si ton père connaît ton nom. Il a bien d'autres filles, et aucune n'est une catin. Et ton futur époux ne voudra jamais dans son harem d'un fruit pourri, à moitié rongé. Non, ma petite, tu n'appartiens plus qu'à Kouch maintenant.

Kouch la porta au fond des jardins, jusqu'au cabanon aménagé derrière le cimetière, caché du reste du harem par une haie d'épineux en fleurs. Deux de ses aides l'attendaient là, des eunuques eux aussi, grands et forts, trop gras mais puissants. Ils avaient déjà exécuté maintes fois ce châtiment et effectué tous les préparatifs.

Kouch étendit Yasmini sur un châssis en bois et la déshabilla. Vêtus seulement de leur pagne d'étoffe mais suant déjà à grosses gouttes dans la petite pièce étouffante, les trois eunuques souriaient à la perspective de ce qui allait suivre. Ils la touchaient, caressaient ses membres lisses, reniflaient ses poils, pinçaient ses petits seins. Puis, quand elle fut nue, ils l'attachèrent par les poignées et les chevilles avec des lanières en cuir, bras et jambes écartés et immobilisés sur le châssis. Puis Kouch se plaça entre ses jambes et lui sourit presque paternellement.

— Tu as été prise en faute. Nous connaissons ton complice, mais il est devenu trop puissant pour qu'on le traîne en justice, et cela me contrarie beaucoup. Son châtiment sera d'apprendre quel sort t'a été réservé. Hors du harem, les gens entendront dire que tu as succombé à une fièvre. Cela arrive souvent en cette saison. Mais je ferai en sorte que ton amant sache qu'il a été responsable de ta mort étrange, très particulière.

Toujours souriant, il se pencha et posa ses mains grasses sur les parties intimes de Yasmini et caressa doucement la douce toison brune de son pubis.

— Je suis sûr que tu as entendu raconter ce qui est arrivé aux vilaines filles qui sont venues dans cette pièce. Mais, au cas où tu aurais mal compris, je vais t'expliquer comment nous procédons.

Il fit signe à l'un des eunuques, qui apporta un plateau en bois avec deux petits paquets en papier de riz pliés en forme de fuseau, longs comme le doigt et effilés aux extrémités. Ils luisaient à la lumière de la lampe car ils étaient abondamment enduits de graisse de mouton.

— Chacun contient cinq onces de poudre de piment. Je le fais pousser moi-même dans mon petit jardin. Il n'y a pas plus fort. Son jus arracherait la bouche d'un Moghol nourri toute sa vie au curry le plus épicé. Je dois porter des gants en peau de chien pour me protéger les mains quand je les réduis en poudre.

Sans crier gare, il enfonça l'index dans son intimité.

— L'un pour le joli petit trou parfumé de devant, dit-il en lui souriant.

Elle poussa un cri de surprise, de douleur et d'humiliation. Il retira le doigt et l'enfonça un peu plus en arrière.

— Et le second paquet pour cette autre caverne, plus sombre.

Il sortit son doigt, le renifla en plissant le nez et fit la grimace. Les autres gloussèrent de plaisir.

Il saisit l'un des paquets sur le plateau. Yasmini le regarda avec horreur et se débattit en forçant sur ses liens.

— Tenez-lui les jambes, dit-il en grommelant aux deux autres.

L'un la força à ouvrit les genoux au maximum. Kouch écarta la petite toison soyeuse et les lèvres qu'elle cachait. Puis, d'une main experte, il introduisit le paquet graisseux dans son vagin.

— Tu as vu comme al-Amhara m'a ouvert la voie et facilité la tâche, dit-il en s'essuyant au tissu de son pagne. Le devant est fait. Maintenant, l'arrière.

Il prit l'autre paquet. Son aide passa les mains sous les petites fesses rondes de Yasmini et les écarta avec rudesse.

Elle se mordait les lèvres au point que ses dents étaient tachées de sang. Elle se tordait aussi fort que le permettaient ses liens, et des larmes remontaient dans ses cheveux.

De sa main libre, Kouch fouilla entre ses fesses.

— Ouvre-le plus ! dit-il à l'autre. Oui, c'est mieux. C'est si mignon et serré !

Les sanglots de Yasmini s'achevèrent en un cri perçant.

— Voilà, jubila Kouch. Ça y est. Jusqu'au fond.

Il se recula.

— *Shabash !* C'est fait ! Attachez-lui ensemble les chevilles et les genoux pour qu'elle ne puisse pas expulser les friandises.

Ils firent vite et contemplèrent leur œuvre avec satisfaction.

— Maintenant, allez finir de creuser la tombe de la petite putain.

Ils sortirent dans le cimetière et on entendit bientôt le bruit des pelles qui mordaient dans la terre sablonneuse, accompagnées de leurs plaisanteries joviales.

Kouch vint se placer à côté de Yasmini.

— Ta civière est prête et ton linceul aussi, susurrat-il en montrant le mur d'en face. Et, tu vois, j'ai même sculpté de mes propres mains la pierre tombale. Elle précise la date de ton décès et affirme que tu es morte de fièvre.

Yasmini se taisait, le corps rigide. Ses yeux écarquillés et brillants de larmes étaient rivés sur l'eunuque penché au-dessus d'elle.

— Tu vois, la poudre de piment est si virulente qu'elle va ronger le papier de riz tandis que les liquides de ton corps vont l'humidifier et augmenter sa fragilité. Le paquet ne va pas tarder à se dissoudre et la poudre sera libérée dans ton jardinet secret.

Il lui repoussa ses cheveux tombés sur le front, puis essuya les larmes de ses paupières avec une douceur féminine.

— Au début, tu sentiras une petite brûlure, qui deviendra un incendie, un incendie qui fera rage au point que les feux de l'enfer seront pour toi un soulagement. J'ai vu beaucoup de putains mourir sur ce lit de bois, mais il n'y a pas de mots pour décrire leurs souffrances. Ça va te dévorer la matrice et les intestins comme si cent rats creusaient ta chair, et toutes les femmes du harem entendront tes cris. Elles se souviendront de toi la prochaine fois qu'elles seront tentées de pécher.

Il haletait presque, l'air extasié, excité par la souffrance qu'il décrivait.

— Quand cela va-t-il commencer ? reprit-il. Dans une heure ou deux, peut-être plus, il est impossible de le savoir avec certitude. Combien de temps cela va-t-il durer ? Je ne peux te le dire. J'ai vu les plus faibles mourir en un jour, et les plus fortes durer quatre jours et crier jusqu'à la fin. Je crois que tu fais partie des fortes, mais nous verrons... Vous n'avez pas encore fini ? cria-t-il depuis la porte aux deux eunuques qui creusaient. Vous ne viendrez pas profiter du spectacle tant que vous n'aurez pas fini.

— Bientôt, répondit l'un d'eux en marquant une pause et en s'appuyant sur sa pelle.

Seul le sommet de sa tête était encore visible pardessus le bord du trou.

— Nous aurons fini avant que le premier sac s'ouvre.

Kouch rentra dans le cabanon et s'installa confortablement sur le banc, le long du mur.

— L'attente est intéressante, dit-il à Yasmini. Certaines demandent grâce, mais je sais que tu es trop fière pour ça. Parfois, les courageuses essaient de cacher le moment où le papier se déchire. Elles tentent de me retirer mon plaisir, mais pas pour longtemps. (Il eut un petit rire.) Pas pour bien longtemps.

Il croisa les bras sur sa poitrine efféminée et molle, et s'appuya contre le mur.

— Je resterai à ton côté jusqu'à la fin, Yasmini, pour partager avec toi ces moments exquis. Et je verserai probablement une larme sur ta tombe, car je suis un sentimental au cœur tendre.

La nouvelle que Kouch avait emmené une autre fille dans le cabanon près du cimetière se répandit comme une traînée de poudre dans le harem et, à l'instant même où la rumeur parvint à Tahi, elle sut avec certitude qui c'était. Elle savait aussi exactement ce qu'elle devait faire. Sans hésiter, elle passa un châle et un voile, et s'empara du panier qu'elle utilisait pour rapporter ses achats de la ville quand l'une des épouses ou des concubines royales l'y envoyait. En tant qu'ancienne femme libre, elle pouvait sortir aisément du harem et les courses faisaient partie de ses fonctions. Elle sortit de sa petite pièce miteuse à l'arrière des cuisines et se hâta le long des arcades, terrifiée à l'idée d'être arrêtée par un eunuque avant d'arriver aux portes.

Un silence inhabituel pesait comme un voile mortuaire sur le harem et les jardins étaient déserts. Aucun enfant ne riait, aucune femme ne chantait et les feux de la cuisine étaient éteints. Toutes les habitantes de ce monde féminin s'étaient enfermées chez elles avec leur progéniture. Le silence était tel que, lorsque Tahi s'arrêta pour écouter, elle n'entendit que le battement de son cœur.

Un seul eunuque gardait la sortie, mais il la connaissait bien. Il était si distrait par cette atmosphère de drame qu'il regarda à peine son visage quand elle souleva son voile pour montrer son identité. Il lui fit signe de passer, de sa main potelée et couverte de bagues.

Dès qu'elle fut hors de vue, elle se débarrassa du panier et se mit à courir aussi vite que le lui permettaient ses vieilles jambes et son poids. Après un mile, elle était au bord de l'apoplexie. Elle tomba sur le bas-côté, incapable de forcer ses jambes à la porter un pas de plus.

Un jeune esclave sortit des champs en conduisant deux ânes chargés de fagots d'écorces d'arbres des mangroves, utilisées pour tanner le cuir. Tahi se releva en chancelant et chercha sa bourse sous ses robes.

— Ma fille est mourante ! cria-t-elle au gamin en lui tendant une roupie d'argent. Je dois aller chercher le docteur. Conduis-moi au fort et il y aura une autre pièce pour toi à l'arrivée.

Le jeune garçon lorgna la pièce et hocha la tête vigoureusement. Il détacha l'un des fagots et le laissa tomber au bord du chemin. Il poussa Tahi sur le dos de l'âne et fouetta le petit animal pour l'amener au trot. Il courait derrière lui en riant.

— Tiens-toi bien, vieille mère. Rabat est rapide comme une flèche. Nous allons t'emmener au fort avant que tu aies eu le temps de cligner deux fois des yeux.

Dorian était assis sur la terrasse en compagnie de Ben Abram. Ils buvaient du café noir, occupés à dresser la liste des fournitures médicales nécessaires à l'expédition sur le continent. Les deux hommes avaient joyeusement renoué leur amitié dès l'instant où Dorian avait débarqué à Lamu. Chaque jour, Ben Abram venait se joindre à lui pour la prière du matin et ils restaient ensuite longtemps à bavarder agréablement et sans façons, comme de vieux amis qu'ils étaient.

— Je suis trop âgé pour quitter l'île, protestait le médecin.

Dorian insistait pour qu'il participe à l'expédition et s'occupe de la santé des soldats.

— Nous savons tous deux que tu es aussi vigoureux et alerte que le jour où nous nous sommes rencontrés. Tu me laisserais mourir de quelque horrible maladie à l'intérieur de ce pays barbare ? J'ai besoin de toi, Ben Abram...

Dorian s'interrompit en entendant du tapage à l'autre bout de la terrasse. Il se leva et cria avec irritation aux gardes :

— Qu'est-ce que ce vacarme ? Je vous ai dit que je ne voulais être dérangé sous aucun prétexte.

— Je suis poussière sous tes pieds, grand cheik. Mais il y a là une vieille bique qui donne des coups de pied et griffe comme un chat sauvage.

Dorian poussa une exclamation de contrariété et s'apprêtait à donner l'ordre de l'envoyer promener avec une claque sur les fesses, quand elle cria d'une voix perçante :

— Al-Amhara ! C'est moi, Tahi ! Au nom d'Allah, laisse-moi te parler de quelqu'un qui nous est cher à tous les deux !

Un frisson de terreur parcourut Dorian. Tahi ne se serait jamais montrée aussi indiscrète s'il n'était arrivé quelque chose de terrible à Yasmini.

— Laissez-la passer ! ordonna-t-il aux gardes en se précipitant à la rencontre de la vieille femme, qui traversait la terrasse d'un pas chancelant, morte de fatigue et d'inquiétude.

Elle s'écroula à ses pieds et se cramponna à ses genoux.

— Kouch sait à propos de Yasmini et toi. Il l'attendait à son retour au harem et l'a emmenée dans le cabanon derrière le cimetière, lâcha-t-elle d'une traite.

Ayant séjourné derrière les murs du harem, Dorian connaissait le cabanon en question. Bien que ce fût strictement interdit, les petits garçons du harem s'étaient mis au défi de se faufiler derrière la haie d'épineux et d'entrer dans le cabanon pour toucher le redoutable châssis en bois. Ils se terrifiaient mutuellement en se racontant des histoires horribles sur ce que faisait Kouch aux femmes qu'il emmenait là. Les hurlements de Salima, une fille dont Kouch avait découvert la liaison avec un officier de la garde du gouverneur, étaient l'un des souvenirs les plus affreux qu'il avait gardés de son séjour au harem. Les plaintes avaient duré quatre jours et trois nuits, de plus en plus faibles, laissant finalement place à un silence encore plus déchirant.

Pendant un long moment, il resta paralysé par ce

qu'avait dit Tahi. Il avait les jambes molles, son esprit s'était vidé comme pour échapper à l'horreur de la situation. Puis, dans un frisson, il chassa sa faiblesse et se tourna vers Ben Abram. Le vieux médecin s'était levé, l'air alarmé et compatissant.

— Je n'aurais pas dû entendre ces paroles, mon fils. Tu as sans doute perdu la raison pour faire une chose pareille, mais mon cœur se fend.

— Aide-moi, vieil ami, supplia Dorian. Oui, j'ai été fou et j'ai commis un terrible péché, mais c'était pas amour. Je sais ce que va lui faire Kouch.

— J'ai vu les fruits de sa monstrueuse cruauté, acquiesça Ben Abram.

— J'ai besoin de ton aide, dit Dorian en s'efforçant, par la seule intensité de son regard, de l'inciter à la lui accorder.

— Je ne peux entrer dans le harem.

— Si je te l'amène à l'extérieur, tu nous aideras ?

— Oui, mon fils, s'il n'est pas trop tard. Quand l'a-t-il conduite au cabanon ? demanda le médecin à Tahi.

— Je ne sais pas, répondit celle-ci en sanglotant. Il y a peut-être deux heures.

— Alors il ne nous reste pas beaucoup de temps. J'ai avec moi les instruments nécessaires. Partons sur-le-champ.

— Tu n'arriveras jamais à me suivre, vieux père, dit Dorian en bouclant son ceinturon. Va aussi vite que tu peux et rejoins-moi là-bas. Il y a un passage secret sous les murs est.

Il lui expliqua comment trouver l'entrée du tunnel.

— Je suis déjà passé par là et je me souviens de ces ruines, murmura Ben Abram.

— Attends-moi là.

Il descendit l'escalier quatre à quatre et courut vers l'écurie. L'un des palefreniers en sortait avec son étalon noir par le licou pour l'étriller dans la cour. C'est l'un des pur-sang les plus rapides de l'écurie, que le calife lui avait offert à son départ de Mascate.

Il arracha la bride des mains du palefrenier stupéfait et sauta sur le dos de l'étalon. Il lui martela les flancs avec ses talons. Le cheval s'élança et était au grand galop avant d'avoir atteint les portes du fort.

Ils parcoururent en trombe les rues étroites, effrayant poules, chiens et gens, qui détalaient sur son passage. Quand ils sortirent de la ville, Dorian se coucha sur l'encolure de l'étalon et le poussa au maximum de sa vitesse.

— Vite ! lui murmurait-il à l'oreille. Cours pour sauver la vie de mon amour.

Un raccourci à travers les mangroves permettait de gagner près d'un demi-mile. Dorian détourna le cheval du chemin et ils traversèrent avec force éclaboussures une centaine de yards d'eau boueuse avant de retrouver la terre ferme et de repartir à bride abattue à travers la palmeraie.

Les hauts murs blancs du harem apparurent à travers les troncs d'arbre et il obliqua vers la plage pour ne pas être vu de la porte. Après avoir contourné l'enceinte, il revint en arrière et galopa au pied du mur. Il vit le tas de ruines devant lui et sauta à terre en se tenant d'un bras à l'encolure du cheval, ses pieds rasant le sol. Il lâcha avant l'arrêt de l'animal et mit à profit son élan pour se propulser en haut de l'éboulis et dans l'excavation au-delà.

Dorian écarta les branches qui cachaient l'entrée et se précipita dans le tunnel sombre. L'intérieur était plus étroit et plus bas que dans son souvenir, et d'un noir d'encre. Il faillit tomber quand le sol commença à monter sous ses pieds et vit enfin devant lui la faible lumière qui tombait par l'ouverture ; il put accélérer encore le pas. Il sauta pour s'accrocher au rebord du trou et, d'un seul mouvement, se hissa au travers et déboucha sur la terrasse inondée de soleil où, voilà bien longtemps, Yasmini et ses amies venaient jouer à la poupée. L'endroit était désert. Il continua à grandes enjambées et dévala l'escalier dans lequel Zayn al-Din s'était blessé à la cheville.

Arrivé en bas, il s'arrêta pour se repérer. Un linceul de silence flottait sur le harem et les jardins. Aucune esclave ne s'occupait des parterres de fleurs et des fontaines, aucun oiseau ne chantait, il n'y avait pas le moindre mouvement. Même le murmure de la brise s'était tu, comme si la nature avait retenu son souffle. Les branches des palmiers pendaient en silence et aucune feuille ne remuait dans les branches hautes des casuarinas.

Il tira son cimeterre, prêt à tuer sans hésitation l'eunuque qui tenterait de l'arrêter, et se dirigea vers le nord de l'enceinte, où se trouvaient la mosquée et le cimetière. Il se baissa pour passer par la brèche dont il se souvenait et jeta un coup d'œil dans le cimetière. Une stèle était fichée dans le sol devant chaque monticule et certaines des tombes les plus récentes étaient encore décorées de rubans et de banderoles passées au soleil.

De l'autre côté se dressait le cabanon que la haie d'épineux avait presque recouvert au cours des années. La porte était ouverte et Dorian retint sa respiration pour écouter si des gémissements de douleur ne venaient pas de l'intérieur. Le silence était suffocant et de mauvais augure.

Puis il entendit des voix, des voix haut perchées d'eunuques en train de bavarder. Il dissimula son cimeterre dans les replis de sa djellaba et s'avança à pas feutrés. Il y eut des éclats de rire et il vit l'un des eunuques assis au bord d'une tombe fraîchement creusée, les pieds pendant dans le trou, les replis de son ventre tombant sur son giron. Dorian arriva derrière lui. Il voyait saillir sous la graisse les vertèbres de l'homme penché en avant pour parler à quelqu'un, dans l'excavation, sous lui. Il enfonça la pointe de la lame incurvée dans l'articulation entre deux vertèbres, sectionnant la moelle épinière avec une précision de chirurgien. L'eunuque mourut sans un murmure, bascula dans le trou et tomba comme un sac de lard sur son compagnon.

Ecrasé par son poids, l'autre poussa un cri perçant d'indignation et se débattit pour se dégager.

— Qu'est-ce que tu fais, Sharif ? Tu es devenu fou ? Ote-toi de là.

Il poussa le cadavre sur le côté et se releva. Le sommet de sa tête était juste au-dessous du niveau du sol et il regardait d'un air interrogateur le mort à ses pieds.

— Lève-toi, Sharif. A quoi joues-tu ?

Le dessus de sa tête rasée ressemblait à un œuf d'autruche. Dorian leva son cimeterre et l'abattit comme l'éclair, partageant en deux le crâne jusqu'à la mâchoire. D'une torsion du poignet, il arracha la lame dans un crissement d'os et se tourna vers le cabanon.

Il courut vers la porte et, au moment où il l'atteignait, Kouch apparut dans l'embrasure, bloquant l'entrée de sa masse énorme. Ils se dévisagèrent un court instant seulement, mais Kouch le reconnut. Il était au milieu de la foule quand Dorian avait débarqué sur la plage en arrivant de Mascate.

Avec une rapidité et une agilité étonnantes pour un obèse, il sauta à l'intérieur de la pièce et saisit vivement une pelle appuyée contre le mur. D'un autre bond, il poussa entre Dorian et lui le lourd châssis de bois sur lequel était étendue Yasmini et leva la pelle au-dessus d'elle.

— Reste où tu es ! cria-t-il. D'un seul coup, je peux faire éclater les sachets qu'elle a dans le ventre et libérer le poison.

Yasmini était nue sous la pelle menaçante, ses jambes longues et minces étroitement ligotées aux chevilles et aux genoux, ses petits seins étirés par ses bras tendus derrière sa tête. Elle leva son regard vers Dorian, ses yeux immenses emplis de terreur.

Dorian s'élança à travers la pièce au moment où Kouch abattait la pelle de toutes ses forces. Il se jeta sur elle, la protégeant de son corps avant que le coup ne l'atteigne. La pelle le frappa dans le dos et il sentit ses côtes se fêler. La douleur se diffusa dans toute sa poitrine.

Il roula sur le châssis, se forçant à ignorer la souffrance, attentif à ne pas peser sur elle pour ne pas éventrer les sachets. Le visage déformé par la fureur, sa grosse panse protubérante au-dessus de son pagne, Kouch leva de nouveau la pelle, visant cette fois la tête de Dorian, qui, sur un genou, le côté gauche engourdi par le choc, ne pouvait se relever à temps pour parer le coup.

Il tenait toujours son cimeterre dans la main droite. Il fouetta l'air et lui ouvrit le ventre de part en part, à la hauteur du nombril. Kouch laissa tomber la pelle avec fracas, recula en chancelant contre le mur du fond et, des deux mains, essaya de maintenir fermées les deux lèvres de la longue plaie. Il regarda avec étonnement et vit ses entrailles s'échapper entre ses doigts comme des cordes visqueuses. Une odeur fétide et tiède envahit la petite pièce.

Dorian se releva tant bien que mal. Son bras gauche pendait à son côté, ankylosé et inutile, et il se pencha sur Yasmini.

— J'ai prié pour que tu viennes, murmura-t-elle. Je

ne pensais pas que ce soit possible, et maintenant c'est trop tard. Kouch a mis en moi des choses horribles.

— Je sais ce qu'il a fait. Ne parle pas. Reste immobile.

Kouch poussa un gémissement aigu, mais Dorian le regarda à peine tandis qu'il s'écroulait en avant sur le visage puis se débattait faiblement au milieu de ses boyaux.

Dorian glissa la lame de son cimeterre entre les chevilles de Yasmini et trancha ses liens. Il fit de même avec ceux des genoux.

— N'essaie pas de t'asseoir. Toute contraction risquerait de déchirer les sachets.

D'une légère pression de la lame, il sectionna les liens des poignets, puis laissa tomber le cimeterre et massa son bras gauche paralysé. Avec soulagement, il sentit la force revenir jusqu'au bout de ses doigts. Il passa son bras sous les épaules de Yasmini, la souleva avec précaution et la mit debout.

— Accroupis-toi. Lentement. Ne fais aucun mouvement brusque, dit-il en l'aidant à se baisser. Maintenant, écarte les genoux et pousse doucement comme si tu allais à la selle.

Il s'agenouilla près d'elle et plaça son bras autour de ses épaules.

— Doucement pour commencer, puis plus fort.

Elle prit une profonde inspiration et poussa en grimaçant sous l'effort, le visage rouge. Il y eut un borborygme et l'un des sachets fut éjecté avec une telle force qu'il s'ouvrit en heurtant le sol entre ses pieds, répandant la poudre rouge sur les dalles. L'odeur âcre du piment, mêlée à celle des excréments de Kouch, leur piqua le nez.

— Excellent ! Bravo ! Tu peux faire la même chose avec l'autre sachet ?

— Je vais essayer.

Elle respira à fond et reprit ses efforts. Mais après une minute, elle poussa un grand soupir et secoua la tête :

— Non, il refuse de bouger. Je n'y arrive pas.

— Ben Abram attend au bout de la Route des Anges. Je vais t'amener à lui. Il saura quoi faire.

Il la releva.

— Tu ne dois pas essayer de marcher. Le moindre mouvement risque de faire éclater le sachet. Lentement, mets un bras autour de mon cou. Accroche-toi.

Il passa son bras valide sous ses genoux et la souleva.

— Aide-moi. Ne me laisse pas. Je meurs, bredouilla Kouch en gémissant.

Dorian se dirigea vers la porte sans se retourner.

Il longea la tombe ouverte au fond de laquelle se trouvaient les deux eunuques morts. Il pressa le pas, redoutant d'en rencontrer un autre, car il avait laissé son cimeterre dans le cabanon et n'avait pas encore retrouvé le plein usage de son bras gauche. Et, plus que tout, il craignait de secouer ou de trop serrer Yasmini. Il lui fallait trouver la juste mesure entre vitesse et précaution. Tout en marchant, il lui murmurait des paroles de réconfort pour essayer de la rassurer et de la calmer.

— Ma chérie, Ben Abram va réussir à t'en débarrasser. Tout va être bientôt fini.

Il traversa les pelouses d'un pas régulier qui protégeait son précieux fardeau des secousses et grimpa l'escalier vers la terrasse, une marche à la fois. Il la laissa glisser dans le tunnel par l'ouverture, puis, une fois descendu à son tour, il scruta son visage, appréhendant que le mouvement ait libéré cette chose innommable dans sa chair.

— Ça va ? demanda-t-il.

Elle hocha la tête et s'efforça de sourire.

— Nous y sommes presque, Ben Abram nous attend.

Il la reprit dans ses bras et dut presque se plier en deux pour s'engager dans l'étroit tunnel.

Il vit enfin la lumière devant eux et presque malgré lui allongea le pas. Un morceau de corail roula sous son pied, il faillit tomber et se cogna contre la paroi.

Yasmini poussa un petit cri étouffé et Dorian sentit son cœur se serrer.

— Qu'y a-t-il, ma chérie ?

— Ça me pique à l'intérieur, murmura-t-elle. Oh, ça brûle !

Il courut les derniers pas qui restaient et la porta au soleil dans l'excavation.

— Ben Abram ! cria-t-il. Au nom de Dieu, es-tu là ?

— Oui, mon fils.

Le médecin se leva de l'endroit où il le guettait, à l'ombre, et se précipita vers eux, son sac à la main.

— Ça a commencé, vieux père. Hâte-toi.

Ils l'étendirent au sol, et Dorian expliqua, de manière presque incohérente, comment Yasmini s'était débarrassée d'un sachet.

— Mais l'autre est toujours à l'intérieur, et il a commencé à fuir.

— Tiens ses genoux levés, comme cela, dit Ben Abram, puis à Yasmini : Je vais te faire mal. Ce sont les instruments que j'utilise pour les accouchements.

Elle les vit briller dans ses mains et ferma les yeux.

— Je me soumets à la volonté de Dieu, murmura-t-elle.

Quand le médecin commença à opérer, elle planta ses ongles dans l'avant-bras de Dorian. Des vagues de douleur parcouraient son visage, serraient et tordaient ses lèvres. A un moment, elle émit un petit miaulement, et Dorian chuchota, impuissant :

— Je t'aime, fleur de mon cœur.

— Je t'aime, Dohie, dit-elle, haletante, mais un feu me dévore le ventre.

— Je vais inciser maintenant, avertit Ben Abram.

L'instant d'après, Yasmini cria et son corps se raidit. Dorian vit du sang sur les mains de Ben Abram alors qu'il prenait un instrument métallique en forme de double cuillère. Une minute plus tard, il s'assit sur ses talons, le sachet maculé de sang et à moitié désintégré coincé entre les cuillères.

— Je l'ai ! dit-il. Mais il a laissé échapper de l'épice à l'intérieur. Nous devons descendre en hâte jusqu'à la mer !

Dorian la souleva vivement, oubliant son bras lésé et la douleur de ses côtes. Yasmini nue serrée contre sa poitrine, il partit à toute allure entre les palmiers, et Ben Abram suivit en clopinant. Toujours courant, il traversa la plage, entra dans l'océan et plongea Yasmini dans l'eau fraîche. Ben Abram arriva après eux, une seringue à lavement à la main. Pendant que Dorian maintenant le bas du corps de Yasmini sous la surface, le médecin remplissait le tube d'eau de mer à plusieurs reprises et la lui injectait. Ce fut seulement près d'une demi-heure plus tard qu'il se montra satisfait et permit à Dorian de la porter sur la plage.

Elle tremblait sous l'effet du choc et de la souffrance. Dorian l'enveloppa dans son châle en laine et l'allongea à l'ombre des arbres. Ben Abram sortit de son sac un grand flacon de baume et oignit ses plaies. Après un moment, elle cessa de trembler et leur dit :

— La douleur disparaît. Ça brûle toujours mais beaucoup moins.

— J'ai réussi à retirer la plus grande partie du poison avec les cuillères et je crois que le reste est parti avec l'eau de mer avant de faire beaucoup de dégâts.

Il a fallu que j'ouvre pour atteindre le sachet, mais l'incision est nette et je vais recoudre maintenant. Le baume guérira rapidement la plaie. (Il lui adressa un sourire d'encouragement en préparant l'aiguille et le catgut.) Tu as eu de la chance, et tu dois en remercier Tahi et al-Salil.

— Qu'allons-nous faire, Dohie ? (Elle tendit la main à Dorian, qui la prit et la serra.) Je ne pourrai jamais retourner au harem.

Pâle et blottie dans le châle, les cheveux en désordre sur ses épaules, les yeux cernés, elle ressemblait de nouveau à une fillette au visage de ouistiti.

— Tu ne retourneras jamais au harem, je te le jure.

Dorian se pencha sur elle et baisa ses lèvres meurtries et enflées. Puis il se leva, le visage déterminé.

— Je dois te laisser là pendant que Ben Abram achève son travail, dit-il. J'ai moi aussi quelque chose à faire, mais je serai de retour avant qu'il ait fini. Sois courageuse, mon amour.

Il repartit à grands pas à travers la palmeraie, sauta dans l'excavation et entra dans le harem par le souterrain. Il grimpa avec précaution sur la terrasse devant la tombe du saint et prit une minute pour regarder et écouter. Il régnait toujours un silence de mort ; il descendit l'escalier et traversa les pelouses. Il s'arrêta un moment derrière la haie d'épineux du cimetière et constata avec satisfaction que les cadavres des eunuques n'avaient pas été découverts ni l'alarme donnée. Puis il s'avança prudemment.

Il marqua une pause à la porte du cabanon pour laisser à ses yeux le temps de s'habituer à la pénombre. Kouch était recroquevillé au sol dans la position du fœtus. Ses mains ensanglantées étreignaient toujours son ventre ouvert et il avait les yeux fermés. Dorian crut qu'il était mort, mais, quand il s'approcha, l'eunuque ouvrit les yeux. Son expression changea.

— Je t'en prie, aide le vieux Kouch, marmonna-t-il. Tu as toujours été un bon garçon, al-Amhara. Tu ne vas pas me laisser mourir.

Dorian se baissa et ramassa son cimeterre. Kouch s'anima.

— Non, ne me tue pas. Au nom d'Allah, je te demande grâce.

Dorian glissa la lame dans son fourreau, et Kouch gémit avec soulagement.

— Je savais que tu étais un bon garçon. Aide-moi à m'étendre.

Il rampa vers la civière qu'il devait utiliser pour porter Yasmini dans la tombe, mais le mouvement rouvrit la blessure. Le sang se remit à couler, et il s'affaissa de nouveau en serrant son estomac.

— Aide-moi, al-Amhara. Appelle quelqu'un pour qu'on m'emmène chez un chirurgien.

Implacable, Dorian se baissa, prit Kouch par les chevilles, puis se pencha en arrière et le tira vers la porte, laissant une longue marque de sang et de sucs gastriques sur les dalles derrière l'eunuque.

— Non ! Ne fais pas ça ! Tu vas davantage ouvrir la plaie, piailla Kouch.

Mais Dorian ignora ses protestations. Il le traîna au-dehors, les pieds devant. Kouch gémit et s'agrippa au montant de la porte, s'y cramponnant avec la force d'un homme qui se noie. Dorian laissa tomber ses jambes et, d'un mouvement rapide comme l'éclair, tira son cimeterre et trancha les trois doigts de Kouch refermés sur le jambage. L'eunuque poussa un hurlement et tint sa main mutilée contre sa poitrine. Il la regarda avec stupéfaction et horreur.

— Tu m'as estropié, bégaya-t-il.

Dorian rengaina son cimeterre, reprit Kouch par les chevilles et le tira à travers le cimetière vers la tombe ouverte. Ils avaient parcouru la moitié du chemin quand l'eunuque comprit son intention. Il poussait des cris perçants de petite fille, se tordait et se débattait si bien que ses entrailles s'entortillaient dans le sable.

— En t'entendant brailler, les femmes vont croire que tes ignobles petits sachets ont commencé à faire leur effet dans le ventre de Yasmini, grommela Dorian. Chante donc, gros tas de graisse. Il n'y a plus personne pour t'aider maintenant de ce côté-ci de l'enfer.

D'une dernière traction, il fit basculer Kouch dans la tombe sur les deux autres corps. Les mains sur les hanches, tout en le regardant, il reprit son souffle et attendit que la douleur provoquée par ses côtes brisées se calme un peu. Kouch lut sa propre mort dans ses yeux verts.

— Pitié !

Il essaya de se lever, mais la douleur était si grande qu'il remonta ses genoux contre sa poitrine et se blottit contre la paroi de la fosse.

Dorian repartit chercher la pelle. Quand il revint et souleva la première pelletée de terre, Kouch cria :

— Non, non ! Comment peux-tu me faire une chose pareille ?

— Aussi facilement que tu as perpétré tes innommables cruautés contre les femmes dont tu avais la charge, répondit Dorian.

Kouch hurla et supplia jusqu'à ce que la terre étouffe ses cris. Dorian poursuivit son travail avec acharnement tant que la tombe ne fut pas refermée sur les trois corps. Puis il la tassa avec les pieds et façonna proprement le monticule.

Il retourna chercher dans le cabanon la stèle portant gravé le nom de Yasmini et la planta sur le monticule. Il y attacha un ruban funéraire avec les prières pour les morts brodées sur l'étoffe. Puis il rangea la pelle dans la pièce, rassembla les morceaux de lanières et prit les robes de Kouch que l'eunuque avait accrochées au mur à un piton. Il en fit un paquet qu'il attacha avec une lanière.

Avant de sortir de la pièce, il jeta un coup d'œil circulaire pour s'assurer que tout était en ordre et eut un sourire sardonique.

— Pendant les siècles à venir, les poètes chanteront la disparition des trois eunuques après qu'ils eurent assassiné et enterré la gentille princesse Yasmini. Peut-être le diable est-il venu en personne les escorter jusqu'en enfer. Nul ne le saura jamais. Mais cela fera une belle légende pour la postérité.

Puis il sortit du harem et emprunta pour la dernière fois la Route des Anges.

Quand Dorian arriva à la plage, Ben Abram avait fini de recoudre les plaies de Yasmini et il les pansait avec un tampon de coton.

— C'est un travail propre, assura-t-il à Dorian. Dans une semaine, j'enlèverai les points et dans un mois elle sera complètement guérie, comme s'il n'était jamais rien arrivé.

Dorian enveloppa Yasmini dans les robes en belle laine de Kouch et l'aida à monter sur l'étalon. Puis, la tenant par le ventre pour lui éviter d'appuyer sur ses plaies, ils partirent vers le fort à pas lents. Elle était si bien emmaillotée dans les robes qu'il était impossible de dire si c'était une femme ou un homme.

— En dehors du harem, personne n'a vu ton visage. On ne fera jamais le rapprochement avec la princesse Yasmini, car elle repose dans sa tombe au cimetière du *zenana*.

— Je suis vraiment libre, Dohie ? murmura-t-elle avec difficulté, car les points de suture tiraient et lui faisaient mal.

— Non, mon petit bagage. Tu es maintenant le jeune esclave du grand cheik al-Salil. Tu ne seras jamais libre.

— Jamais ? Promets-moi que je serai toujours ton esclave. Que tu ne me laisseras jamais m'enfuir.

— Je te le jure.

— Alors, je suis bien contente, dit-elle en posant la tête sur son épaule.

Pendant de longues semaines, d'étranges rumeurs circulèrent à mi-voix dans les souks de Lamu à propos de la disparition de Kouch, l'eunuque. Il était bien connu dans les îles, craint et haï même en dehors des murs du harem. Selon certains, il avait été emporté par les djinns de la forêt alors qu'il marchait nuitamment sur la route. Dans une autre version de l'histoire, le ravisseur était Shaitan lui-même. Les plus pragmatiques estimaient qu'il avait volé son maître, le calife al-Malik, et que, craignant d'être découvert et châtié, il avait affrété un dhaw pour traverser le bras de mer et s'était enfui à l'intérieur de l'Afrique. Pour étayer cette théorie, le cheik al-Salil avait lancé un mandat d'arrêt contre lui et offert une récompense de dix mille roupies pour sa capture. Après un mois, comme on n'avait aucune nouvelle de l'eunuque, les désœuvrés se désintéressèrent de la question.

Le nouveau sujet de discussion dans l'île était la fin des vents *kaskazi*, la reprise du *kuzi* et l'ouverture de la nouvelle saison commerciale. Le départ imminent du corps expéditionnaire du cheik al-Salil pour le continent détournait aussi l'intérêt des trois eunuques disparus.

Parmi la suite importante du cheik, peu remarquèrent vraiment la présence de Yassie, son nouvel esclave. Bien qu'il semblât joli et gracieux, même dans sa longue djellaba, au début il paraissait en mauvaise santé, timide et peu sûr de lui. Cependant, la servante Tahi, l'ancienne gouvernante du cheik, elle aussi nouvelle venue dans la maison, prit le jeune garçon sous sa protection. Yassie partageait son appartement ; sa beauté et ses manières plaisantes ne tardèrent pas à conquérir tous les autres domestiques.

La voix mélodieuse de Yassie n'avait pas encore mué et il jouait du sistre avec un rare talent. Quand chaque soir le cheik al-Salil le faisait venir dans ses appartements particuliers afin qu'il chante pour lui et chasse les tracas de la journée, personne dans la maison ne trouva cela bizarre. En quelques semaines, Yassie avait de toute évidence gagné la faveur de son maître et fut promu serviteur attitré du cheik. Celui-ci lui ordonna finalement d'installer sa natte dans la petite alcôve fermée par des rideaux, attenante à sa chambre. Al-Salil pouvait ainsi l'appeler de son lit pour qu'il pourvoie à ses besoins pendant la nuit.

Le soir qui suivit ces nouvelles dispositions, al-Salil revint tard du conseil de guerre qu'il avait tenu sur la terrasse avec ses capitaines de dhaw. Yassie l'avait attendu en somnolant et se leva d'un bond quand il entra dans la chambre, escorté de Batula. Yassie avait gardé des cruches d'eau chaude sur le brasero et, après que Batula eut aidé le cheik à se mettre en petite tenue, versa l'eau sur la tête et le corps d'al-Salil pour qu'il puisse se laver. Pendant ce temps, Batula accrocha près du lit le cimeterre, la dague et le bouclier de son maître, puis vint s'agenouiller près de lui pour se mettre à sa disposition.

— Tu peux me laisser maintenant, Batula, mais réveille-moi une heure avant l'aube. Il reste beaucoup à faire avant que nous puissions appareiller, dit le cheik tout en se séchant avec le linge que lui tendait Yassie. Bonne nuit, Batula. Puisse Allah veiller sur ton sommeil.

A l'instant même où les rideaux de l'entrée retombaient derrière le porte-lance, Dorian et Yasmini se sourirent, et il tendit la main vers elle.

— Voilà trop longtemps que j'attends, avoua-t-il.

Mais elle se déroba.

— Je dois achever ma tâche, noble maître. Vous peigner et vous huiler le corps.

Elle s'agenouilla derrière lui, assis sur un tapis de soie, et lui frictionna les cheveux avec un linge jusqu'à ce qu'ils soient presque secs, puis elle les peigna et, tout en émettant des petits murmures d'admiration, en fit une grosse tresse qui tombait sur son dos nu.

— Comme ils sont beaux et épais ! La couleur de l'or et du safran !

Puis elle lui massa les épaules avec de l'huile parfumée à la noix de coco et toucha ses cicatrices.

— D'où viennent-elles ?

— Du défilé de la Gazelle.

Les yeux clos, il se soumettait au toucher de ses doigts, particulièrement habiles, car au harem on lui avait enseigné l'art de plaire à un futur époux. Quand il fut apaisé et presque endormi, elle se pencha.

— Es-tu toujours aussi chatouilleux ici, Dohie ? demanda-t-elle avant de lui enfoncer la langue dans l'oreille.

Cela lui donna un coup de fouet et il poussa un grognement de protestation. La chair de poule apparut sur ses avant-bras musclés et il la prit par la taille.

— Je vais t'apprendre le respect, esclave, dit-il en la portant sur le lit, où il la laissa tomber.

Il s'agenouilla à califourchon sur elle et lui maintint les bras au-dessus de la tête. Ils rirent un moment face à face, puis leurs rires se turent. Il pencha la tête et posa ses lèvres sur les siennes.

Elles s'ouvrirent, tièdes et humides, pour l'accueillir, et elle murmura :

— Je ne savais pas que mon cœur pouvait contenir autant d'amour !

— Tu as trop de vêtements, murmura-t-il, et elle arqua le dos pour lui permettre de les retirer. Il n'y a pas de mots pour dire comme tu es belle, fit-il en contemplant son corps doré et soyeux. Es-tu guérie ?

— Complètement. Mais ne prends pas ma parole pour argent comptant. Assure-t'en pour ta satisfaction et la mienne.

Lorsque le *kusi* souffla régulièrement et fort le long du bras de mer et que les cieux eurent retrouvé leur bleu immaculé, la flottille d'al-Salil quitta Lamu, pour accoster trois jours plus tard sur le continent africain.

Ils débarquèrent sous la flamme ondulante en soie bleue, puis les longues files d'hommes en armes et de bêtes de bât s'éloignèrent en serpentant de la côte des Fièvres et marchèrent vers l'intérieur, le long de la route des esclaves.

Le cheik chevauchait à l'avant-garde, suivi de près par Yassie, son esclave. Certains hommes remarquèrent que le jeune garçon regardait son maître avec adoration, comme un héros, et ils sourirent avec indulgence.

Pendant les longs mois qui suivirent sa fuite de Zanzibar, Tom Courtney explora la côte de l'Afrique. Il restait bien au sud des routes commerciales arabes, évitant toute rencontre avec les Omanais, à terre comme en mer. Ils cherchaient l'embouchure du fleuve que Fundi, le chasseur d'éléphants, appelait le Lunga.

Sans l'aide du petit homme, ils ne l'auraient jamais trouvée, car le lit formait une boucle en épingle à cheveux, créant une illusion d'optique : depuis la mer, la côte semblait continue et un navire pouvait y passer sans soupçonner l'existence du delta.

Une fois que le petit navire fut entré sans encombre dans l'embouchure, Tom mit à l'eau les deux chaloupes et envoya Luke Jervis et Ned Tyler suivre le bras principal et guider le *Swallow*. Il y avait quantité de faux bras et de culs-de-sac entre les massifs de papyrus, mais ils se faufilaient. Ils furent maintes fois obligés de rebrousser chemin quand le bras qu'ils suivaient se resserrait. Il leur fallut plusieurs jours de recherches et d'efforts exténuants pour se déhaler et Tom se félicita d'avoir un faible tirant d'eau. Sans cela, ils n'auraient jamais pu franchir les innombrables bancs de sable et hauts-fonds. Ils finirent par déboucher dans le lit principal du fleuve.

Les massifs de papyrus étaient infestés de crocodiles à l'allure inquiétante et d'hippopotames agressifs au-dessus desquels planaient des nuées d'insectes. Sur leur passage, d'immenses vols d'oiseaux sauvages prenaient leur essor dans les roseaux en poussant des cris aigus et plaintifs.

Brusquement, les massifs de roseaux disparurent et ils voguèrent entre des prairies inondables et des bosquets. Des troupeaux d'étranges animaux cessaient de paître et levaient la tête pour regarder passer les bateaux, puis, alarmés, s'ébrouaient et s'enfuyaient en désordre dans la forêt. Leur nombre et leur variété étaient stupéfiants, et les marins s'attroupaient au bastingage pour les contempler, émerveillés.

Ils croisaient de gracieuses antilopes, certaines de la taille des cerfs anglais, d'autres plus grosses, avec des cornes en forme de cimeterre, de croissant ou de tire-bouchon, différentes de la ramure des cerfs de leur pays. Chaque jour, ils allaient chasser à terre. Le gibier était confiant, n'ayant jamais vu d'hommes blancs avec des armes à feu. Ils pouvaient s'approcher à portée de mousquet et les abattre d'une seule balle bien placée. Jamais ils ne manquaient de viande et séchaient ou conservaient dans de la saumure celle qu'ils ne pouvaient consommer immédiatement.

Une fois les animaux abattus, vidés et débités en quartiers, des créatures encore plus étranges venaient se nourrir des carcasses. Les premiers arrivés étaient les charognards, cigognes et vautours appartenant à une demi-douzaine d'espèces différentes, qui emplissaient le ciel de nuages noirs tournoyants, puis piquaient pour s'installer sur les lieux du banquet. Gracieux et majestueux en vol, ils étaient grotesques et horribles au repos.

Après les oiseaux venaient des bêtes tachetées, pareilles à des chiens, qui poussaient des cris et des gémissements lugubres, et des petites renards roux à dos noir et flancs argentés. Puis ils virent les premiers lions. Tom n'avait pas besoin qu'Aboli lui dise ce qu'étaient ces grands félins à crinière : il les reconnaissait pour les avoir vus sur des blasons et dans les illustrations d'une centaine de livres dans la bibliothèque de High Weald. La nuit, les rugissements monstrueux de ces animaux donnaient le frisson aux hommes dans leurs hamacs, et Sarah se serrait dans les bras de Tom sur leur étroite couchette.

Dans les forêts et les clairières, ils cherchaient des signes du passage d'éléphants, leur futur gibier, dont l'ivoire les paierait de leurs efforts. Fundi et Aboli découvrirent d'énormes empreintes de pieds moulées dans l'argile durcie par le soleil.

— Elles ont été laissées la saison dernière pendant les grandes pluies, apprirent-ils à Tom.

Ils tombèrent ensuite sur des arbres de la forêt qui avaient été abattus comme par une tempête, dépouillés de leurs branches supérieures et de leur écorce. Mais ils étaient secs, et leurs blessures depuis longtemps racornies.

— Il y a un an, commenta Fundi. Les troupeaux sont partis et ne reviendront peut-être pas avant de nombreuses saisons.

Le pays devint vallonné et le fleuve Lunga se mit à serpenter entre les collines, à couler plus vite, maintenant coupé par des rapides. Bientôt, ils ne progressèrent plus qu'avec difficulté, car le lit était encombré de rochers noirs et pointus, et à chaque nouveau mile ils mettaient le *Swallow* en plus grand péril.

Ils arrivèrent à un endroit où le fleuve dessinait un méandre autour d'une colline basse, couverte de forêt. Tom et Sarah allèrent à terre et grimpèrent au sommet. Tom inspecta les parages avec sa lunette.

— C'est une forteresse naturelle, dit-il enfin. Nous sommes entourés par la rivière de trois côtés. Il ne nous reste plus qu'à élever une palissade en travers de l'isthme pour être protégés des hommes et des bêtes. (Puis il se tourna et désigna une petite anse bordée de rochers lisses.) Et voilà un parfait mouillage pour le *Swallow*.

— Qu'allons-nous faire ici ? demanda Sarah. Il n'y a pas d'éléphants.

— Ce sera notre camp de base, expliqua-t-il. A partir d'ici, nous pourrons continuer vers l'intérieur en chaloupe ou à pied, jusqu'à ce que nous trouvions les troupeaux de pachydermes promis par Fundi.

Ils construisirent une palissade en lourds rondins pour fermer l'isthme, puis débarquèrent les canons du *Swallow* et les mirent en position sur des emplacements de terre pour couvrir le glacis en avant de la palissade. Ensuite ils bâtirent des huttes en bois, enduisirent les côtés de boue et les couvrirent de roseaux coupés sur la rive.

Le Dr Reynolds installa son infirmerie dans l'une des huttes et rangea ses instruments chirurgicaux et ses remèdes. Chaque jour, il obligeait tous les membres de la petite troupe à avaler une cuillerée d'amère poudre grise de quinine qu'il avait achetée sur les marchés de Zanzibar, et, bien que le médicament leur donnât des bourdonnements d'oreille, tous durent bien reconnaître qu'il n'y avait aucun cas de fièvre dans le camp. Sarah devint son apprentie, et elle ne tarda pas à recoudre une entaille dans le pied, à administrer une purge ou à saigner un malade avec autant d'assurance que son mentor.

Sarah choisit le site de leur hutte un peu à l'écart des autres pour préserver leur intimité. L'endroit avait une jolie vue sur la vallée et, au loin, sur les montagnes bleues. La jeune femme utilisa de la cotonnade, prélevée sur les rouleaux destinés au troc, pour confectionner des rideaux et des draps. Puis elle dessina le mobilier et le fit fabriquer par les charpentiers.

Ned Tyler était doué pour le jardinage et, pour améliorer l'ordinaire, composé de venaison et de biscuit, il mit en culture un jardin potager avec des graines qu'il avait apportées d'Angleterre. Il creusa des fossés d'irrigation sur la rive pour l'arrosage. Puis il mena une guerre sans fin contre les singes qui venaient razzier ses jeunes plants dès qu'ils sortaient de terre.

En quelques mois, le camp était terminé, et Sarah le baptisa Fort Providence. Une semaine plus tard, Tom chargea les chaloupes avec des marchandises pour le troc, de la poudre, des mousquets et des balles. Avec Fundi comme guide, il partit vers l'amont pour une expédition de chasse et d'exploration, à la recherche des insaisissables éléphants et des tribus indigènes avec lesquelles commercer.

Fort Providence fut laissé à la charge de Ned Tyler, entouré de cinq hommes. Sarah resta aussi, car Tom ne voulut pas lui permettre d'entreprendre le voyage avant de connaître les dangers qu'ils allaient affronter. Elle devait assumer les fonctions du Dr Reynolds en son absence et elle avait d'autres projets d'aménagement pour leur hutte. Elle les regarda partir depuis la rive et fit des signes à Tom jusqu'à ce que les chaloupes disparaissent au prochain méandre du fleuve.

Après trois jours de voyage, ils firent halte au confluent avec un cours d'eau plus petit. Pendant qu'ils ramassaient du bois pour le feu et construisaient des abris en branches d'épineux pour se protéger des prédateurs nocturnes, Fundi et Aboli partirent en reconnaissance le long des berges de la rivière. Peu après leur départ, Fundi revint à toute allure à travers les arbres. Les yeux brillants d'excitation, il se répandit dans un flot d'explications inintelligibles. Quand il eut fini, Tom n'avait saisi que quelques paroles. Il dut attendre le retour d'Aboli pour comprendre l'ensemble du rapport.

— Des traces fraîches, lui indiqua celui-ci. Vieilles d'un jour. Un troupeau important, peut-être une centaine de bêtes, dont quelques grands mâles.

— Il faut les suivre immédiatement.

Tom était encore plus excité que le petit chasseur, mais Aboli lui montra le soleil, qui n'était plus qu'à une largeur de doigt au-dessus des arbres.

— Il sera couché avant que nous ayons parcouru un mile. Nous partirons à la première heure demain matin. Un troupeau pareil sera facile à suivre. Ils se déplacent lentement en se nourrissant et ils vont laisser une piste à travers la forêt.

Avant la tombée de la nuit, Tom avait organisé l'expédition. Ils seraient quatre à attaquer les grands animaux au mousquet, lui-même et Aboli, Alf Wilson et Luke Jervis. Chacun aurait deux hommes avec lui pour porter ses armes de rechange, recharger et lui tendre un mousquet après chaque coup. Tom contrôla lui-même les armes : les mousquets à canon rayé qu'il avait achetés à Londres. Il s'assura qu'il y avait des silex de rechange pour les platines, que les poires à poudre étaient pleines, et les sacs bourrés de balles de plomb de dix durcies avec de l'antimoine. Le calibre dix signifiait que dix balles pesaient une livre. Pendant ce temps, Aboli remplit les outres et vérifia qu'ils avaient des provisions de biscuits et de viande séchée pour trois jours.

Même après avoir passé la journée à ramer et à tirer les chaloupes sur les hauts-fonds, ils étaient tous trop impatients pour dormir. Ils restèrent tard autour des feux à écouter les bruits étranges de la nuit africaine, les sifflements et les hululements des oiseaux de nuit, les ricanements stupides des hyènes et les rugissements d'un groupe de lions chassant sur les collines au loin.

Tom avait souvent écouté Fundi raconter des histoires sur la chasse aux grands pachydermes, mais il lui demanda de les répéter. Aboli traduisait quand il ne pouvait pas suivre, mais sa connaissance de la langue des Lozi s'améliorait rapidement et il comprenait la plus grande partie des propos de Fundi.

Celui-ci expliqua de nouveau que l'éléphant a mauvaise vue et possède en revanche un odorat si développé qu'il peut sentir la présence d'un chasseur à un mile au moins du côté du vent.

— Il aspire ton odeur et la conserve sur une grande distance dans les cavités osseuses de sa tête puis la souffle avec sa trompe dans la bouche de ses compagnons.

— Dans leur bouche ? demanda Tom, étonné. Pas dans les narines ?

— L'odorat du Nzou est dans sa lèvre supérieure, lui apprit Fundi.

Nzou, le nom qu'il donnait aux éléphants, désignait un vieux sage et non un animal ; il le prononçait avec respect et affection, exprimant ainsi les sentiments qu'éprouve un véritable chasseur pour sa proie.

— Il a dans la bouche des papilles pareilles aux fleurs du kigila. C'est avec elle qu'il goûte l'air.

Avec un bâton, Fundi dessina par terre la silhouette d'un éléphant et ils se penchèrent pour regarder tandis qu'il précisait où il fallait tirer une flèche pour abattre ces géants.

— Ici ! dit-il en désignant un point derrière l'épaule. En faisant bien attention à ne pas toucher les os de la jambe, gros comme des troncs d'arbres. Profondément ! Il faut que la pointe entre profond, car le cœur et les poumons sont protégés par une peau épaisse comme ça, dit-il en montrant la longueur de son pouce. Et aussi par les muscles et les côtes, comme ça. (Il tendit son bras.) Il faut aller à cette profondeur pour tuer le Nzou, le vieux sage gris de la forêt.

Quand Fundi s'arrêta enfin, Tom le supplia de continuer, mais il se leva avec dignité :

— Le chemin va être long et pénible demain, il est temps de se reposer. Je t'en apprendrai davantage quand nous serons sur la piste.

Tom resta éveillé jusqu'à ce que la lune ait presque

achevé son tour du ciel, l'esprit en ébullition. Quand il fermait les yeux, l'image de la proie lui apparaissait. Il n'avait jamais posé les yeux sur un éléphant vivant, mais il avait vu des centaines de défenses entassées sur les marchés des îles aux épices, et il se souvenait encore de l'énorme paire que son père avait achetée au consul Grey à Zanzibar, maintenant dans la bibliothèque de High Weald. « Je tuerai un animal comme celui-là », se promit-il, et une heure avant l'aube il sombra dans un sommeil si profond et si noir qu'Aboli dut le secouer pour le réveiller.

Tom laissa les chaloupes à la garde de deux hommes, et, dans les premières lueurs fraîches de l'aube, ils se lancèrent sur la piste laissée par les éléphants le long de la rivière.

Comme l'en avait informé Aboli, le sentier était facile à suivre et ils progressaient vite. Quand le jour s'affirma, ils accélérèrent le pas. Sur leur passage, les arbres étaient abattus et dépouillés de leur écorce et de leurs branches. D'énormes bouses jaunâtres jonchaient le sous-bois ; des bandes de singes et des vols d'oiseaux sauvages pareils à des perdrix grattouillaient dedans, en quête de graines et de fruits non digérés.

— Là ! s'exclama Aboli en désignant une bouse. C'est celle d'un très vieux mâle, qui porte sûrement de lourdes défenses. Elles ne cessent de pousser jusqu'à la mort de la bête.

— Comment fais-tu la distinction avec un animal jeune ? s'enquit Tom.

— Les vieux éléphants ne digèrent plus convenablement. (Aboli enfonça son gros orteil dans la bouse.) Vous voyez, les brindilles et les feuilles sont encore entières. Tenez, voilà des noix d'arbres à ivoire, avec la moitié de la graine.

Tom médita cette première bribe de connaissance.

En fin de matinée, ils arrivèrent à l'endroit où le troupeau s'était écarté de la rivière et avait obliqué vers les collines à l'ouest. Ils traversèrent une zone où la couche supérieure du sol était constituée d'une terre fine comme du talc. L'empreinte des éléphants y était si nette qu'on voyait chaque fissure de la plante de leurs pieds.

— Ici ! dit Aboli en leur montrant un chapelet d'empreintes. Voilà la piste d'un grand mâle. Voyez la taille des traces, les pieds de devant ronds, ceux de derrière de forme plus ovale.

Aboli plaça son avant-bras, doigts tendus, à côté d'une empreinte, en guise d'étalon de mesure.

— Avec une longueur pareille, ce ne peut être qu'un grand mâle, et voyez comme les sabots sont usés. Il est très vieux. A moins que ses défenses soient elles aussi usées ou cassées, il mérite vraiment qu'on le prenne en chasse.

Ils franchirent la première ligne de collines et, dans la vallée luxuriante qui s'étendait de l'autre côté, Fundi et Aboli déterminèrent que le troupeau s'était nourri et reposé là la nuit précédente.

— Nous avons gagné plusieurs heures sur eux, exulta Fundi. Ils ne sont pas loin devant.

Mais Tom allait bientôt apprendre que Fundi n'avait pas la même notion des distances que lui. A la tombée de la nuit, ils étaient toujours sur les mêmes traces, et Fundi continuait d'affirmer que le troupeau ne se trouvait pas loin.

Tous les Blancs de la petite troupe étaient à bout de forces, les marins n'étant pas habitués à couvrir de telles distances à pied. Ils eurent à peine le courage de manger un biscuit et un morceau de viande séchée, et d'avaler quelques gorgées d'eau, avant de tomber endormis sur la terre dure.

Le lendemain matin, alors qu'il faisait encore nuit, ils étaient de nouveau sur la piste. Les signes laissés par les pachydermes montrèrent bientôt qu'ils avaient perdu une grande partie du temps gagné la veille, car le troupeau avait continué sa progression vers l'ouest pendant qu'ils dormaient. Pour la plupart des Blancs, la soif, les muscles endoloris et les ampoules aux pieds transformèrent la marche en un supplice sans fin. Tom était encore assez jeune, résistant et ardent pour bien supporter l'épreuve et il fonçait derrière les pisteurs, son lourd mousquet sur les épaules.

— Près ! Nous sommes tout près maintenant.

Fundi sourit avec une joie malicieuse ; les miles exténuants continuaient à se succéder. Les outres étaient presque vides et Tom dut interdire aux hommes de boire sans autorisation. Des petites mouches noires volaient en essaims autour de leurs têtes et leur entraient dans les oreilles, les yeux et les narines. Le soleil frappait comme un marteau sur l'enclume et la réverbération était forte sur le sol rocailleux. Les épineux leur griffaient les jambes au passage, déchiraient leurs vêtements et laissaient des lignes sanglantes sur leur peau.

Ils trouvèrent finalement un bosquet dense où les éléphants avaient passé de longues heures à se reposer, à se couvrir de terre et à casser des branches pour se nourrir avant de repartir. Les chasseurs avaient enfin gagné du terrain.

Aboli fit remarquer à Tom que les bouses n'avaient pas eu le temps de sécher et, en enfonçant le doigt dans l'une d'elles, il put sentir la chaleur résiduelle. Des nuages de papillons colorés voletaient au-dessus des excréments encore tièdes pour en aspirer l'humidité. Avec une énergie renouvelée, ils accélérèrent le pas et gravirent une autre ligne de collines.

Sur les pentes rocheuses poussaient des arbres étranges au tronc gonflé, couronné de branches sans feuilles à cinquante pieds au-dessus du sol. Au pied de l'un d'eux s'étaient amoncelées d'énormes cosses pelucheuses. Aboli en ouvrit une : les graines noires qu'elle contenait étaient recouvertes d'une peau jaune.

— Sucez-les, conseilla-t-il.

L'agréable goût aigre les fit saliver et calma leur soif.

La file des chasseurs, chargés des armes et des outres, grimpa péniblement sur la colline. Juste avant d'arriver à la crête, ils relevèrent soudain la tête. Un bruit effroyable leur parvint dans l'air surchauffé, lointain mais saisissant comme une sonnerie de clairon. Tom n'avait jamais rien entendu de pareil, mais il savait d'instinct ce que c'était.

Il donna l'ordre à la colonne de s'arrêter. Les hommes s'écroulèrent avec soulagement à l'ombre. Aboli, Fundi et lui grimpèrent sans bruit jusqu'à la crête. Cachés derrière un tronc d'arbre, ils jetèrent un coup d'œil dans la vallée, de l'autre côté, et Tom sentit son cœur battre contre ses côtes.

Une série de mares miroitantes s'étirait au fond de la vallée, chacune entourée d'épais massifs de roseaux et ombragée par des arbres aux branches déployées. Le troupeau d'éléphants était rassemblé autour des petits étangs, certains à l'ombre s'éventaient avec leurs oreilles, qui semblaient à Tom aussi larges que la grand-voile du *Swallow*. D'autres se tenaient sur les bancs de sable jaune qui bordaient les mares ; ils plongeaient leur trompe dans l'eau verte pour aspirer des gorgées gargantuesques, puis la recourbaient jusqu'à leur bouche et projetaient l'eau au fond de leur gorge avec la force d'une pompe de cale. Des bêtes plus jeunes se pressaient autour des mares. Comme des gamins chahuteurs, les éléphanteaux, le corps mouillé noir et luisant, folâtraient et s'aspergeaient, battaient l'eau avec leur trompe, secouaient leur grosse tête et agitaient leurs oreilles. Certains se couchaient, roulaient sur le côté et disparaissaient complètement sous la surface, en laissant leur trompe se tortiller au-dessus de l'eau comme un serpent de mer.

Tom mit un genou à terre et leva sa lunette. Ce premier aperçu des animaux légendaires dépassait tellement tout ce qu'il avait imaginé qu'il en restait émerveillé. Chaque détail le réjouissait. L'un des plus petits éléphanteaux, à peine plus gros qu'un cochon mais espiègle et suffisant, sortit de l'eau en balançant sa trompe et, avec des barrissements meurtriers, fonça sur les aigrettes blanches perchées au bord de la mare. Les oiseaux s'envolèrent en une nuée blanche et le petit éléphant retourna dans l'eau en se pavanant, glissa presque tout de suite dans la boue et se retrouva pris au piège sous un tronc d'arbre.

Ses cris de terreur attirèrent à la rescousse toutes les femelles à la ronde, persuadées qu'il avait été attaqué par un crocodile. Elles le tirèrent au sec, sa dignité perdue, et il s'enfuit, penaud, se cacher entre les jambes de sa mère pour se réconforter en suçant ses mamelles gonflées de lait. Tom éclata de rire, puis Aboli lui toucha l'épaule et lui montra un groupe de trois mâles énormes qui, à l'écart du tapage des petits et des femelles, se tenaient épaule contre épaule, les oreilles battant paresseusement, au milieu d'épaisses broussailles de l'autre côté de la mare.

De temps à autre, l'un d'eux aspirait de la terre avec sa trompe et la projetait sur sa tête et ses épaules. En dehors de cela, ils semblaient dormir debout.

Avec sa lunette, Tom observa le trio, qui, par la taille, écrasait les autres bêtes du troupeau, et examina leurs longues défenses. Toutes étaient massives, mais il vit tout de suite que celles du mâle du milieu étaient presque aussi longues qu'un aviron, et grosses comme la taille de Sarah. Son sang de chasseur ne fit qu'un tour. C'était la proie dont il avait rêvé ; son instinct le poussait à saisir le mousquet qu'il avait posé contre l'arbre près de lui et à se précipiter pour livrer bataille au géant. Mais Aboli le sentit et lui posa la main sur l'épaule pour refréner ses élans.

— Ce sont des animaux sages et prudents, avertit-il. Il ne va pas être facile d'approcher ce mâle. Ses femelles le gardent et le protègent. Il va falloir faire appel à toute notre astuce pour nous montrer plus malins qu'eux.

— Explique-moi comment faire.

Aboli et Fundi se placèrent à ses côtés et définirent leur stratégie.

— L'essentiel est le vent, dit Aboli. Nous devons toujours rester sous le vent.

— Il n'y en a pas, fit remarquer Tom en montrant les feuilles des branches hautes qui pendaient immobiles dans la canicule de midi.

— Il y a toujours du vent.

Aboli laissa une poignée de poussière couler entre ses doigts. Les grains dorés flottèrent dans le soleil avant de dériver lentement. Aboli fit un geste délicat pour indiquer la direction vers le fond de la vallée.

— Quand ils sont en alerte, ils courent toujours avec le vent de face, puis ils effectuent un mouvement tournant pour venir au-dessus du vent et flairer la piste. Nous placerons Alf et Luke là-bas, et quand ils seront en position, vous et moi arriverons par ici. Nous approcherons sans bruit le plus près possible. Quand nous ferons feu, les mâles s'enfuiront dans leur direction.

Tom fit signe à Alf et à Luke de les rejoindre sur la

crête. Lorsqu'ils furent revenus de leur surprise, à la vue du spectacle qui s'offrait à eux, il leur donna ses consignes et les envoya contourner la crête pour descendre dans la vallée un mile plus loin, là où ils seraient hors de vue et sous le vent.

Près d'une heure plus tard, il distingua avec sa lunette les deux groupes de chasseurs qui remontaient la vallée vers les positions qu'il leur avait assignées. Il était rassurant d'avoir avec soi des hommes qui le connaissaient bien, capables d'exécuter les ordres à la lettre.

Aboli en tête, ils franchirent la crête sans bruit en se cachant derrière les arbres et les broussailles. Les éléphants n'avaient pas la vue basse au point de ne pas percevoir un mouvement inhabituel. Les hommes descendirent en tapinois vers les mares, veillant à ne pas tomber nez à nez avec l'une des femelles dispersées parmi les arbres. Tom avait peine à croire que des animaux aussi énormes puissent devenir pratiquement invisibles quand ils se tenaient au milieu d'épaisses broussailles, gris sur gris, leurs pattes ressemblant à des troncs d'arbre. Les chasseurs se rapprochaient lentement des trois mâles, encore invisibles, dont les grondements sourds guidaient leurs poursuivants.

— Ce sont leurs ventres qui font ces bruits ? murmura Tom à Aboli, qui secoua la tête.

— Ils se parlent.

De temps à autre, lorsqu'un des mâles projetait de la terre sur son dos, un petit nuage de poussière s'élevait au-dessus des broussailles et permettait aux hommes de s'orienter dans l'épais sous-bois. Pas à pas, ils progressaient. A un moment, il leur fallut contourner une jeune femelle et son petit au milieu de fourrés entre eux et leurs proies.

Enfin, Fundi leur fit signe d'arrêter en levant la

main, puis il pointa le doigt. Tom mit un genou au sol et, en regardant par-dessous les branches et les lianes, distingua les pattes avant du mâle le plus proche. Sous l'effet de l'excitation, de la sueur piquante comme de l'eau de mer lui coula dans les yeux. Il l'essuya avec son foulard et vérifia la platine et le silex de son mousquet. Sur un geste d'Aboli, il tira le chien à moitié et ils repartirent en rampant.

Peu à peu, d'autres parties du corps de l'animal leur apparurent : les replis de la peau grise de son ventre qui pendaient jusqu'aux genoux, puis la courbure d'une grosse défense jaunâtre.

Ils poursuivirent leur reptation et Tom vit que la défense était tachée par les sucs de l'écorce arrachée aux arbres par l'animal. Plus près encore, il distingua les rides et les plis de la peau, chaque poil de la queue épaisse et courte. Tom regarda Aboli et fit mine de tirer, mais son compagnon secoua la tête avec véhémence et lui fit signe de se rapprocher encore.

Le mâle se balançait doucement sur ses pieds, puis, à la stupéfaction de Tom, une chose extraordinaire commença à émerger entre ses pattes arrière, plus grosse qu'une cuisse d'homme et paraissant devoir s'allonger sans fin, au point de presque toucher le sol. Tom dut faire effort pour ne pas éclater de rire. Somnolent et content, le vieux mâle laissait son membre pendre et s'engorger.

Tom jeta un coup d'œil à Aboli, attendant les instructions, et de nouveau celui-ci fronça les sourcils et le pressa d'avancer, mais au même instant le pachyderme recula et leva sa trompe pour arracher un paquet de feuilles sur une branche au-dessus de lui. Ce mouvement découvrit l'autre mâle, jusque-là caché par sa masse.

Tom eut le souffle coupé en voyant combien le

patriarche était plus gros que son compagnon. Il avait la tête basse et ses oreilles battaient lentement, déchiquetées et usées comme les voiles d'un navire au sortir d'une tempête. Ses yeux étaient clos, ses épais cils clairs emmêlés, et la sécrétion de sa glande lacrymale laissait une longue trace le long de sa joue.

La tête de l'éléphant était appuyée sur ses défenses. Tom s'émerveilla de leur longueur et de leur diamètre. Elles étaient si épaisses et si lourdes qu'elles s'effilaient à peine entre la lèvre et l'extrémité émoussée. Il voyait le renflement sous la peau grise, là où elle était enfouie dans le crâne, du quart de sa longueur. Même pour un animal aussi puissant, un tel fardeau devait être lourd à porter tous les jours de sa vie, songea-t-il.

Il était maintenant si près qu'il distingua nettement une mouche d'un bleu métallique se posant sur les cils du grand mâle. L'éléphant cligna des yeux pour la chasser. A cet instant, sentant la main d'Aboli sur son bras, il tourna lentement la tête : Aboli hocha la tête. Il fixa son regard sur le contour des os de l'épaule, sous la peau ridée de l'animal, et repéra l'endroit précis indiqué par Fundi, juste derrière l'épaule, aux deux tiers de la hauteur du puissant poitrail.

Il leva son mousquet et, petit à petit, tira le chien à fond en assourdissant le déclic du mécanisme avec la main. Le long canon touchait presque le flanc de l'éléphant. Il était inutile d'utiliser le bouton de mire. Il pressa doucement sur la détente et le chien tomba sur le bassinet dans une gerbe d'étincelles blanches. Le temps de retard, une fraction de seconde, sembla infiniment long, puis la lourde arme gronda et lui heurta violemment l'épaule, le projetant sur les fesses, aveuglé par le nuage de fumée qui cachait l'éléphant.

La seconde d'après, il entendit Aboli tirer. Autour d'eux, une ruée de corps puissants rompit le calme de la forêt. Dans un concert de barrissements et de cris perçants, le troupeau s'élança à toute allure à travers le sous-bois, faisant osciller et abattant les arbres sur son passage.

Tom laissa tomber le mousquet vide, prit celui que lui tendait l'homme derrière lui, se leva d'un bond et se précipita au plus épais de la fumée. En ressortant de l'autre côté, il vit les broussailles se refermer sur l'arrière-train du mâle qui disparut comme l'éclair.

— En chasse ! cria Aboli.

Ils se mirent à courir après leur proie. Tout autour d'eux, les femelles et les petits galopaient à travers les broussailles. Sans prêter attention aux épines et aux branches qui lacéraient ses vêtements et lui égratignaient la peau, Tom fonçait dans la saignée que le mâle avait ouverte dans les fourrés.

Il arriva en trombe au bord d'une des mares. Droit devant lui, à cinquante pas, l'éléphant s'éloignait à pleine vitesse, la touffe de sa petite queue dressée, ses oreilles déployées et les courbes jaunâtres de ses défenses dépassant de chaque côté de son gros arrière-train, au-dessus duquel saillaient les vertèbres.

Tom leva son mousquet et visa la colonne vertébrale. Le grand mâle tomba sur l'arrière-train et glissa le long de la berge. Mais la balle avait dû frôler la colonne et non la fracasser : il ne resta paralysé qu'une seconde. En arrivant en bas, il se releva et se dirigea vers l'extrémité de la mare au milieu d'éclaboussures avant de remonter sur l'autre rive.

Aboli, qui courait à côté de Tom, leva son mousquet et tira. La balle souleva une bouffée de boue séchée à l'arrière du crâne de l'animal. Il secoua la tête, battit des oreilles contre ses flancs et disparut dans les épaisses broussailles de l'autre côté. Tom prit le troisième mousquet des mains du marin qui le lui tendait en haletant et se précipita en bas de la berge à la poursuite de l'éléphant.

Aboli courait près de lui. Ils voyaient que le mâle traversait la forêt : la cime des arbres était secouée et il ouvrait dans les broussailles une saignée bruissante comme une baleine laisse un sillage derrière elle en émergeant à la surface de l'eau.

Il y eut soudain un tonnerre de tirs de mousquets sur le flanc droit, où étaient cachés les autres chasseurs.

— Les autres mâles sont tombés sur Alf et Luke, grommela Aboli.

Ils longèrent la mare et foncèrent dans les taillis de l'autre côté. La piste ouverte par l'éléphant se refermait derrière lui, et ils avançaient avec peine, leurs vêtements et leur peau déchirés par les épineux.

— Nous n'arriverons jamais à le rattraper maintenant, lâcha Tom d'une voix entrecoupée. Il va s'échapper.

Puis ils débouchèrent dans une clairière et poussèrent un cri de triomphe en voyant le grand mâle à portée d'arme devant eux. Il semblait durement touché. Sa course s'était réduite à une marche incertaine ; la tête pendante, il creusait de longs sillons avec ses défenses dans la terre meuble, et une pâle écume sanglante s'échappait en bouillonnant de l'extrémité de sa trompe.

— Votre premier coup l'a touché au poumon ! cria Aboli.

Ils se précipitèrent avec une ardeur renouvelée, rattrapant rapidement l'animal blessé. A dix pas de lui, Tom mit un genou à terre. Le cœur battant à se rompre, cherchant sa respiration, les mains tremblantes, il essaya d'ajuster son tir sur l'arrière-train, visant de nouveau la colonne vertébrale.

Il fit feu, et cette fois-ci le coup partit bien dans l'axe. L'instant avant que la fumée lui cache sa proie, il vit la balle pénétrer dans le large dos gris, fracassant les vertèbres au-dessus de la queue. Le grand mâle retomba sur son arrière-train. Tom se releva et courut sur le côté du nuage de fumée pour mieux voir.

Assis face à lui, l'éléphant secouait la tête de fureur et de douleur, les défenses levées, soufflant un nuage rouge avec sa trompe. Il hurlait à la mort, et les barrissements aigus paraissaient assez forts pour faire éclater le crâne et percer les tympans.

Aboli lui tira une balle dans la tête. Ils virent tous deux le projectile frapper le grand front mais elle ne put pénétrer la forteresse osseuse qui protégeait le cerveau. La bête blessée tenta d'atteindre ses bourreaux en traînant son arrière-train invalide.

Les deux hommes battirent en retraite précipitamment, hors de portée de la trompe, et, d'une main mal assurée, versèrent la poudre dans la gueule de leur mousquet, enfoncèrent tampon et balle, puis s'avancèrent en contournant l'animal pour trouver une ouverture et se rapprocher avant de tirer dans la massive poitrine.

Encore et encore, ils reculèrent pour recharger et s'avancèrent pour tirer. Peu à peu, les forces de l'animal s'échappèrent par vingt blessures sanglantes et, dans un dernier grognement, il tomba sur le côté, tendit ses fabuleuses défenses et s'immobilisa.

Tom s'avança avec précaution. Avec le canon de son mousquet, il toucha le petit œil frangé de cils pâles et inondé de larmes presque humaines, qui ne cilla pas. Le grand éléphant était enfin mort. Il voulut pousser un cri de triomphe mais se sentit envahi par une mélancolie étrange, presque religieuse. Aboli vint à côté de lui et, quand leurs regards se croisèrent, Aboli hocha la tête d'un air entendu.

— Oui, dit-il à voix basse. Vous avez appris ce que signifie être un vrai chasseur, car vous avez compris la beauté et le tragique de ce que nous faisons.

Alf et Luke avaient abattu un autre mâle, le troisième avait échappé à l'embuscade et s'était enfui indemne dans la forêt avec le reste du troupeau. Tom voulut le poursuivre mais Fundi et Aboli se moquèrent de lui :

— Vous ne le verrez plus. Il va courir vingt miles sans s'arrêter, puis encore cinquante, plus vite que vous ne pourriez le faire.

Ce soir-là, ils dînèrent comme des princes de joues d'éléphant coriaces, au goût prononcé, embrochées dans du bois vert, grillées sur la braise, et ils burent l'eau boueuse des mares polluées par l'urine des pachydermes avec autant de délectation qu'un grand cru de bordeaux. Puis ils dormirent d'un sommeil de plomb près du feu.

Ils passèrent les deux jours suivants à extraire les quatre énormes défenses du crâne des mâles avec d'infinies précautions pour ne pas rayer ni abîmer l'ivoire. Fundi leur montra comment dégager le long nerf conique de la cavité à la base de la défense et la bourrer d'herbes. Ils les attachèrent ensuite avec des lanières d'écorce à de longs bâtons et commencèrent la longue marche de retour vers les chaloupes, quatre hommes étant nécessaires pour porter chacune d'elles.

En arrivant à la rivière, ils cachèrent les défenses sur la berge en les enfouissant dans le sol assez profondément pour que même les hyènes ne puissent les déterrer et les réduire en miettes. Ils repartirent vers l'amont avec les chaloupes. Chaque jour, les traces laissées par les éléphants devenaient plus nombreuses et ils les suivaient à pied, n'ayant parfois que quelques milles à parcourir pour tuer leurs proies. Parfois aussi, il leur fallait marcher des jours entiers pour rattraper les troupeaux.

En un mois, ils eurent assez d'ivoire pour charger à plein les deux chaloupes. Tous les Blancs de l'équipe étaient épuisés et en loques. Ils avaient brûlé toute leur graisse, ils étaient squelettiques, le visage barbu et creux. Seuls Aboli et Fundi ne semblaient pas diminués par l'épreuve. Tout le monde se réjouit quand Tom annonça sa décision de rentrer à Fort Providence.

Ce soir-là, Aboli et Fundi vinrent le trouver, alors que, assis devant le feu de camp, il contemplait les flammes mourantes en songeant à Sarah et à leurs retrouvailles. Ils s'accroupirent de chaque côté et il examina pensivement leurs visages sombres avant de parler :

— L'affaire est grave, apparemment. Je vois que vous avez l'intention de gâcher mon plaisir de retourner à Fort Providence. Alors, de quoi s'agit-il ? dit-il avec un soupir de résignation.

— Fundi affirme que nous sommes tout près des terres des Lozi.

— A quelle distance ? demanda Tom, soupçonneux.

Il parlait maintenant la langue des Lozi avec aisance et savait ce que « tout près » signifiait pour Fundi.

— Dix jours de marche, répondit celui-ci d'un ton

assuré, mais, sous le regard accusateur de Tom, il baissa les yeux. Ou peut-être un tout petit peu plus, admit-il.

— Fundi souhaite donc retourner chez les siens ?

— Et je vais l'accompagner, dit Aboli doucement.

Soudain envahi par l'inquiétude, Tom se leva et entraîna Aboli à l'écart.

— Qu'est-ce à dire ? fit-il, presque en colère. Tu veux me quitter et rester en Afrique ?

— Je ne pars pas longtemps, répondit Aboli en souriant. Vous et moi sommes devenus comme les branches d'un même arbre. Rien ne pourra jamais nous séparer.

— Alors, pourquoi veux-tu t'en aller sans moi ?

— Voilà de longues années que les Lozi sont traqués par les négriers. S'ils aperçoivent votre visage de Blanc... Je vais accompagner Fundi. Nous troquerons avec eux autant de marchandises que nous pourrons en porter. Fundi dit que sa tribu possède une réserve d'ivoire provenant des éléphants qu'ils ont pris dans leurs pièges ou des vieux mâles qu'ils ont trouvés morts dans la forêt. Avec Fundi pour apaiser leurs inquiétudes et des échantillons de nos marchandises à leur montrer, peut-être pourrai-je amorcer un courant d'échanges avec les Lozi.

— Comment te retrouverai-je ?

— Je reviendrai à Fort Providence. D'après Fundi, il me sera possible d'acheter une pirogue à sa tribu. Peut-être sera-t-elle chargée de richesses à mon retour. (Aboli posa une main paternelle sur l'épaule de Tom.) Vous avez montré ces derniers jours que vous étiez un grand chasseur mais il est temps maintenant que vous preniez du repos. Retournez auprès de la femme qui vous attend et rendez-la heureuse. Je reviendrai avant le changement de saison et le retour des grandes pluies.

Le lendemain matin, les lourds ballots de perles de verre, fil de cuivre et étoffe en équilibre sur leur tête pour pouvoir garder leurs armes à la main, Aboli et Fundi se mirent en route vers l'ouest, le long de la rivière. Tom fit un petit bout de chemin à côté de son vieux camarade puis s'arrêta et le regarda disparaître parmi les grands arbres de la berge, avant de s'en retourner tristement vers les chaloupes amarrées sur la rive.

— Poussez au large ! ordonna-t-il en prenant place à la barre de la première embarcation. Cap sur Fort Providence.

Avec des acclamations, ils se courbèrent sur les avirons et descendirent la rivière vers l'est avec le courant.

Les sentinelles postées sur la colline au-dessus de Fort Providence repérèrent les chaloupes dès qu'elles sortirent du dernier méandre en amont. Sarah, tout excitée, sautait de joie sur la plage quand Tom débarqua. Elle se précipita dans ses bras mais, après leur première étreinte, s'écarta et le dévisagea, consternée.

— Vous êtes à moitié mort de faim ! s'exclama-t-elle. Et dans quel état ! Un véritable épouvantail. Depuis quand ne vous êtes-vous pas lavé ? ajouta-t-elle en plissant le nez.

Elle l'entraîna sur la colline mais ne le laissa pas entrer dans leur petite maison.

— Vous allez empuantir notre demeure et gâcher tout mon travail.

Elle commença par remplir d'eau fumante le tub installé sous le caprifiguier. Puis elle le déshabilla, mit de côté ses vêtements pour les laver et les raccommoder plus tard, et le fit asseoir dans le tub comme un petit garçon. Elle le lava à l'éponge, éliminant la saleté et la terre accumulées au cours de ces dures semaines de chasse, lui peigna les cheveux et les tressa en une natte de marin. Puis elle lui tailla une barbe en pointe bien nette, dans le style mis à la mode par le roi Guillaume. Elle oignit les égratignures et les coupures qui lui couvraient les jambes et les bras avec du baume qu'elle alla chercher à l'infirmerie. Tom se délecta de ses attentions.

Elle l'aida enfin à passer une chemise et une culotte propres, repassées avec amour. Seulement alors elle le prit par la main et le conduisit dans la petite maison. Elle lui montra avec fierté ce qu'elle avait accompli en son absence, le fauteuil qu'elle avait fait fabriquer par les charpentiers spécialement pour lui, le lit double dans la pièce de derrière, pourvu d'un matelas qu'elle avait cousu et rembourré avec du kapok provenant des bombycines qui poussaient le long de la berge.

Tom lorgna le lit avec un sourire malicieux.

— Ça me paraît être du beau travail, mais je préfère l'essayer avant de me prononcer définitivement, dit-il.

Il fit deux fois le tour de la pièce en la pourchassant avant qu'elle ne se laisse capturer et porter sur les couvertures brodées en riant.

Ensuite, ils restèrent étendus à parler pendant que le soleil se couchait, puis jusqu'à une heure avancée de la nuit. Il lui raconta tout ce qu'il avait fait et vu. Il lui décrivit la chasse, les nouvelles régions étranges qu'il avait découvertes, les forêts, les lointaines montagnes bleues, les extraordinaires animaux.

— C'est immense, sans limites, beau et sauvage, lui dit-il en la tenant contre lui. De toute notre randonnée, nous n'avons pas vu un seul être humain ni même un signe révélant une présence humaine. Tout nous appartient, Sarah. Il nous suffit de le prendre.

— Vous m'emmènerez la prochaine fois ? demanda-t-elle, jalouse de son attention, désireuse de partager ces merveilles avec lui.

Elle ne doutait pas qu'il y aurait une prochaine fois. Elle voyait qu'il était tombé amoureux de ce pays, autant qu'il l'était d'elle. Elle savait qu'ils lui appartenaient désormais tous les deux.

— Oui. La prochaine fois, vous viendrez avec moi voir tout cela.

Ils avaient tant de choses à se dire et se raconter que même une longue nuit n'y suffit pas. Pendant les semaines de paresse qui suivirent, tandis que les hommes récupéraient des fatigues de la chasse, Tom et Sarah passèrent chaque jour de longues heures tous les deux. Afin de n'oublier aucun détail, il lui lisait le journal de l'expédition qu'il avait tenu, et, quand il lui eut tout raconté, ils firent des projets d'avenir.

— Nous avons eu de la chance de découvrir le fleuve Lunga, ou plus exactement que Fundi nous le fasse découvrir, lui expliqua Tom. Il a dû échapper aux anciens explorateurs portugais et aussi aux Arabes. Fundi dit que la voie commerciale arabe, la route des esclaves, passe loin au nord. Et si Fundi dit que c'est loin, on peut être sûr que c'est au moins à cent miles. Avec un peu de chance, ni les Omanais ni la Compagnie ne nous trouveront jamais ici. Fort Providence est un entrepôt parfait pour ce que nous rapportons de l'intérieur du pays. Les troupeaux d'éléphants n'y ont jamais été chassés, et si Aboli et Fundi peuvent établir le contact avec les tribus, nous pourrons pratiquer le commerce avec elles, et nous serons les seuls à le faire.

— Mais où allez-vous vendre l'ivoire ? Pas à Zanzibar ni dans aucun autre port arabe, ni à un endroit où la Compagnie possède un comptoir. Frère Guy ne vous laissera pas de répit s'il découvre où vous êtes. Nous ne pourrons jamais retourner en Angleterre. Où pourrons-nous vendre notre marchandise et acheter les biens de première nécessité, la poudre et les balles, les médicaments et la farine, les bougies, l'huile, les cordages, la toile et la poix ?

— Tout près, assura Tom. Dès que les grandes pluies reprendront, nous appareillerons pour Bonne-Espérance. Les Hollandais du Cap s'empresseront d'acheter notre ivoire et plus encore de nous vendre leurs marchandises. Qui plus est, ils se ficheront comme de leur première chemise du mandat d'arrêt lancé contre moi par le grand chancelier d'Angleterre.

Le travail ne manqua pas pour garder occupés tous les hommes du fort pendant les semaines qu'ils passèrent à attendre le retour d'Aboli. Ils durent nettoyer l'ivoire, le peser et l'emballer dans de l'herbe sèche pour empêcher qu'il ne s'abîme pendant le voyage. Puis il fallut mettre le *Swallow* en carène sur la plage pour gratter les algues accrochées au fond et brûler avec de la poix bouillante les tarets qui avaient envahi son bordage. Quand il fut de nouveau à flot, ils le repeignirent, raccommodèrent les déchirures de la toile et apportèrent quelques transformations minimes au gréement afin qu'on ne reconnût pas le navire avec lequel ils s'étaient enfuis d'Angleterre. Selon une croyance superstitieuse, débaptiser un bateau portait la guigne, mais il n'y avait pas moyen de faire autrement. Ils grattèrent l'ancien nom sur l'arcasse et peignirent le nouveau.

Quand ils refirent le lancement, Sarah brisa sur la proue une bouteille de cognac tirée des magasins du navire.

— Je rebaptise ce navire le *Centaurus* ! clama-t-elle. Puisse Dieu le bénir ainsi que tous ceux qui naviguent à son bord.

L'ivoire fut embarqué et soigneusement arrimé dans les cales. Ils remplirent les barriques d'eau et effectuèrent tous les préparatifs en vue du voyage vers le sud.

Chaque après-midi, les nuages d'orage commençaient à s'accumuler le long de l'horizon septentrional, comme de hautes montagnes. Le soleil couchant les teintait de violet et d'écarlate de mauvais augure, les éclairs tremblotaient dans leur ventre et les grondements menaçants d'un tonnerre lointain annonçaient la saison humide.

Les premières pluies éclatèrent en balayant les collines de leurs nappes grises. Pendant trois jours et trois nuits, le tonnerre les bombarda. Le ciel était plein d'eau, comme s'ils s'étaient trouvés sous des cataractes. Ensuite les nuages d'orage s'écartèrent, et pendant l'accalmie une douzaine de longues pirogues arrivèrent à toute allure sur les flots gonflés du Lunga. Haute silhouette, visage scarifié, Aboli se tenait debout sur la première. Tom poussa un cri de joie et courut sur la plage pour l'accueillir.

Hormis Fundi dans la dernière pirogue, tous les pagayeurs étaient des inconnus. Des défenses d'éléphants s'entassaient au fond de chaque embarcation, pas aussi grosses que celles de Tom mais néanmoins précieuses.

Tous les pagayeurs appartenaient à la tribu des Lozi, et tous étaient parents de Fundi. Malgré ses assurances, ils étaient terrifiés par les étranges Blancs de Fort Providence. Ils s'attendaient à être pris comme esclaves, enchaînés et conduits au loin en troupeau, comme cela était arrivé à tant de membres de leur tribu, disparus sans qu'on entende plus parler d'eux.

C'étaient pour la plupart des hommes âgés, grisonnants et voûtés, ou des adolescents non encore initiés. Ils restaient blottis les uns contre les autres sans que les paroles apaisantes que Tom leur disait en lozi réussissent à les réconforter.

— Ils sont venus avec nous uniquement parce que Bongola, leur chef, le leur a ordonné, expliqua Aboli. Quand il a vu les articles de troc que nous leur apportions, la cupidité l'a emporté sur la peur des négriers. Il n'a pourtant pas voulu venir lui-même pour négocier et a envoyé les membres les moins importants de sa tribu à sa place.

On débarqua l'ivoire, on le pesa puis on en discuta le prix.

— Je ne veux pas gâcher le commerce en les surpayant, déclara Tom à Sarah, mais je ne veux pas non plus les filouter et tuer le commerce dans l'œuf.

Les sacs de perles en verre de Venise, les rouleaux d'étoffe, les caisses de miroirs à main et de fers de hache, le fil de cuivre furent finalement chargés dans les pirogues et les pagayeurs renvoyés chez eux. Leur petite flottille s'élança contre le courant, propulsée par des hommes si soulagés d'en avoir réchappé qu'ils pagayaient avec la force de démons en chantant hystériquement leurs louanges à leurs dieux et ancêtres tribaux.

— Ils reviendront à la saison prochaine, prophétisa Aboli. Bongola y veillera.

Fundi et trois des Lozi les plus téméraires acceptèrent de rester à Fort Providence pendant les grandes pluies pour protéger les constructions et les jardins des ravages du mauvais temps et des bêtes sauvages. L'équipage chargea ce qui restait d'ivoire à bord du *Centaurus*. Tandis que les pluies redoublaient de violence, ils laissèrent les eaux enflées du fleuve et le vent de mousson les emporter vers l'aval et l'océan des Indes.

— Veuillez mettre le cap sur Bonne-Espérance,

sud-est quart sud. Notez-le sur le renard, monsieur Tyler, ordonna Tom.

— Sud-est quart sud, voilà, capitaine.

— Près et plein, monsieur Tyler.

Tom prit Sarah par la main et l'entraîna à l'avant. Ils restèrent là à regarder les poissons volants jaillir brusquement de la surface du canal du Mozambique et filer à toute vitesse, telles des flèches d'argent sur l'onde bleue.

— Si je peux trouver un prêtre à Bonne-Espérance, est-ce que vous m'épouserez, Sarah Beatty ?

— Je n'y manquerai pas, Thomas Courtney.

Elle rit et le serra plus fort.

Le petit *Centaurus* jeta l'ancre dans la baie de la Table un matin ensoleillé où le vent de sud-est écrêtait la cime blanche des vaguelettes. Ils descendirent à terre sous l'imposante montagne dont le sommet plat était recouvert de la fameuse nappe blanche, un banc bouillonnant de nuages stationnaires.

La colonie s'était développée depuis leur dernière escale au Cap. Les restrictions imposées par la Compagnie hollandaise des Indes orientales à l'acquisition de terres et à l'installation d'étrangers étaient tout aussi draconiennes que celles de son homologue anglaise. Tom ne tarda cependant pas à découvrir que, pour quelques florins d'or déposés entre les mains du fonctionnaire approprié, il était possible d'échapper à ces règlements. Une fois payé leurs droits, l'accueil réservé par les *burghers* fut convivial, d'autant plus que, les cales du *Centaurus* étant bien remplies, les commerçants hollandais flairaient de juteux bénéfices.

Ils projetaient de rester au Cap jusqu'à la fin de la

saison des pluies sur la côte des Fièvres. Comme ils se trouvaient à l'étroit sur le *Centaurus* et que les mouvements du bateau à l'ancre étaient pénibles, Tom loua un logement pour Sarah et lui dans l'une des petites maisons d'hôtes sous les jardins de la Compagnie, tenue par une Malaise affranchie, merveilleuse cuisinière et charmante hôtesse.

Au cours de la première semaine, Tom rendit visite à tous les marchands dont les entrepôts bordaient le front de mer et il constata avec satisfaction que l'ivoire faisait l'objet d'une forte demande. Il conclut plusieurs affaires intéressantes pour la vente de leur cargaison. L'équipage reçut sa première part des bénéfices depuis leur départ d'Angleterre. Durant les mois qui suivirent, la plupart dépensèrent la majeure partie de leurs gains dans les tavernes et les maisons closes de la ville, mais Ned Tyler et le Dr Reynolds utilisèrent les leurs pour acheter des petites parcelles de terre dans la vallée de Constantia, de l'autre côté de la montagne.

Aboli et Tom affectèrent presque toute leur part à l'acquisition des provisions nécessaires pour passer une autre saison à Fort Providence et d'un stock considérable de marchandises proposées dans les entrepôts de la colonie.

Tom donna à Sarah cinquante livres, avec lesquelles elle réunit son trousseau, notamment un petit clavecin et un berceau à bascule sur lequel elle peignit des guirlandes de fleurs et des chœurs de chérubins.

Tout l'équipage se rassembla dans la petite église nichée dans les jardins pour le mariage de Tom et de Sarah. Après la cérémonie, ils portèrent les jeunes époux sur leurs épaules jusqu'à leur logement en chantant tout le long du chemin et en faisant pleuvoir sur eux des pétales de rose.

Dans l'une des tavernes du bord de mer, Aboli rencontra un petit Hollandais desséché par le soleil, du nom d'Andries Van Houten, que la Compagnie hollandaise des Indes orientales avait fait venir là comme chercheur d'or.

— J'ai passé les montagnes au peigne fin jusqu'à Stellenbosch, dit-il à Aboli après avoir lampé sans effort sa troisième chope de bière avec un mouvement de va-et-vient de sa pomme d'Adam. Il n'y a pas d'or dans cette damnée colonie, mais je le sens plus au nord. (Il regarda Aboli avec espoir.) Mais je n'ai pas un traître florin dans ma bourse pour payer mon passage.

Aboli le conduisit auprès de Tom, et ils discutèrent tous les soirs pendant une semaine. Tom accepta finalement d'acheter tout le matériel de prospection dont Van Houten avait besoin et de l'emmener avec eux à Fort Providence.

Ces jours plaisants à Bonne-Espérance passèrent trop vite et ils ne tardèrent pas à recharger le *Centaurus*, prenant un luxe de précautions pour ne pas abîmer le clavecin et le berceau de Sarah. Lorsque la saison changea et que les chênes qui bordaient les rues perdirent leurs feuilles, ils levèrent l'ancre, doublèrent le Cap et firent route vers le canal du Mozambique.

En entrant dans l'embouchure du Lunga et en remontant le fleuve, ils virent la marque laissée par les hautes eaux, et les débris accrochés aux branches des arbres témoignaient de l'ampleur des inondations durant la saison des pluies. A leur arrivée dans la région des collines, la forêt était verdoyante et bourgeonnante.

Honorant la confiance qu'ils lui avaient accordée, Fundi les accueillit sur la plage au pied de Fort Providence et montra fièrement à Tom qu'il s'était occupé de tout en leur absence. Ils entreprirent de refaire le chaume des cabanes et de réparer les points faibles de la palissade. Sarah fit installer son clavecin dans la pièce de devant de leur maisonnette. Tous les soirs après dîner, elle jouait et chantait pour Tom.

Ils placèrent le berceau décoré près de leur lit. Le premier soir, assis sur le lit, Tom le lorgna en retirant ses bottes.

— Je prends ça comme un défi, madame Courtney, dit-il. Voyons ce que l'on peut faire pour le remplir.

Ils n'eurent guère le temps de se consacrer à cette tâche, car, quelques semaines plus tard, Tom était prêt à partir pour la première expédition de chasse de la saison.

Van Houten voyageait dans la chaloupe de tête, assis sur le coffret de bois contenant ses produits chimiques, avec ses batées à portée de la main. Il prospecta au passage tous les lits de gravier et les bancs de sable. Quand ils allaient à terre chasser l'éléphant, Van Houten ne se joignait pas à eux et parcourait la région avec des porteurs lozi pour chercher le métal précieux sur les collines et les cours d'eau.

La chasse fut bonne. En un mois, ils chargèrent d'ivoire les chaloupes, avant de rebrousser chemin vers Fort Providence.

Sarah accompagna Tom au cours de la deuxième expédition. Elle apporta avec elle la boîte de couleurs qu'elle avait achetée à Bonne-Espérance et remplit son carnet de croquis.

Ils remontèrent le fleuve plus loin que les autres fois et entrèrent enfin dans le pays des Lozi. A leur arrivée au premier village, toute la population s'enfuit dans la forêt et n'en ressortit craintivement qu'après plusieurs jours. Après que Fundi et Aboli eurent triomphé de leur peur et de leurs soupçons initiaux, ils nouèrent des relations amicales avec la tribu.

Les Lozi étaient dans l'ensemble des gens plaisants

et gais, au physique harmonieux et agréable malgré leur petite stature. Certaines femmes avaient de beaux traits nilotiques. Elles avaient la poitrine nue et un port de tête gracieux et fier.

Aboli eut une longue et grave discussion avec les anciens du village. En fin de compte, pour quelques rouleaux de fil de cuivre et un petit sac de perles de verre, il fit l'acquisition de deux épouses, parmi les vierges les plus jolies du village. Elles s'appelaient Falla et Zété. Il était difficile de dire qui, de l'époux et des deux jeunes filles, était le plus satisfait de ce marché : elles se pomponnaient avec les parures qu'Aboli leur avait offertes et le regardaient avec un respect mêlé de crainte.

Assisté par Sarah, le Dr Reynolds soigna avec succès plusieurs Lozi, ce qui scella définitivement l'amitié avec la tribu. Quand les membres de l'expédition repartirent vers l'amont en direction du principal *kraâl* des Lozi, les tam-tams annoncèrent la nouvelle de leur arrivée. Bongola, leur souverain, descendit les accueillir quand ils débarquèrent et les conduisit vers les nouvelles huttes construites en leur honneur.

Le village de Bongola comptait plusieurs centaines de paillotes bâties le long de la berge et sur les flancs des collines. Chacune était entourée d'un *shamba* de manguiers, de plantaniers et de manioc. Des corrals en rondins protégeaient le bétail rabougri et les chèvres des incursions nocturnes des léopards et des hyènes.

Tom et Aboli parlaient maintenant la langue des Lozi et ils tinrent chaque jour de longues *indabas* avec Bongola pendant leur séjour. Bongola était un petit homme naturellement loquace et il raconta à Tom l'histoire récente de la tribu. Les Lozi avaient naguère possédé des terres riches sur les rives d'un grand lac situé au nord, mais les négriers avaient fondu sur eux comme le léopard sur les troupeaux de gazelles des plaines. Les survivants avaient fui vers le sud et, depuis près de deux décennies, ils avaient échappé aux déprédations. Mais ils vivaient dans la terreur des négriers, qui, ils ne l'ignoraient pas, effectuaient des raids toujours plus profondément à l'intérieur des terres.

— Nous savons qu'un jour nous devrons fuir de nouveau, dit Bongola. C'est pourquoi nous avons eu peur en apprenant votre arrivée.

Tom se souvenait du récit qu'Aboli lui avait fait de sa capture par les négriers quand il était enfant. Il se souvenait aussi de ces malheureux qu'il avait vus sur les marchés aux esclaves de Zanzibar. Cette traite lui inspirait de nouveau une profonde aversion, et son incapacité à améliorer le sort de ces gens, de la colère.

Le commerce se révéla profitable avec Bongola, qui sortit de ses réserves un grand nombre de belles défenses. Puis, au retour d'une de ses explorations, Van Houten montra fièrement à Tom cinq piquants de porc-épic fermés à une extrémité. Il en déboucha un et versa son contenu sur le plateau de sa balance : un petit tas de granules et de paillettes de métal jaune luisaient au soleil.

— De la poudre d'or ? demanda Tom. J'ai entendu parler de la pyrite de fer. Vous êtes sûr que ce n'en est pas ?

Van Houten se rebiffa contre cette atteinte à son intégrité professionnelle et montra à Tom comment analyser les paillettes avec de l'acide qu'il tira de son coffret de produits chimiques.

— L'acide ronge tous les métaux de base mais pas le métal noble, expliqua-t-il.

L'acide entra en effervescence quand il y trempa les paillettes et, lorsqu'il les ressortit, le métal n'était pas marqué et avait conservé tout son lustre.

Il amena Tom à l'endroit où il avait lavé la terre et désigna des lits de gravier et des bancs de sable le long d'un cours d'eau au fond d'une des vallées. A la demande de Tom, Bongola envoya cinquante femmes de la tribu : traditionnellement, les hommes ne se livraient pas à des tâches aussi viles que le travail aux champs ou le creusement de trous dans le lit d'une rivière.

Van Houten donna une batée à chacune des femmes et leur montra comment s'en servir : la plonger dans l'eau, imprimer un mouvement de rotation au gravier en laissant les impuretés s'écouler par-dessus le bord, jusqu'à ce qu'il ne reste plus que la poudre brillante. Elles ne tardèrent pas à apprendre l'art et la manière. Tom leur promit une mesure de perles de verre pour chaque piquant de porc-épic plein de poudre de métal noble.

Les alluvions aurifères de Van Houten se révélèrent si riches qu'en travaillant dur une femme pouvait remplir un piquant en moins d'une journée, et l'orpaillage devint bientôt l'activité préférée de la tribu. Quand des hommes voulaient s'adonner eux aussi à ce passe-temps si lucratif, les femmes les repoussaient avec indignation.

Les pluies menaçaient et il était temps de repartir vers l'aval. Les chaloupes étaient basses sur l'eau, sous leur cargaison d'ivoire, et Tom avait près de cent onces d'or enfermées dans le coffre-fort du bateau.

Quand Aboli annonça à Falla et Zété qu'il les laissait avec leurs familles jusqu'à son retour à la saison suivante, elles fondirent en larmes. Sarah lui fit des remontrances.

— Comment pouvez-vous être si cruel, Aboli ? Vous les avez amenées à vous aimer et maintenant voilà que vous leur brisez le cœur.

— Elles mourraient de terreur et du mal de mer au cours de la traversée jusqu'à Bonne-Espérance, et, même si elles en réchappaient, elles languiraient après leur mère pendant tout le voyage et me rendraient la vie aussi impossible que la leur. Non, il faut qu'elles restent là et m'attendent comme doivent le faire de bonnes épouses.

L'affliction des deux jeunes femmes fut miraculeusement soulagée par les perles, les étoffes et les miroirs qu'Aboli leur offrit en partant, cadeaux qui faisaient d'elles les épouses les plus riches du village. Débordantes de sourires et de gaieté, elles lui dirent au revoir de la main tandis que sa haute silhouette s'éloignait à la barre de la première chaloupe.

Quand ils revinrent dans le pays des Lozi, au début de la saison sèche suivante, Falla et Zété étaient toutes deux enceintes jusqu'aux yeux, leur gros ventre noir brillant au-dessus de leur pagne, leurs seins gonflés comme des melons mûrs. Elles accouchèrent à quelques jours d'intervalle. Sarah fit office de sage-femme et mit au monde les deux bébés.

— Par Dieu ! s'exclama Tom en examinant les nourrissons. Il ne fait aucun doute qu'ils sont de toi, Aboli. Il ne manque que les tatouages pour que ces pauvres petits diables soient aussi vilains que leur père.

Aboli n'était plus le même homme. C'en était fait de sa réserve pleine de dignité et de son maintien majestueux quand il tenait les deux petits joufflus tout baveux sur ses genoux. Le visage scarifié qui avait frappé de terreur mille ennemis devenait bienveillant et presque beau.

— Celui-ci est Zama, dit-il à Tom et à Sarah, car ce

sera un puissant guerrier, et celui-là est Toula, car ce sera un poète et un sage.

Le même soir, dans l'obscurité de leur paillote, Sarah posa la joue contre celle de Tom et lui murmura à l'oreille :

— Moi aussi, je veux un fils. Je vous en prie, mon chéri, donnez-moi un bébé que je puisse tenir dans mes bras et aimer.

— Je vais essayer, promit-il. De tout mon cœur, je vais essayer.

Mais, à mesure que les années passaient, partagées entre Fort Providence ou le pays lozi et le Cap de Bonne-Espérance, Sarah restait toujours aussi mince et son ventre aussi plat.

Zama et Toula devinrent rapidement de solides petits garçons. Ils tenaient de leur père : grands pour leur âge, ils prenaient naturellement la tête de leurs camarades. Ils passaient leurs journées dans la forêt et sur les plaines herbeuses le long du fleuve à s'occuper des troupeaux communaux, à apprendre à manier l'arc et la lance et à connaître les mœurs des animaux sauvages. Le soir, ils s'asseyaient aux pieds d'Aboli près du feu et, les yeux écarquillés, écoutaient ses histoires de mer, de batailles et d'aventures dans des pays lointains.

— Emmène-nous avec toi, père, supplia Zama, qui, comme l'avait prédit Aboli, était le plus grand des deux frères.

— Je t'en prie, fais-nous cet honneur, renchérit Toula de sa voix flûtée. Emmène-nous voir ces merveilles.

— Vous devez rester avec vos mères et accomplir votre tâche jusqu'à ce que vous ayez été circoncis et initiés. Ensuite lord Klebe et moi vous emmènerons dans le monde au-delà du pays des Lozi.

La chasse était bonne en pays lozi et Van Houten découvrit un nouveau champ aurifère alluvial à trois jours de marche au nord du premier. La poussière d'or s'accumulait régulièrement à Fort Providence. La tribu et Tom prospéraient, et à chaque saison des pluies le *Centaurus* emportait une pleine cargaison au Cap.

Une banque d'Amsterdam de bonne réputation avait une succursale sur le Heerengracht, au-dessus du front de mer. Tom y avait déjà déposé deux mille livres et la somme avait doublé. Il était finalement devenu riche.

Il dut cependant faire face à une amère déception. Quand le moment vint de repartir vers le nord, Ned Tyler se déclara trop vieux pour entreprendre un autre voyage. Ses cheveux étaient maintenant clairsemés et blancs comme du coton, son dos voûté et ses yeux, naguère clairs, voilés et chassieux.

— Laissez-moi profiter de ma petite ferme de la vallée de Constantia, pria-t-il. Laissez-moi m'occuper de mes poules et de mes légumes.

— Je vais rester avec Ned, déclara à son tour le Dr Reynolds. J'ai vécu assez d'aventures pour avoir des souvenirs jusqu'à la fin de mes jours.

Ce fut seulement en regardant avec attention son visage rouge et marqué que Tom se rendit compte qu'il avait lui aussi beaucoup vieilli.

— J'ai pansé et raccommodé vos lascars tout mon saoul. J'ai envie de planter quelques pieds de vigne et peut-être de faire un peu de bon vin avant de mourir.

— Mais qui va nous soigner ? protesta Tom. Vous ne pouvez nous envoyer succomber à la malaria dans ces pays sauvages.

— Vous avez avec vous une charmante petite doctoresse, répondit Reynolds. J'ai appris à Mme Courtney comment redresser une fracture et préparer une potion. Je vous laisse en de bonnes mains et, que cela vous plaise ou non, vous ne vous en porterez que mieux. Dieu sait qu'elle est plus agréable à regarder et a meilleur cœur que moi.

Alf Wilson prit les fonctions de second. Il était à la barre du *Centaurus* quand ils entrèrent dans l'embouchure du Lunga au commencement de la saison de chasse suivante. Tous à bord étaient en proie à la plus grande excitation, à la perspective de leur retour annuel à Fort Providence, et souhaitaient voir comment Fundi en avait pris soin pendant les pluies, impatients de savoir si les éléphants étaient toujours aussi nombreux sur les collines du pays lozi et quelle quantité de poussière d'or les femmes avaient recueillie en leur absence.

Aboli essayait en vain de cacher sa hâte de retrouver ses épouses et ses enfants : Falla et Zété avaient généreusement agrandi sa progéniture. Il avait deux petites filles et deux garçons en plus.

Comme toujours, Fundi vint à leur rencontre sur la berge et souhaita la bienvenue à Tom et Sarah. Tout allait bien au fort et les pluies n'avaient guère fait de dégâts. Sarah roula la toile qui protégeait son clavecin, plaqua un accord, sourit en constatant que l'instrument n'était pas désaccordé et se lança dans *Spanish Ladies*.

Aboli demanda à Fundi des nouvelles de sa tribu et de sa famille, mais il n'y en avait pas car les pluies avaient été particulièrement fortes cette saison et les eaux du fleuve trop hautes pour qu'une pirogue du village de Bongola ait pu atteindre le fort. Aboli se tourmenta pendant tout le temps qui fut nécessaire au déchargement de la cargaison du *Centaurus*, à la réparation du fort et aux derniers préparatifs de l'expédition en pays lozi. Quand ils furent enfin prêts à quitter Fort Providence, il était à la barre de la chaloupe de tête.

Ils eurent le premier indice que quelque chose n'allait pas quand ils atteignirent les premiers villages lozi et les trouvèrent déserts. Ils fouillèrent les abords de chaque groupe de paillotes mais ne trouvèrent pas âme qui vive ni aucune indication de ce qui était arrivé aux habitants.

Redoutant ce qu'ils allaient trouver là-bas, ils poursuivirent leur chemin vers le village de Bongola aussi vite qu'ils purent, tirant les chaloupes sur les hauts-fonds et continuant à ramer tant qu'il y avait assez de lumière pour distinguer les berges et les rochers au milieu du fleuve.

Ils arrivèrent en début d'après-midi. Un silence terrible pesait sur les collines. Pas le moindre battement de tam-tams, sonnerie de corne ou cri de bienvenue. Ils virent au premier coup d'œil que les jardins périphériques étaient envahis par les mauvaises herbes. Puis ils dépassèrent la première paillote sur la berge. Le toit de chaume avait été brûlé et les murs se dressaient, lugubres et nus, le torchis emporté par les pluies.

Dans les chaloupes, nul ne soufflait mot, mais, tandis qu'il tirait de toutes ses forces sur son aviron, le visage d'Aboli était le masque du désespoir. Au passage, ils regardaient avec consternation les paillotes incendiées, les jardins à l'abandon et les enclos à bétail vides. Des rangées de vautours perchaient sur les branches hautes des arbres, silhouettes sinistres au dos voûté, au bec crochu. La puanteur fade et écœurante de la mort et de la putréfaction flottait dans l'air.

Une seule pirogue était remontée sur la plage mais le fond en avait été défoncé. Les râteliers sur lesquels les hommes faisaient sécher le poisson étaient tombés et les filets abandonnés en vrac. Aboli sauta par-dessus bord quand l'eau arriva à la taille, pataugea jusqu'au bord et traversa la plage en courant vers le sentier, maintenant envahi par la végétation, qui conduisait aux paillotes de Falla et Zété.

Tom le suivit mais ne réussit à le rattraper qu'en arrivant au petit groupe de huttes entourées par un *boma* de branches d'épineux. Aboli s'arrêta à l'entrée et contempla les paillotes incendiées de ses épouses et de ses enfants. Tom arriva à son côté mais aucun des deux ne dit mot. Aboli s'avança et s'agenouilla. De la cendre bleutée, il tira un petit crâne humain et le tint dans ses mains en coupe comme le Saint Sacrement. Le crâne avait été fracassé par un coup violent. Il regarda les orbites vides et des larmes inondèrent son visage scarifié. Ce fut pourtant d'une voix égale qu'il dit en levant les yeux vers Tom :

— Les négriers tuent toujours les bébés car ils sont trop jeunes pour survivre à la marche jusqu'à la côte. Leur poids ne fait qu'affaiblir les femmes qui sont obligées de les porter.

Il toucha la profonde entaille sur le dôme du petit crâne.

— Vous voyez, ils ont tenu ma petite fille par les chevilles et ont projeté sa tête contre un montant de la porte. C'était ma belle petite Kassa, dit-il.

Il porta le crâne à sa bouche et baisa la macabre blessure.

Tom ne pouvait supporter de voir son chagrin. Il détourna les yeux. Sur le mur de la paillote, quelqu'un avait griffonné en arabe avec un bout de charbon de bois : *Allah est grand. Il n'y a pas d'autre Dieu que Lui*, ce qui confirmait l'identité de ceux qui avaient commis ces atrocités. Il examina le graffiti tout en tentant de se calmer.

— Quand cela s'est-il passé ? demanda-t-il d'une voix étranglée.

— Il y a peut-être un mois. Peut-être un peu plus, répondit Aboli en se relevant.

— Les files d'esclaves doivent progresser lentement ? Avec les chaînes, les femmes et les enfants.

— Oui, très lentement. Et la route jusqu'à la côte est longue et pénible.

— Nous pouvons les rattraper si nous partons tout de suite et marchons dur, dit Tom d'une voix plus assurée.

— Oui, nous allons les rattraper. Mais d'abord, je dois ensevelir mes morts. Effectuez les préparatifs pour la marche, Klebe. Je serai prêt à partir avant midi.

Aboli trouva deux autres petits crânes au milieu des ruines et des mauvaises herbes. Les squelettes avaient été dispersés et brisés par les charognards mais il réussit à identifier les bébés grâce aux bracelets de perles qu'il leur avait donnés, encore entortillés autour des os. Il rassembla leurs restes et les plaça dans une cape en cuir tanné.

Il creusa leur tombe dans le sol de la paillote dans laquelle ils avaient été conçus et les ensevelit tous ensemble. Puis il ouvrit une veine de son poignet, laissa couler le sang sur la terre et pria ses ancêtres d'accueillir avec bonté les âmes de ses enfants.

Quand il arriva au bord du fleuve, Tom avait presque achevé de régler l'ordre de marche. Après des années d'expérience de chasse à l'éléphant, chacun savait ce qu'il avait à faire. Il avait réparti les hommes en trois groupes de cinq, commandés par Tom, Alf Wilson et Luke Jervis. Trois marins restaient pour garder les chaloupes.

Chaque membre de l'expédition portait ses armes, de la poudre et des balles, son outre, sa couverture et assez de nourriture pour une semaine, soit un paquetage de soixante livres. Une fois les provisions épuisées, ils vivraient sur le pays.

— Vous devez rester ici avec les chaloupes, dit Tom à Sarah en déroulant la toile dans laquelle il gardait l'épée de Neptune.

Il ne l'emportait pas quand il partait chasser l'éléphant, car elle l'eût gêné dans sa marche, mais maintenant il risquait d'en avoir besoin.

— Il va y avoir de la bagarre et du danger, expliqua-t-il pendant qu'il bouclait son ceinturon.

— C'est pourquoi je dois vous accompagner. Il va y avoir beaucoup de blessés, sans personne pour les soigner. Je ne puis rester là, rétorqua-t-elle.

Tom lut la détermination dans l'expression de son visage, l'éclat froid de ses yeux. Elle avait déjà préparé sa trousse de médecin et sa couverture. Il savait de longue date qu'il ne servait à rien de discuter et il y renonça.

— Restez près de moi. Si nous courons un danger, faites ce que je vous dis, femme, et, pour une fois, ne tergiversez pas.

Emmenés par Aboli et Fundi, ils traversèrent en file indienne le village en ruine. Ils dépassèrent bien d'autres squelettes, ceux des vieillards et des petits enfants jugés trop faibles par les négriers pour survivre à la marche jusqu'à la côte. Ce fut un soulagement de laisser en arrière cette scène de mort et de désolation, et de suivre la piste laissée par les files de captifs lozi emmenés vers le nord, à l'intérieur des collines.

Aboli et Fundi imposaient une allure infernale. Fundi portait son grand arc de chasseur d'éléphants sur une épaule et un carquois de flèches empoisonnées sur l'autre. Lui aussi avait perdu sa famille dans le massacre.

D'après les estimations de Tom, ils couvrirent une dizaine de miles au cours de cette première marche et il n'annonça la halte que lorsque la nuit sans lune devint trop obscure pour leur permettre de voir où ils posaient les pieds. Il ne dormit que par intermittence, roulé dans sa couverture à côté de Sarah. Peu après minuit, il se releva d'un bond en entendant un cri fantomatique renvoyé en écho depuis le sommet de la colline au-dessus d'eux. C'était une voix humaine, qui les interpellait en lozi :

— Qui êtes-vous ?

— Klebe, votre ami ! cria Tom en réponse.

— L'époux de Falla et Zété ! lança Aboli en jetant du bois dans le feu pour le ranimer.

— C'est Fundi, le chasseur d'éléphants. Venez à nous, Lozi.

Ils apparurent parmi les arbres sombres, ombres mouvantes à la lumière du feu de camp, qui se matérialisèrent en formes humaines. Ils étaient moins de cent survivants, dont beaucoup de femmes mais aussi plus de cinquante guerriers qui portaient toujours leurs armes — lances et lourds arcs à éléphants avec des carquois de flèches empoisonnées.

Ils s'accroupirent tous autour du feu et, l'un après l'autre, les aînés décrivirent l'attaque qui avait surpris le camp, le massacre et la capture des esclaves.

— Certains d'entre nous ont pu s'enfuir dans la forêt, d'autres étaient partis chasser ou ramasser du miel sauvage, c'est pourquoi nous en avons réchappé, expliquèrent-ils.

— Qu'est devenue ma famille ? demanda Aboli.

— Ils ont emmené Falla et Zété, et tes fils Zama et Toula. Nous les avons vus enchaînés en épiant de loin la caravane.

Ils restèrent assis toute la nuit à réciter la liste interminable des morts et des captifs. A l'aube, quand le moment vint de reprendre la poursuite, Tom ordonna aux vieillards de retourner au village en ruine pour enterrer les morts et faire des semailles afin d'éviter la famine qui ne manquerait pas de suivre un tel désastre.

— Quelques-uns de mes hommes sont restés là-bas.

Ils chasseront pour vous nourrir jusqu'à ce que les récoltes soient mûres, dit-il.

Ils rentrèrent docilement au village et Tom assembla les guerriers lozi restants. Il connaissait le nom de la plupart et avait chassé avec certains.

— Nous poursuivons la caravane. Nous allons nous battre pour libérer les captifs. Voulez-vous vous joindre à nous ?

— Nous voulions les suivre mais les Arabes ont des bâtons de feu et nous avons eu peur. Mais vous aussi, vous avez ces terribles bâtons de feu, alors nous venons avec vous.

Fundi choisit les chasseurs les plus habiles et les envoya en éclaireurs pour s'assurer que les négriers n'avaient pas tendu d'embuscade ou de piège. Quand ils repartirent, il garda le reste des Lozi avec eux et ils suivirent la route des esclaves vers le nord.

Ils allèrent à marches forcées du point du jour à la tombée de la nuit, et bien que les traces laissées par la caravane fussent trop anciennes pour que même Fundi et Aboli puissent les déchiffrer avec précision, ils savaient qu'ils avaient couvert en un seul jour la distance que les longues files d'esclaves enchaînés parcouraient en six. Dans la journée, ils avaient en effet dépassé les huttes grossières et les cendres de six camps successifs.

Le lendemain, ils repartirent à la première heure et, avant midi, tombèrent sur les restes des premières victimes, morceaux d'os et lambeaux de pagne tachés de sang éparpillés le long de la piste : les Arabes retiraient les chaînes de cadavres et les charognards dévoraient les corps.

— C'étaient les plus faibles, remarqua Fundi. Ils sont morts d'épuisement et de chagrin. Nous en trouverons beaucoup d'autres avant de rattraper la caravane.

Chaque jour, les signes devenaient plus nets. La piste était toujours ponctuée par les vestiges des camps que la caravane avait dressés pour la nuit et par les restes de ceux qui n'avaient pas survécu aux rigueurs du voyage.

Dix jours après le départ, ils arrivèrent à la jonction de deux pistes, où la colonne des Lozi au sud avait été rejointe par une autre, plus importante, venue de la région des grands lacs à l'ouest. Fundi et Aboli examinèrent le site où les deux caravanes avaient campé la première nuit consécutive à leur rencontre.

— Il y a maintenant plus de deux mille esclaves dans la colonne. J'ai compté les emplacements où ils dormaient.

Aboli montra à Tom les endroits où l'herbe avait été aplatie par les corps des dormeurs.

— La plupart portent de lourds chargements de nourriture, grains et viandes séchées.

— Comment le sais-tu ? demanda Tom.

— La profondeur des empreintes de leurs talons montre qu'ils étaient chargés. Et puis ils ont laissé des paniers de nourriture vides près des feux de cuisson avec quelques grains et petits bouts de viande. Mais les Arabes les obligent aussi à porter des défenses d'éléphant.

— De l'ivoire ? répéta Tom, son intérêt piqué. Où auraient-ils trouvé de l'ivoire ?

— Ils le pillent dans les villages qu'ils razzient et les Omanais sont aussi des chasseurs, répondit Fundi, qui s'était joint à la discussion.

Aboli emmena Tom à l'autre bout du site et désigna des marques incurvées dans la terre.

— C'est là qu'ils ont entassé les défenses pendant la nuit. Environ cent soixante gardes et marchands arabes font partie de la caravane, continua Aboli en le conduisant aux *bomas* de branches épineuses qui avaient abrité les gardes pendant qu'ils se reposaient et en lui indiquant les matelas d'herbes coupées sur lesquels ils avaient dormi. Un par homme, et j'ai aussi compté les empreintes de leurs pas.

— Comment fais-tu la distinction entre celles d'un Arabe et celles d'un esclave ?

— Les Arabes portent des sandales. Beaucoup tiennent un gros chien en laisse... Tenez, voilà des traces de coussinets. Ils s'en servent pour effrayer les esclaves et rattraper les fuyards.

— Nous avons presque perdu une heure ici, coupa Tom. Nous savons à combien d'ennemis nous avons affaire. Repartons à leur poursuite.

Cet énorme rassemblement d'hommes et de femmes lourdement chargés progressait encore plus lentement qu'avant, et la colonne plus légère de poursuivants, endurcis par des années de chasse à l'éléphant, gagnait vite du terrain.

Au milieu de la matinée du dix-septième jour après leur départ du village de Bongola, deux des éclaireurs revinrent en courant vers la tête de la colonne où Sarah marchait au côté de Tom, suivant son rythme grâce à ses longues jambes.

— Nous avons vu la fumée de leurs feux de camps ! crièrent-ils de loin.

— Restez avec Luke et Alf, ordonna Tom à Sarah, en faisant signe à Aboli.

Ils partirent au trot régulier qu'il adoptaient pour se rapprocher des éléphants au dernier stade de la chasse. Les éclaireurs lozi les conduisirent sur une petite colline granitique, du sommet de laquelle on voyait au loin.

A quelques miles seulement, la fumée de centaines de petits feux de cuisson gribouillait le bleu immaculé du ciel.

— Nous les tenons, exulta Tom.

Il emmena les autres au pied de la colline en un même trot rapide. En une heure, ils avaient atteint le camp déserté où les feux fumaient encore. Le large sentier battu par des milliers de pieds nus serpentait parmi les arbres et ils le suivirent au pas de course.

Un bruit lointain les arrêta malgré eux : un chant lugubre entonné par des centaines de voix, léger sous le soleil implacable de midi et d'une beauté déchirante. Les esclaves chantaient une complainte à leur pays perdu, à leur foyer et à ceux qui leur étaient chers et qu'ils ne reverraient jamais.

Tom examina le terrain devant eux.

— Nous allons les contourner sur la droite. Nous devons aller en avant de la colonne et la regarder passer pour connaître leur nombre exact et leur ordre de marche.

Quand ils sortirent de la forêt, une plaine s'étendait devant eux jusqu'à l'horizon et la prairie jaune pâle miroitait dans l'air surchauffé. Des *kopjes* isolés ponctuaient cette vaste étendue plane comme des îles et, ici et là, se dressait un acacia au feuillage aplati, que broutaient des girafes en tendant leur cou majestueux. Des troupeaux de zèbres, de gnous et de gazelles étaient disséminés au milieu de cette immensité et les silhouettes cornues, massives et sombres de quelques rhinocéros se détachaient sur l'herbe pâlie.

A deux ou trois miles sur leur gauche, une fine brume de poussière indiquait la position de la caravane des esclaves. Tom et Aboli s'accordèrent vite sur leur prochain mouvement. L'une des collines coniques de granit se trouvait presque sur le chemin de la colonne. Son sommet constituait un poste d'observation idéal, mais il fallait qu'ils fassent vite. Ils laissèrent les éclaireurs lozi cachés au milieu des arbres et partirent à fond de train dans la plaine.

Quand ils atteignirent le pied du *kopje*, du côté opposé à la caravane, hors d'haleine, ils se jetèrent au sol pour reprendre leur souffle. Dès qu'ils eurent assez récupéré pour s'asseoir, ils burent quelques gorgées d'eau à leur outre. Puis ils escaladèrent le flanc rocheux de la colline.

Juste avant d'arriver en haut, ils se jetèrent de nouveau à plat ventre et regardèrent prudemment par-dessus le sommet. La tête de la caravane n'était plus qu'à un mile de distance et allait passer près du pied du *kopje*.

Une colonne de milliers de minuscules silhouettes s'étirait sur près de trois miles jusqu'à l'orée de la forêt, telle que Tom l'avait imaginée d'après les signes déchiffrés par Aboli. Un impressionnant personnage chevauchait en tête sur un étalon arabe. Il était vêtu d'un long caftan vert, et l'ample turban de même couleur qui lui couvrait la tête et le visage ne laissait apparaître que ses yeux. Deux esclaves noires entièrement nues trottaient à côté de son cheval en portant une grande ombrelle ornée de glands pour le protéger du soleil.

Les autres Arabes marchaient sur les flancs de la colonne. Avec sa lunette, Tom en dénombra cent cinquante-quatre. Cent trente-six étaient des fantassins, les autres des cavaliers. Ils étaient tous en djellaba et armés jusqu'aux dents. Les cavaliers allaient et venaient le long de la colonne pour presser le mouvement.

Les esclaves étaient trop nombreux pour être comptés avec précision, mais Tom vit que l'estimation d'Aboli ne devait pas être loin de la vérité. La plupart, hommes ou femmes, étaient nus. Quelques-uns portaient un bout de cuir ou d'étoffe en lambeaux autour des reins. Ils étaient tous enchaînés, les enfants attachés ensemble par groupes de cinq ou six avec des cordes en écorce tressée ou en cuir vert autour du cou afin d'économiser les chaînes.

Tous avaient la tête et le corps couverts d'une couche grise de poussière que la sueur avait zébrée de longues traînées, leur donnant une apparence surnaturelle. Ils portaient des fardeaux et même les enfants avaient une gourde ou un panier de grains en équilibre sur la tête. Les femmes convoyaient les tapis de couchage et les affaires personnelles des négriers, ou encore des paniers et des outres. Les hommes transportaient l'ivoire. Tom vit des centaines de défenses, certaines si grosses qu'il leur fallait quatre hommes.

La colonne se rapprochait de plus en plus du pied de la colline et ils distinguaient davantage de détails, en entendant la complainte lugubre. L'une des femmes proches de la tête de la file laissa tomber le panier qu'elle avait sur la tête et s'effondra, entraînant dans sa chute les trois autres avec lesquelles elle était enchaînée. Celles qui l'entouraient essayèrent de la relever mais elle était trop faible pour tenir debout.

Remarquant l'agitation, quatre gardiens arrivèrent en courant et se rassemblèrent autour d'elle. Tom entendit leurs cris de colère tandis qu'ils tentaient de la relever. Puis l'un d'eux la frappa à toute volée avec son *kiboko*. Il visa d'abord l'arrière des jambes, puis, comme il n'arrivait à rien, fit pleuvoir les coups sur son dos et ses fesses. La claquement sec du fouet sur la peau nue résonnait dans l'air surchauffé.

Les gardes se résignèrent enfin à la perdre. L'un d'eux se baissa et ouvrit les fers qu'elle avait aux poignets, puis la saisit par les chevilles et la traîna sur le côté de la piste. Ses camarades firent avancer la colonne arrêtée et laissèrent là où il était le corps nu et couvert de poussière.

La longue file passait maintenant si près du *kopje* qu'ils distinguaient à l'œil nu les visages des esclaves. Soudain, Aboli se raidit et empoigna le bras de Tom. Il lui montra le milieu de la colonne et il fallut un moment à Tom pour comprendre ce qui l'avait troublé. Une autre file d'enfants, garçons et filles confondus, marchaient, liés par une longue corde attachée autour de leur taille. Chacun portait un ballot ou un panier sur la tête, la dimension et le poids de chaque fardeau proportionnés à l'âge et à la force de l'enfant. Le garçon en tête de file était le plus grand. Il avait une démarche fière et souple alors que les autres étaient voûtés par la fatigue et le désespoir.

— Zama. Mon fils aîné. Et Toula est derrière lui, dit Aboli d'une voix égale mais les yeux enflammés de colère. Il y a aussi Zété et Falla dans le rang derrière eux.

Les deux femmes étaient nues, enchaînées par le cou, leurs seins lourds et pleins du lait que ne tétaient plus leurs bébés massacrés.

Tom ne trouva rien à dire pour réconforter son vieil ami, et ils regardèrent en silence passer la pitoyable procession. Le pas était si lent qu'il fallut presque deux heures, bien que les gardes les aient aiguillonnés par des cris et des coups de fouets.

Une meute de hyènes et de chacals suivait dans le sillage de la colonne. Ils engloutissaient les excréments laissés sur le veldt par les esclaves tenaillés par la dysenterie, et les autres déchets et détritus. Tom croyait que la fille abandonnée était morte mais il se trompait. Lorsque les hyènes se rassemblèrent autour d'elle en ricanant et en hurlant d'excitation, elle se redressa péniblement sur un coude et tenta de se relever, mais l'effort était au-dessus de ses forces. Elle s'affaissa et ramena ses genoux contre sa poitrine en protégeant sa tête de ses bras nus.

Les hyènes reculèrent un peu puis s'avancèrent de nouveau en l'encerclant. L'une tendit le cou pour renifler son pied. La fille ramassa une pierre, la lui jeta et la bête battit en retraite. Puis un autre de ces énormes animaux pareils à des chiens se jeta sur elle par-derrière et lui planta ses crocs dans l'épaule. Tandis qu'elle se roulait par terre et donnait des coups de pied, la hyène la serrait entre ses dents en secouant sa tête massive jusqu'au moment où elle réussit à arracher un morceau de chair, qu'elle avala pendant que la fille s'effondrait en sanglots sur le sol poussiéreux. L'odeur du sang vainquit les hésitations des autres. L'une se précipita, lui saisit le pied et repartit en la traînant sur le dos. Tom se leva d'un bond, près à courir en bas de la colline pour voler à son secours, mais Aboli le fit rasseoir.

— Les Arabes sont encore trop près, dit-il en montrant la fin de la colonne, un demi-mile plus loin. Ils vont vous voir. Nous ne pouvons rien pour elle.

Il avait, bien sûr, raison. Tom se laissa retomber à terre et vit une autre hyène se ruer sur la fille et lui mordre le ventre, en se penchant en arrière pour résister à la traction de l'autre animal. Elle était écartelée entre les deux et ses hurlements portaient jusqu'à eux. Puis une douzaine d'autres bêtes arrivèrent et la déchirèrent en morceaux, broyant les os dans leurs puissantes mâchoires, engloutissant sa chair pendant qu'elle se débattait de plus en plus faiblement. En quelques minutes il ne resta plus d'elle qu'une tache humide et sanglante sur la terre. La meute repartit en bondissant après la caravane.

Tom et Aboli descendirent de leur poste d'observation et suivirent la colonne tandis que le jour tombait et que le soleil plongeait vers l'horizon. Lorsque les maîtres ordonnèrent la halte pour la nuit et que la caravane organisa le bivouac, ils se rapprochèrent à pas de loup. A couvert d'un bouquet d'acacias, ils évaluèrent la disposition du camp, repérant les files de chevaux et les *bomas* des Arabes.

Quand le soleil fut couché et que l'obscurité augmenta, ils se hâtèrent de rebrousser chemin. En moins d'une heure, ils avaient retrouvé le reste de leur petite troupe, qui arrivait à la suite. Ils allumèrent un feu caché par un écran de broussailles pour cuire le repas du soir et, pendant qu'ils mangeaient rapidement, Tom tint son conseil de guerre et donna à chacun de ses lieutenants des ordres pour l'attaque nocturne du camp arabe. Ils repartirent dès qu'ils eurent fini leur repas.

Ils voyaient la lueur des feux de camp deux miles plus loin dans la plaine. Tom et Aboli assignèrent leur position aux archers lozi et leur firent répéter les instructions pour éviter toute confusion. Puis ils prirent eux-mêmes leurs positions et la longue attente commença. Tom voulait attaquer dans les heures les plus sombres, entre minuit et l'aube, lorsque l'énergie des Arabes serait retombée.

Peu à peu, les feux de camp commencèrent à vaciller puis ne furent plus que des tas de cendres rougeoyantes. La queue dressée, le grand Scorpion traversa lentement le firmament puis descendit vers l'horizon. Les voix et le chant des esclaves moururent et un profond silence tomba sur le camp.

— C'est le moment, dit Tom en se levant.

Ils se rapprochèrent encore et inspectèrent le camp une dernière fois du regard pour s'assurer que rien n'avait changé. Le seul feu encore allumé était celui près des chevaux, dans un bosquet d'acacias.

Les silhouettes de trois Arabes se découpaient sur les flammes. Assis ensemble, ils buvaient du café, discutaient à voix basse et regardaient le feu. « Ça va les aveugler », pensa Tom.

— Prends celui qui est le plus près de toi, murmura-t-il à Aboli.

Ils s'avancèrent jusqu'au cercle de lumière en gardant leurs épées au fourreau pour éviter qu'un reflet n'alerte une sentinelle.

— Sus !

Tom tira son épée et courut d'un pas léger derrière les Arabes. Il occit le premier d'un coup d'estoc à la base du cou. De l'autre côté, Aboli tua le deuxième. L'homme tomba la tête la première dans le feu, son turban et sa barbe en broussaille s'enflammèrent comme une torche.

Le troisième laissa échapper un cri de surprise et tenta de se lever, mais Tom le frappa à la gorge. La lame bleue étouffa son cri dans un gargouillement de sang.

Tom et Aboli restèrent accroupis au-dessus de leurs victimes en dressant l'oreille mais l'alarme n'avait pas été donnée : les chevaux se trouvaient à l'écart du camp principal et l'Arabe n'avait pas fait plus de bruit qu'un homme endormi en proie à un cauchemar. Tout était calme. Ils se dirigèrent vers l'endroit où les chevaux étaient attachés. Une ombre arriva à leur rencontre parmi les arbres. Tom poussa un bref sifflement à deux tons, l'appel de l'engoulevent. Le signal de reconnaissance fut renvoyé immédiatement et Luke Jervis s'avança.

— C'est fait ! chuchota-t-il, signifiant ainsi que les autres Arabes qui gardaient les chevaux avaient été abattus.

Tom courut à l'un des animaux. Il avait repéré l'étalon bai que montait le chef arabe et noté sa position dans la file. Il détacha son licou et lui parla avec douceur en lui caressant le front. Puis il sauta sur son dos nu. Aboli avait choisi un autre cheval et, quand il fut monté, Tom siffla discrètement.

Luke repartit en courant vers ses hommes, qui avaient encerclé l'un des *bomas* des gardes arabes. Presque tout de suite, éclata le grondement sourd de volées de mousquets à la périphérie du camp et les flammes des armes à feu trouèrent l'obscurité : les marins tiraient à courte portée sur les Arabes assoupis. Un brouhaha assourdi parcourut le camp réveillé en sursaut et s'enfla en un vacarme de cris et de hurlements. Les Arabes sortirent à moitié endormis des *bomas* en cherchant leurs armes à tâtons, accueillis par des volées successives de mousquets et une grêle de flèches.

Enchaînés aux piquets de fer que leurs gardes avaient enfoncés dans la terre dure, les esclaves étaient incapables de bouger. Etendus au sol, ils gémissaient et hurlaient de terreur, ajoutant à la confusion générale.

Des Arabes ripostaient et une résistance déterminée s'organisait. Tom galopa le long de la ligne de front vers le *boma* de branches épineuses où, à la tombée du jour, il avait vu le chef de la caravane s'abriter pour la nuit. Il tenait une braise prise dans le feu de camp des gardes et il la lança sur le toit de chaume de la hutte. Le feu prit vite et les flammes s'élevèrent en projetant des gerbes d'étincelles, éclairant la nuit à cent pas à la ronde. Chassé par la fournaise, le chef arabe sortit en courant de la hutte, un long mousquet à la main. La barbe emmêlée, il était tête nue et ses longs cheveux gris huilés tombaient sur ses épaules. Tom fit pirouetter son cheval et chargea droit sur lui. L'Arabe l'attendait de pied ferme et leva son mousquet. Couché sur l'encolure de l'étalon, Tom l'emmenait droit sur la gueule de l'arme.

L'Arabe tira et, dans le nuage de fumée, Tom entendit la balle frôler sa tête en vrombissant. Il s'attendait que l'homme tourne les talons et prenne la fuite. Mais il resta là fièrement, sans défense, désarmé, la tête haute, l'œil farouche, face à la mort. Tom ressentit de l'admiration et du respect à l'instant où, penché sur sa monture, il enfonçait sa lame scintillante dans le cœur de l'homme avec une telle force qu'il fut arraché de terre et mourut avant même de retomber. Tom revint en arrière et le regarda. Agitée par la brise nocturne, sa barbe argentée ondulait en travers de sa poitrine. Tom faillit éprouver du remords, mais, quand il se rappela les enfants d'Aboli massacrés et la fille dévorée vivante par les hyènes, son sentiment de culpabilité fut étouffé dans l'œuf.

Il s'éloigna et, du haut de sa monture, parcourut la ligne du regard. A deux endroits, les maîtres s'étaient mis à couvert et se regroupaient en petites poches de résistance.

— Il faut les disperser. Suis-moi ! cria-t-il à Aboli.

Ils fondirent sur eux, l'épée levée et, hurlant dans la frénésie de la bataille, les taillèrent en pièces. Les survivants battirent en retraite. Ils jetèrent leurs mousquets vides et s'enfuirent dans l'obscurité.

— Laissez-les aller ! lança Tom pour empêcher ses hommes de les poursuivre, et il se consola : « Ils n'iront pas loin et j'enverrai Fundi et ses archers après eux dès le lever du jour. »

Dans la mêlée, il avait été séparé d'Aboli. Il chevaucha le long des files d'esclaves pour le chercher. La lutte avait cessé mais le plus grand désordre régnait dans le camp. Beaucoup d'esclaves avaient arraché le pieu qui les immobilisait et erraient en trébuchant. Le vacarme était assourdissant et Tom n'arrivait pas à faire entendre ses ordres. Il essaya de ramener à la raison quelques captifs à coups de fourreau mais ne réussit qu'à les affoler davantage. Il renonça à toute tentative pour les calmer et se remit en quête d'Aboli.

Il aperçut son cheval mais non pas lui. Pris d'une inquiétude soudaine, il se demanda s'il n'avait pas été abattu. Il poussa sa monture et le vit alors debout au milieu de la cohue : il portait deux petits garçons dans ses bras et serrait leurs corps nus et couverts de poussière contre sa poitrine.

— Ils sont indemnes, Klebe ! Tous les deux ! cria Aboli.

Tom lui lança un signe de la main et fit pirouetter son cheval pour chercher Sarah. Il savait qu'elle devait se trouver quelque part dans cette marée humaine pour donner ses soins à ceux qui en avaient besoin et il s'inquiéta pour elle. Dans cette atmosphère dangereuse, elle risquait d'être piétinée par la foule ou de tomber sur un Arabe en fuite, encore armé de sa dague.

Il aperçut ses cheveux clairs, pareils à un fanal à la lueur du feu, et poussa l'étalon à travers la cohue. Il se pencha, passa un bras autour de sa taille, la souleva sur le garrot du cheval et l'embrassa.

Elle l'enlaça par le cou et l'étreignit au point de lui faire mal.

— Vous avez réussi, mon chéri. Les voilà libres.

— Et il y a un beau chargement d'ivoire arabe à prendre, dit-il en souriant.

— Vous êtes indigne, rétorqua-t-elle en lui rendant son sourire. C'est la seule pensée qui vous vient en cet instant glorieux ?

— Mon père disait : « Fais le bien à autrui, mais n'oublie pas à la fin de prélever ton dû. »

Il fallut le reste de la nuit pour rétablir l'ordre parmi les hordes d'esclaves. La plupart étaient encore enchaînés, mais dès le lever du jour on entreprit de les délivrer. Tom trouva un énorme trousseau de clefs à la ceinture du vieux chef arabe qu'il avait tué. Quand ils furent libérés de leurs fers, Tom ordonna aux esclaves de se regrouper par tribus et par villages, et les plaça sous la responsabilité de leurs chefs.

Sarah s'occupa d'abord de la famille d'Aboli. Encore en bonne santé, les deux garçons n'avaient rien. Zété et Falla étaient folles de terreur mais Aboli leur parla sur un ton sévère et elles se calmèrent. Lorsque Sarah se fut assurée qu'ils n'avaient plus besoin de son aide, elle partit parmi les autres. Elle prit soin d'abord des enfants malades. Beaucoup souffraient de dysenterie et elle leur administra une potion, puis traita les excoriations provoquées par les fers et les cordes avec un baume cicatrisant. Elle travailla inlassablement toute la nuit et une bonne partie du lendemain, mais elle ne pouvait en faire suffisamment pour les centaines qui réclamaient ses soins.

Pendant ce temps, Tom envoya Fundi et sa bande d'archers à la poursuite des Arabes échappés durant la nuit. Ils n'étaient pas allés loin, et la plupart étaient sans armes. Les hommes de Fundi les traquèrent rapidement et les achevèrent avec leurs flèches barbelées. Le poison teintait de violet la chair autour de la blessure puis se répandait dans le sang comme du feu liquide. Ce n'était pas une mort douce, mais, lorsque les chasseurs rapportèrent les têtes coupées de leurs victimes comme preuve de leur succès, Tom les regarda sans passion. Les méfaits de ces hommes étaient encore frais dans son esprit et sa colère toujours intacte.

Sous la direction de leurs officiers, les marins mirent le camp à sac et entassèrent le butin pour que Tom puisse en faire l'inventaire et le noter dans son livre de bord. Outre la montagne d'ivoire, ils trouvèrent un petit coffret en fer dans les cendres de la hutte du maître de la caravane. Il avait résisté à la fournaise, et, quand ils le forcèrent, ils constatèrent qu'il contenait trois cents livres en dinars d'or.

— Cela fait un joli profit pour une journée consacrée aux bonnes actions, dit Tom à Sarah, avec satisfaction.

Ils rassemblèrent les paniers de nourriture, les mousquets, les barils de poudre et les barres de plomb pour fondre les balles, les ballots de tissu, les sacs de perles en verroterie et des monceaux de précieux matériel.

— Comment allez-vous rapporter tout cela à Fort Providence ? s'enquit Sarah. Vous allez probablement devoir le laisser ici.

— Nous y veillerons, répondit Tom avec détermination.

Il demanda à Fundi et à Aboli de lui amener tous les chefs des esclaves libérés. Il leur expliqua qu'il allait partager les réserves de nourriture entre les gens des différentes tribus et que les femmes et les enfants étaient libres de retourner dans leur village. Cependant, en échange de leur liberté, les hommes devaient porter le butin en pays lozi. Après quoi ils pourraient rejoindre leurs épouses. Il leur expliqua qu'ils seraient payés en marchandises pour leur labeur. Les chefs se montrèrent enchantés de cet arrangement, car les salaires de leurs sujets tomberaient naturellement dans leur escarcelle. Jusqu'à ce moment-là, ils n'avaient pas compris qu'ils étaient de nouveau libres et croyaient être simplement passés sous la coupe d'autres négriers.

Il fallut plusieurs jours pour partager la nourriture et former les différentes caravanes avant que Tom puisse renvoyer les femmes chez elles. Elles partirent en chantant leurs remerciements et leurs louanges aux hommes blancs qui les avaient sauvées de la servitude. Puis la caravane lourdement chargée des hommes s'ébranla en direction du sud, emmenée par Tom et Sarah, montés sur des chevaux arabes.

Tom laissa Fundi et vingt de ses chasseurs les plus intrépides patrouiller le long de la route des esclaves jusqu'à la fin de la saison sèche. S'il repérait une autre caravane arabe, il avait ordre d'envoyer des messagers à Fort Providence pour donner l'alerte.

En arrivant à Fort Providence, Tom se rendit compte qu'il avait plus d'ivoire qu'il n'en fallait pour charger le *Centaurus*.

— Nous n'aurons pas à repartir chasser, pour cette saison du moins. Je vais concentrer tous mes efforts pour tirer d'autres malheureux des griffes des Arabes, annonça-t-il à Sarah, l'air pieux et vertueux.

Mais elle aperçut un pétillement dans ses yeux et ne se laissa pas prendre.

— J'aurais aimé que ces sentiments soient honnêtes, Thomas Courtney, mais je vous connais trop bien. Vous ne pensez qu'à l'ivoire et au plaisir d'une bonne bataille.

— Vous êtes un juge bien sévère, ma belle, protesta-t-il en souriant, et pourquoi chicaner ? Ce sont ces petits innocents qui vous importent, et je les remets à vos bons soins. Nous satisfaisons ainsi tous les deux nos penchants.

— Ce ne sera pas aussi facile la prochaine fois. Les marchands arabes vous attendront.

— Ah ! Mais j'ai moi aussi quelques idées sur ce chapitre.

Ils avaient pris près de deux cents mousquets aux Arabes et une jolie réserve de poudre et de plomb. Au lieu de partir chasser, Tom et son équipage entraînèrent au tir cinquante guerriers lozi. Ils avaient choisi les hommes les plus prometteurs, mais même ceux-ci eurent du mal à maîtriser une arme si étrangère à leur culture. Ils ne surmontèrent jamais complètement leur appréhension et leur crainte presque révérencieuse des armes à feu ni l'instinct qui les poussait à fermer les yeux dans l'attente de la décharge. Tom ne tarda pas à comprendre qu'ils ne deviendraient jamais de bons tireurs. Il en accepta l'augure et les entraîna à tirer à courte portée des volées massives de chevrotine fondue spécialement pour eux.

Quelques semaines plus tard, un messager de Fundi arriva à Fort Providence pour annoncer qu'une autre caravane descendait de la région des lacs.

— Il est temps de mettre à l'épreuve ma nouvelle tactique, dit Tom à Sarah. Il est inutile d'essayer de vous convaincre de rester ici, je suppose ?

Pour toute réponse, elle sourit et partit emballer ses réserves de médicaments.

Quand ils arrivèrent enfin à proximité de la caravane, ils constatèrent qu'elle était encore plus importante et plus chargée de richesses que la première, mais aussi escortée par des fantassins et des cavaliers arabes en effectif supérieur. Les hommes de Tom étaient presque à un contre deux. Lui et Aboli suivirent les Arabes pendant des jours tout en mettant au point leur stratégie.

Il apparut vite que les négriers connaissaient le sort qui avait été réservé à l'autre caravane et qu'ils se tenaient sur leurs gardes. Pendant la journée, ils envoyaient des éclaireurs et, au premier signe alarmant, ils se repliaient avec méthode en formations défensives. Quand ils faisaient halte pour la nuit, ils construisaient soigneusement leurs *bomas* et plaçaient un cordon de sentinelles autour du camp pour prévenir les attaques nocturnes.

Tom et Aboli partirent en reconnaissance en avant de la colonne et trouvèrent le gué d'une large rivière que la caravane allait être obligée de traverser. Ils y amenèrent leurs hommes et les mirent tous en position dans l'épaisse forêt qui couvrait la berge opposée.

Lorsqu'elle atteignit la rivière, la longue et lourde caravane commença à traverser. Tom laissa la tête de la colonne franchir le gué. Puis, alors que la moitié des esclaves et de leur escorte se trouvaient encore de l'autre côté, il les isola et attaqua la tête de la caravane.

Soigneusement embusqués, les Lozi tiraient des volées presque à bout portant sur les gardes arabes. Grâce à l'effet de dispersion de la chevrotine, même eux ne pouvaient manquer leur cible et l'effet était meurtrier. Pendant un temps la lutte fut féroce, mais, surpassés en nombre, les gardes arabes ne tardèrent pas à être taillés en pièces par les tirs massifs. Quand leurs camarades sur l'autre rive tentèrent de traverser pour venir à leur rescousse, ils furent contraints de patauger dans le courant avec de l'eau jusqu'à la poitrine et furent repoussés en désordre par les tirs précis des marins de Tom.

A la tombée de la nuit, le combat sur la berge était terminé. Les hommes de Tom avaient capturé les chefs de la caravane et éliminé tous les gardes arabes. Ils avaient également pris toutes leurs réserves de poudre noire. Tom avait maintenant l'avantage du nombre, alors que les adversaires restés sur l'autre rive manquaient de munitions.

Tom fit traverser ses hommes et lança une série de raids éclairs sur les positions arabes, obligeant les trafiquants à se défendre et à consommer ce qui leur restait de poudre. Quand leurs mousquets furent vides, Tom attaqua pour de bon et enfonça les lignes arabes. Une fois leur poudre épuisée, les défenseurs furent balayés au cours d'un corps-à-corps désespéré dans lequel les lances courtes des Lozi firent merveille. Les derniers Arabes furent repoussés dans la rivière où, attirés par l'odeur du sang, les crocodiles s'étaient rassemblés.

Tom libéra plus de trois mille esclaves et retourna à Fort Providence avec une longue file de porteurs chargés d'un immense butin.

Les éclaireurs de Fundi restèrent en faction sur la route des esclaves, mais aucune autre caravane ne tenta de gagner la côte des Fièvres durant cette saison-là.

— Nous devons prier pour faire mieux la prochaine fois, dit Tom à Sarah sur le gaillard d'arrière du *Centaurus*, qui descendait le Lunga vers l'océan au début des grandes pluies.

— Si nous faisons mieux, le bateau va couler. Je ne peux même plus entrer dans ma cabine tant elle est encombrée de défenses d'éléphant.

— Ce sont surtout les enfants que vous nous avez

amenés qui tiennent de la place, rétorqua Tom d'un ton accusateur.

Sarah n'avait pu s'empêcher de prendre sous son aile quatre orphelins parmi les plus mignons dans les caravanes d'esclaves libérés. Elle leur prodiguait des soins maternels et ils étaient maintenant accrochés à ses jupes en suçant leur pouce, habillés avec les vêtements qu'elle avait confectionnés pour eux.

— Thomas Courtney, je vous soupçonne d'être jaloux de ces bébés.

— Quand nous arriverons à Bonne-Espérance, je vous achèterai un joli chapeau à bride pour reconquérir votre amour.

Elle ouvrit la bouche pour lui dire qu'elle eût préféré un fils, mais le sujet leur était pénible à tous les deux, et elle se contenta de sourire.

— Et une belle robe pour aller avec. Voilà des mois que je suis vêtue d'oripeaux. Oh, Tom, quel plaisir de retrouver la civilisation, même si ce n'est pas pour longtemps !

Le calife d'Oman, Abd Mohammed al-Malik, se mourait dans son palais de Mascate, et même les meilleurs de ses médecins ne pouvaient trouver la cause du mal mystérieux qui l'avait assailli. Ils l'avaient purgé au point qu'il perdait du sang par l'anus, et saigné jusqu'à ce que son visage creux devienne cireux, ses yeux cernés de mauve. Ils avaient couvert sa poitrine et son dos de cloques en lui appliquant des fers chauds pour brûler et extirper la maladie. En vain.

Le mal avait commencé à se manifester peu après le retour du prince Zayn al-Din du long pèlerinage à La Mecque, dans les lieux saints de l'islam, que son père lui avait ordonné d'entreprendre en pénitence de sa trahison. Zayn al-Din lui avait alors de nouveau adressé les suppliques les plus abjectes. Il avait déchiré ses somptueux vêtements et s'était entaillé les joues et la poitrine avec un couteau pointu. Après s'être versé des cendres et de la poussière sur la tête, il avait rampé aux pieds de son père et lui avait demandé pardon en pleurnichant.

Al-Malik était descendu de son trône d'ivoire, l'avait relevé et, avec l'ourlet de son caftan, avait essuyé le sang et la poussière sur le visage adipeux de son fils. Puis il l'avait embrassé sur les lèvres.

— Tu es mon fils et, si je t'ai perdu pendant un temps, je te retrouve maintenant, dit-il. Va prendre un bain et te changer. Passe le caftan bleu des Omanais de sang royal et viens prendre place sur le coussin à ma main droite.

Peu après commencèrent les terribles migraines, qui laissaient le calife désorienté et somnolent. Il eut ensuite des accès de convulsions et des vomissements. Il avait mal au ventre et ses selles étaient noires de sang.

Les médecins le soignaient mais son état ne faisait qu'empirer. Ses ongles devinrent bleus. Ses cheveux et sa barbe tombaient par touffes entières. Il sombrait épisodiquement dans le coma et sa chair fondit tant et si bien que sa tête chauve ressemblait à celle d'un cadavre.

Sachant sa fin prochaine, trente de ses fils s'assemblèrent autour de son lit dans la chambre aux volets clos et privée d'air. L'aîné, Zayn al-Din, s'assit le plus près du lit et dirigea les prières psalmodiées pour qu'Allah allège les souffrances de leur père.

A un certain moment, entre deux prières, Zayn al-Din leva ses yeux emplis de larmes et lança un regard désolé à son demi-frère. Ibn al-Malik Abubaker était le fils d'une des concubines de rang inférieur. Depuis leur enfance au harem de Lamu, il avait été son compagnon. En raison de sa position inférieure dans la maison royale, Abubaker aurait fort bien pu rester dans l'ombre. Un dicton du désert affirme cependant que tout homme a besoin d'un chameau pour le porter à travers les sables et Zayn al-Din était le chameau d'Abubaker. Sur le dos de son demi-frère, Abubaker était déterminé à atteindre un jour le pouvoir. Il savait aussi que Zayn al-Din avait besoin de lui, car il était son serviteur dévoué, perspicace et plein de ressources. Il avait été au côté de Zayn al-Din à la bataille de Mascate et avait tenté de le protéger lorsque les Ottomans avaient été mis en déroute, mais, dans la mêlée, un coup de lance l'avait atteint à la poitrine et désarçonné.

Après la bataille, sa blessure avait guéri et il avait reçu le pardon du nouveau calife ; al-Malik se montrait toujours bienveillant et généreux avec ses enfants. Au lieu de lui témoigner de la reconnaissance, Abubaker éprouvait cependant un féroce ressentiment. Comme Zayn al-Din, il était ambitieux et sournois, un conspirateur né, avide de pouvoir. Bien que le calife eût exprimé son pardon, Abubaker n'ignorait pas qu'il se souviendrait de sa trahison jusqu'à la fin de sa vie. « Puisse-t-elle être courte », pensa-t-il, en jetant un coup d'œil de l'autre côté de la chambre bondée et saturée de fumée d'encens. Il croisa le regard de son frère, qui hocha la tête imperceptiblement. Abubaker baissa les yeux et lissa sa moustache pour montrer qu'il avait compris.

C'était lui qui avait fourni la poudre blanche amère. L'un des médecins au chevet du calife était son homme. Administré à petite dose, le poison s'accumulait dans le corps de la victime, de sorte que les symptômes devenaient de plus en plus aigus. Abubaker était convenu avec son frère que le moment était venu de donner au calife la dose mortelle.

Abubaker se couvrit le visage avec son *keffieh* noir comme pour cacher son chagrin et sourit. A la même heure le lendemain, son frère aîné Zayn al-Din serait assis sur le trône d'ivoire. Lui, ibn al-Malik Abubaker, serait commandant en chef des armées et des flottes d'Oman. Zayn al-Din le lui avait promis, ainsi que le rang d'*imam* et deux lakhs de roupies prélevés sur le trésor royal. Abubaker s'était toujours considéré comme un puissant guerrier et il savait que son étoile commençait enfin à monter.

— Tous mes remerciements à mon frère plein de bonté, Zayn al-Din. Puisse Allah verser mille bénédictions sur sa tête, murmura-t-il.

Au crépuscule, les médecins donnèrent au calife une potion pour l'aider à dormir et le renforcer contre les assauts des démons de la nuit. Il toussa, détourna la tête et laissa dégouliner le remède sur son menton, mais les médecins le tinrent doucement et le lui versèrent à la cuillère au fond de la gorge jusqu'à la dernière goutte.

Il reposait si immobile et si pâle sur ses coussins qu'à deux reprises, au cours de la longue et chaude nuit, ils ouvrirent ses paupières, tinrent une lampe devant ses yeux et regardèrent si la pupille se rétrécissait.

— Loués soient l'amour et la bonté d'Allah, le calife vit toujours, entonnèrent-ils chaque fois.

Quand les premiers rayons cuivrés de la lumière de l'aube filtrèrent à travers les volets, le calife sursauta soudain et s'exclama d'une voix haute et claire :

— Allah est grand !

Puis il retomba sur les coussins trempés de sueur et un filet de sang coula lentement de ses narines, le long de ses joues, et tomba sur le drap.

Les médecins se précipitèrent et formèrent un cercle autour du corps. Le médecin-chef chuchota d'une voix lugubre quelques mots au vizir, qui se tourna vers les princes et lança d'un ton lourd de présages :

— Abd Mohammed al-Malik, calife d'Oman, est mort. Qu'Allah accueille son esprit !

— Au nom de Dieu ! répondirent-ils solennellement en chœur, beaucoup de visages marqués par le chagrin.

— Conformément aux vœux de son père, Zayn al-Din lui succède sur le trône d'ivoire d'Oman. Puisse Allah le bénir et lui accorder un règne long et glorieux.

— Au nom de Dieu ! répétèrent-ils.

Mais la proclamation ne suscita de la joie chez aucun. Ils savaient que des jours sombres s'annonçaient.

Hors des murs de la ville, un promontoire rocheux s'avançait dans la mer. A la pointe, la falaise tombait à pic dans l'eau profonde, si claire que le corail se découpait avec netteté comme une mosaïque de marbre. Le nouveau calife avait ordonné la construction d'un pavillon en granit rose au bord du précipice et l'avait baptisé le Palais du Châtiment. De son siège à l'ombre de la colonnade, il voyait la surface de la mer en contrebas et les longues silhouettes sombres des squales qui glissaient au-dessus du corail. Il n'y avait pas de requins quand le pavillon avait été bâti, mais ils pullulaient maintenant et étaient bien nourris.

Zayn al-Din était en train de manger une grenade

quand on amena devant lui, pieds nus, l'un des officiers de son père. Ils lui avaient rasé les cheveux et la barbe, et placé une chaîne autour du cou, symbole de sa condamnation.

— Tu n'as guère été aimable avec moi, bin-Nabula, lorsque j'étais en disgrâce et ne jouissais plus de la faveur de mon père... Puisse Allah bénir son âme sainte ! dit le calife.

Il cracha un pépin de grenade au visage du vieil homme. Celui-ci ne cilla pas et regarda froidement son persécuteur. Bin-Nabula avait commandé l'armée et la flotte de l'ancien calife : c'était un fier soldat.

— Tu m'appelais le petit gros, poursuivit Zayn al-Din en agitant la tête tristement. C'était fort cruel de ta part.

— Le nom te seyait bien, rétorqua le condamné. Et depuis, ta corpulence n'a fait qu'augmenter et ta mine est devenue encore plus répugnante. Je remercie Allah que ton père ne sache pas quel fléau il a infligé à son peuple.

— Tu as toujours eu la langue bien pendue, vieillard, mais j'ai un remède contre ce vice.

Zayn al-Din adressa un signe de tête au nouveau général de son armée.

— Mes petits amis ont faim. Ne les fais pas attendre.

Abubaker s'inclina. Il portait une demi-armure brunie, un casque à pointe et un rabat de col en soie brodée. Il souriait quand il se redressa. Sur son visage étroit, ce sourire, qui découvrait ses dents mal alignées de barracuda, était effrayant, mais bin-Nabula ne broncha pas.

— Beaucoup d'hommes bons ont emprunté cette route avant moi, dit-il, et je préfère leur compagnie à la tienne.

Les exécutions avaient eu lieu chaque jour au cours des mois consécutifs à l'accession au trône du nouveau calife. Des centaines d'hommes naguère importants et puissants avaient été jetés aux requins du haut de la falaise. Zayn al-Din n'oubliait ni les affronts ni les injures, et ni lui ni Abubaker ne se lassaient de cette distraction.

— Enlevez la chaîne, ordonna ce dernier à ses hommes.

Il ne voulait pas que bin-Nabula coule trop vite. On ôta les lourds maillons de son cou et on le conduisit jusqu'au billot.

— Les deux pieds, commanda Abubaker.

Ils placèrent ses jambes sur le billot. Le châtiment avait été raffiné : les pieds coupés, le condamné pouvait se maintenir à la surface mais était incapable de nager jusqu'au rivage ; le sang excitait les requins et les rendait frénétiques.

Il tira son cimeterre et fendit l'air au-dessus des jambes de Nabula tout en lui souriant. Le vieil homme lui renvoya un regard ferme sans donner le moindre signe de peur. Abubaker aurait pu confier la tâche à l'un de ses hommes, mais il prenait plaisir à l'accomplir lui-même. Il posa le tranchant de la lame recourbée sur la cheville du vieux général, jaugeant son coup.

— Un seul coup bien net, mon frère, l'encouragea Zayn al-Din, sinon je te mets à l'amende.

Abubaker leva son cimeterre, marqua une pause et l'abattit. La lame siffla dans l'air puis trancha la chair et les os avant de s'enfoncer dans le billot de bois avec un bruit mat. Le pied tomba sur les dalles de granit et Zayn al-Din applaudit.

— Quel beau coup ! Mais es-tu capable de recommencer ?

Abubaker essuya la lame avec un carré de soie que

lui tendait un esclave, puis se mit dans l'alignement de l'autre cheville. Sifflement et bruit sourd, l'acier s'enfonça une deuxième fois dans le bois du billot. Zayn al-Din hurla de rire.

Les soldats portèrent bin-Nabula au bord de la falaise, laissant derrière eux une traînée rouge sur le granit poli. Zayn al-Din se leva de ses coussins et alla en boitillant jusqu'au parapet bas. Il se pencha et regarda en contrebas.

— Mes petits poissons t'attendent, Nabula. Que Dieu soit avec toi.

Les soldats le précipitèrent dans le vide et sa djellaba se gonfla dans sa chute mais il n'émit aucun son. Certains criaient et Zayn al-Din aimait cela. Bin-Nabula toucha la surface et disparut loin dans les profondeurs. Quand l'eau s'éclaircit, ils le virent remonter. Il se débattit en essayant de garder la tête hors de l'eau mais un nuage rouge se forma autour de lui.

— Là ! s'exclama Zayn al-Din d'une voix perçante en pointant un doigt tremblant. Regarde mes jolis poissons.

Dans une grande agitation, les silhouettes élancées fonçaient vers la surface et tournaient autour de l'homme.

— Oui, mes petits, venez ! Venez !

L'un se précipita et bin-Nabula fut brusquement entraîné sous la surface. L'eau était si claire que Zayn al-Din put suivre en détail le déroulement du banquet qu'il avait organisé.

Lorsque le spectacle fut terminé et qu'il n'y eut plus rien à voir, il retourna sur son tas de coussins sous le dais de soie et réclama un jus de fruit frais. Puis il fit signe à son frère de venir auprès de lui.

— C'était bien, Abubaker, mais c'est plus satisfaisant quand ils crient. Je suis sûr que le vieux shaitan s'est tu uniquement pour diminuer mon plaisir.

— Bin-Nabula a toujours été un vieux bouc têtu, confirma Abubaker. Il y avait six cents douze noms sur la liste que vous m'avez donnée. C'est triste, Majesté, mais bin-Nabula était le six centième. Nous arrivons à la fin de la liste.

— Non. Non, mon très cher frère, nous en sommes encore loin. Nous ne nous sommes pas encore occupés de l'un de nos principaux ennemis.

— Donnez-moi son nom. (Une grimace trop cruelle pour être qualifiée de sourire découvrit les dents inégales d'Abubaker.) Dites-moi où le trouver et j'irai vous le chercher.

— Tu le connais fort bien, mon frère. Tu as aussi un compte à régler avec lui.

Zayn al-Din se pencha en avant, son ventre pendant sur son giron, releva le bas de son caftan et massa doucement l'articulation déformée de sa cheville.

— Après tant d'années, mon pied me fait encore mal quand il y a de l'orage dans l'air.

Abubaker comprit soudain et Zayn al-Din poursuivit à voix basse :

— Je n'ai pas apprécié que l'on me traîne dans Mascate au bout d'une corde.

— Al-Salil, fit Abubaker en hochant la tête. Le diable roux aux yeux verts. Je sais où le trouver. Notre saint père, Allah bénisse sa mémoire, l'a envoyé en Afrique pour rouvrir les routes des esclaves à nos caravanes.

— Prends autant d'hommes et de navires qu'il te faut, Abubaker. Va en Afrique. Trouve-le et ramène-le-moi, brisé, si tu veux, mais vivant. Tu m'as compris ?

— Brisé, mais vivant. Je vous comprends parfaitement, Majesté.

Yasmini s'avança dans l'eau. Elle rentra son ventre plat en réaction contre le froid et leva les mains au-dessus de sa tête. Allongé dans le sable, Dorian la regardait. Ils venaient de faire l'amour mais il ne se lassait jamais de contempler son corps doré. Elle s'était épanouie depuis qu'elle avait quitté l'atmosphère débilitante du harem. Son intérêt s'enflammait pour toutes les merveilles qui l'entouraient maintenant, et, quand ils étaient seuls, son espièglerie et son goût du jeu enchantaient Dorian.

De l'eau jusqu'à la taille, Yasmini en prit dans ses mains en coupe et la porta à ses lèvres. Quelques gouttes tombèrent sur sa poitrine, scintillant au soleil comme un collier de diamants sur sa peau lisse, les bouts de ses seins pointés, durcis par le froid.

Elle se tourna et lui fit signe. Avec un frisson, elle plongea dans l'eau jusqu'au cou. Ses cheveux noirs de jais semés d'argent flottaient autour de son visage comme les feuilles d'une fleur de lotus.

— Courage, maître ! Venez ! l'invita-t-elle.

Il lui adressa un geste paresseux de refus, jouissant de ce moment de répit après des mois de marche depuis la côte.

— Le grand cheik, le redoutable guerrier et vainqueur de Mascate, craindrait-il un peu d'eau froide ? se moqua-t-elle.

— Le grand guerrier n'a pas peur de l'eau, mais tu es venue à bout de mes forces, petite effrontée.

— C'était bien mon intention !

Elle éclata de rire, sortit soudain de l'eau et l'aspergea.

— Coquine ! s'exclama Dorian en se levant d'un bond. Tu es aussi venue à bout de ma patience.

Il se précipita dans un jaillissement d'écume. Elle essaya de s'échapper, mais il la rattrapa et ils disparurent sous la surface. Ils remontèrent enlacés en s'étranglant de rire. Après un moment, elle prit une expression solennelle.

— Je crains que vous ne m'ayez pas dit la vérité, seigneur. Je tiens dans ma main droite la preuve que vos forces sont loin d'être épuisées.

— Suffit-il que je vous demande pardon de vous avoir trompée ?

— Non, cela ne suffit pas, dit-elle en passant ses bras autour de son cou. Voilà comment les poissons et les crocodiles punissent leur partenaire quand il commet une faute.

Elle sauta et, sous la surface, entoura ses hanches avec ses jambes.

Un peu plus tard, ils remontèrent sur la plage en pataugeant, toujours serrés l'un contre l'autre, riant à perdre haleine, et se laissèrent tomber au bord de l'eau. Dorian regarda le soleil.

— Midi approche, dit-il avec regret. Nous devons rentrer, Yassie.

— Encore un petit moment, supplia-t-elle. J'en ai parfois assez de jouer les esclaves.

— Viens ! dit-il en la relevant.

Ils allèrent jusqu'à leurs vêtements jetés en tas et se rhabillèrent. Ils avaient tiré le petit dhaw sur la plage, mais, avant de monter à bord, Yasmini s'arrêta un instant et regarda autour d'elle pour prendre congé de cet endroit merveilleux où, pendant une heure, ils avaient été heureux et libres.

Sur la cime du plus grand arbre de l'îlot perchait un couple de pygargues vocifères à tête blanche et au corps noir badigeonné de cannelle. L'un des oiseaux leva le bec et poussa un glapissement.

— Je n'oublierai jamais ce cri, dit Yasmini. C'est la voix même de cette terre sauvage.

De l'autre côté du lac, les collines n'étaient qu'une silhouette bleutée, plus pâle que l'eau. Un long chapelet de flamants roses volaient bas au-dessus de la berge opposée. Le premier s'éleva sur un courant d'air chaud puis se laissa retomber. Chaque oiseau suivit la même trajectoire, s'élevant et redescendant exactement au même point de l'espace. L'effet était extraordinaire, comme si un long serpent rose avait ondulé au-dessus des eaux azur.

— Et je n'oublierai jamais cette beauté, murmura Yasmini. J'aimerais rester là avec toi éternellement.

— C'est le pays de Dieu, où l'homme ne compte pour rien. Mais viens, nous ne pouvons nous permettre un tel rêve. Le devoir m'appelle. Nous devons partir demain et commencer la marche de retour vers la côte des Fièvres.

— Encore un instant, seigneur, pria-t-elle en montrant un étrange nuage sombre qui, à un mile d'eux, de la surface du lac, s'élevait à cinq cents pieds dans le bleu immaculé du ciel africain. Qu'est-ce que c'est ? On dirait de la fumée qui monte de l'eau.

— Des petits insectes. Ils se reproduisent au fond du lac puis s'élèvent au-dessus de la surface et tissent ces voiles de mousseline.

— Les voies d'Allah sont merveilleuses, murmura Yasmini, les yeux brillants.

— Viens, pressa-t-il. Et rappelle-toi que tu es de nouveau Yassie, le jeune esclave, et que tu me dois respect et obéissance.

— Oui, maître.

Elle s'inclina, les mains jointes devant ses lèvres, et son maintien changea. C'était une actrice consommée. Quand elle se redressa, elle se tenait comme une servante et non plus comme une princesse et, lorsqu'elle poussa le dhaw et grimpa à bord, ses mouvements étaient ceux d'un garçon.

Lorsque la petite embarcation doubla la pointe de l'île et arriva en vue du village, sur la berge continentale, à une lieue, ils étaient assis chacun de son côté. Même à cette distance, ils pouvaient être observés.

Le lac semblait aussi vaste que l'océan mais plusieurs mois de marche le séparaient pourtant de la côte des Fièvres ; le climat était plus sec et plus sain sur ce haut plateau. Le village de Ghandu s'étendait sur plusieurs miles le long des berges du lac, car c'était le centre des échanges commerciaux des Omanais avec l'intérieur. De là, la longue route des esclaves descendait en serpentant vers la côte. Une douzaine au moins de canots et de dhaws à voile étaient maintenant en vue et rentraient en louvoyant au port de Ghandu. Ils avaient caboté sur des centaines de miles le long des rives du lac et rapportaient des cargaisons de poisson séché, d'ivoire, d'esclaves, de peaux et de gomme arabique.

A l'approche du village, Yasmini plissa le nez de dégoût. L'odeur nauséabonde des râteliers à poisson et des négreries flottait dans l'air frais. Dorian était attendu sur le rivage par Bashir al-Sind, son principal lieutenant, et le reste de son état-major. Yassie resta modestement en retrait pendant qu'il se replongeait dans ses responsabilités de commandant, responsabilités auxquelles il avait échappé pendant ces précieux moments de solitude avec elle.

— Les femmes sont arrivées, seigneur, annonça Bashir, et les marchands se sont réunis pour écouter vos ordres en vue de la marche.

Dorian traversa le village au milieu des négreries grouillantes où les esclaves étaient parqués, parmi la misère et la détresse humaine en contraste avec la beauté et la sérénité que Yasmini avaient connues quelques minutes plus tôt. Assis sur leurs tabourets capitonnés sous des ombrelles en soie aux couleurs criardes, les cinq marchands l'attendaient dans le souk, entourés de leurs gardes en djellaba et de leurs esclaves personnels. Ils avaient la haute main sur tout le commerce qui transitait par Ghandu. C'étaient des hommes pieux et cultivés, au maintien empreint de dignité et de noblesse, et excessivement riches. Ils firent assaut de compliments fleuris. Dorian en était cependant venu à les mépriser durant son court séjour à Ghandu, face à la barbarie du commerce qui faisait leur fortune.

Dorian avait lui-même était vendu comme esclave, mais al-Malik ne l'avait jamais traité comme tel. L'esclavage avait été un fait constant de sa vie d'adulte et, pour cette raison, il n'y avait guère pensé. La plupart des esclaves qu'il avait connus étaient soumis ou nés dans la servitude, résignés à elle, et presque toujours traités avec égards, comme des biens précieux. Mais à Ghandu, il était confronté à la dure réalité. Il avait été contraint d'assister à l'arrivée des nouveaux captifs, spectacle édifiant.

Il se retrouvait partagé entre son humanité et son amour pour son père adoptif, le calife, son devoir envers lui. Il comprenait que la prospérité et le bien-être de la nation omanaise dépendaient de ce commerce. Il ne se déroberait pas à son devoir mais ne prenait aucun plaisir dans l'accomplissement de cette tâche.

C'était l'heure de la prière du milieu de la journée et ils firent donc leurs ablutions. Yassie versa de l'eau sur les mains de Dorian et il pria avec les marchands, agenouillés sur les tapis de soie face au nord, aux lieux saints. Quand ils reprirent leur place sous les ombrelles, Dorian éprouva le désir d'échapper aux entrées en matière élaborées, aux sempiternels échanges de compliments, et d'en venir aux faits. Cependant, il avait à tel point adopté les manières arabes qu'il ne put se résoudre à une telle maladresse. Le soleil avait largement bougé quand l'un des marchands déclara, presque en passant, que les deux cents esclaves étaient prêtes à partir comme il l'avait demandé.

— Amenez-les-moi, commanda-t-il.

Sur ordre des marchands, on fit défiler les femmes devant lui. Dorian vit tout de suite qu'ils s'étaient débarrassés des vieilles et des malades. Beaucoup ne survivraient pas à l'exténuante marche jusqu'à la côte. Il sentit la moutarde lui monter au nez. Il était venu là pour sauver ces hommes de la ruine, en possession d'un *firman* du calife requérant leur obéissance, et voilà qu'ils se montraient pingres et lui mettaient des bâtons dans les roues. Il maîtrisa sa colère. L'état de ces femmes n'était pas une condition essentielle au succès de son opération. Son intention était de les intégrer à la caravane uniquement pour inciter les maraudeurs à l'attaquer, une colonne d'esclaves composée exclusivement d'hommes devant nécessairement éveiller les soupçons.

D'emblée, il en élimina une cinquantaine, les faibles et les femmes enceintes de plusieurs mois. Les rigueurs de la marche auraient tué les premières et provoqué l'accouchement prématuré des secondes. Dorian ne tenait pas à avoir sur la conscience la mort inévitable de leurs nouveau-nés.

— Je veux que vous mettiez vos chaînes les plus légères à ces pauvres femmes, dit-il aux marchands.

Il se leva, mettant fin à la réunion.

Ce fut un soulagement de quitter ce village détestable et de monter dans les collines au-dessus du lac, où l'air était plus pur et plus frais, la vue magnifique.

Dorian avait dressé le camp sur un versant. Il savait d'expérience que ses hommes étaient en meilleure santé à l'écart des villages encombrés, lorsqu'on creusait les latrines loin des points d'eau et que l'on respectait strictement les lois du *halal* dans la préparation des aliments. Il s'était souvent demandé si les ablutions rituelles avant les prières ne contribuaient pas aussi au maintien de la santé. Il y avait certes moins de cas de maladie dans ses camps que sur les navires pleins à craquer de son père.

L'après-midi était déjà bien avancé et il n'avait cependant pas fini sa tâche de la journée. Il allait partir le lendemain à la première heure et il lui fallait revoir l'ordre de marche de la caravane.

Cinq cents de ses hommes et les femmes esclaves devaient servir d'appât. La peau de ces dernières était d'un noir presque violet. Même celle des Arabes les plus basanés n'était pas aussi foncée, et il avait donc dû recourir aux infusions d'écorce, dans lesquelles les marins laissaient tremper leurs filets, pour donner à leur corps une teinte plus proche de celle des Africains. Le résultat n'était pas parfait et tout dépendait de la poussière et de la crasse accumulées au cours de la marche pour compléter l'effet.

Il avait rencontré d'autres difficultés : aucun de ses hommes ne se serait dénudé en public — la pudeur imposée par la religion l'interdisait —, et il dut leur permettre de porter des pagnes d'étoffes, en s'assurant cependant qu'ils seraient sales et en lambeaux. Ils avaient également rechigné à raser leur barbe, mais aucun esclave africain n'en avait et il insista. Ils porteraient des chaînes légères, mais elles ne seraient pas fermées et ils pourraient s'en débarrasser en un instant. De fort mauvaise grâce, les cinq marchands avaient fourni une centaine de défenses d'éléphants pour attirer la proie. Elles étaient petites et légères, de sorte que les hommes pouvaient les porter en même temps que leurs armes empaquetées sur leur tête.

Dorian chevaucherait en tête de la colonne, vêtu d'une djellaba et voilé, comme les maraudeurs s'y attendaient. Il garderait Yassie à son côté. Elle avait appris à chevaucher à califourchon durant la marche depuis la côte. Un petit détachement d'Arabes garderait les flancs, pas trop réduit pour ne pas attirer les soupçons ni trop important afin de ne pas décourager les assaillants.

Bashir al-Sind mènerait l'arrière-garde, composée de mille hommes, en restant à deux ou trois lieues en retrait pour que le nuage de poussière ne soit pas vu par les éclaireurs ennemis. Une fusée devait l'avertir que l'avant-garde était attaquée. Au signal, Bashir se précipiterait pour encercler les assaillants tandis que Dorian les immobiliserait en attendant qu'il ait pris position.

— C'est un plan simple, conclut Dorian après l'avoir revu avec Bashir une dizaine de fois. Il y a beaucoup d'impondérables, mais ce sont les hasards de la guerre et nous ferons face au fur et à mesure. Il se peut même que les *fisi* n'attaquent pas.

Fisi était le terme swahili pour désigner les hyènes et c'est ainsi qu'ils appelaient les maraudeurs.

— Ils attaqueront, al-Salil, prédit Bashir. Ils connaissent le goût du sang omanais et ne peuvent plus s'en passer.

— Prions Allah pour que tu aies raison, dit Dorian avant de regagner sa tente, où Yassie, son esclave, avait préparé son repas du soir.

— Il y a quelque chose qui me dérange, dit Aboli en observant la caravane à la lunette.

— Fais-moi partager ton inquiétude, suggéra Tom sur un ton sarcastique à peine voilé.

— Ces hommes sont fins, délicatement charpentés. Ils marchent avec une grâce et une légèreté de félins. Je n'ai jamais vu des esclaves marcher ainsi.

A trois miles d'eux, la caravane arabe descendait en serpentant l'escarpement des collines.

— Ils n'ont quitté la région des lacs que depuis quelques semaines. Ils sont encore frais et vigoureux, expliqua Tom, plus pour lui-même que pour Aboli, se refusant à admettre des faits susceptibles de décourager l'attaque.

C'était la première caravane de la saison sèche qu'ils avaient pu intercepter et il avait craint que la source de leur richesse ne soit tarie. Il était bien décidé à ne pas laisser la proie glisser hors des mailles du filet.

— Oui, les hommes sont jeunes et forts, mais regardez les femmes.

Tom reprit la lunette et les examina. Il éprouva une sensation désagréable au creux de l'estomac : la teinte de la peau, la physionomie générale et l'âge des femmes différaient de ceux des hommes.

— Elles viennent d'une autre tribu, dit-il, moins sûr de lui qu'il ne le paraissait.

— Il n'y a pas d'enfants, insista Aboli. Où sont les enfants ?

— Bon sang, Aboli ! s'exclama Tom, exaspéré. Parfois, tu serais capable de faire croire qu'une rose fraîchement coupée a l'odeur d'un pet humide.

Ils se turent un moment. Tom dirigea la lunette vers la tête de la caravane. Le chef arabe montait une jument pommelée richement caparaçonnée. D'un seul coup d'œil, il vit que c'était un bon cavalier, probablement jeune. Il chevauchait bien droit, à l'aise sur sa selle, son long mousquet suspendu dans le dos, son bouclier en bandoulière. Un porteur de lance chevauchait à sa droite, prêt à lui tendre l'arme, et un jeune garçon à sa gauche. « Un esclave personnel ou un mignon », pensa Tom. L'Arabe portait le turban bleu de la maison royale d'Oman, dont le pan, enroulé autour du bas de son visage, ne laissait voir que ses yeux.

— J'aimerais bien croiser le fer avec lui. Par Dieu, il semble à la hauteur, dit-il, s'obligeant à ignorer ses doutes.

— Les défenses sont petites et, à en juger par l'aisance avec laquelle ils les portent, légères, poursuivit doucement Aboli.

— J'ai parcouru cent miles pour prendre cet ivoire, rétorqua Tom, et, léger ou non, j'ai bien l'intention de l'avoir. Je ne rentrerai pas honteusement à Fort Providence parce que tu as fait un mauvais rêve, Aboli.

« Je n'aurais jamais dû lui parler de ce rêve », se reprocha Aboli, avant de répondre :

— Je vous ai suivi dans toutes les aventures folles et imprudentes que vous avez imaginées jusqu'ici, Klebe. Peut-être est-ce de la démence sénile, mais j'ai bien l'intention de mourir à votre côté. Puisque vous insistez, allons mettre la main sur cette prise abondante et facile.

Tom replia sa lunette d'un coup sec et lui sourit.

— Ne parlons pas de mourir en un jour aussi magnifique que celui-ci, vieil ami. Nous allons commencer par suivre leur piste, puis nous nous porterons en avant de la caravane pour trouver l'endroit approprié à notre offensive.

Ils rejoignirent Fundi qui gardait les chevaux en bas de la colline.

Batula chevaucha jusqu'à la tête de la colonne qui serpentait à travers la forêt clairsemée et salua al-Salil.

— Les *fisi* ont flairé notre piste, annonça-t-il.

Dorian fit sortir sa monture de la caravane. La jument regimba et secoua la tête.

— Quand cela ?

— Après que nous avons dressé le camp hier soir. Deux cavaliers sont arrivés du sud, suivis par deux hommes à pied.

— Comment sont-ils ?

— Les cavaliers sont descendus de leurs montures pour examiner nos traces, j'ai vu qu'ils étaient chaussés de cuir. Ils sont accompagnés de sauvages, mais je crois que ceux-là sont des Francs. Ils ont fait des allées et venues, puis sont remontés en selle et nous ont suivis. Ils ont surveillé notre bivouac depuis le sommet d'une colline, puis sont repartis vers le sud.

— Se sont-ils aperçus que Bashir al-Sind marche derrière nous ?

— Non, seigneur, je n'en ai pas l'impression.

— Au nom d'Allah, la fête commence, dit Dorian avec satisfaction. Avertis Bashir al-Sind que les *fisi* ne sont pas loin et qu'il peut se rapprocher.

Un innocent tas de pierres disposées d'un certaine manière sur la piste n'attirerait l'attention de personne, à l'exception d'al-Sind. Batula repartit vers l'arrière de la caravane.

— Il a été fait comme vous l'avez ordonné, seigneur, dit-il à Dorian à son retour.

— Maintenant, prends trois hommes avec toi et va en avant pour trouver l'endroit où il y a le plus de chances qu'ils lancent leur attaque. Ne cherche pas à te cacher et n'attire pas les soupçons.

La patrouille revint dans l'après-midi et les rejoignit tranquillement.

— Il y a un peu plus loin un lieu favorable aux desseins de l'ennemi, seigneur, rapporta Batula. La tête de notre caravane y arrivera dans une heure. La piste descend le long d'un escarpement et serpente à travers un terrain accidenté qui se rétrécit en un goulet. Des archers peuvent facilement se dissimuler de chaque côté. A mi-chemin, il y a un passage encore plus escarpé. Le sentier descend comme un escalier formé de marches naturelles. A cet endroit, ils peuvent sans difficulté couper notre colonne en deux.

— Oui, dit Dorian, je me souviens que nous sommes passés par là à l'aller. Il y a une rivière en contrebas dans la vallée et un étang où nous nous sommes reposés quatre jours.

— C'est bien là, confirma Batula.

— Ils vont en effet choisir ce goulet pour attaquer, reprit Dorian avec certitude, car au-delà de la rivière commence une vaste plaine qui ne sert pas aussi bien leurs intentions.

Un éperon crénelé de roche friable recouverte de lichen rouge surplombait d'une centaine de pieds l'escalier de pierre. Il était coupé par de profondes crevasses verticales. Assis au bord, les jambes pendant dans le vide, Tom regardait l'étroit défilé en contrebas. Il avait découvert cet endroit deux ans plus tôt, après leurs premières offensives réussies contre les négriers.

Seuls cinq chevaux pouvaient passer de front, et le sol était rocailleux. Il fallait mettre pied à terre et les conduire par la bride. C'était une bonne chose, car on ne pouvait compter sur les archers lozi face à une charge de cavalerie. Ils étaient, en revanche, redoutables dans les corps-à-corps. Aucun autre point, le long des centaines de miles de la route des esclaves, ne se prêtait si bien à une embuscade et au type de combat dans lequel ses hommes excellaient.

Supervisés par Luke Jervis, dix hommes peinaient sur le terrain déchiqueté derrière lequel Tom était assis. Chacun portait sur son dos un baril de cinquante livres de poudre. Tom se releva et les conduisit jusqu'à l'entrée d'une crevasse dans l'éperon rocheux. Ils empilèrent les barils et se jetèrent par terre pour se reposer.

Aboli fabriqua une chaise de bosco avec une planche et une corde. Tandis que trois hommes assuraient l'extrémité de la corde, il se laissa glisser dans la crevasse. Quand il arriva au fond, ils firent descendre les barils. Tom savait que personne ne valait Aboli dans ce genre de travail et il le laissa donc opérer. Il effectua un autre tour d'inspection au bord de la falaise pour s'assurer que toutes les dispositions avaient été prises et qu'ils pourraient battre en retraite si l'attaque échouait. Sarah les attendrait avec les chevaux dans une ravine protégée par des broussailles, à l'écart du combat, mais assez proche pour qu'ils puissent s'échapper au plus vite si la bataille tournait à leur désavantage.

Quand il revint en haut de la crevasse, Aboli avait fini de mettre en place l'explosif et on était en train de le hisser.

— J'ai posé trois amorces séparées au cas où l'une s'éteindrait, dit-il à Tom en montrant les longs serpents blancs qui pendaient le long de la paroi.

— Deux cent cinquante livres de poudre, commenta Tom en souriant. Voilà qui va les décoiffer.

Ils retournèrent par le plateau accidenté jusqu'à un poste d'observation d'où ils pouvaient surveiller l'approche de la caravane. Ils aperçurent le nuage de poussière bien avant que la colonne n'apparaisse au milieu de la forêt de *miombo*. Tom examina la tête de la colonne mais ne put discerner aucun changement dans sa composition et son allure. Flanqués par les gardes arabes, les esclaves marchaient toujours à trois ou quatre de front dans un cliquetis de chaînes, et le chef enturbanné de bleu chevauchait en tête.

— Ils ne chantent pas, remarqua Aboli.

« C'est vrai », réalisa Tom. Jusque-là, les esclaves avaient toujours entonné leur mélopée.

— Ce sont probablement des taciturnes.

— Et les maîtres ne les fouettent jamais, continua Aboli. Quelle bonne explication allez-vous donner à cela, Klebe ?

Tom gratta la bosse de son nez cassé.

— Nous sommes tombés sur les seuls musulmans au cœur tendre, voilà tout. Tu perds ton temps et ta jeunesse, Aboli, et en plus tu mets ma patience à rude épreuve. Ils sont à moi et je les aurai.

Aboli haussa les épaules.

— Ce n'est pas votre faute. Votre père était entêté, et votre grand-père avant lui. C'est de famille.

— Tu penses qu'ils vont camper à l'entrée du défilé ou le franchir aujourd'hui ? demanda Tom pour changer de sujet.

Aboli regarda le soleil.

— S'ils tentent de passer, il fera nuit avant qu'ils l'aient franchi.

— L'obscurité nous serait favorable.

— Rangez votre lunette maintenant, Klebe. Ils ne sont pas loin. Elle pourrait bien réfléchir un rayon de soleil et effrayer le gibier.

Dorian serra la bride de sa jument et se dressa sur ses étriers pour inspecter l'entrée du défilé. Il se rétrécissait progressivement, les parois devenaient de plus en plus profondes et raides à mesure que le terrain descendait. Il se souvenait bien de l'endroit, ayant pris note de ses dangers la première fois qu'il était venu par là. C'était le lieu idéal pour une embuscade. Il sentit un picotement dans sa nuque, la prémonition d'une menace, sensation à laquelle il ajoutait foi, de longue expérience.

— Batula, prends deux hommes avec toi et va en reconnaissance dans le défilé. Cherche ostensiblement des signes de traquenard, mais, si tu en trouves un, ne donne pas l'alarme. Reviens ensuite sur tes pas et, avant d'arriver à moi, crie que la voie est libre et sans danger.

Batula baissa sa lance, entra dans la passe et disparut derrière la première courbe. Dorian descendit de sa monture avec raideur et, derrière, la longue colonne s'arrêta en traînant les pieds ; les esclaves se laissèrent tomber à terre et se débarrassèrent de leur fardeau. Yassie, « le jeune esclave », installa un parasol pour le cheik et souffla sur les braises du brasero qu'elle transportait à l'arrière de sa selle. Quand les flammes s'élevèrent, elle mit la cafetière à chauffer. Le café commença à frémir et Yassie en versa une tasse et s'agenouilla pour l'offrir à son maître.

— Reste près de moi quand la bataille commencera, lui murmura Dorian. En aucun cas, ne prends une arme, ne fais pas un geste agressif. Si un ennemi te menace, jette-toi au sol et demande grâce. S'ils te capturent, ne leur laisse pas savoir que tu es une femme, de crainte qu'ils en usent mal avec toi.

— A vos ordres, maître. Mais, avec vous à mon côté, je n'ai peur de rien.

— Souviens-toi que je t'aime et t'aimerai toujours.

— Comme je vous aime, maître.

Un cri à l'entrée du défilé les interrompit :

— La route est libre et il n'y a pas de danger !

Dorian leva les yeux et vit Batula agiter sa lance, la flamme bleue voletant à l'extrémité.

Il remonta en selle et se leva sur ses étriers pour donner le signal du départ. Cela suffisait, ses hommes sachant ce qu'ils avaient à faire. La caravane s'ébranla lourdement et s'engagea dans la gorge de roche rouge.

Les parois de pierre se refermèrent sur eux. C'était une des anciennes routes des éléphants et, au fil des âges, les pieds des grands pachydermes avaient poli le roc. Dorian resserra le pan de son turban autour de sa bouche et de son nez, puis examina discrètement le sol, en quête de signes récents du passage des maraudeurs. Il n'y en avait aucun, mais cela ne voulait rien dire : c'étaient des hommes dangereux et ils n'auraient pas été imprudents au point de laisser des traces derrière eux.

A mesure que le défilé se resserrait, les files d'esclaves et de gardes étaient comprimées ; ils finirent par marcher épaule contre épaule. Nul ne parlait ni ne chantait, car aucun Arabe n'était capable d'imiter la cadence et le rythme des Africains.

Dorian entrevit un mouvement fugitif, un petit éclair gris en haut de la paroi. Son pouls s'accéléra. Ce n'était que l'une de ces gazelles de la taille d'un lièvre qui vivaient dans les rochers. Elle se tenait sur un roc, ses minuscules sabots rassemblés, ses cornes droites et ses oreilles dressées, observant les hommes avec de grands yeux étonnés.

A mi-hauteur de l'escarpement, là où le défilé se rétrécissait entre de hauts portails de roche érodée, la pente commençait à augmenter, puis le sol dégringolait en une volée de marches naturelles. Dorian sauta de sa selle et mena sa jument sur le terrain. Du fond du défilé, il regarda en arrière vers le haut de la déclivité.

Son instinct de soldat s'alarma de voir ses hommes dans une situation aussi périlleuse : ils se trouvaient enfermés dans une gorge si étroite et si serrés les uns contre les autres qu'ils ne pouvaient que manier une arme blanche ou tirer avec difficulté.

Il écarta sa monture du sentier et ils se pressèrent contre la paroi pour laisser passer les files d'esclaves et de gardes. Il fouilla du regard la muraille opposée pour tenter d'apercevoir l'éclair métallique d'un mousquet ou un mouvement, en vain. Une moitié de la colonne avait déjà descendu l'escalier de pierre et la seconde moitié se faufilait entre les portails de roche rouge. C'était le moment où l'attaque devait se produire : ils étaient engagés dans le piège. Il jeta un coup d'œil à Yassie par-dessus son épaule. Elle s'était arrêtée juste derrière lui et avait tiré son cheval hors du sentier. Elle s'était calée contre un gros rocher pour libérer le passage.

Dorian regarda le ciel. Un vautour planait, les ailes déployées dans le ciel. Il était d'un noir funèbre, la tête rouge et chauve, le bec crochu. Il tourna la tête et regarda la masse des hommes en décrivant des cercles.

« Patience, oiseau immonde, pensa Dorian. Nous allons dresser un banquet qui va rassasier ton appétit. »

Avant qu'il ait pu achever cette pensée, l'air frappa ses tympans avec une telle force qu'il chancela en arrière. Il avait l'impression d'avoir la poitrine serrée dans un énorme étau et le sol trembla sous ses pieds.

Une colonne de fumée, de poussière et de roche rouge jaillit dans le ciel jusqu'à la hauteur du vautour. Puis la terre s'ouvrit, l'éperon rocheux se fendit en deux. Une forte secousse ébranla la falaise, qui bascula. Le mouvement était si lent qu'il eut le temps de penser : « De la poudre noire ! J'aurais dû m'en douter. Ils ont fait sauter l'éperon. »

La chute s'accéléra, les cris des hommes se perdirent dans le grondement effroyable de la falaise. Elle tomba sur eux et étouffa leurs appels à Dieu. Le défilé était bloqué et la caravane coupée en deux comme le corps d'un python tranché par un coup d'épée.

Toujours cramponné à l'encolure de sa jument, les oreilles tintantes, la tête qui tournait, Dorian vit les premières volées de flèches tomber sur ses hommes comme des nuages de criquets tandis que le tonnerre des tirs de mousquet s'abattait des parois de la gorge. La fumée de poudre embrumait l'air chaud et immobile, les plombs crépitaient comme de la grêle sur la pierre et la chair.

Une centaine au moins de ses hommes avaient été écrasés sous l'avalanche. Moins de cinquante d'entre eux s'étaient échappés de l'éboulis encore fumant. Le reste de sa troupe était isolé dans la partie supérieure du défilé. En un instant, Dorian se rendit compte que les assaillants avaient pris l'avantage ; il savait que, l'instant d'après, ils allaient charger pour achever le travail sanglant qu'ils avaient si bien commencé. Il sauta en selle et tira son cimeterre.

Batula et lui avaient été séparés, mais peu importait car la presse était trop grande pour manier la lance. Quand les *fisi* descendraient à l'assaut, tout se jouerait à l'épée et à la dague. Les faux esclaves s'étaient jetés à plat ventre, comme il l'avait ordonné. Tout en simulant la terreur, accroupis au sol, ils se glissaient hors de leurs chaînes et tiraient leurs armes des paquets qu'ils avaient portés sur leur tête.

De sa selle, il vit les *fisi* jaillir de leur cachette et dévaler les flancs escarpés, des Noirs emplumés qui brandissaient des boucliers légers en cuir vert et bondissaient de rocher en rocher en poussant leurs cris de guerre sauvages. Ils étaient armés de lances courtes et de lourdes massues. Puis, avec étonnement, Dorian vit un Blanc à l'avant-garde, puis un autre et un troisième.

— Dieu est grand ! rugit-il.

Leur cimeterre à la main, les Arabes à demi nus se levèrent brusquement pour affronter la charge et répondirent à son cri :

— *Allah akbar !*

Dorian éperonna sa monture pour s'avancer jusqu'à une position d'où il pourrait commander la bataille, mais une lourde balle de mousquet toucha sa jument à l'épaule avec un bruit sourd et elle s'effondra dans un enchevêtrement de jambes et de matériel. Dorian se dégagea d'un bond et atterrit sur ses pieds. Au milieu du vacarme, il entendit une voix crier :

— Sus, les gars ! Taillez-moi en pièces leurs culs de païens !

C'était une voix anglaise au fort accent traînant du Devon, et elle ébranla Dorian plus que le tonnerre de l'explosion.

— Des Anglais !

Il n'avait pas entendu parler sa langue depuis de longues années. Des gens de son pays. Il fut emporté par un tourbillon d'émotions antagonistes. Il regarda autour de lui pour chercher le moyen de faire cesser le combat, de sauver la vie de ses hommes et de ses compatriotes aux prises les uns avec les autres.

Mais la lance de guerre était lâchée et il était trop tard pour infléchir son vol. Il regarda Yassie, toujours tapie derrière son rocher. Elle poussa un cri d'alarme et pointa le doigt.

— Vos arrières, seigneur !

Dorian se retourna brusquement pour faire face à l'homme qui se précipitait sur lui. C'était un grand gaillard à forte carrure, au nez cassé, les cheveux noirs en broussaille. Il avait le visage tanné par le soleil et le vent, mais il y avait quelque chose dans ses yeux, une étincelle verte, qui fit vibrer une corde au fond de la mémoire de Dorian. Ce n'était pas le moment de s'attarder là-dessus, car l'homme fondait sur lui avec une rapidité surprenante pour sa taille.

Dorian para le premier coup, si violent qu'il fit vibrer son bras droit jusqu'à l'épaule. Il riposta d'un seul mouvement, fluide et gracieux. L'Anglais croisa son fer dans la ligne naturelle et l'entraîna dans l'engagement prolongé classique, les deux armes croisées dans le grincement et le choc de l'acier.

A cet instant, Dorian se rendit compte de trois choses : l'Anglais était la plus fine lame qu'il eût jamais rencontrée ; s'il tentait de rompre l'engagement, il était un homme mort ; et enfin il reconnaissait l'épée qui prenait au piège son cimeterre. Il l'avait vue suspendue au côté de son père sur le château arrière du *Seraph*. L'acier bleuté et l'incrustation d'or scintillaient et éblouissaient l'œil. Il n'y avait pas d'erreur possible.

Alors, son adversaire parla pour la première fois, sa voix à peine émoussée par l'effort qu'il fournissait pour immobiliser sa lame.

— Viens donc, Abdulla, laisse-moi couper une autre lichette de ton gland déjà entamé.

Il s'était exprimé en arabe, mais Dorian connaissait ce ton.

« *Tom !* » eut-il envie de s'écrier, mais le choc était si violent que sa voix s'étrangla dans sa gorge. Les muscles de son bras droit se relâchèrent et il baissa sa pointe.

Nul ne pouvait se permettre de baisser sa lame dans un engagement prolongé avec Tom Courtney et le coup meurtrier partit comme l'éclair. Au dernier moment, Dorian se tourna de côté, s'écartant d'une largeur de pouce de la trajectoire mais il la sentit frapper sa poitrine en haut à droite et s'enfoncer dans sa chair. Le cimeterre s'échappa de ses doigts inertes et il tomba à genoux, l'épée encore plongée en lui.

« *Tom !* » essaya-t-il encore de crier mais aucun son ne sortit de ses lèvres. Son frère recula, tira son épée hors de sa poitrine avec un petit bruit de succion. Dorian bascula en avant sur le visage. Tom s'avança et pointa sa lame pour l'achever. Avant qu'il ait eu le temps de porter le coup fatal, un petit personnage se jeta sur Dorian pour le protéger.

— Bon sang ! Ecarte-toi de là ! cria Tom, mais il retint son bras.

Le garçon, qui se servait de son corps comme d'un bouclier, n'était encore qu'un enfant et, même dans la fureur de la bataille, le sacrifice le toucha. Il pouvait les tuer tous les deux en les transperçant d'un seul coup, mais il ne put s'y résoudre. Il s'éloigna d'un pas et essaya de faire dégager à coups de pied le jeune Arabe, mais il se cramponnait au corps étendu de son maître comme une huître à un rocher.

Il criait pitoyablement :

— Grâce ! Grâce, au nom d'Allah !

— Derrière vous, Klebe ! hurla Aboli au même moment.

Tom pivota sur lui-même, l'épée levée, pour affronter deux hommes à demi nus qui se ruaient sur lui. Il crut une seconde que c'étaient des esclaves qui avaient miraculeusement réussi à se libérer de leurs chaînes et l'attaquaient maintenant avec des cimeterres sortis de Dieu sait où. Puis il vit que leurs traits n'étaient pas négroïdes mais sémites. « Par Dieu, ce ne sont pas des esclaves mais des guerriers musulmans ! » Il para à droite et à gauche, brisa leur élan, puis en tua un et envoya l'autre chanceler au loin, d'un coup d'épée à travers l'épaule.

— Klebe, c'est un piège ! rugit Aboli, et Tom profita d'un instant de répit pour regarder autour de lui.

Tous les prétendus esclaves s'étaient débarrassés de leurs chaînes et étaient armés. Ils contre-attaquaient avec rapidité et détermination. Les Lozi rompaient déjà les rangs ; la plupart étaient en fuite et remontaient en désordre sur les flancs de la gorge.

Tom vit une fusée rouge partir de la tête de la colonne et s'élever dans le ciel en une longue traînée de fumée blanche, sans doute un signal pour ameuter les renforts arabes.

Une vague de musulmans, certains en djellaba, d'autres en pagne d'étoffe, se précipitait par-dessus l'éboulis qui bloquait le défilé pour entrer dans la mêlée. Aboli et sa petite troupe de marins anglais étaient déjà largement surpassés en nombre.

Dans quelques minutes, ils allaient être isolés et submergés par cette marée de nouveaux assaillants.

— Sortez de là, Klebe ! C'est fichu !

— Avec moi ! beugla Tom. Avec moi, le *Centaurus* !

Alf Wilson et Luke Jervis traversèrent les rangs de l'ennemi et vinrent à son côté. Avec Aboli et les marins restants, ils formèrent un cercle d'acier et battirent en retraite dans cette formation défensive qu'ils avaient si souvent adoptée. Leur chef hors de combat, les Arabes parurent soudain indécis et peu disposés à poursuivre leur offensive contre la haie d'épées. Tom atteignit le point au pied de la falaise où ils pouvaient commencer à grimper.

— Allez-y, les gars. Sauve qui peut !

Ils escaladèrent la paroi, suant, jurant et haletant. Avant qu'ils aient atteint le sommet, les Arabes en contrebas s'étaient repris et les premières volées de mousquets percutaient la roche autour d'eux ; les balles ricochaient en vrombissant et des éclats de pierre pleuvaient sur leurs têtes. Un de ses hommes fut touché dans le dos. Il se cambra, lâcha prise et dégringola le long de la falaise. Tom lança un coup d'œil en arrière : au moment où le marin arrivait en bas, les Arabes se précipitèrent sur lui en masse et le taillèrent en pièces.

— On ne peut rien faire pour ce pauvre Davie. Continuez à grimper ! cria-t-il.

Aboli et lui franchirent ensemble la crête, à l'abri de la fusillade. Ils s'arrêtèrent un instant pour reprendre leur souffle et rassembler les autres.

Le visage scarifié d'Aboli ruisselait de sueur et il regarda Tom en secouant sa grosse tête rasée, exprimant sa pensée avec éloquence sans avoir à prononcer un mot.

— Ne dis rien, Aboli. Tu as prouvé une fois de plus que tu étais l'égal de Dieu en sagesse, mais plus vieux et moins beau, observa Tom, encore hors d'haleine, avec un rire saccadé. Venez, les gars. Retournons aux chevaux.

Sarah tenait les rêves dans les épaisses broussailles de la ravine. Elle les vit arriver à toute vitesse, traînant deux blessés, et ne posa pas de question. La plupart des hommes étaient couverts de sueur et saignaient. Il n'y avait pas assez de montures pour tous, et Tom prit Sarah à l'arrière de sa selle. Luke s'était chargé d'un blessé, Alf Wilson d'un autre. Les guerriers lozi s'étaient dispersés depuis longtemps dans la brousse.

— Nous avons attiré sur nous la tourmente. Ils vont envoyer une armée à nos trousses, dit Aboli.

— Nos jours à Fort Providence tirent à leur fin, admit Tom, tandis qu'ils chevauchaient vers le sud. Grâce à Dieu, le *Centaurus* n'a pas de cargaison à transporter. Le fleuve est bas mais le bateau sera léger. Nous pourrons larguer les amarres avant que les musulmans nous rattrapent.

Dorian gisait là même où il était tombé, dans le goulot du défilé. Ben Abram, le vieux médecin, ne permit pas qu'on le déplace avant qu'il ait appliqué une compresse sur la blessure et qu'il l'ait pansée pour l'empêcher de saigner.

— La lame est passé à deux doigts du cœur et des poumons, dit-il sombrement, et il est encore en danger de mort.

On fabriqua une civière avec des hampes de lance et un auvent de tente en cuir ; huit hommes le portèrent doucement à travers le champ de bataille, où les autres blessés gémissaient et réclamaient de l'eau. Yasmini marchait à côté de la civière. Elle avait serré son turban autour de son visage pour étouffer ses sanglots et cacher ses larmes.

Quand ils arrivèrent à l'ombre des grands arbres, à l'endroit où la rivière s'élargissait au pied de l'escarpement, les serviteurs avaient déjà récupéré la tente du cheik parmi les bagages éparpillés et l'avaient dressée. Ils posèrent al-Salil sur le matelas et l'adossèrent à une pile de coussins en soie. Ben Abram lui donna une potion opiacée et il sombra dans une somnolence agitée.

— Il ne va pas mourir ? demanda Yasmini, folle d'inquiétude. Je t'en prie, vieux père, dis-moi qu'il ne va pas mourir.

— Il est jeune et vigoureux. Avec l'aide de Dieu, il vivra, mais il va lui falloir du temps pour se remettre et recouvrer l'usage de son bras droit.

— Je resterai à son côté et ne prendrai pas de repos tant qu'il ne sera pas rétabli.

— Je le sais, mon enfant.

Moins d'une heure après, des hommes s'approchèrent de la tente en parlant fort. Yassie se précipita dehors pour protéger son seigneur et les éloigner. En dépit de l'effet de la drogue, Dorian reconnut les voix de Bashir al-Sind et de Batula.

— Laisse-les entrer ! cria-t-il faiblement, et Yassie dut s'écarter.

Bashir s'inclina à l'entrée de la tente.

— Seigneur cheik, j'appelle sur toi la protection d'Allah.

— Qu'en est-il de l'ennemi ?

— Nous nous sommes mis en marche dès que nous avons vu la fusée mais nous sommes arrivés trop tard. Ils s'étaient échappés.

— Quelles sont leurs pertes ?

— Un grand nombre de Cafres et trois Francs.

— Un des Francs était-il grand avec une barbe noire ?

Bashir secoua la tête.

— Non. Deux étaient petits et minces, le plus grand avait une barbe grise.

Dorian se sentit soulagé. Tom en avait réchappé. Puis Batula parla sans y avoir été invité, d'une voix brusque et ardente :

— Seigneur, j'ai suivi les traces des *fisi* qui ont fui le champ de bataille. Ils avaient caché leurs chevaux à proximité. Ils se dirigent vers le sud. Donnes-en l'ordre et nous les prendrons en chasse.

— Al-Salil, coupa Bashir avec la même ardeur, j'ai mille hommes prêts à partir, impatients de les pourchasser. Je n'attends que ton ordre et, par Allah, aucun ne survivra.

— Non ! s'exclama Dorian comme dans un cri de douleur, et la violence de son refus fit cligner les yeux de Bashir.

— Pardonne mon impertinence, noble seigneur, mais je ne comprends pas. Traquer les bandits infidèles était l'objet même de notre opération.

— Vous ne les suivrez pas, je l'interdis, rétorqua Dorian en rassemblant toutes les forces qui lui restaient pour insister sur son ordre.

— Si nous ne partons pas immédiatement, ils vont disparaître ! Peut-être la gravité de ta blessure a-t-elle obscurci ton jugement, puissant seigneur.

Dorian se redressa péniblement sur un coude.

— Au nom d'Allah, je jure que, si tu fais fi de mes ordres, je porterai ta tête à la pointe de ma lance et enterrerai ton corps dans une peau de porc.

Il y eut un long silence, puis Bashir parla finalement à voix basse :

— Le grand cheik al-Salil répétera-t-il ces ordres en présence des officiers supérieurs de l'état-major afin qu'ils soient témoins que ce n'est pas la lâcheté qui me retient de poursuivre l'ennemi vaincu ?

Les quatre officiers pénétrèrent dans la tente et Dorian répéta devant eux ses consignes, puis les renvoya. Lorsque Bashir leur emboîta le pas, il l'arrêta.

— Ce sont là des matières si graves que je ne puis te les exposer, Bashir. Pardonne-moi si je t'ai donné l'impression de te déprécier. Sache seulement que tu jouis toujours de toute ma faveur.

Bashir s'inclina, toucha ses lèvres et son cœur, mais son expression était froide et distante quand il sortit à reculons de la tente. Ils l'entendirent donner avec colère les ordres pour déconsigner ses hommes.

Dorian parut sombrer dans un profond sommeil. Un lourd silence pesait sur la tente et Yasmini essuya la sueur sur le front du blessé avec un linge humide. Après un long moment, Dorian s'agita et ouvrit les yeux. Il la regarda d'abord, puis Ben Abram.

— Sommes-nous seuls ? demanda-t-il.

Tous deux hochèrent la tête.

— Approche-toi, vieux père. J'ai quelque chose à te dire.

Yasmini s'apprêta à se lever pour sortir de la tente, mais il posa une main sur son bras pour l'en empêcher. Sa compagne et le vieux médecin penchés sur lui, Dorian déclara à voix basse :

— L'homme qui m'a terrassé est mon frère. C'est pour cette raison que je n'ai pu envoyer Bashir à sa poursuite.

— Est-ce possible, Dohie ?

Yasmini le dévisageait, les yeux écarquillés.

— Oui, répondit Ben Abram à sa place. Je connais son frère et c'est possible.

— Dis-lui, s'il te plaît, vieux père. Je suis trop fatigué pour parler. Explique-lui.

Ben Abram prit une minute pour rassembler ses mots, puis il commença à parler doucement afin que personne ne puisse l'entendre du dehors. Il raconta à Yasmini comment Dorian avait été capturé quand il était enfant et vendu comme esclave, comment al-Malik l'avait acheté aux pirates et adopté.

— J'ai rencontré le frère d'al-Salil. J'en suis venu à le bien connaître sur l'île après qu'il eut détruit le repaire des pirates. Il s'appelle Tom. J'étais son prisonnier, mais il m'a rendu la liberté et m'a chargé de transmettre un message à al-Salil. Il a promis de ne jamais renoncer à le rechercher, de le retrouver et le sauver un jour.

Yasmini regarda Dorian pour en avoir confirmation. Il hocha la tête.

— Alors pourquoi n'a-t-il pas tenu son serment de te libérer, ce frère loyal ? demanda-t-elle.

— Je n'en sais rien, admit Dorian. Frère Tom n'était pas du genre à prendre un serment à la légère. Je suppose qu'au fil des années il a fini par m'oublier.

— Non, dit Ben Abram. Il y a quelque chose que tu as toujours ignoré et que je ne pouvais te dire. Ton frère est revenu à Zanzibar pour se mettre à ta recherche. Le prince al-Malik ne voulait pas te rendre. Il a envoyé le mollah al-Allama avec un message pour lui. Il lui a dit que al-Amhara avait succombé à la fièvre et que tu étais enterré au cimetière de Lamu.

— C'est le moment où mon père a changé mon nom et m'a appelé al-Salil, dit Dorian d'une voix de plus en plus forte à mesure qu'il comprenait. C'était pour cacher la vérité à Tom. Pas étonnant que mon frère ait abandonné ma recherche.

Il ferma les yeux et se tut. Yasmini crut qu'il s'était endormi, mais elle vit une larme s'échapper entre ses paupières. Son cœur se serra.

— Que vas-tu faire, mon amour ? demanda-t-elle en caressant ses cheveux roux.

— Je n'en sais rien. Tout cela est trop cruel. Un glaive divise mon âme.

— Tu appartiens à l'islam maintenant, dit Ben Abram. Pourras-tu jamais revenir à tes origines ?

— Ton frère admettra-t-il que tu es vivant après t'avoir cru mort pendant tant d'années ? demanda Yasmini.

— Et pourras-tu l'embrasser maintenant qu'il est l'ennemi juré de ton père, le calife al-Malik, de notre Dieu et de notre peuple ? renchérit Ben Abram, enfonçant le couteau dans la plaie.

Dorian ne savait que répondre ni à l'un ni à l'autre. Il tourna la tête vers le côté de la tente en cuir et se réfugia dans la faiblesse provoquée par sa blessure. Yasmini ne quitta à aucun moment son chevet tandis qu'il glissait épisodiquement dans l'inconscience, tourmenté par la souffrance physique et par les émotions qui déchiraient son cœur.

L'armée croupit pendant des jours dans le camp sous l'escarpement pendant que son cheik reposait dans sa tente.

Sous le commandement de Bashir, les hommes rassemblèrent les blessés et construisirent pour eux des abris de chaume à l'ombre des arbres. Ben Abram les soignait. Ils enterrèrent les morts mais ne dérangèrent pas ceux qui étaient déjà ensevelis sous l'éboulis de roche rouge. Ils réparèrent le matériel abîmé et aiguisèrent leurs armes, puis attendirent les ordres. Aucun ne vint. Bashir al-Sind arpentait le camp avec colère, se répandait en invectives contre ceux qui se trouvaient en travers de son chemin et les hommes partageaient sa déception. Ils brûlaient de venger leurs camarades morts dans le défilé, mais ne pouvaient se mettre en marche sans les ordres d'al-Salil.

Des rumeurs inquiétantes circulaient dans le camp selon lesquelles Bashir projetait de se rebeller et de ravir le commandement au cheik souffrant. D'autres affirmaient que le cheik était mort ou qu'il était guéri, ou encore qu'il s'était enfui nuitamment, les abandonnant à leur sort.

Une autre rumeur, encore plus étrange, se répandit comme une traînée de poudre dans les rangs, d'après laquelle un second corps expéditionnaire très important, sous le commandement d'un prince de la maison royale d'Oman, marchait depuis la côte pour se joindre à eux. Avec leurs forces combinées, ils seraient enfin en mesure de poursuivre l'infidèle dans son repaire. Cette rumeur ne courait que depuis quelques heures quand on entendit au loin le rythme sourd de tambours de guerre, si ténu d'abord qu'il semblait se confondre avec le battement des cœurs. Les soldats arabes se massèrent sur le plateau pour regarder dans la plaine et vibrèrent en entendant la sonnerie d'une corne de bélier. Ils virent approcher une splendide armée conduite par un état-major d'officiers de haut rang.

Ils se rassemblèrent respectueusement tandis que les nouveaux arrivants entraient dans le camp. L'officier qui menait les cohortes portait une demi-armure à la manière turque et un casque en forme de pot, surmonté par une pointe et pourvu d'un rabat rembourré à hauteur du cou. De sa selle, ce personnage magnifique s'adressa à eux d'une voix sonore :

— Je suis le prince ibn al-Malik Abubaker. Hommes d'Oman, soldats loyaux et fidèles, je vous apporte de tristes nouvelles. Abd Mohammed al-Malik, mon père et votre calife, est mort en son palais de Mascate, frappé dans la fleur de l'âge par le glaive de l'ange noir.

Une plainte s'éleva des rangs, car la plupart avaient combattu à Mascate pour placer al-Malik sur le trône d'ivoire et aimaient le calife. Ils se jetèrent à genoux et s'écrièrent :

— Puisse Dieu avoir pitié de son âme.

Abubaker les laissa exprimer leur chagrin, puis il tendit sa main gantée pour réclamer le silence.

— Soldats du calife, je vous apporte aussi les salutations de votre nouveau souverain, Zayn al-Din, fils aîné bien-aimé d'al-Malik. Il me prie de vous demander de lui jurer fidélité.

Ils s'agenouillèrent en rangs, Bashir al-Sind à la tête de l'armée, et prêtèrent serment d'allégeance. Quand la cérémonie fut terminée, le soleil se couchait. Alors Abubaker donna congé à la troupe et appela Bashir auprès de lui.

— Où est ce traître d'al-Salil ? demanda-t-il. J'ai, pour le compte du calife, une affaire urgente à régler le concernant.

Etendu sur son matelas, Dorian entendit l'annonce de la mort de son père adoptif car la voix d'Abubaker portait distinctement à travers le cuir de la tente. Toutes les assises de sa vie semblaient s'effondrer en même temps. Il se sentait trop faible pour surmonter ces chocs et ces épreuves.

Puis il entendit le nom de Zayn al-Din et la nouvelle de son accession au trône d'ivoire, et il comprit que sa situation était pire qu'il ne l'imaginait. Avec un immense effort, il écarta le chagrin provoqué par la mort de son père et la souffrance physique débilitante, prit la main de Yasmini et l'attira plus près de lui. Elle était ébranlée par la mort d'al-Malik mais moins profondément que Dorian, car elle l'avait à peine connu. Elle se remit de sa peine quand il la secoua par ses paroles :

— Nous sommes en grand danger, Yassie. Nous voilà maintenant au pouvoir de Zayn. Je n'ai pas à te dire ce que cela signifie, car Kouch était un saint en comparaison de notre frère.

— Comment lui échapper ? Car tu ne peux pas te déplacer, Dohie.

Il lui expliqua ce qu'elle devait faire en parlant doucement et vite, l'obligeant à répéter chaque détail.

— Je préférerais te donner une lettre, mais je ne peux écrire avec cette main. Tu dois transmettre mon message mot pour mot, mais apprends-le bien, sinon il ne te croira pas.

Elle avait l'esprit vif et, malgré son trouble, elle se rappela tout du premier coup, bien qu'elle eût du mal à prononcer certains mots. Elle n'avait cependant pas le temps de perfectionner sa diction.

— C'est ce que tu vas faire. Il comprendra. Maintenant, va !

— Je ne puis te laisser.

— Abubaker te reconnaîtra si tu restes auprès de moi. Dans ses griffes, tu ne nous seras d'aucune aide.

Elle l'embrassa avec amour et se leva pour partir, mais il y eut un lourd bruit de pas à l'extérieur et elle se tapit dans un coin en couvrant sa tête et ses épaules avec son châle. Au même moment, le rabat de la tente s'ouvrit brusquement et Bashir al-Sind entra. Ben Abram tenta de s'interposer et de l'empêcher d'approcher du lit de Dorian.

— Al-Salil est grièvement blessé et ne doit pas être dérangé, dit-il.

Bashir l'écarta avec mépris.

— Voici le général Abubaker, émissaire du calife ! annonça-t-il avec une expression froide et malveillante.

Dorian sut qu'il avait changé d'allégeance et n'était plus son fidèle allié.

Derrière lui, Abubaker s'avança à l'intérieur de la tente, les mains sur les hanches.

— Le traître est donc en vie. Voilà qui est bien. Al-Salil, qui étais jadis al-Amhara au harem de Lamu, où nous étions camarades de jeu, je suis venu t'amener auprès du calife pour répondre à l'accusation de haute trahison. Nous partirons pour la côte demain à l'aube.

Ben Abram intervint une nouvelle fois :

— Noble prince, il ne peut être transporté. Sa blessure est grave. Cela mettrait sa vie en danger.

Abubaker se rapprocha du lit et regarda Dorian.

— Une blessure, dis-tu ? Comment puis-je avoir la certitude qu'il ne joue pas la comédie ?

Il saisit soudain le pansement qui couvrait la poitrine de Dorian et l'arracha brutalement, emportant en même temps la croûte qui y adhérait. Dorian se raidit et geignit de douleur. Du sang s'échappa de la plaie et coula le long de sa poitrine. Dans le coin de la tente, Yasmini poussa un gémissement mais personne ne lui prêta attention.

— C'est une vulgaire égratignure, estima Abubaker en feignant d'examiner la plaie. Insuffisante pour protéger un traître des foudres de la justice. (Il prit Dorian par les cheveux et le tira hors du lit.) Lève-toi, espèce de porc ! Vois, docteur, comme ton patient est vigoureux. Il t'a dupé. Il n'a pas grand mal.

— Noble prince, il ne survivra pas à un tel traitement ni à la longue marche jusqu'à la côte.

— Ben Abram, vieux bouc gâteux, s'il meurt avant que nous atteignions la côte, j'aurai ta tête. Nous allons faire un concours, fit-il avec un sourire qui découvrit ses dents de travers. Tu essaieras de maintenir al-Salil en vie, et de mon côté, je ferai tout mon possible pour le tuer à petit feu. Nous verrons qui va gagner.

Il repoussa Dorian sur son lit et sortit de la tente à grandes enjambées, suivi par Bashir.

Yasmini se leva d'un bond et se précipita vers Dorian. Malgré la douleur qui lui déformait le visage, il lui murmura d'un air farouche :

— Va, femme. Ne perds pas un instant de plus. Trouve Batula et mettez-vous en route.

Tom et sa petite troupe rejoignirent Fort Providence en trois jours de rude chevauchée et ils commencèrent immédiatement les préparatifs pour abandonner la place. Aboli envoya Fundi et trois de ses hommes en amont pour aller chercher sa famille.

— Je ne peux partir sans eux, dit-il à Tom.

— Je n'attendais pas cela. Mais ils doivent se dépêcher. Nous pouvons être sûrs que les musulmans sont sur nos talons.

Tom expédia des petits détachements pour surveiller toutes les approches du fort afin d'être averti lorsque l'armée arabe apparaîtrait. Puis, en hâte, ils commencèrent à charger le *Centaurus* pour le départ vers la mer. Ils ramenèrent les petits canons de neuf de leurs emplacements le long de la palissade et les installèrent dans leurs affûts sur le pont supérieur. Ils n'avaient pas d'ivoire mais rechargèrent les marchandises destinées au troc qu'ils avaient apportées de Bonne-Espérance au début de la saison. Sarah rassembla tous ses trésors et les rapporta à bord ; le linge et les couverts, les marmites et les casseroles, les réserves de médicaments et les livres remplirent presque la petite cabine. Tom souleva des objections à propos du clavecin.

— Je vous en achèterai un autre, promit-il.

Mais, quand il vit cette expression particulière qu'il connaissait si bien, il sut qu'il perdait son temps.

De mauvaise grâce, il permit à deux marins de le hisser sur la planche d'embarquement et de le descendre dans la cale.

Curieusement, il n'y avait aucun signe de poursuite

et Tom envoya Aboli s'assurer que les détachements qui couvraient les pistes venant du nord étaient bien à leur poste. Ce calme ne paraissait pas naturel et l'expédition punitive n'allait sans doute pas tarder à arriver.

Les jours passèrent. Puis Fundi revint enfin du pays lozi avec deux pirogues qui transportaient Zété et Falla, Zama et Toula et la dernière couvée. Sarah les prit tous sous son aile. Tom dépêcha en urgence un messager à Aboli pour lui demander de ramener les détachements, car tout était enfin prêt pour le départ.

Deux jours plus tard, la sentinelle postée sur la tour de garde au-dessus du fort cria :

— Cavaliers venant du nord !

Tom grimpa à l'échelle, sa lunette à la main.

— Où ? s'enquit-il, pointant la longue-vue dans la direction indiquée.

Sarah le rejoignit en haut de la tour.

— Qui est-ce ? demanda-t-elle, anxieuse.

— C'est Aboli qui ramène les détachements. Pas le moindre signe de poursuite. Nous allons pouvoir prendre le large sans combattre. Je n'y croyais pas. Je ne comprends pas pourquoi les musulmans nous ont laissés nous échapper aussi facilement. Embarquez toute votre marmaille. Nous allons appareiller dès qu'Aboli aura posé le pied à bord.

Elle commença à descendre l'échelle mais il l'arrêta avec un autre sifflement.

— Aboli amène deux inconnus. Par Dieu, ce sont des Arabes. Des prisonniers, semble-t-il, car Aboli les a ligotés. Il a mis le grappin sur deux éclaireurs ennemis. Ils vont nous dire où est le gros de l'armée.

Tom et Sarah attendaient sur le pont quand Aboli fit monter tambour battant ses captifs à bord.

— Quels beaux poissons as-tu pris, Aboli ? demanda Tom en les jaugeant du regard.

A en juger par leur mise, c'étaient des Arabes, le premier un guerrier et, d'après son allure, un guerrier dangereux. Le deuxième était un petit bout de garçon, joli, avec de grands yeux sombres, timide et effrayé.

— Curieuse paire, dit Tom.

Le jeune garçon parut encouragé par son ton léger.

— *Effendi*, tu parles ma langue ? dit-il doucement, d'une voix mélodieuse qui n'avait pas encore mué.

— Oui, mon garçon, je parle l'arabe.

— Ton nom est Tom ?

— Sois damné, coquin, fit Tom en s'avançant vers lui, menaçant. Comment le sais-tu ?

— Attends, Tom ! l'arrêta Sarah. C'est une fille.

Il dévisagea Yasmini puis éclata de rire. Il arracha son turban et les longs cheveux noirs dégringolèrent sur ses épaules.

— En effet, et jolie avec ça. Qui es-tu ?

— Je suis la princesse Yasmini et je t'apporte un message de Dohie.

— De qui ?

— De Dohie.

Elle paraissait désespérée.

— Dohie ! Dohie ! répéta-t-elle avec différentes inflexions.

Mais Tom secouait la tête sans comprendre.

— Je crois qu'elle essaie de dire Dorry, intervint Sarah.

Une expression de soulagement envahit le visage de Yasmini.

— Oui ! Oui ! Dohie ! Dohie ! Ton frère.

Tom grimaça horriblement, le visage empourpré.

— Tu te moques de moi ! Mon frère Dorry est mort depuis des années. A quoi joues-tu, espèce de petite garce ? C'est un piège ? lui cria-t-il en pleine face.

Les yeux de Yasmini s'emplirent de larmes, mais

elle se redressa et se mit à chanter, d'une voix hésitante d'abord, puis plus assurée, mélodieuse et juste. Mais elle chantait en doubles croches de l'Orient, étrangères à l'oreille européenne. L'air était déformé et les paroles, une parodie d'anglais. Tous la regardaient fixement, en proie à une incompréhension totale.

Puis Sarah poussa un petit cri :

— Tom, c'est *Spanish Ladies* ! Elle tente de chanter *Spanish Ladies* ! C'est sûrement vrai. Dorian est vivant et la chanson est le signe qu'elle vient de sa part.

— Dorian ! Est-ce possible ? (Tom empoigna le bras de Yasmini et le secoua violemment.) Où est mon frère ?

Elle se lança dans un flot de paroles incohérentes. Elle commençait une phrase avant d'avoir fini la précédente, butant sur les mots dans sa hâte de tout dire et en oubliant la moitié, si bien qu'elle devait revenir en arrière et recommencer.

— Dorian a besoin d'aide, conclut Tom pour résumer, puis, se tournant vers Aboli : Dorry est vivant et dans une situation désespérée, et il nous les envoie pour qu'on aille le chercher.

— Les chevaux n'ont pas été dessellés, dit Aboli calmement. Nous pouvons partir sur-le-champ.

Tom se tourna vers Yasmini, qui continuait de débiter son histoire à Sarah.

— Assez, fille ! coupa Tom. Tu auras le temps de nous conter le reste plus tard. Peux-tu nous conduire à Dorian ?

— Oui ! répondit-elle avec véhémence. Batula et moi allons vous conduire à lui.

Tom se pencha hors de sa selle pour donner un dernier baiser rapide à Sarah. Pour une fois, elle n'insista pas pour l'accompagner. Ce comportement inhabituel aurait dû faire deviner à Tom qu'il y avait anguille sous roche, mais il était si absorbé par ce qui se préparait qu'il n'y prêta pas attention.

— Assurez-vous qu'Alf Wilson veille à ce que personne ne quitte le bord. A notre retour, nous serons en grande hâte, que nous le voulions ou non, avec la moitié de l'Arabie à nos trousses.

Il rassembla ses rênes.

Yasmini et Batula s'étaient déjà mis en route et se trouvaient à mi-hauteur de la première colline au-dessus du fleuve Lunga. Luke et Aboli s'étaient laissé distancer pour l'attendre. Ils étaient tous vêtus à la mode arabe et menaient un cheval de rechange par la longe. Tom talonna les flancs de sa monture et lança un au revoir à Sarah tandis qu'il bondissait en avant.

— Revenez vite et indemne ! cria Sarah, une main posée légèrement sur son ventre.

Il leur fallut quatre jours de rude chevauchée, de la première lueur de l'aube aux derniers feux du bref crépuscule africain, en changeant de monture toutes les heures, pour rattraper la colonne arabe.

Tom avait chevauché tout le long du chemin à côté de Yasmini et ils avaient parlé jusqu'à en avoir la gorge sèche. Elle lui avait raconté tout ce qui était arrivé à Dorian depuis leur première rencontre au harem jusqu'à son arrestation par Abubaker quelques jours plus tôt. Cette fois, son récit était cohérent et limpide, teinté d'humour et de pathétique, si bien que Tom riait parfois avec délectation et, à d'autres moments, était ému jusqu'aux larmes. Elle lui montra quel genre d'homme était devenu Dorian. Elle lui parla de leur amour et gagna ainsi son affection. Il était enchanté par son caractère pétillant et sa nature enjouée.

— Tu vas donc être ma petite sœur désormais, dit-il en souriant.

— Ça me plaît, *effendi*. Ça me rend très heureuse.

— Si je dois devenir ton frère, tu dois m'appeler Tom.

Quand elle lui rappela la bataille dans le défilé et lui expliqua comment il avait terrassé son propre frère d'un coup d'épée, manquant de l'embrocher elle aussi, le remords l'envahit.

— A aucun moment il ne m'a montré son visage. Comment pouvais-je savoir ?

— Il comprend, Tom. Il t'aime toujours.

— J'aurais pu vous tuer tous les deux, mais c'est comme si une force avait retenu ma main.

— Les voies de Dieu sont merveilleuses et impénétrables.

Elle l'entraîna dans le dédale des intrigues politiques de la maison royale omanaise, lui expliqua les conséquences de l'accession au califat de Zayn al-Din.

— Abubaker l'amène à Mascate pour affronter la vengeance de Zayn, dit-elle, les larmes coulant sur son visage couvert de poussière.

Il se pencha sur sa selle et lui tapota le bras comme un frère.

— Nous allons y remédier, Yasmini. Je t'en prie, ne pleure pas.

Ils coupèrent la large piste laissée par l'armée arabe et se rapprochèrent jusqu'à pouvoir distinguer le nuage de poussière au-dessus de la forêt. Alors, Batula partit en avant tandis que les autres attendaient la tombée de la nuit. Il devait pouvoir s'infiltrer dans la masse mouvante de cavaliers voilés sans attirer l'attention et les soupçons.

Il revint au coucher du soleil.

— Grâce à Dieu, al-Salil est vivant, furent ses premières paroles.

Le nom arabe de Dorian semblait toujours étrange aux oreilles de Tom.

— Je l'ai vu de loin mais n'ai pas essayé de l'atteindre, poursuivit-il. Ils l'ont mis sur une litière traînée par un cheval.

— Dans quel état paraît-il être ? demanda Tom.

— Il arrive à marcher un peu. J'ai vu Ben Abram l'aider à se lever de la litière et le conduire à la tente où ils le retiennent pendant la nuit. Son bras droit est encore en écharpe. Il se déplace lentement, avec raideur, comme un vieillard, mais il a la tête haute. Il est plus vigoureux que lorsque je l'ai laissé.

— Loué soit le nom de Dieu, murmura Yasmini.

— Peux-tu nous conduire à sa tente, Batula ?

Batula hocha la tête.

— Oui, mais elle est bien gardée.

— L'ont-ils enchaîné ?

— Non, *effendi*. Ils estiment sans doute que sa blessure est un handicap suffisant.

— Nous allons le sortir de là cette nuit même, décida Tom. Voici ce que nous allons faire...

Ils s'approchèrent du camp dans le sens du vent afin que leurs chevaux ne puissent sentir ceux des Arabes et ne se mettent à hennir. Ils les laissèrent à Yasmini et s'avancèrent jusqu'à la lisière de la forêt. Le camp était bourdonnant comme une ruche et l'air empli par la fumée de centaines de feux. On sentait un mouvement constant, des palefreniers et des esclaves allaient et venaient entre les chevaux, des hommes se glissaient dans les fourrés environnants pour satisfaire leurs besoins naturels et retournaient à leur natte, les cuisiniers portaient des marmites de riz fumant à travers le bivouac et distribuaient les repas du soir. On apercevait peu de sentinelles et l'ordre était relâché.

— Abubaker n'est pas un vrai soldat, dit Batula avec mépris. Al-Salil n'aurait jamais permis un tel manque de discipline.

Tom envoya Batula dans le camp le premier, et les autres, vêtus comme des Arabes et voilés, suivirent un à un par intervalles, en marchant avec nonchalance. Batula se dirigea vers un espace dégagé au milieu du camp, où l'on avait dressé une tente en cuir, isolée des autres. A la lueur des feux, Tom constata que les broussailles alentour n'avaient pas été coupées mais que trois gardes au moins étaient postés autour, accroupis, leurs armes sur leur giron.

Batula s'installa sous un marula aux branches tordues, à une centaine de yards de la tente du prisonnier. Les autres le rejoignirent comme si de rien n'était, s'assirent en cercle sur leurs talons, étalant leur djellaba autour d'eux. Dans la semi-obscurité, ils ressemblaient à tous les autres petits groupes de soldats omanais éparpillés à travers le camp, qui bavardaient à voix basse, buvaient du café et partageaient une pipe.

Il y eut soudain une agitation et trois Arabes splendidement vêtus se dirigèrent vers eux à grands pas, suivis de près par leurs gardes du corps. Tom eut un instant de panique, persuadé que leur présence avait été découverte, mais les hommes passèrent près d'eux sans s'arrêter et continuèrent leur chemin vers la tente.

— Celui avec le keffieh bleu et la cordelette d'or est le prince Abubaker, dont je t'ai parlé, chuchota Batula. Les deux autres sont al-Sind et bin Tari, deux féroces soldats et hommes liges d'Abubaker.

Tom regarda le trio entrer sous la tente. Ils étaient assez près pour qu'il entende le murmure des voix. Il y eut soudain un bruit de coup et un cri de douleur. Tom se leva à moitié, mais Aboli tendit le bras et le fit rasseoir. Les voix s'étaient tues et Abubaker se baissa pour passer sous l'auvent et s'arrêta pour jeter un regard en arrière.

— Garde-le en vie, Ben Abram, pour que sa mort soit plus captivante.

Il rit et repartit par où il était venu, si près de Tom qu'il aurait pu toucher l'ourlet de sa djellaba.

— *Salam aleikum*, puissant seigneur, murmura celui-ci.

Mais Abubaker ne daigna pas regarder dans sa direction et se dirigea vers sa tente, au centre du camp.

Le silence se fit lentement. Les voix se turent, les hommes s'enveloppèrent dans leur châle autour des feux qui finirent par s'éteindre. Tom et ses hommes étaient couchés autour de celui qu'avait allumé Batula ; ils s'étaient couvert la tête mais ne dormaient pas. A mesure que les feux mouraient, l'obscurité devenait plus profonde. Tom regardait les étoiles pour estimer l'heure. Le temps passait avec une lenteur infinie. Enfin, il toucha le dos d'Aboli.

— Il est temps !

Il se leva lentement et se dirigea vers la tente de Dorian. Il avait observé la sentinelle assise à l'arrière, l'avait vue dodeliner de la tête, puis la relever brusquement avant de la laisser retomber.

Tom s'approcha à pas feutrés, se pencha et lui assena un coup sur la tempe avec le canon de son pistolet. Il sentit l'os se briser et l'homme s'affaisser sans un bruit. Il s'accroupit à sa place dans la même position, le mousquet de la sentinelle en travers des genoux. Il attendit une minute interminable pour s'assurer qu'il n'avait pas donné l'alarme, puis s'avança à croupetons jusqu'à l'arrière de la tente.

Il n'avait pas moyen de savoir si l'on avait posté un garde à l'intérieur, au chevet de Dorian. Il mouilla ses lèvres avec sa langue, prit une inspiration et siffla doucement les premières mesures de *Spanish Ladies*.

Quelqu'un s'agita derrière le rabat de cuir et il entendit une voix dont il ne se souvenait pas, qui n'était pas celle de l'enfant qu'il avait connu mais une voix d'homme.

— Tom ?

— Oui, mon garçon. Tu es seul ?

— Il n'y a que Ben Abram et moi.

Tom tira son couteau de poche et entailla le cuir. Une main se tendit à travers l'ouverture, pâle au clair de lune. Tom la saisit et la serra, puis Dorian le tira à l'intérieur, où ils s'embrassèrent, agenouillés poitrine contre poitrine.

Tom commença à parler, mais sa voix était étranglée. Il étreignit Dorian de toutes ses forces et prit une autre inspiration.

— Grâce à Dieu, Dorian Courtney... Je ne sais que dire.

— Tom ! (Dorian tendit sa main valide et saisit une poignée de mèches épaisses sur la nuque de son frère.) Quel bonheur de te voir !

Les mots anglais lui venaient difficilement et il sanglotait, envahi par la faiblesse physique et par une joie immense.

— Arrête, Dorry, ou tu vas me faire pleurer, protesta Tom en s'écartant pour s'essuyer les yeux avec le bras. Partons d'ici. Où en est ta blessure ? Tu peux marcher si Aboli et moi te soutenons ?

— Aboli ? Il est avec toi ? fit Dorian d'une voix tremblante.

— Je suis là, Bomvu, grommela Aboli près de son oreille, mais nous aurons le temps de nous congratuler plus tard.

Il avait tiré la sentinelle par la déchirure à l'arrière de la tente. Tom et lui roulèrent l'Arabe sur la natte et couvrirent son corps avec la couverture de laine de Dorian. Pendant ce temps, Ben Abram l'aidait à passer sa djellaba et à dissimuler ses mèches rousses avec un turban.

— Que Dieu soit avec toi, al-Salil, murmura-t-il avant de se tourner vers Tom. Je suis Ben Abram. Tu te souviens de moi ?

— Je ne t'oublierai jamais, toi et la bonté que tu as témoignée à mon frère, vieil ami, répondit Tom en lui étreignant le bras. Que Dieu te bénisse.

— Tu as tenu ton serment, dit doucement le médecin. Maintenant, il faut que tu me bâillonnes et me ligotes, sinon Abubaker va me châtier cruellement quand il saura qu'al-Salil a fui.

Ils firent ce qu'il demandait et portèrent Dorian à l'extérieur par l'ouverture à l'arrière de la tente. Dehors, ils le relevèrent et le soutinrent entre eux, puis se mirent en marche lentement à travers le camp assoupi. Batula et Luke Jervis allaient en avant, silencieux comme des fantômes sombres, et longèrent un feu de camp. Un Arabe endormi s'agita, se dressa sur son séant mais les regarda passer sans rien dire, se rallongea et se couvrit de nouveau la tête.

— Courage, Dorry, chuchota Tom à son oreille. On y est presque.

Ils poursuivirent leur chemin vers la lisière de la forêt et, quand les arbres se refermèrent derrière eux, Tom faillit pousser une exclamation de soulagement, mais au même instant une voix dure toute proche les interpella en arabe :

— Qui va là ? Halte, au nom de Dieu ! Rendez-vous.

Tom passa la main sous sa djellaba pour tirer son épée, mais Dorian l'arrêta et répondit dans la même langue :

— La paix d'Allah soit avec toi. Je suis Mustapha de Muhaïd et je suis dévoré par la dysenterie. Mes amis me conduisent dans un endroit isolé.

— Tu n'es pas le seul à en souffrir, Mustapha. Beaucoup d'autres sont dans ton cas, fit la sentinelle avec sympathie. Que la paix soit avec toi et avec tes intestins.

Ils s'éloignèrent peu à peu. Batula émergea soudain de la nuit.

— Par ici, *effendi*, murmura-t-il. Les chevaux sont tout près.

Ils entendirent un piétinement de sabots et la silhouette menue de Yasmini se détacha de l'obscurité et courut à Dorian. Ils s'étreignirent et échangèrent des soupirs, puis Tom les sépara doucement et amena Dorian jusqu'au cheval le plus solide. Aboli et lui le hissèrent sur la selle, où il oscilla, mal assuré. Tom lui attacha les chevilles avec une lanière de cuir passée sous le ventre de sa monture et ils posèrent Yasmini derrière lui.

— Tiens-le bien, sœurette, lui dit Tom. Ne le laisse pas glisser.

Il monta en selle et prit le cheval de Dorian par la longe.

— Conduis-nous au bateau, Aboli, ordonna-t-il en se retournant vers le camp. Nous n'allons avoir que quelques heures d'avance dans le meilleur des cas. Ils vont être après nous comme un essaim de frelons.

Ils poussèrent cruellement leur montures. Ils les avaient déjà menées durement à l'aller, sans presque leur accorder le temps de se reposer et de paître, si ce n'est durant de courtes haltes nocturnes. Ils leur infligeaient le même traitement au retour. Au milieu de la journée, il faisait chaud comme dans un four et les distances étaient longues entre les points d'eau. Le sol rocailleux et les silex entaillaient les sabots des chevaux.

Ils perdirent leur première monture avant d'avoir parcouru vingt miles. C'était celle qui portait Dorian et Yasmini. Elle se mit à boiter bas des quatre jambes et clopinait avec peine. Tom libéra le brave animal, sachant au fond de lui que les lions et les hyènes en feraient leur proie la nuit suivante. Ils installèrent Dorian sur l'un des chevaux de rechange et continuèrent à la même allure. Le troisième jour, ils avaient éreinté tous les chevaux supplémentaires et ne disposaient plus que de ceux qu'ils montaient. Alors qu'ils s'apprêtaient à se remettre en selle après une brève halte, à midi, près d'une mare boueuse, Aboli dit d'un ton calme :

— Les mousquets ne nous seront d'aucune utilité contre une armée et leur poids achève les chevaux.

Ils abandonnèrent leurs armes à feu, les poires à poudre, les sacs de balles et tous les bagages, ne conservant que leurs armes blanches et les outres. Tom se tourna pour que personne ne le voie et glissa l'un de ses pistolets chargés dans sa ceinture sous sa chemise.

C'était une arme à canon double. Il savait, d'après ce que lui avait dit Yasmini, quel sort les attendait, elle et Dorian, si les Arabes les rattrapaient. Le pistolet leur était destiné, un coup pour chacun. « Dieu me donne la force de tirer si le moment vient », pria-t-il en silence.

Bien qu'ils eussent considérablement allégé leur

chargement, ils perdirent encore deux chevaux le même jour. Luke, Aboli et Tom couraient à tour de rôle à côté des cavaliers en se tenant à l'étrivière pour suivre l'allure.

Le soir, pour la première fois, ils repérèrent la colonne de leurs poursuivants, qui franchissait l'une des lignes de collines typiques de ce paysage sauvage. En se retournant, ils virent son nuage de poussière s'élever à trois lieues derrière eux.

Cette nuit-là, ils ne s'arrêtèrent qu'une heure et reprirent leur progression à la lumière des étoiles, suivant le fanal de la Croix du Sud dans la constellation du Centaure. Malgré leur longue marche nocturne et le fait que les Arabes devaient eux aussi éreinter leurs montures, ils constatèrent, quand l'aube pointa, qu'ils n'avaient pas gagné de terrain sur leurs poursuivants. Le nuage de poussière s'élevait à l'horizon, rouge sang dans les premiers rayons du soleil, toujours à trois lieues derrière eux.

Pendant les marches de nuit, même Aboli avait perdu la notion de la distance parcourue et ne connaissait plus leur position exacte dans ces étendues de forêt et de terrain vallonné. Le soir, ils franchirent une nouvelle ligne de collines, espérant voir les eaux miroitantes du Lunga de l'autre côté, mais leurs espoirs furent déçus : face à eux, se dressaient d'autres collines verdoyantes. Ils traversèrent la vallée à grand-peine, leurs chevaux à bout de forces, eux-mêmes à la limite de leur résistance. Même Aboli, le visage gris de poussière collée par la sueur, souffrait d'une légère entorse du genou et il essayait de cacher sa claudication. Dorian, squelettique sous sa djellaba, avait le visage creux et le sang suintait de sa blessure sous le pansement crasseux. Yasmini avait épuisé ses ultimes réserves d'énergie à le tenir en selle. Le dernier cheval chancelait sous leur poids.

Il s'effondra juste avant la crête, tombant comme s'il avait reçu une balle de mousquet dans la cervelle. Tom coupa les lanières qui maintenaient les chevilles de Dorian et le tira de dessous l'animal.

— A partir d'ici, tu vas devoir continuer à pied, frérot. Tu pourras y arriver ?

Dorian essaya de sourire :

— Je pourrai aussi longtemps que tu pourras, Tom.

Mais, quand il essaya de se soulever, ses genoux se dérobèrent sous lui et il s'affaissa sur le sol caillouteux.

Derrière eux, le nuage de poussière rouge s'élevait dans la vallée qu'ils venaient de traverser. Ils coupèrent une perche courte, dont Aboli et Tom tinrent les extrémités. Ils assirent Dorian au milieu, placèrent ses bras autour de leurs épaules et descendirent en chancelant le versant de la colline vers l'autre vallée.

Pendant la nuit, ils firent des haltes de quelques minutes seulement avant de repartir, portant Dorian entre eux jusqu'à n'en plus pouvoir et se laisser tomber par terre, pour un autre court repos. Il leur fallut la nuit entière pour traverser la large vallée. Leur seul espoir était que leurs poursuivants, incapables de suivre leurs traces dans l'obscurité, se soient arrêtés.

L'aube les surprit en train de peiner sur la pente de l'autre côté de la vallée. Les Arabes étaient si près qu'ils voyaient les fers de leurs lances scintiller dans les premières lueurs du matin.

— Ils ont rattrapé la moitié de leur retard, dit Tom, haletant, tandis qu'ils déposaient Dorian. A la vitesse à laquelle nous allons, ils vont être sur nous dans une heure.

— Laissez-moi ici, murmura Dorian. Sauvez-vous.

— Tu es fou ! s'écria Tom. La dernière fois où j'ai tourné le dos, tu as disparu pendant des années. Je ne veux pas prendre le risque.

Ils le soulevèrent de terre et se remirent en route. Yasmini marchait à quelques pas en avant. Ses sandales de cuir étaient déchirées et à moitié arrachées, ses talons saignaient à cause des ampoules. Elle tomba avant d'atteindre la crête. Elle rampa jusqu'à l'arbre le plus proche et s'appuya sur le tronc pour tenter de se relever mais elle était trop faible pour tenir sur ses jambes.

— Luke, prenez ma place ! Batula, aide-le.

Tom les laissa tenir le bâton et rejoignit Yasmini, qui pleurait doucement, accroupie contre l'arbre.

— Je suis une faible femme, sanglota-t-elle tandis qu'il se penchait vers elle.

— Oui, mais bien trop jolie pour être abandonnée là.

Il la souleva et, bien qu'elle fût légère comme un oiseau, il dut forcer les muscles endoloris de son dos et de ses épaules pour y parvenir. Il la tint contre sa poitrine et rassembla ses forces pour avancer.

Un cri s'éleva au loin et il regarda par-dessus son épaule. Les cavaliers de la colonne arabe avaient atteint le pied de la colline en contrebas. L'un d'eux leva son mousquet et le long canon cracha un jet de fumée. Quelque secondes plus tard, ils entendirent le bruit sourd du coup de feu. Mais la distance était encore trop grande et la balle dut tomber loin d'eux.

— Nous y sommes presque, annonça Tom d'une voix qui se voulait enjouée. Une grimpette de plus, les gars.

Il arriva sur le haut de la colline, aveuglé par la sueur, incapable de faire un pas de plus. Il posa Yasmini par terre et s'essuya les yeux, mais il voyait toujours trouble. Il se releva en vacillant sur ses jambes, jeta un coup d'œil en arrière aux autres et vit qu'eux aussi étaient à bout de forces. Même Aboli avait épuisé ses gigantesques réserves. Ce fut tout juste s'il parvint à franchir les derniers pas jusqu'à la crête.

« C'est là que nous allons mourir, pensa Tom. Il me reste l'épée de Neptune pour finir en beauté, et le pistolet pour Yasmini et Dorian. » Il tâta la crosse sous sa chemise.

Puis, soudain, Aboli fut à son côté, lui secouant le bras, incapable de parler, et lui montrant la vallée sous eux. Tom crut un instant à un mirage, mais il se rendit compte que cet éclat éblouissant était le reflet du soleil sur la large surface du Lunga et que le *Centaurus* était amarré près de la berge, si proche qu'ils distinguaient des petites silhouettes sur le pont.

Tom sentit une vigueur nouvelle dans ses jambes. Il sortit son pistolet et tira les deux coups. Il y eut une agitation soudaine à bord du bateau et l'éclair d'une lentille de longue-vue dirigée vers eux. Il fit des gestes désespérés et Alf Wilson répondit à son geste.

Tom se retourna pour regarder derrière lui. Les cavaliers arabes arrivaient au galop, déjà à mi-hauteur de la colline. Sans un mot de plus, il reprit Yasmini dans ses bras et s'élança dans la pente vers le fleuve. Il fut vite emporté par son élan : le sol défilait à toute vitesse sous ses pieds et ses jambes avaient peine à suivre ; chaque pas ébranlait sa colonne vertébrale. Il entendit Aboli et les autres descendre à sa suite, mais il ne pouvait regarder en arrière. Il lui fallait mobiliser toute son attention et toutes ses forces pour ne pas tomber. Effrayée, Yasmini ferma les yeux et s'accrocha à son cou de ses deux bras.

Il y eut soudain un cri derrière eux et une volée de mousquets. Les Arabes avaient atteint le sommet de la colline. Une balle arracha une plaque d'écorce et des éclats de bois blanc en touchant le tronc d'un arbre à côté de Tom. Il n'arrivait plus à suivre l'allure et, avec le poids de Yasmini, ne pouvait s'arrêter. L'une de ses jambes flancha et il tomba. Ils roulèrent au sol enchevêtrés l'un à l'autre jusqu'à ce qu'un rocher freine leur glissade et ils restèrent étendus, étourdis.

Aboli les dépassa, mi-bondissant mi-chancelant, Dorian sur son dos, Batula et Luke Jervis essayant de se maintenir à sa hauteur. Aboli ne maîtrisait plus ses jambes. Il ne put les aider, mais Luke empoigna Tom par le bras et le releva tandis que Batula emportait Yasmini et faisait quelques pas mal assurés vers le bas de la colline.

Un grondement de sabots retentit : les Arabes chargeaient. Ils avaient déjà baissé leurs lances et Tom vit leurs expressions de triomphe. Puis il entendit Sarah crier :

— Tom ! On arrive !

Il se retourna : montée sur un bai, elle tirait deux autres chevaux par la longe et grimpait la colline à bride abattue. Alf Wilson suivait à une longueur sur une jument noire, lui aussi avec deux chevaux. Sarah serra la bride en arrivant près de lui ; Tom arracha Yasmini aux bras de Batula et la jeta presque par-dessus le garrot de la monture de Sarah, qui l'agrippa et l'empêcha de glisser de l'autre côté.

— Allez ! fit Tom, haletant. Partez d'ici !

Sans un mot, Sarah lui lança les rênes des deux chevaux supplémentaires et redescendit la colline à toute allure, Yasmini rebondissant devant elle comme un sac de farine.

Tom laissa un cheval à Luke et à Batula, et se jeta sur le dos de l'autre. Il rattrapa rapidement Aboli et cueillit Dorian au passage.

— Prends l'une des montures d'Alf ! lui cria-t-il en repartant à toute vitesse à la suite de Sarah.

Il entendait les hurlements des Arabes et le martèlement des sabots tout près derrière lui ; il s'attendait à tout moment à recevoir une lance dans le dos. Mais il ne pouvait se permettre de jeter un coup d'œil par-dessus son épaule, trop occupé à maintenir Dorian. Désespéré, il le sentait glisser et n'arrivait plus à le retenir. Puis, soudain, Aboli arriva au galop à côté de lui. Il se pencha sur sa selle et redressa Dorian afin que Tom puisse avoir une bonne prise autour de ses épaules.

Au coude à coude, Aboli et Tom atteignirent enfin la rive sur les talons de Sarah, qui tenait toujours Yasmini. Alf, Batula et Luke suivaient groupés. La cavalerie arabe chargeait juste derrière, lances pointées, et gagnait du terrain.

Sarah n'hésita pas : en arrivant au fleuve, elle poussa sa monture tout droit. Le cheval sauta de la haute berge, toucha l'eau dans une gerbe d'écume et disparut sous la surface. Tom et Aboli l'imitèrent sans ralentir leur galop, et les autres sautèrent presque sur eux. Ils émergèrent à côté de leurs montures, qui s'efforçaient de nager vers le *Centaurus*.

Derrière eux, les Arabes s'arrêtèrent net dans un tourbillon de chevaux qui ruaient et se cabraient, tout en essayant de tirer leur mousquet de leur sacoche. La première volée de mitraille des pièces de neuf du *Centaurus* les faucha et la moitié d'entre eux tombèrent dans un enchevêtrement sanglant d'hommes et de chevaux. Les autres firent pirouetter leur monture en catastrophe et repartirent en trombe sur la colline tandis qu'une autre bordée du *Centaurus* fracassait les arbres autour d'eux.

Les chevaux qui nageaient dans le Lunga atteignirent le flanc du navire et les marins hissèrent les cavaliers à bord. Dès qu'ils touchèrent le pont, Tom courut à Sarah, dont la chevelure et les vêtements ruisselaient, et ils s'étreignirent.

— Dans les moments difficiles, vous valez dix de mes hommes, ma belle. Dorian a été gravement blessé. Il va avoir besoin de tous vos soins. Yasmini est elle aussi mal en point. Occupez-vous d'eux pendant que je mets à la voile.

Il se dirigea vers la barre et jeta un coup d'œil dans le gréement. Tout était fin prêt pour le départ.

— Voulez-vous appareiller et mettre le cap vers l'aval, monsieur Wilson ? ordonna Tom avant de s'adresser à Aboli : Nous allons avoir besoin des chevaux pour tirer le bateau sur les hauts-fonds. Emmène-les sur la berge sud, à l'abri des musulmans sur l'autre rive. Tu devrais pouvoir suivre l'allure du navire.

Aboli appela ses fils, Zama et Toula.

— J'ai un travail d'homme pour vous, leur dit-il. Venez avec moi.

Ils se mirent à l'eau à sa suite pour l'aider à rassembler les chevaux.

Tom sentit le bateau s'animer sous ses pieds et filer avec le courant. Les berges commencèrent à défiler de chaque côté. Il jeta un coup d'œil vers la rive sud. Aboli et ses fils avaient réuni les chevaux en bande et les emmenaient le long du fleuve au petit galop.

Il tourna son regard vers le nord à l'instant où l'avant-garde de l'armée arabe atteignait la crête et commençait à descendre vers le fleuve en un flot compact d'armures, de lances et de mousquets étincelants. Tom arracha la lunette des mains d'Alf Wilson et la régla sur la tête de la colonne. Il repéra le casque turc d'Abubaker et le turban jaune d'al-Sind, qui chevauchait à son côté.

— Il me semble que nous allons avoir droit à une garde d'honneur jusqu'à l'embouchure du fleuve, dit-il à Alf. Ils ne pourront pas faire grand-chose contre nous avant que nous n'arrivions aux hauts-fonds.

Avant de parvenir à l'océan, ils allaient devoir négocier les hauts-fonds, là où le fleuve s'élargissait et ralentissait sa course. Les bancs de sable y changeaient sans cesse de position et de profondeur. Compte tenu de la hauteur des eaux, le *Centaurus* aurait du mal à les franchir. Tom devait s'attendre qu'Abubaker et al-Sind les suivent et les harcèlent tout le long du chemin.

Tom ne disposait que de quelques heures avant qu'ils n'atteignent ces eaux traîtresses et il employa tous les matelots à effectuer les préparatifs nécessaires pour se déhaler des bancs de sable et se défendre contre une attaque de l'ennemi.

Il prit un moment pour descendre dans la cabine où Sarah avait installé Dorian et Yasmini. Avec soulagement, il trouva son frère en train de se reposer paisiblement sur l'étroite couchette. Sarah avait changé son pansement et elle hocha la tête pour signifier à Tom que tout allait bien. Yasmini avait assez récupéré pour l'aider et elle faisait boire à Dorian un bol de soupe. Tom ne resta qu'une minute avec eux et se hâta de remonter sur le pont. La première chose qu'il vit fut la longue colonne de la cavalerie omanaise qui les suivait en longeant la berge nord.

— Cinq cents au moins, estima-t-il.

— Assez pour nous faire des misères en cas d'affrontement direct, capitaine, confirma Alf Wilson.

— Nous ferions bien de l'éviter. Dans combien de temps atteindrons-nous les hauts-fonds ?

— A cette allure, deux heures.

— Bien. Nous allons larguer du lest. Flanquez par-dessus bord tout ce qui n'est pas essentiel pour la traversée. Vous pouvez commencer par le clavecin, ajouta-t-il en baissant la voix pour que Sarah ne puisse pas l'entendre.

Dans de grandes gerbes d'eau, ils jetèrent dans le

fleuve la cargaison. Les ballots de marchandises suivirent le clavecin et dansèrent dans leur sillage. La plus grande partie des barils de poudre et tous les boulets de canon passèrent par-dessus bord ; ils gardèrent juste assez de poudre et de mitraille pour soutenir une lourde offensive d'une heure.

— Videz la moitié des barriques ! Conservez ce qu'il faut pour nous permettre de gagner Bonne-Espérance avec des rations réduites ! cria Tom.

L'épreuve serait terrible pour les femmes et les enfants, mais être capturé par les Omanais était pire encore.

Pendant que l'équipage exécutait les ordres, Tom gardait à l'œil la cavalerie ennemie. Lorsque le courant s'accélérait dans les pertuis, le *Centaurus* semait la colonne omanaise, puis, lorsqu'il ralentissait, dans le vent capricieux du milieu de la journée, les voiles se mettaient à battre paresseusement et les Arabes regagnaient tout le terrain qu'ils avaient perdu.

Tom bourra l'un des canons de poupe avec une double charge de poudre et un demi-seau de mitraille. Lorsque la tête de la colonne arriva à limite de portée, il tira. Il causa peu de dégâts mais les chevaux se cabrèrent et les Arabes reculèrent à distance respectueuse.

Aboli et ses deux fils, qui conduisaient toujours les chevaux sur la rive sud, restaient à leur hauteur. Tous étaient reposés et vigoureux tandis que les montures des Arabes ressentaient les fatigues de la longue poursuite.

Ils arrivèrent à un dernier rapide et pilotèrent entre de terribles affleurements de rochers noirs, puis le courant perdit sa force et sa vitesse, et ils continuèrent leur route au ralenti vers les bancs de sable qui bloquaient presque le fleuve.

— Faites descendre les femmes et les enfants dans

les chaloupes, commanda Tom. Chaque livre de poids supplémentaire augmente notre tirant d'eau.

Dorian était trop faible pour être envoyé à terre et Yasmini resta pour prendre soin de lui. Sarah prit la barre pour libérer un homme de plus en vue du pénible déhalage. Tous les autres passagers furent emmenés sur la berge sud et placés sous la garde d'Aboli. Puis les chaloupes revinrent, prêtes à prendre le bateau en remorque s'il s'échouait.

Tom se tenait près de la barre et un silence angoissé tomba sur le petit *Centaurus* quand il s'engagea dans le premier méandre, où le fond était visible à travers l'eau claire. La cavalerie arabe parut sentir l'occasion et se rapprocha avec impatience. Tom lança un coup d'œil dans sa direction, mais, bien qu'elle fût maintenant à portée, il était trop occupé pour servir les petits canons et dut les laisser avancer.

Le *Centaurus* franchit la courbe sans encombre et Tom poussa un soupir de soulagement. C'était prématuré : soudain, le navire trembla et fit une embardée sous ses pieds en touchant le fond, puis se dégagea et reprit sa glissade.

— Moins une, dit Tom à mi-voix, puis à Sarah : Maintenez-le bien au milieu du chenal, là où l'eau est la plus verte.

Le méandre suivant approchait et le bateau avançait lentement. Les Arabes étaient à une demi-portée de mousquet en arrière, chevauchant au petit galop sur la berge basse et sablonneuse, lances scintillantes et *keffiehs* flottant au vent.

La quille heurta le sable et le *Centaurus* s'arrêta si brusquement qu'ils faillirent être projetés sur le pont. Tom se cramponna à l'habitacle pour se retenir. Le *Centaurus* était bel et bien échoué.

— Aux chaloupes ! hurla Tom, tous les hommes

encore à bord dégringolant aussitôt dans les canots. Gardez la barre centrée ! cria-t-il à Sarah avant de descendre à son tour dans l'une des chaloupes.

A l'arrière de chacune d'elles, on ramassa le bout des lignes de remorque et on les amarra. Puis, les rameurs tirant de toutes leurs forces, les deux chaloupes filèrent devant le *Centaurus*, jusqu'à ce que les lignes soient tendues, et s'acharnèrent sur les avirons pour tenter de le déhaler.

De la berge sud, Aboli lança son cheval dans le fleuve et récupéra l'extrémité de la longue ligne que lui envoya Sarah. Puis il retourna vers la rive et, dès que sa monture sortit de l'eau, il attela la bande de chevaux à la corde.

— Ya ! Ya !

Il fit claquer son fouet sur leur dos et les chevaux tirèrent de tout leur poids sur les traits.

Le *Centaurus* avança en grinçant sur le gravier et s'immobilisa de nouveau. Sur la berge, les cavaliers arabes s'élancèrent au galop en se déployant. Quand ils arrivèrent à la hauteur du navire échoué, ceux du premier rang tournèrent leurs montures et baissèrent leurs lances. Ils entrèrent dans le fleuve en soulevant un mur d'écume blanche et vinrent droit sur les hommes dans les chaloupes.

L'eau atteignit le ventre des chevaux puis leurs épaules. Les premiers nageaient ; quand ils arrivèrent au canot de tête, leurs cavaliers tenaient leurs lances pointées et ils se pressèrent autour de lui comme une bande de requins autour d'une baleine morte.

Les marins vidèrent leurs pistolets sur les Arabes à courte portée puis se levèrent pour leur assener des coups d'aviron. Mais la chaloupe oscillait dangereusement et menaçait de chavirer.

Sur la rive nord, le deuxième rang de cavaliers se mit

en position pour charger, alignés en haut de la plage en une masse compacte. Abubaker se tenait au milieu de la ligne, sa cuirasse et son casque à pointe étincelants. Il brandit son cimeterre et emmena ses hommes au trot puis dans un galop furieux.

Sarah ne pouvait quitter la barre. Par-dessus la proue, elle voyait les chaloupes harcelées par des essaims d'hommes et de chevaux. Debout à l'arrière, Tom taillait à coups d'épée dans les têtes des Arabes qui dépassaient de l'eau. Certains d'entre eux tentaient de scier la ligne de remorque avec leur cimeterre. D'autres jetaient tout leur poids et celui de leur monture contre le plat-bord. Le canot donna de la bande au point d'embarquer de l'eau. Il n'allait pas tarder à être submergé.

L'escadron d'Abubaker chargeait dans le fleuve. Sarah savait que c'était la fin et ne pouvait rien faire. Elle n'avait pas encore vu Dorian, soutenu par Yasmini, sortir de la cabine et se diriger en clopinant douloureusement vers la pièce la plus proche. Il se servit de l'épissoire pour pointer le petit canon noir, trapu et court. Puis il saisit la corde à feu fumante dans le baquet de sable et en pressa l'extrémité sur la lumière.

L'arme recula avec fracas sur son palan et un déluge de mitraille faucha en pleine charge le premier rang de cavaliers arabes au moment où ils atteignaient le bord de l'eau. Cramponnée au bastingage, Yasmini vit Abubaker frappé en pleine bouche par un plomb de deux onces qui fit exploser ses dents en éclats scintillants, emporta la mâchoire et traversa l'arrière du crâne. Arraché, son casque tournoya en l'air.

Autour de lui, les hommes furent soulevés de leur selle, les rangs fléchirent et reculèrent. Chancelant, Dorian se dirigea vers la pièce suivante et l'ajusta. Les cavaliers virent la gueule du canon pointée vers eux et, pris de panique, battirent en retraite, éperonnant leurs montures. La volée bourdonnante de plomb les prit en enfilade et une douzaine de chevaux s'effondrèrent. En quelques secondes, leurs rangs sombrèrent dans le chaos. Ils avaient tous vu la tête d'Abubaker emportée et maintenant Bashir al-Sind était projeté à terre, son cheval tué sous lui. Ils perdirent leur ardeur combative, se dispersèrent et partirent au galop pour échapper à la prochaine volée dévastatrice.

Yasmini agrippa le bras de Dorian, qui vacilla et faillit tomber, et le conduisit au troisième canon. Quand il tira, le *Centaurus* gîta légèrement sous l'effet du recul et glissa à contrecœur sur le sable. Les Arabes autour des chaloupes virent leurs camarades prendre la fuite sur la rive, les laissant à eux-mêmes, et tournèrent leurs montures vers la berge.

— Souquez ! Souquez à vous en faire péter les boyaux ! cria Tom à ses hommes, qui s'arc-boutèrent de nouveau sur les avirons.

Le *Centaurus* avança un peu et toucha encore. Dorian tira un autre coup de canon et, au moment où le bateau se balançait, Aboli fouetta les chevaux dans les traits. Péniblement, le *Centaurus* glissa sur le banc de sable et se remit à flot dans le profond chenal.

— Remontons à bord ! rugit Tom, triomphant. Rembarquez les femmes et les enfants !

Aboli entassa ses épouses et leur progéniture dans la chaloupe dès que la quille toucha la plage. Puis il coupa les traits des chevaux et leur donna une tape sur la croupe, les envoyant galoper dans la forêt. Il revint à toutes jambes et sauta par-dessus le plat-bord de la chaloupe tandis que les rameurs tiraient sur les avirons pour rejoindre le *Centaurus*. Le navire s'éloignait vite dans le courant et ils durent souquer ferme pour le rattraper.

— Il n'y a plus d'obstacles jusqu'à l'embouchure, dit Aboli en venant se placer près de Tom à la barre.

Ils regardèrent l'armée arabe mise à mal sur la rive nord, qui renonçait à se regrouper et à continuer la poursuite.

— Que les hommes quittent leur service, monsieur Wilson, et donnez-leur une double ration de rhum pour la peine.

Alf Wilson toucha sa casquette.

— Je vous demande pardon, capitaine, mais vous avez jeté le baril de rhum par-dessus bord. Voulez-vous que nous virions pour retourner le chercher ? demanda-t-il d'un ton sérieux que démentait une esquisse de sourire.

— Je crois qu'ils devront attendre que nous arrivions à Bonne-Espérance, répondit Tom tout aussi solennellement.

Tom se tenait au bastingage de poupe tandis que le *Centaurus* prenait le large et que la masse sombre du continent africain se fondait au loin dans la nuit tombante. Il entendit un pas léger approcher et il attira Sarah contre lui, le dos contre sa poitrine. Il la serra et se pencha par-dessus son épaule pour lui embrasser l'oreille. Sa barbe lui chatouilla la nuque et elle eut un petit frisson de plaisir.

— Dorry vous réclame, dit-elle.

— Je vais le voir tout de suite, répondit-il en restant où il était.

— Qu'est-ce qu'on va faire maintenant, Tom ? demanda-t-elle après un long silence.

— Je n'en sais rien, ma fille. Bonne-Espérance d'abord et ensuite advienne que pourra.

— Bon. Une chose est sûre, c'est que j'aurai une petite surprise pour vous en arrivant au Cap.

— Ah ! fit Tom, intéressé. Qu'est-ce que c'est ?

— Si je vous le dis, ce ne sera plus une surprise.

Elle prit ses deux mains et les posa fermement sur son ventre. Il lui fallut un moment pour comprendre, puis il laissa échapper un rugissement de plaisir.

— Soyez bénie, Sarah Courtney. Je ne sais que dire.

Elle savait que c'était son expression de joie la plus absolue.

— Alors taisez-vous, grand nigaud, et donnez-moi plutôt un baiser.

Composé par Nord Compo
à Villeneuve-d'Ascq (Nord)

Imprimé en Espagne par
Black Print
CPI Iberica
à Sant Andreu de la Barca (Barcelone)

POCKET – 12, avenue d'Italie – 75627 Paris cedex 13

Dépôt légal : octobre 2007
Suite du premier tirage : mai 2011
S16262/02